唐詩品彙

一

〔明〕高棅 編選

葛景春 胡永傑 點校

中華書局

圖書在版編目(CIP)數據

唐詩品彙/(明)高棅編選;葛景春,胡永傑點校. —北京:中華書局,2024.11. —ISBN 978-7-101-16826-6

I.I222.742

中國國家版本館 CIP 數據核字 2024BA2103 號

責任編輯:張　耕
裝幀設計:劉　麗
責任印製:陳麗娜

唐詩品彙
(全四册)
〔明〕高　棅 編選
葛景春　胡永傑 點校
*
中華書局出版發行
(北京市豐臺區太平橋西里 38 號　100073)
http://www.zhbc.com.cn
E-mail:zhbc@zhbc.com.cn
三河市中晟雅豪印務有限公司印刷
*
850×1168 毫米 1/32 · 84⅞印張 · 插頁 8 · 1600 千字
2024 年 11 月第 1 版　2024 年 11 月第 1 次印刷
印數:1-1500 册　定價:458.00 元

ISBN 978-7-101-16826-6

前言

《唐詩品彙》是明初學者高棅所編選的唐詩選集。它不僅是一部衆體兼備、選録全面的大型唐詩選本，還建構了一個將唐詩分期、唐詩流變和唐詩品評相結合的編選唐詩的理論框架，形成了一個系統比較完整的唐詩審美理論體系，對明代中、晚期以及後世唐詩學具有重大影響，也是一部重要的唐詩學理論著作。

一、《唐詩品彙》的作者及編選始末

高棅，字彦恢，號漫士，又名廷禮，生於元順帝至正十年（一三五〇），卒於明永樂二十一年（一四二三）[一]。福建長樂縣龍門人。永樂二年（一四〇四）以布衣召入翰林爲待詔，預修《永樂大典》。永樂三年丁母憂，歸鄉。三年後歸京，仍爲翰林待詔。後遷典籍。《明

〔一〕參看林誌《高漫士墓銘》，《明文海》卷四二九，中華書局影印涵芬樓藏鈔本，一九八七年，第四四九八至四四九九頁。

史》卷二八六《文苑傳二》說他「性善飲，工書畫，尤專於詩。其所選《唐詩品彙》、《唐詩正聲》，終明之世，館閣宗之。」他除了編選《唐詩品彙》九十卷、《唐詩拾遺》十卷、《唐詩正聲》二十卷外，還能詩善畫工書，著有《嘯臺集》二十卷、《木天清氣集》十四卷。其詩歌高古，慷慨灑脱，頗具風骨，有唐人之風；其「書得漢隸筆法，畫原於米南宫父子，出入商、高間」（林誌《高漫士墓銘》），「詩與書、畫，時稱三絶」（《書史會要》卷四）。高棅爲「閩中十子」之一，在未出仕時他就與「閩中十子」之冠的林鴻交遊，並深受其影響。林鴻爲閩中復古派之領袖，他師法盛唐，「晉安詩派以『閩中十子』爲祖，鴻又爲十子之冠，其詩力仿唐音」（《四庫全書簡明目録》卷一八林鴻《鳴盛集》提要），「鴻論詩，大指謂漢、魏骨氣雖雄，而菁華不足。晉祖玄虚，宋尚條暢，齊、梁以下但務春華，少秋實。惟唐作者可謂大成。然貞觀尚習故陋，神龍漸變常調，開元、天寶間聲律大備，學者當以是爲楷式。閩人言詩者率本於鴻」（《明史・文苑傳二》）。「明初林鴻始以規仿盛唐立論，而棅實左右之。」（《四庫全書總目提要》卷一八九）高棅的詩宗盛唐的詩學理念，雖然遠承嚴羽、楊士弘等輩，亦是嚴守「閩中十子」之詩歌主張。《唐詩品彙》的編選也正是這種詩學觀念促成的結果。

《唐詩品彙》初編九十卷始編於洪武十七年（一三八四），完成於洪武二十六年（一三九三），是年又開始續編《唐詩拾遺》十卷的工作，至洪武三十一年（一三九八）完成後，附於《唐詩品彙》之後，成百卷之數，共用了十五年。高棅在《唐詩品彙總敘》中曾自道其選編此書的甘苦：

> 余夙躭於詩，恒欲窺唐人之藩籬。首踵其域，如墮終南萬疊間，茫然弗知其所往。然後左攀右涉，晨躋夕覽，下上陟頓，進退周旋，歷十數年，厥中僻蹊、通莊、高門、邃室，歷歷可指數。故不自揆，竊願偶心前哲，採摭群英，芟夷繁蜎，裒成一集，以爲學唐詩者之門徑。

《唐詩品彙》的編選，並非是憑空出世的，而是參閱了宋元以來許多前賢的詩學觀點和選本，在此基礎上才編成的：

> 載觀諸家選本，詳畧不侔，《英華》以類見拘，《樂府》爲題所界，是皆略於盛唐而詳於晚唐。他如《朝英》、《國秀》、《篋中》、《丹陽》、《英靈》、《間氣》、《極玄》、《又玄》、《詩府》、《詩統》、《三體》、《衆妙》等集，立意造論，各該一端。唯近代襄城楊伯謙氏《唐音》集，頗能別體製之始終，審音律之正變，可謂得唐人之三尺矣。然而李、

杜大家不録，岑、劉古調微存，張籍、王建、許渾、李商隱律詩載諸正音，渤海高適、江寧王昌齡五言稍見遺響，每一披讀，未嘗不歎息於斯。

從《總敘》中我們得知，宋代的大型總集，如《文苑英華》是以詩的題材門類來編選的，《樂府詩集》是以樂府詩爲專題編選的，而這兩個總集前者是詩文合編的，後者是專編樂府詩，並非都是唐詩。這些集子都是略於盛唐詩而詳於晚唐詩的。至於唐人編選的唐詩，像《朝英集》、《國秀集》、《篋中集》、《丹陽集》、《河岳英靈集》、《中興間氣集》、《極玄集》、《又玄集》，宋人編選的《詩府》、《詩統》、《三體唐詩》、《衆妙集》等，又都各有其局限，或僅選唐詩的某個階段，或僅選某個地區或流派，或僅選近體，或不選李、杜、韓等大家的作品，皆未能體現唐詩的總體面貌。而元人楊士弘的《唐音》，是按詩體分類的，能夠明瞭各種詩歌體裁演進和發展的規律。但是它也存在不足，就是像李白和杜甫這樣的大家的詩，没有選入，而且像高適、岑參、王昌齡、劉長卿、張籍、王建、李商隱這樣的名家詩，選得不夠全面或擺的位置也不得當。他的詩歌分體也未能貫徹全書，僅在「正音」部分有。爲了繼承前人的優點而避免其不足，高棅才決定「遠覽窮搜，審詳取捨，以一二大家、十數名家與夫善鳴者，殆將數百，校其體裁，分體從類，隨類定其品目，因目別其上下、始終、正

變，各立序論，以弁其端。爰自貞觀，至天祐」，高棅對唐詩的各個時期和各個方面進行全面編選，以分體貫通全書，諸體兼備，唐代各個時期的重要詩人和作品，大致網羅在内，基本反映了有唐一代詩歌的整體面貌。故《唐詩品彙》及其續編《唐詩拾遺》，成了當時及後世的經典唐詩選本。

二、《唐詩品彙》的内容和編排

《唐詩品彙》由正集九十卷和拾遺十卷兩部分構成，合計爲一百卷，選詩六千多首，涉及詩人六百多家，另有馬得華等三人之序、高棅所撰「總敘」、「凡例」、「詩人爵里詳節」、各體「敘目」、各詩人輯評、各詩輯評等，内容豐富而全面：

（一）《唐詩品彙》前有明人的三個序，即馬得華序、王偁序和林慈序。三個序都盛稱了此書編選的成就和意義。

（二）作者高棅對此書的總敘。在總敘中，指出詩有「聲律、興象、文詞、理致」和「品格高下」之分。並提出了唐詩有「初唐、盛唐、中唐、晚唐」四唐的分期説。《總敘》有感於以往唐詩選本，「略於盛唐而詳於晚唐」、「李杜大家不録」之病，在其《凡例》的最後一條

中説：「是編之選，詳於盛唐，次於初唐、中唐，其晚唐則略矣」，從而推尊盛唐、高標李杜，以爲此書之主旨也。

（三）《歷代名公敘論》，即歷代名人對唐詩的評價。敘論中引用了唐人殷璠、杜確、元稹，宋人歐陽修、宋祁、蔡居厚、李錞、洪邃、嚴羽、周伯弼、劉辰翁，元人楊載、馬伯庸、范德機、虞集、僧來復、傅汝礪等學者論唐詩之語，作爲評論唐詩的參考。

（四）編選此書的《凡例》。此是《唐詩品彙》所立的編選思想和體例的説明。《凡例》説明了此編不以門類編纂而以詩體編纂的理由，即以詩體編選詩歌，有利於説明各體詩歌興盛變衰的來龍去脈及其成就的品評。在各體中定立正始、正宗、大家、名家、羽翼、接武、正變、餘響、旁流諸品目。此書大略以初唐爲正始，盛唐爲正宗、大家、名家、羽翼，中唐爲接武，晚唐爲正變、餘響，僧道、婦女、異人爲旁流。但這種分法，也有靈活性和例外，有個别的詩人「不以世次拘之」。如陳子昂是初唐人，却與盛唐李白同列於正宗；劉長卿、錢起、韋應物、柳宗元爲中唐人，却與盛唐高適、岑參等同列於名家。《凡例》中還指出，樂府詩不另起爲一體，原因是唐人的樂府未必合樂，因此樂府皆隨五、七言古詩爲類；六言絶句列於五言絶句之後，五言排律長篇列於五言排律之後，七言歌行長篇列於

七言古詩之後；七言排律列於七言律詩之後；對於「正始」「正宗」等各個品目，《敍目》中皆有敍論，但主要見於《五言古詩敍目》，其他詩體《敍目》，主要是紀其詩人姓名、詩歌篇數而已。

（五）「引用諸書」是《唐詩品彙》引用的歷代著作目録，有唐諸家詩集、唐芮挺章編選的《國秀集》、唐元結編選的《篋中集》、唐殷璠編選的《丹陽集》、《河岳英靈集》、唐高仲武編選的《中興間氣集》、唐姚合編選的《極玄集》、唐韋莊編選的《又玄集》、唐韋縠編選的《才調集》等；有宋《文苑英華》、《唐文粹》、王安石編選的《唐百家詩選》、宋趙孟奎編選的《唐編類歌詩》、宋洪邁編選的《萬首唐人絶句》、宋郭茂倩編輯的《樂府詩集》、宋周伯弜編選的《三體唐詩》；金元好問編選的《唐詩鼓吹》；元楊士弘編選的《唐音》等三十種。此外還有詩中夾注所引之書一百八十八種。

（六）《詩人爵里詳節》，即入選《唐詩品彙》的詩人小傳，共有六〇二家（除去重出者兩人及誤作唐人者數人，也實有近六百家，不包括《唐詩拾遺》部分），列在卷前。他們的排列乃分類和按年代先後爲序相結合。小傳中有姓名、字號、里籍、歷履、科第、仕宦官爵、封謚等。無考者，小傳則闕如。

（七）在每種詩體之前，都有此體詩的敍目。共有五言古詩敍目、七言古詩敍目、五言絶句敍目、七言絶句敍目、五言律詩敍目、五言排律敍目、七言律詩敍目九種。在各體敍目中，按初、盛、中、晚爲序，將詩人分爲九品。以初唐爲正始，盛唐分爲正宗、大家、名家、羽翼，中唐爲接武，晚唐爲正變、餘響，僧道、婦女、異人爲旁流。將「四唐」世次和「九品」品目相結合，以見其詩歌之正變和高下。

（八）《唐詩品彙》不僅僅是選詩，還是一個評注本。每個著名詩人在卷中首次出現時，在其名下，都有名家的集評，以介紹該詩人的詩歌特點和成就。如在高適名下注引三條評論資料云：

殷璠云：「評事性格落拓，不拘小節，恥與常科，隱逸博徒，才名自達。然適詩文多胸臆語，兼有氣骨，故朝野通尚其文。」

《唐史》本傳云：「適年五十始爲詩，即工。每吟一篇，好事者輒傳佈。」

《滄浪詩話》云：「高岑之詩悲壯，讀之令人感慨。」

又如李頎名下注引殷璠評語一條：

頎詩發調既清，修辭亦秀。雜歌咸善，玄理最長。惜其偉才，只到黄綬，然論其

家數，往往高於衆作。

其他如李白名下引了十二條評語，杜甫名下引了八條，孟浩然名下引了七條，王維名下引了五條，岑參名下引了三條等，幾乎可以作爲上述諸人的小型評論資料集來讀。

對有些詩，或注明寫作時間和地點，或在詩前、詩後、句下進行解説和引入他人評論。如在杜甫《春宿左省》詩下注云：「乾元元年春，在諫省所作。」杜甫《别房太尉墓》「對棋陪謝傅，把劍覓徐君」句下注引方虚谷評云：「生前之知，死後之感，足見少陵於房琯交誼不薄也。」唐玄宗《早度蒲關》詩後注引《朱子語録》云：「明皇資禀英邁，只看他作詩出來是什麼氣魄，如『飛蓋入秦中』，多少飄逸，便有帝王氣焰。」此書對詩人和詩歌作品所作的評論，對後來的《唐詩别裁集》等唐詩選本，都有啟發和示範作用。

（九）《唐詩品彙》選詩的數量，高棅在《唐詩品彙總敘》和《唐詩拾遺序》都有説明，《唐詩拾遺序》中云：「（《唐詩品彙》）凡得唐諸家六百二十人，共詩五千七百六十九首。……（《拾遺》）復增作者姓氏六十有一，詩九百五十四首。」姚芹泉、牛斗等本中「唐

詩品彙總目」「唐詩拾遺總目」所標與此相同。但近年來有學者指出這個數字不準確[一]，這裏有必要對此也略作説明。首先要指出的是，高棅云《品彙》九十卷「凡得唐諸家六百二十人」，我們據汪宗尼本「詩人爵里詳節」核對，所收乃「六〇二人」，「六百二十」當爲「六百二」之誤；其中，「公卿名士」中「賈島」和「衲子」中「無本」乃一人，「宫閨」中「鮑文姬」和「鮑君徽」乃一人，減去兩位重複者，實爲「六百人」。其次，《唐詩品彙》九十卷、《唐詩拾遺》十卷所選詩歌數量的統計，應注意三個問題：

一是其中有重出的現象，重出者不應統計在内。這方面我們共發現五首：

卷五十于鵠詩、卷五十二竇鞏詩中並録《襄陽寒食寄宇文籍》「烟水初銷見萬家」，重出。

卷六十五司空曙詩中《春日野望寄錢員外起》、耿湋詩中《寄錢起》「無復少年意」，兩者爲同一詩，重出。

[一] 陳國球《簡論唐詩選本與明代復古詩説》文中統計爲「五八〇二首」，見《文學評論》一九九一年第二期，第一一六頁。申東城《唐詩品彙研究》中據汪宗尼本統計，《品彙》九十卷共「五八四〇首」，《拾遺》十卷共「一〇一一首」，黄山書社二〇〇九年，第九二、一〇八頁。

卷七十「旁流・衲子」靈一《同使君宿大梁驛》與清江《喜皇甫大夫同宿大梁驛》「終身愧遠公」兩詩係重出。

卷五十四陳陶《隴西行二首》其二「隴樹三看塞草青」與《唐詩拾遺》卷四陳陶《隴西行二首》其二「隴戍三看塞草青」重出。

卷七十六有李頎《送漪叔遊潁川兼謁淮陽太守》「罷吏今何適」，《拾遺》卷八又選此詩，重出。

二是《拾遺》卷五、六、七、十篇末有「已上係增入，原是摘句」部分，共七十一首（卷五十一首，卷六八首，卷七四首，卷十四十八首）。這部分詩歌，可能高棅僅是摘句，後人刊刻時增爲全詩；高棅《拾遺序》的總數、「總目」的總數及各卷之數都没有把它們統計在内，我們今天也不應計入總數。

三是「已上係增入，原是摘句」這部分詩歌中有四首，姚芹泉本、牛斗本、刻者不詳明本、屠隆本中乃與前面所選重複，汪宗尼本、四庫本等替换爲他詩。這四首詩的情況，將在後文列舉，可以參看。

在以上認識的基礎上，下面據汪宗尼本，對《品彙》和《拾遺》的選録數量列表統

計（表中「總目」是指姚芹泉本、牛斗本、刻者不詳明本、屠隆本、張恂本「總目」中所標數字，汪宗尼本無總目；「今核」是指我們對各卷逐首統計的數字；「各卷相加」是指把「總目」中每體中各卷所標的數量相加之數；「摘句」是指《拾遺》中「已上係增入，原是摘句」部分，這部分詩歌高棅未計入總數和各卷數量）。統計結果，總結如下：

《唐詩品彙》九十卷：

高棅《總敘》和《總目》中統計爲「五七六九首」，今核爲「五七七一首」；雖個別卷的數字有一定差異，但總數僅相差兩首。其中共有五首詩重複：三首是《品彙》九十卷之内重複，兩首是與《拾遺》重複。減去前者三首，《唐詩品彙》九十卷實爲「五七六八首」。

《唐詩拾遺》十卷：

高棅《拾遺序》和「拾遺總目」原統計爲「九五四首」，今核無誤；惟卷四中五絶部分，「拾遺總目」標爲「七十一首」，今核爲「七十二首」，但高棅序和「總目」中「九五四首」之數乃按「七十二首」統計，可見「七十一」乃「七十二」之訛。《拾遺》中有兩首與《品彙》九十卷中重複，如減去這兩首，實爲「九五二首」。

《拾遺》中「原爲摘句，後人增爲全詩」者共「七十一首」，高棅《拾遺序》和「拾遺總目」都未計入總數和各卷之數，這不是高棅的疏漏，我們今天也不應計入總數。

《品彙》九十卷、《拾遺》十卷合計，原數爲「六七二三首」，今核爲「六七二五首」；如減去重複之五首，實爲「六七二〇首」。

卷一（以下五古）	卷二	卷三	卷四	卷五	卷六	卷七	卷八	卷九	卷十
總目：六七	總目：七五	總目：五五	總目：六二	總目：六二	總目：七二	總目：四二	總目：四二	總目：六三	總目：八五
今核：同上	今核：同上	今核：同上	今核：同上	今核：同上	今核：同上	今核：四四	今核：同上	今核：同上	今核：同上
卷十一	卷十二	卷十三	卷十四	卷十五	卷十六	卷十七	卷十八	卷十九	卷二十
總目：六十	總目：七六	總目：六八	總目：六五	總目：五八	總目：八一	總目：七四	總目：六五	總目：五八	總目：七五
今核：同上	今核：同上	今核：同上	今核：同上	今核：同上	今核：同上	今核：七三	今核：同上	今核：同上	今核：同上
卷二一	卷二二	卷二三	卷二四	卷二五（以下七古）	卷二六	卷二七	卷二八	卷二九	卷三〇
總目：五八	總目：六九	總目：七十	總目：五	總目：四六	總目：三九	總目：三七	總目：五二	總目：五十	總目：四三
今核：同上	今核：同上	今核：同上	今核：同上	今核：四五	今核：同上	今核：同上	今核：五三	今核：四九	今核：同上
卷三一	卷三二	卷三三	卷三四	卷三五	卷三六	卷三七	卷三八（以下五絶）	卷三九	卷四〇

续表

卷四一	總目：四七	今核：同上
卷四二	總目：［四］二	今核：四二
卷四三	總目：四九	今核：同上
卷四四	總目：五七	今核：同上
卷四五	總目：五二	今核：同上
卷四六（以下七絶）	總目：四六	今核：同上
卷四七	總目：旁流四十二、歌行長篇三首	今核：同上
卷四八	總目：六三	今核：同上
卷四九	總目：六八	今核：同上
卷五〇	總目：六一	今核：同上
卷五一	總目：七一	今核：同上
卷五二	總目：七四	今核：七三
卷五三	總目：八一	今核：同上
卷五四	總目：五十	今核：同上
卷五五	總目：旁流三四、六言二四	今核：同上
卷五六（以下五律）	總目：四二	今核：同上
卷五七	總目：八一	今核：同上
卷五八	總目：九九	今核：同上
卷五九	總目：六九	今核：同上
卷六〇	總目：八一	今核：同上
卷六一	總目：九八	今核：同上
卷六二	總目：一一三	今核：同上
卷六三	總目：八〇	今核：同上
卷六四	總目：八五	今核：同上
卷六五	總目：八八	今核：同上
卷六六	總目：六五	今核：同上
卷六七	總目：六〇	今核：六六
卷六八	總目：五三	今核：四七
卷六九	總目：六〇	今核：同上
卷七〇	總目：八五	今核：同上

续表

	總目：九三 今核：同上
	總目：八二 今核：同上
	總目：八六 今核：同上
	總目：八二 今核：同上
	總目：九〇 今核：同上
	總目：七八 今核：同上
	總目：八五 今核：同上
	總目：八五 今核：同上
	總目：一一二 今核：同上
	總目：九二 今核：同上
卷七一（以下五排）	總目：五〇 今核：五一
卷七二	總目：七三 今核：同上
卷七三	總目：六八 今核：同上
卷七四	總目：四三 今核：同上
卷七五	總目：二五 今核：同上
卷七六	總目：四九 今核：同上
卷七七	總目：四六 今核：同上
卷七八	總目：五六 今核：同上
卷七九	總目：四九 今核：同上
卷八〇	總目：六六 今核：同上
卷八一	總目：旁流五五首排律長篇八首 今核：同上
卷八二（以下五律）	總目：五七 今核：同上
卷八三	總目：五二 今核：五三
卷八四	總目：三七 今核：同上
卷八五	總目：三九 今核：四〇
卷八六	總目：七三 今核：同上
卷八七	總目：五九 今核：同上
卷八八	總目：四九 今核：同上
卷八九	總目：六〇 今核：同上
卷九〇	總目：餘響二八、旁流四一、排律四 今核：同上

续表

拾遺卷一	總目：八一 今核：同上	
拾遺卷二	總目：七一 今核：同上	
拾遺卷三	總目：五一 今核：同上	
拾遺卷四	總目：五絶七一、七絶一〇四 今核：五絶七二、七絶一〇四	按，「七一」當爲「七二」之訛。總目乃按「七二」統計
拾遺卷五	總目：一〇五 今核：同上	摘句：四
拾遺卷六	總目：一三九 今核：同上	摘句：八
拾遺卷七	總目：一〇一 今核：同上	摘句：十一
拾遺卷八	總目：五六 今核：同上	
拾遺卷九	總目：六九 今核：同上	
拾遺卷十	總目：一〇五 今核：同上	摘句：四十八

续表

五古（卷一至二四）	七古（卷二五至卷三七）	五絶（卷三八至卷四五）	七絶（卷四六至卷五五）	五律（卷五六至卷七十）	五排（卷七一至卷八一）	七律（卷八二至卷九十）	《品彙》九十卷合計	《拾遺》十卷合計	全書合計
敘目：一五〇七 各卷相加：同上 今核：一五〇八	總目：六〇五 各卷相加：同上 今核：六〇四	總目：五二六 各卷相加：同上 今核：五二五	總目：八三六 各卷相加：同上 今核：同上	總目：一二〇八 各卷相加：同上 今核：同上	總目：五八八 各卷相加：同上 今核：五八九	總目：四九九 各卷相加：同上 今核：五〇一	總目：五七六九 各卷相加：同上 今核：五七七一	總目：九五四（原爲摘句者七十一首，不計） 今核：九五四（原爲摘句者七十一首，不計）	原：六七二三 今核：六七二五

三、《唐詩品彙》的理論體系

《唐詩品彙》是以詩體分類的，將唐詩分爲五古、七古（附歌行長篇）、五絶（附六言絶句）、七絶、五律、五排（附長篇）、七律（附七排）等七體加以排列；完整地提出了「四唐」之説和「九品」分目。高棅在理論上的重大貢獻，在於他於此書中以詩體分類爲依託，以

世次爲經，以品目爲緯，構建成一個系統的理論體系，是很有詩學理論眼光的。

在唐、宋、金、元的許多詩人的集子和大型詩歌選本中，如果是分類的話，大多是以事類分的，如果以詩體分類，也多是單體，如《唐詩鼓吹》專選七律，；或是幾種近體詩，如《唐人萬首絶句》只收五絶和七絶，《三體唐詩》只選七言絶句和五、七言律詩；而從《唐音》開始，在正音部分，却是以詩體分類的。《唐詩品彙》正是繼承了《唐音》這種詩體分類法。這種以詩體分類的優長是，可以從每一體詩的前後比較中看出它演變和發展的軌跡，其不足之處是一個詩人的此體詩與其他詩體的聯繫與變化就不易看出來了。但是從學習的角度來看，分體更容易看出此詩體的體制特點，便於對該詩體的學習和創作。它對明代的選本有很大的影響，明代的唐詩選本，多是以詩體分類的。

關於「四唐」説的定型。所謂四唐，即初唐、盛唐、中唐、晚唐：

略而言之，則有初唐、盛唐、中唐、晚唐之不同。詳而分之，貞觀、永徽之時，虞、魏諸公稍離舊習，王、楊、盧、駱因加美麗，劉希夷有閨帷之作，上官儀有婉媚之體，此初唐之始製也。神龍以還，洎開元初，陳子昂古風雅正，李巨山文章宿老，沈、宋之新聲，蘇、張之大手筆，此初唐之漸盛也。開元、天寶間，則有李翰林之飄逸，杜工部之

沉鬱，孟襄陽之清雅，王右丞之精緻，儲光羲之真率，王昌齡之聲俊，高適、岑參之悲壯，李頎、常建之超凡，此盛唐之盛者也。大曆、貞元中，則有韋蘇州之雅澹，劉隨州之閑曠，錢、郎之清贍，皇甫之沖秀，秦公緒之山林，李從一之臺閣，此中唐之再盛也。下暨元和之際，則有柳愚溪之超然復古，韓昌黎之博大其詞，張、王樂府得其故實，元、白序事務在分明，與夫李賀、盧仝之鬼怪，孟郊、賈島之饑寒，此晚唐之變也。降而開成以後，則有杜牧之之豪縱，温飛卿之綺靡，李義山之隱僻，許用晦之偶對，他若劉滄、馬戴、李頻、李羣玉輩，尚能黽勉氣格，特邁時流，此晚唐變態之極，而遺風餘韻猶有存者焉。

從《總敘》中可以看出，高棅將唐詩從貞觀之初至開元之初，定爲初唐；從開元之初至大曆初爲盛唐；大曆至元和初爲中唐；元和初至唐末爲晚唐。雖然中唐之範圍尚有爭議，但「四唐」之説至此定型，迄今沿用。

唐詩的分期，宋嚴羽有唐詩「五體」説。《滄浪詩話·詩體》云：「唐初體（唐初猶襲陳、隋之體）、盛唐體（景雲以後，開元、天寶諸公之詩）、大曆體（大曆十才子之詩）、元和體（元、白諸公）、晚唐體。」他是將屬中唐時期的大曆和元和分爲兩個時期的。這

與《唐詩品彙》將元和歸於晚唐時期，有所不同。元楊士弘《唐音》則將唐詩分爲始音、正音和餘響。虞集《唐音序》云：「襄城楊伯謙好唐人詩，五言、七言、律詩、古詩、絶句，以盛唐、中唐、晚唐别之，凡幾卷，謂之《唐音》。」楊士弘用盛、中、晚爲名目以别唐詩，初唐没有單列名目，而將其附入盛唐。他在《唐詩正音目録并序》中，始有「唐初」、「盛唐」、「中唐」、「晚唐」的提法，但並未有明確的每個時段時間的具體劃分。《唐詩品彙》在嚴羽、楊士弘關於唐詩分期的基礎上，才明確地提出了將唐詩定爲初唐、盛唐、中唐、晚唐的「四唐」説。

關於九品分格的問題。在唐詩分體和四唐説的基礎上，高棅對入選的唐代詩人，進行九品分格。詩歌的分品，源自於南朝梁代鍾嶸《詩品》。鍾嶸將漢代至齊梁的一百多位詩人，分作上、中、下三品，來作爲對詩人高下的品評。楊士弘《唐音》中，始音、正音、餘響，也有品第的意思。在高棅的《唐詩品彙》中，自然也有詩之高下品評的含義，但它還具有展示唐詩在不同的發展階段中演變進程的作用。前面已經説過，高棅在各詩體中，設立正始、正宗、大家、名家、羽翼、接武、正變、餘響、旁流九品。將初唐詩定爲正始，是謂唐詩正宗的初始；而將盛唐詩定爲唐詩的正宗。盛唐詩除了正宗之外，還有大家、名家、羽

翼，共四個品目；中唐爲接武，即盛唐正宗的延續；晚唐詩則有正變、餘響兩個品目，即是説晚唐詩有對唐詩正宗之變，也有正變之後的餘響。其他如僧道、女流及異人之類，不好歸類，則歸入旁流之目。

從這個九品分格的情況來看，高棅是將盛唐詩視爲正宗的。也就是説盛唐詩是唐詩的正格和標準，初唐的正始、中唐的接武、晚唐的正變和餘響都是根據正宗來定位的；而大家、名家和羽翼，都是圍繞盛唐正宗而展開的。在九品中，盛唐就占了四品。這正是「詩尊盛唐」的詩學觀在《唐詩品彙》中的體現。在各體中，李白都占着正宗的地位，這正説明，李白在盛唐詩歌中居有正統地位。事實上，在唐代詩壇上，不管是在思想傾向上或是詩風上，李白都是盛唐的代表。而杜甫詩却於盛唐的詩歌是個變數，正如《詩法源流》所説：「唐陳子昂、李太白、韋應物之詩，猶正者多而變者少；杜子美則正變相半。」杜甫詩「正變相半」的特徵，使其不能居於正宗的位置，但杜甫又是一個廣收博取「集大成」式的詩人，是一個對於盛唐詩風轉變極爲重要的詩人，也是對唐詩發展有巨大貢獻的人物，對後代影響很大，雖不是盛唐正宗，但其詩歌地位也不應亞於正宗，於是高棅特爲杜甫設置了一個「大家」的位置，表示尊崇，以示他是李、杜並尊的。高棅雖推崇盛唐正宗，但也

不反對正中有變、特别是像杜甫這樣對唐詩發展演變有特殊貢獻的詩人。有人認爲「大家」的品位要比正宗高,這是種錯覺,我們從他對李、杜的評價和選詩的數量就可以看得出來。高棅對李白的評價是:

詩至開元、天寶間,神秀聲律,粲然大備。李翰林天才縱逸,軼蕩人羣,上薄曹、劉,下凌沈、鮑。其樂府古調,若使儲光羲、王昌齡失步,高適、岑參絶倒,況其下乎?朱子嘗謂:「太白詩如無法度,乃從容於法度之中,蓋聖於詩者。」

對杜甫的評價是引用元稹和嚴羽的評論:

元微之曰:「……至於子美,蓋所謂上薄《風》、《雅》,下該沈、宋,言奪蘇、李,氣吞曹、劉,掩顔、謝之孤高,雜徐、庾之流麗,盡得古今之體勢,而兼人人之所獨專矣。使仲尼考鍛其旨要,尚不知貴其多乎哉!苟以爲能所不能,無可無不可,則詩人以來,未有如子美者矣。」

嚴滄浪曰:「少陵詩憲章漢魏,而取材於六朝,至其自得之妙,則先輩所謂集大成者也。世稱子美爲大家。」

一個是「天才縱逸」的「聖於詩者」,一個是「盡得古今之體勢,而兼人人之所獨專矣」的

「集大成者」，顯然高棅對李、杜的態度是無所軒輊、李杜並尊的。從他所選李杜詩的總量來看，在《唐詩品彙》中，他選李白詩四百首，選杜甫詩二九八首，《唐詩拾遺》又增選杜詩十二首，共計三一〇首。在《唐詩品彙》的唐詩七體中，李白全是正宗，而杜甫在五古、七古、五律、五排和七律中是大家，在五絶和七絶中，杜甫不但不是大家，甚至連名家也不是，只是羽翼。看來高棅對李白詩還是更偏愛些。正宗是從盛唐詩歌的正統性方面而説的，而大家則是從正變結合、集古今之大成方面而説的。這説明高棅的唐詩觀是崇正容變的，故對李、杜二人不分高下。盛唐爲宗，李杜並尊，正是高棅唐詩學的主要觀點。

對待唐詩，高棅還是持發展的眼光來看的。他固然「詩尊盛唐」，但也非常重視唐詩的流變。他把杜甫視爲「大家」便是明顯一例。對中唐（實指大曆、貞元間）詩之接武「則有韋蘇州之雅澹，劉隨州之閑曠，錢、郎之清贍，皇甫之沖秀，秦公緒之山林，李從一之臺閣」的各種風格發展變化，他認爲是「此中唐之再盛也」，予以肯定；而對於晚唐（實指包括元和在内的中晚唐）詩之正變也是持肯定態度的：「下暨元和之際，則有柳愚溪之超然復古，韓昌黎之博大其詞，張、王樂府得其故實，元、白序事務在分明，與夫李賀、盧仝之鬼

怪，孟郊、賈島之饑寒，此晚唐之變也。降而開成以後，則有杜牧之之豪縱，温飛卿之綺靡，李義山之隱僻，許用晦之偶對，他若劉滄、馬戴、李頻、李羣玉輩，尚能黽勉氣格，特邁時流，此晚唐變態之極，而遺風餘韻猶有存者焉。是皆名家擅場，馳騁當世，或稱才子，或推詩豪，或謂五言長城，或爲律詩龜鑑，或號詩人冠冕，或尊海内文宗。」高棅對於元和間韓愈、柳宗元、張籍、王建、元稹、白居易、李賀、盧仝、孟郊、賈島等人的詩歌，稱之爲有別於盛唐正宗的「晚唐之變」；對於開成以後的杜牧、温庭筠、李商隱、許渾、劉滄、馬戴、李頻、李羣玉等人，稱之爲「晚唐變態之極」，並承認這些人皆是「名家擅場，馳騁當世」的才子詩豪，足見對這些晚唐詩人之「變」，還是很讚賞的。旁流以概指僧道、婦女和異人，來説明唐代詩歌的作者身份的廣泛性。這是對唐詩在唐代各個時期發展和演變的一種高度概括，是對楊士弘《唐音》始音、正音、餘響三品論唐詩的系統化和深化，試圖找出唐詩由正至變的發展演變規律。雖然這只是一種大概的總體觀照，並不一定完全準確，但却是一種研究唐詩的新模式，其理論創新精神，是極其可貴的。他之所以要以詩體分類，是想探索每種詩歌體裁各自發展和變化的特有規律，因此他在唐詩每一體裁的前面都有一個敘目，是對此體詩歌在唐代演變發展的解説。可以説，高棅對各種詩體的解説，都是對

該詩體在唐代發展和演變的歷史軌跡的探討和總結。將這些解説綜合在一起，就是一部簡要系統的唐詩演變史和發展史。

《唐詩品彙總敘》强調唐詩的「聲律興象，文詞理致」，《五言古詩敘目》認爲「詩至開元、天寶間，神秀聲律，粲然大備」，對盛唐詩的「神秀聲律」大力推崇。其中聲律、文詞是詩歌形式方面的東西，或稱之謂「形而下」者；而興象、理致則指詩歌内容精神和意象等方面的東西，或稱之謂「形而上」者。高棅其實是明代「格調」説的先行人物。他繼承了以詩歌形體爲分析中心的「格調聲律」派的詩學觀點，主要是以詩歌的形體特徵來説詩的。除了注重於詩歌的體制、結構、章法、句法、字法等詩法以及聲律、對仗等詩歌形式「形而下」方面的分析和研究之外，还要在此基礎上，進一步進行其「興象理致」即氣象、風神、韻味和精神内涵等「形而上」方面的探討。他所提出「神秀」的審美標準，也是指詩歌的興象韻味和精神内涵方面的東西。所以説，高棅的詩學觀不但是明七子的格調説的先導，也包涵有神韻説的因素。高棅的詩學理論，對明中後期的前後七子詩尊盛唐的格調説及明末清初的神韻説、肌理説等，都有深刻的影響。由於《唐詩品彙》及其續編《唐詩拾遺》是一部篇目衆多、内容全面、衆體兼備的大型唐詩選本，它在明清

兩代的選本學方面，具有巨大的影響。明清許多著名的選本，如李攀龍《唐詩删》（即《唐詩選》）、唐汝詢《唐詩解》、沈德潛《唐詩别裁》等，甚至於《唐詩三百首》也都以它爲選詩的淵藪，而很少出其範圍。由此可見，無論是在詩學思想方面還是在唐詩的選本方面，都能見其影響之大。

四、《唐詩品彙》的理論缺陷和收録失誤

高棅《唐詩品彙》對唐詩時代劃分的四個階段雖最終完成了「四唐」説，但其中「中唐」和「晚唐」兩段具體時間起止的劃分並不準確。他的分體選編和論説，雖然使每種詩體的發展和演進的脈絡比較清晰，但却模糊了一個詩人各種詩體之間的相互聯繫。他的九品分格，只對盛唐時期詩人做了正宗、大家、名家、羽翼的區分和評價，對其他時期詩人却没有做名家和羽翼之區分，顯然是不甚合理的。對初、中、晚階段的分析和評價，也有簡單化的傾向。而將像初唐的陳子昂、中唐的柳宗元等列入盛唐的正宗或名家，顯然也是與「四唐」的唐詩發展階段説有抵牾的地方。

此書篇帙繁巨，内容廣博，編選方面也難免有疏誤之處，正如《四庫全書總目提要》所

云：「如康寶月、劉令嫻之類，或泛收六代；杜常、胡宿之類，或誤採宋人。小小瑕疵，尤所未免。卷帙既富，核檢爲難，但觀其大體可矣。」我們所發現者，有詩人重出、詩歌重出、誤題作者、詩篇誤置、誤收其他朝代作者詩作等方面，羅列如下，以便讀者注意：

《詩人爵里詳節》有「寶月」，卷三十七有寶月《行路難》詩。（今按，《全唐詩》卷八〇八也收録了寶月《行路難》詩，但此詩已見《玉臺新詠》卷九，鍾嶸《詩品》卷下也記載了寶月《行路難》詩之事，則寶月實爲南齊人。）

《詩人爵里詳節》：「鮑文姬，鮑徽君之子，與宋尚宫同時人。」（今按，《全唐詩》卷七「鮑君徽小傳」云：「鮑君徽，字文姬。」鮑君徽與鮑文姬實爲一人。「詩人爵里詳節」列鮑文姬，又列鮑君徽，係誤作兩人。又，卷二十三、卷三十、卷九十作鮑君徽，卷八十一作鮑文姬，亦是一人誤作二人。）

《詩人爵里詳節》及卷五十五有杜常。（今按，杜常實爲北宋人，生平事蹟見《宋史》卷三三〇、《宋詩紀事》卷二九。）

《詩人爵里詳節》及卷五十五有方澤。（今按，方澤實爲北宋人。詳參《中國文學家大辭典·唐五代卷》「附録一·方澤」條。）

《詩人爵里詳節》及卷九十有胡宿。（今按，《全唐詩》卷七三一「胡宿」名下注云：「以下四人或云宋人，諸本並附唐末，今仍舊。」胡宿係北宋詩人，詳參《中國文學家大辭典·宋代卷》。）

《詩人爵里詳節》及卷五十五「旁流·衲子」皆有無本。（今按，無本即賈島，《詩人爵里詳節》中「賈島」「無本」係重出。卷五十二已把賈島列入「接武」，卷五十五又把「無本」列入「旁流」，前後抵牾。所選之詩，未重出。）

《詩人爵里詳節》：「劉令嫻，徐排（當爲「悱」）妻，隋末唐初人，有集六卷。」卷二十三録劉令嫻《聽百舌》詩。（今按，劉令嫻爲南朝梁時文士劉孝綽之妹，徐悱之妻。《梁書》卷三三《劉孝綽傳》云：「（徐悱）卒，還京師，妻爲祭文，辭甚悽愴。」同書《徐勉傳》所收徐悱之父徐勉所撰《答客喻》一文則云，徐悱卒於梁武帝普通五年（五二四）。故劉令嫻不可能唐初尚在世，《品彙》把她作爲唐代詩人，誤。）

卷一蘇味道《單于川對雨》。（今按，此詩《藝文類聚》卷二、《文苑英華》卷一五三作梁劉苞《望夕雨》，《品彙》當爲誤收。）

卷二張説《奉陪登南樓》。（今按，《唐詩紀事》卷十七、《全唐詩》卷九八皆作尹懋

詩，題作《奉陪張燕公登南樓》；蓋因《張燕公集》卷八録有此詩，所以高氏誤作張説之作。）

《唐詩拾遺》卷七周賀《送淮陰縣令》。（今按，此詩《全唐詩》僅見卷五八二温庭筠詩，題爲《送淮陰孫令之官》。《文苑英華》卷二七九亦作温庭筠詩；《御定全唐詩録》〔四庫全書本〕卷七一周賀詩、卷七九温庭筠詩皆收録。）

卷五十于鵠詩、卷五十二竇鞏詩中並録《襄陽寒食寄宇文籍》，重出。

卷五十四陳陶《隴西行二首》其二「隴樹三看塞草青」與《唐詩拾遺》卷四陳陶《隴西行二首》其二「隴戍三看塞草青」重出。

卷六十五司空曙詩中《春日野望寄錢員外起》，耿湋詩中《寄錢起》，兩者爲同一首詩，係重出。

卷七十「旁流·衲子」靈一《同使君宿大梁驛》與清江《喜皇甫大夫同宿大梁驛》兩詩重出。

卷七十三席豫和崔翹的同題之作《奉和聖製答張説扈從南出雀鼠谷》相互誤收。即席豫名下收的是崔翹之作，而崔翹名下的却是席豫之作。

卷七十六選李頎《送漪叔遊潁川兼謁淮陽太守》，《唐詩拾遺》卷八又選此詩。重出。

卷八十一鮑文姬《奉和御製麟德殿燕百僚》詩，原書因刊刻遺漏而置本卷末，應移置於「宫闈」詩人之末。

卷八十三，李憕《奉和聖製從蓬萊向興慶閣道中留春雨中春望之作應制》夾雜於王維詩作之間，乃刊刻之失誤。應移置於同卷王維《送楊少府貶郴州》詩之後。

《唐詩拾遺》卷十司空曙《九日登高》。（今按，《全唐詩》卷二六三作嚴維詩，此處誤作司空曙詩。）

《唐詩拾遺》卷十李義府名下五首七律，實皆爲李乂詩。

五、《唐詩品彙》的流傳及版本

據高棅在《唐詩拾遺序》中介紹，《唐詩品彙》九十卷完成於洪武二十六年（一三九三），其年即開始《拾遺》的編纂工作，至洪武三十一年（一三九八）完成《拾遺》十卷。成書乃在明初。但它開始廣爲流傳，産生較大影響，却是在一百多年後的嘉靖中葉以後，這和詩壇上宗唐風氣的興起有關。

《唐詩品彙》的版本，長期以來一直認爲成化間産生的陳煒本爲最早刊本，但近來發現有洪武間刻本和建文三年（一四〇一）刻本存世（詳參後文各本簡介），這説明高棅生前也有過刊刻。但如前引明末張恂所云，他當時所知者也是陳煒本，説明高棅生前刊本後世流傳甚少，後人乃以陳煒本爲祖本。陳煒本可能已佚[一]，其跋收録於張璁刻本[二]，其中云：「此吾閩高廷禮先生所編者也，……吾近得之，不敢私儲篋笥，因命工鋟梓以傳焉。……時成化十二年丁酉（按，成化十二年乃丙申年，十三年爲丁酉年，「十二」乃「十三」之訛）春正月

[一] 按，陳煒本是否確實已佚，尚需存疑。有兩方面的情況需要説明：其一，金生奎《明代唐詩選本研究·〈唐詩品彙〉主要版本》中指出，《東北地區聯合書目》集部著録有陳煒本殘本，藏於遼寧省圖書館。此本是否確爲陳煒本，殘存多少，尚待考察。其二，國家圖書館、美國柏克萊加州大學東亞圖書館等藏有一個版本，此本刊刻時間、刊刻者信息皆不詳，唯版心下部刻有「月到天心處，風來水面時。一般清意味，料得少人知」字樣（乃邵雍《清夜吟》詩，每册一字，以標明其次序）。《柏克萊加州大學東亞圖書館中文古籍善本書志》（七二一號）介紹，此本末有陳煒跋，鈐有「海寧沂陽王文禄世廉」朱文長方印。王文禄主要生活於明嘉靖、萬曆時期，説明此本當産生於嘉靖、萬曆時，甚至更早，不能完全排除此本即陳煒刻本的可能性。

[二] 傅增湘《藏園羣書經眼録》卷一八（集部七）云：「（《唐詩品彙》）明弘治癸丑江西提刑按察使張璁刊本。……後有成化十三年丁酉江西提刑按察使三山陳煒刻書跋，次弘治癸丑江西提刑按察副使滇南張璁跋。」中華書局一九八三年，第一五二〇頁。

望，江西提刑按察使三山陳煒書。」（詳參本書附録）陳煒所言很簡略，没有提供他刊刻所據本的太多信息。張璁本今存〔一〕。清人丁丙《善本書室藏書志》中對兩本的情況有所介紹：

（《唐詩品彙》）至成化丁酉（一四七七），江西提刑按察使三山陳煒刻而爲序，寄版於旌陽鐵柱宫，弘治戊申（一四八八）厄于祝融。南昌郡守周君鳳載梓，滇南張璁序之〔二〕。

可知，陳煒本刊刻於成化丁酉（一四七七），距高棅成書已近八十年；弘治戊申（一四八八），陳煒原版毁於火災，稍後張璁訪得其本，於弘治六年與南昌郡守周鳳重刻。

明中期的嘉靖和萬曆年間，《唐詩品彙》的刊刻迎來兩個高峰期。嘉靖時，有姚芹泉刻本（嘉靖十六年）、牛斗刻本（嘉靖十八年）等校訂本；同時贛守康河又把江西所藏張璁本重刻（嘉靖十七年）。萬曆中，有費懋質校訂、屠隆刊刻本，汪宗尼校訂本，陸允中校本

〔一〕《中國古籍善本書目·集部》載：山東師範大學圖書館藏有張璁原刻本，南京圖書館藏有張璁原刻、嘉靖十七年康河重修本（即原清代丁丙八千卷樓藏本），上海圖書館藏有張璁本殘本。上海古籍出版社一九九八年，中册，第一六六五頁。

〔二〕清丁丙撰《善本書室藏書志》卷三九，浙江古籍出版社二〇一六年。

等，而且萬曆時《唐詩品彙》也流傳到了日本[一]。明末則有張恂重訂本。清代《四庫全書》所收者，云「據編修鄭際唐家藏本」，不知此本刊於何時。這些版本的校正和刊刻者都面對兩個問題：一是他們無法看到高棅原本的面貌，只能看到陳煒本或張璁本；二是陳煒本、張璁本質量不佳，他們都感到不滿意，於是便各自校正。如嘉靖十六年陳講爲姚芹泉刊本所作《新刻〈唐詩品彙〉序》云：「舊本多舛缺，讀不可句，學者病焉。予舊藏有江西本，頗善，河南佐使芹泉姚子覽而愛之，遂校寫入梓。」嘉靖十八年牛斗《重刻〈唐詩品彙〉跋》云：「後得《品彙》，誦之數過，作而嘆曰……迺朝夕把玩，不忍釋手。顧乏善本，且多訛闕，每欲校刻而未暇。今叨禄食……躬自校正，刻置邑齋。越多哲匠，價廉工省，不兩月而告成功。」明末崇禎時人張恂在《重訂〈唐詩品彙〉序》中云：「是書始自成化間陳公煒所刻，時公觀察西江，意者校讎未得其人，故亥豕魯魚，流傳相襲。在高氏，費極苦辛，在學者，鮮獲善本，本人之所以有遺憾也。余不揣疏愚，謬肆研究，以原書校之，正其譌

〔一〕陳鴻喆《〈唐詩品彙〉的東傳與江戶漢文學》：「（日本）慶長九年（一六〇四，即明萬曆三十二年）時，林羅山（一五八三至一六五七）的《既讀書目》中便包含《唐詩品彙》。」《古文獻研究》（第二十六輯上），二〇二三年第一期，第二〇九頁。

者，十之六七；補其缺者，十之三四；尚有疑者，仍從闕文，以俟後之君子補正者，十蓋一二焉。」[一]

《唐詩品彙》的版本，今存者尚有不少，《中國古籍善本書目》（集部）[二]、金生奎《明代唐詩選本研究·〈唐詩品彙〉主要版本》[三]、申東城《唐詩品彙研究·〈唐詩品彙〉的版本》[四]、陳鴻喆《〈唐詩品彙〉的東傳與江户漢文學》等著作中有過介紹[五]。現參考他們的介紹，結合我們所見及檢索所知，簡要介紹如下：

（一）明洪武本。《唐詩品彙》九十卷《拾遺》十卷。金生奎《明代唐詩選本研究》云：「此本今未見。明鈕石溪《會稽鈕氏世學樓珍藏圖書目》著録云：《唐詩品彙》九十卷，洪武刊本。國朝新寧高棅編。清佚名《自怡悦齋藏書目》云：《唐詩拾遺》十卷，十册，明洪

[一] 陳講、牛斗、張恂之序跋，詳見本書後附録。

[二] 《中國古籍善本書目》（集部），上海古籍出版社一九九八年，第一六六五至一六六六頁。

[三] 金生奎《明代唐詩選本研究·〈唐詩品彙〉主要版本》，合肥工業大學出版社二〇〇七年，第八九至九四頁。

[四] 申東城《唐詩品彙研究》第四章，黄山書社二〇〇九年，第七八至八〇頁。

[五] 陳鴻喆《〈唐詩品彙〉的東傳與江户漢文學》，《古文獻研究》（第二六輯上）二〇二三年第一期，第二〇八頁。

武刻本。」〔一〕陳鴻喆《〈唐詩品彙〉的東傳與江户漢文學》文云，據其檢索，日本宮内廳書陵部藏有一部明洪武版（有補寫），共二十三册。此本我們未見，姑録之備考。

（二）明建文三年（一四〇一）刻本。據國家圖書館網站《第一批國家珍貴古籍名録》（〇二三三二號）介紹，此本爲《唐詩品彙》九十卷，十六册，建文三年刊刻，現藏於安徽博物院。

（三）明成化十三年（一四七七）陳煒刻本。金生奎《明代唐詩選本研究·〈唐詩品彙〉主要版本》據《東北地區聯合書目》集部所録，認爲尚存有殘本，藏於遼寧省圖書館。

（四）明弘治六年（一四九三）張璁刻本。《唐詩品彙》九十卷《拾遺》十卷。山東師範大學圖書館（二十册，其中卷三十八至四十八、八十二至九十爲鈔配）、浙江省圖書館、上海圖書館（殘本）、臺灣「國家圖書館」（殘本，存十卷，兩册）有藏。

（五）明嘉靖十七年（一五三八）康河重刻張璁本。二十册。末附陳煒跋、張璁跋。此

〔一〕金生奎《明代唐詩選本研究·〈唐詩品彙〉主要版本·洪武初刻本》，合肥工業大學出版社二〇〇七年，第八九頁。

本原爲清代丁丙收藏，有丁丙跋，現藏於南京圖書館。

（六）明嘉靖十六年（一五三七）姚芹泉刊本。《唐詩品彙》九十卷《拾遺》十卷，前有陳講《新刻〈唐詩品彙〉序》。首都圖書館、首都師範大學圖書館、上海圖書館、吉林省圖書館、吉林大學圖書館（殘本）、東北師範大學圖書館、山東省圖書館（殘本）、山東大學圖書館、江西大學圖書館、河南省圖書館、湖南省圖書館、四川大學圖書館、云南省圖書館、日本東京大學東洋文化研究所有藏。

（七）清董文焕批校姚芹泉本。《唐詩品彙》九十卷《拾遺》十卷。山西省圖書館有藏。

（八）明嘉靖十八年（一五三九）牛斗刻本。《唐詩品彙》九十卷《拾遺》十卷。見《柏克萊加州大學東亞圖書館中文古籍善本書志》（七二〇號）。《志》云末有陳煒、張璁、牛斗跋，但我們所見國家圖書館「中華古籍資源庫」發布的國圖藏本影像本僅有張璁和牛斗跋，中國國家圖書館、美國柏克萊加州大學東亞圖書館等有藏。

（九）刻者不詳明本。《唐詩品彙》九十卷《拾遺》十卷，四十册。見《柏克萊加州大學

東亞圖書館中文古籍善本書志》（七二一號）〔一〕。《志》云首有王偁、林慈、高棅序，末有陳煒跋，版心下方按册標有「月到天心處，風來水面時。一般清意味，料得少人知」字樣（按，乃邵雍《清夜吟》，每册一字，以標明各册次序），鈐有「海寧沂陽王文禄世廉」朱文長方印；我們所見國家圖書館中華古籍資源庫所發布的國圖藏本也有「月到天心處」等字樣，但首有馬得華、王偁、林慈、高棅四序，末無陳煒跋。金生奎《明代唐詩選本研究》云所見南京圖書館、上海圖書館藏本版心下方也有「月到天心處」等字樣，並云王文禄自嘉靖十年（一五三一）「少舉鄉薦」，屢試不第，年八十餘卒。則此本當刊刻於嘉靖、萬曆時，甚至更早。我們比對此本和中國國家圖書館網站「國家珍本古籍名録知識庫」所附建文三年（一四〇一）刻本卷一首半頁圖片，兩者在版式、文字等方面完全相同，僅個别字的字體微有差異。中國國家圖書館、上海圖書館、南京圖書館、美國柏克萊加州大學東亞圖書館等有藏。

（十）明刻本。《唐詩品彙》九十卷《拾遺》十卷。臺灣「國家圖書館」藏有兩本，一本四十册，一本三十六册，其網站著録爲：明刊本，有馬得華、王偁、林慈、高棅四序，刻工名

〔一〕《柏克萊加州大學東亞圖書館中文古籍善本書志》，上海古籍出版社二〇〇五年，第三四〇頁。

「仁、禹、十、公、金、科」等。疑此本和上述「刻者不詳明本」爲同一版本。

（十一）明刻本。《唐詩品彙》九十卷《拾遺》十卷。北京師範大學圖書館等有藏，《中國古籍善本書目》（集部一八一一二號，中册第一六六五頁）有著録。疑此本和上述「刻者不詳明本」爲同一版本。

（十二）明屠隆刻本。《唐詩品彙》九十卷《拾遺》十卷，明費懋質校正，屠隆刊刻。金生奎《明代唐詩選本研究》云所見安徽師範大學圖書館藏本末有跋云「至甲子夏而此書告成」，並推測「甲子」當是嘉靖四十三年（一五六四）；我們所見中國國家圖書館「中華古籍資源庫」所發布的天津圖書館藏本的影像本之末無跋。復旦大學圖書館、天津圖書館等有藏。

（十三）明富春堂刻本。《唐詩品彙》九十卷《拾遺》十卷。金生奎《明代唐詩選本研究》云，富春堂爲明代南京唐氏書坊的代表；萬曆間以刊刻戲曲作品而著名於世。遼寧大學圖書館、成都杜甫草堂有藏。

（十四）明汪宗尼校訂本。《唐詩品彙》九十卷《拾遺》十卷。按，汪宗尼萬曆十九年

曾刻《萬首唐人絶句》〔一〕，鎮江焦山有汪宗尼等萬曆十八年摩崖題詩〔二〕，其刊刻《唐詩品彙》當也在萬曆十九年（一五九一）前後。北京大學圖書館、上海辭書出版社等有藏。

（十五）明萬曆三十三年（一六〇五）陸允中刻本。《唐詩品彙》九十卷《拾遺》十卷。此本前有許自昌撰《重刻〈唐詩品彙〉序》，署萬曆乙巳（三十三年）。故宫博物院圖書館等有藏。

（十六）明葉星宇刻本。《唐詩品彙》九十卷《拾遺》十卷。金生奎《明代唐詩選本研究》録有萬曆三十三年葉星宇刻本，云：「《四川省高校圖書館古籍善本聯合目録》著録云：『《唐詩品彙》九十卷《拾遺》十卷《詩人爵里詳節》一卷，明萬曆三十三年葉星宇刻本。』……筆者未能親見，不能確定其與陸本是否爲一版而二名。」

（十七）明張恂重訂本。《唐詩品彙》九十卷《拾遺》十卷。前有《重訂〈唐詩品彙〉序》，署「涇陽張恂撰」，但未署日期。雍正《陝西通志》卷六三《人物志九》載「張恂，字稺恭，涇陽人。……崇禎癸未（一六四三）成進士」，其刊刻《唐詩品彙》當在崇禎時。北京

〔一〕參看杜信孚纂輯《明代版刻綜録》卷二，江蘇廣陵古籍刻印社一九八三年，第二四頁。

〔二〕參看鎮江焦山碑刻博物館編《焦山碑林典藏精品圖録》摩崖部分二二一，文物出版社二〇一四年，第二四頁。

大學圖書館等有藏。

（十八）朝鮮刻本。金生奎《明代唐詩選本研究》云，《中國所藏高麗古籍綜録》著録，上海圖書館收藏有一朝鮮刻本，僅《唐詩品彙》九十卷，無《拾遺》十卷。乃張恂重訂本的翻刻本。

（十九）明重刻本。《唐詩品彙》九十卷《拾遺》十卷。陳鴻喆《〈唐詩品彙〉的東傳與江户漢文學》中云，福建省圖書館藏有明成化十三年本重修本。我們檢索福建省圖書館網站，僅標爲：明刻本，十四册。

（二〇）清順治十四年石渠閣刻本。金生奎《明代唐詩選本研究》云，《東北地區古籍線裝書聯合書目》著録云：「《唐詩品彙》九十卷，清順治十四年石渠閣刻本。吉林省社會科學院藏。」

（二一）文淵閣《四庫全書》本。清代《四庫全書》所收，《唐詩品彙》九十卷《拾遺》十卷。《四庫總目》卷一八九云「據編修鄭際唐家藏本」，卷首序僅保留高棅《總敘》。金生奎《明代唐詩選本研究》云，他將文淵閣四庫本和陸允中、汪宗尼、張恂本對照，可以斷定文淵閣四庫本謄抄的底本是張恂重訂本。

(二二二)文津閣《四庫全書》本。(參看陳鴻喆《〈唐詩品彙〉的東傳與江户漢文學》)

(二二三)文瀾閣《四庫全書》本。(參看陳鴻喆《〈唐詩品彙〉的東傳與江户漢文學》)

(二二四)清耿氏鈔本。金生奎《明代唐詩選本研究》云,清耿文光《萬卷精華樓藏書記》卷一三六記載他所藏《唐詩品彙》九十卷《拾遺》十卷,乃耿氏據原本鈔録,並以諸本校正其訛字,集録諸家評説於上方。又云,耿文光《萬卷精華樓藏書記》中此條之前又著録有明洪武癸酉(一三九三)刊本,(金生奎)疑此本即耿文光謄抄所據的底本,但它不可能是洪武間刊本,應是一刊刻時間和姓氏不詳的明刊本。金生奎並推斷,耿文光鈔本當成書於清道光時。

(二二五)清鈔本。二册(存《五絶》卷二至卷六,《七絶》卷三至卷七)。温州市圖書館藏。(參看陳鴻喆《〈唐詩品彙〉的東傳與江户漢文學》)

(二二六)清鈔本。《唐詩品彙》九十卷《拾遺》十卷《詩人爵里詳節》一卷,明張恂訂。十一册,存四十六卷(卷一至四、十七至二十、二十九至三十八、五十三至五十七、六十五至六十九、七十四至九十,及《詩人爵里詳節》)。臨海市圖書館藏。(參看陳鴻喆《〈唐詩品彙〉的東傳與江户漢文學》)

另外，明清時期還産生有幾個《唐詩品彙》的删節本，此不再贅述，有興趣的讀者可參看金生奎《明代唐詩選本研究》「《唐詩品彙》派生本」部分的介紹。

六、關於本書點校的説明

本書最初整理，是用上海古籍出版社影印的明汪宗尼校訂本爲底本，以日本東京大學東洋文化研究所藏嘉靖十六年姚芹泉刻本的影像本（簡稱「姚本」）、文淵閣《四庫全書》本（簡稱「四庫本」）爲主要校本，並覈對總集、别集、史傳等文獻，校勘而成。原則上保持汪宗尼本的原貌，僅以「今按」的方式對其中舛誤、可疑之處作出説明。底本中的異體字，在不致造成誤解的情況下酌情改爲通行字。底本中，「己」「已」「巳」三字皆刻作「巳」，「商」常刻作「啇」，「段」常刻作「叚」，「簡」常刻作「蕳」，此類文字則徑改爲本字。

這次修訂，改正了初版中一些明顯的疏誤。由於近年來國家古籍數字化工作的長足發展，幾個《唐詩品彙》的版本也有了影像本，我們據中國國家圖書館網站「中華古籍資源庫」發布的國圖所藏明牛斗校刻本的影像本（簡稱「牛斗本」）、刻者不詳明本的影像本（簡稱「刻者不詳明本」），天津圖書館所藏明費懋質校正、屠隆刊刻本的影像本（簡稱「屠

隆本」）、明張恂重訂本（殘本，存卷首、五言古詩、七言古詩部分，簡稱「張恂本」）的影像本等，作了適當的進一步校勘。另外把我們搜集到的一些後世關於《唐詩品彙》修訂重刊的序跋附録於書後，以便參考。至於底本選用、校勘方式等基本體例，我們感覺原來的方式還是合適的，所以一仍其舊，僅對其中部分問題作一些補充説明。

本書校勘之所以選擇汪宗尼本爲底本，並原則上不改動底本的原貌，主要是基於兩個方面的原因：一是文獻條件所限；二是《唐詩品彙》自身流傳的情況所致。所謂文獻條件，是指本書最初整理時，出版發行的版本只有上海古籍出版社一九八二年影印的汪宗尼本和臺北商務印書館影印文淵閣《四庫全書》本，另有日本所藏姚芹泉刻本和張恂本殘本（七律部分）的影像本；本次修訂，雖然增加了幾個參校本，但還是難以看到現存版本的全貌。所謂《唐詩品彙》自身流傳的情況，是指此書流傳的主要版本是以陳煒本、張璁本爲底本校正的結果。各家校訂，主要是據他書來作正定，各有得失；而且唐詩在流傳中本來就有異文，他們各有取捨，不少文字也談不上孰是孰非，究竟誰更接近高棅原稿的面貌不好判斷。這種情形，使《唐詩品彙》没有一個具有權威性的善本。所以，我們便採用最爲通行、也較後出、有過校訂的汪宗尼本爲底本，在盡量不改動汪本原貌的原則下

來作點校。下面對我們所見到或了解到幾個版本的體例、内容、文字異同等略作比較，以説明此問題。首先比較其體例，諸本情況見下表〔一〕。

	卷首内容及次序	總目	各體敘目（僅舉五古）	各卷卷首（僅舉卷一）	拾遺總目或序	拾遺序或總目	拾遺各卷目録（僅舉卷一）	拾遺各卷卷首（僅舉卷一）	跋
姚芹泉本（嘉靖十六年）	陳講序 馬得華序　王偁序 林慈序 高棅總序 引用諸書 歷代名公叙論 凡例 詩人爵里詳節	唐詩品彙總目	唐詩品彙卷之一五言古詩敘目	唐詩品彙卷之一新寧高棅編	唐詩拾遺總目	高棅　唐詩拾遺序	唐詩拾遺卷之一目録	新寧高棅編 唐詩拾遺卷之一	

〔一〕陸允中本我們未見，表中乃據申東城《唐詩品彙研究》中的介紹而列，黃山書社二〇〇九年，第一一六頁。

续表

牛斗本（嘉靖十八年）	馬得華序　王偁序 林慈序 高棅總敘 引用諸書 歷代名公叙論 凡例 詩人爵里詳節	唐詩品彙總目	五言古詩敘目（凡一十四卷） 明新寧高棅編集 山陽牛斗校刻	五言古詩卷之一　唐詩品彙一 明新寧高棅編集　山陽牛斗校刻	唐詩拾遺總目	高棅　唐詩拾遺序	唐詩拾遺卷之一目録	唐詩拾遺卷之一 明新寧高棅編集 山陽牛斗校刻	張璁跋 牛斗跋
刻者不詳明本	馬得華序　王偁序 林慈序 高棅總敘 引用諸書 歷代名公叙論 凡例 詩人爵里詳節	唐詩品彙總目	五言古詩敘目（凡一十四卷） 新寧高棅編	五言古詩卷之一　唐詩品彙一 新寧高棅編	唐詩拾遺總目	高棅　唐詩拾遺序	唐詩拾遺卷之一目録	唐詩拾遺卷之一 新寧高棅編	陳煒跋

续表

屠隆本 （萬曆時）	馬得華序　王偁序 林慈序 高棅總敘 引用諸書 歷代名公叙論 凡例 詩人爵里詳節	唐詩品彙 總目	五言古詩 敘目（凡一 十四卷） 新寧高棅 編次　石 湖費懋質 校正	五言古詩卷 之一　唐詩 品彙一 新寧高棅編 次　石湖費 懋質校正 東海屠隆長 卿刊	唐詩拾遺 總目	高棅　唐 詩拾遺序	唐詩拾遺 卷之一 目録	唐詩拾遺 卷之一 新寧高棅 編次 石湖費懋 質校正 東海屠隆 長卿刊	
汪宗尼本 （萬曆時）	馬得華序　王偁序 林慈序 高棅總敘 歷代名公叙論 凡例 引用諸書 詩人爵里詳節	無	五言古詩 敘目（凡二 十四卷）	五言古詩卷 之一唐詩品 彙一 新寧高棅編 輯 新安汪宗尼 校訂	高棅唐詩 拾遺序	唐詩拾遺 總目	唐詩拾遺 目録 第一卷 五言古詩 上	唐詩拾遺 卷之一 新寧高棅 編輯 新安汪宗 尼校訂	

续表

陸允中本（萬曆三十三年）	許自昌序 唐詩品彙總敘 歷代名公敘論 凡例 諸體敘目 引用諸書 詩人爵里詳節	未見總目	各體詩敘目合併，置於卷首		唐詩拾遺序	唐詩拾遺總目	唐詩拾遺目録（各卷目録合在一起）	唐詩拾遺卷之一　新寧高棅編輯　玉峰陸允中校訂	
張恂本（崇禎時）	高棅唐詩品彙總敘 王偁序 張恂重訂唐詩品彙序 凡例 歷代名公敘論 引用諸書 唐詩品彙總目 諸體敘目 詩人爵里詳節	總目置於「詩人爵里詳節」之前	各體詩敘目合併，置於卷首「詩人爵里詳節」之前	五言古詩卷之一　唐詩品彙一　新寧高棅編輯　關中張恂重訂	拾遺部分，所見本缺				

续表

文淵閣四庫全書本（清代）	唐詩品彙敘目 高棅唐詩品彙總敘 唐詩品彙凡例 唐詩品彙歷代叙論 唐詩品彙姓氏爵里詳節	無總目	各體詩敘目合併，置於卷首之首	唐詩品彙卷一 高棅編輯	高棅唐詩拾遺序	唐詩拾遺目録（無總目，各卷目録合在一起）	各卷無目録	唐詩拾遺卷一 明高棅編	

從表中可以看到，汪宗尼本之前，嘉靖時的姚芹泉本、牛斗本，刻者不詳明本，萬曆時的屠隆本，體例比較一致；汪本之後，萬曆時的陸允中本，崇禎時的張恂本，清代的四庫本，體例則有較大變化。汪宗尼本體例和之前的姚芹泉等本總體上比較接近，但它把《品彙》卷首的「凡例」前提至「引用諸書」之前，刪去了「總目」；把《拾遺》卷首中的「序」前提至「總目」之前。此舉實開啟了《唐詩品彙》版本發展中改動體例的風氣，具有承前啟後的地位。後來版本基本是沿其開啟的兩個方向進一步發展。一是調整卷首次序，如陸允中本、張恂本、四庫本大致都是按首先各序，其次「凡例」，其次「引用諸書」「總目」「敘目」「詩人爵里詳節」的次序排列。二是增刪卷首的内容，這方面後來幾個版本走得更遠，陸允中本、張恂本、四庫本基本都是把原本中馬得華、王偁、林慈三序刪去，僅保留高棅的總

敘，加入新撰之序（張恂本保留了王偁序，似是删除未盡，四庫本無新撰之序）；删去「總目」（張恂本未删）；把原來分置於各體卷前的「敘目」和分置於《拾遺》各卷之前的目録合併（張恂本《拾遺》部分我們未見到）。可見，汪宗尼本在體例上，與較早諸本差異不大，又體現出開後來風氣之端的特點，有其獨特的價值。

其次比較其内容。内容上，諸本差異較大者有兩方面：一是個别選詩的替换，一是夾注中評語的有無。先看第一方面：

《拾遺》卷五王維《同崔興宗送瑗公》「言從石菌閣，新下穆陵關」（今按，四庫本同此；牛斗本、刻者不詳明本、屠隆本所録爲《送崔興宗》「已恨親皆遠」首，與本卷前文重複，姚本僅列《送崔興宗》詩題）。

《拾遺》卷六錢起《秋夕與梁鍠文宴》「客到衡門下」（今按，四庫本同此；姚本、牛斗本、刻者不詳明本、屠隆本所録非此詩，乃《送楊皥擢第遊江南》「行人臨去水」，與卷六四重複）。

《拾遺》卷七李頻《和范酇先輩話襄陽遊》「聽説揚帆曲」（今按，四庫本同此；姚本、牛斗本、刻者不詳明本、屠隆本所録非此詩，乃《送宋震先輩赴青州》「滿閣終南色」，與本卷前文重複）。

《拾遺》卷十盧綸《早春歸盩厔舊居寄耿湋李端》「野日初晴麥隴分」（今按，四庫本同此；姚本、牛斗本、刻者不詳明本、屠隆本所録非此詩，乃盧綸《酬金部王郎中省中春日見寄》，與本卷前文重複）。

這四首詩都在《拾遺》各卷之末「已上係增入，原是摘句」部分。把摘句增爲全詩，可能不是高棅之舉，而是陳煒、張璁等後來刊刻時所爲。其中有些與前面選詩重複，這個問題是汪宗尼發現並校正（也可能是汪宗尼等繼承稍早校刊本）的。這種做法是否適當，尚可爭議，但可説明其本在這方面做過校正，有其優點。

另一方面是有些注文中評語，他本有汪宗尼本却無。共八處，都在卷六十二杜甫五律部分。

卷六十二杜甫《陪鄭廣文遊何將軍山林三首》其一：不識南塘路，今知第五橋。（今按，姚本、牛斗本、刻者不詳明本、屠隆本、四庫本此處有注文「劉曰：便自然動」「屠隆本「便自然」」，高楚芳《集千家注杜工部詩集》卷二作「便自流動」」，汪本無）。

其二：將軍不好武，稚子總能文。（今按，姚本、牛斗本、刻者不詳明本、屠隆本、四庫本此處有注文「劉云：言外亦具世變」，汪本無）。

卷六十二杜甫《喜達行在所三首》其一：霧樹行相引，蓮峰望或開。（今按，姚本、牛斗本、刻者不詳明本、屠隆本此處有注文「劉云：荒村岐路之間，望樹而往，並山曲折，或見其背，或見其面。非身歷顛沛，不知其言之工也」，汪本、四庫本無）。

其三：死去憑誰報，歸來始自憐。（今按，姚本、牛斗本、刻者不詳明本、屠隆本此處有注文「劉

云：獨行中路，間關憂患，累百言而不能訴者，一見垂淚」，汪本、四庫本無）。

卷六十二杜甫《初月》：微升古塞外，已隱暮雲端。（今按，姚本、牛斗本、刻者不詳明本、屠隆本此處有注文「劉云：凡詩未嘗無所託［屠隆本作「寄」］，第不如注者之謬」，汪本、四庫本無）。

卷六十二杜甫《秦州雜詩五首》其一：遲迴度隴怯，浩蕩及關愁。（今按，姚本、牛斗本、刻者不詳明本、屠隆本此處有注文「劉云：只作［屠隆本作「在」］及關是」，汪本、四庫本無）。

其三：牽牛去幾許，宛馬至今來。（今按，姚本、牛斗本、刻者不詳明本［屠隆本缺此頁］此處有「劉云：無緊要，有風刺。只是張騫，寫得好」，汪本、四庫本無）。

其四：塞門風落木，客舍雨連山。（今按，姚本、牛斗本、刻者不詳明本［屠隆本缺此頁］此處有注文「劉云：對得渾」，汪本、四庫本無）。

這幾處評語，汪宗尼本未載，四庫本僅載兩條，可能是疏漏。

另外，有些同題之作的詩題，姚本、牛斗本、刻者不詳明本、屠隆本多用簡稱，汪宗尼本、四庫本多用全名，如卷五十九韋濟《奉和次瓊岳應制》，其下李林甫同題作，汪本、四庫本作《奉和次瓊岳應制》，姚本等作《奉和同前》。這應屬於體例差異，算不上内容的不同。

再次，比較其具體文字的異同優劣。先列舉一些例證如下：

卷一五言古詩一的首半頁。國家圖書館網站「國家珍貴古籍名録知識庫」中配有一張安徽博物院藏「建文三年（一四〇一）刻本」卷一開頭半頁的圖片，我們這裏把它和他本作一比較。首先指出的是，各本中唯刻者不詳明本在版式和文字等方面與建文三年本完全相同，字體也很接近，但兩者字體也不完全相同，如「高楝」的「高」字，建文三年本最上一點刻作豎點，刻者不詳明本刻作短横。其他本版式也基本與建文三年本同（屠隆本每半頁行數、每行字數有所不同），唯加入「山陽牛斗校刻」「新安汪宗尼校訂」等而已；姚芹泉本把「五言古詩卷之一唐詩品彙一」改爲「唐詩品彙卷一五言古詩」。具體文字方面，本頁爲太宗皇帝《幸武功慶善宫》詩，題下注文「吕才被之管絃，爲功成慶善樂」之「功」字，他本同此，牛斗本訛作「宫」；「提劍鬱匡時」之「匡」字，建文三年本、刻者不詳明本、姚本、屠隆本缺末筆，牛斗本、汪宗尼本、張恂本改作「匡」。

詩人爵里詳節「陳潤」（今按，「潤」，張恂本、四庫本同此，姚本、牛斗本、屠隆本、刻者不詳明本作「閏」。汪宗尼本七古卷十三、《文苑英華》卷一五六、二九八有「陳閏」；汪宗尼本《拾遺》卷六、《文苑英華》卷二三〇、二三六、三二七、《唐詩紀事》卷三九、《全唐詩》卷二七二有「陳潤」。可見，「陳潤」「陳閏」皆有依據，孰是孰非，很難斷定）。

卷一唐太宗《春日玄武門宴群臣》：盈（今按，「盈」，姚本、刻者不詳明本、《文苑英華》卷一六八、《唐詩紀事》卷一同此，牛斗本、屠隆本、張恂本、四庫本、《全唐詩》卷一作「清」。「盈」「清」兩字皆有依據，談不上孰是孰非）尊浮綠醑，雅曲韵朱絃。

卷一章懷太子《黄臺瓜辭》：種瓜黄臺下，瓜熟子離離。一摘使瓜好，再摘令瓜稀。三摘尚自（今按，「自」，牛斗本、刻者不詳明本、屠隆本、張恂本、四庫本、《唐會要》卷二、《樂府詩集》卷八六同此，姚本、《新唐書》卷八二作「云」。兩者皆有依據）可，摘絶（今按，「摘絶」，牛斗本、刻者不詳明本、屠隆本、張恂本、四庫本、《樂府詩集》卷八六、《全唐詩》卷六等同此，姚本、《舊唐書》卷一一六、《新唐書》卷八二《承天皇帝倓傳》、《資治通鑑》卷二二〇、《唐會要》卷二、《太平御覽》卷一四九作「四摘」。兩者皆有依據）抱蔓歸。

卷一劉希夷《秋日題南陽潭壁》：獨坐秋陰生，悲來從此（今按，「此」，姚本、牛斗本、刻者不詳明本、屠隆本、《文苑英華》卷一六三同此，張恂本、四庫本、《全唐詩》卷八二作「所」。「此」「所」兩者皆有依據，諸本多作「此」，更可能「此」是陳煒本或原稿之字）適。……魚鱗可憐紫（今按，張恂本、四庫本、《唐百家詩選》卷一、《唐詩紀事》卷十三、《全唐詩》卷八二同此，姚本、牛斗本、刻者不詳明本、屠隆本、《文苑英華》卷一六三作「江湘魚鱗紫」。兩者皆有依據，「江湘魚鱗紫」當是原刻，可能是因其有舛誤之嫌，汪宗尼本等改爲更勝的「魚鱗可憐紫」），鴨毛自然碧。

卷五李白《五松山送殷淑》詩後評語：劉云：此其淺易者，意（今按，「意」，居隆本、牛斗本、張恂本、四庫本同此，姚本作「作」，刻者不詳明本作「非」。蓋「非」爲較早刊本之訛，後之刊本或改爲「意」，或改爲「作」）亦灑然。

卷十王昌齡下：殷云：元嘉以還四百年内，曹、劉、陸、謝風骨頓盡。頃（今按，「頃」，他本及《河岳英靈集》皆同此，姚本作「賴」，誤。姚本或爲形訛，或係臆改所致）有太原王昌齡、魯國儲光羲頗從厥跡。

卷二十孟郊《秋夕貧居述懷》：卧冷無遠夢，聽秋酸别情。高枝低枝風，千葉萬葉聲。（劉云：創體。）（今按，「創體」，姚本作「得體」，以「創體」爲是，姚本當爲臆改）。

卷二十二李羣玉《湖中古愁》（今按，「湖」，牛斗本、刻者不詳明本、張恂本、四庫本［居隆本缺此頁］、《李羣玉詩集》卷上、《全唐詩》卷五六八皆同此，姚本作「湘」，當爲臆改）：南雲哭重華，水死悲二女。

卷三十三楊衡《長門怨》：萬遍凝愁枕上聽，千迴候（今按，「候」，姚本作「俟」，當非）命花間立。

卷四十八張偁《辭房相公》：秋風颯颯雨霏霏，愁殺栖遑（今按，牛斗本、刻者不詳明本、居隆本、四庫本同此，姚本作「遲」，當誤。《文苑英華》卷二五二作「皇」，《唐詩紀事》卷二四作「絶恓惶」，《全唐詩》卷二五八作「恓遑」）一布衣。

卷五十三李商隱《絶句》：珠箔輕明拂玉墀，披香新殿鬭腰肢。不須看盡魚龍戲，終遣君王怒偃師。（《劉子》［今按，牛斗本、刻者不詳明本、屠隆本同此，姚本、四庫本作「列子」。「劉子」「列子」之異，當非訛誤所致，而可能是姚本、四庫本臆改。所引之事雖出自《列子》，但高棅轉引自《劉子》也有可能］云：偃師，周穆王時工人，獻能倡者，歌舞千變萬化。技將終，倡者瞬其目，招王之左右侍妾。王大怒，立欲誅偃師。偃師大懾，立剖能［今按，「能」，據楊伯峻《列子集釋》卷五，乃「散」之訛。姚本作「殺」，當爲臆改］倡者）。

卷五十九崔湜《幸白鹿觀應制》：鸞歌無歲月，鶴語記春秋。臣朔真（今按，「真」，牛斗本、屠隆本、四庫本、《全唐詩》卷五四同此，姚本、刻者不詳明本作「直」，《搜玉小集》、《文苑英華》卷一七八、《唐詩紀事》卷九作「其」。姚本、刻者不詳明本作「直」當係因襲原本之訛）何幸，常陪漢武遊。

從這些舉例和前文考疏中不難看出，各家刊本各有優劣。但他們都無法看到高棅原稿的面貌，所據的陳煒本、張璁本又舛誤甚多，因而文字的校訂，就只能參考別集、總集、史傳等文獻，没有文獻依據者，或存而不論，或臆改。而《文苑英華》、《唐百家詩選》、《樂府詩集》、《唐詩紀事》、詩人別集等文獻對唐詩的記載，也常有異文；諸家所據文獻不同，又使《唐詩品彙》各本産生了大量異文。這些異文，不易判斷其是非優劣，也難以判斷誰更接近高棅的原稿。所以，直到明末張恂校訂時還感慨「鮮獲善本，本人之所以有遺憾也」；其校勘乃是「以原書校之」，所謂「原書」當是指高棅「引用諸書」中所列之書。

如果把體例、内容、文字校訂等方面綜合起來考量，應該説諸本中以刻者不詳明本、屠隆本、汪宗尼本爲最善。不過，在大家都無法看到高棅原稿的情況下，所謂「最善」僅是相對而言，嚴格地説它們都難稱善本。如此情形下，我們今天整理《唐詩品彙》，也同樣面臨一個難題：如何才能做到既盡量接近高棅稿的原貌，又校正其中的錯誤？這很難做到，目前比較穩妥的辦法應該是：選擇一種較善之本，在不改變其面貌的基礎上，把其他版本的信息盡量附加上去。我們的整理，就是按照這個思路。不過，由於我們的能力所限，加之一些現存版本尚未印行或電子化，我們没有看到尚存的《唐詩品彙》所有版本，所以這次修訂也只能達到目前的水準。再次懇請學界同仁和廣大讀者不吝批評指正。

葛景春　胡永傑

二〇二四年八月五日

目録

五言古詩卷之二　唐詩品彙二……一八七

五言古詩卷之二十三　唐詩品彙二十三……六八三

姓氏疑誤者六人 …………………… 六九〇

五言古詩卷之二十四　唐詩品彙二十四 …… 七一三

七言古詩敘目（凡十三卷）……七三七

七言古詩卷之一　唐詩品彙二十五……七三九

七言古詩卷之八　唐詩品彙三十二……八八九

七言古詩卷之九　唐詩品彙三十三……九〇五

七言古詩卷之十三　唐詩品彙三十七……九八七

五言絶句卷之二　唐詩品彙三十九……一〇四一

五言絶句卷之三　唐詩品彙四十……一〇五五

五言絶句卷之六　唐詩品彙四十三……一一〇三

七言絕句卷之六　唐詩品彙五十一……………二五五

七言絕句卷之七　唐詩品彙五十二……………二七七

七言絶句卷之十　唐詩品彙五十五……一三四七

正宗（下）……一四八一

五言律詩卷之七　唐詩品彙六十二……一五〇五

大家……一五〇五

五言律詩卷之八　唐詩品彙六十三……一五二七

羽翼……一五二七

五言律詩卷之十三　唐詩品彙六十八……一六四九

五言律詩卷之十四　唐詩品彙六十九……一六七三

五言律詩卷之十五　唐詩品彙七十

有姓氏無字里世次可考者

五言排律卷之十　唐詩品彙八十……一九二九

七言律詩敘目(凡九卷)

七言律詩卷之三　唐詩品彙八十四

七言律詩卷之四　唐詩品彙八十五

七言律詩卷之五　唐詩品彙八十六

唐詩拾遺目録（第三卷）……………三四九

唐詩拾遺卷之三…………………………三五一

唐詩拾遺目録（第五卷）

唐詩拾遺卷之五

唐詩拾遺目録（第六卷）……二三七一

唐詩拾遺目録（第八卷）……二四五五

唐詩拾遺卷之八……二四五七

唐詩拾遺目録(第九卷)……二四八一

附録 《唐詩品彙》後世序跋

唐詩品彙敘

馬得華敘

天地元氣之精英鍾乎人，發而爲詩，至唐贏（音盈，餘也）六百家，作者固難，選者尤難耳。唐歷三百餘年，有始終、淳漓之異，故聲文亦隨而降。有能裒（音褒，裒德録賢，見《漢武帝紀》。）群作，辯（今按，姚本、屠隆本、刻者不詳明本作「辨」，字通）衆體，得於大全而無憾者，斯戛戛（音甲，齟齬貌。）其難矣。嘗觀《英靈》（《英靈集》，唐殷璠編。）、《間氣》（《間氣集》，唐高仲武編。）、《極玄》（《極玄集》，唐姚合編選。）、《三體》（《三體詩》，汶陽周伯弜選。）等集，非無足觀法，然得於此，而或遺於彼。繼是而選者，落落也。近世襄城楊士弘（元人。）所編《唐音》，其始終、正變區別，特異諸選，然亦未免遺珠之歎。信乎知言之難也。

龍門高廷禮氏，性嗜詩，取唐人爲式，凡唐之遺編斷什，散落人間者，搜括悉盡。初歎汪洋，罔知攸濟。沉浸含咀，歲積月增，一悟之見，默會於鳶魚之表，則古人聲律興象、長短優劣，不能逃心目之間矣。於是考摭（音職，拾也。）正變，第其高下，從類而定品，仍各敘篇

端，鑒鑒甚明，視《唐音》倍蓰其選，凡若干篇卷，名曰《唐詩品彙》。其衆體兼備，始終該博，浩浩乎若元氣坱（於黨切。）圠（音揠。坱圠，無垠際貌，見《楚辭》。）充兩間，周萬彙而靡遺，所謂大全無憾者也。

於乎！詩自《三百篇》而下，正聲不傳久矣。唐反純正，足以契《二南》，薄《風》、《雅》，而軌範時俗，其盛矣乎！然學者雖有志於古之知言，不過剽（匹妙切，音勳，剥也，見《廣雅》。）其皮膚，掇（音奪，採拾也。）其土苴（音鮓。土苴，渣滓也，糞草糟粕之類。），未能脱去舊習窠（音科，鳥在穴曰窠。）臼。試使讀唐詩，辯其爲某家某家，且不易得，況能玩詞審音，品定高下，爲去取乎？余閲是編，知廷禮用心之勤，而超卓之見異於人人也。全閩學古者，振發歆動，能相與鳴國家之盛，必廷禮爲之倡。海内文士，欲歷唐人之蹊徑，闖唐人之壼奥，則必於《品彙》求之。洪武辛巳，夏六月初吉，玉融馬得華序。

王偁敘

選唐詩者非一家，惟殷璠之《河岳英靈》、姚合《極玄集》有以知唐人之三尺。然璠、合固唐人也，而選又專主於五言，以遺乎衆體，寂寥扶疏，不足以盡其妙奥。下此諸家所選，

皆私於一己之見，見之陋，則選之得其陋者。雖以王荆公號稱知言，而《百家選》偏得晚唐，刻削爲奇，盛唐沖融渾灝之風，在選者戛戛無幾。他蓋可知矣。

及至近代，襄城楊伯謙《唐音》之選，始有以審其始終、正變之音，以備述乎衆體之制，可以掃前人之陋識矣，然其中不能無詳略之可議者，故今吾龍門漫士之《品彙》出焉。於乎！自有唐詩以來，七八百年，至是方無棄璧遺珠之恨。士之獲遇於知己也，難哉！

余嘗聞之漫士之論詩，曰：「詩自三百篇以降，漢魏質過於文，六朝華浮於實，得二者之中，備風人之體，惟唐詩爲然。然以世次不同，故其所作亦異。初唐聲律未純，晚唐氣習卑下，卓卓乎其可尚者，又惟盛唐爲然。」此具九方皐目者之論也。故是選專重於盛唐，而初唐、晚唐特以備一代之制，充充乎去取之合于（今按，姚本作「乎」）公，而不偏於一己之私見者也。編成，漫士持以質是非於偁。噫！以偁之陋，何足以知此也？因爲序其選取之意于首。漫士，姓高，名棅，字廷禮，博古好雅君子也。推是心以往，雖古今之禮樂，漫士亦將有志于折中焉，又不但是集之編也。時洪武歲在甲戌仲冬月，靈武王偁序。

林慈敘

詩自三百篇而下，莫盛于唐，蓋唐以詩設科取士，故當時士大夫輩多以詩鳴。今誦其詞，審其音，温厚和平，本乎性情，諧于《風》、《雅》，兼備兩漢、魏晉、六朝諸體，真所謂集大家者，降是無足取焉。觀者苟非讀書窮理，精通妙悟，且不能窺其藩籬，況敢定其去取乎？

長樂高君廷禮，潛心於詩二十餘年，吟詠之際，如親覿唐人眉宇，聆唐人謦欬。一旦恍然有得，謂同志曰：「諸君不有志於唐詩則已，苟有志焉，舍唐人名家弗由。」雖曰能之，吾未之信。于是悉取唐詩，自貞觀迄于龍紀，因其時世之後先，審其聲律之正變，分編定目，曰正始，曰正宗，曰大家，曰名家，曰羽翼，曰接武，曰正變，曰餘響，曰旁流。上而朝廷公卿大夫，下而山林隱逸士子，外而夷貊，内而閨秀、女冠，與夫方外異人，衲子、羽客之流，凡有一題一詠之善者，皆採摭無遺，共得詩若干篇（今按，原作「蒚」，乃「篇」之訛），編次既成，總名曰《唐詩品彙》。暇日，持以示余，徵言爲敘。余閲之久，喟然歎曰：昔吾夫子在齊聞《韶》，三月忘味。余得是編，誦之累月，無所不忘。噫！觀止矣，蔑以加矣，余何敢序？茲

編一出，必傳之當世來今，又何待序？序與不序，不足爲《品彙》重輕。然慨念吾廷禮十年用心之勤，思欲與海内學者共契唐人之理趣，返淳風于後代。他日出而賡歌鳴治世之音，列諸朝廷，以敦教戒，薦諸宗廟，以和神人，上追《雅》、《頌》之作，此廷禮素志，而或者未之知也，於是乎序。洪武乙亥九月朔日，仲蒙子後人林慈書。

唐詩品彙總叙

有唐三百年詩，衆體備矣。故有往體、近體、長短篇、五七言律句、絶句等製，莫不興於始，成於中，流於變，而陊之於終。至於聲律興象，文詞理致，各有品格高下之不同。略而言之，則有初唐、盛唐、中唐、晚唐之不同。詳而分之，貞觀、永徽之時，虞、魏諸公稍離舊習，王、楊、盧、駱因加美麗，劉希夷有閨帷之作，上官儀有婉媚之體，此初唐之始製也。神龍以還，洎開元初，陳子昂古風雅正，李巨山文章宿老，沈、宋之新聲，蘇、張之大手筆，此初唐之漸盛也。開元、天寶間，則有李翰林之飄逸，杜工部之沉鬱，孟襄陽之清雅，王右丞之精緻，儲光羲之真率，王昌齡之聲俊，高適、岑參之悲壯，李頎、常建之超凡，此盛唐之盛者也。大曆、貞元中，則有韋蘇州之雅澹，劉隨州之閑曠，錢、郎之清贍，皇甫之沖秀，秦公緒之山林，李從一之臺閣，此中唐之再盛也。下暨元和之際，則有柳愚溪之超然復古，韓昌黎之博大其詞，張、王樂府得其故實，元、白序事務在分明，與夫李賀、盧仝之鬼怪，孟郊、賈島之饑寒，此晚唐之變也。降而開成以後，則有杜牧之之豪縱，温飛卿之綺靡，李義山之隱僻，許用晦之偶對，他若劉滄、馬戴、李頻、李羣玉輩，尚能黽勉氣格，將（今按，據姚本，

當爲「特」之訛）邁時流，此晚唐變態之極，而遺風餘韻猶有存者焉。是皆名家擅場，馳騁當世。或稱才子，或推詩豪，或謂五言長城，或爲律詩龜鑑，或號詩人冠冕，或尊海内文宗，靡不有精粗、邪正、長短、高下之不同。觀者苟非窮精闡微，超神入化，玲瓏透徹之悟，則莫能得其門而臻其壼奥矣。今試以數十百篇之詩，隱其姓名，以示學者，須要識得何者爲初唐，何者爲盛唐，何者爲中唐，爲晚唐，又何者爲王、楊、盧、駱，又何者爲沈、宋，又何者爲陳拾遺，又何爲李、杜，又何爲孟，爲儲，爲二王，爲高、岑，爲常、劉、韋、柳，爲韓、李、張、王、元、白、郊、島之製。辯盡諸家，剖析毫芒，方是作者。

余夙耽於詩，恒欲窺唐人之藩籬。首踵其域，如墮終南萬疊間，茫然弗知其所往。然後左攀右涉，晨躋夕覽，下上陟頓，進退周旋，歷十數年，厥中僻蹊、通莊、高門、邃室，歷歷可指數。故不自揆，竊願偶心前哲，採摭群英，芟夷繁猬，裒成一集，以爲學唐詩者之門徑。載觀諸家選本，詳略不侔。《英華》以類見拘，《樂府》爲題所界，是皆略於盛唐而詳於晚唐。他如《朝英》、《國秀》、《篋中》、《丹陽》、《英靈》、《間氣》、《極玄》、《又玄》、《詩府》、《詩統》、《三體》、《衆妙》等集，立意造論，各該一端。唯近代襄城楊伯謙氏《唐音》集，頗能别體製之始終，審音律之正變，可謂得唐人之三尺矣。然而李、杜大家不録，岑、

劉古調微存，張籍、王建、許渾、李商隱律詩載諸正音，渤海高適、江寧王昌齡五言稍見遺響，每一披讀，未嘗不歎息於斯。由是遠覽窮搜，審詳取捨，以一二大家，十數名家，與夫善鳴者，殆將數百，校其體裁，分體從類，隨類定其品目，因目別其上下、始終、正變，各立序論，以弁其端。爰自貞觀，至天祐，通得六百二十人，共詩五千七百六十九首，分爲九十卷，總題曰《唐詩品彙》。嗚呼！唐詩之偈弗傳久矣，唐詩之道或時以明。誠使吟詠性情之士，觀詩以求其人，因人以知其時，因時以辯其文章之高下、詞氣之盛衰，本乎始以達其終，審其變而歸於正，則優游敦厚之教未必無小補云。洪武癸酉春，新寧高棅謹序。

歷代名公敘論

丹陽殷璠云：夫文有神來、氣來、情來，有雅體、野體、鄙體、俗體。編記者能審鑒諸體，委詳所來，方可定其優劣，論其取捨。至如曹、劉詩多直語，少切對，或五字並側，或十字俱平，而逸駕終存。然挈瓶膚（今按，《文鏡秘府論》南卷「定位」同此，《唐人選唐詩新編》本《河岳英靈集》作「庸」）受之流，責古人不辨宮商徵羽，詞句質素，耻相師範。於是攻異端，妄穿鑿，理則不足，言常有餘，都無興象，但貴輕艷，雖滿篋笥，將何用之？自蕭氏以還，尤增矯飾；武德初，微波尚在；貞觀末，標格漸高；景雲中，頗通遠調；開元十五年後，聲律、風骨始備矣。

京兆杜確云：自古文體變易多矣！梁簡文帝及庾肩吾之屬始爲輕浮綺靡之辭，名曰宮體。厥後沿襲，務於妖艷，謂之摛錦布繡焉。其有欲敦尚風格，頗有規正者，不復爲當時所重，諷諫比興由是廢缺。物極則變，理之常也。聖唐受命，斲雕爲樸；開元之際，王綱復舉，淺薄之風，兹焉漸革。其時作者凡十數輩，頗能以雅參麗，以古雜今，彬彬焉，粲粲焉，近建安之遺範矣。

河南元稹云：唐興，學官（今按，《舊唐書》杜甫本傳及元稹撰杜甫墓係銘并序作「官學」）大振，歷世之文，能者互出。而又沈、宋之流，研練精切，穩順聲勢，謂之爲律詩。由是而後，文體之變極焉。

廬陵歐陽脩云：唐之晚年，詩人無復李杜豪放之格，然亦務以精意相高。

河南宋祁云：唐興，詩人承陳隋風流，浮靡相矜。至宋之問、沈佺期等，研揣聲音，浮切不差，而號律詩。

《蔡寬夫詩話》云：唐自景雲以前，詩人猶習齊梁之氣，不除故態，率以纖巧爲工。開元後，格律一變，遂超然度越前古。

《李希聲詩話》云：唐人（今按，郭紹虞輯《宋詩話輯佚》本作「古人」）作詩，正以風調高古爲主，雖意遠語疏，皆爲佳作。後人有切近的當，氣格凡下者，終使人可憎。

《雪浪齋日記》云：前輩云，建安纔六七子，開元數兩三人。前輩所取，其難如此。余嘗與能詩者論，書止於晉，而詩止於唐。蓋唐自大曆以來，詩人無不可觀者，特晚唐氣象衰薾耳。

洪邁云：唐人以絶句名家者多矣，其詞華而艷，其氣深而長，錦繡其言，金石其聲，讀

之使人一唱而三歎。

滄浪嚴羽云：禪家者流，乘有小大，宗有南北，道有邪正；學者須從最上乘，具正法眼，悟第一義。若小乘禪，聲聞辟支果，皆非正也。論詩如論禪，漢、魏、晉與盛唐之詩則第一義也；大曆以還之詩則小乘禪也，已落第二義矣；晚唐之詩則聲聞辟支果也。學漢、魏、晉與盛唐詩者，臨濟下也；學大曆以還之詩者，曹洞下也。大抵禪道惟在妙悟，詩道亦在妙悟，惟悟乃爲當行，乃爲本色。然悟有淺深，有分限，有透徹之悟，有但得一知半解之悟。漢魏尚矣，不假悟也；謝靈運至盛唐諸公，透徹之悟也；他雖有悟者，皆非第一義也。故予不自量度，輒定詩之宗旨，且借禪以爲喻。推原漢魏以來，而截然謂當以盛唐爲法，雖獲罪於世之君子，不辭也。

又云：夫詩有別材，非關書也；詩有別趣，非關理也。然非多讀書，多窮理，則不能極其至。所謂不涉理路，不落言筌者，上也。詩者，吟詠性情也。盛唐諸人惟在興趣，羚羊掛角，無跡可求。故其妙處，透徹玲瓏，不可湊泊，如空中之音，相中之色，水中之月，鏡中之象，言有盡而意無窮。

又云：夫學詩者，以識爲主，入門須正，立志須高。以漢、魏、晉、盛唐爲師，不作開

元、天寶以下人物。若自退屈，即有下劣詩魔入其肺腑之間，由立志之不高也。行有未至，可加工力，路頭一差，愈騖愈遠，由入門之不正也。（已上見《詩辯》。［今按，據郭紹虞校注本《滄浪詩話》，「辯」當爲「辨」］）

又云：宋朝坡、谷諸公之詩，如米元章之字，雖筆力勁健，終有子路事夫子時氣象。盛唐諸公之詩，如顏魯公書，既筆力雄壯，又氣象渾厚，其不同如此。（《答吴景仙書》）

又云：詩有詞、理、意興。南朝人尚詞，而病於理；本朝人尚理，而病於意興；唐人尚意興，而理在其中。

又云：或問：唐詩何以勝我朝？唐以詩取士，故多專門之學，我朝之詩所以不及也。

又云：唐人與本朝人詩未論工拙，直是氣象不同。

又云：唐人命題、言語亦自不同。雜古人之集而觀之，不必見詩，望其題引而知其爲唐人今人矣。

又云：唐人好詩多是征戍、遷謫、行旅、離別之作，往往能感動激發人意。

又云：盛唐人有似粗而非粗處，有似拙而非拙處。

又云：盛唐人詩亦有一二濫觴晚唐者，晚唐人詩亦有一二可入盛唐者，要當論其大概耳。

又云：大曆之詩，高者尚未失盛唐，下者漸入晚唐矣。

又云：五言絶句，衆唐人是一樣，少陵是一樣，韓退之是一樣。（已上見《詩評》。）

又云：律詩難於古詩，絶句難於八句，七言律詩難於五言律詩，五言絶句難於七言絶句。（見《詩法》。）

汶陽周伯弼云：絶句之法，以第三句爲主，首尾率直而無婉曲者，此異時所以不及唐也。

廬陵劉辰翁云：絶句難作，要一句一絶，短語長事，愈讀愈有味爲正。

浦城楊載云：取材於《選》，效法於唐。

浚儀馬伯庸云：枕籍《騷》、《選》，死生李、杜矣。

清江范椁（今按，當爲「梈」）云：余嘗觀於《風》、《騷》以降，漢魏下至六朝，弊矣。唐初，陳子昂輩乘一時元氣之會，卓然起而振之，開元、大曆之音由是丕變，至晚宋又極矣。

蜀郡虞集云：詩之爲學，盛於漢魏者，三曹、七子至於諸謝，備（今按，《傅與砺詩文集》卷首載虞集《序》作「儕」）矣。唐人諸體之作，與代終始，而李杜爲正宗。（見《傅於砺詩序》。［今按，據姚本，「傅於」乃「傅與」之訛］）

又云：詩者，斯人情性之所發，自《擊壤》來有是。然體製隨世道升降，音節因風土變

遷。以近代言，唐詩不與宋詩同，晚唐難與盛唐匹。（見《風雅集》。）

豫章僧來復云：《詩》自删後至於兩漢，正音猶完。建安以來，浸尚綺麗，而詩道微矣。魏晉作者雖優，不能兼備諸體，其鏗鍧軒昂，上追《風》、《雅》，所謂集大成者，惟唐有以振之，降是無足采焉。（見《張蜕庵集序》。）

《詩法源流》云：詩者，原於德性，發於才情，心聲不同，有如其面，故法度可學，而神意不可學。是以太白自有太白之詩，子美自有子美之詩，昌黎自有昌黎之詩。其他如陳子昂、王摩詰、高、岑、賈、許、姚、鄭、張、孟之徒，亦皆各自爲體，不可强而同也。

又云：唐人以詩爲詩，宋人以文爲詩。唐詩主於達性情，故於三百篇爲近；宋詩主議論，故於三百篇爲遠。

又云：古詩徑敘情實，去三百篇爲近；律詩牽於對偶，去三百篇爲遠；此詩體之正變也。自《選》體以上，皆純乎正；唐陳子昂、李太白、韋應物之詩，猶正者多而變者少；杜子美則正變相半。變體雖不如正體之自然，而音律乃人聲之所同，對偶亦文勢之必有。如子美近體，佳處前無古人，亦何惡於聲律哉？

凡例

先輩博陵林鴻嘗與余論詩，上自蘇李，下迄六代。漢魏骨氣雖雄，而菁華不足，晉祖玄虚，宋尚條暢，齊梁以下，但務春華，殊欠秋實，唯李唐作者可謂大成。然貞觀尚習故陋，神龍漸變常調，開元、天寶間，神秀、聲律粲然大備，故學者當以是楷式。予以爲確論。後又採集古今諸賢之説，及觀滄浪嚴先生之辯，益以林之言可徵，故是集專以唐爲編也。其爲凡例見諸左方云：

一、是編不言選者，以其唐風之盛，採取之廣。故不立格，不分門，但以五七言古今體分别類從，各爲卷。卷内始立姓氏，因時先後而次第之。或多而百十篇，或少而一二首，凡不可闕者，悉録之。此「品彙」之本意也。

一、諸體集内定立正始、正宗、大家、名家、羽翼、接武、正變、餘響、旁流諸品目者，不過因有唐世次、文章高下而分别諸卷，使學者知所趨向，庶不惑亂也。

一、大略以初唐爲正始，盛唐爲正宗、大家、名家、羽翼，中唐爲接武，晚唐爲正變、餘響，方外、異人等詩爲旁流。間有一二成家特立、與時異者，則不以世次拘之，如陳子昂與

太白列在正宗，劉長卿、錢起、韋、柳與高、岑諸人同在名家者是也。

一、樂府不另分爲類者，以唐人述作者多，達樂者少，不過因古人題目，而命意寔不同。亦有新立題目者，雖皆名爲樂府，其聲律未必盡被於絃歌也。今只隨五七言古今體分類於姓氏下，先以樂府古題篇章長短次第之，後以雜詩篇章長短次第之，不復如郭茂倩專以古題爲類也。學者詳之。

一、五言長篇、七言長篇、排律長篇、六言絶句不分諸品目者，以其詩人著述之少，故附見於諸體卷末，以備一製作。

一、品目敘論備見於五言古詩類，他類不過紀其姓名、篇什之數耳。

一、諸家評論繁甚，其有評論本人詩者，則附於姓氏之後；有評論本詩者，則附於本詩之前後；有評論本句者，則附於本句之下。夫文章者，公器也，然而歷代辭人志趣不叶，議論縱横，使人惑於趨向。今取其正論、悟語，悉録之。其或文儒奇解，過中之説，一無取焉。

一、諸體姓氏下略具字里、世次，其於出處大節、歷仕始終，並詳於前。無考者闕。

一、是編之選，詳於盛唐，次則初唐、中唐，其晚唐則略矣。

引用諸書

正詩所集

唐諸家詩集

國秀集 天寶三載，芮挺章編。

弘秀集

篋中集 唐元結編。

丹陽（今按，當脱「集」字） 唐丹陽進士殷璠編。

河岳英靈集 殷璠編。

中興間氣集 唐高仲武編。

極玄集 唐姚合編選。

又玄集 唐韋莊選。

文苑英華 宋太宗詔諸儒編，文章千卷，内詩二百卷。

文粹 宋姚鉉選。

文鑑 宋東萊呂祖謙伯恭選。

觀瀾文選後集

文章正宗 宋真西山德秀編。

唐百家選（今按，《宋史》卷二〇九《藝文八》作《唐百家詩選》） 宋王荆公編。

唐編類歌詩 宋趙孟奎編集。

唐绝句 宋洪野處編，百卷，五、七言共一萬首。

唐绝選 宋趙蕃昌父，號章泉。

楚辭後語 晁補之選。

詩宗羣玉府 建安毛直方静可編。

詩統 安成劉應幾集。

古樂府集 太原郭茂倩編集，凡一百卷。

衆妙集 宋趙師秀紫芝選。

麗情集

蘆中集

才調詩集　唐韋縠編。

三體詩（今按，《四庫全書總目》卷一八七作《三體唐詩》）　汶陽周伯弼選。

唐詩鼓吹　元遺山編，郝天挺注。

唐音　元襄城楊士弘編選。

歷代類選　洪武初，新安韓濂編。

唐詩雜録　時人記録。

夾注所引

列子

莊子

楚辭

吕氏春秋

毛詩鄭箋

左傳杜注　晉杜預注。

史記

西漢書

東漢書韓康傳。

晉志

南史

唐書紀、傳、表、志。

新唐書

禮樂志

地理志

長安志

九域志

九國志

華陽國志　常璩撰，十三卷。

藝文志
藝文略
唐史遺事
唐書摭言
國史補　李肇。
西京雜記
明皇傳信記　鄭棨撰，一卷。
明皇雜録　鄭處誨撰，二卷。
明皇別録
五代補史
南唐近事　鄭文寶仲賢編。
吴越紀事
唐登科記　李弈撰，二卷。
圖經　李宗諤撰。

豫章圖經

山海經

初學記　開元初，徐堅等集。

歷代名畫記　唐張彦遠撰。

先友記　柳子厚撰《先君石表陰》。

緗素雜記

雪浪齋日記

大雅堂記　黄山谷撰。

龍城録　柳子厚撰。

春明退朝録　常山宋次道述。

金石録　趙明誠。

筆墨閑録　曾氏。（今按，「閑」，宋尤袤《遂初堂書目》「文史類」作「閒」，宋何汶撰《竹莊詩話》卷八引此書作「間」）

幕府燕閑録　畢仲詢。

邵氏聞見録　邵伯温子文。

唐子西語録　眉山唐庚。

朱晦庵語録

三山老人語録

欒城遺言　蘇子由。

郡閣雅言

晁氏客語　澶淵晁沇（今按，據《直齋書録解題》卷十，「沇」當爲「説」）之以道，號景迂，宋初人。

陵陽室中語

韻語陽秋　丹陽葛立方常之。

涑水記聞　司馬光。

師友記聞　濟南李廌方叔。

酉陽雜俎　唐段成式撰，三十卷。

東坡志林　蘇子瞻。

雲溪友議　唐咸通中，五雲溪人范攄撰。

呂氏童蒙訓　呂本中居仁。

甘澤謡　唐袁郊之儀撰，一卷。

藝苑雌黄　建安嚴有翼沖甫。

幽閑鼓吹　宋高宗纂。《唐宋遺事》、《唐藝文志》作張固撰。

墨客揮犀

演繁露　程大昌。

氾幪之書（今按，「幪」當爲「勝」）

王得臣塵史　王彦輔。

楊文公談苑　楊億大年。

洪容齋隨筆　《三筆》《四筆》《五筆》《續筆》。

孫季昭示兒編　孫奕。

夷白堂小集

後湖集　蘇伯固養直。（今按，「伯固」當爲「庠」。《詩人玉屑》卷十「蘇後湖」條引《王直方詩話》云：「蘇伯固之子名庠，字養直。」《後湖集》爲蘇庠之作；伯固乃蘇庠父蘇堅之字，養直則蘇庠之字）

博奕論（今按，「奕」當爲「弈」。三國時吴國韋昭著《博弈論》，《文選》卷五二收録）

陸機文賦

張曲江集序　姚鬭子張。
劉禹錫自序
韓文
柳文
杜公自注　杜子美。
柳公自注　柳子厚。
中華古今注　馬縞。
樂苑
劉次莊樂府
樂府雜録　段安節。
樂府解題　吴兢。
杼山詩式　唐僧皎然撰。
詩苑類格　李淑，唐人。
詩眼　范元實。

詩法源流

劉公嘉話　唐韋絢文明集劉禹錫語，一卷。

道山清話

漁隱叢話　苕溪胡仔仲任。（今按，據《苕溪漁隱叢話·前集》原序、《後集》原序、《直齋書録解題》卷二一、《宋詩紀事》卷五十「胡仔」條，「仲任」當爲「元任」）

歐陽公詩話　歐陽脩。

迂叟詩話　司馬光。

後山詩話　陳師道無己。

洪駒父詩話　洪芻

許彦周詩話

蔡寬夫詩話

李希聲詩話

石林詩話　建炎中，葉夢得字少藴撰。

西清詩話　蔡絛伯衲。

後村詩話　淳祐中，劉克莊，字潛夫。

誠齋詩話　廬陵楊萬里廷秀。
碧溪詩話
隱居詩話
古今詩話
珊瑚鉤詩話
杜甫詩云
韓愈詩云
白居易詩云
姚合詩云　姚崇之曾孫。
楊敬之詩云　楊凌之子。
太史公云　西漢司馬遷。
東方朔云　曼倩。
盧黃門云　唐盧藏用子潛。
賀知章云　季真。

杜少陵云　子美有《薦岑參表》。

王士源云　天寶時人，號襄陽處士，撰《孟浩然詩集序》。

蕭頴（今按，當爲「穎」）**士云**　字茂挺。

李陽冰云　撰《李白詩集序》。

僧皎然云　湖州人，字清晝。

殷璠云　丹陽進士，選《河岳英靈集》。

高仲武云　渤海人，選《中興間氣集》。

杜確云　京兆人，撰《岑參詩集序》。

劉全白云　真（今按，當爲「貞」）元時人，撰《李白墓記》。

李翱云　元和時人，字習之。

皇甫湜云　安定人，字持正，撰《顧況詩集序》。

元微之云　河南元稹，撰《杜工部墓誌銘》。

白樂天云　太原白居易。

杜牧之云　又作杜紫微云，京兆人，撰《李賀詩集序》。

張洎云　撰《張籍詩集序》。

陸龜蒙云　吴人，字魯望，有《贈張祜詩并序》。

皮日休云　襄陽皮襲美。

司空圖云　河中人，字表聖。

歐陽公云　宋廬陵歐陽脩，字永叔。

梅聖俞云　字堯臣。（今按，《宋史》卷四四三本傳云：「梅堯臣，字聖俞。」此處名、字顛倒）

曾南豐云　曾鞏子固，撰《李白集後序》。

王荆公云　金陵王安石介甫。

程伊川云　河南（今按，當脱「人」字）。

王欽臣云　太原人，字仲至，撰《韋蘇州集序》。

太原王氏云　王琪君玉，《增修杜詩後記》。

徐仲車云　楚州徐積，謚節孝先生。

蘇東坡云　眉山蘇軾子瞻。

蘇潁濱云　蘇轍子由。

秦少遊云　秦觀，初字太虛。

孫莘老云　孫覺，高郵人。

韓子蒼云　韓駒。

王深父云　王回，福州人，南昌縣令。

黄山谷云　豫章黄庭堅魯直。

張父潛云（今按，據姚本，「父」當爲「文」）　宛丘張來（今按，據姚本，「來」當爲「耒」）。

崔德符云　崔鶠。

陳後山云　陳師道無己。

薛韶云　永嘉士人。

蔡夢弼云　建安蔡傅卿，撰《杜工部草堂詩箋跋》。

歸來子云　晁補之。

呂氏云

師古云

王洙云　字原叔，編次杜詩。

趙次公云　西蜀趙彦材。
黄鶴云　注杜詩。
沈存中云　沈括，有《筆談》。
宋子京云　河南宋祁，撰《杜甫傳贊》。
蔡伯世云　注杜詩。
楊誠齋云　廬陵楊萬里。
楊齊賢　春陵楊子見，注李詩。
蕭士斌云　（今按，「斌」當爲「贇」，本書卷四李白《古風》其一、卷七八司空曙《題玉真公主山池院》詩下注，即作「蕭士贇」）章貢蕭粹可，增注李詩。
孫氏云　陽翟人，注韓文。
洪氏云　洪邁景盧，號容齋，注韓文。
韓仲韶云　臨邛韓醇，注韓文。
樊澤之云　東蜀樊汝霖，注韓文。
張子韶云　注杜詩，張狀元九成。

謝疊山　廣信謝枋得君直，批《唐绝句選》。

謝無逸云　臨川謝逸，號溪堂。

朱晦庵云

劉後村云

周伯弼云　汶陽周弼，選《三體詩》。（今按，「伯弼」，宋范晞文《對床夜語》卷二、周密《武林舊事》卷五「韜光庵」條，宋陳起編《江湖後集》卷一「周弼小傳」皆云周弼字「伯弜」；方回《瀛奎律髓》卷十六張耒《冬至後》詩評語作「伯弢」，清厲鶚編《宋詩紀事》卷六五「周弼」條作「伯弼」。《三體詩》，《四庫全書·集部·總集類》作《三體唐詩》）

嚴滄浪云　樵水嚴羽，字儀卿，著《詩辯（今按，當爲「辨」）》、《詩評》、《考證》。

江天多云

方虛谷云　方回。

俞孟宣云

劉須溪云　廬陵劉辰翁會孟。

郝新齋云　郝天挺，代人，注《唐詩鼓吹》。

楊仲弘云　浦城楊載。

范德機云　清江范椁（今按，當作「梈」）。

虞集云　蜀郡人，字伯生，號邵庵。

馬伯庸云　浚儀馬祖常。

彭適云　字晞顔，大德間人。

劉芷堂云　劉光庭自昭。

僧來復云　豫章沙門見心，號蒲庵。

詩人爵里詳節（通六百單二人）

帝王八人

太宗皇帝　諱世民，姓李氏，高祖之子。年十八舉義兵，啓唐封，定隋亂。英武仁恕，納諫任賢，身致太平，功德兼著。改元真（今按，據姚本、屠隆本，當爲「貞」）觀，在位二十四年崩，壽五十三。有集四十卷。

韓王元嘉　高祖之子。少好學，藏書至萬卷，皆以古文參定同異。與弟靈夔友愛，燕見終日，如布衣禮，閨門修整，當世稱之。垂拱中，糾合宗室同舉兵，謀泄自殺。

高宗皇帝　諱治，太宗第九子，貞觀十七年立爲皇太子。即位之初，遵貞觀之治，顯慶後多苦風眩，政歸武氏，在位三十四年，而政在中宮者三十年矣。壽五十六，集八十六卷。

章懷太子　高宗之子，名賢，字明允。容止端重，數歲，讀書一覽輒不忘。常招集諸儒注《後漢書》，奏上，帝優賜數萬。少時讀《論語》，至「賢賢易色」，一再誦之，帝問其故，

對曰：「性實愛此。」帝語李世勣，稱其夙敏。後明崇儼爲盜所殺，武后疑出賢謀，遣人發太子陰事，乃廢爲庶人，迫令自殺，年三十四。

中宗皇帝 諱哲，高宗之子。嗣聖元年即位（今按，據《舊唐書》卷七《中宗紀》，中宗即位在弘道元年十二月），隨廢爲廬陵王，在房陵十五年，東宮八年。及張東（今按，據姚本、牛斗本、四庫本，當爲「柬」）之等舉兵討武氏之亂，帝始復位，而又惑於中宮，不脩刑政，惜夫！

玄宗皇帝 諱隆基，由臨淄爲平王。再清内難，樂善好賢，開元之間海内富實，幾致刑措。不能保治，以侈召亂。天寶十四載（今按，據《舊唐書》卷九《玄宗紀下》，當爲「十五載」），安禄山陷京師；七月幸蜀，太子即位於靈武；明年上皇還京，居西内；上元元年崩，年七十八，在位四十七年。

德宗皇帝 諱适，代宗子。即位之初有撥亂之志，猜忌刻薄，信任非人，卒致播遷，唐政衰焉。在位二十七年。

文宗皇帝 諱昂，憲宗子。恭儉文雅，有志治功。然優游不斷，受制家臣，不能紹貞觀、開元之美，惜哉！年二十三（今按，據《舊唐書·文宗紀》記載，文宗生於元和四年（八〇九），卒於開成五年（八四〇），則其享年三十二。又記載：「壽享三十三。」故此處云「年二十三」，誤）崩，在位十五年。

公卿名士四百四十六人

虞世南　字伯施，越州人。性沉静寡欲，與兄世基同受學於吴顧野王，爲文章婉縟，慕徐陵，時方晉二陸。隋煬帝愛其才，然疾峭止（今按，據《新唐書·虞世南傳》，當爲「正」），爲七品，十年不徙。太宗踐祚，拜弘文館學士，屢進讜言，遷秘書監。貞觀十二年以銀青光禄致仕，封永興公。卒，年八十一，謚文懿。有集三十卷，傳。帝手詔魏王泰曰：「世南當代名臣，人倫準的，今其云亡，石渠、東觀中無復人矣！」集三十卷。

魏徵　字玄成，魏州曲城人。少孤，落魄，狀貌不踰中人。有志膽，通貫書術。初爲隱太子洗馬，太子敗事，太宗即位，拜諫議大夫。每犯顔進諫，或引至卧内，訪天下事。貞觀三年，以秘書監參預朝政，俄檢校侍中，進爵郡公，後封鄭國公。多病，辭職，乃拜持（今按，據屠隆本、牛斗本、四庫本，當爲「特」）進，知門下省事，詔朝章國典，參議得失。十七年薨，帝臨哭，爲之慟，罷朝五日。贈司空，謚曰文貞。

陳叔達　字子聰，陳宣帝子。武德初判納言，貞觀初遷禮部尚書，位至宰相。

許敬宗　字延族，杭州人。幼善屬文，隋大業中舉秀才，後爲李密記室。太宗聞其

名，召署文學館。貞觀中除著作郎，掌詔令，喜，謂所親曰：「仕宦不爲著作，無以成門户。」咸亨初以特進致仕，卒，年八十一，謚曰恭。

楊師道 字景猷，清警有才思。客洛陽，爲王世充所拘。貞觀十年拜侍中，預朝政，性周謹，未嘗語禁省事，遷中書令。善草隸，工詩，每與名士燕集，歌詠自適。後賜燕，帝曰：「聞公每酣賞，捉筆賦詩如宿構，試爲朕賦之。」師道再拜，少選輒成，無所竄定，一坐歎伏。卒，謚曰懿。

王績 字無功，絳州人，隨（今按，姚本、四庫本作「隋」，字通）王通之弟。舉孝廉，授正字。遊東皋，著書，號東皋子。待詔門下省，日給酒三升，或問：「待詔何樂？」曰：「良醖可戀耳。」侍中日給一斗，時稱「斗酒學士」，著《五斗先生傳》。貞觀，以疾罷。績之仕，以醉失職，鄉人誚之，託《無心子》以見趣，其文不録。

李義府 瀛州饒陽人，與耒（今按，據刻者不詳明本、《新唐書・李義府傳》，當爲「來」）濟同時以文顯，時稱「耒（今按，據刻者不詳明本，當爲「來」）李」。劉珀（今按，據《新唐書・李義府傳》、四庫本，當爲「洎」）、馬周更薦之，太宗召見，轉監察御史。貌柔恭，心褊忌，時號「笑中刀」；又以柔而害物，號「人猫」。官至右相，永徽後以罪流嶲州，卒，集四十卷。

岑文本　字景仁，鄧州人。年十四爲父詣司（今按，據《新唐書》本傳，「司」後當脱「隸」字）理冤，衆命作《蓮花賦》，文成，合臺歎賞，父冤得直。性沉敏，有姿儀，善文辭。貞觀元年除秘書郎，擢中書舍人，遷侍郎，官至中書令。

王宏　柳子厚《龍城録》云：濟南人。與太宗幼日同學，因問爲八體書。及帝即極，因訪宏，鄉人竟傳隱去。是亦子陵之徒與？

褚遂良　字登善，亮之子。隋大業末爲通事舍人，貞觀中累遷起居郎，博涉文史，工隸楷，累官至中書令。高宗立，進封郡公，後以諫立武氏流貶。

劉孝孫　許敬宗同時，撰《古今詩苑》（今按，《新唐書》卷六〇《藝文志》作《古今類聚詩苑》）三十卷，又與房德懋等同著《事始》三卷，見《唐藝文志》。又按，張彦遠《名畫記》云：秦府十八學士，及薛收卒，乃徵孝孫入館。孝孫時爲東虞州録事參軍，徵入。

凌敬　初臣於竇建德。建德救王世充，敬獻策，請悉兵踰太行，徇汾晉，則鄭圍自解，竇不從而敗。見《容齋續筆》。

趙中虚

蕭翼　梁元帝之曾孫，魏州華縣人。負才藝，多權謀。太宗時爲監察御史，奉敕取僧

辯才《蘭亭》，稱旨，授員外郎，即賞賚甚厚。

薛元超　收之子，蒲州人。九歲襲爵，長好學，善屬文。高宗即位，遷給事中，轉中書舍人，俄拜中書令。帝東都（今按，《新唐書·薛收傳附薛元超傳》作「帝幸東都」，姚本作「帝游東都」），留輔太子監國，每有諫太子，帝知之，賞賜甚厚。後政出武氏，因佯喑，乞骸骨，卒。

王德貞　武后時爲侍中，後以罪流象州。

楊思玄

鄭羲貞

董思恭　官至右史，與許敬宗等撰《瑶山玉》五百卷（今按：《新唐書·藝文志三》：許敬宗《瑶山玉彩》五百卷），見《藝文志》。又按，《杜正倫傳》：思恭爲中書舍人，與正倫夜直，論文，思恭歸謂人曰：「與杜公論文，覺吾文頓進。」

張文琮　貝州武城人，文瓘之兄。好自寫書，手不釋筆。貞觀中，爲治書侍御史，遷亳州刺史。永徽初，獻《文皇帝頌》，優制褒美，拜户部侍郎。坐房遺愛從母弟，出爲建州刺史，卒於官。見《文瓘（今按，「瓘」之左半底本漫漶不清，此從姚本、四庫本）傳》。

上官儀　字遊韶，陝州人。幼爲沙門服（今按，《新唐書》卷一〇五本傳此句原文爲：「父宏，爲隋江

都宮副監，大業末爲陳稜所殺。時儀幼，左右匿免，冒爲沙門服。」），工文詞。貞觀初擢第，授弘文館直學士，太宗每屬文，遣儀視稿。尤工詩，其辭綺錯婉媚，及貴顯，人多效之，謂「上官體」。高宗立，進西臺侍郎。麟德初，坐梁王忠事下獄死。有集三十卷。中宗立，追贈中書令，楚國公，以其女孫爲昭容故也。

王勃 字子安，絳州人。六歲善文辭，九歲得顔師古《漢書》，讀之，作《指瑕》以摘（今按，據《新唐書·王勃傳》，當爲「擿」）其失。麟德初，對策於朝，授朝散郎。年未及冠，沛王召署府修撰，作鬥雞檄文，高宗怒，斥出府，客劍南。父福時（按，據姚本、四庫本，當爲「時」）坐勃故，左遷交阯令，勃往省，渡海溺水卒，年二十九。有集三十卷。時與楊炯、盧照鄰、駱賓王皆以文章齊名，天下號「四傑」。炯嘗曰：「吾愧在盧前，耻居王後。」

楊炯 華陰人。舉神童，遷盈州（今按，據《新唐書·王勃傳附楊炯傳》、姚本、四庫本，當爲「川」）令。武后時，與宋之問分直習藝館。卒，有《盈州（今按，據姚本、四庫本，當爲「川」）集》三十卷。

盧照鄰 字昇之，范陽人。調鄧王府典籤，王愛重之，謂人曰：「此吾之相如也。」後居太白山，得方士玄明膏餌。之具茨山下，預爲墓，偃其中。武后時尚法，照鄰已廢，（今按，《新唐書·王勃傳附盧照鄰傳》原文爲：「自以當高宗時尚吏，己獨儒；武后尚法，己獨黄老；後封嵩山，屢聘賢士，己已廢。」）著《五悲文》以自明。病久，與親屬訣，沉潁水死。有集二十卷，又《幽憂子》三卷。

駱賓王　義烏人，七歲能賦詩。武后時數上書言事，下除臨海丞，怏怏不樂，棄官去。徐敬業亂，署爲府屬，傳檄天下，斥后罪狀。后讀至「一坏（今按，據《新唐書·王勃傳附駱賓王傳》及姚本、牛斗本、刻者不詳明本，當爲「抔」）之土未乾，六尺之孤安在」，乃矍然曰：「誰爲之？」或以賓王對，后曰：「宰相安得失此人？」及徐敗，賓王之（今按，據《新唐書·王勃傳附駱賓王傳》及四庫本，當爲「亡」）命，不知所之。有集十卷。

王紹宗　字承烈。嗜學，工草隸，寫書取庸自給，時比之虞世南。進秘書少監，雅脩飭，當時公卿莫不慕悦其風。按，《崔融傳》：武后時，紹宗爲靈臺少監，與融及李嶠等皆附張易之。又按，《名畫記》作瑯琊人，亦善畫。

劉庭芝　字希夷，汝州人。武后時苦於篇詠，善爲閨帷之作，詞多古調，與時不合。好酒色，落魄不拘常俗。卒，有詩十卷。

蘇味道　趙州欒城人。九歲能屬辭，與友（今按，《新唐書》本傳作「里」）人李嶠俱以文翰顯，時號「蘇李」。及冠舉進士，累調咸陽尉。延載中，遷鳳閣舍人。至證聖元年，坐法繫獄，降州（今按，據《新唐書》本傳，「州」前脱「集」字）刺史。召爲天官侍郎，聖曆初復同三品。坐張易之黨，貶眉州刺史。復還（今按，《新唐書》本傳作「復還益州長史」），道卒，年五十八，贈冀州刺史。有

集十五卷，傳。

牛鳳及 長壽中，撰《唐書斷》，自武德終於洪（今按，據四庫本，當爲「弘」）道，爲百有十卷。

李嶠 字巨山，趙州人。兒時夢人遺雙筆，自是有文辭。擢進士第，神龍初爲中書令。玄宗立，貶滁州，改廬州别駕。卒，年七十。嶠富於才思，有所屬綴，人多傳諷。前與王、楊接，中與崔、蘇齊名，晚諸人没，而爲文章宿老，學者法焉。有集五十卷。

薛曜 薛稷之從兄也。

韋承慶 字延休，鄭州陽武人，思謙之子。性謹畏，事繼母篤孝。擢進士，補雍正（今按，據《新唐書·韋思謙傳附韋承慶傳》及姚本、四庫本，當爲「王」）府參軍，府中文翰悉委之。王爲太子，遷司議郎，太子廢，出爲烏程令。累遷鳳閣舍人，掌天官侍郎（今按，《新唐書·韋思謙傳附韋承慶傳》作「掌天官選」），善文辭，每有詔令，未嘗著稿。遷同二（今按，據牛斗本，當爲「三」）品。坐張易之黨流嶺表，歲餘拜刺史，又拜秘書少監，封扶陽縣子。撰《武后絶聖文》（今按，《新唐書》卷一一六本傳作《武后紀聖文》，《舊唐書》卷八八本傳作《則天皇后紀聖文》，則「絶」乃「紀」之訛），中宗善之。遷黄門侍郎，未拜卒，謚曰温。集六十卷。

宗楚客 字叔敖，蒲州人，武后從姊子。長六尺八寸，明哲（今按，據《新唐書》本傳，當爲

「晳」）美鬚髯。登進士，累遷户部侍郎。兄弟坐姦流嶺外。俄還，爲夏官侍郎，同鳳閣平章事。坐聘邵王妓，貶原州都督。神龍初爲太僕卿、郢國公。與武、韋氏爲黨，韋氏敗，被誅。

喬知之　字、里闕，累官至右司郎中。有集二十卷，見《唐藝文志》。

陳子昂　字伯玉，梓州射洪人。少讀書於金華山，尤善屬文。文明初，舉進士，武后時，擢靈臺正字，遷右拾遺。嘗上書勸武后興明堂、大（今按，當爲「太」）學。后稱帝改周，子昂上《周受命頌》。雖數召問政，論亦讜（今按，《新唐書》本傳作「詳」）切，故奏上輒罷。聖曆初，解官歸，縣令段簡貪暴，聞其富，欲害之，捕送獄中，憂憤死。子昂輕財好施，篤朋友，與陸餘慶、盧藏用交最厚。有集十卷，行於代，盧爲之序。

盧藏用　字子潛，承慶從孫也。始隱終南、少室二山，有意用世，人目爲隨駕隱士。司馬承禎嘗召至闕下，藏用指終南曰：「此中有佳趣。」司馬曰：「仕宦之捷徑耳。」武后時授左拾遺，中宗時中書舍人。與子昂等爲「方外十友」。

王適　字、里闕，幽州人。初見陳子昂《感遇》詩，乃請交於陳。有集二十卷。

杜審言　字必簡，襄陽人。擢進士，爲隰城尉。恃才高，以傲世見疾，嘗語人曰：「吾

文章必得屈、宋作衙官，吾筆當得王羲之北面。」武后將用之，問曰：「卿喜否？」審言辭謝，后令賦《歡喜詩》，重歎（今按，《新唐書》本傳作「歎重」）其文。神龍初，坐交通張易之，流峯州，入爲脩文館直學士。時與李嶠、崔融、蘇味道爲「文學四友」（今按，《新唐書》本傳作「文章四友」）。有集十卷。

崔融　字安成，齊州全節人。擢八科高第，爲崇文館學士。中宗爲太子時遷（今按，《新唐書》本傳、姚本、屠隆本、牛斗本、刻者不詳明本作「選」）侍讀，典東朝章疏。武后美其文，進鳳閣舍人。附張易之，張敗，貶袁州刺史。召爲司業。撰武后哀册文，最高麗，絶筆而死，時謂思苦神竭，年五十四，謚曰文。有集六十卷。融少與審言等友善，融死，審言爲服緦。

韋安石　京兆萬年人。舉明經，調乾封尉，永昌元年，遷雍州司兵參軍。蘇良嗣薦於武后，擢膳部員外郎，遷并州司馬，有善政，陟拜德、鄭二州。久視中，遷文昌丞，以鸞臺侍郎同鳳閣鸞臺平章事，兼太子左庶子，尋知納言。長安二年，同鳳閣鸞臺三品。神龍元年，遷中書令，封鄖國公。睿宗立，御史郭震劾奏安石相中宗無所建正，貶沔州別駕，發憤卒。

沈佺期　字雲卿，相州内黄人。上元二年登進士第，嘗對武后白（今按，據姚本、屠隆本、牛

斗本、刻者不詳明本、四庫本，當爲「曰」）：「身名已蒙齒録，袍笏未賜牙緋。」后即賜之。累遷給事中、考功郎，會張易之敗，配流驩州。中宗立，復召入，拜脩文館學士。既侍宴，帝詔學士等舞《回波》，佺期爲弄詞悦帝。尋歷太子詹事。開元初卒，集十卷。

宋之問 字延清，汾州人。偉儀貌，雄於辨（按，《新唐書》本傳作「辯」，字通）。甫寇（今按，據《新唐書》本傳、姚本、四庫本，當爲「冠」），武后召與楊烱分直習藝館。睿宗立，以僧（今按，據《新唐書》本傳、四庫本，當爲「獪」）險盈惡，賜死。集十卷。

蘇瓌 頲之父，字昌容，雍州人。擢進士，武后時歷諸州刺史。神龍初入爲尚書右丞，拜右僕射，同中書門下二（按，據姚本等及《新唐書》本傳，當爲「三」）品，封許國公，進左僕射。景雲元年卒。

魏元忠 宋州宋城人。游大（今按，當爲「太」）學，跌蕩少檢，久不調。儀鳳中，上封事，高宗善之，授秘書省正字，遷監察御史。中宗時累官至兵部尚書，進侍中，拜中書令，封齊國公。卒，年七十餘。

東方虬 官至左史，武后時人。

王無競 字仲烈，世居東萊，宋大（今按，據姚本，當爲「太」）尉弘之裔。擢下筆成章科，調

欒城尉，三遷監察御史，改殿中，徙太子舍人，出爲蘇州司馬。

武三思　武后之姪也。后當朝，每欲營求爲太子，賴狄仁傑從容言於后，后稍悟而止。中宗立，復得幸。出入禁闥，與韋后淫亂。嘗苛取民貲産，築大庫百餘室，聚所得財，一夕火，不遺一錢。三思又與上官昭容亂。忌節愍太子，陰謀廢之，太子懼，發羽林兵圍三思第，斬之。

郭振（今按，《新唐書》本傳、《全唐詩》卷六六皆作「震」）　字元振，魏州人。長七尺，美鬚髯，少有大志。舉進士，授通泉尉。任俠使氣，撥去小節，嘗盜鑄及掠賣部中口以餉賓客，百姓厭苦。武后召欲詰，既與語，奇之，遂得擢用。後同中書門下，封代公（今按，《新唐書》本傳作「代國公」）。有集三十卷。

盧崇道

魏知古　深州人。方直有雅才，擢進士，拜黄門侍郎。先天二年（今按，《新唐書》本傳作「元年」）爲侍中，從獵渭川，獻詩以諷，封梁國公。後與姚崇不協，罷政事。開元二（今按，《新唐書》本傳、姚本作「三」）年卒，宋璟歎曰：「叔向古遺直，子産古遺愛，兼之者其魏公乎！」謚曰忠。有集二十卷。

李行言　官至給事中。中宗昵宴近臣，行言歌《駕車西河曲》，見《祝欽明傳》。又按，《唐史》：大中八年，宣宗嘗獵於苑北，遇樵夫，問其縣令爲誰，曰：「李行言。」「爲政何如？」曰：「性執。有强盜數人，軍家索之，竟不與，盡殺之。」上歸，帖其名於寢殿之柱。及除海州刺史，入謝，上賜之金紫，取帖示之。未知孰是。

李適　字子至，京兆人。武后時脩《三教珠英》，適在選中。遷工部侍郎，嘗夢與人論大衍數，寤而曰：「吾壽盡此乎！」未病時，衣冠往寢石榻上，置所撰《九經要句》及素琴於前，時士貴其達。有集十卷。

李乂　字尚真，趙州房子人。少孤，年十二工屬文。第進士，累調萬年尉，擢監察御史。景龍初，遷中書舍人，脩文館學士。韋氏之敗（今按，《新唐書》本傳作「變」），詔令多乂草定，仍知制誥，與宋璟典選事，請謁不行。改黄門侍郎，封中山郡公。開元初，姚崇薦爲侍中（今按，《新唐書》本傳作「姚崇爲紫微令，薦爲侍郎」），未幾，除刑部尚書。卒，年六十八，贈黄門監，謚曰貞。有集五卷。

薛稷　字嗣通，蒲州人，道衡曾孫，魏徵之甥。與從兄曜俱以詞章名，舉進士，武后時爲鳳閣舍人。稷尤善書畫，睿宗在藩喜之，及即位，封晉國公。後遷黄門侍郎，加少保，以

翊贊功，恩絶羣臣。及竇懷貞誅，稷預謀，賜死萬年嶽（今按，據居隆本等，當爲「獄」）。有集三十卷。

鄭愔　字、里闕。（今按，《唐詩紀事》卷一一《鄭愔》載：「字文靖。」《大唐新語》卷九《諛佞》載：「鄭愔者，滄州人。」）初爲殿中侍御史，諂事二張，坐貶。後又亡謁三思，謀害五王，三思引爲中書舍人，與崔湜皆爲謀主。景龍三年，與韋温同三品。後與崔湜掌銓衡，贓賄狼藉，選法大壞。御史李尚隱對仗彈之，下獄，流貶吉州（今按，據《新唐書》卷四《中宗紀》，當爲「江州」）司馬。

崔湜　字澄源（今按，《新唐書》本傳作「瀾」），定州人，仁師之子（今按，據《新唐書·崔仁師傳》，當爲「孫」）。第進士，附託武三思、上官昭容。景龍二年遷兵部侍郎，後檢校吏部侍郎。與鄭愔同典選，納賂遺，銓品無序，爲御史劾。執政時年二十六（今按，據姚本、居隆本、牛斗本、刻者不詳明本，當爲「三十六」。《新唐書》本傳作「三十八」，《唐詩紀事》卷九、《太平廣記》卷四九四引《翰林盛事》作「三十六」），嘗暮出端門，緩轡賦詩，張説歎曰：「文與位固可致，年不可及。」後賜死。

吴少微　與富嘉謨、魏谷倚（今按，《新唐書·文藝中》同此，《舊唐書》卷一九〇中《富嘉謨傳》作「魏郡谷倚」）並負文詞，時稱「北京三傑」。天下文章尚徐、庾浮俚，獨少微與嘉謨本經術雅厚，時人争慕之，號「吴富體」。見《伊（今按，據《新唐書·文藝中·尹元凱傳》，當爲「尹」）元凱傳》。

外郎。

盧僎　中宗時人，從愿之從父，韓思復之故吏也。自聞喜尉入爲學士，終吏部員外郎。

趙彦昭　字奂然，甘州張掖人。少豪邁，風骨秀爽。舉進士，調南部尉。與郭元振、薛稷等善。自新豐丞爲左臺御史，景龍中，遷中書侍郎、同中書門下平章事。睿宗立，出爲宋州刺史，坐累貶歸州。入爲吏部侍郎，改刑部尚書，封耿國公，實封百户，卒以權幸進。會姚崇執政，惡其爲人，貶江州別駕，卒。

李景伯　邢州相（今按，據《新唐書·李懷遠傳》，當爲「柏」）仁人，李懷遠之子。景龍中爲諫議大夫，景雲中進太子庶子，終右散騎常侍。

劉憲　字元度，宋州人。擢進士。玄宗在東宫，憲數進言，太子順納之。有集三十卷。

徐彦伯　名洪，以字行，兖州瑕丘人。七歲能文，結廬太行山下，薛元超表其能，調永壽尉。武后撰《三教珠英》，取文士，以彦伯爲首。中宗立，歷官太子賓客。以疾退，開元二年卒。有前、後集二十卷。

韋元旦　京兆萬年人。擢進士，補東阿尉，遷左臺御史。與張易之有姻，屬張敗，貶

感義尉。俄召爲主客員外郎，遷中書舍人。

劉廷琦

余玄之

邢象玉

郭汭（今按，《元和姓纂》卷一〇、《全唐文》卷三五一作「郭納」）

馬懷素 字惟臣（今按，據《新唐書》本傳，當爲「白」），潤州人。擢進士，轉禮部員外。開元初，昭文館學士。

岑羲 字伯華，文本之孫，鄧州人。第進士，爲金壇令。武后拜天宫（今按，據姚本、四庫本及《新唐書》本傳，當爲「官」）員外郎，中宗時同中書三品（今按，《新唐書》本傳作「中書門下三品」），景雲初進侍中，封南陽郡公。後預太平公主謀，籍其家。

徐堅 字元固，湖州人，齊聃子。武后時舉秀才，及第。天授三年，上書言事。聖曆中，楊再思引爲判官。與張説脩《三教珠英》。卒，謚曰文。《春明退朝録》云：明皇開元初，堅爲集賢院學士，討集故事，兼前世文詞，撰《初學記》。

李迥秀 武后時同平章事。迥秀母本微賤，妻叱媵婢，母不悦，迥秀即時出之。或問

之：「何遽如是？」曰：「娶妻本以養親，今乃違忤顔色，安敢留也？」

樊忱

楊庶

王景

李恒

裴漼　絳州著姓。擢明經，遷御史，訊崔湜、鄭愔之姦。開元五年爲吏部侍郎，拜御史大夫。與張説善，薦之，擢吏部尚書。

趙冬曦　字闕，定州人。擢進士第。神龍初，上言古律條目千餘，當時稱是。（今按，《新唐書》卷二〇〇本傳原辭爲：「神龍初，上書曰：『古律條目千餘。……律明則人信，法一則主尊。』當時稱是。」）開元初，遷監察御史，坐事流岳州。遷知史館，遷考功員外郎。踰年，爲直學士，俄遷中書舍人、内供養（今按，據屠隆本、《新唐書》本傳，當爲「奉」），以國子祭酒卒。有集，今亡。冬曦性放達，不屑世事，兄弟皆顯官。

蘇頲　字廷碩，雍州人。幼敏悟，一覽至千言。第進士，武后舉賢良方正，馬載曰：「古稱一日千里，蘇生是也。」遷監察御史、中書舍人。玄宗愛其文，起爲工部侍郎、襲封許

國公。頲以文章顯，與張説稱望略等，故時號「燕許大手筆」。卒，謚文憲。有集三十卷。

張説　字道濟，洛陽人。垂拱（今按，《新唐書》本傳作「永昌」）中，武后策賢良方正，説所對第一，遷左補闕。中宗立，遷工部侍郎。睿宗立，擢中書侍郎。玄宗爲太子，説爲侍讀，尤見親禮，踰年進同平章事。玄宗即位，以佩刀獻帝，請先決策。誅太平公主之亂，召爲中書令，封燕國公。後爲林甫等巧文詆毀，帝聞，令説致仕，遷左丞相。卒，謚文貞。有集二十卷（今按，《舊唐書》卷九七本傳載「有文集三十卷」，《新唐書》卷六〇《藝文志》亦載「張説集三十卷」）。

源乾曜　相州人。第進士，遷諫議大夫，開元四年，拜黄門侍郎同平章事。留守京師，八年，後（今按，據《新唐書》本傳，當爲衍字）復黄門侍郎，位侍中。

陸堅　開元初爲中書舍人。玄宗時，置集賢院，以張説爲學士，尊寵甚厚，堅以學士或非其人，而供擬太厚，無益國家，議白罷之。見《張説傳》。

程行諶　開元初與李朝隱、裴子餘同舍。子餘以儒顯，行諶與朝隱以文法稱，或問優劣於長史陳崇業，答曰：「蘭菊異芳，胡有廢者？」行諶卒，謚曰貞，時子餘謚曰孝，張説歎曰：「二謚可無愧矣！」見《裴守真傳》。

褚琇

韋嗣立　字廷擣（今按，《新唐書》本傳作「構」，字通），鄭州人，承慶之異母弟。少孝悌，母遇承慶嚴，每笞，輒解衣求代，母不聽，即遣奴自捶，母感悟，爲均愛。世比晉王覽。第進士，武后時拜鳳閣舍人，中宗拜黄門侍郎，繼兄之任。

崔日知　字子駿，日用從父兄也。少貧孤，力學。以明經進，爲兵部員外郎。與張説同爲魏元忠朔方判官，以健吏稱。累官至銀青光録大夫，封中山郡公。

李如璧　官至御史，嘗劾奏崔日知贓。

姚崇　字元之，陝州人。少倜儻，尚氣節，長乃好學。舉下筆成章科，五遷夏官郎中，武后拜侍郎，聖曆初進平章事。睿宗立，進中書令，以言事貶揚州長史，徙同州刺史。玄宗講武新豐，密召崇，翌日拜兵部尚書、同中書門下三品。封梁國公。開元八年，授太子少保，以疾不拜。明年卒，謚文獻。有集十卷。

宋璟　字廣平（今按，顔真卿《宋璟神道碑》、新舊《唐書》本傳皆不言宋璟之字。璟祖籍廣平，後又封廣平郡公，故後人稱之「宋廣平」，「廣平」當非其字），邢州人。耿介有大節，好學，工文詞。舉進士第，遷鳳閣舍人，居官鯁正，武后高其才，遷左臺中丞。神龍初爲吏部侍郎，中宗嘉其直，遷黄門侍郎。歷杭、相二州刺史，爲政清毅。睿宗立，以吏部尚書同中書門下三品，與姚崇白奏太

平公主之姦，帝不能用，乃貶楚州刺史。開元初，徙廣州都督，召拜刑部尚書，兼侍中（今按，《新唐書》本傳作：「召拜刑部尚書，（開元）四年，遷吏部，兼侍中。」），轉遷右丞相，致仕。卒，謚曰文貞。有集十卷。

賀知章 字季真。武后時擢超拔羣類科，遷太常博士，開元初（今按，《新唐書》本傳作「開元十三年」），遷禮部侍郎。晚節誕放，號「四明狂客」，乃請爲道士，以宅爲蓋千秋觀，敕賜鏡湖二頃。

賈曾 河南洛陽人，貫（今按，據四庫本，當爲「賈」）至之父，少有名。景雲中，爲吏部員外郎。玄宗爲大（今按，當爲「太」）子，以曾爲舍人，數有諫疏。擢中書舍人，徙諫議大夫。與蘇晉同掌制誥，並以文稱，時號「蘇賈」。後坐事貶楊州（今按，據《新唐書》本傳，當爲「洋州」）刺史，遷禮部侍郎，卒。

蘇晉 珣（按，據四庫本，當爲「珦」）之子也。數歲知屬文，作《八卦論》，王紹宗歎曰：「後來之王粲也！」舉進士及大禮科，皆上第。景雲中，居脩文館。玄宗監國，制命多晉藁定。先天中，爲中書舍人，屢進讜言；遷吏部，與齊澣更典二都選；後出爲汝州刺史。晉喜浮屠術，精通奧義，與知章等爲「飲中八仙」。

崔沔　字善沖，京兆人。事親孝，武后時擢進士。舉賢良方正，高第，不中者誦訾之，武后敕有司覆試，對益工，遂爲第一。岑羲歎曰：「君今郄詵也！」薦爲左補闕。性舒遲，進止雍如，當官正言，自持儉約，嘗作《陋室銘》以見志。開元初，與王丘等出爲山東刺史。卒，謚曰孝。

宇文融　京兆人。明辨，長於吏治。由監察御史爲覆田勸農使，進黄門侍郎、同平章事。常曰：「使吾執政，得數月，天下定矣！」融乃薦宋璟爲右相，時長其知人。性辨（今按，《新唐書》本傳作「卞」）急，少所推下，嘗劾信安王禕，帝怒，罷爲汝州刺史。居宰相凡百日而去。後爲有司劾融受臧，流巖州，卒。

韓休　京兆人。工文辭，舉賢良。玄宗在東宫，令條封（今按，據《新唐書》本傳，當爲「對」）國政，與趙冬曦並中進士。出爲虢州刺史，入拜黄門侍郎、同平章事。休直方，不務進趨，既爲相，天下翕然宜之。帝嘗獵苑中，或大張樂，過差，必視左右曰：「韓休知否？」疏果輒至。以工部尚書卒（今按，《新唐書》本傳作「後以工部尚書罷，遷太子少師，封宜陽縣子，卒」）。

席豫　字建侯，襄州人。舉孝廉（今按，《新唐書》本傳作「舉學兼流略、詞擅文場科」），擢上第，時年十六，以父喪罷，後舉手筆俊拔、賢良方正、超拔羣類科。遷考功員外郎，韓休舉代己，

拜吏部侍郎。玄宗時典選，知人，號曰「席公」云。

王翰 字子羽，晉陽人。少豪邁恃才，及進士第，然喜蒲（今按，據《新唐書》本傳、四庫本，當爲「蒱」）酒。張嘉貞偉其人，厚遇之，張説益加禮之。舉直言極諫，調昌樂尉。説輔政，召爲正字，擢事（今按，據《新唐書》本傳，「事」前當脱「通」字）舍人。開元中，駕部員外郎。家畜聲妓。説罷相，出爲汝州長史，坐貶道州司馬。卒，有集十卷。

胡皓

崔尚

王光庭

袁暉 詩見皎然《詩式》。

徐知仁

張嘉貞 蒲州人，以五經舉。張循憲薦之，武后召見，儀止秀偉，奏對偘偘。拜監察御史，歷梁、秦二州都督。玄宗嘉其政，召回，後爲中書侍郎、同平章事。卒，謚曰成肅（今按，《舊唐書》卷九九、《新唐書》卷一二七本傳作「恭肅」）。

盧從愿 字子龔。舉制科，拜吏部侍郎，稱職。開元初，下遷豫州刺史，奏課第一，詔

書勞問，召入，爲刑部尚書。後因盛殖産，占良田，帝薄之，目曰「多田翁」。

崔翹　齊州人，崔融之子。開元初（今按，《中國文學家大辭典·唐五代卷》考證爲「天寶七載」），爲禮部尚書，贈荆州大都督，謚曰成。

王丘　字仲山。十一歲擢童子科，他童皆專經，而丘獨屬文。及冠，舉制科，中第。氣象清古，行止脩潔，於詞賦尤高。魏元忠薦之，擢監察御史。開元初遷考功員外郎，轉吏部侍郎。出守懷州，清嚴，爲下所畏。復禮部尚書，致仕。天寶初卒，謚曰文。

武平一　名甄，以字行。博學，通《春秋》，工文辭。武后時，畏禍不與事，隱嵩山，脩浮屠法，屢詔不應。中宗立，迫召起居舍人，兼脩文館學士。雖豫宴，嘗因詩頌規戒（今按，《新唐書》本傳作「誡」，字通）。玄宗立，貶蘇州參軍，徙金壇令。既謫，名亦不衰，開元末卒。

蕭嵩　蕭梁之後，貌偉秀。開元初，擢中書舍人。時王丘、齊澣皆有名，以嵩少學業，不以輩行許也，獨姚崇稱其遠到。後以兵部尚書令（今按，據姚本及《新唐書》本傳，當爲「領」）朔方節度，遷中書令。乞骸骨，乃授右丞相，罷，年踰八十，天寶八載卒。

徐安貞

李邕　字泰和，揚州人，李善之子。少知名，既冠，李嶠薦邕文高氣力，拜左拾遺。玄

宗即位，爲御史中丞。後枉法，下獄當死，得減死，出爲北海太守。以文名天下，時稱「李北海」。李林甫忌之，傳（今按，據《新唐書》本傳、四庫本，當爲「傅」）以罪，杖殺之。集七十卷，行。趙明誠《金石録》云：「唐《六公詠》，李邕撰。余初（今按，宋本《金石録》作「初余」）讀杜子美《八哀詩》，云：『朗吟（今按，宋本《金石録》及宋本《杜工部集》皆作「詠」）六公篇，憂來發（今按，宋本《金石録》及宋本《杜工部集》皆作「豁」）蒙蔽。』恨不見其詩。晚得石本，其文辭高古，一代（今按，宋本《金石録》「一代」前有「真」字）佳作也。」

張九齡　字子壽，韶州曲江人，七歲知屬文。擢進士，始調校書郎，玄宗即位，遷右（今按，《新唐書》本傳作「左」）補闕，進中書舍人、中書侍郎。以母哀（今按，據《新唐書》本傳，「哀」後脱「解」字），奪喪拜同平章事，及爲相，諤諤有臣節。雖以直道黜，不戚戚嬰望，唯文史自娱。久之，病卒，謚文獻。有集二十卷。

李昂

齊澣　字洗心，定州人。少開敏，年十四見李嶠，稱有王佐才。聖曆初進士第，調蒲州法曹參軍；景雲初爲監察御史；開元初用爲給事、中書舍人。後因言王毛仲寵貴，帝怒，貶高州（今按，《新唐書》本傳作「貶高州良德丞」）。天寶亂（今按，據《新唐書》本傳，當爲「初」），召爲太

子詹事，出爲平陽太守，更以黄老清静爲治。卒，年七十二。肅宗立，贈禮部尚書。

孫逖　博州人。屬思警敏，年十五見崔日用，令賦土火爐，援筆成篇，理趣不凡，崔駭歎，遂與定交。舉手筆俊拔、哲人奇士隱淪屠釣及文藻宏麗科。開元十年，又舉賢良方正。爲集賢脩撰，改考功員外，遷中書舍人，典詔誥。卒，有集三十卷。

韋濟　鄭州人，韋嗣立之子。開元初，調鄄城令，有政聲。擢醴泉令，四遷户部侍郎，爲太原尹。著《先德詩》，世服其典懿（今按，《新唐書》本傳作「懿」）。天寶中，授尚書左丞。

李林甫　小字哥奴。開元初，韓休薦其有宰相才，遂與牛仙客代張九齡爲相。善揣上意，以便佞得大任，俄進兼中書令，封晉國公。居相位十九年，固寵市權，欺蔽天子耳目，諫官無敢言事。後與楊國忠有隙，及國忠貴盛，之劍南鎮，俄至自蜀，林甫涕託後事，因不食卒。國忠諷安禄山暴其短，悉奪官爵，斫棺，葬以庶人禮。

韋述　京兆萬年人，弘機曾孫也。家廚書二千卷，述爲兒時誦憶略遍。舉進士，時方少，儀質陋悦（今按，《新唐書》本傳、四庫本作「悦」，姚本作「劣」），考功員外郎宋之問曰：「童子何業？」述曰：「性嗜書，所撰《唐春秋》三十篇恨未畢，他唯命。」之問曰：「本求茂才，乃得遷、固。」遂上第。開元初，與諸儒即秘書，續《七志》，又撰《開元初（今按，《新唐書》本傳無「初」

字）譜》二十篇。張説薦爲直學士。典掌圖書四十年，澹榮利，爲人純厚長者，當世宗之。禄山反，述抱國史藏南山，身陷賊，污僞官。賊平，流渝州。

韋抗　韋安石從兄子。弱冠舉明經，累官吏部郎中。開元初，自太子左庶子爲益州都督府長史，授黄門侍郎，俄代王晙爲御史大夫，兼按察京畿。改授蒲州刺史，入爲刑部尚書，分掌史（今按，據姚本、屠隆本、牛斗本及《新唐書・韋安石傳附韋抗傳》，當爲「吏」）部選。卒，謚曰貞。

洪子輿　睿宗時（今按，此「睿宗時」之説當據《新唐書・韋安石傳》，但《舊唐書・韋安石傳》記載爲開元二年）爲侍御史，姜晦時爲中丞，諷子輿劾韋安石，子輿不從。

賀朝清　按，《唐書・于休烈傳》有會稽賀朝，開元初人，恐是。

許景先　常州人。舉手筆俊拔、茂才異等，連中，授殿中侍御史，齊澣（今按，據《新唐書》本傳，「齊澣」前當脱「與」字）等更知制誥。張説云：「許舍人之文，雖乏峻峰激流，然詞旨豐美，得中和之氣。」開元十二（今按，《新唐書》本傳作「十三」）年，由吏部侍郎出爲刺史，治虢州。

豆盧田（一作回。）（今按，據《元和姓纂》卷九等，當爲「豆盧回」。本書卷二即作「豆盧回」）

萬齊融　《唐書》作會稽人。開元初，與于休烈、包融等齊名。

楊重玄　開元初人，有《上張燕公》詩。

徐晶（今按，《搜玉小集》、中華書局本《全唐詩》卷七五、四庫本作「晶」；姚本、屠隆本、牛斗本、刻者不詳明本、張恂本、《文苑英華》卷三一五作「晶」）　開元初胡皓、蔡孚同時人。

苗晉卿　字元輔，潞州人。世以儒素稱，擢進士。知吏部選事，分甲、乙、丙三科，私以張奭爲第一。玄宗知之，御華萼樓覆實，中裁十一二，上怒，貶安康太守。後充河北採訪使，肅宗立，召拜左相。代宗立，詔攝冢宰，固辭。永泰初卒，謚忠（今按，《新唐書》本傳作「懿」）獻。

右自武德至開元初，得一百二十五人，爲初唐。

王灣　洛陽人。登先天進士第，開元初爲滎陽主簿。馬懷素欲校正羣集（今按，據《唐詩紀事》卷一五，當爲「籍」），灣在選中，各（今按，據《新唐書》卷一九九《馬懷素傳》，當爲「分」）部撰次，後爲洛陽尉。

包融　延陵人。開元初，與賀知章、張旭、劉脊（今按，據四庫本，當爲「眘」）虚（今按，據《新唐

書·劉晏傳附包佶傳》，「劉沓虛」當爲「張若虛」）皆有名，號「吴中四士」。官至大理司直。詩一卷。

厍狄履温 開元時人。官至尚書郎，兼充節度判官。開元九年，御史宇文融奏置勸農判官，以履温、裴寛等二十九人並攝御史，分往天下，皆當時知名之士。

寇坦

孟浩然 襄陽人，少好節義，喜振人患難。隱鹿門山，年四十，乃遊京師。失意於玄宗，因放還。開元末，病疽，卒。王維愛其詩，嘗過郢州，畫其像於刺史亭，因曰「浩然亭」。咸通中，鄭誠（今按，據《新唐書》卷二〇三本傳及姚本、屠隆本、刻者不詳明本，當爲「諴」）謂賢者名不可斥，更署曰「孟亭」。按，王士源《集序》云：「孟浩，字浩然。」疑以字行。詩二卷。

張子容

蔡希周 曲阿人，官至監察御史。見殷璠《丹陽集》，與包融同時人。

蔡希寂 曲阿人，官至胃（今按，據姚本、屠隆本、四庫本，當爲「渭」）南尉。見《丹陽集》。

張南容

李白 字太白，蜀人。母夢長庚星而生白，因名之。十歲通詩書，然喜縱横術、擊劍，爲任俠，輕財重施。天寶初，至長安，賀知章見其文，歎曰：「子，謫仙人也。」言於玄宗，召

見，論當世事，奏頌一篇，帝賜食，親爲調羹。有詔供奉翰林，常侍帝。因失意於貴妃，帝毋（今按，據姚本等，當爲「每」）欲官白，輒爲貴妃所沮。白益傲放，求還山，帝賜金放還。禄山反，明皇在蜀，永王璘節度東南，白時卧廬山，璘迫致之。及璘敗，白坐繫潯陽獄，流夜郎，遂汎洞庭，上峽江。至巫山，以赦得釋，憩岳陽、江夏。久之，復如潯陽，過金陵。族人陽水（今按，據姚本等，當爲「冰」）爲當塗令，白過之。病卒，年六十四，時寶應元年也。有《草堂集》二十卷。

魏萬　號王屋山人。嘗自嵩歷兖，遊梁入吴，計程數千里來訪李白。不遇，因下江東，尋諸名山，觀謝公石門。後廣陵與李白相見，白稱其美而愛文好古（今按，李白《送王屋山人魏萬還王屋》詩序云：「美其愛文好古」），獨往物表，述詩以贈之。萬亦有答李篇，見李詩集中並白詩自序。

崔宗之　名成輔，以字行，日用之子。好學，寬博有風檢，韓朝宗薦之於朝。開元中，官至右司郎中，侍御史。後謫金陵，與李白以詩酒倡和，及賀知章等爲「飲中八仙」。

李適之　常山王（今按，《新唐書》本傳作「恒山愍王」）之後。天寶元年，代牛仙客爲左相。雅好賓客，嘗飲酒一斗不亂。後爲李林甫所中，罷，貶死袁州。

李頎 東川人。開元十三年賈季鄰榜進士，調新鄉縣尉。有集，傳於世。

萬楚 字、里闕，有詩贈李白。

崔顥 汴州人，開元十一年姚重晟（今按：《唐才子傳》作「源少良」）下進士。才俊無行，好蒱飲，娶妻擇美者，不愜即去之者三四。初，李邕聞其名，虚舍邀之，顥至，獻詩，首章云：「十五嫁王昌。」邕叱曰：「小兒無禮。」不與接而去。終司勳員外郎。

陶翰 潤州人，開元中爲禮部員外郎（今按，此處當本《新唐書·藝文志》。今人以爲翰天寶時又登拔萃科，任禮部員外郎不當在開元年間。參見《唐才子傳校箋》卷二、《中國文學家大辭典·唐五代卷》）。有集，卷亡。

祖詠 洛陽人。開元十三年（今按，《唐才子傳校箋》作「開元十二年」）進士，張説引爲駕部員外郎。集一卷。

劉昚虚 江東人，爲夏縣令。（今按，此與《唐才子傳》同，但今人以爲當爲劉晏之事跡混入劉昚虚，不可信據。參見《唐才子傳校箋》卷二）

薛據 荆南人（今按，此與《唐才子傳》同，但今人以爲據應爲河東人，荆南誤。詳見《唐才子傳校箋》卷二），官至太子司議郎。

崔署（今按，一作「曙」。本書卷十六、六十三、四庫本即作「崔曙」） 宋州人，開元二十六年進士。

崔國輔 吴郡人。初應縣令舉，授許昌令，累遷集賢直學士，禮部員外郎。後坐王鉷近親，貶竟陵郡司馬。集卷亡。

綦毋潛 字季（今按，據《新唐書·藝文志四》，當爲「孝」）通，荆南人。開元十四年舉進士，由宜壽縣尉入爲集賢待制，遷右拾遺，終著作郎。集一卷。

盧象 字緯卿，汶水人。初爲左拾遺、膳部員外郎。受禄山僞官，貶永州司户參軍，起爲主客員外郎。有集十二卷。

李嶷 名見殷璠《河岳英靈集》。

閻防 名見《河岳英靈集》。

王維 字摩詰，太原人。九歲知屬辭，開元九年擢進士第一，遷尚書右丞。工草隷，善畫，名盛於開元、天寶間，寧、薛諸王待若師友。有别墅在輞川，嘗與裴迪遊其中，賦詩爲樂。孤居三十年，上元初卒。代宗求其樂章，其弟縉集數十百篇上之。

楊浚 官至校書郎，開元中上《聖典》三卷。

李憕 并州人。通《左氏春秋》，舉明經，高第。天寶初除清河太守，改東京留守。禄山陷城，被執。詔贈司徒，謚忠懿。

儲光羲　魯國人，又云潤州人。天寶末，爲監察御史，坐禄山僞官，貶死。按，《唐書》：兖州人，開元十四年進士。又詔中書，試文章，歷御史。禄山反，陷賊，自歸。有集七十卷。

王昌齡　字少伯，江寧人。第開元十五年進士，補秘書郎，又中宏詞科，遷汜水尉。晚節不矜細行，貶龍標尉。以世亂還鄉，爲刺史閭丘曉所殺。有集五卷。

閭丘曉　官至刺史。

沈如筠　句容人，官至横陽王（今按，據《新唐書·藝文志四》「包融詩」注及姚本等，當爲「主」）簿。有《異物志》三卷、《古異記》一卷，見《唐藝文志》。

丁仙芝　曲阿人，官至餘杭尉。

殷遥　句容人，天寶間終於忠王府倉曹參軍（今按，殷遥爲忠王府倉曹參軍應在開元間，卒則在天寶間。參見《唐才子傳校箋》卷二）。

談戭　曲阿人，官至長洲尉。

王之涣　并州人，與高適同時，或云王昌齡友。

吴象之　諸家選本俱作盛唐人。

鄭審　開元時人，大曆初爲秘書監。杜甫有《秋日夔府詠懷寄鄭監審一百韻》者是

少尹。

也。又《解悶》詩云：「何人爲覓鄭瓜州。」自注云：「鄭秘監審也。」大曆三年出爲江陵

梁鍠

韋元甫 按，《唐書·韋陟傳》：陟天寶間出爲襄陽太守，徙河南採訪使。以判官員錫善訊覆，支使韋元甫工書奏，時號「員推韋狀」，陟皆倚任之。

蕭華 嵩之子，天寶間爲工部侍郎，後位至宰相。華世本蕭梁之後，自瑀仕唐，至嵩及華，華之從子復，孫俛、倣，以及寘、遘，凡八葉宰相，名德相望，與唐盛衰，世家之盛，古未有也。

沈東美 天寶十三年除膳部員外郎，杜少陵有《寄沈八丈》詩云「詩律羣公問，儒門舊史長」者是也。

宋昱 天寶十二載，以中書舍人知選事。

裴迪 關中人，與王維同倡和。

丘爲 嘉興人，事繼母孝，常（今按，《新唐書·藝文志四》作「嘗」，字通）有靈芝生堂下。累官太子右庶子，時年八十餘，而母無恙，給俸禄之半。及居憂，觀察使韓晃（今按，據《新唐書·藝文志

四》、四庫本，當爲「涀」）以致仕官給禄所以惠養老臣，不可在喪爲異，唯罷春秋祭（今按，據《新唐書・藝文志四》、四庫本，當爲「羊」）酒。初還鄉，縣令謁之，爲候門磬折，令坐，乃拜，里胥立庭下，既出，乃敢坐。經縣署，降馬而趨。卒年九十六。有集，卷六（今按，據《新唐書・藝文志四》「丘爲集」、姚本，當爲「亡」），見《唐志》。

賈至　字幼鄰，洛陽人。父曾，開元初掌制誥。至擢明經策（今按，疑爲「第」之訛），解褐單父尉。玄宗拜起居舍人，知制誥，從幸蜀。肅宗登極，至撰策（今按，據《新唐書・賈曾傳附賈至傳》，當爲「册」），進稿，帝曰：「先帝誥命乃父爲之，今兹命策（今按，據《新唐書・賈曾傳附賈至傳》，當爲「册」），又爾爲之，兩朝盛典出卿家父子，可謂盛（今按，「盛」，《新唐書・賈曾傳附賈至傳》作「繼美」）矣！」歷中書舍人，至德中，坐小法貶岳州司馬（今按，乾元二年三月，九節度圍相州，兵敗。時任汝州刺史的賈至棄州奔襄鄧，坐是貶岳州司馬。故賈至貶岳州司馬當在乾元中）。寶應初，召復故官。大曆七年，以右散騎常侍卒，年五十五，贈禮部尚書，謚曰定（今按，據《新唐書・賈曾傳附賈至傳》，當爲「文」）。有集二十卷。

高適　字達夫，一字仲武，滄州人。舉有道科，授封丘尉。禄山反，爲哥舒翰西河從事（今按，《新唐書》本傳云：「客河西，河西節度使哥舒翰表爲左驍衛兵曹參軍，掌書記。」），由左拾遺遷待御

史，擢諫議大夫。出爲蜀、彭二州刺史，代崔光遠爲西川節度使，入爲刑部侍郎。廣德中，左散騎常侍，封渤海侯。年五十始爲詩，即工，每吟一篇，好事者輒傳布。永泰初卒，謚曰忠。有集十卷（今按，《新唐書》卷六〇《藝文志四》載「高適集二十卷」），行於世。

賀蘭進明　至德中，遷嶺南經略使，終員外郎（今按，《通鑑》卷二二一載乾元二年十一月「御史大夫賀蘭進明貶溱州員外司馬，坐[第五]琦黨也」）。

畢耀　乾元二年，除監察御史。能詩，與杜甫有故，杜有《贈畢四耀》詩云「才大今詩伯，家貧苦宦卑」是也。又《存殁口號》云：「畢耀仍傳舊小詩。」自注云：「耀善爲小詩。」又按，《敬羽傳》：耀與毛若虚、裴昇、敬羽同時爲御史，皆暴忍，時稱「毛敬裴畢」。

岑參　南陽人，文本之後。天寶中進士，至德二載試大理評事，攝監察御史。杜甫薦之，轉左補闕（今按，據杜確《岑嘉州詩集序》，當爲「右補闕」），起居郎，累遷侍御史。出爲嘉州刺史，退居杜陵山中（今按：岑參居住杜陵乃在出爲嘉州刺史之前，如他早年所作《還高冠潭口留别舍弟》詩中云：「遥傳杜陵叟，怪我還山遲。」），屬中原多故，卒死於蜀。有集八卷（今按，《新唐書·藝文志四》載「岑參集十卷」），行於世。

杜甫　字子美，襄陽人。舉進士不第，因遊長安。玄宗朝，奏賦三篇，帝奇之，使待制

集賢院。數上賦頌，高自稱道。肅宗立，拜右拾遺（今按，據杜甫等撰《爲補遺薦岑參狀》，當爲「左拾遺」），坐房琯事，出爲華州司功。屬饑亂，棄官，客秦州，負薪採橡栗自給。流落劍南，嚴武表爲參謀，檢校工部員外郎。往來夔、梓間。大曆中，客耒陽，遊岳祠，大水遽至，大醉，一夕卒，年五十九。集今傳。甫曠放不自檢，好論天下大事，高而不切。數嘗遭寇亂，挺節無所污。爲歌詩，傷時撓（今按，《新唐書》本傳作「橈」）弱，情不忘君，人憐其忠云。有集六十卷。

嚴武　字季鷹，華州人，挺之之子。幼豪爽，父奇之，數（今按，「數」前當脱「然」字）禁敕。武讀書（今按，此句《新唐書·嚴挺之傳附嚴武傳》作「武讀書不甚究其義」）。長擢成都尹、劍南節度使，還拜京兆尹。與元載厚相結，求宰相不遂，復節度使劍南。最厚杜甫。永泰初卒。

張巡　鄧州人。博通羣書，曉戰陳（今按，《新唐書》本傳作「陣」，字通）法。氣志高邁，略細節，所交必大人長者。開元末擢進士第，爲清河令，調真源令。禄山反，巡率吏士哭於玄元廟，起兵討賊。至睢陽，與太守許遠合，賊攻睢陽，圍四十日（今按，《新唐書·文藝下·李翰傳》載李翰《進張中丞傳表》云：「巡退軍睢陽，……自春訖冬，……城陷見執。」自至德二載正月，安慶緒遣尹子琦率兵十餘萬圍睢陽，至同年十月城陷，睢陽城被圍近一年。此云「圍四十日」，誤），城陷，不屈，遂遇害，與南霽雲等死者三十六（今按，疑脱「人」字）。大中間，圖像凌煙，與許遠並祠，號「雙廟」云。巡長七尺，鬚髯每怒盡張。讀書不過三復，終身不忘，爲文章不立稿。

張謂　字正言，河南人（今按，常袞《授張謂禮部侍郎制》及《唐才子傳》皆云河内人）。登天寶二年進士第，奉使長沙，大曆間爲禮部侍郎。

王季友　河南人。按，《豫章圖經》云：鄷城人，家貧賣履，博極羣書。李勉引爲賓客，甚敬之。善爲詩。杜甫詩云「丈夫正色動引經，鄷城客子王季友」是也。

常建　開元十五年進士，大曆中爲盱眙尉。詩一卷。

元結　字次山，瀼州人（今按，元結作《自釋》云：「後家瀼濱。」今人孫望《元次山年譜》認爲瀼溪應在瑞昌縣。此處可能因元結曾移家瀼濱而稱之瀼州人。唐時也曾置瀼州，在今廣西境内。）後魏常山王遵之後。少不羈，年十七乃折節向學，天寶十二載舉進士。蘇元（今按，當爲「源」）明見肅宗，薦之，結上《時議》三篇，帝悦。代宗立，授著作郎，久之，拜道州刺史，流亡歸者萬餘。進容管經略使，民樂其教，立石頌德。結著書釋（今按，《新唐書》本傳云：「益著書，作《自釋》曰……」疑「著書釋」當爲「著《自釋》」）謂：始著《元子》十篇，故稱元子。避亂入猗玗洞，始稱猗玗子。後徙家瀼，稱浪士。及有官，人以爲浪者亦漫爲官乎，呼爲漫郎。客樊上，漁者相戲，更爲聱叟。又曰：「公之漫，猶聱乎？公漫久矣。」故稱漫叟。

張均　洛陽人，丞相燕公説之子。自太子通事舍人累遷主爵郎中，後襲燕國公。禄

山監（今按，《新唐書·張説傳附張均傳》作「盜」）國，授僞官，肅宗以説有舊勳，詔免罪（今按，據《新唐書·張説傳附張均傳》，「罪」當爲「死」），流合浦。建中初，贈太子少傳（今按，據《新唐書·張説傳附張均傳》，當爲「傅」）。集二十卷。

韋迢 官爲韶州牧，杜甫有《送韋員外牧韶州》者是也。

王縉 字夏卿，太原人。少好學，兄王維共名聞（今按，《新唐書》卷一四五本傳「名聞」上有「以」字），舉草澤文辭清麗科，上第。禄山亂，以功遷兵部侍郎，拜黄門侍郎、同平章事，與元載專朝。性又喜奉佛，晚節尤謹。大曆以還，刑政凌遲（今按，《新唐書》本傳作「堙陵」），皆縉與載倡之。及敗，同載論死，上憫其耄，貶括州。

蕭潁（今按，當爲「穎」）**士** 字茂挺。四歲能屬文，十歲補大（今按，《新唐書》本傳作「太」）學，觀書一覽即誦，通各家譜系、書籀學。開元中舉進士，補秘書正字。名播天下，時號「蕭夫子」。後客死汝南逆旅，門人謚文元先生。有集十卷，又《遊梁新集》三卷。

李華 字遐叔，趙州人。累中進士、宏詞，天寶中遷監察御史。禄山反，華母在鄴，欲間行輦母以逃，爲盜所得，僞署鳳閣舍人，華自傷踐危亂不能完節，又不能全（今按，《新唐書》本傳作「安」）親。上元中，以左補闕召，不拜。大曆初卒。有《前集》十卷，《中集》二十卷。

沈千運 其詩見元結所編《篋中集》。

于逖 沈千運同時人。

趙微明 其詩見《篋中集》。

張潮 潤州曲阿人，不仕。其詩見殷璠《丹陽集》。

薛業 天寶間與柳芳同時。

張彪 潁上人，杜甫有《寄張十二山人彪三十韻》者是也。

劉復

沈徽

沈頌

戴休珽

鄭德玄

張偁

張軫

林琨

楊諫

韋鎰

胡衡

孟雲卿 平昌人，第進士，校書郎。杜甫詩云「孟子論文更不疑」，自注云「校書郎孟雲卿」是也。袁郊《甘澤謡》云：陶峴，彭城（今按，據汪辟疆《唐人小説》，當爲「彭澤」）子孫也。開元中，宅昆山，豐田疇，遊江湖。製三舟，一自載，二賓客，三飲饌。與布衣焦遂、進士孟彦琛（今按，汪辟疆《唐人小説》作「深」）、樊口進士孟雲卿，人置僕妾、女樂一部於舟中，奏清商曲於江湖，時號「水仙」云。

顔真卿 字清臣，師古五世從孫。開元中舉進士，又擢制科，遷監察御史，出爲平原太守。禄山反，與從父兄杲卿討賊，加河北招討採訪使。代宗立，改尚書右丞，俄封魯郡公。以正直立朝，爲楊炎、盧杞所害，詔遣諭李希烈，不屈，遇害。公善正、草書，筆力遒婉，世寶傳之。

獨孤及 字至之，河南人。爲兒時嘗讀《孝經》，父試之曰：「兒志何語？」對曰：「立身行道，揚名於後世。」父奇之。天寶末，以有道舉高第，終司封郎中、常州刺史。甘露

降其庭而卒。有《毘陵》（今按，「毘陵」後當脱「集」字）二十卷。

鮑防　字子慎，襄州人。天寶進士，遷太原尹，河東節度使，德宗授工部尚書。卒，謚曰宣（今按，據《新唐書》卷一五九本傳及姚本、四庫本，當爲「宣」）。防尤工詩，有所感發（今按，《新唐書》本傳作：「有所感發，以譏切世敝，當世稱之。」）。與謝良弼友善，時號「鮑謝」。

張志和　字子同，金華人。擢明經，肅宗命待詔翰林。後坐貶，不復仕，居江湖，自稱「煙波釣徒」。著《玄真子》，亦以自號。善圖畫山水，時稱與嚴光比。

奚賈　常建同時人，郎士元亦有《送奚賈》詩。

右自開元至大曆初，得八十六人，爲盛唐。

劉長卿　字文房，河間人。開元二十一年進士，至德中爲監察御史，以檢校祠部員外郎爲轉運使判官，知淮西鄂岳轉運留後。鄂岳觀察使吴仲儒（今按，《新唐書·藝文志四》「劉長卿集」下注作「孺」）誣奏，貶潘州南巴尉，會有爲辨之者，除睦州司馬，終隨州刺史。卒，有集傳於世，十卷。

韋應物　長安京兆人，周逍遥公韋瓊（今按，據《周書·韋敻傳》，當爲「敻」）之後。李肇《國史補》云：「爲性高潔，鮮食寡欲，所居焚香掃地而坐。」其爲詩馳驟建安已還，各得風韻。王欽臣《集序》云：「天寶時，扈從遊幸，疑爲三衛。」永泰中，任洛陽丞、京兆府功曹。大曆十四年，自鄠縣令除櫟陽令。建中二年，除比部員外，出刺滁州，改刺江州。迫（今按，據王欽臣《校訂韋蘇州集序》及《唐才子傳校箋》卷四，當爲「追」）赴闕，改左司郎中。貞元初，又歷蘇州。詩十卷。

馮著　韋應物有《送馮著受李廣州署爲録事》詩者是也。

秦系　字公緒，會稽人。有詩名於天寶間，會亂，避地剡川。大曆五年，薛兼訓奏爲右衛率府倉曹參軍，不就。建中初，隱於泉州南安，有大松百餘章，系結廬其上，穴石爲硯，注《老子》，彌年不出。年八十餘，不知所終。集一卷。

皇甫冉　字茂政，潤州人，玄晏先生謐之後。十歲能屬文，張九齡歎異之。天寶間，與弟俱登第，授無錫尉，避難居陽羨。大曆中，爲王縉掌書記，後爲左金吾衛兵曹參軍、左補闕（今按，獨孤及《唐故左補闕皇甫公集序》題作「左補闕」，文内作「右補闕」；《新唐書·蕭穎士傳附皇甫冉傳》亦作「右補闕」）。卒，有集三卷，傳於世。

皇甫曾　字孝常，潤州人。天寶中，與兄冉登進士第，歷侍御史，坐貶舒州司馬、陽翟令。當時兄弟齊名，人比之張景陽、孟陽云。集一卷。高仲武云：昔孟陽之與景陽，詩德遠慚厥弟，協居上品，載處下流。今侍御之與補闕，文辭亦爾，體制清潔，華不勝文。然「寒生五湖道，春及萬年枝」，五言之選也。其爲士林所尚，宜哉。

蔣渙　常州義興人，高智周之外孫也，與兄洌皆擢進士。永泰初，渙歷鴻臚卿，日本使常遺金帛，不納，唯取牋一番，爲書以貽其副云。父蔣挺卒，渙與兄洌廬於墓側，植松柏千餘。終禮部尚書，封汝南公。見《智周傳》。

錢起　字仲文，吴興人。天寶十年及第，授秘書郎，終於考功郎中。大曆中，與郎士元俱以詩名倡，士林爲之語曰：「前有沈、宋，後有錢、郎。」時公卿出牧、奉使，二人無詩祖行，人以爲恥。有集十一卷。

郎士元　字君胄，中山人。天寶十五年進士，寶應初年選京畿縣官，詔試中書，補渭南尉。歷右（今按，《唐才子傳》作「左」）拾遺，出爲昂州（今按，據《新唐書·藝文志四》及《極玄集》，當爲「郢州」）刺史。時與錢起齊名。卒，有集一卷。

陳季　錢起有《題陳季璧（今按，《全唐詩》作「壁」）》詩。

莊若訥　與劉長卿有倡和詩。

張起　字君平，南陽人。天寶十三年進士，佐希逸表佐幕府，府罷，十年不仕。李勉任宣武，復辟之。建中初，以駕部郎中知制誥，終中書舍人。集五卷。

韓翃

朱放　字長通，襄州人。隱於越之剡溪，嗣曹王皋鎮江西，辟爲節度參謀。貞元初，召爲拾遺，不就。詩一卷。

劉方平　河南人，蓋邢襄公政會之後也。元魯山與之善。方平不仕，蕭穎士云：「山東茂異，有河南劉方平。」詩一卷。

李泌　字長源。七歲知爲文，號爲奇童，及長，博學，治《易》。常遊嵩、華、終南間。天寶間，詣闕，獻《復明堂議》。肅宗即位，欲授以官，固辭，願以客從，常議國事，復請還出（今按，據姚本等，當爲「山」）。代宗立，召至，舍蓬萊殿書閣。貞元初，拜陜虢觀察使，進禮部尚書。三年，拜中書侍郎、同平章事。俄加集賢院、崇文館大學士，脩國史，固辭。有集二十卷。

包何　字幼嗣，潤州延陵人，與弟佶齊名，皆融之子。大曆間，爲起居舍人。

包佶　字幼正。天寶六年進士，遷諫議大夫，與兄何齊名。貞元中，遷御史中丞，終刑部侍郎、秘書監，封丹陽郡公。

李嘉祐　字從一，趙州人。天寶七年進士，調江陰令。肅宗上元中，爲台州刺史，大曆中，刺袁州。又嘗爲中臺郎，故竇常贊之曰：「雅登郎位，静鎮方州。」其詩一卷，因號《晏閣集》（今按，《文獻通考》卷二四二、《直齋書録解題》卷十九作《臺閣集》，周祖譔主編《中國文學家大辭典·唐五代卷·李嘉祐》作《後閣集》）。

竇叔向　字遺直，扶風人。代宗時人，與常衮善，衮爲相，用爲左拾遺、内供奉，及貶秩，爲漂（今按，據姚本、四庫本、《唐才子傳》，當爲「溧」）水令。贈工部尚書。諸子常、牟、羣、庠、鞏皆有詩名，號「五竇」。有集七卷，今亡。

盧綸　字允言，河中人。天寶亂，客番（今按，《新唐書》本傳作「鄱」）陽。大曆初舉進士，不第，元載取其文（今按，《新唐書》本傳「文」後有「以進」二字），以補閿鄉尉。遷監察御史，輒稱疾去，累遷檢校户部郎中。嘗朝京師，是時綸舅韋渠牟幸德宗，表其才，召見禁中，帝有所作，輒使賡和。時與韓翃等十人皆有詩名，號「大曆十才子」。卒，有集十卷，行於世。文宗尤愛其詩，遣中人悉索其家笥，得五百篇。

李端　趙州人，李嘉祐之侄也。大曆五年進士。從郭曖遊，曖嘗進官，大集賓客，賦詩，端最工。錢起曰：「此素爲之，請賦起姓。」端立獻一章，又工於前，客乃服，曖賜帛百匹。後移疾江南，仕至杭州司馬。有詩三卷。

張濯　盧綸有《與張濯對酌》詩。

吉中孚　楚州人。始爲道士，後登宏詞，官校書郎、諫議大夫、翰林學士、户部侍郎、判度支。貞元初卒，「大曆十才子」之一。

司空曙　字文明，廣平人。登進士第，韋皋招致幕府，授洛陽主簿（今按，傅璇琮認爲，司空曙決無洛陽主簿之授，可能曾任長安主簿，入韋皋幕亦在任主簿之後。見《唐才子傳校箋》卷四），貞元初爲水部郎中，終虞部郎中。有集二卷。

耿湋　河東人。代宗寶應二年進士，爲大理司法，終於左拾遺（今按，傅璇琮認爲，耿湋任拾遺在前，大理司法在後。詳見《唐才子傳校箋》卷四）。有詩二卷，傳。

崔峒　博陵人。舉進士，爲拾遺、集賢學士，終於州刺史。或云終於武元令（今按，《唐詩紀事》卷三〇作「玄武令」），《唐文藝傳》云終於右補闕。「大曆（今按，當脱「十」字）才子」之一，詩一卷。

嚴維　字文正，越州人。爲武德（今按，據《唐才子傳》卷三，當爲「至德」）二年進士，校書郎，諸暨及河南尉，又充河南嚴中丞幕府，終於校書郎（今按，據《唐才子傳校箋》卷三《嚴維》考證，嚴維及第後先任諸暨尉，終於秘書郎。此處兩云校書郎，皆誤）。詩一卷。

令狐峘　宜州人，德棻五世孫。天寶末進士，博學有口辨（今按，《新唐書·令狐德棻傳附令狐峘傳》作「辯」，字通），楊綰薦爲起居舍人。撰《玄宗實録》。

章八元　睦州桐廬人。大曆六年進士，貞元中調句容主簿。有詩集，今傳于世，一卷。

常衮　京兆人。登進士第，爲中書舍人，代宗拜門下侍郎、同平章事。德宗建中初爲福建觀察使，始教閩人知學。

張繼　字懿孫，兗州人（今按，《新唐書·藝文志四》、《唐詩紀事》卷二五皆稱繼爲襄州人）。登天寶十二年進士第，大曆末授檢校户部（今按，據《新唐書·藝文志四》「張繼詩」下注，當爲「祠部」）員外郎，分掌財賦於洪州。詩一卷。

顧況　字逋翁，姑蘇人。至德進士，性恢諧，與柳渾、李泌爲方外友。德宗時，渾輔政，召爲秘書郎。及泌爲相，自謂得達官，久之，遷著作郎。坐詩語調謔，貶饒州司户。居

華山（今按，據《唐摭言》卷八《入道》、皇甫湜《顧況集序》、《歷代名畫記》卷一〇、《唐詩紀事》卷二八，當爲「茅山」），以老壽終。有集二十卷。

衛象 字長林（今按，據司空曙《長林令衛象錫絲結歌》，衛象曾任長林縣令，此云「字長林」，誤）。大曆間司空曙同時人，官爲侍御。

蘇涣 少喜剽盜，善白弩，巴蜀商人苦之，稱白跖，以比莊蹻。後折節讀書，登第，湖南崔瓘辟從事。繼走交廣，與哥舒晃反，伏誅。

長孫翺 肅、代時人。

叔孫玄觀 大曆間蕭昕同時人。

冷朝陽 大曆間錢起、韓翃同時人，有詩名。憲宗嘗問朝臣曰：「比聞一士人，能作詩，姓字甚僻。」大臣以朝陽對。

戎昱 荆南人，登進士第。衛伯玉鎮荆南，辟爲從事。德宗建中中，爲辰、虔二州刺史。京兆尹李鑾欲以女妻之，令改姓，昱辭（今按，此「李鑾欲以女妻之，令改姓」之説，出自《雲溪友議》卷下《和戎諷》，乃小説家言，不足信）。

丘丹 蘇州臨平人（今按，據《元和姓纂》卷五記載，丘丹乃蘇州嘉興人。韋應物有《重送丘二十二還臨平山居》，乃知他曾隱居蘇州臨平山。此云「蘇州臨平人」，不確），官至員外郎。

杜誦　其詩見《中興間氣集》。

劉灣　西蜀人，其詩見《中興間氣集》。

劉太真　宣州人。與尹徽、閻士和、柳并同受業於蕭潁（今按，當爲「穎」）士，常曰：「太真入吾室者也，斯文不墜，寄是子云。」舉高第，遷刑部侍郎。德宗詔羣臣曲江燕，自爲詩，敕宰相擇文人賡和，以太真等爲第一。有集三十卷。

張南史　字季真（今按，據《新唐書·藝文志四》「張南史詩」下注，當爲「直」），幽州人。以試參軍，避亂居揚州，再召，未赴而卒。詩一卷。《中興間氣集》云：「張君奕棊者，中歲感激，苦節學文，數載間稍入詩境。」

張衆父（今按，《唐人選唐詩十種》本《中興間氣集》作「甫」）　其詩見《中興間氣集》。

鄭常　肅、代宗時人，其詩見《中興間氣集》。

朱長文　張南史詩有《送朱文北遊》者，恐是。

徐嶷

衛葉

吴鞏

余延壽

崔子尚（今按，據嚴維《贈崔子向》詩及本書卷六六，當爲「向」） 大曆、貞元間人，嚴維、僧皎然同倡和。

李益 字君虞，隴西姑臧人。始八歲，燕戎亂華，人（今按，據姚本，當爲「大」）曆四年登第。出身二十（今按，據李益《從軍詩序》，「二十」後脱「年」字），三受末（今按，據李益《從軍詩序》及四庫本，當爲「末」）秩；從事十八載，多在兵間。有心疾，不見用。後爲幽州劉濟營田副使，獻詩，有「感恩知有地，不上望京樓」之句。憲宗聞其名，召爲秘書少監。負才淩下，官幽州時有怨望語，降秩。尋復遷太子賓客，轉散騎常侍，後遷禮部尚書，致仕。卒，有集二卷，行於世。

于鵠 隱居於漢陽，大曆間應薦起，歷諸府從事。有集一卷。

暢當 河東人。擢進士，貞元初爲太常博士，終杲（今按，據《新唐書》本傳，當爲「果」）州刺史，卒。有詩二卷。

姚倫 其詩見《中興間氣集》。

姚系 河中人。《韋蘇州集》有《送姚系還河中》者，是也。

李希仲 其詩見《中興間氣集》。

于良史　爲張建封從事，《間氣集》云：官至侍御。

崔元翰　德宗時舉進士、博學宏詞、賢良方正，皆異等。知制誥，其訓辭温厚。性剛褊，不能取容於時。其好學，老不倦，用思精緻，馳騁班固、蔡邕間以自名家。有集三十卷，見《藝文略》。

劉商　字子夏，彭城人，居長安。工畫山水，官至檢校禮部郎中。《唐書》云：貞元中爲比部郎中，詩十卷，行於世。張彦遠《名畫記》云：爲汴州觀察判官。少年有篇詠高情，後得道。

宋濟　《國史補》云：德宗時不第，後禮部上甲乙名（今按，《唐國史補》卷下原文爲：「宋濟老於文場，舉止可笑。嘗試賦，誤失官韻，乃撫膺曰：『宋五又坦率矣！』由是大著名。後禮部上甲乙名，德宗先問曰：『宋五免坦率否？』」）。

柳談　字仲庸，京兆人。

滕珦　東陽人。大曆、貞元間，歷茂王傳（今按，據牛斗本、刻者不詳明本、四庫本，當爲「傅」）。太和初，以右庶子致仕。四品結（今按，據《新唐書·藝文志四》、四庫本，當爲「給」）券還鄉，自珦始。見《藝文志》。

吕牧　永泰二年進士，由尚書郎刺澤州，卒。見《先友記》。東平人。

竇參　字時中，岐州人，誕四世孫。學律令，爲人嚴直，果於斷。遷監察御史，稍遷爲中丞，舉劾無所忌，或決大議，德宗器之。俄而同中書平章事，多立親黨，四方畏之。後因譖陸贄，帝得其奸，貶爲柳州別駕（今按，《新唐書》卷一四五本傳作「驩州司馬」），賜死。

朱灣　字巨川，西蜀人，號滄州（今按，據《唐才子傳校箋》卷三，當爲「洲」）子。貞元、元和間爲府從事（今按，據《唐才子傳校箋》卷三《朱灣》考證，朱灣爲永平軍節度使李勉幕府從事當在大曆間。李勉大曆八年任永平軍節度使，建中四年因李希烈攻汴州，奔宋，貞元四年卒，此云「貞元、元和間」，誤）。高仲武《間氣集》云：朱君率履貞素，放情江湖，郡國交徵，潛耀不起，有唐高人也。詩體清逸（今按，《唐人選唐詩十種》本《中興間氣集》作「遠」），興用宏深，因詞寓（今按，《唐人選唐詩十種》本《中興間氣集》作「寫」）意，窮理盡性，放詠尤工（今按，據《唐人選唐詩十種》本《中興間氣集》，當爲「於詠物尤工」）。

長孫佐輔　朔方人。德宗時，弟公輔爲吉州刺史，佐輔往依焉。

楊憑　字虛受，一字嗣仁，虢州人。登大曆進士，由湖南江西觀察使入拜京兆尹，後貶臨賀尉。憑性重交遊，尚節氣，與弟凝、凌皆有名，柳子厚即憑之婿也。

楊凌　字恭履，憑之弟。大曆進士，貞元中爲協律郎。韋蘇州有《寄楊協律》者是也。子敬之，亦有詩名。《先友記》云：楊氏兄弟者，虢州洪（今按，當爲「弘」）農人。凌以大理評

事卒，最善云（今按，《柳宗元集》卷十二《先君石表陰先友記》作「文」）。

戴叔倫 字幼公，潤州人。師事蕭頴（今按，當爲「穎」）士，爲門人（今按，《新唐書》卷一四三本傳「門人」後有「冠」字）。貞元中及第，劉晏奏爲主運湖南（今按，《新唐書》本傳：「劉晏管鹽鐵，表主運湖南。」），嗣曹王皋領湖南，表在幕府。德宗建中中，李希烈反，皋敗希烈，留叔倫守撫州刺史，後遷容管經略。德宗嘗賦《中和節詩》，遣使寵餞。代還，卒於道，年五十八。

陸贄 字敬輿，蘇州人。十八年登進士第（今按，《新唐書》本傳云：「十八第進士。」故此處「年」當爲衍字），德宗時入翰林，數言事。

周存 貞元間陸贄同時人。

常沂

裴達

丁位

張昔 與季略同倡和（今按，「季略」當指張季略，《全唐詩》卷二八八收有他和張昔等人的《小苑春望宮池柳色》詩各一首）。

張季略 貞元間楊凌同時人。

張濛

楊衡　字仲（今按，周祖譔《中國文學家大辭典·唐五代卷》認爲應爲「中」）師，吴興人，官至大理評事。

權德輿　字載之，秦州落（今按，據《舊唐書》本傳及《新唐書·卓行傳·權皋傳》，當爲「略」）陽人。四歲能賦詩，未冠以文章稱諸儒間。德宗聞其材，召爲左補闕，元和中同平章事。卒，謚曰文。有集五十卷，又《童蒙集》十卷。

武元衡　字伯蒼，河南人。建中四年進士，元和二年，以門下侍郎平章事。秉政，早朝，遇盜從暗中射殺。有《臨淮集》十卷。

盧景亮　字張（今按，據《新唐書》本傳，當爲「長」）晦，幽州人。德宗時爲右補闕，元和中遷中書舍人。

鄭絪

楊賁　德宗時人，集十五卷，見《藝文志》（今按，《新唐書·藝文志四》無楊賁，而著録《湯賁集》十五卷，注云：「字文叔，潤州丹陽人，貞元宋州刺史。」《通志》卷七十《藝文略八》唐人別集中載有「楊賁集十五卷」。唐詩人又有楊賁，天寶三年進士及第，獨孤及《毘陵集》卷十八有《答楊賁處士書》，《唐詩紀事》卷二六有傳，並著録其《時興》詩。《唐詩品彙》卷二一楊賁下所選亦即此詩。楊賁、湯賁或實爲一人，或《品彙》誤以湯賁事跡入楊賁）。

羊士諤　泰山人（今按，《唐才子傳校箋》卷五《羊士諤》考證認爲，羊士諤當爲洛陽人）。貞元初進士，

累至宣歙巡官，元和初拜監察御史。性傾險，坐誣論宰相，出資州刺史。有集行。

張仲素　字繪之。元和中爲翰林學士，韋貫之謂學士所以備顧問，不宜專取辭藝，奏罷之。

雍裕之　貞元後人，詩一卷。

竇常　字中行，京兆人（今按，《新唐書》卷一七五《竇羣傳》云京兆金城人。唐人褚藏言《竇氏連珠集序》、《元和姓纂》卷九、《舊唐書·竇羣傳》及下文《竇牟傳》皆言竇氏出扶風平陵），叔向長子。大曆中王儲榜登第，累官水部員外郎，後遷國子祭酒，卒。父叔向，有詩名，五子皆工詞章，爲《聯珠集》五卷，時取昆季若五星焉。

竇牟　字貽周，扶風平陵人。貞元二年進士，累佐節度府，穆宗長慶中爲國子司業。叔向次了（今按，據姚本等，當爲「子」）。

竇庠　字胃（今按，據《新唐書·竇群傳附竇庠傳》、四庫本，當爲「胄」）卿，叔向第四子。舉進士（今按，竇庠未舉進士。唐人褚藏言《竇氏連珠集序》云：「府君初應進士，感於知己一言，遂從事於商洛，授國子主簿。」《直齋書録解題》卷一五《竇氏連珠集》注：「五人者，惟羣以處士薦入諫省，庠以辟舉進，餘皆進士科。」），韓皋出鎮武昌，辟爲幕府，陟大理司直，權岳州刺史。

竇鞏　字友封，叔向第五子。雅淡（今按，《新唐書·竇羣傳附竇鞏傳》作「雅裕」），與人言若不

出口，世號「囁嚅翁」。元稹爲武昌軍節度，爲秘書少監兼御史中丞，充節度副使（今按，《舊唐書》卷一五五《竇羣傳附竇鞏傳》云：「元稹觀察浙東，奏爲副使，檢校秘書少監，兼御史中丞，賜金紫。稹移鎮武昌，鞏又從之。」），卒。

王表　貞元、元和間與竇常同倡和。

令狐楚　字殼士。五歲能文，逮冠舉進士，後爲太原書記。德宗喜文，每省太原奏議，能辨楚所爲，由是名重，累遷爲中書侍郎、同平章事，後拜山南節度使（今按，《新唐書》卷一六六本傳作「山南西道節度使」）。卒，是夕有大星隕寢上，其光燭廷，坐與家人訣，乃終。有《漆園》等集一百三十卷（今按，《新唐書·藝文志四》記載，令狐楚有《漆匳集》一百三十卷、《梁苑文類》三卷、《表奏集》十卷，另有與他人唱和集多種。此處「漆園」當爲「漆匳」，「一百三十卷」亦不確），傳。

劉禹錫　字夢得，中山人。貞元元年（今按，據《舊唐書》本傳，當爲「九年」）進士，登博學宏詞科，爲監察御史。時王叔文得幸，劉與之交，叔文敗，貶郎州司馬。召還，復出刺播州，易連州，又徙夔州，後徙和州。入爲主客郎中，裴度薦爲翰林學士（今按，據劉禹錫《子劉子自傳》及《舊唐書》本傳，當爲「集賢殿學士」），遷太子賓客。會昌間，檢校禮部尚書，卒。禹錫恃才而廢，褊心不無怨望，年益晏，偃蹇寡所合，乃以文章自適，晚節尤精（今按，《新唐書》卷一六八本傳「晚節」句前有「素善詩」一句），樂天常推之爲「詩豪」云。集四十卷。

李赤　江湖浪人也，善歌詩，後爲厠鬼所惑而死，見柳文。

柳宗元　字子厚，河東人。貞元九年舉博學宏詞科進士（今按，據柳宗元《先侍御史府君神道表》及《與楊誨之第二書》，柳宗元進士及第在貞元九年，登博學宏詞科在貞元十二年。此處將及進士第和登博學宏詞科混爲一談，誤），授校書郎（今按，《唐才子傳校箋》卷五《柳宗元》考證，柳宗元登博學宏辭科後，首任之官職爲集賢殿正字，未曾任校書郎），累遷監察御史（今按，據柳宗元《祭李中丞文》及《新唐書》本傳，當爲「監察御史裏行」），擢禮部員外郎。王叔文得政，引入内禁，與計事。俄而叔文敗，坐貶永州司户（今按，據《新唐書》本傳，當爲「永州司馬」），元和十年徙柳州刺史，十四年卒於官。有集行。

韓愈　字退之，南陽人。少孤，隨兄官嶺表，兄卒，愈自知刻苦，學儒，比長，通六經、百家。貞元八年擢進士，累調四門博士，遷監察御史。上疏論宫闈（今按，《新唐書》本傳作「宫市」），貶陽山令。元和初權知國子博士，分司東都，改都官員外郎，尋復爲博士。既才高數黜，官又下遷，乃作《進學解》以士（今按，據《新唐書》本傳、姚本、屠隆本、牛斗本、刻者不詳明本，當爲「自」）喻。執政奇其材（今按，《新唐書》本傳作「才」，字通），改比部郎中，進中書舍人。爲裴度行軍司馬，伐蔡，蔡平，遷刑部侍郎。上疏《論佛骨表》，上怒，貶潮州刺史，量移袁州。召拜國子祭酒，轉兵部侍郎。穆宗時宣撫鎮州，歸奏，遷吏部侍郎，轉京兆尹兼御史大夫。爲李紳劾罷，未幾，復吏部侍郎。長慶四年卒，年五十七，贈禮部尚書，謚曰文。有集行，四十卷。

李吉甫　字弘憲，趙人，栖筠之子。元和初，知制誥，後同平章事。有集二十卷。

李觀　字元賓，李華從子也（今按，此處當據《新唐書·文藝下·李華傳附李觀傳》。岑仲勉《唐集質疑·中唐四李觀》考證，李華從子李觀與字元賓、貞元登進士第之李觀乃爲二人）。貞元中舉進士、宏詞，連中，授校書郎（今按，《新唐書·文藝下·李華傳附李觀傳》作「太子校書郎」）。卒，年二十九。觀善屬文，不旁沿前人，時謂與韓愈相上下。集三卷。

李約　字存博，汧公李勉之子。元和中爲兵部員外郎。

楊巨源　字景山，蒲州人。貞元進士，文宗太（今按，《新唐書·藝文志四》作「大」）和中爲河中少尹。詩一卷。

李涉　字清溪（今按，據李涉《南溪玄巖銘并序》及《唐詩紀事》卷二六，李涉號清溪子，此云「字清溪」，當誤），洛陽人，李渤之兄。初隱廬山，憲宗時爲太子通事舍人，太（今按，當爲「大」）和中爲大（今按，當爲「太」）學博士（今按，據《唐才子傳校箋》卷五《李涉》考證，李涉爲太學博士在寶曆初年，此云「大和中」當本《唐才子傳》，誤）。自號「目（今按，當爲「清」）溪子」，詩一卷。

薛存誠　字資明，河中人。貞元中進士第，元和拜御史中丞，卒。

孟簡　字幾道，德州人。舉宏詞，元和拜諫議大夫，累官至節度使。尤工詩。按，《孟

郊墓誌》云：「少與郊俱學，於世次爲郊叔父，由給事中觀察浙東。」

王良士　元和初人。

陸暢　字達夫，江東人。爲盩厔尉，遷侍御。諸賓同時人，韓愈有《送陸暢序》。

朱迪　貞元中陳詡同時人。

韋紓　字郡玉（今按，《唐摭言》卷八記載韓愈向陸傪薦士，其中貞元十八年登第者有「韋紓」；韓愈《與祠部陸員外書》中所載向陸傪所薦之士中有「韋羣玉」，兩者當爲一人，羣玉或即韋紓之字。「郡」當爲「群」字之訛），夏卿之從子。貞元十八年，韓愈薦紓等十人於陸傪。

孟郊　字東野，湖州人。少隱嵩山，性耿介。五十登進士第，爲溧陽尉，日賦詩，曹務多廢，令白府，以尉（今按，據《新唐書》卷一〇一《韓愈傳附孟郊傳》，「尉」當爲「假尉」）代之，分其半俸。鄭餘慶奏爲參謀。卒，謚貞曜先生。爲詩有理，韓愈甚稱之。集十卷，行。

陸長源　字泳（今按，《新唐書》卷一五一《董晉傳附陸長源傳》同此，《舊唐書》卷一四五本傳載「字泳之」），吳人。贍於學，始辟昭義薛嵩幕府，歷信、建二州刺史。入遷都官郎中，出爲汝州刺史。徙宣武，政出司馬，性剛不變，爲亂軍殺，食其肉（今按，據《新唐書》卷一五一本傳，長源由汝州刺史徙宣武軍司馬，佐節度使董晉。晉謙愿儉簡，政皆出司馬。董晉卒，長源總留後事，性剛不適變，爲亂軍所殺）。死之日，

有詔拜節度，遠近嗟恨，贈尚書左僕射。

吕温 字和叔，又字化光，河中人。從陸贄（今按，據《新唐書》卷一六〇《吕渭傳附吕温傳》，當爲「質」）治《春秋》，擢進士第，藻翰精富，流輩推尚。性好利，竇羣薦知雜事，李吉甫持之。温奏吉甫陰事，憲宗怒，貶均州刺史，再貶道州刺史。有集十卷。

陳羽 江東人，貞元八年陸贄下第二人登科，歷官樂宫尉佐（今按，據《直齋書録解題》卷十九及《唐才子傳》卷五，當爲「東宫衛佐」）。

劉言史 趙州人，與孟郊友善。詔授棗强令，不就，後爲司功掾。

張籍 字文昌，蘇州人。貞元十五年及第，歷官太祝、秘書郎、國子博士、水部員外郎、國子司業。卒，有集七卷，行於世。

王建 字仲初，潁州（今按，據《唐才子傳校箋》卷四，當爲「潁川」）人。大曆十年進士（今按，游國恩主編《中國文學史》及《唐才子傳校箋》卷四認爲王建大曆十年進士不可信，建當未曾登進士），太（今按，當爲「大」）和中爲陝州司馬。與韓愈、張籍同時而尤相友善，工爲樂府歌行，思遠格幽。詩十卷。

歐陽詹 字行周，泉州人。舉進士，與韓愈、李絳等聯第，皆天下選，時稱「龍虎榜」。閩越地肥衍，有山泉禽魚，其人雖能通文書吏（今按，據《新唐書》本傳，當爲「吏」）事，不肯比宦（今

按，據《新唐書》本傳，當爲「北宦」）。及常袞爲觀察使，始擇縣鄉秀民能文辭者，與爲賓主鈞禮，觀遊饗集（今按，據《新唐書》本傳，此處當脱「必與」二字），故其俗稍相勸仕。閩人第進士，自詹始。詹事父母孝，與朋友信義，其文章深切（今按，《新唐書》本傳作「切深」，後文「復」前有「回」字），復明辯。終四門助教，卒年四十餘，韓愈爲之哀辭。有集十卷。

白居易 字樂天，其先太原人，後徙華州下邽。居易生於大曆七年壬子，七月展書，九歲暗識聲律，敏悟絶人。貞元十四年擢進士第（今按，此當本《舊唐書》本傳，但據白居易《箴言序》，其登進士第乃在貞元十六年），元和對策，爲翰林學士（今按，據《新唐書》本傳，白居易元和元年對策中第後，先調盩厔尉，爲集賢校理，然後召爲翰林學士）。因事貶江州司馬，遷左拾遺（今按，據《新唐書》本傳，居易遷左拾遺在爲翰林學士之後、貶江州司馬之前。此置於貶江州司馬之後，誤），徙忠州刺史。入爲司門員外郎，以主客郎中知制誥。長慶中，自中書舍人出爲杭州刺史。會昌初，以刑部尚書致仕。卒年七十五，贈右僕射，謚曰文。與元稹友善，相倡和，世號「元白體」。有《白氏長慶集》七十五卷。

元稹 字微之，河南人。德宗建中元年生（今按，此當本《唐詩紀事》，誤。白居易《元稹墓誌銘》云，元稹卒於大和五年七月，春秋五十三，以此逆推，則生於代宗大曆十四年），元和初對策，太（今按，當爲「大」）和

間爲尚書右丞，卒。有《元氏長慶集》百卷，又《小集》十卷，傳於世。

李賀 字長吉，鄭王之後。七歲能屬文，爲人纖瘦，通眉，長指爪，能疾書。常出騎弱馬，從小奚奴，背古錦囊，遇所得，書投囊中，未（今按，《新唐書》本傳「未」後有「始」字）先立題然後爲詩。其辭尚奇絶，所得皆絶去翰墨畦徑，時無能效者。樂府數十篇，雲韶諸工皆合之管絃。賀爲協律郎，太（今按，當爲「大」）和五年卒（今按，杜牧《李賀集序》作於大和五年，《序》云：「賀死後凡十五年，京兆杜某爲其序。」以此推算，則李賀卒於憲宗元和十一年），年二十七。有詩集五卷，傳於世。杜牧、李商隱爲之序。

盧仝 號玉川子，洛陽人。累舉不第，韓愈爲河南尹（今按，據《新唐書》卷一七六《韓愈傳附盧仝傳》，當爲「河南令」），愛其詩，厚禮之。後因宿王涯第中，遂預甘露之禍。仝老無髮，奄人於腦後加釘焉（今按，《唐才子傳》卷五《盧仝》此處有「先是生子名『添丁』」一句），以爲「添丁」之兆（今按，盧仝遇害於甘露之禍之説，劉克莊《後村詩話前集》卷一、《唐才子傳》卷五皆有記載，不足信。盧仝當卒於元和七年或八年，時年約四十歲。詳參《唐才子傳校箋》卷五）。有詩一卷。

王涯 字廣津，太原人。博學，屬文（今按，《新唐書》卷一七九本傳作「工屬文」），擢進士、宏詞，爲翰林學士。元和訓誥温麗，多所藁定。文宗朝同平章事，年過七十，貪權固位，偷合李訓等，不能潔去就，以至覆宗云。有集十卷，傳于世。

裴度　字中立，河東聞喜人。貞元初擢進士，元和末爲宰相。歷事四朝，以全德始終，與郭汾陽齊名。年七十六薨，謚文忠。

馮宿　字拱之，婺州人。貞元中，陸贄科（今按，「科」字疑爲衍文，《氏族大全》卷二「龍虎榜」、明凌迪知撰《萬姓統譜》卷一即無「科」字）主司，試《明水賦》，宿入第一榜。歷工部侍郎，遷節度使。卒，年七十。集四十卷。

范傳正　元和中崔立之同時人，有《西陲要略》三卷，見《藝文志》。

夏方慶　元和中崔立之、范傳正同時人。

陳通方　元和中崔立之同時人。

許堯佐　元和中李君房同時人。

李君房　元和時人。

鮑溶　字德源。元和四年進士，與孟郊、韓愈友善。

趙蕃　鮑溶同時人。會昌三年爲安撫點（今按，據四庫本及《通鑑》卷二四七，當爲「黠」）戛斯使。

沈亞之　字下賢，吴興人。學於退之之門，與皇甫湜以文往來。元和七年以書不中第，李賀有詩送之。集九卷。

張嗣初　沈亞之、裴夷直同倡和。

滕邁

張碧　貞元間人，有《歌行》（今按，《新唐書·藝文志四》作《歌行集》）二卷。

吴武陵　信州人。元和初進士，太（今按，當爲「大」）和爲禮部侍郎（今按，《新唐書·文藝下》本傳載，大和初，禮部侍郎崔郾試進士東都，武陵向之薦杜牧，未載武陵爲禮部侍郎。此處當爲高棅誤讀《新唐書》），終韶州刺史。卒，無嗣。

李德裕　文饒字（今按，屠隆本、《新唐書》本傳作「字文饒」），趙州贊皇人。蔭補校書郎，拜監察御史，擢翰林學士，未幾授御史中丞。武宗立，爲門下侍郎、同中書平章事（今按，據《新唐書》本傳，當爲「同中書門下平章事」），拜大（今按，當爲「太」）尉，後卒。懿宗時詔封衛國公，贈尚書左僕射。有《會昌一品集》二十卷、《姑臧集》五卷，並傳。

李紳　字公垂，亳（今按，據姚本等，當爲「亳」）州人。爲人短小精悍，號「短李」，精於詩。元和初進士，補國子助教，累遷中書舍人。武宗即位，拜中書侍郎、平章事，與李德裕、元稹同時，號「三俊」。有《追昔遊詩》三卷，傳於世。

焦郁　元和間李紳同時人。

白行簡　字知退，樂天之弟。擢進士，辟劍東南川（今按，據《新唐書》本傳，當爲「劍南東川」）

府。罷，入朝，授左拾遺，累遷主客員外郎，進度支郎中。行簡敏而有辭，爲後學所慕尚。敬宗寶應（按，據《新唐書》本傳，當爲「寶曆」）二年卒，有集二十卷，傳。

殷堯藩 秀州人。元和九年進士，從李翺長沙幕府，後爲永樂令（今按，殷堯藩任永樂令在入李翺長沙幕府之前，詳參《唐才子傳校箋》卷六《殷堯藩》），又以侍御官江南。詩一卷。

顧非熊 元和時人，況之子。爲盱眙尉，棄官隱茅山。詩一卷。

張祐（今按，姚本、屠隆本、刻者不詳明本作「張祜」） 字承吉，清河人。陸龜蒙《序》（今按，即《和過張祜處士丹陽故居》詩序）略云：承吉元和中作宫體小詩，辭曲絶（今按，據《全唐詩》卷六二六，當爲「艷」）發。老大稍窺建安風格，誦《樂府録》，知作者本意。短章大篇，往往間出；善題目佳境，言不可刊置别處。此爲才子之最也。由是賢俊之士及高位重名者，多與之遊。或薦於天子，書奏不下。受辟諸侯府，性狷介不容物，輒自劾去。以曲阿地古淡，遂種樹築室而家焉。性嗜水石，常悉力致之，後（今按，《全唐詩》卷六二六及陸龜蒙《甫里集》卷九《和過張祜處士丹陽故居并序》作「從」）知南海間，罷職，載羅浮石筍還。不蓄善田利産，爲身後計。大和中卒於丹陽，集一卷。

鄭丹 高仲武云：丹詩剪劾（今按，《唐人選唐詩十種》本《中興間氣集》作「刻」）婉密。寶曆中，獻二帝兩后挽歌三十首，詞旨哀楚，朝廷嘉之。解褐任薊州（今按，據《唐詩紀事》卷二八及《唐人選

唐詩十種》本《中興間氣集》，當爲「蘄州」）録事參軍。

朱慶餘 按，《唐書》作朱慶（今按，中華書局本《新唐書》卷六〇《藝文志四》記載：《朱慶餘詩》一卷；四庫全書本《新唐書·藝文志四》記載：《朱慶詩》一卷），名可久，以字行，又字慶緒，越州人。登敬宗寶曆二年進士第，而官不達。著録於《藝文志》，詩一卷。

施肩吾 字希聖，睦州人，隱洪州西山（今按，施肩吾隱居洪州西山當在進士及第後，詳參《唐才子傳校箋》卷六）。元和進士第，有《西山集》十卷（今按，《新唐書》卷六〇《藝文志四》著録《施肩吾詩集》十卷，《郡齋讀書志》卷四、《直齋書録解題》卷十九著録施肩吾《西山集》一卷）。

徐凝 睦州人。元和中官至金部侍郎（今按，徐凝曾爲金部侍郎之説不足信，詳參《唐才子傳校箋》卷六《徐凝》考辨），與元、白同時人。

王初 并州人，王仲舒之長子。元和末（今按，據姚本、屠隆本等，當爲「末」）進士及第。

賈島（今按，後文「衲子」中又有無本，重出） 字浪仙，范陽人。連敗文場，遂爲浮屠，名無本。來東都，韓愈教其爲文，遂去浮屠，舉進士，大中末爲長江主簿。有《長江集》十卷、《詩集》（今按，《新唐書》卷六〇《藝文志四》著録賈島《長江集》十卷、《小集》三卷及《詩格》一卷，疑《詩集》爲《小集》之訛）、《詩格》，傳於世。《劉公家（今按，據本書「引用諸書」，當爲「嘉」）話》云：島爲僧，居法乾寺。宣宗嘗微行至寺，聞鐘樓有吟聲，遂登樓，於島案取詩覽之。島攘臂睨曰：「郎君何會此耶？」

遂奪取詩卷。帝慚，下樓而去。後遂除島爲長江簿。

姚合　陝州人，姚崇之曾孫。元和十一年進士，調武功尉，終秘書少監、杭州刺史（今按，姚合於大和八年任杭州刺史，在任秘書監之前）。有集十卷，行世。

周賀　字南卿，少年爲僧，號清塞。姚合愛其詩，加以冠巾。

李程　字表臣，襄邑王五世孫，時號「八磚學士」。敬宗時同平章事，武宗初卒。

喬弁

鄭蕡

右自大曆至元和末，得一百五十四人，爲中唐。

李商隱　字義山，懷州人，李勣之後。文宗開成二年登進士第，調弘農尉。王茂元表掌書記，以子妻之，除侍御史。令狐楚愛其詩才，奏爲集賢校理，後爲檢校吏部員外郎（今按，此處記載有誤。一、據《舊唐書》本傳，李商隱釋褐爲秘書省校書郎，然後調弘農尉。二、《舊唐書·令狐楚傳》記載，楚臨終前一日，招從事李商隱云云，則令狐楚卒時，李商隱尚爲其從事，並未釋褐。「奏爲集賢校理」，不足信。三、據《舊唐書·李商隱傳》，李商隱曾於大中五年爲東川節度使柳仲郢幕府判官，檢校工部郎中，並未曾嘗檢校吏部員外郎。

詳參《唐才子傳校箋》卷七《李商隱》)。歸滎陽,卒。有《樊南甲集》二十卷,《乙集》二十卷,並傳。商隱爲文章,瓌邁奇古,長於律詩,詠史尤精。與温庭筠等號「三十六體」,自稱「玉溪子」云,亦號曰「西昆體」。

杜牧 字牧之,京兆人,善屬文。太(今按,當爲「大」)和二年舉進士,復舉賢良方正,拜殿中侍御史,遷中書舍人。剛直有奇節,不爲齪齪小謹,敢論列大事,時無有(今按,《新唐書》卷一六六《杜佑傳附杜牧傳》作「右」)援者。卒,年五十。初,牧夢人告日(今按,據刻者不詳明本、四庫本,當爲「曰」):「爾應名畢。」復夢書「皎皎白駒」字,俄而炊甑裂。牧曰:「不祥。」乃自爲墓誌,悉取所爲文章焚之。有《樊川集》二十卷。牧於詩,情致豪邁,人號爲「小杜」云。

許渾 字仲晦,丹陽人。太(今按,據屠隆本,當爲「大」)和六年進士,爲太平縣令,後辟監察御史,歷睦、郢二州刺史。有《丁卯集》二卷,行於世。

厲玄 官至侍御,周賀有《贈厲玄侍御》詩,是也。

鍾輅 厲玄同時人,《藝文志》作鍾簵,有《前定録》一卷。

裴夷直 武宗初即位,出爲杭州刺史,會昌元年,再貶驩州司馬(今按,《新唐書》卷一四八《張孝忠傳附裴夷直傳》作「驩州司户參軍」)。

喻鳧　字坦之，毘陵人。開成進士，爲烏程令。

李遠　字承古（今按，《新唐書·藝文志四》作「字求古」），蜀人。太（今按，當爲「大」）和五年進士，累官歷忠、建、江三州刺史，終御史中丞。有集傳。

雍陶　字國鈞，成都人。太（今按，當爲「大」）和八年進士，大中間，自國子毛詩博士出爲蔺州（今按，據屠隆本、牛斗本、《唐詩紀事》卷五六《雍陶》，當爲「簡州」）刺史。詩十卷。

劉得仁　貴王（今按，據《唐詩紀事》卷五三《劉得仁》，當爲「貴主」）之子。自開成至大中，三朝昆弟皆顯。得仁苦於詩，出入舉場三十年（今按，《唐摭言》卷一〇、《唐詩紀事》卷五三皆作「三十年」，《郡齋讀書志》卷四、《唐才子傳》卷六作「二十年」。考劉得仁《省試日上崔侍郎四首》其二云：「如病如癡二十秋，求名難得又難休。」其四：「自嗟辜負平生眼，不識春光二十年。」當以「二十年」爲是），卒無成。詩一卷。

姚鵠　字居雲，武宗會昌進士。詩一卷。

馬戴　字虞臣。會昌中進大（今按：當爲「太」）學博士（今按，《新唐書·藝文志四》云「會昌進士第」，《唐語林》卷二稱「馬博士戴」，《唐才子傳》卷七云：「後遷國子博士，卒。」戴爲博士當在晚年），宣宗大中初爲李司空幕下書記，以正言斥貶爲龍陽尉。詩一卷。

薛逢　字陶臣，會昌初進士，蒲州人。調萬年尉，崔鉉入相，引直弘文館。歷侍御史，出爲巴州刺史，稍遷秘書監，卒。有集十卷，又《別紙》十三卷，並傳於世。

趙嘏 字承祐，山陽人。會昌二年進士（今按，此當本《唐才子傳》，誤。趙嘏登進士第當在會昌四年。詳參《唐才子傳校箋》卷七《趙嘏》考辨），大中間，仕至渭南尉。有《渭南集》三卷，又《編年詩》二卷，並傳。

薛能 字大（今按，《唐才子傳校箋》卷七作「太」）拙，汾州人。會昌二年進士（今按，薛能進士及第之年，《唐詩紀事》卷六〇、《郡齋讀書志》卷一九、《唐才子傳》卷七皆云「會昌六年」，此云「二年」，誤），累官都官、刑部員外郎。後爲京兆尹，徙徐州節度使，移鎮武昌（今按，《郡齋讀書志》卷十九、《唐才子傳》卷七皆稱「復節度徐州，徙鎮忠武」。忠武軍節度使治許州，此云「武昌」，誤），爲賊所殺。集十卷。

孟遲 字升之（今按，孟遲之字，《新唐書・藝文志四》、《唐詩紀事》卷五四、《唐才子傳》卷七皆作「遲之」，《郡齋讀書志》卷一八作「叔之」。當以「遲之」爲是），平昌人。會昌及第，詩一卷。

項斯 字子遷，江東人。會昌二年及第（今按，項斯登第之年，張洎《項斯詩集序》、《唐才子傳》卷七皆云「會昌四年」，此云「二年」，當誤），授丹徒縣尉，卒於任所。斯於寶曆、開成之際，聲價特甚，爲棖（今按，據姚本、四庫本，當爲「張」）水部所知。集一卷，傳。尚書楊敬之雅愛其詩，所至稱之。

陳陶（今按，據陶敏《陳陶考》、周祖譔主編《中國文學家大辭典・唐五代卷》，唐五代詩人名陳陶者有二：一爲

晚唐人，字嵩伯；一爲南唐人，鄱陽人。後人多混二者爲一，此處亦然。）字嵩伯（今按，字嵩伯者，爲晚唐陳陶），鄱陽人（今按，鄱陽人者，爲南唐陳陶）。武、宣間自稱三教布衣，好遊學，善天文，長於雅頌（今按，此爲南唐陳陶事）。有《文録》十卷（今按，《文録》爲晚唐陳陶之作），傳。《麗情集》云：嚴宇牧豫章，陳陶隱西山，操行清潔，宇欲撓之，遣小妓蓮花往侍焉。陶殊不采，妓乃獻詩求去，云：「蓮花爲號玉爲腮，珍重尚書遺妾來。處士不生巫峽夢，虚勞神女下陽臺。」後人移其事爲陳圖南，非也。

朱景玄　按，《藝文略》作朱景元（今按，《通志》卷七〇《藝文略八》載「朱景元詩一卷」；《新唐書》卷五九《藝文志三》載「朱景玄《唐畫斷》三卷」，注云「會昌人」；卷六〇載「朱景元詩一卷」）。武宗會昌時人，詩一卷。

段成式　字柯古，文昌之子，會昌時人。博學强記，多奇篇秘籍，著《酉陽雜俎》書數十篇。官終太常少卿。

温庭筠　本名岐，字飛卿，并州祈人，彦博之後。少敏悟，工爲辭章，與李商隱皆有詩名，時號「温李」。然薄於行，多作側詞艷曲。數舉不第，大中末，上書千言，執政鄙其人，授方山尉。徐商署爲巡官，徐敗，遂廢。一云：開成中，庭筠才名籍甚，然不拘細行，以文

爲質，識者鄙之。執政有奏庭筠攪擾場屋，謫方城令。有詩集五卷，《漢南真稿》十卷，《握蘭》、《金筌》等集，並傳。

紀唐夫 温庭筠同時人，有《贈温庭筠謫方城》詩，擅楊（今按，據姚本、屠隆本，當爲「場」）當時。

李頻 字德新，睦州人。宣宗大中八年進士，調秘書郎，官員外郎（今按，《新唐書》本傳作「都官員外郎」），除建州刺史。頻治建以禮法化下，更布教條，建賴以安。卒，葬於永樂州，爲立祠黎（今按，據《新唐書》本傳，當爲「梨」）山，歲祀之。至宋，錫王封。有集一卷。

于武陵 杜曲人，大中間李郢、李頻同時人。有詩一卷。或云即于鄴。

韓琮 字成封，大中間爲湖南觀察使。詩一卷。

李羣玉 字文山，澧州人。大中間，詣闕上表，宰相崔鉉進其詩，以處士除弘文館校書郎。《唐藝文志》云：裴休觀察湖南，厚延致之，及爲相，以詩論薦，授校書郎。有詩三卷，《後集》五卷，並行。

李郢 字楚望。大中進士，爲藩鎮從事，終於侍御史（今按，《唐詩紀事》卷五八亦云「終於侍御史」，而《鑑誡録》卷八《作者同》條云：「盧延讓有《哭李郢端公終越州從事》詩。」）。又按，《九國志》：郢，長

安人，唐末避亂嶺表。集一卷。

司馬禮（今按，姚本、《全唐詩》卷五九六作「扎」，《直齋書録解題》卷一九作「札」）　大中時人，工詩，時稱爲先輩。

劉駕　字司南，江東人，大中時官國子博士。

杜荀鶴　字彦之，池州人。早有詩名，累舉不第。大中（今按，據唐末顧雲《杜荀鶴集序》、《唐才子傳校箋》卷九，杜荀鶴爲大順二年進士。此云「大中」，誤）間進士，遷主客員外郎。天祐初卒，自號「九華山人」。有《唐風集》三卷。或云：牧之妾有娠，出嫁卿士杜筠，生荀鶴。

儲嗣宗　大中十三年進士及第。

曹鄴　字鄴之，州（今按，「州」前，底本及姚本、屠隆本、牛斗本、刻者不詳明本、張恂本皆缺一字，唯四庫本作「桂」）人。嘗爲《四怨三愁五情》詩。爲舍人韋慤所知，力薦於主司，大中時登進士第，官洋州刺史。集三卷。

崔珏　字夢之，大中進士，趙光遠同時。工詩，以賦鴛鴦得名，時號「崔鴛鴦」。有詩一卷。

劉滄　字藴靈，魯人。大中八年進士，調華原尉，遷龍門令。

武瓘　杜荀鶴同時人，爲益陽令。

陸龜蒙　字魯望，吴中人。舉進士不第，居松江甫里，多所論撰。有田數百畝，屋三十楹。性嗜茶，置園顧渚山下，歲取租茶，自判品第。又不喜與俗交，雖造門不肯見。不乘馬，升舟設蓬席，齎束書、茶竈、筆牀、釣具往來，時謂「江湖散人」，或號「天隨子」、「甫里先生」，自比涪翁、漁父、江上丈人。後以高士召，不至，卒。有《笠澤叢書》三卷，並詩文十六卷，行。

張賁　陸龜蒙同時人。

聶夷中　字坦之，河東人（今按，孫光憲《北夢瑣言》卷二、《唐才子傳》卷九皆作河南人，此云「河東」，誤），懿宗咸通中爲華陰尉。詩二卷。

于濆　字子漪，堯山人（今按，于濆當爲京兆人，詳參《唐才子傳校箋》卷八考證），咸通進士。

邵謁　按，本集《序》云：謁，韶州翁縣（今按，據《唐才子傳校箋》卷八引席啓寓《唐詩百名家全集·邵謁詩集》後附胡賓王《序》，當爲「翁源縣」）人。少傳聞爲縣吏，客至，令怒不揩牀，遂截髻著縣門，發憤讀書。書堂隱起水心，距縣十里。謁平居如里中兒未冠者，束髪苦吟，尤能工古調。尋抵京師，隸國子。時温庭筠主試，乃榜三十餘篇，以振公道。已而釋揭（今按，當爲「褐」），後

赴官，不知所終（今按，據《唐才子傳校箋》卷八考辨，此云「已而釋褐」，不足信。温庭筠所主乃國子試，邵謁並不能釋褐；且温庭筠所榜邵謁詩，内容激切，諷刺時政，招致執政者楊收忌恨，温庭筠因而被貶，邵謁可能也因此終身科場不第）。

方干　字雄飛，新定（今按，據屠隆本、《全唐文》卷二八〇孫郃《方玄英先生傳》，當爲「新安」）人，張（今按，當爲「章」）八元即其外王父也。一云歙人。兔缺，號「缺唇先生」（今按，《鑑誡録》卷八、《唐詩紀事》卷六三作「補唇先生」），有司以故不與科名。咸通中，隱鑑湖，恣態山墅，時號「方處士」。嘗謁廉（今按，據《唐才子傳校箋》，「廉」當爲「王龜」。此處之所以作「廉」，當是誤讀《唐才子傳》所致。《唐才子傳》卷七云：「王大夫廉問浙東，禮邀干，至，誤三拜，人號爲方三拜。」高棅當是把「廉問」之「廉」誤解爲王大夫之名。《唐才子傳》此文乃引自《唐摭言》卷十：「王大夫（自注：名與定保家諱一字同）廉問浙東，干造之，連跪三拜，因號方三拜。」），倅誤三拜，人稱「方三拜」，將薦而卒（今按，「卒」者乃王大夫，非方干。方干有《哭王大夫》詩，《唐摭言》卷十、《唐才子傳》卷七記載：王公將薦方干，託吴融草表，會王公以疾而逝，遂不果），門人謚「玄英先生」。集十卷。

李山甫　咸通中，累舉不第，後流落，爲河朔樂彦正（今按，《新唐書·樂彦禎傳》作「禎」）從事。卒，有詩一卷。

李昌符　字巖夢（今按，此云「字巖夢」，《唐才子傳校箋》卷八以爲，蓋混光啓間據鳳翔而叛的李昌符爲一

人，誤），咸通四年進士，歷尚書郎。

周繇 字爲憲，池州人。登咸通進士，以《明皇夢鍾馗賦》得名，調池之至德（今按，據《唐詩紀事》卷五四，當爲「建德」）令。李昭象以詩送之曰：「投文得任（今按，牛斗本、《唐詩紀事》作「仕」）而今少，佩印還家古所榮。」弟繁，亦工詩。

許棠 字文化，宣州人，咸通十二年進士。

來鵬 豫章人，大中、咸通間舉進士，不中，客死於維揚。有詩集傳於世（今按，來鵬，一作來鵠。《唐詩紀事》卷五六則以來鵬、來鵠爲二人）。

胡曾 長沙人。咸通中舉進士，不第，嘗爲漢南節度從事。有《詠史詩》一卷（今按，《直齋書録解題》卷一九著録胡曾《詠史詩》三卷），《安定集》十卷，行。

公乘億 字壽山，咸通宏詞進士第。有《珠林集》一卷（今按，《新唐書·藝文志四》著録《公乘億詩》一卷，《宋史·藝文志》著録其《珠林集》四卷），見《藝文略》。

楊夔 咸通時人，有《金陵逢張喬》詩。

張喬 池州人。咸通中，京兆府解試首薦（今按，據《唐詩紀事·張喬》，時京兆府解試首薦爲許棠，非张喬）。《唐書》：昭宗大順進士（今按，此當本《新唐書·藝文志四》《張喬詩集》等下注。《唐才子傳校箋》

卷一〇考辨，喬實未曾登第，《新唐書》所記有誤）。黄巢亂，遂與伍喬之從（今按，據《唐詩紀事》，當爲「徒」）隱九華。有集二卷。

周朴　閩人（今按，據林嵩《周朴詩集序》，朴乃桐廬人，生於桐廬，長於甌閩。此云「閩人」，誤。詳參《唐才子傳校箋》卷九），隱居不仕。黄巢乾符六年入閩，求得朴，謂曰：「能從我乎？」朴曰：「我尚不仕天子，焉能從賊？」巢斬之。

唐彦謙　字茂業，并州人。咸通末進士（今按，此當本《直齋書録解題》和《唐才子傳》卷九，但《舊唐書·文苑傳·唐次傳附唐彦謙傳》載：「咸通末應進士，……十餘年不第。」當以《舊唐書》爲是，詳參《唐才子傳校箋》卷九考辨），僖宗乾符末避亂漢南。王重榮辟爲河中從事，歷晉、絳二州刺史，後爲閬、壁二州刺史，卒。號鹿門先生，有集三卷。

高駢　字千里，幽州人，崇文之孫。折節爲學，好神仙，感（今按，據姚本、屠隆本、四庫本，當爲「惑」）妖怪。初爲府司馬，遷侍御史，咸通中拜爲都護。僖宗立，從（今按，據《新唐書》本傳、四庫本，當爲「徙」）西川節度使，仕至平章事，討渤海王（今按，據姚本，「討」乃「封」之訛，《新唐書》本傳作「封渤海郡王」）。時黄巢亂，駢擁兵，以誤任吕用之等，伏誅（今按，據《新唐書》本傳，高駢乃爲其部將畢師鐸所囚殺）。集一卷。

司空圖　字表聖，河中人。咸通末（今按，《舊唐書》本傳作「咸通十年」）進士，王凝（今按，據《新

唐書》本傳、四庫本，當爲「凝」）辟置幕府，召爲殿中侍御史，不忍去。昭宗景福中，拜諫議大夫，不赴。圖本居中條山王官谷，有先人田廬，遂隱不仕。作亭觀素室，悉畫唐節士文人，名亭曰「休休」，作文以見志。後聞哀帝被弒，圖不食卒。有《一鳴集》三十卷，行於世。

李拯　字昌時。咸通末（今按，《新唐書》卷二〇五《李拯妻盧氏傳》作「咸通末」，《舊唐書》本傳作「咸通十二年」）進士，累遷考功郎中。黄巢亂，避地平陽，僖宗召爲翰林學士。

羅隱　字昭諫，餘杭人，隱居池之梅根浦，自號「江東生」。工詩，長於詠物。咸通中，累舉不第，僖宗光啓中，錢鏐辟爲從事、節度判官、副使（今按，《吴越備史》本傳作「鹽鐵發運副使」）。梁祖以諫議召，不行。開平中，魏傳（今按，據《唐詩紀事》、四庫本，當爲「博」）。羅紹威曾爲魏博節度使）羅紹威推爲叔父，表授給事中。年八十餘卒餘杭。有《甲乙集》十卷，傳於世。子曰塞翁。

羅鄴　餘杭人，與兄隱、虬齊名（今按，據《唐摭言》卷一〇、《唐詩紀事》卷六九、《唐才子傳》卷八，隱、虬乃鄴之宗人），世稱「三羅」。咸通中，舉進士，不第。有集一卷。或云：父則，爲鹽鐵少（今按，《唐摭言》、《唐詩紀事》皆作「小」）吏，有三（今按，據《唐摭言》、《唐詩紀事》，當爲「二」）子，俱以文學顯，鄴尤長七言詩。

崔魯（今按，「魯」《唐摭言》卷十、《新唐書·藝文志四》作「櫓」）　僖宗廣明進士，有《無機謀》（今按，

《新唐書·藝文志四》作《無讖集》，《唐摭言》卷十、《唐才子傳》卷九作《無機集》）四卷。

崔塗　字禮仙（今按，《新唐書·藝文志四》、《唐詩紀事》卷六一皆作「字禮山」，《唐百家詩選》卷一七作「禮仙」），僖宗光啓四年鄭貽（今按，《唐才子傳》卷九作「鄭貽矩」）同榜進士。詩一卷。

章碣　錢塘人（今按，碣之里貫當爲桐廬，錢塘爲其家居之地。詳參《唐才子傳校箋》卷九），孝摽（今按，據《唐摭言》卷十，《唐詩紀事》，當爲「標」）之子。登僖宗乾符進士第，後竟流落，不知所終。有集行。

高蟾　河朔人。按，《唐登科記》進士有兩高蟾，則僖宗乾符二年（今按，《直齋書録解題》卷一九、《唐才子傳》卷九皆作「乾符三年」，此處「二年」或爲「三年」之訛。又，《唐才子傳校箋》卷九考辨以爲，「三年」亦不可信，高蟾可能於咸通十四年李昭知貢舉時登第）登第者是也。《唐藝文志》云：昭宗乾寧間，爲御史中丞。詩一卷。

鄭谷　字守愚，袁州宜春人。僖宗光啓二年（今按，據宋人祖無擇《都官鄭谷墓誌銘》、《唐才子傳》卷九，當爲「三年」）進士，授京兆鄠縣尉，後爲都官郎中。退歸仰山書堂，卒。有《宜陽集》三卷，號《雲臺編》（今按，《新唐書·藝文志四》載「《雲臺編》三卷，又《宜陽集》三卷」）。谷幼有名譽，司空圖見而奇之，因拊其背曰：「當爲一代風騷主。」

曹松　字夢徵，衡陽人（今按，《唐摭言》卷八《放老》條、《唐詩紀事》卷六五皆云曹松爲舒州人，五代時另有曹崧，《詩話總龜》前集卷一四引宋王舉《雅言係述》稱其爲衡陽人。此處乃誤以五代曹崧之籍貫爲曹松），學賈島

爲詩。昭宗天復初及第，王希羽、劉象、柯棨（今按，據《唐摭言》卷八《放老》條，當爲「崇」）、鄭希彥（今按，據《唐摭言》卷八《放老》條，當爲「顔」）同榜，皆年七十餘，時號「五老榜」，各授校書郎。有集三卷。

吴融 字子華，山陰人。昭宗龍紀初進士，累遷侍御史，後爲左補闕，拜中書舍人。昭宗反正，進户部侍郎，終承旨。有詩四卷。

韓偓 字致堯，一字致光，京兆萬年人。龍紀進士，後王溥薦爲翰林學士，遷中書舍人。從幸鳳翔，進兵部侍郎。朱全忠惡之，貶濮州司馬。天祐中，復召入。偓挈家南依王審知，卒。號「玉山樵人」，有詩集一卷，又《香奩集》一卷。

李洞 字才江，京兆人，諸王之孫。慕賈島爲詩，銅鑄其像，事之如神。時人多誚其僻澀，不貴其奇峭，惟吴融稱之。昭宗時，不第還蜀，卒。

崔道融 荆州人，官永嘉令。有《申唐詩》三卷。

王駕 字大用，河中人。昭宗大順初進士及第，仕至尚書禮部員外郎。自稱「守素先生」，與司空圖、鄭谷爲詩友。詩六卷。

陸扆 昭宗時進士（今按，《舊唐書》、《新唐書》本傳皆作僖宗光啓二年進士），字祥文，官至户部侍

郎、同平章事。

韋莊　字端己，京兆杜陵人，見素之孫（今按，此云「見素之孫」，不確。《蜀檮杌》本傳云「見素之後」，可從。詳參《唐才子傳校箋》卷一〇考辨）。昭宗乾寧元年進士，授校書郎。王建開僞蜀，莊時在華州駕前，奉使入蜀，李詢辟爲判官、掌書記，遷起居舍人，後爲蜀相，卒（今按，此處記載韋莊行跡，次序有誤，正之如下：乾寧四年，時韋莊隨昭宗在華州，因王建欲攻東川，昭宗遣諫議大夫李詢宣諭兩川，韋莊以李詢判官身份同使蜀。入蜀後，王建又辟韋莊爲掌書記，不久昭宗詔授韋莊中書舍人，王建上表留之。天祐四年，王建稱帝，建立前蜀政權，以韋莊爲相。莊最終卒於蜀中）。有《浣花集》，弟藹爲之序。

張蠙　字象文，清河人。乾寧進士，爲膳部員外郎（今按，據《郡齋讀書志》卷四，蠙乃爲前蜀王建時之膳部員外郎）。詩三卷（今按，《新唐書·藝文志四》載「張蠙詩集二卷」）。

王貞白　字有道，信州人。五舉禮部，登乾寧二年第，後七年，始授校書郎。與羅隱、方干、貫休同倡和。卒，有《靈溪集》一卷。

裴説　昭宗天祐中（今按，《郡齋讀書志》卷四、《直齋書録解題》卷十九皆云裴説爲天祐三年進士，《唐詩紀事》卷六五則云天復六年登甲科，天復六年也即天祐三年。天祐三年在位者爲昭宣帝（哀帝），此云「昭宗」，誤），薛延珪侍郎下進士第一人，終禮部員外。

翁承贊　字文堯，建安人（今按，據《十國春秋》本傳，承贊當爲福唐人），乾寧擢進士。建安之登

第者，自咸通中蔡京爲始，次承贊，官至諫議大夫。詩一卷。

任翻　《唐藝文志》云：唐末人，詩一卷。《劉後村詩話》作「任蕃」。

薛瑩　《唐藝文志》云：唐末人，有《洞庭詩集》一卷（今按，中華書局點校本《新唐書·藝文志四》所録薛瑩《洞庭詩集》下無注語）。

江爲　其先宋人，避亂建陽，遂爲建安人。求舉，屢黜，仕南唐（今按，據陸游《南唐書》卷一五《江爲傳》，江爲在南唐未曾入仕），後以讒死焉。

張泌　江南人，仕南唐，爲内史舍人。

李建勳　隴西人（今按，陸游及馬令《南唐書》卷九《李德誠傳》皆云德誠爲廣陵人，德誠乃建勳之父，此云「隴西人」，當誤），仕南唐，爲丞相。集三卷（今按，《直齋書録解題》著録《李建勳集》一卷，《唐才子傳》卷一〇稱其有《鍾山集》二〇卷，《宋史·藝文志》著録《李建勳集》二〇卷）。按，《南唐近事》：元宗嗣位，李建勳出師臨川，及歸，拜司空，累表致仕，自稱「鍾山公」（今按，宋曾慥編《類説》卷二一引《南唐近事》此文作「鍾山翁」）。詔授司徒，不起。學士湯悦致書賀之，建勳答曰：「司空猶不作，那敢作司徒。幸有山翁號，如何不見呼？」先是，宋齊丘歸退，號「九華先生」，未幾而起，時論薄之，或以建勳比宋云。

孫光憲　五代人，有《鞏湖編玩》三卷。《容齋續筆》云：荆南高從誨賓僚孫光憲。

廖匡圖　唐末五代人，嘗集其家詩，爲《廖氏家集》一卷。

右自開成至五季，得八十一人，爲晚唐。

有姓氏無字里世次者六十八人

蔣奇童

薛奇童

唐堯客

張若虚　開元初人，與包融、賀知章、張旭號「吴中四士」。續考。

杜頠

楊齊哲

張諤

樓頴（今按，據《國秀集》、四庫本及本書卷五十五，當爲「穎」）

袁瓘

賈琮
劉希戬
張鼎
張叔良
崔琮
李竦
成嵦
史延
王濯
韓濬
王烈　大曆中崔琮同時人。續考。
孫昌胤
王若嵒
賈馳

李幼卿
李章
郭良
張隨
王質
張公義（今按，據本書卷八一、《文苑英華》卷一八八、《全唐詩》卷七八二，當爲「乂」）
周弘亮
陳翥
嚴巨川
莫宣卿
孫頠
徐敞
顔粲
陳祐（今按，據《文苑英華》卷一八三、《全唐詩》卷七七九及本書卷八一，當爲「祜」）

湯洙

盧宗回

許玫

李牧

張元宗

潘佐

張顛

李中

劉昭屬（今按，據《唐詩紀事》卷四六、《全唐詩》卷七六二，當爲「禹」）

王偃

朱晦

宋邕（今按，《才調集》卷四、《唐詩紀事》卷六一皆作「宋邕」，《全唐詩》卷七七一作「宋雍」）

裴交泰《文苑英華》作「文泰」（今按，《文苑英華》卷二〇四作「文」，《唐詩紀事》卷三六、《全唐詩》卷四七二皆作「交」）。

陳潤（今按，姚本、屠隆本、牛斗本、刻者不詳明本、本書七古卷十三作「閏」，本書拾遺卷六作「潤」）
顧在鎔
潘咸
楊達
孫欣
李暇
莊南傑
衛萬
童翰卿
熊孺登　續考。貞元初劉禹錫同時人。
譚用之　續考。《唐藝文志》有譚藏用詩一卷，恐是。
胡宿（今按，胡宿係北宋詩人，此處誤爲唐詩人）
吴商浩
盧弼（今按，《才調集》卷八作「盧弼」，《舊唐書》卷一六六、《新唐書》卷一七七《盧簡辭傳》、《全唐詩》卷八六八皆作「盧汝弼」）

陳標（今按，據本書卷九十及《唐摭言》卷十五、《唐詩紀事》卷六六，當爲「標」）

韓喜（今按，《文苑英華》卷三一三、三一四「韓喜」下注云：「《類詩》作「溉」」；《全唐詩》無韓喜，卷七六八有「韓溉」，但卷六七一唐彦謙詩中有《逢韓喜》）

杜常（今按，杜常實爲北宋人，生平事跡見《宋史》卷三三〇、《宋詩紀事》卷二九。詳參《中國文學家大辭典·唐五代卷》「杜常」條）

方澤（今按，方澤實爲北宋人。詳參《中國文學家大辭典·唐五代卷》「附録一·方澤」條）

無姓氏五人

景龍文館學士

開元名公

西鄙人

太上隱者

君山父老

道士四人

吴筠　字貞節，華陰人。通經藝，美文辭。舉進士不中，居南陽倚帝山。玄宗遣使召見，與語，大悦，敕待詔翰林，獻《玄綱》三篇。筠知天下將亂，求還嵩山，詔爲立道館。大曆十三年卒，弟子私謚爲宗元先生（今按，據《唐詩紀事》卷二三，吴筠謚號當爲宗玄先生，「元」乃後人避諱而改）。集十卷。

司馬退之

韋渠牟　京兆人。少警悟，工爲詩，李白異之，授以古樂府。去爲道士，不終，更爲浮屠，已而復冠。德宗召對靈（今按，據《新唐書》本傳，當爲「麟」）德殿，答問鋒生，帝聽之意動，是歲至諫議大夫。卒，謚曰忠。詩上（今按，據《新唐書・藝文志四》及姚本等，當爲「十」）卷。

曹唐　字堯賓，桂州人。爲道士（今按，《唐詩紀事》卷五八、《唐才子傳》卷八「爲」上有「初」字），太（今按，當爲「大」）和中舉進士，累爲諸府（今按，《唐詩紀事》《唐才子傳》作「使府」）從事。因暴疾卒於家。有集三卷。

衲子三十三人

辯才　大（今按，當爲「太」）宗時人，智永之弟子也。居越中，與御史蕭翼唱和，年八十餘卒。

處一　天寶時人。

皎然　姓謝，字清晝，湖州人，靈運十世孫（今按，皎然自稱爲謝靈運十世孫，《新唐書·藝文志四》《皎然詩集》下注亦同此。今人考證，實爲謝安後裔。參見《中國文學家大辭典·唐五代卷》「皎然」條）。顔真卿爲刺史，集文士撰《韻海》（今按，《新唐書·藝文志四》《皎然詩集》下注語作《韻海鏡源》），皎然預其論著。貞元中，集賢御書院取其集以藏之，刺史于頓（今按，據姚本、屠隆本、《新唐書·藝文志四》，當爲「頔」）爲序。皎然居抒（今按，據《新唐書·藝文志四》、屠隆本、四庫本，當爲「杼」）山，有集十卷，又有《抒（今按，據屠隆本、四庫本，當爲「杼」）山詩式》，並傳。

靈一　越中雲門寺律師，持律甚嚴，以清高爲世所推。尤善聲詩，與劉長卿、皇甫冉、嚴維相倡和。高仲武云：自齊梁以來，道人工文多矣，罕有入其流者。一公乃能刻意精妙，與士大夫更唱迭和，不其偉歟！

清江　大曆時人，與章八元同倡和。

法照　大曆間錢定（今按，當爲「錢起」，《全唐詩》卷八一〇有法照《寄錢郎中》詩）、清江同時人。

僧泚　大曆時人。

護國　江南人，大曆時人。

靈澈　姓湯氏，字澄源（今按，劉禹錫《澈上人文集紀》作「源澄」，《唐詩紀事》卷七二、《唐才子傳》卷三作「澄源」），會稽人。貞元中，遊京師，名振輦下。緇流疾之，造飛語，因得罪，貶汀州。赦後遊吴楚間，諸侯多禮之。詩十卷，傳。

法振　一作法貞，李益同時人。

廣宣　蜀僧，有詩名。元和中住安國寺，詔許居紅樓院，以詩供奉。有《紅樓集》，行。

無本　即賈島也，初爲僧，後舉進士（今按，前文「中唐詩人」已録賈島，此處再列無本，重出）。

無可　無本同時人。

栖白　開成間，與劉得仁唱和。

貫休　字德隱，婺之蘭溪和安寺賜紫禪月大師（今按，此稱貫休「蘭溪和安寺賜紫禪月大師」，不確。據《宋高僧傳》卷三十《梁成都府東禪院貫休》記載，貫休乃七歲於家鄉蘭溪縣和安寺出家，爲圓貞禪師童侍。後入蜀，受到王建禮遇，賜「紫大沙門」、「禪月大師」等稱號），曹松、方干同時人。有《禪月集》三十卷。一

云：俗姓姜氏，字德遠，鍾陵人（今按，宋李頎《古今詩話》云：「沙門貫休，鍾陵人。」貫休咸通初往洪州游學，曾居鍾陵山中，此誤以其爲鍾陵人。據貫休弟子曇域所作貫休《禪月集》序，休乃婺州蘭溪縣登高里人）。初以詩謁錢鏐，不偶。復入蜀，謁孟知祥（今按，據《唐才子傳校箋》卷十考，貫休入蜀所謁實爲前蜀高祖王建，後蜀高祖孟知祥稱帝時，貫休已卒十數載），禮待甚厚。

脩睦 貫休同時人，詩一卷。

處默 越僧，羅隱同時人，詩一卷。

齊己 潭之益陽人（今按，《宋高僧傳·齊己傳》、《十國春秋·齊己傳》皆謂齊己爲潭之益陽人，但孫光憲《白蓮集序》、陶岳《五代史補》云其爲長沙人。當以「長沙人」爲是，詳參《唐才子傳校箋》卷九《齊己傳》考證），俗姓胡氏。與仰山宗師爲同門友，後居西山，與鄭谷同時。有《白蓮集》十卷，又《外編》十卷。

曇域 齊己同時人。

理瑩

無悶

尚志（今按，當即尚顔，本書卷七〇所録尚志《江上秋思》詩，宋李龏編《唐僧弘秀集》卷十即作尚顔之作。尚顔事跡可參看《唐才子傳校箋》卷三）

歸仁

寶月（今按，《全唐詩》卷八〇八收録寶月《行路難》詩，但此詩已見《玉臺新詠》卷九，鍾嶸《詩品》卷下亦載寶月《行路難》詩之事，則寶月實爲南齊人）

虛中 居玉笥山，有詩一卷。

懷楚

懷浦

隱巒

澹交

清尚

玄寶

滄浩

子蘭

女冠三人

李冶 《藝文略》作李裕，字季蘭。高仲武《中興間氣集》云：季蘭嘗與諸賢會烏程縣開元寺，知河間劉長卿有陰重疾，季蘭乃笑之曰：「山氣日夕佳。」長卿對曰：「衆鳥欣有

託。」舉坐大笑，論者美之。上仿班姬則不足，下比韓英即有餘，不以遲暮，亦一俊嫗。

元淳 《詩府》作女冠。

魚玄機 《後村詩話》云：劉言史《贈成鍊師》云：「大羅過却三千歲，更向人間魅阮郎。」此女道士也，豈魚玄機之流歟？

宮闈三十四人

徐賢妃 名惠。生五月能言，四歲通《論語》、《詩》，八歲曉屬文。父孝德嘗試使擬《離騷》，即爲《小山篇》。太宗聞之，召爲才人。手未嘗廢卷，而辭（今按，《新唐書》本傳「辭」後有「致」字）贍蔚，文無淹思，帝亦（今按，據《新唐書》本傳，當爲「益」）禮顧。貞觀末，數上疏，極諫征伐土木之煩，帝善其言，優賜之。帝崩，哀慕成疾，不肯進藥，曰：「上遇我厚，得先狗是（今按，《新唐書》本傳、屠隆本、四庫本作「狗馬」），侍園寢，吾志也。」復爲詩、連珠以見意。永徽元年，贈賢妃。女弟爲高宗婕妤，亦有文藻，世以擬漢班氏云。

上官昭容 名婉兒，上官儀之女孫也。辨慧能文，習吏事，武后愛之。中宗即位，使掌制命，由婕妤陞昭容。景龍初，置脩文館學士，選公卿善爲文者李嶠等二十人爲之，使

上官昭容第其甲乙。有集二十卷。

梅妃　玄宗有《題梅妃畫真》者，是也。

宋尚宫　名若昭，世以儒聞。父廷棻（今按，《舊唐書》卷五一、《新唐書》卷七七作「芬」）能詞章，五女皆慧，善屬文。若昭其次也，文尤高潔，不願歸人，欲以學名家（今按，此句《新唐書》卷七七《宋若昭傳》作：「莘、昭文尤高，皆性素潔，鄙薰澤靚妝，不願歸人，欲以學名家。」）。長若莘，誨諸妹，著《女論語》，若昭申釋之。貞元中，李抱真表其才，德宗召入禁中，試文章，問經史。帝每與侍臣賡和，五人者皆預，備蒙賞賚。又高其風操，不以妾侍命之，呼爲學士。穆宗立，以若昭尤通練，拜尚宫。歷憲、穆、敬三朝，皆呼先生，后妃、諸王、主率以師禮見。敬宗寶曆間卒。

宋若憲　若昭之妹。若昭屬若憲代司秘書。文宗尚學，以若憲善卒（今按，據刻者不詳明本、《新唐書》卷七七《宋若昭傳》，當爲「屬」）辭，粹論議，尤禮之。

鮑文姬　鮑徽君之子，與宋尚宫同時人（今按，明曹學佺編《石倉歷代詩選》卷一一二鮑君徽名下注云：「德宗妃，字文姬。」《全唐詩》卷七「鮑君徽小傳」亦云：「鮑君徽，字文姬。」則鮑君徽與鮑文姬實爲一人。「詩人爵里詳節」此處列鮑文姬，後文又列鮑君徽，係重出）。

宣宗宫人　韓氏。

侯夫人

花蕊夫人 姓費氏（今按，一説姓「徐」），青城人。以才貌入蜀宫，事孟昶，後入宋事太祖。作《宫詞》百首，祖王建（今按，浦江清先生《花蕊夫人宫詞考證》考證，《宫詞》一百首非後蜀孟昶之妃花蕊夫人之作，可能爲前蜀主王建之妃徐氏等人所作）。

劉令嫻 徐排（今按，據姚本、刻者不詳明本、四庫本、《隋書·經籍志四》，當爲「悱」）妻，隋末唐初人，有集六卷（今按，劉令嫻爲南朝梁時文士劉孝綽之妹，徐悱之妻。《梁書》卷三三《劉孝綽傳》云：「喪還京師，妻爲祭文，辭甚悽愴。」據同書《徐勉傳》載徐悱之父徐勉所撰《答客喻》一文所云，徐悱卒於梁武帝普通五年。故劉令嫻不可能唐初尚在世，《唐詩品彙》把她作爲唐代詩人，誤）。

七歲女子 《唐史遺事》云：如意中，有七歲女子能詩，武后令賦《别兄詩》，應聲而成。

寇坦母 趙氏。

張夫人 户部侍郎吉中孚妻。

郎大家 宋氏。

杜羔妻 趙氏，貞元時人。

關盼盼 徐州人。時張建封節制徐州，納盼盼於燕子樓。張死，誓不他適，作《燕子樓詩集》，僅三百首（今按，此處關盼盼事跡當據宋人張君房《麗情集》，《唐詩紀事》卷七八亦云盼盼爲張建封妾，

皆誤，盼盼實爲張建封之子張愔妾。白居易《燕子樓三首》序稱，張仲素詠新詩，有《燕子樓》詩三首，乃爲盼盼而作。此云關盼盼作《燕子樓詩集》三百首，當亦爲附會。詳參王仲鏞《唐詩紀事校箋》卷七八及《唐才子傳校箋》卷二）。

劉采春　浙人。元稹廉問浙東，有「因循歸未得，不是戀鱸魚」之句，或曰：爲好鑑湖春色耳。春色謂采春也。

崔鶯鶯　元和時人，見《麗情集》。

張窈窕　成都人。

程長文　鄱陽人。

裴羽仙　其夫征匈奴不歸。

鮑君徽（今按，與前文鮑文姬實爲一人）

崔公達

姚月華

廉氏

劉瑗（今按，《又玄集》卷下、《唐詩紀事》卷七九、《唐才子傳》卷二皆作「劉媛」，「瑗」字當誤）

劉雲

張英（今按，本書卷三十七七言古詩之十三作「瑛」；《全唐詩》卷八〇一亦作「張瑛」，注云：一作「英」）

劉瑶　一作「瑶」。

張琰

湘驛女子

故臺城妓

妓常浩

薛濤　字洪度，蜀妓，蜀呼爲「女校書」。韋南康鎮成都，寵之。胡曾有贈濤云：「萬里橋邊女校書，枇杷（今按，據姚本等及《全唐詩》，當爲「杷」）花下閉門居。掃眉才子知多少，管領春風總不如。」（今按，此詩《全唐詩》卷三〇一又作王建詩）濤有姿色，工詩翰，再爲連帥所喜，因事獲怒而遠之，作《五離詩》以獻，遂復喜焉。

外夷一人

新羅王　名真德，新羅王金真平女也。王卒，無子，娣（今按，據刻者不詳明本、《舊唐书》卷一九九上，當爲「姊」）善德嗣王，善德卒，真德嗣立爲王。永徽元年，大破百濟之衆，乃織錦爲文。

五言古詩敘目（凡二十四卷）

第一卷

正始（上）

五言之興，源於漢，注於魏，汪洋乎兩晉，混濁乎梁、陳，大雅之音幾於不振。唐氏勃興，文運丕溢。太宗皇帝龍鳳之姿，天文秀發，延覽英賢，首倡斯道。其《幸慶善宮》等作，時已被之管絃。明良滿庭，賡歌贊治，若夫世南屬和，匡君以正，魏徵終篇，約君以禮，辭

之忠厚，豈曰文爲？及乎永徽以還，四傑（唐初，王勃、楊炯、盧照鄰、駱賓王皆以文章齊名，時號「四傑」。）並秀於前，四友（蘇味道、李嶠、崔融、杜審言號爲「文章四友」。）齊名於後，劉氏庭芝古調，上官儀新體，雖未遏其微波，亦稍變乎流靡。爰自貞觀，至垂拱間，通得二十六人，擇其詩之頗精粹者，共六十七首，列爲唐世五言古風之始。

第二卷

正始（下）

沈佺期（五）　宋之問（十二）　李　適（二）　薛　稷（二）　鄭　愔（一）　徐彦伯（五）　吴少微（一）　邢象玉（一）　李　邕（一）　蘇　頲（三）　張　説（九）　趙冬曦（一）　韋嗣立（二）　崔日知（一）　韋元旦（一）　崔　湜（一）　韋　述（一）　張九齡（十六）　洪子輿（一）　豆盧回（一）　齊　澣（一）　王　丘（一）　蘇　晉（一）　孫　逖（一）　玄宗皇帝（四）

神龍以還，品格漸高，頗通遠調。前論沈、宋比肩，（沈佺期、宋之問始變江左詩律，時人宗之，爲之語曰：「蘇李居前，沈宋比肩。」）後稱燕、許手筆，（開元初，許公蘇頲以文章顯，與燕公張説齊名，故時號「燕許

大手筆」。）又如薛少保之《郊陝篇》、張曲江公《感遇》等作，雅正沖澹，體合《風》、《騷》，駸駸乎盛唐矣。今自沈雲卿而下，以盡乎開元初之諸賢，通得二十五人，共詩七十五首，釐爲下卷，亦曰正始。使學者本始知來，遡真源而遊汗漫矣。

第三卷

正宗（一）

陳子昂（五十五）

唐興，文章承陳、隋之弊，子昂始變雅正，夐然獨立，超邁時髦。初爲《感遇》詩，王適見之曰：「是必爲海内文宗。」噫！公之高才倜儻，樂交好施，學不爲儒，務求真適，文不按古，佇興而成。觀其音響沖和，詞旨幽邃，渾渾然有平（今按，四庫本作「正」）大之意，若公輸氏當巧而不用者也。故能掩王、盧之靡韻，抑沈、宋之新聲，繼往開來，中流砥柱，上遏貞觀之微波，下决開元之正派，嗚呼盛哉！

第四卷

正宗(二)

李　白(六十二)

第五卷

正宗(三)

李　白(六十二)

第六卷

正宗(四)

李　白(七十二)

詩至開元、天寶間，神秀、聲律粲然大備。李翰林天才縱逸，軼蕩人羣，上薄曹、劉，下凌沈、鮑。其樂府古調，若使儲光羲、王昌齡失步，高適、岑參絶倒，況其下乎？朱子嘗

謂：「太白詩如無法度，乃從容於法度之中，蓋聖於詩者。」其《古風》兩卷皆自陳子昂《感遇》中來。且太白去子昂未遠，其高懷慕尚也如此。今揭二公爲正宗，共二百五十一首，分爲四卷，使學者入門立志，取正於斯，庶無他岐之惑矣。

第七卷

大家（一）

杜　甫（四十二）

第八卷

大家（二）

杜　甫（四十二）

元微之曰：「予讀詩至杜子美，而知古人之才有所總萃焉。唐興，學官（今按，《舊唐書》杜甫本傳及元稹《唐故工部員外郎杜君墓係銘并序》作「官學」）大振，歷世之文，能者互出。而又沈、宋之

流，研鍊精切，穩順聲勢，謂爲律詩。由是而後，文變之體極焉。然而，好古者遺近，務華者去實，效齊梁則不建（今按，當據元稹《墓係銘并序》，爲「逮」，或據《舊唐書》杜甫本傳，爲「追」）於魏晉，工樂府則力屈於五言，律切則骨格不存，閑暇則纖穠莫備。至於子美，蓋所謂上薄《風》、《雅》（今按，元稹《墓係銘并序》作「風騷」），下該沈、宋，言奪蘇、李，氣吞曹、劉，掩顔、謝之孤高，雜徐、庾之流麗，盡得古人（今按，《舊唐書》杜甫本傳、元稹《墓係銘并序》皆作「古今」）之體勢，而兼昔人（今按，《舊唐書》杜甫本傳作「人人」、元稹《墓係銘并序》作「今人」）之所獨專矣。如（今按，《舊唐書》杜甫本傳、元稹《墓係銘并序》皆無「如」字）使仲尼考鍛其旨要，尚不知貴其多（今按，《舊唐書》杜甫本傳、元稹《墓係銘并序》「多」後有「乎」字）哉！苟以爲能所不能，無可無不可，則詩人以來未有如子美者矣。」嚴滄浪曰：「少陵詩憲章漢魏，而取材於六朝，至其自得之妙，則先輩所謂集大成者也。」世稱子美爲大家，故略二賢之論以冠其端云。

第九卷

名家（上之一）

孟浩然（二十三）　王　維（四十）

第十卷

名家（上之二）

王昌齡（三十二）　儲光羲（五十三）

第十一卷

名家（上之三）

李　頎（二十九）　常　建（三十一）

第十二卷

名家（上之四）

高　適（四十五）　岑　參（三十一）

第十三卷

名家（下之一）

劉長卿（四十）　錢　起（二十八）

第十四卷

名家（下之二）

韋應物（六十五）

第十五卷

名家（下之三）

韋應物（二十八）　柳宗元（三十）

夫詩莫盛於唐，莫備於盛唐，論者惟杜、李二家爲尤，其間又可名家者十數公。至如

子美所贊詠者王維、孟浩然，所友善者高適、岑參，乾元以後劉、錢接跡，韋、柳光前，人各鳴其所長。今觀襄陽之清雅，右丞之精緻，儲光羲之真率，王江寧之聲俊，高達夫之氣骨，岑嘉州之奇逸，李頎之沖秀，常建之超凡，劉隨州之閑曠，錢考功之清贍，韋之静而深，柳之温而密，此皆宇宙山川英靈間氣萃於時以鍾乎人矣。嗚呼盛哉！今俱列之名家，第爲上下。以儲、孟、二王、高、岑、常、李爲上卷，劉、錢、韋、柳爲下卷，共十二人，合詩四百七十五首，釐爲七卷。學者遡正宗而下觀此足矣。

第十六卷

羽翼（上）

崔　顥（七）　陶　翰（十）　劉昚虚（十一）　薛　據（八）　崔　署（今按，一作「曙」）（六）　李　嶷（五）　綦毋潛（五）　王　灣（二）　崔國輔（五）　張　謂（四）　盧　象（五）　祖　詠（三）　王季友（四）　賀蘭進明（二）　閻　防（四）

第十七卷

羽翼（下）

蕭　華（一）　崔宗之（一）　魏　萬（一）　張　潮（一）　裴　迪（一）　丘　爲（四）　張子容（二）　萬　楚（一）　包　融（二）　蔡希寂（一）　沈　頌（一）　韋　鎰（一）　賈　至（七）　蕭穎（今按，當爲「潁」）士（四）　李　華（六）　顏真卿（一）　王　縉（一）　奚　賈（二）　趙微明（三）　沈　徽（二）　沈千運（二）　于　逖（二）　張　彪（一）　孟雲卿（五）　元　結（四）　獨孤及（五）　丁仙芝（一）　沈如筠（一）　吴象之（一）　楊　諫（一）　林　琨（一）　談　戩（一）　劉　復（三）　楊　俊（今按，據《全唐詩》卷一二〇及本書卷十七，當爲「浚」）（一）　戴休珽（一）　宋　昱（一）

昔朱晦庵先生嘗取漢魏五言，以盡乎郭景純、陶淵明之作，以爲古詩之根本準則。又取自晉宋顏、謝以下諸人，擇其詩之近於古者，以爲羽翼輿衛。余於是編，正宗既定，名家載列，根本立矣，奈何羽翼未成。爰自採摭，及觀諸家選本，載盛唐詩者，唯殷璠《河嶽英

靈集》獨多古調。璠嘗論曰：「夫文有神來、氣來、情來，有雅體、野體、鄙體、俗體。編紀者能審鑒諸體，委詳所來，方可定其優劣，論其取捨。」又曰：「璠今所集，頗異諸家，既閑新聲，復曉古體，文質半取，《風》、《騷》兩挾。」斯言得之矣。若夫太白、浩然、儲、王、常、李、高、岑數公，已褐（今按，據姚本等，當爲「揭」。）於前。他如崔顥、薛據、張謂、王季友諸人，皆李、杜當時所稱許，相與發明斯道，賡歌鼓舞，以鳴乎盛世之音者矣。今以崔司勳等十五人，共詩八十一首，爲上卷。又以殷氏所收之外，若崔宗之、魏萬之願交於翰林，元結、孟雲卿之見稱於工部，張、裴、賈、岑唱和聯翩（張子容與孟浩然有永嘉贈答，裴迪與王維有輞州［今按，據姚本，當爲「川」。］賦詠，賈至與岑參諸人有早朝唱和。），蕭、李、獨孤馳名先後（蕭穎［今按，當爲「穎」。］士時號「蕭夫子」，李華中宏詞，獨孤及天寶末舉有道。），又如《篋中》（元次山編沈千運、趙微明諸人之詩爲《篋中集》。）、《丹陽》（殷璠編張潮、包融等十八人詩爲《丹陽集》。）採葺不少，雖衆君子之全集，罕得詳覽，然其言皆足以没世而不忘也。爰自崔顥而下，以盡乎天寶諸賢，凡三十六人，得詩七十四首，爲下卷。合而題曰羽翼，竊效晦庵之意歟。學者觀之，能審諸體而辯所來，庶乎不作開元、天寶以下人物歟。夫野狐外道蒙蔽其真識者，又奚足以知此哉！

第十八卷

接武（上）

德宗皇帝（四）　郎士元（七）　皇甫冉（四）　李　端（五）　盧　綸（八）　司空曙（一）　令狐峘（一）　朱長文（一）　余延壽（二）　顧　況（五）　劉太真（一）　朱　倣（今按，一作「放」）（一）　竇　參（二）　姚　係（三）　劉　灣（二）　李希仲（二）　蘇　渙（一）　戎　昱（八）　李　益（十）

第十九卷

接武（下）

于　鵠（四）　戴叔倫（四）　長孫佐輔（六）　楊　凌（一）　崔元翰（一）　劉　商（一）　楊衡（七）　武元衡（四）　羊士諤（二）　權德輿（九）　劉禹錫（十五）　李　觀（一）　楊巨源（一）　孟　簡（一）

嗚呼！天寶喪亂，光嶽氣分，風概不完，文體始變。其間劉長卿、錢起、韋應物、柳宗元後先繼出，各鳴一善，比肩前人，已列之於名家，無復異議。時若郎士元、皇甫冉、李端、盧綸、顧況、戎昱、竇參、武元衡之屬，以及乎權德輿、劉禹錫諸人，相與接跡而興起，翱翔乎大曆、貞元之間，其篇什諷詠，不減盛時。然而近體頗繁，古聲漸遠，不過略見一二，與時唱和而已。雖然，繼述前列，提挾《風》、《騷》，尚有望於斯人之徒歟。今自郎士元而下，以盡乎大曆諸賢，得一十九人，擇其聲之頗近者，凡六十五首，爲上卷。又自于鵠以及元和之初，得一十四人，共詩五十八首，爲下卷。題曰接武。以紹天寶諸賢之後，俾學者知有源委矣。

第二十卷

正變

韓　愈（二十九）　　孟　郊（四十六）

唐詩之變，漸矣！隋氏以還，一變而爲初唐，貞觀、垂拱之詩是也；再變而爲盛唐，開

元、天寶之詩是也；三變而爲中唐，大曆、貞元之詩是也；四變而爲晚唐，元和以後之詩是也。夫元和之際，柳公尚矣。若韓退之、孟東野生平友善，動輙唱酬，然而二子殊途，文體差别。今觀昌黎之博大，而文鼓吹六經，搜羅百氏，其詩騁駕氣勢，嶄絶崛强，若掀雷決電，千夫萬騎，横騖别驅，汪洋大肆，而莫能止者。又《秋懷》數首及《暮行河堤上》等篇，風骨頗逮建安，但新聲不類，此正中之變也。東野之少懷耿介，齷齪困窮，晚擢巍科，竟淪一尉。其詩窮而有理，苦調淒凉，一發於胸中，而無吝色。如《古樂府》等篇，諷詠久之，足有餘悲，此變中之正也。余合二公之詩爲一卷，所以幸其遺風之變猶有存者，故曰正變。

第二十一卷

餘響（上）

王　建（七）　張　籍（二）　陳　羽（一）　楊　賁（一）　陸長源（一）　李　涉（一）　白居易（十）　歐陽詹（八）　鮑　溶（二）　吕　温（一）　李　賀（六）　賈　島（九）　姚　合（二）　杜　牧（四）　許　渾（二）　李商隱（一）

第二十二卷

餘響(下)

馬　戴(三)　陳　陶(五)　温庭筠(二)　劉　駕(八)　儲嗣宗(一)　李群玉(十四)　司馬禮(今按，原刻作「礼」，姚本作「扎」)(九)　于　濆(十一)　邵　謁(三)　陸龜蒙(四)　朱景玄(二)　張　喬(一)　曹　鄴(二)　羅　隱(一)　韓　偓(一)　王貞白(一)　李建勳(一)

元和再盛之後，體製始散，正派不傳，人趨下學，古聲愈微。韓愈、孟郊已述於前，他如張籍、王建、白居易、歐陽詹、李賀、賈島諸人，各鳴於時，猶有貞元之遺韻。開成後，馬戴、陳陶、劉駕、李群玉輩黽勉氣格，尚欲賈前人之餘勇。又如司馬禮(今按，原刻作「礼」，姚本、牛斗本作「扎」，刻者不詳明本作「札」)、于濆、邵謁之屬，研精覃思，不過歷郊、島之藩翰耳。雖然，時有廢興，道有隆替，文章與時高下，與代終始，向之君子，豈可泯然其不稱乎？予於是編，所以不辭採録。爰自王仲初而下，以盡乎元和諸賢，通得一十六人，擇其聲之頗純者，凡五十八首，爲上卷。又自馬與陳而下，以盡乎唐末諸人，通得一十七人，共詩六十九首，

爲下卷。合而題曰餘響，以見唐音之盛，渢渢不絶，雖非《陽春》、《白雪》，引商汎徵，而屬和者不多，殆與《下里》、《巴人》淫哇之聲，則有間矣。

第二十三卷

旁流

有姓氏無字里世次可考者十四人詩十五首

薛奇童(一)　蔣奇童(一)　唐堯客(一)　杜頠(一)　王烈(一)　孫昌胤(一)

陳存(一)　楊齊哲(一)　樓潁(今按，據《國秀集》，當爲「穎」)(一)　賈馳(一)　李幼卿(一)　袁瓘(一)　元季川(二)　賈琮(一)

姓氏疑誤者六人詩十一首

李頎(一)　高適(二)　李彦暉(一)　劉希戩(一)　李益(一)　李赤(五)

羽士二人詩十六首

吴　筠（十五）　司馬退之（一）

衲子五人詩十九首

皎　然（十一）　靈　一（三）　僧　泚（一）　貫　休（三）　脩　睦（一）

外夷一人詩一首

新羅王（一）

閨秀五人詩七首

劉令嫻（一）　張　琰（二）　寇坦母（一）　妓常浩（一）　鮑君徽（一）

女冠一人詩一首

李冶（一）

唐世詩學之盛，上自帝王公卿，下至山林韋布，以及乎方外異人、閭閻女子，莫不願

學焉，其篇什之多不可勝紀。若夫大方名家、騷人墨客，各以世次收品從彙。他若諸集附載道人、衲子、宮闈、仙怪，及有姓氏無世次可考者，往往有述，多非全集，所得故不收入類，若棄而不録，又何以見斯人之徒歟？今略其詩之精者，通得三十四人，共詩七十首，爲一卷，以附「餘響」之後，題曰旁流。雖不足以品藻淵源，庶乎蓺涓酌潦，能成江河之沛矣。

第二十四卷

長篇

李　白（二）　杜　甫（二）　韓　愈（一）

五言長篇，自古樂府《焦仲卿》（今按，當爲《焦仲卿妻》）而下，繼者絶少。唐初亦不多見，逮李、杜二公始盛。至其鋪陳終始，排比聲韻，大或千言，次猶數百，辭意曲折，隊仗森嚴，人皆雕飾乎語言，我則直露其肺腑，人皆專犯乎諱忌，我則回護其褒貶，此少陵所長也。太白又次之。韓愈晚出，力追前人，先輩嘗謂《南山》詩與少陵《北征》互有優劣，斯言近之。

善乎！嚴滄浪有云：「李、杜、韓三公之詩，如金鳷（今按，郭紹虞校釋本《滄浪詩話·詩評》作「鳷」，注引馬時芳《挑鐙詩話》卷二作「翅」）擘海，香象渡河，龍吼虎哮，鼉翻鯨躍，大鎗大刃，君王親征，氣象各別。」予故合三家詩，共五篇，爲一卷，附於五言短調之後，學者觀之，亦足以廣其藻思耳。

五言古詩卷之一　唐詩品彙一

正始（上）

太宗皇帝

幸武功慶善宫賦

上所生之宫也。貞觀六年幸之，宴從臣，賞賜閭里，同漢沛、宛。帝歡甚，賦詩，起居郎吕才被之管絃，爲《功成慶善樂》，名九功之舞。

壽丘唯舊跡，豐（今按，《全唐詩》卷一作「酆」）邑乃前基。粤予承累聖，懸弧亦在兹。弱齡逢運改，提劍鬱匡時。指麾八荒定，懷柔萬國夷。梯山咸入款，駕海亦來思。單于陪武帳，日逐衛文螭（今按，《全唐詩》作「櫳」）。端扆朝四岳，無爲任百司。霜節明秋景，輕冰結水湄。芸黄遍原隰，禾穎積京坻（今按，《全唐詩》作「畿」）。共樂還譙（今按，姚本、屠隆本、牛斗本、刻者不詳明本、張

恂本、四庫本、《全唐詩》皆作「鄉」，《全唐詩》注云：一作「譙」）燕，歡此（今按，屠隆本、《唐會要》卷三三作「歌此」，《全唐詩》作「歡比」）大風詩。

正日臨朝

條風開獻節，灰律動初陽。百蠻奉遐賮，萬國朝未央。雖無舜禹跡，幸欣天地康。車軌同八表，書文混四方。赫奕儼冠蓋，紛綸盛服章。羽旄飛馳道，鐘鼓振巖廊。組練輝霞色，霜戟耀朝光。晨宵懷至理，終愧撫遐荒。

春日玄武門宴羣臣

韶光開令序，淑氣動芳年。駐輦華林側，高宴柏梁前。紫庭文樹（今按，《全唐詩》卷一作「珮」）滿，丹墀袞紱連。九夷簉瑤席，五狄列瓊筵。娛賓歌湛露，廣樂奏鈞天。盈（今按，屠隆本、牛斗本、張恂本、四庫本、《全唐詩》作「清」）尊浮緑醑，雅曲韻朱絃。粵余君萬國，還慚撫八埏。庶幾保貞固，虚己厲求賢。

經破薛舉戰地

昔年懷壯氣，提戈初仗節。心隨朗日高，志與秋霜潔。移鋒驚電起，轉戰長河決。營碎落星沉，陣卷橫雲裂。一揮氛沴（今按，姚本、屠隆本、牛斗本、刻者不詳明本、張恂本、四庫本、《全唐詩》卷一作

「沴」）靜，再舉鯨鯢滅。於兹撫舊原，屬目駐華軒。沉沙無故跡，減竈有殘痕。浪霞穿水淨，峯霧抱（今按，姚本、屠隆本、牛斗本、刻者不詳明本、《文苑英華》卷一七〇作「拖」）蓮昏。世途亟流易，人事殊今昔。長想眺前蹤，撫躬聊自適。

飲馬長城窟行

塞外悲風切，交河冰已結。瀚海百重波，陰山千里雪。迥戍（今按，當爲「戍」）危烽火，層巒引高節。悠悠卷旆旌，飲馬出長城。寒沙連騎跡，朔吹斷邊聲。胡塵清玉塞，羌笛韻金鉦。絶漠干戈戢，車徒振原隰。都尉反龍堆，將軍旋馬邑。揚麾氛霧靜，紀石功名立。荒裔一戎衣，雲臺凱歌入。

虞世南

世南與兄世基學於顧野王，文章婉縟。太宗嘗作宫體詩，使世南和，世南曰：「聖作誠工，然體非雅正，臣恐此詩一傳，天下風靡，不敢奉詔。」帝曰：「朕試卿耳。」後帝爲詩，述古興亡，既而歎曰：「鍾子既死，伯牙不復鼓琴，朕此詩將何所示耶？」敕褚遂良即其靈座焚之。

從軍行

塗山烽候驚，弭節度龍城。冀馬樓蘭將，燕犀上谷兵。劍寒花不落，弓曉月逾明。凜凜嚴霜節，冰壯黄河絶。蔽日卷征蓬，浮天散飛雪。全兵值月滿，精騎乘膠折。結髪早驅馳，辛勤（今按，《全唐詩》卷三六作「苦」）事旌麾。馬凍重關冷，輪摧九折危。獨有西山將，年年屬數奇。

出塞

上將三略遠，元戎九命尊。緬懷古人節，思酬明主恩。山西多勇氣，塞北有遊魂。揚鞭（今按，姚本、刻者不詳明本、《全唐詩》卷三六作「桴」）上隴阪，勒騎下平原。誓將絶沙漠，悠然去玉門。輕齎不遑舍，驚策騖戎軒。凜凜邊風急，蕭蕭征馬煩。雪暗天山道，冰塞交河源。霧鋒黯無色，霜旗凍不翻。耿介倚長劍，日落風塵昏。

結客少年場（今按，《全唐詩》卷三六後有「行」字，刻者不詳明本「場」作「行」）

韓魏多奇節，倜儻遺聲利。共矜然諾心，各負縱横志。結交一言重，相期千里至。緑沉明月弦，金絡浮雲轡。吹簫入吴市，擊筑遊燕肆。尋源博望侯，結客遠相求。少年重（今按，《全唐詩》卷三六作「懷」）一顧，長驅背隴頭。焱焱戈（今按，姚本、屠隆本、牛斗本、刻者不詳明本作「戟」）霜

動，耿耿劍虹浮。天山冬夏雪，交河南北流。雲起龍沙暗，木落鴈門（今按，姚本、屠隆本、牛斗本、刻者不詳明本作「行」）秋。輕生徇知己，非是爲身謀。

魏徵

太宗燕羣臣積翠池，徵賦《西漢》，卒（今按，據《新唐書》本傳，「卒」後當脱「章」字）云：「終籍（今按，據姚本、《新唐書》本傳，當爲「藉」）叔孫禮，方知皇帝尊。」帝曰：「徵言未嘗不約我以禮。」及卒，帝賦詩痛悼，哭爲之慟，罷朝五日。（今按，《舊唐書》本傳云：「太宗親臨慟哭，廢朝五日。」《新唐書》本傳云：「帝臨哭，爲之慟，罷朝五日。」不見「賦詩」之事）

暮秋言懷

首夏別京輔，杪秋滯三河。沉沉蓬萊閣，日夕鄉思多。霜剪涼地（今按，《全唐詩》卷三一作「堦」）蕙，風捎幽渚荷。歲芳坐淪歇，感此式微歌。

述懷

中原還（今按，屠隆本、《全唐詩》卷三一作「初」）逐鹿，投筆事戎軒。縱横計不就，慷慨志猶存。策杖（今按，《全唐詩》作「杖策」）謁天子，驅馬出關門。請纓繫南越（今按，《全唐詩》作「粤」），憑軾下東

（接上頁）藩。鬱紆陟高岫，出没望平原。古木鳴寒鳥，空山啼夜猿。既傷千里目，還驚九折魂。豈不憚艱險，深懷國士恩。季布無二諾，侯嬴重一言。人生感意氣，功名誰復論。

王　績

古意

桂樹何蒼蒼，秋來花更芳。自言歲寒性，不知露與霜。幽人重其德，徙植臨前堂。連拳（今按，姚本、牛斗本、刻者不詳明本作「攀」，屠隆本作「卷」）八九樹，偃蹇二三行。枝枝自相糾，葉葉還相當。去來雙鴻鵠，棲息兩鴛鴦。榮陰（今按，《全唐詩》卷三七作「蔭」，字通）誠不厚，斤斧亦不傷。赤心許君時，此意那可忘。

田家

家住箕山下，門枕潁川濱。不知今有漢，唯言昔避秦。琴伴前庭月，酒勸後園春。自得中林士，何忝上皇人。

許敬宗

奉和行經破薛舉戰地應制

混元分大象，長策挫脩鯨。於斯建宸極，由此創鴻名。一戎乾宇泰，千祀德流清。垂衣凝庶績，端拱鑄羣生。復整瑶池駕，還臨官渡營。周遊尋曩跡，曠望動天情。帷宫面丹浦，帳殿矚宛城。虜場棲九穟，前歌被六英。戰地甘泉涌，陣處景雲生。普天沾凱澤，相攜欣頌平。

岑文本

奉和正日臨朝

時雍表昌運，日正叶靈符。德兼三代禮，功包四海圖。踰沙紛在列，執玉儼相趨。清蹕喧輦道，張樂駭天衢。拂蜺九旗映，儀鳳八音殊。佳氣浮仙掌，薰風繞帝梧。天文光七政，皇恩被九區。方陪瘞玉禮，珥筆岱山隅。

楊師道

奉和聖製春日望海

春山臨渤海，征旅輟晨裝。迴瞰盧龍塞，斜瞻肅慎鄉。洪波迴地軸，孤嶼映雲光。落日驚濤上，浮天駭浪長。仙臺隱螭駕，水府汎黿梁。碣石朝煙滅，之罘歸鴈翔。北巡非漢后，東幸異秦皇。搴旌羽林客，跋距少年場。電（今按，《全唐詩》卷三四作「龍」）擊驅遼水，鵬飛出帶方。將舉青丘繳，安訪白霓裳。

中書寓直詠雨簡褚起居上官學士

雲暗蒼龍闕，沉沉殊未開。窻臨鳳凰沼，颯颯雨聲來。電影入飛閣，風威凌吹臺。長簷響奔溜，清簟肅浮埃。早荷葉稍没，新篁枝半摧。兹晨悵多緒，懷友自難裁。況復重城内，日暮獨徘徊。玉階良史筆，金馬掞天才。高甍通散騎，複道駕蓬萊。思君贈桃李，於此冀瓊瓌。

劉孝孫

遊清都觀尋沈道士（得仙字）

紛吾因暇豫，行樂極留連。尋真謁紫府，披霧覿青天。緬懷金闕外，遐想玉京前。飛軒俯松柏，抗殿接雲煙。滔滔清夏景，嘒嘒早秋蟬。橫琴對危石，酌醴臨寒泉。聊祛塵俗累，寧希龜鶴年。無勞生羽翼，自可狎神仙。

凌　敬（今按，《元和姓纂》卷五、《舊唐書》卷四七《經籍志》及卷五四《竇建德傳》同此；《唐詩紀事》卷三、《全唐詩》卷三三作陸敬）

遊清都觀尋沈道士（得都字）

聊排靈鎖（今按，《全唐詩》卷三三作「瑣」）闥，徐步入清都。青溪冥寂士，思玄徇道樞。十芒生藥筍，七焰發丹爐。縹袠桐君籙，朱書王母符。宮槐散綠穗，日槿落青柎。矯翰雷門鶴，飛來葉縣鳬。凌風自可御，安事迫中區。方追羽化侶，從此得玄珠。

趙中虛

遊清都觀尋沈道士（得芳字）

青溪阻千仞，姑射藐汾陽。未若遊兹境，探玄衆妙場。鶴來疑羽客，雲汎似霓裳。寓目雖靈宇，遊神乃帝鄉。道存真理得，心灰俗累忘。煙霞凝抗殿，松桂肅長廊。早蟬清暮景，崇蘭散晚芳。即此翔寥廓，非復控榆枋。

董思恭

三婦艷

大婦裁紈素，中婦弄明璫。小婦多姿態，登樓紅粉粧。丈人且安坐，初日漸流光。

王紹宗

三婦艷

大婦能調瑟，中婦詠新詩。小婦獨無事，花庭曳履綦。上客且安坐，春日正遲遲。

上官儀

早春桂林殿應詔

步輦出披香，清歌臨太液。曉樹流鶯滿，春堤芳草積。風色（一作「光」。）翻露文，雪華上空碧。花蝶來未已，山光曖將夕。

酬薛舍人萬年宫晚景寓直懷友

奕奕九成臺，窈窕絶塵埃。蒼蒼萬年樹，玲瓏下冥霧。池色摇晚空，巖花斂餘照（今按，《文苑英華》卷一九〇、《全唐詩》卷四〇作「煦」）。清切丹禁静，浩蕩文河溯（今按，《文苑英華》、《全唐詩》作「注」）。留連窮勝託，夙期暌善謔。東望安仁省，西臨子雲閣。長嘯披煙霞，高步尋蘭若。金狄掩通門，雕鞍歸騎喧。燕姝（今按，姚本、屠隆本、牛斗本、刻者不詳明本、《文苑英華》卷一九〇作「餘」）對明月，荆艷促芳樽。别有青山路，策杖訪王孫。

張文琮

同藩屯田冬日早朝（今按，「藩」，據《唐詩紀事》卷五、《文苑英華》卷一九〇、《全唐詩》卷三九，當爲「潘」）

假寐懷古人，夙興瞻曉月。通晨禁門啓，冠蓋趨朝謁。霜靄清九衢，霞光照雙闕。紛綸文物紀，焕爛聲明發。腰劍動陸離，鳴玉和清越。（末疑有闕。）

章懷太子

黄臺瓜辭

武后殺太子弘，而立賢爲太子。賢日懷憂惕，知不能保全，無由敢言，乃作是辭，命樂工歌之，冀后聞而感悟。後終爲所逐，死於黔中。

種瓜黄臺下，瓜熟子離離。一摘使瓜好，再摘令瓜稀。三摘尚自（今按，姚本、《新唐書》卷八二作「云」）可，摘絶（今按，姚本、《舊唐書》卷一一六、《新唐書》卷八二《李傛傳》、《唐會要》卷二、《太平御覽》卷一四九作「四摘」，《樂府詩集》卷八六、《全唐詩》卷六作「摘絶」）抱蔓歸。

王勃

山亭夜宴

桂宇幽襟積，山亭涼夜永。森沉野徑寒，肅穆巖扉静。竹晦南河（今按，《全唐詩》卷五五作「汀」，注云：一作「阿」）色，荷翻北潭影。清興殊未歸（一作「闌」。），林端照初景。

詠風

肅肅涼景生，加我林壑清。驅煙尋磵户，卷霧出山楹。去來固無跡，動息如有情。日落山水静，爲君起松聲。

懷山（并序）（今按，《文苑英華》卷二二五、《全唐詩》卷五五及蔣清翊《王子安集注》卷三皆作《懷仙》；四庫本作《懷山》，題下注云：「各本皆作《懷仙》，今依原本。」）

客有自幽山來者，起予以林壑之事，而煙霞在焉。思解纓紱，永詠山水，神與道超，跡爲形滯，故書其事焉。

鶴岑有奇徑，麟洲富仙家。紫泉漱珠液，玄巖列丹葩。常希披塵網，渺然登雲車。鸞情極

霄漢，鳳想疲煙霞。道存蓬瀛近，意愜朝市賒。無爲坐惆悵，虚此江上華。

忽夢遊仙

僕本江上客，牽跡在方内。寐寤（今按，《全唐詩》卷五五作「寤寐」）霄漢間，居然有靈對。翕爾登霞首，依然躡雲背。電策驅龍光，煙途儼鸞態。乘月披金帔，連星解瓊珮。浮世（今按，姚本、《文苑英華》卷二二五、《全唐詩》皆作「識」，屠隆本作「生」，刻者不詳明本作「成」）俄易歸，真魂莫（今按，張恂本作「魂邈」，《文苑英華》、《全唐詩》作「遊邈」）難再。寥廓沉遐想，周遑奉遺誨。流俗非我鄉，何當釋塵昧。

楊　炯

廣溪峽（三峽有序，不録。）

廣溪三峽首，曠望兼川陸。山路繞羊腸，江城鎮魚腹。喬林百丈偃，飛水千尋瀑。驚浪迴高天，盤渦轉深谷。漢氏昔云季，中原争逐鹿。天下有英雄，襄陽有龍伏。常山集軍旅，永安興板築。池臺忽已傾，邦家遽淪覆。庸才若劉禪，忠佐爲心腹。設險猶可存，當無賈生哭。

巫峽

三峽七百里，唯言巫峽長。重巖窅不極，疊嶂淩蒼蒼。絶壁横天險，莓苔爛錦章。入夜分明見，無風波浪狂。忠信吾所蹈，汎舟亦何傷。可以涉砥柱，可以浮吕梁。美人今何在，靈芝徒有芳。山空夜猿嘯，征客淚沾裳。

西陵峽

絶壁聳萬仞，長波射千里。盤薄荆之門，滔滔南國紀。楚都昔全盛，高丘烜望祀。秦兵一旦侵，夷陵火潛起。四維不復設，關塞良難恃。洞庭且忽然（今按，《文苑英華》卷一六一、《全唐詩》卷五〇作「焉」），孟門終已矣。自古天地闢，流爲峽中水。行旅相贈言，風濤無極已。及余踐斯地，瓌奇信爲美。江山若有靈，千載伸知己。

駱賓王

夏日同夏少府游山家

返照下層岑，物外狎招尋。蘭徑薫幽佩，槐庭落暗金。谷静風聲徹，山空月色深。一遺樊籠累，唯餘松桂心。

晚憩田家

轉蓬勞遠役，披薜下田家。山形類九折，水勢急三巴。懸梁接斷岸，澀路擁崩查。霧巖淪曉魄，風溆漲寒沙。心跡一朝舛，關山萬里賖。龍章徒表越，閩族本殊（一作「非」。）華。旅行勞（一作「悲」。）汎梗，離贈折疏麻。唯有寒潭菊，猶似故園花。

盧照鄰

關山月

塞垣通碣石，虜陣（今按，張恂本、四庫本、《全唐詩》卷四一作「障」）抵祁連。相思在萬里，明月不長懸（今按，《全唐詩》作「正孤懸」）。影移金岫北，光斷玉門前。寄言閨中婦，愁（今按，《全唐詩》作「時」）看鴻鴈天。

上之回

回中道路險，蕭關烽候多。五營屯右（今按，《全唐詩》卷四一作「北」）地，萬乘出西河。單于拜玉璽，天子按琱戈。振旅汾川曲，秋風橫大歌。

君馬黄（今按，《文苑英華》卷二〇九、《全唐詩》卷四一、中華書局本《盧照鄰集》卷二皆作《紫騮馬》）

騮馬照金鞍，轉戰入臯蘭。塞門風稍急，長城水正寒。雪暗鳴珂重，山長噴玉難。不辭橫絶漠，流血幾時乾。

劉生

劉生氣不平，抱劍欲專征。報恩爲豪俠，死難在横行。翠羽裝劍（今按，《全唐詩》卷四一作「刀」）鞘，黄金鏤馬纓（今按，《全唐詩》作「飾馬鈴」）。但令一顧重，不吝百身輕。

結客少年場行

長安重游俠，雒陽富才雄。玉劍浮雲騎，金鞭明月弓。鬬雞過渭北，走馬向關東。孫賓遥見待，郭解暗相通。不受千金爵，誰論萬里功。將軍下天上，虜騎入雲中。烽火夜似月，兵氣曉成虹。横行徇知己，負羽遠從戎。龍旌昏朔霧，鳥陣卷胡風。追奔瀚海咽，戰罷陰山空。歸來謝天子，何如馬上翁。

贈李榮道士（有序，不録。）

錦節銜天使，瓊仙駕羽君。投金翠山曲，奠璧清江濆。圓洞開丹鼎，方壇聚絳雲。資（今按，《文苑英華》卷二二七、《全唐詩》卷四一作「竇」）貺幽難識，空歌迥易分。風摇十洲影，日亂九江文。敷誠歸上帝，應詔在明君。獨有南冠客，耿耿泣離羣。遥看八會所，真氣曉氛氳。

早度分水嶺

十（今按，姚本、牛斗本、刻者不詳明本作「千」，張恂本、四庫本作「丁」，《文苑英華》卷二八九作「千」，注云：《集》作「丁」，《全唐詩》卷四一作「丁」，注云：一作「千」）年遊蜀道，萬里（今按，張恂本作「斑鬢」，《全唐詩》作「班鬢」）向長安。徒費周王粟，空彈漢吏冠。馬蹄穿欲盡，貂裘故（今按，姚本、屠隆本、《文苑英華》、《全唐詩》作「敝」）轉寒。層冰横九折，積石凌七盤。重溪既下漱，峻峰亦上干。隴頭聞戍鼓，嶺外咽飛湍。瑟瑟松風急，蒼蒼山月團。傳語後來者，斯路誠獨難。

三月曲水宴

風煙彭澤里，山水仲長園。由來棄銅墨，本自重琴樽。高情邈不嗣，雅道今復存。有美光時彦，養德坐山樊。門開芳杜徑，室距桃花源。公子黄金勒，仙人紫氣軒。長懷去城市，高詠狎蘭蓀。連沙飛白鷺，孤嶼嘯玄猿。日影巖前落，雲花江上翻。興闌車馬散，林塘夕

鳥喧。

奉使益州至長安發鍾陽驛

躋險方未夷，乘春聊騁望。落花赴丹谷，奔流下青嶂。葳蕤曉樹滋，滉瀁春江漲。平川看釣侶，狹徑聞樵唱。蝶戲緑苔前，鶯歌白雲上。耳目多異賞，風煙有奇狀。峻阻捋（今按，四庫本、《文苑英華》卷二九六、中華書局本《全唐詩》卷四一作「將」，屠隆本、四庫本《全唐詩》卷四一作「埒」，當以「埒」爲是）長城，高標吞巨舫。聯翩事羈靮，辛苦勞疲恙。夕濟幾潺湲，晨登每惆悵。誰念復芻狗，山河獨偏喪。

和王奭秋夜有所思

寂寂南軒夜，悠然懷所知。長河落鴈苑，明月下鯨池。鳳臺有清曲，此曲何人吹。丹唇間玉齒，妙響入雲涯。窮巷秋風葉，空庭寒露枝。勞歌欲有和，星鬢已將垂。

詠史三首

季生昔未達，身辱功不成。髡鉗爲臺隸，灌園變姓名。幸逢滕將軍，兼遇曹丘生。漢祖廣招納，一朝拜公卿。百金孰云重，一諾良匪輕。廷議斬樊噲，羣公寂無聲。處身孤且直，遭時坦而平。丈夫當如此，唯唯何足榮。

其二

大漢昔云季，小人道遂振。玉帛委奄尹，斧鑕嬰縉紳。邈哉郭先生，卷舒得其真。雍容謝朝廷，談笑獎人倫。在晦不絶俗，處亂不爲親。諸侯不得友，天子不得臣。沖情甄負甑，重價折角巾。悠悠天下士，相送洛橋津。誰知仙舟上，寂寂無四鄰。

其三

公業負奇志，交結盡才雄。良田四百頃，所食常不充。一爲侍御史，慷慨説何公。何公何爲敗，吾謀適不同。仲穎恣殘忍，廢誠（今按，四庫本、《唐詩紀事》卷七、《全唐詩》卷四一、《盧昇之集》卷一皆作「興」）良在躬。死人如亂麻，天子如轉蓬。干戈及黄屋，荆棘生紫宫。鄭生運其謀，將以清國戎。時來命不遂，脱身歸山東。凜凜千載下，穆然懷清風。

劉庭芝（今按，前「詩人爵里詳節」云：劉庭芝，字希夷）

將軍行

將軍闢轅門，耿介當風立。諸將欲言事，逡巡不敢入。劍氣射雲天，鼓聲振原隰。黄塵塞路起，走馬追兵急。彎弓從此去，飛箭如雨集。截圍一百重，斬首五千級。代馬流血死，

胡人抱鞍泣。古來養甲兵，有事常討襲。乘我廟堂運，坐使干戈戢。獻凱歸京師，軍容何翕習。

從軍行

秋天風颯颯，羣胡馬行疾。嚴城晝不開，伏兵暗相失。天子廟堂拜，將軍凶門出。紛紛晉陽道（今按，《全唐詩》卷八二作「伊洛道」，《文苑英華》卷一九九注云：「晉」一作「洛」，「晉陽道」一作「伊洛間」），戎馬幾萬匹。軍門壓黄河，兵氣衝白日。平生懷仗劍，慷慨即投筆。南登漢月孤，北走代雲密。近取韓彭計，早知孫吳術。丈夫清萬國（今按，《文苑英華》、《全唐詩》作「里」），誰能掃一室。

嵩嶽聞笙

月出嵩山東，月明山益空。山人愛清景，散髮卧秋風。風止夜何清，獨夜草蟲鳴。仙人不可見，乘月近吹笙。絳脣吸靈氣，玉指調真聲。真聲是何曲，三山鸞鶴情。昔去落塵俗，願言聞此曲。今來卧嵩岑，何幸承幽音。神仙樂吾事，笙歌銘夙心。

秋日題南陽潭壁（今按，據詩文第三句及《全唐詩》卷八二，「南」當爲「汝」）

獨坐秋陰生，悲來從此（今按，《全唐詩》作「所」）適。行見汝陽潭，飛蘿蒙水石。懸瓢木葉上，風

吹何歷歷。幽人不耐煩，振杖（今按，《全唐詩》作「衣」，注云：一作「袂」）步閑寂。迴流清見底，金沙覆銀礫。錯落非一文（今按，《唐詩紀事》卷十三、《唐百家詩選》卷一作「丈」），空朧幾千尺。魚鱗可憐紫，鴨毛自然碧。吟詠秋水篇，渺然亡損益。秋水隨形影，清濁混心跡。歲暮歸去來，東山余宿昔。

采桑

楊柳送行人，青青西入秦。誰家采桑女，樓上不勝春。盈盈灞水曲，步步春芳綠。紅臉耀明珠，絳唇含白玉。回首渭橋東，遥憐春色同。青絲嬌落日，緗綺弄春風。攜籠長歎息，逶迤戀春色。看花若有情，倚樹疑無力。薄暮思悠悠，使君南陌頭。相逢不相識，歸去夢青樓。

春女行

春女顔如玉，怨歌陽春曲。巫山春樹紅，沅湘（今按，《全唐詩》卷八二注云：一作「江」）春草綠。自憐妖艷姿，粧成獨見時。愁心伴楊柳，春盡亂如絲。目極千餘里，悠悠春江水。頻想玉關人，愁卧金閨裏。尚言春花落，不知秋風起。嬌愛猶未終，悲涼從此始。憶昔楚王宫，玉樓粧粉紅。纖腰弄明月，長袖舞春風。容華委西山，光陰不可還。桑林没（今按，《全唐詩》作

「變」）東海，富貴今何在。寄言桃李容，胡爲閨閣重。但看楚王墓，唯見數株松。

孤松篇

蠶月桑葉青，鶯時柳花白。澹艷煙雨姿，敷芳（今按，《全唐詩》作「芬」）陽春陌。如何秋風起，零落從此始。獨有南澗松，不歎東流水。玄陰天地冥，皓雪朝夜零。豈不罹寒暑，爲君留青青。青青好顔色，落落任孤直。羣樹遥相望，衆草不敢逼。靈龜卜真隱，仙鳥宜棲息。耻受秦帝封，願言唐侯食。寒山夜月明，山冷氣清清。淒兮歸鳳集，吹之作琴聲。松子卧仙岑，寂聽疑野心。清泠有真曲，樵采無知音。美人何時來，幽徑委緑苔。吁嗟深澗底，棄捐廣厦材。

謁漢世祖廟

春陵氣初發，漸臺首未傳。列營百萬衆，持國十八年。運開朱旗後，道合赤符先。宛城劍鳴匣，昆陽鏑應弦。獷獸血塗地，巨人聲沸天。長驅過北趙，短兵出南燕。太守迎門外，王郎死道邊。昇壇九成（今按，《全唐詩》卷八二作「城」）陌，端拱千秋年。朝廷方雀躍，劍佩幾聯翩。至德刑四海，神儀翳九泉。宗子行舊邑，恭聞清廟篇。君容穆而聖，臣像儼猶賢。攢木承危柱，疏蘿掛朽椽。祠庭巢鳥啄，祭器網蟲緣。懷古江山在，惟新曆數遷。空餘今夜

月，長似舊時懸。

盧崇道

新都南亭別郭大元振（今按，《全唐詩》卷八六又作張説詩，題作《新都南亭送郭元振盧崇道》，注云：一作盧崇道詩）

竹徑女蘿蹊，蓮洲文石隄。静深人俗斷，尋翫往還迷。碧潭秀初月，素林驚夕棲。褰幌納鳥侣，罷琴聽猿啼。佳辰改宿昔，勝寄在睽攜。長懷賞心愛，如月復如珪。

喬知之

苦寒行

胡天夜清迥，孤雲獨飄揚（今按，《全唐詩》卷八一作「颻」）。摇曳出鴈關，逶迤含晶光。陰陵久徘徊，幽都無多陽。初（今按，《全唐詩》注云：一作「祁」）寒凍巨海，殺氣流大荒。朔馬飲寒冰，行子履胡霜。路有從役倦，卧死黄沙場。羈旅因相依，慟之淚沾裳。由來從軍行，賞存不賞亡。亡者誠已矣，徒令存者傷。

從軍行

南庭結白露，北風掃黄葉。此時鴻鴈來，驚鳴催思妾。曲房理針綫，平砧擣文練。鴛綺裁易成，龍鄉信難見。窈窕九重閨，寂寞十年啼。紗牕白雲宿，羅幌月光棲。雲月曉（今按，《搜玉小集》、《全唐詩》卷八一作「隱」）微微，愁思（今按，《搜玉小集》、《全唐詩》作「夜上」）流黄機。玉霜凍朱（今按，四庫本、《搜玉小集》、《文苑英華》卷一九九、《全唐詩》作「珠」）履，金吹薄羅衣。漢家已得地，君去將何事。宛轉結蠶書，寂寥無鴈使。平生荷恩信，本爲容華進。况復落紅顔，蟬聲催緑鬢。

蘇味道

單于川對雨（今按，此詩《藝文類聚》卷二、《文苑英華》卷一五三作梁劉苞《望夕雨》）

崇朝遘行雨，薄晚屯密雲。緣階起素沫，竟水聚圓文。河柳低未舉，山桃落已芬。清樽久不薦，淹留遂待君。

李　嶠

嶠兒時曾夢人遺之雙筆，自是有文詞，富才思云。

秋山望月酬李騎曹

愁客坐山隈，懷抱自悠哉。況復高秋夕，明月正徘徊。亭亭出迴（今按，張恂本、四庫本、《文苑英華》卷一五二、《全唐詩》卷五七皆作「迥」）岫，皎皎映層臺。色帶銀河滿，光含玉露開。白（今按，《全唐詩》作「淡」）雲籠影度，虛暈抱輪迴。谷邃涼陰靜，山空夜響哀。寒催數鴈過，風送一螢來。獨軫離居恨，遥憶（今按，《文苑英華》、《全唐詩》作「想」）故人杯。

早發苦竹館

合沓巑𡶇深，朦朧煙霧曉。荒阡下樵客，野猿驚山鳥。開門聽潺湲，入徑尋窈窕。棲鼯抱寒木，流螢飛暗篠。早霞稍霏霏，殘月猶皎皎。行看遠星稀，漸覺遊氛少。我行撫軺傳，兼得旁林沼。貪翫水石奇，不知川路渺。徒憐野心曠，詎惻浮年小。方解寵辱情，永言出（今按，姚本、《文苑英華》卷二九七、《全唐詩》卷五七作「託累」）塵表。

安輯嶺表事平罷歸

雲端想京縣，帝鄉如可見。天涯望越臺，海路幾悠哉。六月飛鵬去，三年瑞雉來。境遥銅柱出，山險石門開。自我違瀍洛，瞻途屢揮霍。朝朝寒露多，夜夜征衣薄。白簡承朝憲，朱方撫夷落。既弘天覆廣，且諭皇恩博。皇恩溢外區，憬俗詠來蘇。聲朔臣天子，壇場拜老夫。絳宫韜將略，黄石寢兵符。返旆收龍虎，空營集烏烏。日落澄氛靄，憑高視衿（今按，《全唐詩》卷五七作「襟」）帶。東甌抗于越，南斗臨吴會。春色繞邊陲，飛花出方（今按，張恂本、四庫本、《文苑英華》卷三〇〇、《全唐詩》作「荒」）外。卉服紛如積，長川思遊客。風生丹桂晚，雲起蒼梧夕。去軸艤清江，歸軒趨紫陌。衣裳會百蠻，賧賮委重關。不學金刀使，空持寶劍還。

崔　融

關山月

月生西海上，氣逐邊風壯。萬里照關山，蒼茫非一狀。漢兵開郡國，胡馬窺亭障。夜夜聞悲笳，征人起南望。

擬古

飲馬臨濁河，濁河深不測。河水日東注，河源迴（今按，《文苑英華》卷二〇五作「迴」）西極。思君正如此，誰爲生羽翼。日夕大川陰，雲霞千里色。所思在何處，宛在機中織。離夢當有魂，愁容定無力。夙齡負奇志，中夜三歎息。拔劍斬長榆，彎弧射小棘。班張固非擬，衛霍行可即。寄謝閨中人，努力加餐（今按，《全唐詩》卷六八作「飧」）食。

塞垣行（今按，《全唐詩》卷五四又作崔湜詩）

疾風卷溟海，萬里揚沙礫。仰望不見天，昏昏竟朝夕。是時軍兩進，東拒復西敵。蔽山張旗鼓，間道潛鋒鏑。精騎突曉圍，奇兵襲暗壁。十月邊塞寒，四山沍陰積。雨雪鴈南飛，風塵景西迫。昔我事討論，未嘗怠經籍。一朝棄筆硯，十年操矛戟。豈要黄河誓，須勒燕山石。可嗟牧羊臣，海外久爲客。

西征軍行遇風

北風卷塵沙，左右不相識。颯颯吹萬里，昏昏同一色。馬煩不（今按，《搜玉小集》、《文苑英華》卷一九九、《全唐詩》卷六八作「莫」）敢進，人急未遑食。草木春更悲，天景晝相匿。夙齡慕忠勇（今按，《全唐詩》作「義」），雅尚存孤直。覽史懷浸驕，讀詩歎孔棘。及兹戎旅（今按，姚本、屠隆本、牛斗

本、刻者不詳明本作「馬」）地，忝從書記職。兵氣騰北荒，軍聲振西極。坐覺威靈遠，行看祲氛（今按，《全唐詩》作「氛祲」）息。愚臣何以報，倚馬申微力。

杜審言

送和蕃使

使出鳳凰池，京師陽春晚。聖朝尚邊策，詔諭兵（今按，姚本、屠隆本、牛斗本、刻者不詳明本作「弓」）戈偃。拜手明光殿，摇心上林苑。種落踰青羌，關山度赤坂。疆場及無事，雅歌而餐飯。寧獨息和戎，更當封定遠。

五言古詩卷之二　唐詩品彙二

正始（下）

沈佺期

有所思（今按，《全唐詩》卷五一又作宋之問詩）

君子事行役，再空芳歲期。美人曠延佇，萬里浮雲思。園槿綻紅艷，郊桑柔緑滋。坐看長夏晚，秋月照羅帷。

臨高臺

高臺臨廣陌，車馬紛相續。迴首思舊鄉，雲山亂心曲。遠望河流緩，周看原野緑。向夕林鳥還，憂來飛景促。

黄鶴

黄鶴佐丹鳳，不能羣白鷴。拂雲遊四海，弄影到三山。遥憶君軒上，來下天池間。明珠世不重，知有報恩環。

鳳笙曲

憶昔王子晉，鳳笙遊雲空。揮手弄白日，安能戀青宫。豈無嬋娟子，結念羅帷中。憐壽不貴色，身世兩無窮。

古別離（今按，《全唐詩》卷九五前有「擬」字）

白水東悠悠，中有西行舟。舟行有返櫂，水去無還流。奈何生別者，戚戚懷遠遊。遠遊誰當惜，所悲會難收。自君閴芳躧，青陽四五遒。皓月掩蘭室，光風虚蕙樓。相思無明晦，長歎累春秋。離居久遲莫，高駕何淹留。

宋之問

江左詩至沈約，以音韻相婉附，屬對精密。及之問與佺期，又加靡麗，回忌聲病，約句準篇，如錦繡成文。學者宗之，號爲「沈宋」，語曰：「蘇李居前，沈宋比肩。」

初到陸渾山莊

授衣感窮節，策馬凌伊關。歸齊逸人趣，日覺秋琴閑。寒露衰北阜，夕陽破東山。浩歌步岑（今按，《文苑英華》卷三一九、《全唐詩》卷五一作「榛」）樾，棲鳥隨我還。

夜飲東亭

春水（今按，《全唐詩》卷五一作「泉」）鳴大壑，皓月吐層岑。岑壑景色佳，慰我遠遊心。暗芳足幽氣，驚棲多衆音。高興南山曲，長謡横素琴。

送趙六貞固

目斷南浦雲，心醉東郊柳。怨别此何時，青芳來已久。與君共時物，盡此盈樽酒。始願今不從，春風戀攜手。

題老松樹（今按，「老」，《唐文粹》卷十七上作「老張」，《全唐詩》卷五一、陶敏等《宋之問集校注》卷四作「張老」）

歲晚東巖下，周顧何悽惻。日落西山陰，衆草起寒色。中有喬松樹，使我長歎息。百尺無寸枝，一生自孤直。

夜渡吴松江懷古

宿帆震澤口，曉度（今按，刻者不詳明本、《全唐詩》作「渡」）松江濆。櫂發魚龍氣，舟衝鴻鴈羣。寒潮頓覺滿，暗浦稍將分。氣赤海生日，光清湖起雲。水鄉盡天衛，歎息爲吴君。謀士伏劍死，至今悲所聞。

别之望後獨宿藍田山莊

脊令（今按，《全唐詩》卷五一作「鶺鴒」）有舊曲，調苦不成歌。自歎兄弟少，常嗟離别多。爾尋北京路，予卧南山阿。泉晚更幽咽，雲秋尚嵯峨。藥闌聽蟬噪，書幌見禽過。愁至願甘寢，其如鄉夢何。

浣紗篇贈陸上人

越女顔如花，越王聞浣紗。國微不自寵，獻作吴王（今按，《唐詩紀事》卷十一、《文苑英華》卷二一九、《全唐詩》卷五一作「宫」）娃。女（今按，據《唐詩紀事》、《文苑英華》、《全唐詩》，當爲「山」）藪半潛匿，苧蘿更蒙遮。一行霸勾踐，再顧傾夫差。艷色奪常人（今按，《全唐詩》作「人目」），效顰亦相誇。一朝還舊都，靚（今按，據姚本及《唐詩紀事》、《文苑英華》、《全唐詩》，當爲「靚」）粧尋若耶。鳥驚入松網，魚畏沉荷花。始覺冶容妾（今按，據四庫本、《唐詩紀事》、《文苑英華》、《全唐詩》，當爲「妄」），方悟羣心邪。欽

子秉幽意，世人共稱嗟。願言托君懷，倘類蓬生麻。家住雷門曲，高閣凌飛霞。淋漓翠羽帳，旖旎采雲車。春風艷楚舞，秋月綿（一作「纏」。）胡笳。自昔專嬌愛，襲玩唯矜奢。達本知空寂，棄波猶泥沙。永割偏執性，自長薰脩牙（今按，《文苑英華》、《全唐詩》作「芽」）。攜妾不障道，來上（今按，據姚本、四庫本、《唐詩紀事》、《文苑英華》、《全唐詩》，「上」當爲「止」；《唐詩紀事》「來上」作「願止」）妾西家。

桂州黄潭舜祠

虞世巡百越，相傳葬九疑。精靈遊此地，祠樹日光輝。禋祭忽羣望，丹青圖二妃。神來獸率舞，仙去鳳還飛。日暝山氣落，江空潭靄微。帝鄉三萬里，乘彼白雲歸。

雨從箕山來

雨從箕山來，倏與飄風度。晴明西峰日，緑縟南溪樹。此時客精廬，幸蒙真僧顧。深入清淨理，妙斷往來趣。意得兩契如，言盡共忘諭。觀花寂不動，聞鳥懸可悟。向夕聞天香，淹留不能去。

初至崖口

崖口衆山斷，嶔崟聳天壁。氣衝落日紅，影入春潭碧。錦繢織苔蘚，丹青畫松石。水禽汎

容與，巖花飛的皪。微路從此深，我來限于役。惆悵情未已，羣峰黯將夕。

自湘源至潭州衡山縣

浮湘沿迅湍，逗浦凝遠盼。漸見江勢闊，行嗟水流漫。赤岸雜雲霞，緑竹緣溪澗。向背羣山轉，應接良景晏。沓障連夜猿，平沙覆陽鴈。紛吾望闕客，歸橈速已慣。中道方泝洄，遲念自兹撰。賴欣衡陽美，持以蠲憂患。

入崖口五渡寄李適

抱琴登絶壑，伐木泝清川。路極意謂盡，勢迴趣轉綿。人遠草木秀，山深雲影鮮。余負海嶠情，自昔微尚然。彌曠十餘載，今來宛仍前（今按，姚本作「全」）。未窺仙源極，獨進野人船。時攀乳竇憩，屢薄天牕眠。夜絃響松月，朝檝弄苔泉。（僧皎然云：靜也。）因冥象外理，永謝區中緣。碧潭可遺老，丹砂堪學仙。莫使馳光暮，空令歸鶴憐。

李　適

答宋十一崖口五渡見贈

聞君訪遠山，躋險造幽絶。眇然青雲境，觀奇彌年月。登嶺亦泝溪，孤舟事沿越。蕚嶂傅

彩翠，崖磴互欹缺。石林上攢叢，金澗下明滅。捫壁窺丹井，梯苔瞰乳穴。忽枉巖中贈，對翫未嘗輟。殷勤獨往事，委曲煉藥説。邀余名山期，從爾汎海渤（今按，《唐詩紀事》卷九、《文苑英華》卷二四九、《全唐詩》卷七〇作「澨」）。歲晏秉宿心，斯言匪張設（今按，《文苑英華》、《全唐詩》作「非徒設」，屠隆本、《唐詩紀事》作「匪徒設」）。

汾陰后土祠作

昔余讀舊史，偏觀漢世君。武皇實稽古，建兹百代勳。號令垂懋典，舊經備闕文。南巡歷九疑，舳艫被江濆（今按，《文苑英華》卷三二〇、《全唐詩》卷七〇作「濱」）。耀（今按，《文苑英華》、《全唐詩》作「勒」）兵十八萬，旌旗何紛紛。朅來茂陵下，英威（今按，《文苑英華》、《全唐詩》作「聲」）不復聞。我行歲方晏，望極山河分。神光終冥漠，鼎氣獨氛氳。攬涕步脽（今按，據四庫本、《文苑英華》、《全唐詩》，當爲「脽」）上，登高見河汾。雄圖今安在，飛飛有白雲。

薛稷

早春魚亭山

春色（今按，姚本、屠隆本、刻者不詳明本、《全唐詩》卷九三作「氣」）動百草，紛榮時斷續。白雲自高妙，徘

徊空山曲。陽林花已紅，寒澗苔未緑。伊余息人事，蕭寂無營欲。客行須（今按，屠隆本、《全唐詩》作「雖」）云遠，翫之聊自足。

秋日還京陝西十里作（杜甫詩云：「少保有古風，得之郊陝篇。」）

驅車越陝郊，北顧臨大河。隔河見（今按，四庫本作「望」）鄉邑，秋風水增波。西登咸陽塗（今按，《全唐詩》卷九三作「途」，字通），日暮憂思多。傅巖既紆鬱，首山亦嵯峨。操筑無昔老，採薇有遺歌。客遊既（今按，《唐詩紀事》卷十作「既」，《文苑英華》卷二九〇、《全唐詩》作「節」）迴換，人生知幾何。

鄭愔

胡笳曲

漢將留邊朔，遥遥歲序深。誰堪牧馬思，正是胡笳吟。曲斷關山月，聲悲雨雪陰。傳書問蘇武，陵也獨何心。

徐彦伯

擬古三首

遥裔煙嶼鴻，雙影旦夕同。交翰倚沙月，和鳴弄江風。茞若茂芳序，君子從遠戎。雲生陰海没，花落春潭空。紅淚掩促柱，錦衾羅薰籠。自傷瓊草緑，詎惜鉛粉紅。裂帛附雙燕，爲余向遼東。

其二

讀書三十載，馳騖周六經。儒衣干時主，忠策獻闕庭。一朝奉休旿（今按，《全唐詩》卷七六作「盼」），從容厠羣英。束身趨建禮（今按，「禮」，《文苑英華》卷二〇五作「節」，姚本、《御定全唐詩録》卷七作「章」），秉筆坐承明。廨署相填噎，寮吏紛縱横。五日休澣時，屠蘇繞玉屏。橘花覆北沼，桂樹交西榮。樹棲兩鴛鴦，含春向我鳴。皎潔綺羅艷，便娟絲管清。擾擾天地間，出處各有情。何必巖石下，枯槁閑此生。

其三

頹光無淹晷，逝水有迅流。緑苔紛易歇，紅顔不再求。歌笑當及春，無令壯志秋。弱年仕

關輔，門豁臨御溝。敷愉東城際，婉孌南陌頭。荷花嬌緑水，楊葉暖青樓。中有綺羅人，可憐名莫愁。畫屏繞金膝，珠簾懸玉鈎。纖指調寶琴，泠泠哀且柔。贈君鴛鴦帶，因以鷫鸘裘。牕曉吟日坐，閨夕秉燭遊。無作北門客，咄咄懷百憂。

題東山子李適碑陰（并序）

噫嘻李公！生自號東山子，死葬東山，豈其讖哉？神交者歌《薤露》以送子歸東山，爲詩鎸於碑陰云。

隴嶂縈紫氣，金光赤氛氳。美人含遥靄，桃李方自薰。圖高黄鶴羽，寶奪驪龍羣。忽驚薤露曲，掩噎東山雲。

和李適答宋十一入崖口五渡見贈

聞有獨往客，拂衣捐世心。結忻薄枉渚，撰念縈舊林。經亘去崖合，冥綿歸壑深。琪樹環碧彩，金潭生翠陰。沿洄弄沙榜，詭（今按，《唐詩紀事》卷九作「危」；《全唐詩》注亦云：一作「危」）仄眺明岑。夕聞桂裹猿，曉玩松上禽。雜佩蘊孤袖，瓊敷綴雙襟。我懷滄洲想，懿爾白雲吟。秉願理方叶（今按，《全唐詩》作「協」），存期跡易尋。兹言庶不負，爲報巖中琴。

吴少微

和崔侍御日用遊開化寺閣

左憲多才雄，故人尤鷟鸑。獲（今按，據姚本等及《文苑英華》卷三一四、《全唐詩》卷九四，當爲「護」）贈單于使，休韜太原郭。館次厭煩歊，清懷尋寂寞。西緣十里餘，北上開化閣。初入雲樹間，冥蒙未昭廓。漸出欄棍外，萬里秋景焯。歲晏風落山，天寒水歸壑。覽物頌幽果（今按，張恂本、四庫本、《全唐詩》作「景」），至（今按，屠隆本、張恂本、四庫本、《全唐詩》作「三」）乘動玄鑰。但敷利解言，永用忘昏著。

邢象玉

古意

家中新酒（今按，《文苑英華》卷二〇五、《全唐詩》卷七七七作「酒新」）熟，園裏木（今按，《全唐詩》作「葉」）初榮。佇杯欲取醉，悒然思友生。忽聞有奇客，何姓復何名。嗜酒陶彭澤，能琴阮步兵。何須問寒暑，徑共坐山亭。舉袂祛啼鳥，揚巾掃落英。心神無俗累，歌詠有新聲。新聲是何

曲，滄浪之水清。

李　邕

銅雀妓

西陵望何及，絃管徒在兹。誰言死者苦（今按，《李北海集》卷一、《全唐詩》卷一一五作「樂」，《文苑英華》卷二〇四作「益」），但令生者悲。丈夫有餘志，兒女焉足私。擾擾多俗情，投跡互相師。直節豈感激，荒淫乃凄其。潁（今按，據四庫本、《全唐詩》，當爲「潁」）水有許由，西山有伯夷。頌聲何寥寥，唯聞銅雀詩。君舉良未易，永爲後代嗤。

蘇　頲

昆明池晏坐王兵部珣見示以三韻因而有答（今按，《全唐詩》卷七三作《昆明池晏坐答王兵部珣三韻見示》）

畫舸疾如飛，遥遥汎夕暉。石鯨吹浪隱，玉女步塵歸。獨有銜恩處，明珠在釣磯。

卜園納涼即事（今按，據四庫本、《全唐詩》卷七三，「卜」當爲「小」）

煩暑避蒸鬱，居閑習高明。長風自遠來，層閣有餘清。散灑納涼氣，蕭條遺世情。奈何誇大隱，終日繫塵纓。

奉和聖製登蒲州逍遥樓

在昔堯舜禹，遺塵成典謨。聖皇東巡狩，況乃經此都。樓觀紛迤邐，山河（今按，《全唐詩》卷七三作「河山」）幾縈紆。緬懷祖宗業，相繼文武圖。尚德既無險，觀風諒有孚。豈知汾水上，簫鼓事遊娱。

張　說

本傳云：時天子尊尚經術，修太宗之政，皆説倡之。説爲文精壯，既謫岳州，而詩益悽惋，人謂得江山助云。

雜詩

抱薰心常焦，舉旆心常摇。天長地自久，歡樂能幾朝。君看西陵樹，歌舞爲誰嬌。

奉陪登南樓（今按，《唐詩紀事》卷十七、《唐文粹》卷十六上、《全唐詩》卷九八皆作尹懋詩，題作《奉陪張燕公登南樓》，明活字本《唐五十家詩集·張説之集》不收此詩。蓋因《張燕公集》卷八附録此詩，所以高棅誤作張説之作）

君子每念春，江山共流旳。遠水林外明，近巖霧中見。終日西北望，何處是京縣。屢登高春臺，徒使淚如霰。

古泉驛（於陵仲子宅也。）

昔聞陳（今按，《唐文粹》卷十五上、姚本、牛斗本、屠隆本作「陵」）仲子，守義辭三公。身賃妻織屨，樂亦在其中。豈無窮賤苦，羞與傾巧同。長白臨江（今按，《全唐詩》卷八六作「河」）上，於陵入濟東。我行弔遺跡，感歎古泉空。

入海二首

乘桴入南海，海曠不可臨。茫茫失方面，混混如凝陰。雲山相出没，天地互浮沉。萬里無涯際，云何測廣深。潮波自盈縮，安得會虛心。

其二

海上三神山，逍遥集衆仙。靈心豈不同，變化無常全。龍伯殊人類，一釣兩鰲連。金臺此淪没，玉真時播遷。問子勞何事，江山泣經年。隰中生紅草，所美非美然。

相州山池作

嘗懷謝公詠，山水陶嘉月。及此年事衰，徒看衆花發。觀魚樂何在，聽鳥情欲（今按，《全唐詩》卷八六作「都」）歇。星漢流不停，蓬萊去難越。鄴中秋麥秀，淇上春雲没。日見塵物空，如何静心闕。

雜興（今按，此詩《全唐詩》卷八六乃《雜詩四首》第三首）

問子青霞意，何事留朱軒。自言心遠俗，未始跡辭喧。遇蒙良時幸，側息吏途煩。簪纓非宿好，文史棄前言。夕卧北牕下，夢歸南山園。白雲慚幽谷，清風愧泉源。十年兹賞廢，佳期今復存。掛冠謝朝侶，星駕别君門。

送郭大夫再使吐蕃（今按，《全唐詩》卷八六「郭大夫」下有「元振」二字）

犬戎廢東獻，漢使馳西極。長策問酋渠，猜狙自夷殛。容髪徂邊歲，旌裘蔽海色。五年一

見家，妻子不相識。武庫兵猶動，金方事未息。遠圖待才智，苦節輸筋力。脱刀贈分手，書帶加餐食。知君萬里侯，立功在異域。

早霽南樓（今按，《唐詩紀事》卷十四、《全唐詩》卷八六題前有「岳陽」二字）

山水佳新霽，南樓翫初旭。夜來枝半紅，雨後洲全緑。四運相終始，萬形紛代續。適臨青草湖，再鼓黄鶯曲。地穴穿東武，江流下巴蜀。歌聞枉渚邅，舞見長沙促。心遠居無陋（今按，《全唐詩》作「心阻意徒馳」），神和生自足。白髮悲上春，知當謝先欲（今按，《唐詩紀事》作「知常謝無欲」；刻者不詳明本、《全唐詩》「當」作「常」）。

趙冬曦

奉和早霽南樓（今按，《全唐詩》卷九八「奉和」下有「張燕公」三字）

閑（今按，張恂本、四庫本、《全唐詩》作「方」）曙躋南樓，憑軒四（今按，《唐詩紀事》卷十七、《全唐詩》作「肆」）遐矚。物華蕩暄氣，春景媚晴旭。川霽湘山孤，林芳楚郊縟。列巘重疊翠，遠岸逶迤緑。風帆摩天垠，漁艇散灣曲。鴻歸鶴舞送，猿叫鶯聲續。羣動皆熙熙，噫予獨羈束。常欽才子義（今按，《唐文粹》卷十六上、《全唐詩》作「意」），忌鵩傷踡跼。雅尚騷人文，懷沙何迫促。未知二賢

意，去矣從所欲。

韋嗣立

奉和張岳州王潭州别詩（并序）（今按，姚本、牛斗本、屠隆本、刻者不詳明本無此詩題）

余昔忝省閣，與岳州張使君説、潭州王都督熊同官聯事。後承朝譴，各自東西。張公與王都督别詩情頗殷切，余覽以歎，因遥申和云。

茂先王佐才，作牧楚江隈。登樓正欲賦，復遇仲宣來。黄鵠飛將遠，雕龍文爲開。寧知昔聯事，聽曲有餘哀。

自湯還都經龍門北溪贈張左丞崔禮部崔光禄（并序）（今按，姚本、牛斗本、屠隆本、刻者不詳明本無此詩題）

僕自湯還都，經龍門北溪莊宿，張左丞、崔禮部、崔光禄並枉垂光顧。數公宿敦道義，雅尚林壑，謂急於幽尋，故此命駕，遂不知别有勝賞，偶然相過。寒暄未周，神意已往，雲霞之致，蔑而不存，逸轡放驅，清塵徒企，耿歎不已，而贈是詩。

棲閑有愚谷，好事枉朝軒。樹接前驅擁，巖傳後騎喧。褰簾出野院，植杖候柴門。既拂林

下席，仍攜池上樽。深期契幽賞，實謂展歡言。末眷誠未易，佳遊時更敦。俄看嘯儔侣，各已共飛騫。延睇盡朝日，長懷通夜魂。空聞岸竹動，徒見浦花繁。多愧春鶯曲，相求意獨存。

崔日知

奉酬韋祭酒偶遊龍門北溪忽懷驪山别業因以言志示弟叔并呈諸大僚之作（今按，《全唐詩》卷九一「叔」作「淑」）

夙齡秉微尚，中年忽有鄰。以兹出水澼，遂得狎通人。迨我咸（集作「南」。）京道，聞君别（集作「比」。）業新。巖前窺石鏡，河畔踏芳茵。既憐伊浦緑，復憶霸池春。連詞謝家子，同歡冀野賓。趣閑魚共樂，情洽鳥來馴。詎念昔遊者，秖命獨留秦。蕭條潁（今按，據牛斗本、刻者不詳明本、四庫本、《全唐詩》，當爲「潁」）陽戀，沖漠漢陰真。無由陪勝躅，空此翫書筠。

韋元旦

九日侍燕應制（得月字）（今按，《全唐詩》卷六九作《奉和九日幸臨渭亭登高應制得月字》）

雲物開千里，天行乘九月。絲言丹鳳池，旆轉蒼龍闕。灞水歡娱地，秦京遊俠窟。忻承解愠詞，聖酒黄花發。

崔　湜

冀北春望（今按，《文苑英華》卷二九九作崔液詩，《全唐詩》卷五四一作崔湜詩，又作崔液詩）

迴首覽燕趙，春生兩河間。曠然萬里餘，際海不見山。雨歇青林潤，煙空緑野閑。問鄉何處所，目送白雲還。

韋　述

晚渡伊水

悠悠涉伊水，伊水清見石。是時春向深，兩岸草如積。迢遞望洲嶼，逶迤亘津陌。新樹落

疏紅，遥源（今按，《文苑英華》卷二九〇、《全唐詩》卷一〇八作「原」）上深碧。回瞻洛陽苑，遽有長山隔。煙霧猶辨家，風塵已爲客。登涉多異趣，往來見行役。雲起早已昏，鳥飛日將夕。光陰逝不惜（今按，《文苑英華》、《全唐詩》作「借」），超然慕疇昔。遠遊亦何爲，歸來存竹帛。

張九齡

《明皇雜録》云：九齡爲相，李林甫忌之，張作《歸燕》詩云：「無心與物競，鷹隼莫相猜。」林甫知其必退，恚怒稍解。本集《序》云：曲江公詩，其言造道，雅正沖澹，體合《風》、《騷》。司空圖云：張曲江五言沉鬱。

巫山高

巫山與天近，煙景常青熒。此中楚王夢，夢得神女靈。神女去已久，雲雨空冥冥。唯有巴猿嘯，哀音不可聽。

登荆州城望江

滔滔大江水，天地相終始。經閲幾世人，復歎誰家子。東望何悠悠，西來晝夜流。歲月既如此，爲心那不愁。

晨出郡舍林下

晨興步北林，蕭散一開襟。復見林上月，娟娟猶未沉。片雲自孤遠，叢篠亦清深。無事由來貴，方知物外心。

感遇九首

蘭蕊春葳蕤，桂花秋皎潔。欣欣此生意，自以（今按，《唐詩紀事》卷十五、《唐文粹》卷十八、《全唐詩》卷四七作「爾」）爲佳節。誰知林棲者，聞風坐見悦。草木有本心，何求美人拆（今按，據姚本等及《全唐詩》，當爲「折」）。

其二

幽人（今按，《唐詩紀事》、《唐文粹》、《全唐詩》作「林」）歸獨卧，滯慮洗孤清。持此謝高鳥，因之傳遠情。日夕懷空意，人誰感至精。飛沉理自隔，何所慰吾誠。

其三

吴越數千里，夢寐今夕見。形骸非我親，衾枕即鄉縣。化蝶猶不識，川魚安可羨。海上有仙山，歸期覺神變。

其四

抱影吟中夜，誰聞此歎息。美人適異方，庭樹含幽色。白雲愁不見，滄海飛無翼。鳳凰一朝來，竹花斯可食。

其五

江南有丹橘，經冬猶緑林。豈伊地氣暖，自有歲寒心。可以薦嘉客，奈何阻重深。運命推（今按，明銅活字本《唐五十家詩集·張九齡集》卷二作「推」，四庫本作「惟」、《全唐詩》作「唯」）所遇，循環不可尋。徒言樹桃李，此木豈無陰。

其六

魚遊樂深池，鳥棲欲高枝。嗟爾蜉蝣羽，薨薨（今按，姚本、牛斗本、屠隆本、刻者不詳明本、四庫本、明銅活字本《唐五十家詩集·張九齡集》卷二、《唐文粹》卷十八、《全唐詩》作「薨薨」）亦何爲。有生豈不化，所感奚若斯。神理日微滅，吾心安得知。浩歎楊朱子，徒然泣路岐。

其七

孤鴻海上來，池潢不敢顧。側見雙翠鳥，巢在三珠樹。矯矯珍木巔，得無金丸懼。美服患

人指，高明逼神惡。（劉須溪云：能言。）今我遊冥冥，弋者何所慕。

其八

西日下山隱，北風乘夕流。燕雀感昏旦，檐楹呼匹儔。鴻鵠雖自遠，哀音非所求。貴人棄疪（今按，姚本等及明銅活字本《唐五十家詩集·張九齡集》、《全唐詩》作「疵」）賤，下士常殷憂。衆情累外物，恕己忘内修。感歎長如此，使我心悠悠。

其九

漢上有遊女，求思安可得。袖中一札書，欲寄雙飛翼。冥冥愁不見，耿耿徒緘憶。紫蘭秀空蹊，皓齒奪幽色。馨香歲欲晚，感歎情何極。白雲在南山，日暮長太息。

在郡秋懷

庭蕪生白露，歲候感遐心。策蹇慙遠途，巢枝思故林。小人恐致寇，終日如臨深。魚鳥好自逸，池籠安所欽。掛冠東都門，採蕨南山岑。議道誠愧昔，覽分還慚今。憮然憂成老，空爾白頭吟。

入廬山望瀑布泉（今按，明銅活字本《唐五十家詩集·張九齡集》、《全唐詩》卷四七「望」前有「仰」字，「泉」作「水」）

絶頂有縣泉，喧喧出煙杪。不知幾時歲，但見無昏曉。閃閃青崖落，鮮鮮白日皎。灑流濕行雲，濺沫（今按，據姚本、屠隆本，刻者不詳明本、四庫本及《文苑英華》卷一六四、《全唐詩》，當爲「沫」）驚飛鳥。雷吼何噴薄，箭馳入窈窕。昔聞山下濛（今按，張恂本同此，姚本等及《文苑英華》、明銅活字本《唐五十家詩集·張九齡集》、《全唐詩》皆作「蒙」），今乃林巒表。物情有詭激，坤元曷紛矯。默然置此去，變化誰能了。

西山祈雨是日輒應賦詩言志（今按，《文苑英華》卷一五三、《全唐詩》卷四九「西山」前有「洪州」二字，「賦詩」前有「因」字，「言志」作「言事」；《唐文粹》卷十六上作《洪州西山祈雨是日輒應賦詩言事》）

兹山藴靈異，走望良有歸。丘禱亦已久，旰心難重違。遲明申藻薦，先夕旅巖扉。獨宿雲峰下，蕭條人吏稀。我來不外適，幽抱自中微。静入風泉奏，涼生松栝圍。窮年滯遠想，寸晷閲清暉。虚美悵無屬，素情緘所依。詭隨嫌弱操，羈束謝貞肥。義濟亦吾道，誠存爲物祈。靈心欻以（今按，《全唐詩》作「倏已」）應，甘液幸而飛。閉閤且無責，隨軒安敢希。多慙

德不感，知復是耶非。

巡按自灘水南行

理棹雖云遠，飲水（今按，《文苑英華》卷二九六、《全唐詩》卷四七作「冰」）寧有惜。況乃佳山川，怡然傲潭石。奇峰岌前轉，茂樹隈中積。猿鳥聲自呼，風泉氣相激。目因詭容逆，心與清暉滌。紛吾謬執簡，行郡將移檄。即事聊獨歡，素懷豈兼適。悠悠詠靡盬，庶以窮日夕。

洪子輿

嚴陵祠

漢主召子陵，歸宿洛陽殿。客星今安在，隱跡猶可見。水石空潺湲，松篁尚葱蒨。岸深翠陰合，川迴（今按，《文苑英華》卷三二〇、《全唐詩》卷一〇一作「迴」）白雲徧。幽徑滋蕪沒，荒祠羃霜霰。垂釣想遺芳，掇蘋羞野薦。高風激終古，語理忘榮賤。方驗道可尊，山林情不變。

豆盧回

登樂遊廟懷古（今按，「廟」，《全唐詩》卷七七七作「原」）

緬維漢宣帝，初謂皇曾孫。雖在襁褓中，亦遭巫蠱冤。至哉丙廷尉，感激義彌敦。馳逐蓮勺道，出入諸陵門。一朝風雲會，竟登天位尊。握符昇寶曆，負扆御華軒。赫奕文物備，葳蕤休瑞繁。卒爲中興主，垂名於後昆。雄圖奄已謝，餘址空復存。昔爲樂遊苑，今成狐兔園。朝見牧豎集，夕聞棲鳥喧。蕭條灞亭岸，寂寞杜陵原。羃歷野煙起，蒼茫嵐氣昏。二曜屢迴薄，四時更涼温。天道尚如此，人理安可論。

齊　澣

長門怨（今按，《文苑英華》卷二〇四作劉皁詩，《全唐詩》卷九四齊澣詩、卷五六三劉皁詩中皆有收録）

煢煢孤思逼，寂寂長門夜。妾妬亦知非，君恩那不借。攜琴就玉階，調悲心未諧。將心託明月，流影入君懷。

王丘

詠史

高潔非養正，盛名亦險艱。偉哉謝安石，攜妓入東山。雲巖響金奏，空水灧朱顔。蘭露滋香澤，松風鳴佩環。歌聲入空盡，舞影到池閑。杳眇同天上，繁華非代間。卷舒混名跡，縱誕無憂患。何必蘇門子，冥然閉清關。

蘇晉

過賈六

主人病且閑，客來情彌適。一酌復一笑，不知日將夕。昨來屬歡遊，於今盡成昔。努力持所趣，空名定何益。

孫　逖

葛山潭

圓潭寫流月，晴明涵萬象。仙翁何時還，緑水空蕩漾。涼哉草木腓，白露沾人衣。猶醉空山裏，時聞笙鶴飛。

玄宗皇帝

送李邕之任滑臺

漢家重東郡，宛彼白馬津。黎庶既蕃殖，臨之勞近臣。遠别初首路，今行方及春。課成應第一，良牧爾當仁。

經河上公廟

昔聞有耆叟，河上獨遺榮。跡與塵囂隔，心將道德并。詎以天地累，寧爲寵辱驚。矯然遡（今按，《全唐詩》卷一作「翔」）寥廓，如何屈堅貞。玄玄妙門啓，肅肅祠宇清。冥漠無先後，那能

紀姓名。

行次成皋途經先聖擒建德之所緬思功業感而賦詩

有隋政昏虐，羣雄已交争。先聖按劍起，叱咤風雲生。飲馬河洛竭，作氣嵩華驚。克敵睿圖就，擒俘帝道亨。顧慙嗣寶曆，恭承天下平。幸過剪鯨地，感慕神且英。

校獵義成喜逢大雪率題九韻以示羣官

弧矢威天下，旌旗遊近縣。一面施鳥羅，三驅教人戰。暮雲積成雪，曉色開行殿。皓然原隰同，不覺林野變。北風勇士馬，東日華組練。觸地銀麞出，連山縞鹿見。月兔落高矰，星狼下急箭。既欣盈尺兆，復憶磻溪便。歲豐將遇賢，俱荷皇天眷。

五言古詩卷之三　唐詩品彙三

正宗(一)

陳子昂

唐興，文章承徐、庾餘風，子昂始變雅正。初爲《感遇詩》，王適見之曰：是必爲海内文宗。盧黄門云：陳拾遺横制頽波，天下質文，翕然一變。杜子美過公故宅詩云：「位下曷足傷，所貴在聖賢。有才繼騷雅，哲匠不比肩。公生楊馬後，名與日月懸。」韓退之亦云：「國朝盛文章，子昂始高蹈。」蓋公之詩爲韓、杜所推重，揭爲正宗，不亦宜乎？

感遇詩三十六首

僧皎然云：子昂《感遇》三十首，出自阮公《詠懷》。《詠懷》之作，難以爲儔(今按，據姚

本、屠隆本、四庫本，當爲「儔」）。

朱晦庵曰：予讀陳子昂《感遇詩》，愛其詞旨幽邃，音節豪宕，非當世詞人所及。如丹砂空青，金膏水碧，雖近乏世用，而實物外難得，自然之奇寶。然亦恨其不精於理，而自託於仙佛之間以爲高也。劉後村曰：唐初，王、楊、沈、宋擅名，然不脱齊梁之體。獨陳拾遺首倡高雅沖澹之音，一掃六代之纖弱，起（今按，據《後村詩話·前集》卷一，當爲「趨」）於黄初、建安矣。太白、韋、柳繼出，皆自子昂發之。及觀《感遇》詩數篇，皆蟬蜕翰墨畦徑，讀之使人有眼空四海、神遊八極之興也。劉須溪云：古詩惟《參同契》似先秦文，他如道家《生神章》、《度人歌》類，欲少冀世人者。此詩於音節猶不甚近，獨刊落凡語，存之隱約，在建安後自爲一家。雖未極暢達，如金如玉，概有其質矣。

其一

微月生西海，幽陽始化昇。圓光正東滿，陰魄已朝凝。太極生天地，三元更廢興。至精諒斯在，三五誰能徵。（劉云〔今按，「劉」乃劉辰翁，號須溪〕：其詩於内外或自有見。月本陰也，而謂之幽陽；三五，陽也，而平明已缺，極似《契》語。三五，出《史記》：「至道不遠，三五必返。」）

其二

蘭若生春夏，芊蔚何青青。幽獨空林色，朱蕤冒紫莖。遲遲白日晚，嫋嫋秋風生。歲華盡

搖落，芳意竟何成。（劉云：又以芳草爲不足也。）

其三

樂羊爲魏將，食子殉軍功。骨肉且相薄，他人安得忠。吾聞中山相，乃屬放麑翁。（屬麑於秦西巴者，孟孫也，非中山相也。）孤獸猶不忍，況以奉君終。（一則忍於其子，一則不忍於麑。○劉云：此首用事造語皆有味，又勝建安。古詩如此實少。事雖誤，用語自可傳。）

其四

市人矜巧智，於道若童蒙。傾奪相誇侈，不知身所終。曷見玄冥（一作「玄真」。）子，觀世玉壺中。杳然遺天地，乘化入無窮。（劉云：「觀世玉壺」，是其創，自有見。「乘化入無窮」，又別。）

其五

白日每不歸，青陽時暮矣。茫茫吾何思，林卧觀無始。衆芳委時晦，鶗鴂鳴悲耳。鴻荒古已頽，誰識巢居子。（劉云：起語如此，安得不矍然？「林卧觀無始」，定非俗物。）

其六

林居病時久，水木澹孤清。閑卧觀物化，悠然念無生。青春始萌達，朱火已滿盈。徂落方

自此，感歎何時平。（劉云：是古詩得意者。）

其七

臨岐泣世道，天命良悠悠。昔日殷王子，玉馬遂朝周。寶鼎淪伊穀，瑶臺成故（今按，《全唐詩》卷八三作「古」）丘。西山傷遺老，東陵有故侯。

其八

逶迤世（今按，《全唐詩》卷八三及《唐五十家詩集·陳子昂集》卷上作「勢」）已久，骨鯁道斯窮。豈無感激者，時俗頹此風。灌園何其鄙，皎皎於陵中（今按，姚本、刻者不詳明本、《唐詩紀事》卷八、《唐文粹》卷十八、《唐五十家詩集·陳子昂集》卷上作「子」）。世道不相容，嗟嗟張長公。

其九

玄天幽且默，羣議曷嗤嗤。聖人教猶在，世運久陵夷。一繩將何繫，憂醉不能持。去去行採芝，勿爲塵所欺。

其十

微霜知歲晏，斧柯始青青。況乃金天夕，皓露沾羣英。登山望宇宙，白日已西暝。雲海方

蕩潏，孤鱗安得寧。

其十一

挈瓶者誰子，姣服當青春。三五明月滿，盈盈不自珍。高堂委金玉，微縷懸千鈞。如何負公鼎，被奪笑時人。

其十二

玄蟬號白露，兹歲已蹉跎。羣物從大化，孤英將奈何。瑶臺有青鳥，遠食玉山禾。崑崙見玄鳳，豈復虞雲羅。

其十三

仲尼探元化，幽鴻順陽和。大運自盈縮，春秋遞來過。肓（今按，據《唐詩紀事》卷八、《全唐詩》卷八三及《唐五十家詩集·陳子昂集》卷上，當爲「盲」）飈忽號怒，萬物相紛劘。溟海皆震蕩，孤鳳其如何。

其十四

昔日章華宴，荆王樂荒淫。霓旌翠羽蓋，射兕雲夢林。揭來高唐觀，悵望雲陽岑。雄圖今何在，黄雀空哀吟。

其十五

荒哉穆天子，好與白雲期。宮人多怨曠，層城閉蛾眉。日耽瑤池樂，豈傷桃李時。青苔空委（今按，《唐文粹》卷十八、《全唐詩》卷八三及《唐五十家詩集·陳子昂集》卷上作「萎」）絶，白髮生羅帷。（劉云：極似《風》意。）

其十六

可憐瑤臺樹，灼灼佳人姿。碧華映朱實，攀折青春時。豈不盛光寵，榮君白玉墀。但恨紅芳歇，凋傷感所思。（劉云：古意。）

其十七

蒼蒼丁零塞，今古緬荒途。亭堠何摧兀，暴骨無全軀。黄沙漠（今按，《全唐詩》、四庫本《唐詩紀事》作「幕」）南起，白日隱天隅。漢甲三十萬，曾以事匈奴。但見沙場死，誰憐塞下孤。

其十八

朝入雲中郡，北望單于臺。胡秦何密邇，沙朔氣雄哉。藉藉天驕子，猖狂已復來。塞垣無名將，亭堠空崔嵬。咄嗟吾何歎，邊人塗草萊。

其十九

金鼎合神丹，世人將見欺。飛飛騎羊子，胡乃在蛾（今按，牛斗本、屠隆本、刻者不詳明本、《唐詩紀事》、《全唐詩》、《唐五十家詩集·陳子昂集》作「峨」）眉。變化固非類，芳菲寧幾時。疲痾苦淪世，憂痗日侵淄。眷然顧幽褐，白雲空涕洟。

其二十

深居觀元化（今按，《唐詩紀事》、《唐文粹》作「群動」），悱然爭朵頤。翚動相啖食，利害紛㘎㘎。便夸毗子，榮耀更相持。務光讓天下，商賈競刀錐。已矣行採芝，萬世同一時。

其二十一

本爲貴公子，平生實愛才。（劉云：與王粲意同。）感時思報國，拔劍起蒿萊。西馳丁零塞，北上單于臺。登山見千里，懷古心悠哉。誰言未忘禍，磨滅成塵埃。

其二十二

貴人難得意，賞愛在須臾。莫以心如玉，探（今按，姚本、牛斗本、屠隆本、刻者不詳明本作「採」）他明月珠。昔稱夭桃子，今爲舂市徒。鴟鴞悲東國，麋鹿泣姑蘇。誰見鴟夷子，扁舟去五湖。（劉

云：「莫以心可玉不變，爲之入海求珠，語自佳矣。此『如玉』字與前『桃李花』語同，參差不盡類，故是一病。結得好。」）

其二十三

蜻蛉遊天地，與世本無患。飛飛未能止，黄雀來相干。穰侯富秦寵，金石比交歡。出入咸陽裏，諸侯莫敢言。寧知山東客，激怒秦王肝。布衣取卿相，千載爲辛酸。

其二十四

浩然坐何暮，吾蜀有蛾（今按，牛斗本、屠隆本、刻者不詳明本、《唐文粹》、《全唐詩》卷八三、《唐五十家詩集·陳子昂集》作「峨」）眉。念與楚狂子，悠悠白雲期。時哉悲不會，涕泣久漣洏。夢登綏山穴，南采巫江（今按，《全唐詩》作「山」）芝。探元觀奇（今按，《唐詩紀事》作「造」，《唐文粹》、《全唐詩》作「羣」）化，遺世從雲螭。婉孌將（今按，四庫本《唐詩紀事》、《唐文粹》、《全唐詩》作「時」）永矣，感悟不見之。

其二十五

索居獨（今按，《唐詩紀事》作「猶」）幾日，炎夏忽然衰。陽彩皆陰翳，親友盡暌違。登山望不見，涕泣久漣洏。宿夢感顔色，若與白雲期。世中（今按，《唐五十家詩集·陳子昂集》、《全唐詩》作「馬上」）驕豪子，驅逐正嗤嗤（今按，《全唐詩》作「蚩蚩」）。蜀山與楚水，攜手在何時。

其二十六

聖人去已久，公道緬良難。蚩蚩夸毗子，堯禹以爲謾。驕榮貴工巧，勢利遞（今按，《唐詩紀事》作「迭」）相干。昭（今按，《唐詩紀事》、《唐文粹》、《全唐詩》作「燕」）王尊樂毅，分國願同歡。魯連讓齊爵，遺組去邯鄲。伊人信往矣，感激爲誰歎。

其二十七

吾觀龍變化，乃是（今按，《唐詩紀事》、《唐文粹》、《全唐詩》作「知」）至陽精。石林何冥密，幽洞無留行。古之得仙道，信與元化并。玄感非象識，誰能測沉溟（今按，《唐詩紀事》、《唐文粹》作「淪冥」）。世人拘目見，酣酒笑丹經。崑崙有瑤樹，安得采其英。（謝云：龍亦陰類，而謂之陽精，則道家語也。「玄感非象識」，五字見略同。）

其二十八

吾愛鬼谷子，青溪無垢氛。囊括經世道，遺身在白雲。七雄方龍鬬，天下亂無君。浮榮不足貴，遵養晦時文。舒之（今按，《唐詩紀事》、《唐文粹》、《全唐詩》作「可」）彌宇宙，卷之不盈分。豈徒山木壽，空與麋鹿羣。（劉云：其詩多言世外，此又以鬼谷自負，非無能者。）

其二十九

呦呦南山鹿，羅（今按，《唐文粹》作「離」，《陳拾遺集》、《全唐詩》作「罹」）罟以媒和（今按，四庫本《唐詩紀事》作「囮」）。招摇青桂樹，幽蠹亦成科。世情甘近習，榮耀紛如何。怨憎未相復，親愛生禍羅。瑤臺傾巧笑，玉杯殞雙蛾。誰見孤城樹（今按，《唐詩紀事》、《全唐詩》作「枯城蘖」），青青成斧柯。（劉云：「玉杯殞雙蛾」，謂婦人亦坐此，比之親愛如復仇，内妬如桂樹。）

其三十

翡翠巢南海，雄雌珠樹林。何知美人意，驕愛比黄金。殺身炎洲（今按，《唐文粹》、《全唐詩》、《唐五十家詩集·陳子昂集》作「州」）裏，委羽玉堂陰。旖旎光首飾，葳蕤爛錦衾。豈不在遐遠，虞羅忽見尋。多材信爲累，歎息此珍禽。（劉云：多是歎世，而卒不免於禍，子昂其子雲乎？）

其三十一

朝發宜都渚，浩然思故鄉。故鄉不可見，路隔巫山陽。巫山綵雲没，高丘正微茫。佇立望已久，涕淚（今按，《全唐詩》作「落」）沾衣裳。豈兹越鄉感，憶昔楚襄王。朝雲無處所，荆國亦淪亡。（劉云：此首起結轉换皆暢竭可誦。）

其三十二

聖人秘元命，懼世亂其真。如何嵩公輩，談（今按，屠隆本、《唐詩紀事》、《唐文粹》、《全唐詩》作「詠」）譎誤時人。先天誠爲美，階亂禍誰因。長城備胡寇，嬴禍發其親。赤精既迷漢，子年何救秦。去去桃李花，多言死如麻。（劉云：「先天」、「元命」皆非人所常道，嵩公雖不知何如，以胡寇喻，内外可見。第桃李花無喻，或是不言者。得之。）

其三十三

朅來豪遊子，勢利禍之門。如何蘭膏歎，感激自生冤。衆趨明所避，時棄道猶存。雲泉（今按，《唐詩紀事》、《唐文粹》、《全唐詩》作「淵」）既已失，羅網與誰論。（劉云：後世誦其言而悲之。）箕山有高節，湘水有清源。唯應白鷗鳥，可與洗心言。

其三十四

聖人不利己，憂濟在元元。黄屋非堯意，瑶臺安可論。吾聞西方化，清浄道彌敦。奈何窮金玉，雕刻以爲尊。雲構山林盡，瑶圖珠翠煩。鬼功（今按，《全唐詩》作「工」）尚未可，人力安能存。夸愚適增累，矜智道逾昏。

其三十五

朔風吹海樹，蕭條邊已秋。亭上誰家子，哀哀明月樓。自言幽燕客，結髮事遠遊。赤丸殺公吏，白刃報私讐。避仇至海上，被役此邊州。故鄉三千里，遼水復悠悠。每憤胡兵入，常爲漢國羞。何如（今按，《唐詩紀事》、《唐文粹》、《全唐詩》作「知」）七十戰，白首未封侯。（劉云：忽復造意至此，避仇常事，被役復苦，比古愈奇。）

其三十六

幽居觀大（今按，四庫本《唐詩紀事》、《全唐詩》作「天」）運，悠悠念羣生。終古代興没，豪聖莫能争。三季淪周赧，七雄滅秦嬴。復聞赤精子，提劍入咸京。炎光既無象，晉虜復（今按，《唐詩紀事》作「紛」，《唐文粹》「虜」作「魯」）縱横。堯禹道已昧，昏虐勢方行。豈無當世雄，天道與胡兵。咄咄安可言，時醉而未醒。（劉云：沉着脱灑。）仲尼溺東夏（今按，《全唐詩》作「魯」），伯陽遁西溟。大運自古來，旅人胡歎哉。（劉云：晉虜並説，已警，至天道與胡，愿醉無醒，謂周旋諸夏爲溺，遁胡爲高，使人反覆屢歎。能言！能言！）

薊丘覽古贈盧居士藏用六首（并序）

丁酉歲，吾北征，出自薊門，歷觀燕之舊都，其城池霸（今按，據《文苑英華》卷三〇一、《全唐詩》卷八

三，「霸」下當脱「業」字）跡已蕪没矣。乃慨然仰歎，憶（今按，《文苑英華》、《全唐詩》「憶」後有「昔」字）樂生、鄒子羣賢之遊盛矣。因登薊樓（今按，《文苑英華》、《全唐詩》作「臺」），作六詩以志之，寄終南盧居士。亦有軒轅遺跡也。

北登薊丘望，求古軒轅臺。應龍已不見，牧馬生黄埃。尚想廣成子，遺跡白雲隈。（右軒轅臺）

南登碣石館（今按，《全唐詩》作「坂」），遥望黄金臺。丘陵盡喬木，昭王安在哉。霸圖悵已矣，驅馬復歸來。（右燕昭王）

王道已淪昧，戰國競貪兵。樂生何感激，仗義下齊城。雄圖竟中天（今按，據姚本、《文苑英華》、《全唐詩》，當爲「夭」），遺歎寄阿衡。（右樂生）

秦王日無道，太子怨亦深。一聞田光義，匕首贈千金。其事雖不立，千載爲傷心。（右燕太子）

自古皆有死，殉義良獨希。奈何燕太子，尚使田生疑。伏劍誠已矣，感我涕沾衣。（右田光先生）

大運淪三代，天人罕有窺。鄒子何遼（今按，《全唐詩》作「廖」）廓，謾説九瀛垂。興亡已千載，今也則無推。（右鄒子）

東至淇門答宋參軍之問（今按，《全唐詩》卷八三「東」前有「征」字，「宋」後有「十一」二字）

南星中大火，將子涉清淇。西林改（今按，《文苑英華》作「映」）微月，征旆空自持。碧潭去已遠，瑶花（今按，《全唐詩》作「華」，注云：一作「草」）折遺誰。若（今按，《文苑英華》作「君」）問遼陽戍（今按，当爲「戍」），悠悠（今按，《文苑英華》作「摇摇」）天際旗。

酬暉上人夏日林泉

聞道白雲居，窈窕青蓮宇。巖泉萬丈流，樹石千年古。林卧對軒牕，山陰滿庭户。方釋塵事勞，從君襲蘭杜。

酬暉上人秋夜山亭有贈

皎皎白林秋，微微翠山静。禪居感時（今按，《全唐詩》卷八三作「物」）變，獨坐開軒屏。風泉夜聲

雜，月露宵光冷。多謝忘機人，塵憂未能整。

送客

故人洞庭去，楊柳春風生。相送河洲晚，蒼茫别思盈。白蘋已堪把，緑芷復含榮。江南多桂樹，歸客贈生平。

登澤州城北樓宴

平生倦遊者，觀化久無窮。復來登此國，臨望與君同。坐見秦兵壘，遥聞趙將雄。武安君何在，長平事已空。且歌玄雲曲，御（今按，姚本、牛斗本、屠隆本、刻者不詳明本、《文苑英華》卷三一一作「銜」）酒舞薰風。勿使青衿子，嗟爾白頭翁。

題居延古城贈喬十二知之

聞君東山意，宿昔紫芝榮。滄洲今何在，華髮旅邊城。還漢功既薄，逐胡策未行。徒嗟白日暮，坐對黄雲生。桂枝芳欲晚，薏苡謗誰明。無爲空自老，含歎負平生。

答洛陽主人

平生白雲志，早愛赤松遊。事親恨未立，從宦此中州。主人亦何問，旅客非悠悠。方謁明

天子，清宴奉良籌。再取連城璧，三陟平津侯。不然拂衣去，歸從海上鷗。寧隨當代子，傾仄（今按，《全唐詩》卷八三作「側」）且沉浮。

西還至散關答喬補闕知之

葳蕤蒼梧鳳，嘹唳白露蟬。羽翰本非匹，結交何獨全。昔君事胡馬，予得奉戎旃。攜手同沙塞，關河緬幽燕。芳歲幾陽止，白日屢徂遷。功業雲臺薄，平生玉佩捐。歎此南歸日，猶聞北戍（今按，當爲「戍」，姚本、牛斗本、屠隆本、刻者不詳明本作「戍北」）邊。代水不可涉，巴江亦潺湲。攬衣度函谷，銜涕望秦川。蜀門自兹始，雲山方浩然。

秋園卧病呈暉上人

幽寂曠日遥，林園轉清密。疲痾澹無豫，獨坐汎瑶瑟。懷挾萬古情，憂虞百年疾。綿綿多滯思，忽忽每如失。緬想赤松遊，高尋白雲逸。榮吝始都喪，幽人遂貞吉。圖書紛滿牀，山水藹盈室。宿昔心所尚，平生自兹畢。願言誰見知，梵筵有同術。八月高秋晚，涼風正蕭颸。

鴛鴦篇

飛飛鴛鴦鳥，舉翼相蔽虧。俱來緑潭裏，共向白雲涯。音容相眷戀，羽翮兩逶迤。蘋萍戲春渚，霜霰繞寒池。浦沙連岸浄，汀樹拂潭垂。年年此遊翫，歲歲來追隨。鳳凰起丹穴，獨向梧桐枝。鴻鴈來紫塞，空憶稻粱肥。烏（今按，屠隆本、《唐文粹》卷十七上、《全唐詩》卷八三作「烏」）啼倦永夕（今按，《全唐詩》作「依託」），鶴鳴傷别離。豈若此雙禽，飛翻不異林。刷毛（今按，《唐文粹》、《全唐詩》作「尾」）清江浦，交頸紫山岑。文章負奇色，和鳴皆好音。聞有鴛鴦綺，復有鴛鴦衾。持爲美人贈，勖此故交心。

脩竹篇與東方左史虬（并序）

東方公足下：文章道弊五百年矣！漢魏風骨，晉宋莫傳，然而文獻有可徵者。僕嘗暇時觀齊梁間詩，綵麗競繁，而寄興（今按，《唐文粹》卷十七上，《唐詩紀事》卷七等作「興寄」）都絶，每以永歎。思古人，常恐邐迤（今按，《全唐詩》卷八三作「邐逶」，注云：一作「逶迤」）頹靡，風雅不作，以耿耿也。一昨於解三處見明公《詠孤桐篇》，骨氣端翔，音情頓挫，光英朗練，有金石聲。遂用洗心飾視，發揮幽鬱。不圖正始之音，復覩於兹，可使建安作者相視而笑。解君云：「張茂先、何敬祖，東方生與其比肩。」僕亦以爲知言也。故感歎雅製，作《脩竹詩》一篇（今按，《全唐詩》作「首」），當有知

音，以傳示之。

龍種生南嶺（今按，《唐五十家詩集·陳子昂集》卷上、《全唐詩》作「嶽」），孤翠鬱亭亭。峰嶺上崇崒，煙雨下微溟（今按，《全唐詩》、《唐五十家詩集·陳子昂集》作「冥」，字通）。夜聞鼯鼠叫，晝聒泉壑聲。春風正澹蕩，白露已清泠。哀響激金奏，密色滋玉英。歲寒霜雪苦，含篠（今按，姚本、屠隆本、刻者不詳明本、《全唐詩》作「彩」）獨青青。豈不厭凝冽，羞比春木榮。春木有盈（今按，《全唐詩》、《唐五十家詩集·陳子昂集》作「榮」）歇，此節無凋零。始願與金石，終古保堅貞。不意伶倫子，吹之學鳳鳴。遂偶雲和師（今按，《全唐詩》作「瑟」），張樂奏天庭。妙曲方千變，簫韶已（今按，《全唐詩》、《唐五十家詩集·陳子昂集》作「亦」）九成。信蒙雕斲美，常願事仙靈。驅馳翠虬駕，伊鬱紫鸞笙。結交嬴臺女，吟弄昇天行。攜手登白日，遠遊戲赤城。低昂玄鶴舞，斷續彩雲生。永願隨衆仙（今按，《全唐詩》、《唐五十家詩集·陳子昂集》作「永隨衆仙逝」），三山遊玉京。

遇崔司議泰之冀侍御珪二使（今按，《全唐詩》卷八四作《喜遇冀侍御珪崔司議泰之二使》）

謝病南山下，幽卧不知春。使星入東井，云是故交親。惠風吹寶瑟，微月憶清真。憑軒一留醉，江海寄情人。

登薊丘樓送賈兵曹入都

東山宿昔意，北征非我心。孤負平生願，感涕下沾襟。暮登薊樓上，永望燕山岑。遼海方漫漫，胡沙飛且深。峨眉杳如夢，仙子曷由尋。擊劍起歎息，白日忽西沉。聞君洛陽使，因子寄南音。

五言古詩卷之四　唐詩品彙四

正宗（二）

李　白（上）

唐丹陽進士殷璠云：白性嗜酒，志不拘檢，嘗林棲十數載。故其爲文章，率皆縱逸。然自騷人以還，鮮有此體調也。李陽水（今按，據姚本，當爲「冰」）《序》略云：太白不讀非聖之書，耻爲鄭、衛之作，故其多仙天之詞，凡言多諷興。（今按，詹鍈主編《李白全集校注彙釋集評》引李陽冰《草堂集序》此兩句原文爲：「故其言多似天仙之辭，凡所著述，言多諷興。」）自《風》、《騷》之後，馳騁屈、宋，鞭撻揚、馬，千載獨步，唯公一人。劉全白《墓記》略云：性倜儻，好縱横術。善賦詩，才調逸出（今按，詹鍈本《李白全集》所載此文作「逸邁」），往往興會屬詞，恐古人（今按，詹鍈本《李白全集》所載此文，無「人」字）之善詩者亦不逮。宋南豐曾鞏《後序》略云：白之詩，連類

引象（今按，據《曾鞏集》卷十二《李白詩集後序》，「象」字當爲衍文）義，雖中於法度者寡，然其辭閎麗（今按，曾鞏《李白詩集後序》作「肆」）雋偉，殆騷人所不及，近世所未有也。舊史稱白有逸才，志氣宏放，飄然有超世之心，予以爲實録。　黄山谷云：太白歌詩，度越六代，與漢魏樂府争衡。（今按，語出黄庭堅《答黎晦叔書》，《山谷集·外集》卷十）　《欒城遺言》云：太白詩過人，其平生所享，如浮花浪蕊。如「羅幃舒卷，似有人開。明月直入，無心可猜」，不可及也。　《雪浪齋日記》云：太白詩（今按，據《苕溪漁隱叢話·前集》卷五引《雪浪齋日記》，此處當脱「其」字）源流出於鮑明遠，如樂府多用「白紵」等語，故曰「俊逸鮑參軍」也。　《詩眼》云：建安詩辯而不華，質而不俚，風調高雅，格力遒壯，得《風》、《雅》、騷人氣骨，最爲近古。唯李杜得之。太白罕有全篇，多雅似（今按，據《苕溪漁隱叢話·前集》卷一引《詩眼》，當爲「雜以」）鮑明遠體。　歸來子云：大（今按，當爲「太」）白天才俊麗，不可矩矱。然要長於詩，而文非其所能也。　《朱子語録》云：太白詩如（今按，《朱子語類》卷一四〇作「非」）無法度，乃從容於法度之中，蓋聖於詩者。　嚴滄浪云：觀太白詩，要識真太白處。太白天才豪逸，語多率然而成者。學者於每篇中，要識其安身立命處可也。　又曰：太白發語（今按，郭紹虞校釋本《滄浪詩話·詩評》作「句」），謂之開門見山。　又曰：李、杜二公，不當優劣。子美沉鬱，太

白飄逸。太白《夢遊天姥吟》、《蜀道難》等篇，子美不能道；子美《北征》、《兵車行》、《垂老别》等作，太白不能作。後之論詩，以李、杜爲準，挾天子以令諸侯也。又曰：少陵詩法如孫吴，太白詩（今按，郭紹虞校釋本《滄浪詩話·詩評》，此處當脱「法」字）如李廣。

古風三十二首

朱子云：太白《古風》兩卷，皆自陳子昂《感遇》中來，（今按，《朱子語類》卷一四〇此句作「多效陳子昂」，《御選唐宋詩醇》卷一引朱熹此語則同《品彙》）亦有全用其句處。太白去子昂不遠，其尊慕（今按，《朱子語類》「慕」後有「之」字）如此。劉後村云：太白《古風》與陳子昂《感遇》之作，筆力相上下，唐之詩人，皆在下風。

其一

大雅久不作，吾衰竟誰陳。王風委蔓草，戰國多荆榛。龍虎相啖食，兵戈逮狂秦。正聲何微茫，哀怨豈（今按，姚本、四庫本、《全唐詩》卷一六一及詹鍈本《李白全集》卷二等皆作「起」，「豈」字當訛）騷人。揚馬激頽波，開流蕩無垠。廢興雖萬變，憲章亦已淪。自從建安來，綺麗不足珍。聖代復元古，垂衣貴清真。羣才屬休明，乘運共躍鱗。文質相炳焕，衆星羅秋旻。我志在删述，

垂暉映千春。希聖如有立，絶筆於獲麟。（朱晦庵云：李白詩不專是豪放，如首篇「大雅久不作」，多少和緩。○劉後村云：此古今詩人之斷按也。○春陵楊齊賢云：唐興，文變極矣。掃魏晉之陋，起騷人之廢，太白蓋以自任矣。覽其著述，筆力翩翩，如行雲流水，出乎自然，非思索而得，豈欺我哉？○章貢蕭士贇云：按《本事詩話》曰：「李白才逸氣高，與陳子昂齊名，先後合德。其論詩云：『齊梁［今按，《本事詩·高逸第三》作「梁陳」］以來，艷薄斯極，沈休文又尚以聲律。將復古道，非我而誰？』」觀此詩，則太白之志可見。斯其所以爲有唐詩人之稱首者歟。）

其二

蟾蜍薄太清，蝕此瑶臺月。圓光虧中天，金魄遂淪没。螮蝀入紫微，大明夷朝暉。浮雲隔兩曜，萬象昏陰霏。蕭蕭長門宫，昔是今已非。桂蠹花不實，（蕭云：是采《廢王后制》中語。）天霜下嚴威。沉歎終永夕，感我涕沾衣。（楊云：按，《唐書》：王皇后久無子，而武妃有寵，后不平，顯詆之，遂廢，欲立武妃爲后。太白詩意似屬乎此。○蕭云：白意若曰：夫婦、君臣，俱人之大倫也。至密近者莫如夫婦，而且不能保其終，况臣子之疏遠乎？此所以感歎而涕零也。）

其三

秦皇掃六合，虎視何雄哉。飛劍決浮雲，諸侯盡西來。明斷自天啓，大略駕羣才。收兵鑄金人，函谷正東開。銘功會稽嶺，騁望瑯琊臺。刑徒七十萬，起土驪山隈。尚采不死藥，茫然使心哀。連弩射海魚，長鯨正崔嵬。額鼻象五岳，揚波噴雲雷。鬐鬣蔽青天，何由覩

蓬萊。徐市載秦女，樓船幾時迴。但見三泉下，金棺葬寒灰。（蕭云：白意若曰：仙者，自然無爲而化。秦皇之所爲，宜其卒爲方士所欺，而不免於死也。後之爲人君而好神仙者，亦可以鑒矣。）

其四

鳳飛九千仞，五章備彩珍。銜書且虚歸，空入周與秦。横絶歷四海，所居未得鄰。吾營紫河車，千載落風塵。藥物秘海岳，采鉛清溪濱。時登大樓山，舉首望仙真。羽駕滅去影，飈車絶迴輪。尚恐丹液遲，志願不及伸。徒霜鏡中髮，羞彼鶴上人。桃李何處開，此花非我春。唯應清都境，長與韓衆親。（蕭云：此篇遊仙詩，太白自言其志云。）

其五

太白何蒼蒼，星辰上森列。去天三百里，邈爾與世絶。中有緑髮翁，披雲卧松雪。不笑亦不語，冥棲在巖穴。我來逢真人，長跪問寶訣。粲然啓玉齒，授以鍊藥説。銘骨傳其語，竦身已電滅。仰望不可及，蒼然五情熱。吾將營丹砂，永與世人别。（蕭云：白少遇司馬承禎，謂其有仙風道骨，可與學仙。此詩與前篇非汎然之作。）

其六

客有鶴上仙（今按，《全唐詩》卷一六一作「五鶴西北來」；詹鍈本《李白全集》注云：咸本下注云：一本云「家有鶴

上來」），飛飛凌太清。揚言碧雲裏（今按，《全唐詩》作「仙人緑雲上」），自道安期名。兩兩白玉童，雙吹紫鸞笙。去影忽不見，回風送天聲。舉首遠望之（今按，《全唐詩》作「我欲一問之」），飄然若流星。願餐金光草，壽與天齊傾。（今按，《全唐詩》注云：一作「客有鶴上仙，飛飛凌太清。揚言碧雲裏，自道安期名。兩兩白玉童，雙吹紫鸞笙。飄然下倒影，倏忽無留形。遺我金光草，服之四體輕。將隨赤松去，對博坐蓬瀛。」）（蕭云：此篇亦遊仙詩，恐是贈答之詞。［今按，元刊本《分類補注李太白詩》卷二原文爲：「此篇亦遊仙詩體，恐是贈答之詩，非汎然之作也。」］）

其七

莊周夢蝴蝶，蝴蝶爲莊周。一體更變易，萬事良悠悠。乃知蓬萊水，復作清淺流。青門種瓜人，舊日東陵侯。富貴固（今按，《全唐詩》卷一六一作「故」，詹鍈本《李白全集》此字下注云：一作「苟」）如此，營營何所求。（劉須溪云：語意、音節，適可如此而止。○蕭云：此篇達生者之辭也。謂忽然爲人化爲異物，忽爲異物化而爲人，一體變易，尚未能知，悠悠萬事豈能盡知乎？况又乃能知桑滄之變乎？故侯種瓜，富貴者固如是也。既燭破此理，尚何所求，而營營苟苟以勞生哉？）

其八

齊有倜儻生，魯連特高妙。明月出海底，一朝開光曜。却秦振英聲，後世仰末照。意輕千金贈，顧向平原笑。吾亦淡蕩人，拂衣可同調。（蕭云：白平生豪邁，藐視權臣，浮雲富貴，此詩蓋有慕乎

魯仲連之爲人也。）

其九

黄河走東溟，白日落西海。逝川與流光，飄忽不相待。春容捨我去，秋髮已衰改。人生非寒松，年貌豈長在。吾當乘雲螭，吸景駐光彩。（今按，《全唐詩》作「誰能學天飛，三秀與君採」）（蕭云：此篇欲學仙以離世，其見趣又出乎流俗矣。）

其十

松柏本孤直，難爲桃李顔。昭昭嚴子陵，垂釣滄波間。身將客星隱，心與白（今按，《全唐詩》、詹鍈本《李白全集》卷二作「浮」）雲閑。長揖萬乘君，還歸富春山。清風灑六合，邈然不可攀。使我長歎息，冥棲巖石間。（蕭云：太白亦有高尚其事之意，此詩有所慕而作也。）

其十一

君平既棄世，世亦棄君平。觀變窮大（今按，《全唐詩》、詹鍈本《李白全集》作「太」）易，探元化羣生。寂寞綴道論，空簾閉幽情。騶虞不虚來，鸑鷟有時鳴。安知天漢上，白日懸高名。海客去已久，誰人測沉溟。（蕭云：此篇雖詠史詩，其自負之意亦深矣，與詠子陵［今按，據元刊本《分類補注李太白詩》卷二，此處當脱「詩」字］意同。）

其十二

胡關饒風沙，蕭索竟終古。木落秋草黄，登高望戎虜。荒城空大漠，邊邑無遺堵。白骨横干（今按，據姚本、《全唐詩》、詹鍈本《李白全集》，當爲「千」）霜，嵯峨蔽榛莽。借問誰凌虐，天驕毒威武。赫怒我聖皇，勞師事鼙鼓。陽和變殺氣，發卒騷中土。三十六萬人，哀哀淚如雨。且悲就行役，安得營農圃。不見征戍兒，豈知關山苦。（今按，《全唐詩》注云：一本此下有「争鋒徒死節，秉鉞皆庸豎。戰士死蒿萊，將軍獲圭組」四句）李牧今不在，邊人飼豺虎。（蕭云：此篇當爲哥舒翰敗石堡而作，其旨微而顯歟。「今按，元刊本《分類補注李太白詩》原文作：「此詩雖微而實顯，其深得《風》之體歟。」」）

其十三

燕昭延郭隗，遂築黄金臺。劇辛方趙至，鄒衍復齊來。奈何青雲士，棄我如塵埃。珠玉買歌笑，糟糠養賢才。方知黄鶴舉，千里獨徘徊。（蕭云：此篇豈白不爲時貴「今按，元刊本《分類補注李太白詩》原文作「相」」所禮而作歟？不然，何其有「黄鶴千里」之句？吁！讀其詩者，百世之下猶有感慨。）

其十四

寶劍雙蛟龍，雪花照芙蓉。精光射天地，雷騰不可衝。一去別金匣，飛沉失相從。風胡滅已久，所以潛其鋒。吴水深萬丈，楚山邈千重。雌雄終不隔，神物會當逢。（劉云：此篇似學鮑

照而作。）

其十五

天津三月時，千門桃與李。朝爲斷腸花，暮逐東流水。前水復後水，古今相續流。新人非舊人，年年橋上遊。雞鳴海色動，謁帝羅公侯。月落西上陽（今按，《全唐詩》注云：一作「上陽西」），餘輝半城樓。衣冠照雲日，朝下散皇州。鞍馬如飛龍，黄金絡馬頭。行人皆辟易，志氣横嵩丘。入門上高堂，列鼎錯珍羞。香風引趙舞，清管隨齊謳。七十紫鴛鴦，雙雙戲庭幽。行樂争晝夜，自言度千秋。功成身不退，自古多愆尤。黄犬空歎息，緑珠成釁讎。何如鴟夷子，散髮棹扁舟。（蕭云：此篇歎時貴寵者不知退，安得無李斯、石崇之禍乎？）

其十六

郢客吟白雪，遺響飛青天。徒勞歌此曲，舉世誰爲傳。試爲巴人唱，和者乃數千。吞聲何足道，歎息空淒然。（蕭云：士負才而不遇，能不讀其詩而爲之吞聲歎息也歟？）

其十七

秋露白如玉，團團下庭緑。我行忽見之，寒早悲歲促。人生鳥過目，胡乃自結束。景公一何愚，牛山淚相續。物苦不知足，得隴又望蜀。人生若波瀾，世路有屈曲。三萬六千日，

夜夜當秉燭。（蕭云：此篇言人功成當去，奈何戀世不足，而謬用心幾［今按，姚本、元刊本《分類補注李太白詩》皆作「哉」］。百年之内，唯及時行樂耳，識者觀之，豈不可笑歟？蓋白之言不盡意，意在其中，非聖於詩者，孰能與於此乎？）

其十八

世道日交喪，澆風散淳源。不採芳桂枝，反棲惡木根。所以桃李樹，吐花竟不言。（劉云：十字不知何從出，不辨其說。謂出於「成蹊」，又淺淺知言者也。）大運有興沒，羣動争飛奔。歸來廣成子，去入無窮門。（劉云：結得更超。○蕭云：此篇見世道如此，決意爲有道者之歸。）

其十九

三季分戰國，七雄成亂麻。王風何怨怒，世道終紛拏。至人洞玄象，高舉凌紫霞。仲尼欲浮海，吾祖之流沙。聖賢共淪没，臨岐胡咄嗟。（蕭云：此篇其作於安史亂離之後，遭難被黜之時乎？不然，何有羨乎古人之高飛遠舉者邪？其志亦可哀矣。）

其二十

鄭客西入關，行行未能已。白馬華山君，相逢平原里。璧遺鎬池君，明年祖龍死。秦人相謂曰，吾屬可去矣。一往桃花源，千春隔流水。（蕭云：此白深有羨乎避秦之人，卒欲［今按，元刊本《分

類補注李太白詩》卷二作「能」〕全身遠害者乎？）

其二十一

蓐收肅金氣，西陸弦海月。秋蟬號階軒，感物憂不歇。良辰竟何許，大運有淪忽。天寒悲風生，夜久衆星没。惻惻不忍言，哀歌逮明發。（蕭云：此悲秋〔今按，元刊本《分類補注李太白詩》「悲秋」後有「者」字〕之詩也。嗟夫！士有志而不遇於時者，千載讀之同一興懷〔今按，元刊本《分類補注李太白詩》作「悲慨」〕也。）

其二十二

羽檄如流星，虎符合專城。喧呼救邊急，羣鳥皆夜鳴。（劉云：非蹊〔今按，據姚本、屠隆本，當爲「親」〕涉是境，不知其妙。若模寫及此，則入神矣。）白日耀紫微，三公運權衡。天地皆得一，澹然四海清。借問此何爲，答言楚徵兵。渡瀘及五月，將赴雲南征。怯卒非戰士，炎方難遠行。長號别嚴親，日月慘光晶。泣盡繼以血，心摧兩無聲。困獸當猛虎，窮魚餌奔鯨。千去不一回，投軀豈全生。如何舞干戚，一使有苗平。（蕭云：此篇爲討雲南而敗，歎大臣不能如益、禹之佐舜〔今按，元刊本《分類補注李太白詩》作「如益之贊禹，禹之佐舜」〕，敷文德以來遠人，致有覆軍殺將之耻。其愛君憂國之意深矣。言之者無罪，聞之者足以戒。悲夫！）

其二十三（今按，《全唐詩》卷一六一注云：此詩一作《感興》，云：「竭來荆山客，誰爲珉玉分。良寶絶見棄，虚持三獻君。直木忌先伐，芬蘭哀自焚。盈滿天所損，沉冥道所羣。東海有碧水，西山多白雲。魯連及夷齊，可以躡清芬。」）

抱玉入楚國，見疑古所聞。良寶終見棄，徒勞三獻君。直木忌先伐，芳蘭哀自焚。盈滿天所損，沉冥道爲羣。東海沉碧水，西關乘紫雲。魯連及柱史，可以躡清芬。（蕭云：此篇歎士之不遇知己者，曷若效魯連、柱史之高舉遠蹈，與道爲羣，以保其身也哉。）

其二十四

燕臣昔慟哭，五月飛秋霜。庶女號蒼天，震風擊齊堂。精誠有所感，造化爲悲傷。而我竟何辜，遠身金殿傍。（今按，《全唐詩》注云：一本無此二句。）浮雲蔽紫闥，白日難回光。羣沙穢明珠，衆草凌孤芳。古來共歎息，流淚空沾裳。（蕭云：此白被讒遭放黜而作，哀而不傷，怨而不誹。）

其二十五

孤蘭生幽園，衆草共蕪没。雖照陽春輝，復悲高秋月。飛霜早淅（今按，據姚本及《全唐詩》，當爲「淅」）瀝，緑艷恐休歇。若無清風吹，香氣爲誰發。（蕭云：此亦太白自傷而托興也。［今按，元刊本《分類補注李太白詩》作「或者謂：亦太白自傷，而托辭於孤蘭也。」］）

其二十六

（今按，《全唐詩》注云：此詩一作《感興》，云：「登高望四海，天地何漫漫。霜被羣物秋，風飄大荒寒。殺氣落喬木，浮雲蔽層巒。孤鳳鳴天倪，遺聲何辛酸。遊人悲舊國，撫心亦盤桓。倚劍歌所思，曲終涕泗瀾。」）

登高望四海，天地何漫漫。霜被羣物秋，風飄大荒寒。榮華東流水，萬事皆波瀾。白日掩徂輝，浮雲無定端。梧桐巢燕雀，枳棘棲鴛鸞。且復歸去來，劍歌行路難。（蕭云：此篇蓋謂君子在下，小人在上，識時之士唯有歸去來而已。）

其二十七

鳳饑不啄粟，所食惟琅玕。焉能與羣雞，刺蹙争一餐。朝鳴崑丘樹，夕飲砥柱湍。歸飛海路遠，獨宿天霜寒。幸遇王子晉，結交青雲端。懷恩未得報，感别空長歎。（蕭云：此篇白自比之辭。蓋謂帝裔疏遠［今按，此句元刊本《分類補注李太白詩》原文爲：「太白雖帝族，非凡輩可儕，然孤寒疏遠」］，賀知章薦之，方蒙知遇，懷恩未報而歎息也。）

其二十八

周穆八荒意，漢皇萬乘尊。淫樂心不極，雄豪安足論。西海宴王母，北宫邀上元。瑶水聞遺歌，玉杯竟空言。靈跡成蔓草，徒悲千載魂。（蕭云：此篇蓋有諷乎明皇好神仙之事耳。）

其二十九

八荒馳驚飈，萬物盡凋落。浮雲蔽頹陽，洪波振大壑。龍鳳脱網罟，飄颻將安託。去去乘白駒，空山詠場藿。（蕭云：此篇謂遭世亂，而自脱身羈囚，無所依託，唯有詠《白駒》以自遣耳。）

其三十

（今按，《全唐詩》卷一六二注云：此詩一作《感興》，云：「芙蓉嬌緑波，桃李誇白日。偶蒙春風榮，生此艷陽質。豈無佳人色，但恐花不實。宛轉龍火飛，零落互相失。詎知凌寒松，千載長守一。」）

桃花開東園，含笑誇白日。偶蒙東風榮，生此艷陽質。豈無佳人色，但恐花不實。宛轉龍火飛，零落早相失。詎知南山松，獨立自蕭瑟。（蕭云：此篇謂士無實行，偶然榮遇〔今按，元刊本《分類補注李太白詩》卷二「榮遇」後有「者」字〕，其寵衰則易於棄捐，孰若君子有持操〔今按，據元刊本《分類補注李太白詩》、姚本，當爲「特操」〕而不改節哉〔今按，元刊本《分類補注李太白詩》「特操」後有「者獨立」三字，「節」前有「其」字〕！）

其三十一

越客採明珠，提攜出南隅。清輝照海月，美價傾皇都。獻君君按劍，懷寶空長吁。魚目復相哂，寸心增煩紆。（蕭云：此篇謂賢者〔今按，元刊本《分類補注李太白詩》「賢者」作「真儒」〕不遇於世，小人衣冠〔今按，元刊本《分類補注李太白詩》「小人衣冠」作「假儒衣冠者」〕反得位而哂笑焉。）

其三十二

我到巫山渚，尋古登陽臺。天空彩雲滅，地遠清風來。神女去已久，襄王安在哉。荒淫竟淪替，樵牧徒悲哀。（蕭云：此太白南遷過巫山，懷古而作。）

擬古八首

其一

青天何歷歷，明星如白石。（劉云：自然好。）黄姑與織女，相去不盈尺。銀河無鵲橋，非時將安適。閨人理紈素，遊子悲行役。（劉云：不如「行子夜中飯」。）瓶冰知冬寒，霜露欺遠客。客似落葉飛，飄颻不言歸。别後羅帶長，愁寬去時衣。乘月託宵夢，因之寄金徽。（蕭云：此篇傷時。行役無期，男女不得遂其家室〔今按，元刊本《分類補注李太白詩》卷二四「家室」後有「之情」二字〕，感時而悲者焉。）

其二

高樓入青天，下有白玉堂。明月看欲墮，當牕懸清光。遥夜一美人，羅衣沾秋霜。含情弄柔瑟，彈作陌上桑。絃聲何激烈，風卷繞飛梁。行人皆躑躅，棲鳥去迴翔。但寫妾意苦，

莫辭此曲傷。願逢同心者，飛作紫鴛鴦。（蕭云：此篇喻賢〔今按，元刊本《分類補注李太白詩》卷二四此處有「者」字〕「賢」後有「者」字〕懷才抱藝，不肯輕許諸人，思得同心同德而附之。）

其三

今日風日好，明日恐不如。春風笑於人，何乃愁自居。吹簫舞彩鳳，酌醴鱠神魚。千金買一醉，取樂不求餘。達士遺天地，東門有二疏。愚夫同瓦石，有才能〔今按，《全唐詩》卷一八三、詹鍈本《李白全集》卷二二皆作「知」〕卷舒。無事坐悲苦，塊然涸轍鮒。（蕭云：此篇謂達士〔今按，元刊本《分類補注李太白詩》卷二四作「生」〕而能與時卷舒者，其太白之素志歟。）

其四

運速天地閉，胡風結飛霜。百草死冬月，六龍頹西荒。太白出東方，彗星揚精光。鴛鴦非越鳥，何爲眷南翔。惟昔鷹將犬，今爲侯與王。得水成蛟龍，争池奪鳳凰。北斗不酌酒，南箕空簸揚。（蕭云：此篇似是諷永王璘不從，知王不足與有爲而作。〔今按，元刊本《分類補注李太白詩》卷二四原文爲：「太白從永王璘，時嘗作詩諷王勤王，而王不從。知王不足與有爲，故作是詩。」〕）

其五

月色不可掃，客愁不可道。玉露生秋衣，流螢飛百草。日月終銷毁，天地同枯槁。蟪蛄啼

青松，安見此樹老。金丹寧誤俗，昧者難精討。爾非千歲翁，多恨去世早。飲酒入玉壺，藏身以爲寶。（劉云：其初未有此意，肆言及此，達之又達。○蕭云：此篇是反古詩「服食求神仙，多爲藥所誤」，蓋白之素志，欲學神仙，猶《反騷》云。）

其六

生者爲過客，死者爲歸人。天地一逆旅，同悲萬古塵。月兔空擣藥，扶桑已成薪。白骨寂無言，青松豈知春。前後更歎息，浮榮何足珍。

其七

涉江弄秋水，愛此荷花鮮。攀荷弄其珠，蕩漾不成圓。佳期彩雲重，欲贈隔遠天。相思無由見，悵望涼風前。（蕭云：此篇喻賢者慕君［今按，元刊本《分類補注李太白詩》卷二四「君」後有「之爵位而欲仕也」七字］，纔得位，而害之者至已［今按，元刊本《分類補注李太白詩》卷二四「至已」作「已至」］；欲有所獻，而爲讒所間也［今按，元刊本《分類補注李太白詩》卷二四作「而爲女謁讒夫之所間隔也」］。辭微意顯，可謂怨而不誹。）

其八

去去復去去，辭君還憶君。漢水既殊流，楚山亦此分。人生難稱意，豈得長爲羣。越燕喜海日，燕鴻思朔雲。別久容華晚，琅玕不能飯。日落知天昏，夢長覺道遠。望夫登高山，

化石竟不返。（劉云：極其愁思，語意終健。古詩、唐詩之異，以此而觀。人亦以此，他人不如太白者，情事淺爾。謂其詩十九婦人，非知白者，亦非知詩者。○蕭云：此篇其太白去國之時所作乎？身在江海，心居魏闕，懷君憂國之意，藹然見於言辭之表。末四句，意是嗟歎之曰：雖遭時昏亂，隔絶遠方，然愛君之心，猶石之堅也。辭嚴意婉，悲夫！）

樂府二十二首

沐浴子

沐芳莫彈冠，浴蘭莫振衣。處世忌太潔，至人貴藏輝。滄浪有釣叟，吾與爾同歸。（蕭云：此篇全隱括《漁父》詞意，其太白涉難後之辭乎？）

子夜吴歌

長安一片月，萬户擣衣聲。秋風吹不盡，總是玉關情。何日平胡虜，良人罷遠征。

大堤曲

漢水臨襄陽，花開大堤暖。佳期大堤下，淚向南雲滿。春風復無情，吹我夢魂散。不見眼中人，天長音信斷。

塞下曲

烽火動沙漠，連照甘泉雲。漢皇按劍起，還召李將軍。兵氣天上合，鼓聲隴底聞。橫行負勇氣，一戰净妖氛。

寄遠曲二首

青樓何所在，乃在碧雲中。寶鏡掛秋水，羅衣輕春風。新粧坐落日，悵望金屏空。念此送短書，願因雙飛鴻。

其二

妾在春陵東，君居漢江島。一日望花光，往來成白道。（一作「日日採蘼蕪，上山成白道」。）一爲雲雨别，此地生秋草。秋草秋蛾飛，相思愁落暉。何時（今按，《全唐詩》卷一八四、詹鍈本《李白全集》作「由」）一相見，滅燭解羅衣。（今按，《全唐詩》注云：一本無此二句，「落暉」下有「昔時攜手去，今日流淚歸。遥知不得意，玉筯點羅衣」四句。）

秋浦歌

秋浦長似秋，蕭條使人愁。客愁不可渡，行上東大樓。正西望長安，下見江水流。寄言向

江水，汝意憶儂不。遥傳一掬淚，爲我達揚州。

秦女卷衣

天子居未央，妾侍卷衣裳。顧無紫宫寵，敢拂黄金牀。水至亦不去，熊來尚可當。微身奉日月，飄若螢之光。願君采葑菲，無以下體妨。

邯鄲才人嫁爲厮養卒婦

妾本崇臺女，揚蛾入丹闕。自倚顔如花，寧知有凋歇。一辭玉階下，去若朝雲没。每憶邯鄲城，深宫夢秋月。君王不可見，惆悵至明發。（蕭云：此詩太白既黜時借此發興。其辭意，睠戀宗國，繫心於君，亦得《離騷》之遺意歟。）

塞上曲

大漢無中策，匈奴犯渭橋。五原秋草緑，胡馬一何驕。命將征西極，横行陰山側。燕支落漢家，婦女無顔（今按，《全唐詩》卷一六四作「華」）色。轉戰渡黄河，休兵樂事多。蕭條清萬里，瀚海寂無波。（蕭云：此詩爲李靖伐突厥，擒頡利，斥池［今按，據元刊本《分類補注李太白詩》卷五，當爲「地」］北至大漠，故太白美頌一時勳德，借漢以爲喻。）

關山月

明月出天山，蒼茫雲海間。長風幾萬里，吹度玉門關。漢下白登道，胡窺青海灣。由來征戰地，不見有人還。（劉云：偶然「玉門關」一語，以白登、青海跋涉甚長。）戍（今按，當爲「戍」）客望邊邑，思歸多苦顔。高樓當此夜，歎息未應閑。（吕氏云：氣雄一世，學者熟味之，自然不淺矣。）

獨不見

白馬誰家子，黄龍邊塞兒。天山三丈雪，豈是遠行時。春蕙忽秋草，莎雞鳴西池。風摧寒棧響，月入霜閨悲。憶與君别年，種桃齊蛾眉。桃今百餘尺，花落成枯枝。終然獨不見，流淚空自知。

短歌行

白日何短短，百年苦易滿。蒼穹浩茫茫，萬劫太極長。麻姑垂兩鬢，一半已成霜。天公見玉女，大笑億千場。吾欲攬六龍，迴車掛扶桑。北斗酌美酒，勸龍各一觴。富貴非所願，與人駐顔光。（蕭云：此辭雖擬古樂府，然其辭意則出於《騷》，肆爲怪誕，以寄興矣。）

妾薄命

漢帝寵阿嬌，貯之黄金屋。咳唾落九天，隨風生珠玉。寵極愛還歇，妬深情却疏。長門一步地，不肯暫迴車。（劉云：似婦人語。）雨落不上天，水覆難再收。君情與妾意，各自東西流。昔日芙蓉花，今成斷根草。以色事他人，能得幾時好。（劉云：興盡語盡。○蕭云：此篇亦謂武惠妃奪寵而作，辭意悽斷，令人感歎。）

古朗月行

小時不識月，呼作白玉盤。又疑瑶臺鏡，飛在白雲端。仙人垂兩足，桂樹作團團。白兔擣藥成，問言誰與餐。蟾蜍蝕圓影，大明夜已殘。羿昔落九烏，天人清且安。陰精此淪惑，去去不足觀。憂來其如何，悽愴摧心肝。（蕭云：此篇爲貴妃淫亂而作也。忠憤之意，益［今按，據姚本、元刊本《分類補注李太白詩》卷四，當爲「溢」］於詞外。）

上之回

三十六離宫，樓臺與天通。閣道步行月，美人愁煙空。恩疏寵不及，桃李傷春風。淫樂意何極，金輿向回中。萬乘出黄道，千旗揚彩虹。前軍細柳北，後騎甘泉東。豈問渭川老，寧邀襄野童。但慕瑶池宴，歸來樂未窮。（蕭云：此篇言秦皇、漢武之幸回中者，不過惑［今按，元刊本《分

類補注李太白詩》卷四作「溺」〕志於神仙而已，其諷諫明皇之意〔今按，元刊本《分類補注李太白詩》作「作」〕歟。）

怨歌行

十五入漢宮，花顔笑春紅。君王選玉色，侍寢金屏中。薦枕嬌夕月，卷衣戀春風。寧知趙飛燕，奪寵恨無窮。沉憂能傷人，緑鬢成霜蓬。一朝不得意，世事徒爲空。鷫鸘换美酒，舞衣罷雕龍。寒苦不忍言，爲君奏絲桐。腸斷絃亦絶，悲心夜忡忡。（蕭云：此篇雖宫怨之辭〔今按，元刊本《分類補注李太白詩》卷五作「體」〕，然寄興深遠，怨而不誹。）

陌上桑

美女渭橋東，春還事蠶作。五馬如飛龍，青絲結金絡。不知誰家子，調笑來相謔。妾本秦羅敷，玉顔艷名都。緑條映素手，採桑向城隅。使君且不顧，況復論秋胡。寒螿愛碧草，鳴鳳棲青梧。託心自有處，但怪旁人愚。徒令白日暮，高駕空踟躕。（蕭云：此篇言用世之士各有所從。）

白馬篇

龍馬花雪白，金鞍五陵豪。秋霜切玉劍，落日明珠袍。鬬雞事萬乘，軒蓋一何高。弓摧南山虎，手接太行猱。酒後競風采，三杯弄寶刀。殺人如剪草，劇孟同遊遨。發憤去函谷，

從軍向臨洮。叱咤萬戰場，匈奴盡奔逃。歸來使酒氣，未肯拜蕭曹。羞入原憲室，荒淫隱蓬蒿。（蕭云：寓貶於褒，寄揚於抑，深得《國風》之旨。）

俠客行

趙客縵胡纓，吴鈎霜雪明。銀鞍照白馬，颯沓如流星。十步殺一人，千里不留行。事了拂衣去，深藏身與名。閑過信陵飲，脱劍膝前横。將炙啖朱亥，持觴勸侯嬴。三杯吐然諾，五嶽倒爲輕。眼花耳熱後，意氣素霓生。救趙揮金槌，邯鄲先震驚。千秋二壯士，烜赫大梁城。縱使俠骨香，不慙世上英。誰能書閣下，白首太玄經。

長干行

妾髮初覆額，折花門前劇。郎騎竹馬來，繞牀弄青梅。同居長干里，兩小無嫌猜。十四爲君婦，羞顔未嘗開。低頭向暗壁，千换（今按，據姚本及詹鍈本《李白全集》卷四，當爲「唤」）不一回。十五始展眉，願同塵與灰。常存抱柱信，豈上望夫臺。十六君遠行，瞿塘灩澦堆。五月不可觸，猿聲天上哀。門前送（今按，姚本、屠隆本、詹鍈本《李白全集》作「遲」，詹本注云：一作「舊」）行跡，一一生緑苔。苔深不能掃，落葉秋風早。八月胡蝶來，雙飛西園草。感此傷妾心，坐愁紅顔老。早晚下三巴，預將書報家。相迎不道遠，直至長風沙。

東武吟

好古笑流俗，素聞賢達風。方希佐明主，長揖辭成功。白日在高天，迴光燭微躬。恭承鳳凰詔，欻起雲蘿中。清切紫霄迥，優游丹禁通。君王賜顏色，聲價淩煙虹。乘輿擁翠蓋，扈從金城東。寶馬麗絶景，錦衣入新豐。依巖望松雪，對酒鳴絲桐。因學楊子雲，獻賦甘泉宫。天書美片善，清芬播無窮。（今按，詹鍈本《李白全集》卷五、《全唐詩》卷一六四此下皆有「歸來入咸陽，談笑皆王公」兩句）一朝去金馬，飄落成飛蓬。賓客日疏散，玉樽亦已空。才力猶可倚，不慚世上雄。閑作東武吟，曲盡情未終。書此謝知己，吾尋黄綺翁。（蕭云：此篇太白放黜之後，自述其志以别知己。）

五言古詩卷之五　唐詩品彙五

正宗（三）

李　白（中）

贈答二十二首

贈盧司户

秋色無遠近，出門盡寒山。白雲遥相識，待我蒼梧間。借問盧耽鶴，西飛幾歲還。（劉須溪云：起意極苦，然不復爲慘塞〔今按，姚本作「寒」〕者。）

贈秋浦柳少府

秋浦舊蕭索，公庭人吏稀。因君樹桃李，此地忽芳菲。摇筆望白雲，開簾當翠微。時來引

山月，縱酒酣清暉。而我愛夫子，淹留未忍歸。

贈閭丘處士

賢人有素業，乃在沙塘陂。竹影掃秋月，荷花落古池。閑讀山海經，散帙卧遥帷。且耽田家樂，遂曠林中期。野酌勸芳酒，園蔬烹露葵。如能樹桃李，爲我結茅茨。

贈瑕丘王少府

皎皎鸞鳳姿，飄飄神仙氣。梅生亦何事，來作南昌尉。清風佐鳴琴，寂寞道爲貴。一見過所聞，操持難與羣。毫揮魯邑訟，目送瀛洲雲。我隱屠釣下，爾當玉石分。無由接高論，空此仰清芬。

嘲魯儒

魯叟談五經，白髮死章句。問以經濟策，茫如墜煙霧。足著遠遊履，首戴方山巾。緩步從直道，未行先起塵。秦家丞相府，不重褒衣人。君非叔孫通，與我本殊倫。時事且未達，歸耕汶水濱。

贈常侍御

安石在東山，無心濟天下。一起振横流，功成復瀟灑。大賢有卷舒，季葉輕風雅。匡復屬何人，君爲知音者。傳聞武安將，氣振長平瓦。燕趙期洗清，周秦保宗社。登朝若有言，爲訪南遷賈。（蕭云：意謂常若登朝，有言不妨及之，或者如賈生之召。）

贈丹陽横山周處士惟長

周子横山隱，開門臨城隅。連峰入户牖，勝概凌方壺。時枉白紵詞，放歌丹陽湖。水色傲溟渤，川光秀菰蒲。當其得意時，心與天壤俱。閑雲隨舒卷，安識身有無。抱石耻獻玉，沉泉笑探珠。羽化如可作，相攜上清都。

以詩代書答元丹丘

青鳥海上來，今朝發何處。口銜雲錦書，與我忽飛去。鳥去凌紫煙，書留綺牕前。開緘方一笑，乃是故人傳。故人深相勖，憶我勞心曲。離居在咸陽，三見秦草緑。置書雙袂間，引領不暫閑。長望杳難見，浮雲横遠山。

贈何七判官昌浩

有時忽惆悵，匡坐至夜分。（劉云：起意正同。）平明空嘯咤，思欲解世紛。心隨長風去，吹散萬里雲。羞作濟南生，九十誦古文。（劉云：自謂素志如此。）不然拂劍起，沙漠收奇勳。老死阡陌間，何因揚清芬。夫子今管樂，英才冠三軍。終與同出處，豈將沮溺羣。

贈武十七諤（并序）

門人武諤，深於義者也。質本沉悍，慕要離之風，潛釣川海，不數數於世間事。聞中原作難，西來訪余。余愛子伯禽在魯，許將冒胡兵以致之，酒酣感激，援筆而贈。

馬如一匹練，明日過吴門。乃是要離客，西來欲報恩。笑開燕匕首，拂拭竟無言。狄犬吠清洛，天津成塞垣。愛子隔東魯，空悲斷腸猿。林回棄白璧，千里阻同奔。君爲我致之，輕齎涉淮源。精誠合天道，不愧遠遊魂。（蕭云：輕齎涉淮，囑之辭也。雖未保其必達，亦盡吾父子之情而已。萬一不幸，魂其有知，亦可無愧矣。）

贈裴司馬

翡翠黄金縷，繡成歌舞衣。若無雲間月，誰可比光輝。秀色一如此，多爲衆女譏。君恩移昔愛，失寵秋風歸。愁苦不窺鄰，泣上流黄機。天寒素手冷，夜長燭復微。十日不滿匹，

鬢蓬亂如絲。猶是可憐人，容華世中稀。向君發皓齒，顧我莫相違。

贈新平少年

韓信在淮陰，少年相欺淩。屈體若無骨，壯心有所憑。一遭龍顏君，嘯吒從此興。千金答漂母，萬古共嗟稱。而我竟何爲，寒苦坐相仍。長風入短袂，兩手如懷冰。故友不相恤，新交寧見矜。摧殘檻中虎，羈紲鞲上鷹。何時騰風雲，搏擊申所能。

五月東魯行答汶上君（今按，詹鍈本《李白全集》卷十六作「翁」）

五月梅始黃，蠶凋桑柘空。魯人重織作，機杼鳴簾櫳。顧余不及仕，學劍來山東。舉鞭放前途，獲笑汶上翁。下愚忽壯士，未足論窮通。我以一箭書，能取聊城功。終然不受賞，羞與時人同。西歸去直道，落日昏陰虹。此去爾勿言，甘心如轉蓬。

贈從兄襄陽少府皓

結髮未識事，所交盡豪雄。却秦不受賞，擊晉寧爲功。（一本此下有「脱身白刃裏，殺人紅塵中」，非也。）（今按，詹鍈本《李白全集》卷八「擊晉」句下有「託身白刃裏，殺人紅塵中。當朝揖高義，舉世欽英風」四句）小節豈足言，退歸春陵東。歸來無産業，生事如轉蓬。一朝烏裘敝，百鎰黃金空。彈劍徒激昂，出門悲路窮。吾兄青雲士，然諾聞諸公。所以陳片言，片言貴情通。棣華倘不接，甘

與秋草同。

贈范金卿（今按，據詹鍈本《李白全集》卷八，當爲「鄉」）

君子枉青盼（今按，詹鍈本《李白全集》作「眄」），不知東走迷。離家未（今按，《全唐詩》卷一六八作「來」）幾月，絡緯鳴中閨。桃李君不言，攀花願成蹊。那能吐芳信，惠好相招攜。我有結緑珍，久藏濁水泥。時人棄此物，乃與燕石（今按，《全唐詩》作「珉」）齊。摭拭欲贈之，申眉路無梯。遼東慙白豕，楚客羞山雞。徒有獻芹心，終流泣玉啼。秪應自索漠，留舌示山妻。

讀諸葛武侯傳懷贈崔少府叔封昆季

漢道昔云季，羣雄方戰爭。霸圖各未立，割據資豪英。赤伏起頹運，卧龍得孔明。當其南陽時，隴畝躬自耕。魚水三顧合，風雲四海生。武侯立岷蜀，壯志吞咸京。何人先見許，但有崔州平。余亦草間人，頗懷拯物情。晚途值子玉，華髮同衰榮。託意在經濟，結交爲弟兄。毋令管與鮑，千載獨知名。

贈別舍人弟臺卿之江南

去國客行遠，還山秋夢長。梧桐落金井，一葉飛銀牀。覺罷攬明鏡，鬢毛颯已霜。良圖委蔓草，古貌成枯桑。欲道心下事，時人疑夜光。因爲洞庭葉，飄落之瀟湘。令弟經濟士，

謫居我何傷。潛虬隱尺水，著論談興亡。客遇王子喬，口傳不死方。入洞過天地，登真朝玉皇。吾將撫爾背，揮手遂翱翔。

早秋贈裴十七仲堪

遠海動風色，吹愁落天涯。南星變大火，熱氣餘丹霞。光景不可迴，六龍轉天車。荆人泣美玉，魯叟悲匏瓜。功業若夢裏，撫琴發長嗟。裴生信英邁，屈起多才華。歷抵海岱豪，結交魯朱家。復攜兩少妾，艷色驚荷花。雙歌入青雲，但惜白日斜。窮溟出寶貝，大澤饒龍蛇。明主倘見收，煙霄路非賒。時命若不會，歸應煉丹砂。

贈崔司户文昆季

雙珠出海底，俱是連城珍。明月兩特達，餘輝傍照人。英聲振名都，高價動殊鄰。豈伊箕山故，特以風期親。惟昔不自媒，擔簦西入秦。攀龍九天上，忝列歲星臣。布衣侍丹墀，密勿草絲綸。才微惠渥重，讒巧生緇磷。一去已十年，今來復盈旬。清霜入曉鬢，白露生衣巾。側見緑水亭，開門列華茵。千金散義士，四坐無凡賓。欲折月中桂，特（今按，四庫本、詹鍈本《李白全集》卷九、《全唐詩》卷一六九皆作「持」，《全唐詩》注云：一作「特」）爲寒者薪。路傍已竊笑，天路將何因。垂恩儻丘山，報德有微身。

酬崔五郎中

朔雲横高天，萬里起秋色。壯士心（今按，姚本、牛斗本、屠隆本、刻者不詳明本作「秋」，「秋」當爲原刻之誤，「心」乃校正之字）飛揚，落日空歎息。長嘯出原野，凛然寒風生。幸遭聖明時，功業猶未成。奈何懷良圖，鬱悒獨愁坐。杖策尋英豪，立談乃知我。崔公生民秀，緬邈青雲姿。制作參造化，託諷含神祇。海嶽尚可傾，吐諾終不移。是時霜飇寒，逸興臨華池。起舞拂長劍，四坐皆揚眉。因得窮歡情，贈我以新詩。又結汗漫期，九垓遠相待。舉身憩蓬壺，濯足弄滄海。從此凌倒景，一去無時還。朝遊明光宫，暮入閶闔關。但得長把袂，何必嵩丘山。

贈清漳明府姪聿

我李百萬葉，柯條布中州。天開青雲器，日爲蒼生憂。小邑且割雞，大刀佇烹牛。雷聲動四境，惠與清漳流。絃歌詠唐堯，脱落隱簪組。心和得天真，風俗猶太古。牛羊散阡陌，夜寢不扃户。問此何以然，賢人宰吾土。舉邑樹桃李，垂陰亦流芬。河堤繞緑水，桑柘連青雲。趙女不冶容，提籠晝成羣。繅絲鳴機杼，百里聲相聞。訟息鳥下階，高卧披道帙。蒲鞭掛簷枝，示耻無撲抶。琴清月當户，人寂風入室。長嘯無一言，陶然上皇逸。白玉壺冰水，壺中見底清。清光同毫髮，皎潔照羣情。趙北美嘉政，燕南播高名。過客覽行謡，

因之頌德聲。

經亂後將避地剡中留贈崔宣城

雙鶴飛洛陽，五馬渡江徼。何意上東門，胡雛更長嘯。中原走豺虎，烈火焚宗廟。太白晝經天，頹陽掩餘照。王城皆蕩覆，世路成奔峭。四海望長安，顰眉寡西笑。蒼生疑落葉，白骨空相弔。連兵似雪山，破敵誰能料。我垂北溟翼，且學南山豹。崔子賢主人，歡娛每相召。胡牀紫玉笛，却坐青雲叫。楊花滿州城，置酒同臨眺。忽思剡溪去，水石遠清妙。雪盡天地明，風開湖山貌。悶爲洛生詠，醉發吴越調。赤霞動金光，日足森海嶠。獨散萬古意，閑垂一溪釣。猿近天上啼，人移月邊棹。無以墨綬苦，來求丹砂要。華髮長折腰，將貽陶公誚。

寄懷十六首

沙丘城下寄杜甫

我來竟何事，高卧沙丘城。城邊有古樹，日夕連秋聲。魯酒不可醉，齊歌空復情。思君若汶水，浩蕩寄南征。

寄當塗趙少府炎

晚登高樓望，木落雙江清。寒山饒積翠，秀色連州城。目送楚雲盡，心悲胡鴈聲。相思不可見，迴首故人情。

望終南山寄紫閣隱者

出門見南山，引領意無限。秀色難爲名，蒼翠日在眼。有時白雲起，天際自舒卷。心中與之然，託興每不淺。何當造幽人，滅跡棲絶巘。

獨酌清溪江石上寄權昭夷

我攜一尊酒，獨上江阻石。自從天地開，更長幾千尺。舉杯向天笑，天迴日西照。永賴坐此石，長垂嚴陵釣。寄謝山中人，可與爾同調。

下潯陽城汎彭蠡寄黄判官

浪動灌嬰井，潯陽江上風。開帆入天鏡，直向彭湖東。落景轉疏雨，晴雲散遠空。名山發佳興，清賞亦何窮。石鏡掛遥月，香爐滅彩虹。相思俱對此，舉目與君同。

宿白鷺洲寄楊江寧

朝别朱雀門，暮棲白鷺洲。波光摇海月，星影入城樓。望美金陵宰，如思瓊樹憂。徒令魂入夢，翻覺夜成秋。緑水解人意，爲余西北流。因聲玉琴裹，蕩漾寄君愁。

夕霽杜陵登樓寄韋繇

浮雲滅霽景，萬物生秋容。登樓送遠目，伏檻觀羣峰。原野曠超緬，關河紛雜重。清輝映竹日，翠色明雲松。蹈海寄遐想，還山迷舊蹤。徒然迫晚暮，未果諧心胸。結桂空佇立，折麻恨莫從。思君達永夜，長樂聞疏鐘。

月夜江行寄崔員外宗之

飄飄江風起，蕭颯海樹秋。登艫美清夜，掛席移輕舟。月隨碧山轉，水合青天流。杳如星河上，但覺雲林幽。歸路方浩浩，徂川去悠悠。徒悲蕙草歇，復聽菱歌愁。岸曲迷後浦，沙明瞰前洲。懷君不可見，望遠增離憂。

秋夜宿龍門香山寺奉寄王方城十七丈奉國瑩（今按，據詹鍈本《李白全集》卷十一，當爲「瑩」）上人從弟幼成令問

朝發汝海東，暮棲龍門中。水寒夕波急，木落秋山空。望極九霄迥，賞幽萬壑通。目浩沙上月，心清松下風。玉斗橫網户，銀河耿花宫。興在趣方逸，歡餘情未終。鳳駕憶王子，虎溪懷遠公。桂枝坐消歇，棣華不復同。流恨寄伊水，盈盈焉可窮。

北山獨酌寄韋六

巢父將許由，未聞買山隱。道存跡自高，何憚去人近。紛吾下兹嶺，地閑喧亦泯。門横羣岫開，水鑿衆泉引。屏高而在雲，竇深莫能準。川光晝昏凝，林氣夕棲（今按，據四庫本、詹鍈本《李白全集》卷一二、《全唐詩》卷一七二，當爲「淒」）緊。於焉摘朱果，兼得養玄牝。坐月觀寶書，拂霜弄瑶軫。傾壺事幽酌，顧影還獨盡。念君風塵遊，傲爾令自哂。

江上寄元六林宗

霜落江始寒，楓葉緑未脱。客行悲清秋，永路苦不達。滄波眇川汜，白日隱天末。停棹依林巒，驚猿相叫聒。夜分河漢轉，起視溟漲闊。涼風何蕭蕭，流水鳴活活。浦沙浄如洗，海月明可掇。蘭交空懷思，瓊樹詎解渴。勖哉滄洲心，歲晚庶不奪。幽賞頗自得，興遠與

誰豁。

遊敬亭寄崔侍御

我家敬亭下，輒繼謝公作。相去數百年，風期宛如昨。登高素秋月，下望青山郭。俯視鴛鷺羣，飲啄自鳴躍。夫子雖蹭蹬，瑶臺雪中鶴。獨立窺浮雲，其心在寥廓。時來顧我笑，一飯葵與藿。世路如秋風，相逢盡蕭索。腰間玉貝劍，意許無遺諾。壯士不可輕，相期在雲閣。

安陸白兆山桃花巖寄劉侍御綰

雲卧三十年，好閑復愛仙。蓬壺雖冥絶，鸞鶴心悠然。歸來桃花巖，得憩雲牕眠。對嶺人共語，飲潭猿相連。時昇翠微上，邈若羅浮巔。兩岑抱東壑，一嶂横西天。樹雜日易隱，崖傾月難圓。芳草换野色，飛蘿摇春煙。入遠搆石室，選幽開山田。獨此林下意，杳無區中緣。永辭霜臺客，千載方來旋。

淮陰書懷寄王宗城

沙墩至梁苑，二十五長亭。大舶夾雙艣，中流鵝鸛鳴。雲天掃空碧，川嶽涵餘清。飛鳧從西來，適與佳興并。眷言王喬舄，婉孌故人情。復此親懿會，而增交道榮。沿洄且不定，

飄忽悵徂征。暝投淮陰宿，欣得漂母迎。斗酒烹黄雞，一餐感素誠。予爲楚壯士，不是魯諸生。有德必報之，千金耻爲輕。緬書羈孤意，遠寄棹歌聲。

寄東魯二子（在金陵作。）（今按，詹鍈本《李白全集》卷十二、《全唐詩》「子」前有「稚」字）

吴地桑葉緑，吴蠶已三眠。我家寄東魯，誰種龜陰田。春事又不及，江行復茫然。南風吹歸心，飛墮酒樓前。樓東一株桃，枝葉拂青煙。此樹我所種，别來向三年。桃今與樓齊，我行尚未旋。嬌女字平陽，折花倚桃邊。折花不見我，淚下如流泉。小兒名伯禽，與姊亦齊肩。雙行桃樹下，撫背復誰憐。念此失次第，肝腸日憂煎。裂素寫遠意，因之汶陽川。（范德機云：天下喪亂，骨肉離散，此《北征》「入門號咷」以下意也。然彼合此離；彼有哭其死，此則憐其生；彼兼時事，此乃單詠；要其［今按，詹鍈本《李白全集》卷十二引范德機批選《李翰林詩》作「皆」］憂思之正者也。）

聞丹丘子於城北營石門幽居中有高鳳遺跡僕離羣遠懷亦有棲遁之志因敘舊以寄之

春華滄江月，秋色碧海雲。離居盈寒暑，對此長思君。思君楚水南，望君淮山北。夢魂雖飛來，會面不可得。疇昔在嵩陽，同衾卧羲皇。緑蘿笑簪紱，丹壑賤巖廊。晚途各分析，乘興任所適。僕在鴈門關，君爲蛾（今按，據姚本，當爲「峨」）眉客。心懸萬里外，影滯兩鄉隔。

長劍復歸來，相逢洛陽陌。陌上何喧喧，都令心意煩。迷津覺路失，託勢隨風翻。以兹謝朝列，長嘯歸故園。故園悠閑逸，求古散縹帙。久欲入名山，婚娶殊未畢。人生信多故，世事豈唯一。念此憂如焚，悵然若有失。聞君卧石門，宿昔契彌敦。方從桂樹隱，不羨桃花源。高風起遐曠，幽人跡復存。松風清瑶瑟，溪月湛芳樽。安居偶佳賞，丹心期此論。

送餞十六首

送張舍人之江東

張翰江東去，正值秋風時。天清一鴈遠，海闊孤帆遲。白日行欲暮，滄波杳難期。吴洲如見月，千里幸相思。

魯郡東石門送杜甫（今按，《全唐詩》「杜」後有「二」字）

醉别復幾日，登臨徧池臺。何時石門路，重有金樽開。秋波落泗水，海色明徂徠。飛蓬各自遠，且盡手中杯。

送裴十八圖南歸嵩山

君思潁水緑，忽復歸嵩岑。歸時莫洗耳，爲我洗其心。洗心得真情，洗耳徒買名。謝公終

一起，相與濟蒼生。

江夏送友人

雪點翠雲裘，送君黄鶴樓。黄鶴振玉羽，西飛帝王州。鳳無琅玕實，何以贈遠遊。徘徊相顧影，淚下漢江流。

送郄昂謫巴中

瑶草寒不死，移植滄江濱。東風灑雨露，會入天地春。予若洞庭葉，隨波送逐臣。思歸未可得，書此謝情人。

送楊山人歸嵩山

我有萬古宅，嵩陽玉女峯。長留一片月，掛在東溪松。（劉云：超然天地間，可以不死，豈獨不經人道哉！）爾去掇仙草，菖蒲花紫茸。歲晚或相訪，青天騎白龍。

金鄉送韋八之西京

客自長安來，還歸長安去。狂風吹我心，西掛咸陽樹。此情不可道，此别何時遇。望望不見君，連山起煙霧。（劉云：同是瞻望不及之意，能者自然。）

同王昌齡送族弟襄歸桂陽

秦地見碧草，楚謡對清樽。把酒爾何思，鷓鴣啼南園。余欲羅浮隱，猶懷明主恩。躊躇紫宮戀，孤負滄洲言。終然無心雲，海上同飛翻。相期乃不淺，幽桂有芳根。（蕭云：此詩非一飯不忘君者乎？）

五松山送殷淑

秀色發江左，風流奈若何。仲文了不還，獨立揚清波。載酒五松山，頹然白雲歌。中天度落月，萬里遥相過。撫酒惜此月，流光畏蹉跎。明日别離去，連峰鬱嵯峨。（劉云：此其淺易者，意〔今按，「意」字，牛斗本、屠隆本、張恂本、四庫本同此，姚本作「作」，刻者不詳明本作「非」；蓋「非」爲較早刊本之訛，後之刊本或改爲「意」、或改爲「作」〕亦灑然。）

送崔氏昆季之金陵

放歌倚東樓，行子期曉發。秋風度（今按，姚本作「渡」）江來，吹落山上月。主人出美酒，滅燭延清光。二崔向金陵，安得不盡觴。水客弄歸棹，雲帆卷輕霜。扁舟敬亭下，五兩先飄揚。峽石入水花，碧流日更長。思君無歲月，西眺阻河梁。

送韓準裴政孔巢父還山

獵客張兔罝，不能掛龍虎。所以青雲人，高歌在巖户。韓生信英彦，裴子含清真。孔侯復秀出，俱與雲霞親。峻節凌遠松，同衾卧磐石。斧冰漱寒泉，三子同二屐。時時或乘興，往往雲無心。出山揖牧伯，長嘯輕衣簪。昨宵夢裏還，云弄竹溪月。今晨魯東門，悵飲與君別。雪崖滑去馬，蘿徑迷歸人。相思若煙草，歷亂無冬春。

對雪奉餞任城六父秩滿歸京

龍虎謝鞭策，鵷鸞不司晨。君看海上鶴，何似籠中鶉。獨用天地心，浮雲乃吾身。雖將簪組狎，若與煙霞親。季父有英風，白眉超常倫。一官即夢寐，脱屣歸西秦。竇公敞華筵，墨客盡來臻。燕歌落湖（今按，據姚本、屠隆本、刻者不詳明本、詹鍈本《李白全集》卷十四，當爲「胡」）鴈，郢曲回陽春。征馬百度嘶，遊車動行塵。躊躇未忍去，戀此四座人。餞離駐高駕，惜別空殷勤。何時竹林下，更與步兵鄰。

送趙判官赴黔府中丞叔幕

廓落青雲心，結交黄金盡。富貴翻相忘，令人忽自哂。蹭蹬鬢毛班（今按，姚本、四庫本、詹鍈本《李白全集》卷十六、《全唐詩》卷一七七皆作「斑」；「班」古同「斑」），盛時難再還。巨源咄石生，何事馬蹄

間。緑蘿長不厭，却欲還東山。君爲魯曾子，拜揖高堂裏。叔繼趙平原，偏承明主恩。風霜推獨坐，旌節鎮雄藩。虎士秉金鉞，蛾眉開玉樽。才高幕下去，義重林中言。水宿五溪月，霜啼三峽猿。東風春草緑，江上候歸軒。

送魯郡劉長史遷弘農長史

魯國一杯水，難容横海鱗。仲尼且不敬，況乃尋常人。白玉换斗粟，黄金買尺薪。閉門木葉下，始覺秋非春。聞君向西遷，地即鼎湖鄰。寶鏡匣蒼蘚，丹經埋素塵。軒后上天時，攀龍遺小臣。及此留惠愛，庶幾風化淳。魯縞如白煙，五縑不成束。臨行贈貧交，一尺重山岳。相國齊晏子，贈行不及言。託陰當樹李，忘憂當樹萱。他日見張禄，綈袍懷舊恩。

送楊少府赴選

大國置衡鏡，準平天地心。羣賢無邪人，朗鑑窮情深。吾君詠南風，衮冕彈鳴琴。時泰多美士，京國會纓簪。山苗落礀底，幽松出高岑。夫子有盛才，主司得球琳。流水非鄭曲，前行遇知音。衣工剪綺繡，一悮傷千金。何惜刀尺餘，不裁寒女衾。我非彈冠者，感别但開襟。空谷無白駒，賢人豈悲吟。大道安棄物，時來或招尋。爾見山吏部，當應無陸沉。

送薛九被讒去魯

宋人不辨玉，魯賤東家丘。我笑薛夫子，胡爲兩地遊。黄金銷衆口，白璧竟難投。梧桐生蒺藜，緑竹乏佳實。鳳凰宿誰家，送與羣雞匹。田家養老馬，窮士歸其門。蛾眉笑躄者，賓客去平原。却斬美人首，三千還駿奔。毛公一挺劍，趙楚兩相存。孟嘗悦狡兔，三窟賴馮諼。信陵奪兵符，爲用侯生言。春申一何愚，刎首爲李園。賢哉四公子，撫掌黄泉裏。借問笑何人，笑人不好士。爾去且勿諠，桃李竟何言。沙丘無漂母，誰肯飯王孫。

留别八首

别魯頌（今按，詹鍈本《李白全集》前有「留」字）

誰道泰山高，下却魯連節。誰云秦軍衆，摧却魯連舌。獨立天地間，清風灑蘭雪。（劉云：收得意象高迴，自切事情。）夫子還倜儻，攻文繼前烈。錯落石上松，無爲秋霜拆（今按，據四庫本、詹鍈本《李白全集》卷十三，當爲「折」）。贈言鏤寳刀，千歲庶不滅。（劉云：古意《選》語。）

秋日魯郡堯祠亭上宴别杜補闕范侍御

我覺秋興逸，誰云秋興悲。山將落日去，水與晴空宜。魯酒白玉壺，送行駐金羈。歇鞍憩

古木，解帶掛横枝。歌鼓川上亭，曲度神飆吹。雲歸碧海夕，鴈没青天時。相失各萬里，茫然空爾思。

贈别王山人歸布山

王子析道論，微言破秋毫。還歸布山隱，興入雲天高。爾去安可遲，瑶草恐衰歇。我心亦懷歸，屢夢松上月（一作「衣」）。傲然遂獨往，長嘯開巖扉。林壑久已蕪，石道生薔薇。願言弄笙鶴，歲晚來相依。

留别賈舍人至二首

秋風吹胡霜，凋此簷下芳。折芳怨歲晚，離别悽以傷。謬攀青瑣賢，延我於此堂。君爲長沙客，我獨之夜郎。勸此一杯酒，豈惟道路長。割珠兩分贈，寸心久不忘。何必兒女仁，相看淚成行。

其二

大梁白雲起，飄颻來南洲。徘徊蒼梧野，十見羅浮秋。鰲抃山海傾，四溟揚洪流。意欲託孤鳳，從之摩天遊。鳳苦道路難，翱翔還昆丘。不肯銜我去，哀鳴慚不留。遠客謝主人，明珠難暗投。拂拭倚天劍，西登岳陽樓。長嘯萬里風，掃清胸中憂。誰念劉越石，化爲繞

指柔。

留别金陵諸公

海水昔飛動，三龍分戰争。鍾山危波瀾，傾側駭奔鯨。黄旗一掃蕩，割壤開吴京。六代更霸王，遺跡見都城。至今秦淮間，禮樂秀羣英。地扇鄒魯學，詩騰顔謝名。五月金陵西，祖余白下亭。欲尋廬峰頂，先繞漢水行。香爐紫煙滅，瀑布落太清。若攀星辰去，揮手緬含情。

將遊衡岳過漢陽雙松亭留别族弟浮屠談皓

秦欺趙氏璧，却入邯鄲宫。本是楚家玉，還來荆山中。丹彩瀉滄溟，清暉凌白虹。青蠅一相點，流落此時同。卓絶道門秀，談玄乃支公。延蘿結幽居，剪竹繞芳叢。涼花拂户牖，天籟鳴虚空。憶我初來時，蒲萄開景風。今兹大火落，秋葉黄梧桐。水色夢沅湘，長沙去何窮。寄書訪衡嶠，但與南飛鴻。

留别廣陵諸公（一作《留别邯鄲故人》。）

憶昔作少年，結交趙與燕。金羈絡駿馬，錦帶横流泉。寸心無疑事，所向非徒然。晚節覺此疏，獵精草太玄。空名束壯士，薄俗棄高賢。中迴聖明顧，揮翰凌雲煙。騎虎不敢

下，攀龍忽墮天。還家守清真，孤潔勵秋蟬。煉丹費火石，採藥窮山川。卧海不關人，租税遼東田。乘興忽復起，棹歌溪中船。臨醉謝葛强，山公欲倒鞭。狂歌自此別，垂釣滄浪前。

五言古詩卷之六　唐詩品彙六

正宗（四）

李　白（下）

尋遇七首

尋山僧不遇作（金陵。）

石徑入丹壑，松門閉青苔。閑堦有鳥跡，禪室無人開。窺牕見白拂，掛壁生塵埃。使我空歎息，欲去仍徘徊。香雲偏（今按，據姚本、四庫本、《全唐詩》卷一八三，當爲「徧」）山起，花雨從天來。已有空樂好，況聞清猿哀。了然絶世事，此地方悠哉。

下終南山過斛斯山人宿置酒

暮從碧山下，山月隨人歸。却顧所來徑，蒼蒼横翠微。相攜及田家，童稚開荆扉。緑竹入

幽徑，青蘿拂行衣。歡言得所憩，美酒聊共揮。長歌吟松風，曲盡河星稀。我醉君復樂，陶然共忘機。

過汪氏別業

遊山誰可遊，子明與浮丘。疊嶺礙河漢，連峯横斗牛。汪生面北阜，池館清且幽。我來感意氣，搥炰列珍羞。掃石待歸月，開池漲寒流。酒酣益爽氣，爲樂不知秋。（《晉志》：宣城郡隆陽縣，乃仙人陵陽竇子明所居也。〔今按，此見《晉書·地理志》。又《蜀中廣記》卷九記載：「杜光庭《録異記》：綿州昌明縣竇圌山，真人竇子明修道之所也。」《四川通志》卷三十八之三亦記載：「唐竇子明，江油人。爲彰明主簿，後棄官隱於竇圩。未幾至圌山修道，抵仙女橋，見一女人磨針，因問之，答曰：『鐵杵磨繡針，功久自然成。』遂感悟，復歸圌山，怡神養性三載，白日昇天。今塑像俱存。」〕）

安州般若寺水閣納涼喜遇薛員外

翛然金園賞，遠近含晴光。樓臺成海氣，草木皆天香。忽逢青雲士，共解丹霞裳。水退池上熱，風生松下涼。吞討破萬象，褰窺臨衆芳。而我遺有漏，與君用無方。心垢都已滅，永言題禪房。

尋高鳳石門山中元丹丘

尋幽無前期，乘興不覺遠。蒼厓渺難涉，白日忽欲晚。未窮三四山，已歷千萬轉。寂寂聞

猿愁，行行見雲收。高松來好月，空谷宜清秋。溪深古雪在，石斷寒泉流。峰巒秀中天，登眺不可盡。丹丘遥相呼，顧我忽而哂。遂造窮谷間，始知静者閑。留歡達永夜，清曉方言還。

金陵江上遇蓬池隱者

心愛名山遊，身隨名山遠。羅浮麻姑臺，此去或未返。遇君蓬池隱，就我石上飯。空言不成歡，强笑惜日晚。緑水向鴈門，黄雲蔽龍山。歎息兩客鳥，徘徊吴越間。共語一執手，留連夜將久。解我紫綺裘，且换金陵酒。酒來笑復歌，興酣樂事多。水影弄月色，清光奈愁何。明晨掛帆席，離恨滿滄波。

尋魯城北范居士失道（落蒼耳中，見范置酒摘蒼耳作。）

鴈度秋色遠，日静無雲時。客心不自得，浩漫將何之。忽憶范野人，閑園養幽姿。茫然起逸興，但恐行來遲。城壕失往路，馬首迷荒陂。不惜翠雲裘，遂爲蒼耳欺。入門且一笑，把臂君爲誰。酒客愛秋蔬，山盤薦霜梨。他筵不下箸，此席忘朝饑。酸棗垂北郭，寒瓜蔓東籬。還傾四五酌，自詠猛虎詞。近作十日歡，遠爲千載期。風流自簸蕩，謔浪偏相宜。酣來上馬去，却笑高陽池。

游覽二十六首

遊南陽清泠泉

惜彼落日暮，愛此寒泉清。西輝逐流水，蕩漾遊子情。空歌望雲月，曲盡長松聲。

遊秋浦白笴陂

白笴夜長嘯，爽然溪谷寒。魚龍動陂水，處處生波瀾。天借一明月，飛來碧雲端。故鄉不可見，腸斷正西看。

登新平樓

去國登兹樓，懷歸傷暮秋。天長落日遠，水浄寒波流。秦雲起嶺樹，胡鴈飛沙洲。蒼蒼幾萬里，目極令人愁。

掛席江上待月有懷

待月月未出，望江江自流。倏忽城西郭，青天懸玉鈎。素華雖可攬，清景不同遊。耿耿金波裏，空瞻鳷鵲樓。（《漢書》注：鳷鵲觀在雲陽甘泉宫也。）

大庭庫

朝登大庭庫，雲物何蒼然。莫辨陳鄭火，空霾鄒魯煙。我來尋梓慎，觀化入寥天。古木翔（今按，詹鍈本《李白全集》卷十九作「翔」；四庫本、《全唐詩》卷一八〇作「朔」；《四庫全書考證》卷七五以爲「翔」乃「朔」字之訛）氣多，松風如五絃。帝圖終冥没，歎息滿山川。（杜預《左傳注》：「大庭氏，古國名，在魯城内。魯於其庭［今按，據《十三經注疏·春秋左傳注疏》卷四八，「庭」當爲「處」］作庫，登高以望氣［今按，此句《春秋左傳注疏》原文爲：「高顯，故登以望氣。」］昭公十八年五月［今按，此下乃《春秋左傳》之傳文］：「宋、衛、陳、鄭火，梓慎登大庭庫［今按，「大庭庫」《春秋左傳》原文作「大庭氏之庫」］望之，曰：「宋、衛、陳、鄭也。」數日，皆來告火。」）

與從姪杭州刺史良遊天竺寺

掛席凌蓬丘，觀濤憩樟樓。三山動逸興，五馬同遨遊。天竺森在眼，松風颯驚秋。覽雲測變化，弄水窮清幽。疊嶂隔遥海，當軒寫歸流。轉成傲雲月，佳趣滿吴洲。

登巴陵開元寺西閣贈衡嶽僧方外

衡嶽有闡士，五峰秀真骨。見君萬里心，海水照秋月。大臣南溟去，問道皆請謁。灑以甘露言，清涼潤肌髮。明湖落天鏡，香閣凌銀闕。登眺餐惠風，新花期啓發。

登單父陶少府半月臺

陶公有逸興，不與常人俱。築臺像半月，迴向高城隅。置酒望白雲，商飈起寒梧。秋山入遠海，桑柘羅平蕪。水色淥且明，令人思鏡湖。終當過江去，愛此暫踟躕。

登太白峰

西上太白峰，夕陽窮登攀。太白與我語，爲我開天關。願乘泠風去，直出浮雲間。舉手可近月，前行若無山。一别武功去，何時復見還。

同友人舟行遊台越作

楚臣傷江楓，謝客拾海月。懷沙去瀟湘，掛席汎溟渤。蹇予訪前跡，獨往造窮髮。古人不可攀，去若浮雲没。願言弄倒景，從此鍊真骨。華頂窺絶溟，蓬壺望超忽。不知青春度，但怪緑芳歇。空持釣鼇心，從此謝魏闕。

遊謝氏山亭

淪老卧江海，再歡天地清。病閑久寂寞，歲物徒芬榮。借君西池遊，聊以散我情。掃雪松下去，捫蘿石道行。謝公池塘上，春草颯已生。花枝拂人來，山鳥向我鳴。田家有美酒，

落日與之傾。醉罷弄歸月，遥欣稚子迎。

憶襄陽舊遊贈馬少府巨

昔爲大堤客，曾上山公樓。開牕碧嶂（今按，姚本、牛斗本、屠隆本、刻者不詳明本作「岫」）滿，拂鏡滄江流。高冠佩雄劍，長揖韓荆州。此地别夫子，今來思舊遊。朱顔君未老，白髮我先秋。壯志恐蹉跎，功名若雲浮。歸心結遠夢，落日懸春愁。空思羊叔子，墮淚峴山頭。

金陵鳳凰臺置酒

置酒延落景，金陵鳳凰臺。長波寫萬古，心與雲俱開。借問往昔時，鳳凰爲誰來。鳳凰去已久，正當今日回。明君越羲軒，天老坐三台。豪士無所用，彈絃醉金罍。東風吹山花，安可不盡杯。六帝没幽草，深宫冥緑苔。置酒勿復道，歌鐘但相催。

九日登巴陵置酒望洞庭水軍（時賊逼華容縣。）

九日天氣清，登高無秋雲。造化闢川岳，了然楚漢分。長風鼓横波，合沓蹙龍文。憶昔傳遊豫，樓船壯横汾。今兹討鯨鯢，旌旆何繽紛。白羽落酒尊，洞庭羅三軍。黄花不掇手，戰鼓遥相聞。劍舞轉頽陽，當時日停曛。酣歌激壯士，可以摧妖氛。握齱（今按，四庫本作「齷齪」，詹鍈本《李白全集》卷十九作「齷齪」）東籬下，淵明不足羣。

秋登巴陵望洞庭

清晨登巴陵，周覽無不極。明湖映天光，徹底見秋色。秋色何蒼然，際海俱澄鮮。山青滅遠樹，水緑無寒煙。來帆出江中，去鳥向日邊。風清長沙浦，霜空雲夢田。瞻光惜頽髮，閱水悲徂年。北渚既蕩漾，東流自潺湲。郢人唱白雪，越女歌採蓮。聽此更斷腸，憑厓淚如泉。

與周剛清溪玉鏡潭宴別（潭在秋浦桃樹［今按，詹鍈本《李白全集》卷十八同此，姚本、屠隆本、牛斗本、刻者不詳明本作「胡」］陂下，余新名此潭。）

康樂上官去，永嘉遊石門。江中有孤嶼，千載跡猶存。我來憩秋浦，三入桃陂源。千峰照積（今按，原文漫漶難辨，此據姚本、詹本、《全唐詩》）雪，萬壑盡啼猿。興與謝公合，文因周子論。掃厓去落葉，席月開清尊。溪當大樓南，溪水正南奔。迴作玉鏡潭，澄明洗心魂。此中得佳境，可以絶囂喧。清夜方歸來，酣歌出平原。別後經此地，爲余謝蘭蓀。

望廬山瀑布水

西登香爐峰，南見瀑布水。掛流三百丈，噴壑數十里。欻如飛電來，隱若白虹起。初驚河漢落，半灑雲天裏。仰觀勢轉雄，壯哉造化功。海風吹不斷，江月照還空。（劉云：奇夐不復可

道。）空中亂潈射，左右洗青壁。飛珠散輕霞，流沫沸穹石。而我樂名山，對之心益閑。無論漱瓊液，還得洗塵顔。且諧宿所好，永願辭人間。

遊太山五首

四月上太山，石屏御道開。六龍過萬壑，澗谷隨縈迴。馬跡繞碧峰，于今滿青苔。飛流灑絶巘，水急松聲哀。北眺嶂奇，傾崖向東摧。洞門閉石扇，地底興雲雷。登高望蓬瀛，想像金銀臺。天門一長嘯，萬里清風來。玉女四五人，飄颻下九垓。含笑引素手，遺我流霞杯。稽首再拜之，自愧非仙才。曠然小宇宙，棄世何悠哉。

其二

清曉騎白鹿，直上天門山。山際逢羽人，方瞳好容顔。捫蘿欲就語，却掩青雲關。遺我鳥跡書，飄然落巖間。其字乃上古，讀之了不閑。感此三歎息，從師方未還。

其三

平明登日觀，舉手開雲關。精神四飛揚，如出天地間。黄河從西來，窈窕入遠山。憑崖攬八極，目盡長空閑。偶然值青童，緑髮雙雲鬟。笑我晚學仙，蹉跎凋朱顔。躊躇忽不見，浩蕩難追攀。

其四

清齋三千日，裂素寫道經。吟誦有所得，衆神衛我形。雲行信長風，颯若羽翼生。攀崖上日觀，伏檻窺東溟。海色動遠山，天雞已先鳴。銀臺出倒景，白浪翻長鯨。安得不死藥，高飛向蓬瀛。

其五

日觀東北傾，兩崖夾雙石。海水落眼前，天光摇空碧。千峰争攢聚，萬壑絶凌歷。緬彼鶴上仙，去無雲中跡。長松入霄漢，遠望不盈尺。山花異人間，五月雪中白。終當遇安期，於此錬玉液。

陪族叔當塗宰遊化城寺升公清風亭

化城若化出，金榜天宫開。疑是海上雲，飛空結樓臺。升公湖山秀，粲然有辨（今按，《全唐詩》卷一七九、詹鍈本《李白全集》作「辯」）才。濟人不利己，立俗無嫌猜。了見水中月，青蓮出塵埃。閑居清風亭，左右清風來。當暑陰廣殿，太陽爲徘徊。茗酌待幽客，珍盤薦彫梅。飛文（今按，姚本、牛斗本、屠隆本、刻者不詳明本作「雲」）何灑落，萬象爲之摧。季父擁鳴琴，德聲布雲雷。雖遊道林室，亦舉陶潛杯。清樂動諸天，長松自吟哀。留歡若可盡，劫石乃成灰。

春陪商州裴使君遊石娥溪（時欲東遊，遂有此贈。）

裴公有仙標，拔俗數千丈。澹蕩滄洲雲，飄颻紫霞想。剖竹商洛間，政成心已閑。蕭條出世表，冥寂閉玄關。我來屬芳節，解榻時相悦。褰帷對雲峰，揚袂指松雪。暫出東城邊，遂遊西巖前。横天聳翠壁，噴壑鳴紅泉。尋幽殊未歇，愛此春光發。溪傍饒名花，石上有好月。命駕歸去來，露華生翠苔。淹留惜將晚，復聽清猿哀。清猿斷人腸，遊子思故鄉。明發首東路，此歡焉可忘。

登梅岡望金陵贈族姪高座寺僧中孚

鍾山抱金陵，霸氣昔騰發。天開帝王居，海色照宫闕。羣峰如逐鹿，奔走相馳突。江水九道來，雲端遥明没。時遷大運去，龍虎勢休歇。我來屬天清，登覽窮楚越。吾宗挺禪伯，特秀鸞鳳骨。衆星羅青天，明者獨有月。冥居順生理，草木不剪伐。煙窻引薔薇，石壁老野蕨。吴風謝安屐，白足傲履襪。幾宿下山，蕭然忘干謁。談經演金偈，降鶴舞海雪。時聞天香來，了與世事絶。佳遊不可得，春風惜遠别。賦詩留巘屏，千載庶不滅。

登金陵冶城西北謝安墩（此墩即晉太傅謝安與右軍王羲之同登，超然有高士之志，余將營園其上，故作是詩也。）

晉室昔横潰，永嘉遂南奔。沙塵何茫茫，龍虎鬬朝昏。胡馬風漢草，天驕蹙中原。哲匠感頽運，雲鵬忽飛翻。組練照楚國，旍旗連海門。西秦百萬衆，戈甲如雲屯。投鞭可填江，一掃不足論。皇運有返正，醜虜無遺魂。談笑遏横流，蒼生望斯存。冶城訪古跡，猶有謝安墩。憑覽周地險，高標絶人喧。想像東山姿，緬懷右軍言。梧桐識嘉樹，蕙草留芳根。白鷺映春洲，青龍見朝暾。地古雲物在，臺傾禾黍繁。我來酌清波，於此樹名園。功成拂衣去，歸入武陵源。

行役七首

宿五松山下荀媪家

我宿五松下，寂寥無所歡。田家秋作苦，鄰女夜舂寒。跪進雕胡飯，月光明素盤。令人慚漂母，三謝不能餐。

宿巫山下

昨夜巫山下，猿聲夢裏長。桃花飛緑水，三月下瞿塘。雨色風吹去，南行拂楚王。高丘懷宋玉，訪古一霑裳。

上三峽

巫山夾青天，巴水流若兹。巴水忽可盡，青天（今按，四庫本作「山」）無到時。三朝上黄牛，三暮行太遲。三朝又三暮，不覺鬢成絲。

江行寄遠

刳木出吴楚，危槎百餘尺。疾風吹片帆，日暮千里隔。别時酒猶在，已爲異鄉客。思君不可親，愁見江水碧。

之廣陵宿常二南郭幽居

緑水接柴門，有如桃花源。忘憂或假草，滿院羅叢萱。暝色湖上來，微雨飛南軒。故人宿茅宇，夕鳥棲楊園。還惜詩酒别，深爲江海言。明朝廣陵道，獨憶此傾樽。

郢門秋懷

郢門一爲客，巴月三成弦。朔風正摇落，行子愁歸旋。杳杳山外日，茫茫江上天。人迷洞庭水，鴈度瀟湘煙。清曠諧宿好，緇磷及此年。百齡何蕩漾，萬化相推遷。空謁蒼梧帝，徒尋溟海仙。已聞蓬海淺，豈見三桃圓。倚劍增浩歎，捫襟還自憐。終當遊五湖，濯足滄浪泉。

自巴東舟行經瞿塘峽登巫山最高峰晚還題壁

江行幾千里，海月十五圓。始經瞿塘峽，遂步巫山巔。巫山高不窮，巴國盡所歷。日邊攀垂蘿，霞外倚穹石。飛步凌絶頂，極目無纖煙。却顧失丹壑，仰觀臨青天。青天若可捫，銀漢去安在。望雲知蒼梧，記水辨瀛海。周遊孤光晚，歷覽幽意多。積雪照空谷，悲風鳴森柯。歸途行欲曛，佳趣尚未歇。江寒早啼猿，松瞑已吐月。月色何悠悠，清猿響啾啾。辭山不忍聽，揮策還孤舟。

懷古四首

蘇武

蘇武在匈奴，十年持漢節。白鴈上林飛，空傳一書札。牧羊邊地苦，落日歸心絶。渴飲月

窟水，飢餐天上雪。東還沙塞遠，北愴河梁别。泣把李陵衣，相看淚成血。

經下邳圯橋懷張子房

子房未虎嘯，破産不爲家。滄海得壯士，椎秦博浪沙。報韓雖不成，天地皆振動。潛匿遊下邳，豈曰非智勇。我來圯橋上，懷古欽英風。唯見碧流水，曾無黄石公。歎息此人去，蕭條徐泗空。

望鸚鵡洲懷禰衡

魏帝營八極，蟻觀一禰衡。黄祖斗筲人，殺之受惡名。吴江賦鸚鵡，落筆超羣英。鏘鏘振金玉，句句欲飛鳴。鷙鶚啄孤鳳，千春傷我情。五岳起方寸，隱然詎可平。才高竟何施，寡識冒天刑。至今芳洲上，蘭蕙不忍生。

商山四皓

白髮四老人，昂藏南山側。偃蹇松雪間，冥翳不可識。雲牕拂青靄，石壁横翠色。龍虎方戰争，於焉自休息。秦人失金鏡，漢祖昇紫極。陰虹濁太陽，前星遂淪匿。一行佐明聖，倏起生羽翼。功成身不居，舒卷在胸臆。窅冥合元化，茫昧信難測。飛聲塞天衢，萬古仰遺跡。（劉云：首尾無俗意，一似古題。）

雜興二十四首

春思

燕草如碧絲，秦桑低緑枝。當君懷歸日，是妾斷腸時。春風不相識，何事入羅幃。（劉云：平易近情，自有天趣。○蕭云：燕草如絲，興征夫懷歸，秦桑低枝，興思婦斷腸，末意貞潔，非外物所能動。此詩可謂得《國風》不淫不誹之體矣。）

寓言

長安春色歸，先入青門道。緑楊不自持，從風欲傾倒。海燕還秦宫，雙飛入簾櫳。相思不相見，託夢遼城東。

待酒不至

玉壺繫青絲，沽酒來何遲。山花向我笑，正好銜杯時。晚酌東山下，流鶯復在兹。春風與醉客，今日乃相宜。

望月有懷

清泉映疏松，不知幾千古。寒月摇清波，流光入牕户。對此空長吟，思君意何深。無因見

安道，興盡愁人心。

落日憶山中

雨後煙景緑，晴天散餘霞。東風隨春歸，發我枝上花。花落時欲暮，見此令人嗟。願遊名山去，學道飛丹砂。

對酒憶賀監

狂客歸四明，山陰道士迎。敕賜鏡湖水，爲君臺沼榮。人亡餘故宅，空有荷花生。念此杳如夢，凄然傷我情。

感興四首

瑶姬天帝女，精彩化朝雲。宛轉入宵夢，無心向楚君。錦衾抱秋月，綺席空蘭芬。茫昧竟誰測，虛傳宋玉文。

其二

十五遊神仙，仙遊未曾歇。吹笙吟松風，汎席窺海月。西山玉童子，使我煉金骨。欲逐黄鶴飛，相呼向蓬闕。（蕭云：此篇喻賢者相招以求禄仕者。）

其三

西國有美女，結樓青雲端。蛾眉艷曉月，一笑傾城歡。高節不可奪，炯心如凝丹。常恐彩色晚，不爲人所觀。安得配君子，共乘雙飛鸞。（蕭云：此篇喻賢者不輕去就，復恐老之將至，於時無聞，思見君子，事之以「今按，姚本作「與」」共禄位也。）

其四

洛浦有宓妃，飄飖雪争飛。輕雲拂素月，了可見清輝。解珮欲西去，含情詎相違。香塵動羅襪，緑水不沾衣。陳王徒作賦，神女豈同歸。好色傷大雅，多爲世所譏。

廬山東林寺夜懷

我尋青蓮宇，獨往謝城闕。霜清東林鐘，水白虎溪月。天香生虚空，天樂鳴不歇。宴坐寂不動，大千入毫髪。湛然冥真心，曠劫斷出没。

春日獨酌二首

東風扇淑氣，水木榮春暉。白日照緑草，落花散且飛。孤雲還空山，衆鳥各已歸。彼物皆有托，吾生獨無依。對此石上月，長醉歌芳菲。

其二

我有紫霞想，緬懷滄洲間。思對一壺酒，澹然萬事閑。橫琴倚高松，把酒望遠山。長空去鳥没，落日孤雲還。但恐光景晚，宿昔成秋顔。

獨酌

春草如有意，羅生玉堂陰。東風吹愁來，白髮坐相侵。獨酌勸孤影，閑歌面芳林。長松爾何知，蕭瑟爲誰吟。手舞石上月，膝橫花間琴。過此一壺外，悠悠非我心。

春日醉起言志

處世若大夢，胡爲勞其生。所以終日醉，頹然卧前楹。覺來盼庭前，一鳥花間鳴。借問此何時，春風語流鶯。感之欲歎息，對酒還自傾。浩歌待明月，曲盡已忘情。（劉云：流麗［今按，姚本、牛斗本作「流灑」，屠隆本、刻者不詳明本作「瀟灑」］酣暢，欲勝淵明者，以其尤易也。詩皆如此，何以沉著爲哉？○范云：諸五言皆有晉宋間風，而此更超然。）

月下獨酌四首

花間一壺酒，獨酌無相親。舉杯邀明月，對影成三人。（劉云：古無此奇。）月既不解飲，影徒隨我身。暫伴月將影，行樂須及春。我歌月徘徊，我舞影凌亂。醒時同交歡，醉後各分散。

永結無情遊，相期邈雲漢。（劉云：凡情俗態終以此，安得不爲改觀？）

其二

天若不愛酒，酒星不在天。地若不愛酒，地應無酒泉。天地既愛酒，愛酒不愧天。已聞清比聖，復道濁如賢。聖賢既已飲，何必求神仙。三杯通大道，一斗合自然。但得酒中趣，勿爲醒者傳。（劉云：纏綿散朗，漸入真趣，言語之悟入如此。）

其三

三月咸陽城，千花晝如錦。誰能春獨愁，對此徑須飲。窮通與脩短，造化夙所稟。一樽齊死生，萬事固難審。醉後失天地，兀然就孤枕。不知有吾身，此樂最爲甚。

其四

窮愁千萬端，美酒三百杯。愁多酒雖少，酒傾愁不來。所以知酒聖，酒酣心自開。辭粟卧首陽，屢空飢顔回。當代不樂飲，虚名安用哉。蟹螯即金液，糟丘是蓬萊。且須飲美酒，乘月醉高臺。

日夕山中忽然有懷

久卧青山雲，遂爲青山客。山深雲更好，賞弄終日夕。月銜樓間峰，泉漱階下石。素心自此得，真趣非外惜。鼯啼桂方秋，風滅籟歸寂。緬思洪厓術，欲往滄海隔。雲車來何遲，撫己空歎息。

尋陽紫極宫感秋作

何處聞秋聲，翛翛北牕竹。迴薄萬古心，攬之不盈掬。静坐觀衆妙，浩然媚幽獨。白雲南山來，就我簷下宿。嬾從唐生决，羞訪季主卜。四十九年非，一往不可復。野情轉蕭散，世道有翻覆。陶令歸去來，田家酒應熟。（劉云：其自然不可及矣，東坡和此有餘，終涉擬議。）

秋夕書懷（一作《秋日南遊書懷》。）

北風吹海鴈，南渡落寒聲。感此瀟湘客，淒其流浪情。海懷結滄洲，霞想遊赤城。始探蓬壺事，旋覺天地輕。澹然吟高秋，閑卧瞻太清。蘿月掩空幕，松霜結前楹。滅見息羣動，獵微窮至精。桃花有源水，可以保吾生。（蕭云：此詩太白謫逐之時作，乃能以仙游自解，可謂素患難而善處者矣。〔今按，元刊本《分類補注李太白詩》卷二四原文爲：「太白當謫逐之時，乃能以仙游自解，可謂善處患難者矣。」〕）

與元丹丘方城寺談玄作

茫茫大夢中，惟我獨先覺。騰轉風火來，假合作容貌。滅除昏疑盡，領略入精要。澄慮觀此身，因得通寂照。朗悟前後際，始知金仙妙。幸逢禪居人，酌玉坐相召。彼我俱若喪，雲山豈殊調。清風生虚空，明月見談笑。怡然青蓮宫，永願恣遊眺。

冬夜醉宿龍門覺起言志

醉來脱寶劍，旅憩高堂眠。中夜忽驚覺，起立明燈前。開軒聊直望，曉雪河冰壯。哀哀歌苦寒，鬱鬱獨惆悵。傳（今按，據姚本、四庫本、《全唐詩》卷一八二、詹鍈本《李白全集》，當爲「傅」）説版築臣，李斯鷹犬人。欻起匡社稷，寧復長艱辛。而我胡爲者，歎息龍門下。富貴未可期，殷憂向誰寫。去去淚滿襟，舉聲梁甫吟。青雲當自致，何必求知音。

雜詠四首

聽蜀僧濬彈琴

蜀僧抱緑綺，西下蛾（今按，《全唐詩》卷一八三作「峨」）眉峰。爲我一揮手，如聽萬壑松。客心洗流水，餘響入霜鐘。不覺碧山暮，秋雲暗幾重。

金陵聽韓侍御吹笛

韓公吹玉笛，倜儻流英音。風吹繞鍾山，萬壑皆龍吟。王子停鳳管，師襄掩瑶琴。餘韻渡江去，天涯安可尋。

詠鄰女東牕海石榴

魯女東牕下，海榴世所稀。珊瑚映緑水，未足比光輝。清香隨風發，落日好鳥歸。願爲東南枝，低舉拂羅衣。無由共攀折，引領望金扉。

贈黄山胡公求白鷴（并序）

聞黄山胡公有雙白鷴，蓋是家雞所伏，自小馴狎，了無驚猜，以其名呼之，皆就掌取食。然此鳥耿介，尤難畜之。余平生酷好，竟莫能致，而胡公輟（今按，《全唐詩》作「輟」，四庫全書本《古今事文類聚·後集》卷四三、四庫全書本《御定佩文齋詠物詩選》卷四三九作「輒」。詹鍈本《李白全集》卷十一作「輟」，校記云：朱本作「輒贈」。）贈於我，唯求一詩。聞之欣然，適會宿意，因援筆三叫，文不加點，以贈之。

請以雙白璧，買君雙白鷴。白鷴白如錦，白雪耻容顔。照影玉潭裏，刷毛琪樹間。夜棲寒月静，朝步落花閑。我願得此鳥，翫之坐碧山。胡公能輟贈，籠寄野人還。（《西清詩話》云：李太白詩逸態凌雲，映照千載，然時作齊梁間人體段，略不近渾厚。）

五言古詩卷之七　唐詩品彙七

大家（一）

杜　甫（上）

《唐史》本傳云：唐興，詩人承陳、隋風流，浮靡相矜；至沈、宋等，研揣律詩，競相沿襲；（今按，「至沈宋等」三句，《新唐書》卷二〇一《杜甫傳》原文爲：「至宋之問、沈佺期等，研揣聲音，浮切不差，而號律詩，競相襲沿。」）逮開元間，稍裁雅正。然而人得一概，皆自名所長。甫乃渾涵汪洋，千彙萬狀，兼古今而有之。又善陳時事，律切精深，至千言不少衰，世號「詩史」。　太原王琪云：子美博聞稽古，其用事非老儒博士罕知其自出。　又曰：子美詩詞有近質者，所謂轉石於千仞之山，勢也。學者尤效之，其過甚。　王介甫《後集序》云：予考古之詩，尤愛杜甫氏作者。其詞所從出，一莫知窮極，而病未能學者（今按，《杜詩詳注》附王安石《杜工部詩後

集序》作「也」)。每一篇出,自然人知,非人之所能爲,而爲之者,惟其甫也,輒能辨(今按,《杜詩詳注》附《杜工部詩後集序》作「辯」)之。世之學者,至乎甫而後爲詩,不能至,要之不知詩焉爾。嗚呼!詩其難,唯有甫哉!

黄山谷《大雅堂記》云:子美詩妙處乃在於無意爲文而意已獨至,非廣之以《國風》、《雅》、《頌》,深之以《離騷》、《九歌》,安能咀嚼其意味,闖然入其門邪?彼所興於所遇林泉、人物、草木、魚蟲,以爲物物皆有所託,如世間商度隱語者,則子美之詩委地矣。(今按,「彼所興於」幾句,《山谷集》卷十七原文爲:「彼喜穿鑿者,棄其大旨,取其發興於所遇林泉、人物、草木、魚蟲,以爲物物皆有所託,如世間商度隱語者,則子美之詩委地矣。」)

蔡夢弼云:少陵先生博極羣書,馳騁今古,周行萬里,觀覽謳謡,發爲歌詩,奮乎《國風》、《雅》、《頌》不作之後。比興相侔,哀樂交貫;揄揚敘述,妙達乎真機;美刺箴規,皆(今按,據《古逸叢書》本蔡夢弼《杜工部草堂詩箋·跋》,當爲「該」)具乎衆體。自唐迄今,爲詩學之宗師,家傳而人誦之。

秦少游云:蘇武、李陵長於高妙,曹植、劉公幹長於豪逸,陶潛、阮籍長於沖澹,謝靈運、鮑照長於俊潔,徐陵、庾信長於藻麗。若子美者,窮高妙之格,極豪逸之氣,包沖澹之趣,兼俊潔之姿,備藻麗之態,而諸家之所不及也。

嚴滄浪云:少陵詩憲章漢魏,而取材於六朝,至其自得之妙,則先輩所謂集大成者也。

又曰:少陵詩如節制之師。

劉須

溪云：古今窮詩人稱子美、郊、島，郊、島以其命，而子美以其時。或曰：時與命不同耶？曰：不同。使郊、島生開元、天寶間，計亦豈能鳴國家之盛，而寒酸寂寞，顧尤工以老。則繇其賦分言之，亦不爲不幸也。若子美，在開元則及見麗人、友八仙，在乾元則扈從還京、歸鞭左掖，其間惟陷鄜數月。後來流落，田園花柳亦與杜曲無異。若《石壕》、《新安》之睹記，《彭衙》、《桔柏》之崎嶇，則意者造物託之子美，以此人間之不免，而又適有能言者，載而傳之萬年，是豈不亦有數哉？不然，生開元、天寶間，有是作否？故曰時也，非命也。（今按，此論出自劉辰翁《連伯正詩序》，見《須溪集》卷六）

蜀郡虞集云：杜公之詩，沖遠渾厚，上薄《風》、《雅》，下凌沈、宋，每篇之中有句法、章法，截乎不可紊。至於以正爲變，以變爲正，妙用無方，如行雲流水，初無定質，出於精微，奪乎天造，是大難以形器求矣。公之忠憤激切、愛君憂國之心一繫於詩，故常因是而爲之説曰：《三百篇》，經也；杜詩，史也。詩史之名指事實耳，不與經對言也。然《風》、《雅》絶響之後，唯杜公得之，則史而能經也，學工部則無往而不在也（今按，姚本作「矣」）。

樂府二十一首

前出塞九首(乾元間公在秦州，思天寶時事而作。)

戚戚去故里，悠悠赴交河。公家有程期，亡命嬰禍羅。君已富土境，開邊一何多。棄絶父母恩，吞聲行負戈。

其二

出門日已遠，不受徒旅欺。(劉云〔今按，「劉」乃劉辰翁，號須溪〕：如親歷甘〔今按，牛斗本、屠隆本作「其」〕苦，極征行孤往之意，人所不能自道。詩必如此，序情憫勞之際，其庶幾乎。)骨肉恩豈斷，男兒死無時。走馬脱轡頭，手中挑青絲。捷下萬仞岡，俯身試搴旗。(今按，姚本、牛斗本、屠隆本、刻者不詳明本此處有評語：「劉云：賦至此，極可壯〔高楚芳《集千家注杜工部詩集》卷六同此，姚本作「悲」〕可傷。」)

其三

磨刀嗚咽水，水赤刃傷手。欲輕斷腸聲，心緒亂已久。(今按，姚本、牛斗本、屠隆本、刻者不詳明本此處有評語：「劉云：又緩而怨。」)丈夫誓許國，憤惋復何有。功名圖麒麟，戰骨當速朽。

其四

送徒既有長，遠戍亦有身。生死向前去，不勞吏怒嗔。路逢相識人，附書與六親。哀哉兩決絶，不復同苦辛。

其五

迢迢萬餘里，領我赴三軍。軍中異苦樂，主將寧盡聞。（劉云：眼前語，意中事，通透自别，亦極哀怨之體，所以可傳。）隔河見胡騎，倏忽数百羣。我始爲奴僕，幾時樹功勳。

其六

挽弓當挽强，用箭當用長。射人先射馬，擒賊先擒王。殺人亦有限，立（今按，《全唐詩》作「列」）國自有疆。苟能制侵凌，豈在多殺傷。（劉云：此其自負經濟者，軍中常有此人。）

其七

驅馬天雨雪，軍行入高山。徑危抱寒石，指落層冰間。已去漢月遠，何時築城還。浮雲暮南征，可望不可攀。

其八

單于寇我壘，百里風塵昏。雄劍四五動，彼軍爲我奔。虜其名王歸，繫頸授轅門。潛身備行列，一勝何足論。（劉云：千載不死，墮淚未乾。）

其九

從軍十年餘，能無分寸功。衆人貴苟得，欲語羞雷同。（劉云：乃併與軍中妬忌者[今按，明玉几山人本、四庫全書本《集千家注杜工部詩集》卷六皆無「者」字]之意得之，必不可少者。）中原有鬭争，況在狄與戎。丈夫四方志，安可辭固窮。

後出塞五首（范德機云：前後《出塞》皆傑作，有古樂府之聲而理勝。）

男兒生世間，及壯當封侯。戰伐有功業，安能守舊丘。召募赴薊門，軍動不可留。千金買馬鞍，百金裝刀頭，閭里送我行，親戚擁道周。斑白居上列，酒酣進庶羞。少年别有贈，含笑看吴鈎。

其二

朝進東門營，暮上河陽橋。落日照大旗，馬鳴風蕭蕭。（劉云：復欲一語似此，始[今按，據姚本、屠隆

本、四庫本、四庫本《集千家注杜工部詩集》卷六，當爲「殆」」千古不可得。）平沙列萬幕，部伍各見招。中天懸明月，令嚴夜寂寥。悲笳數聲動，壯士慘不驕。借問大將誰，恐是霍嫖姚。（劉云：此詩之妙，可以招魂復起。）

其三

古人重守邊，今人重高勳。（劉云：此義亦人所未及也。）豈知英雄主，出師亘長雲。六合已一家，四夷且孤軍。遂使貔虎士，奮身勇所聞。拔劍擊大荒，日收胡馬羣。誓開玄冥北，持以奉吾君。

其四

獻凱日繼踵，兩蕃靜無虞。漁陽豪俠地，擊鼓吹笙竽。雲帆轉遼海，粳稻來東吳。越羅與楚練，照耀輿臺軀。主將位益崇，氣驕凌上都。邊人不敢議，議者死路衢。

其五

我本良家子，出師亦多門。將驕益愁思，身貴不足論。躍馬二十年，恐辜明主恩。坐見幽州騎，長驅河洛昏。中夜間道歸，故里但空村。惡名幸脱免，窮老無兒孫。（《東坡志林》云：味此詩，蓋禄山反時其將校有脱身歸國者，而賊殺其妻子。不知其姓名，爲可恨也。○劉云：寫至退軍，人則無餘矣。）

夏日歎

夏日出東北，陵天經中街。朱光徹厚地，鬱蒸何由開。上蒼久無雷，無乃號令乖。雨降不濡物，良田起黄埃。飛鳥苦熱死，池魚涸其涯。萬人尚流冗，舉目唯蒿萊。至今大河北，盡作虎與豺。浩蕩想幽薊，王師安在哉。對食不能餐，我心殊未諧。眇然貞觀初，難與數子偕。

夏夜歎

永日不可暮，炎蒸毒我腸。安得萬里風，飄飖吹我裳。昊天出明月，茂林延疏光。仲夏苦夜短，開軒納微涼。虚明見纖毫，羽蟲亦飛揚。物情無巨細，自適固其常。念彼荷戈士，窮年守邊疆。何由一洗濯，執熱互相望。竟夕擊刁斗，喧聲連萬方。青紫雖被體，不如早還鄉。北城悲笳發，鸛鶴號且翔。况復煩促倦，激烈思時康。

潼關吏

士卒何草草，築城潼關道。大城鐵不如，小城萬丈餘。借問潼關吏，脩關還備胡。要我下馬行，爲我指山隅。連雲列戰格，飛鳥不能踰。胡來但自守，豈復憂西都。丈人視要處，窄狹容單車。艱難奮長戟，千古用一夫。哀哉桃林戰，百萬化爲魚。請囑防關將，慎忽學

哥舒。（王深父云：此詩蓋刺非其人，則舉關以棄之；得其人，雖舊險亦足恃。孟子所謂「地利不如人和」也。）

新安吏

（公自注云：收京後作。雖收兩京，賊猶充斥。○師古云：自《新安吏》至《無家别》，蓋紀當時九節度鄴師之敗，朝廷調諸郡兵益急矣。）

客行新安道，喧呼聞點兵。借問新安吏，縣小更無丁。府帖昨夜下，次選中男行。中男絶短小，何以守王城。肥男有母送，瘦男獨伶俜。白水暮東流，青山猶哭聲。莫自使眼枯，收汝淚縱横。眼枯卻（今按，宋本《杜工部集》作「即」）見骨，天地終無情。我軍收相州，日夕望其平。豈意賊難料，歸軍星散營。就糧近故壘，練卒依舊京。掘壕不到水，牧馬役亦輕。況乃王師順，撫養甚分明。送行勿泣血，僕射如父兄。（王深父云：此篇哀出兵之役夫。古者遣將有推轂分閫之命，今棄師於敵也，虐至於無告，如詩之所感〔今按，《九家集注杜詩》卷三作「憾」〕，其君臣豈不可刺哉？然子儀猶寬度得衆，故卒美焉。○范〔今按，「范」即范梈，字亨父，一字德機〕云：天地無情而僕射如父兄，當時人心可知，朝廷之大體可悲矣。）

石壕吏

暮投石壕村，有吏夜捉人。老翁踰墻走，老婦出門看。吏呼一何怒，婦啼一何苦。聽婦前致詞，三男鄴城戍。一男附書至，二男新戰死。存者且偷生，死者長已矣。室中更無人，

唯有乳下孫。孫有（今按，《杜詩詳注》卷七作「有孫」）母未去，出入無完裙。老嫗力雖衰，請從吏夜歸。急應河陽役，猶得備晨炊。夜久語聲絶，如聞泣幽咽。天明登前途，獨與老翁別。（王深父云：驅民之丁壯盡置死地，而猶急其老弱，雖秦爲閭左之戍不甚也。嗚呼！其時急矣哉。）

新婚別

兔絲附蓬麻，引蔓故不長。嫁女與征夫，不如棄路傍。結髪爲妻子，席不暖君牀。暮婚晨告別，無乃大匆忙。君行雖不遠，守邊赴河陽。妾身未分明，何以拜姑嫜。父母養我時，日夜令我藏。生女有所歸，鷄狗亦得將。君今往死地，沉痛迫中腸。誓欲隨君去，形勢反蒼黄。勿爲新婚念，努力事戎行。婦人在軍中，兵氣恐不揚。（范云：顛沛流離之際，猶有若是婦人，爲人臣而不知《春秋》之義者，何心哉？）自嗟貧家女，久致羅襦裳。羅襦不復施，對君洗紅粧。仰視百鳥飛，大小必雙翔。人事多錯迕，與君永相望。（劉云：曲折詳至，縷縷凡七轉，微顯條達。○王深父云：先王之政，有新婚者，期不役，政出於刑名，則一切便事而已。此詩所怨，盡其常分而能不忘禮義，余是以録之。）

垂老別

四郊未寧静，垂老不得安。子孫陣亡盡，焉用身獨完。投杖出門去，同行爲辛酸。幸有牙

齒存，所悲骨髓乾。男兒既介胄，長揖别上官。老妻卧路啼，歲暮衣裳單。孰知是死别，且復傷其寒。此去必不歸，還聞勸加餐。土門壁甚堅，杏園度亦難。勢異鄴城下，縱死時猶寬。人生有離合，豈擇衰盛端。憶昔少壯日，遲迴竟長歎。萬國盡征戍，烽火被岡巒。積屍草木腥，流血川原丹。何鄉爲樂土，安敢尚盤桓。棄絶蓬室居，塌然摧肺肝。（王深父云：軍興之際，至於老者亦介胄，則有［今按，《九家集注杜詩》卷三作「又」］甚於閭左之戍矣。）

無家别

寂寞天寶後，園廬但蒿藜。我里百餘家，世亂各東西。存者無消息，死者爲塵泥。賤子因陳（今按，《杜詩詳注》作「陣」，字通）敗，歸來尋舊蹊。久行見空巷（一作「室」。），日瘦氣慘悽。（劉云：經歷多矣，無如此語之在目前者。）但對狐與狸，竪毛怒我啼。四鄰何所有，一二老寡妻。宿鳥（今按，據姚本、四庫本、《杜詩詳注》卷七，當爲「鳥」）戀本枝，安辭且窮棲。方春獨荷鋤，日暮還灌畦。縣吏知我至，召令習鼓鼙。雖從本州役，内顧無所攜。近行止一身，遠去終轉迷。家鄉既盪盡，遠近理亦齊。（劉云：寫至此，亦無復餘恨，此其所以泣鬼神者。）永痛長病母，五年委溝溪。生我不得力，終身兩酸嘶。人生無家别，何以爲蒸黎。（王深父云：先王子惠困窮，苟推其所不忍，達之於其所忍，則天下無敗亂之兆矣。噫！此詩何爲而作乎？）

留花門（黄鶴云：時用吐蕃、回紇諸兵收長安，葉護奏以軍中馬少，請留其兵於沙苑，自歸取馬，還爲掃除范陽餘孽。花門，山名，指回紇也。公逆知其害，故作此。）

北門天驕子，飽肉氣勇決。高秋馬肥健，挾矢射漢月。自古以爲患，詩人厭薄伐。脩德使其來，羈縻固不絶。胡爲傾國至，出入暗金闕。中原有驅除，隱忍用此物。公主歌黄鵠，君王指白日。（范云：此中國何如時也？讀此者可以鑒《春秋》書會戎、盟戎之義矣。謂子美詩爲詩史，可不信哉？）連雲屯左輔，百里見積雪。長戟鳥休飛，哀笳曉幽咽。田家最恐懼，麥倒桑柘折。沙苑臨清渭，泉香草豐潔。渡河不用船，千騎常撇烈。胡塵踰太行，雜種抵京室。花門既須留，原野轉蕭瑟。

紀行二十一首（乾元二年冬，自秦州如同谷、至成都紀行所作也。○崔德符曰：昔韓子蒼嘗論此詩筆力變化當與太史公諸贊方駕，學者宜常諷誦之。○《朱子語録》云：杜詩初年甚精細，晚年曠逸不可當，如自秦州入蜀諸詩，分明如畫，乃其少時作也。）

發秦州

我衰更懶拙，生意不自謀。無食問樂土，無衣思南州。漢源十月交，天氣涼如秋。草木未

黄落，況聞山水幽。栗亭名更佳，下有良田疇。充腸多薯蕷，崖蜜亦易求。密竹復冬笋，清池可方舟。雖傷旅寓遠，庶遂平生遊。此邦俯要衝，實恐人事稠。應接非本性，登臨未銷憂。溪谷無異石，塞田始微收。豈復慰老夫，惘然難久留。日色隱孤戍，烏啼滿城頭。中宵驅車去，飲馬寒塘流。磊落星月高，蒼茫雲霧浮。大哉乾坤内，吾道長悠悠。

赤谷（赤谷有亭，當是在秦州近境。）

天寒霜雪繁，遊子有所之。豈但歲月暮，重來未有期。晨發赤谷亭，險艱方自兹。亂石無改輙（今按，據姚本、四庫本、宋本《杜工部集》，當爲「轍」），我車已載脂。山深苦多風，落日童稚飢。悄然村墟迥，煙火何由追。貧病轉零落，故鄉不可思。常恐死道路，永爲高人嗤。

鐵堂峽

山風吹遊子，縹緲乘險絶。峽形藏堂隍，壁色立積（今按，《杜詩詳注》卷八作「精」）鐵。徑摩穹蒼蟠，石與厚地裂。修纖無限（今按，《杜詩詳注》作「垠」）竹，嵌空太始雪。威遲哀壑底，徒旅慘不悦。水寒長冰横，我馬骨正折。生涯抵弧矢，盜賊殊未滅。飄蓬踰三年，迴首肝肺熱。

寒峽

行邁日悄悄，山谷勢多端。雲門轉絶岸，積阻霾天寒。寒峽不可度，我實衣裳單。況當仲

冬交，泝沿增波瀾。野人尋煙語，行子傍水餐。此生免荷殳，未敢辭路難。（劉云：怨傷忠厚，得詩人之正。）

法鏡寺

身危適他州，勉强終勞苦。神傷山行深，愁破崖寺古。嬋娟碧蘚浄，蕭摵寒籜聚。洄洄（今按，姚本作「回回」）山根水，冉冉松上雨。洩雲蒙清晨，初日翳復吐。朱甍半光炯，户牖粲可數。拄策忘前期，出蘿已亭午。冥冥子規叫，微徑不復取。

青陽峽

塞外苦厭山，南行道彌惡。岡巒相經亘，雲水氣參錯。林迥峽角來，天窄壁面削。溪西五里石，奮怒向我落。仰看日車側，俯恐坤軸弱。魑魅嘯有風，霜霰浩漠漠。昨憶踰隴阪，高秋視吴岳。東笑蓮花卑，北知崆峒薄。超然侔壯觀，已謂殷（音隱。）寥廓。突兀猶趁人（謂前險已盡，至此依然相隨來也。），及兹歎冥寞。

石龕

熊羆咆我東，虎豹號我西。我後鬼長嘯，我前狨又啼。天寒昏無日，山遠道路迷。驅車石龕下，仲冬見虹霓。伐竹者誰子，悲歌上雲梯。爲官采美箭，五歲供梁齊。苦云直簳盡，

無以充提攜。奈何漁陽騎，颯颯驚蒸黎。

積草嶺（同谷界。）

連峰積長陰，白日遞隱見。颼颼林響交，慘慘石狀變。山分積草嶺，路異明水縣。旅泊吾道窮，衰年歲時倦。卜居尚百里，休駕投諸彥。邑有佳主人，情如已會面。來書語絶妙，遠客驚深眷。食蕨不願餘，茅茨眼中見。（劉云：相去尚百里，想像如見，願休焉息焉之志也。）

鳳凰臺（成州有鳳凰山，即秦弄玉、簫史吹簫之地。）

亭亭鳳凰臺，北對西康州。西伯今寂寞，鳳聲亦悠悠。山峻路絶蹤，石林氣高浮。安得萬丈梯，爲君上上頭。恐有無母雛，飢寒日啾啾。我能剖心血，飲啄慰孤愁。心以當竹實，炯然忘外求。血以當醴泉，豈徒比清流。所重王者瑞，敢辭微命休。坐看綵翮長，舉意八極周。自天銜瑞圖，飛下十二樓。圖以奉至尊，鳳以垂鴻猷。再光中興業，一洗蒼生憂。深衷正爲此，羣盜何淹留。（劉云：懇至不厭。）

萬丈潭（蔡夢弼云：同谷縣有鳳凰潭，一名萬丈潭。）

青溪合冥寞，神物有顯晦。（劉云：便合改視。）龍依積水蟠，窟壓萬丈内。跼步凌垠堮，側身下煙靄。前臨洪濤寬，却立蒼石大。山危一徑盡，岸絶兩壁對。削成根虛無，倒影垂澹瀬（從

對切）。黑知灣澴底，清見光炯碎。孤雲倒來深，飛鳥不在外。高蘿成帷幄，寒木疊旌旆。遠川曲通流，嵌竇潛洩瀨。造幽無人境，發興自我輩。告歸遺恨多，將老斯遊最。閉藏修鱗蟄，出入巨石礙。（劉云：造意語。）何事炎天過，快意風雲會。

發同谷縣（乾元二年十一月日〔今按，據姚本、宋本《杜工部集》，「十一月日」當爲「十二月一日」〕自隴右赴劍南。）

賢有不黔突，聖有不暖席。況我下愚人，焉能尚安宅。始來茲山中，休駕喜地僻。奈何迫物累，一歲四行役。忡忡去絶境，杳杳更遠適。停驂龍潭雲，迴首虎崖石。臨岐别數子，握手淚再滴。交情無舊深，窮老多慘慽。平生嬾拙意，偶值棲遁跡。去住與願違，仰慙林間翮。

木皮嶺

首路栗亭西，尚想鳳凰村。季冬攜童稚，辛苦赴蜀門。南登木皮嶺，艱險不易論。汗流被我體，祁寒爲之暄。遠岫争輔佐，千巖自崩奔。始知五岳外，别有他山尊。仰干塞大明，俯入裂厚坤。再聞虎豹鬭，屢踣風水昏。高有廢閣道，摧折如短轅。下有冬青林，石上走長根。西崖特秀發，焕若靈芝繁。潤聚金碧氣，清無沙土痕。憶觀昆崙圖，目擊玄圃存。

對此欲何適，默傷垂老魂。

白沙渡

畏途隨長江，渡口下絶岸。差池上舟楫，杳窕入雲漢。天寒荒野外，日暮中流半。我馬向北嘶，山猿飲相喚。水清石礧礧，沙白灘漫漫。迥然洗愁辛，多病一疏散。高壁抵嶔崟，洪濤越凌亂。臨風獨回首，攬轡復三歎。

水會渡

山行有常程，中夜尚未安。微月没已久，崖側路何難。大江動我前，洶若溟渤寬。篙師暗理檝，歌笑輕波瀾。霜濃木石滑，風急手足寒。入舟已千憂，陟巘仍萬盤。回眺積水外，始知衆星乾。（劉云：窮而不澀。）遠遊令人瘦，衰疾慙加餐。

飛仙閣（《華陽國志》：諸葛亮鑿石架空爲飛梁閣道。）

土門山行窄，微徑緣秋毫。棧雲闌干峻，梯石結構牢。萬壑欹疏林，積陰帶奔濤。寒日外澹泊，長風中怒號。歇鞍在地底，始覺所歷高。往來雜坐卧，人馬同疲勞。浮生有定分，饑飽豈可逃。歎息謂妻子，我何隨汝曹。

五盤（謂棧道盤屈有五重。）

五盤雖云險，山色佳有餘。仰凌棧道細，俯映江水疏。地僻無網罟，水清反多魚。好鳥不妄飛，野人半巢居。喜見淳樸俗，坦然心神舒。東郊尚格鬬，巨猾何時除。故鄉有弟妹，流落隨丘墟。成都萬事好，豈若歸吾廬。

石櫃閣

季冬日已長，山晚半天赤。蜀道多草（今按，宋本《杜工部集》卷三、《全唐詩》卷二一八作「早」）花，江間饒奇石。石櫃層波上，臨虚蕩高壁。清暉迴羣鷗，暝色帶遠客。（《唐子西語録》云：「江間饒奇石」末爲極勝，到「暝色帶遠客」則不可及也。）羈棲負幽意，感歎向絶跡。信甘孱懦嬰，不獨凍餒迫。優游謝康樂，放浪陶彭澤。吾衰未自由，謝爾性有適。

桔柏渡（桔，居屑切。）

青冥寒江渡，駕竹爲長橋。竿濕煙漠漠，江永風蕭蕭。連笮動嫋娜，征衣颯飄颻。急流鴇鷁散，絶岸黿鼉驕。西轅自兹異，東逝余可要。高通荆門路，闊會滄海潮。孤光隱顧眄（今按，姚本作「盼」），遊子悵寂寥。無以洗心胸，前登但山椒。

劍門（《地理志》：劍州劍門縣有梁山，亦名大劍山。自蜀出漢中，道一由此，故以名。）

唯天有設險，劍門天下壯。連山抱西南，石角皆北向。兩崖崇墉倚，刻畫城郭狀。一夫怒臨關，百萬未可傍。珠玉走中原，岷峨氣悽愴。三皇五帝前，雞犬莫相放。後王尚柔遠，職貢道已喪。至今英雄人，高視見霸王。并吞與割據，極力不相讓。吾將罪真宰，意欲鏟疊嶂。恐此復偶然，臨風默惆悵。（劉云：歎地險而惡負固者。又云：散文有所不能及也。）

鹿頭山（《唐志》：漢州德陽縣有鹿頭山，高崇文擒劉闢處，又有鹿頭關。）

鹿頭何亭亭，是日慰飢渴。連山西南斷，俯見千里豁。游子出京華，劍門不可越。及茲險阻盡，始喜原野闊。殊方昔三分，霸氣曾間發。天下今一家，雲端失雙闕。悠然想揚馬，繼起名硉兀。有文令人傷，何處埋爾骨。紆餘脂膏地，慘澹豪俠窟。仗鉞非老臣，宣風豈專達。冀公（僕射冀國公裴冕，時爲劍南節度使。）柱石姿，論道邦國活。斯人亦何幸，公鎮踰歲月。

成都府

翳翳桑榆日，照我征衣裳。（劉云：有何深意？到處自然。）我行山川異，忽在天一方。但逢新人民，未卜見故鄉。大江東流去，游子去日長。層城填華屋，季冬樹木蒼。喧然名都會，吹

簫間笙簧。信美無與適，側身望川梁。鳥雀夜各歸，中原杳茫茫。（劉云：憤怨悲感，天性切至，讀之黯然。）初月出不高，衆星尚争光。（劉云：語次寫景，注者屑屑附會，可厭。）自古有羈旅，我何苦哀傷。

五言古詩卷之八　唐詩品彙八

大家（二）

杜　甫（下）

游覽九首

遊龍門奉先寺

已從招提遊，更宿招提境。陰壑生靈（今按，宋本《杜工部集》作「虚」）籟，月林散清影。天闕象緯逼，雲卧衣裳冷。欲覺聞晨鐘，令人發深省。

望岳

岱宗夫如何，齊魯青未了。（劉云：即五字，雄蓋一世。○范云：起句之超然者也。）造化鍾神秀，陰陽

割昏曉。盪胸生層雲，決眥入歸鳥。會當凌絶頂，一覽衆山小。

陪李北海燕歷下亭（李邕，時爲北海太守。）

東藩駐皂蓋，北渚凌清河。海右此亭古，濟南名士多。（劉云：題篇適當如此。）雲山已發興，玉佩仍當歌。脩竹不受暑，交流空湧波。藴真愜所遇，落日將如何。貴賤俱物役，從公難重過。

大雲寺贊公房

燈影照無睡，心清聞妙香。（劉云：便爾超悟。）夜深殿突兀，風動金琅璫。天黑閉春院，地清棲暗芳。玉繩（星名）回斷絶，鐵鳳森翶翔。梵放時出寺，鐘殘仍殷（音隱）床。明朝在沃野，苦見塵沙黄。（劉云：如此自好。）

冬到金華山觀因得故拾遺陳公學堂遺跡

涪右衆山内，金華紫崔嵬。上有蔚藍天，垂光抱瓊臺。繫舟接絶壁，杖策窮縈迴。四顧俯層巔，淡然川谷開。雪嶺日色死，霜鴻有餘哀。焚香玉女跪，霧裏仙人來。陳公讀書堂，石柱仄青苔。悲風爲我起，激烈傷雄材。

西枝村尋置草堂地夜宿贊公土室二首

出郭眄（今按，姚本、宋本《杜工部集》卷三、《杜詩詳注》卷七作「眄」）細岑，披榛得微路。溪行一流水，曲折方屢渡。贊公湯休徒，好静心跡素。昨枉霞上作，盛論巖中趣。怡然共攜手，恣意同遠步。捫蘿澀先登，陟巘眩反顧。要求陽岡暖，苦陟陰嶺沍。惆悵老大藤，沉吟屈蟠樹。卜居意未展，杖策迴且暮。層巔餘落日，草蔓已多露。

其二

天寒鳥已歸，月出山更静。（劉云：自然境，自然語。）土室延白光，松門耿疏影。躋攀倦日短，語樂寄夜永。明燃林中薪，暗汲石底井。大師京國舊，德業天機秉。從來支許遊，興趣江湖迥。數奇謫關塞，道廣存箕潁。何知戎馬間，復接塵事屏。幽尋豈一路，遠色有諸嶺。晨光稍朦朧，更越西南頂。

同諸公登慈恩寺塔（時高適、薛據先有此作。）

高標跨蒼穹，烈風無時休。（范云：承以「烈風無時休」五字，今人能之否？）自非曠士懷，登兹翻百憂。方知象教力，足可追冥搜。（范云：遊、觀、寺、詩，十字同到。）仰穿龍蛇窟，始出枝撐幽。七星在北户，河漢聲西流。羲和鞭白日，少昊行清秋。泰山忽破碎，（一作「秦」。劉云：樊察序本如

此，近是。）（今按，「泰」，宋本《杜工部集》卷一、《杜詩詳注》卷二、《文苑英華》卷二三四皆作「秦」；《杜詩詳注》注云：一作「泰」。）涇渭不可求。俯視但一氣，焉能辯（今按，據宋本《杜工部集》，當爲「辨」。）皇州。迴首叫虞舜，蒼梧雲正愁。惜哉瑶池飲，日宴（今按，據姚本、四庫本、宋本《杜工部集》卷一、《杜詩詳注》卷二，當爲「晏」。）昆崙丘。黄鵠去不息，哀鳴何所投。君看隨陽鴈，各有稻粱謀。

望岳

南岳配朱鳥，秩禮自百王。歘吸領地靈，澒洞半炎方。邦家用祀典，在德非馨香。巡狩何寂寥，有虞今則亡。洎吾隘世網，行邁越瀟湘。渴日絶壁出，漾舟清光傍。祝融五峰尊，峰峰次低昂。紫蓋獨不朝，争長嶫相望。恭聞魏夫人，羣仙夾翱翔。有時五峰炁，散風如飛霜。牽迫限脩途，未暇杖崇岡。歸來覬命駕，沐浴休玉堂。三歎問府主，曷以贊我皇。牲璧忍衰俗，神其思降祥。

懷古二首

玉華宫（梅聖俞云：宫近晉苻堅墓。）

溪回松風長，蒼鼠竄古瓦。不知何王殿，遺構絶壁下。（劉云：哀思苦語，轉換簡遠，有長篇餘韻。末

更自傷悲［今按，明玉几山人刻本《集千家注杜工部詩集》卷三無「悲」字］，非意所及。）陰房鬼火青，壞道哀湍瀉。萬籟真笙竽，秋色正瀟灑。美人爲黄土，況乃粉黛假。當時侍金輿，故物獨石馬。憂來藉草坐，浩歌淚盈把。冉冉征途間，誰是長年者。（劉云：起結棲［今按，據屠隆本，當爲「悽」］黯，讀者殆難爲情。）

九成宫（本隋仁壽宫也，貞觀間，修之以避暑，因更名焉。山有九重，故名九成。）

蒼山入百里，崖斷如杵臼。層宫憑風迴，岌嶪土囊口。立神扶棟梁，鑿翠開户牖。（劉云：二語雄稱。）其陽産靈芝，其陰宿牛斗。紛披長松倒，揭𡾰怪石走。哀猿啼一聲，客淚迸林藪。荒哉隋家帝，製此今頹朽。向使國不亡，焉爲巨唐有。雖無新增修，尚置官居守。巡非瑶水遠，跡是雕墻後。（劉云：感歎之，尤得體者也。）我來屬時危，仰望嗟歎久。天王守太白，（趙次公云：言肅宗在鳳翔。）駐馬更搔首。（范云：國亡，唐有此，有國家者後車之戒。［今按，據黄永武主編《杜詩叢刊》本《杜工部詩范德機批選》卷一，此乃「向使國不亡，焉爲巨唐有」句下批語，原文無「國亡，唐有此」之語］末意嘗［今按，據姚本、屠隆本，當爲「謂」］不戒者也，此所以駐馬而後搔首也。杜子美之沉鬱頓挫類此也。［今按，此乃「駐馬更搔首」句下批語］）

經行七首

赤谷西崦人家

躋險不自安，出郊已清目。溪迴日氣暖，徑轉山田熟。鳥雀依茅茨，藩籬帶松菊。如行武陵暮，欲問桃源宿。

過津口

南岳自兹近，湘流東逝深。和風引桂楫，春日漲雲岑。迴首過津口，而多楓樹林。白魚困密網，黄鳥喧嘉音。物微限通塞，惻隱仁者心。瓮餘不盡酒，膝有無聲琴。聖賢兩寂寞，眇眇獨開襟。（趙次公云：白魚、黄鳥，物之通塞，雖微而不足道，而仁者於物每惻隱其困塞。〔今按，據《九家集注杜詩》卷十六，此乃「白魚困密網」至「惻隱仁者心」四句下評語〕於此琴酒，思聖賢寂寞，亦自適耳。〔今按，此乃「瓮餘不盡酒」至「眇眇獨開襟」四句下評語〕）

次空舲岸

沄沄逆素浪，落落展清眺。幸有舟楫遲，得盡所歷妙。空舲霞石峻，楓栝隱奔峭。青春猶無私，白石亦偏照。可使營吾居，終焉託長嘯。毒瘴未足憂，兵戈滿邊徼。嚮者留遺恨，

耻爲達人誚。迴帆覬賞延，佳處領其要。

羌村三首（時自鳳翔還鄜州。蔡夢弼云：鄜州州治洛交縣。羌村，洛交村墟。）

崢嶸赤雲西，日脚下平地。柴門鳥雀噪，歸客千里至。妻孥怪我在，驚定還拭淚。世亂遭飄蕩，生還偶然遂。鄰人滿墻頭，感歎亦歔欷。夜闌更秉燭，相對如夢寐。（劉云：當時適然，千載之淚，常在人目，《詩三百》不多見也。）

其二

晚歲迫偷生，還家少歡趣。嬌兒不離膝，畏我復却去。憶昔好追涼，故繞池邊樹。蕭蕭北風勁，撫事煎百慮。賴知禾黍收，已覺糟牀注。如今足斟酌，且用慰遲莫。

其三

羣雞正亂叫，客至雞鬭爭。驅雞上樹木，始聞叩柴荆。父老四五人，問我久遠行。手中各有攜，傾榼濁復清，苦辭酒味薄，黍地無人耕。兵革既未息，兒童盡東征。請爲父老歌，艱難愧深情。歌罷仰天歎，四坐淚縱横。

述懷（公家寓鄜州三川，時自賊中達行在所作也。）

去年潼關破，妻子隔絶久。今夏草木長，脱身得西走。麻鞋見天子，衣袖露兩肘。朝廷愍

生還，親故傷老醜。涕淚受（今按，宋本《杜工部集》卷二作「授」）拾遺，流離主恩厚。柴門雖得去，未忍即開口。寄書問三川，不知家在否。比聞同罹禍，殺戮到雞狗。山中漏茆屋，誰復依户牖。摧頹蒼松根，地冷骨未朽。幾人全性命，盡室豈相偶。嶔岑猛虎場，鬱結回我首。自寄一封書，今已十月後。反畏消息來，寸心亦何有。（陳後山云：不敢問何如。○劉云：極一時憂傷之懷，賴自能賦，而毫髮不失。）漢運初中興，生平老耽酒。沉思歡會處，恐作窮獨叟。

懷思四首

得舍弟消息

風吹紫荆樹，色與春庭暮。花落辭故枝，風回反無處。骨肉恩書重，漂泊難相遇。猶有淚成河，經天復東注。（劉云：苦心怨調，使人淒然，終鮮之痛，憯於《脊令》。死喪之喻，未有如此句之苦者。末尤可念，非深痛不能道。）

夢李白二首（白坐永王璘事，當誅，會赦，還潯陽，復坐事下獄。）

死別已吞聲，生別常惻惻。（劉云：使其死耶，當不復哭矣，乃使人不能忘者，生別故也。）江南瘴癘地，逐客無消息。故人入我夢，明我長相憶。恐非平生魂，路遠不可測。魂來楓林青，魂返關塞

黑。君今在羅網，何以有羽翼。落月滿屋梁，猶疑照顔色。（今按，姚本、牛斗本、屠隆本、刻者不詳明本此下有評語：「《西清詩話》云：白風神超邁，此詩傳其神者也。」）水深波浪闊，無使蛟龍得。（劉云：落月、屋梁，偶然實景，不可再遇。）

其二

浮雲終日行，遊子久不至。（劉云：起語千言萬恨。）三夜頻夢君，情親見君意。告歸常局促，苦道來不易。（劉云：夢中賓主語，具是。）江湖多風波，舟楫恐失墜。出門搔白首，苦負平生志。冠蓋滿京華，斯人獨憔悴。（劉云：語出情痛，自别。）孰云網恢恢，將老身反累。千秋萬歲名，寂寞身後事。（劉云：結極慘淡，情至語塞。）

幽人（師古云：按，《唐史拾遺》：惠昭、荀珏與甫友善，此詩思二子也。）

孤雲亦羣遊，神物有所歸。麟鳳在赤霄，何當一來儀。往與惠荀輩，中年滄洲期。天高無消息，棄我忽若遺。内懼非道流，幽人在瑕疵。洪濤隱語笑，鼓枻蓬萊池。崔嵬扶桑日，照耀珊瑚枝。風帆倚翠蓋，莫把東皇衣。嗽漱元和津，所思煙霞微。知名未足稱，局促商山芝。五湖復浩蕩，歲暮有餘悲。

尋訪二首

夏日李公見訪（即李炎，時爲太子家令。）

遠林暑氣薄，公子過我游。貧居類村塢，僻近城南樓。傍舍頗淳樸，所願亦易求。隔屋喚西家，借問有酒不。墻頭過濁醪，（劉云：實事，他人以爲不足道。）展席俯長流。清風左右至，（劉云：自得適然。）客意已驚秋。巢多衆鳥鬬，葉密鳴蟬稠。苦遭此物聒，孰謂吾廬幽。水花晚色静，庶足充淹留。預恐尊中盡，更起爲君謀。

晦日尋崔戢李封

朝光入甕牖，户寢驚弊裘。起行視天宇，春氣漸和柔。興來不暇懶，今晨梳我頭。出門無所待，徒步覺自由。杖藜復恣意，免值公與侯。晚定崔李交，會心真罕儔。每過得酒傾，二宅可淹留。喜結仁里歡，況因令節求。李生園欲荒，舊竹頗脩脩。引客看掃除，隨時成獻酬。崔侯初筵色，已畏空尊愁。（劉云：寫得農［今按，據姚本、四庫本《集千家注杜工部詩集》卷四，當爲「濃」］至。）未知天下士，至性有此不。草芽既青出，蜂聲亦暖游。思見農器陳，何當甲兵休。上古葛天氏，不貽黄屋憂。至今阮籍等，熟醉爲身謀。威鳳高其翔，長鯨吞九州。地軸爲

之翻，百川皆亂流。當歌欲一放，淚下恐莫收。濁醪有妙理，庶用慰沉浮。

寄贈二首

别唐十五誡因寄禮部賈侍郎至

九載一相逢，百年能幾何。復爲萬里别，送子山之阿。白鶴久同林，潛魚本同河。未知棲集期，衰老强高歌。歌罷兩悽惻，六龍忽蹉跎。相視髮皓白，况難駐羲和。胡星墜燕地，漢將仍横戈。蕭條四海内，人少豺虎多。少人慎莫投，多虎信所過。飢有易子食，獸有畏虞羅。（梅聖俞云：此等語含蓄深矣！殆不可模倣。）子負經濟才，天門鬱嵯峨。飄飄適東周，來往若奔（今按，據姚本，宋本《杜工部集》卷五等，當爲「崩」）波。南宫吾故人，白馬金盤陀。（蔡夢弼云：昔賈逵爲禮部侍郎，常乘白馬，故於至亦云。金盤陀，未詳，或云山名。）雄筆映千古，見賢心靡他。念子善師事，歲寒守舊柯。爲吾謝賈公，病肺卧江沱。

贈衛八處士（公與李白、高適、衛賓相友善，賓年最少，號「小友」。）

人生不相見，動如參與商。今夕復何夕，共此燈燭光。少壯能幾時，鬢髮各已蒼。訪舊半爲鬼，驚呼熱中腸。焉知二十載，重上君子堂。昔别君未婚，兒女忽成行。怡然敬父執，

問我來何方。問答未及已，兒女羅酒漿。夜雨剪春韭，新炊間黄粱。主稱會面難，一舉累十觴。十觴亦不醉，感子故意長。明日隔山岳，世事兩茫茫。（劉云：《陽關》之後，此語爲暢。）

感興九首

遣興四首

賀公雅吴語，在位常清狂。上疏乞骸骨，黄冠歸故鄉。爽氣不可致，斯人今則亡。山陰一茅宇，江海日清涼。

其二

長陵鋭頭兒，出獵待明發。騂弓金爪鏑，白馬蹴微雪。未知所馳逐，但見暮光滅。歸來懸兩狼，門户有旌節。

其三

朝逢富家葬，前後皆輝光。共指親戚大，緦麻百夫行。送者各有死，不須羡其强。君看束縛去，亦得歸山岡。（劉云：曠然世外之見，沉著痛快。）

其四

下馬古戰場，四顧俱茫然。風悲浮雲去，黄葉墜我前。朽骨穴螻蟻，又爲蔓草纏。故老行歎息，今人尚開邊。漢虜互勝負，封疆不常全。安得廉頗將，三軍同晏眠。

述古

赤驥頓長纓，非無萬里姿。悲鳴淚至地，爲問馭者誰。鳳凰從天來，何意復高飛。竹花不結實，念子忍朝飢。古來君臣合，可以物理推。賢人識定分，進退固其宜。

佳人

絶代有佳人，幽居在空谷。自云良家子，零落依草木。關中昔喪亂，兄弟遭殺戮。官高何足論，不得收骨肉。世情惡衰歇，萬事隨轉燭。夫婿輕薄兒，新人美如玉。（劉云：閑言餘語〔今按，張恂本、四庫本同此，姚本作「閑言冷語」，牛斗本作「閑言余語」，屠隆本、刻者不詳明本作「閑言今語」，四庫全書本《集千家注杜工部詩集》卷五作「閑中冷語」；蓋「今」爲較早刊本之訛，後之刊本校改爲「冷」、「余」、「餘」，以「冷」爲是〕，無不可感。）合婚（一作「昏」，即夜合花也。）尚知時，鴛鴦不獨宿。但見新人笑，那聞舊人哭。在山泉水清，出山泉水濁。侍婢賣珠迴，牽蘿補茆屋。（劉云：似悲似訴，自言自誓，矜持慷慨，脩潔端麗。畫所不能如，論所不能及。）摘花不插髮，採柏動盈掬。天寒翠袖薄，日暮倚脩竹。（劉云：字字

矜到而不艱棘，盡〔今按，牛斗本、張恂本、四庫本同此，屠隆本、刻者不詳明本作「盖」，姚本、四庫本《集千家注杜工部詩集》卷五作「畫」；蓋「盖」爲較早刊本之訛，後之刊本校改爲「盡」、「畫」，以「畫」爲是」不容盡。〕

寫懷二首

勞生共乾坤，何處異風俗。冉冉自趨競，行行見羈束。無貴賤不悲，無富貧亦足。萬古一骸骨，鄰家遞歌哭。鄙夫到巫峽，三歲如轉燭。全命甘留滯，忘情任榮辱。朝班及暮齒，日給還脱粟。編蓬石城東，採藥山北谷。用心霜雪間，不必條蔓緑。非關故安排，曾是順幽獨。達士如弦直，小人似鈎曲。曲直吾不知，負暄候樵牧。

其二

夜深坐南軒，明月照我膝。驚風翻河漢，梁棟已出日。羣生各一宿，飛動自儔匹。吾亦驅其兒，營營爲私實。天寒行旅稀，歲暮日月疾。榮名忽中人，世亂如蟣蝨。古者三皇前，滿腹志願畢。胡爲有結繩，陷此膠與漆。禍首燧人氏，厲階董狐筆。君看燈燭張，轉使飛蛾密。放神八極外，俛仰俱蕭瑟。終契如往還，得匪合仙術。（王洙云：燧人火化，而争欲之心生；董狐直筆，而是非之端起。故子美所以謂禍首、厲階也。〔今按，王洙所編宋本《杜工部集》並無注語，所謂「王洙云」、「洙曰」乃後人假託之辭〕）

喜晴

皇天久不雨，既雨晴亦佳。出郭眺西郊，蕭蕭春增華。青熒陵陂麥，窈窕桃李花。春夏各有實，我飢豈無涯。（劉云：善自寬。）干戈雖横放，慘澹鬬龍蛇。甘澤不猶愈，且耕今未賒。丈夫則帶甲，婦女終在家。力難及黍稷，得種菜與麻。千載商山芝，往者東門瓜。其人骨已朽，此道誰疵瑕。英賢遇轗軻，遠引蟠泥沙。顧慙昧所適，迴首白日斜。漢陰有鹿門，滄海有靈槎。焉能學衆口，咄咄空咨嗟。

雜詠七首

白馬（蔡伯世云：此潭州詩，主將謂崔瓘也，爲臧玠所殺。侯景舉軍皆白馬，故云。）

白馬東北來，空鞍貫雙箭。可憐馬上郎，意氣今誰見。近時主將戮，中夜商於戰。（趙次公云：「商」當作「傷」。）喪亂死多門，嗚呼淚如霰。（劉云：詩或託興，或紀事，託名不必「商於」。〔今按，據明玉几山人本《集千家注杜工部詩集》卷二十、姚本、四庫本，「商」當爲「商」〕不「商於」也。）

雨

峽雲行清曉，煙霧相徘徊。風吹滄江去，雨灑石壁來。淒淒生餘寒，殷殷兼出雷。白谷變

氣候，朱炎安在哉。高鳥濕不下，居人門未開。楚宫久已滅，幽珮爲誰哀。侍臣書王夢，賦有冠古才。冥冥翠龍駕，多自巫山臺。

殿中楊監見示張旭草書圖

斯人已云亡，草聖秘難得。及兹煩見示，滿目一悽惻。悲風生微綃，萬里起古色。鏘鏘鳴玉動，落落羣松直。連山蟠其間，溟漲與筆力。有練實先書，臨池真盡墨。俊拔爲之主，暮年思轉極。未知張王後，誰並百代則。嗚呼東吴精，逸氣感清識。楊公拂篋笥，舒卷忘寢食。念昔揮毫端，不獨觀酒德。

通泉縣署屋壁後薛少保畫鶴

薛公十一鶴，皆寫青田真。畫色久欲盡，蒼然猶出塵。低昂各有意，磊落如長人。佳此志氣遠，豈惟粉墨新。萬里不以力，羣遊森會神。威遲白鳳態，非是鶬鶊鄰。高堂未傾覆，幸得慰佳賓。曝露墻壁外，終嗟風雨頻。赤霄有真骨，耻飲洿池津。冥冥任所往，脱略誰能馴。

牽牛織女

牽牛出河西，織女處其東。萬古永相望，七夕誰見同。神光竟難候，此事終朦朧。颯然精

靈合，何必秋遂通。亭亭新粧立，龍駕具層空。世人亦爲爾，祈請走兒童。稱家隨豐儉，白屋達公宫。膳夫翊堂殿，鳴玉淒房櫳。曝衣遍天下，曳月揚微風。蛛絲小人態，曲綴瓜菓中。初筵浥重露，日出甘所終。嗟汝未嫁女，秉心鬱忡忡。防身動如律，竭力機杼中。雖無舅姑事，敢昧織作功。明明君臣契，咫尺或未容。（劉云：謂近雖咫尺，非如期不合。彼淫奔失身，不如「今按，據屠隆本、明玉几山人本、四庫本《集千家注杜工部詩集》卷十四，當爲「知」」丈夫之見，有不然者，當悔何及？此十字俱有其意，但上面寫不甚達，其言君臣之際則可感矣。）義無棄禮法，思（今按，據姚本、四庫本、宋本《杜工部集》，當爲「恩」）始夫婦恭。小大有佳期，戒之在至公。方圓苟齟齬，丈夫多英雄。

義鶻行

陰崖有蒼鷹，養子黑柏巔。白蛇登其巢，吞噬恣朝餐。雄飛遠求食，雌者鳴辛酸。力强不可制，黃口無半存。其父從西歸，翻身入長煙。斯須領健鶻，痛憤寄所宜。斗上捩孤影，噭哮來九天。脩領脱遠枝，巨顙折（今按，據四庫本、宋本《杜工部集》卷二、《杜詩詳注》卷六，當爲「拆」」；《全唐詩》卷二一七作「拆」）老拳。（劉云：此奇事，適使子美聞之。）高空得蹭蹬，短草辭蜿蜒。折尾能一掉，飽腸已皆穿。生雖滅衆雛，死亦垂千年。物情有報復，快（今按，據姚本、屠隆本、四庫本、宋本《杜工部集》，當爲「快」）意貴目前。茲實鷙鳥最，急難心惘然。功成失所往，用捨何其賢。近

經潏水湄，此事樵夫傳。飄蕭覺素髮，凜欲衝儒冠。人生許與分，亦在顧眄間。聊爲義鶻行，永激壯士肝。（《西清詩話》云：杜少陵詩自與造化同流，孰可擬議？至若君子高處廊廟，動成法言，恨終欠風韻。）

北風

北風破南極，朱鳳日威垂。洞庭秋欲雪，鴻鴈將安歸。十年殺氣盛，六合人煙稀。吾慕漢初老，時清猶茹芝。

五言古詩卷之九　唐詩品彙九

名家（上之一）

孟浩然

丹陽殷璠曰：余嘗謂禰衡不遇，趙壹無禄，其過在人也。及觀襄陽孟浩然，罄折謙退，才名日高，天下藉甚，竟淪落明代，終於布衣，悲夫！浩然詩文采豐茸，經緯緜密，半遵雅調，全削凡體。至如「衆山遥對酒，孤嶼共題詩」，無論興象，兼復故實。又「氣蒸雲夢澤，波撼岳陽城」，亦爲高唱。　皮日休云：明皇世，章句之風大得建安體，論者推李翰林、杜工部爲尤，介其間能不愧者，惟吾鄉之孟先生也。先生之道（今按，據《唐詩紀事》卷二三《孟浩然》所録皮日休《孟亭記》及《全唐文》所録《郢州孟亭記》，當爲「作」），遇景入韻（今按，據《孟亭記》，當爲

「詠」），不鈎奇抉（今按，據《孟亭記》，當爲「抉」）異，令齷齪束人口者，涵涵然有平大（今按，據《孟亭記》，當爲「干霄」）之興，若公輸氏當巧而不用（今按，《唐詩紀事》卷二三《孟浩然》、《唐文粹》卷七四、《文苑英華》卷八二六、《全唐文》、《文藪》卷七所録《郢州孟亭記》皆作「巧」）者也。北齊美蕭慤（今按，據《孟亭記》、《北齊書》卷四五《蕭慤傳》，當爲「慤」）「芙容露下落，楊柳月中疏」，先生則有「微雲淡河漢，疏雨滴梧桐」；樂府美王融「殘日霽沙島，清風動甘泉」（今按，《唐詩紀事》、《文苑英華》、《全唐文》皆作「日霽沙嶼明，風動甘泉濁」），先生則有「氣蒸雲夢澤，波撼岳陽城」；謝朓之詩句精者（今按，《唐詩紀事》「者」後有「有」字）「露濕寒塘草，月映清淮流」，先生則有「荷風送香氣，竹露滴清響」。此與古人争勝於毫釐也，稱是者衆，不可悉類。嗚呼！先生之道復何言耶？謂乎貧，則爵（今按，據《孟亭記》，「爵」前當脱「天」字）于身；謂乎死，則朽（今按，據《孟亭記》，「朽」前當脱「不」字）乎文。爲士之道，亦已至矣！　王士源《序》曰：孟浩，字浩然，襄陽人也。骨貌清淑，風神散朗。學不爲儒，務掇菁藻；文不今按古，匠心獨妙。五言詩天下稱獨步（今按，四庫本《孟浩然集》載王士源《孟浩然集序》作「盡美矣」）。閑（今按，據集序，當爲「間」）游秘省，秋月新霽，諸英華賦詩作會，浩然曰：「微雲淡河漢，疏雨滴梧桐。」舉坐歎其清絶，咸閣筆不繼。　又曰：浩然文不爲仕，佇興而作，故遲；行不爲飾，動求真適，故誕；遊不爲利，期以放情，故貧。　嚴滄

浪曰：浩然之詩，諷詠之久，有金石商宫之聲。又曰：孟襄陽學力下韓退之遠甚，而其詩獨出其上者，一味妙悟而已。劉須溪云：孟浩然詩如訪梅問柳，偏（今按，據四庫本、《唐音癸籤》卷七引此語，當爲「徧」）入幽寺，與韋蘇州意趣雖相似，然人（今按，據姚本、屠隆本、四庫本、《唐音癸籤》，當爲「入」）處不同。

大堤行寄萬七

大堤行樂處，車馬相馳突。歲歲春草生，踏青二三月。王孫挾珠彈，游女矜羅襪。攜手今莫同，江花爲誰發。

清鏡歎同張明府賦

妾有盤龍鏡，清光常晝發。自從生塵埃，有若霧中月。愁來試取照，坐歎生白髮。寄語邊塞人，如何久離別。

採樵作

採樵入深山，山深水重疊。橋崩卧查擁，路險垂藤接。日落伴將稀，山風拂羅衣。長歌負輕策，平野望煙歸。

月下有懷

秋空明月懸，光彩露霑濕。驚鵲棲未定，飛螢捲簾入。庭槐寒影疏，鄰杵夜深急。佳期曠何許，望望空佇立。（劉云：亦自纖麗，與「疏雨滴梧桐」相似。謂其詩枯淡，非也。）

送從弟下第後歸會稽

疾風吹征帆，倏爾向空没。（劉云：發興甚苦。）千里去俄頃，三江坐超忽。向來共歡娱，日夕成楚越。落羽更分飛，誰能不驚骨。

歲暮海上作

仲尼既已没，余亦浮于海。昏見斗柄迴，方知歲星改。虚舟任所適，垂釣非有待。爲問乘槎人，滄洲復何在。（劉云：奇壯淡蕩，少許自足。）

宿楊子津寄劉處士

所思在夢寐，欲往大江深。日夕望京口，煙波愁我心。心馳茅山洞，目極楓樹林。不見少微隱，星霜勞夜吟。

宿叢師山房待丁公不至

夕陽度西嶺，羣壑倏已暝。松月生夜涼，風泉滿清聽。樵人歸欲盡，煙鳥棲初定。之子期宿來，孤琴候蘿徑。（劉云：景物滿眼，而清淡之趣更自浮動，非寂寞者。）

耶溪泛舟

落景餘清暉，輕棹弄溪渚。澄明愛水物，臨泛何容與。白首垂釣翁，新粧浣紗女。看看似相識，脈脈不得語。（劉云：清溪麗景，閑遠餘情，不欲犯一字綺語，自足。）

游精思觀迴王白雲山人在後

出谷未停午，至家已夕曛。迴瞻山下路，但見牛羊羣。樵子暗相失，草蟲寒不聞。衡門猶未掩，佇立待夫君。

聽鄭五愔琴（今按，《全唐詩》卷一五九「琴」前有「彈」字）

阮籍推名飲，清風坐竹林。半酣下衫袖，拂拭龍脣琴。一杯彈一曲，不覺夕陽沉。余意在山水，聞之諧夙心。（劉云：樸而不俚，風韻尚存。）

萬山潭

垂釣坐磐石，水清心亦閑。魚行潭樹下，猿掛島藤間。遊女昔解珮，傳聞於此山。求之不可得，沿月棹歌還。（劉云：□出風露［今按，原文「出」字前缺一字，四庫本明楊士弘選《唐音》及姚本作「蛻」；「蛻出風露」四庫本作「如此風韻」］，古始未有。古意淡韻，終不可以衆作律之，而衆作愈不可及。）

晚泊潯陽望香爐峰

掛席幾千里，名山都未逢。泊舟潯陽郭，始見香爐峰。嘗讀遠公傳，永懷塵外蹤。東林精舍近，日暮空聞鐘。（《吕氏童蒙訓》云：浩然《泊潯陽》詩，但詳看此等語，自然意［今按，《苕溪漁隱叢話·前集》卷十五引《吕氏童蒙訓》作「高」］遠也。）

南亭懷辛子（今按，《全唐詩》卷一五九作「大」）

山光忽西落，池月漸東上。散髮乘夕涼，開軒卧閑敞。荷風送香氣，竹露滴清響。欲取鳴琴彈，恨無知音賞。感此懷故人，中宵勞夢想。

南歸阻雪

我行滯宛洛，日夕望京豫。曠野莽茫茫，鄉山在何處。孤煙村際起，歸鴈天邊去。積雪覆平皋，飢鷹捉寒兔。少年弄文墨，屬意在章句。十上耻還家，徘徊守歸路。（劉云：曲折凄楚。）

登蘭山寄張立（王荆公《選》作《秋登萬山寄張立〔今按，王安石《唐百家詩選》卷一作「五」〕儃》。）

（今按，詩題，《孟浩然集》卷一、《文苑英華》卷二五〇作《秋登萬山寄張五》；《全唐詩》卷一五九作《秋登蘭山寄張五》，注云：一作《九月九日峴山寄張子容》，一作《秋登萬山寄張文儃》。）

北山白雲裏，隱者自怡悦。相望始登高，心隨飛鴈滅。愁因薄暮起，興是清秋發。（劉云：樸而不厭。）時見歸村人，平沙渡嶺（一作「頭」。）歇。（劉云：其俚至此。）天邊樹若薺，江畔洲如月。何當載酒來，共醉重陽節。

漢中漾舟

漾舟逗何處，神女漢皋曲。（劉云：便好。）雪罷冰復開，春潭千丈緑。輕舟恣往來，探玩無厭足。波影摇妓釵，沙光逐人目。傾杯魚鳥醉，聯句鶯花續。（劉云：此雖清事，微近俗意，知此可以語此〔今按，據四庫本、楊士弘《唐音》卷二，當爲「詩」〕。）良會難再逢，日入須秉燭。

發漢浦潭

東旭早光芒，諸禽已驚聒。卧聞漁浦口，橈聲暗相撥。（劉云：別是一種，清氣可人〔今按，姚本作「清氣可愛」；陳伯海主編《唐詩彙評》引劉辰翁《王孟詩評》作「清景可人」；楊士弘《唐音》卷二作「清景可掬」〕。）日出氣象分，始知汀（今按，據姚本、牛斗本、屠隆本、刻者不詳明本，當爲「江」）路闊。美人常晏起，照影弄流

沫。飲水畏驚猿，祭魚時見獺。舟行自無悶，況值晴景豁。（劉云：「美人常晏起」，著此空闊，又別。超衆作以此〔今按，楊士弘《唐音》卷二作「其超衆作者以此」〕。）

過龍泉精舍

亭午聞山鐘，起行散愁寂。尋林採芝去，谷轉松蘿密。旁見精舍開，長廊飯僧畢。石渠流雪水，金子耀霜橘。竹房思舊遊，過憩終永日。入洞窺石髓，傍崖採蜂蜜。日暝辭遠公，虎溪相送出。

題終南翠微寺空上人房

翠微終南裏，雨後宜晚照。閉門久沉冥，杖策一登眺。遂造幽人室，始知静者妙。儒道雖異門，雲林頗同調。兩心喜相得，畢竟共談笑。暝還南牕眠，時見遠山燒。緬懷赤城標，更憶臨海嶠。風泉有清聽，何必蘇門嘯。（劉云：不必刻深，懷抱如洗。）

宿桐柏觀

海泛信風帆，夕宿逗雲島。緬尋滄洲趣，近愛赤城好。捫蘿亦踐苔，輟棹恣窮討。息陰憩桐柏，采秀尋芝草。鶴唳清露垂，雞鳴信潮早。願言解纓紱，從此去煩惱。高步凌四壁，玄蹤得三老。紛吾遠遊意，學彼長生道。日夕望三山，雲濤空浩浩。

尋香山湛上人

朝遊訪名山，山遠在空翠。氛氲亘百里，日入行始至。谷口聞鐘聲，林端識香氣。杖策尋故人，解鞍暫停騎。石門殊豁險，篁徑轉森邃。法侶欣相逢，清談曉不寐。平生慕真隱，累日探多異。野老朝入田，山僧暮歸寺。松泉多逸響，苔壁饒古意。願言投此山，身世兩相棄。

題鹿門山

清曉因興來，乘流越江峴。沙禽近方識，浦樹遠莫辨。漸至鹿門山，山明翠微淺。巖潭多屈曲，舟楫屢迴轉。昔聞龐德公，採藥遂不返。金澗養芝术，石牀卧苔蘚。紛吾感耆舊，結攬事攀踐。隱跡今尚存，高風邈已遠。白雲何時去，丹桂空偃蹇。（僧皎然云：静也。）探討意未窮，迴艫夕陽晚。

王　維

殷璠曰：維詩辭秀調雅，意新理愜，在泉爲珠，著壁成繪，一句一字皆出常境。蘇東坡曰：王右丞、韋蘇州澄澹精緻，格在其中。（今按，此乃司空圖《與李生論詩書》中語）又曰：

味摩詰之詩，詩中有畫；觀摩詰之畫，畫中有詩。黄山谷云：余頃年登山臨水，未嘗不讀摩詰詩，故知此老胸次決定有泉石膏肓之疾矣。（今按，《苕溪漁隱叢話·前集》卷十五作「故」作「固」；無「決」字）陳後山云：右丞、蘇州皆學陶，王得其自在。彭適云（今按，此評見張戒《歲寒堂詩話》卷上，此云「彭適云」，不知何據）：右丞詩詞不迫切，而味甚長，蘇州詩韻高而氣清，皆五言之宗也。《西清詩話》云：王摩詰詩渾厚閑雅，覆蓋古今，但如久隱山林之人，徒成曠淡也。

羽林騎閨人

秋月臨高城，城中管絃思。離人堂上愁，稚子堦前戲。出門復映户，望望青絲騎。行人過欲盡，狂夫終不至。左右寂無言，相看共垂淚。

西施詠

艷色天下重，西施寧久微。朝爲越溪女，暮作吴宫妃（今按，姚本、牛斗本、屠隆本、刻者不詳明本作「王姬」）。賤日豈殊衆，貴來方悟稀。（劉云：語有諷味，似淺似深。）邀人傅（今按，據姚本、四庫本、《河岳英靈集》卷上、趙殿成《王右丞集箋注》卷五，當爲「傅」）脂粉，不自着羅衣。君寵益嬌態，君憐無是非。（劉云：妙。）當時浣紗伴，莫得同車歸。持謝鄰家子，效顰安可希。

李陵詠（時年十九。）

漢家李將軍，三代將門子。結髮有奇策，少年成壯士。長驅塞上兒，深入單于壘。旌旃列相向，簫鼓悲何已。日暮沙漠陲，戰聲煙塵裏。將令驕虜滅，豈獨名王侍。既失大軍援，遂嬰穹廬耻。少小蒙漢恩，何堪坐思此。深衷欲有報，投軀未能死。引領望子卿，非君誰相理。

送別

下馬飲君酒，問君何所之。君言不得意，歸卧南山陲。但去莫復問，白雲無盡時。

歎白髮

我年亦何長，鬢髮日已白。俛仰天地間，能爲幾時客。惆悵故山雲，徘徊空日夕。何事與時人，東城復南陌。

贈劉藍田

籬中犬迎吠，出屋候柴扉。歲晏輸井税，山村人夜歸。晚田始家食，餘布成我衣。詎肯無公事，煩君問是非。

齊州送祖三

相逢方一笑，相送還成泣。祖帳已傷離，荒城復愁入。（劉云：只是眼前道不盡者。）天寒遠山净，日暮長河急。解纜君已遥，望君猶佇立。（劉云：短嬾意傷。）

春中田家作

屋上春鳩鳴，村邊杏花白。（劉云：好。）持斧伐遠楊（今按，姚本、《文苑英華》卷三一七、《全唐詩》卷一二五作「揚」），荷鋤覘泉脈。新燕識舊巢，舊人看新曆。臨觴忽不御，惆悵遠行客。（劉云：《卷耳》之後，得此「今按，四庫本《唐音》卷二「得此」上有「不意」二字」吟諷。又云：情至自然，掩「今按，姚本作「揚」」抑有態。）

别弟縉後登青龍寺望藍田山

陌上新别離，蒼茫四郊晦。登高不見君，故山復雲外。遠樹蔽行人，長天隱秋塞。心悲遊宦子，何處飛征蓋。

黎拾遺忻裴迪見過秋夜對雨之作

促織鳴已急，輕衣行尚重。寒燈坐高館，秋雨聞疏鐘。白法調狂象，玄言問老龍。何人顧蓬徑，空愧求羊蹤。

至滑州隔河望黎陽憶丁三寓（今按，據牛斗本、屠隆本、《全唐詩》卷一二五，當爲「寓」）

隔河見桑柘，藹藹黎陽川。望望行漸遠，孤峰没雲煙。故人不可見，河水復悠然。賴有政聲遠，時聞行路傳。

終南别業

中歲頗好道，晚家南山陲。興來每獨往，勝事空自知。行到水窮處，坐看雲起時。（劉云：無言之境，不可説之味，不知者以爲淡易。）偶然值林叟，談笑無還期。（劉云：其質如此，故自難及。○《後湖集》云：此詩造意之妙，至與造物相表裏，豈直詩中有畫哉？觀其詩，知其蟬蜕塵埃之中，蜉蝣萬物之表者也。）

秋夜獨坐懷内弟崔興宗

夜静羣動息，蟪蛄聲悠悠。庭槐北風響，日夕方高秋。思子整羽翮，及時當雲浮。吾生將白首，歲晏思滄洲。高足在旦暮，肯爲南畝儔。

奉寄韋太守陟

荒城自蕭索，萬里山河空。天高秋日迥，嘹唳聞歸鴻。寒塘映衰草，高館落疏桐。臨此歲方晏，顧景問悲翁。故人不可見，寂寞平林東。

渭川田家

斜光照墟落，窮巷牛羊歸。野老念僮僕（今按，《文苑英華》卷三一九、《全唐詩》卷一二五作「牧童」），倚杖候荆扉。雉雊麥苗秀，蠶眠桑葉稀。田夫荷鋤立，相見語依依。即此羡閑逸，悵然歌式微。

過李揖宅

閑門秋草色，終日無車馬。客來深巷中，犬吠寒籬下。散髮時未簪，道書行尚把。與我同心人，樂道安貧者。一罷宜城酌，還歸洛陽社。

奉和聖製送不蒙都護兼鴻臚卿歸安西

上卿增命服，都護揚歸旆。雜虜盡朝周，諸胡皆自鄶。鳴笳瀚海曲，按節陽關外。落日下河源，寒山静秋塞。萬方氛祲息，六合乾坤大（今按，赵殿成《王右丞集箋注》卷一注云：《文苑英華》作「太」）。無戰是天心，天心同覆載。

韋侍郎山居

幸忝君子顧，遂陪塵外蹤，閑花滿巖谷，瀑水映杉松。啼鳥忽臨澗，歸雲時抱峰。良遊盛

簪紱，繼跡多夔龍。詎往青門道，故聞長樂鐘。清晨去朝謁，車馬何從容。

送權二

高人不可有，清論復何深。一見如舊識，一言知道心。明時當薄宦，解薜去中林。芳草空隱處，白雲餘故岑。韓侯久攜手，河岳共幽尋。悵别千餘里，臨堂鳴素琴。

納涼

喬木萬餘株，清流貫其中。前臨大川口，豁達來長風。漣漪含白沙，素鮪如遊空。偃卧盤石上，翻濤沃微躬。漱流復濯足，前對釣魚翁。貪餌凡幾許，徒思蓮葉東。

崔濮陽兄季重前山興

秋色有佳興，況君池上閑。悠悠西林下，自識門前山。（劉云：又别又别，有道之言。）千里横黛色，數峰出雲間。嵯峨對秦國，合沓藏荆關。殘雨斜日照，夕嵐飛鳥還。故人今尚爾，歎息此頹顔。

冬日遊覽

步出城東門，試騁千里目。青山横蒼林，赤日團平陸。（劉云：下字佳。）渭北走邯鄲，關東出

函谷。秦地萬方會，來朝九州牧。（劉云：平實悲壯，古意雅辭，樂府所少。）雞鳴咸陽中，冠蓋相追逐。丞相過列侯，羣公餞光禄。相如方老病，獨歸茂陵宿。（劉云：更似不須語言。）

飯覆釜山僧

晚知清淨理，日與人羣疏。將候遠山僧，先期掃敝廬。果從雲峰裏，顧我蓬蒿居。藉草飯松屑，焚香看道書。燃燈晝欲盡，鳴磬夜方初。一悟寂爲樂，此生閑有餘。思歸何必深，身世猶空虚。

宿鄭州

朝與周人辭，暮投鄭人宿。他鄉絶儔侣，孤客親童僕。宛洛望不見，秋霖晦平陸。田父草際歸，村童雨中牧。主人東皋上，時稼繞茅屋。蟲思機杼鳴，雀喧禾黍熟。明當渡京水，昨晚猶金谷。（劉云：藹然戀闕之情。）此去欲何言，窮邊徇微禄。

留别山中温古上人兄并示舍弟縉

解薜登天朝，去師偶時哲。豈唯山中人，兼負松上月。宿昔同遊止，致身雲霞末。開軒臨潁陽，卧視飛鳥没。好依磐石飯，屢對瀑泉歇。理齊少狎隱，道勝寧外物。舍弟官崇高，宗兄此削髮。荆扉但灑掃，乘閑當過拂。

觀别者

青青楊柳陌，陌上别離人。愛子遊燕趙，高堂有老親。不行無可養，行去百憂新。切切委兄弟，依依向四鄰。（劉云：兩語已絶。）都門帳飲畢，從此謝親賓。揮涙逐行侣，含悽動征輪。車從望不見，時時起行塵。余亦辭家者，看之涙滿巾。

送别

聖代無隱者，英靈盡來歸。遂令東山客，不得顧採薇。既至君門遠，孰云吾道非。江淮度寒食，京洛縫春衣。置酒臨長道，同心與我違。行當浮桂棹，未幾拂荆扉。遠樹帶行客，孤城當落暉。（劉云：「帶」字畫意，「當」字天然。）吾謀適不用，勿謂知音稀。

休暇還舊業便使

（劉云：《唐選》作盧象詩。）（今按，《唐詩紀事》卷二六、《唐百家詩選》卷一作盧象詩；《全唐詩》卷一二二、卷一二五盧象、王維詩中並收；《文苑英華》卷二九六作王維詩。「暇」，《文苑英華》、《全唐詩》皆作「假」。）

謝病始告歸，依依入桑梓。家人皆佇立，相候柴（今按，《文苑英華》、《全唐詩》作「衡」。）門裏。時輩皆長年，成人舊童子。上堂家（今按，《文苑英華》、《全唐詩》作「嘉」。）慶畢，願與姻親齒。論舊忽餘悲，自（今按，刻者不詳明本作「且」，據姚本、牛斗本、屠隆本、《王右丞集箋注》卷四、《全唐詩》，當爲「目」，《唐百家詩

選》、《唐詩紀事》「盧象」詩作「思」）存且相喜。田園轉蕪没，但有寒泉水。衰柳日蕭條，秋光清邑里。入門乍如昨（今按，《文苑英華》、《全唐詩》作「客」），休騎非便止。中飲顧王程，離憂從此始。

送陸員外

郎署有伊人，居然古人風。天子顧河北，詔書隸征東。拜手辭上官，緩步出南宮。九河平原外，七國薊門中。陰風悲枯桑，古塞多飛蓬。萬里不見虜，蕭條胡地空。無爲費中國，更欲邀奇功。遲遲前相送，握手嗟異同。行當封侯歸，肯訪南山翁。

戲贈張五弟

吾弟東山時，心尚亦何遠。日高猶自卧，鐘動始能飯。（劉云：不必其人，直自輸寫。）頭上髮未梳，牀頭書不卷。清川興悠悠，空林時對偃。青苔石上淨，細草松下軟。牕外鳥聲閑，階前虎心善。徒然萬慮多，澹爾太虚緬。一知與物平，自顧爲人淺。對君忽自得，浮念不煩遣。

送魏郡李太守赴任

與君伯氏別，又欲與君離。君行無幾日，當復隔山陂。蒼茫秦川盡，日落桃林塞。獨樹臨關門，黄河向天外。前經洛陽陌，宛路故人稀。故人離別盡，淇上轉驂騑。企余悲遠送（今

按,《王右丞集箋注》卷三、《全唐詩》卷一二五作「送遠」),惆悵睢陽路。古木官渡平,秋城鄴宮暮(今按,《王右丞集箋注》、《全唐詩》作「故」)。想君行縣日,其出從如雲。遥思魏公子,復憶李將軍。

贈祖三詠

蠨蛸掛虚牖,蟋蟀鳴前除。歲晏涼風至,君子復何如。高館闃無人,離居不可道。閑門寂已閉,落日照秋草。雖有近音信,千里阻河關。中復客汝潁,去年歸舊山。結交二十載,不得一日展。貧病子既深,契闊余不淺。仲秋雖未歸,莫(今按,與「暮」通)秋以爲期。良會詎幾日,終自長相思。

贈房盧氏琯

達人無不可,忘己愛蒼生。豈復小千室,絃歌在兩楹。浮人日已歸,但坐事農耕。桑榆鬱相望,邑里多雞鳴。秋山一何浄,蒼翠臨寒城。視事兼偃卧,對書不簪纓。蕭條人吏稀,鳥雀下空庭。鄙夫心所向,晚節異平生。將從海岳居,守静解天刑。或可累安邑,茅茨君試營。

送綦毋校書棄官還江東

明時久不達,棄置與君同。天命無怨色,人生有素風。念君拂衣去,四海將安窮。秋天萬

里静，日暮澄江空。清夜何悠悠，扣舷明月中。和光魚鳥際，澹爾兼葭叢。無庸客昭世，衰鬢日如蓬。頑疏暗人事，僻陋遠天聰。微物縱可採，其誰爲至公。今亦從此去，歸耕爲老農。

偶然作

陶潛任天真，其性頗耽酒。自從棄官來，家貧不能有。九月九日時，菊花空滿手。中心竊自思，倘有人送否。白衣攜壺觴，果來遺老叟。且喜得斟酌，安問升與斗。奮衣野田中，今日嗟無負。兀傲迷東西，蓑笠不能守。傾倒强行行，酣歌歸五柳。生事不曾問，肯愧家中婦。

哭殷遥

人生能幾何，畢竟歸無形。念君等爲死，萬事傷人情。慈母未及葬，一女纔十齡。泱漭寒郊外，蕭條聞哭聲。浮雲爲蒼茫，飛鳥不能鳴。行人何寂寞，白日自淒清。憶昔君在時，問我學無生。勸君苦不早，令君無所成。故人各有贈，又不及平生。負爾非一途，痛哭返柴荆。

送從弟蕃遊淮南

讀書復騎射，帶劍遊淮陰。淮陰少年輩，千里遠相尋。高義難自隱，明時寧陸沉。島夷九州外，泉館三山深。席帆聊問罪，丹（今按，據居隆本、《文苑英華》卷二六八等，當爲「卉」）服盡成擒。歸來見天子，拜爵賜黄金。忽思鱸魚鱠，復有滄洲心。天寒蒹葭渚，日落雲夢林。江城下楓葉，淮上聞秋砧。送歸青門外，車馬去駸駸。惆悵新豐樹，空餘天際禽。

丁寓田家有贈

君心尚棲隱，久欲傍歸路。在朝每爲言，解印果成趣。晨雞鳴鄰里，羣動從所務。農夫行餉田，閨婦起縫素。開軒御衣服，散帙理章句。時吟招隱詩，或製閑居賦。新晴望郊郭，日映桑榆暮。陰盡小苑城，微明渭川樹。揆予宅閭井，幽賞何由屢。道存終不忘，跡異難相遇。此時惜别離，再來芳菲度。

藍田石門精舍

落日山水好，漾舟信歸風。玩奇不覺遠，因以緣源窮。遥愛雲木秀，初疑路不同。安知清流轉，偶與前山通。（劉云：此景自常有之，其詩亦若無意，故是佳趣。）捨舟理輕策，果能愜所適。老僧四五人，逍遥蔭松柏。朝梵林未曙，夜禪山更寂。道心及牧童，世事問樵客。暝宿長林

下，焚香卧瑶席。澗芳襲人衣，山月映石壁。再尋畏迷誤，明發更登歷。（劉云：世外好事語。）笑謝桃源人，花紅復來覿。

送韋大夫東京留守

人外遺世慮，空端結遐心。曾是巢許淺，始知堯舜深。蒼生詎有物，黄屋如喬林。上德撫神運，沖和穆宸襟。雲雷康屯難，江海遂飛沉。天工寄人英，龍衮瞻君臨。名器苟不假，保釐固其任。素質貫方領，清景照華簪。慷慨念王室，從容獻官箴。雲旗蔽三川，畫角發龍吟。晨揚天漢聲，夕捲大河陰。窮人業已寧，逆虜遺之擒。然後解金組，拂衣東山岑。給事黄門省，秋光正沉沉。功名與身退，老病隨年侵。君子從相訪，重玄其可尋。

五言古詩卷之十　唐詩品彙十

名家（上之二）

王昌齡

殷云：元嘉以還四百年内，曹、劉、陸、謝，風骨頓盡。頃有太原王昌齡、魯國儲光羲頗從厥跡，且兩賢氣同體别，而王稍聲俊（今按，據《唐人選唐詩十種》本《河岳英靈集》，當爲「峻」）。至如「明堂坐天子，月朔朝諸侯。清樂動千門，皇風被九州。慶雲從東來，泱漭抱日流」，又「雲起大（今按，當爲「太」）華山，雲山互（今按，姚本、《河岳英靈集》作「相」）明滅。東峯始涵（今按，《河岳英靈集》作「含」）景，了了見松雪」，又「槠柟無冬春，柯葉連峯稠。陰壁下蒼黑，煙含清江樓。飛疊沙積爲岡，崩剥雨露幽。石脈盡横亘，潛潭何時流」，又「京門望西岳，百里見郊樹。飛雨祠上來，靄然關中暮」，又「奸雄乃得志，遂使羣心摇。赤風蕩中原，烈火無遺巢。一人

計不用，萬里空蕭條」，又「百泉勢相蕩，巨石皆却立。昏爲蛟龍怒（今按，《唐人選唐詩十種》本《河岳英靈集》作「窟」），清見雷（今按，《唐人選唐詩十種》本《河岳英靈集》作「時見雲」）雨入」，又「去時三十萬，獨自還長安。不信沙場苦，君看刀箭瘢」，又「蘆荻寒滄江，石頭岸邊飲」，又「長亭酒未醒，千里風動地」，「天仗森森練雪凝，身騎鐵驄白鷹臂（今按，《全唐詩》作「自臂鷹」）」，斯並驚耳駭目。今略舉其十數句，則中興高作可知矣。余嘗覩王公《長平伏冤》文、《弔枳道賦》，仁有餘也。奈何晚節不矜細行，謗議沸騰，再歷遐荒，使知音歎息。《唐史》稱其詩「緒密而思清，時謂王江寧云」，蓋昌齡嘗出官江寧故，岑參亦有《送王大昌齡赴江寧》詩。昌齡又有「別意猿鳥外，天寒桂水長」等句，見僧皎然《杼山詩式》。

塞上曲三首

蟬鳴桑樹間，八月蕭關道。出塞入塞寒，處處黄蘆草。從來幽并客，皆共沙塵老。莫學遊俠兒，矜誇紫騮好。

其二

飲馬渡秋水，水寒風似刀。平沙日未没，黯黯見臨洮。昔日長城戰，咸言意氣高。黄塵是今古，白骨亂蓬蒿。

其三

秋風夜渡河，吹却鴈門桑。遥見胡地獵，鞴（今按，《全唐詩》卷一四〇作「韝」）馬宿嚴霜。五道分兵去，孤軍百戰場。功多翻下獄，士卒但心傷。

少年行

西陵俠少年，送客短長亭。青槐夾兩道，白馬如流星。聞有羽書急，單于寇井陘。氣高輕赴難，誰顧燕山銘。

從軍行

向夕臨大荒，朔風軫歸慮。平沙萬里餘，飛鳥宿何處。虜騎獵長原，翩翩傍河去。邊聲摇白草，海氣横黄霧。百戰苦風塵，十年履霜露。雖投定遠筆，未坐將軍樹。早知行路難，悔不理章句。

長歌行

曠野饒悲風，颼颼多蒿草。繫馬倚白楊，誰知我懷抱。所是同袍者，相逢盡衰老。況登漢家陵，南望長安道。上有枯樹根，下有石鼠窠。高皇子孫盡，千載無人過。寶玉頻發掘，

精靈其奈何。人生須達命，有酒且高歌。

放歌行

南渡洛陽津，西望十二樓。明堂坐天子，月朔朝諸侯。清樂動千門，皇風被九州。慶雲從東來，泱漭抱日流。昇平貴論道，文墨將何求。有詔徵草澤，微誠將獻謀。冠冕如星羅，拜揖曹與周。望塵非吾事，入賦且遲留。幸蒙國士識，因脱負薪裘。今者放歌行，以慰梁甫愁。但營數斗禄，奉養每豐羞。願得金膏遂，飛雲亦可儔。

初日

初日淨金閨，先照牀前暖。斜光入羅幕，稍稍親絲管。雲髮不能梳，楊花更吹滿。

太湖秋夕

水宿煙雨寒，洞庭霜落微。月明移舟去，夜靜魂夢歸。暗覺海風度，蕭蕭聞鴈飛。

宿裴氏山莊

蒼蒼竹林暮，吾亦知所投。静坐山齋月，清溪聞遠流。西峰下微雨，向晚白雲收。遂解塵中組，終南春可遊。

静法師東齋

築室（今按，姚本作「山」）在人境，遂得真隱情。春盡草木變，雨來池館清。琴書全雅道，視聽已無生。閉户脱三界，白雲自虚盈。

潞府客亭寄崔鳳童

蕭條郡城閉，旅館空寒煙。秋月對愁客，山鐘揺暮天。新知偶相訪，斗酒情依然。一宿阻長會，清風徒滿川。

送李濯遊江東

清洛日夜漲，微風引孤舟。離腸便千里，遠夢生江樓。楚國橙橘暗，吴門煙雨愁。東南具今古，歸望山雲收。

山中别龐十

幽陰（今按，《文苑英華》卷二八七、《全唐詩》卷一四〇作「娟」）松篠徑，月出寒蟬鳴。散髮卧其下，誰知孤隱情。吟時白雲合，釣處玄潭清。瓊樹芳杳藹，鳳兮保其真。

齋心

女蘿覆石壁，溪水幽朦朧。紫葛蔓黄花，娟娟寒露中。朝飲花上露，夜卧松下風。雲英化爲水，光彩與我同。日月蕩精魄，寥寥天府空。

同從弟銷南齋翫月憶山陰崔少府

高卧南齋時，開帷月初吐。清輝淡水木，演漾在牕户。冉冉幾盈虚，澂澂變今古。美人清江畔，是夜越吟苦。千里其如何，微風吹蘭杜。

巴陵劉處士東齋作

劉生隱岳陽，心遠洞庭水。偃帆入山郭，一宿楚雲裏。竹映秋館深，月寒江門起。煙波桂陽接，日夕數千里。嫋嫋清夜猿，孤舟坐如此。湘中有來鴈，雨雪候音旨。

九江口作

漭漭江勢闊，雨開潯陽秋。驛門是高岸，望盡黄蘆洲。水與五溪合，心期萬里遊。明時無棄材，謫去隨孤舟。鷙鳥立寒木，丈夫佩吴鈎。何當報君恩，却繫風霜（今按，《文苑英華》卷二九二一、《唐詩紀事》卷二四同此，四庫本、《全唐詩》卷一四一作「單于」）頭。

獨遊

林卧情自閑，獨遊景常晏。時從灞陵下，隨釣往南澗。手攜雙鯉魚，目送千里鴈。悟彼非（今按，姚本、牛斗本、屠隆本、刻者不詳明本作「飛」，《全唐詩》卷一四二「飛」下注：「一作非」）有適，知此罹憂患。（僧皎然云：取嵇生「目送歸鴻，手攜五絃。俯仰自得，遊心太玄」之意也。）放之清泠泉，因得省疏慢。永懷青岑客，迴首白雲間。超然物無違，豈繫名與宦。

灞上閑居

鴻都有歸客，偃卧滋陽村。軒冕無枉顧，清川照我門。空林網夕陽，寒鳥赴幽園。廓落時得意，懷哉莫與言。庭前有孤鶴，欲啄常翩翻。爲我銜素書，弔彼顔與原。二君既不朽，所以慰其魂。

過華陰

雲起太華山，雲山互明滅。東峯始含景，了了見松雪。羈人感幽棲，窅映轉奇絶。欣然忘所疲，永望吟不輟。信宿百餘里，出關玩新月。何意昨冥冥，遇物遂遷别。人生屢如此，何以肆愉悦。

東京府縣諸公與綦毋潛李頎相送至白馬寺宿

鞍馬上東門，徘徊入孤舟。賢豪相追送，即棹千里流。赤峰落日在，空波微煙收。宦薄忘機栝，醉來却淹留。月明見古寺，林下登高樓。南風開長廊，夏夜如涼秋。江月照吴縣，西歸夢中遊。

諸官遊招隱寺

山館人已空，青蘿换風雨。自從永明世，月向龍宫吐。鑿井長幽泉，白雲今如古。應真坐松柏，錫杖掛牕户。口云七十餘，能救諸有苦。回指巖樹花，如聞道場鼓。金色身壞滅，真如性無主。僚友同一心，清光遺誰取。

風涼原上作

陰岑宿雲歸，霧露滋松柏。風凄日初晚，下嶺望川澤。遠山無遺明，秋水千里白。佳氣盤未央，聖人在凝碧。關門阻天下，信是帝王宅。海内方晏然，廟堂有奇策。時真守全運，罷去遊説客。余忝蘭臺人，幽尋免貽責。

江上聞笛

横笛怨江月，扁舟何處尋。聲長楚山外，曲繞胡關深。相去萬餘里，遥傳此夜心。寥寥浦溆寒，響盡唯空林。不知誰家子，復奏邯鄲音。水客皆擁棹，空霜遂盈襟。羸馬望北走，遷人悲越吟。何當邊草白，旌節隴城陰。

詠史

荷畚至洛陽，牧馬屯北門。天下裂其土，豺狼滿中原。明夷方濟世，斂翼黄埃昏。披雲見龍顔，始蒙國士恩。位重謀亦深，所舉無遺奔。長策寄臨終，東南不可吞。賢智苟有時，貧賤何所論。唯然嵩山老，而後知我言。

酬鴻臚裴主簿雨後北樓見贈（此篇又見高適集中。）

暮霞照新晴，歸雲猶相逐。有懷晨昏暇，想見登眺目。問禮侍彤襜，題詩訪茅屋。高樓多古今，陳事滿陵谷。地久微子封，臺餘孝王築。徘徊顧雲漢，豁達俯川陸。遠水對孤城，長天向喬木。公門何清静，列戟森已肅。不歎攜手稀，常思着鞭速。終當拂羽翰，輕舉隨鴻鵠。

觀江淮名山圖

刻意吟雲山，尤知隱淪妙。遠公何爲者，再詣臨海嶠。而我高其風，披圖得遺照。援毫無逃境，遂展千里眺。淡掃荆門壁，明標赤城燒。青葱林間嶺，隱見淮海徼。但指香爐頂，無聞白猿笑（今按，據姚本、屠隆本、《全唐詩》卷一四一，當爲「嘯」）。沙門既云滅，獨往豈殊調。感對懷拂衣，胡寧事漁釣。安期始遺舄，千古謝榮耀。投跡庶可齊，滄浪有孤棹。

送十二兵曹（今按，《文苑英華》卷二七〇、《唐百家詩選》卷五作《送韋十四兵曹》，《全唐詩》卷一四〇作《送韋十二兵曹》）

縣職如長纓，終日檢我身。平明趨郡府，不得展故人。故人念江湖，富貴如埃塵。跡在戎府椽（今按，據姚本、四庫本、《全唐詩》，當爲「掾」），心遊天台春。獨立浦邊鶴，白雲長相親。南風忽至吴，分散還入秦。寒夜天（今按，原文「天」字漫漶難辨，此據姚本、四庫本、《全唐詩》補）光白，海静月色真。對坐論歲暮，絃歌起無因。平生驅馳分，非謂杯酒仁。出處兩不合，忠貞何由伸。看君孤舟去，且欲歌垂綸。

緱氏尉沈興宗置酒南溪留贈

林色與溪古，深篁隱（今按，《河岳英靈集》卷中、《文苑英華》卷二八七、《全唐詩》卷一四〇皆作「引」）幽翠。

山尊在漁舟，棹月情已醉。始窮清源口，壑絶人境異。春泉滴空崖，萌草拆陰地。久之風榛寂，遠聞樵聲至。海鴈時獨飛，永然滄洲意。古時青冥客，滅跡淪一尉。吾子躊躕心，豈其紛埃事。緱岑信所尅，濟北予乃遂。齊物意已會，息肩理猶未。卷舒形性表，脱略賢哲議。乘月期角巾，飯僧嵩陽寺。

鄭縣宿陶大公館贈馮六元二

儒有輕王侯，脱略當世務。本家藍田中，非爲漁弋故。無何困躬耕，且欲馳永路。幽居與君近，出谷同所鶩（今按，姚本、牛斗本、屠隆本、刻者不詳明本作「務」，《全唐詩》卷一四〇作「騖」，注云「一作務」；「鶩」與「騖」字通）。昨日辭石門，五年變秋露。雲龍未相感，干謁亦已屢。子爲黄綬羈，余忝蓬山顧。京門望西岳，百里見郊樹。飛雨祠上來，靄然關中暮。驅車鄭城宿，秉燭論往素。山月出華陰，開此河渚霧。清光比故人，豁達展心晤。馮公尚戢翼，元子仍跼步。拂衣易爲高，論跡難有趣。張范善始終，吾等豈不慕。罷酒當涼風，屈伸備冥數。

代扶風主人答

殺氣凝不流，風悲月彩寒。浮埃起四遠，遊子迷不歡。依然宿扶風，沽酒聊自寬。寸心亦無（今按，《全唐詩》卷一四〇、《唐詩紀事》卷二四作「未」）理，長鋏誰能彈。主人就我飲，顧我還慨然

（今按，《全唐詩》作「歎」，注云「一作然」）。便泣數行淚，因歌行路難。十五役邊城，三回討樓蘭。連年不解甲，積日無所餐。將軍降匈奴，國使没桑乾。去時三十萬，獨自還長安。不信沙場苦，君看刀箭瘢。鄉親零落盡，塚墓亦摧殘。仰攀青松枝，慟絶摧心肝。禽獸悲不去，路傍誰忍看。幸逢休明代，寰宇静波瀾。老馬思伏櫪，長鳴力已殫。少年與運會，何事發悲端。天子初封禪，賢良刷羽翰。三邊悉如此，否泰亦須觀。

儲光羲

殷璠云：儲公詩，格高調逸，趣遠情深，削盡常言，挾《風》、《雅》之道，得浩然之氣。《述華清宫》詩云：「山開鴻濛色，天轉招摇星。」又《遊茅山》詩云：「山門入松柏，天路涵空虚（今按，《河岳英靈集》作「虚空」）。」此例數百句，已略見《荆揚集》，不復廣引。璠嘗觀公《正論》十五卷，《九經外義疏》廿卷，言博理當，實可謂經國之大材。《欒城遺言》云：儲光羲詩，高處似陶淵明，平處似王摩詰。

野田黄雀行

嘖嘖野田雀，不知軀體微。閑穿深叢裏，争食復争飛。窮老一顔舍，棗多桑葉稀。無棗猶

可食，無桑何以衣。蕭條空蒼暮，相引時來歸。斜路豈不捷，渚田豈不肥。水長路且壞，惻惻與心違。（劉須溪云：興寄雜出，無不有味，愈古愈淡，愈淡愈濃。）

樵父詞

山北饒朽木，山南多枯枝。枯枝作採薪，爨室私自知。詰朝礪斧尋，視暮行歌歸。先雪隱薜荔，迎暄臥茅茨。清澗日濯足，喬林時曝衣。終年登險阻，不復憂安危。蕩漾與神遊，莫知是與非。（劉云：不憂已，好神遊，更高。是在莊子言外，實証實悟。）

漁父詞

澤魚多鳴水，溪魚好上流。漁梁不得意，下渚潛垂鈎。亂荇時礙楫，新蘆復隱舟。静言念終始，安坐看沉浮。素髮隨風揚，遠心與雲遊。逆浪還極浦，信潮下滄洲。非爲徇形役，所樂在行休。

牧童詞

不言牧田遠，不道牧陂深。所念牛馴擾，不亂牧童心。圓笠覆我首，長蓑披我襟。方將憂暑雨，亦以懼寒陰。大牛隱層坂，小牛穿近林。同類相鼓舞，觸物成謳吟。取樂須臾間，寧問聲與音。

採蓮詞

淺渚荇花亂（今按，《河岳英靈集》卷下、四庫全書本《儲光羲集》卷一、《全唐詩》卷一三六皆作「繁」），深潭菱葉疏。獨往方自得，耻邀淇上姝。廣江無術阡，大澤絶方隅。浪中海童語，林下鮫人居。春鴈時隱舟，新萍復滿湖。采采乘日養（今按，據四庫本、《河岳英靈集》、《儲光羲集》、《全唐詩》，當爲「暮」），不思賢與愚。（劉云：必欲總與人異。）

採菱詞

濁水菱葉肥，清水菱葉鮮。義不遊濁水，志士多苦言。潮没具區藪，潦深雲夢田。朝隨北風去，暮逐南風旋。浦口多漁家，相與邀我船。飯稻以終日，蓴羹將永年。方冬水物窮，又欲休山樊。盡室相隨從，所貴無憂患。（劉云：懇款備至，不在多，不在深。）

射雉詞

曝暄理新翳，迎春射鳴雉。原田遥一色，皋陸曠千里。遥聞咿喔聲，時見雙飛起。冪䍥疏蒿下，毰毸深叢裏。顧敵已忘生，爭雄方決死。仁心貴勇義，豈能復傷此。超遥下故墟，迢遞回高畤。大夫昔何苦，取笑歡妻子。（劉云：只如此，自極餘味。）

猛虎詞

寒亦不憂雪，饑亦不食人。人肉豈不甘，所惡傷明神。大（今按，據張恂本、四庫本，當爲「太」）室爲我宅，孟門爲我鄰。百獸爲我膳，五龍爲我賓。蒙馬一何威，浮江亦以仁。彩章耀明（今按，據姚本，當爲「朝」）日，爪牙雄武臣。高雲逐氣浮，厚地隨聲震。君能賈餘勇，日夕長相親。（劉云：諸詞一樣，得古章句體，不須别意。）

釣漁灣

垂釣緑灣春，春深杏花亂。潭清疑水淺，荷動知魚散。日暮待情人，維舟緑楊岸。

幽居

幽人下山徑，去去夾青林。滑處莓苔濕，暗中蘿薜深。春朝煙雨散，猶帶浮雲陰。

題太玄觀

門外車馬喧，門裏宫殿清。行即翳若木，坐即吹玉笙。所喧既非我，（劉云：是。）真道其冥冥。

述華清宮

上林神君宮，此地即明庭。山開鴻濛色，天轉招摇星。三雪報大有，孰謂非我靈。（劉云：得洞歌體。）

貽韋鍊師

精思莫知日，意静如空虚。三鳥自來去，九光遥卷舒。彩地近天井，玉宇停雲車。余亦苦山路，洗心祈道書。

霽後貽馬十二巽

高天風雨散，清氣在園林。況我夜初静，當軒鳴緑琴。雲開北堂月，庭滿南山陰。不見長裾者，空歌遊子吟。

題陸山人樓

暮聲雜初鴈，夜色涵早秋。獨見海中月，照君池上樓。山雲拂高棟，天漢入雲流。不惜朝光滿，其如千里遊。

陸著作輓辭二首（今按，「輓辭」，四庫全書本《儲光羲集》卷一、《全唐詩》卷一三六皆作「挽歌」）

世業江湖側，郊園休沐處。猶言五日歸，未道千秋去。鄉亭春水緑，昌閣寒光暮。昔爲晝錦遊，今成逝川路。（劉云：好，似《選》詩。）

其二

歸路秦城下，寒雲慘平田。故園滄海邊，緑柳覆平川。送客異他日，還舟殊昔年。華亭有明月，長向隴頭懸。

泛茅山東溪

清晨登仙峰，峰遠行未極。江海霽初景，草木含新色。而我任天和，此時聊動息。望鄉白雲裏，發棹清溪側。松柏生深山，無心自貞直。

喫茗粥作

當晝暑氣盛，鳥雀静不飛。念君高梧陰，復解山中衣。數片遠雲度，曾不蔽炎暉。淹留膳茶粥，共我飯蕨薇。敝廬既不遠，日暮徐徐歸。

遊茅山五首

十年别鄉縣，西去入皇州。此意在觀國，不言空遠遊。九衢平若水，利往無（今按，姚本、牛斗本、屠隆本作「來」，刻者不詳明本作「乘」，《全唐詩》卷一三六「無」下注：「一作來」）輕舟。北洛反初路，東江還故丘。春山多秀木，碧澗盡清流。不見子桑扈，當從方外求。（劉云：甚悲。）

其二

世業傳儒行，行成非不榮。其如懷獨善，況以聞長生。家近華陽洞，早年深此情。巾車雲路入，理棹瑶溪行。天地朝光滿，江山春色明。王廷有軒冕，此日方知輕。

其三

平生非作者，望古懷清芬。心以道爲際，行將時不羣。兹山在人境，靈贶久傳聞。遠勢一峰出，近形千嶂分。冬春有茂草，朝暮多鮮雲。此去亦何極，但言西日曛。

其四

昔賢居柱下，今我去人間。良以直心曠，兼之外視閑。垂綸非釣國，好學異希顔。落日登高嶼，悠然望遠山。溪流碧水去，雲帶清陰還。想見中林士，巖扉長不關。

其五

名岳徵仙事，清都訪道書。山門入松柏，天路涵空虛。南極見朝采，西潭聞夜漁。遠心尚雲宿，浪跡出林居。爲己存實際，忘形同化初。此行良已矣，不樂復何如。

述降聖觀

一山盡天苑，一峰開道宫。道花飛羽衛，天鳥遊雲空。玉殿俯玄水，春旗摇素風。夾門小松柏，覆井新梧桐。自昔大仙下，乃知元化功。神皇作桂館，此意與天通。

題昣上人禪居（今按，「昣」，姚本、四庫本《儲光羲集》卷一、《全唐詩》卷一三六皆作「眄」）

真王清淨子，燕居復行心。結宇鄰居邑，寤言非遠尋。丹青丈室滿，草樹一庭深。秀色玄冬發，交枝白日陰。江流映朱户，山鳥鳴香林。獨往已寂寂，安知浮與沉。

過新豐道中（二十八年，有詔種果。）

西下長樂坂，東入新豐道。雨多車馬稀，道上生秋草。太陰閟皋陸，不知晚與早。雷雨杳冥冥，川谷漫浩浩。詔書植嘉木，衆言桃李好。自愧無此容，歸從漢陰老。

夜到京口入黃河

河洲多青草，朝暮增客愁。客愁惜朝暮，枉渚暫停舟。中宵大川靜，解纜逐歸流。浦溆既清曠，沿洄非阻脩。登艫望落月，擊汰悲新秋。倘遇乘槎客，永言星漢遊。

使過彈箏峽作

鳥雀知天雪，羣飛復羣鳴。原田無遺粟，日暮滿空城。達士憂世務，鄙夫念王程。晨過彈箏峽，馬足淩競行。雙壁隱靈曜，莫能知晦明。皚皚堅冰白，漫漫陰雲平。始信古人言，苦節不可貞。

行子苦風泊來舟貽潘少府（潘時在後浦。）（今按，《唐音》卷二題中「來」作「夾」，《唐百家詩選》卷四、《唐詩紀事》卷二二、《全唐詩》卷一三六詩題皆作《泊舟貽潘少府》）

行子苦風潮，維舟未能發。宵分卷前幔，臥視清秋月。四澤蒹葭深，中洲煙火絕。蒼蒼水霧起，落落疏星没。所遇盡漁樵，與言多楚越。其如念極浦，又以思明哲。常若千餘里，況之異鄉別。

仲夏入園東陂

方塘深且廣，伊昔俯吾廬。環岸垂緑柳，盈潭發紅蕖。上延北原秀，近屬幽人居。暑雨若混沌，清明如空虚。北鄉多隱逸，水陸見樵漁。廢賞亦何貴，爲歡良易攄。且言重觀國，當此賦歸歟。

效古二首

晨登涼風臺，暮走邯鄲道。曜靈何赫烈，四野無青草。大軍北集燕，天子西居鎬。婦人役州縣，丁男事征討。老幼相别離，哭泣無昏早。稼穡既殄絶，川澤復枯槁。曠哉遠此憂，冥冥商山皓。

其二

東風吹大河，河水如倒流。河洲塵沙起，有若黄雲浮。頩霞燒廣澤，洪曜赫高丘。野老泣相語，無地可蔭休。翰林有客卿，獨負蒼生憂。中夜起躑躅，思欲獻厥謀。君門峻且深，踠足空夷猶。

雜詩二首

混沌本無象，末路多是非。達士志寥廓，所在能忘機。耕鑿時未至，還山聊采薇。虎豹對我蹲，鸑鷟傍我飛。仙人空中來，謂我勿復歸。格澤爲君駕，虹霓爲君衣。西遊崑崙墟，可與世人違。

其二

秋氣肅天地，太行高崔嵬。猿貁清夜吟，其聲亦（今按，四庫全書本《儲光羲集》卷一、《全唐詩》卷一三六皆作「一」）何哀。寂寞掩圭（今按，姚本作「荎」）蓽，夢寐遊蓬萊。琪樹遠亭亭，玉堂雲中開。洪崖吹簫管，玉女飄飄來。雨師既洗道，後路無纖埃。鄙哉楚襄王，獨如（今按，屠隆本、《河岳英靈集》作「好」，《全唐詩》注云「一作如」）陽雲臺。

終南幽居獻蘇侍郎二首

中歲尚微道，始知將谷神。抗策還南山，水木自相親。深林開一道，青嶂成四鄰。平明去採薇，日入行刈薪。雲歸萬壑暗，雪罷千巖春。始看玄鳥來，已見瑤華新。寄言褰芳者，無逎後時人。（劉云：清灑，深麗。）

其二

卜築青巖裏，雲蘿四垂陰。虛室若無人，喬木自成林。時有清風至，側聞樵採音。（劉云：幽素成章。）鳳皇鳴南岡，望望隔層岑。既言山路遠，復道溪流深。偓佺空中遊，虬龍水中吟。何當見輕翼，爲我達遠心。

題應聖觀

空中望小山，山下見餘雪。皎皎河漢女，在兹養真骨。登門駭天書，啓籥問仙訣。池光摇水霧，鐙（今按，《全唐詩》作「燈」，字通）色連松月。合塼起花臺，折草成玉節。天雞弄白羽（今按，姚本、牛斗本、屠隆本、刻者不詳明本作「衣」），王母垂玄髮。北有上年宫，一路在雲霓。上心方嚮道，時復遊金闕。

至閑居精舍（即天后故宫。）

太室三招提，其趣皆不同。不同非一趣，況是天遊宫。雙嶺前夾門，閣道復横空。寶坊若花積，宛轉不可窮。流泉自成池，青松信饒風。秋晏景氣迴，晶明丹素功。近將隱者鄰，遠與西上（今按，據四庫本、四庫全書本《儲光羲集》卷二、《全唐詩》卷一三六，當爲「山」）通。大師假惠照，念以息微躬。

酬綦毋校書夢遊耶溪見贈之作

校文在仙掖，每有滄洲心。況以北牕下，夢遊清溪陰。春看湖口漫，夜入迴塘深。往往纜垂葛，出舟望前林。山人松下飯，釣客蘆中吟。小隱何足貴，長年固可尋。還車首東道，惠言若南金。以我採薇意，傳之天姥岑。

田家即事

（《吕覽》云：冬至，菖生，於是始耕。《氾勝之書》：杏始華，輒耕輕土。）（今按，此題下注，姚本、牛斗本、屠隆本、刻者不詳明本在「貴不違天時」句下。「吕覽云」注作：《吕氏春秋》云：「冬至五旬，菖始生。菖者，草之先者也。於是始耕。」）

蒲葉日已長，杏花日已滋。老農要看此，貴不違天時。迎晨起飯牛，雙駕耕東菑。蚯蚓土中出，田烏隨我飛。羣合亂啄噪，嗷嗷如道飢。我心多惻隱，顧此兩傷悲。撥食與田烏，日暮空筐歸。親戚更相誚，我心終不移。（今按，此下姚本、牛斗本、屠隆本、刻者不詳明本有評語：「劉云：皆非初志，忽轉及此，故以爲貴。」）

同王十三維偶然作四首

仲夏日中時，草木看欲焦。田家惜功力，把鋤來東皋。顧望浮雲陰，往往誤傷苗。歸來悲困極，兄嫂共相饒。無錢可沽酒，何以解劬勞。夜深星漢明，庭宇虛寥寥。高柳三五株，

可以獨逍遥。

其二

北山種松柏，南山種蒺藜。出入雖同趣，所向各有宜。孔丘貴仁義，老氏好無爲。我心若虚空，此道將安施。暫過伊闕間，晼晼三伏時。高閣入雲中，芙蓉滿清池。要自非我室，還望南山陲。

其三

野老本貧賤，冒暑鋤瓜田。一畦未及終，樹下高枕眠。荷蓧者誰子，皤皤來息肩。不復問鄉墟，相見但依然。腹中無一物，高話羲皇年。落日臨層隅，逍遥望晴川。使婦持蠶筐，呼童傍漁船。悠悠泛緑水，去摘浦中蓮。蓮花艷且美，使我不能還。（劉云：又入别調，轉覺幽遠，何也？）

其四

浮雲在虚空，隨風復卷舒。我心方處順，動作何憂虞。但言嬰世網，不復得閑居。迢遞别東國，超遥來西都。見人乃恭敬，曾不問賢愚。雖若不能言，中心亦難誣。故鄉滿親戚，道遠日以疏。偶欲陳此意，復無南飛鳧。

田家雜興八首（劉云：首首皆妙，有此田家。）

春至鶬鶊鳴，薄言向田墅。不能自力作，黽勉娶鄰女。既念生子孫，方思廣田圃。閑時相顧笑，喜悅好禾黍。夜夜登嘯臺，南望洞庭渚。百草被霜露，秋山響砧杵。却羡故年時，中情無所取。（劉云：真隱者違俗之談。）

其二

衆人耻貧賤，相與尚膏腴。我情既浩蕩，所樂在畋漁。山澤時晦冥，歸家暫閑居。滿園種葵藿，繞屋樹桑榆。禽雀知我閑，翔集依我廬。所願在優游，州縣莫相呼。日與南山老，兀然傾一壺。（劉云：淵明之趣。）

其三

逍遥阡陌上，遠近無相識。落日照秋山，千巖同一色。網罟繞深莽，鷹鸇始輕翼。獵馬既如風，奔獸莫敢息。駐旗滄海上，犒士吴宫側。楚國有夫人，性情本真直。鮮禽徒自致，終歲竟不食。（劉云：似是息嫡矯矯，不意出此。）

其四

田家趨壠畝，當晝掩虛關。鄰里無煙火，兒童共幽閑。桔槔懸空圃，雞犬滿桑間。時來農事隙，採藥遊名山。但言所採多，不念路險艱。人生如蜉蝣，一往不可攀。君看西王母，千載美容顏。

其五

貧士養情性，不復知憂樂。（劉云：又好。）去家行賣畚，留滯南陽郭。秋至黍苗黄，無人可刈穫。孺子朝未飯，把竿逐鳥雀。忽見梁將軍，乘車出宛洛。意氣軼道路，光輝滿虛落。安知負薪者，咥咥笑輕薄。

其六

楚山有高士，梁國有遺老。築室既相鄰，同田復同道。糗糒常共飯，兒孫每更抱。忘此耕耨勞，愧彼風雨好。蟪蛄鳴空澤，鶗鴂傷秋草。日夕寒風來，衣裳苦不早。（劉云：别是一種意態，言外悄然。）

其七

梧桐蔭我門，薜荔網我屋。超超兩夫婦，朝出暮還宿。稼穡既自種，牛羊還自牧。日旰懶

耕鋤，登高望川陸。空山足禽獸，墟落多喬木。白馬誰家兒，聯翩相馳逐。（劉云：不着一語，意自然箇中。）

其八

種桑百餘樹，種黍三十畝。衣食既有餘，時時會賓友。夏來菰米飯，秋至菊花酒。孺人喜逢迎，穉子解趨走。日暮閑園裏，團團蔭榆柳。酩酊乘夜歸，涼風吹户牖。清淺望河漢，低昂看北斗。數甕猶未開，明朝能飲否。（劉云：比陶差健而贍，然各自好。）

五言古詩卷之十一　唐詩品彙十一

名家（上之三）

李頎

殷璠云：頎詩發調既清，脩辭亦秀，雜歌咸善，玄理最長。惜其偉才，只到黄綬。然論其家數（今按，傅璇琮校點本《河岳英靈集》作「故其論家」），往往高於衆作。

塞下曲

黄雲鴈門郡，日暮風沙裏。千騎黑貂裘，皆稱羽林子。金笳吹朔雪，鐵馬嘶雲水。帳下飲蒲萄，平生寸心是。

宋少府東溪泛舟

登岸還入舟，水禽驚笑語。晚葉低衆色，濕雲帶殘暑。落日乘醉歸，溪流復幾許。

粲公院各賦一物得初荷

微風和衆草，大葉長圓陰。晴露珠共合，夕陽花映深。從來不着水，清浄本因心。

李兵曹壁畫山水各賦得桂水帆

片帆浮桂水，落日天涯時。飛鴈看共度，閑雲相與遲。長波無曉夜，泛泛欲何之。

晚歸東園

出郭喜見山，東行亦未遠。夕陽帶歸鳥（今按，《唐百家詩選》卷五作「鷺」，《全唐詩》卷一三二作「路」），藹藹秋稼晚。樵者乘霽歌（今按，《全唐詩》作「歸」），野夫及星飯。請謝朱輪客，垂竿不復返。

寄鏡湖朱處士

澂霽晚流闊，微風吹緑蘋。鱗鱗遠峯見，淡淡平湖春。芳草日堪把，白雲心所親。何時可爲樂，夢裏東山人。

送顧朝陽還吴

寂寞但（今按，《文苑英華》卷二七〇、《全唐詩》作「俱」）不偶，裹糧空入秦。宦途已可識，歸卧包山春。舊國指飛鳥，滄波愁旅人。開樽洛水上，怨別柳花新。

留别王盧二拾遺

此別不可道，此心當報誰。春風灞水上，飲馬桃花時。設（今按，據四庫本、《文苑英華》卷二八七、《全唐詩》卷一三二，當爲「誤」）作好文士，只令遊宦遲。留書下朝客，我有故山期。

光上座廊下衆山

名岳在廡下，吾師居一牀。每聞楞伽經，只對清翠光。百谷聚雲色，莓苔侵屋梁。氣盤古壁轉，勢引幽堦長。願遊薜葉下，日見金爐香。

題盧道士房

秋砧響落木，共坐茅君家。唯見兩童子，林前汲井華。空壇静白日，神鼎飛丹砂。麈尾拂霜草，金鈴揺霽霞。上章人世隔，看奕桐陰斜。稽首問仙要，黄精堪餌花。

寄焦鍊師

得道凡百歲，燒丹唯一身。悠悠孤峯頂，日見三花春。白鶴翠微裏，黄精幽澗濱。始知世上客，不及山中人。仙境若在夢，朝雲如可親。何由覩顔色，揮手謝風塵。

送暨道士還玉清觀

仙官有名籍，度世吴江濆。大道本無我，青春長與君。中洲俄已到，至理得而聞。明主降黄屋，時人看白雲。空山何窈窕，三秀日氛氲。遂此留書客，超遥煙駕分。

賦二妃廟送裴侍御使桂陽

沅上秋草晚，蒼蒼堯女祠。無人見精魄，萬古寒猿悲。桂水身没後，椒漿神降時。回雲迎赤豹，驟雨颯文狸。受命出炎海，焚香徵楚詞。乘驄感遺跡，一弔清川湄。

送王昌齡

漕水東去遠，送君多暮情。淹留野寺出，向背孤山明。前望數千里，中無蒲稗生。夕陽滿舟楫，但愛微波清。舉酒林月上，解衣沙鳥鳴。夜來蓮花界，夢裏金陵城。歎息此離别，悠悠江海行。

題綦毋校書所居（今按，「所居」，姚本、牛斗本、屠隆本、刻者不詳明本作「田居」，《文苑英華》卷三一八作「别業」）

常稱掛冠吏，昨日歸滄洲。行客暮帆遠，主人庭樹秋。豈伊問天命，但欲爲山遊。萬物我

何有，白雲空自幽。蕭條江海上，日夕見丹丘。生事本漁釣，賞心隨去留。惜哉曠微月，欲濟無輕舟。倏忽令人老，相思河水流。

送崔侍御赴京

緑槐蔭長路，駿馬垂青絲。柱史謁承明，翩翩將有期。千官大朝日，奏事臨赤墀。肅肅儀仗裏，風生鷹隼姿。一從登甲科，三拜皆憲司。按俗又如此，爲郎何太遲。送君暮春日，花落城南陲。惜别醉芳草，前山勞夢思。

漁父歌

白首何老人，蓑笠蔽其身。避世長不仕，釣魚清江濱。浦沙明濯足，山月静垂綸。寓宿灘與瀨，行歌秋復春。持竿（今按，姚本、牛斗本、屠隆本、刻者不詳明本作「橈」）湘岸竹，爇火蘆洲薪。緑水飯香稻，青荷包紫鱗。於中還自樂，所欲全吾真。而笑獨醒者，臨流多苦辛。

登首陽山謁夷齊廟

古人已不見，喬木竟誰過。寂寞首陽山，白雲空復多。蒼苔歸地骨（今按，《河岳英靈集》同此，《文苑英華》卷三二〇作「骨地」。當爲「骨地」），皓首採薇歌。畢命無怨色，成仁其若何。我來入遺廟，時候微清和。落日弔山鬼，回風吹女蘿。石門正西豁，引領望黄河。千里一飛鳥，孤

光東逝波。驅車層城路，惆悵此巖阿。

東京寄萬楚

濩落久無用，隱身甘采薇。仍聞薄宦者，還事田家衣。潁水日夜流，故人相見稀。春山不可望，黄鳥東南飛。濯足豈長往，一樽聊可依。了然潭上月，適我胸中機。在昔同門友，如今出處非。優游白虎殿，偃息青瑣闈。且有薦君表，當看攜手歸。寄書不待面，蘭茝空芳菲。

臨川送張諲入蜀

出門便爲客，惘然悲徒御。四方維一身，茫茫欲何去。經山復歷水，百恨將千慮。劍閣望梁州，是君斷腸處。孤雲傷客心，落日感君深。夢裏蒹葭渚，天邊橘柚林。蜀江流不測，蜀路險難尋。木有相思號，猿多愁苦音。莫向愚山隱，愚山地非近。故鄉可歸來，眼見芳菲盡。

春送從叔游襄陽

言别恨非一，棄置我宗英。向日五經笥，今爲千里行。裹糧顧庭草，羸馬詰朝鳴。斗酒對寒食，雜花宜晚晴。春衣采洲路，夜飲南陽城。客夢峴山曉，漁歌江水清。楚俗少相知，

遠遊難稱情。同人應館穀（今按，《全唐》卷一三二作「轂」），刺史出（今按，《全唐詩》作「在」）郊迎。只合侍丹扆，翻令辭上京。時方春欲暮，歎息向流鶯。

裴尹東溪别業

公才廊廟器，官亞河南守。别墅臨都門，驚湍激前後。舊交與羣從，十日一攜手。幅巾望寒山，長笑對高柳。清歡信可尚，散吏亦何有。岸雪青城陰，水光遠林首。閑觀野人筏，或飲川上酒。幽雲淡徘徊，白鷺飛左右。庭竹垂卧内，村煙隔南阜。始知物外情，簪紱同芻狗。

寄萬齊融

名高不擇仕，委身隨虚舟。小邑常歎屈，故鄉行可遊。青楓半村户，香稻盈田疇。爲政日清净，何人同海鷗。摇巾北林夕，把菊東山秋。對酒池雲滿，向家湖水流。岸陰止鳴鵠，山色映潛虬。靡靡俗中理，蕭蕭川上幽。昔年至吴郡，常隱臨江樓。我有一書札，因之芳杜洲。

無名上人東林禪居（今按，「名」，四庫本、《全唐詩》作「盡」）

草堂每多暇，時謁山僧門。所對但羣木，終朝無一言。我心愛流水，此地臨清源。吞吐山

上日，蔽虧松外村。孤峰隔身世，百衲老寒暄。禪户積朝雪，花龕來暮猿。顧余守耕稼，十載隱田園。藋篠慰春汲，巖潭恣討論。洩雲豈知限，至道莫探元。且願啓關鎖，於焉微尚存。

不調歸東川别業

寸禄言可取，託身將見遺。慙無匹夫志，悔與名山辭。紱冕謝知己，林園多後時。葛巾方濯足，蔬食但垂帷。十室對河岸，漁樵秖在兹。青郊香杜若，白水映茅茨。晝景徹雲樹，夕陰澂古逵。渚花獨開晚，田鶴静飛遲。且復樂生事，前賢爲我歸。鬧（今按，四庫本、張恂本作「閒」，《文苑英華》卷三一八、《全唐詩》卷一三二作「清」。「鬧」當爲「閒」之訛字）歌聊鼓楫，永日望佳期。

贈張旭

張公性嗜酒，豁達無所營。皓首窮草隸，時稱太湖精。露頂據胡牀，長叫三五聲。興來灑素壁，揮筆如流星。下舍風蕭條，寒草滿户庭。問家何所有，生事但浮萍。左手持蟹螯，右手執丹經。瞪目視霄漢，不知醉與醒。諸賓且方坐，旭日臨東城。荷葉裹江魚，白甌貯香粳。微禄心不泄（今按，《唐文粹》卷十六上同此，四庫本、屠隆本、《全唐詩》作「屑」），放神於八紘。時人不識者，即是安期生。

贈别高三十五

五十無産業，心輕百萬資。屠酤亦與羣，不問君是誰。飲酒或垂釣，狂歌兼詠詩。焉知漢高士，莫識越鴟夷。寄跡棲霞山，蓬頭睢水湄。忽然辟命下，衆謂趋丹墀。沐浴着賜衣，西來馬行遲。能令相府重，且有函關期。黽勉從寸禄，舊遊梁宋時。皤皤邑中叟，相候鬢如絲。官舍柳林静，河梁杏葉滋。摘芳雲景晏，把手秋蟬悲。小縣情未愜，折腰君莫辭。吾觀聖人意，不久召京師。

謁張果先生

先生谷神者，甲子焉能計。自説軒轅師，干（今按，據姚本、四庫本、《全唐詩》，當爲「于」）今幾千歲。寓遊城郭裏，浪跡希夷際。應物雲無心，逢時舟不繫。餐霞斷火粒，野服兼荷製。白雪淨肌膚，青松養身世。韜精殊豹隱，鍊質同蟬蜕。忽去不知誰，偶來寧有契。二儀齊壽考，六合同休憩。彭聃猶嬰孩，松期且微細。嘗聞穆天子，更憶漢皇帝。親屈萬乘尊，將窮四海裔。車從（今按，《河岳英靈集》卷上，《文苑英華》卷二二八、《全唐詩》卷一三二作「徒」）偏草木，錦帛招談説。八駿空往還，三山轉虧蔽。吾君感至德，玄老欣來詣。受籙金殿開，清齋玉堂閉。笙歌迎拜首，羽帳崇嚴衛。禁柳垂香爐，宫花拂仙袂。祈年寶祚廣，致福蒼生惠。何必待龍

髯，鼎成方取濟。

與諸公遊濟瀆汎舟

濟水出王屋，其源來不窮。洑泉數眼沸，平地流清通。皇帝崇祀典，詔書示三公。分官禱靈廟，奠璧沉阿宮。神應每如答，松篁氣葱蘢。蒼螭送飛雨，赤鯉噴回風。灑酒布瑶席，吹簫下玉童。玄冥掌陰事，祝史告年豐。百谷趨潭底，三光懸鏡中。淺深露沙石，蘋藻生虚空。晚景臨汎美，亭皋輕靄紅。晴山傍舟檝，白鷺驚絲桐。我本家潁北，出門見維嵩。焉知松峯外，有（今按，據四庫本、《全唐詩》，當爲「又」）有天壇東。左手正接籬（今按，四庫本、《全唐詩》作「羅」），浩歌眄青穹。夷猶傲清吏，偃仰狎漁翁。對此川上閑，非君誰與同。霜凝遠村渚，月浄蒹葭叢。兹境信難遇，爲歡殊未終。淹留悵言别，煙嶼夕微蒙（今按，《全唐詩》作「濛」）。

常　建

殷璠云：高才無貴仕，誠哉是言！曩劉禎（今按，當爲「楨」）死於文學，左思終記室，鮑照卒於參軍，今常建亦淪於一尉，悲夫！建詩似初發通莊，却尋野徑，百里之外，方歸大道。所以其旨遠，其興僻，佳句輒來，惟論意表。至於「松際露微月，清光猶爲君」，又「山光悦

鳥性，潭影空人心」，此例十數句，並可稱警策。劉須溪云：常建詩情景沉冥，不類著色。

春詞二首

苑苑黄柳絲，濛濛雜花垂。日高紅粧卧，倚樹春光遲。（劉云：素淡，本分。）寧知傍淇水，驂裹黄金羈。

其二

翳翳陌上桑，南枝交北堂。美人金梯出，素手自提筐。非但畏蠶飢，盈盈嬌路傍。

古意

牧馬古道傍，道傍多古墓。蕭條愁殺人，蟬鳴白楊樹。迴頭望京邑，合沓生塵霧。富貴安可常，歸來保貞素。

塞上曲

翩翩雲中使，來問太原卒。百戰苦不歸，刀頭怨秋月。塞雲隨陣落，寒日傍城没。城下有寡妻，哀哀哭枯骨。

昭君墓

漢宫豈不死，異域傷獨没。萬里馱黄金，蛾眉爲枯骨。（劉云：造意精巧。）迴車夜出塞，立馬皆不發。共恨丹青人，墳上哭明月。（劉云：千古詞人之恨，寫作當時事。斷腸軟語，不落脂粉，故他作不及。）

弔王將軍墓

嫖姚北伐時，深入强千里。戰餘落日黄，軍敗鼓聲死。（劉云：形容古所未至。）嘗聞漢飛將，可奪單于壘。今與山鬼鄰，殘兵哭遼水。（殷云：一篇盡善，屬辭［今按，《唐人選唐詩十種》本《河岳英靈集》卷上作「思」］既苦，辭亦警絶。潘岳雖云能序［今按，《唐人選唐詩十種》本《河岳英靈集》卷上作「敘」］悲怨，未見如此章。○劉云：短絶。）

宿王昌齡隱居

清溪深不測，隱處唯孤雲。松際露微月，清光猶爲君。（劉云：景同意别。）茅亭宿花影，藥院滋苔紋。余亦謝時去，西山鸞鶴羣。

江上琴興

江上調玉琴，一絃清一心。泠泠七絃遍，萬木澄幽陰。能使江月白，又令江水深。始知枯桐枝，可以徽黄金。（劉云：等閑楚楚。）

送李十一尉臨溪

泠泠花下琴，君唱渡江吟。天際一帆影，（劉云：語類高素。）預懸離别心。以言神仙尉，因致瑶華音。回軫撫商調，越溪澄碧林。（劉云：或□［今按，原文缺一字，四庫本作「麗」］或則，有可有不可。）

送陸擢

聖代多才俊，陸生何考槃。南山高松樹，不合空摧殘。九月湖上别，北風秋雨寒。殷勤歎孤鳳，早食金琅玕。

潭州留别

賢達不相識，偶然交已深。宿帆謁郡佐，悵别依禪林。湘水流入海，楚雲千里心。望君杉松夜，山月清猿吟。

燕居

青苔常滿地，流水復入林。遠與市朝隔，日聞雞犬深。寥寥丘中賞，渺渺湖上心。笑傲轉無欲，不知成陸沉。

閑齋卧病行藥至山館稍次湖亭二首

旬時結陰霖，簾外初白日。齋沐清病容，心魂畏虚室。閑梅照前户，明鏡悲舊質。同袍四五人，何不來問疾。

其二

行藥至石壁，東風變萌芽。主人山門緑，小隱湖中花。時物堪獨往，春帆宜別家。辭君向滄海，爛熳從天涯。

晦日馬鐙曲稍次中流作

夜寒宿蘆葦，曉色明西林。初日在川上，便澄遊子心。晴天無纖翳，郊野浮春陰。波静隨釣魚，舟小緑水深。出浦見千里，曠然諧遠尋。扣舷應漁父，因唱滄浪吟。

送楚十少府

微風吹霜氣，寒影明前除。落日未能別，蕭蕭林木虚。愁煙閉千里，仙尉其何如。因送別鶴操，贈之雙鯉魚。鯉魚在金盤，別鶴哀有餘。心事則如此，請君開素書。

宿五度溪仙人得道處

五度溪上花，生根依兩崖。二月尋片雲，願宿秦人家。上見懸崖崩，下見白水湍。仙人彈棋處，石上青蘿磐。無處求玉童，翳翳唯林巒。前溪遇新月，聊取玉琴彈。

漁浦

春至百草緑，陂澤聞鶬鶊。别家投漁翁，今世滄浪情。漚苧爲緼袍，折麻爲長纓。榮譽失本真，怪人浮此生。碧水月自闊，安流浄而平。扁舟與天際，獨往誰能名。

古意二首（《河岳英靈集》作祖詠詩。）

楚王竟何去，獨自留巫山。偏使世人見，迢迢江漢間。駐舟清溪裏，皆願拜靈顏。㾓㾓見神女，金沙鳴佩環。閑艷絶世姿，令人氣力微。含笑竟不語，化作朝雲飛。

其二

明月照高閣，綵女褰羅幕。歌舞臨碧雲，簫聲沸珠箔。青鸞臨南海，天上雙白鶴。萬里齊翼飛，意求君門樂。玉霄九重閉，金鎖夜不開。兩翅自無力，愁鳴雲外來。態深入空貴，勢屈無良媒。俛仰顧中禁，東飛白玉臺。

客有自燕而歸哀其老而贈之

羸馬朝自燕，一身爲二連。憶親拜孤塚，移葬雙陵前。幽願從此畢，劍心因獲全。孟冬寒氣盛，撫轡告言旋。碣石海北門，餘寇唯朝鮮。離離一寒騎，嫋嫋馱（今按，四庫本、《全唐詩》卷一四四、四庫全書本《常建詩》卷二皆作「馳」）白天。生別皆自取，況爲士卒先。寸心漁陽興，落日旌竿懸。

張山人彈琴

君去芳草緑，西峯留玉琴。豈唯丘中賞，兼得清煩襟。朝從山口還，出嶺聞清音。了然雲霞氣，照見天地心。玄鶴下澄空，翩翩舞松林。改絃叩商聲，又聽飛龍吟。稍覺此身妄，漸知仙事深。其將鍊金鼎，永矣投吾簪。

夢太白西峰

夢寐升九崖，杳靄逢元君。遺我太白岑，寥寥辭垢氛。結宇在星漢，宴林閉（今按，傅璇琮校點本《河岳英靈集》作「閑」）氤氲。簷楹覆餘翠，巾舄生片雲。時往清溪間，孤亭晝仍曛。松峰引天影，石瀨清霞文。恬目緩舟趣，霽心投鳥羣。春風又摇棹，潭島花紛紛。

湖中晚霽

湖廣舟自輕，江天欲澄霽。是時清楚望，氣色猶霾曀。踟躕金霞白，波上日初麗。煙虹落鏡中，樹木生天際。杳杳崖欲辨，濛濛雲復閉。言乘星漢明，又覩寰瀛勢。微興從此愜，悠然不知歲。試歌滄浪清，遂覺乾坤細。豈念客衣薄，將期永投袂。遲迴漁火間，一鴈聲嘹唳。

西山

一身爲輕舟，落日西山際。常隨去帆影，遠接長天勢。物象歸餘清，林巒分夕麗。亭亭碧流暗，日入孤霞繼。洲渚遠陰映，湖雲尚明霽。林昏楚色來，岸遠荆門閉。至夜轉清迥，蕭蕭北風厲。沙邊鴈鷺泊，宿處蒹葭蔽。圓月逗前浦，孤琴又摇曳。泠然夜遂深，白露霑人袂。

第三峰

西山第三頂，茆宇依雙松。杳杳欲至天，雲梯昇幾重。瑩魂澄玉虚，以求鸞鶴蹤。逶迤飛天人，執節乘赤龍。傍映白日光，縹緲輕霞容。孤輝上煙霧，餘影明心胸。願與黄麒麟，欲飛而莫從。因寂清萬象，輕雲自中峰。山暝學棲鳥，月來隨暗蟲。尋空静餘響，裊裊雲

溪鐘。

白龍窟泛舟寄天台學道者

夕翠映山深，餘暉在龍窟。扁舟滄浪意，澹澹花影没。西浮入天色，南望對雲闕。因憶莓苔峰，初陽濯玄髮。泉蘿兩幽映，松鶴間清越。碧海瑩子神，玉膏澤人骨。忽然爲枯木，微興遂如兀。應寂中有天，明心外無物。環迴從所泛，夜静猶不歇。浩然意無限，身與波上月。

張天師草堂

靈溪宴清宇，傍倚枯松根。花藥繞萬丈，瀑泉飛至門。四氣閉炎熱，兩崖改明昏。夜深月漸皎，亭午朝始暾。信是天人居，幽幽寂無喧。萬壑應鳴磬，諸峯接一魂。遂登仙子谷，因醉田中尊。時節開玉書，窅映飛天言。心化便無影，目精焉累煩。忽而上霄漢，寥落空南軒。

仙谷遇毛女意知是秦宫人

溪口水石淺，泠泠明藥叢。入溪雙峰峻，松栝疏（今按，姚本、牛斗本、屠隆本、刻者不詳明本，《唐音》卷二作「梳」）幽風。垂嶺枝嫋嫋，翳泉花濛濛。夤緣霽人目，路盡心彌通。盤石横陽崖，前臨

殊未窮。回潭清雲影，瀰漫長天空。水邊一神女，千歲爲玉童。羽毛經漢代，珠翠逃秦宮。（劉云：語只如此好。）目覩神已寓，鶴飛言未終。祈君青雲秘，願謁黄仙翁。嘗以耕玉田，龍鳴西頂中。金梯與天接，幾日來相逢。

鄂渚招王昌齡張僨

刈蘆曠野中，沙上飛黄雲。天晦無精光，茫茫悲遠君。楚山隔湘水，湖畔落日曛。春鴈又北飛，音書固難聞。謫君未爲歎，讒枉何由分。五日逐蛟龍，宜爲弔冤文。翻覆古共然，名宦安足云。貧士任枯槁，捕魚清江濆。有時荷犁鋤，曠野自耕耘。不然春山隱，溪澗花氛氳。山鹿自有場，賢達亦顧羣。二賢歸去來，世人徒紛紛。

白湖寺後溪宿雲門

落日山水清，亂流鳴淙淙。舊蒲雨抽節，新花水對牕。溪中日已没，歸鳥多爲雙。杉松引直路，出谷臨前湖。洲渚晚色静，又觀花與蒲。入溪復登嶺，草淺寒流速。圓月明高峰，春山因獨宿。松陰澂初夜，曙色分遠目。日出城南隅，青青媚川陸。亂花覆東郭，碧氣銷長林。四郊一清影，千里歸寸心。前瞻王程促，却戀雲門深。畢景有餘興，到家調玉琴。

五言古詩卷之十二　唐詩品彙十二

名家（上之四）

高　適

殷璠云：評事性落拓（今按，四庫本及《唐人選唐詩十種》本《河岳英靈集》卷上皆作「拓落」），不拘小節，恥與常科，隱跡博徒，才名自遠。然適詩文多胸臆語，兼有氣骨，故朝野通尚（今按，《河岳英靈集》作「賞」）其文。《唐史》本傳云：適年五十始爲詩，即工，每吟一篇，好事者輒傳布。

嚴滄浪云：高、岑之詩悲壯，讀之令人感慨。

宋中五首

梁王昔全盛，賓客復多才。悠悠一千年，陳跡唯高臺。寂寞向秋草，悲風千里來。

其二

朝臨孟諸上，忽見芒碭間。赤帝終已矣，白雲長不還。時清更何有，禾黍徧空山。

其三

景公德何廣，臨變莫能欺。三請皆不忍，妖星終自移。君心本如此，天道豈無知。

其四

梁苑白日暮，梁山秋草時。君王不可見，脩竹令人悲。九月桑葉盡，寒風鳴樹枝。

其五

登高臨舊國，懷古對窮秋。落日鴻鴈度，寒城砧杵愁。昔賢不復有，行矣莫淹留。

薊門三首

邊城十一月，雨雪亂霏霏。元戎號令嚴，人馬亦輕肥。羌胡無盡日，征戰幾時歸。

其二

幽州多騎射，結髮重橫行。一朝事將軍，出入有聲名。紛紛獵秋草，相向角弓鳴。

其三

黯黯長城外，日沒更煙塵。胡騎雖憑陵，漢兵不顧身。古樹滿空塞，黄雲愁殺人。

東平路作

清曠涼夜月，徘徊孤客舟。渺然風波上，獨夢前山秋。秋至復摇落，空令行者愁。

登壠（今按，《全唐詩》卷二一二注云：應作「隴」，詩同）

壠頭遠行客，壠上分流水。流水無盡期，行人未云已。淺才登一命，孤劍通萬里。豈不思故鄉，從來感知己。

鉅鹿贈李少府

李侯雖薄宦，時譽何籍籍。駿馬常借人，黄金每留客。投壺華館静，縱酒涼風夕。即此遇神仙，吾忻知損益。

送韓九

惆悵别離日，徘徊岐路前。歸人望獨樹，匹馬聞秋蟬。常與天下士，許君兄弟賢。良時正可用，行矣莫徒然。

別耿都尉

四十能學劍，時人無此心。如何耿夫子，感激投知音。翩翩白馬來，二月青草深。別易小千里，興酣傾百金。

別張少府

歸客留不住，朝雲縱復横。馬頭向春草，斗柄臨高城。嗟我久離別，羨君看弟兄。歸心更難道，回首一傷情。

自淇涉黄河途中作五首

川上常極目，世情今已閑。去帆帶落日，征路隨長山。親友若雲霄，可望不可攀。於兹任所愜，浩蕩風波間。

其二

清晨汎中流，羽族滿汀渚。黄鵠何處來，昂藏寡儔侶。飛鳴無人見，飲啄豈得所。雲漢爾固知，胡爲不輕舉。

其三

野人頭盡白，與我忽相訪。手持青竹竿，日暮淇水上。雖老美容色，雖貧亦閑放。釣魚三十年，中心無所向。

其四

南登滑臺上，却望河淇間。行樹夾流水，孤城對遠山。念兹川路闊，羡爾沙鷗閑。長想別離處，猶無音信還。

其五

東入黄河水，茫茫汎紆直。北望太行山，峨峨半天色。山河相映帶，深淺未可測。自昔有賢才，相逢不相識。

登子賤琴堂賦詩三首（并序）

甲申歲，適登子賤琴堂，賦詩三首。首章懷宓公之德千祀不朽；次章美太守李公能嗣子賤之政，再造琴臺；末章多邑宰崔公能思子賤之理。

首章

宓子昔爲政，鳴琴登此臺。琴和人亦閑，千載稱其才。臨眺忽悽愴，人琴安在哉。悠悠此天壤，唯有頌聲來。

次章

邦伯感遺事，慨然建琴堂。乃知静者心，千載猶相望。入室想其人，出門何茫茫。唯見白雲合，東臨鄒魯鄉。

末章

皤皤邑中老，自誇邑中理。何必升君堂，然後知君美。開門無犬吠，早卧常晏起。昔人不忍欺，今我還復爾。

寄孟五

秋風落窮巷，離憂兼暮蟬。後時已如此，高興亦徒然。知君念淹泊，憶我屢周旋。征路見來鴈，歸人悲遠天。平生感千里，相望在貞堅。

登百丈峰二首

朝登百丈峰，遥望燕支道。漢壘青冥間，胡天白如掃。憶昔霍將軍，連年北征討。匈奴終不滅，寒山徒草草。唯有鴻鴈飛，令人傷懷抱。

其二

晉武輕後事，惠皇終已昏。豺狼塞瀍洛，胡羯争乾坤。四海如鼎沸，五原徒自尊。而今白庭路，猶對青陽門。朝市不足問，君臣隨草根。

薊中作（一作《送兵還作》。）（今按，「還」，《全唐詩》二一二作「還」）

策馬自沙漠，長驅登塞垣。邊城何蕭條，白日黄雲昏。一到征戰處，每愁胡虜翻。豈無安邊書，諸將已承恩。惆悵孫吴事，歸來獨閉門。

酬司空璲

飄飖未得意，感激與誰論。昨日遇夫子，乃欣吾道存。江上滿詞賦，札翰起涼温。吾見風雅作，人知德業尊。驚飆蕩萬木，秋氣屯高原。燕趙何蒼茫，鴻鴈來翩翻。此時與君别，握手欲無言。

同韓四薛三東亭翫月

遠遊悵不樂，兹賞吾道存。款曲故人意，辛勤清夜言。東亭何寥寥，佳境無朝昏。堦墀近洲渚，户牖當郊原。矧乃窮周旋，況復怡討論。樹陰蕩瑶瑟，月氣延清樽。明河帶飛鴈，野火連荒村。對此更愁予，悠哉懷故園。

宋中遇劉書記有别

何代無秀士，高門生此才。森然覩毛髮，若見河山來。幾載困常調，一朝時運催。白身謁明主，待詔登雲臺。相逢梁宋間，與我醉蒿萊。寒楚渺千里，雪天晝不開。末路終别離，不能强悲哀。男兒争富貴，勸爾莫遲迴。

酬岑二十主簿秋夜見贈之作

舍下蛩亂鳴，居然自蕭索。緬懷高秋興，忽枉清夜作。感物我心勞，涼風驚二毛。池空菡萏死，月出梧桐高。如何異鄉縣，復得交才彦。汩没嗟後時，蹉跎耻相見。箕山别來久，魏闕誰不戀。獨有江海心，悠然未嘗倦。

别王徹

歸客自南楚，悵然思北林。蕭條秋風暮，迴首江淮深。留連愁作歡，或爲梁甫吟。時輩想鵬舉，他人嗟陸沉。載酒登平臺，贈君千里心。浮雲暗長路，落日有歸禽。離別未足悲，辛勤當自任。吾知十年後，季子多黃金。（嚴滄浪云：古人贈逸［今按，姚本、四庫本作「贈送」，郭紹虞校釋本《滄浪詩話·詩評》作「贈答」］多相勉之辭，如蘇子卿云：「願君崇令德。」李少卿云：「努力崇明德。」劉公幹云：「勉哉脩令德。」杜子美：「君后［今按，刻者不詳明本作「君合」，屠隆本、四庫本作「君若」，宋本《杜工部集》作「公若」，「后」當爲「若」之訛］登台輔，臨危莫愛身。」往往是此意。如［今按，郭紹虞校釋本《滄浪詩話·詩評》「如」前有「有」字］高達夫「吾知十年後，季子多黃金」，蓋金多何足道，又甚於以名［今按，郭紹虞校釋本《滄浪詩話·詩評》「名」後有「位」字］期人者。此達夫偶然漏逗處也。）

自淇涉黃河途中作

秋日登滑臺，臺高秋已暮。獨行既未愜，懷土悵無趣。晉宋何蕭條，羌胡散馳鶩。當時無戰略，此地即邊戌（今按，當爲「戍」）。兵革徒自勤，山河孰云固。乘閑喜臨眺，感物傷遊寓。惆悵落日前，飄颻遠帆處。北風吹萬里，南鴈不知數。歸意方浩然，雪沙更迴互。

贈別沈四逸士

沈侯未可測，其況信浮沉。十載常獨坐，幾人知此心。乘舟蹈滄海，買劍投黃金。世務不

足煩，有田西山岑。我來遇知己，遂得開清襟。何意閶闔間，沛然江海深。疾風掃秋樹，濮上多鳴砧。耿耿尊酒前，聯鴈飛愁音。平生重離別，感激對孤琴。

漣上別王秀才

飄颻經遠道，客思滿窮秋。浩蕩對長漣，君行殊未休。崎嶇山海側，想像無前儔。何意照乘珠，忽然欲暗投。東路方蕭條，楚歌復悲愁。暮帆使人感，去鳥兼離憂。行矣當自愛，壯年莫悠悠。予亦從此辭，異鄉難久留。贈言豈終極，慎勿滯滄洲。

同諸公登慈恩寺塔

香界泯羣有，浮圖豈諸相。登臨駭孤高，披拂忻大壯。言是羽翼生，迥出虛空上。頓疑身世別，乃覺形神王。宮闕皆户前，山河盡簷向。秋風昨夜至，秦塞多清曠。千里何蒼蒼，五陵鬱相望。盛時慚阮步，末宦知周防。輸效獨無因，斯焉可遊放。

同羣公秋登琴臺

古跡使人感，琴臺空寂寥。静然顧遺塵，千載如昨朝。臨眺自兹始，羣賢久相邀。德與形神高，孰知天地遥。四時何倏忽，六月鳴秋蜩。萬象歸白帝，平川横赤霄。猶是對夏伏，幾時有涼飇。燕雀滿簷楹，鴻鵠搏扶摇。物性各自得，我心在漁樵。兀然還復醉，尚握樽

中瓢。

同羣公出獵海上

畋獵自古昔，況伊心賞俱。偶與羣公遊，曠然出平蕪。層陰漲溟海，殺氣窮幽都。鷹隼何翩翩，馳聚相傳呼。豺狼竄榛莽，麋鹿罹艱虞。高鳥下騂弓，困獸鬭匹夫。塵驚大澤晦，火燎深林枯。失之有餘恨，獲者無全軀。咄彼工拙間，恨非指蹤徒。猶懷老氏訓，感歎此歡娛。

過沖和先生

沖和先（今按，據屠隆本、四庫本、《文苑英華》卷二二八、《全唐詩》卷二一二，當爲「生」）何代，或謂遊東溟。三命謁金殿，一言拜銀青。自云多方術，往往通神靈。萬乘親問道，六宮無敢聽。昔去限霄漢，今來覩儀形。頭戴鶡鳥冠，手摇白鶴翎。終日飲醇酒，不醉復不醒。猶憶鷄鳴山，每誦西昇經。拊背念離别，依然出户庭。莫見今如此，曾爲一客星。

同薛司直諸公秋霽曲江俯見南山作

南山鬱初霽，曲江湛不流。若臨瑶池間，想望崑崙丘。迴首見黛色，渺然波上秋。深沉俯崢嶸，清淺延阻脩。連潭萬木影，插岸千巖幽。杳藹信難測，淵淪無暗投。片雲對漁父，

獨鳥隨虛舟。我心寄青霞，世事慚白鷗。得意在乘興，忘懷非外求。良辰自多暇，忻與數子遊。

奉和儲光羲（今按，此詩《全唐詩》卷一三八、四庫本《儲光羲集》卷三、明曹學佺編《石倉歷代詩選》卷三四皆作儲光羲詩，題作《同諸公秋霽曲江俯見南山》）

天靜終南高，俯映江水明。有若蓬萊下，淺深見澄瀛。羣峯縣（今按，姚本作「懸」，字通）中流，石壁如瑶瓊。魚龍隱蒼翠，鳥獸游清泠（今按，據四庫本、姚本及《全唐詩》卷一三八，當爲「泠」）。菰蒲林下秋，薜荔波中輕。山蔓浴蘭沚，水若居雲屏。嵐氣浮渚宫，孤光隨曜靈。陰陰豫章館，宛宛百花亭。大君及羣臣，燕樂方嚶鳴。吾黨二三子，兹辰怡性情。逍遥滄洲時，乃在長安城。

觀李九少府翥樹宓子賤神祠碑

吾友吏兹邑，亦嘗懷宓公。安知夢寐間，忽與精靈通。一見興永歎，再來激深衷。賓從何逶迤，二十四老翁。於焉見層碑，突兀長林東。作者無愧色，行人感遺風。坐令高岸盡，獨對秋山空。片石勿謂輕，斯言固難窮。龍盤色絲外，鵲顧偃波中。形勝駐羣目，堅貞指蒼穹。我非王仲宣，去矣徒發蒙。

哭單父梁九少府洽

開篋淚沾臆，見君前日書。夜臺今寂寞，猶是子雲居。疇昔貪靈奇，登臨賦山水。同舟南浦下，望月西江裏。契闊多別離，綢繆到生死。九原即何處，萬事皆如此。晉山徒峨峨，斯人已冥冥。常時禄且薄，殁後家復貧。妻子在遠道，弟兄無一人。十上多苦辛，一官常自哂。青雲將可致，白日忽先盡。唯有身後名，空留無遠近。

客中遇林慮楊十七山人因而有別（今按，「客」，四庫本、《全唐詩》卷二一二、四庫本《高常侍集》卷六皆作「宋」）

昔余涉漳水，驅車行鄴西。遥見林慮山，蒼蒼戛天倪。邂逅逢爾曹，説君彼巖棲。蘿徑垂野蔓，石房倚雲梯。秋韭何青青，藥苗數百畦。栗林隘谷口，栝樹森迴溪。耕耘有山田，紡績有山妻。人生苟如此，何必組與珪。誰謂遠相訪，曩情殊不迷。簷前舉醇醪，竈下烹隻雞。朔風忽振蕩，昨夜寒螿啼。遊子益思歸，罷琴傷解攜。出門盡原野，白日黯已低。始驚道路難，終念言笑暌。因聲謝岑鋻，歲暮一攀躋。

睢陽酬别暢大判官

吾友遇知己，策名逢聖朝。高才擅白雪，逸翰懷青霄。承詔選嘉兵，慨然即馳軺。清晝下

公館，尺書忽相邀。留歡惜別離，畢景駐行鑣。言及沙漠事，益令胡馬驕。丈夫拔東蕃，聲冠霍嫖姚。兜鍪衝矢石，鐵甲生風飈。諸將出井陘，連營濟石橋。酋豪盡俘馘，子弟輸征傜。邊庭絶刁斗，戰地成漁樵。榆關夜不扃，塞口長蕭蕭。降胡滿薊門，一一能射鵰。軍中多燕樂，馬上何輕趫。戎狄本無厭，羈縻非一朝。饑附誠足用，飽飛安可招。李牧制儋藍，遺風豈寂寥。君還謝幕府，慎勿輕蒭蕘。

李雲南征蠻詩（并序）

天寶十一載，有詔伐西南夷，右相楊公兼節制之寄，乃奏前雲南太守李宓涉海自交趾擊之。道路險艱，往復數萬里，蓋百王所未通也。十二載四月，至於長安。君子是以知廟堂使能，而李公效節。適忝斯人之舊，因賦是詩。

聖人赫斯怒，詔伐西南戎。肅穆廟堂上，深沉節制雄。遂令感激士，得建非常功。料死不料敵，顧恩寧顧終。鼓行天海外，轉戰蠻夷中。梯巘近高鳥，穿林經毒蟲。鬼門無歸客，北户多南風。蜂蠆隔萬里，雲雷隨九攻。長驅大浪破，急擊羣山空。餉道忽已遠，縣軍垂欲窮。精誠動白日，憤薄連蒼穹。野食掘田鼠，餔餐兼僰僮。收兵列亭堠，拓地彌西東。臨事耻苟免，履危能飭躬。將星獨照耀，邊色何溟濛。瀘水夜可涉，交州今始通。歸來長

安道，召見甘泉宫。廉藺若未死，孫吴知暗同。相逢論意氣，慷慨謝深衷。

岑參

唐杜子美嘗薦參於朝，表云：岑參識度清遠，議論雅正，佳名早上，時輩所仰。又，詩云：「岑生多新詩，性亦嗜醇酎。」又云：「高岑殊緩步，沈鮑得同行。」蓋參與子美非薄交也，其詩實爲少陵所稱許。殷璠云：參詩語奇體俊，意亦造奇。至如「長風吹白茅，野火燒枯桑」，可謂逸才；又「山風吹空林，颯颯如有人」，宜稱幽致也。京兆杜確《序》略云：南陽岑公，早歲孤貧，能自砥勵。徧覽史籍，尤工綴文，屬辭尚清，用志尚切。其有所得，多入佳境，迥拔孤秀，出於常情。每一篇絶筆，則人人傳寫，雖閭里士庶、戎夷蠻貊，莫不吟習焉。後之詞人有所觀覽，亦猶聆廣樂者，識清商之韻，遊名山者，仰翠微之色，足以瑩徹心府，發揮高致焉。

司馬相如琴臺

相如琴臺古，人去臺亦空。臺上寒蕭瑟，至今多悲風。荒臺漢時月，色與舊時同。

先主武侯廟

先主與武侯，相逢雲雷際。感通君臣分，義激魚水契。遺廟空蕭然，英靈貫千歲。

昇仙橋

長橋題柱去，猶是未達時。及乘駟馬車，却從橋上歸。名共東流水，滔滔無盡期。

古興

獨鶴唳江月，孤帆凌楚雲。秋風冷蕭瑟，蘆荻花紛紛。忽思湘川老，欲訪雲中君。麒麟息非鳴，愁見豺虎羣。

送杜佐下第歸陸渾別業

正月今欲半，陸渾花未開。出關見青草，春色正東來。夫子且歸去，明時方愛才。還須及秋賦，莫即隱蒿萊。

澧頭送蔣侯（今按，「澧」，據陳鐵民等《岑參集校注》卷一，當爲「灃」）

君住澧（今按，當爲「灃」）水北，我家澧（今按，當爲「灃」）水西。兩村辨喬木，五里聞鳴雞。飲酒溪雨過，彈棊山月低。徒開蔣生徑，爾去誰相攜。

精衛

負劍出北門，乘桴適東溟。一鳥海上飛，云是帝女靈。玉顏溺水死，精衛空爲名。怨積徒有志，力微竟不成。西山木石盡，巨壑何時平。

鞏北秋興寄崔明允

白露披梧桐，玄蟬晝夜號。秋風萬里動，日暮黄雲高。君子佐休明，小人事蓬蒿。所適在魚鳥，焉能徇錐刀。孤舟向廣武，一鳥歸成皋。勝概日相與，思君心鬱陶。

暮秋山行

疲馬卧長坂，夕陽下通津。山風吹空林，颯颯如有人。蒼旻霽涼雨，石路無飛塵。千念集暮節，萬籟悲蕭辰。鶗鴂昨夜鳴，蕙草色已陳。况在遠行客，自然多苦辛。

過緱山王處士黑石谷隱居

舊居緱山下，偏識緱山雲。處士久不還，見雲如見君。别來逾十秋，兵馬日紛紛。青溪開戰場，黑谷屯行軍。遂令巢由輩，遠逐麋鹿羣。獨有南澗水，潺湲如昔聞。

南池夜宿思王屋青蘿舊齋

池上卧煩暑，不櫛復不巾。有時清風來，自謂羲皇人。天晴雲歸盡，雨洗月色新。公事常不閑，道書日生塵。早年家王屋，五别青蘿春。安得還舊山，東溪垂釣綸。

宿華陰東郭客舍憶閻防

次舍山郭近，解鞍鳴鐘時。主人炊新粒，行子充夜饑。關月生首陽，照見華陰祠。蒼茫秋山晦，蕭瑟寒松悲。久從園廬别，遂與朋知辭。舊壑蘭杜晚，歸軒今已遲。

田暇歸白閣草堂

（今按，「田暇」，姚本、刻者不詳明本作「田假」，屠隆本、《全唐詩》卷一九八作「因假」，《全唐詩》「白閣」後有「西」字）

雷聲傍太白，雨在八九峰。東望白閣雲，半入紫閣松。勝概紛滿目，衡門趣彌濃。幸有數畝田，得延二仲蹤。早聞達士語，偶與心相通。誤徇一微官，還山愧塵容。釣竿不復把，野碓無人舂。惆悵飛鳥盡，南溪聞夜鐘。

終南雲際精舍尋法澄上人不遇歸高冠潭石淙望秦嶺微雨作貽友人

昨夜雲際宿，旦從西峰回。不見林中僧，微雨潭上來。諸峰皆晴翠，秦嶺獨不開。石鼓有

時鳴，秦王安在哉。東南雲開處，突兀獮猴臺。崖口懸瀑流，半空白皚皚。噴壁四時雨，傍村終日雷。北瞻長安道，日夕多塵埃。若訪張仲蔚，衡門滿蒿萊。

太一石鱉崖口潭舊廬招王學士

驟雨鳴淅（今按，據姚本、《全唐詩》卷一九八，當爲「淅」）瀝，颼飀溪谷寒。碧潭千餘尺，下見蛟龍蟠。石門呑衆流，絶岸呀層巒。幽趣倏萬變，奇觀非一端。偶逐干禄徒，十年皆小官。抱板尋舊圃，弊廬臨迅湍。君子滿清朝，小人思掛冠。釀酒漉松子，引泉通竹竿。何必濯滄浪，不能釣嚴灘。此地可遺老，勸君來考槃。

送李翥遊江外

相識應十載，見君只一官。家貧禄尚薄，霜降衣仍單。惆悵秋草死，蕭條芳歲闌。且尋滄洲路，遥指吴雲端。匹馬關塞遠，孤舟江海寬。夜眠楚煙濕，曉飯湖山寒。砧净紅鱠落，袖香朱橘團。帆前見禹廟，枕底聞嚴灘。便獲賞心趣，豈歌行路難。青門須醉別，少爲解征鞍。

登嘉州凌雲寺作

寺出飛鳥外，青峰戴朱樓。搏壁躋半空，喜得登上頭。始知宇宙闊，下看三江流。天晴見

峨眉，如向波上浮。迴曠煙景豁，陰森椶柟稠。願割區中緣，永從塵外遊。回風吹虎穴，片雨當龍湫。僧房雲濛濛，夏月寒颼颼。迴合俯近郭，寥落見遠舟。勝概無端倪，天宮可淹留。一官詎足道，欲去令人愁。

與高適薛據同登慈恩寺浮圖

塔勢如湧出，孤高聳天宮。登臨出世界，磴道盤虚空。突兀壓神州，崢嶸如鬼土（今按，據姚本、四庫本及《全唐詩》卷一九八，當爲「工」）。四角礙白日，七層摩蒼穹。下窺指高鳥，俯聽聞驚風。連山若波濤，奔走似朝東。青松夾馳道，宫觀何玲瓏。秋色從西來，蒼然滿關中。五陵北原上，萬古青濛濛。淨理了可悟，勝因夙所宗。誓將掛冠去，覺道資無窮。（唐人倡和之詩，多是感激，各臻其妙。如《早朝大明宫》，杜甫云：「旌旗日暖龍蛇動，宫殿風微燕雀高。」王維云：「九天閶闔開宫殿，萬國衣冠拜冕旒。」岑參云：「花迎劍佩星初落，柳拂旌旗露未乾。」《登慈恩寺塔》詩，杜甫云：「高摽［今按，據姚本、四庫本及宋本《杜工部集》，當爲「標」］跨蒼穹，烈風無時休。……俯視同［今按，姚本、宋本《杜工部集》作「但」］一氣，焉能辨皇州。」高適云：「秋風昨夜至，秦塞多清曠。千里何茫茫，五陵鬱相望。」岑參云：「秋色從西來，蒼然滿關中。五陵北原上，萬古青濛濛。」此類甚多，是皆雄渾悲壯，足以凌跨百代。）

終南雙峰草堂

斂跡歸山田，息心謝時輩。晝還草堂卧，但見雙峰對。興來恣佳遊，事愜符勝概。著書高

牕下，日夕見城内。曩爲世人誤，遂負平生愛。久與林壑辭，及來杉松大。偶兹精廬近，數預名僧會。有時逐漁樵，盡日不冠帶。崖口上新月，石門破蒼靄。色向羣木深，光摇一潭碎。緬懷鄭生谷，頗憶嚴子瀨。勝事猶可追，斯人邈千載。

緱山西峰草堂作

結廬對中嶽，青翠常在門。遂耽水木興，盡作漁樵言。頃來闕章句，但欲閑心魂。日色隱空谷，蟬聲喧暮村。曩聞道士語，偶見清浄源。隱几閱吹葉，乘秋眺歸根。獨遊念求仲，開徑招王孫。片雨下南澗，孤峰出東原。棲遲慮益淡，脱略道彌敦。野靄晴拂枕，客帆遥入軒。尚平今何在，此意誰與論。佇立雲去盡，蒼蒼月開園。

自潘陵尖還少室居止秋夕憑眺

草堂近少室，夜静聞風松。月出潘陵尖，照見十六峰。九月山葉赤，溪雲淡秋容。火點伊陽村，煙深嵩角鐘。尚子不可見，蔣生難再逢。勝愜只自知，佳趣爲誰濃。昨詣山僧期，上到天壇東。向下望雷雨，雲間見回龍。久與人羣疏，轉愛丘壑中。心淡水木會，興幽魚鳥通。稀微了自適，出處乃不同。况本無宦情，誓將依道風。

青山峽口泊舟懷狄侍御

峽口秋木壯，沙邊且停橈。奔濤振石壁，峰勢如動摇。九月蘆花新，彌令客心焦。誰念在江島，故人滿天朝，無處豁心胸，憂來醉能消。往來巴山道，三見秋草凋。狄生新相知，才調凌雲霄。賦詩拆（今按，「拆」，《全唐詩》卷一九八作「析」；陳鐵民、侯忠義《岑參集校注》卷四作「折」，校云：「析」「拆」當爲「折」之形訛）造化，入幕生風飈。把筆判甲兵，戰士不敢驕。皆云梁公後，遇鼎還能調。一别倏經時，音塵殊寂寥。何當見夫子，不歎鄉關遥。

東歸發犍爲至泥溪舟中作

前日解侯印，汎舟歸山東。平旦發犍爲，逍遥信回風。七月江水大，滄波漲秋空。復有峨眉僧，誦經在舟中。夜泊防虎豹，朝行逼魚龍。一道鳴迅湍，兩邊走連峰。猿拂岸花落，鳥啼巖樹重。煙靄吴楚連，泝沿湖海通。憶昨在西掖，復曾入南宫。日出朝聖人，端笏陪羣公。不意今棄置，何由豁心胸。吾當海上去，且學乘槎翁。

送王大昌齡赴江寧

對酒寂不語，悵然悲送君。明時未得用，白首徒攻文。澤國從一官，滄波幾千里。羣公滿天闕，獨去過淮水。舊家富春渚，嘗憶卧江樓。自聞君欲行，頻望南徐州。窮巷獨閑（今按，

據姚本、四庫本、《全唐詩》卷一九八，當爲「閉」）門，寒燈静深屋。北風吹微雪，抱被肯同宿。君行到京口，正是桃花時。舟中饒孤興，湖上多新詩。潛虬且深蟠，黄鶴飛（今按，《文苑英華》卷二七一、《全唐詩》作「舉」）未晚。惜君青雲器，努力加餐飯。

送許拾遺恩歸江寧拜親

詔書下青瑣，駟馬還吴洲。束帛仍賜衣，恩波漲滄流。微禄將及親，向家非遠遊。看君五斗米，不謝萬户侯。適出西掖垣，如到南徐州。歸心望海日，鄉夢登江樓。大江盤金陵，諸山横石頭。楓樹隱茅屋，橘林繫漁舟。種藥疏故畦，釣魚垂舊鈎。對月京口夕，觀濤海門秋。天子憐諫官，論事不肯休。早來丹墀下，高駕無淹留。

送祁樂歸河東

祁樂後來秀，挺身出河東。往年詣驪山，獻賦温泉宫。天子不召見，揮鞭遂從戎。前月還長安，囊中金已空。有時忽乘興，畫出江上峰。牀頭蒼梧雲，簾下天台松。忽如高堂上，颯颯生清風。五月火雲屯，氣燒天地紅。鳥且不敢飛，子行如轉蓬。少華與首陽，隔河勢争雄。新月河上出，清光滿關中。置酒灞亭别，高歌披心胸。君到故山時，爲吾謝老翁。

秋夕聽羅山人彈三峽流泉

皤皤岷山老，抱琴鬢蒼然。衫袖拂玉徽，爲彈三峽泉。此曲彈未半，高堂如空山。石林何颼飀，忽在窻户間。繞指弄嗚咽，青絲激潺湲。演漾怨楚雲，虛徐韻秋煙。疑兼陽臺雨，似雜巫山猿。幽引鬼神聽，浄（今按，《文苑英華》卷二一二作「静」）令耳目便。楚客腸欲斷，湘妃淚斑斑。誰栽青桐枝，縆以朱絲絃。能含古人曲，遞與今人傳。知音難再逢，惜君方老年。曲終月已落，惆悵東齋眠。

虢州郡齋南池幽興因與閻二侍御道别

池色浄天碧，水涼雨淒淒。快風從東來，荷葉翻向西。性本愛魚鳥，未能還巖溪。中歲徇微官，遂令心賞暌。及兹佐山郡，不異尋幽棲。小吏趨竹徑，訟庭侵藥畦。胡塵暗河洛，二陝震鼓鼙。故人佐戎軒，逸翮凌雲霓。行軍在函谷，兩度聞鶯啼。相看紅旗下，飲酒白日低。聞君欲朝天，駟馬臨道嘶。仰望浮與沉，忽如雲與泥。夜眠驛樓月，曉發關城雞。惆悵西郊暮，鄉書對君題。

北庭贈宗學士道别

萬事不可料，歎君在軍中。讀書破萬卷，何事來從戎。曾逐李輕車，西征出太蒙。荷戈月

窟外，擐甲崑崙東。兩度皆破胡，朝廷輕戰功。十年抵（今按，據陳鐵民等《岑參集校注》卷二，當爲「柢」）一命，萬里如飄蓬。容鬢老胡塵，衣裘脆邊風。忽來輪臺下，相見披心胸。飲酒對春草，彈棊聞夜鐘。今且還龜兹，臂上懸角弓。平沙向旅館，匹馬隨飛鴻。孤城倚大磧，海氣迎邊空。四月猶自寒，天山雪濛濛。君有賢主將，何謂泣途窮。時來整六翮，一舉凌蒼穹。

送顔平原（時有詔補尚書爲郡守，上親賦詩，寵餞加等。參美顔公是行，爲寵别章句。）

天子念黎庶，詔書撫諸侯。仙郎授剖符，華省輟分憂。置酒會前殿，賜錢若山丘。天章降三光，聖澤該九州。吾兄鎮河朔，拜命宣皇猷。駟馬辭國門，一星東北流。夏雲照銀印，暑雨隨行輈。赤筆仍在篋，爐香惹衣裘。此地鄰東溟，孤城弔滄洲。海風掣金戟，導吏呼鳴騶。郊原北連燕，剽劫風未休。魚鹽隘里巷，桑柘盈田疇。爲郡豈淹旬，政成應未秋。易俗去猛虎，化人似馴鷗。蒼生已望君，黄霸寧久留。

送張秘書充劉相公通汴河判官便赴江外覲省

前年見君時，見君正泥蟠。去年見君處，見君已風搏（今按，據姚本，當爲「摶」）。朝趨赤墀前，高視青雲端。新登麒麟閣，適脱獬豸冠。劉公領舟楫，汴水揚波瀾。萬里江海通，九州天

地寬。昨夜動使星，今旦送征鞍。老親在吴郡，令弟雙同官。鱸鱠剩堪憶，蓴羹殊可餐。既參幕中畫，復展膝下歡。因送故人行，試歌行路難。何處路最難，最難在長安。長安多權貴，珂珮聲珊珊。儒生直如弦，權貴不須干。斗酒取一醉，孤琴爲君彈。臨岐欲有贈，持以幄（今按，據四庫本、陳鐵民等《岑參集校注》卷四，當爲「握」）中蘭。

五言古詩卷之十三　唐詩品彙十三

名家（下之一）

劉長卿

唐高仲武云：長卿有吏幹，剛而犯上，兩遭遷謫，皆自取之。詩體甚能鍊飾，大抵十首以上，語意稍同，於落句尤甚，蓋思鋭才窄也。

從軍行五首

倚劒白日暮，望鄉登戍（今按，當爲「戍」）樓。北風吹羌笛，此夜關山愁。回首不無意，滹河空自流。

其二

回看虜騎合，城下漢兵稀。白刃兩相向，黄雲愁不飛。手中無尺鐵，徒欲突重圍。

其三

黄沙一萬里，白首無人憐。報國劍已折，歸鄉身幸全。單于古臺下，邊色寒蒼然。

其四

草枯秋塞下，望見漁陽郭。胡馬嘶一聲，漢兵淚雙落。誰爲吮瘡者，此事今人薄。

其五

落日更蕭條，北風捲枯草。將軍追虜騎，夜失陰山道。戰敗仍樹勳，韓彭但空老。

龍門雜詠八首

秋山日摇落，秋水急波瀾。獨有魚龍氣，長令煙雨寒。誰窮造化力，空向兩崖看。（右闕口）

山葉旁（今按，《唐文粹》卷十六上、《全唐詩》卷一四八作「傍」，字通）崖赤，千峰秋色多。夜泉發清響，寒渚生微波。稍見沙上月，歸人争渡河。（右水東渡）

寂寞對伊水，經行長未還。東流自朝暮，千載空雲山。唯見白鷗鳥，無心洲渚間。（右福公塔）

松路向清寺（今按，屠隆本、《唐文粹》、《全唐詩》、儲仲君《劉長卿詩編年箋注》作「精舍」），花龕歸老僧。閑雲隨錫杖，落日低金繩。入夜翠微裏，千峰明一燈。（右遠公龕）

隱隱見危（今按，《唐文粹》、《全唐詩》等作「花」）閣，隔河映青林。水田秋鴈下，山寺夜鐘深。寂寞羣動息，風泉清道心。（右石樓）

誰識往來意，孤雲長自閑。風寒未渡水，日暮更看山。木落衆峰出，龍宮蒼翠間。（右下山）

日暮下山來，千山暮鐘發。不知波上棹，還弄山中月。伊水連白雲，東南遠明滅。（右渡水）

伊水摇鏡光，纖鱗如不隔。千龕道傍古，一鳥沙上白。何事還山雲，能留向城客。（右水西渡）

送丘爲赴上都

帝鄉何處是，岐路空垂泣。楚思暮愁多，川程帶潮入。潮歸人不歸，獨向空塘立。

浮石瀨

秋月照瀟湘，月明聞盪槳。石横晚瀨急，水落寒沙廣。衆嶺猿嘯重，空江人語響。清暉朝復暮，如待扁舟賞。

幽琴詠上禮部侍郎（今按，據姚本、四庫本《劉隨州集》集四、《全唐詩》卷一四八，「侍郎」前當脱「李」字）

月色滿軒白，琴聲宜夜闌。泠泠七絃上，静聽松風寒。古調雖自愛，今人多不彈。爲君投此曲，所貴知音難。

自番陽還道中寄褚徵君（今按，《文苑英華》卷三二〇、《全唐詩》卷一四九「番」作「鄱」）

南風日夜起，萬里孤帆漾。元氣連洞庭，夕陽落波上。故人煙水隔，復此遥相望。江信久寂寞，楚雲獨惆悵。愛君清川口，弄月時棹唱。白首無子孫，一生自疏曠。

石梁湖寄陸𢑱

古人千里道，滄洲十年别。夜上明月樓，相思楚天闊。蕭蕭清秋暮，嫋嫋凉風發。湖色淡不流，沙鷗遠還滅。煙波日已隔，音信日已絶。歲晏空含情，江皋緑芳歇。

惠福寺與陳留諸官茶會得西字

到此機事遣，自嫌塵網迷。因知萬法幻，盡與浮雲齊。疏竹映高枕，空花隨杖藜。香飄諸天外，日隱雙林西。傲吏方見狎，真僧幸相攜。能令歸客意，不復還東溪。

送賈侍御克復後入京

對酒心不樂，見君動行舟。西看暮帆隱，獨向空江愁。晴雲淡初夜，春塘深漫流。温顔風霜霽，素氣煙塵收。馳目數千里，朝天十二樓。因之報親愛，白髮在滄洲。

别陳留諸官

戀此東道主，能令西上遲。徘徊暮郊别，惆悵秋風時。上國邈千里，夷門難再期。行人望落日，歸馬嘶空陂。不愧寶刀贈，唯懷瓊樹枝。音塵倘未接，夢寐徒相思。

初至洞庭懷灞陵别業

長安邈千里，日夕懷雙闕。已是洞庭人，猶看灞陵月。誰堪去鄉意，親戚想天末。昨夜夢中歸，煙波覺來闊。江皋見芳草，孤客心欲絶。豈訝青春來，但傷經時别。長天不可望，鳥與浮雲没。

宿懷仁縣南湖寄東海荀處士（今按，「荀」，《劉隨州集》卷五、《全唐詩》卷一四九作「苟」）

向夕斂微雨，晴開湖上天。離人正惆悵，新月愁嬋娟。佇立白沙曲，相思滄海邊。浮雲自來去，此意誰能傳。一水不相見，千峰隨客船。寒塘起孤鴈，夜色分藍田。時復一迴首，憶君如眼前。

南楚懷古

南國久蕪没，我來空鬱陶。君看章華宫，處處生蓬蒿。但見陵與谷，豈知賢與豪。精魂托古木，寶劍捐江皋。倚棹下晴景，迴舟隨晚濤。碧雲暮寥落，湖上秋天高。往事那堪問，此心徒自勞。獨餘湘水上，千載聞離騷。

題蕭郎中開元寺新構幽寂亭

康樂愛山水，賞心千載同。結茅依翠微，伐木開朦朧。孤峰傍青霄，一徑去不窮。候客石苔上，禮僧柢（今按，《劉隨州集》卷五、《全唐詩》卷一四九作「雲」）樹中。曠然見滄洲，自遠來清風。五馬留谷口，雙旌薄煙虹。沉沉衆香積，渺渺諸天空。獨往應未遂，蒼生思謝公。

陪元侍御遊支硎寺（今按，「寺」上，《文苑英華》卷二三五、《劉隨州集》卷六、《全唐詩》卷一四九有「山」字）

支公去已久，寂寞龍華會。古木閉空山，蒼然暮相對。林巒非一狀，水石有餘態。密竹藏晦明，羣峰争向背。峰峰帶落日，步步入青靄。香氣空翠中，猿聲暮雲外。留連南臺客，想像西方内。因逐溪水還，觀心兩無礙。

江中晚釣寄荆南一二相識

楚郭微雨收，荆門遥在目。漾舟水雲裹，日暮春江緑。霽華静洲渚，暝色連松竹。月出波上時，人歸渡頭宿。一身已無累，萬事便（今按，《全唐詩》卷一四九、四庫本《劉隨州集》卷五作「更」）何欲。漁父自夷猶，白鷗不羈束。既憐滄浪水，更愛滄浪曲。不見眼中人，相思心斷續。

杪秋洞庭中懷亡道士謝太虚

漂泊日復日，洞庭今更秋。青楓亦何意，此夜催人愁。惆悵客中月，徘徊江上樓。心知楚雲遠，目送滄波流。羽色（今按，《全唐詩》卷一四九、四庫全書本《劉隨州集》卷五作「客」，四庫本作「士」）久已没，微言無處求。空餘白雲在，容與隨孤舟。千里杳難望，一身常獨遊。故園復何許，江河徒遲留。

桂陽西洲曉泊古橋村住人（今按，「住」，四庫本《劉隨州集》卷六作「主」；《全唐詩》卷一四九作「住」，注云：一作「主」）

洛陽離别久，江上心可得。惆悵增暮情，瀟湘復秋色。故山隔何處，落日羡歸翼。滄海空自流，白鷗不相識。悲蛩滿荆渚，輟棹徒沾臆。行客念寒衣，主人愁夜織。帝鄉片雲去，遥寄千里憶。南路隨長天，征帆杳無極。

題王少府堯山隱處簡陸番陽（今按，「番」，《全唐詩》卷一四九作「鄱」）

故人滄洲吏，深與世情薄。解印二十年，委身在丘壑。買田楚山下，妻子自耕鑿。群動心有營，孤雲意無着。因收溪上釣，遂接林中酌。對酒春日長，山村杏花落。陸生番（今按，《全唐詩》作「鄱」）陽令，獨步建安作。早晚休此官，隨君永棲託。

夕次儋石湖夢洛陽親故

天涯望不極，日暮愁獨去。萬里雲海空，孤帆向何處。寄身煙波裏，頗得湖山趣。江氣和楚雲，秋聲亂楓樹。如何異鄉縣，日復懷親故。遥與洛陽人，相逢夢中路。不堪明月裏，更值清秋暮。倚棹對滄波，歸心共誰語。

京口懷洛陽舊居兼寄廣陵知己（今按，「知己」上，《文苑英華》二五二有「一二」二字，校云：「集作二三。」）

川闊悲無梁，藹然滄波夕。天涯一飛鳥，日暮南徐客。氣混京口雲，潮吞海門石。孤帆候風進，夜色帶江白。一水阻佳期，相思空默默（今按，《文苑英華》、《劉隨州集》卷六、《全唐詩》卷一四九作「脈脈」）。那堪歲芳盡，更使春夢積。故國胡塵飛，遠山楚雲隔。家人想何在，庭草爲誰碧。惆悵空含（今按，《全唐詩》作「傷」）情，滄浪有餘跡。嚴陵七里灘，攜手同所適。

登棲靈寺塔（揚州。）（今按，「棲靈」，姚本、牛斗本、屠隆本、刻者不詳明本作「西陵」，《全唐詩》卷一四九注云「一作西巖」）

化（今按，《劉隨州集》卷六、《全唐詩》卷一四九作「北」）塔凌空虛，雄勢（今按，《劉隨州集》、《全唐詩》作「觀」）壓山澤。亭亭楚雲外，千里看不隔。遥對黄金臺，浮暉亂相射。盤梯接元氣，半壁棲月

魄。稍登諸劫盡，若騁排雲（今按，《集》、《全唐詩》作「霄」，《全唐詩》注云：「一作霜。」）翮。向是滄洲人，已爲青雲客。雨飛千栱霽，日落萬家夕。鳥處高却低，天涯遠如逼（今按，《集》、《全唐詩》作「迫」）。江雲入空翠，海嶠見微碧。向暮期下來，誰堪復行役。

孫權故城下懷古兼送友人歸建業

雄圖争割據，神器終不守。上下武昌城，長江竟何有。古來壯臺榭，事往悲陵阜。寥落幾人家，猶依數株柳。威靈絶想像，蕪没空林藪。野徑春草中，郊扉夕陽後。逢君從此去，背楚方東走。煙際指金陵，潮時過盆（今按，據《全唐詩》卷一四九，當爲「溢」）口。行人已何在，臨水空（今按，《集》、《全唐詩》作「徒」）揮手。惆悵不能歸，孤帆没雲久。

歸沛縣道中晚泊留侯城

訪古此城下，子房安在哉。白雲去不返，危堞空崔嵬。伊昔楚漢時，頗聞經濟才。運籌風塵下，能使天地開。蔓草日已積，長松日已摧。功名滿青史，祠廟唯蒼苔。百里暮程遠，孤舟川上回。進帆東風便，轉岸前山來。楚水遠相引，沙鷗閑不猜。扣舷從此去，延目（今按，《集》、《全唐詩》作「首」）仍徘徊。

吴中聞潼關失守因寄淮南蕭判官

一鴈飛吴天，羈人傷暮律。松江風嫋嫋，波上片帆疾。木落姑蘇臺，霜收洞庭橘。蕭條長洲外，唯見寒山出。胡馬嘶秦雲，漢兵亂相失。關中因竊據，天下共憂慄。南楚有瓊枝，相思怨瑶瑟。一身寄滄洲，萬里看白日。赴敵甘負戈，論兵勇投筆。臨風但攘臂，擇木將委質。不如歸剡山，雲卧飽松栗。

登東海龍興寺高頂望海簡演公

朐山壓海口，永望開禪宫。元氣遠相合，太陽生其中。豁然萬里餘，獨爲百川雄。白波走雷雹，黑霧藏魚龍。變化非一狀，晴明分衆容。煙開秦帝橋，隱隱横殘虹。蓬島如在眼，羽人那可逢。偶聞真僧言，其與静者同。幽意頗相愜，賞心殊未窮。花間午時梵，雲外春山鐘。誰念遽成别，自憐歸所從。他時相憶處，惆悵西南峰。

題虎丘寺

青林虎丘寺，林際翠微路。仰見山僧來，遥從飛鳥度（今按，《劉隨州集》卷七、《全唐詩》卷一五〇、卷三五五作「處」）。兹山淪寶玉，千載唯丘墓。埋劍人空傳，鑿山龍已去。捫蘿披翳薈，路轉夕陽處。虎嘯崖谷寒，猿鳴松杉暮。徘徊北樓上，江海窮一顧。日映千里帆，鴉歸萬家樹。

暫因愜所適，果得捐外慮。庭暗棲閑雲，簷香滴甘露。久迷空寂理，多爲繁華故。永欲託（今按，《劉隨州集》、《全唐詩》作「投」）死生，餘生豈能誤。

自紫陽觀至華陽洞宿侯尊師草堂簡同遊李延陵

石門媚煙景，句曲盤江甸。南向佳氣濃，數峰遥隱見。漸臨華陽口，微路入蔥蒨。七曜懸洞門（今按，《文苑英華》卷二二六、《劉隨州集》卷六、《全唐詩》卷一四九作「宫」），五雲抱仙殿。銀函竟誰發，金液徒堪薦。千載空桃花，秦人深不見。東溪喜相遇，貞白如會面。青鳥來去閑，紅霞朝夕變。一從换仙骨，萬里乘飛電。蘿月延步虚，松花醉閑宴。幽人即長往，茂宰應交戰。明發歸琴堂，知君懶爲縣。

旅次丹陽郡遇康侍御宣慰召募兼别岑單父

客心暮千里，迴首煙花繁。楚水渡歸夢，春江連故園。羈人懷上國，驕虜窺中原。胡馬暫爲害，漢臣多負恩。羽書晝夜飛，海内風塵昏。雙鬢日已白，孤舟心莫（今按，《集》卷七、《全唐詩》卷一五〇作「且」，《文苑英華》卷二一八作「可」）論。繡衣從北來，汗馬宣王言。憂憤激忠勇，悲歡動黎元。南徐争赴難，發卒如雲屯。倚劍看太白，洗馬臨海門。故人亦滄洲，少别堪傷魂。積翠下京口，歸潮落山根。如何天外帆，又此波上尊。空使憶君處，鶯聲

催淚痕。

錢　起

高仲武云：員外詩（今按，據《唐人選唐詩十種》本《中興間氣集》卷上，「格」前脱「體」字）格新奇，理致清贍，粤從登第，挺冠詞林。芟齊宋之浮游，削梁陳之靡嫚，迥然獨立，莫之與羣。《夷白堂小集》云：錢考功詩，世所載（今按，據廖德明校點本和四庫本《苕溪漁隱叢話後集》卷十七，當爲「藏」）本多不同。宋次道舊有五弓，王仲至續爲八弓，（今按，據《苕溪漁隱叢話後集》卷十七，兩處「弓」皆當爲「卷」）號爲最完。然如「牛羊上山（今按，《品彙》卷七七《題玉山村叟壁》詩、四庫本《苕溪漁隱叢話後集》、《全唐詩》卷二三八作「下山」，廖德明校點本《苕溪漁隱叢話後集》卷十七作「山上」）小，煙火隔雲深」，「鳥道掛疏雨，人家殘夕陽」，「窮達戀明主，耕桑亦近郊」，「長樂鐘聲花外盡，龍池柳色雨中深」等句，皆當時相傳爲警絶，而八弓（今按，據《苕溪漁隱叢話後集》卷十七，「弓」當爲「卷」）中無之，知其所遺者多矣。

酬王維春夜竹亭贈别

山月隨客來，主人興不淺。今宵竹林下，誰覺花源遠。惆悵曙鶯啼，孤雲還絶巘。

送李協律還東京

芳草忽無色，王孫復入關。長河侵驛道，匹馬傍雲山。愁見離居夕（今按，據《全唐詩》卷二三九，當爲「久」），螢飛秋月閑。

過桐柏山

秋風過楚山，山静秋聲晚。賞心無定極，仙步亦清遠。反照雲竇空，寒流石苔淺。羽人昔已去，靈跡欣方踐。投策謝歸途，世緣從此遣。

夢尋西山準上人

別處秋泉聲，至今猶在耳。何當夢魂去，不見雪山子。新月隔林時，千燈翠微裏。言忘心更寂，跡滅雲自起。覺來纓上塵，如洗功德水。

登勝果寺南樓雨中望嚴協律

微雨侵晚陽，連山半藏碧。林端陟香榭，雲外遲來客。孤村凝片煙，去水生遠白。但佳川原趣，不覺城池夕。更喜眼中人，清光漸咫尺。

冬夜題旅館

退飛憶林藪，樂業羨黎庶。四海盡窮遠，一枝無宿處。嚴冬北風急，中夜哀鴻去。孤燭思何深，寒牕坐難曙。勞歌待明發，惆悵盈百慮。

早渡伊川見舊作（今按，據《全唐詩》卷二三六，「舊」下當脱「鄰」字）

昆鷄鳴曙（今按，《全唐詩》作「早」）霜，秋水寒旅涉。漁人昔鄰舍，相見具舟檝。出浦興未盡，向山心更愜。村落通白雲，茅茨隱紅葉。東皋滿時稼，歸客欣復業。

登覆釜山遇道人

真氣重嶂裏，知君嘉遁幽。山階壓丹穴，藥井通洑流。道人帶經出，洞中攜我遊。欲驂白蜺去，且爲紫芝留。忽憶武陵事，別家疑數秋。

東皋早春寄郎四校書

禄微賴學稼，歲起歸衡茅。窮達戀明主，耕桑亦近郊。（高仲武云：禮義克全，忠孝兼著。）夜來霽山雪，陽氣動林梢（今按，據姚本、四庫本、《全唐詩》卷二三八，當爲「梢」）。萌蕙暖初吐，春鳩鳴欲巢。蓬萊時入夢，知子憶貧交。

送王季友赴洪州幕下

列郡皆用武，南征所從誰。諸侯重才略，見子如瓊枝。撫劍感知己，出門方遠辭。烟波帶幕府，海日生紅旗。問我何功德，負恩留玉墀。銷魂把别袂，愧爾酬明時。

太子李舍人城東别業與二三文友避暑（今按，「避」，姚本、屠隆本、《文苑英華》卷二一五、《全唐詩》卷二三八作「逃」）

下馬失炎暑，重門深緑篁。宫臣禮嘉客，林表開蘭堂。兹夕興難盡，澂罍照墨場。東陵晚來好，目極趣何長。鳥道掛疏雨，人家殘夕陽。城隅擁歸騎，留醉戀羣芳。

登秦嶺半巖遇雨

屏翳忽騰氣，浮陽慘無暉。千峰掛飛雨，百尺摇翠微。震電閃雲徑，奔流翻石磯。倚巖假松蓋，臨水羡荷衣。不得採苓去，空思乘月歸。且憐東皋上，黍色侵荆扉。

杪秋南山西峰題準上人蘭若

向山看霽色，步步豁幽性。反照亂流明，寒空千嶂净。石門有餘好，霞殘月欲映。上詣遠公廬，孤峰懸一徑。雲裏隔牕火，松間下山磬。客到兩忘言，猿心與禪定。

藍溪休沐寄趙八給事

蟲鳴歸舊里，田野秋農閑。即事敦夙尚，衡門方再關。夕陽入東籬，爽氣高前山。霜蕙後時老，巢禽知暝還。侍臣黄樞寵，鳴玉青雲間。肯想觀魚處，寒泉照髮斑。

遊輞川至南山寄谷口王十六

山色不厭遠，我行隨趣深。跡幽青蘿徑，思絶孤霞岑。獨鶴引過浦，鳴猿呼入林。褰裳百泉裏，一步一清心。王子在何處，隔雲雞犬音。折麻定延佇，乘月期招尋。

藍田溪與漁者宿

獨遊屢忘歸，況此隱淪處。濯髮清冷（今按，據《全唐詩》卷二三六，當爲「泠」）泉，月明不能去。更憐垂綸叟，静若沙上鷺。一論白雲心，千里滄洲趣。蘆中夜火盡，浦口秋山曙。歎惜（今按，《全唐詩》作「息」）分枝禽，何時更相遇。

田園雨後贈鄰人

安排常任性，偃卧晚開户。樵客荷簑歸，向來春山雨。殘雲虹未落，返照霞初吐。時鳥鳴村墟，新泉繞林圃。堯年尚恬泊，鄰里成太古。室邇人遂遥，相思怨芳杜。

秋夜作

萬計各無成，寸心日悠漫。浮生竟何窮，巧曆不能算。流落四海間，辛勤百年半。商歌向秋月，哀韻兼浩歎。寤寐怨佳期，美人隔霄漢。寒雲度窮水，別業繞垂幔。牕中問談雞，長夜何時旦。

李祭酒別業俯視川林前帶雷岫

南山轉羣木，昏曉擁山翠。小澤近龍居，青蒼常雨氣。君家北原上，千金買勝事。丹闕退朝迴，白雲迎賞至。新晴村落外，處處煙景異。片水明斷崖，餘霞入古寺。東皋指歸翼，月盡有餘意。

東城初陷與薛員外王輔闕暝投南山佛寺（今按，據姚本、四庫本，「輔」當爲「補」）

日昃石門裏，松聲山寺寒。香雲空靜影，定水無驚湍。洗足解塵纓，忽覺天形寬。清鐘揚虛谷，微月深重巒。噫我朝露世，翻浮與波瀾。行運遘憂患，何緣親盤桓。庶將鏡中象，盡作無生觀。

過瑞龍觀道士

不知誰氏子，鍊魄家洞天。鶴待成丹日，人尋種杏田。靈山含道氣，物性皆自然。白鹿顧瑞草，驪龍蟠玉泉。得兹象外趣，便割區中緣。石竇採雲母，霞堂陪列仙。主人善止客，柯爛忘歸年。

奉使採箭幹竹谷中晨興赴嶺（今按，「幹」，《全唐詩》卷二三六作「簳」）

孤客倦夜坐，聞猿乘早發。背溪已斜漢，登棧尚殘月。重峰轉森爽，幽步更超越。雲木聳鶴巢，風蘿掃虎穴。人羣徒自遠，世役終難歇。入山非買山，採竹異採蕨。誰見子牟意，悁勞書魏闕。

仲春晚尋覆釜山

蝴蝶弄和風，飛花不知晚。王孫尋芳草，步步忘路遠。況我愛青山，涉趣皆遊踐。縈迴必中路，陰晦陽復顯。古岸生新泉，霞峰映雪巘。交枝花色異，奇石雲根淺。碧洞志忘歸，紫芝行可搴。方嗤稽（按，據姚本、四庫本、《全唐詩》卷二三六，當爲「嵇」）叔夜，林卧正沉湎。

詔許昌崔明府拜補闕

儒者久營道，詔書方問賢。至精一耀世，高步誰同年。何樹可棲鳳，高梧枝拂天。脱身鳧舄裏，載筆虎闈前。日月傳軒后，衣冠真列仙。則知驪龍珠，不秘清泠泉。才子貧難見，郢歌空復傳。惜哉效顰客，心想勞嬋娟。

尋華山雲臺觀道士

秋日西山明，勝趣引孤策。桃源數曲盡，洞口兩岸拆（今按，《全唐詩》卷二三六作「坼」）。還從罔象來，忽得仙靈宅。霓裳誰之子，霞酌能止客。殘陽在翠微，携手更登歷。林行拂煙雨，溪望亂金碧。飛鳥下天窻，裊松際雲壁。稍尋玄蹤遠，宛入寥天寂。願言葛仙翁，終年鍊玉液。

海上卧疾寄王臨

離客窮海陰，蕭辰歸思結。一隨浮雲滯，幾怨黄鵠別。妙年即沉疴，生事多所闕。劍中負明義，枕上惜玄髮。之子良史才，華簪偶時哲。相思千里道，愁望飛鳥絶。歲暮冰雪寒，淮湖不可越。百年去心慮，孤影守薄劣。獨餘暮侶情，金石無休歇。

長安客舍贈李行父明府

藏器偶時少，知人自古難。遂令丹穴鳳，晚食金琅玕。誰謂兵戈際，鳴琴方一彈。理煩善用簡，濟猛能兼寬。夙夜念黎庶，寢興非宴安。洪波未静壑，何樹不驚鸞。梟鴞傍京輦，旰心懸灌壇。高槐暗苦雨，長劍生秋寒。旅食還爲客，饑年亦盡歡。親勞攜斗水，往往救泥蟠。但恐酬明義，蹉跎芳歲闌。

歸義寺題震上人壁（寺即神堯皇帝讀書之所，龍飛後創爲精舍矣。）

入谷逢雨花，香緑引幽步。招提繞泉石，萬轉同一趣。向背森碧峰，淺深羅古樹。堯皇未登極，此地曾隱霧。秘讖得神謀，因高思虎路（今按，《全唐詩》、四庫本作「踞」）。太陽忽臨照，物象俄光煦。梵王宫始開，長者金先布。白水入禪境，碭山通覺路。往往無心雲，猶起潛龍處。仍聞七祖後，佛子繼調御。溪馬投慧鐙，山蟬飽甘露。不作解纓客，寧知捨筏喻。身世已悟空，歸途復何去。

五言古詩卷之十四　唐詩品彙十四

名家（下之二）

韋應物

白樂天云：蘇州歌行，才麗之外頗近興諷，其五言詩又高雅閑淡，自成一家之體，今之秉筆者誰能及之？然當蘇州在時，人亦未甚愛重，必待身後然後貴之。李肇《國史補》云：爲（今按，屠隆本作「韋」，《唐國史補》卷下作「立」）性高潔，鮮食寡欲，所居焚香掃地而坐。其爲詩馳驟建安以還，各得風韻。蘇東坡云：蘇、李、劉、曹、謝、陶固已至矣，李、杜以絶世之資凌跨百代，後之詩人繼出而才不逮意。獨韋應物、柳子厚發纖穠於簡古，寄至味於澹泊，非餘子所及也。《朱晦庵語録》云：蘇州高於王維、孟浩然諸人，以其無聲

色臭味也。　又云：其詩無一字造作，直是自在，氣象近道。　方虛谷云：世言韋、柳，韋詩淡而緩，柳詩峭而勁，同而異也。（今按，《瀛奎律髓》卷四原文爲：「世言韋柳，韋詩淡而緩，柳詩峭而勁，此五律詩比老杜則尤工矣。杜詩哀而壯烈，柳詩哀而酸楚，亦同而異也。」）　劉須溪云：韋應物居官自愧，閔閔有恤人之心。其詩如深山採藥，飲泉坐石，日晏忘歸。　又云：韋詩潤者如石，而孟詩如雪，雖淡無采色，不免有輕盈之意。　劉又云：誦韋蘇州一二語，高處有山泉極品之味。

樂府三首

有所思

借問堤上柳，青青爲誰春。空遊昨日地，不見昨日人。繚繞萬家井，往來車馬塵。莫道無相識，要非心相親。（劉云：逢春感興，此等語不會絶，但澹味又別也。）

相逢行

二十登漢朝，英聲邁今古。適從東方來，又欲謁明主。猶酣新豐酒，尚帶灞陵雨。邂逅兩相逢，別來問寒暑。寧知白日晚，暫向花間語。忽聞長樂鐘，走馬東西去。（劉云：極似愜（今

按，牛斗本、屠隆本作「仙」、《唐音》卷二作「快」）意，又似鬼語。）

廣陵行

雄藩鎮楚郊，地勢鬱岧嶤。雙旌擁萬戟，中有霍嫖姚。海雲助兵氣，寶貨益軍饒。嚴城動寒角，晚騎踏霜橋。翕習英豪集，振奮士卒驍。列郡何足數，趨拜等卑寮。日晏方云罷，人逸馬蕭蕭。忽如京洛間，遊子風塵飄。歸來視寶劍，功名非一朝。

擬古十首

行行重行行

辭君遠行邁，飲此長恨端。已謂道里遠，如何中險艱。流水赴大壑，孤雲還莫山。無情尚有歸，行子何獨難。驅車背鄉國，朔風卷行跡。（劉云：此「卷」此「背」，言之可傷。）嚴冬霜斷肌，日入不遑息。憂歡容鬢改（今按，真德秀《文章正宗》卷二三、《全唐詩》卷一八六作「髮變」），寒暑人事易。中心君詎知，冰玉徒貞白。（《古別離》多矣，此作更古者，以其有清淨自然之美，如秋雨曠野，自難爲懷。○批語無姓氏者，係劉須溪評。後倣此。）

青青河畔草

黄鳥何關關，幽蘭亦靡靡。此時深閨婦，日照紗牕裏。（不必深切而辭情適可，人〔今按，姚本、屠隆本、刻者不詳明本作「無」，《唐音》卷二作「誰」〕不能道，而點綴搜索自無以加。）娟娟雙青蛾，微微啓玉齒。自惜桃李年，誤身遊俠子。無事久别離，不知今生死。（柔腸欲無，而有不可犯之色。○吾舊評此詩云：意深而語淺。又云：結語沉痛傷懷，而不爲妖蕩怨曠之態，如此而止。）

西北有高樓

綺樓何氛氳，朝日正杲杲。四壁含清風，丹霞射其牖。玉顔正哀囀，絶耳非世有。但感離恨情，不知誰家婦。孤雲忽無色，邊馬爲迴首。曲絶碧天高，餘聲散秋草。徘徊帷中意，獨夜不堪守。思逐朔風翔，一去千里道。（别是清麗，超凡入聖，可望而不可即者。末極尋常，以古調勝。○吾舊評此詩云：淡而綺，綺而不煩。）

庭前有奇樹

嘉樹藹初緑，靡蕪吐幽芳。君子不在賞，寄之雲路長。路長信難越，惜此芳時歇。孤鳥去不還，緘情向天末。（常言常語，枯淡欲無。）

明月皎夜光

月滿秋夜長，驚烏號北林。天河橫未落，斗柄當西南。寒蛩悲洞房，好鳥無遺音。商飈一夕至，獨宿懷重衾。舊交日千里，隔我如浮沉（今按，《文章正宗》、《全唐詩》作「浮與沉」）。人生豈草木，寒暑移此心。（「月滿秋夜長」，但摘一語，誰不知是蘇州之妙？然得之全篇甚難。非嘗偏閲，不知此編具眼［今按，「此編具眼」，牛斗本、屠隆本作「此詩無限」，陶敏等《韋應物集校注》卷一引劉須溪評語「編」作「篇」］，變化後來，姑發此例。）

凛凛歲云暮

春至林木變，洞房夕舍（今按，據姚本、四庫本、《全唐詩》卷一八六，當爲「含」）清。單居誰能裁，好鳥對我鳴。良人久燕趙，新愛移平生。别時雙鴛綺，留此千恨情。碧草生舊跡，緑琴歇芳聲。思將魂夢懽，反側寐不成。攬衣迷所次，起望空前庭。孤影中自惻，不知雙涕零。（「單居」兩語，流動自然，復非苦吟所及。末意耿耿，情性適然，不假外物而見。）

客從遠方來

有客天一方，寄我孤桐琴。迢迢萬里隔，託此傳幽音。冰霜終自結，龍鳳相與吟。弦以朙（今按，《文章正宗》、《全唐詩》作「明」）直道，漆以固交深。

明月何皎皎

白日淇上没，空閨生遠愁。寸心不可限，淇水長悠悠。芳樹自妍芳，春禽自相求。徘徊東西廂，孤妾誰與儔。年華逐絲淚，一落俱不收。（不言不笑，情景甚真，但覺麗情綺語，皆不足道。）

效陶彭澤

霜落悴百草，時菊獨妍華。物性有如此，寒暑其奈何。（兩語似達似怨，甚好。）掇英汎濁醪，日入會田家。盡醉茅簷下，一生豈在多。（蘇州詩去陶自近，至效陶，則復取王夷甫語用之，故知晉人無不有風致可愛也。）

與友生野飲效陶體

擕酒花林下，前有千載墳。於時不共酌，奈此泉下人。始自玩芳物，行當念徂春。聊舒遠世蹤，坐望還山雲。且遂一歡笑，焉知賤與貧。（含章體素，默合自然。）

雜興六首

燕居即事

蕭條竹林院，風雨叢蘭折。幽鳥林上啼，青苔人跡絶。燕居日已永，夏木紛成結。几閣積

羣書，時來北牕閱。（句句實狀。）

秋夜

暗（今按，刻者不詳明本、張恂本、四庫本作「晚」）牕涼葉動，秋天寢席單。憂人半夜起，明月在林端。（何必思索，洞見本懷。）一與秋（今按，姚本、四庫本、《文苑英華》卷一五八、《全唐詩》卷一九三皆作「清」）景遇，每憶平生歡。如何方惻愴，披衣露更寒。

幽居

貴賤雖異等，出門皆有營。獨無外物牽，遂此幽居情。微雨夜來過，不知春草生。青山忽已曙，鳥雀繞舍鳴。時與道人偶，或隨樵者行。自當安蹇劣，誰謂薄世榮。（古調本色，「微雨」一聯似亦以癡「今按，姚本作「夢」」得之也。）

野居

結髮屢辭秩，立身本疏慢。今得罷守歸，幸無世欲患。棲止但偏僻，嬉遊無早晏。逐兔上坡崗，捕魚緣赤澗。高歌意氣在，貰酒貧居慣。時啓北牕扉，豈將文墨間。

雜體二首

沉沉匣中鏡，爲此塵垢蝕。輝光何所如，月在雲間黑。南金既雕錯，鞶帶共輝飾。空存鑑

物明（今按，據《文章正宗》卷二三、《全唐詩》卷一八六，當爲「名」），坐使媸姸惑。美人竭肝膽，思照冰玉色。自非磨瑩功（今按，《文章正宗》、《全唐詩》作「工」），日日空歎息。（其意正平，而樸素可尚，非無衍麗，静且不慘。）

其二

同聲自相應，體質不必齊。誰知賈人鐸，能使大樂諧。鏗鏘發宫徵，和樂變其哀。人神既昭享，鳳鳥亦不（今按，據牛斗本、《文章正宗》、《全唐詩》，當爲「下」）來。豈非至賤物，一奏升天階。物情苟有合，莫問玉與泥。（高云：此用人之度也，宛轉發越，隱約可恨。）

宴集五首

南塘汎舟會元六昆季

端居倦時燠，輕舟泛迴塘。微風飄襟散，横吹繞林長。雲淡水容夕，雨微荷氣凉。一寫悁勤意，寧用訴華觴。

春宵燕萬年吉少府中孚南館

始見斗柄迴，復兹霜月霽。河漢上縱横，春城夜迢遞。（不獨閑静，氣概又闊，可諷。）賓筵接時彦，

樂宴淩芳歲。稍愛清觴滿，仰歎高文麗。欲去返郊扉，端爲一歡滯。

扈亭西陂燕賞

杲杲朝陽時，悠悠清陂望。嘉樹始氤氲，春遊方浩蕩。況逢文翰侶，愛此孤舟漾。緑野際遥波，横雲分疊嶂。公堂日爲倦，幽襟自兹曠。有酒今滿盈，願君盡弘量。（淺語流動稱情。）

西郊燕集

濟濟衆君子，高燕及時光。羣山藹遐矚，緑野布熙陽。列坐遵曲岸，披襟襲蘭芳。野庖薦嘉魚，激澗泛羽觴。衆鳥鳴茂林，緑草延高崗。盛時易徂謝，浩思坐飄揚。眷言同心友，兹遊安可忘。

移疾會詩客元生與釋子法朗因貽諸曹（今按，「曹」上，《全唐詩》卷一八六有「祠」字）

對此嘉樹林，獨有戚戚顔。抱瘵知曠職，淹旬非樂閑。釋子來問信，詩人亦扣關。道同意暫遣，客散疾徐還。園徑自幽静，玄蟬噪其間。高牕瞰遠郊，暮色起秋山。英曹幸休暇，悵悵心所攀。

寄贈十八首

寄全椒山中道士（《容齋隨筆》云：此篇高妙超詣，固不容誇説，而結句非語言思索可得。東坡依韻，遠不及。）

今朝郡齋冷，忽念山中客。澗底束荊薪，歸來煮白石。欲持一樽酒，遠慰風雨夕。落葉滿空山，何處尋行跡。（其詩自多此景意，及得意如此亦少。）

寄裴處士

春風駐遊騎，晚景淡山暉。一問清泠（今按，姚本、屠隆本、刻者不詳明本、四庫本《韋蘇州集》卷三作「泠」）子，獨掩荒園扉。草木雨來長，里閭人到稀。方從廣陵燕，花落未言歸。

秋夜南宮寄澧上弟及諸生（今按，「澧」，據《文章正宗》卷二三、《全唐詩》卷一八七，當爲「澧」）

暝色起煙閣，沉抱積離憂。況茲風雨夜，蕭條梧葉秋。空宇感涼至，頽顔驚歲週。日夕遊闕下，山水憶同遊。

春日郊居寄萬年吉少府中孚三原盧少府偉夏侯校書審（今按，「盧少府」，《全唐詩》卷一八七無「盧」字，陶敏等《韋應物集校注》卷二云「盧」字原無，據《唐詩品彙》補，四庫全書本《韋蘇州集》卷二及《唐音》卷二作「元少府」；《全唐詩》卷一八七有韋應物《高陵書情寄三原盧少府》，卷一九〇有韋應物《酬元偉過洛陽夜燕》，卷二八六有李端《薦福寺送元偉》）

谷鳥時一囀，田園春雨餘。光風動林早，高牕照日初。獨飲澗中水，吟詠老氏書。城闕應多事，誰憶此閑居。

寺居獨夜寄崔主簿

幽人寂不寐，木葉紛紛落。寒雨暗深更，流螢度高閣。坐使青燈曉，還傷夏衣薄。寧知歲方晏，離居更蕭索。

獨遊西齋寄崔主簿

同心忽已別，昨事方成昔。幽徑還獨尋，緑苔見行跡。（蕭然今昔之感。）秋齋正蕭散，煙水易昏夕。憂來結幾重，非君不可釋。

初發楊子寄元大校書（今按，「楊」，四庫本《韋蘇州集》卷二、《全唐詩》卷一八七作「揚」）

悽悽去親愛，汎汎入煙霧。（至濃至淡，便是蘇州筆意。）歸棹洛陽人，殘鐘廣陵樹。今朝此爲別，何處還相遇。世事波上舟，沿洄安得住。

淮上即事寄廣陵親故

前舟已渺渺，欲度誰相待。秋山起暮鐘，楚雨連滄海。（好句。）風波離思滿，宿昔容鬢改。（兩語足以極初別之懷。）獨鳥下東南，廣陵何處在。（偶然景，偶然語，亦不可再得。）

同德寺雨後寄元侍御李博士

川上風雨來，須臾滿城闕。岧嶤青蓮界，蕭條孤興發。前山遽已浄，陰靄夜來歇。喬木生夏涼，流雲吐華月。嚴城自有限，一水非難越。相望曙河遠，高齋坐超忽。

善福精舍示諸生

湛湛嘉樹陰，清露夜景沉。悄然羣物寂，高閣似陰岑。方以玄默處，豈爲名跡侵。法妙不知歸，獨此抱沖襟。齋舍無餘物，陶器與單衾。諸生時列坐，共愛風滿林。（甚有佳致，可誦。）

高陵書情寄三原盧少府

直方難爲進，守此微賤班。開卷不及顧，沉埋案牘間。兵凶久相踐，徭賦豈得閑。促戚不（今按，據姚本、刻者不詳明本、《全唐詩》卷一八七等，當爲「下」）可哀，寬政身致患。日夕思自退，出門望故山。君心倘如此，攜手相與還。

城中卧疾知閻薛二子屢從邑令飲因以贈之

車馬日蕭蕭，胡不往我廬。方來從令飲，卧病獨何如。秋風起漢臯，開户望平蕪。即此稀音素，焉知中密疏。渴者不思火，寒者不求水。人生羈寓時，去就當如此。猶希心異跡，眷眷存終始。（真素羞疑「今按，據四庫本、陶敏《韋應物集校注》卷二引劉須溪評語，當爲「悃款」」，亦今人所悃「今按，據姚本、四庫本及陶敏《韋應物集校注》卷二引劉須溪評語，當爲「羞」」道。）

寄盧庾

悠悠遠離别，念此歡會難。如何兩相近，反使心不安。亂髮思一櫛，垢衣思一浣。豈如望友生，對酒起長歎。時節異京洛，孟冬天未寒。廣陵多車馬，日夕自遊盤。獨我何耿耿，非君誰爲歡。

閑居贈友

補吏多不遷，罷歸聊自度。園廬多蕪没，煙景空淡薄。閑居養痾瘵，守素甘葵藿。顔鬢日衰耗，冠帶亦寖落。青苔已生徑，緑筠始分籜。夕氣下遥陰，微風動疏薄。草玄良見誚，杜門無請託。非君好事者，誰能顧寂寞。

園林晏起寄昭應韓明府盧主簿

田家已耕作，井屋起晨煙。園林鳴好鳥，閑居猶獨眠。不覺朝已晏，起來望青天。四體一舒散，情性亦欣然。還復茅簷下，對酒思數賢。束帶理官府，簡牘盈目前。當念中林賞，覽物徧山川。士非遇明世，庶以道自全。

京師叛亂寄諸弟

弱冠遭世難，二紀猶未平。羈離官遠郡，虎豹滿西京。上懷犬馬戀，下有骨肉情。歸去在何時，流涙忽沾纓。憂來上北樓，左右但軍營。函谷行人絶，淮南春草生。鳥鳴野田間，思憶故園行。何當四海晏，甘與齊民耕。

寄馮著

春雷起萌蟄，土壤日已疏。胡能遭盛明，才俊伏里閭。偃仰遂真性，所求唯斗儲。披衣出茅屋，盥漱臨清渠。吾道亦自適，退身保玄虛。幸無職事牽，且覽按（今按，據姚本及《全唐詩》卷一八七，當爲「案」）上書。親友各馳騖，誰當訪弊廬。思君在何夕，明月照廣除。

四禪精舍登覽悲舊寄朝宗巨川兄弟

蕭散人事憂，迢遞古原行。春風日已暄，百草亦復生。躋閣謁金像，攀雲造禪扃。新景林際曙，雜花川上明。徂歲方緬邈，陳事尚縱横。温泉有佳氣，馳道指京城。攜手思故日，山河留恨情。存者邈難見，去者已冥冥。臨風一長慟，誰畏行路驚。

書懷四首

暮相思

朝出自不還，暮歸花盡發。豈無終日會，惜此花間月。空館忽相思，微鐘坐來歇。

（只結句十字，神意悄然，得於實境。尋其上四語，則頃刻不能爲懷，故題曰《暮相思》。彼何知作者用心苦耶？）

春中憶元二

雨歇萬井春，柔條已含緑。徘徊洛陽陌，惆悵杜陵曲。遊絲正高下，啼鳥還斷續。有酒今不同，思君瑩如玉。（讀蘇州詩如讀道書。）

池上懷王卿

幽居捐世事，佳雨散園芳。入門藹已緑，水禽鳴春塘。重雲始成夕，忽霽尚微陽。輕舟因風汎，郡閣望蒼蒼。私燕阻外好，臨歡一停觴。兹遊無時盡，旭日願相將。

夏夜憶盧嵩

藹藹高館暮，開軒滌煩襟。不知湘雨來，瀟灑在幽林。炎月得涼夜，芳樽誰與斟。故人南北居，累月間徽音。人生無閑日，歡會當在今。反側候天旦，層城苦沉沉。（苦語不自覺。）

酬答五首

答崔主簿

朗月分林藹，遥歌動離聲。故歡良已阻，空雨淡無情。窈窕雲鴈没，蒼茫河漢横。蘭章不

可答，沖襟徒自盈。

酬盧嵩秋夜見寄

喬木生夜涼，月華滿前墀。去君咫尺地，勞君千里思。素秉棲遁志，況貽招隱詩。坐見林木榮，願赴滄洲期。何能待歲晏，攜手當此時。（盧詩云：「歲晏以爲期。」）

答李博士

休沐去人遠，高齋出林杪。晴山多碧峰，顥氣凝秋曉。端居喜良友，枉使千里路。緘書當夏時，開緘時已度。簷雛已飄颻，荷露方蕭颯。夢遠竹牕幽，行稀蘭徑合。舊居共南北，往來只如昨。問君今爲誰，日夕度清洛。

答楊奉禮

多病守山郡，自得接嘉賓。不見三四日，曠若十餘旬。臨觴獨無味，對榻已生塵。一詠舟中作，灑雪忽驚新。煙波見棲旅，景物具昭陳。秋塘唯落葉，野寺不逢人。白事廷吏簡，閑居文墨親。高天池閣静，寒菊霜露頻。應當整孤棹，歸來展殷勤。

答僴奴重陽二甥（僴奴，趙氏生〔今按，此處及「崔氏」後「生」字，《全唐詩》卷一九〇、四庫本《韋蘇州集》卷五作「甥」，字通〕伉；重陽，崔氏生璠〔今按，姚本及《全唐詩》、四庫本《韋蘇州集》卷五皆作「播」〕。）

棄職曾守拙，玩幽遂忘喧。山澗依磽埆，竹樹蔭清源。貧居煙火濕，歲熟梨棗繁。風雨飄茅屋，蒿草没瓜園。羣屬相歡悦，不覺過朝昏。有時看禾黍，落日上秋原。飲酒任真性，揮筆肆狂言。一朝忝蘭省，三載居遠藩。復與諸弟子，篇翰每相敦。西園休習射，南池對芳尊。山藥經雨碧，海榴凌霜翻。念爾不同此，悵然復一論。重陽守故家，僴子旅湘沅。俱有緘中素，惻惻動離魂。不知何日見，衣上淚空存。

逢遇三首

長安遇馮著

客從東方來，衣上灞陵雨。問答何爲來，采山因買斧。冥冥花正開，颺颺燕新乳。昨別今已春，鬢絲生幾縷。（不能詩者，亦知是好。）

廣陵遇孟九雲卿

雄藩本帝都，遊士多俊賢。夾河樹鬱鬱，華館千里連。新知雖滿堂，中意頗未宣。忽逢翰林友，歡樂斗酒前。高文激頹波，四海靡不傳。西施且一笑，衆女安得妍。明月滿淮海，哀鴻逝長天。所念京國遠，我來君欲還。

逢楊開府

少事武皇帝，無賴恃恩私。身作里中橫，家藏亡命兒。（縷縷如不自惜，寫得俠氣動盪，見者偏憐。太白亦云：「託身白刃裹，殺人紅塵中。」）朝持樗蒲（今按，姚本、四庫本作「蒱」）局，暮竊東鄰姬。司隸不敢捕，立在白玉墀。驪山風雪夜，長楊羽獵時。一字都不識，飲酒肆頑癡。武皇升仙去，憔悴被人欺。讀書事已晚，把筆學題詩。兩府始收跡，南宮謬見推。（雜出於未然「今按，刻者不詳明本作「雜出於浩然」，姚本作「雖出於未然」，屠隆本作「雜出於自然」，牛斗本作「雖出於自然」，《唐音》卷二作「雖出於果然」，當以「雖出於自然」爲是」，正是狡獪。）非才果不容，出守撫惸嫠。忽逢楊開府，論舊涕俱垂。坐客何由識，惟有故人知。（收拾慘愴，自不在多。寫得奇怪，隊仗逼真。舊見詩話，至以爲不類蘇州平生，不知其沉著轉換正在武皇升仙起興，能令讀者墮淚。）

送餞十一首

送鄭長源

少年一相見，飛轡河洛間。歡遊不知罷，中路忽言還。泠泠鵾絃哀，悄悄冬夜闌。丈夫雖耿介，遠別多苦顔。君行拜高堂，速駕難久攀。雞鳴儔侣發，朔雪滿河關。須臾在今夕，尊酌且循環。

送李儋

别離何從生，乃在親愛中。（起十字自好。）反念行路子，拂衣自西東。日昃不留宴，嚴車出崇墉。行遊非所樂，端憂道未通。春野百卉發，清川思無窮。芳時坐離散，世事誰可同。歸當掩重關，默默想音容。

天長寺上方别子西有道（時任京兆府功曹，攝高陵宰，别田曹盧康、户曹韓質，因而有作。）

假邑非拙素，況乃别伊人。聊登釋氏居，携手戀兹晨。高曠出塵表，逍遥滌心神。青山對芳苑，列樹繞通津。車馬無時絶，行子倦風塵。今當遵往路，佇立欲何伸。唯持貞白志，以慰心所親。

留别洛京親友

握手出都門，駕言適京師。豈不懷舊廬，惆悵與子辭。麗日坐高閣，清觴宴華池。昨遊倏已過（今按，據《全唐詩》卷一八九、四庫全書本《韋蘇州集》卷五，當爲「過」），後遇良未知。念結路方永，歲陰野無暉。單車我當前，暮雪子獨歸。臨流一相望，零淚忽沾衣。

上東門會送李幼舉南遊徐方

離絃既罷彈，尊酒亦已闌。聽我歌一曲，南徐在雲端。雲端雖云邈，行路本非難。諸侯皆愛才，公子遠結歡。濟濟都門燕，將去復盤桓。令姿何昂昂，良馬遠遊冠。意氣相爲别，由來非所歎。

餞雍聿之潞州謁李中丞

鬱鬱兩相遇，出門草青青。酒酣拔劍舞，慷慨送子行。驅馬涉六（今按，據四庫本、《文苑英華》卷二七二、四庫全書本《韋蘇州集》卷四、《全唐詩》卷一八九，當爲「大」）河，日暮懷洛京。前登大（今按，姚本、四庫本、《全唐詩》作「太」）行路，志士亦未平。薄遊五府都，高步振英聲。主人才且賢，重士百金輕。絲竹促飛觴，夜燕達晨星。娱樂易淹暮，諒在執高情。

送令狐岫宰恩陽

大雪天地閉，羣山夜來晴。居家猶苦寒，子有千里行。行行安得辭，荷此蒲璧榮。賢豪相追攀，飲餞出西京。尊酒豈不歡，暮春自有程。離人起視日，僕御促前征。逶蛇（今按，姚本作「迤」）歲月窮，當造巴子城。和風被草木，江水日夜清。從來知善政，離别慰友生。

燕别幼遐與君貺兄弟

乖闕意方弭，安知忽來翔。累日重歡燕，一旦復離傷。置酒慰兹夕，秉燭坐華堂。契闊未及展，晨星出東方。征人慘已辭，車馬儼成裝。我懷自無歡，原野滿春光。羣水含時澤，野雉鳴朝陽。平生有壯志，不覺淚沾裳。況自守空宇，日夕但彷徨。（曲折，情景甚至。）

送李十四山東遊（豈非太白耶？太白李十二。）

聖朝有遺逸，披膽謁至尊。豈是貿榮寵，誓將救元元。權豪非所便，書奏寢禁門。高歌長安酒，忠憤不可吞。（善道人意高處。）欻來客河洛，日與静者論。濟世翻小事，丹砂駐精魂。（此非太白不能當。）東遊無復繫，梁楚多太（今按，據姚本、四庫本，當爲「大」）藩。高論動侯伯，疏懷脱塵喧。送君都門野，飲我林中尊。立馬望東道，白雲滿梁園。踟躕欲何贈，空是平生言。

送馮著受李廣州署爲録事

鬱鬱楊柳枝，蕭蕭征馬悲。送君灞陵岸，糾郡南海湄。名在翰墨場，羣公正追隨。如何從此去，千里萬里期。大海吞東南，横嶺隔地維。建邦臨日域，温燠御四時。百國共臻奏，珍奇獻京師。富豪虞興戎，繩墨不易持。州伯荷天寵，還當翊丹墀。子爲門下生，終始豈見遺。所願酌貪泉，心不爲磷緇。上將酬（今按，姚本、屠隆本、刻者不詳明本、《全唐詩》卷一八九作「玩」）國士，下以報渴饑。

始除尚書郎别善福精舍

簡略非世器，委身同草木。逍遥精舍居，飲酒自爲足。累日曾一櫛，對書常懶讀。社臘會高年，山川恣遠矚。明世方選士，中朝懸美禄。除書忽到門，冠帶便拘束。愧忝郎署跡，謬蒙君子録。俯仰垂華纓，飄飖翔輕轂。行將親友别，戀此西澗曲。遠峯明夕川，夏雨生衆緑。迅風飄野路，迴首不遑宿。明晨下煙閣，白雲在幽谷。

五言古詩卷之十五　唐詩品彙十五

名家（下之三）

韋應物

《西清詩話》云：韋蘇州詩如渾金璞玉，不假雕琢成妍，唐人有不能到。至其過處，大似村寺高僧，奈時有野態。

遊覽十八首

遊溪

野水煙鶴唳，楚天雲雨空。玩舟清景晚，垂釣緑蒲中。落花飄旅衣，歸流淡清風。緣源不

可極，遠樹但青葱。

起度律師同居東齋院

釋子喜相偶，幽林俱避喧。安居同僧夏，清夜諷道言。對閣景恒晏，步庭陰始繁。逍遥無一事，松風入南軒。（語有仙風道骨。）

夕次盱眙縣

落帆逗淮鎮，停舫臨孤驛。浩浩風起波，冥冥日沉夕。人歸山郭暗，鴈下蘆洲白。獨夜憶秦關，聽鐘未眠客。

秋郊作

清露澂境遠，旭日照林初。一望秋山静，蕭條形迹疏。登原忻時稼，採菊行故墟。方願沮溺耦，澹泊守田廬。

神静師院

青苔幽巷徧，新林露氣微。經聲在深竹，高齋獨掩扉。憇樹愛嵐嶺，聽禽悦朝暉。方耽静中趣，自與塵世違。

與盧陟同遊永定寺北池僧齋

密竹行已遠，子規啼更深。緑池芳草氣，閑齋春樹陰。晴蝶飄蘭徑，遊蜂繞花心。不遇君攜手，誰復此幽尋。

遊南齋

池上鳴佳禽，僧齋日幽寂。高林晚露清，紅藥無人摘。春水不生煙，荒崗筠翳石。不應朝夕遊，良爲蹉跎客。

秋景詣瑯琊精舍

屢訪塵外跡，未窮幽賞情。高秋天景遠，始見山川清。上陟巖殿憩，暮看雲壑平。蒼茫寒色起，迢遞晚鐘鳴。意有清夜戀，身爲符守嬰。悟言緇衣子，蕭灑中林行。

南園陪王卿遊矚

形跡雖拘檢，世事澹無心。郡中多山水，日夕聽幽禽。几閣文墨暇，園林春景深。雜花芳意散，緑池暮色沉。君子有高躅，相攜在幽尋。一酌何爲貴，可以寫沖襟。

與幼遐君貺兄弟同遊白家竹潭

清賞非素期，偶遊方自得。前登絶嶺險，下視春潭黑。密竹已成暮，歸雲殊未極。春鳥依谷喧，紫蘭含幽色。已將芳景遇，復款平生憶。終念一歡別，臨風還默默。

京郊（今按，據四庫本、四庫本《韋蘇州集》卷七、《全唐詩》卷一九二，當爲「東郊」）

吏舍跼終年，出郊曠清曙。楊柳散和風，青山澹吾慮。（自以爲得。）依叢適自憩，緣澗還復去。（游興各自寫。）微雨靄芳原，春鳩鳴何處。樂幽心屢止，遵事跡猶遽。終罷斯結廬，慕陶真可庶。

登西南崗卜居遇雨尋竹浪至澧（今按，據《全唐詩》卷一九二，當爲「灃」）**壖縈帶數里清流茂樹雲物可賞**

登高創危構，林表見川流。微雨颯已至，蕭條川氣秋。下尋密竹盡，忽曠沙際遊。紆直水分野，綿延稼盈疇。寒花明廢墟，樵牧笑榛丘。雲水成陰澹，竹樹更清幽。適自戀佳賞，復茲永日留。

乘月過西郊渡

遠山含紫氛，春墅藹雲暮。值此歸時月，留連西澗渡。謬當文墨會，得與羣英遇。賞逐亂流翻，心將清景悟。行車儼未轉，芳草空盈步。已舉候亭火，猶愛村原樹。還當守故扃，悵悵乖幽素。

山行積雨歸途始霽

攬轡窮登降，陰雨遘二旬。但見白雲合，不睹巖中春。急澗豈易揭，峻途良難遵。深林猿聲冷，沮洳虎跡新。始霽升陽景，山水閱清晨。雜花積加霧，百卉凄已陳。鳴騶屢驤首，歸路自欣欣。

遊龍門香山泉

山水本自佳，遊人已忘慮。碧泉更幽絕，賞愛未能去。潺湲寫幽磴，繚繞帶嘉樹。激轉忽殊流，歸泓又同注。羽觴自成翫，永日亦延趣。靈草有時香，仙源不知處。還當候圓月，攜手重遊寓。

藍嶺精舍

石壁精舍高，排雲聊直上。佳遊愜始願，忘險得前賞。崖傾景方晦，谷轉川如掌。綠林含蕭條，飛閣起弘敞。道人上方至，深夜還獨往。日落羣山陰，天秋百泉響。所嗟累已成，安得長偃仰。

龍門遊眺

鑿山導伊流，中斷若天闢。都門遥相望，佳氣生朝夕。素懷出塵意，適有攜手客。精舍繞層阿，千龕鄰峭壁。緣雲路猶緬，憩澗鐘已寂。花樹發煙華，淙流散石脈。長笑招遠風，臨潭漱金碧。日落望都城，人間何役役。

登樂遊廟作

高原出東城，鬱鬱見咸陽。上有千載事，乃自漢宣皇。頹壖久凌遲，陳迹翳丘荒。春草雖復綠，驚風但飄揚。周覽京城内，雙闕起中央。微鐘何處來，暮色忽蒼蒼。歌吹喧萬井，車馬塞康莊。昔人豈不爾，百世同一傷。歸當守沖漠，跡寓心自忘。

感歎十首

夏日

已謂心苦傷，如何日方永。無人不晝寢，獨坐山中静。悟澹將遺慮，學空庶遺境。積俗易爲侵，愁來復難整。（此夏日詩，其尤苦也。）

對芳樹

迢迢芳園樹，列映清池曲。對此傷人心，還如故時緑。風條灑餘靄，露葉承新旭。佳人不再攀，下有往來躅。（亦何嘗用意刻削，正自不可堪。）

閑齋對雨

幽獨自盈抱，陰淡亦連朝。空齋對高樹，疏雨共蕭條。巢燕翻泥濕，蕙花依砌消。端居念往事，倏忽若驚飈。

秋夜二首

庭樹轉蕭蕭，陰蟲還戚戚。獨向高齋眠，夜聞寒雨滴。微風時動牖，殘燈尚留壁。惆悵平

生懷，偏來委今夕。（吾讀蘇州詩至此，切［今按，陶敏等《韋應物集校注》卷六引明成化、弘治間張習刻本《須溪先生校點韋蘇州集》作「初」］怪其情近婦人。）

其二

霜露已淒漫，星漢復昭回。朔風中夜起，驚鴻千里來。蕭條涼葉下，寂寞清砧哀。歲晏作（今按，四庫本、四庫本《韋蘇州集》卷六、《全唐詩》卷一九一作「仰」）空宇，心事若寒灰。

林園晚霽

雨歇見青山，落日照林園。山夕煙鳥亂，林清風景翻。提攜唯子弟，蕭散在琴尊。同遊不同賞，耿耿獨傷魂。寂寞鐘已盡，如何還入門。

出還

昔出喜還家，今還獨傷意。入室掩無光，銜哀寫虛位。悽悽動幽幔，寂寂驚寒吹。幼女復何知，時來庭下戲。咨嗟日復老，錯莫身如寄。家人勸我餐，對按（今按，據《韋蘇州集》卷六、《全唐詩》卷一九一，當爲「案」）空垂淚。（唐人詩氣短，蘇州氣平，短與平甚懸絕。及其悼亡，自不能不短耳，短者使人不欲再讀。）

送終

奄忽逾時節，日月穫其良。蕭蕭車馬悲，祖載發中堂。生平同此居，一旦異存亡。斯臾亦何益，終復委山崗。行出國南門，南望鬱蒼蒼。日入乃云造，慟哭宿風霜。晨遷俯玄廬，臨訣但遑遑。方當永潛翳，仰視白日光。俯仰遽終畢，封樹已荒涼。獨留不得還，欲去結中腸。童稚知所失，啼號捉我裳。即事猶倉卒，歲月始難忘。（哀傷如此，豈有和聲哉？而慘黯「今按，姚本作「低黯」，《唐音》卷二作「低昂」」條達，愈緩愈長。）

過昭國里故第

不復見故人，一來過故宅。物變知景喧，心傷覺時寂。池荒壄筠合，庭緑幽草積。風散花意謝，鳥還山光夕。宿昔方同賞，詎知今念昔。緘室在東廂，遺器不忍覿。柔翰全分意，芳巾尚染澤。殘工委筐篋，餘素經刀尺。收此還我家，將還復愁惕。永絶攜手歡，空存舊行跡。冥冥獨無語，杳杳將何適。唯思今古同，時緩傷與戚。

睢陽感懷

豺虎犯天綱，昇平無内備。長驅陰山卒，略踐三河地。張侯本忠烈，濟世有深智。堅壁梁宋間，遠籌吴楚利。窮年方絶輪，鄰援皆攜貳。使者哭其庭，救兵終不至。重圍雖可越，

藩翰諒難棄。餓喉待危巢，懸命中路墜。甘從鋒刃斃，莫奪堅貞志。宿將降賊庭，儒生獨全義。空城唯白骨，同往無賤貴。哀哉豈獨今，千載當歔欷。

柳宗元

舊史稱：宗元少聰警絶人，尤精《西漢》、《詩》、《騷》。下筆創思，與古爲侔，精裁密緻，粲若珠貝。當時流輩咸推之也。　蘇東坡云：子厚詩在淵明下，韋蘇州上。退之豪放奇險則過之，而温嚴（今按，《苕溪漁隱叢話前集》卷十九引此語作「麗」）靖深不及也。　韓子蒼云：柳州詩不多，亦備衆家體（今按，《苕溪漁隱叢話前集》卷四作「體亦備衆家」）。惟學（《苕溪漁隱叢話前集》卷四作「效」）陶是其本性所好，獨不可及也。　朱晦庵云：學詩須從陶、柳門庭入也。　嚴滄浪曰：唐人惟子厚深得騷學，退之、李觀皆所不及也。　又曰：子厚五言古詩尚在蘇州之上。　劉辰翁曰：子厚古詩，短調紆鬱，清美閑勝，長篇點綴精麗，樂府託興飛動。退之故當遠出其下，並言韓、柳，亦不偶然。

雨後曉行獨至愚溪北池

宿雲散洲渚，曉日明村塢。高樹臨清池，風驚夜來雨。予心適無事，偶此成賓主。

溪居

久爲簪組累，幸此南夷謫。閑依農圃鄰，偶似山林客。曉耕翻露草，夜榜響溪石。來往不逢人，長歌楚天碧。（劉云：境與神會，不由思得，欲重見自難耳。）

旦攜謝山人至愚池（在愚溪。）

新沐换輕幘，曉池風露清。自諧塵外意，況與幽人行。霞散衆山迥，天高數鴈鳴。機心付當路，聊適羲皇情。

夏初雨後尋愚溪

悠悠雨初霽，獨繞清溪曲。引杖試荒泉，解帶圍新竹。沉吟亦何事，寂寞固所欲。幸此息營營，嘯歌静炎燠。

秋曉行南谷經荒村

杪秋霜露重，晨起行幽谷。黄葉覆溪橋，荒村惟古木。寒花疏寂歷，幽泉微斷續。機心久已忘，何事驚麏鹿。

中夜起望西園值月上

覺聞繁露墜，開户臨西園。寒月上東嶺，泠泠疏竹根。石泉遠逾響，山鳥時一喧。倚楹遂至旦，寂寞將何言。

郊居歲暮

屏居負山郭，歲暮驚離索。野迥樵喧來，庭空燒燼落。世紛因事遠，心賞隨年薄。默默諒何爲，徒成今與昨。

早梅

早梅發高樹，迥映楚天碧。朔風飄寒香，繁霜滋曉白。欲爲萬里贈，杳杳山水隔。寒英坐銷落，何用慰遠客。

湘岸移木芙容植龍興精舍

有美不自蔽，安能守孤根。盈盈湘西岸，秋至風露繁。麗景別寒水，穠芳委前軒。芰荷諒難雜，反此生高原。

禪室

發地結菁茆，團團抱虚白。山花落幽户，中有忘機客。（《筆墨閑録》（今按，「閑」當作「間」，參看前「引用諸書」校，下文同此，不再出校）云：不觀名篇，知是禪室。）涉有本非取，照空不待拆（今按，據居隆本、《全唐詩》卷三五三，當爲「析」）。萬籟俱緣生，窅然喧中寂。心境本同如，鳥飛無遺跡。

酬賈鵬山人郡内新栽松寓興見贈

芳杇自爲别，無心乃玄功。夭夭日放花，榮耀將安窮。青松遺澗底，擢蒔兹庭中。積雪表明秀，寒花助葱蘢。幽貞夙有慕，持以延清風。

戲題階前芍藥

凡卉與時謝，妍華麗兹晨。欹紅醉濃露，窈窕留餘春。孤賞白日暮，暄風動摇頻。夜牕藹芳氣，幽卧知相親。願致溱洧贈，悠悠南國人。

贈江華長老（江華，道州縣名。）

老僧道機熟，默語心皆寂。去歲别春陵，沿流此投跡。室空無侍者，巾屨唯掛壁。一飯不願餘，跏趺便終夕。風牕疏竹響，露井寒松滴。偶地即安居，滿庭芳草積。

田家三首（曾氏《筆墨閑録》云：《田家》詩如「雞鳴村巷白」、「里胥夜經過」等句，絶有淵明風味。）

蓐食徇所務，驅牛向東阡。雞鳴村巷白，夜色歸暮田。札札耒耜聲，飛飛來烏鳶。竭兹筋力事，特（今按，據四庫本、《全唐詩》卷三五三，當爲「持」）用窮歲年。盡輸助徭役，聊就空自眠。子孫日以長，世世還復然。（劉云：無怨之怨。）

其二

古道饒蒺藜，縈迴古城曲。蓼花被堤岸，陂水寒更緑。是時收穫竟，落日多樵牧。風高榆柳疏，霜重棃棗熟。行入迷去住，野鳥競棲宿。田翁笑相念，昏黑慎原陸。今年幸少豐，無厭饘與粥。

其三

籬落隔煙火，農談四鄰夕。庭際秋蟲鳴，疏麻方寂歷。蠶絲盡輸税，機杼空倚壁。里胥夜經過，雞黍事筵席。各言官長峻，文字多督責。東鄉後租期，車轂陷泥澤。公門少推恕，鞭朴恣狼藉。努力慎經營，肌膚真可惜。迎新在此歲，唯恐踵前跡。

晨詣超師院讀禪經（《詩眼》云：一段〔今按，據《苕溪漁隱叢話前集》卷十九引《詩眼》，此句原文爲：「向因讀子厚《晨詣超師院讀禪經》一段」〕，至誠潔浄之意，參然在前。本末、立意、遣詞，曲盡其妙，無毫髮遺恨耳。）

汲井漱寒齒，清心拂塵服。閑持貝葉書，步出東齋讀。真源了無取，妄跡世所逐。遺言冀可冥，繕性何由熟。（《詩眼》云：真妄以喻佛理，言行以盡薰修，此外亦無詞矣。）道人庭宇静，苔色連深竹。日出霧露餘，青松如膏沐。（《詩眼》云：此語能傳造化之妙。）澹然離言説，悟悦心自足。（《詩眼》云：蓋言因指而見月，遺經而得道，於是終焉。○劉云：妙處言不可盡，然去淵明尚遠，是唐詩中轉換耳。）

初秋夜坐贈吴武陵（武陵乃永州流人。）

稍稍雨侵竹，翻翻鵲驚叢。美人隔湘浦，一夕生秋風。積霧窅難極，滄波浩無窮。相思豈云遠，即席莫與同。若人抱奇音，朱絃縆枯桐。清商激西顥，汎灧凌長空。自得本無作，天成諒非功。希聲閟太樸，聾俗何由聰。

零陵贈李卿元侍御簡吴武陵（李深源、元克己也。）

理世固輕士，棄捐湘之湄。陽光競四溟，敲石安所施。鎩羽集枯幹，低昂互鳴悲。朔雲吐風寒，寂歷窮秋時。君子尚容與，小人守兢危。慘悽日相視，離憂坐自滋。尊酒聊可酌，

放歌誶徒爲。惜無協律者，窈眇絃吾詩。

南磵中題

（東坡云：柳儀曹《南磵》詩，憂中有樂，蓋絶妙古今矣。○《筆墨閑録》云：《南磵》詩，平淡有天工，在《與崔策登西山》詩上，《西山》語奇故也。）

秋氣集南磵，獨遊亭午時。（劉云：子厚每詩起語如法，更清峭奇整。）迴風一蕭瑟，林影久參差。始至若有得，稍深遂忘疲。（劉云：精神在此十字，遂覺一篇蒼然。）羈禽響幽谷，寒藻舞淪漪。去國魂已遠，懷人淚空垂。孤生易爲感，失路少所宜。索寞竟何事，徘徊秪自知。誰爲後來者，當與此心期。（劉云：結得平淡，味不可言。）

飲酒

今旦少愉樂，起坐開清尊。舉觴酹先酒，（先酒，始爲酒者。）遺我驅憂煩。須臾心自殊，頓覺天地喧。連山變幽晦，緑水涵晏温。藹藹南郭門，樹木亦何繁。清陰可自庇，竟夕聞佳言。盡醉無復辭，偃卧有芳蓀。彼哉晉楚富，此道未必存。（《筆墨閑録》云：絶似淵明。）

首春逢耕者

南楚春候早，餘寒已滋榮。土膏釋原野，百蟄競所營。綴景未及郊，穡人先耦耕。園林幽鳥囀，渚澤新泉清。農事誠素務，羈囚阻平生。故池想蕪没，遺畝當榛荆。慕隱既有繫，

圖功遂無成。聊從田父言，款曲陳此情。眷然撫耒耜，迴首煙雲横。

湘口館瀟湘二水所會

九疑濬傾奔，臨源委縈迴。會合屬空曠，泓澄停風雷。高館軒霞表，危樓凌山隈。茲辰始澄霽，纖雲盡褰開。天秋日正中，水碧無塵埃。杳杳漁父吟，叫叫羈鴻哀。境勝豈不豫，慮分固難裁。升高欲自舒，彌使遠念來。歸流駛且廣，汎舟絶沿洄。

詠三良

束帶值明后，顧盼流輝光。一心在陳力，鼎列夸四方。款款效忠信，恩義皎如霜。生時亮同體，死没寧分張。壯軀閉幽隧，猛志填黄壤（今按，姚本、牛斗本、屠隆本、刻者不詳明本作「腸」）。殉死禮所非，況乃用其良。霸基弊不振，晉楚更張皇。疾病命固亂，魏氏言有章。從邪陷厥父，吾欲討彼狂。

覺衰

久知老將至，不謂便見侵。今年宜未衰，稍已來相尋。（劉云：跌怨動人。）齒疏髮就種，奔走力不任。咄此可奈何，未必傷我心。彭聃安在哉，周孔亦已沉。古稱壽聖人，曾不留至今。但願得美酒，朋友常共斟。（劉云：其最近陶，然意尤佳。）是時春向暮，桃李生繁陰。日照天正

碧，杳杳歸鴻吟。出門呼所親，扶杖登西林。高歌足自快，商頌有遺音。（劉云：怨之又怨，而疑於達。莊子曰：「曳蹤而歌《商頌》，聲滿天地，若出金石。」）

與崔策登西山（崔，字子符。）

鶴鳴楚山静，露白秋江曉。連袂度危橋，縈迴出林杪。（劉云：參差隱約，可盡而不盡〔今按，姚本、牛斗本、屠隆本、刻者不詳明本作「可盡不可盡」〕。）西岑極遠目，毫末皆可了。重疊九疑高，微茫洞庭小。迥窮兩儀際，高出萬象表。馳景汎頹波，遥風遞寒篠。謫居安所習，稍厭從紛擾。生同胥靡遺，壽等彭鏗夭。蹇連困顛踣，愚蒙怯幽眇。非令親愛疏，誰使心神悄。偶兹遁山水，得以觀魚鳥。吾子幸淹留，緩我愁腸繞。（劉云：《南磵》落句猶有以自遣，此懷似此殊可念〔今按，姚本作「此懷似無着可念」，屠隆本、刻者不詳明本作「此懷似無事可念」〕。）

遊石角過小嶺至長烏村（在永州作。）

志適不期貴，道存豈偷生。久忘上封事，復笑升天行。竄逐宦湘浦，摇心劇懸旌。始驚陷世議，終欲逃天刑。歲月殺憂慄，慵疏寡將迎。追遊疑所愛，且復舒吾情。石角恣幽步，長烏遂遐征。磴迴茂樹斷，景晏寒川明。曠望少行人，時聞田鸛鳴。風篁冒水遠，霜稻侵山平。稍與人事間，益知身世輕。爲農信可樂，居寵真虚榮。喬木餘故園，願言果丹誠。

四肢反田畝，釋志東皋耕。

讀書

幽沉謝世事，俛默窺唐虞。上下觀古今，起伏千萬途。遇欣或自笑，感戚亦以吁。縹帙各舒散，前後互相踰。瘴痾擾靈府，日與往昔殊。臨文乍了了，徹卷兀若無。竟夕誰與言，但與竹素俱。倦極更倒臥，熟寐乃一蘇。欠伸展肢體，吟詠心自愉。得意適其適，非願爲世儒。道盡即閉口，蕭散捐囚拘。巧者爲我拙，知者爲我愚。書史足自悅，安用勒（今按，據姚本、牛斗本、屠隆本、刻者不詳明本，當爲「勤」）與劬。貴爾六尺軀，勿爲名所驅。

掩役夫張進骸（《詩眼》云：子厚《掩張進骸》一篇，既盡役夫之事，又反復自明其意。○劉云：學陶不如此篇逼近，亦事題偶足以發爾，故知理貴自然。）

生死悠悠爾，一氣聚散之。偶來紛喜怒，奄忽已復辭。爲役孰賤辱，爲貴非神奇。一朝纊息定，枯朽無妍媸。生時勤皂櫪，剉秣不告疲。既死給槥櫝，葬之東山基。奈何值崩湍，蕩折（今按，據姚本、屠隆本、《全唐詩》卷三五三，當爲「析」）臨路垂。髐然暴百骸，散亂不復支。從者幸告予，睠之涔然悲。猫虎獲迎祭，犬馬有蓋帷。佇立唁爾魂，豈復識此爲。畚鍤載埋瘞，溝瀆護其危。我心得所安，不謂爾有知。掩骼著春令，茲焉適其時。及物非吾輩，聊

且顧爾私。

詠荆軻

燕秦不兩立，太子已爲虞。千金奉短計，匕首荆卿趨。窮年徇所欲，兵勢且見屠。微言激幽憤，怒目辭燕都。朔風動易水，揮爵前長驅。函首致宿怨，獻田開版圖。炯然耀電光，掌握罔正夫。造端何其鋭，臨事竟趦趄。長虹吐白日，倉卒反受誅。按劍赫憑怒，風雷助號呼。慈父斷子首，狂走無容軀。夷城芟七族，臺觀皆焚污。始期憂患弭，卒動災禍樞。秦皇本詐力，事與桓公殊。奈何效曹子，實謂勇且愚。世傳故多謬，太史徵無且。（劉云：結得此，事較有體。○太史公曰：世言荆軻傷秦王，非也。始公孫季功、董生與夏無且［今按，據《史記・刺客列傳》，當爲「且」］遊，具知其事，爲余道之如是。○《西清詩話》：柳子厚詩雄深簡淡，迥拔流俗，至味自高，直揖陶、謝。然似入武庫，但覺森嚴。）

五言古詩卷之十六　唐詩品彙十六

羽翼（上）

崔　顥

唐殷璠云：顥年少爲詩，名陷輕薄，晚節忽變常調（今按，《唐人選唐詩十種》本《河岳英靈集》卷中作「體」），風骨凜然。一窺塞垣，説盡戎旅，可與鮑照並駕也。

古游俠（呈軍中諸將。）

少年負膽氣，好勇復知機。仗劍出門去，孤城逢合圍。殺人遼水上，走馬漁陽歸。錯落金鎖甲，蒙茸貂鼠衣。還家且行獵，弓矢速如飛。地迥鷹犬疾，草深狐兔肥。腰間帶兩綬，轉盻生光輝。顧謂今日戰，何如隋建威。

雜詩

可憐青銅鏡，掛在白玉堂。堂中有美女，嬌弄明月光。羅袖拂金鵲，綵屏點紅粧。粧罷含情坐，春風桃李香。

入若耶溪

輕舟去何疾，已到雲林境。起坐魚鳥間，動摇山水影。巖中響自答，溪裏言彌静。事事令人幽，停橈向餘景。

贈輕車

悠悠遠行歸，經春涉長道。幽冀桑始青，洛陽蠶欲老。憶昨戎馬地，别時心草草。烽火從北來，邊城閉常早。平生少相遇，未得展懷抱。今日杯酒間，見君交情好。

遊天竺寺

晨登天竺山，山殿朝陽曉。厓泉争噴薄，江岫相縈繞。直上孤頂高，平看衆山小。南州十二月，地暖冰雪少。蒼翠滿寒山，藤蘿覆冬沼。花龕瀑布側，青碧石林杪。鳴鐘集人天，施飯聚猿鳥。洗意歸清浄，澄心悟空了。始知世上人，萬物一何擾。

贈王威古

三十羽林將，出身常事邊。春風吹淺草，獵騎何翩翩。插羽兩相顧，鳴弓上新弦。射麋入深谷，飲馬投荒泉。馬上共傾酒，野中聊割鮮。相看未及飲，雜虜寇幽燕。烽火去不息，胡山高際天。長驅救東北，戰解城亦全。報國行赴難，古來皆共然。

定襄郡獄

我在河東時，使往定襄里。定襄諸小兒，争訟紛城市。長老莫敢言，太守不能理。謗書隱几案，文墨相填委。牽引肆中翁，追呼田家子。我來折此獄，師聽（一作「五聽」。）辨疑似。小大必以情，未嘗施鞭箠。是時三月暮，遍野農桑起。里巷鳴春鳩，田園引流水。此鄉多雜俗，戎夏殊音旨。顧問邊塞人，勞情曷云已。

陶　翰

殷璠云：歷代人（今按，據《唐人選唐詩十種》本《河岳英靈集》卷上，「人」前脱「詞」字）詩筆雙美者鮮矣，今陶生實謂兼之，既多興象，復備風骨，三百年前方可論其體裁也。

古塞下曲

進軍飛狐北，窮寇勢將變。日落塵沙昏，背河更一戰。騂馬黄金勒，彫弓白羽箭。射殺左賢王，歸奏未央殿。欲言塞下事，天子不召見。東出咸陽門，哀哀淚如霰。

燕歌行

請君留楚調，聽我吟燕歌。家在遼水頭，邊風意氣多。出身爲漢將，正值戎未和。雪中凌天山，冰上度交河。大小百餘戰，封侯竟蹉跎。歸來灞陵下，故舊無相過。雄劍委塵匣，空門惟雀羅。（劉云：可感。）玉簪還趙妹（今按，據張恂本、四庫本、《唐詩紀事》卷二十，當爲「姝」），瑶瑟付齊娥。昔日不爲樂，時哉今奈何。

經殺子谷

扶蘇秦帝子，舉代稱其賢。百萬猶在握，可争天下權。束身就一劍，壯志皆棄捐。塞下有遺跡，千齡人共傳。疏蕪盡荒草，寂歷空寒煙。到此盡垂淚，非我獨潸然。

早過臨淮

夜來三渚風，晨過臨淮島。潮中海氣白，城上楚雲早。鱗鱗漁浦帆，漭漭蘆州（今按，據《河岳

英靈集》卷上、《全唐詩》卷一四六，當爲「洲」）草。川路日浩蕩，惄焉心如擣。且言任倚伏，何暇念枯槁。范子名屢移，蘧公志常抱。古人已云去，此理今難道。

望太華贈盧司倉

作吏到西華，乃觀三峰壯。削成元氣中，傑出天漢上。如有飛動色，不知青冥狀。巨靈安在哉，厥跡猶可望。方此顧行旅，未由飭仙裝。葱朧記星壇，明滅數雲障。良友隨真契，宿心所微尚。敢投歸山吟，霞徑一相訪。

晚出伊闕寄江南裴丞

退無宴息資，進無當代策。冉冉時將暮，坐爲周南客。前登闕（今按，《全唐詩》作「闕」）塞門，永眺伊城陌。長川黯已暮，千里寒氣白。家本渭水西，異日何所適。秉志師禽尚，微言祖莊易。一辭林壑間，共繫風塵役。才名忽先進，天邑多紛劇。豈念嘉遁時，依依偶沮溺。

宿天竺寺

松柏亂巖口，山西微徑通。天開一峯見，宮闕生虚空。正殿倚霞壁，千樓標石叢。夜來猿鳥静，鐘梵寒雲中。岑翠映湖月，泉聲亂溪風。心超諸境外，了與懸解同。明發氣候改，起視長崖東。湖色濃蕩漾，海光漸朣朦。葛仙跡尚在，許氏道猶崇。獨往古來事，幽懷期

二公。

出蕭關懷古

驅馬擊長劍，行役至蕭關。悠悠五原上，永眺關河前。北虜三十萬，此中常控弦。秦城亘宇宙，漢帝理旌旃。刁斗鳴不息，羽書日夜傳。五軍計莫就，三策議空全。大漠横萬里，蕭條絶人煙。孤城當瀚海，落日照祈連。愴然苦寒奏，懷哉式微篇。更悲秦樓月，夜夜出胡天。

贈鄭員外

驄馬拂繡裳，按兵遼水陽。西分鴈門騎，北逐樓煩王。聞道五軍集，相邀百戰場。風沙暗天起，虜陳森已行。儒服揖諸將，雄謀吞八荒。金門來見謁，朱紱生輝光。數載侍御史，稍遷尚書郎。人生志氣立，所貴功業昌。何必守章句，終年事蒼黄。同時獻賦客，尚在東陵傍。

贈房侍御（時房公在新安。）

志人固不羈，與道常周旋。進則天下仰，已之能晏然。褐衣東府召，執簡南臺先。雄義每特立，犯顔豈圖全。謫居東南遠，逸氣吟芳荃。適會寥廓趣，清波更夤緣。扁舟入五湖，

發纜洞庭前。浩蕩臨海曲，迢遞濟江篇（今按，《河岳英靈集》、《全唐詩》卷一四六作「迢遥濟江壖」；《文苑英華》卷二五二作「超遥濟江篇」；四庫全書本《唐詩紀事》卷二十作「超遥濟江壖」）。徵奇忽忘返，遇興將彌年。乃悟范生知，足明漁父賢。郡臨新安渚，佳氣此城偏。日夕對層岫，雲霞映晴川。閑居戀秋色，偃臥含貞堅。倚伏自相化，行藏亦推遷。君其振羽翮，歲晏將沖天。

劉眘虛

殷璠曰：眘虛詩情幽興遠，思苦語奇，忽有所得，便驚衆作（今按，《唐人選唐詩十種》本《河岳英靈集》卷上作「聽」）。頃東南高唱者數人，然聲律宛然（今按，《唐人選唐詩十種》本、四庫全書本《河岳英靈集》皆作「態」），無出其右，唯氣骨不逮諸公。自永明已還，可傑立江表。至如「松色照空（今按，《河岳英靈集》作「空照」）水，經聲時有人」，「滄溟千萬里，日夜一孤舟」，「歸夢如春水，悠悠繞故鄉」，「駐馬渡江處，望鄉待歸舟」，「道由白雲盡，春與清溪長。時有落花至，遠隨流水香。開門向溪路，深柳讀書堂。幽映每白日，清輝照衣裳」，並方外之言。惜其不永，天碎國寶。

江南曲

美人何蕩漾，湖上風日長。玉手欲有贈，徘徊雙明璫。歌聲隨緑水，怨氣起清揚。日暮還家望，雲波橫洞房。

九日送人

海上正摇落，客中還別離。同舟去未已，遠送新相知。流水意何極，滿尊徒爾爲。從來菊花節，早已醉東籬。

寄江滔求孟六遺文

南望襄陽路，思君情轉親。偏知漢水廣，應與孟家鄰。在日貪爲善，昨來聞更貧。相如有遺草，一爲問家人。

送東林廉上人還廬山（此詩見王昌齡集。）

石溪流已亂，苔徑入漸微。日暮東林下，山僧還獨歸。常爲爐峰意，況與遠公違。道性深寂寞，世情多是非。會尋名山去，豈復無清機。

暮秋楊子江寄孟浩然

木葉紛紛下，東南日煙霜。林山相晚暮，天海空青蒼。暝色況復久，秋聲亦何長。孤舟兼微月，獨夜仍越鄉。寒笛對京口，故人在襄陽。詠思勞今夕，江漢遥相望。

潯陽陶氏別業

陶家習先隱，種柳長江邊。朝夕潯陽郭，白衣來幾年。霽雲明孤嶺，秋水澄寒天。物象自清曠，野荷何綿聯。蕭蕭丘中賞，明宰非徒然。願守黍稷税，歸耕東山田。

登廬山峯頂寺

孤峯臨萬象，秋氣何高清。庭際南郡出，林端西江明。山門二緇叟，振錫聞幽聲。心照有無界，業懸前後生。徒知真機静，尚與愛網并。方首金門路，未遑參道情。

尋東溪還湖中作

出山更迴首，日暮清溪深。東嶺新别處，數猿叫空林。昔遊初有跡，此路還獨尋。幽興方在往，歸懷復爲吟。雲峰勞前意，湖水成遠心。望望已超越，坐鳴舟中琴。

送韓平兼寄郭微

上客夜相過，小童能沽酒。即爲臨水處，正值鴈歸後。前路望鄉山，近家見門柳。到時春未暮，風景自應有。余憶東州人，經年别來久。殷勤爲傳語，日夕念攜手。兼問前寄書，書中復達否。

寄閻防（防時在終南豐德寺讀書。）

青冥南山口，君與緇錫鄰。深路入古寺，亂花隨暮春。紛紛對寂寞，往往落衣巾。松色照空水，經聲時有人。晚心復南望，山遠情獨親。應以脩往業，亦惟立此身。深林度空夜，煙月資清真。莫歎文明日，彌年徒隱淪。

海上詩送薛文學歸海東

何處歸且遠，送君東悠悠。滄溟千萬里，日夜一孤舟。曠望絶國所，微茫天際愁。有時近仙境，不定若夢遊。或見青色古，孤山百里秋。前心方杳渺，後路勞夷猶。離别惜吾道，風波敬皇休。春浮花氣遠，思逐海水流。日暮驪歌後，永懷空滄洲。

薛據

殷璠云：據爲人骨鯁有氣魄，其文亦爾。自傷不早達，因著《古興》詩云：「投珠恐見疑，抱玉但垂泣。道在君不舉，功成歎何及。」怨憤頗深。至如「寒風吹長林，白日原上没」，又「孟冬時短晷，日盡西南天」，可謂曠代之佳句。

懷哉行

明時無廢人，廣廈無棄材。良工不我顧，有用寧自媒。（劉云：英氣拂拂。）懷策望君門，歲晏空遲回。秦城多車馬，日夕飛塵埃。伐鼓千門啓，鳴珂雙闕來。我聞雷雨施，天澤罔不該。何意斯人徒，棄之如死灰。主好臣必效，時禁權不開。俗流實驕矜，得志輕草萊。（劉云：可歎。）文王賴多士，漢帝資羣才。一言並拜將，片善咸居台。夫君何不遇，爲泣黄金臺。

冬夜寓居寄儲太祝

自爲洛陽客，夫子吾知音。愛義能下士，時人無此心。奈何離居夜，巢鳥飛空林。愁坐至月上，復聞南隣砧。

出青門往南山別業

舊居在南山，夙駕自伊闕。榛莽相蔽虧，去爾漸超忽。散漫餘雪晴，蒼茫季冬月。寒風吹長林，白日原上没。懷抱曠莫伸，相知阻胡越。弱年好棲隱，鍊藥在巖窟。及此離垢紛，興來亦因物。末路期赤松，斯言庶不伐。

登秦望山

南登秦望山，極目大海空。朝陽半蕩漾，晃朗天水紅。溪壑争噴薄，江湖遞交通。而多漁商客，不悟歲月窮。振緡迎早潮，弭棹候長風。余本萍泛者，乘流任西東。茫茫天際帆，棲泊何時同。將尋會稽跡，從此訪任公。

古興

日中望仙闕，軒蓋揚飛塵。鳴珂初罷朝，自言皆近臣。光華滿道路，意氣安可親。歸來宴高堂，廣筵羅八珍。僕妾盡紈綺，歌舞夜達晨。四時固相代，誰能久要津。已看覆前車，未見易後輪。丈夫須兼濟，豈能樂一身。君今皆得志，肯顧憔悴人。

初去郡齋書情

肅徒辭汝潁，懷古獨淒然。尚想文王化，猶思巢父賢。時移多讒巧，大道竟誰傳。況見疾風起，悠悠旌旆懸。征鴻無返翼，歸流不停川。已經霜雪下，仍驗松柏堅。回首望城邑，迢迢間雲煙。志士不傷物，小人皆自妍。感時唯責己，在道非怨天。從此適樂土，東歸得幾年。

西陵口觀海

長江漫湯湯，近海勢彌廣。在昔坏（今按，據四庫本、《唐人選唐詩十種》本《河岳英靈集》卷下，當爲「坯」；《全唐詩》卷二五三作「胚」）渾凝，融爲百川泱。地形失端倪，天色潛滉瀁。東南際萬里，極目遠無象。山影乍浮沉，潮波忽來往。孤帆或不見，棹歌猶嚮像。日暮長風起，客心空振蕩。浦口霞未收，潭心月初上。林嶼幾邅迴，亭皋時偃仰。歲晏訪蓬瀛，真遊非外獎。

泊震澤口

日落草木陰，舟徒泊江汜。蒼茫萬象開，合沓聞風水。洄沿值漁翁，噭嘯逢樵子。雲開天宇静，月明照萬里。早鴈湖上飛，晨鐘海邊起。獨坐嗟遠遊，登岸望孤洲（今按，姚本、牛斗本、屠隆本、刻者不詳明本作「舟」）。零落星欲盡，曈曨氣漸收。行藏空自秉，智識仍未周。伍胥既

伏劍，范蠡亦乘流。歌竟鼓楫去，三江多客愁。

崔　署（今按，「署」，張恂本、四庫本作「曙」）

殷璠云：署（今按，四庫本作「曙」）詩多歎詞要妙，情意悲涼，（今按，傅璇琮主編《唐人選唐詩新編》本《河岳英靈集》卷下作「署詩言辭款要，情興悲涼」）送別、登樓俱堪下淚。

山下晚晴

寥寥遠天靜，溪路何空濛。斜光照疏雨，秋氣生白虹。雲盡山色暝，蕭條西北風。故林歸宿處，一葉下梧桐。

潁陽東溪懷古

靈溪氛霧歇，皎鏡清心顔。空色不映水，秋聲多在山。世人久疏曠，萬物皆自閑。白鷗寒更浴，孤雲晴未還。昔時讓王者，此地閉玄關。無以躡高步，淒涼岑壑間。

送薛據之宋州

無媒嗟失路，有道亦乘流。客處不堪別，異鄉應共愁。我生早孤賤，淪落居此州。風土至今憶，山河皆昔遊。一從文章士，兩京春復秋。君去問相識，幾人今白頭。

早發交崖山還太室作

東林氣微白，寒鳥急高翔。吾亦自兹去，北山歸草堂。杪冬正三五，日月遥相望。肅肅過潁上，朧朧辨少陽。川冰生積雪，野火出枯桑。獨往路難盡，窮陰人易傷。傷此無衣客，如何蒙雨霜。

登水門樓見亡友張真期題望黄河作因以感興（今按，「真」，《國秀集》卷下、《全唐詩》卷一五五作「貞」）

吾友東南美，昔聞登此樓。人隨川上去，書向壁中留。嚴子好真隱，謝公耽遠遊。清風初作頌，暇日復消憂。時與交友古，跡將山川幽。已孤蒼生望，坐見黄河流。流落年將晚，悲涼物已秋。天高不可問，掩泣赴行舟。

宿大通和尚塔敬贈如闍黎廣心長孫錡二山人（《英華》作《宿大和尚塔贈如上人兼呈常孫二山人》。）

支公已寂滅，塔影山上古。更有真僧來，道場救諸苦。一承微妙法，寓宿清淨土。身心能自觀，色相了無取。森森松映月，漠漠雲近户。嶺外飛電明，夜來前山雨。燃燈見棲鴿，作禮聞信鼓。曉霽南軒開，秋華淨天宇。願言長出世，謝爾及申甫。

李　嶷

殷璠云：嶷詩鮮净有規矩，其《少年行》三首，詞雖不多，翩翩然逸意在目也。

少年行三首

十八羽林郎，戎衣事漢王。臂鷹金殿側，挾彈玉輿傍。馳道春風起，陪遊出建章。

其二

侍獵長楊下，承恩更射飛。塵生馬影滅，箭落鴈行稀。薄霧隨天下，聯翩入鎖闈。

其三

玉劍膝邊横，金杯馬上傾。朝遊茂陵道，夜宿鳳凰城。豪吏多猜忌，毋勞問姓名。

林園秋夜作

林卧避殘暑，白雲長在天。賞心既如此，對酒非徒然。月色徧秋露，竹聲兼夜泉。涼風懷袖裏，兹意與誰傳。

淮南秋夜呈同僚

天淨河漢高，夜聞砧杵發。清秋忽如此，離恨應難歇。風亂池上萍，露光竹間月。與君共遊處，勿作他鄉別。

綦毋潛

殷璠云：潛詩屹崒峭蒨，善寫方外之情。至如「松覆山殿冷」，不可多得。又「塔影掛清漢，鐘聲和白雲」，歷代未有。荆南分野，數百年來獨秀斯人。

題招隱寺絢公房

開士度人久，空巖花霧深。徒知燕坐處，不見有爲心。蘭若門對壑，田家路隔林。還言澄法性，歸去比黄金。

宿太平觀

夕到玉京寢，窅冥雲漢低。魂交仙室蝶，曙聽羽人雞。滴瀝花上露，清泠松下溪。明當訪真隱，揮手入無倪。

春泛若耶

幽意無斷絶，此去隨所偶。晚風吹行舟，花落入溪口。際夜轉西壑，隔山望南斗。潭煙飛溶溶，林月低向後。生事且瀰漫，願爲持竿叟。

題鶴林寺

道門隱形勝，向背臨層霄。松覆山殿冷，花藏溪路遥。珊珊寶旛掛，焰焰明燈燒。遲日半空谷，春風連上潮。少憑水木興，暫忝身心調。願謝攜手客，兹山禪誦饒。

題棲霞寺

南山勢迴合，靈境依此住。殿轉雲崖陰，僧探石泉度。龍蛇争翕習，神意（今按，《文苑英華》卷二三四、《全唐詩》卷一三五作「鬼」）皆密護。萬壑奔道場，羣峰向雙樹。天花飛不着，水月白成路。今日觀身我，歸心復何處。

王　灣

殷璠云：灣詞翰早著，爲天下所稱最者，不過一二。遊吴中作，如《擣衣篇》云：「月華照杵空隨妾，風響傳砧不到君。」所有衆製，咸類若斯。非張、蔡之未見，覺顔、謝之遠（今

按，「遠」上，《河岳英靈集》卷下有「彌」字）乎。

晚夏馬嵬卿叔池亭即事寄京都一二知己（今按，《全唐詩》卷一一五「嵬」下校云「一作升」）

忝職畿甸淹，濫陪時俊後。才輕策疲劣，勢薄常驅走。牽役勞風塵，秉心在巖藪。宗賢開別業，形勝代希偶。竹繞清渭濱，泉流白渠口。逡巡期賞會，揮忽變星斗。逮此衆務閑，因而訪幽叟。入來殊景物，行得洗紛垢。林静秋色多，潭深月光厚。盛香蓮近折（今按，《河岳英靈集》作「拆」，《全唐詩》作「拆」），新味瓜初剖。滯拙懷隱淪，書之寄良友。

奉使登終南山

常愛南山遊，因而盡原隰。數朝至林嶺，百仞登嵬岌。石狀馬經窮，苔色步緣入。物奇春貌改，氣遠天香集。虚洞策杖鳴，低雲拂衣濕。倚巖見廬舍，入户欣拜揖。問姓矜勤勞，示心教澄習。玉英時共飯，芝草爲余拾。境絶人不行，潭深鳥空立。一乘從此授，九轉兼是給。辭處若轉（今按，據《河岳英靈集》卷下、《唐文粹》卷十六上、《全唐詩》，當爲「輕」）飛，憩來惟吐吸。開襟超已勝，迴路忽而及。煙色松上深，水流山下急。漸平逢車騎，向晚睨城邑。峰在野趣繁，塵飄宦情澀。辛苦久爲吏，榮進何妄執。日暮懷此山，悠然賦新什。

崔國輔

殷璠云：國輔詩婉孌清楚，深宜諷詠（今按，《唐人選唐詩十種》本《河岳英靈集》作「味」），樂府數章，古人不及也。

雜詩

逢着平樂兒，論交鞍馬前。興酣一斗酒，恰用十千錢。後余在關内，作事多迍邅。何肯相救援，徒聞寶劍篇。

從軍行

塞北胡霜下，營州索兵救。夜夜偷道行，將軍馬亦瘦。刀光照塞月，陣色明如畫。傳聞賊滿山，已共前鋒鬬。

題豫章館

楊柳映春江，江南轉佳麗。吴門緑波裏，越國青山際。遊宦常往來，津亭暫臨憩。驛前蒼石没，浦外湖沙細。向晚宴且久，孤舟冏然逝。雲留西北客，氣歇東南帝。獨有萋萋心，誰知怨芳歲。

石頭瀨作

悵矣秋風時，余臨石頭瀨。日高見超遠，望盡此州内。羽山數點青，海岸雜光碎。離離樹木少，漭漭波潮大。日暮千里帆，南飛落天外。須臾遂入夜，楚色有微靄。尋遠跡已窮，遺榮事多昧。一身猶未理，安得濟當（今按，《河岳英靈集》、《文苑英華》卷一六四、《全唐詩》卷一一九作「時」）代。且泛朝夕潮，荷衣蕙爲帶。

漂母岸

泗水入淮處，南邊古岸存。秦時有漂母，於此飯王孫。王孫初未遇，寄食何足論。後爲淮陰侯，誓欲荅母恩。事跡遺在此，空傷千載魂。茫茫水中渚，上有一孤墩。遥望不可到，蒼蒼煙樹昏。幾年崩塚色，每日落潮痕。古地多堙圯，時哉不敢言。向夕淚沾裳，只宿蘆洲村。

張　謂

送僧

童子學脩道，誦經求出家。手持貝多葉，心念優曇花。得度北川（今按，姚本、牛斗本、四庫本、《全

唐詩》卷一九七作「州」，《文苑英華》卷二二九作「洲」）近，隨緣東路賒。一身求清淨，百衲納袈裟。鐘嶺更飛錫，爐峰期結跏。深心大海水，廣願恒河沙。此去不堪別，彼行安可涯。殷勤結香火，來世上牛車。

讀後漢逸人傳二首

子陵没已久，讀史思其賢。誰謂潁陽人，千秋如比肩。嘗聞漢光武，曾是曠周旋。名位苟無心，對君猶可眠。東過富春渚，樂此佳山川。夜卧松下月，朝看江上煙。釣時如有待，釣罷應忘筌。生事在林壑，悠悠經暮年。于今七里瀨，遺跡尚依然。高臺竟寂寞，流水空潺湲。

其二

龐公南郡人，家在襄陽里。何處偏來往，襄陽東陂是。誓將業田種，終得保妻子。何言二千石，乃欲勸吾仕。鸛鵲巢茂林，黿鼉穴深水。萬物從所欲，吾心亦如此。不見鹿門山，朝朝白雲起。采藥復采樵，優游終莫齒。

同孫構免官後登薊樓

昔在五陵時，年少心亦壯。常矜有奇骨，必是封侯相。東走到營州，投身事邊將。一朝去

鄉國，十載履亭障。部曲皆武夫，功成不相讓。猶希虜塵動，更取林胡帳。去年大將軍，忽負樂生謗。北別傷士卒，南遷死炎瘴。濩落悲無成，行登薊丘上。長安三千里，日夕西南望。寒沙榆塞没，秋水灤河漲。策馬從此辭，雲山保閑放。

盧　象

殷璠云：象雅而平，素有大體，（今按，四庫本《唐詩紀事》卷二六、傅璇琮主編《唐人選唐詩新編》本《河岳英靈集》卷下作「象雅而不素，有大體」）得國士之風。曩在校書，名充秘閣。其曰「吴越山最秀，新安江更清」（今按，《唐詩紀事》、傅璇琮主編《唐人選唐詩新編》本《河岳英靈集》「吴」作「靈」，「更」作「甚」），盡東南之數郡。

家叔徵君東溪草堂二首

關山十餘里，青壁森相倚。欲識堯時天，東溪白雲是。雷聲轉幽壑，雲氣香（今按，四庫本《河岳英靈集》卷下、《全唐詩》卷一二二作「杳」）流水。澗影生龍蛇，巖端翳欏梓。大道終不易，君恩曷能已。鶴羨無時老（今按，《河岳英靈集》、《全唐詩》作「老時」），龜言攝生理。浮年笑六甲，元化潛一指。未暇掃雲梯，空慚阮家子。

其二

今朝共遊者，得性閑未歸。已到仙人家，莫驚鷗鳥飛。水深嚴子釣，松掛巢父衣。雲氣轉幽寂，溪流無是非。名理未足羨，腥臊詎所希。自惟負貞意，何歲當食薇。

贈程秘書

客自岐陽來，吐音若鳴鳳。孤飛畏不偶，獨立誰見用。忽從被褐中，召入承明宫。聖人借顔色，言事無不通。殷勤拯黎庶，感激論諸公。將相猜賈誼，圖書歸馬融。顧今久寂寞，一歲麒麟閣。且共歌太平，勿嗟名宦薄。

送綦毋潛

夫君不得意，本自滄海來。高足未云騁，虚舟空復回。淮南楓葉落，灞岸桃花開。出處暫爲間，浮沉安繫哉。如何天覆物，還遺世遺才。欲識秦將漢，嘗聞王與裴。離筵對寒食，别雨乘春雷。會有辟書至，荷衣莫謾（今按，《河岳英靈集》、《全唐詩》卷一二二作「漫」，字通）裁。

鄉試後自鞏還田家鄰友見過之作

鷄鳴出東邑，馬倦登南巒。落日見桑柘，翳然丘中寒。鄰家多舊識，投暝來相看。且問春

稅苦，兼陳行路難。園場近陰壑，草木易凋殘。峰晴雪猶積，澗深冰已團。浮名知何用，歲晏不成歡。置酒共君飲，當歌聊自寬。

祖　詠

殷璠云：詠詩剪刻省静（今按，四庫本《河岳英靈集》卷下作「浄」），用思尤苦，氣雖不高，調頗凌俗。至如「霽日園林好，清明煙火新」，亦可稱才子也。詠有《歸汝墳莊别盧象》云：「漚麻入南澗，刈楚向東菑。對酒雞黍熟，閉門風雪時。」又《度淮河寄武平一》云「天色混波濤，岸陰匝林墅」等句，見僧皎然《詩式》。

夕次圃田店

前路入鄭郊，尚經百餘里。馬煩時欲歇，客歸程未已。（劉云：景情自然。）落日桑柘陰，遥林煙火起。西還不遑宿，中夜渡京水。

田家即事

舊居東皋上，左右俯荒村。樵路前傍嶺，田家遥對門。歡娱始披拂，愜意在郊原。餘霽蕩川霧，新秋仍晝昏。攀條憩林麓，引水開泉源。稼穡豈云倦，桑麻今正煩（今按，《全唐詩》卷一

三一作「繁」）。方求静者賞，偶與潛夫言。雞黍何必具，吾心知道尊。

古意

夫差日淫放，舉國求妃嬪。自謂得王寵，代間無美人。碧蘿象天閣，坐輦乘芳春。宫女數千騎，常遊江水濱。年深玉顔老，時薄花粧新。拭淚下金殿，嬌多不顧身。生前妬歌舞，死後同灰塵。塚墓令人哀，哀於銅雀臺。

王季友

殷璠云：季友詩愛奇務險，遠出常情之外，然而白首短褐，良可悲夫。

别李季友

棲鳥不戀枝，喈喈在同聲。行子馳出户，依依主人情。昔時霜臺鏡，醜婦羞爾形。閉匣二十年，皎潔猶常明。今日照離别，前途白髮生。

雜詩

采山仍采隱，在木不在深。持斧事遠遊，固非匠者心。翳翳青桐枝，樵爨日所侵。斧聲出巖壑，四聽無知音。豈爲鼎下薪，當復堂上琴。鳳鳥久不棲，且與枳棘林。

山中贈十四秘書兄

出山秘芸署，山色已再春。食我山中藥，不憶山中人。山中誰余密，白髮日相親。雀鼠晝夜無，知我廚廩貧。有情盡捐棄，土石爲周身。依依舍北松，不厭吾南鄰。夫子質千尋，天澤枝葉新。余以不材壽，非智免斧斤。

滑中贈顧高士瓘（《英華》作「崔高士」。）（今按，「顧高士瓘」，《全唐詩》作「崔高士瑾」）

夫子保藥命，外身得無咎。日月不能老，化腸爲筋不。十年前見君，甲子過我壽。于何今相逢，華髮在我後。近而知其遠，少見今白首。遥信蓬萊宫，不死世世有。玄石采盈襜，神方秘其肘。問家唯指雲，愛氣常言酒。攝生固如此，履道當不朽。未能太玄同，願亦天地久。實腹以芝术，賤形仍（今按，《全唐詩》卷二五九作「乃」）芻狗。自勉將勉余，良藥在苦口。

賀蘭進明

殷璠云：好古博遠（今按，《唐人選唐詩十種》本《河岳英靈集》作「達」，《唐人選唐詩新編》本《河岳英靈集》作「雅」），經籍滿腹。其所著述一百餘篇，頗究天人之際。又古詩十八（今按，《唐人選唐詩十種》本、《唐人選唐詩新編》本《河岳英靈集》皆作「八十」）首，大體符於阮公。

古意二首

崇蘭生澗底，香氣滿幽林。采采欲爲贈，何人是同心。日暮徒盈把，徘徊幽思深。慨然紉雜佩，重奏丘中琴。

其二

秦庭初指鹿，羣盜滿山東。忤意皆誅死，所言誰肯忠。武關猶未啓，兵入望夷宫。爲崇非涇水，人君道自窮。

閻　防

殷璠云：防爲人好名博雅，其警策語多真素。至如「荒庭何所有，老樹半空腹」，又「熊踞（今按，《唐人選唐詩十種》本、《唐人選唐詩新編》本《河岳英靈集》作「椪」）庭中樹，龍蒸棟裏雲」，皎然可信也。

宿岸道人精舍

早歲參道風，放情入寥廓。重經因息侶，遂果巖下諾。斂迹辭人間，杜門守寂寞。秋風翦蘭蕙，霜氣冷淙壑。山牖見燃燈，竹臼聞擣藥。願言捨塵事，所趣非龍蠖。

秋晚石門禮拜

輕策凌絶壁，招提謁金仙。舟車無遊徑，崖嶠乃屬天。躑躅淹昃景，夷猶望新弦。石門變暝色，谷口生人煙。陽鴈暾（今按，屠隆本作「噭」，與「叫」通，《河岳英靈集》卷下、《全唐詩》卷二五三作「叫」）平楚，秋風急寒川。馳暉苦代謝，浮脆暫貞堅。永欲卧丘壑，息心依梵筵。誓將歷劫願，無以物外牽。

百丈溪新理茆茨讀書

浪跡棄人世，還山自幽獨。始傍巢由蹤，吾其獲心曲。荒庭何所有，老樹半空腹。秋蜩鳴北林，暮鳥穿我屋。棲遲樂遵渚，恬曠寡所欲。開卦推盈虚，散帙攻節目。養閑度人事，達命知止足。不學東國儒，俟時勞伐輻。

夕次鹿門山

龐公嘉遁所，浪跡難追攀。浮舟暝始至，抱杖聊自閑。雙闕開鹿門，百谷集珠灣。噴薄湍上水，舂容漂裹山。進（今按，《全唐詩》卷二五三作「焦」）原不足險，梁壑未成艱。我行自春仲，夏鳥忽綿蠻。蕙草色已晚，客心殊倦還。遠遊非避地，訪道愛童顔。安能循機巧，争奪錐刀間。

〔明〕高棅 編選
葛景春 胡永傑 點校

唐詩品彙

二

中華書局

五言古詩卷之十七　唐詩品彙十七

羽翼（下）

蕭　華

侍從迴鑾應制（今按，「侍」，《全唐詩》卷二五八作「扈」）

粵在秦京日，議乎封禪難。豈知陶唐主，道濟蒼生安。惟彼烈祖事，增脩實榮觀。聲名朝萬國，玉帛禮三壇。纂聖德重光，建元功載刊。仍開舊馳道，不記昔迴鑾。羽衛搖晴日，弓戈生早寒。猶思檢玉處，却望白雲端。

崔宗之

贈李十二

涼風八九月，白露空園亭。耿耿意不暢，稍稍風葉聲。思見雄俊士，共談今古情。李侯忽來儀，把袂苦不早。清論既抵掌，玄談又絶倒。分明楚漢事，歷歷王霸道。擔囊無俗物，訪友千里餘。袖有匕首劍，懷中茂陵書。雙眸光照人，詞賦凌子虚。酌酒弦素琴，霜氣正凝潔。平生心中事，今日爲君説。我家有別業，寄在嵩之陽。明月出高岑，清溪貞（今按，屠隆本、《全唐詩》卷二六一作「澄」）素光。雲散牕户静，風吹松桂香。子若同斯遊，千載不相忘。

魏　萬

金陵酬李翰林謫仙子

君抱碧海珠，我懷藍田玉。各稱希代寶，萬里遥相燭。長卿慕藺久，子猷意已深。平生風雲人，暗合江海心。去秋忽乘興，命駕來東土。謫仙遊梁園，愛子在鄒魯。二處一不見，拂衣向江東。五兩掛海月，扁舟隨長風。南遊吴越徧，高揖二千石。雪上天台山，春逢翰

林伯。（按，李詩云：「回撓楚江濱，揮策楊子津。身着日本裘，昂藏出風塵。五月造我語，知非佁儗人。」與此「春逢」不同。）宣父敬項橐，林宗重黄生。一長復一少，相看如弟兄。惕然意不盡，更逐西南去。同舟入秦淮，建業龍盤處。楚歌對吴酒，借問承恩初。宫買長門賦，天迎駟馬車。才高世難容，道廢可推命。安石重攜妓，子房空謝病。金陵百萬户，六代帝王都。虎石據西江，鍾山臨北湖。二山信爲美，王屋人相代（今按，《全唐詩》卷二六一作「待」）。應爲岐路多，不知歲寒在。君遊早晚還，勿久風塵間。此别未遠别，秋期列仙山。

張　潮

江風行

胥貧如珠玉，胥富如埃塵。貧時不忘舊，富日多寵新。妾本富家女，與君爲偶匹。惠好亦何深，中門不曾出。妾有繡衣裳，葳蕤金縷光。念君貧且賤，易此從遠方。遠方三千里，思君心未已。日暮情更來，空望去時水。孟夏麥始秀，江上多南風。商賈歸欲盡，君今向巴東。巴東有巫山，窈窕神女顔。常恐遊此方，果然不知還。

裴迪

青龍寺曇壁上人院集（今按，姚本、屠隆本、刻者不詳明本題作「山寺」）

靈境信爲絶，法堂出塵氛。自然成高致，向下看浮雲。迤邐峰岫列，參差閭井分。林端遠堞見，風末疏鐘聞。吾師久禪寂，在世超人羣。

丘爲

題農父廬舍

東風何處至，已緑湖上山。湖上春已早，田家日不閑。溝塍流水處，耒耜平蕪間。薄暮飯牛後，歸來還閉關。

汎若耶溪

結廬若耶裏，左右若耶水。無日不釣魚，有時向城市。溪中水流急，渡口水流寛。每得樵風便，往來殊不難。一川草長緑，回時那得辨。短褐衣妻兒，餘糧及雞犬。日暮鳥雀稀，稚子呼牛歸。住處無鄰里，柴門獨掩扉。

尋西山隱者不遇

絶頂一茆茨，直上三十里。叩關無童僕，窺室唯按（今按，據《國秀集》卷下、《唐詩紀事》卷十七、《文苑英華》卷二三二、《全唐詩》卷一二九，當爲「案」）几。若非巾柴車，應是釣秋水。蹉跎不相見，僶俛空仰止。草色新雨中，松聲晚牕裏。及兹契幽絶，自足盪心耳。雖無賓主意，頗得清淨理。興盡方下山，何必待之子。

湖中寄王侍御

日日湖水上，好登湖上樓。終年不向郭，過午始梳頭。賞（今按，據《文苑英華》卷二五三、《全唐詩》卷一二九，當爲「賞」）亦愛杯酒，得無相獻酬。小童能膾鯉，少妾事蓮舟。每有南海（一作「浦」。）信，仍期後月游。方春轉摇蕩，孤興時淹留。驄馬真傲吏，翛然無所求。晨趨玉階下，心許滄江流。少別如昨日，何言經數秋。應知方外事，獨往非悠悠。

張子容

春江花月夜二首

林花發岸口，氣色動江新。此夜江中月，流光花上春。分明石潭裏，宜照浣紗人。

其二

交甫憐瑶佩，仙妃難重期。沉沉緑江晚，惆悵碧雲姿。初逢花上月，言是弄珠時。

萬　楚

茱萸女

山陰柳家女，九日采茱萸。復得東鄰伴，雙爲陌上姝。插花向高髻，結子置長裾。忤（今按，姚本、刻者不詳明本作「作」）性恒遲緩，非關詫丈夫。平明折林樹，日入返城隅。俠客邀羅袖，行人挑短書。蛾眉自有主，年少莫踟蹰。

包　融

阮公嘯臺

荒臺森荆杞，蒙蘢無上路。傳是古人跡，阮公長嘯處。至今清風來，時時動林樹。逝者昔已遠，昇攀想遺趣。静然荒榛間，久之若有悟。靈光未歇滅，千載知仰慕。

登翅頭山題儼公石壁

晨登翅頭山，山曛黄霧起。却瞻迷向背，直下失城市。暾日銜東郊，朝光生邑里。掃除諸煙氛，照出衆樓雉。青爲洞庭山，白是太湖水。蒼茫遠郊樹，倏忽不相侶（今按，據姚本、牛斗本、《文苑英華》卷一六一、《全唐詩》卷一一四，乃「佀」之訛，「佀」爲「似」之異體字）。萬象以區别，森然共盈几。坐令開心胸，漸覺落塵滓。北巖千餘仞，結廬誰家子。願陪中峰遊，朝暮白雲裏。

蔡希寂

同家兄題渭南王公别業

好閑知在家，退跡何必深。不出人境外，蕭條江海心。軒車自來往，空名對清陰。川涘將釣玉，鄉亭期散金。素暉射流瀨，翠色綿森林。曾爲詩書癖，寧惟耕稼任。吾兄許微尚，枉道來相尋。朝慶老萊服，夕閑安道琴。文章遥頌美，寤寐增所欽。既鬱蒼生望，明時豈陸沉。

沈頌

早發西山

遊子空有懷，賞心杳無路。前程數千里，乘夜連輕馭。繚繞松篠中，蒼茫猶未曙。遥聞孤村犬，暗指人家去。疲馬懷澗泉，征衣犯霜露。喧呼溪鳥驚，沙上或騫翥。娟娟東岑月，照耀獨歸慮。（末疑有闕。）

韋鎰

經望湖驛

大漠無屯雲，孤峰出亂柳。前驅白登道，顧失飛狐口。遥憶代王城，俯臨恒山後。纍纍多古墓，寂寞爲墟久。豈不固金湯，終聞擊銅斗。交歡初仗信，接燕翻貽咎。埋寶賊夫人，磨笄傷彼婦。功成行且薄，義立名不朽。莫慎纖微端，其何社稷守。身殘國遂亡，此亦人君醜。

賈至

贈裴九侍御昌江草堂彈琴

朔風吹疏竹，積雪在崖巘。鳴琴草堂響，小澗清且淺。沉吟東山意，欲去芳歲晚。悵望黄綺心，白雲若在眼。

送友人使河源

送君魯郊外，下車上高丘。蕭條千里暮，日落黄雲秋。舉酒有遺恨，論邊無遠謀。河源望不見，旌旆去悠悠。

寓言二首

春草紛碧色，佳人曠無期。悠哉千里心，欲採商山芝。歎息良會晚，如何桃李時。懷君晴川上，佇立夏雲滋。

其二

凛凛秋閨夕，綺羅早知寒。玉砧調鳴杵，如擣機中紈。憶昨别離日，桐花覆井欄。今來思

君時，白露盈堦溥。聞有關河信，欲寄雙玉盤。玉以委真（今按，姚本、刻者不詳明本、屠隆本作「貞」）心，盤以薦嘉餐。嗟君在萬里，使妾衣帶寬。

巴陵早秋寄荆州崔司馬吏部閻功曹舍人

謫居湘水渚，再見洞庭秋。極目連江漢，西南浸斗牛。滔滔盪雲夢，淡淡摇巴丘。曠如臨渤澥，窅疑造瀛洲。君山麗中波，蒼翠長夜浮。帝子去永久，楚詞尚悲愁。我同長沙行，時事加百憂。登高望舊國，胡馬滿東周。苑（今按，據屠隆本、《文苑英華》卷二五三、《全唐詩》卷二三五，當爲「宛」）葉遍蓬蒿，楚鄧無良疇。獨攀青楓樹，淚灑滄江流。故人西掖寮，同扈岐陽蒐。差池盡三黜，蹭蹬各南州。相去雖地近，不得從之遊。耿耿雲陽臺，迢迢王粲樓。跂予暮雲裏，誰謂無輕舟。

閑居秋懷寄陽翟陸贊府封丘高少府

今日霖雨霽，颯然高館涼。秋風吹二毛，烈士如慨慷。憶昔皇運初，衆賓值龍驤。解巾佐幕府，脱劍昇明堂。郁郁被慶雲，昭昭翼太陽。鯨魚縱大壑，鸑鷟鳴高崗。信矣草創時，大（今按，據《文苑英華》卷二五三、《全唐詩》卷二三五，當爲「太」）階速賢良。一言頓遭逢，片善蒙恩光。我生屬盛明，感激竊自强。崎嶇郡邑權，連騫翰墨場。天朝富英髦，多士如珪璋。盛才溢

下位，蹇步徒猖狂。閉門對羣書，几案在我旁。枕席想遠遊，聊欲浮滄浪。八月白露降，玄蟬號枯桑。艤舟臨清川，迢遞愁思長。我有同懷友，各在天一方。離披不相見，浩蕩隔兩鄉。平生霞外期，宿昔共行藏。豈無蓬萊樹，歲晏空蒼蒼。

自蜀奉册命往朔方（途中呈韋左相、文部房尚書、門下崔侍郎。）

胡羯亂中夏，鑾輿忽南巡。衣冠陷戎寇，狼狽隨風塵。幽（今按，據《文苑英華》、《全唐詩》，當爲「豳」）公秉大節，臨難不顧身。激昂白刃前，濺血下沾巾。尚書抱忠義，歷險披荆榛。扈從出劍門，登翼岷江濱。時望挹侍郎，公才標縉紳。亭亭崑山玉，皎皎無緇磷。顧惟乏經濟，扞牧陪從臣。永願雪會稽，仗劍清咸秦。太皇時内禪，神器付嗣君。新命集舊邦，至德被遠人。捧册自南服，奉詔趨北軍。覲謁心載馳，違離難重陳。策馬出蜀山，畏途上緣雲。飲啄叢箐間，棲息虎豹羣。崎嶇凌危棧，惴悚驚心神。峭壁上嶔岑，大江下沄沄。皇風扇八極，異類懷深仁。元兇誘黠虜，肘腋生妖氛。明主信英武，威聲赫殊鄰。誓師自朔方，旗幟何繽紛。緹（今按，《文苑英華》、《全唐詩》、《唐詩紀事》卷二二作「鐵」）騎照白日，旄頭拂秋旻。將來盪滄溟，寧止蹴崑崙。古來有屯難，否泰長相因。夏康纘禹績，代祖復漢勳。于役各勤王，驅馳拱紫宸。豈惟太公望，往昔逢周文。誰謂三傑才，功業獨殊倫。感此慰行邁，

無爲歌苦辛。

蕭穎士

早春過士嶺寄題硤石裴丞廳壁（今按，「士」，《全唐詩》卷一五四作「七」）

出硤寄趣少，晚行偏憶君。依然向來處，官路溪邊雲。兹路豈不劇，能無俗累紛。槐陰永未合，泉聲細猶聞。彌歎春罷酒，牽卑從此分。登高望城入，斜影半風薰。

仰答韋司業二首

關西一公子，年貌獨青春。被褐來上京，翳然聲未振。中郎何爲惜（今按，據屠隆本、《唐文粹》卷十六上、《全唐詩》，當爲「者」），倒屣驚坐賓。詞賦豈不佳，盛名亦相因。爲君奏此曲，此曲多苦辛。千載不可誣，孰謂今無人。

其二

神龜在南國，緬邈湘川陰。遊止蓮葉上，歲時嘉樹林。毒蟲且不近，斤斧何由尋。錯落負奇文，熒煌耀丹金。江上萬里餘，淮海阻且深。獨抱（今按，《唐文粹》卷十六上、《全唐詩》作「保」）貞素質，不爲寒暑侵。一逢盛明代，應見通靈心。

蒙山作

東蒙鎮海沂，合沓百餘里。清秋浄氛靄，崖崿隱天起。于役勞往還，息徒暫攀騎（今按，《全唐詩》作「躋」）。將窮絶跡處，偶得冥心理。雲氣雜虹霓，松聲亂風水。微明緑林際，杳窱丹洞裏。仙鳥時可聞，羽人邈難視。此焉多深邃，賢達昔所秘。子尚捐俗紛，季隨躡遐軌。藴真道彌曠，懷古情未已。白鹿凡幾遊，黄精復奚似。顧予尚牽纏，家業重書史。少學務從師，壯年貴趨仕。方馳桂林譽，未暇桃源美。歲暮期再尋，幽哉羨門子。

李　華

詠史五首

昂藏獬豸獸，出自太平年。亂代乃潛伏，縱人爲禍愆。常聞斷馬劍，每壯朱雲賢。身死名不滅，寒風吹墓田。精靈如有在，幽憤滿松煙。

其二

漢皇修雅樂，乘輿臨太學。三老與五更，天王親割烹（今按，《唐文粹》卷十八、《全唐詩》卷一五三作「牲」，姚本、刻者不詳明本作「酌」）。一人調風俗，萬國和且平。單于騬款塞，武庫欲銷兵。文物

此朝盛，君臣何穆清。至今遺（今按，《唐文粹》、《全唐詩》作「壝」）壇下，如有簫韶聲。

其三

巢許在嵩潁，陶唐不得臣。九州尚洗耳，一命安能親。緜遠數千祀，丘中誰隱淪。朝遊公卿府，夕是山林人。蒲帛揚仄陋，薜蘿爲縉紳。九重念入夢，三事思降神。且設庭中燎，寧窺泉下人（今按，《全唐詩》作「鱗」）。

其四

漢時征百粤，楊僕將樓船。幕府功未立，江湖已騷然。島夷非敢亂，政暴地仍偏。得罪因懷璧，防身輒控弦。三軍求裂土，萬里詎聞天。魏闕心猶在，旗門首已縣。如何得良吏，一爲制方圓。

其五

秦滅漢帝興，南山有遺老。危冠揖萬乘，幸得厭征討。當君逐鹿時，臣等已枯槁。寧知市朝變，但覺林泉好。高卧三十年，相看成四皓。帝言翁甚善，願見（今按，《唐文粹》、《全唐詩》作「見顧」）何不早。咸稱太子仁，重義亦遵道。側聞驪姬事，申生不自保。暫出商山雲，朅來趨灑掃。東宮成羽翼，楚舞傷懷抱。後代無其人，戾園滿秋草。

遊山寺（有龍潭穴、弄玉祠。）（今按，四庫本《李遐叔文集》卷四、《全唐詩》詩題作《仙遊寺》）

捨事入樵徑。雲木深谷口。萬壑移晦明，千峰轉前後。嶷然龍潭上，石勢若奔走。開圻（今按，據姚本、牛斗本、屠隆本、刻者不詳明本，當爲「拆」，《全唐詩》作「拆」）秋天光，崩騰萬雷吼。靈溪自兹去，紆直互紛糾。聽聲静復喧，色望無更有。冥冥翠微下，高殿映杉柳。（今按，《全唐詩》此下有「滴滴洞穴中，懸泉響相扣」兩句）昔時秦王女，羽化年代久。日暮松風來，簫聲生左右。早窺神仙籙，願結芝朮友。安得羨門方，青囊繫吾肘。

顔真卿

使過瑶亭寺有懷圓寂上人（今按，「瑶亭寺」當爲「瑶臺寺」。四庫本《顔魯公集》卷十五、明曹學佺《石倉歷代詩選》卷四六、《全唐詩》卷一五二「亭」皆作「臺」，又，《長安志》卷十六《醴泉縣》記載：「瑶臺寺，在縣西北昭陵之西。」）

真卿天寶九（今按，據四庫本《顔魯公集》、《石倉歷代詩選》、《全唐詩》，當爲「元」）年尉醴泉，亟過瑶亭（今按，當爲「臺」）寺圓寂上人院。秩滿，遷監察御史，巡覆諸陵，而上人已離此寺。大曆十三年春二月，以刑部尚書謁拜昭陵，慨然有懷，其詞曰：

上人居此寺，不出三十年。萬法元無著，一心唯趣禪。忽紆塵外軫，遠訪區中緣。及爾不復見，支提猶歸然。

王　縉

古别離

下堦欲離别，相對映蘭叢。含辭未及吐，淚落蘭叢中。高堂静秋日，羅衣飄暮風。誰能待明月，迴首見牀空。

奚　賈

詩僧皎然者，嘗稱其詩有「眠澗花自落，步林鳥不飛」、「溪谷何蕭條，日入人獨行」、「落日下平楚，孤煙生洞庭」，皆佳句，但不見其全篇。

嚴陵灘下寄常建

日入溪水静，尋（今按，姚本、刻者不詳明本、《文苑英華》卷二五六作「偶」）真此亦難。乃知滄洲人，道成仍釣竿。漾楫乘微月，振衣生早寒。紛吾誠獨往，自速耽考槃。已息漢陰誚，且同濠上

觀。曠然心無涯，誰問容膝安。

謁李尊師

萬物返常性，唯道貴自然。先生容其微，隱几爲列仙。鍊魄閉瓊户，養毛飛洞天。將知逍遥久，得道無歲年。

趙微明

古離别二首

離别無遠近，事歡情亦悲。不聞車輪聲，後會知何時。去日忘寄書，來日乖前期。縱知明當返，一息千萬思。

其二（一作《思歸》。）

爲别未幾日，一日如三秋。猶疑望可見，日日上高樓。唯見分手處，白蘋滿芳洲。寸心寧死别，不忍生離憂。

古輓歌（《文苑英華》作王烈詩。）

寒日蒿上明，淒淒郭東路。素車誰家子，丹旐引將去。原下荆棘叢，叢邊有新墓。人生痛長別，此是長別處。曠野何蕭蕭，風悲白楊樹。

沈　徽

古興（今按，《全唐詩》卷七七七作《古興二首》）

蔓草自細微，女蘿始夭夭。夤緣至百尺，榮耀非一朝。蕙（今按，《全唐詩》作「敷」）色高碧嶺，流芳薄丹霄。如何摧秀木，正爲餘波漂。莖葉落巖跡，英蕤從風飈。洪柯不足恃，況乃託陵苕。（今按，《全唐詩》以下爲第二首）長安富豪右，信是天下樞。戚里笙歌發，禁門冠蓋趨。攀雲無醜士，唾地盡成珠。日晏下雙闕，煙花亂九衢。恩榮在片言，零落亦須臾。何意還自及，曲池今已蕪。

沈千運

贈史脩文

故人隔千里，會面非別期。握手於此地，當歡返成悲。念離宛如昨，俄已二十期。疇昔皆少年，別來髮如絲。不道舊姓名，相逢知是誰。曩遊盡騫翥，與君仍布衣。豈曰無其才，命理應有時。前路漸欲少，不覺生涕洟。

感懷弟妹

今日天氣暖，東風杏花折（今按，據姚本、刻者不詳明本，當爲「拆」，《全唐詩》卷二五九、傅璇琮等《唐人選唐詩新編》本《篋中集》作「拆」，「拆」「坼」字通）。筋力久不如，却羨澗中石。神仙杳難準，中壽稀滿百。逐世多夭傷，喜見鬢鬚白。杖藜竹樹間，宛宛舊行跡。豈非林園主，卻是林園客。兄弟可存半，空爲亡者惜。冥冥無再期，哀哀望松柏。骨肉能幾人，年大自疏隔。（劉云：可歎。）性情誰免此，與我不相易。唯念得爾輩，時看慰朝夕。平生茲已矣，此外盡非適。

于　逖

憶舍弟

衰門少兄弟，兄弟唯兩人。饑寒各流蕩，感念傷我神。夏期秋未來，孰知無他因。不怨别天長，但願見爾身。茫茫天地間，萬類各有親。安知爾與我，乖隔同胡秦。何時對形影，憤懣當共陳。

野外作

老病無樂事，歲秋悲更長。窮郊日蕭索，生意已蒼黄。小弟髮亦白，兩男俱不强。有才且未達，況我非賢良。幸以朽鈍姿，野外老風霜。寒鴉噪晚景，喬木思故鄉。魏人宅蓬池，結網佇鱣魴。水清魚不來，歲暮空彷徨。

張　彪

雜詩

富貴多勝事，貧賤無良圖。上德兼濟心，中才不如愚。商者多巧智，農者争膏腴。儒生未

遇時，衣食不自如。久與故交別，他榮我窮居。到門懶入門，何況千里餘。君子有偏性，矧乃尋常徒。行行任天地，無爲强親疏。

孟雲卿

今别離

結髮生别離，相思復相保。如何日已遠，五變中庭草。渺渺天海途，悠悠吴江島。但恐不出門，出門無遠道。遠道行既難，家貧衣復單。嚴風吹積雪，晨起鼻何酸。人生各有志，豈不懷所安。分明天上日，生死誓同觀。

古别離

朝日上高臺，離人怨秋草。但見萬里天，不見萬里道。君行本遥遠，苦樂良難保。宿昔夢同衾，憂心常顛（今按，姚本、牛斗本、屠隆本、刻者不詳明本作「傾」）倒。含酸欲誰許（今按，刻者不詳明本、《全唐詩》卷一五七作「訴」），展轉傷懷抱。結髮年已遲，征行去何早。寒暄有時謝，憔悴難再好。人皆算年壽，死者何曾老。少壯無會期，水深風浩浩。

傷時二首

太空流素月，三五何明明。光耀侵白日，賢愚迷至精。四時更變化，天道有虧盈。常恐今夜没，須臾還復生。（劉須溪云：子昂風調。）

其二

徘徊宋郊上，不見平生親。獨立正傷心，悲風來孟津。大方載羣物，生死有常倫。虎豹不相食，哀哉人食人。豈伊逢世運，天道亮云云。

傷懷贈故人

稍稍晨鳥翔，淅淅草上霜。人生早罹苦，壽命恐不長。二十學已成，三十名不彰。豈無同門友，貴賤易中腸。驅馬行萬里，悠悠過帝鄉。幸因紘歌末，得上君子堂。衆樂互喧奏，獨予（今按，《唐詩紀事》卷二五作「余」，《篋中集》、《全唐詩》作「子」）備笙簧。坐中無知音，安得神揚揚。顧因高風起，上感白日光。

元　結

貧婦詞

誰知苦貧夫，家有愁怨妻。請君聽其詞，能不爲酸悽。所憐抱中兒，不如山下麑。空念庭前地，化爲人吏蹊。出門望山澤，回頭心復迷。何時見府主，長跪向之啼。

春陵行（并序）

癸卯歲，漫叟授道州刺史。道州舊四萬餘户，經賊已來不滿四千，大半不勝賦税。到官未五十日，承諸使徵求，符牒三（今按，《全唐詩》卷二四一、四庫本《次山集》卷四皆作「二」）百餘封，皆曰：「失其限者，罪至貶削。」於戲！若悉應其命，則州縣破亂，刺史欲焉逃罪。若不應命，又即獲罪戾，必不免也。吾將守官，静以安人，待罪而已。此州是春陵故地，故作《春陵行》以達下情。

軍國多所須，切責在有司。有司臨郡縣，刑法竟欲施。供給豈不憂，徵斂又可悲。州小經亂亡，遺人實困疲。大鄉無十家，大族命單羸。朝飡是草根，暮食乃木皮。出言氣欲絶，意速行步遲。追呼尚不忍，況乃鞭朴（今按，據《全唐詩》，當爲「撲」）之。郵亭急傳符，來往跡相追。更無寬大恩，但有迫促期。欲令鬻男女，言發恐亂隨。悉使索其家，而又無生資。聽

彼道路言，怨傷復誰知。去冬山賊來，殺奪幾無遺。所願見王官，撫養以惠慈。奈何重驅逐，不使存活爲。安人天子命，符節我所持。州縣忽亂亡，得罪復是誰。逋緩違詔令，蒙責固所宜。前賢重守分，惡以禍福移。亦云貴守官，不愛能適時。顧惟孱弱者，正直當不虧。何人采國風，吾欲獻此辭。（杜子美有覽道州元使君《春陵行》兼《賊退後示官吏》作二首，志之曰：當天子分憂之地，效漢官良吏之日［今按，宋本《杜工部集》、《文苑英華》卷二五一作「目」］。今盜賊未息，知民疾苦，得結輩十數公，落落然參錯天下爲邦伯，萬物吐氣，天下少安可待矣。不意復見比興體制，微婉頓挫之辭。）

賊退示官吏（并序）

癸卯歲，西原賊入道州，焚燒殺掠幾盡而去。明年，賊又攻永破邵，不犯此州邊鄙而退。豈力能制敵歟？蓋蒙其傷憐而已。諸使何爲忍苦徵斂？故作詩一篇以示官吏。

昔歲逢太平，山林二十年。泉源在庭户，洞壑當門前。井税有常期，日宴猶得眠。忽然遭世變，數歲親戎旃。今來典斯郡，山夷又紛然。城小賊不屠，人貧傷可憐。是以陷鄰境，此州獨見全。使臣將王命，豈不如賊焉。今彼徵斂者，迫之如火煎。誰能絶人命，以作時世賢。思欲委符節，引竿自刺船。將家就魚麥，歸老江湖邊。

登九疑第二峰

九疑第二峰，其上有仙壇。松杉映飛水，蒼蒼在雲端。何人居此處，云是魯女冠。不知幾百歲，燕坐餌金丹。相傳羽化時，雲鶴滿峰巒。婦人有高風，相望空長歎。

獨孤及

奉同徐侍郎五雲溪新亭重陽集作

萬峰蒼翠色，雙溪清淺流。已符東山趣，況值江南秋。白露天地肅，黄花門館幽。山公惜美景，肯爲芳樽留。五馬照池塘，繁絃催獻酬。臨風孟嘉帽，乘興李膺舟。騁望傲千古，當歌遺四愁。豈令永和人，獨擅山陰遊。

海上寄蕭五

朔風剪塞草，寒露日始結。客行屆瀛壖，歸思生暮節。驛樓見萬里，延首望遼碣。遠海入大荒，寒蕪際窮髮。舊國在夢想，故人且胡越。契闊阻風期，荏苒成雨別。海西望京口，兩地各天末。目窮南雲盡，唯見飛鳥滅。音塵未易得，何以慰饑渴。

山中春思

獺祭川水大，人家春日長。獨謡晝不暮，搔首慙年芳。蘼草知節换，含葩向新陽。不嫌三徑深，爲我生池塘。亭午井竈閑，雀聲響空倉。花落没屐齒，風動羣木香。歸路雲水外，天涯杳茫茫。獨倦萬里心，深入山鳥行。芳景勿相迫，春愁未遽忘。

題恩禪寺上方（今按，據《唐詩紀事》卷二七、《毘陵集》卷一及《全唐詩》卷二四六，「恩」當爲「思」）

溪口聞法鼓，停橈登翠屏。攀雲到金界，合掌開禪扃。鬱律衆山抱，空濛花雨零。老僧指香樓，云是不死亭（今按，《毘陵集》、《全唐詩》作「庭」）。渺渺于越路，茫茫春草青。遠峰（今按，《全唐詩》作「山」）噴百谷，繚繞馳東溟。目極想何在，鏡照心亦冥。下視三界狹，但聞五濁腥。山中有良藥，吾欲隳天刑。

觀海

北登渤海島，迴首秦東門。誰尸造物巧，鑿此天漬（今按，當從牛斗本、《唐詩紀事》卷二七，爲「地」，或從姚本、屠隆本、刻者不詳明本、《全唐詩》卷二四六，爲「池」）源。池（今按，據姚本、屠隆本、刻者不詳明本、《唐詩紀事》、《全唐詩》，當爲「漬」）洞吞百谷，周流無四垠。廓然混茫際，望見天地根。白日自中吐，扶

桑如何（今按，據《全唐詩》，當爲「可」）捫。超遥蓬萊峰，想像金臺存。秦帝昔經此，登臨冀飛翻。揚旌百神會，望日羣山奔。徐福竟何成，羨門徒空言。唯見石橋足，千年潮水痕。

丁仙芝

江南曲（今按，《樂府詩集》卷二六、《全唐詩》卷一一九作一首詩；《全唐詩》卷一一四作《江南曲五首》，每四句一首）

長干斜路北，近浦是兒家。有意來相訪，明朝出浣紗。發向横塘口，船開值急流。知郎舊時意，且請攏船頭。昨暝逗南陵，風聲波浪阻。入浦不逢人，歸家誰信汝。未眠（今按，《樂府詩集》、《全唐詩》作「曉」）已成粧，乘潮去茫茫。因從京口渡，使報邵陵王。始下芙蓉樓，言發瑯琊岸。急爲打船開，惡許傍人見。

沈如筠

寄張徵古

寂歷遠山意，微冥半空碧。緑蘿無冬春，彩煙（今按，《全唐詩》卷一一四作「雲」）竟朝夕。張子海

内奇，耐爲巖中客。聖君勞夢想，安得老松石。

吴象之

陽春歌

簾低曉露濕，簾捲鶯聲急。欲起把箜篌，如凝彩絃澀。孤眠愁不轉，點淚聲相及。浄掃堦上花，風來更吹入。

楊諫

贈知己

江南折芳草，江北贈佳期。江闊水復急，過江常苦遲。蘋白蘭葉青，恐度先香時。美人碧雲外，寧見長相思。

林琨

夕次華陰亭

清晨孤亭裏，極目對前岑。遠與水天合，長霞生夕林。蒼然平楚意，杳靄半秋陰。落日川

上盡，闕城雲外深。方予事巖壑，及此欲抽簪。詩就蓬山道，還兹契宿心。

談　戭

清溪館作（今按，《文苑英華》卷二九八作陳存詩，《全唐詩》卷二四談戭詩、卷三二一陳存詩皆收録，卷七七〇錢戭名下又録有此詩）

指途清溪裏，左右唯深林。雲蔽望鄉處，雨愁爲客心。遇人多物役，聽鳥時幽音。何必滄浪水，庶兹浣塵襟。

劉　復

寺居清晨

高枕對曉月，衣巾清且涼。露華朝未晞，滴瀝含虚光。隔竹聞汲井，開扉見焚香。幽心感衰病，結念依法王。青冥早雲飛，杳靄空鳥翔。此情皆有釋，悠然知所忘。

出東城

步出（一作「步步」）東城門，獨行已徬徨。伊洛泛清流，密林含朝暘（今按，《文苑英華》卷二九三、《全

唐詩》卷三〇五作「陽」）。芳景雖可矚，懷憂在中腸。人生能幾何，苒苒隨流光。願得心所親，鐏酒坐高堂。一爲浮沉隔，會合殊未央。雙戲水中鳧，和鳴自翱翔。我無此羽翼，安可以比方。

經楚城

日没途（今按，《全唐詩》作「路」）且長，遊子欲涕零。荒城無人跡（今按，《全唐詩》作「路」），秋草飛寒螢。東南古丘墟，莽蒼馳郊坰。黄雲晦斷岸，枯井臨崩亭。昔人竟何之，窮泉獨冥冥。蒼苔没碑板，朽骨無精靈。俛仰寄世間，忽如流波萍。金石非汝壽，浮生等臊腥。不如學神仙，服食求丹經。

楊浚

題武臨草堂（今按，《文苑英華》卷三一四、《全唐詩》卷一二〇「臨」作「陵」）

草堂列仙樓，上在青山頂。户外窺數峰，堦前對雙井。雨來花盡濕，風度松初冷。登棧行不疲，入溪語彌静。未能去塵服，兼欲事金鼎。正直心所存，謟諛長自省。適知幽遁趣，已覺煩慮屏。更愛雲林間，吾將卧南潁。

戴休珽

古意

窮秋朔風起，滄海愁陰漲。虜騎掠河南，漢兵屯灞上。羽書驚沙漠，刁斗喧亭障。關塞何蒼茫，邊烽遞相望。弱齡負雄節，俠客多招訪。投筆棄書生，提戈逐飛將。

宋昱

晚次荆江

孤舟大江水，水涉無昏曙。雨暗迷津時，雲生望鄉處。漁翁閑自樂，樵客紛多慮。秋色湖上山，歸心日邊樹。徒稱竹箭美，未得楓林趣。向夕垂釣還，吾從落潮去。

五言古詩卷之十八　唐詩品彙十八

接武（上）

德宗皇帝

中和節賜百官燕集因示所懷

至化恒在宥，保和兹息人。推誠撫諸夏，與物長爲春。仲月風景暖，禁城花柳新。芳時協金奏，賜燕同羣臣。絲竹豈云樂，忠賢唯所親。庶洽朝野意，曠然天地均。

重陽燕（今按，《全唐詩》卷四題作《重陽日賜宴曲江亭賦六韻詩用清字》）

早依（今按，《唐詩紀事》卷二、《全唐詩》作「衣」）對庭燎，躬化勤意誠。時此萬機暇，適與佳節并。曲池潔寒流，芳菊舒金英。乾坤爽氣滿，臺殿秋景清。朝野慶年豐，高會多歡聲。永懷無

荒戒，良士同私情。

九月十八賜百寮追賞因書所懷

雨霽霜氣肅，天高雲日明。繁林已墜葉，寒菊仍舒榮。懿此秋節時，更延追賞情。池臺列廣宴，絲竹傳新聲。至樂非外奬，浹歡同中誠。庶敦朝野意，永使風化清。

送張建封還鎮

牧守寄所重，才賢生爲時。宣風自淮甸，授鉞膺藩維。入覲展遐戀，臨軒慰來思。忠誠在方寸，感激陳情詞。報國爾所向，恤人予是資。歡宴不盡懷，車馬當還期。穀雨將應候，行春猶未遲。勿以千里遥，而云無已知。

玄宗皇帝

鶺鴒頌（俯同魏光乘作。）（今按，《全唐詩》卷三「頌」後有「并序」二字）

朕之兄弟，唯有五人，比爲方伯，歲一朝見，雖載崇藩屏，而有睽談笑。是以輟牧人而各守京職，每聽政之後，延入宫掖。申友于之志，詠《常（今按，姚本作「棠」）棣》之詩，邕邕如，怡怡如，展天倫之愛也。秋九月辛酉，有鶺鴒千數，棲集於麟德（今按，《全唐詩》「麟德」後有「殿」字）之庭樹，竟旬

焉，飛鳴行摇，得在原之趣。昆季相樂，縱目而觀者久之，逼之不懼，翔集自若。朕以爲常鳥，無所志懷。左清道率府長史魏光乘，才推（今按，據姚本、四庫本及《全唐詩》，當爲「雄」）白鳳，辯壯碧鷄。以其宏達博識，召至軒檻，預觀其事，以獻其頌。夫頌者，所以揄揚德業，褒讚成功。顧循虚作（今按，據姚本、四庫本及《全唐詩》，當爲「昧」），誠有負矣。美其彬蔚，俯同頌云：

伊我軒宫，奇樹青葱，藹周廬兮。冒霜停雪，以茂以悦，恣卷舒兮。連枝同榮，吐緑含英，曜春初兮。蓐收御節，寒露微結，氣清虚兮。桂宫蘭殿，唯所息宴，棲雍渠兮。行摇飛鳴，急難有情，情有餘兮。顧惟德涼，夙夜兢惶，慙化疏兮。上之所教，下之所效，實在予兮。天倫之性，魯衛分政，親賢居兮。爰遊爰處，爰笑爰語，巡庭除兮。觀此翔禽，以悦我心，良史書兮。

郎士元

高仲武云：士元（今按，《唐人選唐詩十種》本《中興間氣集》作「員外」）河岳英奇，人倫秀異，自家刑（今按，《唐人選唐詩十種》本《中興間氣集》作「形」，傅璇琮《唐人選唐詩新編》本《中興間氣集》作「邢」。當爲「邢」）國，遂擁大名。右丞以往，與錢更長。郎公稍更閑雅，近於康樂。

湘夫人詠二首

蛾眉對湘水，遥笑（今按，屠隆本、王安石選《唐百家詩選》卷七、《全唐詩》卷二四八作「哭」）蒼梧山。萬乘既已没，孤舟誰忍還。至今楚山（今按，王安石選《唐百家詩選》、《全唐詩》作「竹」）上，猶有淚痕斑。

其二

南望（今按，王安石選《唐百家詩選》、《全唐詩》皆作「有」）涔陽路，渺渺多新愁。桂酒神降時，回風江上秋。綵雲忽無處，碧水空安流。

酬王十八秀才見寄（今按，「王」，姚本、屠隆本、張恂本、刻者不詳明本、四庫本及王安石《唐百家詩選》卷七、《全唐詩》卷二四八皆作「二」，牛斗本亦作「二」，但被塗去）

昨夜山月好，故人來新思。清光到枕上，嫋嫋涼風時。永意能在我，惜無攜手期。

宿杜判官江樓

適楚豈吾願，思歸秋向深。故人江樓月，永夜千里心。葉落攪鄉夢，烏啼驚越吟。寥寥更何有，斷續空城砧。

贈萬生下第還吴

直道多不偶，美才應息機。霸陵春欲暮，雲海獨言歸。爲客成白首，入門嗟布衣。蕣羹若可憶，暫出掩柴扉。

闕羽祠送高員外還荆州（今按，《文苑英華》卷二七二「羽」作「侯」）

將軍禀天姿，義勇冠今昔。走馬百戰場，一劍萬人敵。誰爲感恩者，竟是思歸客。流落荆巫間，徘徊故鄉隔。離筵對祠宇，灑酒暮天碧。去去勿復言，銜悲向陳跡。

題劉相公三湘圖

昔日（今按，《中興間氣集》作「歲」）到衡霍，邇來憶南州。今朝平津邸，兼得瀟湘遊。稍辨郢門樹，依然芳杜洲。微明三巴峽，咫尺萬里流。飛鳥不知倦，遠帆生暮愁。涔陽指天末，北渚空悠悠。枕上見漁父，坐中常狎鷗。誰言魏闕下，自有東山幽。

皇甫冉

高仲武云：晉宋齊梁以來，採掇（今按，據傅璇琮《唐人選唐詩新編》本《中興間氣集》，此處脱「珍奇」）者無數，而補闕獨獲驪珠，使前賢失步，後輩却立。自非天假，何以逮斯？長轡未騁，芳蘭

早凋，悲夫！

出　塞

吹角出塞門，前瞻即胡地。三軍盡回首，皆灑望鄉淚。轉念關山長，行看風景異。由來征戍客，負德（今按，據《全唐詩》卷二五〇、《二皇甫集》卷一，當爲「負得」；姚本、四庫本、《唐百家詩選》卷十作「各負」）輕生義。

酬裴十四

淮海各聯翩，三年方一見。素心終不易，玄髮何須變。舊國想平陵，春山滿陽羨。鄰鷄莫遽唱，共惜良夜燕。

之京留别劉方平

客子慕儔侶，含悽整朝裝。邀歡日不足，況乃前期長。離袂惜嘉月，遠還勞折芳。遲回越二陵，回首但蒼蒼。喬木清宿雨，故關愁夕陽。人言長安樂，其奈緬相望。

題裴二十一新園

東郭訪先生，西郊尋隱路。久爲江南客，自有雲陽樹。已得閑園心，不知公府步。閉門白

日晚，倚杖青山暮。果熟任霜封，籬疏從水度。窮年常牽綴，往事惜淪誤。唯見偶耕人，朝朝自來去。

李　端

古別離

水國葉黄時，洞庭霜落夜。行舟問商賈，宿在楓林下。此地送君還，茫茫似夢間。後期知幾日，前路轉多山。巫峽通湘浦，迢迢隔雲雨。天晴見海檣，日落聞津鼓。人老自多愁，水深難急流。清宵歌一曲，白首對汀洲。

留别柳仲庸

惆悵流水時，蕭條皆（今按，據刻者不詳明本、四庫本、《全唐詩》卷二八四，當爲「背」）城路。離人出古亭，嘶馬入寒樹。江海正風波，相逢在何處。

野亭三韻送錢員外

野菊開欲稀，寒泉流漸淺。幽人步林後，歎此年華晚。倚杖送行雲，尋思故山遠。

歸山招王逵

日長原野静，杖策步幽巘。雉鴝麥苗陰，蝶飛溪草晚。我生好閑放，此去殊未返。自是君不來，非關故山遠。

適谷口元贊善所居

入谷訪君來，秋泉已堪涉。林間人獨坐，月下出相接。重露濕蒼苔，明燈照黄葉。故交一不見，素髮何稠疊。

盧　綸

大白西峰偶宿書懷（今按，據姚本、《全唐詩》卷二七八，「大」當爲「太」）

弱齡兼（今按，《全唐詩》作「誠」）昧鄙，遇勝唯求止。如何羈旅（今按，《全唐詩》作「滯」）中，得步青冥裏。青冥有桂叢，冰雪兩仙翁。毛節未歸海，丹梯間（今按，據《全唐詩》，當爲「閒」）倚空。逍遥擬上清，洞府不知名。醮罷雨當（今按，《全唐詩》作「雷」，《唐百家詩選》卷八作「常」）至，客辭山忽明。山明鳥聲樂，日氣生石壑。石壑樹倏倏（今按，《全唐詩》作「脩脩」），白雲如水流。白雲消散盡，壠堠（今按，《全唐詩》作「塞」）儼然秋。積阻山（今按，《全唐詩》作「關」）河固，綿聯烽戍稠。五營承

廟略，四野失邊愁。吁嗟繫塵役，又負靈山跡。芝术自芳香，塵（今按，《全唐詩》作「泥」）沙幾沉溺。書此欲沾衣，平生事每違。煙霄不可仰，鸞鶴任（今按，《全唐詩》作「自」）追隨。

送吉中孚歸楚州舊山

青袍芸閣郎，談笑挹侯王。舊籙藏雲穴，新詩滿帝鄉。名高閑不得，到處人争識。誰知冰雪顔，已雜風塵色。此去復如何，東皋岐路多。藉茆臨紫陌，回首憶滄波。年來倦蕭索，但説淮南樂。並櫂湖中遊，連檣月下泊。沿溜入閶門，千燈夜市喧。喜逢鄰舍伴，遥語問鄉園。下淮風自急，樹杪分郊邑。送客隨岸行，離人出舟（今按，姚本、屠隆本、刻者不詳明本、《全唐詩》作「帆」）立。漁村繞水田，澹浦隔晴煙。欲就林中醉，先期石上眠。林昏天未曙，且（今按，《全唐詩》作「但」）向雲邊去。暗入無路上（今按，據四庫本、《文苑英華》卷二七三、《唐百家詩選》卷八、《全唐詩》，當爲「山」），心知有花處。登高日轉明，下望見春城。洞裏草空長，塚邊人自耕。寥寥行異境，過盡千峯影。露色凝古壇，泉聲落寒井。仙成不可期，多别自堪悲。爲問桃源客，何人見亂時。

送顧秘書歸岳州

黄葉落不盡，蒼苔隨雨生。當軒置尊酒，送客歸江城。竹裏聞機杼，舟中見弟兄。岳陽賢

太守，應爲改鄉名。

上巳日陪齊相公花樓宴

鍾陵暮春月，飛觀延羣英。晨霞耀中軒，滿席羅金瓊。持杯凝遠睇，觸物結幽情。樹色參差緑，湖光瀲灧明。禮卑瞻絳帳，恩浹厠華纓。徒記山陰興，今日乃爲榮。

和李中丞酬萬年房少府過汾州景雲觀因以寄（房、李早年同居此觀。）

顯晦澹無跡，賢哉常晏如。如何鶩孤鶴，忽乃得雙魚。敘以泉石舊，悵然風景餘。低徊青油幕，夢寐白雲居。玉洞桂香滿，雪壇松影疏。沉思矚仙侶，紆（今按，《全唐詩》作「紓」）組正軍書。積學早成道，感恩難遂初。梅生諒多感，歸止豈吾廬。

與張櫂對酌（櫂當作「濯」。）

張翁對盧叟，一榼山村酒。傾酒請予歌，忽蒙張翁呵。呵余官非屈，曲有怨辭多。歌罷謝張翁，所思殊不同。余悲方爲老，君責一何空。曾看樂官録，向是悲翁曲。張老聞此詞，汪汪淚盈目。盧叟醉言粗，一杯凡數呼。回頭顧張老，焉敢戲爲儒。

奉陪侍中遊石笋溪十二韻

朝日照靈山，山溪浩紛錯。圖書無舊記，鯀禹應新鑿。雙壁瀉天河，一峰吐蓮蕚。潭心亂雪卷，巖腹繁珠落。彩蛤攢錦囊，芳蘿嫋花索。猿羣曝陽嶺，龍穴腥陰壑。靜得漁者言，閑聞洞仙博。欹松倚朱幰，廣石屯油幕。國泰事留侯，山春縱康樂。間關殊狀鳥，爛熳無名藥。欲驗少君方，長（今按，《全唐詩》作「還」）吟大隱作。旌幢不可駐，古塞新沙漠。

司空曙

關山月

蒼茫明月上，夜久光如積。野漠冷胡霜，關樓宿邊客。隴頭秋露暗，磧外寒沙白。唯有故鄉人，霑裳此聞笛。

令狐峘

硤州旅舍懷蘇州韋郎中（公頻有尺書，頗積離鄉之思。）

儒服學從政，遂爲塵事嬰。銜命東復西，孰堪異鄉情。懷禄且懷忠（今按，《唐詩紀事》卷二八、

《全唐詩》卷二五三作「恩」），策名敢逃名。羡彼農畝人，白首新交（今按，《唐詩紀事》、《全唐詩》作「親友」）并。江山入秋氣，草木凋晚榮。芳（今按，《唐詩紀事》、《全唐詩》作「方」）塘寒露凝，旅館涼飈生。懿交守東吴，夢想聞頌聲。雲水方浩浩，離憂何時平。

朱長文

宿新安江深渡館寄鄭州王使君

霜飛十月中，摇落衆山空。孤館閉寒水，大江生夜風。賦詩應有意（今按，「應有意」，《唐詩紀事》卷二八、《全唐詩》卷二七二作「忙有意」，《文苑英華》卷二九八作「情有憶」；姚本、屠隆本、刻者不詳明本作「清有意」，「清」當爲「情」之訛），沈約在關東。

余延壽

南州行

摇艇至南國，國門連大江。中洲兩邊岸，數步一垂楊。金釧越溪女，羅衣胡粉香。織縑春卷幔，採蕨暝提筐。弄瑟嬌垂幌，迎人笑下堂。河頭浣衣處，無數紫鴛鴦。

折楊柳

天道連國門，東西種楊柳。葳蕤君不見，裊娜垂來久。緑枝棲暝禽，雄去雌獨吟。餘花怨春盡，微月起秋陰。坐望牕中蝶，起攀枝上葉。好風吹長枝，婀娜何如妾。妾見柳園新，高樓四五春。莫吹胡塞曲，愁殺隴頭人。

顧　況

皇甫湜《序》略云：吴中山水氣象，（今按，《文苑英華》卷七〇五載皇甫湜《著作佐郎顧君集序》作「吴中山泉氣象英淑怪麗」，《唐文粹》卷九三、《全唐文》卷六八六所載，「象」字作「狀」）君居吴中，長於逸詩。往往若穿天心，出月脅，意外驚人語，非尋常所能及也。

擬古

龍劍昔藏影，送雄留其雌。人生阻歡會，神物亦别離。碧樹感秋落，佳人無還期。夜瑟爲君咽，浮雲爲君滋。愛而傷不見，星漢徒參差。

棄婦詞（今按，《全唐詩》卷一六五李白詩、卷二六四顧況詩中皆録此詩）

古人雖棄婦，棄婦有歸處。今日妾辭君，辭君欲何去。本家零落盡，慟哭來時路。憶昔未

嫁君，聞君甚周旋。及與同結髮，值君適幽燕。孤魂託飛鳥，兩眼如流泉。流泉咽不燥，萬里關山道。及至見君歸，君歸妾已老。物情棄棄（今按，據姚本、屠隆本、刻者不詳明本、張恂本、四庫本、《才調集》卷二、《文苑英華》三四六、《全唐詩》，後一個「棄」當爲「衰」）歇，新寵方妍好。拭淚出故房，傷心劇秋草。妾以憔悴捐，羞將舊物還。餘生欲有寄，誰肯相留連。空牀對虛牖，不覺塵埃厚。寒水落芙蓉，秋風墮楊柳。記得初嫁君，小姑始扶牀。今日君棄妾，小姑如妾長。回首語小姑，莫嫁如兄夫。

弋陽溪中望仙人城

何草乏靈姿，無山不孤絶。我行雖云蹇，偶勝聊换節。上界浮中流，光響洞明滅。晚禽曝霜羽，寒魚依石髮。自有無還心，隔陂（今按，《全唐詩》卷二六四作「波」）望松雪。

嚴公釣臺作

靈芝産遐方，威鳳駕重霄。嚴公何耿潔，託志肩夷巢。漢后雖則貴，子陵不知高。糠粃當世道，長揖夔龍朝。掃門彼何人，昇降不同朝。捨舟遂長往，山谷多清飈。

奉同郎中韋使君郡齋雨中宴集

好鳥依嘉樹，飛雨灑高城。況與數君子，列坐分兩楹。文雅一何麗，林塘含餘清。我公未

歸朝，遊子不待晴。白雲帝鄉遠，滄江楓葉鳴。拜手欲無言，零淚如酒傾。寸心已摧折，別離方骨驚。安得凌風翰，肅肅賓天京。

劉太真

顧十二左遷過韋蘇州房杭州韋睦州三使君皆有郡中宴集詩辭意高麗鄙夫人之所仰慕顧生既至留連笑語因以成篇以繼三君子之風（今按，據四庫本《韋蘇州集》卷五附此詩及《全唐詩》卷二五二，「意」當爲「章」，「人」字當爲衍文，末尾當脱「焉」字）

寵至乃不驚，罪及非無由。奔迸歷畏途，緬邈赴遐陬。牧此凋弊甿，屬當賦斂秋。夙興諒無補，旬暇焉敢休。前日懷友生，獨登城上樓。迢迢西北望，遠思不可收。今日車騎來，曠然消人憂。晨迎東齋飯，晚度南溪遊。以我碧流水，泊君青幹（今按，《全唐詩》、《韋蘇州集》卷五附此詩、《石倉歷代詩選》卷一二二皆作「翰」）舟。莫將遷客程，不爲勝境留。飛札謝三守，斯篇希見酬。

朱　倣（今按，「詩人爵里詳節」及《唐詩紀事》卷二六、《文苑英華》卷一六六、《唐才子傳》卷八、《全唐詩》卷三一五皆作「朱放」，《唐詩紀事》云：朱放，一作「倣」。）

剡溪行却寄新別者

潺湲寒溪上，自此成離別。迴首望歸人，移舟逢暮雪。頻行識草樹，漸老傷年髮。唯有白雲心，爲向東山月。

竇　參

高仲武云：竇君詩亦祖沈千運，比之孟雲卿，尚在廊廡之間矣。

遷謫江表久未歸

一自經放逐，徘徊無所從。便爲寒山雲，不得隨飛龍。名豈不欲得，歸豈不欲早。若（今按，《唐文粹》卷十五下、《唐詩紀事》卷四三、《全唐詩》卷三一四皆作「苟」，《全唐詩》注云：一作「苦」。）無三月資，難適千里道。離心與羈思，終日常草草。人生年幾齊，憂苦則（今按，《全唐詩》作「即」）先老。誰能假羽翼，使我傷懷抱。

登潛山觀

山勢欲相抱，一條微徑盤。攀蘿歇復行，始得凌仙壇。聞道葛夫子，此中煉還丹。丹成五色光，服之生羽翰。靈草空自翠，餘霞誰共餐。至今步虛處，猶有孤飛鸞。幽幽古殿門，下壓浮雲端。萬丈水聲落，四時松色寒。既入無何鄉，轉嫌人事難。終當遠塵俗，高卧從所安。

姚係

京口遇舊識兼送往隴州（今按，「州」，《全唐詩》卷二五三作「西」）

蟬鳴一何急，日暮秋風樹。即此不勝愁，隴陰人更去。相逢與相失，共是忘（今按，據四庫本、《全唐詩》，當爲「亡」）羊路。

五老峯大明觀贈隱者

雲觀此山北，與君攜手稀。林端涉横水，洞口入斜暉。乍見鸞鶴邇，忽爲煙霧飛。故人清和客，默會琴心微。丹術幸可授，青龍當未歸。悠悠平生意，此日復相違。

送周愿判官歸嶺南

早蟬望秋鳴，夜琴怨離聲。眇然多異感，值子江山行。由來重義人，感激事縱橫。往復念遐阻，淹留慕平生。晨奔九衢餞，暮始萬里程。山驛風月榭，海門煙霧城。易綃泉源近，拾翠沙溆明。蘭蕙一爲贈，貧交空復情。

劉　灣

出塞曲

將軍在重圍，音信絶不通。羽書如流星，飛入甘泉宫。倚是并州兒，少年心膽雄。一朝隨召募，百戰争王公。去年桑乾北，今年桑乾東。死是征人死，功是將軍功。汗馬牧秋月，疲卒卧霜風。仍聞左賢王，更欲圖（今按，《中興間氣集》卷下、《文苑英華》卷一九七、《全唐詩》卷一九六作「圍」，《文苑英華》注云：一作「圖」。）雲中。

李陵别蘇武

漢武愛邊功，李陵提步卒。轉戰單于庭，身隨漢軍没。李陵不愛死，心存歸漢闕。誓欲還國恩，不爲匈奴屈。身辱家已無，長居虎狼窟。胡天無春風，虜地多積雪。窮陰愁殺人，

况與蘇武别。發聲天地哀，執手肺腸絶。白日爲我愁，陰雲爲我結。生爲漢宫臣，死爲胡地骨。萬里長相思，終身望南月。

李希仲

仲武《中興間氣集》評希仲詩云：殊輕靡，華勝於實，此所謂才力不足，務爲清逸。然「前軍飛鳥落，格鬭塵沙昏」，亦出塞實録。亹亹不絶者，可及于中矣。

薊門行二首

旄頭有精芒，胡騎獵秋草。羽檄南渡河，邊庭用兵早。漢家愛征戰，宿將今已老。辛苦羽林兒，從戎榆關道。

其二

一身救邊速，烽火連薊門。前軍飛鳥落（今按，《全唐詩》卷一五八作「斷」），格鬭塵沙昏。寒入鼓鼙急，單于將夜奔。當須徇忠節，身死報國恩。

蘇　涣

杜甫稱其詩，以爲涣思慮出（今按，據宋本《杜工部集》卷八、《杜詩詳注》卷二三，當爲「湧思雷出」），書篋几（今按，據宋本《杜工部集》、《杜詩詳注》及姚本，當爲「几」）杖之外，隱隱（今按，宋本《杜工部集》作「殷殷」）留金石聲云。

變律

養蠶爲素絲，葉盡蠶亦老。傾筐對空林，此意向誰道。一女不得織，萬夫受其寒。一夫不得意，四海行路難。禍亦不在大，福亦不在先。世路險孟門，吾徒當勉旃。

戎　昱

塞上曲二首

慘慘寒日没，北風捲蓬根。將軍領疲兵，却入古塞門。迴首指陰山，殺氣成黄雲。

其二

樓（今按，《全唐詩》作「城」）上畫角哀，即知兵心苦。試問左右人，無言淚如雨。何意休明時，終

年事鼙鼓。

從軍行

昔從李都尉，雙鞬照馬蹄。擒生黑山北，殺敵黄雲西。太白沉虜地，邊草復萋萋。歸來邯鄲市，百尺青樓梯。感激然諾重，平生膽力齊。芳筵暮歌發，艷粉輕鬟低。半醉秋風起，鐵騎門前嘶。遠戍報烽火，孤城嚴鼓鼙。揮鞭望塵去，少婦莫含啼。

苦哉行

妾家清河邊，七葉承貂蟬。身爲最小女，偏得渾家憐。親戚不相識，幽閨十五年。有時最遠出，秖到中門前。去年狂胡來，懼死翻生全。今秋官軍至，豈意遭戈鋋。脱身出虎口，不及歸黄泉。苦哉難重陳，暗哭蒼蒼天。

長安秋夜

八月更漏長，愁人起常早。閉門寂無事，滿院生秋草。昨夜西𥦗夢，夢行荆南道。遠客歸去來，在家貧亦好。

湖南雪中留别

草草還草草，湖南别離早。何處愁殺人，歸鞍雪中道。出門迷轍跡，雲水白浩浩。明日武陵西，相思鬢堪老。

同辛兖州巢父盧副端岳相思獻酬之作因紓歸懷兼呈辛魏二院長楊長寧（今按，此詩《全唐詩》卷二七〇戎昱詩、卷二七四戴叔倫詩中皆有收録）

暮角發高城，情人坐中起。臨觴不及醉，分散秋風裏。雖有明月期，離心若千里。前歡反惆悵，後會還如此。焉得夜淹留，一回終宴喜。羈遊復牽役，館至重湖水。早晚泛歸舟，吾從數君子。

撫州處士湖泛舟送北迴兩指此南昌縣查溪蘭若别（今按，此詩《全唐詩》卷二七〇戎昱詩、卷二七四戴叔倫詩中皆有收録）

移鐏鋪山曲，祖帳查溪陰。鋪山即遠道，查溪非故林。悽然誦新詩，落淚霑素襟。郡政我何有，别情君獨深。禪庭古樹秋，宿兩（今按，據姚本及《全唐詩》，當爲「雨」）清沉沉。揮袂故里遠，悲傷去住心。

李　益

大曆以後，嚴滄浪深取者，李益耳。

觀回軍

行行上隴頭，隴月暗悠悠。萬里將軍没，回旍隴戍秋。誰令嗚咽水，重入故營流。

入南山至全師蘭若

木隕水歸壑，寂然無念心。南行有真子，被褐息山陰。石路瑶草散，松門寒景深。吾師亦何授，自起定中吟。

送諸暨王主簿之任

别愁已萬緒，離曲方三奏。遠宦一辭鄉，南天異風候。秦城歲方老，越國春山秀。落日望寒濤，公門閉清晝。何用慰相思，裁衣寄關右。

聞亡友王七嘉禾寺得素琴

故人昔此去，留琴明月前。今來我訪舊，淚灑白雲天。詎欲匣孤響，送君歸夜泉。撫琴猶

可絶，況此故無絃。何必雍門奏，然後使潺湲。

送遼陽使還軍

征人歌且行，北去遼陽城。二月戎馬息，悠悠邊草生。青山出塞斷，代地入雲平。昔者匈奴戰，多聞殺漢兵。平生報國憤，日夜角弓鳴。勉君萬里去，勿使虜塵驚。

華山南廟

陰山臨古道，古廟閉山碧。落日春草中，搴芳薦瑶席。明靈達精意，髣髴如不隔。巖雨神降時，回飈入松柏。常聞坑儒後，此地反秦壁（今按，據姚本、張恂本、四庫本、《全唐詩》卷二八二，當爲「璧」）。自古害忠良，神其輔宗祐（今按，據姚本、屠隆本、張恂本、四庫本、《文苑英華》卷三二〇、《全唐詩》，當爲「祏」）。

將赴朔方早發漢武（今按，據《全唐詩》，「漢武」下當脱「泉」字）

弭蓋出故關，窮秋首邊路。問我此何爲，平生重一顧。風吹山下草，繫馬河邊樹。奉役良有期，回瞻終未屢。去鄉幸未遠，戍衣今已故。豈惟幽朔寒，念我機中素。去矣勿復言，所酬知者遇。

五言古詩卷之十九　唐詩品彙十九

接武（下）

于　鵠

秦越人洞中詠

扁鵲得仙處，傳是西南峰。年年山下人，長見騎白龍。洞門黑無底，日夜唯雷風。清齋將入時，戴花兼抱松。石徑陰且寒，地響如遠鐘。似行山林外，聞乘（今按，《文苑英華》卷二二五、《全唐詩》卷三一〇作「葉」）屐聲重。低礙更俯身，漸遠晝夜同。時時白蝙蝠，飛入茅衣中。行久路轉窄，静聞水淙淙。但願逢一人，自得朝天宫。

宿西山修下元齋詠

幽人在何處，松檜深冥冥。西峰望紫雲，知有安期生。沐浴溪水暖，新衣禮仙名。脱履入静堂，繞像隨禮行。碧紗籠寒燈，長幡綴金鈴。林下聽法人，起踐（今按，刻者不詳明本作「聞」，姚本作「居」，《文苑英華》卷三一〇、《全唐詩》卷二二五作「坐」）枯葉聲。啓奏修律儀，天曙山鳥鳴。分行布菅茅，列坐滿中庭。持齋候撞鐘，玉函散寶經。焚香開卷時，照耀金室明。投簡石洞深，稱遇上帝靈。學道能苦心，自古無不成。

入白芝尋黄尊師

觸煙入溪口，茫茫唯㯿櫪。其中飛碧流，十里不通屐。出林尚未明，細徑懸峭壁。把藤借行（今按，《文苑英華》卷二二八作「竹」）勢，光滑猿猱跡。忽然風景異，乃到神仙宅。天晴茅屋頭，殘雪蒸氣白。隔牕梳髮聲，久立聞吹幘。抱琴出門來，不是人間客。幽院無灑掃，四時自虚寂。落葉埋長松，出地纔數尺。曾讀上清經，去住長生籍。願示不死方，何山有瓊液。

過凌霄斷天謁張先生祠（今按，據《唐百家詩選》卷十五、《全唐詩》卷三一〇，「斷」當爲「洞」）

落落（今按，《唐百家詩選》、《全唐詩》作「戢戢」）亂峯裏，一峯獨凌天。下看如尖高，上有十里天（今

按，《唐百家詩選》、《全唐詩》作「泉」)。至人愛幽深，一住五十年。懸牘到其上，乘牛耕藥田。衣食不下求，乃是雲中仙。山僧獨知處，相引銜碧煙。斷崖晝昏黑，流泉(今按，姚本、刻者不詳明本作「槎泉」，《唐百家詩選》、《全唐詩》作「槎泉」)横雙椽。面壁攀石稜，養力方敢前。累歇日初(今按，《唐百家詩選》、《全唐詩》作「已」)没，始到茆堂邊。見客不問誰，禮質無周旋。醉卧枕欹樹，坐寒展青氊。折松掃藜牀，秋菓顔色鮮。白犬舐客衣，驚走聞腥羶。乃知軒冕徒，寧比雲壑眠。

戴叔倫

劉須溪云：幼公(今按，姚本、屠隆本作「戴公」)諸詩，短處更深，長處愈淺。

獨不見

前宫路非遠，舊苑春將徧。玉户看早梅，雕梁數歸燕。身輕逐舞袖，香暖傳歌扇。自和秋風詞，長侍昭陽殿。誰信後庭人，年年獨不見。

去婦怨

出婦不敢啼，風悲日悽悽。心知恩義絶，誰忍分明別。下坂車轔轔，畏逢鄉里親。空持牀

前幔，却寄家中人。忽辭王吉去，爲是秋胡死。欲比今日情，煩冤不相似。

潭州使院書情寄江夏賀蘭副端

雲雨一蕭散，悠悠關復河。俱從泛舟役，近隔洞庭波。春水去不盡，秋風今又過。無因得相見，却恨寄書多。

新秋夜寄江右友人

遥夜獨不寐，寂寥蓬户中。河明五陵上，月滿九門東。萬里親友散，故園江海空。懷歸正南望，此夕起秋風。

長孫佐輔

隴西行

陰雲凝朔氣，隴上正飛雪。四月草不生，北風勁如割。朝來羽書急，夜宿長城窟。道隘行不前，相呼抱鞍歇。人寒指欲墮，馬凍蹄皆裂。射鴈旋充饑，斧冰還止渴。寧辭解圍鬬，但恐乘疲没。早晚邊候空，歸來養辛骨。

關山月

悽悽還切切，戍客多離別。何處最傷心，關山見秋月。關月竟如何，由來遠近過。始經玄兔塞，終照白狼河。忽憶秦樓婦，流光應共有。已得並蛾眉，還知攬纖手。去歲照同行，比翼復連形。今宵照獨立，顧影自煢煢。餘暉漸西落，夜夜看如昨。借問映旌旗，何如鑒帷幕。拂曉朔風悲，蓬驚鴈不飛。幾時征戍罷，還向月中歸。

山行經村徑

一徑有人跡，到來惟數家。依稀聽機杼，寂歷看桑麻。雨濕渡頭草，風吹墳上花。却驅羸馬去，數點歸林鴉。

山居

看書愛幽寂，結宇青冥間。飛泉引風聽，古桂和雲攀。地深草木稠，境静魚鳥閑。陰氣晚出谷，朝光先照山。有時獨杖藜，入夜猶啓關。星昏歸鳥過，火出樵童還。神體自和適，不是離人寰。

楚州鹽壒古墻望海

混沌本冥冥，泄爲洪川流。雄哉大造化，萬古横中州。我從西北來，登高望蓬丘。陰晴乍開合，天地相沉浮。長風卷繁雲，日出扶桑頭。水浄露鮫室，煙銷凝蜃樓。時來會雲翔，道蹇即津遊。明發促歸軫，滄波非宿謀。

山行書事

日落風颼颼，驅車行遠郊。中心有所悲，古墓守黄茅。茅中狐兔窠，四面烏鳶巢。鬼火時獨出，人煙不相交。行行近林村，一徑欹還坳。迎雲聽蟋蟀，向月看蠨蛸。翁喜客來坐，客來羞廚庖。濁醪誇潑蒀，時菓仍新苞。相勸對寒燈，呼兒爇枯樵。雅（今按，《唐百家詩選》卷十一、《全唐詩》卷四六九作「性」）樸頗近古，其言無斗筲。憂歡世上并，歲月途中抛。誰知問津客，空作楊雄嘲。

楊　凌

奉酬韋滁州寄示

淮陽爲郡暇，坐惜流芳歇。散懷累榭風，清暑澄潭月。陪燕辭三楚，戒途綿百越。非當遠

別離，雅奏何由發。

崔元翰

奉和聖製中元日題奉敬寺

妙道非本説，殊途成異名。聖人得其要，俱以化羣生。鳳吹從上苑，龍宮連外城。花鬘列後殿，雲車駐前庭。松竹含新秋，軒牕有餘清。緬懷空同事，須繼簫管聲。離想境都寂，忘言理更精。域中信稱大，天下乃爲輕。屈己由濟物，堯心豈所榮。

劉　商

銅雀妓

魏主矜蛾眉，美人美如玉。高臺無晝夜，歌舞竟未足。盛色如轉圜，夕陽落深谷。仍令身没後，尚足平生欲。紅粉横淚痕，調絃向空屋。舉頭君不在，唯見西陵木。玉輦豈再來，嬌鬟爲誰緑。那堪秋風裏，更舞陽春曲。曲罷情不勝，憑闌向西哭。臺邊生野草，來去罥羅縠。（今按，《唐詩紀事》卷三一、《全唐詩》卷三〇三末有「況復陵寢間，雙雙見麋鹿」兩句）

楊衡

盧十五竹亭送姪偁歸山

落葉寒擁壁，清霜夜霑石。正是憶山時，復送歸山客。殷勤一樽酒，曉月當牕白。

寄贈田倉曹灣

芳蘭媚庭除，灼灼紅英舒。身爲陋巷客，門有絳幙車。朝覽夷吾傳，暮習潁陽書。昞雲高羽翼，待價藴璠璵。纓弁雖云阻，音塵豈復疏。若因風雨晦，應念寂寥居。

題玄和師仙藥室

山邊蕭寥（今按，四庫本、《文苑英華》卷二二六、《全唐詩》卷四六五作「寂」）室，石掩浮雲扃。繞室唯有路，松煙深冥冥。入松汲寒水，對鶴開仙經。石几香未盡，木花風吹零。何年去華表，幾度窮滄溟。却顧宦遊子，眇如霜中螢。

九日陪樊尚書龍山宴集

孟嘉從燕地，千乘復登臨。緣危陟高步，憑曠寫幽襟。黄花玩初馥，翠物喜盈斟。雲雜組

繡色，樂和山水音。旆摇秋吹急，筵卷夕光沉。都人瞻騎火，猶知隔寺深。

遊陸先生故巖居

獨壑臨高嶂，蒼苔絶行跡。仰窺猿掛樹，俯對鶴巢石。上有一巖屋，相傳靈人宅。深林無暘暉，幽水轉終夕。

秋夜閑居即事寄廬山鄭員外蜀郡傅處士（今按，「傅」，《文苑英華》卷二五七、《全唐詩》卷三三三、四六五作「符」，姚本、刻者不詳明本作「待」，當爲「符」之訛）

憂思繁未整，良辰會無由。引領遲佳音，星紀縷以周。蓬閬絶華耀，況乃處窮愁。墜葉寒擁砌，燈光夜悠悠。開琴弄清絃，窺月俯澄流。冉冉鴻鴈度，蕭蕭帷箔秋。長懷石門詠，緬慕碧雞遊。髣髴像（今按，據姚本、屠隆本、刻者不詳明本、《文苑英華》、《全唐詩》，當爲「蒙」）顔色，崇蘭隱芳洲。

登紫霄峰贈黄仙師

紫霄不可涉，靈峯信穹崇。下有瓊樹枝，上有翠髮翁。雞鳴秋漢側，日出紅霞中。璨璨真仙子，執旌（今按，《全唐詩》卷四六五作「旄」）爲侍童。焚香杳忘言，默思含太空。世華從熠燿，虚室自朦朧。雲飛瓊瑶圃，龜息芝蘭藂。玉籙掩不開，天颸微微風。兹焉悟佳旨，塵境亦幽

通。浩淼臨廣津，永用挹無窮。

武元衡

獨不見

荆門一柱觀，楚國三休殿。環珮儼神仙，輝光生顧眄。春風細腰舞，明月高堂宴。夢澤水連雲，渚宫花似霰。俄驚白日晚，始悟炎涼變。别島異波潮。離鴻分海縣。南北斷相聞，嗟嗟獨不見。

送唐君次

都門去馬嘶，灞水春流淺。青槐驛路直，白日離亭晚。望望煙景微，草色行人遠。

晨興贈友寄呈竇使君

江陵歲方晏，晨起眄庭柯。白露傷紅葉，清風斷緑蘿。徇時真氣索，念遠幽懷多。夙昔東山意，縱横南浦波。有美嬋娟子，百慮攢雙蛾。緘情鬱不舒，幽竹自駢羅。爲余歌寒苦，旨酒朱顔酡。兩鬢倏云變，（一作「世事浮雲變」。）功名將奈何。

旬暇西亭寄呈熊郎中副使

旬休屏戎事，涼雨北牕眠。一夜江城夢，萬里繞山川。草木散幽氣，池塘鳴早蟬。妍芳落春後，旅思生秋前。紅槿粲庭艷，緑蒲繁渚煙。行歌獨酌謡，坐發朱絲絃。哀玉不可扣，華觴徒湛然。聞君東林卧，郡閤曠周旋。酬對龍象侶，灌注清泠泉。如何無礙智，猶苦病牽纏。

羊士諤

九月十日郡樓獨酌

掾吏當授衣，郡中稀物役。嘉辰悵已失，殘菊誰爲惜。欞軒一尊泛，天景洞虚碧。暮節獨賞心，寒江鳴湍石。歸期北州里，舊交東山客。飄蕩海雲深，相思桂花白。

小園春至偶書呈吏部竇郎中孟員外

松篠雖苦節，冰霜慘其間。欣欣發佳色，如喜東風還。幽抱想前躅，冥鴻度南山。春臺一以眺，達士亦解顔。偃息非老圃，沉吟秘玄關。馳暉忽復失，壯歲不得閑。君子當濟物，丹梯難共攀。心期自有約，去掃蒼苔山。

權德輿

嚴滄浪云：德輿却有絶似盛唐者，或有似韋蘇州處、劉隨州處者。

雜詩

淇水春正緑，上宫蘭葉齊。光風兩摇蕩，鳴珮出中閨。一顧授黄流，千金呈瓠犀。徒然路傍子，恍恍復悽悽。

月夜江行

扣舷不能寐，浩露清衣襟。彌傷孤舟夜，遠結萬里心。幽興惜瑶草，素懷寄鳴琴。三奏月初上，寂寥寒江深。

豐城劍池驛

龍劍昔未發，泥沙相晦藏。向非張茂先，孰辨斗牛光。神物不自達，聖賢亦彷徨。我行豐城野，慷慨心内傷。

渭水

吕氏年八十，皤然持釣鈎。意在静天下，豈惟食營丘。師臣有家法，小白乃尊周。日暮駐征策，愛兹清渭流。

晚渡楊子江却寄江南親故

返照滿寒流，輕舟任摇蕩。支頤見千里，煙景非一狀。遠岫有無中，片帆風水上。天清去鳥滅，浦迴寒沙漲。樹晚疊秋嵐，江空翻宿浪。胸中千萬慮，對此一清曠。回首碧雲深，佳人不可望。

感寓

殘雨倦欹枕，病中時序分。寒蟲與秋葉，一夜隔牕聞。虚室對摇落，晤言無與羣。冥心試觀化，世故如絲棼。但看鳶戾天，豈見山出雲。下俚（今按，《唐文粹》卷十八同此，姚本、屠隆本、刻者不詳明本作「一俚」，《全唐詩》卷三二〇作「下里」，注云「一作一歌」）徒擊節，朱絃秘南薰。椅梧秀朝陽，上有威鳳文。終待九成奏，來儀瑞吾君。

古意

家人强進酒，酒復能忘情。持杯未飲時，衆感紛已盈，明月照我傍。庭柯振秋聲。空階白露下，枕席涼風生。所思萬里餘，水闊山縱横。佳期憑夢想，未晚愁雞鳴。願得一心人，當年歡樂并。長筵映玉俎，素指彈秦箏。曼睇呈巧笑，惠音激凄清。此願良未果，永懷空如醒。

祇命赴京途次淮口因書所懷却寄使府羣公

弱植素寡偶，趨時非所任。感恩再登龍，求友皆斷金。彪炳覩奇彩，凄鏘聞雅音。適欣佳期接，遽歎離思侵。靡靡遵遠道，忡忡勞寸心。難成獨酌謡，空奏伐木吟。沈（今按，據屠隆本、四庫本、《文苑英華》卷二五六、《全唐詩》卷三二二，當爲「泬」）寥清冬時，蕭瑟（今按，姚本作「索」）白晝陰。交歡諒如昨，滯念紛在今。因風試矯翼，倦飛會歸林。向晚清淮駛，迴首楚雲深。

早發杭州泛富春江寄陸三十六公祐

候曉起徒馭，春江多好風。白波連青雲，蕩漾晨光中。四望浩無際，沉憂將此同。未離奔走徒，但恐成悲翁。俯視觸餌鱗，仰目凌霄鴻。纓塵日已厚，心累何時空。泛泛此人世，所向皆樊籠。唯應杯中物，醒醉皆窮通。故人玄圃姿，瓊樹分青蔥。終當此山去，共結蘭

桂叢。

劉禹錫

按，《唐史》本傳云：禹錫恃才而發（今按，據《新唐書》本傳，當爲「廢」），偏（今按，據《新唐書》本傳，當爲「褊」）心不無怨望，年益晏，偃蹇寡所合，乃以文章自適。晚年尤精於詩，與白樂天諸人倡和，白常推爲詩豪，又云：其詩在處有神物護持。

團扇辭

團扇復團扇，奉君清暑殿。秋風入庭樹，從此不相見。上有乘鸞女，蒼蒼蟲網遍。明年入懷袖，別是機中練。

詠古有所寄

車音想轔轔，不見纂（今按，據四庫本、《全唐詩》卷三五四、四庫全書本《劉賓客文集》卷二一，當爲「綦」）下塵。可憐平陽地，歌舞嬌青春。金屋容色在，文園詞賦新。一朝復得幸，應知失意人。

效阮公體

朔風悲老驥，秋霜動鷙禽。出門有遠道，平野多層陰。滅没馳絶塞，振迅拂華林。不因感

衰節，安能激壯心。

善卷壇下作

先生見堯心，相與去九有。斯民既已治，我得安林藪。道爲自然貴，石（今按，據《文苑英華》二二六、《全唐詩》卷三五五，當爲「名」）是無窮壽。瑶臺在此山，識者常回首。

秋晚題湖城驛池上亭

秋次池上館，林暉照南榮。塵衣紛未解，幽思浩已盈。風蓮墜故萼，霜菊含晚英。恨爲一夕客，愁聽晨雞鳴。

發華州留别張侍御

束簡下延閣，買符驅短轅。同人惜分袂，結念醉芳樽。切切别絃思，蕭蕭征馬煩。臨岐無限意，相見却忘言。

登陝州城北樓却憶京師親友

獨上百尺樓，目窮思亦愁。初日遍露草，野思光（今按，四庫全書本《劉賓客文集》卷二五、《全唐詩》卷三五七作「田荒」）悠悠。塵息長道白，林清宿煙收。回首雲深處，永懷帝鄉遊。

登蘇州後登虎丘寺望海樓（今按，「登」，據屠隆本、《全唐詩》，當爲「發」）

獨宿望海樓，夜深珍水（今按，刻者不詳明本作「氷」，據姚本、屠隆本、四庫本、《全唐詩》卷三五八、四庫全書本《劉賓客文集·外集》卷八，當爲「木」）冷。僧房已閉户，山月方出嶺。碧池涵劍彩，寶刹摇星影。却憶郡齋中，虚眠此時景。

歲杪將發楚州呈樂天

楚澤雪初霽，楚城春欲歸。清淮變寒色，遠樹含清暉。原野已多思，風霜潛減威。與君同旅鴈，向此刷毛衣。

别友人後得書因以詩贈

前時送君去，揮手青門橋。路轉不相見。猶聞馬蕭蕭。今得出關書，行塵日已遥。春還遲君至，共結芳蘭茗。

弔柳子厚（并序）

元和乙未，與故人柳子厚臨湘水爲别，柳浮舟適柳州，余登陸赴連州。後五年，余復從故道出桂嶺，至前别處，而君没於南中，因賦以弔。

憶昨與故人，湘江岸頭別。我馬映林嘶，君帆轉山滅。馬嘶循故道，帆滅如流電。千里江蘺春，故人今不見。

秋江早發

輕陰迎曉日，霞霽秋江明。草樹含遠思，襟懷有餘清。凝眸萬象起，朗吟孤憤平。渚鴻未矯翼，而我已遐征。因思市朝人，方聽晨雞鳴。昏昏戀衾枕，安見元氣英。納爽耳目變，玩奇筋骨輕。滄洲有奇趣，浩蕩吾將行。

寄陝州姚中丞（時分司東都。）

八月天地肅，二陵風雨收。旌旗闕下來，雲日關東秋。禹跡想前事，漢臺餘故丘。徘徊襟帶地，左右帝王州。留滯悲昔老，恩光榮徹侯。相思望棠樹，一寄商聲謳。

和武中丞秋日寄懷簡諸僚故

退朝還公府，騎吹息繁陰。吏散秋庭寂，鳥啼煙樹深。威生奉白簡，道勝外華簪。風物清遠目，功名懷寸陰。雲衢念前侶，綵翰寫中襟。涼菊照幽徑，敗荷攢碧潯。感時江海思，報國松筠心。空懷壽陵步，芳塵何處尋。

裴祭酒尚書見示春歸城東松塢别墅寄王左丞高侍郎之什命同作

早宦閲人事，晚懷生道機。時從學省出，獨望郊園歸。野酌渡春水，山花應巖扉。石頭解金章，林下步緑薇。青松鬱成塢，脩竹盈尺圍。吟風起天籟，蔽日無炎威。危徑盤羊腸，連甍聳翬飛。幽谷響樵斧，澄潭環釣磯。日見高帝城，冠蓋揚光輝。白雲難持寄，清韻投所希。二公如長離，比翼翔太微。含情謝林壑，酬唱并珠璣。顧余久郎潛，愁寂對芳菲。一聞丘中趣，再撫黄金徽。

李　觀

宿裴有書齋（今按，「有」，《唐文粹》卷十六下同此，《全唐詩》卷三一九、《唐詩紀事》卷三三作「友」）

卧君山牕下，山鳥與我言。清風何颼飀，松柏中夜繁。久遊失歸趣，宿此似故園。林煙横近郊，溪月落古原。

楊巨源

題趙孟莊

管鮑化爲塵，交友存如線。升堂俱自媚，得路難相見。懿君敦三益，頹俗期一變。心同襲芝蘭，氣合迴霜霰。石門雲卧久，玉洞花尋遍。王濬受旌旗，梁竦勞州縣。煙鴻秋更遠，天馬寒逾健。願事郭先生，青囊書幾卷。

孟簡

擬古

劍客不誇貌，主人知此心。但營纖毫義，肯計千萬金。勇發看鷙擊，憤來聽虎吟。平生貴酬德，兩敵無幽深。

五言古詩卷之二十　唐詩品彙二十

正變

韓　愈

唐司空圖云：韓詩驅駕氣勢，共（今按，據姚本、《唐文粹》卷九三司空圖《題柳柳州集後》，當爲「若」）掀雷決電。《晁氏客語》云：韓公文（今按，據四庫本《晁氏客語》、姚本、四庫本，當爲「韓文公」）詩號杜（今按，據四庫本《晁氏客語》《説郛》卷十九下，當爲「狀」）體，謂鋪敘而含蓄（今按，四庫本《晁氏客語》作「鋪敘而無含蓄」）也。若雖近不褻狎，雖遠不背戾，該於理多矣。《蔡寬夫詩話》云：退之詩豪放，自成一家，特恨其深婉未足。蘇東坡云：書之美者，莫如顏魯公，然書法之壞自顏始；詩之美者，莫如韓文公，然詩格之變自韓始。《詩眼》云：退之詩早年亦學建安，如《孤臣昔放逐》（今按，即《赴江陵途中寄贈王二十補闕李十一拾遺李二十六員外三學士》詩）、

《暮行河堤上》、《重雲贈李觀》等篇，皆效建安體，但頗加新奇也。

秋懷詩十一首

（韓仲韶云：此詩多自感其趨向不與世合，故末章有「避語穽」、「觸心兵」之語，又以霜菊自歎，可見其一時直道之不容也。○劉須溪云：《秋懷》詩，終是豪宕，非近語也［今按，「近」，刻者不詳明本、屠隆本、姚本作「選」，當以「選」爲是，如宋魏仲舉編《五百家注昌黎文集》卷一引樊汝霖评云：「《秋懷》十一首，《文選》詩體也。」］。）

牕前兩好樹，衆葉光薿薿。秋風一披拂，策策鳴不已。微燈照空牀，夜半偏入耳。愁憂無端來，感歎成坐起。天明視顏色，與故不相似。羲和馭白日，疾急不可恃。浮生雖多途，趨死唯一軌。胡爲浪自苦，得酒且歡喜。

其二

白露下百草，蕭蘭共凋悴。青青四墻下，已復生滿地。寒蟬暫寂寞，蟋蟀鳴自恣。連行無窮期，稟受氣苦異。適時各得所，松柏不必貴。（劉云：甚怨。○青青者，蕭也，故松柏如此耳，正言似反。）

其三

彼時何卒卒，我志何曼曼。犀首空好飲，廉頗尚能飯。學堂日無事，驅馬適所願。茫茫出

門路，欲去聊自歎。歸還閱書史，文字浩千萬。陳跡竟難尋，賤嗜非貴獻。丈夫意有在，女子乃多怨。（劉云：骯髒愈高。）

其四

秋氣日惻惻，秋空日凌凌。（劉云：「惻惻」、「凌凌」，亦是自道。）上無枝上蜩，下無盤中蠅。豈不感時節，耳目去所憎。清曉卷書坐，南山見高稜。其下澄湫水，有蛟寒可罾。惜哉不得往，豈謂吾無能。（劉云：可與《古詩十九首》上下，而氣復過之。）

其五

離離掛空悲，慽慽抱虛警。（劉云：又勝。）露泫秋樹高，蟲弔寒夜永。斂退就新懦，趨榮悼前猛。歸愚識夷塗，汲古得脩綆。名浮猶有恥，味薄真自幸。（劉云：又怨。）庶幾遺悔尤，即此是幽屏。（葛立方《韻語陽秋》云：此猶陶公《歸去來辭》「覺今是而昨非」之意，似有所悟也。）

其六

今晨不成起，端坐盡日景。蟲鳴室幽幽，月吐牕冏冏。喪懷若迷方，浮念劇含梗。塵埃慵伺候，文字浪馳騁。尚須勉其頑，王事有朝請。

其七

秋夜不可晨，秋日苦易暗。我無汲汲志，何以有此憾。寒鷄空在棲，缺月煩屢瞰。有琴具徽絃，再鼓聽愈淡。古聲久埋滅，無由見真濫。低心逐時趨，苦勉祗能暫。有如乘風船，一縱不可纜。不如覷文字，丹鉛事點勘。豈必求贏餘，所要石與甔。

其八

卷卷落地葉，隨風走前軒。鳴聲若有意，顛倒相追奔。空堂黄昏暮，我坐默不言。童子自外至，（劉云：謂童子不喻，退而誦詩耳。）吹燈當我前。問我我不應，饋我我不餐。退坐西壁下，讀書盡數篇。作者非今士，相去時已千。其言有感觸，使我復悽酸。顧謂汝童子，置書且安眠。丈夫屬有念，事業無窮年。（劉云：耿耿如在目前，荆公「抛書還少年」不如此暢。）

其九

霜風侵梧桐，衆葉着樹乾。空階一片下，琤若摧琅玕。（劉云：甚無緊要，造此奇崛。）謂是夜氣滅，望舒霣其團。青冥無依倚，飛轍危難安。驚起出户視，倚楹久汍瀾。憂愁費晷影，日月如跳丸。迷復不計遠，爲君駐塵鞍。

其十

暮暗來客去，羣囂各收聲。悠悠偃宵寂，亹亹抱秋明。世累忽進慮，外憂遂侵誠。强懷張不滿，弱念缺易（今按，《全唐詩》卷三三六作「已」）盈。（劉云：時時有自得語。）詰屈避語穽，冥犯（今按，據《全唐詩》、四庫本，當爲「茫」）觸心兵。敗虞千金棄，得比寸草榮。知耻足爲勇，晏然誰汝令。

其十一

鮮鮮霜中菊，既晚何用好。揚揚弄芳蝶，爾生還不早。運窮兩值遇，婉孌死相保。西風蟄龍蛇，衆木日凋稿（今按，據姚本、四庫本及《全唐詩》，當爲「槁」）。由來命分爾，泯滅豈足道。（葛立方云：此則似有不遇時之歎也。○劉云：甚悲惋自足，有守死不易之志。陳去非以爲躁，豈其然哉？又云：十韻皆豪壯感激，不類《選》體。最後詩氣短，然極耿切也。）

夜歌

静夜有清光，閑堂仍獨息。念身幸無恨，志氣方自得。樂哉何所憂，所憂非我力。（樊澤之云：此篇□［今按，原文「篇」字後爲墨丁，據姚本、四庫本，當爲「作」］於貞元中，時强藩悍將可爲朝廷憂，公方歎謀計之未就，雖欲憂，非所力也。）

暮行河堤上

暮行河堤上，四顧不見人。衰草際黄雲，感歎愁我神。夜歸孤舟卧，展轉空及晨。謀計竟何就，嗟嗟世與身。（樊澤之云：此篇與《夜歌》意同。）

長安交游者贈孟郊

長安交游者，貧富各有徒。親朋相過時，亦各有以娱。陋室有文史，高門有笙竽。何能辨榮悴，且欲分賢愚。（葛立方云：公此詩，［今按，宋魏仲舉編《五百家注昌黎文集》卷一引此語此處有「蓋言」二字］貧者文史之樂，賢於富者笙竽之樂也。）

宿曾江口示姪孫湘

舟行亡故道，屈曲高林間。林間無所有，奔流但潺潺。嗟我亦拙謀，致身落南蠻。茫然失所詣，無路何能還。（劉云：氣短極，寥寥之思，非平生比也。）

落葉送陳羽

落葉不更息，斷蓬無復歸。飄颻終自異，邂逅暫相依。悄悄深夜語，悠悠寒月輝。誰云少年别，流淚各沾衣。

晚菊（此詩在陽山窮獨不自聊而作。）

少年飲酒時，踴躍見菊花。今來不復飲，每見恒咨嗟。佇立摘滿手，行行把歸家。此時無與語，棄置奈悲何。

從仕（貞元十七年，始從調京師而作。）

居閑食不足，從仕力難任。兩事皆害性，一生恒苦心。黄昏歸私室，惆悵起歎音。棄置人間世，古來非獨今。

哭楊兵曹疑陸歙州參（今按，「疑」，據姚本、《文苑英華》卷三〇三、《全唐詩》卷三三九，當爲「凝」）

人皆期七十，纔半豈蹉跎。數出知己淚，自然白髮多。晨興爲誰慟，還坐久滂沱。論文與寤語，已矣可如何。

感春

偶坐藤樹下，暮春下旬間。藤陰已可庇，落蕊還漫漫。亹亹新葉大，瓏瓏晚花乾。青天高寥寥，兩蝶飛翻翻。時節適當爾，懷悲自無端。（劉云：無緊無要，寫得沉至不同。末語動人。）

出門（樊澤之云：此詩在京師未得志而作，故其辭如此。）

長安百萬家，出門無所之。豈敢尚幽獨，與世實參差。古人雖已死，書上有其辭。開卷讀且想，千載若相期。出門各有道，我道方未夷。日（今按，據姚本、四庫本及《全唐詩》，當爲「且」）於此中息，天命不吾欺。

送李正字儗歸湖南（今按，據《文苑英華》卷二七六、《全唐詩》卷三三九、四庫本《五百家注昌黎文集》卷四，「儗」當爲「礎」）

長沙入深楚（今按，據《文苑英華》、《全唐詩》、四庫本《五百家注昌黎文集》，當爲「楚深」），洞庭值秋晚。人隨鴻鴈少，江共蒹葭遠。歷歷余所經，悠悠子當返。孤遊懷耿介，旅宿夢婉娩。風土稍殊音，魚蝦日異飯。親交俱在此，誰與同息偃。

幽懷

幽懷不可寫，行此春江潯。適與佳節會，士女競光陰。凝粧耀洲渚，繁吹蕩人心。間關林中鳥，亦知和爲音。豈無一樽酒，自酌還自吟。但悲時易失，四序迭相侵。我歌君子行，視古猶視今。

江漢一首答孟郊

江漢雖云廣，乘舟渡無艱。流沙信難行，馬足常往還。淒風結衝波，狐裘能禦寒。終宵處幽室，華燭光爛爛。苟能行忠信，可以居夷蠻。嗟余與夫子，此義每所敦。何爲復見贈，繾綣在不諼。

縣齋讀書

出宰山水縣，讀書松竹林。蕭條捐末事，邂逅得初心。哀狖醒俗耳，清泉潔塵襟。詩成有共賦，酒熟無孤斟。青竹時默釣，白雲日幽尋。南方本多毒，北客恒懼侵。謫譴甘自守，滯留愧難任。投章類縞帶，佇答逾兼金。（貞元二十年在陽山作。公嘗曰：「陽山天下之窮處，縣郭無居民，官無丞、尉，小吏十餘家。」審此，則詩無共賦，酒無共斟，其誰與樂此乎？蓋是遠方來從游，户外屨常滿矣。篇末意，必贈從游者望其報章也。）

南溪始泛二首

榜舟南溪上，上上不得返。幽事隨去多，孰能量近遠。陰沉過連樹，藏昂抵横坂。石粗肆磨礪，波惡厭牽挽。或雨飄（今按，屠隆本、《全唐詩》卷三四二、四庫全書本《五百家注昌黎文集》卷七作「倚偏」）岸漁，竟就平洲飯。點點暮雨秋，稍稍新月偃。餘年懍無幾，休日愴已晚。自是病使

然，非由取高蹇。（此詩乃長慶間公以病在告日所作，故云「餘年懍無幾」，是年十二月公薨，始絶筆於此矣。○黄山谷最愛此詩，有詩人句律之深意。）

其二

南溪亦清駛，而無檝與舟。山農驚見之，隨我觀不休。不惟兒童輩，或有杖白頭。饋我籠中瓜，勸我此淹留。我云以病歸，此已頗自由。幸有用餘俸，置居在西疇。囷倉米穀滿，未有旦夕憂。上去無得得，下來亦悠悠。但恐煩里閭，時有緩急投。願爲同社人，雞豚燕春秋。

重雲一首李觀疾贈之

天行失其度，陰氣來干陽。重雲蔽白日，炎燠成寒涼。小人但咨怨，君子惟憂傷。飲食爲減少，身體豈寧康。此志誠足貴，懼非職所當。藜羹尚如此，肉食安可嘗。窮冬百草死，幽桂乃芬芳。且況天地間，大運自有常。勸君善飲食，鸞鳳本高翔。

齪齪（貞元十五年，鄭、滑大水，此篇大抵言當世之士齪齪無能爲國慮者。）

齪齪當世士，所憂在饑寒。但見賤者悲，不聞貴者歎。大賢事業異，遠抱非俗觀。報國心皎潔，念時涕汍瀾。妖姬坐左右，柔指發哀彈。酒殽雖日陳，感激寧爲歡。秋陰欺白日，

泥潦不少乾。河堤決東郡，老弱隨驚湍。天意固有屬，誰能詰其端。願辱太守薦，得充諫諍官。排雲叫閶闔，披腹呈琅玕。致君豈無術，自進誠獨難。

孟郊

唐李翱云：郊詩高處在古無上，平處猶下顧沈、謝。《隱居詩話》云：郊詩蹇澀窮僻，琢削不暇，真苦吟而成觀。（今按，「真苦吟」句，《歷代詩話》本《臨漢隱居詩話》原文爲：「真苦吟而成。觀其句法、格力可見矣。」）嚴滄浪云：孟郊之詩刻苦，其句法格力可以見矣，讀之令人不歡。

樂府十三首

列女操

梧桐相待老，鴛鴦會雙死。貞婦貴徇夫，捨生亦如此。波瀾誓不起，妾心古井水。

塘下行

塘邊日欲斜，年少早還家。徒將白羽扇，調妾木蘭花。不是城頭樹，那棲來去鴉。

遊子吟

慈母手中線，遊子身上衣。臨行密密縫，意恐遲遲歸。難將（今按，《全唐詩》作「誰言」，《唐詩紀事》卷三五作「誰將」）寸草心，報得三春暉。（劉云：全是託興終之，悠然不言之感，復非晛睆寒泉之比。千古之下，猶不忘「今按，姚本作「忍」」談，詩之尤不朽者。）

送遠吟

河水昏復晨，河邊相送頻。離杯有淚飲，别柳無枝春。一笑忽然斂，萬愁俄已新。東波與西日，不惜遠行人。

巫山行

見盡數萬里，不聞三聲猿。但飛蕭蕭雨，中有亭亭魂。千載楚襄恨，遺文宋玉言。至今晴明天，雲結深閨門。

静女吟

艷女皆妬色，静女獨檢蹤。任禮恥任粧，嫁德不嫁容。君子易求聘，小人難自從。此志與誰諒，琴絃幽韻重。

苦寒吟

天色寒青蒼，北風叫枯桑。厚冰無裂文，短日有冷光。敲石不得火，壯陰正奪陽。調苦竟何言，凍吟成此章。

古怨别

颯颯秋風生，愁人怨離别。含情兩相向，欲語氣先咽。心曲千萬端，悲來却難説。别後唯所思，天涯共明月。

征婦怨

良人昨日去，明月又不圓。别時各有淚，零落青樓前。君淚濡羅巾，妾淚滴路塵。羅巾常在手，今得隨妾身。

古薄命妾

不惜十指弦，爲君千萬彈。常恐新聲至，坐使故聲殘。棄置今日悲，即是昨日歡。將新變故易，變故爲新難。青山有蘼蕪，淚葉長不乾。空令後世人，採掇幽思攢。（劉云：其聲如樂府爲近，此復以苦語勝。）

湘妃怨

南巡竟不返，二妃怨逾積。萬里喪蛾眉，瀟湘水空碧。（劉云：不苦死形容，自得大意。）冥冥荒山下，古廟收貞魄。喬木深青春，清光滿瑶席。搴芳徒自薦，靈意殊脈脈。玉珮不可親，徘徊煙波夕。

車遥遥

路喜到江盡，江上又通舟。舟車兩無阻，何處不得遊。丈夫四方志，女子安可留。郎自别日言，無令生遠愁。旅鴈忽叫月，斷猿寒啼秋。此夕夢君夢，君在北城樓。塞淚無回收，寄恨無回輈。願爲馭者手，與郎回馬頭。

古别曲

山川古今路，縱横無斷絶。來往天地間，人皆有離别。行衣未束帶，中腸已先結。不用看鏡中，自知生白髮。欲陳去留音，聲向言前咽。愁絶填心胸，茫茫爲君説。荒郊煙莽蒼，曠野風凄切。處處得相隨，人那不如月。（劉云：語雖如此，極是苦思。）

感興六首

感懷

秋氣悲萬物，驚風振長道。登高有所思，寒雨傷百草。平生有親愛，零落不相保。五情今已傷，安得自能老。

聞砧

杜鵑聲不哀，斷猿啼不切。月下誰家砧，一聲腸一絶。杵聲不爲客，客聞髮盡白。杵聲不爲衣，欲令遊子歸。

長安早春

旭日朱樓光，東風不起塵。公子醉未起，美人争探春。探春不爲桑，探春不爲麥。日夕出西園，秖望花柳色。乃知田家春，不入五侯宅。

去婦

君心匣中鏡，一破不復全。妾心藕中絲，雖斷猶牽連。安知御輪士，今日翻迴轅。一女事

一夫，安可移再天。君聽琴中言，哀哀上絲絃。

怨別

一別一回老，志士白髮早。（劉云：便極頓挫，殆不可復得。）在富易爲容，居貧難自好。（劉云：亦通透有味。）沉憂損性靈，服藥亦枯槁。秋風遊子衣，落日行遠道。君問去何之，賤身難自保。（劉云：古意沉著，甚有餘情。）

勸酒

白日無定影，清江無定波。人無百年壽，百年復如何。堂上陳美酒，堂下列清歌。勸君金屈巵，勿謂朱顔酡。松柏歲歲茂，丘陵日日多。君看終南山，千古青峨峨。（劉云：起得似苦，曲折又極豪暢，善道人意。）

詠懷六首

獨愁

前日遠別離，昨日生白髮。欲知萬里情，曉卧半牀月。常恐百蟲鳴，使我芳草歇。

春愁

春物與愁客，遇時各有違。故花辭新枝，新淚落故衣。日暮兩寂寞，飄然亦同歸。

秋夕貧居述懷

卧冷無遠夢，聽秋酸别情。高枝低枝風，千葉萬葉聲。（劉云：創體。）淺井不共飲，瘦田常廢耕。今交非古交，貧語聞皆輕。（劉云：説盡。）

落第

曉月難爲光，愁人難爲腸。誰言春物榮，起見葉上霜。鵰鶚失勢病，鷦鷯假翼翔。棄置復棄置，情如刀刃傷。（劉云：世上苦語，搜索略盡。）

秋懷

秋至老更貧，破屋無門扉。一片月落牀，四壁風入衣。疏夢不復遠（劉云：精語。），弱心良易歸。商葩將去緑，繚繞争餘輝。野步賤事少，病謀向物違。幽幽草根蟲，生意與我微。

失意歸吴因寄東臺劉侍郎

自念西上身，忽隨東歸風。長安日下影，又落江湖中。離婁豈不明，子野豈不聰。至寶非

眼別，至音非耳通。因緘俗外調，仰寄高飛鴻。

遊適九首

獨宿峴首憶長安故人

月迴無隱物，況復大江秋。江城與沙村，人語風颼颼。峴亭當此時，故人不同遊。故人在長安，亦可將夢求。

蘇州昆山惠聚寺僧房

昨日到上方，片雲掛石牀。錫杖莓苔青，袈裟松柏香。清磬無短韻，古燈含永光。有時乞鶴歸，還訪逍遥場。

喜與長文上人宿李秀才小山池亭

燈盡語不盡，主人庭砌幽。柳枝星欲（今按，《全唐詩》卷三七五作「影」）曙，蘭葉露華浮。塊嶺笑群峰（今按，《全唐詩》作「岫」），片池輕衆流。更聞清淨子，逸唱頗難儔。

遊終南龍池寺

飛鳥不到處，僧房終南巔。龍在水長碧，雨開山更鮮。步出白日上，坐依青溪邊。地寒松柏短，石際道路偏。晚磬送歸客，數聲落遥天。

過分水嶺

山壯馬力短，路行石齒中。十步九舉轡，迴還失西東。溪水變爲雨，懸崖陰濛濛。客衣飄飄秋，葛花零落風。白日捨我没，征途忽然窮。

立德新居

疏門不掩水，洛色寒更高。曉碧流視聽，夕清濯衣袍。但立仁義德，未覺登涉勞。遠岸雪難盡，勁枝風易號。霜禽各嘯侶，吾亦愛吾曹。

遊終南

南山塞天地，日月石上生。（劉云：未知其下云何，即此，其出有不容至「今按，「其出」句，姚本、刻者不詳明本作「其壯亦不容説」，屠隆本作「其壯亦不容至」」。）高峰夜留景，深谷晝未明。山中人自正，路險心亦平。長風驅松柏，聲拂萬壑清。即此悔讀書，朝朝近浮名。（劉云：警異。）

西山經靈寶觀（觀即尹真人舊宅。）（今按，姚本、牛斗本、屠隆本、刻者不詳明本題下無注）

道士無白髪，語音靈泉清。青松多壽色，白石常夜明。放步霽霞起，振衣華風生。真文秘中頂，寶氣浮四楹。一片古關路，萬里今人行。上仙不可見，孤策徒西征。

連州吟（今按，姚本、刻者不詳明本作《徒西征》）

春風朝夕起，吹緑日日深。試爲連州吟，淚下不可禁。連山何連連，連天碧嶔岑。哀猿哭花死，子規裂客心。蘭蕊結新佩，瀟湘遺舊音。怨聲能剪絃，坐撫零落琴。

送贈九首

山中送從叔蘭赴舉

石根百尺松，山眼一片泉。倚之道氣高，飲之詩思鮮。於此逍遥場，忽奏别離絃。却笑薜蘿子，不同鳴躍年。

送從弟郢東歸

爾去東南夜，我無西北夢。誰言貧别易，貧别愁更重。曉色奪明月，征人逐羣動。秋風楚

濤高，旅榜將誰共。

答郭郎中

松柏死不變，千年色青青。志士貧更堅，守道無異營。每彈瀟湘瑟，獨抱風波聲。中有失意吟，和（今按，姚本、牛斗本、屠隆本、刻者不詳明本，《全唐詩》卷三七八作「知」）者淚滿纓。何以報知者，永存堅與貞。

贈鄭夫子魴

天地入胸臆，吁嗟生風雷。文章得其微，物象由我裁。宋玉逞大句，李白飛狂才。苟非聖賢心，孰與造化該。勉矣鄭夫子，驪龍今始胎。

汝墳蒙從弟楚村見贈時郊得入秦楚村適楚（今按，據姚本、屠隆本及《全唐詩》卷三七八，題中「村」皆當爲「材」）

朝爲主人心，夕作行客吟。汝水忽悽咽，汝風流苦音。北闕秦門高，南路楚石深。分淚灑白日，離腸繞青岑。何以寄遠懷，黄鶴能相尋。

留别知己

共照日月影，獨爲愁思人。（劉云：怨痛復不可堪。）豈知鶗鴂鳴，瑶草不得春。一片兩片雲，千里萬里身。雲歸嵩山陽，身寄江之濆。棄置復何道，楚情吟白蘋。

感别送叔簡校書再科東歸（今按，據四庫本及《全唐詩》卷三七九，「科」前當脱「登」字，《全唐詩》題作《感别送從叔校書簡再登科東歸》）

長安車馬道，高枕（今按，屠隆本、四庫全書本《孟東野詩集》卷八、《全唐詩》作「槐」，《全唐詩》注云：一作「柳」。「枕」當爲「槐」或「柳」字之訛）結浮陰。下有名利人，一人千萬心。黄鶴多遠勢，滄溟無近潯。怡怡静退姿，泠泠思歸吟。菱唱忽生聽，芸書迴望深。清風散言笑，餘花綴衣襟。獨恨魚鳥别，一飛將升沉。

與韓愈李翺張籍别

朱絃奏離别，華燈少光輝。物色豈有異，（劉云：亦不料下句如此。）人心顧將違。客程殊未已，歲華忽然微。秋桐故葉下，寒露新鴈飛。遠遊豈重恨，送人念先歸。夜集類羈鳥，晨光失相依。馬跡繞川水，鴈書還閨闈。常恐親朋阻，獨行知慮非。

上河陽李大夫

上將秉神略，至兵無猛威。三軍當嚴冬，一撫勝重衣。霜劍奪衆景，夜星失長輝。蒼鷹獨立時，惡鳥不敢飛。武牢鎖天關，河橋紐地機。大軍奚以安，守此稱者稀。貧士少顔色，貴門多輕肥。試登山岳高，方見草木微。山岳恩既廣，草木心皆歸。

哀傷三首

李少府廳弔李元賓遺字

零落三四字，忽成千萬年。那知冥寞客，不有補亡篇。斜月弔空壁，旅人難獨眠。一生能幾時，百慮來相煎。戚戚故交淚，幽幽長夜泉。已矣難重言，一言一潸然。

覽崔爽遺文因紓幽懷（崔没南方。）

墮淚數首文，悲結千里墳。蒼冥且留我，白日空遺君。仙鶴未巢月，衰鳳先墜雲。清風獨起時，舊語如再聞。瑶草罷葳蕤，桂花休氛氲。萬物與我心，相感哭江濆。

悼吴興張衡評事

君生霅水清，君没霅水渾。空令骨肉情，哭得白日昏。大夜不復曉，古松長閉門。琴絃緑水絶，詩句青山存。昔爲芳春顔，今爲芳（今按，《全唐詩》卷三八一作「荒」）草根。獨問冥冥理，先儒未曾言。（劉云：語不盡白，又高調「今按，姚本作「託」」之，不可解者。）

五言古詩卷之二十一　唐詩品彙二十一

餘響（上）

王　建

江南雜體二首

處處江草緑，行人發瀟湘。瀟湘迴鴈多，日夜思故鄉。春夢不知數，空山蘭蕙芳。

其二

江上風翛翛，竹間湘水流。日夜桂花落，行人去悠悠。復見離别處，蟲聲陰雨秋。

思遠人

妾思常懸懸，君行復綿綿。征途向何處，碧天與青天。歲久自有念，誰令長在邊。少年若不歸，蘭室如黄泉。

早起

迴燈正衣裳，出户星未稀。堂上候姑起，環珮生晨輝。暗池光羃歷，密樹花葳蕤。九成鐘漏絶，遥聽直郎歸。

邯鄲主人

遠客無主人，夜投邯鄲市。飛蛾繞殘燭，半夜人醉起。壚邊酒家女，遺我緗綺被。合成雙鳳花，宛轉不相離。縱令顔色故，勿遺合歡異。一念始爲難，萬金誰足貴。門前長安道，去者如流水。晨風去鳥翔，徘徊别離此。

將歸故山留别杜侍御

有川不得涉，有路不得行。沉沉百憂中，一日如一生。（劉云：人之有此，苦不能道。）錯來干諸侯，石田廢春耕。虎戟衛重門，何因達中誠。日月俱照曜，山川異陰晴。如何百里間，開目不見明。我今歸故山，誓與草木并。願君去丘阪，長使道路平。（劉云：古意。）

七泉寺上方

長年好名山，本性今得從。回首塵跡遥，稍見麋鹿蹤。老僧雲中居，石門青重重。陰泉養

成龜，古壁飛却龍。掃石禮新經，懸幡上高峰。日高猿鳥合，（劉云：好。）覓食聽山鐘。將火尋遠泉，煮茶傍寒松。晚隨收藥人，便宿南澗中。（劉云：自在。）晨起衝露行，濕花枝茸茸。歸依向禪師，願作香火翁。

張籍

張自（今按，據《全唐文》卷八七二，當爲「洎」）本集《序》云：公爲古風最善，自李、杜之後，《風》、《雅》道喪，繼其美者，惟公一人矣。白樂天讀其詩云：「張公何爲者，業文三十春。尤攻樂府辭，舉代少其倫。」姚合讀其詩云：「妙絶江南曲，悽清怨女詩。古風無敵手，新語是人知。」其爲當時名士推服也如此。

宛轉行

華屋重翠幄，綺席雕象牀，遠漏微更疏，薄衾中夜涼。爐氳暗徘徊，寒燈背斜光。妍姿結宵態，寢壁幽夢長。宛轉復宛轉，憶君更未央。

離怨

切切重切切，秋風桂枝折。人當少年嫁，我當少年别。（劉云：真是婦人本色。）念君非征行，年

年長遠途。妾身甘獨没，高堂有舅姑。山川豈遥遠，行人自不返。（劉云：甚是優游。）

陈　羽

公子行

金羈白馬郎，何處踏青來。馬驕郎半醉，躞蹀望樓臺。似見樓上人，玲瓏牕户開。隔花聞一笑，落日不知回。

楊　賁

感興（一作《時興》。）

貴人昔未貴，咸願顧寒微。及自登樞要，何曾問布衣。平明登紫閣，日晏下彤闈。擾擾路傍子，無勞歌是非。

陸長源

酬孟十二新居見寄

大道本夷曠，高情亦沖虚。因隨白雲意，偶逐青蘿居。青蘿紛蒙密，四序無慘舒。餘清濯子衿，散彩還吾廬。去歲登美第，策名在公車。將必繼管籥，豈惟躡應徐。首夏尚清和，殘芳遍丘墟。褰幃蔭牕柳，汲井滋園蔬。達者貴知心，古人不願餘。愛君蔣生徑，且著茂陵書。

李　涉

題清溪鬼谷先生舊居

翠壁開天地，青崖列雲樹。水容不可狀，杳若清河霧。常聞先生教，指示秦儀路。二子才不同，逞詞過尺度。偶因從吏役，遠到冥棲處。松月想舊山，煙霞了如故。未遑鍊金鼎，日覺容光暮。萬慮隨境生，何由返真素。寂寞天籟息，清迴鳥聲曙。迴首望重重，無期挹風馭。

白居易

蘇東坡云：樂天善長篇，但格製不高，局於淺切，又不能變風操，故讀而易厭矣。

沈存中云：樂天詩不必皆好，然識趣可尚矣。

《詩苑類格》云：樂天諷諭之詩長於激，閑適之詩長於遣，感傷之詩長於切，律詩百言以上長於贍，五字、七字百言以上長於情。（今按，《詩苑類格》此語乃引自元稹《白氏長慶集序》）

續古五首

春旦日初出，曈曈曜晨暉。草木照未遠，浮雲已蔽之。天地黯以晦，當午如昏時。雖有東南風，力微不能吹。中園何所有，滿地青青葵。陽光委雲上，傾心欲何依。

其二

掩涕别鄉里，飄颻將遠行。茫茫緑野中，春盡孤客情。驅馬上丘隴，高低路不平。風吹棠梨花，啼鳥時一聲。古墓何代人，不知姓與名。化作路傍土，年年春草生。感彼忽自悟，今我何營營。

其三

朝採山上薇，暮採山上薇。歲晏薇亦盡，饑來何所爲。坐飲白石水，手把青松枝。擊節獨長歌，其聲清且悲。櫪馬非不肥，所苦長縶維。豢豕非不飽，所憂竟爲犧。行行歌此曲，以慰常苦饑。

其四

戚戚復戚戚，送君遠行役。行役非中原，海外黄沙磧。伶俜獨居妾，迢遞長征客。君望功名歸，妾憂生死隔。誰家無夫婦，何人不離拆。所恨薄命身，嫁遲别日迫。妾身有存没，妾心無改易。生爲閨中婦，死作山頭石。

其五

窈窕雙鬟女，容德俱如玉。晝居不踰閾，夜行常秉燭。氣如含露蘭，心似貫霜竹。宜當備嬪御，胡爲守幽獨。無媒不得選，年忽過三六。歲暮望漢宫，誰在黄金屋。邯鄲進倡女，能唱黄花曲。一曲稱君心，恩榮連九族。

小閣閑坐

閣前竹蕭蕭，閣下水潺潺。拂簟捲簾坐，清風生其間。静聞新蟬鳴，遠見飛鳥還。但有巾掛壁，而無客叩關。二疏返故里，四老歸舊山。吾亦適所願，求閑而得閑。

首夏南池獨酌

春盡雜英歇，夏初芳草深。薰風自南來，吹我池上林。緑蘋散還合，頳鯉跳復沉。新葉有佳色，殘鶯猶好音。依然謝家物，池酌對風琴。慚無康樂詠，秉筆思沉吟。境勝才思窮，詩成不稱心。

重過壽泉憶與楊九别時因題店壁

商州南十里，水有名壽泉。湧出石岸下，流經山店前。憶昔别離日，我去君言還。寒波與去淚，此地共潺湲。一去歷萬里，再去經六年。形容已變改，泉水猶依然。他日君過此，殷勤吟此篇。

秋池

身閑無所爲，心閑無所思。況當故園夜，復此新秋池。岸暗鳥棲後，橋明月出時。菱花香

散漫，桂露光參差。静境多獨得，幽懷竟誰知。悠然心中語，自問來何遲。

聽琴（集作《清夜琴興》。）

月出烏棲盡，寂然坐空林。是時心境閑，可以彈素琴。清泠由水性，恬淡隨人心。心積和平氣，水應正始音。響餘羣動息，曲罷秋夜深。正聲感元化，天地清沉沉。

歐陽詹

銅雀妓

蕭條登古臺，回首黄金屋。落葉不歸林，高陵永爲谷。粧容徒自麗，舞態悦誰目。惆悵繐帷前，歌聲苦如（今按，《文苑英華》卷二〇四、《唐文粹》卷十二、《全唐詩》卷三四九作「於」）哭。

晨裝行

村店月西入，山枝鵁鶄聲。求燈徹夜席，束囊事晨征。寂寂人尚眠，悠悠天未明。豈無偃息心，所務前有程。

題嚴光釣臺

弭棹歷陳跡，悄然闕我情。伊無昔時節，豈有今時名。辭貴不辭賤，古心誰復行。欽哉此溪曲，永傳英風聲。

自懷州却赴洛途中作

惆悵策疲馬，孤蓬被風吹。昨東今又西，冉冉長路岐。歲晚桂無葉，夜寒霜滿枝。旅人恒苦辛，冥寞天何知。

徐十八晦落第

嘉穀不夏熟，大器當晚成。徐生異凡鳥，安得非時鳴。汲汲有所（集作「故」。〔今按，《文苑英華》卷二五七「所」下校云「集作攸」，四庫本《歐陽周行文集》卷二、《唐文粹》十五下作「攸」，則「故」乃「攸」之訛；刻者不詳明本作「收」，姚本作「妝」，亦訛〕）爲，驅驅無本情。懿哉蒼梧鳳，終見排雲征。

初發太原途中寄所思

驅馬覺漸遠，回頭長路塵。高城已不見，況復城中人。去意尚未甘，居情諒尤辛。萬里東北晉，千里西南秦。一履不出門，一車無停輪。流萍與繫匏，早晚期相親。

同諸公過福先寺禪院宣上人房（今按，「禪」，姚本、刻者不詳明本、《全唐詩》卷八八三作「律」）

律座下朝講，晝門爲掩關。偶同静者來，正值高雲閑。寂爾方丈内，瑩然虚白間。千燈智慧心，片玉清羸（今按，據姚本、四庫本、《全唐詩》卷八八三，當爲「羸」）顔。松色落深井，竹陰寒小山，晤言流曦晚，惆悵歸人寰。

翫月

八月三五夕，舊嘉蟾兔光。斯從古人好，共下今宵堂。素魄皎孤凝，芳輝紛四揚。徘徊林上頭，泛灧天中央。皓露助流華，輕飈佐浮凉。清泠到肌（今按，四庫本《歐陽行周文集》卷九、《全唐詩》卷三四九皆作「骨」）膚，潔白盈衣裳。惜此苦宜翫，攬之非可將。含情顧廣庭，願勿沉西方。

鮑　溶

隋宫

御街行路客，行路悲春風。野老幾代人，猶耕煬帝宫。零落池臺勢，高低禾黍中。

岐路

北客苦微寒，徒侶勒（今按，據姚本、四庫本、《唐詩紀事》卷四一、《全唐詩》卷四八六，當爲「勤」）遠程。憂人席不暖，殘月馬上明。飄飄岐路間，長見日初生。重嶂曉色淺，疏猿寒啼清。人間多岐路，常恐終身行。迴見四方人，車輪無留聲。空谷亦堪隱，下田非懶耕。古今有遺訓，飽食非親榮。我生禮義鄉，少小見太平。賢聖猶羈旅，況復非其名。

呂　温

聞砧有感

千門儼雲端，此地富羅紈。秋月三五夜，砧聲滿長安。幽人感中懷，静聽淚汍瀾。所恨擣衣者，不知天下寒。

李　賀

京兆杜牧本集《序》略云：賀詩蓋《騷》之苗裔，理雖不及，辭或過之。世皆曰：使賀且未死，少加以理，奴婢命《騷》可也。　嚴滄浪云：盧仝之怪，長吉之詭，天地間自無

此體不得。又云：太白天仙之詞，長吉鬼仙之詞矣。

走馬引

（《中華古今注》云：樗里牧恭爲父報怨殺人，匿山下。有天馬夜降，圍其室而鳴。聞聲，以爲吏追之，奔走且視，乃天馬跡也。因悟曰：豈吾所處之將危乎？遂逃沂澤，援等［今按，據姚本、四庫本、四庫本《中華古今注》卷下，當爲「琴」］爲此引。）

我有辭鄉劍，玉鋒堪截雲。襄陽走馬客，意氣自生春。朝嫌劍花淨，暮嫌劍光冷。能持劍向人，不解持照身。

傷心行

咽咽學楚吟，病骨傷幽素。秋姿白髮生，木葉啼風雨。燈青蘭膏歇，落照飛蛾舞。古壁生凝塵，羈魂夢中語。

銅雀妓

（追和何遜、謝朓之作。）

佳人一壺酒，秋容滿千里。石馬卧新煙，憂來何所似。歌聲且潛弄，陵樹風自起。長裾壓高臺，淚眼看花机（今按，屠隆本作「几」，《全唐詩》「机」下注云：同「几」）。（劉須溪云：不必苦心，居然自近《選》語。又云：直有墓中不能言者，却正如此，亦近大體。）

塞下曲

胡角引北風，薊門白於水。（劉云：悲壯卓絶。）天含青海道，城頭月千里。霧下旗濛濛，寒金鳴夜刻。蕃甲鎖蛇鱗，馬嘶青塚白。秋静見旄頭，沙遠席羈愁（一作「席萁愁」爲是，蓋卧沙中以豆萁爲席也。）。障北天應盡，河聲出塞流。

還自會稽歌（并序）

庾肩吾於梁時嘗作宫體謡引，而（今按，姚本、屠隆本、刻者不詳明本，《全唐詩》卷三九〇無「而」字，牛斗本有「而」字，但「引而」二字被塗去）以應和皇子。及國勢淪敗，肩吾先潛難會稽，後始還家。僕意其必有文（今按，《全唐詩》「文」上有「遺」字），今無得焉，故作《還自會稽歌》以補其悲。

野粉椒壁黄，濕螢滿梁殿。臺城應教人，秋衾夢銅輦。（太子車也。）吴霜點歸鬢，身與塘蒲晚。脈脈辭金魚，羈臣守迍賤。（劉云：此擬肩吾之作，安得不述梁亡之悲？其沉著憔悴，在於自言秋衾銅輦之夢，而庾自見，殆賦外賦也。「塘蒲」之歎，融入秋晚，結語却如此，極是矣。）

感諷

星盡四方高，萬物知天曙。己生須己養，荷擔出門去。君平久不返，康伯遁國路。（漢韓康，

字伯休。湘（今按，據姚本、四庫本，當爲「桓」）帝聘之，不得已，行。至亭舍，間道遁去。）曉思何譊譊，闤闠千人語。（劉云：詠嚴君平、康伯休（今按，四庫本作「韓伯休」）而感諷自見（今按，此句刻者不詳明本、姚本作「舉世君平、康伯休而託之可見」，當有舛誤，四庫本《箋注評點李長吉歌詩》卷二作「託之君平、康伯而舉世可見」），安能免此，其妙在言外。末語不收拾之收拾，更佳。）

賈　島

司空闔（今按，據姚本及司空圖《與李生論詩書》，當爲「圖」）云：賈詩誠有警句，視其全篇，意思殊晦。

古意

碌碌復碌碌，百年雙轉轂。志士中夜心，良馬白日足。俱爲不等閑，誰是知音目。眼中兩行淚，曾弔三獻玉。

易水懷古

荆卿重虚死，烈節書前史。我歎方寸心，誰論一時事。至今易水橋，寒風兮蕭蕭。易水流得盡，荆卿名不泯。

延康吟

寄居延康（今按，《唐文粹》卷十六上、《唐百家詩選》卷十五、《全唐詩》卷五七一作「壽」）里，爲與延康鄰。不愛延康里，愛此里中人。人非十年故，人非九族親。人有不朽語，得之煙山春。

題岸上人郡内閑居

静向方寸求，不居千嶂幽。池開菡萏香，門閉莓苔秋。金玉重四句，粃糠輕九流。爐煙上喬木，鐘磬下危樓。手種一株松，貞心與師儔。

答王參

寸晷不相待，四時去如競。客思先覺秋，蟲聲苦知暝。霜松積舊翠，露月圓如鏡。詩負屬景同，琴孤坐堂聽。相期黄菊節，别約紅桃徑。每把式微篇，臨風一長詠。

和劉涵

京官始云滿，野人依舊閑。閉門一畝居，中有古風還。市井日已午，幽牕夢南山。喬木覆北齋，有鳥鳴其間。前日遠嶽僧，來時與開關。新題驚我瘦，窺鏡見醜顔。陶情昔清澹，此意共誰攀。

寄孟協律

我有弔古泣，不泣向路岐。揮淚灑暮天，滴著桂樹枝。別後冬節至，離心北風吹。坐孤雪扉夕，泉落石橋時。不驚猛虎嘯，難辱君子詞。欲酬空覺老，無以堪遠持。岧嶤倚𢠳角，王屋懸清思。

感秋

商氣颯已來，歲華又虛擲。朝雲藏奇峰，暮雨灑疏滴。幾蜩嘿涼葉，數蟲思陰壁。落日空館中，歸心遠山碧。昔人多秋感，今日何異昔。四序馳百年，玄髮坐來白。喧喧徇名利，擾擾同轍跡。倘無世上懷，去偃松下石。

寄遠

別腸多鬱紆，豈能肥肌膚。始知相結密，不若相結疏。疏別恨應少，密離恨難袪。門前南流水，中有北飛魚。魚飛向北海，可以寄遠書。不惜寄遠書，故人今在無。況此數尺身，阻彼萬里途。自非日月光，難以知子軀。

姚　合

街西居

愛得山野性，住城事多違。青山在宅南，迴首東西稀。淺淺一井泉，數家同汲之。獨我惡水濁，鑿井庭之陲。自鑿還自飲，亦爲衆所非。吁嗟世間事，潔身誠難爲。

寄李餘卧疾

窮節彌慘慄，我謳自云樂。伊人同疾恙，所對唯苦藥。寂寞行稍稀，清羸餐自薄。幽齋外浮事，夢寐亦蘭若。雪户掩復明，風簾捲還落。方持數杯酒，勉子同斟酌。

杜　牧

《唐史》本傳云：「牧詩清（今按，據《新唐書》本傳，當爲「情」）致豪邁，人號爲「小杜」，以别杜甫云。」然議論好異於人，稍自昧於理者。

獨酌

長空碧杳杳，萬古一飛鳥。生前酒半（今按，《全唐詩》卷五二〇作「伴」）閑，愁醉閑多少。煙深隋

家寺，殷葉暗相照。獨佩一壺遊，秋毫泰山小。

題安州浮雲寺樓寄湖州張郎中

去夏疏雨餘，同倚朱闌語。當時樓下水，今日到何處。恨如春草多，事與孤鴻去。楚岸柳何窮，別愁紛若絮。

題宣州開元寺（寺創于東晉時。）

南朝謝宣城，東吴最深處。亡國去如鴻，遺寺藏煙塢。樓飛九十尺，廊環四百柱。高高下下中，風繞桂松樹。青苔照朱閣，白鳥兩相語。溪聲入僧夢，月色輝粉署（今按，姚本、屠隆本、刻者不詳明本、《全唐詩》卷五二〇作「堵」）。閱景無旦夕，凭欄有今古。留我一罇酒，前山看春雨。

赴京初入汴口曉景即事寄兵部李郎中

清淮控隋漕，北走長安道。檣形櫛櫛斜，浪態迤迤好。（迤，徒何切。）初旭紅可染，明河瀹如掃。澤闊鳥來遲，村饑人語早。露蔓蟲絲多，風蒲燕雛老。秋思高蕭蕭，客愁長杲杲。因懷京洛間，宦遊何戚草。什伍持津梁，澒湧争追討。翾便詎可尋，幾秘安能考。小人乏馨香，上下將何禱。唯有君子心，顯豁如（今按，《文苑英華》卷二六一、《全唐詩》卷五二〇作「知」）幽抱。

許　渾

洛陽道中

洛陽多舊跡，一日幾人愁。風起禁花晚，月明陵樹秋。興亡不可問，唯見水東流。

汾上燕别

雲物如故鄉，山川知異路。年來未歸客，馬上春欲暮。一樽花下酒，落日水西樹。不待管絃終，摇鞭背花去。

李商隱

《唐史》本傳云：李爲文章瓌邁奇古，長於律詩，尤精詠史。與温庭筠輩號「三十六體」，自稱「玉溪子」云，亦曰「西崑體」。

無題

八歲偷照鏡，長眉已能畫。十歲去踏青，芙蓉作裙衩。十二學彈箏，銀甲不曾卸。十四藏六親，懸知猶未嫁。十五泣春風，背立鞦韆下。

五言古詩卷之二十二　唐詩品彙二十二

餘響（下）

馬　戴

嚴滄浪云：馬戴詩，在晚唐諸人之上。

晚眺有懷

惻惻抱離念，曠懷成怨歌。高臺試延望，落照在寒波。此地芳草歇，舊山喬木多。悠然暮天際，但見鳥相過。

夕次淮口

天涯孤光盡，木末羣鳥還。夜久遊子息，月明岐路閑。風生淮水上，帆落楚雲間。此意今誰見，行行悲故關。

宿裴氏溪居懷厲玄先輩

樹下孤石坐，草間微有霜。同此不同人，雲鳥自南翔。迢遞夜山色，清泠泉月光。西風耿離抱，江海遥相望。

陳　陶

悲哉行

中嶽仇先生，遺余餌松方。服之一千日，肢體生異香。步履如風旋，天涯不齎糧。仍云爲此(今按，據《文苑英華》卷二一一、《全唐詩》卷七四五，當爲「地」)仙，不得朝虚皇。狡兔有三穴，人生又何常。悲哉二廉士，餓死於首陽。

懷仙吟二首

丹陵五牙客，昨日羅浮歸。赤斧尋不得，煙霞空滿衣。試於華陽問，果遇三茅知。採藥向十洲，同行牧羊兒。十洲隔八海，浩渺不可期。空留雙白鶴，巢在長松枝。

其二

雲溪古流水，春晚桃花香。憶與我師別，片帆歸滄浪。滄浪在何許，相思淚如雨。黄鶴不復來，雲深别離處。石渠泉泠泠，三見菖蒲生。日夜勞夢魂，隨波注東溟。空懷别時惠，長讀魔消（今按，姚本作「銷魔」，《文苑英華》卷二二五、《全唐詩》卷七四五作「消魔」）經。

寄元孚道人

楚寺章句客，佩蘭三十年。長乘碧雲馬，時策翰林鞭。曩事五岳遊，金衣曳祥煙。高攀桐君手，左倚鸞鶱肩。哭玉秋雨中，摘星春風前。横輈截洪偃，憑几看廣宣。爾來寤華胥，石壁孤雲眠。龍降始聽偈，龜老方巢蓮。内殿無文僧，騶虞誰能牽。因之問楚水，弔屈幾潺湲。

蒲門戍觀海作

廓落溟漲曉，蒲門鬱蒼蒼。登樓禮東君，旭日生扶桑。毫釐見蓬瀛，含吐金銀光。草木露未晞，蜃樓□□（今按，原文爲墨丁，四庫本、《全唐詩》卷七四五作「氣若」）藏。欲遊蟠桃國，慮步魅魑鄉。徐市感秦朝，何人在巖廊。惜哉千童子，葬骨於渺茫。恭聞槎客言，東池接天潢。即此聘牛女，曰祈長壽方。靈津水清淺，余亦暮（今按，據姚本、屠隆本、刻者不詳明本、《文苑英華》卷一六

二、《全唐詩》卷七四五，當爲「慕」）脩航。

温庭筠

湘宫人歌

池塘芳草濕，夜半東風起。生緑畫羅屏，金壺貯春水。黄粉楚宫人，芳花正刻麟（今按，《全唐詩》卷五七五作「鱗」）。娟娟照臺燭，不語兩含嚬。

西州詞

悠悠復悠悠，昨日下西州。西州風色好，遥見武昌樓。武昌何鬱鬱，儂家定無匹。小婦被流黄，登樓撫瑶瑟。朱絃繁復輕，素手直淒清。一彈三四解，掩抑似含情。南樓登且望，西江廣復平。艇子摇兩槳，催過石頭城。門前烏臼樹，慘澹天將曙。鸂鶒飛復還，郎隨早帆去。回頭語同伴，定復負情儂。去帆不安幅，作抵使西風。他日相尋索，莫作西州客。西州人不歸，春草年年碧。

劉　駕

出塞

胡塞不開花，四時多作雪。北人尚凍死，況我本南越。古來犬羊地，巡狩無遺轍。九土耕不盡，武皇猶戰伐。中天有高閣，圖畫何時歇。坐恐塞上山，低於沙上骨。

寄遠

雪花豈結子，徒滿連理枝。嫁與征人妻，不得長相隨。去年君點行，賤妾是新歸。別早見未熟，入夢無定姿。悄悄空閨中，蟲聲繞羅帷。得書喜猶甚，況復見君時。

醒後

醉卧芳草間，酒醒日落後。壺觴半傾覆，客去應已久。不記折花時，何得花在手。

早行

馬上續殘夢，馬嘶時復驚。心孤多所虞，僮僕近我行。棲禽未分散，落月照孤城。莫羨閑居者，溪邊人已耕。

蘭昌宫

宫蘭非瑶草，安得春長在。回首春又歸，翠葉不能待。悲風生輦路，山川寂已晦。邊恨在行人，行人無盡歲。

姑蘇臺

勾踐飲膽日，吴酒香滿杯。笙歌入海雲，聲自姑蘇來。西施舞初罷，侍兒整金釵。衆女不敢妬，自比泉下泥。越鼓聲騰騰，吴天隔塵埃。難將甬東地，更學會稽棲。霜跡一朝盡，草中棠梨開。

馮叟居

天作馮叟居，山僧尚嫌僻。開門因兩樹，結宇倚翠壁。溪南有微徑，時遇採芝客。往往白雲生，對面千里隔。機忘若童僕，常與猿鳥劇。囇藥上小峯，庭深無日色。自從忘歸鄉（一作「歸鄉里」），不見舊親戚。纍纍子孫墓，秋風吹古柏。

出門

出門羨他人，奔走如得途。翻思他人意，與我或不殊。以兹聊自安，默默行九衢。生計逐

羸馬，每出侶（今按，據姚本、四庫本及《全唐詩》卷五八五，當爲「侶」（「似」的異體字））移居。客從我鄉來，但得鄰里書。田園幾换主，夢歸猶荷鋤。進猶希萬一，退復何所如。況今闢公道，安得不躊躇。

儲嗣宗

送人歸故園

遠節慘言別，況逢心久違。從來憶家淚，今日送君歸。野路正風雪，還鄉猶布衣。里中耕稼者，應笑讀書非。

李羣玉

感興二首

洞房三五夕，金釭凝焰滅。美人抱雲和，斜倚紗牕月。沉吟想幽夢，閨思深不説。絃冷玉指寒，含嚬達明發。

其二

朔鴈銜邊秋，寒聲落燕代。先驚愁入耳，顔髮潛消改。凝雲蔽洛浦，夢寐勞光彩。天邊無書來，相思淚如海。

湖中古愁（今按：「湖」，姚本作「湘」，不知何據）

南雲哭重華，水死悲二女。天邊九點黛，白骨遺處所。朦朧波上瑟，清夜降北渚。萬古一雙魂，飄飄在煙雨。

岳陽春晚

不覺春物老，塊然湖上樓。雲沙鷓鴣思，風日沅湘愁。去翼滅雲夢，來帆指昭丘。所嗟芳桂晚，寂寞對汀洲。

漢陽春晚

漢陽抱青山，飛樓映湘渚。白雲蔽黄鶴，緑樹藏鸚鵡。憑高送春日，流恨傷千古。遐想禰衡才，令人怨黄祖。

我思何所在

我思何所在，乃在陽臺側。良宵相望時，空此明月色。歸魂泊湘雲，飄蕩去不得。覺來理舟檝，波浪春湖白。煙光結楚秋，瑶草不忍摘。因書天末心，繫此雙飛翼。

江樓獨酌懷從（今按，「從」後當脱一字，《全唐詩》卷五六八、四庫本《李群玉詩集》卷上作「叔」，四庫本作「弟」）

水國發爽氣，川光静高秋。酣歌金尊緑，送此清風愁。楚色忽滿目，灘聲落西樓。雲翻天邊葉，月弄波上鈎。芳草長摇落，衡蘭謝汀洲。長吟碧雲合，悵望江之幽。

别狄佩（梁公曾「今按，《全唐詩》卷五六八作「玄」」孫，旅於南國。）

翠柳不著花，鳳雛長忍饑。未開丹霄翮，空把碧梧枝。聖人奏雲韶，祥鳳一來儀。文章耀白日，衆鳥莫敢窺。鬱抑不自言，凡鳥何由知。當看九千仞，飛出太平時。

小弟艎南遊近來書（今按，「來書」，《全唐詩》卷五六八、四庫本《李群玉詩集》卷上作「書來」；「艎」，原文作「艎」，此據《全唐詩》、《李群玉詩集》改）

湘南客帆稀，遊子寡消息。經時停尺素，望盡雲邊翼。笑言憑夢寐，獨立想容色。落景無

來人，脩江入天白。停停倚門念，瑟瑟風雨夕。何處泊扁舟，中流湍波側。秋歸舊牕竹，永夜一淒寂。吟爾鶺鴒篇，中宵慰相憶。

登章華樓

楚子故宫地，蒼然雲深秋。我來覽後事，薄景空生愁。霸業没荆棘，雄圖成古丘。沉吟問鼎語，但見東波流。征鴻引鄉心，一去何悠悠。晴湖碧雲晚，暝色空高樓。迢遞超遠嶠，微茫入孤舟。空路不堪望，西風白波稠。

雨夜呈長官

遠客坐長夜，雨聲孤寺秋。請量東海水，看取淺深愁。愁窮重於山，終年壓人頭。朱顔與芳景，暗赴東波流。鱗翼俟風水，青雲方阻脩。孤燈冷素焰，蟲響寒房幽。借問陶淵明，何物可忘憂。無因一酩酊，高枕萬情休。（《容齋隨筆》云：「作客涉遠，適當窮秋，莫投孤林［今按，四庫本《容齋隨筆》（下簡稱「原本」）卷四「李頎詩」條作「村」］古寺中，夜不［今按，原本「不」後有「能」字］寐，起坐悽惻，而聞［今按，原本此處有「檐外」二字］雨聲，其爲一時襟抱，不言可知。而此首［今按，原本無「首」字］二句，盡異［今按，據原本，當爲「其」］意態，以海水喻愁，非過［今按，原本「過」後有「語」字］也。」但作李頎，非是。）

將還羅浮登廣陵楞伽臺别羽客

清遠登高臺，晃朗縱覽歷。濯泉喚仙風，於此盪靈魄。冷光徹遠目，百里見海色。送雲歸蓬壺，望鶴滅秋碧。波瀾收日氣，天上回澄寂。百越落掌中，十洲點空白。身居飛鳥上，口詠元玄籍。飄如出塵籠，想望吹簫客。冥冥人間世，歌笑不足惜。朅來羅浮巔，披雲煉瓊液。謝公雲岑興，可以躡高跡。吾將抱瑶瑟，絶境縱所適。

將離澧浦置酒野嶼奉懷沈正字昆仲三人聯登高第（今按，「澧」，據姚本、牛斗本、屠隆本、刻者不詳明本、《全唐詩》、《李羣玉詩集》，當爲「澧」）

春月二（今按，據姚本、《全唐詩》、《李羣玉詩集》，當作「三」）改兔，花枝成緑陰。年光東流水，浩歎傷羈心。酌桂煙嶼晚，鴂鳴江草深。良圖一超忽，萬恨遠相尋。上國列翹楚，才微甘陸沉。無燈假貧女，有淚沾牛衾。衡岳三麒麟，各振黄鐘音。鄉雲被文綵，芳價傾詞林。夫子芸閣英，養鱗湘水潯。晴沙踏蘭菊，隱几當青岑。明月洞庭上，悠揚掛離襟。停杯一摇筆，聊寄生蒭吟。

别尹鍊師

吾家五千言，至道懸日月。若非函關令，誰駐流沙説。多君非尋（今按，《全唐詩》、《李羣玉詩集》

作「飛昇」）志，機悟獨超拔。學道玉笥山，燒丹白雲穴。南窮衡疑秀，採藥歷幽絶。夜卧瀑布風，朝行碧巖雪。洞宫四百日，玉籍恣探閲。徒以茵蕙（今按，《全唐詩》作「菌蟪」）姿，緬攀修真訣。塵羅罩浮世，遐志空飛越。一罷棋酒歡，離情滿寥泬。願騎紫蓋鶴，早向黄金闕。城市不可留，塵埃穢仙骨。

司馬禮（今按，姚本、《全唐詩》卷五九六作「扎」，《直齋書録解題》卷一九作「札」）

感螢

愛爾持照書，臨書歎吾道。青熒一點光，曾誤幾人老。夜久獨此心，環垣閉秋草。

感古

九折無停波，三光如轉燭。玄珠人不見，徒愛燕趙玉。龍祖（今按，據四庫本及《全唐詩》卷五九六，當爲「祖龍」）已深感（今按，《全唐詩》作「惑」），漢氏遠循（今按，《全唐詩》作「徇」）欲。驪山與茂陵，相對秋草緑。

近别

咫尺不相見，便同天一涯。何必隔關山，乃言相别離。我心與君心，脈脈無由知。誰堪近

別苦，遠别猶所期。

彈琴

深室無外響，空桑七絃分。所彈非新聲，俗耳安肯聞。月落未終曲，暗中泣湘君。如傳我心苦，千里蒼梧雲。

送進士苗縱歸紫邏山居

汝上多奇山，高懷愜清境。强來干名地，冠帶不能整。常言夢歸處，泉石寒更静。鶴聲無人夜（今按，《全唐詩》卷五九六作「夜無人」），空月隨松影。今朝抛我去，春物傷明景。悵望相送還，微陽在東嶺。

古邊卒思歸

有田不得耕，身卧遼陽城。夢中稻花香，覺後戰血腥。漢武在深殿，唯思廓寰瀛。中原半烽火，比屋皆黠行。邊土無膏腴，閑地何必争。徒令執來（今按，據姚本、屠隆本、《全唐詩》卷五九六，當爲「耒」）者，刀下死縱横。

蠶女

養蠶先養葉（今按，《全唐詩》作「桑」），蠶老人亦衰。苟無園中葉，安得機上絲。妾家非豪門，官賦日相追。嗚梭夜達曉，猶恐不及時。但憂蠶與葉（今按，《全唐詩》作「桑」），敢問結髮期。東鄰女新嫁，照鏡弄蛾眉。

道中早發

野店雞一聲，蕭蕭客車動。四峰帶曉月，十里猶相送。繁絃滿長道，羸馬四蹄重。遥羡青樓人，錦衾方遠夢。功名不我與，孤劍何所用。行役難自休，家山憶秋洞。

山中晚興寄裴侍御

雷息疏雨散，空山夏雲晴。南軒對林晚，籬落新蟲鳴。白酒一罇滿，坐歌天地清。十年身未閑，心在人間名。永懷君親恩，久賤難退情。安得蓬丘侣，提攜採瓊英。

于　濆

塞下曲

紫塞曉屯兵，黄沙披甲卧。戰鼓聲未齊，烏鳶已相賀。燕然山上雲，半是離鄉魂。衛霍徒

富貴，豈能清乾坤。

巫山高

何山無朝雲，彼雲亦悠揚。何山無暮雨，彼雨亦滄茫。宋玉恃才者，憑虚構高唐。自垂文賦名，荒淫歸楚襄。峨峨十二峰，永作妖鬼鄉。

織素謡

貧女苦筋力，繰絲夜夜織。萬梭爲一素，世重韓娥色。五侯初買笑，建章方落籍。一曲古涼州，六親長血食。（今按，《全唐詩》卷五九九此下尚有「勸爾畫長眉，學歌飽親戚」兩句）

馬嵬驛

常經馬嵬驛，見説坡前客。一從屠貴妃，生女愁傾國。是日芙蓉花，不如秋草色。當時嫁匹夫，不妨得頭白。

戍客南歸

北别黄榆塞，南歸白雲鄉。孤舟下彭蠡，楚月沉滄浪。爲子惜功業，滿身刀箭瘡。莫渡汨羅水，回君忠孝腸。

旅館秋思

旅館坐孤寂，出門成苦吟。何事覺歸晚，黄花秋意深。寒蝶戀衰草，軫我離鄉心。更見庭前樹，南枝巢宿禽。

山村曉思

開門省禾黍，鄰翁水頭住。今朝南澗波，昨夜西川雨。牧童披短蓑，腰笛期煙渚。不問水邊人，騎牛傍山去。

村居晏起

村舍少聞事，日高猶閉關。起來花滿地，戴勝鳴桑間。居安即永業，何者爲故山。朱門與蓬户，六十頭盡斑。

邊遊録戍卒言

二十屬盧龍，三十防沙漠。平生愛功業，不覺從軍惡。今來容髪改，知學彎弓錯。赤肉痛金瘡，他人成衛霍。目斷望君門，君門苦寥廓。

沙場夜

城上更聲發，城下杵聲歇。征人燒斷蓬，對泣沙中月。疄牛朝輓車，戰馬夜銜鐵。士卒浣戎衣，交河水流血。輕裘兩都客，洞房愁宿别。何況遠辭家，生死猶未决。

南越謡

迢迢東南天，巨浸無津壖。雄風卷昏霧，干戈滿樓船。此時尉佗心，兒童待幽燕。三寸陸賈舌，萬里漢山川。苦（今按，《全唐詩》作「若」）令交趾貨，盡生虞芮田。天意苟如此，遐人誰更憐。

邵　謁

長安寒食

春日照九衢，春風媚羅綺。萬騎出都門，擁在香塵裏。莫辭弔枯骨，千載長如此。安知今日身，不是昔時鬼。君看平地遊，亦見催輌死。

經安谷先生舊居（今按，「谷」，《全唐詩》卷六〇五作「容」）

羽化留遺蹤，千載蹤難没。一泉巖下水，幾度换明月。松老不改柯，龍久皆變骨。雲雨有

歸時，雞犬無還日。至今青山中，寂寞桃花發。

論政

賢哉三握髮，爲有天下憂。孫弘不開閣，丙吉寧問牛。内政由股肱，外政由諸侯。股肱政若行，諸侯政自修。一物不得所，蟻穴滿山丘。莫言萬木死，不因一葉秋。朱雲若不直，漢帝終自由。子嬰一失國，渭水東悠悠。

陸龜蒙

築城詞

城上一掊（今按，姚本作「抔」，字通）土，手中千萬杵。築城畏不堅，堅城在何處。莫歎將軍逼，將軍要却敵。城高功亦高，爾命何足惜。

贈遠曲

茱萸匣中鏡，欲照心還懶。本是細腰人，别來羅帶緩。從君出門後，不奏雲和管。妾思冷如簧，時時望君暖。心期夢中見，路遠魂夢斷。怨坐泣西風，秋牕月華滿。

井上桐

美人傷離別，汲井常待曉。愁因轆轤轉，驚起雙棲鳥。獨立傍銀牀，碧桐風嫋嫋。

茶人

天賦識靈草，自然鍾野姿。閑來北山下，似與東風期。雨後採芳去，雲間幽路危。唯應報春鳥，得共斯人知。

朱景玄

題呂食新水閣兼寄南商州郎中

丹檻初結構，孤高冠清川。庭臨谷中樹，簷落山上泉。曉色掛殘月，夜聲雜繁絃。青春去如水，康樂歸何年。

華山南望春

靈嶽多異狀，巉巉出虚空。閑雲戀巖壑，起滅蒼翠中。皓氣澄野水，神光秘瓊宫。鶴巢前林雪，瀑落滿澗風。春盡花未發，川迴路難窮。何因着山屐，鹿跡尋羊公。

張喬

聽彈琴

清月轉瑶軫，弄中湘水寒。能令坐來客，不語自相看。静恐鬼神出，急疑風雨殘。幾時歸隴嶠，更過洞庭彈。

曹鄴

怨歌行

丈夫好弓劍，行坐説金吾。喜聞有行役，結束不待車。官田贈倡婦，留妾侍舅姑。舅姑皆已死，庭花半是蕪。中妹尋適人，生女亦嫁夫。何曾寄消息，他處却有書。嚴風厲中野，女子心易孤。貧賤又相負，封侯意何如。

霽後作

新霽辨草木，晚塘明素襟。乳燕不歸宿，雙雙飛向林。微照露花影，輕雲浮麥陰。無人可招隱，盡日登山吟。

羅　隱

隴頭水

借問隴頭水，年年恨何事。全疑嗚咽聲，中有征人淚。自古無長策，況我非深智。何計謝潺湲，一宵空不寐。

韓　偓

幽獨

幽獨起清晨，山鶯啼更早。門巷掩蕭條，落花滿芳草。煙和魂共遠，春與人同老。默默又依依，淒然此懷抱。

王貞白

題嚴光釣臺

山色四時碧，溪光七里清。嚴陵愛此水，下視漢公卿。垂釣月初上，放歌風正輕。應嫌渭

濱叟，匡國只論兵。

李建勳

白鴈

東溪一白鴈，羽毛何皎潔。薄暮浴清波，斜陽共明滅。差池失侶久，幽獨依人切。旅食賴菰蒲，單棲怯霜雪。邊風昨夜起，顧影空哀咽。不及墻上烏，相將繞雙闕。

五言古詩卷之二十三　唐詩品彙二十三

旁流

有姓氏無字里世次可考者十四人

薛奇童

塞下曲

驕虜初南下，煙塵暗國中。獨召李將軍，夜開甘泉宮。一身許明主，萬里總元戎。霜中卧不暖，夜半聞邊風。胡天早飛雪，荒徼多轉蓬。寒雲覆水重，秋氣連海空。金鞍誰家子，上馬鳴角弓。自是幽并客，非論愛立功。

蔣奇童

擬古

（《國秀集》作薛奇童詩。）（今按，《唐人選唐詩十種》本《國秀集》卷中作「薛奇章」，《全唐詩》卷二〇二亦作薛奇童，注云：一作「章」）

沙塵蔽朝日（今按，《國秀集》、《全唐詩》作「朝蔽日」），失道還相遇。寒影波上雲，秋聲月前樹。川氣生曉夕，野陰乍煙霧。沉沉滮池水，人馬不敢渡。吮癰世所薄，挾纊恩難顧。不見古時人，中宵淚橫注。

唐堯客

大梁行

客有成都來，爲我彈鳴琴。前彈别鶴操，後奏大梁吟。大梁傷客情，荒臺對古城。版築有陳跡，歌吹無遺聲。雄哉魏公子，疇日好羅英。秀士三千人，煌煌列衆星。金槌奪晉鄙，白刃刎侯嬴。邯鄲救趙北，函谷走秦兵。君子榮且昧，忠信莫之明。間諜忽來及，雄圖靡克成。千齡萬化盡，但見□□（今按，原文缺兩字，《樂府詩集》卷九三作「榮與」、《全唐詩》卷七七七作「汴

水」，四庫本作「海水」）清。舊國多孤壘，夷門荆棘生。蒼梧綵雲没，汳浦緑池平。聞有東山去，蕭蕭班馬鳴。河洲搴宿莽，日夕淚沾纓。因之唁公子，慷慨此歌行。

杜頠

從軍行

秋草馬蹄輕，角弓持弦急。去爲龍城候，正值胡兵襲。軍氣横大荒，戰酣日將入。長風金鼓動，白露鐵衣濕。四起愁邊聲，南轅時佇立。斷蓬孤自轉，寒鴈飛相及。萬里雲沙漲，平川冰霰澀。夜聞漢使歸，獨向刀環泣。

王烈

行路難

行（今按，姚本、《文苑英華》卷二〇〇作「晏」）客滿長路，路長良足哀。白日持角弓，射人而取財。千金誰家子，紛紛死黄埃。見者不敢言，言者不敢回。家人各望歸，豈知長不來。

孫昌胤

遇旅鶴

靈鶴産絶境，昂昂無與儔。單飛滄溟（今按，《全唐詩》卷一九六作「海」）曙，一叫雲山秋。野性方自得，人寰何所求。時因戲祥風，偶爾來中洲（今按，此句及下句「洲」，《文苑英華》卷三二八、《全唐詩》作「州」）。中洲帝王宅，園沼深且幽。希君惠稻粱，欲拜辭（今按，《全唐詩》作「并離」）丹丘。不然奮飛去，將適汗漫游。肯作池上鶩，年年空沉浮。

陳　存

寓居武丁館

暑雨颯已過，涼颷觸幽襟。虚館無喧塵，緑槐多晝陰。俯視古苔積，傾聆早蟬吟。放卷一長想，閉門千里心。

楊齊哲

函谷關

地險崤函北，途經分陜東。逶迤衆山盡，荒涼古塞空。河光流曉日，樹影散朝風。聖德今無外，何處是關中。

樓　穎（今按，此字可爲「潁」「穎」兩者的異體字，姚本、四庫本《石倉歷代詩選》卷四六作「穎」，傅璇琮等《唐人選唐詩新編》本《國秀集》、中華書局本《全唐詩》卷二〇三作「穎」）

伊水門

朝涉伊水門，伊水入門流。愜心乃成興，澹然泛孤舟。霏微傍青靄，容與隨白鷗。竹陰交前浦，柳色媚中洲。日落陰雲生，彌覺兹路幽。聊以恣所適，此外知何求。

賈　馳

秋入關

河上微風來，關頭樹初濕。今朝關城吏，又見孤客入。上國誰與期，西來徒自急。

李幼卿

遊石橋寺最高頂

拂霧理孤策，薄霄睡層岑。迴升煙霧外，豁見天地心。物象不可極，遲回空詠吟。

袁　瓘

鴻門行

少年買意氣，百金不辭費。學劍西入秦，結交北遊魏。秦魏多報（今按，《文苑英華》卷三四三同此，《全唐詩》卷一二〇作「豪」，四庫本作「異」）人，與代亦殊倫。由來不相識，皆是暗相親。寶馬青絲轡，狐裘貂鼠服。晨過劇孟遊，暮投咸陽宿。然諾本云云，諸侯莫不聞。猶思百戰術，

更逐李將軍。始從灞陵下，遥遥度朔野。北風聞楚歌，南庭見胡馬。胡馬正秋肥，相邀夜合圍。戰酣烽火滅，路斷救兵稀。白刃縱横逼，黄塵飛不息。虜騎血灑衣，單于淚沾臆。獻凱雲臺中，自言塞上雄。將軍行失勢，部曲遂無功。新人不如舊，舊人不相救。萬里長飄飄，十年計不就。棄置難重論，驅馬度鴻門。行看楚漢事，不覺風塵昏。寶劍中夜撫，悲歌聊自舞。此曲不可終，曲終淚如雨。

元季川

山中晚興

河漢降玄霜，昨來節物殊。媿無神仙姿，豈有陰陽俱。靈鳥望不見，慨然悲高梧。華葉隨風揚，珍條雜荒蕪。爲君寒谷吟，歎息知何如。

泉上雨後作

風雨蕩繁暑，雷息佳霽初。衆峰帶雲色，清氣入我廬。颯颯涼飈來，臨窺愜所圖。緑蘿長新蔓，褭褭垂坐隅。流水覆簷下，丹砂發清蕖。養葛爲我衣，種芋爲我蔬。誰是畹與畦，瀰漫連野蕪。

賈琮

旅泊江津言懷

征途幾迢遞，客子倦西東。乘流如泛梗，逐吹似驚蓬。飄風萬里外，辛苦百年中。異縣心期阻，他鄉風月同。雲歸全嶺暗，日落半江紅。自然堪迸淚，非是泣途窮。

姓氏疑誤者六人

李頎

贈蘇明府（《文苑英華》作李頎詩。按，頎集無此篇，疑誤。）

蘇君年幾許，狀貌如玉童。采藥傍梁宋，共言隨日翁。常辭小縣宰，一往東山東。不復有家室，悠悠人世中。子孫皆老死，相識悲轉蓬。髮白還更黑，身輕行若風。汎然無所繫，心與孤雲同。出入雖一枝（或作「一杖」），安然知始終。願聞素女事，去採山花叢。誘我爲弟

子，逍遥尋葛洪。

高　適

銅雀妓（已下二篇《文苑英華》俱作高適詩。按，《常侍集》無此詩，疑誤。）（今按，《銅雀妓》，《全唐詩》卷九四王適詩、卷二一一高適詩中皆有收録；《塞下曲》只録於高適詩中）

日暮銅雀迥，秋深玉座清。蕭森松柏望，委鬱綺羅情。君恩不再得，妾舞爲誰輕。

塞下曲

結束浮雲駿，翩翩出從戎。且憑天子怒，復倚將軍雄。萬鼓雷殷地，千旗火生風。日輪駐霜戈，月魄懸琱弓。青海陣雲匝，黑山兵氣衝。戰酣太白高，戰罷旄頭空。萬里不惜别，一朝得成功。畫圖麒麟閣，入朝明光宫。大笑向文士，一經何足窮。古人昧此道，往往成老翁。

李彦暉

採桑（《文苑英華》作李彦遠詩。）

採桑畏日高，不待春眠足。攀條有餘態，那矜（一作「怜」）貌如玉。千金豈不贈，五馬空躑

躅。何以變真性，幽篁雪中緑。

劉希戬

夏彈琴（《文苑英華》作劉希夷詩。）

碧山本岑寂，素琴何清幽。彈爲風入松，崖谷颯已秋。庭鶴舞白雪，泉魚躍洪流。予欲娱世人，明月難暗投。感歎未終曲，淚下不可收。嗚呼鍾子期，零落歸山丘。死而若有知，魂兮隨我遊。

李　益

長干行（黄山谷云：《太白集》中《長干行》二篇，其後篇「憶妾深閨裏」乃李益所作，詩意亦清麗可喜，恐是。）

憶妾深閨裏，煙塵不曾識。嫁與長干人，沙頭候風色。五月南風興，思君下巴陵。八月西風起，想君發楊子。去來悲如何，見少離別多。湘潭幾日到，妾夢越風波。昨夜狂風度，吹折江頭樹。淼淼暗無邊，行人在何處。好乘浮雲驄，佳期蘭渚東。鴛鴦緑蒲上，翡翠錦

屏中。自憐十五餘，顔色桃花紅。那作商人婦，愁水復愁風。

李　赤

姑熟雜詠

（蘇東坡公［今按，據姚本，當爲「云」］：嘗過姑熟堂下，讀李白《十詠》，疑其詞語淺陋，不類太白。孫邈云：聞之王安國，秘閣下有《李赤集》，此詩在焉。赤嘗自比於李白，故名赤。）

丹陽湖

（在當塗縣東南七十里是。）

湖與元氣通（今按，姚本、牛斗本、屠隆本、刻者不詳明本作「連」），風波浩難止。天外賈客歸，雲間片帆起。鼉遊蓮葉上，鳥宿蘆花裏。少女棹舟歸，歌聲逐流水。

謝公宅

（即謝朓宅也，在城東青山。）

青山日將暝，寂寞謝公宅。竹裏無人聲，池中虛月白。荒庭衰草徧（今按，據姚本及《全唐詩》卷一八一李白詩、卷四七二李赤詩，當爲「偏」），廢井蒼苔積。唯有清風閒（今按，據四庫本及《全唐詩》李白詩，當爲「閒」；《全唐詩》卷四七二李赤詩中作「聞」），時時起泉石。

凌敲臺（《圖經》：臺在當塗黄山上，宋武帝南遊，嘗登此臺，乃［今按，姚本、屠隆本、刻者不詳明本作「且」］建離宫焉。）（今按，據姚本、四庫本及《文苑英華》卷三一三、中華書局本《全唐詩》卷四七二，「敲」當爲「歊」）

曠望登古臺，臺高極人目。疊嶂列遠空，閑花雜平陸。白雲入牕牖，野翠生松竹。欲覽碑上文，苔侵豈堪讀。

慈姥竹（當塗縣有慈姥山，其竹堪爲簫管。）

野竹攢石生，含煙映江島。翠色落波深，虚聲帶寒早。龍吟曾未聽，鳳曲吹應好。不學蒲柳凋，貞心常自保。

望夫山（《九域志》：昔有人適楚不還，其妻登山望夫，化爲石。山在當塗縣。）

顒望臨碧空，怨情感離别。芳草不知愁，巖花但争發。雲山萬重隔，音信千里絶。春去秋復來，相思幾時歇。

羽士二人

吴筠

步虚詞四首（今按，此四首，姚本、牛斗本、屠隆本、刻者不詳明本無詩題，《唐文粹》卷十七下、《全唐詩》卷八五三題作「遊仙」）

愍俗從遷謝，尋仙去淪没。三光有真人，與我生道骨。淩晨吸丹景，入夜飲黄月。百關彌惆悵（今按，據《唐文粹》、《全唐詩》，當爲「調暢」），方寸益清越。棲神合虚無，洞覽周恍惚。不覺隨玉皇，焚香詣金闕。

其二

怡神在靈府，皎皎含清澄。仙經不吾欺，輕舉信有徵。疇昔希道念，而今果天成（今按，姚本、屠隆本、刻者不詳明本、《唐文粹》、《全唐詩》作「矜」）。豈非陰功著，乃致白日昇。焉用過洞府，吾其越朱陵。

其三

予因詣金闕（今按，《全唐詩》卷八五三作「母」），飛蓋超西極。遂入素中天，停輪大（今按，《全唐詩》卷八五三作「太」）濛側。若華拂流影，不使白日匿。傾曦復停午，六合無暝色。道化隨感遷，此理誰能測。

其四

高昇紫極上，宴此玄都岑。玉蕊散奇香，瓊柯流雅音。靈風生太漠，習習吹人襟。體混希微廣，神凝空洞深。蕭然宇宙外，自得乾坤心。

步虚詞三首

扶桑誕初景，羽蓋凌晨霞。倏欻造西域，嬉遊金母家。碧津湛洪源，灼爍敷荷花。煌煌青琳宫，璨璨列玉華。真氣溢絳府，自然思無邪。俯矜區中士，夭濁良可嗟。

其二

瓊臺劫萬仞，孤映太（今按，四庫本、四庫全書本吴筠《宗玄集》卷中、《全唐詩》卷八五三作「大」）羅表。常有三素雲，凝光自飛繞。羽童泛明霞，升降何縹緲。鸞鳳嘯雅音，棲翔絳林杪。玉虚無晝

夜，靈景何皎皎。一覩太上京，方知衆天小。

其三

二氣播萬有，化機無停輪。而我操其端，乃能出陶鈞。寥寥太（今按，據四庫本、《全唐詩》卷八五三，當爲「大」）漠上，所遇皆清真。澄瑩含元和，氣同自相親。絳樹結丹實，紫霞流碧津。以兹保童嬰，永用超形神。

覽古三首

興亡道之運，否泰理所全。奈何淳古風，既往不復旋。三皇已散樸，五帝初尚賢。王業與霸功，浮僞日以宣。忠誠及狙詐，殽混安可甄。餘智入九霄，守愚淪重泉。永懷巢居時，感涕徒泫然。

其二

食其昔未偶，落魄爲狂生。一朝君臣契，雄辨（今按，據姚本及《全唐詩》卷八五三，當爲「辯」）何縱横。運籌康漢業，憑軾下齊城。既以智所遠（今按，據屠隆本、《唐文粹》卷十四上、《唐詩紀事》卷二三、《全唐詩》，當爲「達」，姚本作「遂」），還爲智所烹。豈若終貧賤，酣歌本無營。

其三

絳侯成大績，賞厚位仍尊。一朝對獄吏，榮辱安可論。蘇生佩六印，奕奕爲殃源。主父食五鼎，昭昭成禍根。李斯佐二辟，巨釁鍾其門。霍孟翼三后，伊戚及後昆。天人忌盈滿，茲理固永存。方知得意者，何必乘朱輪。滅景棲遠壑，絃歌對清樽。二疏返海濱，蔣詡歸林園。瀟灑去物累，此謀誠足敦。

登北固山望海

此山鎮京口，迥出滄海湄。躋覽何所見，茫茫朝夕（今按，《全唐詩》作「潮汐」）馳。雲生蓬萊島，日出扶桑枝。萬里混一色，焉能分兩儀。願言策煙駕，縹緲尋安期。揮手謝人境，吾將從此辭。

聽尹鍊師彈琴

至樂本太一，幽琴和乾坤。鄭聲久亂雅，此道稀能尊。吾見尹仙翁，伯牙今復存。衆人乘其流，夫子達其源。在山峻峰峙，在水洪濤奔。都忘邇城闕，但覺清心魂。代乏識微者，幽音誰與論。

題龔山人草堂

世人負一美，未肯甘陸沉。獨抱匡濟器，能懷真隱心。結廬邇城郭，及到雲木深。滅跡慕潁陽，忘機同漢陰。啓户面白水，憑軒對蒼岑。但歌考槃詩，不學梁父吟。兹道我所適，感君齊素襟。勖哉龔夫子，勿使囂塵侵。

遊廬山五老峯

彭蠡隱深翠，滄波照芙蓉。日初金光滿，景落黛色濃。雲外聽猿鳥，煙中見杉松。自然符幽情，瀟灑愜所從。整策務探討，嬉遊任從容。玉膏正滴瀝，瑶草多芊（今按，《全唐詩》卷八五三作「苹」，四庫本作「丰」）茸。羽人棲層崖，道合乃一逢。揮手欲輕舉，爲余扣瓊鐘。空香清人心，正氣信有宗。永用謝物累，吾將乘鸞龍。

登廬山東峯觀九江合彭蠡湖

百川灌彭蠡，秋水方浩浩。九派混東流，朝宗合天沼。寫心陟雲峰，縱目還縹緲。宛轉衆浦分，差池羣山繞。江妃弄明霞，彷佛呈窈窕。而我臨長風，飄然欲騰矯。昔懷滄洲興，斯志果已紹。焉得忘機人，相從合魚鳥。

司馬退之

洗心

不踐名利道，始覺塵土腥。不味稻粱食，始覺神骨清。羅浮奔走外，日月無短明。山瘦松亦勁，鶴老飛更輕。逍遥此中客，翠髪皆長生。草木多古色，雞犬無新聲。君有出俗志，不貪英雄名。傲然脱冠帶，改换人間情。去矣丹霄路，向曉雲冥冥。

衲子五人

皎　然

嚴滄浪云：僧皎然詩在唐詩僧之上。

古別離

太湖三山口，吴王在時道。寂寞千載心，無人見春草。誰堪識怨（今按，四庫全書本《杼山集》卷

六、《全唐詩》卷八二〇作「識緘怨」；四庫本、《樂府詩集》卷七一作「堪緘怨」）者，持此傷懷抱。孤舟畏狂風，一點宿煙島。

步虚詞

予因覽真訣，遂感西域（一作「城」。）君。玉笙下清冥，人間未曾聞。日華錬精魄，皎皎無垢氛。謂我有仙骨，且令餌氤氲。俯仰媿靈顔，願隨鸞鵠羣。俄然動風馭，縹緲歸青雲。

擬古

日出天地正，煌煌闢晨曦。六龍驅羣動，古今無盡時。夸父亦何愚，競走先自疲。飲乾咸池水，折盡長桑枝。渴死化爝火，嗟嗟徒爾爲。空留鄧林在，摧折令人嗤。

送契上人遊

西陵古江口，遠見東陽州。緑（今按，《文苑英華》卷二二〇、《全唐詩》卷八一八作「淥」）水不同泛，春山應獨遊。尋僧白巖寺，望月謝家樓。宿昔心期在，人寰非久留。

夏日與綦毋居士昱上人院納涼

爲依爐峰住，境勝增道情。涼日（一作「長日」。）暑不變，空門風自清。坐援香實近，轉愛緑蕪

生。宗炳青霞士，如何知我名。

疾愈寄人（今按，《極玄集》卷下、《唐詩紀事》卷七三、《全唐詩》卷八一一作法振詩，題爲《疾愈寄友》；《極玄集》注云：或刻皎然集）

哀樂暗成疾，卧中芳月移。西山有清士，孤嘯不可追。擣藥曙林静，汲泉陰澗遲。微蹤與麋鹿，遠謝求羊（一作「舊交。」）知。

經吴平觀（今按，《全唐詩》卷八一七題作《宿道士觀》，《杼山集》卷三作《五言宿道士觀》）

古觀秋來（今按，《全唐詩》、《杼山集》作「木」）秀，泠（今按，《杼山集》作「泠」）然屬仙（今按，《全唐詩》，《杼山集》作「鮮」）飈。瓊葩被脩蔓，柏實滿寒條。影殿山寂寂，寥天月昭昭。幽情（今按，《全唐詩》、《杼山集》作「期」）寄仙侣，習定至中宵。清風（今按，《全唐詩》、《杼山集》作「佩」）聞步虚，真人方上朝（今按，《全唐詩》，《杼山集》作「真官方宿朝」）。

冬日天目西峰過張鍊師所居（今按，「目」，姚本、牛斗本、屠隆本、刻者不詳明本、《杼山集》卷三作「井」，《全唐詩》「井」下注云「一作目」）

振衣逢野泉，漸見棲閑所。坎坎山上聲，幽幽林中語。仙卿何代隱，卿復言亦楚（今按，兩句中「卿」，《全唐詩》作「鄉」；「復」，《全唐詩》作「服」）。開冰洗藥苗，掃雪候山侣。零葉聚疏籬，幽花

積寒渚。冥冥孤鶴性，天外時（今按，《全唐詩》作「思」）輕舉。

同陸使君水堂納涼

柳家避暑亭，意遠不可齊。煩襟蕩朱紘，高步援緑荑。愛松（今按，據四庫全書本《杼山集》卷三、《全唐詩》卷八一七，當爲「公」）滿尊（今按，《全唐詩》、《抒山集》作「亭」）客，來是清風攜。潛渟前溪上，曠望古郡西。六月正中伏，水輕氣當凄。野香襲荷芰，通（今按，按《全唐詩》、《杼山集》，當爲「道」）性親鳧鷖。禪子顧惠休，逸民重劉黎。乃知高世量，不以出處暌。

杼山禪居寄東溪吴處士季德

青雲何潤澤，下有賢人隱。路入菱湖深，跡與黄鶴近。野風吹白芷，山月揺青軫。詩祖吴州（今按，據屠隆本、《唐文粹》卷十五下、《全唐詩》卷八一五，當爲「叔」）庠，到（今按，《唐文粹》同此，《全唐詩》作「致」）君才不盡。身當青山秀，文體多郢聲。澄徹湘水碧，泬寥楚天清。時人格不同，至今罕知名。昔賢敦師友，此道獨君行。既得廬霍趣，乃高雷遠情。别時春風多，掃盡雲山雪。爲君中夜起，孤坐石上月。悠然遺塵想，邈矣達性説。故人不在兹，幽桂惜未結。

贈李中丞洪

深沉門（今按，《文苑英華》卷二五七、《全唐詩》卷八一五作「閫」）外權（《全唐詩》作「略」），奕世當榮寄。地

裂大將軍，家傳介珪瑞。至今漳河俗，猶受仁人賜。公初鎮淮荆，決勝無精兵。重圍逼大敵，六月守孤城。政用仁恕立，恩由賞罰明。遂令麾下士，感德顧不（今按，據四庫本、《文苑英華》、《全唐詩》，當爲「不顧」）生。于時聞王師，諸將兵頽潰。天子狩南漢，塵煙滿函谷。純臣獨耿介，下士多反覆。明公仗忠節，一言感萬夫。物性如蒺藜，化作春蘭敷。見讒金被爍，終期玉有瑜。移官萬里道，君子情何如。（今按，《文苑英華》、《全唐詩》後尚有「伊昔避事心」等十八句）

靈　一

溪行即事

近夜山更碧，入林溪轉清。不知伏牛路，潭洞何縱横。曲岸煙初合，平湖月未生。孤舟屢失道，但聽秋泉聲。

棲霞山夜坐

山頭戒壇路，幽映雲巖側。四面青石牀，一峰苔蘚色。松風静復起，月影開還黑。何獨乘夜來，殊非晝所得。

送洌寺主之京迎禪和尚

禪門居此地，瞻望在虚空。水國月未上，蒼生如夢中。上人知機士，瓶錫慰樊籠。彼土諸梵象（今按，《文苑英華》卷二二〇、《全唐詩》卷八〇九作「衆」），嗟君揚道風。

僧　泚

遊元象陌（今按，《文苑英華》卷一六四、《全唐詩》卷二一〇作「泊」）

空水朝色浄，澹然湖上心。軸（今按，據姚本、牛斗本、屠隆本、刻者不詳明本、《文苑英華》、《全唐詩》，當爲「舳」）艫輕且進，江（今按，《文苑英華》、《全唐詩》作「汀」）洲如可尋。秋風洄沂（今按，據姚本、《文苑英華》卷一六四、《全唐詩》卷八一〇，當爲「泝」）險，落日波濤深。寂寞武侯去，中流方至今。

貫　休

臨高臺

涼風吹遠念，使我升高臺。寧知數片雲，不是舊山來。故人天一涯，久客殊未回。鴈來不得書，書寄空聲哀（今按，《樂府詩集》卷十八、《全唐詩》卷八二六作「空寄聲哀哀」）。

古意二首

一雨火雲盡，閉門心冥冥。蘭花與芙蓉，滿院同芳馨。佳人天一涯，好鳥鳴嚶嚶。我有雙白璧，不羡於虞卿。我有徑寸珠，别是天地精。玩之室生白，瀟灑身安輕。只應天上人，見我雙眼明。

其二

美人如遊龍，被服金鴛鴦。手把古刀尺，在彼白玉堂。文章深掣曳，珂珮鳴玎璫。好風吹桃花，片片落銀牀。何當舉羽翰，遠逐朱鳥翔。

倚　陸

題僧夢微房

東海日未出，九衢人已行。吾師無事坐，苔蘚入門生。雨過閑花落，風來古木聲。天台頻説法，石壁欠題名。

外夷一人

新羅王

太平詩

（永徽元年，貞［今按，姚本、屠隆本、刻者不詳明本、《新唐書·東夷傳》及《全唐詩》卷七九七作「真」］德大破百濟之衆，遣其弟子春秋之子法敏以聞，真德乃織綿作五言《太平詩》以獻，其詞曰：）

大唐開鴻業，巍巍皇猷昌。止戈戎衣定，脩文繼百王。統天崇雨施，理物體含章。深仁諧日月，撫運邁時康。幡旗既赫赫，征（今按，姚本、屠隆本、刻者不詳明本、《全唐詩》作「鉦」）鼓何鍠鍠。外夷違命者，剪覆被天殃。和風凝宇宙，遐邇競呈祥。四時調玉燭，七曜巡萬方。維岳降宰輔，維帝用忠良。五三咸一德，昭我皇家唐。

閨秀五人

劉令嫻

（今按，劉令嫻爲南朝梁時文士劉孝綽之妹，徐悱之妻。《梁書》卷三三《劉孝綽傳》云：「（徐悱）卒，喪還京師，妻爲祭文，辭甚悽愴。」同書《徐勉傳》載徐悱之父徐勉所撰《答客喻》一文則云，徐悱卒於梁武帝普通五年。故劉令嫻不可能唐初尚在世，《唐詩品彙》把她作爲唐代詩人，誤）

聽百舌

庭樹旦新晴，臨鏡出雕楹。風吹桃李氣，傳過春鳥聲。盡（今按，《藝文類聚》卷九二、《文苑英華》卷三二九作「浄」）寫山陽笛，全作洛濱笙。注意留觀聽，誤令粧不成。

張　琰

春詞二首

垂柳鳴黄鸝，關關若求友。春情不可奈（今按，《才調集》卷十、《全唐詩》卷八〇一作「耐」），愁殺閨中

婦。日暮登高樓，誰憐垂小手（今按，《才調集》、《全唐詩》、《唐詩紀事》卷七九作「小垂手」）。

其二

昨日桃花飛，今朝梨花吐。春色能幾時，那堪此愁緒。蕩子遊不歸，春來淚如雨。

寇妲母

古興二首

鬱蒸夏將半，暑氣扇飛閣。驟雨滿空來，當軒捲羅幕。度雲開夕霽，宇宙何清廓。明月流素光，輕風換炎鑠。孤鸞傷對影，寶瑟悲别鶴。君子去不還，摇心欲何托。

其二

金菊延清霜，玉壺多美酒。良人獨不歸，芳菲豈常有。不惜芳菲歇，但傷别離久。含情罷斟酌，凝怨對牕牖。

妓常浩

贈盧夫人

佳人惜顔色，恐逐芳菲歇。日暮出畫堂，下階見新月。拜月仍有詞，傍人那得知。歸來玉臺下，始覺淚痕垂。

鮑君徽

關山月

高高秋月明，北照遼陽城。寒（今按，《文苑英華》卷一九八、《樂府詩集》卷二三、《全唐詩》卷七作「塞」）迥光初滿，風多暈更生。征人望鄉思，戰馬聞鼙驚。朔風悲邊草，沙漠（今按，《全唐詩》等作「胡沙」）昏虜營。霜凝匣中劍，風憊原上旌。早晚謁金闕，不聞刁斗聲。

女冠一人

李冶

寄朱放

望水試登山，山高湖又闊。相思無曉夕，相望經年月。鬱鬱山木榮，綿綿野花發。别後無限情，相逢一時説。

五言古詩卷之二十四　唐詩品彙二十四

長篇

李　白

送魏萬還王屋（并序）

王屋山人魏萬，來（今按，詹鍈本《李白全集》卷十四作「云」）自嵩、宋沿吳相訪，數千里不遇。乘興游台、越，經永嘉，觀謝公石門。後於廣陵相見，遂共過金陵。此公愛文（今按，詹鍈本《李白全集》作「奇」）好古，獨往物表，因述其行而贈是詩，凡六十韻。（一作：自嵩歷兖，游梁入吴，計三千里，相訪不遇。因下江東，尋諸名山，往復百越。後於廣陵一面，遂乘興同過金陵云云。）

仙人東方生，浩蕩弄雲海。沛然乘天遊，獨往失所在。魏侯繼大名，本家聊攝城。卷舒入

元化，跡與古賢并。十二（今按，姚本、刻者不詳明本、詹鍈本《李白全集》作「十三」）弄文史，揮筆如振綺。辨（今按，據詹鍈本《李白全集》，當爲「辯」）折田巴生，心齊魯連子。西涉清洛源，頗驚人世喧。采秀卧王屋，因窺洞天門。朅來遊嵩峯，羽客何雙雙。朝攜月光子，暮宿玉女牕。鬼谷上窈窕，龍潭下奔潨。東浮汴河水，訪我三千里。逸興滿吳雲，飄颻浙江汜。揮手杭越間，樟亭望潮還。濤卷海門石，雲横天際山。白雪（今按，詹鍈本《李白全集》作「馬」）走素車，雷奔駭心顔。遥聞會稽美，且度耶溪水。萬壑與千巖，峥嶸鏡湖裹。秀色不可名，清輝滿江城。人遊月邊去，舟在空中行。此中久延佇，入剡尋王許。笑讀曹娥碑，沉吟黄絹語。天台連四明，日入向國清。五峰轉月色，百里行松聲。靈溪咨沿越，華頂殊超忽。石梁横青天，側足履半月。眷然思永嘉，不憚海路賒。掛席歷海嶠，回瞻赤城霞。赤城漸微没，孤嶼前嶢兀。水續萬古流，亭空千霜月。縉雲川谷難，石門最可觀。瀑布掛北斗，莫窮此水端。噴壁灑素雪，空濛生晝寒。却思惡溪去，寧懼惡溪惡。咆哮七十灘，水石相噴薄。路創李北海，巖開謝康樂。松風和猿聲，搜索連洞壑。徑出梅花橋，雙溪納歸潮。落帆金華岸，赤松若可招。沈約八詠樓，城西孤岧嶤。岧嶤四荒外，曠望群川會。雲卷天地開，波連浙西大。亂流新安口，北指嚴陵（今按，詹鍈本《李白全集》作「光」）瀨。釣臺碧雲中，邈與蒼嶺對。

稍稍來吴都，徘徊上姑蘇。煙綿横九疑，漭蕩見五湖。目極心更遠，悲歌但長吁。迴橈楚江濱，揮策楊子津。身着日本裘，昂藏出風塵。五月造我語，知非佁儗人。（佁儗，固滯貌。）相逢樂無限，水石日在眼。徒干五諸侯，不致百金産。吾友楊子雲，絃歌播清芬。雖爲江寧宰，好與山公羣。乘興但一行，且知我愛君。君來幾何時，仙臺應有期。東牕緑玉樹，定長三五枝。至今天壇人，當笑爾歸遲。我苦惜遠别，茫然使心悲。黄河若不斷，白首長相思。

經亂離後天恩流夜郎憶舊遊書懷贈江夏韋太守良宰凡八十三韻

天上白玉京，十二樓五城。仙人撫我頂，結髮受長生。誤逐世間樂，頗窮理亂情。九十六聖君，浮雲掛空名。天地賭一擲，未能忘戰争。試涉霸王略，將期軒冕榮。時命乃大謬，棄之海上行。學劍翻自哂，爲文竟何成。劍非萬人敵，文竊四海聲。兒戲不足道，五噫出西京。臨當欲去時，慷慨淚沾纓。歎君倜儻才，標舉冠羣英。開筵引祖帳，慰此遠徂征。鞍馬若浮雲，送余驃騎亭。歌鐘不盡意，白日落昆明。十月到幽州，戈鋋若羅星。君王棄北海，掃地借長鯨。呼吸走百川，燕然可摧傾。心知不得語，却欲棲蓬瀛。彎弧懼天狼，挾矢不敢張。攬涕黄金臺，呼天哭昭王。無人貴駿骨，緑耳空騰驤。樂毅

儻再生，于今亦奔亡。蹉跎不得意，驅馬還舊鄉（今按，詹鍈本《李白全集》卷十作「過貴鄉」）。逢君聽絃歌，肅穆坐華堂。百里獨太古，陶然卧羲皇。徵樂昌樂館，開筵列壺觴。賢豪間青蛾（今按，姚本、牛斗本、屠隆本、刻者不詳明本、詹鍈本《李白全集》卷十作「娥」），對燭儼成行。醉舞紛綺席，清歌繞飛梁。歡娱未終朝，秩滿歸咸陽。祖道擁萬人，供帳遥相望。一别隔千里，榮枯異炎涼。炎涼幾度改，九土中横潰。漢甲連胡兵，沙塵暗雲海。草木摇殺氣，星辰無光彩。白骨成丘山，蒼生竟何罪。幽（今按，詹鍈本《李白全集》作「函」）關壯帝居，國命懸哥舒。長戟三十萬，開門納兇渠。公卿如犬羊，忠讜醢與菹。二聖出遊豫，兩京遂丘墟。帝子許專征，秉旄控强楚。節制非桓文，軍師擁熊羆（今按，詹鍈本《李白全集》作「熊」）虎。人心失去就，賊勢騰風雨。惟君固房陵，誠節冠終古。僕卧香爐頂，餐霞漱瑶泉。門開九江轉，枕下五湖連。半夜水軍來，潯陽滿旌旃。空名適自誤，迫脅上樓船。徒賜五百金，棄之若浮煙。辭官不受賞，翻謫夜郎天。夜郎萬里道，西上令人老。掃蕩六合清，仍爲負霜草。日月無偏照，何由訴蒼昊。良牧稱神明，深仁恤交道。一忝青雲客，三登黄鶴樓。顧慚禰處士，虚對鸚鵡洲。樊山霸氣盡，寥落天地秋。江帶峨眉雪，川横三峽流。萬舸此中來，連帆過揚州。送此萬里目，曠然散我愁。紗牕倚天開，水緑樹如髮。

窺日畏銜山，促酒喜得月。吴娃與越艷，窈窕誇鉛紅。呼來上雲梯，含笑出簾櫳。對客小垂手，羅衣舞春風。賓跪請休息，主人情未極。覽君荆山作，江鮑堪動色。清水出芙蓉，天然去雕飾。逸興横素襟，無時不招尋。朱門擁虎士，列戟何森森。前（今按，據詹鍈本《李白全集》，當爲「翦」）鑿竹石開，縈流漲清深。登樓坐水閣，吐論多英音。片詞（今按，詹鍈本《李白全集》作「辭」）貴白璧，一諾輕黄金。謂我不愧君，青鳥同（今按，姚本作「問」，詹鍈本《李白全集》作「明」）丹心。五色雲間鵲，飛鳴天上來。傳聞赦書至，却放夜郎回。暖氣變寒谷，炎煙生死灰。君登鳳池去，忽（今按，詹鍈本《李白全集》作「勿」）棄賈生才。桀犬尚吠堯，匈奴笑千秋。中夜四五歎，常爲大國憂。旌旆夾兩山，黄河當中流。連雞不得進，飲馬空夷猶。安得羿善射，一箭落旄頭。

杜　甫

劉須溪云：子美大篇，江河神怪不測，雖太白、退之天才，罕及矣！（今按，此出自劉辰翁《跋白廷玉詩》，四庫本《須溪集》卷六「神」作「轉」）

自京赴奉先縣詠懷凡五十韻

杜陵有布衣，老大意轉拙。許身一何愚，竊比稷與契。（《東坡志林》云：子美自許稷與契，人未必許也，然其詩云：「舜舉十六相，身尊道何高。秦時用商鞅，法令如牛毛。」此自是稷、契輩人口中語也。）居然成濩落，白首甘契闊。蓋棺事則已，此志常覬豁。窮年憂黎元，歎息腸内熱。（《碧溪詩話》云：《孟子》七篇，論君與民者居半，余觀少陵「窮年憂黎元」等語，其仁心廣大，異夫求穴之螻蟻輩，真得孟子之所存矣。東坡問畢仲游云：「少陵何如人？」答云：「似司馬遷，但能名其詩耳。」余謂少陵似孟子，蓋原其心者也。）取笑同學翁，浩歌彌激烈。非無江海志，瀟灑送日月。生逢堯舜君，不忍便永訣。當今廊廟具，構厦豈云缺。葵藿傾太陽，物性固莫奪。顧惟螻蟻輩，但自求其穴。胡爲慕大鯨，輒擬偃溟渤。以兹悟生理，獨耻事干謁。兀兀遂至今，忍爲塵埃没。終愧巢與由，未能易其節。沉飲聊自遣，放歌頗愁絶。歲暮百草零，疾風高岡裂。天衢陰崢嶸，客子中夜發。霜嚴衣帶斷，指直不得結。凌晨過驪山，御榻在嵽嵲。蚩尤塞寒空，蹴踏崖谷滑。瑶池氣鬱律，羽林相摩戛。君臣留歡娱，樂動殷膠葛。賜浴皆長纓，與燕非短褐。彤庭所分帛，本自寒女出。鞭撻其夫家，聚斂貢城闕。聖人筐篚恩，實欲邦國活。臣如忽至理，君豈棄此物。多士盈朝廷，仁者宜戰慄。況聞内金盤，盡在衛霍室。中堂舞神仙，煙霧濛（今按，《杜詩詳注》作「蒙」）玉

質。暖客貂鼠裘，悲管逐清瑟。勸客駝蹄羹，霜橙壓香橘。（劉云：風雅雜見。）朱門酒肉臭，路有凍死骨。榮枯咫尺異，惆悵難再述。北轅就涇渭，官渡又改轍。羣水（今按，據宋本《杜工部集》，當爲「冰」）從西下，極目高崪兀。疑是崆峒來，恐觸天柱拆（今按，據宋本《杜工部集》，當爲「折」）。河梁幸未坼（今按，宋本《杜工部集》、《杜詩詳注》皆作「拆」），支（今按，宋本《杜工部集》、《杜詩詳注》皆作「枝」）撐聲窸窣。行旅相攀援，川廣不可越。老妻既（今按，《全唐詩》作「寄」）異縣，十口隔風雪。誰能久不顧，庶往共饑渴。入門聞號咷，幼子饑已卒。吾寧捨一哀，里巷亦嗚咽。所愧爲人父，無食致夭拆（今按，據宋本《杜工部集》，當爲「折」）。豈知秋未登，貧屢（今按，據宋本《杜工部集》，當爲「窶」）有倉卒。生常免租税，名不隸征伐。撫跡猶酸辛，平人固騷屑。默思失業徒，因念遠戍卒。憂端齊終南，澒洞不可掇。

北征（至德二載，公自鳳翔還鄜州，此詩述在路及到家之事，當是本年九月作。）

皇帝二載秋，閏八月初吉。杜子將北征，蒼茫問家室。維時多（今按，宋本《杜工部集》卷二、《杜詩詳注》卷五皆作「遭」）艱虞，朝野少暇日。顧慚恩私被，詔許歸蓬蓽。拜辭詣闕下，怵惕久未出。雖乏諫諍姿，恐君有遺失。君誠中興主，經緯固密勿。東胡反未已，臣甫憤所切。揮涕戀行在，道途猶恍惚。乾坤含瘡痍，憂虞何時畢。靡靡踰阡陌，人煙眇蕭瑟。所遇多被

傷，呻吟更流血。回首鳳翔縣，旌旗晚明滅。前登寒山重，屢得飲馬窟。邠郊入地底，涇水中蕩潏。猛虎立我前，蒼崖吼時裂。菊垂今秋花，石戴古車轍。青雲動高興，幽事亦可悦。山菓多瑣細，羅生雜橡栗。或紅如丹砂，或黑如點漆。雨露之所濡，甘苦齊結實。（劉云：長篇自然不可無此。又云：愁結中得從容風刺如此語，乃大篇興致。［今按，明玉几山人刻本《集千家注杜工部詩集》卷三中此句作「愁結中得從容風刺語，此大篇興致」］）緬思桃源内，益歎身世拙。坡陀望鄜時，谷巖（今按，宋本《杜工部集》作「巖谷」）互出没。我行已水濱，我僕猶木末。鴟鳥鳴黄桑，野鼠拱亂穴。夜深經戰場，寒月照白骨。潼關百萬師，往者散何卒。遂令半秦民，殘害爲異物。況我墮胡塵，及歸盡華髮。經年至茅屋，妻子衣百結。慟哭松聲迴（今按，宋本《杜工部集》作「迴」），悲泉共幽咽。平生所嬌兒，顔色白勝雪。見耶背面啼，垢膩脚不襪。床前兩小女，補綻纔過膝。海圖拆（今按，宋本《杜工部集》作「拆」）波濤，舊繡移曲拆（今按，據宋本《杜工部集》、《杜詩詳注》，當爲「折」）。天吴及紫鳳，顛倒在裋褐。老夫情懷惡，嘔泄卧數日。那無囊中帛，救汝寒凜慄。粉黛亦解包，衾裯稍羅列。瘦妻面復光，癡女頭自櫛。學母無不爲，曉粧隨手抹。移時施朱鉛，狼藉畫眉闊。生還對童稚，似欲忘饑渴。問事競挽鬚，誰能即嗔喝。翻思在賊愁，甘受雜亂聒。新歸且慰意，生理焉能説。（劉云：北征精神，全得一段盡意，他人窘態有甚，不能自言，又羞置勿道。）至尊尚蒙塵，幾日休練卒。仰看天色改，旁覺祆氛豁。陰風西北來，慘澹隨回紇。

其王願助順，其俗善馳突。送兵五千人，驅馬一萬匹。此輩少爲貴，四方服勇決。所用皆鷹騰，破敵過箭疾。聖心頗虚佇，時議氣欲奪。伊洛指掌收，西京不足拔。官軍請深入，蓄鋭伺俱發。此舉開青徐，旋瞻略恒碣。昊天積霜露，正氣有肅殺。禍轉亡胡歲，勢成擒胡月。胡命其能久，皇綱未宜絶。憶昨狼狽初，事與古先别。姦臣競（今按，據宋本《杜工部集》、《杜詩詳注》，當爲「竟」）葅醢，同惡隨蕩拆（今按，據宋本《杜工部集》、《杜詩詳注》，當爲「析」）。不聞夏殷衰，中自誅褒妲。周漢獲再興，宣光果明哲。桓桓陳將軍，仗鉞奮忠烈。微爾人盡非，于今國猶活。淒涼大同殿，寂寞白獸闥。都人望翠華，佳氣向金闕。園陵固有神，灑掃（今按，宋本《杜工部集》、《杜詩詳注》皆作「掃灑」）數不輟（今按，宋本《杜工部集》作「缺」）。（劉云：「數」音朔。謂每有喪亂，終必反正。）煌煌太宗業，樹立甚宏達。（《石林詩話》云：長篇最難，晉魏以前詩，無過十韻者，蓋常［今按，據四庫本《石林詩話》，此處脱「使」字］人以意逆志，初不以敘事傾倒［今按，四庫本《石林詩話》作「傾盡」］，吴文治主編《全宋詩話·石林詩話》卷上作「傾蓋」］爲工。至杜子美《北征》、《述懷》諸篇，窮極筆力，如太史公紀傳，此古今之絶唱也。○東坡曰：《北征》詩，識君臣大體，忠義之氣與秋色争高，可貴也。○《須［今按，據姚本、刻者不詳明本，當爲「潛」］溪詩眼》云：孫莘老常謂老杜《北征》詩勝退之《南山》詩，王平甫以謂《南山》勝《北征》，終不能相服。時山谷尚少，乃曰：若論工巧，則杜《北征》不及《南山》；若書一代之事，與《國風》、《雅》、《頌》相爲表裏，則《北征》不可無，而《南山》雖不作未害也。二公論遂定。）

韓　愈

南山詩

（按，《長安志》：終南山在萬年縣南五十里。○《漢書》：太一山，又爲終南山。東方朔曰：終南山，天下之大祖［今按，據姚本、刻者不詳明本、《漢書·東方朔傳》，當爲「阻」］也。其山多玉石、金銀、銅鐵、豫章、檀柘，異物不可勝原，此百工［今按，據姚本、屠隆本、刻者不詳明本，《漢書·東方朔傳》，「百工」後當脱「所」字］取給，萬姓所仰是［今按，據姚本、屠隆本、刻者不詳明本、《漢書·東方朔傳》，當爲「足」］也。○元和初，公自江陵法曹召爲國子博士，賦此詩，凡百有二韻。○洪駒父曰：此詩似《上林》、《子虚》賦，才力小者不可到也。）

吾聞京城南，兹維群山囿。東西兩際海，巨細難悉究。山經及地志，茫昧非受授。團辭試提挈，掛一念萬漏。欲休諒不能，粗序（今按，錢仲聯《韓昌黎詩繫年集釋》卷四作「敘」）所經覯。嘗昇崇丘望，戢戢見相湊。晴明出稜角，縷脈碎分繡。蒸嵐相澒洞，表裏忽通透。無風自飄簸，融液煦柔茂。横雲時平凝，點點露數岫。天宇横（今按，錢仲聯《集釋》作「浮」）修眉，濃緑畫新就。孤撑有巉絶，海浴褰鵬噣。（音晝。自此已上，纔序南山大概。）春陽潛沮洳，濯濯深吐秀。巖巒雖崒崒，軟弱類含酎。夏炎百木盛，蔭鬱增埋覆。神靈日歊歔（今按，據姚本及錢仲聯《韓昌

黎詩繫年集釋》，當爲「猷」），雲氣爭結構。秋霜喜刻鑠（今按，錢仲聯《韓昌黎詩繫年集釋》作「轢」），磔卓立癯瘦。參差相疊重，剛耿陵宇宙。冬行雖幽墨，冰雪工琢鏤。新曦照危峨，億丈恒高袤。明昏無停態，頃刻異狀候。（已上序四時變態。）西南雄太白，突起莫間簉。（簉者，椊也，齊也，罹也，初救切。［今按，「椊」，屠隆本、刻者不詳明本作「䘹」，姚本作「倅」，「倅」與「粹」通，「䘹」「椊」當皆爲「粹」之訛；「簉」通「萃」，而「粹」又當爲「萃」之誤。「罹」，姚本、屠隆本、刻者不詳明本作「雜」，當以「雜」爲是］）藩都配德運，分宅占丁戊。（丁戊，亦謂西南。）逍遥越地位，詆訐陷乾竇。（逍遥，谷名。地，亦［今按，姚本作「一」］作「坤」。言太白非特占西南坤位，又侵及東北乾位，故云「陷乾竇」。）空虚寒兢兢，風氣較搜漱。朱維方燒日，陰霰縱騰糅（交［今按，據姚本、刻者不詳明本，當爲「女」］救切，雜糅也。）。昆明陰（今按，錢仲聯《韓昌黎詩繫年集釋》作「大」）池北，去覿偶晴晝。綿聯窮俯視，倒側困清漚。微瀾動水面，踴躍躁猱狖。驚呼惜破碎，仰喜呀不仆。（仆，倒也，音敷救，又四候切。已上言南山方遇［今按，姚本、四庫本皆作「隅」］連亘之所。）前尋徑杜墅（即杜陵也。），坌蔽畢原陋。（坌，塵也。畢原，周文、武葬處。）崎嶇上軒昂，始得觀覽富。行行將遂窮，嶺陸煩互走（音奏。）。勃然思拆（今按，錢仲聯《韓昌黎詩繫年集釋》及四庫本作「坼」）裂，擁掩難恕宥。巨靈與夸娥，（河神巨靈以手擘山。《列子》：夸娥氏負二山。）遠賈期必售。還疑造物意，固護蓄積（今按，錢仲聯《韓昌黎詩繫年集釋》及四庫本作「精」）祐。力雖能排幹（今按，據錢仲聯《韓昌黎詩繫年集釋》及姚本、四庫本，當爲「幹」），雷電勞（今按，錢仲聯《韓昌黎詩繫年集釋》及姚本、

四庫本皆作「怯」）呵詬。攀緣脱手足，蹭蹬抵積甃。茫如試矯首，堛塞生怐愗。（寇、茂二音，愁然貌。）威容喪蕭爽，近新迷遠舊。拘官計日月，欲進不可又。因緣窺其湫，（南山有炭谷湫。）凝湛閟（今按，錢仲聯《韓昌黎詩繫年集釋》、四庫本作「閟」）陰獸。魚蝦可俯掇，神物安敢寇。林柯有脱葉，欲墮鳥驚救。（其湫神靈，葉落恐污湫水，鳥即銜去。）争銜彎環飛，投棄急哺鷇（音寇。）。旋歸道回睨，遠（今按，錢仲聯《韓昌黎詩繫年集釋》、四庫本作「達」）枿壯復奏。吁嗟信奇怪，峙質能化貿。前年遭譴謫，探歷得邂逅。初從藍田入，（貞元十九年十二月，公自監察御史謫出爲連州陽山令，已下言其過藍田縣所經歷見也。）顧眄勞頸脰。時天晦大雪，淚目苦矇瞀。峻塗拖長冰，直下（今按，錢仲聯《韓昌黎詩繫年集釋》、四庫本作「上」）若懸溜。褰衣步推馬，顛蹶退且復。蒼黄忘遐睎，所矚才左右。杉篁咤滿（今按，據錢仲聯《韓昌黎詩繫年集釋》、四庫本，當爲「蒲」）蘇，果（今按，據錢仲聯《韓昌黎詩繫年集釋》、四庫本，當爲「杲」）耀攢介冑。專心憶平道，脱險逾避臭。（《吕氏春秋》曰：人有大臭者，其兄弟皆無能與居者。）昨來逢清霽，宿願欣所（今按，錢仲聯《韓昌黎詩繫年集釋》、四庫本作「忻始」）副。峥嶸躋冢頂，倏閃雜鼯鼬。前低劃開闊，瀾（今按，錢校本作「爛」）漫堆衆皺（一作「皺」，石蕞也。）。或連若相從；或蹙若相鬬；或妥若弭伏；或聳若驚雊；或散若瓦解；或赴若輻輳；或翩若船遊；或決若馬驟；或背若相惡；或向若相祐；或亂若抽筍；或嵲若炷灸（音疚。）；或錯若繪畫；

或繚若篆籀；或羅若星離；或蓊若雲逗；或浮若波濤；或碎若鋤耨。或如賁育倫，睹（今按，錢仲聯《韓昌黎詩繫年集釋》、四庫本作「賭」）勝勇前購；先强勢已出，後鈍嗔詎譳（不能言貌。）。或如帝王尊，叢集朝賤幼；雖親不褻狎，雖遠不悖謬。或如臨食案，肴核分（今按，錢仲聯《韓昌黎詩繫年集釋》、四庫本作「紛」）飣餖；又如游九原，墳墓包槨柩。或纍若盆罌；或揭若登豆；或覆若曝鼈；或頹若寢獸；或蜿若藏龍；或翼若搏鷲；或齊若朋友（今按，錢仲聯《韓昌黎詩繫年集釋》、四庫本作「友朋」）；或差若先後；或迸若流落；或顛（今按，錢仲聯《韓昌黎詩繫年集釋》、四庫本作「顧」）若宿留；或戾若仇讎；或密若婚媾；或儼若峨冠；或翻若舞袖；或屹若戰陣；或圍若蒐狩。或靡然東注，或偃然北首。或如火熺煙（今按，錢校本作「焰」），或若氣饙餾。或行而不輟；或遺而不收；或斜而不倚；或弛而不彀。或赤若禿鬝，或燻若柴槱。或如龜拆（今按，錢仲聯《韓昌黎詩繫年集釋》、四庫本作「坼」）兆，或若卦分繇（音宙。）。或前橫若剥，或後斷若姤。延延離人（今按，錢校本、姚本等作「又」）屬，央央叛還遘。喁喁魚闖萍，落落月經宿。誾誾樹牆垣，巘巘駕庫廄。參參削劍戟，煥煥銜瑩琇。敷敷花破（今按，錢校本作「披」）蕚，闟闟屋摧霤。悠悠舒而安，兀兀狂以狃。超超出猶奔，蠢蠢駭不懋。（已上序其歷見之狀。）大哉立天地，經紀肖營腠。（象營衛腠理也。）厥初孰開張，僶俛誰勸侑。創兹樸而巧，戮力忍勞疚。得非施

斧斤，無乃假咀（今按，錢校本作「詛」）呪。鴻荒意（今按，《全唐詩》作「竟」）無傳，功大莫酬僦。嘗聞於祠官，苾芬（今按，錢校本作「芬苾」）降歆嗅。斐然作歌詩，惟用贊報酭。（音又，言作歌詩以贊報酭之典，酭亦報也。○韓仲韶云：是詩始總序其四時之變，次敘南山連亘之所止，其末則敘其經歷之所見者焉。）

七言古詩敘目（凡十三卷）

第一卷

正始

王　宏（一）　王　勃（四）　盧照鄰（一）　駱賓王（一）　劉庭芝（二）　喬知之（二）　陳子昂（一）　王　適（一）　李　嶠（二）　沈佺期（二）　徐玄之（一）　宋之問（七）　郭　振（二）　盧　僎（一）　張　說（一）　徐彦伯（一）　吴少微（二）　劉廷琦（一）　李如璧（一）　李　昂（一）　胡　皓（一）　賀朝清（一）　萬齊融（一）　王　翰（二）　孫　逖（一）　玄宗皇帝（二）　賀知章（一）　許景先（各一首附）（今按，「各一首附」乃玄宗《春臺望》詩後附賀知章、許景先和作各一首之意）

七言雖云始自漢武《柏梁》，然歌謡等作，出自古也，如甯戚之《商歌》，七言略備。迨漢，則純乎成篇。下及魏晉，相繼有述，其間雜以樂府、長短句、詞、吟、曲、引、篇、行、詠調之屬，皆名爲詩。唐初作者亦少，獨宋之問數首爲時所稱，又如郭代公《寶劍篇》、張燕公

《鄴都引》，調頗凌俗，然而文體聲律、抑揚頓挫猶未盡善。今自王宏而下，至開元初，通得二十九人，共詩四十六首，爲正始。

第二卷

正宗（一）

李　白（三十九）

第三卷

正宗（二）

李　白（三十七）

太白天仙之詞，語多率然而成者，故樂府、歌辭咸善。或謂其始以《蜀道難》一篇見賞於知音，爲明主所愛重，此豈淺才者徼幸，際其時而馳騁哉？不然也，白之所藴非止是。今觀其《遠别離》、《長相思》、《烏棲曲》、《鳴臯歌》、《梁園吟》、《天姥吟》、《廬山謡》等作，

長篇短韻，驅駕氣勢，殆與□（今按，此字原文漫漶不清，姚本、四庫本作「南」）山秋色争高可也，雖少陵猶有讓焉，餘子瑣瑣矣。揭爲正宗，不亦宜乎？

第四卷

大家

杜　甫（五十三）

王荆公嘗謂：杜子美之悲歡窮泰，發斂抑揚，疾徐縱横，無施不可。故其所作，有平淡蕑（今按，據廖德明校點本及四庫全書本《苕溪漁隱叢話前集》卷六引王安石此語，當爲「簡」）易者，有綺麗精確者，有嚴重威武若三軍之帥者，有奮迅馳驟若汎駕之馬者，有澹泊閑静若山谷隱士者，有風流醖藉若貴介公子者。蓋其緒密而思深，觀者苟不能臻其閫奥，未易識其妙處，夫豈淺近者所能窺哉？此子美所以光掩前人，後來無繼也。余觀其集之所載《哀江頭》、《哀王孫》、《古柏行》、《劍器行》、《渼陂行》、《兵車行》、《洗兵馬行》、《短歌行》、《同谷歌》等篇，益以斯言可徵。故表而出之，爲大家。

第五卷

名家（上）

高　適（二十）　岑　參（三十）

第六卷

名家（下）

李　頎（十八）　王　維（十七）　崔　顥（八）

盛唐工七言古調者多，李、杜而下，論者推高、岑、王、李、崔顥數家爲勝。竊嘗評之，若夫張皇氣勢，陟頓始終，綜覈乎古今，博大其文辭，則李、杜尚矣。至於沉鬱頓挫，抑揚悲壯，法度森嚴，神情俱詣，一味妙悟，而佳句輒來，遠出常情之外，之數子者，誠與李、杜並驅而争先矣。今俱列之於名家，以高適、岑參合詩五十首，爲上卷；李頎、王維、崔顥合詩四十三首，爲下卷。

第七卷

羽翼

孟浩然（三）　萬　楚（一）　丁仙芝（一）　劉復（二）　儲光羲（四）　張謂（四）　王昌齡（五）　張南容（一）　畢　耀（一）　賀蘭進明（五）　崔國輔（一）　賈　至（一）　孟雲卿（一）　王季友（四）　常　建（三）　元　結（四）　薛　業（一）　張志和（一）　獨孤及（二）　張　潮（一）　鮑　防（一）

盛唐名家之外，作者不多見，若儲光羲、張謂、王季友諸人，不過所録者是。通得二十一人，共詩四十七首，爲一卷。

第八卷

接武（上）

劉長卿（二十）　錢　起（十三）　韓　翃（九）

第九卷

接武（下）

李嘉祐（四） 韋應物（四） 皇甫冉（三） 郎士元（二） 朱 放（一） 司空曙（二）盧 綸（五） 李 端（三） 戎 昱（二） 李 益（五） 朱 灣（二） 顧 況（四） 馮 著（一） 劉 商（一） 楊 衡（四） 朱長文（一） 戴叔倫（二） 長孫佐輔（一）

中唐來，作者亦少，可以繼述前諸家者，獨劉長卿、錢起較多，聲調亦近似，韓翃又次之。他若李嘉祐、韋應物、皇甫冉、盧綸、戎昱、李益之儔，略見一二，雖體製參差，而氣格猶有存者，亦不可闕。今皆取之，分爲二卷。以劉、錢、韓三家，合詩四十二首，爲上卷。又自李嘉祐而下至貞元末，共一十八人，合詩四十九首，爲下卷。

第十卷

正變（上）

王　建（二十九）　張　籍（二十九）

漢武帝立樂府官采詩，以四方之音被之聲樂，其來遠矣。後世沿襲，古意略存，或因意命題，或學古敘事，尚能原閨門衽席之遺，而達之於宗廟朝廷之上，去古雖遠猶近。唐世述作者多，繁音日滋，寓意古題，刺美見事者有之，即事名篇，無復倚傍者有之。大曆以還，古聲愈下，獨張籍、王建二家體製相似，稍復古意。或舊曲新聲，或新題古義，詞旨通暢，悲歡窮泰，慨然有古歌謠之遺風，皆名爲樂府。雖未必盡被於絃歌，是亦詩人引古以諷之義歟，抑亦唐世流風之變而得其正也歟？今合二家詩五十七首，爲正變。後之審音者，倘采聲以造樂，二子其庶乎！

第十一卷

正變（下）

韓　愈（二十九）　李　賀（二十三）

元和歌詩之盛，張、王樂府尚矣。韓愈、李賀，文體不同，皆有氣骨。退之之敘已備五言，又如《琴操》等作，前賢稱之詳矣，此不容贅。若長吉者，天縱奇才，驚邁時輩，所得離絶凡近，遠去筆墨畦徑，時人亦頗道。其詩如時花美女，不足爲其色也；風檣陣馬，不足爲其勇也；荒國陊殿，梗莽丘隴，不足爲其恨怨悲愁也；鯨呿鰲擲，牛鬼蛇神，不足爲其虚荒誕幻也。嗚呼！使長吉假之以年，少加於理，其格律豈止是哉？嚴滄浪云：盧仝之怪，長吉之詭，天地間自欠此體不得。余故并韓公合爲一卷，共詩五十二首，爲正變。

第十二卷

餘響

武元衡（一）　楊巨源（二）　權德輿（四）　劉禹錫（六）　李　涉（五）　柳宗元（三）　盧仝（二）　孟　郊（五）　元　稹（一）　白居易（六）　施肩吾（三）　温庭筠（五）　李商隱（一）　杜　牧（一）　李羣玉（二）　裴　説（一）　張　泌（一）

元和以後，述貞元之餘韻者，權德輿、劉禹錫而已。其次能者，各開户牖，若盧之險

怪，孟之寒苦，白之庸俗，温之美麗，雖卓然成家，無足多矣。故略其精者，自武元衡而下至唐末，通得十七人，共詩四十六首，爲餘響。

第十三卷

旁流

有姓氏無字里世次可考（今按，「考」後當脱「者」字）九人詩九首

杜　頠（一）　薛奇童（一）　張若虚（一）　李　章（一）　張　鼎（一）　衛　萬（一）

陳　閏（一）　李　暇（一）　莊南傑（一）

無姓氏詩一首

姓氏疑誤者五人詩十一首

韋元甫（一）　李　頎（四）　韋應物（三）　戎　昱（三）　羅　隱（一）

衲子四人詩九首

皎　然（六）　隱　巒（一）　貫　休（一）　寶　月（一）

女冠一人詩一首

李　冶（一）

閨秀八人詩十一首

張夫人（三）　杜羔妻（一）　郎大家（一）　鮑君徽（一）　程長文（一）

張　英（一）　劉　雲（二）　劉　瑶（今按，「詩人爵里詳節」作「瑶」）（二）

右二十七人，共詩四十二首，皆諸集附載或姓氏世次疑誤弗可考者，皆録之爲旁流。

歌行長篇（附）

駱賓王（一）　元　稹（一）　白居易（一）

歌行長篇，唐初獨駱賓王有《帝京篇》、《疇昔篇》，文極富麗。至盛唐絶少，李、杜間有數首，其詞亦不甚敷蔓，大率與常製相類，已混收從彙，不復摘去。迨元和後，元稹、白居易始相尚此製，世號「元白體」，其詞欲贍欲達，去離務近，明露肝膽。樂天每有所作，令老嫗能解，則録之，故格調扁（今按，據姚本，當爲「局」）而不高。然道情敘事，悲歡窮泰，如寫出人胸臆中語，亦古歌謠之遺意也，豈涉獵淺才者所能到耶？姑略駱賓王一首，元、白各一首，附於此集之後，以備一體，爲學者之助云。

七言古詩卷之一　唐詩品彙二十五

正始

王　宏（今按，《文苑英華》卷一九九作「王寵」）

從軍行

兒生三日掌上珠，燕頷猿肱穠李膚。十五學劍北擊胡，羌歌燕筑送城隅。城隅路接伊川驛，河陽渡頭邯鄲陌。可憐少年把手時，黄鳥雙飛梨花白。秦王築城三千里，西自臨洮東遼水。山邊疊疊黑雲飛，海畔莓莓青草死。從來戰鬭不求勳，殺身爲君君不聞。鳳凰樓上吹急管，落日徘徊腸先斷。

王　勃

秋夜長

秋夜長，殊未央，月明白露澄清光，層城綺閣遥相望。川無梁，北風受節南鴈翔，崇蘭委質時菊芳。鳴環曳履出長廊，爲君秋夜擣衣裳。纖羅對鳳凰，丹綺雙鴛鴦。調砧亂杵思自傷，征夫萬里戍他鄉。鶴關音信斷，龍門道路長。君在天一方，寒衣徒自香。

採蓮曲（一作《採蓮歸》。）

採蓮歸，緑水芙蓉衣，秋風起浪鳧鴈飛。桂棹蘭橈下長浦，羅裙玉腕輕摇櫓。葉嶼花潭極望平，江謳越吹相思苦。相思苦，佳期不可駐。塞外征夫猶未還，江南採蓮今已暮。今已暮，採蓮花，渠今那必盡娼家。官道城南把桑葉，何如江上採蓮花。蓮花復蓮花，花葉何稠疊。葉翠本羞眉，花紅强如頰。佳人不在兹，悵望别離時。牽花憐共蒂，折藕愛連絲。故情無處所，新物從華滋。不惜西津交佩解，還羞北海鴈書遲。採蓮歌有節，採蓮夜未歇。正逢浩蕩江上風，又值徘徊江上月。徘徊蓮浦夜相逢，吴姬越女何豐茸。共問寒江千里外，征客關山路幾重。

臨高臺

臨高臺，臨高臺，迢遞絶浮埃。瑶軒綺構何崔嵬，鸞歌鳳吹清且哀。俯瞰長安道，萋萋御溝草。斜對甘泉路，蒼蒼茂陵樹。高臺四望同，佳氣鬱葱葱。紫閣丹樓紛照耀，璧房錦殿相玲瓏。東迷長樂觀，西指未央宫。赤城映朝日，緑樹摇春風。旗亭百隊開新市，甲第千甍分戚里。朱輪翠蓋不勝春，疊榭層楹相對起。復有青樓大道中，繡户文牕雕綺櫳。錦衣晝不襞，羅帷夕未空。歌屏朝掩翠，粧鏡晚窺紅。爲君安寶髻，蛾眉罷花叢。狹路塵間黯將暮，雲間月色明如素。鴛鴦池上兩兩飛，鳳凰樓下雙雙度。物色正如此，佳期那不顧。銀鞍繡轂盛繁華，可憐今夜宿娼家。娼家少婦不須顰，東園桃李片時春。君看舊日高臺處，柏梁銅雀生黄塵。（「錦衣晝不襞，羅帷夕未空」，一作「錦衣夜不襞，羅帷晝未空」。〔今按，「晝」當爲「晝」。姚本、牛斗本、屠隆本、刻者不詳明本無此注〕）

滕王閣

滕王高閣臨江渚，珮玉鳴鑾罷歌舞。畫棟朝飛南浦雲，朱簾暮捲西山雨。閑雲潭影日悠悠，物换星移度幾秋。閣中帝子今何在，檻外長江空自（今按，據姚本等，當爲「自」）流。

盧照鄰

長安古意

長安大道連狹斜，青牛白馬七香車。玉輦縱横過主第，金鞍絡繹向侯家。龍銜寶蓋承朝日，鳳吐流蘇帶晚霞。百丈遊絲争繞樹，一羣嬌鳥共啼花。啼花戲蝶千門側，碧樹銀臺萬種色。複道交牕作合歡，雙闕連甍垂鳳翼。梁家畫閣天中起，漢帝金臺（今按，姚本、屠隆本、張恂本、四庫本及《全唐詩》作「莖」）雲外直。樓前相望不相知，陌上相逢詎相識。借問吹簫向紫煙，曾經學舞度芳年。得成比目何辭死，願作鴛鴦不羨仙。比目鴛鴦真可羨，雙去雙來君不見。生憎帳額繡孤鸞，好取門簾帖雙燕。雙燕雙飛繞畫梁，羅幃翠被鬱金香。片片行雲着蟬鬢，纖纖初月上鴉黄。鴉黄粉白車中出，含嬌含態情非一。妖童寶馬鐵連錢，娼妓盤龍金屈膝。御史府中烏夜啼，廷尉門前雀欲棲。隱隱朱城臨玉道，遥遥翠幰没金堤。挾彈飛鷹杜陵北，探丸借客渭橋西。俱邀俠客芙蓉劍，共宿娼家桃李蹊。娼家日暮紫羅裙，清歌一轉口氤氲。北堂夜夜人如月，南陌朝朝騎似雲。南陌北堂連北里，五劇三條控三市。弱柳青槐拂地垂，佳氣紅塵暗天起。漢代金吾千騎來，翡翠屠蘇鸚鵡杯。羅襦寶帶

爲君解，燕歌趙舞爲君開。別有豪華稱將相，轉日回天不相讓。意氣由來排灌夫，專權判不容蕭相。專權意氣本豪雄，青虯紫燕坐生風。自言歌舞長千載，自謂驕奢凌五公。節物風光不相待，桑田碧海須臾改。昔時金階白玉堂，即今惟見青松在。寂寂寥寥揚子居，年年歲歲一牀書。獨有南山桂花發，飛來飛去襲人裾。

駱賓王

行路難（同辛常伯《軍中作》。）

君不見玉關塵色暗邊庭（今按，《全唐詩》作「亭」），銅鞮雜虜寇長城。天子按劍徵餘勇，將軍受脈事橫行。七德龍韜開玉帳，千里鼉鼓動金鉦（一作「千里鼉鼓疊金鉦」）。陰山苦霧埋高壘（今按，據姚本、屠隆本、刻者不詳明本、張恂本、四庫本及《文苑英華》卷二〇〇、《樂府詩集》卷七一、《全唐詩》卷七七，當爲「壘」），交河孤月照連營。連營去去無窮極，擁斾遥遥過絕國。陣雲朝結晦天山，寒沙夕漲迷疏勒。龍鱗水上開魚貫，馬首山前振雕翼。長驅萬里讋祁連，分麾三命武功宣。百發烏號遥碎柳，七尺龍文迴照蓮。春來秋去移灰琯，蘭閨柳市芳塵斷。鴈門迢遞尺書稀，鴛被相思雙帶緩。行路難，誓令氛祲静皋蘭。但使封侯龍額貴，詎隨中婦鳳樓寒。

劉庭芝

公子行

天津橋下陽春水，天津橋上繁華子。馬聲迴合青雲外，人影摇動緑波裏。緑波清迴玉爲砂，青雲離按（今按，據姚本等及《全唐詩》卷八二，當爲「披」）錦作霞。可憐楊柳傷心樹，可憐桃李斷腸花。此日遨遊邀美女，此時歌舞入娼家。娼家美女鬱金香，飛去飛來公子傍。的的朱簾白日映，娥娥玉顔紅粉粧。花際徘徊雙蛺蝶，池邊顧步兩鴛鴦。傾國傾城漢武帝，爲雲爲雨楚襄王。古來容光人所羨，況復今日遥相見。願作輕羅着細腰，願爲明鏡分嬌面。與君相向轉相親，與君雙棲共一身。願作貞松千歲古，誰論芳槿一朝新。百年同謝西山日，千秋萬古北邙塵。

代悲白頭翁（一作宋之問詩。）

洛陽城東桃李花，飛來飛去落誰家。洛陽女兒惜顔色，行逢落花長歎息。今年花落顔色改，明年花開復誰在。已見松柏摧爲薪，更聞桑田變成海。古人無復洛城東，今人還對落花風。年年歲歲花相似，歲歲年年人不同。寄言全盛紅顔子，應憐半死白頭翁。此翁白

頭真可憐，伊昔紅顔美少年。公子王孫芳樹下，清歌妙舞落花前。光禄池臺開錦繡，將軍樓閣畫神仙。一朝卧病無相識，三春行樂在誰邊。宛轉蛾眉能幾時，須臾鶴髮亂如絲。但看古來歌舞地，惟有黄昏鳥雀悲。

喬知之

緑珠篇

石家金谷重新聲，明珠十斛買娉婷。此日可憐君自許，此時可喜得人情。君家閨閣未曾難，常將歌舞借人看。意氣雄豪非分理，驕矜勢力横相干。辭君去去終未忍，徒勞掩袂傷鉛粉。百年離别在高樓，一代紅顔爲君盡。（知之有美妾曰碧玉，武承嗣奪之，喬作此篇以寄之，碧玉赴井死。承嗣得詩於裙帶，大怒，諷酷吏羅告族誅之。）

古意和李侍郎

妾家巫山隔漢川，君度南庭向胡宛（今按，《文苑英華》卷二〇五、《全唐詩》卷八一作「苑」）。高樓迢遞想金天，河漢昭回更悽然。夜如何其夜未央，閑花照月愁洞房。自矜夫婿勝王昌，三十曾作侍中郎。一從流落戍漁陽，懷哉萬恨結中腸。南山冪冪兔絲花，北陵青青女羅樹。由

來花葉同一根，今日枝條分兩處。三星差池光照灼，北斗西指秋雲薄。莖枯緑謝葉憔悴，香消花盡色零落。美人長歎絶容萎，含情收取摧折枝。調絲獨彈聲未移，感君行坐星歲遲。閨中宛轉今若斯，誰能爲報征人知。

陳子昂

春臺引（寒食集畢録事宅作。）

感陽春兮生碧草（春，一作□。）（今按，《文苑英華》卷三四三、《全唐詩》卷八三、四庫本《陳拾遺集》卷七皆作「春」，未見異文）之油油。懷宇宙以傷遠，登高臺而寫憂。遲美人兮不見，恐青歲之遂（集作「還」。）遒。從畢公以酣飲，寄林塘而一留。採芳蓀於北渚，憶桂樹於南洲。何雲木之美麗，而池館之崇幽。星臺秀士，月旦諸子。嘉（一作「喜」。）青鳥之辰，迎火龍之始。挾寶書與瑶瑟，芳蕙華而蘭靡。乃掩白蘋，藉緑芷。酒既醉，樂未已。擊青鐘，歌渌水。怨青春之萎絶，贈瑶華之旖旎。願一見而道（集作「導」。）意，結衆芳之綢繆。曷余情之蕩漾（集作「瀁」。），矚（今按，姚本、牛斗本、屠隆本、刻者不詳明本、《文苑英華》卷三四三作「獨」）青雲以增愁。悵三山之飛鶴，憶海上之白鷗。且（今按，《全唐詩》作「重」）曰：羣仙去兮青春頽，歲華歇兮黄鳥哀。

富貴榮樂幾時兮，朱宮碧堂生青苔，白雲兮歸來。

王　適

古别離

昔歲驚楊柳，高樓悲獨守。今年芳樹枝，孤棲怨别離。珠簾晝不捲，羅幔曉長垂。苦調琴先覺，愁容鏡獨知。頻年鴈去（一作「頻來鴈度」。）無消息，罷却鴛紋（一作「罷去鴛紋」。）何用織。夜還羅帳空有情，春着裙腰自無力。青軒桃李落紛紛，紫庭蘭蕙日（一作「香」。）氛氲。已能憔悴今如此，更復含情一待君。

李　嶠

擬古東飛百勞西飛燕

傳書青鳥迎簫鳳，巫嶺荆臺數通夢。誰家窈窕住園樓，五馬千金照陌頭。羅裙玉佩當軒出，點翠施紅競春日。佳人二八盛舞歌，羞將百里（今按，姚本、刻者不詳明本、《文苑英華》卷二〇六、《全唐詩》卷五七、《樂府詩集》卷六八作「萬」。）呈雙蛾。庭前芳樹朝夕改，空駐妍華欲誰待。

汾陰行

君不見昔日西京全盛時，汾陰后土親祭祠。齋宫宿寢設廚（今按，《搜玉小集》、《全唐詩》卷五七作「儲」）供，撞鐘鳴鼓樹羽旂。漢家四葉才且雄，賓筵萬靈服（今按，《唐詩紀事》卷十、《全唐詩》「筵」作「延」，「服」作「朝」）九戎。柏梁賦詩高宴罷，詔書法駕幸河東。河東太守親掃除，奉迎至尊導鑾輿。五營夾道列容衛，三河縱觀空閭里。回旌駐蹕降靈場，焚香奠醑邀百祥。金鼎發食（今按，《搜玉小集》、《文苑英華》卷三四八作「色」。《文苑英華》注云：「一作『食』，非。」）正焜煌，靈祇煒燁攄（今按，《搜玉小集》、《文苑英華》作「摛」，《唐詩紀事》、《全唐詩》作「攄」）景光。埋玉陳牲禮神畢，舉麾上馬乘輿出。彼汾之曲嘉可遊，杳（今按，《搜玉小集》、《文苑英華》、《唐詩紀事》、《全唐詩》皆作「木」）蘭爲楫桂爲舟。棹歌微吟綵鷁浮，簫鼓哀鳴白雲秋。歡娱宴洽賜羣后，家家復除户牛酒。聲名（今按，《搜玉小集》、《唐詩紀事》、《全唐詩》皆作「明」，《文苑英華》作「鳴」，注云：集作「明」）動天樂無有，千秋萬歲南山壽。自從天子向秦關，玉輦金輿（今按，《全唐詩》作「車」）不復還。珠簾羽扇長寂寞，鼎湖龍髯安可攀。千齡人事一朝空，四海爲家此路窮。雄豪意氣今何在，壇場宫館盡蒿蓬。路逢故老長歎息，世事回還不可測。昔時青樓對歌舞，今日黄埃聚荆棘。山川滿目淚沾衣，富貴榮華能幾時。不見只今汾水上，唯有年年秋鴈飛。（《明皇傳》「今按，據姚本、刻者

不詳明本,當爲「傳」)信記》云:上將幸蜀,登華萼樓,使樓前善水調者登而歌曰:「山川滿目淚沾衣,富貴榮華能幾時。不見只今汾流(今按,姚本、屠隆本作「水」)上,唯有年年鴻鴈飛。」上顧侍者曰:「誰爲此?」曰:「宰相李嶠辭也。」上曰:「真才子也。」不待曲終而去。)

沈佺期

古歌

落葉流風向玉臺,夜寒秋思洞房開。水晶簾外金波下,雲母牕前銀漢回。玉階陰陰苔蘚色,君王履綦難再得。璇閨窈窕秋夜長,繡户徘徊秋月光。燕姬綵帳芙蓉色,秦女金鑪蘭麝香。北斗七星横夜半,清歌一曲斷君腸。

古意(又作《鳳簫曲》。)

八月涼風動高閣,千金麗人捲綃幕。已憐池上歇芳菲,不念君恩坐摇落。世上榮華如轉蓬,朝隨阡陌暮雲中。飛燕侍寢昭陽殿,班姬飲恨長信宫。長信宫,昭陽殿,春來歌舞妾自知,秋至容華君不見。昔時嬴女厭世氛,學吹鳳簫乘綵雲。含情轉盼(今按,姚本、刻者不詳明本、《全唐詩》卷九五作「睞」)向簫史,千載紅顔特(今按,據姚本、屠隆本、刻者不詳明本、張恂本、四庫本及《全

唐詩》，當爲「持」）贈君。

入少密溪

雲峰苔壁繞溪斜，江路香風夾岸花。樹密不言通鳥道，雞鳴始覺有人家。人家更在深巖口，澗水週流宅前後。遊魚瞥瞥雙釣童，伐木丁丁赤（今按，《文苑英華》卷二一五、《全唐詩》卷九五、四庫本皆作「一」）樵叟。自言避喧非避秦，薜衣耕鑿帝堯人。相留且待雞黍熟，夕卧深山蘿月春。

徐玄之

採蓮

越艷荆姝慣採蓮，蘭橈畫檝滿長川。秋來江水澄如練，映水紅粧如可見。此時蓮浦珠翠光，此日荷風羅綺香。纖手周遊不暫息，紅英爛熳殊未極。夕鳥棲林人欲稀，長歌哀怨採蓮歸。

宋之問

下山歌（王無競和云：「日云暮兮下嵩山，山路連綿兮樹石間。出谷口兮見明月，心徘徊兮不能還。」）

下嵩山兮多所思，携佳人兮步遲遲。松間明月長如此，君再遊兮復何時。

軍中人日登高贈房明府

幽郊昨夜陰風斷，頓覺朝來陽吹暖。涇水橋南柳欲黄，杜陵城北花應滿。長安昨晚寄寒衣，短翮登兹一望歸。聞道凱旋乘騎入，看君走馬見芳菲。

寒食陸渾别業

洛陽城裏花如雪，陸渾山中今始發。旦别河橋楊柳風，夕卧伊川桃李月。伊川桃李正芳新，寒食山中酒復春。野老不知堯舜力，酣歌一曲太平人。

寒食江州滿塘驛

去年上巳洛橋邊，今年寒食廬山曲。遥憐鞏樹花應滿，復見吴洲草新緑。吴洲春草蘭杜

芳，感物思歸懷故鄉。驛騎明朝發何處，猿聲今夜斷君腸。

至端州驛見杜五審言沈三佺期閻五朝隱王二無競題壁慨然成詠

逐臣北地承嚴譴，調（今按，《全唐詩》卷五一作「謂」）到南中每相見。豈意南中岐路多，千山萬水分鄉縣。雲摇雨散各翻飛，海闊天長音信稀。處處山川同瘴癘，自憐能得幾人歸。

明河篇

（《唐書》云：武后朝，之問求爲北門學士，不許，乃作此篇以見意。后見之，謂崔融曰：非不知之問有奇才，但恨口過耳。注：口過，謂口臭矣。）

八月涼風天氣清，萬里無雲河漢明。昏見南樓清且淺，曉落西山縱復横。洛陽城闕天中起，長河夜夜千門裏。複道連甍共蔽虧，畫堂瓊户特相宜。雲母帷前初汎濫，水晶簾外轉逶迤。倬彼昭回如練白，復出東城接南陌。南陌征人去不歸，誰家今夜擣寒衣。鴛鴦機上疏螢度，烏鵲橋邊一鴈飛。鴈飛螢度愁難歇，坐見明河漸微没。已能舒卷任浮雲，不惜光輝讓流月。明河可望不可親，願得乘槎一問津。更將織女支機石，還訪城都賣卜人。

龍門應制

（武后遊龍門，命羣臣賦詩，先成者賞以錦袍。東方虬詩成，詔賜，坐未安，宋之問［今按，姚本作「宋之詩」］後成，文理兼美，左右無不稱善，乃就奪錦袍衣之。）

宿雨霽氛埃，流雲度城闕。河堤柳新翠，苑樹花先發。洛陽花柳此時濃，山水樓臺映幾

重。群公拂霧朝翔鳳，天子乘春幸鑿龍。鑿龍近出王城外，羽從淋漓擁軒蓋。雲蹕纔臨御水橋，天衣已入香山會。山壁嶄巖斷復連，清流澄澈俯伊川。塔影遥遥緑波上，星龕奕奕翠微邊。層巒舊長千尋木，遠壑初飛百丈泉。綵仗紅（今按，《全唐詩》卷五一作「蜺」，注云：一作「虹」）旌繞香閣，下輦登高望河洛。東城宫闕擬昭回，南陌溝塍殊綺錯。林下天香七寶臺，山中有酒萬年杯，微風一起祥花落，仙樂初鳴瑞鳥來。鳥來花落紛無已，稱觴獻壽香霞裏。歌舞淹留景欲斜，石關猶駐五雲車。鳥旗翼翼留芳草，龍騎騣騣映晚花。千乘萬騎鑾輿出，水静山空嚴警蹕。郊外喧喧引看人，傾都南望屬車塵。囂聲引颺聞黄道，王氣周回入紫宸。先王定鼎山河固，寶命乘周萬物新。吾皇不事瑶池樂，時雨來觀農扈春。

郭　振（今按，《新唐書》卷一二二本傳載：「郭震，字元振。」）

古劍篇（《唐史》本傳云：振少有大志，爲通泉尉，任俠使氣。嘗盗鑄及掠賣部中口，武后召欲詰，既與語，奇之。索其文章，振上《寶劍篇》，后覽嘉歎，遂得擢用。）

君不見昆吾鐵冶飛炎煙，紅光紫氣俱赫然。良工鍛鍊凡幾年，鑄得寶劍名龍泉。龍泉顔

色如霜雪，良工咨嗟歎奇絶。琉璃玉匣吐蓮花，錯鏤金鐶生明月。正逢天下無風塵，幸得周防君子身。精光黯黯青蛇色，文章片片緑龜鱗。非直結交遊俠子，亦曾親近英雄人。何言中路遭棄捐，零落飄淪古獄邊。雖復沉埋無所用，猶能夜夜氣衝天。（杜子美《八哀》云：「高詠寶劍篇，神交付冥漠。」）

十月梅花

盧　僎

君不見巴鄉春候中華別，年年十月梅花發。上苑今應雪作花，寧知此地花爲雪。自從遷播落黔巴，三見江上開新花。故園風光虚洛汭，窮峽凝雲度歲華。花情縱似河陽好，客心倍傷邊候早。春候颯驚樓上梅，霜威未落江潭草。江上侵天去不還，樓花覆簾空坐攀。一向花前看白髮，幾迴夢裏憶紅顔。紅顔白髮雲泥改，何異桑田移碧海。却想華年故國時，唯餘一片空心在。空心弔影向誰陳，雲臺仙閣舊遊人。儻知巴樹連冬發，應憐南國氣長春。

張　説

鄴都引

君不見魏武草創争天禄，羣雄睚眦相馳逐。晝攜壯士破堅陣，夜接詞人賦華屋。都邑繚繞西山陽，桑榆漫漫漳河曲。城郭爲墟人代改，但見西園明月在。鄴傍高塚多貴臣，蛾眉曼睩共灰塵。試上銅臺歌舞處，唯有秋風愁殺人。

徐彦伯

芳樹

玉花珍簟上，金縷（一作「鏤」）畫屏開。曉月憐箏柱，春風憶鏡臺。箏柱春風吹曉月，芳樹落花朝暝歇。藁砧刀頭未有時，攀條拭淚坐相思。

吴少微

怨歌行

城南有怨婦，含情傍芳叢。自謂二八時，歌舞入漢宫。皇恩數流眄，承幸玉堂中。緑柏黄花催夜酒，錦衣羅袂逐春風。建章西宫焕若神，燕趙美女二千人。君王厭德不忘新，況羣艶冶粉來陳。是時别君不再見，三十三春長信殿。長信重門晝掩關，清房曉帳幽且閑。綺牕蟲網氛塵色，文軒鶯樹桃李顔。天王貴宫不貯老，浩然含淚今來還。自憐春風轉晚暮，試逐佳遊芳草路。小腰麗女奪人奇，金鞍少年曾不顧。（有逸句。）歸來誰爲夫，請謝西家婦，莫辭先醉解羅襦。

古意

洛陽芳草（今按，《全唐詩》作「樹」）向春開，洛陽女兒平旦來。流車走馬紛相催，折芳門草（今按，《文苑英華》卷二〇五作「瑶草」，《全唐詩》作「瑶華」）向曲臺。曲臺自有千萬行，重花累葉間垂楊。北林朝日錦明光，南國微風蘇合香。可憐窈窕女，不作邯鄲倡。妙舞輕迴拂長袖，高歌浩唱發清商。歌終舞罷歡無極，樂往悲來長歎息。陽春白日不少留，紅花碧樹無顔色。碧樹

風花先春度，珠簾粉澤無人顧。如何年少忽遲暮，坐見明月與白露。明月白露夜已寒，香衣錦帶空珊珊。今日陽春一妙曲，鳳凰樓上與君彈。

劉廷琦

瑞雪篇

紫宸飛雪曉徘徊，層閣重門雪照開。九衢晶（今按，姚本作「晶」，《文苑英華》卷三三一「晶」下校云「一作晶」）耀浮埃盡，千品差池贄帛來。何處田中非種玉，誰家院裏不生梅。埋雲翳景無窮已，因風落地吹還起。先過翡翠寶房中，轉入鴛鴦金殿裏。美人含笑出聯翩，艷逸輕相鬥容止。羅衣點着渾是花，玉手摶來半成水。奕奕紛紛何所如，頓憶陽（今按，《文苑英華》卷三三一作「陽」，張恂本、《全唐詩》作「楊」）園二月初。羞同班妾高秋扇，欲照明王一（今按，張恂本、《文苑英華》、《全唐詩》作「乙」）夜書。姑射山中符聖壽，芙蓉闕下降仙（今按，《全唐詩》作「神」）車。願隨睿澤流無限，長報豐年貴有餘。

李如璧

明月

三五月華流煙光，可憐懷歸郢路長。逾江越漢津無梁，遥遥永夜思茫茫。昭君失寵辭上宫，蛾眉蟬娟卧氈穹。胡人琵琶彈北風，漢家音信絶南鴻。昭君此時怨畫工，可憐明月光朣朧。節既秋兮天向寒，沅有漪兮湘有瀾，沅湘糾合淼漫漫。洛陽才子憶長安，可憐明月復團團。逐臣戀主心愈恪，棄妾思君情不薄。已悲芳歲徒淪落，復恐紅顔坐銷鑠。可憐明月方照灼，向影傾身比葵藿。

李　昂

從軍行

漢家未得燕支山，征戍年年沙朔間。塞下長驅汗血馬，雲中恒閉玉門關。陰山瀚海千萬里，此日桑河凍流水。稽洛山邊雲騎來，漁陽戍裏烽煙起。長途羽檄何相望，天子按劍思北方。羽林練士拭金甲，將軍校戰出玉堂。幽陵異域風煙改，亭障連連古今在。夜聞鴻

鴈南渡河，曉望旌旗北臨海。寒沙飛淅瀝，遥裔連窮磧。玄漠雲平初合陣，西山月出聞鳴鏑。城南百戰多苦辛，路傍死卧黄沙人。戎衣不脱隨霜雪，汗馬趁趕（今按，「趕」，姚本、屠隆本、《文苑英華》卷一九九、《全唐詩》卷一二〇作「趕」）長被鐵。楊葉樓中不寄書，蓮花劍上空流血。匈奴未滅不言家，驅逐行行邊徼賒。歸心海外見明月，别思天邊夢落花。天邊迴望何悠悠，芳樹無人渡隴頭。春雲不變陽關雪，桑葉先知吴地秋。田疇不賣盧龍策，竇憲思勒燕然石。麾（今按，姚本、牛斗本、屠隆本、刻者不詳明本作「縻」，據《文苑英華》卷一九九、《全唐詩》一二〇，當爲「麾」）兵静北垂，此日交河湄。欲令塞上無干戚，會待單于繫頸時。

胡　浩

大漢行（今按，《全唐詩》卷五四又作崔湜詩，《搜玉小集》亦作崔湜詩；據《搜玉小集》、《全唐詩》卷一〇八，「漢」當爲「漠」）

單于犯薊壖，虜騎略蕭邊。南山木葉飛下地，北海蓬根亂上天。科斗連營太原道，魚麗合陣武威川。三軍遥倚伏，萬里相馳逐。旌旆悠悠静瀚（今按，《文苑英華》卷三三三、《全唐詩》作「潮」）源，鼙鼓喧喧動盧谷。窮徼出幽陵，吁嗟倦寢興。馬蹄凍溜石，胡毳暖生冰。雲沙泱

漭天光閉，河塞陰沉海色凝。崆峒此（今按，《搜玉小集》、《全唐詩》卷五四作「異」，《文苑英華》作「此」，《全唐詩》卷一〇八作「北」）國誰能託，蕭索邊心常不樂。近見行人畏白龍，遥聞公主愁黄鶴。陽春半，岐路間；瑶臺苑，玉門關。百花芳樹紅將歇，二月蘭皋緑未還。陣雲不散魚龍水，雨雪猶飛鴻鵠山。山嶂綿連那可極，路遠辛勤夢顔色。北堂萱草不寄來，東園桃李長相憶。漢將紛紜攻戰盈，胡寇蕭條幽朔清。韓昌拜節偏知送，鄭吉驅旌坐見迎。火絶煙沉在（今按，《搜玉小集》作「右」、《全唐詩》作「左」，《文苑英華》作「在」）西極，谷静山空自（今按，《搜玉小集》作「左」，《全唐詩》作「右」，《文苑英華》作「自」）北平。但得將軍能百勝，不須天子築長城。

賀朝清（今按，《文苑英華》卷一九九同此，《搜玉小集》、《全唐詩》卷一一七作「賀朝」）

從軍行

朔胡乘月寇邊城，軍書插羽刺（一作「賜」。）中京。天子金壇拜飛將，單于玉塞振佳兵。騎射先鳴推任俠，龍韜决勝佇時英。聞有河湟客，愔愔理帷帟。常山啓伯圖，汜水先天策。銜珠浴鐵向桑乾，釁旗膏劍指烏丸。鳴鷄已報關山曉，來鴈遥傳沙塞寒。直爲甘心從苦節，隴頭流水鳴嗚咽。邊樹蕭蕭不覺春，天山漠漠長飛雪。魚麗陣接塞雲平，鴈翼營通海月

明。始看晉幕飛鵝入，旋聞齊壘啼烏（一作「鳥」。）聲。自從一戍燕支山，春光幾度晉陽關。金河未轉青絲騎，玉筯應啼紅粉顔。鴻歸燕相續，池邊芳草緑。已見氛清細柳營，莫更春歌落梅曲。烽沉竈滅静邊亭，海晏山空肅已寧。行望鳳京旋凱捷，重來麟閣畫丹青。

萬齊融

仗劍行

昨夜星宫動紫薇，今年天子用武威。登車一呼風雷動，遥震陰山撼巍巍。胡驕子當見，旄頭蝕應死。願騎單馬仗天威，挼取長繩縛虜歸。仗劍遥叱路傍子，匈奴頭血濺君衣。

王翰

春女歌（郭茂倩《樂府》作《春女行》。）

紫臺穹跨連緑波，紅軒鉛匣（今按，屠隆本、刻者不詳明本作「鉛匣」，四庫本、《文苑英華》卷三四六、《樂府詩集》卷九〇、《全唐詩》卷一五六作「鉛匣」）垂纖羅。中有一人金作面，隔幌玲瓏遥可見。忽聞黄鳥鳴且悲，鏡邊含笑着春衣。羅袖嬋娟似無力，行拾落花比容色。落花一度無再春，人生作

樂須及辰。君不見楚王臺上紅顔子，今日皆成狐兔塵。

飲馬長城窟行（一作《古長城吟》。）

長安少年無遠圖，一生惟羡執金吾。麒麟殿前拜天子，走馬爲君西擊胡。胡沙獵獵吹人面，漢虜相逢不相見。遥聞鐘鼓動地來，傳道單于夜猶戰。此時顧恩寧顧身，爲君一行摧萬人。壯士揮戈迴白日，單于濺血污朱輪。歸來飲馬長城窟，長城道傍多白骨。問之耆老何代人，云是秦王築城卒。黄昏塞北無人煙，鬼哭啾啾聲沸天。無罪見誅功不賞，孤魂流落此城邊。當昔秦王按劍起，諸侯膝行不敢視。富國强兵二十年，築怨聲冤九千里。秦王築城何太愚，天實亡秦非北胡。一朝禍起蕭墻内，渭水咸陽不復都。

孫　逖

山陰縣西樓

都邑西樓芳樹間，逶迤霽色繞江山。山月夜從公署出，江雲晚對訟庭還。誰知春色朝朝好，二月飛花滿江草。一見湖邊楊柳風，遥憶青青洛陽道。

玄宗皇帝

初入秦川路寒食

洛陽（今按，姚本、刻者不詳明本、《文苑英華》卷一七二作「川」）芳樹映天津，灞岸垂楊窣地新。直爲經過行樂處，不知虛度兩京春。去年餘閏今春早，曙色和風看（今按，據姚本、屠隆本、刻者不詳明本、《文苑英華》、《全唐詩》卷三，當爲「着」）花草。可憐寒食與清明，光輝併在長安道。自從關路入秦川，争道何人不戲鞭。公子途中妨蹹蹴（今按，《文苑英華》、《全唐詩》作「蹴蹹」），佳人馬上廢鞦韆。渭水長橋今欲度，忽忽漸見新豐樹。遠看驪岫入雲霄，預想湯池起煙霧。霧氣氛氳水殿開，暫拂香泉歸去來。今歲清明行已晚，明年寒食更相陪。

春臺望

暇景屬三春，高臺聊四望。目極千里際，山川一何壯。太華見重巖，終南分疊嶂。郊原紛綺錯，參差多異狀。佳氣滿通溝（今按，姚本、刻者不詳明本、牛斗本、屠隆本作「郊」），遲步入綺樓。初鶯一一鳴紅樹，歸鴈遲遲去緑洲。太液池中下黄鶴，昆明水上映牽牛。聞道漢家全盛日，别館離宫趣非一。甘泉逶迤亘明光，五柞連延接未央。周廬徼道縱横轉，飛閣迴軒左右

長。須念作勞居者逸，勿言身後（今按，姚本、《文苑英華》卷一七四作「我后」，刻者不詳明本、《全唐詩》作「我後」）焉能恤。爲想雄豪壯柏梁，何如儉陋卑茅室。陽烏黯黯向山沉，夕鳥喧喧入上林。薄暮賞餘回步輦，還念中人罷百金。

賀知章

奉和御製春臺望

青陽布王道，玄覽陶真性。欣若天下春，高逾域中聖。神皋類觀賞，帝里如懸鏡。繚繞八川浮，岧嶤雙闕映。曉色偏昭陽，晴雲卷建章。華滋的皪丹青樹，顥氣氤氲金玉堂。尚有靈蛇下鄜時，還徵瑞寶入陳倉。自昔秦奢漢窮武，後庭萬餘宫百數。旗回五丈殿千門，連綿南隥出西垣。廣畫蟻蛾詩（今按，姚本、屠隆本、刻者不詳明本、《文苑英華》卷一七四、《全唐詩》卷一一二作「觀」）窈窕，羅生玳瑁象昆崙。乃睠天晴興隱恤，古來土木良非一。荆臨章華（今按，《文苑英華》卷一七四、《全唐詩》卷一一二作「觀」）趙叢臺，何如堯階將禹室。層欄窈窱下龍輿，清管逶迤半綺疏。一聽南風引鸞舞，長謡北極仰鶵居。

許景先

奉和御製春臺望

睿德在青陽，高居視中縣。秦城連鳳闕，漢寢疏龍殿。文物照光輝，郊畿鬱葱蒨。千門望成錦，八水明如練。複道曉光披，宸遊出禁移。瑞氣朝浮五雲閣，祥光夜吐萬年枝。蘭葉負龜初薦祉，桐花集鳳更來儀。秦漢生人凋力役，阿旁（今按，屠隆本、刻者不詳明本、四庫本、《文苑英華》卷一七四、《全唐詩》卷一一一作「房」）甘泉構雲碧。汾祠雍畤望通天，玉堂宣室坐長年。鼓鐘西接咸陽觀，苑囿南通鄠杜田。明主卑宮戒前失，輔德欽賢政惟一。昆蟲不夭在春蒐，稼穡常艱重農術。邦家已荷聖謨新，猶聞儉陋惜中人。豫奉北辰垂七曜，長歌東武抃千春。

七言古詩卷之二　唐詩品彙二十六

正宗（一）

李　白（上）

樂府二十三首

烏夜啼

黄雲城邊烏欲棲，歸飛啞啞枝上啼。機中織錦秦川女，碧紗如煙隔牕語。停梭悵然憶遠人，獨宿空房淚如雨。（劉須溪云：語有深於此者，然情之所至皆不如此，則亦不必深也。凡言樂府者，未足以知此。）

烏棲曲

姑蘇臺上烏棲時，吴王宫裏醉西施。吴歌楚舞歡未畢，青山欲銜半邊日。銀箭金壺漏水多，起看秋月墜江波，東方漸高奈樂何。（賀知章云：此詩可以泣鬼神。○蕭士斌「今按，當爲「贇」」云：此樂府，深得《國風》刺詩之體。○范德機云：漢魏詩多不可點，所以爲好者，蓋其氣象自不同耳。李詩好處亦難點，點之則全篇有所不可擇焉。若此篇與《烏夜啼》，可爲精金粹玉矣。）

楊叛兒

君歌楊叛兒，妾勸新豐酒。何許最關情，烏啼白門柳。烏啼隱楊花，君醉留妾家。博山爐中沉香火，雙煙一氣凌紫霞。

白紵辭

月寒江清夜沉沉，美人一笑千黄金，垂羅舞縠揚哀音。郢中白雪且莫吟，子夜吾（今按，據居隆本、四庫本、《文苑英華》卷一九三、《樂府詩集》卷五五、詹鍈主編《李白全集校注彙釋集評》卷四，當爲「吴」）歌動君心。動君心，冀君賞。願作天池雙鴛鴦，一朝飛去青雲上。

採蓮曲

若耶溪傍採蓮女，笑隔荷花共人語。日照新粧水底明，風飄香袂空中舉。岸上誰家遊冶

郎，三三五五映垂楊。紫騮嘶入落花去，見此踟躕空斷腸。（劉云：淺語盡情。）

王昭君

漢家秦地月，流影照明妃。一上玉關道，天涯去不歸。漢月還從東海出，明妃西嫁無來日。燕支長寒雪作花，蛾眉憔悴没胡沙。生乏黄金枉圖畫，死留青塚使人嗟。

長相思二首

長相思，在長安。絡緯秋啼金井闌，微霜淒淒簟色寒。孤燈不眠思欲絶，卷帷望月空長歎，美人如花隔雲端。上有青冥之長天，下有緑水之波瀾。天長路遠魂飛苦，夢魂不到關山難。長相思，摧心肝。

其二

日色欲盡花含煙，月明欲素愁不眠。趙瑟初停鳳凰柱，蜀琴欲奏鴛鴦絃。此曲有意無人傳，願隨春風寄燕然，憶君迢迢隔青天。昔時横波目，今作流淚泉。不信妾腸斷，歸來看取明鏡前。（蕭云：詞意悲而不傷，怨而不謗。）

飛龍引

黄帝鑄鼎於荆山，鍊丹砂。丹砂成黄金，騎龍飛上大（今按，據姚本、《文苑英華》卷一九三、詹鍈本《李白全集》、《全唐詩》，當爲「太」）清家。雲愁海思令人嗟，宫中綵女顔如花。飄然揮手凌紫霞，從風縱體登鑾車。登鑾車，侍軒轅，遨遊青天中，其樂不可言。

行路難

金樽清酒斗十千，玉盤珍羞直萬錢。停杯投筯不能飡（今按，姚本、屠隆本、刻者不詳明本、《全唐詩》卷一六二作「食」），拔劍四顧心茫然。欲渡黄河冰塞川，將登太行雪滿山。閑來垂釣碧溪上，忽復乘舟夢日邊。行路難，行路難，多岐路，今安在。長風破浪會有時，直掛雲帆濟滄海。

（劉云：結得不至鼠尾，甚善！甚善！）

登高丘而望遠海

登高丘，望遠海，六鼇骨已霜，三山流安在。扶桑半摧折，白日沉光彩。銀臺金闕如夢中，秦王漢武空相待。精衛費木石，黿鼉無所憑。君不見驪山茂陵盡灰滅，牧羊之子來攀登。盜賊劫寶玉，精靈竟何能。窮兵黷武今如此，鼎湖飛龍安可乘。

行行且遊獵篇

邊城兒，生年不讀一字書，但將遊獵跨輕趫。胡馬秋肥宜白草，騎來躡影何輕（今按，《唐文粹》卷一二、《樂府詩集》卷六七、《全唐詩》卷一六二、詹鍈本《李白全集》皆作「矜」）驕。金鞭拂雪揮鳴鞘，半醉呼鷹出遠郊。弓彎滿月不虛發，雙鶬迸落連飛髇（今按，《全唐詩》作「髇」，詹鍈本《李白全集》作髇）。海邊觀者皆辟易，猛氣英風振沙磧。儒生不及遊俠人，白首下帷復何益。

山人勸酒

蒼蒼雲松，落落綺皓。春風爾來爲阿誰，蝴蝶忽然滿芳草。秀眉霜雪顏桃花，骨清髓緑長美好。稱是秦時避世人，勸酒相歡不知老。各守麋鹿志，耻隨龍虎争。欻起佐天子，漢皇乃復驚。顧謂戚夫人，彼翁羽翼成。歸來商山下，泛若雲無情。舉觴酬巢由，洗耳何獨清。浩歌望嵩嶽，意氣還相傾。

公無渡河

黄河西來決崑崙，咆哮萬里觸龍門。波滔天，堯咨嗟，大禹理百川，兒啼不窺家。殺湍湮洪水，九州始蠶麻。其害乃去，茫然風沙。披髮之叟狂而癡，清晨臨流欲奚爲。旁人不惜妻止之，公無渡河苦渡之。虎可搏，河難憑，公果溺死流海湄。有長鯨白齒若雪山，公乎

公乎掛骨於其間，箜篌所悲竟不還。

獨漉篇

獨漉水中泥，水濁不見月。不見月尚可，水深行人没。越鳥從南來，胡鷹亦北渡。我欲彎弓向天射，惜其中道失歸路。落葉別樹，飄零隨風。客無所托，悲與此同。羅幃舒卷，似有人開。明月直入，無心可猜。（《欒城遺言》云：不可及。）雄劍掛壁，時時龍鳴。不斷犀象，繡澀苔生。國耻未雪，何由成名。神鷹夢澤，不顧鴟鳶。爲君一擊，鵬摶九天。

春日行

深宫高樓入紫清，金作蛟龍盤繡楹。佳人當牕弄白日，絃將手語彈鳴筝。春風吹落君王耳，此曲乃是昇天行。因出天池汎蓬瀛，樓臺蹙沓波浪驚。三千雙娥獻歌笑，撾鐘考鼓宫殿傾，萬姓聚舞歌太平。我無爲，人不（今按，「不」，姚本、屠隆本、張恂本、四庫本缺此字，刻者不詳明本作「人」，據《文苑英華》卷三三一、《全唐詩》卷一六二、卷一六二，詹鍈本《李白全集》卷三，當爲衍文）自寧。三十六帝欲相迎，仙人飄翩下雲輧。帝不去，留鎬京。安能爲軒轅，獨往入窅冥。小臣拜獻南山壽，陛下萬古垂鴻名。

北風行

燭龍棲寒門，光耀猶旦開。日月照之何不及此，惟有北風號怒天上來。燕山雪花大如蓆，片片吹落軒轅臺。幽州思婦十二月，停歌罷笑雙蛾（今按，據姚本、牛斗本、屠隆本、刻者不詳明本、《全唐詩》，當爲「蛾」）摧。倚門望行人，念君長城苦寒良可哀。别時提劍救邊去，遺此虎紋金鞞靫。中有一雙白羽箭，蜘蛛結網生塵埃。箭空在，人今戰死不復迴。不忍見此物，焚之已成灰。黄河捧土尚可塞，北風雨雪恨難裁。

遠别離

遠别離，古有皇英之二女，乃在洞庭之南，瀟湘之浦。海水直下萬里深，誰人不念此離苦。日慘慘兮雲冥冥，猩猩啼煙兮鬼嘯雨。我縱言之將何補，皇穹竊恐不照余之忠誠。雲憑憑兮欲吼怒，堯舜當之亦禪禹。君失臣兮龍爲魚，權歸臣兮鼠變虎。或言堯幽囚，舜野死，九疑聯緜皆相似，重瞳孤墳竟何是。帝子泣兮緑雲間，隨風波兮去無還。慟哭兮遠望，見蒼梧之深山。蒼梧山崩湘水絶，竹上之淚乃可滅。（此太白傷時，君子失位，小人用事，以致喪亂，身在江湖之上，欲往救而不可，哀忠諫之無從，舒憤［今按，姚本、四庫本皆作「憤」］疾而作也。○劉云：參差屈曲，

幽人鬼語，而動盪自然，無長吉之苦。○范云：此篇最有楚人風。所貴乎楚言者，斷如復斷，亂如復亂，而辭意實〔今按，四庫本作「往」，范德機批選《李翰林集》作「反」〕覆屈折，行乎其間者，實未嘗斷而亂也，使人一唱三歎而有遺音。至於收〔今按，姚本、范德機批選《李翰林集》作「拉」〕淚謳吟，又足以興夫三綱五典之重者，豈虚也哉？兹太白所以爲不可及也。）

白頭吟

錦水東北流，波蕩雙鴛鴦。雄巢漢宫樹，雌弄秦草芳。寧同萬死碎綺翼，不忍雲間兩分張。此時阿嬌正嬌妬，獨坐長門愁日暮。但願君恩顧妾深，豈惜黄金買詞賦。相如作賦得黄金，丈夫好新多異心。一朝將聘茂陵女，文君因贈白頭吟。東流不作西歸水，落花辭條羞故林。兔絲固無情，隨風任傾倒。誰使女蘿枝，而來强縈抱。兩草猶一心，人心不如草。莫卷龍鬚席，從他生網絲。且留琥珀枕，或有夢來時。覆水再收豈滿杯，棄妾已去難重回。古來得意不相負，秪今惟見青陵臺。

將進酒

君不見黄河之水天上來，奔流到海不復回。又（今按，繆曰芑本《李白集》作「君」）不見高堂明鏡悲白髮，朝如青絲暮如雪。人生得意須盡歡，莫使金樽空對月。天生我材必有用，千金散盡

還復來。烹羊宰牛且爲樂，會須一飲三百杯。岑夫子，丹丘生，進酒君莫停。與君歌一曲，請君爲我側耳聽。鐘鼓饌玉不足貴，但願長醉不願醒。古來聖賢皆寂寞，惟有飲者留其名。陳王昔日宴平樂，斗酒十千恣歡謔。主人何爲言少錢，徑須沽取對君酌。五花馬，千金裘，呼兒將出換美酒，與爾同消萬古愁。

擣衣篇

閨裏佳人年十餘，嚬蛾對影恨離居。忽逢江上春歸燕，銜得雲中尺素書。玉手開緘長歎息，狂夫猶戍交河北。萬里交河水北流，願爲雙燕汎中洲。君邊雲擁青絲騎，妾處苔生紅粉樓。樓上春風日將歇，誰能攬鏡看愁髮。曉吹篔管隨落花，夜擣戎衣向明月。明月高高刻漏長，珍珠簾箔掩蘭堂。横垂寶幄同心結，半拂瓊筵蘇合香。瓊筵寶幄連枝錦，燈燭熒熒照孤寢。有便憑將金剪刀，爲君留下相思枕。摘盡庭蘭不見君，紅巾拭淚生氤氳。明年若更征邊塞，願作陽臺一段（又作「片」。）雲。

蜀道難

（《唐摭言》云：李白始自西蜀至京，道未振，以所業謁賀知章。知章覽《蜀道難》一篇，曰：「子謫仙人也！」薦之於玄宗。○《新唐書》謂：嚴武在蜀放肆，房琯爲部内刺史，武不爲禮。最厚杜甫，每欲殺甫。李白作《蜀道難》，乃爲房與杜危也。○《洪駒父詩話》云：嘗見李集，一本《蜀道難》題下注云：「諷章仇兼瓊也。」○蕭云：諸説皆非也。此詩乃太白初聞禄山亂華、天子幸蜀而作也。）

噫吁嚱，危乎高哉！蜀道之難，難於上青天。蠶叢及魚鳧，開國何茫然。爾來四萬八千歲，不與秦塞通人煙。西當太白有鳥道，可以横絶峨眉巔。地崩山摧壯士死，然後天梯石棧相勾連。上有六龍回日之高標，下有衝波逆折之回川。黄鶴之飛尚不能過，猿猱欲度愁攀援。青泥何盤盤，十（今按，《河岳英靈集》卷上、《文苑英華》卷二〇〇、《全唐詩》皆作「百」）步九折縈巖巒。捫參歷井仰脅息，以手撫膺坐長歎。問君西遊何時還，畏途巉巖不可攀。但見悲鳥（今按，《河岳英靈集》卷上、《全唐詩》卷一六二作「鳥」；《文苑英華》卷二〇〇、詹鍈本《李白全集》卷三作「烏」）號古木，雄飛呼雌繞林間。又聞子規啼夜月，愁空山。蜀道之難，難於上青天，使人聽此凋朱顏。連峰去天不盈尺，枯松倒掛倚絶壁。飛湍瀑流争喧豗，砯厓轉石萬壑雷。其險也如此，嗟爾遠道之人胡爲乎來哉？劍閣崢嶸而崔嵬，一夫當關，萬夫莫開。所守或匪親，

化爲狼與豺。朝避猛虎，夕避長蛇。磨牙吮血，殺人如麻。錦城雖云樂，不如早還家。蜀道之難，難於上青天，側身西望長咨嗟。（殷璠云：李白《蜀道難》等篇，可謂奇而又奇。○劉云：妙在起伏，其才思放肆，語次崛奇，自不在言。）

梁甫吟

長嘯梁甫吟，何時見陽春。君不見朝歌屠叟辭棘津，八十西來釣渭濱。寧羞白髮照清水，逢時吐氣思經綸。廣張三千六百釣，風期暗與文王親。大賢虎變愚不測，當年頗似尋常人。君不見高陽酒徒起草中，長揖山東隆準公。入門不拜騁雄辯，兩女輟洗來趨風。東下齊城七十二，指揮楚漢如旋蓬。狂客落魄尚如此，何況壯士當羣雄。我欲攀龍見明主，雷公砰訇震天鼓。帝傍投壺多玉女，三時大笑開電光。倏爍晦冥起風雨。閶闔九門不可通，以額扣關閽者怒。白日不照吾精誠，杞國無事憂天傾。猰貐磨牙競人肉，騶虞不折生草莖。手接飛猱搏雕虎，側足焦原未言苦。知者可卷愚者豪，世人見我輕鴻毛。力排南山三壯士，齊相殺之費二桃。吴楚弄兵無劇孟，亞夫咍爾爲徒勞。梁甫吟，聲正悲。張公兩龍劍，神物合有時。風雲感會起屠釣，大人㠑屼當安之。

歌吟十六首

白雲歌送劉十六歸山

楚山秦地皆白雲，白雲處處長隨君。長隨君，君入楚山裏，雲亦隨君渡湘水。湘水上，女蘿衣，白雲堪卧君早歸。

懷仙歌

一鶴東飛過滄海，放心散漫知何在。仙人浩歌望我來，應攀玉樹長相待。堯舜之事不足驚，自餘囂囂直可輕。巨鼇莫戴三山去，我欲蓬萊頂上行。

月下吟（金陵城西樓作。）

金陵夜寂涼風發，獨上高樓望吳越。白雲映水摇空城，白露垂珠滴秋月。月下沉吟久不歸，古來相接眼中稀。解道澄江浄如練，令人長憶謝玄暉。

灞陵行送别

送君灞陵亭，灞水流浩浩。上有無花之古樹，下有傷心之春草。我向秦人問路岐，云是王

粲南登之古道。古道連綿走西京，紫闕落日浮雲生。正當今夕斷腸處，黄鸝愁絶不忍聽。

江上吟

木蘭之枻沙棠舟，玉簫金管坐兩頭。美酒樽中置千斛，載妓隨波任去留。仙人有待乘黄鶴，海客無心隨白鷗。屈平詞賦懸日月，楚王臺榭空山丘。興酣落筆摇五嶽，詩成笑傲凌滄洲。功名富貴若長在，漢水亦應西北流。（蕭云：此達者之詞也。）

玉壺吟

烈士擊玉壺，壯心惜暮年。三杯拂劍舞秋月，忽然高詠涕泗漣。鳳凰初下紫泥詔，謁帝稱觴登御筵。揄揚九重萬乘主，謔浪赤墀青瑣賢。朝天數换飛龍馬，敕賜珊瑚白玉鞭。世人不識東方朔，大隱金門是謫仙。西施宜笑復宜嚬，醜女效之徒累身。君王雖愛蛾眉好，無奈宫中妬殺人。（蕭云：此白自述其知遇始末之詞也。）

侍從宜春苑奉詔賦龍池柳色初青聽新鶯百囀歌

東風已緑瀛洲草，紫殿紅樓覺春好。池南柳色半青青，縈煙裊娜拂綺城。垂絲百尺掛雕楹，上有好鳥相和鳴，間關早得春風情。春風卷入碧雲去，千門萬户皆春聲。是時君王在鎬京，五雲垂輝耀紫清。仗出金宫隨日轉，天回玉輦繞花行。始向蓬萊看舞鶴，還過茝石

聽新鶯。新鶯飛繞上林苑，願入簫韶雜鳳笙。（范云：此賦物詩，格調既高，法度又謹，妙而又易見者也。）

豳歌行上新平長史兄粲

豳谷稍稍振庭柯，涇水浩浩揚湍波。哀鴻酸嘶暮聲急，愁雲愴慘寒氣多。憶昨去家此爲客，荷花初紅柳條碧。中宵出飲三百杯，明朝歸揖二千石。寧知流寓變光輝，胡霜蕭颯繞客衣。寒灰寂寞憑誰暖，落葉飄揚何處歸。吾兄行樂窮曛旭，滿堂有美顏如玉。趙女長歌入綵雲，燕姬醉舞嬌紅燭。狐裘獸炭酌流霞，壯士悲吟寧見嗟。前榮後枯相翻覆，何惜餘光反（今按，據姚本、屠隆本、四庫本、《全唐詩》卷一六六及詹鍈本《李白全集》卷六，當爲「及」）棣華。

西嶽雲臺歌送丹丘子

西嶽峥嶸何壯哉，黄河如絲天際來。黄河萬里觸山動，盤渦轂轉秦地雷。榮光休氣紛五綵，千年一清聖人在。巨靈咆哮擘兩山，洪波噴箭射東海。三峰却立如欲摧，翠崖丹谷高掌開。白帝金精運元氣，石作蓮花雲作臺。雲臺閣道連窈冥，中有不死丹丘生。明星玉女備灑掃，麻姑搔背指爪輕。我皇手把天地户，丹丘談天與天語。九重出入生光輝，東來蓬萊復西歸。玉漿儻或故人飲，騎二茅龍上天飛。

扶風豪士歌（蕭云：此篇太白避亂東土時作，言道路艱阻，京國亂離，而東土之太平自若也。扶風乃三輔郡，意豪士亦必同時避亂於東吴，而與太白銜杯酒、接殷勤之歡者。）

洛陽三月飛胡沙，洛陽城中人怨嗟。天津流水波赤血，白骨相撑如亂麻。我亦東奔向吴國，浮雲四塞道路賒。東方日出啼早鴉，城門人開掃落花。（劉云：偶然一覽，八句自佳。）梧桐楊柳拂金井，來醉扶風豪士家。扶風豪士天下奇，意氣相傾山可移。作人不倚將軍勢，飲酒豈顧尚書期。雕盤綺食會衆客，吴歌趙舞香風吹。原嘗春陵六國時，開心寫意君所知。堂中各有三千士，明日報恩知是誰。（劉云：雖淺淺切［今按，姚本、屠隆本、刻者不詳明本作「汎」，當以「汎」爲是］甚，然而亦險激也。）撫長劍，一揚眉，清水白石何離離。脱吾帽，向君笑，飲君酒，爲君吟。張良未逐赤松去，橋邊黄石知我心。

廬山謡寄盧侍御虚舟

我本楚狂人，（劉云：爲此桀態。）鳳歌笑孔丘。手持緑玉杖，朝别黄鶴樓。五岳尋仙不辭遠，一生好入名山遊。廬山秀出南斗傍，屏風九疊雲錦張，影落明湖青黛光。金闕前開二峰長，銀河倒掛三石梁。香爐瀑布遥相望，迴厓沓嶂凌蒼蒼。翠影紅霞映朝日，鳥飛不到吴（今按，據姚本、四庫本及詹鍈本《李白全集》，當爲「吴」）天長。登高壯觀天地間，大江茫茫去不還。黄

雲萬里動風色，白波九道流雪山。好爲廬山謡，興因廬山發。閑窺石鏡清我心，謝公行處蒼苔没。早服還丹無世情，琴心三疊道初成。遥見仙人綵雲裏，手把芙蓉朝玉京。先期汗漫九垓上，願接盧敖遊太清。

襄陽歌

落日欲没峴山西，倒着接䍦花下迷。襄陽小兒齊拍手，攔街争唱白銅鞮。（歐陽脩云：此常語也。）傍人借問笑何事，笑殺山翁醉似泥。鸕鷀（今按，姚本、屠隆本、刻者不詳明本作「鸕」）杓，鸚鵡杯，百年三萬六千日，一日須傾三百杯。遥看漢水鴨頭緑，恰似蒲桃初醱醅。此江若變作春酒，壘麯便築糟丘臺。千金駿馬唤小妾，笑坐雕鞍歌落梅。車傍側掛一壺酒，鳳笙龍管行相催。咸陽市上歎黄犬，何如月下傾金罍。君不見晉朝羊公一片石，龜頭剥落生莓苔。淚亦不能爲之墮，心亦不能爲之哀。清風明月不用一錢買，玉山自倒非人推。（歐陽脩云：然後見其横放，其所以驚服〔今按，姚本、刻者不詳明本、歐陽脩《文忠集》卷一二九《李白杜甫詩優劣説》作「動」〕千古者，詎不在此邪？）舒州杓，力士鐺，李白與爾同死生。襄王雲雨今安在，江水東流猿夜聲。

酬殷明佐見贈五雲裘歌

我吟謝脁詩上語，朔風颯颯吹飛雨。謝脁已没青山空，後來繼之有殷公。粉圖珍裘五雲

色，曄如晴天散彩虹。文章彪柄（今按，據姚本、四庫本及詹鍈本《李白全集》卷七，當爲「炳」）光陸離，應是素娥玉女之所爲。輕如松花落金粉，濃似苔錦含碧滋。遠山積翠横海島，殘霞飛丹映江草。凝豪採掇花露容，幾年功成奪天造。故人贈我我不違，著令山水含清輝。頓驚謝康樂，詩興生我衣。襟前林壑斂暝色，袖上雲霞收夕霏。羣仙長歎驚此物，千崖萬嶺相縈鬱。身騎白鹿行飄飄，手翳紫芝笑披拂。相如不足跨（今按，屠隆本作「誇」）鸝鷞，王恭鶴氅安可方。瑶臺雪花數千點，片片吹落春風香。爲君持此凌蒼蒼，上朝三十六玉皇。下窺夫子不可及，矯首相思空斷腸。

梁園吟

我浮黄雲去京闕，掛席欲進波連山。天長水闊厭遠涉，訪古始及平臺間。平臺爲客憂思多，對酒遂作梁園歌。却憶蓬池阮公詠，因吟緑（今按，《全唐詩》卷一六六作「渌」）水揚洪波。洪波浩蕩迷舊國，路遠西歸安可得。人生達命豈暇愁，且飲美酒登高樓。平頭奴子摇大扇，五月不熱疑清秋。玉盤楊梅爲君設，吴鹽如花皎白雪。持鹽把酒但飲之，莫學夷齊事高潔。昔人豪貴信陵君，今人耕種信陵墳。荒城虚照碧山月，古木盡入蒼梧雲。梁王宫闕今安在，牧（今按，據屠隆本，當爲「枚」）馬先歸不相待。舞影歌聲散緑池，空餘汴水流東海。沉

吟此事淚滿衣，黄金買醉不能歸。連呼五白行六博，分曹賭酒酣馳輝。我（今按，姚本、詹鍈本《李白全集》卷七、《全唐詩》卷一六六皆無「我」字）歌且謡，意方遠。東山高卧時起來，欲濟蒼生未應晚。

夢遊天姥吟留别

海客談瀛洲，煙濤微茫信難求。越人語天姥，雲霓明滅或可覩。（范云：瀛洲難求而不必求，天姥可覩而實未覩，故欲因夢而覩之耳。）天姥連天向天横，勢拔五嶽掩赤城。天台四萬八千丈，對此欲倒東南傾。我欲因之夢吴越，一夜飛度鏡湖月。湖月照我影，送我至剡溪。謝公宿處今尚在，緑水蕩漾清猿啼。脚着謝公屐，身登青雲梯。半壁見海日，空中聞天雞。（甚顯。）千巖萬轉路不定，迷花倚石忽已暝。（甚晦。）熊咆龍吟殷巖泉，慄深林兮驚層巔。雲青青兮欲雨，水澹澹兮生煙。列缺霹靂，丘巒崩摧。洞天石扉，訇然中開。青冥浩蕩不見底，日月照耀金銀臺。（又甚顯。）霓爲衣兮風爲馬，雲之君兮紛紛而來下。虎鼓瑟兮鸞回車，仙之人兮列如麻。（又甚晦。）忽魂悸以魄動，怳驚起而長嗟。惟覺時之枕席，失向來之煙霞。世間行樂亦如此，古來萬事東流水。别君去時何時還，且放白鹿青崖間，須行即騎訪名山。安能摧眉折腰事權貴，使我不能（今按，刻者不詳明本、《全唐詩》卷一七四作「得」）開心顔。（范批云：「夢吴

越」以下，夢之源也；次諸節，夢之波瀾也。其間顯而晦，晦而顯，至「先〔今按，據姚本、屠隆本，當爲「失」〕向來之煙霞」，極而與人接矣，非太白之胸次筆力，亦不能發此。「枕席」、「煙霞」二句最有力。結語平衍，亦文勢之當如此也。）

鳴皋歌送岑徵君（時梁園三尺雪，在清泠池作。）

若有人兮思鳴皋，阻積雪兮心煩勞。洪河凌競不可以徑度，冰龍鱗兮難容舠。邈仙山之峻極兮，聞天籟之嘈嘈。霜崖縞皓以合沓兮，若長風扇海湧滄溟之波濤。玄猿綠羆，舔崟岌。危柯振石，駭膽栗魄，羣呼而相號。峰崢嶸以路絶，掛星辰於巖嶅。送君之歸兮，動鳴皋之新作。交鼓吹兮彈絲，觴清泠之池閣。君不行兮何待，若反顧之黄鶴。掃梁園之羣英，振大雅於東洛。巾征軒兮歷阻折，尋幽居兮越巘崿。盤白石兮坐素月，琴松風兮寂萬壑。望不見兮心氛氳，蘿冥冥兮霰紛紛。水横洞以下淥，波小聲而上聞。虎嘯谷而生風，龍藏溪而吐雲。寡鶴清淚（今按，據姚本、四庫本及詹鍈本《李白全集》卷七，當爲「唳」），飢鼯嚬呻。魂獨處此幽默兮，愀（今按，原文右半作「愁」，此據姚本、四庫本、詹鍈本《李白全集》卷七改）空山而愁人。雞聚族以争食，鳳孤飛而無鄰。蝘蜓嘲龍，魚目混珍。嫫母衣錦，西施負薪。（歸來子云：此諄諄效屈原《卜居》、賈誼《弔屈原》語，而白才自逸蕩，故或離而去之云。）若使巢由桎梏於軒冕兮，亦奚異乎夔龍蹩躠於風塵。哭何苦而救楚，笑何誇而却秦。吾誠不能學二子沽名矯節以耀

世兮，固將棄天地而遺身。白鷗兮飛來，長與君兮相親。（范云：此篇稍長，而詞意易見，要亦楚人之流也。唯其有蝘蜓、魚目、巢由、夔龍等語，故前輩嘗稱之。然此實非太白之用意處，妙不在此也。與《遠别離》篇皆佳，而彼深矣。）

七言古詩卷之三　唐詩品彙二十七

正宗（二）

李　白（下）

送餞八首

送羽林陶將軍

將軍出使擁樓船，江上旌旗拂紫煙。萬里橫戈探虎穴，三杯拔劍舞龍泉。莫道詞人無膽氣，臨行將贈繞朝鞭。

送程劉二侍郎兼獨孤判官赴安西幕府

安西幕府多材雄，喧喧唯道三數公。繡衣貂裘明積雪，飛書走檄如飄風。朝辭明主出紫

宫，銀鞍送别金城空。天外飛霜下葱海，火旗雲馬生光彩。胡塞清塵幾日歸，漢家草緑遥相待。

與諸公送陳郎將歸衡陽（并序）

仲尼旅人，文王明夷，苟非其時，聖賢低眉。況僕之不肖者，而遷逐枯槁，固非其宜。朝心不開，暮髮盡白，而登高送遠，使人增愁。陳郎將義風凛然，英思逸發。來下曹城之榻，去邀才子之詩。動清興於中流，泛素波而徑去。諸公仰望不及，連章祖之。序慙起予，輒冠名賢之首；作者嗤我，乃爲撫掌之資乎。

衡山蒼蒼入紫冥，下看南極老人星。迴飈吹散五峰雪，往往飛花落洞庭。氣清嶽秀有如此，郎將一家拖金紫。門前食客亂浮雲，世人皆比孟嘗君。江上送行無白璧，臨岐惆悵若爲分。

送祝八之江東賦得浣紗石

西施越溪女，明艷光雲海。未入吴王宫殿時，浣紗古石今猶在。桃李新開映古查，菖蒲猶短出平沙。昔時紅粉照流水，今日青苔覆落花。君去西秦適東越，碧山青江幾超忽。若到天涯思故人，浣紗石上窺明月。

同王昌齡送族弟襄歸桂陽

爾家何在瀟湘川，青沙白日長江邊。昨夢江花照江國，幾枝正發東牕前。覺來欲往心悠然，夢隨越鳥飛南天。秦雲連山海相接，桂水横煙不可涉。送君此去令人愁，風帆茫茫隔河洲。春潭瓊草緑可折，西寄長安明月樓。

宣州謝朓樓餞别校書叔雲

棄我去者昨日之日不可留，亂我心者今日之日多煩憂。長風萬里送秋鴈，對此可以酣高樓。蓬萊文章建安骨，中間小謝又清發。俱懷逸興壯思飛，欲上青天攬日月。抽刀斷水水更流，舉杯消愁愁更愁。人生在世不稱意，明朝散髮弄扁舟。（劉云：崔嵬迭宕，正在起一句。「不稱意」諸「今按，據姚本、四庫本，當爲「語」」欲絶。）

單父東樓秋夜送族弟沈之秦（今按，「沈」，《全唐詩》卷一七五同此，姚本、刻者不詳明本、牛斗本、屠隆本作「沉」，詹鍈本《李白全集》卷十四作「況」）

爾從咸陽來，問我何勞苦。沐猴而冠不足言，身騎土牛滯東魯。沈（今按，詹鍈本《李白全集》作「況」，牛斗本、屠隆本作「沉」）弟欲行凝弟留，孤飛一鴈秦雲秋。坐來黄葉落四五，北斗已掛西城樓。絲桐感人絃亦絶，滿堂送君皆惜别。卷簾見月清興來，疑是山陰夜中雪。明日斗酒

別，惆悵清路塵。遥望長安日，不見長安人。長安宫闕九天上，此地曾經爲近臣。一朝復一朝，髮白心不改。屈原憔悴滯江潭，亭伯流離放遼海。折翮翻飛隨轉蓬，聞絃虚墜下霜空。聖朝久棄青雲士，他日誰憐張長公。（蕭云：此篇眷顧宗國之意深。）

魯郡堯祠送竇明府薄華還西京（時久病初起作。）（今按，據姚本、屠隆本、刻者不詳明本、詹鍈本《李白全集》卷十四，「簿」當爲「薄」）

朝策犁眉騧，舉鞭力不堪。强扶愁疾向何處，角巾微服堯祠南。長楊掃地不見日，石門噴作金沙潭。笑誇故人指絶境，山光水色青於藍。廟中往往來擊鼓，堯本無心爾何苦。門前長跪雙石人，有女如花日歌舞。銀鞍繡轂往復回，簸林蹶石鳴風雷。遠煙空翠時明滅，白鷗歷亂長飛雪。紅泥亭子赤闌干，碧流環轉青錦湍。深沉百丈洞海底，那知不有蛟龍蟠。君不見緑珠潭水流東海，緑珠紅粉沉光彩。緑珠樓下花滿園，今日曾無一枝在。昨夜秋聲閶闔來，洞庭水（今按，詹鍈主編《李白全集校注彙釋集評》卷十四作「木」，以爲「水」乃形近而誤）落騷人哀。遂將三五少年輩，登高遠望形神開。生前一笑輕九鼎，魏武何悲銅雀臺。我歌白雲倚牕牖，爾聞其聲但揮手。長風吹月度海來，遥勸仙人一杯酒。酒中樂酣宵向分，舉觴酬（今按，詹鍈本《李白全集》、《全唐詩》皆作「酹」）堯堯可聞。何不令皋繇擁篲横八極，直上青天揮

浮雲。高陽小飲真瑣瑣，山公酩酊何如我。竹林七子去道賒，蘭亭雄筆安足誇。堯祠笑殺五湖水，至今憔悴空荷花。爾向西秦我東越，暫向瀛洲訪金闕。藍田太白若可期，爲余掃灑石上月。

留別三首

金陵酒肆留別

風吹（一作「白門」。）柳花滿店香，吴姬壓酒勸客嘗。金陵子弟來相送，欲行不行各盡觴。請君試問東流水，别意與之誰短長。（黄山谷云：至此乃真太白妙處，當潛心焉。○劉須溪云：終是太白語別。）

别山僧

何處名僧到水西，乘舟弄月宿涇溪。平明别我上山去，手攜金策踏雲梯。騰身轉覺三天近，舉足回看萬嶺低。謔浪肯居支遁下，風流還與遠公齊。此度别離何日見，相思一夜暝猿啼。

南陵别兒童入京（一作《古意》。）

白酒新熟山中歸，黄雞啄黍秋正肥。呼童烹雞酌白酒，兒女嘻笑牽人衣。高歌取醉欲自慰，起舞落日争光輝。遊説萬乘苦不早，着鞭跨馬涉遠道。會稽愚婦輕買臣，余亦辭家西入秦。仰天大笑出門去，我輩豈是蓬蒿人。（劉云：草草一語，傾倒至盡。起四句説得還山之樂，磊落不辛苦，而情實暢然，不可勝道。）

寄懷五首

早春寄王漢陽

聞道春還未相識，起傍寒梅訪消息。昨夜東風入武陽，陌頭楊柳黄金色。碧水渺渺雲茫茫，美人不來空斷腸。預拂青山一片石，與君連日醉壺觴。

寄王屋山人孟大融

我昔東海上，勞山餐紫霞。親見安期公，食棗大如瓜。中年謁漢主，不愜還歸家。朱顔謝春輝，白髮見生涯。所期就金液，飛步登雲車。願隨夫子天壇上，閑與仙人掃落花。

自漢陽病酒歸寄王明府

去歲左遷夜郎道，琉璃硯水長枯槁。今歲敕放巫山陽，蛟龍筆翰生輝光。聖主還聽子虛賦，相如却與論文章。願掃鸚鵡洲，與君醉百觴。笑起白雲飛七澤，歌吟綠水動三湘。莫惜連船沽美酒，千金一擲買春芳。

寄韋南陵冰（余江上乘興訪之，遇，尋顔尚書，笑有此贈。）

南船正東風，北船來自緩。江上相逢借問君，語嘯未了風吹斷。聞君攜妓訪情人，應爲尚書不顧身。堂上三千珠履客，甕中百斛金陵春。恨我阻此樂，淹留楚江濱。月色醉遠客，山花開欲然。春風狂殺人，一日劇三年。乘興嫌大（今按，據姚本，當爲「太」）遲，焚却子猷船。夢見五柳枝，已看掛馬鞭。何日到彭澤，長歌陶令前。

憶舊遊寄譙郡元參軍（金陵。）

憶昔洛陽董糟丘，爲余天津橋南造酒樓。（劉云：當時人，當時語，不知太白援糟丘爲重耶，而使千載知其人如此。）黄金白璧買歌笑，一醉累月輕王侯。海内賢豪青雲客，就中與君心莫逆。迴山轉海不作難，傾情倒意無所惜。我向淮南攀桂枝，君留洛北愁夢思。不忍别，還相隨。相隨迢迢訪仙城，三十六曲水迴縈。一溪初入千花明，萬壑度盡松風聲。（劉云：清景逼人，終不刻

意。）銀鞍金絡倒（今按，詹鍈本《李白全集》卷十二作「到」）平地，漢東太守來相迎。紫陽之真人，邀我吹玉笙。餐霞樓上動仙樂，嘈然宛似鸞鳳鳴。袖長管催欲輕舉，漢中太守醉起舞（今按，「漢中」，《河岳英靈集》卷上、《文苑英華》卷三四〇作「漢東」；詹鍈本《李白全集》注云：一作「漢東太守酣歌舞」）。手持錦袍覆我身，我醉横眠枕其股。（劉云：起語如此，豈非人豪？）當筵意氣凌九霄，星離雨散不終朝，分飛楚關山水遥。余既還山尋故巢，君亦歸家渡渭橋。君家嚴君勇貔虎，作尹并州遏戎虜。五月相呼度太行，摧輪不道羊腸苦。行來北涼（今按，《河岳英靈集》作「北京」，《文苑英華》卷三四〇作「京北」，注云「一作北京」）歲月深，感君貴義輕黄金。瓊杯綺食青玉案，使我醉飽無歸心。時時出向城西曲，晉祠流水如碧玉。浮舟弄水簫鼓鳴，微波龍鱗莎草緑。興來攜妓恣經過，其若楊花如（今按，詹鍈本《李白全集》、《全唐詩》皆作「似」）雪何。紅粧欲醉宜斜日，百尺清潭寫翠娥。（劉云：清麗動人。）翠娥嬋娟初月輝，美人更唱舞羅衣。清風吹歌入空去，歌曲自繞行雲飛。（劉云：攜妓褻景寫入天際，宛轉情［今按，據姚本、刻者不詳明本，當爲「清」］徹。）此時行樂難再遇，西遊因獻長楊賦。北闕青雲不可期，東山白首還歸去。渭橋南頭一遇君，酇堂（今按，姚本、刻者不詳明本、詹鍈本《李白全集》、《全唐詩》皆作「臺」）之北又離羣。問余别恨知多少，落花春暮争紛紛。言亦不可盡，情亦不可極。呼兒長跪緘此辭，寄君千里遥相憶。（劉云：却只如此結去，讀起句，便使人驚倒。）

贈六首

贈裴十四

朝見裴叔則，朗如行玉山。黄河落天走東海，萬里寫入胸懷間。身騎白黿不敢渡，金高南山買君顧。徘徊六合無相知，飄若浮雲且西去。

贈潘侍御論錢少陽

繡衣柱史何昂藏，鐵冠白簡（今按，詹鍈本《李白全集》卷九作「筆」）横秋霜。三軍論事多引納，堦前虎士羅干將。雖無二十五老者，且有一翁錢少陽。眉如松雪齊四皓，調笑可以安儲皇。君能禮此最下士，九州拭目瞻清光。

流夜郎贈辛判官

昔在長安醉花柳，五侯七貴同杯酒。氣岸遥凌豪士前，風流肯落他人後。夫子紅顔我少年，章臺走馬着金鞭。文章獻納麒麟殿，歌舞淹留玳瑁筵。與君自謂長如此，寧知草動風塵起。函谷忽驚胡馬來，秦宫桃李向明開。我愁遠謫夜郎去，何日金雞放赦回。

醉後贈從甥高鎮

馬上相逢揖馬鞭，客中相見客中憐。欲邀擊筑悲歌飲，正值傾家無酒錢。江東風光不借人，枉殺落花空自春。黄金逐手快意盡，昨日破産今朝貧。丈夫何事空笑傲，不如燒却頭上巾。君爲進士不得進，我被秋霜生旅鬢。時清不及英豪人，三尺童兒重廉藺。匣中盤劍裝蜡（今按，據四庫本、《全唐詩》，當爲「鮨」）魚，閑在腰間未用渠。且將换酒與君醉，醉歸託宿吴專諸。

贈從弟南平太守之遥

少年不得意，落魄無安居。願隨任公子，欲釣吞舟魚。常時飲酒逐風景，壯心遂與功名疏。蘭生谷底人不鋤，雲在高山空卷舒。漢家天子馳駟馬，赤車蜀道迎相如。天門九重謁聖人，龍顔一解四海春。彤庭左右呼萬歲，拜賀明主收沉淪。翰林秉筆回英眄，麟閣崢嶸誰可見。承恩初入銀臺門，著書獨在金鑾殿。龍駒雕鐙白玉鞍，象牀綺席黄金盤。當時嘯（今按，據姚本、屠隆本、刻者不詳明本、四庫本、詹鍈本《李白全集》卷十、《全唐詩》卷一七〇，當爲「笑」）我微賤者，却來請謁爲交歡。一朝謝病遊江海，疇昔相知幾人在。前門長揖後門關，今日結交明日改。愛君山嶽心不移，隨君雲霧迷所爲。夢得池塘生春草，使我長價登樓詩。別後

遥傳臨海作，可見羊何共和之。

江夏贈韋南陵冰

胡驕馬驚沙塵起，胡雛飲馬天津水。君爲張掖近酒泉，我竄三巴九千里。天地再新法令寬，夜郎遷客帶霜寒。西憶故人不可見，東風吹夢到長安。寧期此地忽相遇，驚喜茫如墮煙霧。玉簫金管喧四筵，苦心不得申長句。昨日繡衣傾緑樽，病如桃李竟何言。昔騎天子大宛馬，今乘款段諸侯門。賴遇南平豁方寸，復兼夫子持清論。有似山開萬里雲，四望青天解人悶。人悶還心悶，苦辛長苦辛。愁來飲酒二千石，寒灰重暖生陽春。山翁醉後能騎馬，别是風流賢主人。頭陀雲月多僧氣，山水何曾稱人意。不然鳴笳按鼓戲滄流，呼取江南女兒歌棹謳。我且爲君槌碎黄鶴樓，君亦爲吾倒却鸚鵡洲。赤壁争雄如夢裏，且須歌舞寬離憂。

酬答三首

醉後答丁十八以詩譏余槌碎黄鶴樓

黄鶴高樓已槌碎，黄鶴仙人無所依。黄鶴上天訴玉帝，却放黄鶴江南歸。神明太守再雕

飾，新圖粉壁還芳菲。一州𡁑（今按，據姚本、四庫本、詹鍈本《李白全集》卷十七、《全唐詩》卷一七八，當爲「笑」）我爲狂客，少年往往來相譏。君平簾下誰家子，云是遼東丁令威。作詩調我驚逸興，白雲繞筆牕前飛。待取明朝酒醒罷，與君爛熳尋春輝。

早秋單父南樓酬竇公衡

白露見日滅，紅顔隨霜凋。别君若俯仰，春芳亂秋條。泰山嵯峨夏雲在，疑是白波漲東海。散爲飛雨川上來，遥帷却卷清浮埃。知君獨坐青軒下，此時結念同所懷。我閉南樓看道書，幽簾清寂在仙居。曾無好事來相訪，賴爾高文一起予。

答杜秀才五松見贈

昔獻長楊賦，天開雲雨歡。當時待詔承明裏，皆道揚雄才可觀。敕賜飛龍二天馬，黄金絡頭白玉鞍。浮雲蔽日去不返，總爲秋風摧紫蘭。角巾東出商山道，採秀行歌詠芝草。路逢園綺嘯向人，兩君解來一何好。聞道金陵龍虎盤，還同謝朓望長安。千峰夾水向秋浦，五松名山當夏寒。銅井炎鑪歊（今按，據姚本、詹鍈本《李白全集》卷十七，當爲「歊」）九天，赫如鑄鼎荆山前。陶公矍鑠呵赤電，回禄睢盱揚紫煙。此中豈是久留處，便欲燒丹從列仙。愛聽松風且高卧，颼颼吹盡炎氛過。登崖獨立望九州，陽春欲泰誰相和。聞君往年遊錦城，章仇

尚書倒屣迎。飛牋絡繹奏明主，天書降問迴恩榮。骯髒不能就珪組，至今空揚高蹈名。夫子工文絶世奇，五松新作天下推。吾非謝尚邀彦伯，異代風流各一時。一時相逢樂在今，拂袖白雲開素琴，彈爲三峽流泉音。從兹一別武陵去，去後桃花春水深。

游覽三首

夜泊黄山聞殷十四吴吟

昨夜誰爲吴會吟，風生萬壑振空林。龍驚不敢水中卧，猿嘯時聞巖下音。我宿黄山碧溪月，聽之欲罷松間琴。朝來果是滄洲逸，酤酒醍盤飯霜栗。半酣更發江海聲，客愁頓向杯中失。

攜妓登梁王樓霞山孟氏桃園中（今按，「樓」，據姚本、屠隆本、刻者不詳明本、詹鍈本《李白全集》卷十七，當爲「棲」）

碧草已滿地，柳與梅争春。謝公自有東山妓，金屏嘯坐如花人。今日非昨日，明日還復來。白髮對緑酒，强歌心已摧。君不見梁王池上月，昔照梁王樽酒中。梁王已去明月在，黄鸝愁醉啼春風。分明感激眼前事，莫惜醉卧桃園東。

把酒問月（故人賈淳令予問之。）

青天有月來幾時，我今停杯一問之。人攀明月不可得，月行却與人相隨。皎如飛鏡臨丹闕，緑煙滅盡清輝發。但見宵從海上來，寧知曉向雲間没。白兔擣藥秋復春，嫦娥孤棲與誰鄰。今人不見古時月，今月曾經照古人。古人今人若流水，共看明月皆如此。惟願當歌對酒時，月光長照金樽裏。

題三首（今按，「題」字，姚本作「圖畫」）

觀博平王志安少府山水粉圖

粉壁爲空天，丹青狀江海。遊雲不知歸，日見白鷗在。博平真人王志安，沉吟至此願掛冠。松溪石磴帶秋色，愁客思歸坐曉寒。

同族弟金城尉叔卿燭照山水壁畫歌

高堂粉壁圖蓬瀛，燭前一見滄洲清。洪波洶湧山崢嶸，皎若丹丘隔海望赤城。光中乍喜嵐氣滅，謂逢山陰晴後雪。迴溪碧流寂無喧，又如秦人月下窺花源。燎（今按，屠隆本作「瞭」，四庫本、詹鍈本《李白全集》卷六作「了」；「了」與「瞭」通，原字當爲「瞭」）然不覺清心魂，秪將疊嶂鳴秋猿。

與君對此歡未歇，放歌行吟達明發。却顧海客揚雲帆，便欲因之向溟渤。

當塗趙炎少府粉圖山水

峨眉高出西極天，羅浮直與南溟連。名公繹思揮彩筆，驅山走海置眼前。滿堂空翠如可掃，赤城霞氣蒼梧煙。洞庭瀟湘意渺綿，三江七澤清洄沿。驚濤洶湧向何處，孤舟一去迷歸年。征帆不動亦不旋，飄如隨風落天邊。心摇目斷興難盡，幾時可到三山巔。西峰崢嶸噴流泉，横石蹙水波潺湲。東厓合沓蔽輕霧，深林雜樹空芊綿。此中冥昧失晝夜，隱几寂聽無鳴蟬。長松之下列羽客，對坐不語南昌仙。南昌仙人趙夫子，妙年歷落青雲士。訟庭無事羅衆賓，杳然如在丹青裏。五色粉圖安足珍，真仙可以全吾身。若待功成拂衣去，武陵桃花嘯（今按，據姚本、屠隆本、刻者不詳明本、四庫本、詹鍈本《李白全集》、《全唐詩》，當爲「笑」）殺人。

閨情五首

思邊

去歲何時君别妾，南園緑草飛蝴蝶。今歲何時妾憶君，西山白雪暗秦雲。玉關此去三千里，欲寄音書那可聞。

寄遠二首

美人在時花滿堂，美人去後餘空牀。牀中繡被卷不寢，至今三載聞餘香。香亦竟不滅，人亦竟不來。相思黄葉落，白露濕青苔。

其二

憶昨東園桃李紅碧枝，與君此時初别離。金瓶落井無消息，令人行歎復坐思。坐思行歎成楚越，春風玉顔畏銷歇。碧牕紛紛下落花，青樓寂寂空明月。兩不見，但相思。空流（今按，詹鍈本《李白全集》卷二四、《全唐詩》卷一八四皆作「留」）錦字表心素，至今緘愁不忍窺。

示金陵子（一作《金陵子詞》。）

金陵城東誰家子，竊聽琴聲碧牕裏。落花一片天上來，隨人直度西江水。楚歌吴語嬌不成，似能未能最有情。謝公正要東山妓，攜手林泉處處行。

代寄情楚詞體（今按，詹鍈本《李白全集》「情」後有「人」字）

君不來兮，徒蓄怨積思而孤吟。雲陽一去，已遠隔巫山緑水之（沉沉。）（今按，姚本、屠隆本、刻者不詳明本、四庫本、詹鍈本《李白全集》卷二四、《全唐詩》卷一八四「之」後皆有「沉沉」二字，牛斗本僅有一「沉」字。詹鍈

本《李白全集》「已」作「以」，「緑」作「渌」）。留餘香兮染繡被，夜欲寢兮愁人心。朝馳余馬於青樓，恍若空而夷猶。浮雲深兮不得語，却惆悵而懷憂。使青鳥兮銜書，恨獨宿兮傷離居。何無情而雨絶，夢雖往而交疏。横流涕而長嗟，折芳洲之瑶華。送飛鳥以極目，怨夕陽之西斜。願爲連根同死之秋草，不作飛空之落花。

哀傷一首

自溧水道哭王炎

王公希代寶，棄世一何早。弔死不及哀，殯宫已秋草。悲來欲脱劍，掛向何枝好。哭向茅山雖未摧，一生淚盡丹陽道。

七言古詩卷之四　唐詩品彙二十八

大家

杜　甫

貧交行

翻手作雲覆手雨，紛紛輕薄何須數。君不見管鮑貧時交，此道今人棄如土。（劉須溪云：只從俗諺略證古意。）

折檻行

嗚呼房魏不復見，秦王學士時難羨。青衿胄子困泥塗，白馬將軍若雷電。千載少似朱雲人，至今折檻空嶙峋。婁公不語宋公語，尚憶先皇容直臣。

大麥行

大麥乾枯小麥黄，婦女行泣夫走藏。東至集壁西梁洋，問誰腰鐮胡與羌。豈無蜀兵三千人，部領辛苦江山長。安得如鳥有羽翅，託身白雲還故鄉。

苦戰行

苦戰身死馬將軍，自云伏波之子孫。干戈未定失壯士，使我歎恨傷精魂。去年江南討狂賊，臨江把臂難再得。别時孤雲今不飛，時獨看雲淚横臆。

悲陳濤（此詩爲房琯而作也。琯與禄山戰于陳濤斜，敗績。）

孟冬十郡良家子，血作陳濤澤中水。野曠天清無戰聲，四萬義軍同日死。羣胡歸來血洗箭，仍唱胡歌飲都市。都人回首向北啼，日夜更望官軍至。

朱鳳行（此詩爲衡州刺史楊〔今按，姚本、牛斗本、屠隆本、刻者不詳明本作「陽」〕濟作也。時濟稱〔今按，據屠隆本，當爲「攝」〕連帥之職，以討臧玠之亂。）

君不見瀟湘之山衡山高，山巔朱鳳聲嗷嗷。側身長顧求其曹，翅垂口噤心甚勞。下愍白（今按，據宋本《杜工部集》卷八，當爲「百」）鳥在羅網，黄雀最少雛（今按，據宋本《杜工部集》，當爲「小猶」）難

逃。願分竹實及螻蟻，盡使鳴梟相怒號。

越王樓歌

綿州州府何磊落，顯慶年中越王作。孤城西北起高樓，碧瓦朱甍照城郭。樓下長江百丈清，山頭落日半輪明。君王舊跡今人賞，轉見千秋萬古情。（劉云：不深不淺。）

大覺高僧蘭若

巫山不見廬山遠，松林蘭若秋風晚。一老猶鳴日暮鐘，諸僧尚乞齋時飯。香爐峰色隱晴湖，種杏仙家近白榆。飛錫去年啼邑子，獻花何日許門徒。

秋風

秋風淅淅吹我衣，東流之外西日微。天晴小城擣練急，石古細路行人稀。不知明月爲誰好，早晚孤帆他夜歸。會將白髮倚庭樹，故園池臺今是非。（趙次公曰：此寫眼前之景，宛轉含蓄，道不盡淒感之意。○劉云：如竹枝、樂府，矯矯長句，不必親切爲已。［今按，玉几山人、明易山人校刻本、四庫本《集千家注杜工部詩集》卷十五皆無「爲已」二字。］）

夜聞觱篥

夜聞觱篥滄江上，衰年側耳情所嚮。鄰舟一聽多感傷，塞曲三更欻悲壯。積雪飛霜此夜

寒，孤燈急管復風湍。君知天地干戈滿，不見江湖行路難。（劉云：君知干戈如此，則不復恨行路難矣。○實歷喟然。）

乾元中寓居同谷縣作歌七首（李薦［今按，當爲「廌」］《師友記聞》：太白《遠別離》、《蜀道難》與子美《寓居同谷七歌》，風騷之極致，不在屈原之下也。）

有客有客字子美，白頭亂髮垂過耳。歲拾橡栗隨狙公，天寒日暮山谷裏。中原無書歸不得，手足凍皴皮肉死。嗚呼一歌兮歌已哀，悲風爲我從天來。

其二

長鑱長鑱白木柄，（劉云：一歌唤子美，二歌唤長鑱，豈不奇崛？）我生託子以爲命。黄精無苗山雪盛，短衣數挽不掩脛。此時與子空歸來，男呻女吟四壁静。嗚呼二歌兮歌始放，閭里爲我色惆悵。（劉云：非必人人爲我惆悵而有其色。）

其三

有弟有弟在遠方，三人各瘦何人强。生别展轉不相見，胡塵暗天道路長。東飛駕鵞後鶖鶬，安得送我置汝傍。嗚呼三歌兮歌三發，汝歸何處收兄骨。

其四

有妹有妹在鍾離，良人早没諸孤癡。長淮浪高蛟龍怒，十年不見來何時。扁舟欲往箭滿眼，杳杳南國多旌旗。嗚呼四歌兮歌四奏，林猿爲我啼清晝。

其五

四山多風溪水急，寒雨颯颯枯樹濕。（劉云：是旦景。）黄蒿古城雲不開，白狐跳梁黄狐立。我生胡爲在窮谷，中夜起坐萬感集。嗚呼五歌兮歌正長，魂招不來歸故鄉。（劉云：何其魂招不來耶？歸故鄉也。）

其六

南有龍兮在山湫，古木巃嵸枝相樛。木葉黄落龍正蟄，蝮蛇東來水上遊。我行怪此安敢出，拔劍欲斬且復休。嗚呼六歌兮歌思遲，溪壑爲我迴春姿。（劉云：獨此歌「迴春姿」者，愿車駕反正之辭也。心所同然，千載如對。）

其七

男兒生不成名身已老，三年饑走荒山道。長安卿相多少年，富貴應須致身早。山中儒生舊相識，但話宿昔傷懷抱。嗚呼七歌兮悄（今按，據姚本、四庫本、宋本《杜工部集》，當爲「悄」）終曲，仰

視皇天白日速。（劉云：聲氣俱盡。○孫季昭《示兒編》云：歐陽公傷五季之亂，作《五代史序論》，故盡以「嗚呼」冠其首。杜子美傷唐室之亂，作詩史，於歌行間以「嗚呼」結其末，《同谷歌》、《冬狩行》、《折檻行》、《白馬詩》等篇是也。前此詩人所稀有者，公獨用之，其傷今思古之意歟。）

短歌行贈王郎司直

王郎酒酣拔劍砍（今按，據姚本、牛斗本、屠隆本，刻者不詳明本，當爲「斫」）地歌莫哀，我能拔爾抑塞磊落之奇才。豫樟翻風白日動，鯨魚跋浪滄溟開。且脱劍佩休徘徊，西得諸侯棹錦水。（劉云：「西得諸侯」以下謂：王司直知我，我復捨此何何［今按，據姚本、牛斗本、屠隆本、刻者不詳明本、四庫本《集千家注杜工部詩集》卷八，當爲「何向」］？）欲向何門趿珠履，仲宣樓頭春色深。青眼高歌望吾子，眼中之人吾老矣。（劉云：豪氣激人，堂堂復堂堂。）

玄都壇寄元逸人（今按，宋本《杜工部集》卷一、《全唐詩》卷二一六「壇」後有「歌」字）

故人昔隱東蒙峰，已佩含景蒼精龍。故人今居子午谷，獨在陰崖結茆屋。屋前太古玄都壇，青石漠漠常風寒。子規夜啼山竹裂，王母晝下雲旗翻。知君此計成長往，芝草琅玕日應長。鐵鎖高垂不可攀，致身福地何蕭爽。

莫相疑行

男兒生無所成頭皓白，牙齒欲落真可惜。憶獻三賦蓬萊宮，自怪一日聲輝赫。集賢學士如堵墻，觀我落筆中書堂。往時文彩動人主，此日飢寒趨路傍。晚將末契托年少，當面輸心背面笑。寄謝悠悠世上兒，不爭好惡莫相疑。（劉云：寫得徹至，懷抱如洗。）

醉歌行贈公安顏少府請顧公題壁

神仙中人不易得，顏氏之子才孤標。天馬長鳴待駕馭，秋鷹整翮當雲霄。君不見東吴顧文學，君不見西漢杜陵老。（劉云：面前人着兩不見，唐突可人。）詩家筆勢君不嫌，詞翰升堂爲君掃。是日霜風凍七澤，烏蠻落照銜赤壁。酒酣耳熱忘頭白，感君意氣無所惜，一爲歌行歌主客。

戲題王宰畫山水圖歌

十日畫一水，五日畫一石，能事不受相促迫，王宰始肯留真跡。壯哉崑崙方壺圖，掛君高堂之素壁。巴陵洞庭日本東，赤岸水與銀河通，中有雲氣隨飛龍。舟人漁子入浦漵，山木盡亞洪濤風。尤工遠勢君莫比，咫尺應須論萬里。焉得并州快剪刀，剪取吴淞半江水。

高都護驄馬行

安西都護胡青驄，聲價欻然來向東。此馬臨陣久無敵，與人一心成大功。（劉云：亦是精氣。）功成惠養隨所致，飄飄遠自流沙至。雄姿未受伏櫪恩，猛氣猶思戰場利。（劉云：此氣骨不可少。）腕促蹄高如踣鐵，交河幾蹴層冰裂。五花散作雲滿身，萬里方看汗流血。長安壯兒不敢騎，走過掣電傾城知。青絲絡頭爲君老，何由却出横門道。（劉云：只如此語，絶是。）

負薪行

夔州處女髮半華，四十五十無夫家。更遭喪亂嫁不售，一生抱恨堪咨嗟。土風坐男使女立，應當門户女出入。十猶八九負薪歸，賣薪得錢應供給。至老雙鬟只垂頸，野花山葉銀釵並。筋（今按，當爲「觔」，乃「筋」之異體字，張㴑本、四庫本即作「觔」，姚本、牛斗本、屠隆本、刻者不詳明本、宋本《杜工部集》作「筋」）力登危集市門，死生射利兼鹽井。面粧首飾雜啼痕，地褊衣寒困石根。若道巫山女粗醜，何得此有昭君村。

最能行

峽中丈夫絶輕死，少在公門多在水。富豪有錢駕大舸，貧窮取給行艓子。小兒學問止論語，大兒結束隨商旅。欹帆側拖（今按，據姚本、四庫本、宋本《杜工部集》卷七，當爲「柂」）入波濤，撇（今

按，姚本、刻者不詳明本、宋本《杜工部集》作「撤」）旋梢（今按，四庫本、宋本《杜工部集》作「捎」）濆無險阻。朝發由（今按，據姚本、四庫本、宋本《杜工部集》，當爲「白」）帝暮江陵，頃來目擊信有徵。瞿塘漫天虎鬚怒，歸州長年行最能。此鄉之人氣量窄，誤競南風疏北客。若道上（今按，據姚本、牛斗本、屠隆本、刻者不詳明本、四庫本、宋本《杜工部集》卷七，當爲「士」，《杜詩詳注》卷十五作「士」）無英雄才，何得山有屈原宅。

寄柏學士林居

自胡之反持干戈，天下學士亦奔波。歎彼幽棲載典籍，蕭然暴露依山阿。青山萬里静散地，白雨一洗空垂蘿。亂代飄零予到此，古人成敗子如何。荆楊（今按，宋本《杜工部集》、四庫本皆作「揚」，姚本作「陽」）春冬異風土，巫峽日夜多風雨。赤葉楓林百舌鳴，黄泥野岸天雞舞。盜賊縱横甚密邇，形神寂寞甘辛苦。幾時高議排金門，各使蒼生有環堵。

杜鵑行

君不見昔日蜀天子，化爲杜鵑似老烏。寄巢生子不自啄，羣鳥至今爲哺雛。雖同君臣有舊禮，骨肉滿眼身羈孤。業工竄伏深樹裏，四月五月偏號呼。其聲哀痛口流血，所訴何事常區區。爾豈摧殘始發憤，羞帶羽翮傷形愚。蒼天變化誰料得，萬事反覆何所無。萬事

反覆何所無，豈憶當殿羣臣趨。

柟樹爲風雨所拔歎

倚江柟樹草堂前，故老相傳二百年。誅茅卜居總爲此，五月髣髴聞寒蟬。東南飄風動地至，江翻石走流雲氣。幹排雷雨猶力争，根斷泉源豈天意。蒼波老樹性所愛，浦上童童一青蓋。野客頻留懼雪霜，行人不過聽竽（今按，據姚本、刻者不詳明本、四庫本、宋本《杜工部集》卷五，當爲「竽」）籟。虎倒龍顛委榛棘，淚痕血點垂胞（今按，據姚本、刻者不詳明本、四庫本、宋本《杜工部集》，當爲「胸」）臆。我有新詩何處吟，草堂自此無顏色。

戲韋偃爲雙松圖歌

天下幾人畫古松，畢宏已老韋偃少。絶筆長松起纖末，滿堂動色嗟神妙。兩株慘裂苔蘚皮，屈鐵交錯迴高枝。白摧朽骨龍虎死，黑入太陰雷雨垂。松根胡僧憩寂寞，龐眉皓首無住着。偏袒右肩露雙脚，葉裏松子僧前落。韋侯韋侯數相見，我有一匹好東絹，重之不減錦繡段。已令拂拭光凌亂，請公放筆爲直幹。

送孔巢父謝病歸遊江東兼呈李白

巢父掉頭不肯住，東將入海隨煙霧。詩卷長留天地間，釣竿欲拂珊瑚樹。深山大澤龍蛇

遠，春寒野陰風景暮。（劉云：不必有所從來，不必有所指，玄又玄，衆妙門。○七字浩然，以其將隱也。）蓬萊織女迴籠（今按，四庫本、宋本《杜工部集》、《文苑英華》卷二六九皆作「雲」，姚本作「龍」）車，指點虚無引歸路。自是君身有仙骨，世人那得知其故。惜君只欲苦死留，（劉云：兩君見「今按，姚本、明玉几山人刻本《集千家注杜工部詩集》作「具」」賓主。）富貴何如草頭露。蔡侯静者意有餘，清夜置酒臨前除。罷琴惆悵月照席，幾歲寄我空中書。南尋禹穴見李白，道甫問訊今何如。（劉云：其迭蕩創體，類自得意，故成一家言。）

冬末以事之東都湖城遇孟雲卿復歸劉顥宅宿宴飲散因爲醉歌（今按，據宋本《杜工部集》卷二、《全唐詩》卷二一七，「湖城」後當脱「東」字）

疾風吹塵暗河縣，行子隔年不相見。湖城城北一開眼，駐馬偶識雲卿面。向非劉顥爲地主，懶迴鞭轡成高宴。劉侯歡我携客來，置酒張燈促華饌。且將款曲終今夕，休語艱難尚酣戰。照室紅爐促曙光，螢（今按，姚本作「縈」）牕素月垂文練。天開地裂長安陌，寒盡春生洛陽殿。豈知驅車復同軌，可惜刻漏隨更箭。人生會合不可常，庭樹鷄鳴淚如綫。

陪王侍御同登東山最高頂宴姚通泉晚攜酒泛江

姚公美政誰與儔，不減昔時陳大（今按，據姚本等及宋本《杜工部集》，當爲「太」）丘。邑中上客有柱

史，多暇日陪驄馬遊。東山高頂羅珍羞，下顧城郭消我憂。清江白日落欲盡，復攜美人登綵舟。笛聲憤怨哀中流，妙舞逶迤夜未休。燈前往往大魚出，聽曲低昂如有求。三更風起寒浪湧，取樂喧呼覺船重。滿空星河光破碎，四座賓客色不動。請公臨深莫相違，迴船罷酒上馬歸。人生歡會豈有極，無使霜露霑人衣。

錦樹行（題自〔今按，據姚本、屠隆本、刻者不詳明本，當爲「曰」〕「錦樹」，使人刮目。）

今日苦短昨日休，歲云暮矣增離憂。霜凋碧樹作錦樹，萬壑東逝無停留。荒戍之城石色古，東郭老人住青丘。飛書白帝營斗粟，琴瑟几杖柴門幽。青草萋萋盡枯死，天驥跛足隨氂牛。自古聖賢多薄命，姦雄惡少封公侯。故國三年一消息，終南渭水寒悠悠。五陵豪貴反顛倒，鄉里小兒狐白裘。生男墮地要膂力，生女富貴傾邦國。莫愁父母少黃金，天下風塵兒亦得。

瘦馬行

東郊瘦馬使我傷，骨骼硉兀如堵墻。絆之欲動轉欹側，此豈有意仍騰驤。細看六印帶官字，衆道三軍遺路傍。皮乾剥落雜泥滓，毛若蕭條連雪霜。去歲奔波逐餘寇，驊騮不慣不得將。士卒多騎内廄馬，惆悵恐是病乘黃。當時歷塊誤一蹶，委棄非汝能周防。見人慘

澹若哀訴，失主錯莫無晶光。天寒遠放鴈爲伴，日暮不收烏啄瘡。誰家且養願終惠，更試明年春草長。（劉云：展轉沉着，忠厚惻怛，感動千古。）

哀江頭

少陵野老吞聲哭，春日潛行曲江曲。江頭宫殿鎖千門，細柳新蒲爲誰緑。憶昔霓旌下南苑，苑中萬物生顔色。昭陽殿裏第一人，同輦隨君侍君側。輦前才人帶弓箭，白馬嚼齧黄金勒。翻身向天仰射雲，一箭正墜雙飛翼。明眸皓齒今何在，血污遊魂歸不得。清渭東流劍閣深，去住彼此無消息。人生有情淚沾臆，江水江花豈終極。黄昏胡騎塵滿城，欲往城南忘城北。（蘇子由云：《哀江頭》篇，詞氣如百金戰馬，注坡驀問［今按，據姚本等及蘇轍《欒城集·第三集》卷八《詩病五事》，當爲「澗」］，如履平地，得詩人之遺法。）

樂遊園歌

（公自注云：晦日賀蘭楊長史筵醉中作。〇按，《西京雜記》：樂遊園，漢宣帝所立。唐長安中，太平公主於原上置庭［今按，屠隆本作「亭」］遊賞。其地四望寬敞，每上巳、重陽，士夫［今按，《杜詩詳注》卷二引此文作「士女」］於此祓禊登高，車馬填塞，朝士詞人賦詩，翌日傳於京師。）

樂遊古園崒森爽，煙綿碧草萋萋長。公子華筵勢最高，秦川對酒平如掌。長生木瓢示真

率，更調鞍馬狂歡賞。青春波浪芙蓉園，白日雷霆夾城仗。閶闔晴開映（今按，宋本《杜工部集》卷一同此，屠隆本、《杜詩詳注》卷二作「詄」）蕩蕩，曲江翠幕排銀榜。拂水低垂舞袖翻，緑（今按，據屠隆本、四庫本，當爲「緣」）雲清切歌聲上。（劉云：婉約有態。）却憶年年人醉時，只今未醉已先悲。（劉云：語達自別。）數莖白髮那抛得，百罰深杯亦不辭。聖朝亦知賤士醜，一物自荷皇天慈。此身飲罷無歸處，獨立蒼茫自詠詩。（劉云：每誦此結，不自堪。又云：吾常墮淚於此。）

寄韓諫議注

今我不樂思岳陽，身欲奮飛病在牀。美人娟娟隔秋水，濯足洞庭望八荒。鴻飛冥冥日月白，青楓葉赤天雨霜。玉京羣帝集北斗，或騎麒麟翳鳳凰。芙蓉旌旗煙霧落，影動倒景摇瀟湘。星宫之君醉瓊漿，羽人稀少不在傍。似聞昨者赤松子，恐是漢代韓張良。昔隨劉氏定長安，帷幄未改神慘傷。國家成敗吾豈敢，色難腥腐餐楓香。周南留滯古莫惜，南極老人應壽昌。美人胡爲隔秋水，焉得置之貢玉堂。（劉云：此篇多渺茫恍惚，幾失韓注，未「今按，姚本、屠隆本、刻者不詳明本作「末」，四庫本作「畢」」竟不合。）

飲中八仙歌

知章騎馬似乘船，眼花落井水底眠。汝陽三斗始朝天，道逢麴車口流涎，恨不移封向酒

泉。左相日興費萬錢，飲如長鯨吸百川，銜杯樂聖稱世（今按，據四庫本，「世」當爲「避」。）賢（或作「世賢」，無文。）。宗之瀟灑美少年，舉觴白眼望青天，皎如玉樹臨風前。蘇晉長齋繡佛前，醉中往往愛逃禪。李白一斗詩百篇，長安市上酒家眠。天子呼來不上船，自稱臣是酒中仙。張旭三杯草聖傳，脱帽露頂王公前，揮毫落紙如雲煙。焦遂五斗方卓然，高談雄辯驚四筵。（蔡絛《西清詩話》云：此歌重疊用韻，古無其體，嘗質之叔父元度，云：「此歌分八篇，人人各畢，雖重押韻無害，亦《三百篇》分章之意也。」〇劉云：不倫不理，各極其平生，極其醉趣。古無此體，無此妙，謂爲八仙，甚稱。）

驄馬行（公自注云：太常良〔今按，據宋本《杜工部集》卷一，當爲「梁」〕卿敕賜馬也，李鄧公愛而有之，命甫製詩。）

鄧公馬癖人共知，初得花驄大宛種。夙昔傳聞思一見，牽來左右神皆竦。雄姿逸態何崷崒，顧影嬌（今按，據宋本《杜工部集》，當爲「驕」。）嘶自矜寵。隅目青熒夾鏡懸，肉騣碨礧連錢動。朝來少試華軒下，未覺千金滿高價。赤汗微生白雪毛，銀鞍却覆香羅帕。（劉云：無緊要，有風味。）卿家舊物公能取，天廐真龍此其亞。晝洗須騰涇渭深，朝趨可刷幽并夜。吾聞良驥老始成，此馬數年人更驚。豈有四蹄疾於鳥，不與八駿俱先鳴。時俗造次那得致，雲霧晦冥方降精。近聞下詔宣都邑，肯使麒麟地上行。

醉歌行（公自注：從姪勤落第歸，作此以別之。）

陸機二十作文賦，汝更少年能綴文。總角草書又神速，世上兒子徒紛紛。驊騮作駒已汗血，鷙鳥舉翮連青雲。詞源倒流三峽水，筆陣獨掃千人軍。只今年纔十六七，射策君門期第一。舊穿楊葉真自知，暫蹶霜蹄未爲失。偶然擢秀非難取，會是排風有毛質。汝身已見唾成珠，汝伯何由髮如漆。春光淡沲秦東亭，渚蒲芽白水荇青。風吹客衣日杲杲，樹攪離思花冥冥。酒盡沙頭雙玉瓶，衆賓已醉我獨醒。乃知貧賤別更苦，吞聲躑躅涕淚零。（劉云：人有此情，寫得不濃至而止。）

古柏行

孔明廟前有老柏，柯如青銅根如石。（范元實云：此形似之語。）霜皮溜雨四十圍，黛色參天二千尺。君臣已與時際會，樹木猶爲人愛惜。雲來氣接巫峽長，月出寒通雪山白。（范元實云：此激昂之語。）日（今按，據屠隆本、四庫本、宋本《杜工部集》卷四、《文苑英華》卷三三七、《全唐詩》卷二二一，當爲「憶」）昨路繞錦亭東，先主武侯同閟宫。崔嵬枝幹郊原古，窈窕丹青户牖空。落落盤踞雖得地，冥冥孤高多烈風。扶持自是神明力，正直元因造化功。大厦如傾要梁棟，萬牛回首丘山重。不露文章世已驚，未辭剪伐誰能送。苦心豈免容螻蟻，香葉終經宿鸞鳳。志士幽人

莫怨嗟，古來材大難爲用。

憶昔行

憶昔北尋小有洞，洪河怒濤過輕舸。辛勤不見華蓋君，艮岑清輝慘么麽。千崖無人萬壑靜，三步回頭五步坐。秋山眼冷魂未歸，仙賞心違淚交墮。（劉云：亦懇款數四。）弟子誰依白茆室，盧老獨啓青銅鎖。巾拂香餘擣藥塵，階除灰死燒丹火。玄圃滄洲莽空闊，金節羽衣飄婀娜。落日初霞閃餘映，倏忽東西無不可。（劉云：恍惚語。）松風澗水聲合時，青兕黄熊啼向我。（劉云：岑寂語。四句極俯仰形容之妙。）徒然咨嗟撫遺跡，至今夢想仍猶在。秘節隱文須内教，晚歲何功使願果。更討衡陽董鍊師，南遊早鼓瀟湘柂。

冬狩行（公自注：時梓州刺史章彝兼侍御史留後東川。時章彝大閲東川，公以此詩諷其多殺，仍勉其攘夷狄，安王室。）

君不見東川節度兵馬雄，校獵亦似觀成功。夜發猛士三千人，清晨合圍步驟同。禽獸已斃十七八，殺聲落日迴蒼灣（今按，據姚本、屠隆本、張恂本、四庫本、宋本《杜工部集》，當爲「穹」）。幕前生致九青兕，馲駝𡾰峞垂玄熊。東西南北百里間，髣髴蹴踏寒山空。有鳥名鸜鵒，力不能高飛逐走蓬，肉味不足登鼎俎，胡爲見羈虞羅中。春蒐冬狩侯得同，使君五馬一馬驄。況今

攝行大將權，號令頗有前賢風。飄然時危一老翁，十年厭見旌旗紅。喜君士卒甚整肅，爲我回轡擒西戎。草中狐兔盡何益，天子不在咸陽宫。朝庭雖無幽王禍，得不哀痛塵再蒙。嗚呼！得不哀痛塵再蒙。

哀王孫

（毛［今按，據姚本、刻者不詳明本，當爲「王」］深父曰：時安禄山驚潼關，上夜半出延秋門，諸王公主皆不及從，多爲賊所屠，此詩記而哀之。）

長安城頭頭白烏，夜飛延秋門上呼。又向人家啄大屋，屋底達官走避胡。（劉云：起如童謡，省敘事處。）金鞭斷折九馬死，骨肉不待同馳驅。腰下寶玦青珊瑚，可憐王孫泣路隅。問之不肯道姓名，但道困苦乞爲奴。已經百日竄荆棘，身上無有完肌膚。高帝子孫盡隆準，龍種自與常人殊。豺狼在邑龍在野，王孫善保千金軀。不敢長語臨交衢，且爲王孫立斯須。昨夜春風吹血醒（今按，據姚本、四庫本、宋本《杜工部集》，當爲「腥」），東來橐馳（今按，據姚本、四庫本、宋本《杜工部集》，當爲「駞」）滿舊都。朔方健兒好身手，昔何勇鋭今何愚。竊聞太子已傳位，聖德北服南單于。花門剺面請雪耻，慎勿出口他人狙。哀哉王孫慎勿疏，五陵佳氣無時無。（劉云：忠臣之盡心，倉卒之隱語，備盡情態。）

觀公孫大娘弟子舞劍器行（并序）

大曆二年十月十九日，夔州別駕元特（今按，宋本《杜工部集》、《全唐詩》皆作「持」）宅見臨潁李十二娘舞劍器，壯其蔚跂。問其所師，曰：「余公孫大娘弟子也。」開元三載，余尚童稚，記於郾城觀公孫氏舞劍器渾脱，瀏漓頓挫，獨出冠時。自高頭宜春、梨園二妓坊内人，泊出（今按，姚本、牛斗本、屠隆本、刻者不詳明本作「泊出」，據宋本《杜工部集》，當爲「洎外」）供奉，曉是舞者，聖文神武皇帝初，公孫一人而已。玉貌繡衣，況余白首，今兹弟子亦匪盛顔。既辨其由來，知波瀾莫二，撫事慷慨，聊爲《劍器行》。昔者吴人張旭善草書書帖，數常於鄴縣見公孫大娘舞西河劍器，自此草書長進。豪蕩感激，即公孫可知矣。

昔有佳人公孫氏，一舞劍器動四方。觀者如山色沮喪，天地爲之久低昂。㸌如羿射九日落，矯如羣帝驂龍翔。來如雷霆收震怒，罷如江海凝清光。（劉云：名狀得意。）絳脣朱袖兩寂寞，況有弟子傳芬芳。臨潁美人在白帝，妙舞此曲神揚揚。與余問答既有以，感時撫事增惋傷。先帝侍女八千人，公孫劍器初第一。五十年間似反掌，風塵澒洞昏王室。梨園弟子散如煙，女樂餘姿映寒日。金粟堆南木已拱，瞿塘石城草蕭瑟。玳筵急管曲復終，樂極哀來月東出。老夫不知其所往，足繭荒山轉愁疾。（劉云：濃至慘黯，如野笛中斷，聞者自不堪也。）

蘇端薛復筵簡薛華醉歌

文章有神交有道，端復得之名譽早。（劉云：第能此起，不患辭窮。）愛客滿堂盡豪傑，開筵上日思芳草。安得健步移遠梅，亂插繁花向晴昊。千里猶殘舊冰雪，百壺且試開懷抱。垂老惡聞戰鼓悲，急觴爲緩憂心擣。少年努力縱談笑，看我形容已枯槁。座中薛華善醉歌，歌辭自作風格老。近來海内爲長句，汝與山東李白好。（劉云：此老歌行之妙，有不自知其所至者。）何劉沈謝力未工，才兼鮑照愁絶倒。諸生頗盡新知樂，萬事終傷不自保。（劉云：可哀。）氣酣日落西風來，願吹野水添金杯。如澠之酒常快意，亦知窮愁安在哉。忽憶雨時秋井塌，古人白骨生青苔，如何不飲令心哀。（劉云：豪俠。）

渼陂行

岑參兄弟皆好奇，携我遠來遊渼陂。天地黤慘忽異色，波濤萬頃堆琉璃。琉璃汗漫泛舟入，事殊興極憂思集。鼉作鯨吞不復知，惡風大浪何嗟及。主人錦帆相爲開，舟子喜甚無氛埃。鳧鷖散亂棹謳發，絲管啁啾空翠來。沉竿續蔓深莫測，菱葉荷花浄如拭。宛在中流渤澥清，下歸無極終南黑。半陂已南純浸山，影動㠂窕沖融間。船舷暝戛雲際寺，水面月出藍田關。（劉云：寫景入微，煙波遠近變態具足。）此時驪龍亦吐珠，馮夷擊鼓羣龍趨。湘妃漢

女出歌舞，金支翠旗光有無。咫尺但愁雷雨至，蒼茫不曉神靈意。（劉云：慘愴之容，窈［今按，姚本作「幻」］眇之思。○尋常賦樂事，則所經歷駭愕者，置不復道。吾常遊西湖，遇風雨，誦此語，如同舟同時。）少壯幾時奈老何，向來哀樂何其多。

奉先劉少府新畫山水障歌

堂上不合生楓樹，怪底江山起煙霧。聞君掃却赤縣圖，乘興遣畫滄洲趣。畫師亦無數，好手不可遇。對此融心神，知君重毫素。豈但祁岳與鄭虔，筆跡遠過楊契丹。得非玄圃裂，無乃瀟湘翻。悄然坐我天姥下，耳邊已似聞清猿。反思前夜風雨急，乃是蒲城鬼神入。元氣淋漓障猶濕，真宰上訴天應泣。野亭春還雜花遠，漁翁暝踏孤舟立。滄浪水深青溟闊，欹岸側島秋毫末。不見湘妃鼓瑟時，至今斑竹臨江活。劉侯天機精，愛畫入骨髓。自有兩兒郎，揮灑亦莫比。大兒聰明到，能添老樹巔崖裏。小兒心孔開，貌得山僧及童子。若耶溪，雲門寺，吾獨胡爲在泥滓，青鞋布襪從此始。（劉云：玄淡、活脱、自在。○范德機云：歌行之奇，清景絶者。又云：古今題畫之律度也。）

韋諷録事宅觀曹將軍畫馬圖引

國初以來畫鞍馬，神妙獨數江都王。（劉云：起得疏鹵，正合古意。）將軍得名三十載，人間又見真

乘黄。曾貌先帝照夜白，龍池十日飛霹靂。内府殷紅馬腦盤，婕妤傳詔才人索。盤賜將軍拜舞歸，輕紈細綺相追飛。貴戚權門得筆跡，始覺屏障生光輝。昔日太宗拳毛騧，近時郭家獅子花。今之新圖有二馬，復令識者久歎嗟。此皆騎戰一敵萬，縞素漠漠開風沙。其餘七匹亦殊絶，迥若寒空動煙雪。霜蹄蹴踏長楸間，馬官厮養森成列。可憐九馬争神駿，顧視清高氣深穩。借問苦心愛者誰，後有韋諷前支遁。憶昔巡幸新豐宫，翠華拂天來向東。騰驤磊落三萬匹，皆與此圖筋骨同。自從獻寶朝河宗，無復射蛟江水中。（劉云：四句沉着雅麗，政在事事記物，事在言外。）君不見金粟堆前松柏裏，龍媒去盡鳥呼風。（劉云：長篇意外，淪痛險絶。）

丹青引贈曹將軍霸

將軍魏武之子孫，於今爲庶爲清門。（劉云：起語激昂慷慨，少有及此。）英雄割據雖已矣，文采風流今尚存。（劉云：接得又暢。）學書初學衛夫人，但恨無過王右軍。丹青不知老將至，富貴於我如浮雲。（劉云：突兀四語，能事志意畢竟，往復浩蕩，只在裏許。又云：自是筆意至此，非思致所及。謝無勉［今按，當爲「逸」］云：此自然不做底語，到及［今按，據《苕溪漁隱叢話·前集》卷六及明玉几山人本《集千家注杜工部詩集》引《吕氏童蒙訓》中載謝無逸此語，當爲「極」］至處者也。）開元之中常引見，承恩數上南薰殿。凌

煙功臣少顔色，將軍下筆開生面。良相頭上進賢冠，猛將腰間大羽箭。褒公鄂公毛髮動，英姿颯爽來酣戰。先帝天馬玉花驄，畫工如山貌不同。是日牽來赤墀下，迥立閶闔生長風。（劉云：「迥立」，意從容。）詔謂將軍拂絹素，意匠慘淡經營中。斯須九重真龍出，一洗萬古凡馬空。（《洪容齋五筆》云：不妨獨步也。）玉花却在御榻上，榻上庭前屹相向。至尊含笑催賜金，圉人大（今按，據四庫本、宋本《杜工部集》，當爲「太」）僕皆惆悵。弟子韓幹早入室，亦能畫馬窮殊相。幹惟畫肉不畫骨，忍使驊騮氣凋喪。（劉云：名言。）將軍善畫蓋有神，必逢佳士亦寫真。（劉云：謂未遇佳士故。）即今漂泊干戈際，屢貌尋常行路人。途窮反遭俗眼白，世上未有如公貧。但看古來盛名下，終日坎壈纏其身。（劉云：首尾悲壯動盪，皆名言。）

兵車行（師古云：此詩爲唐玄宗用兵吐蕃而作，託武帝以風刺也。）

車轔轔，馬蕭蕭，行人弓箭各在腰。爺娘妻子走相送，塵埃不見咸陽橋。牽衣頓足攔道哭，哭聲直上干雲霄。道傍過者問行人，行人但云點行頻。或從十五北防河，便至四十西營田。去時里正與裹頭，歸來頭白還戍邊。邊庭流血成海水，武皇開邊意未已。君不見漢家山東二百州，千村萬落生荆杞。縱有健婦把鋤犂，禾生隴畝無東西。況復秦兵耐苦戰，被驅不異犬與雞。長者雖有問，役夫敢申恨。且如今年冬，未休關西卒。縣官急索

租，租稅從何出。信知生男惡，反是生女好。生女猶得嫁比鄰，生男埋没隨百草。君不見青海頭，古來白骨無人收。新鬼煩冤舊鬼哭，天陰雨濕聲啾啾。（《蔡寬夫詩話》云：齊梁以來，文喜爲樂府。沿襲既久，往往失其命題之意，雖李白亦不免此。唯少陵《兵車行》等篇，皆因事自出己意，立題略無蹈襲前人陳跡，真所謂豪傑也。）

洗兵馬行（公自注云：收京後作。）（今按，《杜詩詳注》作「洗兵行」，《全唐詩》作「洗兵馬」）

中興諸將收山東，捷書夜報清晝同。河廣傳聞一葦過，胡危命在破竹中。秖殘鄴城不日得，獨任朔方無限功。京師皆騎汗血馬，回紇餧肉蒲萄宮。已喜皇威清海岱，常思仙仗過崆峒。三年笛裏關山月，萬國兵前草木風。（劉云：悲壯少及。）成王功大心轉小，郭相謀深古來少。司徒清鑒懸明鏡，尚書氣與秋天杳。二三豪俊爲時出，整頓乾坤濟時了。東走無復憶鱸魚，南飛各有安巢鳥。青春復隨冠冕入，紫禁正耐煙花繞。（劉云：有氣象，有風韻。）鶴駕通宵鳳輦備，雞鳴問寢龍樓曉。攀龍附鳳勢莫當，天下盡化爲侯王。汝等豈知蒙帝力，時來不得誇身强。（劉云：事外句外，常有餘力。）關中既留蕭丞相，幕下復用張子房。張公一生江海客，身長九尺鬚眉蒼。徵起適遇風雲會，扶顛始知籌策良。青袍白馬更何有，後漢今周喜再昌。寸地尺天皆入貢，奇祥異瑞争來送。不知何國致白環，復道諸山得銀甕。隱

士休歌紫芝曲，詞人解撰清河頌。田家望望惜雨乾，布穀處處催春種。淇上健兒歸莫懶，城南思婦愁多夢。安得壯士挽天河，洗浄（今按，宋本《杜工部集》卷二等作「浄洗」）甲兵長不用。

（劉云：此篇對律甚嚴，而春容醖籍［今按，「春」，據姚本、牛斗本、屠隆本、刻者不詳明本，當爲「春」。「籍」，姚本、牛斗本、刻者不詳明本作「藉」，字通］。○《西清詩話》云：作詩者，陶冶物情，體會光景，必貴乎自得。格有高下，才有分限，不可强力致也。譬之秦武陽，氣蓋全燕，見秦王則戰栗失色；淮南王安，雖爲神仙，謁帝猶輕其舉止；此豈由素習哉。予以謂少陵、太白，當險阻艱難，流離困躓，意欲畢［今按，據姚本等及《苕溪漁隱叢話·前集》卷五六載《西清詩話》，當爲「卑」］而語未嘗不高。至於羅隱、貫休輩，得意於偏［今按，據屠隆本、《苕溪漁隱叢話》，當爲「偏」］霸，誇雕逞奇，語欲高而意未嘗不卑。乃知天稟自然，有不能易也。）

追酬故高蜀州人日見寄（并序）

開文書帙（今按，宋本《杜工部集》作「帙」）中，檢所遺忘，因得故高常侍適往居在成都時高任蜀州刺史人日相憶見寄詩，淚灑行間，讀終篇末。自枉詩已十餘年，莫記存没又六七年矣。老病懷舊，生意可知。今海内忘形故人，獨漢中王瑀與昭州敬使君超先在，愛而不見，情見乎辭。大曆五年正月二十一日，却追酬高公此作，因寄王友（今按，據屠隆本、宋本《杜工部集》，當爲「及」）敬弟。

自蒙蜀州人日作，不意清詩久零落。今晨散帙眼忽開，迸淚幽吟事如昨。嗚呼壯士多慷慨，合沓高名動寥廓。歎我悽悽求友篇，感時鬱鬱匡君略。錦里春光空爛熳，瑶墀侍臣已

冥寞。瀟湘水國旁黿鼉，鄠杜秋天失鵰鶚。東西南北更堪論，白首扁舟病獨存。遥拱北辰纏寇盗，欲傾東海洗乾坤。邊塞西蕃最充斥，衣冠南渡多崩奔。鼓瑟至今悲帝子，曳裾何處謁王門。文章曹植波瀾闊，服食劉安德業尊。長笛誰能亂愁思，昭州詞翰與招魂。

七言古詩卷之五　唐詩品彙二十九

名家（上）

高　適

行路難二首

長安少年不少錢，能騎駿馬鳴金鞭。五侯相逢大道邊，美人絃管爭留連。黄金如斗不敢惜，片言如山莫棄捐。安知憔悴讀書者，暮宿靈臺私自憐。

其二

君不見富家翁，舊時貧賤誰比數。一朝金多結豪貴，百事勝人健如虎。子孫成行滿眼前，妻能管絃妾能舞。自矜一身忽如此，却笑傍人獨愁苦。東陵少年安所如，席門窮巷出無車。有才不肯學干謁，何用年年空讀書。

邯鄲少年行

邯鄲城南遊俠子，自矜生長邯鄲裏。千場縱博家仍富，幾處報讐身不死。宅中歌笑日紛紛，門外車馬如雲屯。未知肝膽向誰是，令人却憶平原居（今按，據姚本、屠隆本、刻者不詳明本、《河岳英靈集》卷上、《全唐詩》卷二一三，當爲「君」）。（殷云：余所最深愛者。）君不見今日交態薄，黄金用盡還疏索。以兹感歎辭舊遊，更於時事無所求。且與少年飲美酒，往來射獵西山頭。

古大梁行

古城莽蒼饒荆棘，驅馬荒城愁殺人。魏王宫觀盡禾黍，信陵賓客隨灰塵。憶昨雄都舊朝市，軒車照耀歌鐘起。軍容帶甲三十萬，國步連營五千里。全盛須臾那可論，高臺曲池無復存。遺墟但見狐狸跡，古地空餘草木根。暮天摇落傷懷抱，撫劍悲歌對秋草。俠客猶傳朱亥名，行人尚識夷門道。白璧黄金萬户侯，寶刀駿馬填山丘。年代淒涼不可問，往來惟見水東流。

燕歌行

開元二十六年，客有從元戎出塞而還者，作《燕歌行》以示適。感征戍之事，因而和焉。

漢家煙塵在東北，漢將辭家破殘賊。男兒本自重横行，天子非常賜顔色。摐金伐鼓下榆關，旌旆逶迤碣石間。校尉羽書飛瀚海，單于獵火照狼山。山川蕭條極邊土，胡騎憑陵雜風雨。戰士軍前半死生，美人帳下猶歌舞。大漠窮秋塞草腓，孤城落日鬬兵稀。身當恩遇常輕敵，力盡關山未解圍。鐵衣遠戍辛勤久，玉筯應啼别離後。少婦城南欲斷腸，征人薊北空回首。邊庭飄飖那可度，絶域蒼茫無所有。殺氣三時作陣雲，寒聲一夜傳刁斗。相看白刃雪紛紛，死節從來豈顧勳。君不見沙場征戰苦，至今猶憶李將軍。（殷云：甚有奇句。）

漁父歌

曲岸深潭一山叟，駐眼看鉤不移手。世人欲得知姓名，良久問他不開口。笋皮笠子荷葉衣，心無所營守釣磯。料得孤舟無定止，日暮持竿何處歸。

九月九日酬顔少府

簷前白日應可惜，籬上黄花爲誰有。行子迎霜未授衣，主人得錢始沽酒。蘇秦憔悴人多厭，蔡澤棲遲世看醜。縱使登高只斷腸，不如獨坐空搔首。

送别

昨夜離心正鬱陶，三更白露西風高。螢飛木落何淅瀝，此時夢見西歸客。曙鐘寥亮三四聲，東鄰嘶馬使人驚。攬衣出户一相送，惟見歸雲縱復横。

别李景參

離心忽悵然，策馬對秋天。孟諸薄暮涼風起，歸客相逢度睢水。昨時攜手已十年，今日分途各千里。歲物蕭條滿路岐，此行浩蕩令人悲。家貧羨爾有微禄，欲往從之何所之。

送田少府貶蒼梧

沉吟對遷客，惆悵西南天。昔爲一官未得意，今向萬里令人憐。念兹斗酒成暌間，停舟歎君日將晏。遠樹應連北地春，行人却羨南歸鴈。丈夫窮達未可知，看君不合長數奇。江山到處堪乘興，楊柳青青那足悲。

崔司録宅宴大理李卿

多雨殊未已，秋雲更沉沉。洛陽故人初解印，山東小吏來相尋。上卿才大名不朽，早求（今按，屠隆本、《全唐詩》卷二一三作「朝」）至尊暮求友。豁達常推海内賢，殷勤但酌樽中酒。飲醉欲

言歸剡溪，門前駟馬光照衣。路傍觀者徒唧唧，我公不以爲是非。

贈别晉三處士

有人家住清河源，渡河問我遊梁園。手持道經注已畢，心知内篇口不言。盧門十年見秋草，此心惆悵誰能道。知已從來不易知，慕君爲人與君好。别時九月桑葉疏，出門千里無行車。愛君且欲君先達，今上求賢早上書。

賦得還山吟送沈四山人

還山吟，天高日暮寒山深，送君還山識君心。人生老大須恣意，看君解作一生事。山間偃仰無不至，石泉淙淙若風雨，桂花松子常滿地。賣藥囊中應有錢，還山服藥又長年。白雲勸盡杯中物，明月相隨何處眠。眠時憶問醒時事，夢魂可以相周旋。

送蔡山人

東山布衣明古今，自言獨未逢知音。識者閲見一生事，到處豁然千里心。看書學劍長辛苦，近日方思謁明主。斗酒相留醉復醒，悲歌數年淚如雨。丈夫遭遇不可知，買臣主父皆如斯。我今蹭蹬無所似，看爾崩騰何可（今按，姚本，刻者不詳明本、《全唐詩》卷二一三作「若」，牛斗本、屠隆本作「苦」）爲。

人日寄杜二拾遺

人日題詩寄草堂，遥憐故人思故鄉。柳條弄色不忍見，梅花滿枝空斷腸。身在南蕃無所預，心懷百憂復千慮。今年人日空相憶，明年人日知何處。一卧東山三十春，豈知書劍老風塵。龍鍾還忝二千石，愧爾東西南北人。

寄宿田家

田家老翁住東陂，説道平生隱在兹。髪白未曾記日月，山青每到識春時。門前種柳深成巷，墅（今按，據王安石《唐百家詩選》卷二、四庫全書本《高常侍集》卷八、《全唐詩》卷二一三，當爲「野」）谷流泉添入池。牛壯日耕十畝地，人閑常掃一茆茨。客來滿酌清樽酒，感興平吟才子詩。巖際窟中藏鼹鼠，潭邊竹裏隱鸕鷀。村墟日落行人少，醉後無心怯路岐。今夜只應還寄宿，明朝拂曙與君辭。

封丘縣

我本漁樵孟諸野，一生自是悠悠者。乍可狂歌草澤中，寧堪作吏風塵下。秖言小邑無所爲，公門百事皆有期。拜迎官長心欲碎，鞭撻黎庶令人悲。悲來向家問妻子，舉家盡嘯（今按，據姚本、屠隆本、刻者不詳明本、張恂本及《全唐詩》，當爲「笑」）今如此。生事應須南畝田，世情付與東

流水。夢想舊山安在哉，爲銜君命日遲迴。乃知梅福徒爲爾，轉憶陶潛歸去來。

别韋參軍

二十解書劍，西遊長安城。舉頭望君門，屈指取公卿。國風沖融邁三五，朝廷禮樂彌寰宇。白璧皆言賜近臣，布衣不得干明主。歸來洛陽無負郭，東過梁宋非吾土。兔苑爲農歲不登，鴈池垂釣心長苦。世人向我同衆人，唯君於我最相親。且喜百年見交態，未嘗一日辭家貧。彈棋擊筑白日晚，縱酒高歌楊柳春。歡娱未盡分散去，使我惆悵驚心神。丈夫不作兒女别，臨岐涕淚沾衣巾。

送渾將軍出塞

將軍族貴兵且强，漢家已是渾邪王。子孫相承在朝野，至今部曲燕支下。控弦盡用陰山兒，登陣長騎大宛馬。銀鞍玉勒繡蝥弧，每逐嫖姚破骨都。李廣從來先將士，衛青未肯學孫吴。傳有沙場千萬騎，昨日邊庭羽書至。城頭畫角三四聲，匣裏寶刀晝夜鳴。意氣能甘萬里去，辛勤動作一年行。黄雲白草無前後，朝建旌旗夕刀（今按，據姚本、張恂本及《全唐詩》，當爲「刁」）斗。塞下應多俠少年，關西不見春楊柳。從軍借問所從誰，擊劍酣歌當此時。遠别無輕繞朝策，平戎早寄仲宣詩。

岑　參

蜀葵花歌

昨日一花開。今日一花開。今日花正好，昨日花已老。人生不得恒少年，莫惜牀頭沽酒錢。請君有錢向酒家，君不見蜀葵花。

登古鄴城

下馬登鄴城，城空復何見。東風吹野火，暮入飛雲殿。城隅南對望陵臺，漳水東流不復回。武帝宫中人去盡，年年春色爲誰來。

贈酒泉韓太守

太守有能政，遥聞如古人。俸錢盡供客，家計常清貧。酒泉西望玉關道，千年萬磧皆白草。辭君走馬歸長安，憶君倏忽令人老。

韋員外家花樹歌

今年花似去年好，去年人到今年老。始知人老不如花，可惜落花君莫掃。君家兄弟不可

當，列卿御史尚書郎。朝回花底恒會客，花撲玉缸春酒香。

題匡城周少府廳壁

婦姑城南風雨秋，婦姑城中人獨愁。愁雲遮却望鄉處，數日不上西南樓。故人薄暮公事閑，玉壺美酒琥珀盤。潁易（今按，據四庫本及《全唐詩》卷一九九，當爲「陽」）秋草今黄盡，醉卧君家猶未還。

偃師東與韓尊同訪景雲暉上人即事（今按，《全唐詩》「尊」作「樽」，「訪」作「詣」）

山陰老僧解楞伽，潁易（今按，據四庫本及《全唐詩》卷一九九，當爲「陽」）歸客遠相過。煙深草濕昨夜雨，雨後秋風度漕河。空山終日塵事少，平郊遠見行人小。尚書磧上黄昏鐘，別駕渡頭一歸鳥。

邯鄲客舍歌

客從長安來，驅馬邯鄲道。傷心叢臺下，一旦生蔓草。客舍門臨漳水邊，垂楊下繫釣魚船。邯鄲女兒夜沽酒，對客挑燈誇數錢。酩酊醉時日正午，一曲狂歌壚上眠。

漁父

扁舟滄浪叟，心與滄浪清。不自道鄉里，無人知姓名。朝從灘上飯，暮向蘆中宿。歌竟還復歌，手持一竿竹。竿頭釣絲長丈餘，鼓拽（今按，據屠隆本、四庫本及《全唐詩》卷一九九，當爲「栧」）乘流無定居。世人那得識深意，此翁取適非取魚。

送宇文南金放後歸太原寓居因呈大原郝主簿

歸去不得意，北京關路賒。却投晉山老，愁見汾陰花。翻作灞陵客，憐君丞相家。夜眠旅舍雨，曉醉春城鴉。送君繫馬青門口，胡姬壚頭勸君酒。爲問太原賢主人，春來更有新詩否。

喜韓尊相過（今按，「尊」，《唐百家詩選》卷三、《全唐詩》卷一九九作「樽」）

三月灞陵春已老，故人相逢耐醉倒。甕頭春酒黄花脂，禄米只充酤酒資。長安城中足年少，獨共韓侯開口嘯（今按，據姚本、屠隆本、刻者不詳明本、四庫本及《全唐詩》，當爲「笑」）。桃花點地紅斑斑，有酒留君且莫還。與君兄弟日攜手，世上虚名好是閑。

梁州館中與諸判官夜集（今按，題中及二、三句中「梁州」，據《唐百家詩選》卷三、《全唐詩》卷一九九、陳鐵民、侯忠義《岑參集校注》卷二，當爲「涼州」）

彎彎月出掛城頭，城頭月出照梁州。梁州七里十萬家，胡人半解彈琵琶。琵琶一曲腸堪斷，風蕭蕭兮夜漫漫。河西幕中多故人，故人别來三五春。花門樓前見秋草，豈能貧賤相看老。一生大嘯（今按，據姚本、屠隆本、刻者不詳明本、四庫本及《全唐詩》，當爲「笑」）能幾回，斗酒相逢須醉倒。

臨河客舍呈狄明府兄留題縣南樓

鳳（今按，陳鐵民、侯忠義《岑參集校注》卷一從《全唐詩》作「黎」，以爲「鳳」當誤）陽城南雪正飛，黎陽渡頭人未歸。河邊酒家堪寄宿，主人小女能縫衣。故人高卧黎陽縣，一别三年不相見。邑中雨雪偏着時，隔河東郡人遥羡。鄴都唯見古時丘，漳水還如舊日流。城上望鄉應不見，朝來好是懶登樓。

燉煌太守後亭歌（今按，《全唐詩》卷一九九「亭」作「庭」）

燉煌太守才且賢，郡中無事高枕眠。太守到來山出泉，黄沙磧裏人種田。燉煌耆舊鬢皤（今按，《全唐詩》作「皓」）然，願留太守更五年。城頭月出星滿天，曲房置酒張錦筵。美人紅粧

色正鮮，側垂高髻插金鈿。醉坐藏鈎紅燭前，不知鈎在若箇邊。爲君手把珊瑚鞭，射得半段黄金錢，此中樂事亦已偏。

秦箏歌送外甥蕭正歸京

汝不聞秦箏聲最苦，五色纏絃十三柱。怨調慢聲如欲語，一曲未終日移午。紅亭水木不知暑，忽彈黄鐘和白紵。清風颯來雲不去，聞之酒醒淚如雨。汝歸秦兮彈秦聲，秦聲悲兮聊送汝。

胡笳歌送顔真卿使赴河隴

君不聞胡笳聲最悲，紫髯緑眼胡人吹。吹之一曲猶未了，愁殺樓蘭征戍兒。涼秋八月蕭關道，北風吹斷天山草。崑崙山南月欲斜，胡人向月吹胡笳。胡笳怨兮將送君，秦山遥望隴山雲。邊城夜夜多愁夢，向月胡笳誰喜聞。

西亭子送李司馬

高高亭子郡城西，直上千尺與雲齊。盤崖緣壁試攀躋，羣山向下飛鳥低。使君五馬天半嘶，絲繩玉壺爲君提。坐來一望無端倪，紅花緑柳鶯亂啼，千家萬井連回溪。酒行未醉聞暮雞，點筆操紙爲君題。爲君題，惜解攜，草萋萋，没馬蹄。

函谷關歌送劉評事使關西

君不見函谷關，崩城毀壁至今在。樹根草蔓遮古道，空谷千年長不改。寂寞無人空舊山，聖朝無事不須關。白馬公孫何處去，青牛老人更不還。蒼苔白骨空滿地，月與古時長相似。野花不省見行人，山鳥何曾識關吏。故人方乘使者車，吾知郭丹却不如。請君時憶關外客，行到關西多致書。

天山雪歌送蕭治歸京

天山雪雲常不開，千峰萬嶺雪崔嵬。北風夜卷赤亭口，一夜天山雪更厚。能兼漢月照銀山，復逐胡風過鐵關。交河城邊鳥飛絶，輪臺路上馬蹄滑。晻靄寒氛萬里凝，闌干陰崖千丈冰。將軍狐裘卧不暖，都護寶刀凍欲斷。正是天山雪下時，送君走馬歸京師。雪中何以贈君别，唯有青青松樹枝。

走馬川行奉送封大夫出師西征

君不見，走馬川行雪海邊，平沙莽莽黄入天。輪臺九月風夜吼，一川碎石大如斗，隨風滿地石亂走。匈奴草黄馬正肥，金山西見煙塵飛，漢家大將西出師。將軍金甲夜不脱，半夜軍行戈相撥，風頭如刀面如割。馬毛帶雪汗氣蒸，五花連錢旋作冰，幕中草檄硯水凝。虜

騎聞之應膽懾，料知短兵不敢接，軍（今按，《全唐詩》作「車」）師西門佇獻捷。

輪臺歌奉送封大夫出師西征

輪臺城頭夜吹角，輪臺城北旄頭落。羽書昨夜過渠黎，單于已在金山西。戍樓西望煙塵黑，漢兵屯在輪臺北。上將擁旄西出征，平明吹笛大軍行。四邊伐鼓雪海湧，三軍大呼陰山動。虜塞兵氣連雲屯，戰場白骨纏草根。劍河風急雲片闊，沙口石凍馬蹄脱。亞相勤王甘苦辛，誓將報主静邊塵。古來青史誰不見，今見功名勝古人。

白雲歌送武判官歸（今按，「雲」，刻者不詳明本、《唐詩紀事》卷二三、《唐百家詩選》卷四、《全唐詩》卷一九九皆作「雪」，「歸」下，《全唐詩》、《唐百家詩選》有「京」字）

北風卷地白草折，胡天八月即飛雪。忽如一夜春風來，千樹萬樹梨花開。散入珠簾濕羅幕，狐裘不暖錦衾薄。將軍角弓不得控，都護鐵衣難冷着（今按，據姚本、屠隆本、刻者不詳明本、《唐詩紀事》、《唐百家詩選》、《全唐詩》，當爲「冷難着」）。瀚海闌干百丈冰，愁雲慘淡萬里凝。中軍置酒飲歸客，胡琴琵琶與羌笛。紛紛暮雪下轅門，風掣紅旗凍不翻。輪臺東門送君去，去時雪滿天山路。山迴路轉不見君，雪上空留馬行處。

青門歌送東臺張判官

青門金鎖平旦開，城頭日出使車回。青門柳枝正堪折，路傍一日幾人別。東出青門路不窮，驛樓宮樹灞陵東。花撲征衣看似繡，雲隨去馬色凝（今按，據張恂本、四庫本、《唐百家詩選》卷四、《全唐詩》卷一九九，當爲「疑」）驄。胡姬酒壚日未午，絲繩玉缸酒如乳。灞頭落花没馬蹄，昨夜微雨花成泥。黄鸝翅濕飛屢低，關東尺書醉懶題。須臾望君不可見，揚鞭飛鞚疾如箭。借問使乎何時來，莫作東飛伯勞西飛燕。

梁園歌送河南王説判官

君不見梁孝王脩竹園，頽墻隱轔勢仍存。嬌娥慢（今按，據四庫本、《全唐詩》卷一九九，當爲「曼」）臉成草蔓，羅帷朱（今按，據姚本、牛斗本、屠隆本、刻者不詳明本、四庫本、《全唐詩》，當爲「珠」）簾空竹根。大梁一旦人代改，秋月春風不相待。池中幾度鴈新來，洲上千年鶴應在。（梁園中有鶴池、鴈洲。）梁園二月梨花飛，却似梁王雪下時。當時置酒延枚叟，肯料平臺狐兔走。萬事翻覆如浮雲，昔人空在今人口。單父古來稱宓生，秖今爲政有吾兄。（家兄時宰單父。）輶軒若過梁園道，應傍琴臺聞政聲。

太白胡僧歌（并序）

太白中峰絶頂有胡僧，不知幾百歲，眉長數寸，身不製繒帛，衣以草葉，恒持《楞伽經》。雲壁迥絶，人迹罕到。嘗東峰有鬬虎，弱者將死，僧杖而解之；西湫有毒龍，久而爲患，僧器而貯之。商山趙叟，前年採茯苓深入太白，偶值此僧，訪我而説。余嘗（今按，《全唐詩》作「恒」）有獨往之意，聞而悦之，乃爲歌曰：

聞有胡僧在太白，蘭若去天三百尺。一持楞伽入中峰，世人難見但聞鐘。牕邊錫杖解兩虎，床下鉢盂藏一龍。草衣不針復不線，兩耳垂肩眉覆面。此僧年幾那得知，手種青松今十圍。心將流水同清浄，身與浮雲無是非。商山老人已曾識，願一見之何由得。山中有僧人不識，城裏看山空黛色。

范公叢竹歌（并序）

職方郎中兼侍御史范公廼於陝西使院内種竹，新製叢竹歌（今按，《全唐詩》作「詩」）以見示。美范公之清致雅操，遂爲歌以和之。

世人見竹不解愛，知君種竹庭府内。此君託根幸得地，種來幾時聞已大。盛夏翛翛叢色寒，閑宵摵摵葉聲乾。能清案牘簾下見，宜對琴書牕外看。爲君成陰將蔽日，迸笋穿階踏

還出。守節偏凌御史霜，虚心願比郎官筆。君莫愛南山松樹枝，竹色四時也不移。寒天草木黄落盡，猶自青青君始知。

裴將軍宅蘆管歌

遼東九月蘆葉斷，遼東小兒採蘆管。可憐管新清且悲，一曲風飄海頭滿。海樹蕭索天雨霜，管聲寥亮月蒼蒼。白狼河北堪愁恨，玄兔城南皆斷腸。遼東將軍長安宅，美人蘆管會佳客。弄調蕭颼勝洞簫，發聲窈窕欺横笛。夜半高堂客未回，秖將蘆管送君杯。巧能陌上驚楊柳，復向園中誤落梅。諸客愛之聽未足，高卷珠簾列紅燭。將軍醉舞不肯休，更使美人吹一曲。

衛節度赤驃馬歌

君家赤驃畫不得，一團旋風桃花色。紅纓紫韁（今按，《唐百家詩選》卷四、《全唐詩》卷一九九作「鞚」）珊瑚鞭，玉鞍錦韉黄金勒。請君鞴出看君騎，尾長窣地如紅絲。自矜諸馬皆不及，却憶百金初買時。香街紫陌鳳城内，滿城見者誰不愛。揚鞭驟急白汗流，弄影行驕碧蹄碎。紫髯胡雛金剪刀，平明剪出三騣高。撅（今按，據姚本、四庫本、《唐百家詩選》、《全唐詩》，當爲「櫪」）上看時獨意氣，衆中牽出偏雄豪。騎將獵向南山口，城南狐兔不復有。草頭一點疾如飛，却使

蒼鷹翻向後。憶昨看君朝未央，鳴珂擁蓋滿路香。始知邊將真富貴，可憐人馬相輝光。男兒稱意得如此，駿馬長鳴北風起。待君東去掃胡塵，爲君一日行千里。

送魏升鄉擢第歸東都因懷魏校書陸渾喬潭（今按，據姚本、屠隆本、刻者不詳明本、張恂本、四庫本、《全唐詩》卷一九九，「鄉」當爲「卿」）

井上梧桐雨，灞亭卷秋風。故人適戰勝，匹馬歸山東。問君今年三十幾，能使香名滿人耳。君不見三峰直上五千仞，見君文章亦如此。如君兄弟天下稀，雄詞健筆皆若飛。將軍金印嚲紫綬，御史鐵冠重繡衣。高（今按，據刻者不詳明本、《全唐詩》，當爲「喬」）生作尉別來久，因君爲問平安否。魏侯校理復何如，前日人來不得書。陸渾山水佳可賞，蓬閣閑時日應往。自料青雲未有期，誰知白髮偏能長。壚頭青絲白玉瓶，別時相顧酒如傾。摇鞭舉袂忽不見，千樹萬樹空蟬鳴。

送費子歸武昌

漢陽歸客悲秋草，旅舍葉飛愁不掃。秋來倍憶武昌魚，夢着秖在巴陵道。曾隨上將過祁連，離家十年常在邊。劍鋒可惜虚用盡，馬蹄無事今已穿。知君開館恒愛客，樗蒱百金每一擲。平生有錢將與人，江上故園空四壁。吾觀費子毛骨奇，廣眉大口仍赤髭。看君

失路尚如此，人生貴賤那得知。高秋八月歸南楚，東門一壺聊出祖。路指鳳凰山北雲，衣霑鸚鵡洲邊雨。勿歎蹉跎白髮新，應須守道勿羞貧。男兒何心戀妻子，莫向江村老却人。

與獨孤漸道別長句兼呈嚴八侍御

輪臺客舍春草滿，潁陽歸客腸堪斷。窮荒絶漠鳥不飛，萬磧千山夢猶懶。憐君白馬一書生，讀書千卷未成名。五貴建門（今按，姚本、刻者不詳明本、《全唐詩》作「五侯貴門」，屠隆本作「五侯權門」，牛斗本作「五侯建門」，張恂本作「五貴侯門」）脚不到，數畝山田身自耕。興來浪跡無遠近，及至辭家憶鄉信。無事垂鞭信馬頭，西南幾欲窮天盡。奉使三年獨未歸，邊頭詞客舊來稀。借問君來得幾日，到家不覺換春衣。高齋清晝卷羅幕，紗帽接䍦慵不着。中酒朝眠日色高，彈棋夜半燈花落。冰片高堆金錯盤，滿堂凜凜五月寒。桂林蒲桃新吐蔓，武城刺蜜未可餐。軍中置酒夜撾鼓，錦筵紅燭月未午。花門將軍善胡歌，葉河蕃王能漢語。知爾園林壓渭濱，夫人堂上泣羅裙。魚龍川北磐溪雨，鳥鼠山西洮水雲。臺中嚴公於我厚，別後新詩滿人口。自憐棄置天西頭，因君爲問相思否。

七言古詩卷之六　唐詩品彙三十

名家（下）

李　頎

古意

男兒事長征，少小幽燕客。賭勝馬蹄下，由來輕七尺。殺人莫敢前，鬚如蝟毛磔。黄雲隴底白雪飛，未得報恩不能歸。遼東小婦年十五，慣彈琵琶解歌舞。今爲羌笛出塞聲，使我三軍淚如雨。

鮫人歌

鮫人潛織水底居，側身上下隨遊魚。輕綃文綵不可織，夜夜澄波連月色。有時寄宿來城市，海島青冥無極已。泣珠報恩君莫辭，今年相見明年期。始知萬族無不有，百尺深泉架

戶牖。鳥没空山誰復望，一望雲濤堪白首。

古從軍行

白首登山望烽火，黄昏飲馬傍交河。行人刁斗風沙暗，公主琵琶幽怨多。野雲萬里無城郭，雨雪紛紛連大漠。胡鴈哀鳴夜夜飛，胡兒眼淚雙雙落。聞道玉門猶被遮，應將性命逐輕車。年年戰骨埋荒外，空見蒲桃入漢家。

古行路難

漢家名臣楊德祖，四代五公享茅土。父子兄弟綰銀黄，躍馬鳴珂朝建章。火浣單衣繡方領，茱萸錦帶玉盤囊。賓客填街復滿座，片言出口生輝光。世人逐勢争奔走，瀝膽隳肝惟恐後。當時一願登青雲，自謂生死長隨君。一朝謝病還鄉里，窮巷蒼苔絶知己。秋風落葉閉重門，昨日論交竟誰是。薄俗嗟嗟難重陳，深山麋鹿可爲鄰。魯連所以蹈東海，古往今來稱達人。

緩歌行

小來託身攀貴游，傾財破産無所憂。莫擬經過石渠署，朝將出入銅龍樓。結交杜陵輕薄子，謂言可生復可死。一沉一浮會有時，棄我翻然如脱屣。男兒立身須自强，十年閉戶潁

水陽。業就功成見明主，擊鐘鼎食坐華堂。二八蛾眉梳墮馬，美酒清歌曲房下。文昌宫中賜錦衣，長安陌上退朝歸。五陵賓從莫敢視，三省官僚揖者稀。早知今日讀書是，悔作從來狂俠非。

王母歌

武皇齋戒承華殿，端拱須臾王母見。霓旌照耀麒麟車，羽蓋淋漓孔雀扇。手指玄梨遺帝食，可以長生臨寓縣。頭上復戴九星冠，總領玉童坐南面。欲聞要言今告汝，帝乃焚香請此語。若能鍊魄去三尸，後當見我天皇所。顧謂侍女董雙成，酒闌可奏雲和笙。紅霞白日儼不動，七龍五鳳紛相迎。惜哉志驕神不悦，歎息馬蹄與車轍。複道歌鐘杳將暮，深宫桃李飛成雪。爲看青玉五枝燈，蟠螭吐火光已絶。

送劉昱

八月寒葦花，秋江浪頭白。北風吹五兩，誰是潯陽客。鸕鷀山頭宿雨晴，楊（今按，四庫本、《全唐詩》卷一三三作「揚」，字通）州郭裏暮潮生。行人夜宿金陵渚，試聽沙邊有鴈聲。

送從弟遊江淮兼謁鄱陽劉太守

都門柳色朝朝新，念爾今爲江上人。穆陵關帶清風遠，彭蠡湖邊（今按，據居隆本、《全唐詩》卷一

三三，當爲「連」）芳草春。泊舟借問西林寺，曉聽猿聲在山翠。潯陽北望鴻鴈回，湓水東流客心醉。須知聖代舉賢良，不使遺才滯一方。應見鄱陽虎符守，思歸共指白雲鄉。

夏宴張兵曹東堂

重林華屋堪避暑，況乃烹鮮會佳客。主人三十朝大夫，滿座森然見矛戟。北牕卧簟蓮（今按，《全唐詩》卷一三三作「連」）心花，竹裏蟬鳴西日斜。羽扇摇風卻珠汗，玉盆貯水割甘瓜。雲峰峨峨自冰雪，坐對芳尊不知熱。醉來但掛葛巾眠，莫道明朝有離别。

崔五六圖屏風各賦一物得烏孫佩刀

烏孫腰間佩兩刀，刃可吹毛錦爲帶。握中枕宿穹廬室，馬上割飛翳蝓塞。執之魍魎誰能前，氣凜清風沙漠邊。磨用陰山一片玉，洗將胡地獨流泉。主人屏風寫奇狀，鐵鞘金環儼相向。回頭瞪目時一看，使予心在江湖上。

愛敬寺古藤歌

古藤池水盤樹根，左攫右挐龍虎蹲。横空直上相陵突，豐茸離纚若無骨。風雷霹靂連黑枝，人言其下藏妖魑。空庭落葉乍開合，十月苦寒常倒垂。憶昨花飛滿空殿，密葉吹香飯僧遍。南階雙桐一百尺，相與年年老霜霰。

欲之新鄉答崔顥綦毋潛

數年作吏家屢空，誰道黑頭成老翁。男兒在世無産業，行子出門如轉蓬。吾屬交歡此何夕，南家擣衣動歸客。銅鑪將炙相歡飲，星宿縱横露華白。寒風卷葉度滹沱，飛雪布地悲峨峨。孤城日落見棲鳥。馬上時聞漁者歌。明朝東路把君手，臘日辭君期歲首。自知寂寞無去思，敢望縣人致牛酒。

送康洽入京進樂府歌

識子十年何不遇，只愛歡遊兩京路。朝吟左氏嬌女篇，夜誦相如美人賦。長安春物舊相宜，小苑蒲萄花滿枝。柳色偏濃九華殿，鶯聲醉殺五陵兒。曳裾此夜從何所，中貴由來盡相許。白袂（今按，屠隆本、《河岳英靈集》卷上、《全唐詩》卷一三三作「裌」）春衫仙吏贈，烏皮隱几臺郎與。新詩樂府唱堪愁，御妓應傳鳷鵲樓。西上雖因長公主，終須一見曲陵侯。

送劉十（今按，《全唐詩》卷一三三題下注云：一作「劉十一」）

三十不官亦不娶，時人焉識道高下。房中惟有老氏經，櫪上空餘少游馬。往來嵩華與函秦，放歌一曲前山春。西林獨鶴引閑步，南澗飛泉清角巾。前年上書不得意，歸卧東山（今按，《全唐詩》作「窗」）兀然醉。諸兄相繼掌青史，第五之名齊驃騎。烹葵摘果告我行，落日夏

雲縱復横。聞道謝安掩口笑，知君不免爲蒼生。

送陳章甫

四月南風大麥黄，棗花未落桐葉長。青山朝别暮還見，嘶馬出門思舊鄉。陳侯立身何坦蕩，虬鬚虎眉仍大顙。腹中貯書一萬卷，不肯低頭在草莽。東門酤酒飲我曹，心輕萬事如鴻毛。醉卧不知白日暮，有時空望孤雲高。長河浪頭連天黑，津吏停舟渡不得。鄭國遊人未及家，洛陽行子空歎息。聞道故林相識多，罷官昨日今何如。

放歌行答從弟異卿（今按，據《才調集》卷八、《唐百家詩選》卷五、《全唐詩》卷一三三，「異」當爲「墨」）

小來好文耻學武，世上功名不解取。雖沾寸禄已後時，徒欲出身事明主。柏梁賦詩不及宴，長楸走馬誰相數。斂跡俛眉心自甘，高歌擊節聲半苦。由是蹉跎一老夫，養雞牧豕東城隅。空歌漢代蕭相國，肯事霍家馮子都。徒爾當年聲藉藉，濫作詞林兩京客。故人斗酒安陵橋，黄鳥春風洛陽陌。吾家令弟才不羈，五言破的人共推。興來逸起（今按，據《文苑英華》卷三〇三，《全唐詩》卷一三三，當爲「氣」）如濤湧，千里長江歸海時。别離短景何蕭索，佳句相思能間作。舉頭遥望魯陽山，木葉紛紛向人落。

别劉鍠（今按，據詩首句及張恂本、四庫本、《全唐詩》卷一三三，「劉」當爲「梁」）

梁生倜儻心不羈，途窮氣蓋長安兒。回頭轉眄侶（今按，據姚本、牛斗本、屠隆本、刻者不詳明本、《全唐詩》，當爲「似」）鵰鶚，有志飛鳴人豈知。雖云四十無禄位，曾與大軍掌書記。抗辭請刃誅部曲，作色論兵犯二帥（今按，刻者不詳明本作「師」）。一言不合龍額侯，擊劍拂衣從此棄。朝朝飲酒黄公壚，脱帽露頂争叫呼。庭中犢鼻昔常掛，懷裏琅玕今在無。時人見子多落魄，共笑狂歌非遠圖。忽然遺躍紫騮馬，還是昂藏一丈夫。洛陽城頭曉霜白，層冰峨峨滿川澤。但聞行路吟新詩，不歎舉家無儋石。莫言貧賤長可欺，覆簣成山當有時。莫言富貴長可託，木槿朝看暮還落。不見古時塞上翁，倚伏由來任天作。去去滄波勿復陳，五湖三江愁殺人。

聽董大彈胡笳兼寄語弄房給事（按，《唐史》：董庭蘭善鼓琴，爲房琯門客。天寶五載，琯攝給事中，此詩疑贈庭蘭而兼寄次律之作也。）（今按，《河岳英靈集》卷上、《全唐詩》卷一三三「胡笳」後有「聲」字）

蔡女昔造胡笳聲，一彈一十有八拍。胡人落淚沾邊草，漢使斷腸對歸客。古戍蒼蒼烽火寒，大荒陰沉飛雪白。先拂商絃後角羽，四郊秋葉驚摵摵。董夫子，通神明，深松竊聽來

妖精。言遲更速皆應手，將往復旋如有情。空山百鳥散還合，萬里浮雲陰且晴。嘶酸雛鴈失羣夜，斷絶胡兒戀母聲。川爲浄其波，鳥亦罷其鳴。烏珠（今按，據屠隆本、《全唐詩》，當爲「孫」）部落家鄉遠，邏娑沙塵哀怨生。幽音變調忽飄灑，長風吹林雨墮瓦。迸泉颯颯飛木末，野鹿呦呦走堂下。（殷云：足可歔歔，震蕩心神。）長安城連東液（今按，據姚本等及《河岳英靈集》、《全唐詩》，當爲「掖」）垣，鳳凰池對青瑣門。高才脱略名與利，日夕望君抱琴至。

王維

魚山神女祠歌（《離騷》作《魚山迎送神曲二首》。［今按，《離騷》當爲《楚辭》，朱熹《楚辭集注·楚辭後語》卷四録有此詩］）

坎坎擊鼓，魚山之下。吹洞簫，望極浦。女巫進，紛屢舞。陳瑶席，湛清酤。風凄凄兮夜雨，神之來兮不來，使我心兮苦復苦。（右迎神曲）

紛進拜兮堂前，目眷眷兮瓊筵。來不語兮意不傳，作暮雨兮愁空山。悲急管兮繁紘，靈之駕兮儼欲旋。倏雲收兮雨歇，山青青兮水潺湲。（右送神曲）

送友人歸山歌二首（《離騷》作《山中人》。［今按，《離騷》當爲《楚辭》，朱熹《楚辭集注·楚辭後語》卷四録有此詩］）

山寂寂兮無人，又蒼蒼兮多木。羣龍兮滿朝，君何爲兮空谷。文寡和兮思深，道難知兮行獨。悦石上兮流泉，與松間兮草屋。入雲中兮養雞，上山頭兮抱犢。神與棗兮如瓜，虎賣杏兮收穀。愧不才兮妨賢，嫌既老兮貪禄。誓解印兮相從，何詹尹兮可卜。（劉云：不用楚調，自適目前，詞少而意多，尚覺《盤谷歌》意爲凡。）

其二

山中人兮欲歸，雲冥冥兮雨霏霏。水驚波兮翠菅靡，白鷺忽兮翻飛，君不可兮褰衣。山萬重兮一雲，混天地兮不分。樹晻曖兮氛氲，猿不見兮空聞。忽山西兮夕陽，見東皋兮遠村。平蕪緑兮千里，眇惆悵兮思君。（宋玉之下，淵明之上，甚似晉人。不知者以爲氣短，知者以爲《琴操》之餘音也。）

登樓歌

聊上君兮高樓，飛甍鱗次兮在下。俯十二兮通衢，緑槐參差兮車馬。却瞻兮龍首，前眺兮宜春。王畿鬱兮千里，山河壯兮咸秦。舍人下兮青宫，據胡牀兮書空。執戟疲兮於下位，

老夫好隱兮牆東。亦幸有張伯英草聖兮龍騰虬躍，擺長雲兮捩回風。琥珀酒兮雕胡飯，君不御兮日將晚。秋風兮吹衣，夕鳥兮争返。孤砧發兮東城，林薄暮兮蟬聲遠。時不可兮再得，君何爲兮偃蹇。

隴頭吟

長城少年遊俠客，夜上戍樓看太白。隴頭明月尚臨關，隴上行人夜吹笛。關西老將不勝愁，駐馬聽之雙淚流。曾經大小百餘戰，麾下偏裨萬户侯。蘇武纔爲典屬國，節旄空落海西頭。（劉云：次第轉折，恨惋何限，又非長篇所及。）

夷門歌

七國雄雌猶未分，攻城殺將何紛紛。秦兵益圍邯鄲急，魏王不救平原君。公子爲嬴停駟馬，執轡逾恭意逾下。亥爲屠肆鼓刀人，嬴乃夷門抱關者。非但慷慨獻奇謀，意氣兼將身命酬。向風刎頭送公子，七十老翁何所求。

洛陽女兒行（時年十八。）

洛陽女兒對門居，纔可顔容十五餘。良人玉勒乘驄馬，侍女金盤膾鯉魚。畫角朱樓盡相望，紅桃緑柳垂簷向。羅帷送上七香車，寶扇迎歸九華帳。狂夫富貴在青春，意氣驕奢劇

季倫。自憐碧玉親教舞，不惜珊瑚持與人。春牕曙滅九微火，九微片片飛花璅。戲罷曾無理曲時，粧成秪是薰香坐。城中相識盡繁華，日夜經過趙李家。將（今按，據姚本、刻者不詳明本、《全唐詩》卷一二五，當爲「誰」）憐越女顏如玉，貧賤江頭自浣紗。

燕支行

漢家大將才且雄，來時謁帝明光宮。萬乘親推雙闕下，千官出餞五陵東。誓辭甲第金門裏，身作長城玉塞中。衛霍纔堪一騎將，朝廷不數貳師功。趙魏燕韓多勁卒，關西俠少何咆呦（今按，《唐文粹》十二、《樂府詩集》卷九〇、《全唐詩》卷一二五皆作「勃」；《王右丞集箋注》卷六注云：「勃」，劉本、顧可久本、《唐詩品彙》俱作呦，非）。報讎只是聞嘗膽，飲酒不曾妨刮骨。畫戟雕戈白日寒。連旗大旆黄塵没。疊鼓遥翻瀚海波，鳴笳亂動天山月。麒麟錦帶佩吴鈎，颯踏青驪躍紫騮。拔劍已斷天驕臂，歸鞍共飲月支頭。漢兵大呼一當百，虜騎相看哭且愁。教戰須令赴湯火，終知上將先伐謀。

老將行

少年十五二十時，步行奪取胡馬騎。射殺山中白額虎，肯數鄴下黄鬚兒。一身轉戰三千里，一劍曾當百萬師。漢兵奮迅如霹靂，虜騎崩騰畏蒺藜。衛青不敗由天幸，李廣無功緣

數奇。自從棄置便衰朽，世事蹉跎成白首。昔時飛箭無全目，今日垂楊生左肘。路傍時賣故侯瓜，門前學種先生柳。蒼茫古木連窮巷，寥落寒山對虛牖。（劉云：愈出愈奇。）誓令疏勒出飛泉，不似潁川空使酒。賀蘭山下陣如雲，羽檄交馳日夕聞。節使三河募年少，詔書五道出將軍。試拂鐵衣如雲色，聊持寶劍動星文。願得燕弓射天將，敢令越甲鳴吴軍（今按，四庫本、趙殿成《王右丞集箋注》卷六、《文苑英華》卷三三三作「恥令越甲鳴吾君」）。莫嫌舊日雲中守，猶堪一戰立功勳。（劉云：滿篇風致，收拾處常嫩而短，使人情事欲絶。又云：起結驕［今按，據姚本、屠隆本、刻者不詳明本，當爲「嬌」］嫩，復勝老語。）

桃源行（時年十九。）

漁舟逐水愛山春，兩岸桃花夾去津。坐看紅樹不知遠，行盡清溪不見人。山口潛行始隈隩，山開曠望旋平陸。遥看一處攢雲樹，近入千家散花竹。樵客初傳漢姓名，居人未改秦衣服。居人共住武陵源，還從物外起田園。月明松下房櫳静，日出雲中雞犬喧。驚聞俗客争來集，競引還家問都邑。平明閭巷掃花開，薄暮漁樵乘水入。初因避地去人間，更問（今按，《王右丞集箋注》卷六、《文苑英華》卷三三二注文作「更聞」，屠隆本、《文苑英華》、《唐文粹》卷十六上、《全唐詩》作「及至」）成仙遂不還。峽裏誰知有人事，世中遥望空雲山。不疑靈境難聞見，塵心未盡

當時思鄉縣。出洞無論隔山水，辭家終擬長遊衍。自謂經過舊不迷，安知峰壑今來變。當時只記入山深，青溪幾度到雲林。春來遍是桃花水，不辨仙源何處尋。

望終南贈徐中書

晚下兮紫薇，悵塵事兮多違。駐馬兮雙樹，望青山兮不歸。

答張五弟

終南有茅屋，前對終南山。終年無客長閉關，終日無心長自閑。不妨飲酒復垂釣，君但能來相往還。

寄崇梵僧

崇梵僧，崇梵僧，秋歸覆釜春不還。落花啼鳥紛紛亂，澗户山牎寂寂閑。峽裏誰知有人事，郡中遥望空雲山。

寒食城東即事

清溪一道穿桃李，演漾緑蒲涵白芷。溪上人家凡幾家，落花半落東流水。蹴踘屢過飛鳥上，鞦韆競出垂楊裏。少年分日作遨遊，不用清明兼上巳。（劉云：自是活動。）

同崔傳答賢弟（今按，據姚本、刻者不詳明本、《全唐詩》卷一二五、《王右丞集箋注》卷六，「傳」當爲「傳」）

洛陽才子姑蘇客，杜宛（今按，《全唐詩》作「林苑」）殊非故鄉陌。九江楓樹幾回青，一片揚州五湖白。揚州時有下江兵，蘭陵鎮前吹笛聲。夜火人歸富春郭，秋風鶴唳石頭城。周郎陸弟爲儔侶，對舞前溪歌白紵。曲几書留小史家，草堂碁賭山陰墅。衣冠若話外臺臣，先數夫君席上珍。更聞臺閣求三語，遥想風流第一人。

送李睢陽

將置酒，思悲翁。使君去，出城東。麥漸漸，雉子斑。槐陰陰，到潼關。騎連連，車遲遲。心中悲，宋又遠。周間之，南淮夷。東齊兒，碎碎織練與素絲，遊人賈客信難持。五穀前熟方可爲，下車閉閤君當思。天子當殿儼衣裳，大官尚食陳羽觴。彤庭散綬垂明璫，黄紙詔書出東廂，輕紈疊綺爛（今按，姚本、屠隆本、刻者不詳明本及《全唐詩》卷一二五作「爛」）生光。宗室子弟君最賢，分憂當爲百辟先。布衣一言相爲死，何況聖主恩如天。鸞聲噦噦魯侯旗，明年上計朝京師。須憶今日斗酒別，慎勿富貴忘我爲。

崔　顥

七夕詞

長安城中月如練，家家此夜持針線。仙裙玉佩空自知，天上人間不相見。長信深陰夜轉幽，玉階金閣數螢流。班姬此夕愁無限，河漢三更看斗牛。

鴈門胡人歌

高山代郡東接燕，鴈門胡人家近邊。解放胡鷹逐塞鳥，能騎代馬獵秋田。山頭野火寒多燒，雨裏孤峰濕作煙。聞道遼西無鬬戰，時時醉向酒家眠。

長安道（《河岳英靈》作《霍將軍篇》。）

長安甲第高入雲，誰家居住霍將軍。日晚朝回擁賓從，路傍拜揖何紛紛。莫言執（今按，據居隆本、四庫本、《河岳英靈集》卷中、《唐詩紀事》卷二一、《樂府詩集》卷六〇、《全唐詩》卷一三〇，當爲「炙」）手手可熱，須臾火盡灰亦滅。莫言貧賤即可欺，人生富貴自有時。一朝天子賜顏色，世事悠悠應始知。

孟門行

黄雀銜黄花，翩翩傍簷隙。本擬報君恩，如何反彈射。金罍美酒滿座春，平原愛才多衆賓。滿堂盡是忠義士，何意得有讒諛人。諛言反復那可道，能令君心不自保。北園新栽桃李枝，根株未固何轉移。成陰結實君自取，若問傍人那得知。

代閨人答輕薄少年

妾家近隔鳳凰池，粉壁紗牕楊柳垂。本期漢代金吾婿，誤嫁長安遊俠兒。兒家夫婿多輕薄，借客探丸重然諾。平明挾彈入新豐，日晚揮鞭出長樂。青絲白馬冶遊園，能使行人駐馬看。自矜陌上繁華盛，不念閨中花鳥闌。花間陌上春將晚，走馬鬬雞猶未返。三時出望無消息，一去那知行近遠。桃李花開覆井欄，朱樓落日捲簾看。愁來欲奏相思曲，抱得秦箏不忍彈。

行路難

君不見建章宫裏金明枝，萬萬長條拂地垂。二月三月花如霰，九重深幽君不見。艷彩朝含四寶宫，香風吹入朝雲殿。漢家宫女春未闌，愛此芳春朝暮看。來看去看心不忘，攀折將安鏡臺上。雙雙素手剪不成，兩兩紅粧笑相向。建章昨夜起春風，一花飛入長信宫。

長信麗人見花泣，憶此珍樹何嗟及。我昔初在昭陽時，朝攀暮折登玉墀。只言歲歲長相對，不悟今朝遥相思。

渭城少年行

洛陽二（今按，《全唐詩》作「三」）月梨花飛，秦地行人初（今按，《文苑英華》卷一九四，《全唐詩》作「春」）憶歸。揚鞭走馬城南陌，朝逢驛使秦川客。驛使前日發章臺，傳道長安春早來。棠梨宫中燕初至，蒲萄館裹花正開。念此使人歸更早，三月便達長安道。長安道上春可憐，摇風蕩日曲江邊。萬户樓臺臨渭水，五陵花柳滿秦川。秦川寒食盛繁華，遊客春來不到（今按，《文苑英華》作「見」，注云一作「喜」）家。鬪雞下社塵初合（今按，「社」，《唐百家詩選》卷四、《樂府詩集》卷六六、《全唐詩》卷一三〇作「杜」；「塵」，《文苑英華》卷一九四作「春」），走馬章臺日未（今按，《文苑英華》、《唐百家詩選》、《樂府詩集》、《全唐詩》皆作「半」）斜。章臺帝城稱貴里，青樓日晚歌鐘起。貴里豪家白馬驕，五陵年少不相饒。雙雙挾彈來金市，兩兩鳴鞭上渭橋。渭城壚頭酒新熟，金鞍白馬誰家宿。可憐錦瑟争（今按，《文苑英華》、《全唐詩》作「箏」）琵琶，玉壺清酒就君家。小婦春來不解羞，嬌歌一曲楊柳花。（劉云：崔顥落落，酣歌自得，刻削乃不能及。）

江邊老人愁

江南少年十八九，乘舟欲渡清溪口。忽逢江邊一老翁，鬚眉皓白已衰朽。自言家代仕梁陳，垂紫拖金三十人。兩朝出將復入相，五世疊鼓乘朱輪。父兄三葉皆尚主，女子四代爲妃嬪。南山賜田接御苑，北宫甲第連紫宸。直言榮華未休歇，不覺山崩海將竭。兵戈亂入建康城，煙火連燒未央闕。衣冠女（今按，《文苑英華》卷三四九，《全唐詩》作「士」）子陷鋒刃，良將名臣盡埋没。山川改易失朝市，衢路縱横填白骨。老人此時尚少年，脱身走得投海邊。罷兵歲餘未敢出，去家（今按，《文苑英華》、《全唐詩》作「鄉」）三載方來旋。蓬蒿忘却五城宅，草木不識清溪田。雖然得歸到鄉土，零丁貧賤長辛苦。采樵屢入歷陽山，刈稻長過新林浦。少年欲知老人歲，豈知今年一百五。君今少壯我已衰，我昔少年君不覩。人生貴賤各有時，莫見羸（今按，據姚本、牛斗本、刻者不詳明本、张恂本、四庫本、《文苑英華》卷三四九、《全唐詩》卷一三〇，當爲「羸」）老相輕欺。感君相問爲君説，説罷不覺令人悲。

七言古詩卷之七　唐詩品彙三十一

羽翼

孟浩然

夜題鹿門歌（今按，據姚本、屠隆本、刻者不詳明本、张恂本、四庫本及《河岳英靈集》卷中、《全唐詩》卷一五九，「題」當爲「歸」）

山寺鳴鐘（今按，《文苑英華》卷一六〇、《全唐詩》作「鐘鳴」）晝已昏，漁梁渡頭争渡喧。人隨沙岸向江村，余亦乘舟歸鹿門。鹿門月照開煙樹，忽到龐公棲隱處。巖扉松徑長寂寥，唯有幽人自（今按，《河岳英靈集》、《文苑英華》作「夜」）來去。

送王七尉松滋

君不見巫山神女作行雲，霏紅沓翠曉氛氲。嬋娟流入襄王夢，倏忽還隨零雨分。空中飛

去復飛來，朝朝暮暮下陽臺。愁君此去爲仙尉，便逐行雲去不回。

高陽池送朱二

當昔襄陽全（今按，《全唐詩》卷一五九作「雄」）盛時，山公常醉習家池。池邊釣女日相隨，粧成照水（今按，《全唐詩》作「影」）競來窺。紅波澹澹芙蓉發，綠岸毶毶楊柳垂。一朝物變人亦非，四面荒涼人住稀。意氣豪華何處在，空餘草露濕人（今按，《全唐詩》作「羅」，注云一作「征」）衣。此地朝來餞行者，翻向此中牧征馬。征馬分飛漸日斜，見此空爲人所嗟。殷勤爲訪桃源客，余亦歸來松子家。

萬　楚

小山歌

人說淮南有小山，淮王昔日此登仙。城中雞犬皆飛去，山上壇場今宛然。世人貴身不貴壽，共笑華陽洞天口。不知金石變長年，謾在人間戀攜手。君能舉帆至淮南，家住盱眙余先諳。桐柏亂流平入海，茱萸一曲拂成潭。憶記來時魂悄悄，想見仙山衆峰小。今日長歌思不堪，君行爲報三春鳥。

丁仙芝

餘杭醉歌贈吴山人

曉幕紅襟燕，春城白項烏。只來梁上語，不向府中趨。城頭坎坎鼓聲曙，滿庭新種櫻桃樹。桃花昨夜撩亂開，當軒發色映樓臺。十千兑得餘杭酒，二月春城長命杯。酒後留君待明月，還將明月送君回。

劉　復

長相思

長相思，在桂林，蒼梧山遠瀟湘深。秋堂零淚倚金瑟，朱顔摇落隨光陰。長宵嘹唳鴻命侣，河漢蒼蒼隔牛女。寧知一水不可渡，况復萬山脩且阻。綵絲織綺文雙鴛，昔時贈君君可憐。何言一去瓶落井，流塵歘滅金爐前。

長歌行

淮南木落秋雲飛，楚宫商歌今正悲。青春白日不與我，當壚舉酒勸君持。出門馳驅四方

事，徒用辛勤不得意。三山海底無見期，百齡世間莫虚棄。君不見金城帝業漢家有，東制諸侯欲長久。姦雄竊命風塵昏，函谷重關不能守。龍蛇出没經兩朝，胡虜憑陵大道銷。河水東流宫闕盡，五陵松柏自蕭蕭。

儲光義

新豐主人

新豐主人新酒熟，舊客還歸舊堂宿。滿酌香含北砌花，盈尊色泛南軒竹。雲散天高秋月明，東家少女解秦筝。醉來忘却巴陵道，夢中疑似洛陽城。（劉云：跌宕殊態。）

登戲馬臺作

君不見宋公杖鉞誅燕后，英雄踴躍争趨走。小會衣冠吕梁壑，大徵甲卒碻磝口。天門神武樹元勳，九日茱萸饗六軍。泛泛樓船遊極浦，摇摇歌吹動浮雲。居人滿目市朝變，霸業猶存齊楚甸。泗水南流桐柏川，沂山北走瑯琊縣。滄海沉沉晨霧開，彭城烈烈秋風來。少年自言未得意，日暮蕭條登古臺。

薔薇

裊裊長數尋，青青不作林。一莖獨秀當庭心，數枝分作滿庭陰。春日遲遲欲將半，庭影離離正堪玩。枝上嬌鶯不畏人，葉底飛蛾自相亂。秦家女兒愛芳菲，畫眉相伴采葳蕤。高處紅鬚欲就手，低邊緑刺已牽衣。蒲桃架上朝光滿，楊柳園中暝鳥飛。連袂踏歌從此去，風吹香氣逐人歸。（劉云：轉换流麗，可歌可舞，皆切題語。）

同張侍御燕北樓

今之太守古諸侯，出入雙旌垂七旒。朝覽干戈時聽訟，暮延賓客復登樓。西山漠漠崦嵫色，北渚沉沉江漢流。良宵清浄方高會，繡服光輝聯皂蓋。魚龍怳惚堦墀下，雲霧杳冥牕户外。水靈慷慨行泣珠，遊女飄飖思解珮。蒼蒼低月半遥城，落落疏星滿太清。不忍開襟悲楚奏，願言吹笛退胡兵。軒後（今按，據屠隆本、張恂本、四庫本、《全唐詩》卷一三八，當爲「后」）青丘埋猰㺄，周王白羽掃攙搶。期君武節朝龍闕，余亦翱翔歸玉京。

張　謂

殷璠曰：謂《代北州老翁答》，又《湖中對酒行》，在物情外，但衆人未曾説耳。何必歷

遐遠，探古跡，然後始爲冥搜？

贈喬林

去年上策不見收，今年寄食仍淹留。羨君有酒能便醉，羨君無錢能不憂。如今五侯不待客，羨君不入（今按，《文苑英華》卷三四〇作「過」，校云：《文粹》作「問」，集作「愛」）五侯宅。如今七貴方自尊，羨君不過七貴門。丈夫會應有知己，世上悠悠安足論。（劉云：可想其人。）

湖中對酒作

夜坐不厭湖上月，晝行不厭湖上山。（劉云：便覺楚楚。）眼前一樽又常滿，心中萬事如等閑。主人有黍萬餘石，濁醪數斗應不惜。即今相對不盡歡，別後相思復何益。茱萸灣頭歸路賒，願君且宿黄公家。風光若此人不醉，參差辜負東園花。

代北州老翁答

負薪老翁住北州，北望鄉關生客愁。自言老翁有三子，兩人已向黄沙死。如今小兒新長成，明年聞道又徵兵。定知此別必零落，不及相隨同死生。盡將田宅借鄰伍，且復伶俜去鄉土。在生本求多子孫，及有誰知更辛苦。近傳天子尊武臣，强兵直欲静胡塵。安邊自合有長策，何必流離中國人。

邵陵作

嘗聞虞帝苦憂人，秖爲蒼生不爲身。已道一朝辭北極，何須五月更南巡。昔時文武皆銷鑠，今日精靈長寂寞。斑竹年來笋自生，白蘋春盡花空落。遥望零陵見舊丘，蒼梧雲起至今愁。唯餘帝子千行淚，添作瀟湘萬里流。

王昌齡

城傍曲

秋風鳴桑條，草白狐兔驕。邯鄲飲來酒未消，城北原平掣皂鵰。射殺空營兩騰虎，迴身却月佩弓鞘。

烏棲曲（今按，據姚本、《全唐詩》卷一四一，「烏」當爲「烏」）

白馬逐牛（今按，《樂府詩集》卷四八作「牛」，《唐百家詩選》卷九作「朱」）車，黄昏入狹斜。狹斜柳樹烏争宿，争枝未得飛上屋。東房少婦壻從軍，每聽烏啼知夜分。

行路難

雙絲作綆繫銀瓶，百尺寒泉轆轤上。懸絲一絶不可望，似妾傾心在君掌。人生意氣好遷捐，只重狂花不重賢。宴罷調箏奏離鶴，迴嬌轉盼泣君前。君不見，眼前事，豈保須臾勿無（今按，「勿無」，《文苑英華》卷二〇〇、《全唐詩》卷一四一作「心勿」）異。西山日下雨足稀，側有浮雲無所寄。但願莫忘前者言，剉骨黄塵亦無媿。行路難，勸君酒，莫辭煩。美酒千鍾猶可盡，心中片恨何可論。一聞漢主思故劍，使妾長嗟萬古魂。

箜篌引

盧溪郡南夜泊舟，夜聞兩岸羌戎謳。其時月黑猿啾啾，微雨沾衣令人愁。有一遷客登高樓，不言不寐彈箜篌。彈作薊門桑葉秋，風沙颯颯青塚頭。將軍鐵驄汗血流，深入匈奴戰未休。黄旗一點兵馬收，亂殺胡人積如丘。瘡病驅來役邊州，仍披漠北羔羊裘。顔色饑枯掩面羞，眼眶淚滴深兩眸。思還本鄉食氂牛，欲語不得指咽喉。或有强壯能咿嚘，意説被他邊將讐。五世屬藩漢主留，碧毛氈帳河曲遊。槖馳（今按，據姚本、屠隆本、刻者不詳明本及《全唐詩》卷一四一，當爲「駞」）五萬部落稠，敕賜飛鳳金兜鍪。爲君百戰如過籌，静掃陰山無鳥投。家藏鐵券特承優，黄金百斤不稱求。九族分離作楚囚，深溪寂寞絃苦幽，草木悲感聲颼

飂。僕本東山爲國憂，明光殿前論九疇。麄讀兵書盡冥搜，爲君掌上施權謀，洞曉山川無與儔。紫宸詔發遠懷柔，摇筆飛霜如奪鈎，鬼神不得知其由。憐愛蒼生比蚍蜉，朔河屯兵須漸抽，盡遣降來拜御溝。便令海内休戈矛，何用班超定遠侯，史臣書之得已不。

奉贈張荆州

祝融之峰紫雲銜，翠如何其雪嶄巖。邑西有路緣石壁，我欲從之卧窮嵌。魚有心兮脱網罟，江無人兮鳴楓杉。王君飛舄仍未去，蘇耽宅中意遥緘。

張南容

静女歌

静女樂於静，動合古人則。妙年工詩書，弱歲勤組織。端居愁若癡，誰復理容色。十五坐幽閨，四鄰不相識。夭夭鄰家子，百花裝首飾。日日淇上遊，笑人不踰閾。河水自濁濟自清，仙臺蛾眉秦鏡明。爲照齊王門下醜，何如漢帝掌中輕。

畢　耀

情人玉清歌（《文苑英華》作張南容詩。）

洛陽城中有一人名玉清，可憐玉清如其名。善踏斜柯能獨立，嬋娟花艷無人及。珠爲裙，玉爲纓。臨春風，吹玉笙。悠悠滿天星。黄（《樂府》作「萬」。）金閣上晚粧成，雲和曲中爲曼（一作「慢」。）聲。玉梯不得踏，摇袂兩盈盈。城頭之日復何情。

賀蘭進明

行路難五首（殷璠云：員外《行路難五首》益多雜興。〔今按，《唐人選唐詩十種》本《河岳英靈集》作「並多新興」〕）

君不見東流水，一去無窮已。君不見西郊雲，日夕空氛氲。羣鴈徘徊不能去，一鴈悲鳴復失羣。人生結交在終始，莫以升沉中路分。

其二

君不見雲中月，暫盈還復缺。君不見林下風，聲遠意難窮。親故平生或聚散，歡娱未盡尊

酒空。歎息青青陵上柏，歲寒能有幾人同。

其三

君不見芳樹枝，春花落盡蜂不窺。君不見梁上泥，秋風始高燕不棲。蕩子從君（今按，據姚本、牛斗本、屠隆本、刻者不詳明本、四庫本及《全唐詩》卷一五八，當爲「軍」）事征戰，蛾眉嬋娟守空閨。獨宿自然堪下淚，況復時聞烏夜啼。

其四

君不見門前柳，榮耀幾時蕭索久。君不見陌上花，狂風吹去落誰家。鄰家思婦見之歎，蓬首不梳心歷亂。盛年夫婿長別離，歲暮相逢色凋换。

其五

君不見巖下井，百尺不及泉。君不見山上苗，數寸凌雲煙。人生相命亦如此，何苦太息自憂煎。但願親友長含笑，相逢不乏杖頭錢。寒夜邀歡須秉燭，豈得常思花柳年。

崔國輔

對酒吟

行行日將夕，荒村古塚無人跡。蒙籠荆棘一鳥吟，屢唱提壺沽酒喫。古人（《河岳英靈集》作「前身」。）不達酒不足，遺恨精靈傳此曲。寄言世上諸少年，平生且盡杯中醁。

賈　至

巴陵寄李二户部張四禮部（今按，《全唐詩》卷二三五「四」作「十四」）

江南芳草初冪冪，愁殺江南獨愁客。秦中楊柳也應秦（今按，據姚本等及《文苑英華》卷二五三，當爲「春」，《全唐詩》卷二三五作「新」），轉憶秦中相憶人。萬里鶯花不相見，登高一望淚沾巾。

孟雲卿

行路難

君不見高山萬仞連蒼旻，天長地久成埃塵。君不見長松百尺多勁節，狂風暴雨終摧折。

古今何世無聖賢，吾愛伯陽真乃天。金堂玉闕朝羣仙，拍手東海成桑田。海中之水慎勿枯，烏鳶啄蚌傷明珠。行路難，艱險莫躑躅。

王季友

觀于舍人壁畫山水

野人宿在山家少，朝見此山謂山曉。半壁仍棲嶺上雲，開簾欲放湖中鳥。獨坐長松是阿誰（今按，《河岳英靈集》作「誰」），再三招手起來遲。于公大笑向余説，小弟丹青能爾爲。（殷璠云：甚有清趣。〔今按，《唐人選唐詩十種》本、四庫本《河岳英靈集》卷上及《唐詩紀事》卷二六引殷璠此語，皆作「甚有新意」〕）

宿東溪李十五山亭

上山下山入山谷，溪中落日留我宿。松石依依當主人，主人不在意亦足。名花出地兩重階，絶頂平天一小齋。本意由來是山水，何用相逢語舊懷。

代賀若令譽贈沈千運

相逢問姓名亦存，別時無子今有孫。山上雙松長不改，百家唯有三家村。村南村西車馬

道，一宿通舟水浩浩。澗中磊磊十里石，河上淤泥種桑麥。平坡塚墓皆我親，滿田主人是舊客。舉聲酸鼻問同年，十人七人歸下泉。分手如何更此地，回頭不去淚潸然。

酬李十六岐

鍊丹文武火未成，賣藥販履俱逃名。出谷迷行洛陽道，乘流醉卧滑臺城。城下故人久離怨，一歡適我兩家願。朝飲杖懸沽酒錢，暮餐囊有松花飯。于何車馬日憧憧，李膺門館爭登龍。千賓揖對若流水，五經發難如扣鐘。下筆新詩行滿壁，立談古人坐在席。問我草堂有卧雲，知我山儲無儋石。自耕自刈食爲天，如鹿如麋飲野泉。亦知世上公卿貴，且養丘中草木年。

常　建

張公子行

日出乘鈞舟，嫋嫋垂鉤竿。涉淇傍荷花，驄馬閑金鞍。使君白雲中，腰間垂轆轤。出門事嫖姚，爲君西擊胡。胡兵漢騎相馳逐，轉戰孤軍海西北。百尺旌竿沉黑雲，邊笳落日不堪聞。（劉云：從閑人幽事忽寫至敗軍亡將，險絶。）

古意

井底玉冰洞地明，琥珀轆轤青絲索。仙人騎鳳披綵霞，挽上銀瓶照天閣。黄金作身雙飛龍，口銜明月吐芙蓉。一時度海望不見，曉上青樓十二重。

古興

轆轤井上雙梧桐，飛鳥銜花日將夕（今按，《文苑英華》卷二〇七，《全唐詩》卷一四四作「没」）。深閨女兒莫愁年，玉指泠泠（今按，據姚本、屠隆本、刻者不詳明本、四庫本及《文苑英華》卷二〇七、《全唐詩》卷一四四，當爲「泠泠」）怨金碧。石榴裙裾蛺蝶飛，見人不語顰蛾眉。青絲素絲紅緑絲，織成錦衾當爲誰。

元　結

歸來子云：結性耿介，有憂道閔俗之意。天寶之亂，或仕或隱，自謂與世聱牙。故其見於文字者，亦沖澹而隱約，譬古鐘磬不諧於里（今按，據《文獻通考》卷二三二「元子十卷、琦玗子一卷、文編十卷」條下引晁氏語，「里」當爲「俚」）耳；而詞義微（今按，姚本、朱熹《楚辭後語》卷四《引極第二十四》下引此語作「幽」；刻者不詳明本作「斷」，當爲「幽」之訛）眇，翫之翛然若有塵外之趣云。

引極

天曠漭兮杳泱茫，氣浩浩兮色蒼蒼。上何有兮人不測，積清寥兮成元極。成元極兮靈且異，思一見兮藐難致。思不從兮空自傷，心慅勞（今按，《全唐詩》卷二四〇作「悁」）兮意惶懹。思假翼兮鸞凰（今按，四庫本、《全唐詩》卷二四〇作「鳳」），乘長風兮上羾。揖元極兮本深實，餐至和兮永終日。

招太靈（并序）

商餘山有太靈古祠，傳云豢龍氏祠大帝所立。祠在少餘西乳之下，邑人脩之以祈田。余因爲招詞（今按，《全唐詩》卷二四〇「閔」前有「訟」字；《次山集》「詞」作「祠」）閔之文以演興。辭曰：

招太靈兮山之巔，山屹屼兮水淪漣。祠之𢃇（洛代切。）兮眇（今按，《全唐詩》、《次山集》卷五作「眇」）何年，木脩脩兮草鮮鮮。嗟魑魅兮淫厲，自古昔兮崇祭。禧太靈兮端清，余願致兮精誠。久愵愵（改歷切。）兮悅悅（處龍切。），招搶（今按，姚本、刻者不詳明本、《全唐詩》、四庫本《次山集》卷五作「捃」）擂（郎丁切。）兮呼風。風之聲兮起飀飀，吹玄雲兮散而浮。望太靈兮儼而安，澮油容（今按，《全唐詩》，《次山集》卷五作「溶」）兮都清閑。

宿洄溪翁宅

長松萬株繞茆舍，怪石寒泉近簷下。老翁八十猶能行，將領兒孫行蒔（今按，《全唐詩》、《次山集》作「拾」）稼。吾羨老翁居處幽，吾愛老翁無所求。時俗是非何足道，得似老翁吾即休。

宿無爲觀

九疑山深幾千里，峰谷崎嶇人不到。山中舊有仙姥家，十里飛泉繞丹竈。如今道士三四人，茹芝鍊玉學輕身。霓裳羽蓋傍林壑，飄飄（今按，《全唐詩》作「飖」）似欲來雲鶴。

薛　業

洪州客舍寄柳博士芳

去年燕巢主人屋，今年花發路傍枝。年年爲客不到舍，舊國存亡那得知。胡塵一起亂天下，何處春風無別離。

張志和

漁父歌

西塞山前白鷺飛，桃花流水鱖魚肥。青箬笠，綠簑衣，斜風細雨不須歸。

獨孤及

和贈遠

憶得去年春風至，中庭桃李映瑣牕。美人挾瑟對芳樹，玉顔亭亭與花雙。今年新花如舊時，去年美人不在兹。借問離居恨深淺，秖應獨有庭花知。

同岑郎中韋屯田員外花樹歌

東風動地吹花發，渭城桃李千樹雪。芳菲可愛不可留，武陵歸去心欲絶。金華省郎惜佳辰，秖將花（今按，姚本、刻者不詳明本、《全唐詩》卷二四七作「棣」）蕚照青春。君家自是成蹊處，况有庭花作主人。

張　潮

襄陽行

玉盤轉明珠，君心無定準。昨見襄陽客，剩説襄陽好無盡。襄漢水，峴山垂，漢水東流風北吹。只言一世長嬌寵，那悟今朝見別離。君渡清羌渚，知人獨不語。妾見木棲林，憶君相思深。莫作雲間鴻，離聲顧儔侶。尚如匣中劍，分形會同處。是君婦，識君情，怨君恨君爲此行。下牀一宿不可保，況乃萬里襄陽城。襄陽傳近大堤北，君到襄陽莫回惑。大堤諸女兒，憐錢不憐德。

鮑　防

雜感

漢家海内承平久，萬國戎王皆稽首。天馬嘗銜苜蓿花，胡人歲獻蒲萄酒。五月荔枝初破顔，朝辭象郡夕函關。鴈飛不度桂陽嶺，馬走先過林邑山。甘泉御果垂仙閣，日暮無風香自落。遠物皆重近皆輕，雞雖有德不如鶴。

七言古詩卷之八　唐詩品彙三十二

接武(上)

劉長卿

王昭君歌

自矜嬌艷色，不顧丹青人。誰知粉繪能相負，却使容華翻誤身。上馬辭君嫁驕虜，玉顔對人愁不語。北風鴈急浮雲秋，萬里獨見黄河流。纖腰不復漢宫寵，雙蛾長向胡天愁。琵琶絃中苦調多，蕭蕭羌笛聲相和。誰憐一曲傳樂府，能使千秋傷綺羅。

銅雀臺

嬌愛更何日，高臺空數層。含啼映雙袖，不忍看西陵。漳水東流無復來，百花輦路爲蒼苔。青樓月夜長寂寞，碧雲日暮空徘徊。君不見鄴中萬事非昔時，古人不在今人悲。春

風不逐君王去，草色年年舊宫路。宫中歌舞已浮雲，空指行人往來處。

新安送陸灃歸江陰

新安路，人來去。早潮復晚潮，明日知何處。潮水無情亦解歸，自憐長在新安住。

長沙贈衡嶽祝融峯般若禪師

般若公，般若公，負鉢何時下祝融。歸路却看飛鳥外，禪房空掩白雲中。桂花寥寥閑自落，流水無心西復東。

明月灣尋賀九不遇

楚水日夜緑，傍江春草滋。青青遥滿目，萬里傷心歸。故人川上復何之，明月灣南空所思。故人不在明月在，誰見孤舟來去時。

送友人東歸

對酒灞亭暮，相看愁自深。河邊草已緑，此别難爲心。關路迢迢匹馬歸，垂楊寂寂數鶯飛。憐君獻策十餘載，今去猶爲一布衣。

入桂渚次砂牛石穴

扁舟傍歸路，日暮瀟湘深。湘水清見底，楚雲淡無心。片帆落桂渚，獨夜依楓林。楓林月出猿聲苦，桂渚天寒桂花吐。此中無處不堪愁，江客相看淚如雨。

贈湘南漁父

聞（今按，據屠隆本、《全唐詩》卷一五一，當爲「問」）君何所適，漠漠逢煙水。獨與不繫舟，往來楚雲裏。釣魚非一歲，終日只如此。日落江清桂檝遲，纖鱗百尺深可窺。沉鈎垂餌不在得，白首滄浪空自知。

送姨子弟往南郊

一展慰久闊，寸心仍未伸。别時兩童稚，及此俱成人。那堪適會面，遽已悲分手。客路向楚雲，河橋對衰柳。送君匹馬别河橋，汝南山郭寒蕭條。今我單車復西上，郎去（今按，「郎去」，《全唐詩》卷一五一同此，四庫本《劉隨州集》卷一作「遥望」，儲仲君《劉長卿詩編年箋注》作「郎陵」）灞陵轉惆悵。何處共傷離别心，明月亭亭兩相望。

客舍喜鄭三見寄

客舍逢君未授衣，閉門愁見桃花飛。遥想故園今已爾，家人應念行人歸。寂寞垂楊映深曲，長安日暮靈臺宿。窮巷無人鳥雀閑，空庭新雨莓苔緑。此中分與故友（今按，姚本、《全唐詩》卷一五一作「交」）疏，何年仍回長者車。十年未稱平生意，好得辛勤謾讀書。

嚴陵釣臺送李康成赴江東使

潺湲子陵瀨，髣髴如在目。七里人已非，千年水空緑。新安江上孤帆遠，應逐楓林千萬轉。古臺落日共蕭條，寒水無波更清淺。臺上漁竿不復持，却令猿鳥向人悲。灘聲山翠至今在，遲爾行舟晚泊時。

觀李湊所畫美人障子

愛爾含天姿，丹青有殊智。無間已得象，象外更生意。西子不可見，千載無重還。空令浣紗態，猶在含毫間。一笑豈易得，雙蛾如有情。㥁風不舉袖，但覺羅衣輕。華堂翠幕春風來，内閣金屏曙色開。此中一見亂人目，只疑行到雲陽臺。

送賈三北遊

賈生未達猶窘迫，身馳匹馬邯鄲陌。片雲郊外遥送人，斗酒城邊莫留客。顧予他日仰時髦，不堪此别相思勞。雨色新添漳水緑，夕陽遠照薊門高。把袂相看衣共緇，窮愁只是惜良時。亦知到處逢下榻，莫滯秋風西上期。

送郭六侍御之武陵郡

常愛武陵郡，羨君將遠尋。空憐世界迫，孤負桃源心。洛陽遥想桃源隔，野水閑流春自碧。花下常迷楚客船，洞中時見秦人宅。落日相看斗酒前，送君南望但依然。河梁馬首隨春草，江路猿聲愁暮天。丈人别乘佐分憂，才子趨庭兼勝遊。澧浦荆州行可見，知君清興滿滄洲。

齊一和尚影堂

一公住世忘世紛，暫來復去誰能分。身寄虚空如過客，心將生滅似浮雲。蕭散浮雲往不還，淒涼遺教没仍傳。舊地愁看雙樹在，空堂只是一燈懸。一燈長照恒河沙，雙樹猶落諸天花。天花寂寂香深殿，苔蘚蒼蒼閉虚院。昔余精念訪禪扉，常接微言清道機。今成寂寞無所得，惟共門人淚滿衣。

聽笛歌留别鄭協律

舊遊憐我長沙謫，載酒沙頭送遷客。天涯望月自沾衣，江上何人復吹笛。横笛能令孤客愁，緑（今按，《全唐詩》卷一五一作「渌」）波淡淡如不流。商聲寥亮羽聲苦，江天寂歷江楓秋。静聽關山聞一叫，三湘月色悲猿嘯。又吹楊柳激繁音，千里春色傷人心。隨風飄向何處落，唯見曲盡平湖深。明發與君離别後，馬上一聲堪白首。

望龍山懷道士許法稜

心惆悵，望龍山。雲之際，鳥獨還。懸崖絶壁幾千丈，緑蘿嫋嫋不可攀。龍山高，誰能踐。靈原中，蒼翠晚。嵐煙瀑水如向人，終日迢迢空在眼。中有一人披霓裳，誦經山頂餐瓊漿。空林閑坐獨焚香，真官列侍儼成行。朝入青霄禮玉堂，夜掃白雲眠石牀。桃源洞裏居人滿，桂樹山中住日長。龍山高高遥相望。

戲贈干越尼子歌

鄱陽女子年十五，家本秦人今在楚。厭向春江空浣紗，龍宫落髮披袈裟。五年持戒長一食，至今猶自顔如花。亭亭獨立青蓮下，忍草禪枝繞精舍。自用黄金買地居，能嫌碧玉隨人嫁。北客相逢疑姓秦，鉛華抛却仍青春。一花一竹如有意，不語不笑能留人。黄鸝欲

棲白日暮，天香未盡（今按，《全唐詩》卷一五一、《劉隨州集》卷十作「散」）經行處。却對香爐閑誦經，春泉漱玉寒泠泠。雲房寂寂夜鐘發，吴音清切令人聽。人聽吴音歌一曲，杳然如在諸天宿。誰堪世事又相牽，惆悵回船江水緑（今按，《全唐詩》、《劉隨州集》作「渌」）。

時平後送范倫歸安州

昨聞戰罷圖麟閣，破虜收兵卷戎幕。滄海初看漢月明，紫微已見胡星落。憶昨扁舟此南渡，荆棘煙塵滿歸路。與君攜手姑蘇臺，望鄉一日登幾回。白雲飛鳥去寂寞，吴山楚岫空崔嵬。事往時平還舊丘，青青春草近家愁。洛陽舉目今誰在，潁水無情應自流。吴苑西人去欲稀，留連一日空知非。江潭歲盡愁不盡，鴻鴈春歸身未歸。萬里遥懸帝鄉憶，五年空帶風塵色。却到長安逢故人，不道姓名應不識。

疲兵篇

驕虜乘秋下薊門，陰山日夕煙塵昏。三軍疲馬力已盡，百戰殘兵功未論。陣雲泱漭屯塞北，羽書紛紛來不息。孤城望處增斷腸，折劍看時可沾臆。元戎日夕但歌舞，不念關山久辛苦。自矜倚劍氣凌雲，却笑聞笳淚如雨。萬里飄飖空此身，十年征戰老胡塵。赤心報國無片賞，白首還家有幾人。朔風蕭蕭動秋（今按，《文苑英華》卷三三三、《劉隨州集》卷十、《全唐詩》卷

一五一作「枯」）草，旗旌獵獵榆關道。漢月何曾照客心，胡笳只解催人老。軍前仍欲破重圍，閨裏猶應愁未歸。小婦十年啼夜織，行人九日（今按，刻者不詳明本、《文苑英華》、《劉隨州集》、《全唐詩》作「月」）憶寒衣。飲馬滹河晚更清，行吹羌笛遠歸營。只恨漢家多苦戰，徒令遺（今按，「令遺」，《全唐詩》作「遺金」）鏃滿長城。

錢　起

行路難

君不見明星映空月，太陽朝昇光盡歇。君不見凋零委路蓬，長風飄舉入雲中。由來人事何常定，且莫驕奢笑賤窮。

效古秋夜長

秋漢飛玉霜，北風掃荷香。含情紡織孤燈盡，拭淚相思寒漏長。簷前碧雲浄如水，月弔棲鳥（今據姚本、牛斗本、屠隆本、刻者不詳明本、《全唐詩》卷二三六，當爲「烏」）啼鴈起。誰家少婦事鴛機，錦幕雲屏深掩扉。白玉牕中聞落葉，應憐寒女獨無依。

盧龍塞行送韋掌記

雨雪紛紛黑山外，行人共指盧龍塞。萬里飛沙咽鼓鼙，三軍殺氣凝旌旆。陳琳書記本翩翩，料敵張兵奪酒泉。聖主好文兼好武，封侯莫比漢皇年。

送馬明府赴江陵

陶令南行心自永，江天極目澄秋景。萬室遥知犬不鳴，雙凫下處人皆静。清風高興得湖山，門柳蕭條雙翟閑。黄花滿把應相憶，落日登樓北望還。

送崔十三東遊

千里有同心，十年一會面。當杯緩筝柱，倏忽催離燕。丹鳳城頭噪晚鴉，行人馬首夕陽斜。灞上春風留别袂，關東新月宿誰家。宫柳依依兩鄉色，誰能此别不相憶。

送崔校書從軍

鴈門太守能愛賢，麟閣書生亦投筆。寧惟玉劍報知己，更有龍韜佐師律。别馬連嘶出御溝，家人幾夜望刀頭。燕南春草傷心色，薊北黄雲滿眼愁。聞道輕生能擊虜，何嗟少壯不封侯。

賦得青城山歌送楊杜二郎中赴蜀軍

蜀山西南千萬重，仙經最説青城峰。青城嶔岑倚空碧，遠壓峨眉吞劍壁。錦屏雲起易成霞，玉洞花明不知夕。星臺二妙逐王師，阮瑀軍書王粲詩。日落猿聲連玉笛，晴來山翠傍旌旗。緑蘿春月營門近，知君對酒遥相思。

送張將軍西征

長安少年唯好武，金殿承恩争破虜。沙場烽火隔天山，鐵騎西征幾歲還。戰處黑雲霾瀚海，愁中明月度陽關。玉笛聲悲離酌晚，金方路極行人遠。計日霜戈盡敵歸，回首戎城空落暉。始笑子卿心計失，徒看海上節旄稀。

送鄔三落第還鄉

郢客文章絶世稀，常嗟時命與心違。十年失路誰知己，千里思親獨遠歸。雲帆春水將何適，日（今按，四庫本作「自」）愛東南暮山碧。關中新月對離樽，江上殘花待歸客。名宦無媒自古遲，窮途此别不堪悲。荷衣垂釣且安命，金馬招賢會有時。

畫鶴篇（省中作。）

點素凝姿任畫工，霜毛玉羽照簾櫳。借問飛鳴華表上，何如粉繢綵屏中。文昌宫近芙蓉闕，蘭室氤氳香煙（今按，姚本、刻者不詳明本、《全唐詩》卷二三六作「且」）結。鑪氣朝成緱嶺雲，銀燈夜作華亭月。日暖花明梁燕歸，應驚片雪在且（今按，姚本、牛斗本、屠隆本、刻者不詳明本、四庫本及《全唐詩》皆作「仙」）闈。主人顧眄千金重，誰肯徘徊五里飛。

送畢侍御謫居

崇蘭香死玉貞（今按，《唐百家詩選》卷八、《全唐詩》卷二三六作「簪」）折，志士吞聲甘殉節。忠藎不爲明主知，悲來莫向時人説。滄浪之水見心清，楚客辭天淚滿纓。百鳥喧喧噪一鶚，上林高枝亦難託。寧嗟人世棄虞翻，且喜江山得康樂。自憐黄綬老嬰身，妻子朝來勸隱淪。桃花洞裏舉家去，此别相思復幾春。

送傅管記赴蜀軍

終童之死誰繼出，燕頷儒生今俊逸。主將早知鸚鵡賦，飛書許載蛟龍筆。峨眉玉壘指霞標，鳥没天低幕府遥。巴山雨色藏征旆，漢水猿聲咽短簫。賜璧腰金應可料，才略縱横年且妙。無人不重樂毅賢，何敵能當魯連嘯。日暮黄雲千里昏，壯心輕别不銷魂。勸君用

却龍泉劍，莫負平生國士恩。

送褚大落第東歸

離琴彈苦調，美人慘向隅。頃來荷策干明主，還復扁舟歸五湖。漢家側席明揚久，豈意遺賢在林藪。玉堂金馬隔青雲，墨客儒生皆白首。昨夢芳洲採白蘋，歸期且喜故園春。稚子只思陶令至，文君不厭馬卿貧。剡中風月久相憶，池上舊遊應再得。酒熟寧孤芳杜春，詩成不枉晴山色。念此那能不羨歸，長楊諫獵事皆違。他日東流一乘興，知君爲我掃荊扉。

韓　翊（今按，《才調集》卷九、《文苑英華》卷二七二作「翃」，據姚本等及《全唐詩》卷二四三，當爲「翃」）

送客還江東

還家不落春風後，數日應沽越人酒。池畔花深鬭鴨闌，橋邊雨洗藏鴉柳。遥憐内舍着新衣，復向鄰家醉落暉。把手閑歌香橘下，空山一望鷓鴣飛。

送客之江寧

春流送客不應賒，南入徐州見柳花。朱雀橋邊看淮水，烏衣巷裏問王家。千閭萬井無多事，闢户開門向山翠。楚雲朝下石頭城，江燕雙飛瓦棺寺。吴士風流甚可親，相逢嘉賞日應新。從來此地夸羊酪，自有蓴羹味可人。

和高平朱參軍思歸作

鬅參軍，鬅參軍，身爲北州吏，心寄東山雲。坐見萋萋芳草緑，遥思往日晴江曲。刺船頻向剡中回，捧被曾過越人宿。花裏鶯啼白日高，春樓把酒送車螯。狂歌好愛陶彭澤，佳句唯稱謝法曹。平生樂事多如此，忍爲浮名隔千里。一鴈南飛斷客心，思歸可待秋風起。

贈别王侍御赴上都

翩翩馬上郎，執簡佩銀章。西向洛陽歸鄠杜，迴頭結念蓮花府。朝辭芳草萬歲街，暮宿春山一泉塢。青青樹色傍行衣，乳燕流鶯相間飛。遠過三峰臨八水，幽尋佳賞偏如此。殘花片片細柳風，落日疏鐘小槐雨。相思掩泣復何如，公子門前人漸疏。幸有心期當小暑，葛衣紗帽望迴車。

題玉山觀禪師蘭若歌

玉山宴坐移年月，錫杖承恩詣丹闕。先朝親與會龍華，紫禁鳴鐘白日斜。宮女焚香把經卷，天人就席禮袈裟。禪林久卧虎溪水，蘭若初開鳳城裏。不出囂塵見遠公，道成何必青蓮宫。朝持藥鉢千家近，暮倚繩牀一室空。掖垣揮翰君稱美，遠客陪遊問真理。薄宦深知誤此心，迴心願學雷居士。

寄哥舒僕射

萬里長城家，一生唯報國。腰垂紫文綬，手控黄金勒。高視黑稍（今按，據姚本、《文苑英華》卷二五四，當爲「矟」，屠隆本、《全唐詩》卷二四三作「頭」）翁，遥吞白騎賊。先麾牙門將，轉鬥黄河北。帳下親兵皆少年，錦衣承日繡行纏。轆轤寶劍初出鞘，宛轉角弓新上弦。步人（今按，《全唐詩》卷二四三作「乂」，注云一作「乂」）抽箭大如笛，前把兩矛後雙戟。左盤右射紅塵中，鶻入鴉羣有誰敵。殺將破軍白日餘，迴旃舞旆北風初。羣公楯鼻好磨墨，走馬爲君飛羽書。

送中兄典邵州

官騎連西向楚雲，朱軒出餞晝紛紛。百城兼領安南國，雙筆遥揮□（今按，原文爲墨丁，《全唐詩》卷二四三作「王」）左君。一路諸侯争館穀（今按，據《全唐詩》，當爲「穀」），洪池高會荆臺曲。玉顔送

酒銅鞮歌，金管留人石頭宿。北鴈初回江燕飛，南湖春暖着春衣。湘君祠對空山掩，漁父焚香日暮歸。百事無留到官後，重門寂寂垂高柳。零陵過贈石（今按，《全唐詩》同此，姚本、屠隆本、刻者不詳明本、張恂本、四庫本作「石□過」）香溪，洞口人來飲醇酒。登樓暮結邵陽情，萬里蒼波煙靄生。他日新詩應見報，還如宣遠在安城。

送萬臣（今按，《全唐詩》卷二四三作「巨」）

漢相見王陵，揚州事張禹。雲帆木蘭曳（今按，「雲」，《全唐詩》作「風」；「曳」，《全唐詩》作「楫」，《石倉歷代詩選》卷五〇作「栧」），水國蓮花府。百丈清江十月天，寒城鼓角曉鐘前。金爐促膝諸曹吏，玉管繁聲美少年。有時過向長干地，遠對湖光近山翠。好逢南苑看人歸，也向西池留客醉。疏柳垂煙橘帶霜，朝遊石渚暮横塘。紅箋色奪風流座，白紵詞傾翰墨場。夫子前年入朝後，高名籍籍時賢口。共憐詩興轉清新，遠繼家聲在此身。屈指待爲青瑣客，回頭莫羨白亭人。

别汜水陳縣尉

未央宫殿金開鑰，詔引賢良卷珠箔。花間賜食近丹墀，煙裏揮毫對青閣。萬年枝影轉斜光，三道先成君激昂。谷永直言身不顧，郄詵高地轉名香。緑槐陰陰出關道，上有蟬聲下

秋草。奴子平頭駿馬肥，少年白皙登王畿。五侯客舍偏宿留，一縣人家争看歸。南向千峰北臨水，佳期賞地應窮此。賦詩或送鄭行人，舉酒常陪魏公子。自憐寂寞會君稀，猶着前時博士衣。我欲低眉問知己，若將無用廢東歸。

七言古詩卷之九　唐詩品彙三十三

接武（下）

李嘉祐

雜興

花間昔日黄鸝囀，妾向青樓已生怨。花落黄鸝不復來，妾老君心亦應變。君心比妾心，妾意舊來深。一别十年無尺素，歸時莫贈路傍金。

江上曲

江心澹澹芙蓉花，江口蛾眉獨浣紗。可憐應是陽臺女，坐對鷺鷥嬌不語。掩面羞看北地人，回身忽作空山雨。蒼梧秋色不堪論，千歲依依帝子魂。君看峰上斑斑竹，盡是湘妃泣淚痕。

古興

十五小家女，雙鬟人不如。蛾眉暫一見，可值千金餘。自從得向蓬萊裏，出入金輿乘玉趾。梧桐樹上春鴉鳴，繞（今按，據姚本等及《文苑英華》卷二〇七、《全唐詩》卷二〇六，當爲「曉」）伴君王猶未起。莫道君恩長不休，婕妤團扇苦悲秋。君看魏帝鄴都裏，唯有銅臺漳水流。

傷吴中

館娃宫中春已歸，闔閭城頭鶯已飛。復見花開人又老，横塘寂寂柳依依。憶昔吴王在宫闕，館娃賣眼看花發。舞袖朝期（今按，屠隆本、《全唐詩》作「欺」）陌上春，歌聲夜怨江邊月。古來人事亦猶今，莫厭清觴與緑琴。獨向西山聊一笑，白雲芳草自知心。

韋應物

横塘行

妾家住横塘，夫婿郄家郎。玉盤的歷矢白魚，湘潭（今按，據姚本、屠隆本、刻者不詳明本、四庫本，當爲「簟」；《全唐詩》卷一九四作「寶簟」）玲瓏透象牀。象牀可寢魚可食，不知郎意何南北。岸上種蓮豈得生，池中種槿豈得成。丈夫一去花落樹，妾獨長夜心未平。（劉云：却是怨意。）

雜言送黎六郎

冰壺見底未爲清，少年如玉有詩名。聞話嵩峰多禪寺，不嫌黄綬向陽城。朱門嚴訓朝辭去，騎出東郊滿飛絮。河南庭下拜府君，陽城歸路山氛氳。山氛氳，長不見，鈞臺水緑荷已生，少姨廟寒花始徧。縣閑吏傲與塵隔，移竹疏泉常岸幘。莫言去作折腰官，豈似長安折腰客。

送褚校書歸舊山歌

握珠不返泉，匣玉不歸山。明時童（今按，據姚本、屠隆本、刻者不詳明本、《文苑英華》卷三四一、《全唐詩》卷一九五，當爲「重」）士亦如此，忽怪諸生何得還。方稱羽獵賦，未（今按，《文苑英華》卷三四一作「昨」，校云集作「來」）拜蘭臺職。漢篋亡書已暗傳，嵩丘遺簡還能識。朝朝待詔青瑣（今按，姚本、牛斗本、屠隆本、刻者不詳明本、《全唐詩》作「鎖」）闈，中有萬年之樹蓬萊池。世人仰望棲此地，生獨徘徊意何爲。故山可往薇可採，一自人間星歲改。藏書壁上苔半侵，洗藥泉中月還在。春風飲餞灞陵原，莫厭歸來朝市喧。當年不見東方朔，避世從容金馬門。

聽鶯曲

東方欲曙花冥冥，（劉云：望而知爲本色人也。）啼鶯相唤亦可聽。乍去乍來時近遠，纔聞南陌又

東城。忽往上林翻下苑，綿綿蠻蠻如有情。欲囀不囀意自嬌，羌兒弄笛曲未調。前聲後聲不相及，秦女學箏指猶澀。須臾風暖朝日暾，流音變作百鳥喧。誰家懶婦驚殘夢，何處愁人憶故園。伯勞飛過聲局促，戴勝下時桑田緑。不及流鶯日日啼花間，能使萬家春意閑。有時斷續聽不了，飛去花枝猶裊裊。還棲碧樹鎖千門，春漏方殘一聲曉。

皇甫冉

灃水送鄭豐鄠縣讀書

麥秋中夏涼風起，送君西郊及灃水。孤煙遠樹動離心，隔岸江流苦（今按，據姚本、屠隆本、刻者不詳明本、四庫本、《全唐詩》卷二四九，當爲「若」）千里。早年江海謝浮名，此去雲山愜爾情。上古金經皆在口，秦人如見濟南生。

雜言月洲歌送趙冽還襄陽

漢之廣矣中有洲，洲如月兮水還流。流聒聒兮湍與瀨，草青青兮春復秋。苦竹林，香楓樹，樵子罛師幾家住。萬山飛雨一川來，巴客歸船傍洲去。歸人不可遲，芳杜滿洲時。無限風煙皆自悲，莫辭貧賤阻心期。家住洲頭定近遠，朝泛輕橈暮當返。不能隨爾卧芳洲，

自念天機一何淺。

江草歌送盧判官

江皋兮春早，江上兮芳草。雜蘼蕪兮杜衡，作叢秀兮復羅生。被遥隰兮經長衍，雨中深兮煙中淺。目眇眇兮增愁，步遲遲兮堪搴。灃之浦兮湘之濱，思夫君兮送美人。吴州（今按，《全唐詩》卷二四九作「洲」）曲兮楚鄉路，遠孤城兮依獨戍。新月能分裛露時，夕陽照見連天處。問君行邁終何之，淹泊沿洄風日遲。處處汀洲有芳草，王孫詎肯念歸期。

郎士元

塞下曲

寶刀塞下兒，輕身百戰曾百勝，壯心竟未嫖姚知。白草山頭日初没，黄沙戍下悲笳發。蕭條静夜邊風吹，獨倚營門望秋月。

郢州西樓吟（今按，「州」，《文苑英華》卷三一三、《全唐詩》卷二四八作「城」）

連山盡處水縈迴，山上城門臨水開。朱欄直下一百丈，日暖遊鱗自相向。昔人愛險閉層城，今人愛閑江復清。（劉云：此等語，有興有怨。）沙洲楓岸無來客，草緑花紅山鳥鳴。

朱　放

早發龍且館舟中寄東海李司倉鄭司户

（今按，《唐文粹》卷十五下同此；《全唐詩》卷二四七、《毗陵集》卷二「且」作「沮」，「李」作「徐」）

沙禽相呼曙色分，漁浦鳴榔十里聞。正當秋風度楚水，面（今按，「面」，據屠隆本，當爲「更」，《唐文粹》、《全唐詩》、獨孤及《毘陵集》作「況」）值遠道傷離羣。津頭却望後湖岸，別處已隔東山雲。停艫目送北歸翼，惜無瑶華持寄君。

司空曙

迎神曲

吉日兮臨水，沐青蘭兮白芷。假山鬼兮請東皇，託靈均兮邀帝子。吹參差兮正苦，舞婆娑兮未已。鸞旌圓蓋望欲來，山雨霏霏江浪起。神既降兮我獨知，因成再拜爲陳辭。

送神曲

神之去，回風嫋嫋雲容與。桂樽瑶席不復陳，蒼山緑水暮愁人。

殘鶯百囀歌

殘鶯一何怨，百囀相尋續。始辯（今按，《全唐詩》卷二九三作「辨」）下欲高，稍分長復促。綿蠻巧狀語，機節終如曲。野客賞應遲，幽僧聞詎足。禪齋深樹夏陰清，零落空餘三兩聲。金谷箏中傳不似，山陽笛裏寫難成。憶昨亂啼無遠近，晴宮曉色偏相引。送暖初隨柳色來，辭芳暗逐花枝盡。歌殘鶯，歌殘鶯，悠然萬感生。謝朓羈懷方一聽，何郎閑詠本多情。乃知衆鳥非儔比，莫噪晨鳴倦人耳。共愛寄音那可親，年年出谷待新春。此時斷絶爲君惜，昨（今按，《全唐詩》作「明」）日蚿（今按，姚本、屠隆本、刻者不詳明本、《全唐詩》作「玄」）蟬催髮白。

盧綸

宴席賦得姚美人搊箏歌

出簾仍有鈿箏隨，見罷翻令恨識遲。微收皓腕纏紅袖，深遏朱絃低翠眉。忽然高張應疏節，玉指迴旋若飛雪。鳳簫韶管寂不喧，繡幕紗牕儼秋月。有時輕弄和郎歌，慢處聲遲情更多。已愁紅臉能佯醉，又恐朱門嫌再過。昭陽伴裏最聰明，出到人間纔長成。遥知禁曲難翻處，猶自（今按，《全唐詩》卷二七七作「是」）君王説小名。

慈恩寺石磬歌

靈山石磬生海西，海濤平處與山齊。長眉老僧同佛力，呪使鮫人往來得。珠穴沉成緑浪痕，天衣拂盡蒼苔色。星漢徘徊天有風，禪翁静扣月明中。羣仙下雲龍出水，鸞鶴交飛半空裏。城精木魅不可聽，落葉秋砧一時起。華宫杳杳響泠泠（今按，據姚本、屠隆本、刻者不詳明本、四庫本、《全唐詩》卷二七七，當爲「泠泠」），無數沙門昏夢醒。古廊燈下見行道，疏木池邊聞誦經。徒壯洪鐘閟高閣，萬金費盡工雕鑿。豈如全質掛青松，數葉殘雲一片峰。吾師寶之壽中國，願同劫石無終極。

送錢從叔辭豐州慕歸嵩陽舊居（今按，據姚本、屠隆本、刻者不詳明本、張恂本、四庫本及《全唐詩》卷二七六，「慕」當爲「幕」）

白鬚宗孫侍坐時，願持壽酒前致辭。鄙辭何所擬，請自邊城始。邊城貴者李將軍，戰鼓遥疑天上聞。屯田布錦周千里，牧馬攢花溢萬羣。白雲本是高（今按，《全唐詩》作「喬」）松伴，來繞青營復飛散。三聲畫角咽不通，萬里蓬根一時斷。豐州聞説似涼州，沙塞晴門（今按，姚本、屠隆本、刻者不詳明本、《全唐詩》作「明」）部落稠。行客已去依獨戍，主人猶自在高樓。夢親旌旆何由見，每值清風一回面。洞裏先生那怪遲，人天無路自無期。砂泉丹井非同味，桂樹

榆林不竝枝。吾翁致身殊得計，地仙亦是三千歲。莫着戎衣期上清，東方曼倩逢人輕。

冬日登城樓因贈程騰

生涯何事多羈束，賴此登臨暢心目。郭南郭北無數山，萬井逶迤流水間。彈琴對酒不知暮，岸幘題詩身自閑。風聲肅肅鴈飛絶，雲色茫茫欲成雪。遥思海客天外歸，坐想征人雨頭別。世情多似（今按，《全唐詩》卷二七九作「以」，四庫本作「是」）風塵隔，泣盡無因對籌策。誰知白首牕下人，不接朱門坐中客。賤亦不足歎，貴亦不足陳。長卿未遇楊朱泣，蔡澤無媒原憲貧。如今萬乘方用武，國命天威借貔虎。窮達皆爲身外名，公侯可廢刀頭取。君不見漢家邊將在邊庭，白羽三千出井陘。當風看獵擁珠翠，豈在終年窮一經。

送張郎中還蜀歌

秦家御史漢家郎，親專兩印征殊方。功成走馬朝天子，伏檻論兵（今按，《全唐詩》作「邊」）若流水。曉離仙署趨紫薇（今按，據《文苑英華》卷三四一、《唐百家詩選》卷八、《全唐詩》卷二七七，當爲「微」），夜接高儒讀青史。瀘南五將望君還，願以天書示百蠻。曲棧重江初過雨，前旌後騎不同山。迎車拜舞多耆老，舊卒新營遍青草。塞口雲生火候遲，煙中鶴唳君行早。黄華川下水交横，遠映孤霞蜀國晴。筇竹笋長椒瘴起，荔枝花發杜鵑鳴。回首岷峨半天黑，傳觴接膝何

由得。空令豪士仰威名，無復貧女恃顔色。垂楊不動雨紛紛，錦帳胡瓶争送君。須臾醉起簫笳發，空見雙旌入塞雲。

李　端

襄陽曲

襄陽堤路長，草碧楊柳黄。誰家女兒臨夜粧，紅羅帳裏有燈光。雀釵翠羽動明璫，欲出不出脂粉香。同居女伴正衣裳，中庭寒月白如霜。賈生十八稱才子，空得門前一斷腸。

胡騰兒

胡騰身是涼州兒，肌膚如玉鼻如錐。桐布輕衫前後卷，葡萄長帶一邊垂。帳前跪作本音語，拾襟攪袖爲君舞。安西舊牧收淚看，洛下詞人抄曲與。揚眉動目踏花氈，紅汗交流珠帽偏。醉却東傾又西倒，雙靴柔弱滿燈前。環行急蹴皆應節，反手叉（今按，據四庫本、《全唐詩》卷二八四，當爲「叉」）腰如却月。絲桐忽奏一曲終，嗚嗚（今按，據姚本、屠隆本、刻者不詳明本、張恂本、四庫本、《全唐詩》，當爲「嗚嗚」）畫角城頭發。胡騰兒，故鄉路斷知不知。

贈康洽

黄鬚康兄酒泉客，平生出入王侯宅。今朝醉卧有（今按，《唐百家詩選》卷九、《全唐詩》卷二八四作「又」）明朝，忽憶故鄉頭已白。流年恍惚瞻西日，陳事蒼茫指南陌。聲名恒壓鮑參軍，班位不過楊執戟。邇來七十遂無機，空是咸陽一布衣。後輩輕肥賤衰朽，五侯門館許因依。自言萬物有移改，始信桑田變成海。同時獻賦人皆盡，共壁題詩君獨在。步出東城風景和，青山滿眼少年多。漢家尚壯今則老，髮短心長知奈何。華堂舉杯白日晚，龍鍾相見誰能免。君今已反我正來，朱顔宜笑能幾回。借問朦朧花樹下，誰家畚鍤築高臺。

戎　昱

客堂秋夕

隔牕螢影滅復流，北風微雨虚堂秋。蟲聲竟夜引鄉淚，蟋蟀何知人自愁。四時不得一日樂，以此方悲客遊惡。寂寂江城無所聞，梧桐葉上偏蕭索。

贈别張駙馬

上元年中長安陌，見君朝下欲歸宅。飛龍騎馬三十匹，玉勒雕鞍照初日。數里衣香遥撲

人，長衢雨歇無纖塵。從奴斜抱敕賜錦，雙雙蹙出金麒麟。天子愛婿皇后弟，獨步明時負權勢。一身扈蹕承殊澤，甲第朱門聳高戟。鳳凰樓上伴吹簫，鸚鵡杯中醉留客。泰去否來何足論，宫車晏駕人事翻。一朝負譴辭丹闕，五年待罪湘江源。冠冕淒涼幾遷改，眼見桑田變成海。華堂金屋別賜人，細眼黄頭總何在。清宫相見寸心悲，懶欲今時問昔時。看君風骨殊未歇，不用愁來雙淚垂。

聽杜山人彈胡琴

緑琴胡笳誰妙彈，山人杜陵董庭蘭。董君少與山人友，山人别來今已久。當時海内求知音，囑付胡琴在君手。杜陵工琴四十年，琴聲在音不在絃。座中爲我奏此曲，滿堂蕭瑟如窮邊。第一第二拍，淚盡蛾眉没蕃客。更聞出塞入塞聲，穹廬氊帳難爲情。胡天雨雪四時下，五月不曾芳草生。須臾促軫變宫徵，一聲悲兮一聲喜。南看漢月雙眼明，却顧胡兒寸心死。回紇數年收洛陽，洛陽士女皆驅將。豈無父母與兄弟，聞此哀情皆斷腸。杜陵先生証此道，沈家祝家皆絶倒。如今世上風雅衰，若箇深知此聲好。世上愛筝不愛琴，則明此調難知音。今朝促軫爲君奏，不向俗流傳此心。

李　益

效古促促曲（爲河上思婦作。）

促促何促促，黄河九回曲。嫁與棹船郎，空牀將影宿。不道君心不如石，那令妾貌長如玉。

野田行

日没出古城，野田何茫茫。寒狐嘯青塚，鬼火燒白楊。昔人未爲泉下客，行到此中曾斷腸。

古别離

雙劍欲别風淒然，雌沉水底雄上天。江回漢轉兩不見，雲交雨合知何年。古來萬事皆由命，何用臨岐苦涕漣。

輕薄篇

豪不必馳千騎，雄不在垂雙鞬。天生俊氣自相逐，出與鵰鶚同飛翻。朝行九衢不得意，下

鞭走馬城西原。忽聞燕鴈一聲去，回鞍挾彈平陵園。歸來青樓曲未卒，美人玉色當金樽。淮陰少年不相下，酒酣半笑倚市門。安知我有不平色，白日欲暝紅塵昏。死生容易如反掌，得意失意由一言。少年但飲莫相問，此中報讐亦報恩。

登夏州樓城觀征人賦得六州胡兒歌（今按，《全唐詩》卷二八二無「樓」字，「征」作「行」，其上有「送」字）

六州胡兒六蕃語，十歲騎羊逐沙鼠。沙頭牧馬孤鴈飛，漢軍遊騎貂錦衣。雲中征戍三千里，今日征行何歲歸。無定河邊數株柳，共送行人一杯酒。胡兒起作和蕃歌，齊唱嗚嗚盡垂手。心知舊國西州遠，西向胡天望鄉久。回身忽作異方聲，一聲回盡征人首。蕃音虜曲直（今按，屠隆本、《全唐詩》作「一」，《全唐詩》注云：一作「自」）難分，似說邊情向塞雲。故國關山無限路，風沙滿眼堪斷魂。不見天邊青作塚，古來愁殺漢昭君。

朱　灣

同清江師月夜聽堅正二上人爲懷州轉法華經歌

若耶溪畔雲門僧，夜閑燕坐聽真乘。蓮花秘偈藥草喻，二師身住口不住。鑿井求泉會到

源，閉門避火終迷路。前心後心皆此心，梵音妙音柔軟音。清泠（今按，據姚本及《全唐詩》，當爲「泠」）霜磬有時動，寂歷空堂宜夜深。向來不寐何所得（今按，《全唐詩》卷三〇六作「事」），一念纔生百慮息。風翻亂葉林有聲，雪映閑庭月無色。玄關密跡難可思，醒人悟兮醉人疑。衣中繫寶覺者誰，臨川内史字得之。

寒城晚角（滑州作。）

高臺高高畫角雄，五更初發寒城中。寒城北臨大河水，淇門賊烽隔岸是。長風送過黎陽川，我軍氣雄賊心死。羈人此夜寐不成，萬里邊情枕上生。乍似隴頭戍，寒泉幽咽流不住。又如巴江頭，啼猿帶雨斷續愁。忽憶嫖姚北征伐，空山宿兵寒對月。一聲老將起，三奏行人發。冀馬爲之嘶，朔雲爲之結。二十年來天下兵，到處不曾無此聲。洛陽陌，長安路。角聲朝朝角聲暮，平居聞之尚難度。何況天山征戍兒，雲中下營雪裏吹。

顧　況

日晚歌

日窅窅兮下山，望佳人兮不還。花落兮屋上，草生兮階間。日日兮春風，芳菲兮欲歇。老

不可兮更少，君胡爲兮輕別。

行路難

君不見少年頭上如雲髮，少壯如雲老如雪。豈知灌頂有醍醐，能使清涼頭不熱。吕梁之水掛飛流，黿鼉蛟蜃不敢遊。少年視險若平地，獨倚長劍凌清秋。行路難，行路難。昔少年，今已老。前朝竹帛事皆空，日暮牛羊古城草。

短歌

新繫青絲百尺繩，心在君家轆轤上。我心皎潔君不知，轆轤一轉一惆悵。何處春風吹曉幕，江南緑水通朱閣。美人二八顔如花，泣向春風畏花落。臨春風，聽春鳥。別時多，見時少。愁人一夜不得眠，瑶井玉繩相對曉。

蕫草春（并序）（今按：題、序、詩中「蕫」字，屠隆本、《全唐詩》卷二六五、顧況《華陽集》卷中作「瑶」，姚本、刻者不詳明本、《文苑英華》卷三四六作「蕃」）

隴西李迅者，納别宅監奴，出，迅不喜，欲訪故人，爲刺史强而配焉。既歸而不合，監奴投井而死。因作《蕫草春》歌以悲之。

萋草春，杳容與，江南艷歌京西舞。執心輕子都，信節冠秋胡。議以腰肢嫁，時論自有夫。蟬鬢蛾眉明井底，燕裙趙袂縈轆轤。李生聞之淚如綆，不忍回頭看此井。月中桂樹落一枝，池上鴆（今按，據姚本、刻者不詳明本、《文苑英華》、《全唐詩》，當爲「鵁」）鶄唳孤影。露桃穠李自成蹊，流水終天不向西。翠帳緑牕寒寂寂，錦茵羅薦夜淒淒。萋草春，丹井遠，别後相思意深淺。

馮　著

洛陽道

洛陽宫中花柳春，洛陽道上無行人。皮裘氊帳不相識，萬户千門閉春色。春色深，春色深，君王一去何時尋。春雨灑，春雨灑，周南一望堪淚下。蓬萊殿中寢胡人，鳷鵲樓前放胡馬。聞君欲行西入秦，君行不用過天津。天津橋上多胡塵，洛陽道上愁殺人。

劉　商

雜言同豆盧郎中郭南七里橋哀悼姚倉曹

橋邊足離别，終日爲悲辛。登橋因歎逝，卻羨别離人。橋下東流水，芳樹櫻桃蕊。流水與

潮回，花落明年開。可憐三語椽（今按，據姚本及《全唐詩》卷三〇三，當爲「掾」），長作九泉灰。宿昔歡遊在何處，花前飲足求仙去。（劉云：詞意良若〔今按，據姚本、屠隆本、刻者不詳明本，當爲「苦」〕。）

楊　衡

長門怨

絲聲繁兮管聲急，珠簾不卷風吹入。萬遍凝愁枕上聽，千迴候命花間立。望望昭陽信不來，迴眸獨掩紅巾泣。

白紵歌二首（今按，「歌」，屠隆本、刻者不詳明本作「詞」，《全唐詩》卷四六五「歌」下注云：一作「詞」）

玉纓翠珮雜輕羅，香汗微漬朱顏酡。爲君起唱白紵歌，清聲裊雲思繁多，凝笳哀瑟時相和。金壺半傾（今按，據姚本、《全唐詩》，當爲「傾」）芳夜促，梁塵霏霏暗紅燭。令君安坐聽終曲，墜葉飄花難再復。

其二

躡珠履，步瓊筵，輕身起舞紅燭前。芳姿艷態妖且妍，回眸轉袖暗催絃。涼風蕭蕭漏水急，月華泛艷紅蓮濕，牽裙攬帶翻成泣。

哭李象

白雞黄犬不將去，寂寞空餘葬時路。（劉云：起語如有失。）草死花開年復年，後人知是何人墓。憶君思君獨不眠，夜寒月照青楓樹。

朱長文

春眺揚州西上岡寄徐員外

蕪城西眺極滄流，漠漠春煙間樹樓。瓜步早潮吞建業，蒜山晴雪照揚州。隋家故事不能問，鶴在仙池期我遊。

戴叔倫

柳花歌送客往桂陽

滄浪渡頭柳花發，斷續因風飛不絕。摇煙拂水積翠間，綴雪含霜誰忍攀。夾岸紛紛送君去，鳴棹孤尋到何處。移家深入桂水源，種柳新成花更繁。定知别後消散盡，卻憶今朝傷旅魂。

女耕田行

乳燕入巢笋成竹，誰家二女種新穀（今按，當爲「穀」）。無人無牛不及犂，持刀砍（今按，據姚本、牛斗本、屠隆本、刻者不詳明本、《唐百家詩選》卷七、《全唐詩》卷二七三，當爲「斫」）地翻作泬（今按，姚本、《唐百家詩選》、《全唐詩》作「泥」，屠隆本作「片」，當以「泥」爲是）。自言家貧母年老，長兄從軍未娶嫂。去年災疫牛囤空，截絹買刀都市中。頭巾掩面畏人識，以刀代牛誰與同。姊妹相攜心正苦，不見路人唯見土。疏通畦隴防亂苗，整頓溝塍待時雨。日正南岡下餉歸，可憐朝雉擾鷩飛。東鄰西舍花發盡，共惜餘芳淚滿衣。

長孫佐輔

南中客舍對雨送故人

猿聲啾啾鴈聲苦，卷簾相對愁不語。幾年客吴君在楚，況送君歸我猶阻。家書作得不忍封，北風吹斷階前雨。

七言古詩卷之十　唐詩品彙三十四

正變（上）

王　建

望夫石

望夫處，江悠悠。化爲石，不回頭。山頭日日風和雨，行人歸來石應語。

遠將歸

遠將歸，勝未别離時。在家相見熟，新歸歡不足。去願車輪遲，迴思馬蹄速。但令在家相對貧，莫向天涯金繞身。

寄遠曲

美人别來無處所，巫山月明湘江雨。千回相見不分明，井底看星夢中語。兩心相對尚難

知，何況萬里不相疑。

春詞

紅煙滿户日照梁，天絲軟弱蟲飛揚。菱花霍霍繞帷光，美人對鏡着衣裳。庭中並種相思樹，夜夜還棲雙鳳凰。（劉云：艷情怨意，不遠而足。）

雉將雛

雉咿喔，雛出㲉。毛班班，觜啄啄。學飛未得一尺高，還逐母行旋母脚。麥隴淺淺難蔽身，遠去戀雛低怕人。時時土中鼓兩翅，引雛食蟲不相離。（劉云：油然子母之愛，亦可悲也。）

老婦歎鏡

嫁時明鏡老猶在，黄金鏤畫雙鳳背。憶昔咸陽初買來，燈前自繡芙蓉帶。十年不開一片鐵，長向暗中梳白髪。今日後牀重照看，生死終當此長别。

去婦

新婦去年胝手足，衣不暇縫蠶廢簇。白頭使我憂家事，還如夜裏燒殘燭。當初爲信傍人語，豈道如今自辛苦。在時縱嫌織絹遲，有絲不上鄰家機。

神樹詞

我家家西老棠樹，須晴即晴雨即雨。四時八節上杯盤，願神莫離神處所。男不着丁女在舍，官事上下無言語。老身長健樹婆娑，萬歲千秋作神主。（劉云：不足而有愁意。）

短歌行

人初生，日初出。上山遲，下山疾。百年三萬六千朝，夜裏分將强半日。有歌有舞須早爲，昨日健於今日時。人家見生男女好，不知男女催人老。短歌行，無樂聲。（劉云：妙合人意，結語更妙。）

白紵歌二首

天河漫漫北斗燦，宫中烏啼知夜半。新縫白紵舞衣成，來遲邀得吴王迎。低鬟轉面掩雙袖，玉釵浮動春風生。酒多夜長夜未曉，月明燈光兩相照，後庭歌聲更窈窕。

其二

館娃宫中春日暮，荔枝木瓜花滿樹。城頭烏棲休擊鼓，青蛾彈瑟白紵舞。夜天燑燑不見星，宫中火照西江明。美人醉起無次第，墮釵遺珮滿中庭。此時但願可君意，回晝爲宵亦

不寐，年年奉君君莫棄。

朱釵怨（今按，據姚本等及《全唐詩》，「朱」當爲「失」）

貧女銅釵惜於玉，失却求來（今按，《唐百家詩選》卷十三、《全唐詩》卷二九八作「來尋」；姚本、刻者不詳明本作「來來」，乃訛一字，底本及牛斗本、屠隆本、張恂本、四庫本作「求來」，當爲臆改前「來」字爲「求」）三日哭。嫁時女伴與作粧，頭戴此釵如鳳凰。雙杯行酒六親喜，我家新婦宜拜堂。鏡中乍無失髻樣，初起猶疑在牀上。高樓翠鈿飄舞塵，明日從頭一片新。

精衛詞

精衛誰教爾填海，海邊石子青磊磊。但將海水作枯池，海中魚龍何所爲。口穿豈爲空銜石，山中草木無全枝。朝在樹頭暮海裏，飛多羽折時隨（今按，據姚本、屠隆本、刻者不詳明本、《全唐詩》卷二九八，當爲「墮」）水。高山未盡海未平，願我身死子還生。

羽林行

長安惡少出名字，樓下劫商樓上醉。天明下直明光宫，散入五陵松柏中。百回殺人身合死，赦書尚有收城功。九衢一日消息定，鄉吏籍中重改姓。出來依舊屬羽林，立在殿前射飛禽。

開池得古釵

美人開池北堂下，拾得寶釵金未化。鳳凰半在雙股齊，鈿花落處生黄泥。當時墮地覓不得，暗想臆中還夜啼。可知將來對夫婿，鏡前學梳古時髻。（劉云：皆意表裏。）莫言至死亦不遺，還似前人初得時。

烏夜啼

庭樹烏，爾何不向别處棲，夜夜夜半當户啼。家人把燭出洞户，驚棲出羣飛落樹。一飛直欲飛上天，回回不離舊棲處。未明重繞主人屋，欲下空中黑相觸。風飄雨濕亦不移，君家樹頭多好枝。

行見月

月初生，居人見月一月行。月行一年十二月，强半馬上看圓缺。百年歡樂能幾何，在家見少行見多。不緣衣食相驅遣，此身誰願長奔波。篋中有帛倉有粟，豈向天涯走碌碌。家人見月望我歸，正是道上思家時。

當牕織

歎息復歎息，園中有棗行人食。（劉云：古。）貧家女大富家織，翁母隔牆不得力。水寒手澀絲脆斷，續來續去心腸爛。草蟲促促機下啼，兩日催成一匹半。輸官上頭有零落，姑未得衣身不着。當牕却羨青樓倡，十指不動衣盈箱。

刺促行

促促復刺刺，水中無魚山無石。少年雖嫁不將歸，白頭猶着父母衣。四邊田宅非所有，我身不及逐雞飛。出門若有歸死處，猛虎當衢向前去。百年不遺踏君門，在家誰喚爲新婦。豈不見它鄰舍娘，嫁來長在舅姑傍。

寒食行

寒食家家出古城，老人看屋少年行。丘隴年年無舊道，車徒散行入衰草。牧童驅牛下塚頭，畏有人家來灑掃。遠人無墳水頭祭，還引婦姑望鄉拜。三日無火燒紙錢，紙錢那得到黃泉。但看隴上無新土，此中白骨應無主。

賽神曲

男抱琵琶女作舞，主人再拜聽神語。新婦上酒勿辭勤，使爾舅姑無所苦。椒漿湛湛桂座新，一雙長箭繫紅巾。但願牛羊滿家宅，十月報賽南山神。青天無風水復碧，龍馬上鞍牛服軛。紛紛醉舞踏衣裳，把酒路傍勸行客。

隴頭水

隴水何年隴頭別，不在山中亦嗚咽。征人塞耳馬不行，未到隴頭聞水聲。謂是西流入蒲海，還聞北去繞龍城。隴東隴西多屈曲，野麋飲水長簇簇。胡兵夜回水傍住，憶着來時磨劍處。向前無井復無泉，放馬回看隴頭樹。

田家留客

人客少能留我屋，（劉云：起得甚濃。）客有新漿馬有粟。遠行僮僕應苦饑，新婦廚中炊欲熟。不嫌田家破門户，蠶房新泥無風土。行人但飯莫畏貧，明府上來何辛苦。叮嚀回語屋中妻，有客勿令兒夜啼。雙井直西有縣路，我教丁男送君去。（劉云：情至語盡，歌舞有不能。）

田家行

男顔（今按，《全唐詩》卷二九八作「聲」）欣欣女顔悦，人家不怨言語别。五月雖熱麥風清，簷頭索索繅車鳴。野蠶作繭人不取，葉間撲撲秋蛾生。麥收上場絹在軸，的是輸得官家足。不望入口復上身，且免向城賣黄犢。田家衣食無厚薄，不見縣門身即樂。

空城雀

空城雀，何不飛來人家住，空城無人種禾黍。土間生子草間長，滿地蓬蒿幸無主。近村雖有高樹枝，雨中無食常苦饑。八月小兒挾弓箭，家家畏我田頭飛。但能不出空城裏，秋時百草皆有子。黄口（今按，《全唐詩》作「報言黄口」，注云：一作「黄口黄口」）莫啾啾，長爾得成無横死。

簇蠶詞

蠶欲老，箔頭作繭絲皓皓。場寬地高風日多，不向中庭曬蒿草。神蠶急作莫悠揚，年老爲爾祭神桑。但得青天不下雨，上無蒼蠅下無鼠。新婦拜簇願繭稠，女灑桃漿男打鼓。三日開箔雪團團，先將新繭送縣官。已聞鄉里催織作，去與誰人身上着。

涼州詞

涼州四邊沙皓皓，漢家無人開舊道。邊頭州縣盡胡兵，將軍別築防秋城。萬里征人皆已没，年年旌節發西京。多來中國收婦女，一半生男爲漢語。蕃人舊日不耕犂，相學如今種禾黍。驅羊亦着錦爲衣，爲惜氊裘防鬬時。養蠶繰繭成匹帛，那將繞帳作旌旗。城頭山雞鳴角角，洛陽家家教胡樂。

温泉宫行

十月一日天子來，青蠅御路無塵埃。宫前内裏湯各别，每箇白玉芙蓉開。朝元門（今按，屠隆本、四庫本、《文苑英華》卷三一一、《唐百家詩選》卷十二、《全唐詩》卷二九八作「閣」）向山上起，城繞青山龍暖水。夜開金殿看星河，宫女知更月明裏。武皇得仙王母去，山雞晝鳴宫中樹。温泉決決出宫流，宫使年年修玉樓。禁兵去盡無射獵，日西麋鹿登城頭。梨園弟子偷曲譜，頭白人間教歌舞。

北邙行

北邙山頭少閑土，盡是洛陽人舊墓。舊墓人家歸葬多，堆著黄金無買處。天涯悠悠葬日促，岡坂崎嶇不停轂。高張素幕繞銘旌，夜唱挽歌山下宿。洛陽城北復城東，魂車祖馬長

相逢。車轍廣若長安路，蒿草多於松柏樹。山頭澗底石漸稀，盡向墳前作羊虎。誰家石碑文字滅，後人重取書年月。朝朝車馬送葬回，還起大宅與高臺。（劉云：長處自然，不用口語，口語甚長。）

張籍

寄遠曲

美人來去春江暖，江頭無人湘水滿。浣紗石上水禽棲，江南路長春日短。蘭舟桂檝常渡江，無因重寄雙瓊璫。

行路難

湘東行人長歎息，十年離家歸未得。弊裘羸馬苦難行，童僕饑寒少筋力。君不見牀頭黄金盡，壯士無顔色。龍蟠泥中未有雲，不能生彼升天翼。

征婦怨

九月匈奴殺邊將，漢軍全没遼水上。萬里無人收白骨，家家城下招魂葬。婦人依倚子與夫，同居貧賤心亦舒。夫死戰場子在腹，妾身雖存如晝燭。

白紵歌

皎皎白紵白且鮮，將作春衣稱少年。裁縫長短不能定，自持刀尺向姑前。復恐蘭膏污織指，常遣傍人收墮珥。衣裳着時寒食下，還把白鞭鞭白馬。

野老歌（一作《山農詞》。）

老翁家貧在山住，耕種山田三四畒。苗疏税多不得食，輸入官倉化爲土。歲暮鋤犂倚空室，呼兒登山收穃（今按，據姚本及《全唐詩》卷三八二，當爲「橡」）實。西江賈客珠百斛，船中養犬長食肉。

寄衣曲

織素縫衣獨苦辛，遠因回使寄征人。官家亦自寄衣去，貴從妾手着君身。高堂姑老無侍子，不得自到邊城裏。殷勤爲看初着時，征夫身上宜不宜。

送遠曲

戲馬臺南山簇簇，山邊飲酒歌別曲。行人醉後起登車，席上回尊勸僮僕。青天漫漫覆長路，遠遊無家安得住。願君到處自題名，他日知君從此去。（劉云：能幾許得恁沉着宛轉數語矣。）

築城詞

築城處，千人萬人齊抱杵。重重土堅試行錐，軍吏執鞭催作遲。來時一年深磧裏，著盡短衣渴無水。力盡不得拋杵聲，杵聲未盡人皆死。家家養男當門户，今日作君城下土。

猛虎行

南山北山樹冥冥，猛虎白日繞林行。向晚一身當道食，山中麋鹿盡無聲。年年養子在空谷，雌雄上山不相逐。谷中近窟有山林，長向村家取黄犢。五陵年少不敢射，空來林下看行跡。

别離曲

行人結束出門去，幾時更踏門前路。憶昔君初納采時，不言身屬遼陽戍。早知今日當别離，成君家計良爲誰。男兒生身自有役，那得誤我少年時。不如逐君征戰死，誰能獨老空閨裏。

牧童詞

遠牧牛，繞村四面禾黍稠。陂中饑鳥（今按，《全唐詩》卷三八二作「烏」）啄牛背，令我不得戲隴頭。

入陂草多牛散行，白犢時向蘆中鳴。隔堤吹葉應同伴，還鼔（今按，《全唐詩》卷三八二作「鼓」）長鞭三四聲。牛羊（今按，《全唐詩》作「牛牛」）食草莫相觸，官家截爾頭上角。

沙堤行呈裴相公

長安大道沙爲堤，早風無塵晚（今按，《全唐詩》卷三八二作「雨」，注云「一作『暖』，一作『晚』」）無泥。宫中玉漏下三刻，朱衣導騎丞相來。路傍高樓息歌吹，千車不行行者避。街官閭吏相傳呼，宫前十里惟空衢。白麻詔下移相印，新堤未成舊堤盡。

求仙行

漢皇欲作飛仙子，年年採藥東海裏。蓬萊無路海無邊，方士舟中相枕死。招摇在天囚白日，甘泉玉樹無仙實。九皇真人終不下，空向離宫祠太乙。丹田有氣凝素華，君能保之昇絳霞。

古釵歎

古釵墮井無顔色，百尺泥中今復得。鳳凰宛轉有古儀，欲爲首飾不稱時。女伴傳看不知主，羅袖拂拭生光輝。蘭膏已盡股半折，雕文刻樣無年月。雖離井底入匣中，不用還與墜時同。（劉云：好。）

各東西

遊人別，一東復一西。出門相背兩不返，惟信車輪與馬蹄。道路悠悠不知處，山高海闊誰辛苦。遠遊不定難寄書，日日空尋别時語。浮雲上天雨墮地，暫時會合終離異。我今與子非一身，安得死生不相棄。（劉云：其不及王建者，材不盡也，然各自得體。）

節婦吟（寄東平李司空。）

君知妾有夫，贈妾雙明珠。感君纏綿意，繫在紅羅襦。妾家高樓連苑起，良人執戟明光裏。知君用心如日月，事夫誓擬同生死。還君明珠雙淚垂，何不相逢未嫁時。（《洪容齋三筆》云：籍在他鎮幕府，鄆帥李師古又以書幣辟之，籍却而不納，而作《節婦吟》以寄之。○劉云：好自好，但亦不宜繫。）

讌客詞

上客不用顧金羈，主人有酒君莫違。請君看取園中花，地上漸多枝上稀。山頭樹影不見石，溪水無風應更碧。人人齊醉起舞時，誰覺翻衣與倒幘。明朝花盡人已去，此地獨來空繞樹。

永嘉行

黄頭鮮卑入洛陽，胡兒持戟升明堂。晉家天子作降虜，公卿齊走如牛羊。紫陌旌旛暗相觸，家家雞犬驚上屋。婦今（今按，《唐文粹》卷十二、《樂府詩集》卷九三、《全唐詩》卷三八二作「婦人」，《石倉歷代詩選》卷五九作「妾今」）出門隨亂兵，夫死眼前不敢哭。九州諸侯自顧土，無人領兵來護主。北人避胡多在南，南人至今能晉語。

採蓮曲

秋江岸邊蓮子多，採蓮女兒憑船歌。青房圓實齊戢戢，争前競折漾微波。試索緑莖不尋藕，斷處絲多刺傷手。白練束腰袖半捲，不插玉釵妝梳淺。船中未滿度前洲，借問阿誰家住遠。歸時共待暮潮上，自弄芙蓉還蕩槳。

傷歌行

黄門詔下促收捕，京兆尹繫御史府。出門無復部曲隨，親戚相逢不容語。辭成謫尉南海州，受命不得須臾留。身着青衫騎惡馬，東門之東無送者。郵夫防吏急喧譁（今按，《樂府詩集》卷六二、《唐文粹》卷十五下、《全唐詩》卷三八二皆作「驅」），往往驚墮馬蹄下。長安里中荒大宅，東（今按，《樂府詩集》、《全唐詩》作「朱」）門已除十二戟。高堂舞榭鎖管絃，美人遥望西南天。

吴宫怨

吴宫四面秋江水，江清露白芙蓉死。（劉云：哀怨意引。）吴王醉後欲更衣，座上美人嬌不起。宫中千門復萬户，君恩反覆誰能數。君心與妾既不同，徒向君前作歌舞。茱萸滿宫紅實垂，秋風嫋嫋生繁枝。姑蘇臺上夕燕罷，它人侍寢還獨歸。白日在天光在地，君今那得長相棄。（劉云：稍有古意。）

北邙行

洛陽北門北邙道，喪車轔轔入秋草。車前齊唱薤露歌，高墳新起白峨峨。朝朝暮暮人送葬，洛陽城中人更多。千金立碑高百尺，終作誰家柱下石。山頭松柏半無主，地下白骨多於土。寒食家家送紙錢，鳥（今按，屠隆本、刻者不詳明本、《全唐詩》作「烏」）鳶作窠銜上樹。人居朝市未解愁，請君暫向北邙遊。（劉云：只如此，自不可堪，真樂府之體也。）

關山月

秋月朗朗關山上，山中行人馬蹄響。關山秋來雨雪多，行人見月唱邊歌。海邊漠漠天氣白，胡兒夜渡黄龍磧。軍中探騎暮出城，伏兵暗處低旌戟。漢水（今按，《全唐詩》卷三八二作「溪水」，注云：一作「沙磧」）連天霜草平，野駝尋水磧中鳴。隴頭風急鴈不下，沙場苦戰多流星。

可憐萬國關山道，年年戰骨多秋草。

少年行

少年從獵出長楊，禁中新拜羽林郎。獨到輦前射雙虎，君王手賜黃金璫。日日鬭雞都市裏，贏得寶刀重刻字。百里報讐夜出城，平明還在娼樓醉。遥聞虜到平陵下，不待詔書行上馬。斬得名王獻桂宫，封侯起第一日中。不爲六郡良家子，百戰始取邊城功。

白頭吟

請君膝上琴，彈我白頭吟。憶昔君前嬌笑語，兩情宛轉如縈素。宫中爲我起高樓，更開花池種芳樹。春天百草秋始衰，棄我不待頭白時。羅襦玉珥色未暗，今朝已道不相宜。揚州青銅作明鏡，暗中持照不見影。人心迴互自無窮，眼前好惡那能定。君恩已去若再返，菖蒲花開月長滿。

將軍行

彈箏峽東有胡塵，天子擇日拜將軍。蓬萊殿前賜六纛，還領禁兵爲部曲。當朝受詔不辭家，夜向咸陽原上宿。戰車彭彭旌旗動，三十六軍齊上隴。隴頭戰勝夜亦行，分兵處處收舊城。胡兒殺盡陰磧暮，擾擾唯有牛羊聲。邊人親戚曾戰没，今逐官軍收舊骨。磧西行

見萬里空，幕府獨奏將軍功。

賈客樂

金陵向西賈客多，船中生長樂風波。欲發移船近江口，船頭祭神各澆酒。停杯共説遠行期，入蜀經蠻誰别離。金多衆中爲上客，夜夜算緡眠獨遲。秋江初月猩猩語，孤帆夜發瀟湘渚。水工持楫防暗灘，直過山邊及前侶。年年逐利西復東，姓名不在縣籍中。農夫税多長辛苦，棄業長爲販寶翁。

羈旅行

遠客出門行路難，停車斂策在門端。荒城無人霜滿路，野火燒橋不得度。寒蟲入窟鳥歸窠，僮僕問我誰家去。（劉云：猝猝形容到此。）行尋田頭暗未息，雙轂長轅礙荆棘。緣岡入澗投田家，主人舂米爲夜食。晨雞喔喔茆屋傍，行人起掃車上霜。舊山已别行已遠，身計未成難復返。長安陌上相識稀，遥望天門白日晚。誰能聽我辛苦行，爲向君前歌一聲。（劉云：須著如此結，愈緩愈不可聽，他人不能道耳。○嚴滄浪云：大曆後，張籍、王建之樂府，吾所深取耳。）

七言古詩卷之十一　唐詩品彙三十五

正變（下）

韩　愈

琴操十首

唐子西云：《琴操》非古詩，非《騷》詞，惟退之爲得體。退之《琴操》，柳子厚不能作也。

朱晦庵（今按，錢仲聯《韓昌黎詩繫年集釋》作晁補之語）云：愈博涉羣書，所作《十操》，奇辭奥旨，如取諸室中物。以其所涉博，故能約而爲此也。夫孔子於《三百篇》皆絃歌之，《操》亦絃歌之辭也。其取興幽眇，怨而不言，最近《騷》體。古詩之衍者，（今按，錢仲聯《韓昌黎詩繫年集釋》引文「古詩」前有「《騷》本」二字）至歎（今按，當爲「漢」）而衍極，故《騷》無《操》（今按，錢仲聯《韓昌

黎詩繫年集釋》作「故《離騷》、《琴操》」，此處疑當爲「《騷》與《操》」），與詩賦同出而異名，蓋衍復於約者。後之爲《騷》，惟約猶迨（今按，錢仲聯《韓昌黎詩繫年集釋》作「及」）之。　嚴滄浪云：退之《琴操》極高古，正是本色，非唐賢所及。

拘幽操（文王拘羑里作。）

目掩掩（今按，屠隆本、《唐文粹》卷十、《全唐詩》卷三三六作「窈窈」，姚本、刻者不詳明本、《樂府詩集》卷五七作「揜揜」，「揜」古同「掩」）兮，其凝其盲。（劉云：極形容之苦，不可謂非怒也。）耳肅肅兮，聽不聞聲。朝不見日出兮，夜不見月與星。有知無知兮，爲死爲生。嗚呼，臣罪當誅兮，天王聖明。（程伊川曰：道文王意中事，前後人道不到此。　徐仲車云：可謂知文王之用心矣。《凱風》七子之母，猶不能安其室，而云「母氏聖善，我無令人」，重自責也。）

岐山操（周公爲太公作。）

我家於豳，自我先公。伊我承緒（今按，《全唐詩》卷三三六作「序」），敢有不同。今狄之人，將土我疆。民爲我戰，誰使死傷。彼岐有岨，我往獨處。人（今按，《全唐詩》作「爾」）莫余追，無思我悲。

越裳操（周公作。）

雨之施，物以孽（今按，據姚本、屠隆本、刻者不詳明本、錢仲聯《集釋》，當爲「孳」），我何意於彼爲。自周之先，其艱其勤。以有疆宇，私我後人。我祖在上，四方在下。厥臨孔威，敢戲以侮。孰荒于門，孰治于田。四海既均，越裳是臣。（楊翟「今按，屠隆本作「楊霍」，據宋魏仲舉編《五百家注昌黎文集》卷首《諸儒姓氏》，當爲「陽翟」」孫氏云：豈有荒于門而能治于田者乎？故必四海既均，而後越裳是臣也。）

將歸操（孔子之趙，聞殺竇鳴犢作。）

狄之水兮，其色幽幽。（劉云：詞意淺淺，宜以調適當然者，自不可及。）我將濟兮，不得其由。涉其淺兮，石齧我足。乘其深兮，龍入我舟。我濟而悔兮，將安歸尤。歸乎歸乎（今按，《全唐詩》卷三三六作「歸兮歸兮」），無與石鬬兮，無應龍求。（劉云：舊讀本作「歸來歸來兮」，似是。）

猗蘭操（孔子傷不逢時作。）

蘭之猗猗，揚揚其香。不採而佩，於蘭何傷。今天之旋，其曷爲然。我行四方，以日以年。雪霜貿貿，薺麥之茂。子如不傷，我不爾覯。薺麥之茂，薺麥之有。君子之傷，君子之守。（《補注》云：君子居可傷之時，而不易其所守，亦猶薺麥之有也。）

龜山操（孔子以季桓子受齊女樂，諫不從，望龜山而作。）

龜之氣兮，不能雲雨。龜之枿兮，不中梁柱。龜之大兮，秪以奄魯。知將隳兮，哀莫余伍。周公有鬼兮，嗟余歸輔。（洪氏云：蓋言周公如有神，其使余歸輔其君也。）

履霜操（尹吉甫子無罪爲後母譖而見逐，自傷作。）

父兮兒寒，母兮兒饑。兒罪當笞，逐兒何爲。兒在中野，以宿以處。四無人聲，誰與兒語。兒寒何衣，兒饑何食。兒行于野，履霜以足。母生衆兒，有母憐之。獨無母憐，兒寧不悲。（劉云：不怨非情也，乃怨也。此乃《小弁〔今按，據姚本、屠隆本、四庫本，當爲「弁」〕》之志歟？只〔今按，錢仲聯《韓昌黎詩繫年集釋》引此語作「又」〕飢寒履霜，反覆感切，真可以泣鬼神矣。此所以爲《琴操》也。）

雉朝飛操（牧犢子七十無妻，見雉雙飛，感之而作。）

雉之飛，于朝日。羣雌孤雄，意氣横出。當東而西，當啄而飛。（劉云：此其不可及處，寫得别。）隨飛隨啄，羣雌粥粥。嗟我雖人，曾不如彼雉雞。生身七十年，無一妾與妃。

别鵠操（商陵穆子娶妻，五年無子。父母欲其改娶，其妻聞之，中夜悲嘯，穆子感之而作。）

雄鵠銜枝來，雌鵠啄泥歸。巢成不生子，大義嘗（今按，據姚本、屠隆本、刻者不詳明本、四庫本、《樂府詩集》卷五八、《全唐詩》卷三三六，當爲「當」）乖離。江漢水之大，鵠身鳥之微。更無相逢日，安可相

隨飛。

殘形操（曾子夢見一狸不見其首作。）

有獸維狸兮，我夢得之。其身孔明兮，而頭不知。吉凶何爲兮，覺坐而思。巫咸上天兮，識者其誰。（劉云：《十操》惟此最古意，以其不著述［今按，四庫本作「迹」］也。題本難賦，此賦得體。）

雜詩十九首

馬厭穀（今按，「穀」原作「穀」，據《全唐詩》卷三三七改）

馬厭穀兮，士不厭糠籺。士被文繡兮，士無短褐。彼其得志兮，不我虞。一朝失志兮，其何如。已焉哉，嗟嗟乎鄙夫。（韓仲韶云：此詩未得志之辭也，其三上光範書時作乎？）

汴州亂二首（汴州自大曆後多兵，時軍司馬陸長源總留後事，八日而軍亂，殺長源等，以宋州刺史劉逸準使總後務，朝廷從之。二詩卒章各有諷。）

汴州城門朝不開，天狗墜地聲如雷。健兒爭誘（今按，四庫本、《全唐詩》卷三三七作「誇」，《全唐詩》注云：一作「誘」）殺留後，連屋累棟燒成灰。諸侯咫尺不能救，孤士何者自興哀。

其二

母從子走者爲誰，大夫夫人留後兒。昨日乘車騎大馬，坐者起趨乘者下。廟堂不肯用干戈，嗚呼奈汝子母何。

利劍（韓仲韶云：此詩次《汴州亂》後，不平之氣略見于此。）

利劍光耿耿，佩之使我無邪心。故人念我寡徒侶，持用贈我比知音。我心如冰劍如雪，不能刺讒夫，使我心腐劍鋒折。決雲中斷開青天，噫！劍與我俱變化歸黄泉。

河之水二首寄子姪老成

河之水，去悠悠。我不如，水東流。我有孤姪在海陬，三年不見兮使我生憂。日復日，夜復夜。三年不見汝，使我鬢髮未老而先化。

其二

河之水，悠悠去。我不如，水東注。我有孤姪在海浦，三年不見兮使我心苦。採蕨于山，緡魚于淵。我徂京師，不遠其還。（劉云：此其楚語也。）

東方未明

東方未明大星没，獨有太白配殘月。嗟爾殘月勿相疑，同光共影須臾期。殘月暉暉，太白睒睒。雞三號，更五點。

雉帶箭（樊澤之云：此詩佐張建封僕射于徐，從獵而作也。讀之其狀如在目前，盖寫物之妙者。）

原頭火燒静兀兀，野雉畏鷹出復没。將軍欲以巧伏人，盤馬彎弓惜不發。地形漸窄觀者多，雉驚弓滿勁箭加。衝人決起百餘尺，紅翎白鏃相傾斜。將軍仰笑軍吏賀，五色離披馬前墮。

天星送楊疑郎中賀正（今按，「疑」，《全唐詩》卷三三八、《新唐書·楊凝傳》皆作「凝」）

天星牢落雞喔咿，僕夫起餐車載脂。正當窮冬寒未已，請問君子行安之。會朝元正無不至，受命上宰須及期。侍從近臣有虚位，公今此去何時歸（今按，《全唐詩》作「歸何時」）。

醉留東野

昔年因讀李白杜甫詩，長恨二人不相從。吾與東野生並世，如何復躡二子蹤。東野不得官，白首跨（今按，姚本、屠隆本、刻者不詳明本、《全唐詩》作「誇」）龍鍾。韓子稍姦點（今按，據姚本、屠隆本、

刻者不詳明本、四庫本、《全唐詩》卷三四〇，當爲「黠」），自慙青蒿倚長松。低頭拜東野，願得終始如駏蛩（今按，據姚本、屠隆本、四庫本、《全唐詩》，當爲「駏蛩」）（駏，音巨；蛩，音功。）。東野不迴頭，有如寸莛（音亭。）撞鉅鐘。吾願身爲雲，東野變爲龍。四方上下逐東野，雖有別離無由逢。

鳴鴈

嗷嗷鳴鴈鳴且飛，窮秋南去春北歸。去寒就暖識所依，天長地闊棲息稀。風霜酸苦稻粱微，羽毛摧落身不肥。徘徊反顧羣侶違，哀鳴欲下洲渚非。江南水闊朝雲多，草長沙軟無網羅。閑飛静集鳴相和，違憂懷息性匪他，凌雲一舉君謂何。

山石

山石犖确行徑微，黄昏到寺蝙蝠飛。升堂坐階新雨定（今按，四庫本、《全唐詩》卷三三八作「足」；宋王伯大編《別本韓文考異》卷三亦作「足」，注云：或作「定」，非是），芭蕉葉大梔子肥。僧言古壁佛畫好，以火來照所見稀。鋪牀拂席置羹飯，疏糲亦足飽我飢。夜深静卧百蟲絶，清月出嶺光入扉。天明獨去無道路，出入高下窮煙霏。山紅澗碧紛爛漫，時見松櫪皆十圍。當流赤足蹋澗石，水聲激激風生衣。人生如此自可樂，豈必局束爲人鞿。嗟哉吾黨二三子，安得至老不更歸。（樊澤之云：蘇内翰嘗與客遊南溪，醉後相與解衣濯足，因詠公此篇，慨然知其所以樂，而忘其在數百年

之外，因次其韻。）

聽穎師彈琴

昵昵兒女語，恩怨相爾汝。劃然變軒昂，勇士赴敵場。浮雲柳絮無根蒂，天地闊遠隨飛揚。喧啾百鳥羣，忽見孤鳳凰。躋攀分寸不可上，失勢一落千丈强。嗟余有兩耳，未省聽絲篁。自聞穎師彈，起坐在一牀。推手遽止之，濕衣淚滂滂。穎乎爾誠能，無以冰炭置我腸。（《西清詩話》云：六一居士嘗問東坡琴詩孰優，坡答以退之《聽穎師琴》。公曰：此秖是琵琶耳。吴僧義海以琴名世，或以六一語問海。海曰：歐公一代英偉，然斯語誤矣。「昵昵兒女語，恩怨相爾汝」，言輕柔細屑，真情出見也；「劃然變軒昂，勇士赴敵場」，精神愈謹，聳觀聽也；「浮雲柳絮無根蒂，天地闊遠隨飛揚」，縱横變態，浩乎不失自然也；「喧啾百鳥羣，忽見孤鳳凰」，又見穎絶不同流俗下俚聲也；「躋攀分寸不可上，失勢一落千丈强」，起伏抑揚，不主故常也：皆指下絲聲妙處，惟琴爲然，琵琶格上聲，烏能爾耶？退之深得其趣，未易譏評也。）

柳州羅池廟詩（今按，此作原爲韓愈《柳州羅池廟碑》中最後的韻文部分）

荔子丹兮蕉黄，雜肴蔬兮進侯堂。侯之船兮兩旗，度中流兮風泊之，待侯不來兮不知我悲。侯乘駒兮入廟，慰我民兮不嚬以笑。鵝之山兮柳之水，桂樹團團兮白石齒齒。侯朝出遊兮暮來歸，春與猿吟兮秋鶴與飛。北方之人兮爲侯是非，千秋萬歲兮侯無我違。福我兮壽我，驅厲鬼兮山之左。下無苦濕兮高無乾，秔稌充羡兮蛇蛟結蟠。我民報祀兮無

怠，其始自今兮欽于世世。

豐陵行

羽衛煌煌壹百里，曉出都門葬天子。羣臣雜沓馳後先，宫官穰穰來不已。是時新秋七月初，金神按節炎氣除。清風飄飄輕雨灑，偃蹇旂旆卷以舒。逾梁下坂笳鼓咽，嵽嵲遂走玄宫閭。哭聲訇天百鳥噪，幽坎晝閉空靈輿。皇帝孝心深且遠，資送禮備無贏餘。設官置衛鎖嬪妓，供養朝夕象平居。臣聞神道尚清浄，三代舊制存諸書。墓藏廟祭不可亂，欲言非職知何如。（韓仲韶云：順宗以元和元年七月葬豐陵，公時方自江陵召入爲博士，而作此詩。終篇言三代舊制存諸書，必當時之禮有不合於古者，故云。）

劉生詩

生名師命其姓劉，自少軒輊非常儔。棄家如遺來遠遊，東走梁宋暨揚州。遂凌大江極東陬，洪濤舂天禹穴幽。越女一笑三年留，南逾横嶺入炎州（或作「洲」。）。青鯨高磨波山浮，怪魅炫曜堆蛟虬。山貘讙噪猩猩愁，毒氣爍體黄膏流。問胡不歸良有由，美酒傾水炙肥牛。妖歌慢舞爛（今按，姚本、刻者不詳明本、《全唐詩》卷三三九作「爛」）不收，倒心迴腸爲青眸。千金邀顧不可酬，乃獨遇之盡綢繆。瞥然一餉成千秋，昔鬚未生今白頭。五管歷遍無賢侯，回望萬

天里還家羞。陽山窮邑惟猿猴，手持釣竿遠相投。我爲羅列陳前修，芟蒿斬蓬利鋤耰。天星回環數纔周，文學穰穰困（今按，據姚本、屠隆本、刻者不詳明本、四庫本、《别本韓文考異》卷四、《全唐詩》卷三三九，當爲「囷」）倉稠。車輕御良馬力優，咄哉識路行勿休，往取將相酬恩讎。（韓曰：劉生在越，意有所眷，故詩中云「越女一笑三年留」，下又云「問胡不歸良有由」，繼以妖歌慢舞。則知生所寓皆不羈也，故終篇有「咄哉識路行勿休，往取將相酬恩讎」，蓋有且諷且勸之意。○王得臣《麈史》云：古人恩怨必報，後世不然，報恩略而報怨詳。退之云「往取將相酬恩讎」者，得時得位無不如心。）

嗟哉董生行

淮水出桐柏山，東馳遥遥，千里不能休。淝水出其側，不能千里，（洪邁曰：「不能千里」者，以興董生居下，其可以施於人者不遐也。）百里入淮流。壽州屬縣有安豐，唐貞元年時，縣人董生召南隱居行義於其中。刺史不能薦，天子不聞名聲。爵禄不及門，門外唯有吏，日來徵租更索錢。嗟哉董生，朝出耕，夜歸讀古人書，盡日不得息。或山而樵，或水而漁。入廚具甘旨，上堂問起居。父母不慼慼，妻子不咨咨。嗟哉董生孝且慈，人不識，惟有天翁知，生祥下瑞無時期。家有狗乳出求食，雞來哺其兒，啄啄庭中拾蟲蟻。哺之不食鳴聲悲，彷徨躑躅久不去，以翼來覆待狗歸。嗟哉董生，誰將與儔。時之人，夫妻相虐，兄弟爲讎，食君之禄，而令父母愁。亦獨何心？嗟哉董生誰將與儔。（一作「無與儔」。）

桃源圖

神仙有無何渺茫，桃源之説誠荒唐。流水盤迴山百轉，生綃數幅垂中堂。武陵太守好事者，題封遠寄南宫下。南宫先生忻得之，波濤入筆驅文辭。文工畫妙各臻極，異境恍惚移於斯。架巖鑿谷開宫室，接屋連墻千萬日。嬴顛劉蹶了不聞，地拆（今按，《全唐詩》卷三三八作「坼」）天分非所恤。種桃處處惟開花，川原遠近蒸紅霞。初來猶自念鄉邑，歲久此地還成家。漁舟之子來何所，物色相猜更問語。大蛇中斷喪前王，羣馬南渡開新主。聽終辭絶共悽然，自説經今六百年。當時萬事皆眼見，不知幾許猶流傳。争持酒食來相饋，禮數不同罇俎異。月明伴宿玉堂空，骨冷魂清無夢寐。夜半金雞啁哳鳴，火輪飛出客心驚。人間有累不可住，依然離别難爲情。船開棹進一回顧，萬里蒼蒼煙水暮。世俗寧知僞與直（今按，據姚本、屠隆本、刻者不詳明本、四庫本、《全唐詩》，當爲「真」），至今傳者武陵人。

石鼓歌

張生手持石鼓文，勸我試作石鼓歌。少陵無人謫仙死，才薄將奈石鼓何。周綱陵遲四海沸，宣王憤起揮天戈。大開明堂受朝賀，諸侯劍珮鳴相磨。蒐于岐陽騁雄俊，萬里禽獸皆遮羅。鐫功勒成告萬世，鑿石作鼓隳嵯峨。從臣才藝咸第一，揀選譔刻留山阿。雨淋日

炙野火燒，鬼物守護煩撝訶。公從何處得紙本，毫髮盡備無差訛。辭嚴義密讀難曉，字體不類隸與科（今按，姚本作「蝌」）。年深豈免有缺劃，快劍斫斷生蛟鼉。鸞翱鳳翥衆仙下，珊瑚碧樹交枝柯。金繩鐵索鎖紐壯，古鼎躍水龍騰梭。陋儒編詩不收入，二雅褊迫無委蛇。孔子西行不到秦，掎摭星宿遺羲娥。嗟余好古生苦晚，對此涕淚雙滂沱。憶昔初蒙博士徵，其年始改稱元和。故人從軍在右輔，爲我量度掘臼科。濯冠沐浴告祭酒，如此至寶存豈多。氈包席裹可立致，十鼓秖載數駱駝。薦諸太廟北（今按，據姚本、四庫本、《全唐詩》卷三四〇，當爲「比」）郜鼎，光價豈止百倍過。聖恩若許留太學，諸生講解得切磋。觀經洪（今按，據四庫本、《别本韓文考異》卷五、《全唐詩》，當爲「鴻」）都尚填咽，坐見舉國來奔波。剜苔剔蘚露節角，安置妥帖平不頗。大厦深簷與蓋覆，經歷久遠期無他。中朝大夫老於事，詎肯感激徒婞婀。牧童敲火牛礪角，誰復着手爲摩挲。日銷月爍就埋没，六年西顧空吟哦。羲之俗書趁姿媚，數紙尚可博白鵝。繼周八代争戰罷，無人收拾理則那。方今太平日無事，柄用儒術崇丘軻。安能以此上論列，願借辨（今按、據《别本韓文考異》、《唐文粹》，當爲「辯」）口如懸河。石鼓之歌止於此，嗚呼吾意其蹉跎。（《筆墨閑録》云：此歌全仰止杜子美《李潮八分小篆歌》。）

李　賀

樂府十三首

鴈門太守行

（《幽閑鼓次［今按，據姚本、屠隆本、刻者不詳明本，「次」當爲「吹」］》云：賀以歌詩謁韓文公，時公送客歸，極困，解帶讀之。首篇乃《鴈門太守行》，即束帶見之。）

黑雲壓城城欲摧，甲光向日金鱗開。角聲滿天秋色裏，（劉云：有此一語方暢。）塞上臙脂凝夜紫。半卷紅旗臨易水，（劉云：此等景不可無。）霜重鼓寒聲不起。報君黄金臺上意，提攜玉龍爲君死。（劉云：起語奇，賦鴈門著紫土［今按，牛斗本、刻者不詳明本、屠隆本作「上」，四庫本作「字」］，本嫩。後三語無甚生氣，設爲死敵之意，偏欲如此，頗似敗後之作。）

湘妃

筠竹千年老不死，長伴秦娥蓋湘水。蠻娘吟弄滿寒空，九山静緑淚花紅。（劉云：拈出自別。）離鸞别鳳煙梧中，巫雲蜀雨遥相通。幽愁秋氣上青楓，涼夜波間吟古龍。

崑崙使者

崑崙使者無消息，茂陵煙樹生愁色。金盤玉露自淋漓，元氣茫茫收不得。（劉云：甚有風刺。）麒麟背上石文裂，虯龍鱗下紅鬚（今按，姚本、刻者不詳明本作「枝」）折。何處偏傷萬國心，中天夜久高明月。（劉云：古也好，［今按，四庫本作「古意好」］；姚本、刻者不詳明本、四庫本署名西泉吴正子箋注《箋注評點李長吉歌詩·外集》作「也好」，無「古」字］此其深悲茂陵者。）

貴生征行樂（今按，據《全唐詩》卷三九一、《昌谷集》卷二，「生」當爲「主」）

奚騎黄銅連鎖甲，羅旗香幹金畫葉。中軍留醉河陽城，嬌嘶紫燕踏花行。春營騎將如紅玉，走馬捎鞭上空緑。女垣素月角咿咿，牙帳未開分錦衣。（劉云：索［今按，《箋注評點李長吉歌詩》卷二作「李」］意至此，習氣盡見。此人間常事，猥態何以能言。）

夜坐吟

踏踏馬蹄誰見過，眼看北斗直天河。西風羅幕生翠波，鉛華笑妾顰青娥。爲君起唱長相思，簾外嚴霜皆倒飛。（劉云：奇語。）明星爛爛東方陲，紅霞稍出東南涯，陸郎去矣乘班騅。

艾如張（艾，音乂；如，音而。）

錦襜褕（今按，據姚本、四庫本、《全唐詩》卷三九三，當爲「褕」），繡襠襦。强飲啄，哺爾雛。隴東卧穟滿

風雨，莫信龍媒隴西去。齊人織網如素空，張在野田平碧中。網絲漠漠無形影，誤爾觸之傷首紅。艾葉綠花誰剪刻，中藏禍機不可測。（劉云：似古詩，乃不覺其垂花插鬢者。）

牡丹種曲（此必古曲名。）

蓮枝未長秦蘅老，走馬馱金劚春草。水灌香泥却月盆，一夜綠房迎白曉。美人醉語園中煙，晚華已散蝶又闌。梁王老去羅衣在，拂袖風吹蜀國絃。歸抱霞帔（今按，刻者不詳明本作「歸拖霞帔」，《全唐詩》卷三九二作「歸霞帔拖」）蜀帳昏，嫣紅落粉罷承恩。檀郎謝女眠何處，樓臺月明燕夜語。（劉云：又校「今按，四庫本作「較」」自在。）

天上謡

天河夜轉漂回星，銀浦流雲學水聲。（劉云：渾渾語奇。又云：「天河」、「銀浦」，似重複。長吉此類亦多，要爲疏雋，不問此耳，《選》詩中多有此例。）玉宫桂樹花未落，仙妾採香垂珮纓。秦妃卷簾北牕曉，牕前植桐青鳳小。王子吹笙鵝管長，呼龍耕煙種瑶草。粉霞紅綬藕絲裙，青洲步拾蘭苕春。東指羲和能走馬，海塵新生石山下。

致酒行

零落棲遲一杯酒，主人奉觴客長壽。主父西遊困不歸，家人折斷門前柳。吾聞馬周昔作

新豐客，天荒地老無人識。空將箋上兩行書，直犯龍顏請恩澤。我有迷魂招不得，（劉云：又入夢境。）雄鳴（今按，《文苑英華》卷三三六、《全唐詩》三九一、《昌谷集》卷二皆作「雞」）一聲天下白。少年心事當拏雲，誰念幽寒坐鳴（今按，據姚本、《全唐詩》，當爲「鳴」）呃。（劉云：起得浩蕩感激，言外不可知，真不得不遷之酒者。末轉慷慨，令人起舞。）

浩歌

南風吹山作平地，帝遣天吴移海水。王母桃花千遍紅，彭祖巫咸幾回死。青毛驄馬參差錢，嬌春楊柳含細煙。箏人勸我金屈巵，神血未凝身問誰。不須浪飲丁都護，（劉云：李白有《丁都護歌》云：「一唱都護歌，心摧淚如雨。」）世上英雄本無主。（劉云：跌蕩愁人，傑特名言。）買絲繡作平原君，有酒唯澆趙州土。漏催水咽玉蟾蜍，衛娘髮薄不勝梳。（劉云：亦不知何從至此。）看見秋眉換新緑，二十男兒那刺促。（劉云：從「南風」起一句便不可及，跌蕩宛轉，沉着痛快。豪［今按，姚本、屠隆本、刻者不詳明本、《箋注評點李長吉歌詩》卷一作「真」］俠少年之度，忽顧美人情境，俱至妙處，不必可解。）

公莫舞（并序）

《公莫舞》者，詠項伯翼蔽沛公也。會中壯士，灼灼於人，故無復書。且南北樂府，率有歌引。賀陋諸家，今重作《公莫舞歌》云。

方花古礎排九楹，刺豹淋血盛銀罌。華筵鼓吹無桐竹，長刀直立割鳴箏。横楣粗錦生紅緯，日炙錦嫣王未醉。（劉云：從容模倣，有情最妙。）腰下三看寶玦光，項莊掉箾欄前起。材官小臣公莫舞，座上真人赤龍子。芒碭雲端（今按，姚本、屠隆本、刻者不詳明本、《昌谷集》卷二同此，《樂府詩集》卷六四、《全唐詩》卷三九一作「瑞」）抱天迴，咸陽王氣清如水。鐵樞鐵楗重束關，大旗五丈撞雙鐶。漢王今日須秦印，絶臏刳腸臣不論。（劉云：不必其有事幽與鬼謀，才子賦古，但如目前。至「三看寶玦」，始喻本末，自不待言。「抱天」語奇俊，俯仰甚稱事情。復作項伯口語，尤壯。）

金銅仙人辭漢歌（并序）

魏明帝青龍元年八月，詔宫官牽車，西取孝武捧露盤仙人，欲立置前殿。宫官既折（今按，《文苑英華》、《全唐詩》作「拆」）盤，仙人臨載，乃潸然淚下，唐諸王孫李長吉遂作《金銅仙人辭漢歌》。

茂陵劉郎秋風客，夜聞馬嘶曉無跡。畫欄桂樹懸秋香，三十六宫土花碧。魏官牽車指千里，東關酸風射眸子。空將漢月出宫門，憶君清淚如鉛水。衰蘭送君（今按，姚本、刻者不詳明本作「衰闌送君」，《文苑英華》卷三四九、《全唐詩》卷三九一、《昌谷集》卷二皆作「衰蘭送客」，「衰闌」乃形近而訛）咸陽道，天若有情天亦老。攜盤獨出月荒涼，渭城已遠波聲小。（杜牧之云：此篇求取情狀，絶去筆墨畦徑。○劉云：此意思非長吉不能賦，古今無此神妙。○神凝意黯，不覺銅仙能言。○奇事奇語，不在言。讀至「三十六

宫土花碧」，銅人墮淚已信。末後三句，可爲斷腸。後來作者無此沉著，亦不忍極言其妙。）

李憑箜篌引

吴絲蜀桐張高秋，空山凝雲頹不流。江娥啼竹素女愁，李憑中國彈箜篌。崑山玉碎鳳凰叫，芙蓉泣露香蘭笑。十二門前融冷光，二十三絃動紫皇。女媧鍊石補天處，石破天驚逗秋雨。夢入神仙（今按，刻者不詳明本作「由」，據姚本、屠隆本、四庫本、《文苑英華》卷二一〇、《全唐詩》卷三九〇，當爲「山」）教神嫗，老魚跳波瘦蛟舞。（劉云：其形容偏得〔今按，四庫本「得」後有「意」字，屠隆本作「得體」〕於此，而於箜篌爲近。）吴質不眠倚桂樹，露脚斜飛濕寒兔。（劉云：狀景如畫，自其所長。箜篌聲碎有之，「崑山玉」頗無謂。下七字妙語，非玉簫不足以當。「石破天驚」過於繞梁遏雲之上。至「教神嫗」，忽入鬼語。吴質懶態，月露無情。）

雜詩十首

夢天

老兔寒蟾泣天色，雲樓半開壁斜白。玉輪軋露濕團（今按，《全唐詩》卷三九〇、《昌谷集》卷一皆作「團」）光，鸞珮相逢桂香陌。黄塵清水三山下，（劉云：即「桑田」木〔今按，據姚本、屠隆本、刻者不詳明

本、四庫本，當爲「本」」語。）更變千年如走馬。遥望齊州九點煙，一泓海水杯中瀉。（劉云：意近語超，其爲仙人語亦不甚費力。使盡如起語，當自笑〔今按，屠隆本，牛斗本作「嘆」〕耳。）

秋來

桐風驚心壯士苦，衰燈絡緯啼寒素。誰看青簡一編書，不遣花蟲粉空蠹。思牽今夜腸應直，雨冷香魂弔書客。秋墳鬼唱鮑家詩，恨血千年土中碧。（劉云：非長吉自挽耶？）

官街鼓（《唐書·馬周傳》云：先是，京師晨昏傳呼警衆，後置鼓伐之，呼鼕鼕鼓，周所奏也。）

曉聲隆隆催轉日，暮聲隆隆呼月出。漢城黄柳映新簾，柏陵飛燕埋香骨。磓發千年日長白，孝武秦王聽不得。從君翠髮蘆花色，獨共南山守中國。幾回天上葬神仙，漏聲相將無斷絶。（劉云：神奇至於仙，極矣。獨屢言仙死，不怪之怪，乃大怪也。）

梁臺古愁

梁王臺沼空中立，天河之水夜飛入。臺前鬬玉（今按，據四庫本、《全唐詩》卷三九三，當爲「玉」）作蛟龍，緑粉掃天愁露濕。撞鐘飲酒行射天，金虎蹙裘噴血斑。朝朝暮暮愁海翻，長繩繫日樂當年。芙蓉凝紅得秋色，蘭臉別春啼脈脈。蘆洲客鴈報春來，寥落野篁秋漫白。

勉愛行送小季之廬山

別柳當馬頭，官槐如兔目。欲將千里別，持此易斗粟。（劉云：非深愛不能道此兄弟情。）南雲北雲空脈斷，靈臺經絡懸春線。青軒樹轉月滿牀，下國飢兒夢中見。（劉云：苦哉。）維爾之昆二十餘，年來持鏡頗有鬚。辭家三載今如此，索米王門一事無。荒溝古水光如刀，庭南拱柳生蠐螬。江干幼客真可念，郊原晚吹悲號號。（劉云：語自不同，讀亦心嘔。）

宮娃歌（此篇述宮女怨曠欲去之意。）

蠟光高懸照紗空，花房夜擣紅守宮。象口吹香毾㲪暖，七星掛城聞漏板。寒入罘罳殿影昏，綵鸞簾額着霜痕。啼蛄弔月鈎闌下，屈（一作「屋」。）膝銅鋪鎖阿甄。（劉云：兩語極是憔悴。）夢入家門上沙渚，天河落處長洲路。願君光明如太陽，放妾騎魚撇波去。（劉云：意到語盡，無復餘怨。麗語猶可及，深情難自道。）

春坊正字劍子歌

先輩匣中三尺水，曾是（今按，四庫本、《全唐詩》卷三九〇、《昌谷集》卷一作「入」）吴潭斬龍子。隙月斜明刮露寒，練帶平鋪吹不起。鮫胎皮老蒺藜刺，鸊鵜淬花白鷴尾。直是荆軻一片心，莫教照見春坊字。挼絲團金懸麗㲉（今按，據姚本、屠隆本、刻者不詳明本、四庫本、《全唐詩》，「麗」當爲「麗」），

神光欲截藍田玉。提出西方白帝驚，嗷嗷鬼母秋郊哭。（劉云：雖筆〔今按，據《箋注評點李長吉歌詩》卷一，當爲「刻」〕畫點綴簇密，而縱橫用意甚麗〔今按，據同上，當爲「嚴」〕。劍身、劍室、紋理、刻字、束帶、色雜，無一疊犯，乃不妨句意春〔今按，據同上，當爲「春」〕容俯仰。「秋郊」語甚奇，不厭再言。）

送沈亞之歌（并序）

文人沈亞之，元和七年以書不中第，返歸于吴江。吾悲其行，無錢酒以勞，又感沈之勤請，乃歌一辭以勞之。

吴興才人怨春風，桃花滿陌千里紅。紫絲竹斷驄馬小，家住錢塘東復東。白藤交穿織書笈，短策齊裁如梵夾。雄光寶礦獻春卿，煙裏（今按，四庫本、《全唐詩》作「底」）蕎波乘一葉。春卿拾材白日下，擲置黄金解龍馬。携笈歸江重入門，勞勞誰是憐君者。吾聞壯夫重心骨，古人三走無摧捽。請君待旦事長鞭，他日還轅及秋律。

美人梳頭歌

西施曉夢綃帳寒，香鬟墮髻半沉檀。轆轤咿啞轉鳴玉，驚起芙蓉睡新足。雙鸞開鏡秋水光，解鬟臨鏡立象牀。一編香絲雲散（今按，《全唐詩》卷三九三作「撒」）地，玉釵落處無聲膩。纖手却盤老鴉色，翠滑寶釵簪不得。春風爛漫惱嬌慵，十八鬟多無氣力。粧成鬖（今按，《全唐

詩》卷三九三作「鬖」，《昌谷集》卷四作「鬖」，「鬖」当爲「鬖」之訛，「鬖」與「鬖」字通）鬌欹不斜，雲裾數步踏鴈沙。背人不語向何處，下階自折櫻桃花。（劉云：如書如畫，有情無語，更自可憐。）

秦宫詩（并序）

漢秦宫，將軍梁冀之嬖奴也。秦宫得寵内舍，故以驕名大噪於人。予撫舊（今按，《全唐詩》卷三九二「舊」後有「而」字）作長辭，以（今按，《唐文粹》卷十六上「以」下有「與」字）馮子都之事相爲對望，人云昔有之詩（今按，《唐文粹》此句作「又欲二其昔有之詩」）。

越羅衫袂迎春風，玉刻麒麟腰帶紅。樓頭曲燕仙人語，帳底吹笙香霧濃。人間酒暖春茫茫，花枝入簾白日長。飛窻複道傳籌飲，午夜銅盤膩燭黄。秃衿小袖調鸚鵡，紫繡麻霞（今按，《全唐詩》作「報」）踏哮虎。砍（今按，姚本、牛斗本、屠隆本、刻者不詳明本、《全唐詩》皆作「斫」）桂銷金待曉筵，白鹿青酥半夜煮。桐英永巷騎新馬，内屋深屏生色畫。開門爛用水衡錢，卷起黄河向身瀉。皇天厄運猶曾裂，秦宫一生花底活。鸞篦奪得不還人，（劉云：亦是妙思。）醉睡氍毹滿堂月。（劉云：鈎深索隱，如夢如畫。又云：極言梁氏連夜盛燕，而秦宫得志可見。至「調鸚鵡」、「夜半煮」，無不可道，故知作者妙於形容。末更奴態，人所不能盡喻。賦秦宫似秦宫，何多才也。○《珊瑚鈎詩話》云：篇章以含蓄天成，平夷恬淡爲上，破碎雕鎪，怪險蹶趨爲下。如李長吉「錦囊」句，非曰不奇也，而牛鬼蛇神太甚，所謂施諸廟堂則駭矣。）

七言古詩卷之十二　唐詩品彙三十六

餘響

武元衡

長相思

長相思，隴雲愁，單于臺上望伊州。鴈書絶，蟬鬢秋。行人山北畔，暮雨海西頭。殷勤大河水，東注不還流。

楊巨源

烏啼曲贈張評事

可憐楊葉復楊花，雪净煙深碧玉家。烏棲不定枝條弱，城頭夜半聲啞啞。浮萍流蕩門前

水，任罥芙蓉莫墮沙。

大堤詞

二八嬋娟大隄女，開壚相對依江渚。待客登樓向水看，邀郎卷幔臨花語。細雨濛濛濕芰荷，巴東商旅駐帆多。自傳芳酒翻紅袖，誰調妍粧回翠蛾。珍簟華燈夕陽後，當壚理瑟矜纖手。月落星微五鼓聲，春風摇蕩牕前柳。歲歲逢迎沙岸間，背人多整緑雲鬟。無端嫁與五陵少，離别煙波傷玉顔。

權德輿

古樂府

光風澹蕩百花吐，樓上朝朝學歌舞。身年二八婿侍中，幼妹承恩兄尚主。緑牕珠箔繡鴛鴦，侍婢先焚百和香。鶯啼日出不知曙，寂寂羅幃春夢長。

放歌行

夕陽不駐東流急，榮名貴在當年立。青春虚度無所成，白首銜悲亦何及。拂衣西笑出東山，君臣道合俄頃間。一言一笑玉墀上，變化生涯如等閑。朱門杳杳列華戟，坐中皆是王

侯客。嗚環動珮暗珊珊，駿馬花驄白玉鞍。十年斗酒不知貴，半醉留賓邀盡歡。銀燭煌煌夜將久，侍婢金罍瀉春酒。春酒盛來琥珀光，暗聞蘭麝幾般香。乍看皓腕映羅袖，微聽清歌發杏梁。雙鬟美人君不見，一一皆勝趙飛燕。迎杯乍舉石榴裙，匀粉時交合歡扇。未央鐘漏醉中聞，聯騎朝天曙色分。雙闕煙雲遥靄靄，五衢車馬亂紛紛。罷朝鳴珮驟歸鞍，今日還同昨日歡。歲歲年年恣遊讌，出門滿路光輝遍。一身自樂何足言，九族爲榮真可羨。男兒稱意須及時，閉門下帷人不知。年光看逐轉蓬盡，徒詠東山招隱詩。

和李中丞慈恩寺清上人院牡丹花歌

澹蕩韶光三月中，牡丹偏自占春風。時過寶地尋香徑，已見新花出故叢。曲水亭西杏園北，濃芳深院紅霞色。擢秀全勝珠樹林，結根幸在青蓮域。艷蕊仙房次第開，含煙洗露照蒼苔。龐眉倚杖禪僧起，輕翅縈枝舞蝶來。獨坐南臺時共美，閑行古刹情何已。花間一曲奏陽春，應爲芬芳比君子。

秋閨月

三五二八光如練，海上天涯人共見。不知何處玉樓前，乍入深閨玳瑁筵。露濃香徑知愁坐（今按，四庫本作「處」），風動羅帷照獨眠。初卷珠簾看不足，斜抱箜篌未成曲。稍應（今按，姚

本、屠隆本、刻者不詳明本、《文苑英華》卷三三一、《全唐詩》卷三二八作「映」）粧臺臨綺牕，遥知不語淚雙雙。此時愁望知何極，萬里秋天同一色。靄靄遥分陌上光，迢迢對此閨中憶。早晚歸來歡讌同，可憐歌吹月明中。此夜不堪腸斷絶，願隨流影到遼東。

劉禹錫

《西清詩話》云：劉夢得詩，法則既高，滋味亦厚，但正若巧匠矜能，不見少拙。

平蔡州

汝南晨雞喔喔鳴，城頭鼓角音和平。路傍老人憶舊事，相與感激皆淚零。老人收淚前致詞，官軍入城人不知。忽驚元和十二載，重見天寶承平時。

龍陽縣歌

縣門白日無塵土，百姓縣前挽魚罟。主人引客登大堤，小兒縱觀黄犬怒。鷓鴣驚鳴繞籬落，橘柚垂芳映（今按，四庫本、《全唐詩》卷三五六作「照」）牕户。沙平草緑見吏稀，寂歷斜陽照懸鼓。

武昌老人説笛歌

武昌老人七十餘，手把庾令相問書。自言年少學吹笛，早事曹王曾賞激。往年征鎮戍蘄州，楚山蕭蕭笛竹秋。當時買材恣搜索，典卻身上烏貂裘。古苔蒼蒼封老節，石上孤生飽風雪。商聲五音隨指發，水中龍應行雲絶。曾將黄鶴樓上吹，一聲占盡秋江月。如今老去興猶遲，音韻高低耳不知。氣力已微心尚在，時時一曲夢中吹。

送鴻舉遊江南

禪客學禪兼學文，出山初似無心雲。從風舒卷來何處，繚繞巴江不得去。山州古寺好閑居，讀盡龍王宫裏書。使君灘頭揀石硯，白帝城邊尋野蔬。忽然登高心瞥起，又欲浮杯信流水。煙波浩淼魚鳥情，東去三千三百里。荆門硤斷無盤渦，湘平漢闊清光多。廬山霧開見瀑布，曲江月淨聞漁歌。鍾陵八郡多名守，半是西方社中友。與師相見便談空，想得高齋獅子吼。

送僧仲剬東遊兼寄呈靈澈上人

釋子道成神氣閑，住持曾上清涼山。晴空禮拜見真像，金毛玉髻卿雲間。西遊長安隸僧籍，本寺門前曲江碧。松間白月照寶書，竹下香泉灑瑶席。前時學得經綸成，奔馳象馬開

禪扃。高筵談柄一麈拂，講下門徒如醉醒。舊聞南方多禪老（一作「長老」。），次第來入荆門道。荆州本自重諸（集作「彌」。）天，南朝塔廟猶依然。宴坐東陽枯樹下，經行居止故臺邊。忽憶遺民社中客，爲我衡陽駐飛錫。講罷同尋相鶴經，閑來共蠟登山屐。一旦揚眉望沃洲，自言王謝許同遊。憑將雜擬三十首，寄與江南湯慧休。

觀碁歌送還師西遊（今按，「還」，《文苑英華》卷三四八、《全唐詩》卷三五六作「儇」）

長沙男子東林師，閑讀藝經工奕碁。有時凝思如入定，暗覆一局誰能知。今年訪余來小桂，方袍袖中貯新勢。山城無事秋日長，白晝懵懵眠匡牀。因君臨局看鬬智，不覺遲景沉西墻。自從仙人遇樵子，直到開元王長史。前身後身付餘習，百變千化無窮已。初疑磊落曙天星，次見搏擊三秋兵。鴈行布陣衆未曉，虎穴得子人皆驚。行盡三湘不逢敵，終日饒人損機格。自言臺閣有知音，悠然遠起西遊心。商山夏木陰寂寂，好處徘徊駐飛錫。忽思争道畫平沙，獨笑無言心有適。藹藹京城在九天，貴遊豪士足華筵。此時一行出人意，賭取聲名不要錢。（苕溪胡仔《魚〔今按，據姚本、刻者不詳明本，當爲「漁」〕隱叢話》云：劉夢得《觀其〔今按，據詩文及姚本、刻者不詳明本、四庫本，當爲「碁」或「棋」〕歌》云：「初疑磊落曙天星，次見搏擊三秋兵。鴈行布陣衆未曉，虎穴得子人皆驚。」余嘗愛此數語，能模寫奕棋之趣。夢得必高於手談也。）

李涉

牧童詞

朝牧牛，牧牛下江曲。夜牧牛，牧牛村口谷。荷笠出林春雨細，蘆管卧吹沙草緑。亂插蓬蒿箭滿腰，不怕猛虎欺黄犢。

濉陽行

黄昏日暮驅羸馬，夜宿濉陽烽火下。此地新經殺戮來，墟落無煙空碎瓦。層冰塞斷隋朝水，一道銀河貫千里。愁心翻覆夢難成，病僕呻吟呼不起。泗水三千招義軍，本自征戰邀殊勳。十年麾下畜壯志（今按，《全唐詩》卷八八三作「氣」），一旦（今按，《全唐詩》作「朝」）此地爲愁雲（今按，《全唐詩》作「人」）。昨日太陽回照燭，轉見天心重含育。早晚東風得（今按，《全唐詩》作「的」）發生，古堤春草年年緑。

六歎（并序）

五噫、四愁、九歌、七啓，皆創文者立意之終，絶（今按，據《全唐詩》，當爲「紀」）其數而名之也。清江、白雲、孤山、遠嶼，皆得時之人吟詠性情耳。余無暇於是焉，窮居歲陰，偶懷無悰，因追感聞見，

成文六篇，目曰《六歎》。懼質文之不備，復何全於比興乎？録之私齋，以示同道，格韻枯缺，多慙見知。

其一

深院梧桐夾金井，上有轆轤青絲索。美人清晝汲寒泉，寒泉欲上銀瓶落。迢迢碧甃千餘尺，竟日倚闌空歎息。惆悵不來照明鏡，卻掩洞房花寂寂。

其二

綺幕香風翡翠車，清明獨傍芙蓉渠。上有雲鬟洞仙女，垂羅掩縠煙中語。風月頻驚桃李時，滄波久別鴛鴦侶。欲傳一札孤飛翼，山長水遠無消息。卻鎖重門一院深，半夜空庭明月色。

其三

漢臣一没丁零塞，牧牛西過陰沙外。朝憑南鴈信難回，夜望北辰心獨在。漢家茆土横九州，高門長戟封王侯。但將鐘鼓悦私愛，肯以犬戎爲國羞。夜夜寒雲卧冰雪，嚴風獨刃懸旌節。丁年奉使白頭歸，泣盡李陵衣上血。

柳宗元

楊白花

（《樂府解題》云：魏楊白華容貌瓌偉，胡太后逼幸之，白華懼禍，奔梁。太后追思不已，爲作《楊白花歌》，使宮人晝夜連臂蹋蹄（今按，《樂府詩集》卷七三作「足」）歌之，其聲甚悽斷。）

楊白花，風吹渡江水。坐令宮樹無顔色，揺蕩春光千萬里。茫茫曉日下長秋，哀歌未斷城鴉起。（《許彦周詩話》云：子厚樂府《楊白花》，言婉而情深，古今絶唱也。○劉云：語調適與事情俱美，其餘音杳杳，可以泣鬼神者，惜不令連臂者歌之。）

古東門行

（韓仲韶云：此詩諷當時盗殺武元衡事而作也。）

漢家三十六將軍，東方雷動横陣雲。雞鳴函谷客如霧，貌同心異不可數。赤丸夜語飛電光，徼巡司隸眠如羊。當街一叱百吏走，馮敬胸中涵七（今按，據姚本、四庫本、《樂府詩集》卷三七、《全唐詩》卷三五一，當爲「函匕」）首。兇徒側耳潛愜心，悍臣破膽皆吐（今按，四庫本、《全唐詩》，皆作「杜」）口。魏王卧内藏兵符，子西掩袂真無辜。羌胡轂下一朝起，敵國舟中非所擬。安陵誰辨削礪功，韓國詎明深井里。絶臏（今按，《樂府詩集》作「𪇪」，姚本、《全唐詩》作「臙」）斷骨那可補，萬金寵贈不如土。

漁翁

漁翁夜傍西巖宿，曉汲清湘然楚竹。煙銷日出不見人，欸乃一聲山水緑。迴看天際下中流，巖上無心雲相逐。（蘇東坡云：詩以奇趣爲宗，反常合道爲趣。熟味此詩，有奇趣，然其尾兩句雖不必亦可。○劉云：或謂蘇評爲當，非知言者。此詩氣渾，不類晚唐，正在後兩句，非蛇安足者。）

盧仝

直鈎吟（今按，據《全唐詩》卷三八八，「鈎」當爲「鉤」）

初歲學鈎魚，自謂魚易得。三十持鈎竿，一魚鈎不得。人鈎（今按，據《全唐詩》，「鈎」當爲「鉤」）曲，我鈎（今按，據《全唐詩》，「鈎」當爲「鉤」）直，哀哉我鈎（今按，據《全唐詩》，「鈎」當爲「鉤」）又無食。文王既没不復生，直鈎（今按，據《全唐詩》，「鈎」當爲「鉤」）之道何時行。

有所思

當時我醉美人家，美人顔色嬌如花。今日美人棄我去，青樓珠箔天之涯。娟娟嫦娥月，三五二八盈又缺。翠眉蟬鬢生别離，一望不見心斷絶。心斷絶，幾千里。夢中醉卧巫山雲，覺來淚滴湘江水。湘江兩岸花木深，美人不見愁人心。含愁更奏緑綺琴，調高絃絶無知

音。美人兮美人，不知爲莫雨兮爲朝雲。相思一夜梅花發，忽到牕前疑是君。（《雪浪齋日記》云：玉川子詩讀者易解，識者當自知之。惟此一篇，語似不類，疑他人所作，然飄逸可喜。○劉云：奇怪濃麗而不妖，是之謂暢。）

樓上女兒曲

誰家女兒樓上頭，指揮婢子掛簾鈎。林花撩亂心之愁，卷却羅袖彈箜篌。箜篌歷亂五六絃，羅袖掩面啼向天。相思向天（今按，《樂府詩集》卷九一、《全唐詩》卷三八八作「絃斷」）情不斷，落花紛紛心欲穿。心欲穿，憑闌干。相憶柳條緑，相思錦帳寒。（劉云：有體。）直緣感君恩愛一回顧，使我雙淚長潸潸。（劉云：滔滔然如絃語，怨徹不復自惜。）我有嬌靨待君笑，我有嬌蛾待君掃。鶯花爛漫君不來，及至君來花已老。心腸寸斷誰得知，玉堦羃歷生青草。（劉云：野情閨思，曠似謫仙，欲二首如此不可得。）

孟郊

望遠曲

朝朝候歸信，日日登高臺。行人未去植庭樹，別來三見庭花開。庭花開盡復幾時，春光駘

蕩阻佳期。愁來望遠煙庭隔，空憐緑鬢風吹白，何當歸見遠行客。

出門行二首

長河悠悠去無極，百齡同此可歎息。秋風曰（今按，據姚本等及《全唐詩》卷三七二，當爲「白」）露沾人衣，壯心凋落舊顏色。少年出門將訴誰，川無梁兮路無岐。一聞陌上苦寒奏，使我佇立驚且悲。君今得意厭粱肉，豈復念我貧賤時。

其二

海風蕭蕭天雨霜，窮愁獨坐夜何長。驅車舊憶太行險，始知遊子悲故鄉。美人相思隔天闕，長望雲端不可越。手持琅玕欲有贈，愛而不見心斷絶。南山峨峨白石爛，碧海之波浩漫漫。參辰出没不相待，我欲横天無羽翰。

元　稹

田家詞

牛吒吒（許角切。），田确确。旱塊敲牛蹄趵趵（音剥。），種得官倉珠顆榖（今按，據《全唐詩》卷四一八，當爲「穀」）。六十年來兵簇簇，月月倉糧車轆轆。一日官軍收海服，驅牛駕車食牛肉。歸來

收得牛兩角，重鑄鍬犂作斤斸。姑舂婦擔輸挺挺，輸官不足歸賣屋。（今按，《全唐詩》「輸官」句後有「願官早勝仇早覆」一句）農死有兒牛有犢，不遣官軍糧不足。

白居易

勸我酒

《西清詩話》云：樂天詩自擅天然，貴在近俗。恨如蘇小，雖美，終帶風塵耳。

勸我酒，我不辭。請君歌，歌莫遲。歌聲長，辭亦切，此辭聽者堪愁絶。洛陽女兒面似花，河南太尹頭如雪。

長安道

花枝缺處青樓開，艷歌一曲酒一杯。美人勸我急行樂，自古朱顔不再來。君不見外州客，長安道，一回來，一回老。

生别離

黄河水白黄雲秋，行人河邊相對愁。天寒野曠何處宿，棠梨葉戰風飀飀。生離别，生離别，憂從中來無斷絶。憂積心勞血氣衰，未年三十生白髮。（今按，此詩《全唐詩》、朱金城《白居易集

箋校》、謝思煒《白居易詩集校注》所録,「黄河」句前尚有「食檗不易食梅難,檗能苦兮梅能酸。未如生别之爲難,苦在心兮酸在肝。晨雞再鳴殘月没,征馬連嘶行人出。回看骨肉哭一聲,梅酸檗苦甘如蜜」八句)

醉題沈子明壁

不愛君家十叢菊,不愛君家萬竿竹。愛君簾下唱歌人,色如芙蓉聲如玉。我有陽關君未聞,若聞亦應愁殺君。

寒食詩

烏啼鵲噪昏喬木,清明寒食誰家哭。風吹曠野紙錢飛,古墓纍纍春草緑。棠梨花映白楊樹,盡是死生離别處。冥漠重泉哭不聞,蕭蕭暮雨人歸去。(東坡云:余與郭生遊南[今按,《東坡志林》卷九作「寒」]溪,主簿吴亮置酒。郭生善歌,酒酣發聲,座爲淒然。郭生言:「恨無佳辭。」因改樂天《寒食詩》歌之,每句雜以散聲,坐客有泣者。)

江南遇天寶樂叟歌

白頭病叟泣且言,禄山未亂入梨園。能彈琵琶和法曲,多在華清隨至尊。是時天下太平久,年年十月坐朝元。千官起居環珮合,萬國會同車馬奔。金鈿照耀石甕寺,蘭麝薰煮温湯源。貴妃宛轉侍君側,體弱不勝珠翠繁。冬雪飄飖錦袍暖,春風蕩漾霓裳翻。歡娱未

足燕寇至，弓勁馬肥胡語喧。豳土人遷避夷狄，鼎湖龍去哭軒轅。從此漂淪到南土，萬人死盡一身存。秋風江上浪無際，暮雨舟中酒一樽。涸魚久失風波勢，枯草曾沾雨露恩。我自秦來君莫問，驪山渭水如荒村。新豐樹老籠明月，長生殿暗鎖黄昏。紅葉紛紛蓋欹瓦，緑苔重重封壞垣。唯有中官作宫使，每年寒食一開門。

施肩吾

效古體

黄金無舊釵，緗綺無舊裾。唯有一寸心，長貯萬里夫。南軒夜蟲織已促，北牖飛蛾繞殘燭。秖言衆口鑠千金，誰信獨愁銷片玉。不知歲晚歸不歸，又將淚眼縫征衣。

温庭筠

春曉曲

家臨長信往來道，乳燕雙雙掠煙草。油壁車輕金犢肥，流蘇帳曉春雞早。籠中嬌鳥暖猶睡，簾外落花閑不掃。衰桃一樹近前池，似惜紅顔鏡中老。（漁隱云：殊有富貴佳致也。）

蓮浦謡

嗚橈軋軋溪溶溶，廢緑平煙吴苑東。水清蓮媚兩相向，鏡裏見愁愁更紅。白馬金鞭大堤上，西江日日多風浪。荷心有露似驪珠，不是真圓亦摇蕩。

常林歡（江南人謂情人爲歡，故荆州有長林縣，盖樂人誤以長爲常也。）

宣（今按，據姚本及《樂府詩集》卷四九、《全唐詩》卷五七五，當爲「宜」）城（在荆州北。）酒熟花覆橋，沙晴經（今按，據姚本及《樂府詩集》、《全唐詩》，當爲「緑」）鴨鳴咬咬。穠桑繞舍麥如尾，幽軋鳴機雙燕巢。馬聲特特荆門道，蠻水揚光色如草。錦薦金壚夢正長，東家呷喔雞鳴早。

堂堂曲

錢塘岸上春如織，淼淼寒泉（今按，《全唐詩》作「潮」）帶晴色。淮南遊客馬連嘶，碧草迷人歸不得。風飄客意如吹煙，纖指殷勤傷鴈絃。一曲堂堂紅燭筵，金鯨瀉酒如飛泉。

塞寒行

燕弓弦勁霜封瓦，樸簌寒鵰睇平野。一點黄塵起鴈喧，白龍堆下千蹄馬。河源怒觸風如刀，剪斷朔雲天更高。晚出榆關逐塞（今按，《才調集》卷二、《全唐詩》卷五七五作「征」）北，驚沙飛近

（今按，據《才調集》、《全唐詩》，當爲「迸」）衝貂袍。心許凌煙名不滅，年年錦字傷離別。彩毫一畫竟何榮，空使青樓淚成血。（《苕溪詩話》云：自齊梁諸公下至温飛鄉［今按，據姚本、屠隆本、刻者不詳明本，應爲「卿」］輩，往往以綺麗風花累其正氣，其過在於理不勝而詞有餘也。）

李商隱

代贈

楊柳路盡處，芙蓉湖上頭。雖同錦步障，獨映鈿箜篌。鴛鴦可羨頭俱白，飛去飛來煙雨秋。

杜　牧

重送孟遲作

手撚金僕姑，腰間懸（今按，《唐詩紀事》卷五四，《全唐詩》卷五二〇作「腰懸玉」）轆轤。爬頭風（今按，據《唐詩紀事》、《全唐詩》，當爲「峰」）北正好去，係取可汗鉗作奴。六宮雖念相如賦，其那防邊重武夫。

李羣玉

獨酌懷友

西風静夜吹蓮塘，芙蓉破紅金粉香。摘花把酒弄秋芳，吴雲楚水愁茫茫。美人此夕不入夢，獨宿高樓明月涼。

寄短書歌

骨肉萍蓬各天末，十度附書九不達。孤臺冷眠（今按，《全唐詩》卷五六八作「眼」）無來人，楚水秦天莽空闊。翔鴈横秋過洞庭，西風吹日浪峥嶸。三年音信凝顰外，一曲哀歌白髮生。

裴　説

寄邊衣

深閨乍冷開香篋，玉筯微微濕紅頰。一陣霜風殺柳條，濃煙半夜成黄葉。重重白練如霜雪（今按，《唐詩紀事》卷六五、《全唐詩》卷七二〇作「垂垂白練明如雪」），獨下閑階轉凄切。秖知抱杵擣秋砧，不覺高樓已無月。時聞塞鴈聲相唤，紗牕只有燈相伴。幾展齊紈又懶裁，離腸恐逐金

刀斷。細想儀形執刀（今按，《唐詩紀事》、《全唐詩》作「牙」）尺，回刀剪破澄江色。愁稔（今按，據姚本、屠隆本、刻者不詳明本及《唐詩紀事》、《全唐詩》，當爲「捻」）銀針信手縫，惆悵無人試寬窄。時時舉袖勻殘（今按，《唐詩紀事》、《全唐詩》作「紅」）淚，紅箋謾有千行字。書中不盡心中事，一半殷勤托邊使。（黄山谷云：此篇詩句甚麗。）

張　泌

春曉謡

雨微微，煙霏霏，小庭半折紅薔薇。細箏斜倚畫屏曲，零落幾行金鴈飛。蕭關夢斷無尋處，萬疊春波起南浦。凌亂楊花撲繡簾，曉牕時有流鶯語。

七言古詩卷之十三　唐詩品彙三十七

旁流

有姓氏無字里世次可考者九人

杜　顧（今按，據姚本、屠隆本、刻者不詳明本、《唐文粹》卷十五上、《唐詩紀事》卷四五、《全唐詩》卷一四五，當爲「顛」，《全唐詩》注云：一作「顔」）

故絳行

君不見銅鞮觀，數里城壕（今按，《全唐詩》作「池」）已蕪漫。君不見虒祈宫，幾重臺榭亦微茫（今按，《全唐詩》作「濛」）。介馬兵車全盛時，歌童舞女妖艷姿。一代繁華皆共絶，九原唯望塚纍纍。

薛奇童

雲中行

雲中小兒吹金管，向晚因風一川滿。塞北雲高心已悲，城南木落腸堪斷。憶昔魏家都此方，涼風觀前朝百王。千門照（今按，姚本、刻者不詳明本、《文苑英華》卷二一一、《全唐詩》卷二〇二作「曉」）映山川色，雙闕遥連日月光。舉杯稱壽永相保，日夕歌鐘徹清昊。將軍汗馬百戰場，天子射獸五原草。寂寞金輿去不歸，陵上黄塵滿路飛。河邊不語傷流水，川上含情歎落暉。此時獨立無所見，日暮寒風吹客衣。

張若虚

春江花月夜

春江潮水連海平，海上明月共潮生。灧灧隨波千萬里，何處春江無月明。江流宛轉繞芳甸，月照花林皆似霰。空裏流霜不覺飛，汀上白沙看不見。江天一色無纖塵，皎皎空中孤月輪。江畔何人初見月，江月何年初照人。人生代代無窮已，江月年年望相似。不知江

月照（今按，《樂府詩集》卷四七、《全唐詩》卷一一七作「待」）何人，但見長江送流水。白雲一片去悠悠，青楓浦上不勝愁。誰家今夜扁舟子，何處相思明月樓。可憐樓上月徘徊，應照離人粧鏡臺。玉户簾中卷不去，擣衣砧上拂還來。此時相望不相聞，願逐月華流照君。鴻鴈長飛光不度，魚龍潛躍水成文。昨夜閑潭夢落花，可憐春半不還家。江水流春去欲盡，江潭落月復西斜。斜月沉沉藏海霧，碣石瀟湘無限路。不知乘月幾人歸，落月揺情滿江樹。

李 章

春遊吟

初春遍芳甸，千里藹盈矚。美人摘新英，步步翫春緑。所思杳何處，宛在吴江曲。可憐不得共芳菲，日暮歸來淚滿衣。

張 鼎

鄴城引

君不見漢家失統三靈變，魏武争雄六龍戰。盪海吞江制中國，迴天運斗應南面。隱隱都

城紫陌開，迢迢分野黄星現。流年不駐漳河水，明月俄終鄴國宴。文章猶入管絃新，帷座空銷狐兔塵。可惜望陵歌舞處，松風四面莫愁人。

衛　萬

吴宫怨

君不見吴王宫閣臨江起，不捲珠簾見江水。曉氣晴來雙闕間，潮聲夜落千門裏。勾踐城中非舊春，姑蘇臺下起黄塵。秖今唯有西江月，曾照吴王宫裏人。

陳　闉（今按，據本卷敘目、《文苑英華》卷二九八，「闉」當爲「閏」。「詩人爵里詳節」、《唐詩紀事》卷三九、《全唐詩》卷二七二有「陳潤」）

宿北樂館

欲眠不眠夜深淺，越鳥一聲空山遠。庭木蕭蕭落葉時，溪聲雨聲聽不辨。溪流潺潺雨習習，燈影山光滿牕入。棟裏不知渾是雲，曉來但覺衣裳濕。

李　暇

擬古（郭茂倩《樂府》作《東飛伯勞歌》。）

秦王龍劍燕后琴，珊瑚寶匣鏤雙心。誰家女兒抱香枕，開衾滅燭願侍寢。瓊牕半上金鏤幬，輕羅隱面不障羞。青綺帷中坐相憶，紅羅鏡裏見愁色。簷花照月鶯對棲，空將可憐暗中啼。

莊南傑

黄雀行

穿屋穿墻不知止，争樹争巢入營死。林間公子挾彈弓，一丸致斃花叢裏。小口黄雛未有知，青天不解高高飛。虞人設網當要路，白日啾嘲禍萬機。

無姓氏一首

桃源行送友人

武陵川徑入幽遐，中有雞犬秦人家，家傍流水多桃花。桃花兩邊種來久，流水一道何時

有。垂條落蕊暗春風，夾岸芳菲至山口。歲歲年年能寂寥，林下青苔日爲厚。時有仙鳥來銜花，曾無世人此攜手。可憐不知若爲名，君往從之多所更。古驛荒橋平路盡，崩湍怪石小溪行。相見維舟登覽處，紅堤緑岸宛然成。多君此去從仙隱，令人晚節悔營營。

姓氏疑誤者五人

韋元甫

木蘭歌（《木蘭詞》一首，諸家選本及樂府俱以爲不知名，蜀《文苑英華》乃作韋元甫詩，恐非也。郭茂倩《樂府》載《木蘭詞》有二篇，前一篇必古辭，後一篇或如《文苑英華》云，韋元甫之作。按，木蘭乃一女子，丈夫志節，求如木蘭者，鮮矣。是詩辭義高古，殆與其人相當。○劉後村云：《木蘭辭》，唐人所作也。樂府唯此作敘事體有始有卒，雖辭多質俚，然有古意。○嚴滄浪云：《木蘭歌》最古，然「朔氣傳金柝，寒光照鐵衣」之類，已似太白，必非漢魏人詩也。）

唧唧復唧唧（一作「促織何唧唧」。），木蘭當户織。不聞機杼聲，唯聞女歎息。問女何所思，問女

何所憶，女亦無所思，女亦無所憶。昨夜見軍帖，可汗大點兵。軍書十二卷，卷卷有爺名。阿爺無大兒，木蘭無長兄。願爲市鞍馬，從此替爺征。東市買駿馬，西市買鞍韉，南市買轡頭，北市買長鞭。旦（一作「朝」字。）辭爺娘去，暮宿黄河邊。不聞爺娘喚女聲，但聞黄河流水鳴濺濺。旦辭黄河去，暮至（一作「宿」。）燕（今按，姚本、刻者不詳明本作「黑」）山頭。不聞爺娘喚女聲，但聞燕山胡騎鳴啾啾。萬里赴戎機，關山度若飛。朔氣傳金柝，寒光照鐵衣。將軍百戰死，壯士十年歸。歸來見天子，天子坐明堂。策勳十二轉，賞賜百千强。可汗問所欲，木蘭不用尚書郎，（一作「欲與木蘭賞，不用尚書郎」。）願馳千里足（段成式《酉陽雜俎》云「願借明駝千里足」。），送兒還故鄉。爺娘聞女來，出郭相扶將。阿妹聞姊來，當户理紅粧。小弟聞姊來，磨刀霍霍向猪羊。開我東閣門，坐我西閣牀。脱我戰時袍，着我舊時裳。當牕理雲鬢，掛鏡貼花黄。出門看火伴，火伴始驚惶。同行十二年，不知木蘭是女郎。雄兔脚撲朔，雌兔眼迷離。雙（一作「兩」。）兔傍地走，安能辨我是雄雌。

又歌（元甫所作疑此。）

木蘭抱杼嗟，借問復爲誰。欲聞所慽慽，感激彊（今按，據四庫本及《樂府詩集》卷二五、《全唐詩》卷二七二，當爲「彊」）其顔。老父隸兵籍，氣力日衰耗。豈足萬里行，有子復尚少。胡沙没馬足，

朔風裂人膚。老父舊羸（今按，據姚本等及《樂府詩集》、《全唐詩》，當爲「羸」）病，何以彊（今按，據《樂府詩集》、《全唐詩》，當爲「彊」）自扶。木蘭代父去，秣馬備戎行。易却紈綺裳，洗却鉛粉粧。馳馬赴軍幕，慷慨攜干將。朝屯雪山下，暮宿青海傍。夜襲燕支虜，更攜于闐羌。將軍得勝歸，士卒還故鄉。父母見木蘭，喜極成悲傷。木蘭能承父母顏，却銜（今按，據刻者不明本、四庫本、《樂府詩集》、《全唐詩》，當爲「卸」）巾鞲理絲簧。昔爲烈士雄，今爲嬌子容。親戚持酒賀父母，始知生女與男同。門前舊軍都，十年共崎嶇。本結弟兄交，死戰誓不渝。今者見木蘭，言聲雖是顏貌殊。驚愕不敢前，歎息徒嘻吁。世有臣子心，能如木蘭節。忠孝兩不渝，千古之名焉可滅。

李　頎

絶纓歌（此下四篇，郭茂倩《樂府》及《文苑英華》俱作李頎詩。按，頎本集並無此。）

楚王宴客章華臺，章華美人善歌舞。玉顏艷艷空相向，滿堂月色（今按，《文苑英華》卷三四六作「莫逆」，《全唐詩》卷一三三作「目成」）不得語。紅燭滅，芳酒闌。羅衣半醉春夜寒，絶纓解帶一爲歡。君王赦（一作「宥」。）（今按，姚本、刻者不詳明本作「拾」，字下注云「一作赦」，據《文苑英華》，「拾」乃「捨」之

訛）過不知（今按，據《文苑英華》、《全唐詩》，當爲「之」）罪，暗中珠翠鳴珊珊。（始知）愛賢（今按，《文苑英華》作「始愛賢」，《全唐詩》作「寧愛賢」，無「始知」二字）不愛色，青蛾買死誰能識，果却一（今按，姚本、刻者不詳明本、《文苑英華》作「三」）軍全社稷。

鄭櫻桃歌

石季龍，僭天禄，擅雄豪，美人姓鄭名櫻桃。櫻桃美顔香且澤，娥娥侍寢專宫掖。後庭卷衣三萬人，翠眉清鏡不得親。官（今按，《全唐詩》卷一三三作「宫」）軍女騎一千匹，繁花照耀漳河春。織成花映紅綸巾，紅旗掣曳鹵簿新。鳴鼙走馬接飛鳥，銅馱瑟瑟隨去塵。鳳陽重門如意館，百尺金梯倚銀漢。自言富貴不可量，女爲公主男爲王。赤花雙簟珊瑚牀，盤龍斗帳琥珀光。淫昏僞位神所惡，滅石者陵終不悟。鄴城蒼蒼白露微，世事翻覆黄雲飛。

琴歌送别

主人有酒歡今夕，請奏鳴琴廣陵客。月照城頭烏半飛，霜淒高（今按，《全唐詩》卷一三三作「萬」）樹風入衣。銅鑪華燭燭增輝，初彈禄（今按，《全唐詩》作「淥」）水後楚妃。一聲已動物皆静，四座無言星欲稀。清淮奉使干（今按，據姚本、四庫本、《全唐詩》，當爲「千」）餘里，敢告雲山從此始。

聽安萬善吹觱篥歌

南山截竹爲觱篥，此樂本是龜兹出。流傳漢地曲轉奇，涼州胡人爲我吹。傍隣聞者多歎息，遠客思鄉皆淚垂。世人解聽不解賞，長飈風中自來往。枯桑老柏寒颼飅，九雛鳴鳳亂啾啾。龍吟虎嘯一時發，萬籟百泉相與秋。忽然更作漁陽摻，黄雲蕭條白日暗。變調如聞楊柳春，上林繁花照眼新。歲夜高堂列明燭，美酒一杯聲一曲。

韋應物

白沙亭逢吴叟歌（此下三篇，《文苑英華》俱作韋詩。按蘇州集並無。）

龍池宫裏上皇時，羅衫寶帶香風吹。滿朝豪士今已盡，欲話舊遊人不知。白沙亭上逢吴叟，愛客脱衣且沽酒。問之執戟亦先朝，零落艱難卻負樵。親觀文物蒙雨露，見我昔年侍丹霄。冬狩春祠無一事，歡遊洽讌多頒賜。賞（今按，據姚本、牛斗本、屠隆本、刻者不詳明本、《全唐詩》，當爲「嘗」）陪夕月竹宫齋，每返温泉灞陵醉。星歲再周十二辰，爾來不語今爲君。盛時忽去良可恨，一身坎壈何足云。

寇季膺古刀歌

古刀寒鋒青槭槭，少年結交（今按，《全唐詩》卷一九五作「交結」）平陵客。求之時代不可知，千痕萬穴如星離。重疊泥沙更剥落，縱横鱗甲相参差。古物有靈知所適，貂裘拂之横廣席。陰森白日掩雲虹，錯落池光動金碧。知君寶此誇絶代，求之不得心常愛。厭見今時繞指柔，片鋒折刃猶堪珮。高山成谷滄海填，英豪埋没誰所捐。吴鈎斷馬（今按，《文苑英華》卷三四七作「焉」）不知處，幾度煙塵今獨全。夜光投人人不畏，知君獨識精靈器。酬恩結思心自知，死生好惡不相棄。白虎司秋金氣清，高天寥落雲峥嶸。月肅風凄古堂浄，精芒切切如有聲。何不跨蓬萊，斬長鯨，世人所好殊遼闊，千金買鉛（今按，姚本、屠隆本、刻者不詳明本、《文苑英華》卷三四七、《全唐詩》作「鉛」）徒一割。

黿頭山神女歌

黿頭之山，直上洞庭連青天。蒼蒼煙樹閉古廟，中有蛾眉成水仙。水府沉沉行路絶，蛟龍出没無時節。魂同魍魎潛太陰，身與空山長不滅。東晉永和今幾代，雲髮素顔猶盼睞。陰深靈氣静凝美，的皪龍綃雜瓊珮。山精木魅不敢親，昏明想像如有人。蕙闌瓊芳積煙露，碧牕松月無冬春。舟客經過奠椒醑，巫女南音歌激楚。碧水冥空唯鳥飛，長天何處雲

隨雨。紅蕖緑蘋芳意多，玉靈蕩漾凌青波。孤峰絶島儼相向，鬼嘯猿鳴垂女蘿。皓雪瓊林（今按，《文苑英華》卷三三二、《全唐詩》卷一九五作「枝」）殊異色，北方絶代徒傾國。雲没煙銷不可期，明堂翡翠無人得。精靈變態狀無方，遊龍宛轉驚鴻翔。湘妃獨立九疑暮，漢女菱歌春日長。始知仙事無不有，可惜吴宫空白首。

戎　昱

苦辛行（郭茂倩《樂府》作戎昱。按，昱本集無此詩。）

且莫（今按，《樂府詩集》卷三五作「日暮」）奏短歌，聽余苦辛語（今按，四庫本、《樂府詩集》卷三五、《全唐詩》卷二七〇作「詞」）。如今刀筆下，不及屠沽兒。少年無事學詩賦，豈意文章復相誤。東西南北少知音，終年竟歲悲行路。仰面訴天天不聞，低頭告地地不言。天地生我尚如此，陌上他人何足論。誰謂西江深，涉之固無憂。誰謂南山高，可以登之遊。險巇唯有世間路，一嚮（今按，《全唐詩》作「晌」）令人堪白頭。貴人立意不可測，等閑桃李成荆棘。風塵之士深可親，心如雞犬能依人。悲來却憶漢天子，不棄相如家舊貧。飲酒（今按，《樂府詩集》同此，四庫本、《全唐詩》作「勸君且飲酒」）酒能散羈愁。誰家有酒伴（今按，姚本、刻者不詳明本作「拌」，四庫本作「拚」，《樂府詩集》、

《全唐詩》作「判」）一醉，萬事從他江水流。

羅　隱

江南行（《詩記》作羅隱。按，本集無此詩。）

江煙濕雨鮫綃軟，漠漠遠山眉黛淺。水國多愁又有情，夜糟厭酒銀船滿。細柳摇煙（今按，《文苑英華》卷二〇一作「細絲摇柳」，《全唐詩》卷十九作「綳絲採怨」）凝曉空，吴王臺榭春夢中。鴛鴦鸂鶒唤不起，平浦緑水眠東風。西陵路遠（今按，《文苑英華》、《全唐詩》作「邊」）月悄悄，油壁車輕蘇小小。

衲子四人

皎　然

姑蘇臺

古臺不見秋草淒，却憶吴王全盛時。千年月照秋草上，吴王在時幾迴望。至今月出君不

還，世人空對姑蘇山。山中精靈安可覩，轍跡人蹤麋鹿聚。嬋娟西子傾國容，化作寒陵一堆土。

望秋月（今按，詩題《全唐詩》作《山月行》，《文苑英華》卷一九八作《關山月》）

家家望秋月，不及秋山望。山心萬境長寂寥，夜夜孤明我山上。海人皆云生海東，山人自謂出山中。憂虞歡樂皆占月，月本無心同不同。自從有月山不改，古人望盡今人在。不知萬世今夜時，孤月將誰更相待。

短歌

古人若不死，吾亦何所悲。蕭蕭煙雨九原上，白楊青松葬者誰。貴賤同一塵，死生同一指。人生萬代共如此，何異浮雲與流水。短歌行短歌，無窮日已傾。鄴宫梁苑徒有名，春草秋風傷我情。何爲不學金仙侣，一悟空王無死生。

支公詩

支公養馬復養鶴，率性無機多脱略。天生支公與凡異，凡情不到支公地。得道由來天上仙，爲僧却下人間寺。道家諸子論自然，此公唯許逍遥篇。山陰詩友諠四座，佳句縱横不廢禪。

觀王右丞維滄洲圖歌

滄洲誤是真，萋萋忽盈視。便有春渚情，褰裳掇芳芷。颯然風至草不動，始悟丹青得如此。丹青變化不可尋，翻空作有移人心。猶疑雨色斜拂座，乍似水涼來入襟。滄洲説近三湘口，誰知卷得在君手。披圖擁褐臨水時，居然不異滄浪叟。

送顧處士（吴興岳可議〔今按，據姚本、刻者不詳明本、《文苑英華》卷三四一、《全唐詩》卷八二一，當爲「丘司議」〕之女婿，即況也。）

吴門顧子予早聞，風貌真古誰似君。人中黄憲與顔子，物表孤高將片雲。性背時人高且逸，平生好古無儔匹。醉書在篋稱絶倫，神畫開廚怕飛出。謝氏檀郎亦可儔，道情還似我家流。安貧用晦讀書坐，不見將名干五侯。知君别業長洲外，欲行秋田脩畂（今按，據姚本、刻者不詳明本、《文苑英華》、《全唐詩》，當爲「畎」）澮。門前便使觳觫乘，腰上還將轆轤佩。禪子有情非世情，御苑貢餘聊贈行。滿道喧喧遇君别，争窺玉潤與冰清。

隱巒

蜀中送人遊廬山

君行正值芳春月，蜀道千山皆秀發。溪邊十里五里花，雲外三峰兩峰雪。君上匡山我舊居，松蘿拋擲十年餘。君行試到山前問，山鳥只今相憶無。

貫休

行路難

君不見道傍廢井生古木，本是驕奢貴人屋。幾度美人照影來，素綆銀瓶濯纖玉。雲飛雨散今如此，繡闥雕甍作芳（今按，據《文苑英華》卷二〇〇、《樂府詩集》卷七一、《全唐詩》卷二一五，當爲「荒」）谷。鼎沸（今按，《文苑英華》、《樂府詩集》、《全唐詩》作「沸渭」）笙歌君莫誇，不應長是西家哭。休説遺編行者幾，至竟終須合天理。敗他成此亦何功，蘇張終作多言鬼。行路難，路難（今按，《文苑英華》、《樂府詩集》、《全唐詩》作「行路難」）不在羊腸裏。

寶　目（今按，據本書「詩人爵里詳節」、四庫本、《文苑英華》卷二〇〇、《全唐詩》卷八〇八，「目」當爲「月」）

行路難

君不見孤鴈關外發，酸嘶度楊越。空城客子心腸斷，幽閨思婦氣欲絶。凝霜夜下拂羅衣，浮雲中斷開明月。夜夜遥遥徒相思，年年望望情不歇。取我匣中青銅鏡，情人爲君除白髮。行路難，行路難。夜聞西（今按，《樂府詩集》卷七〇、《全唐詩》作「南」）城漢使度，使我流淚憶長安。

女冠一人

李　冶（高仲武云：士有百行，女唯四德。李［今按，據《唐人選唐詩十種》本《中興間氣集》，當爲「季」］蘭則不然，形氣既雄，詩意亦蕩，自鮑照以下，罕有其倫者。）

賦得三峽流泉歌

妾家本住巫山雲，巫山流泉常自聞。玉琴奏出轉寥夐，宜似（今按，《中興間氣集》卷下作「直似」，《全唐詩》卷八〇五作「直是」，《才調集》卷十作「俱是」）當時夢中聽。巫峽（今按，《中興間氣集》等作「三峽」）迢迢幾千里，一時流入幽閨裏。巨石崩崖指下生，飛波走浪絃中起。初疑噴（今按，姚本、牛斗本、屠隆本、刻者不詳明本作「噴」，《中興間氣集》、《才調集》、《全唐詩》皆作「憤」）怒含雷風，又似嗚咽流不通。回湍曲瀨勢將盡，時復滴瀝平沙中。憶昔阮公爲此曲，能令仲容聽不足。一彈既罷還一彈，願比流泉鎮相續。

閨秀八人

張夫人

古意

轆轤曉轉素絲綆（今按，姚本、牛斗本、屠隆本、刻者不詳明本、四庫本及《文苑英華》卷二〇五、《全唐詩》卷七九九

皆作「綆」)，桐聲夜落蒼苔磚。涓涓吹溜若時雨，濯濯嘉蔬非用天。丈人不解此中意，抱甕當時徒自賢。

拜新月

拜新月，拜月幽(今按，《全唐詩》卷七九九作「出」，注云：一作「晝」)堂前。暗魄深籠桂，虚弓未引弦。拜新月，拜月粧樓上。鸞鏡未安臺，蛾眉已相向。拜新月，拜月不勝情，庭前風露清。月臨人自老，望月更長生。東家阿母亦拜月，一拜一悲聲斷絶。昔年拜月逞容儀，如今拜月雙淚垂。回看衆女拜新月，却憶閨中年少時。

杜羔妻

雜言

(趙氏元。)(今按，此五字或爲衍文，四庫本即無此文；抑或爲《雜言》詩脱題下注文及詩文，本書「詩人爵里詳節」中「杜羔妻」下云「趙氏，貞元時人」，《全唐詩》卷七九九所録此詩爲：「上林園中青青桂，折得一枝好夫婿。杏花如雪柳垂絲，春風蕩颺不同枝。」)

雜言寄杜羔

君從淮海遊，再過蘭杜秋。歸來未須臾，又欲向梁州。梁州秦嶺西，棧道與雲齊。羌蠻萬

餘落，矛戟自高低。已念寡儔侣，復慮勞攀躋。丈夫重志氣，兒女空悲啼。臨卭滯遊地，肯顧濁水泥。人生賦命有厚薄，君但遨遊我寂寞。

郎大家

擬古神女宛轉歌（《英華》作崔徽〔今按，據《文苑英華》卷二〇七，當爲「液」〕詩二首。）（今按，《全唐詩》卷二〇一作《婉轉歌二首》）

風已清，月朗琴復鳴。掩抑非千態，殷勤是一聲。歌宛轉，宛轉和且長。願爲雙黄鵠，比翼共翱翔。（今按，《全唐詩》以下爲第二首）日已暮，長簷鳥聲度。望君君不來，思君君不顧。歌宛轉，宛轉那能異棲宿。願爲形與影，出入恒相逐。

鮑君徽

惜春花（今按，《才調集》卷十同此，《文苑英華》卷三二三、《全唐詩》卷七作《惜花吟》）

枝上花，花下人，可憐顔色俱青春。昨日看花花灼灼，今日看花花欲落。不如盡此花下歡，莫待春風總吹却。鶯歌蝶舞媚韶光，紅爐煮茗松花香。粧成吟態（今按，《文苑英華》、《全

唐詩》作「罷吟」，《全唐詩》注云：一作「吟罷」，一作「曲罷」。則「態」當爲「罷」之訛）恣遊樂，獨把芳枝歸洞房。

程長文

銅雀臺怨

君王去後行人絶，簫竿（今按，「竿」，據居隆本、刻者不詳明本，當爲「竽」字之訛。《才調集》卷十作「箏」，《文苑英華》卷二〇四、《樂府詩集》卷三一作「竽」，四庫本作「笙」）不響歌喉咽。雄劍無威光彩沉，寶琴零落金星滅。玉階寂寞墜秋露，月照當時歌舞處。當時歌舞人不迴，化爲今日西陵灰。

張　瑛（今按，「詩人爵里詳節」及本卷敘目作「英」）

銅雀臺（《英華》作張琰詩。）（今按，《全唐詩》卷八〇一張琰、張瑛名下皆有此詩）

君王冥漠不可見，銅雀歌舞空徘徊。西陵嘖嘖悲宿鳥，高殿沉沉閉青苔。青苔無人跡，紅粉空相哀。

劉　雲

有所思

朝亦有所思，暮亦有所思。登樓望君處，藹藹蕭關道。掩淚向浮雲，誰知妾懷抱。玉井蒼苔春院深，桐花落盡無人掃。

婕妤怨

君恩不可見，妾豈如秋扇。秋扇尚有時，妾身永微賤。莫言朝花不復落，嬌容幾奪昭陽殿。

劉　琺（一作「瑶」。）（今按，「詩人爵里詳節」、《才調集》卷十、《全唐詩》卷八〇一作「劉瑶」）

古意曲

梧桐堦下月團團，洞房如水秋夜闌。吴刀剪破機頭錦，茱萸花墜相思枕。緑牕寂寞背燈時，暗數寒更不成寢。

暗别離

槐花結子桐葉焦，單飛越鳥啼青霄。翠軒輾雲輕遥遥，臙脂淚迸紅線條。瑶草歇芳心耿耿，玉佩無聲畫屏冷。朱絃暗斷不見人，風動花枝月中影。青鸞脈脈西飛去，海闊天高不知處。

歌行長篇

駱賓王

帝京篇

山河千里國，城闕九重門。不睹皇居壯，安知天子尊。皇居帝里崤函谷，鶉野龍山侯甸服。五緯連影集星躔，八水分流横地軸。秦塞重關一百二，漢家離宫三十六。桂殿陰岑對玉樓，椒房窈窕連金屋。三條九陌麗城隈，萬户千門平旦開。複道斜通鳷鵲觀，交衢直指鳳凰臺。劍履南宫入，簪纓北闕來。聲名冠寰宇，文物象昭回。鈎陳肅蘭戺，璧沼浮槐市。銅羽應風迴，金莖承露起。校文天禄閣，習戰昆明水。朱邸抗平臺，黄扉通戚里。平

臺戚里帶崇墉，炊金饌玉待鳴鐘。小堂綺帳三千户，大道青樓十二重。寶蓋雕鞍金絡馬，蘭牕繡柱玉盤龍。繡柱璇題粉壁映，鏘金鳴玉王侯盛。王侯貴人多近臣，朝游北里暮南鄰。陸賈分金將燕喜，陳遵投轄正留賓。趙李經過密，蕭朱交結親。丹鳳朱城白日暮，青牛紺幰紅塵度。俠客珠彈垂楊道，倡婦銀鈎採桑路。倡家桃李自芳菲，京華遊俠事輕肥。延年女弟雙鳳入，羅敷使君千騎歸。同心結縷帶，連理織成衣。春朝桂尊尊百味，秋夜蘭燈燈九微。翠幌珠簾不獨映，清歌寶瑟自相依。且論三萬六千是，寧知四十九年非。古來名利若浮雲，人生倚伏信難分。始見田竇相移奪，俄聞衛霍有功勳。未厭金陵氣，先開石槨文。朱門無復張公子，灞亭誰畏李將軍。相顧百齡皆有待，居然萬化咸應改。桂枝芳氣已銷亡，柏梁高宴今何在。春去春來若（今按，《文苑英華》卷一九二作「若」，清陳熙晉《駱臨海集箋注》、《全唐詩》卷七七皆作「苦」）自馳，争名争利徒爾爲。久留郎署終難遇，空鎖（今按，《文苑英華》、《駱臨海集箋注》、《全唐詩》皆作「掃」）相門誰見知。當時一旦擅豪華，自言千載長驕奢。倏忽摶風生羽翼，須臾失浪委泥沙。黄雀徒巢桂，青門遂種瓜。黄金銷鑠素絲變，一貴一賤交情見。紅顔宿昔白頭新，脱粟布衣輕故人。故人有湮淪，新知無意氣。灰死韓安國，羅傷翟廷尉。已矣哉，歸去來。馬卿辭蜀多文藻，楊雄仕漢乏良媒。三冬自矜誠足用，十年不調

幾邅迴。汲黯薪逾積，孫弘閣未開。誰識（今按，姚本、刻者不詳明本、屠隆本、《文苑英華》、《駱臨海集箋注》、《全唐詩》皆作「惜」）長沙傅，獨負洛陽才。

元稹

連昌宫辭

（《唐書》云：穆宗在東宫，有妃嬪誦元稹歌詩以爲樂曲者，知是稹所爲，宫中呼爲「元才子」。荆南監軍崔峻歸朝，出《連昌宫辭》一篇奏御。穆宗大悦，即日拜祠部郎中，知制誥，遷翰林學士。〇曾南豐云：《津陽門詩》、《長恨歌》、《連［今按，「連」後脱「昌」字］宫詞》俱載開元間事。微之之詞不獨富麗，至「長官清平太守好，揀選皆言由至公」，委任責成，治之所興也。「禄山宫中養作兒，號國門前鬧如市」，險詖私謁，無所不至，安得不亂耶？積之敘事，遠過二子。）

連昌宫中滿宫竹，歲久無人森似束。又有牆頭千葉桃，風動落花紅蔌蔌。宫邊老人（今按，《文苑英華》卷三四三、《全唐詩》卷四一九作「翁」）爲余泣，小年進食曾因入。上皇正在望仙樓，太真同憑闌干立。樓上樓前盡珠翠，炫轉熒煌照天地。歸來如夢復如癡，何暇備言宫裏事。初過寒食一百六，店舍無煙宫樹緑。夜半月高絃索鳴，賀老琵琶擅（今按，姚本、刻者不詳明本作「冠」，《全唐詩》作「定」，注云：一作「擅」）場屋。力士傳呼覓念奴，念奴潛伴諸郎宿。須臾覓得又

連催，特敕街中許然燭。春嬌滿眼睡紅消（今按，《文苑英華》作「銷」、《全唐詩》作「綃」），掠削雲鬟旋粧束。飛上九天歌一聲，二十五郎吹管逐。逡巡大徧涼州徹，色色龜兹轟陸（今按，《文苑英華》作「緑」、《全唐詩》作「録」）續。李謩壓（今按，《文苑英華》、《全唐詩》作「擫」）笛傍宫牆，偷得新翻數般曲。平明大駕發行宫，萬人鼓舞途路中。百官隊仗避岐薛，楊氏諸兒（今按，四庫本、《文苑英華》、《全唐詩》作「姨」）車鬥風。明年十月東都破，御路猶存禄山過。驅令供頓不敢藏，萬姓無聲淚潛墮。兩京定後六七年，却尋家舍行宫前。莊園燒盡有枯井，行宫門闥樹宛然。爾後相傳六皇帝，不到離宫門久閉。往來年少説長安，玄武樓成花萼廢。去年敕賜（今按，屠隆本、《文苑英華》、《全唐詩》作「使」）因砍（今按，《文苑英華》作「破」、《全唐詩》作「斫」）竹，偶值門開暫相逐。荆榛櫛比廢（今按，屠隆本、《文苑英華》、《全唐詩》皆作「塞」）池塘，狐兔驕癡緣樹木。舞榭欹傾臺尚在，文牕窈窕紗猶緑。塵埋粉壁舊花鈿，烏啄風箏碎珠玉。上皇偏愛臨砌花，依然御榻臨堦斜。蛇出燕巢盤鬬栱，菌生香案正當衙。寢殿相連端正樓，太真梳洗樓上頭。晨光未出簾影動，至今反掛珊瑚鈎。指似傍人因慟哭，却立宫門淚相續。自從此後還閉門，夜夜狐狸上門屋。我聞此語心骨悲，太平誰致亂者誰。翁言野父何分别，耳聞眼見爲君説。姚崇宋璟作相公，勸諫上皇言語切。燮理陰陽禾黍豐，調和中外無兵戎。長官清平太守

好，揀選皆言由至（今按，《全唐詩》作「相」，注云：一作「至」）公。開元欲（今按，《全唐詩》作「之」）末姚宋死，朝廷漸漸由妃子。禄山宫中（今按，《文苑英華》、《全唐詩》作「裏」）養作兒，虢國門前鬧如市。弄權宰相不記名，依稀記（今按，《文苑英華》、《全唐詩》皆作「憶」）得楊與李。廟謨顛倒四海揺，五十年來作瘡痏。今皇神聖丞相明，詔書纔下吴蜀平。官軍又取淮西賊，此賊亦除天下寧。年年耕種宫前道，今年不遣子孫耕。老翁此意深望幸，努力廟謨（今按，《文苑英華》、《全唐詩》皆作「謀」）休用兵。

白居易

琵琶行（并序）

元和十年，余左遷九江郡司馬。明年秋，送客湓浦口，聞舟船（今按，「舟船」，《文苑英華》卷三三四、朱金城《白居易集箋注》、謝思煒《白居易詩集校注》作「舟」，《全唐詩》卷四三五作「船」，其中當有一字爲衍文）中夜彈琵琶者，聽其音，錚錚然有京都聲。問其人，本長安倡女，嘗學琵琶於穆、曹二善才，年長色衰，委身爲賈人婦。遂命酒，使快彈數曲。曲罷憫然，自敘少小時歡樂事，今漂淪憔悴，轉徙於江湖間。予出官二年，恬然自安，感斯人言，是夕始覺有遷謫意。自（今按，《文苑英華》、《全唐詩》皆作「因」）爲長句，歌以贈之，凡六百二十二（今按，《文苑英華》作「六百一十六」，《全唐詩》作「六百一十

二」，以《文苑英華》爲是）言，命曰《琵琶行》。其抑揚頓挫，流離沉鬱之態，雖千載之下，宛然琵琶哀怨之聲也。（今按，「其抑揚頓挫」以下諸句，《文苑英華》、《全唐詩》、朱金城《白居易集箋注》、謝思煒《白居易詩集校注》皆無）

潯陽江頭夜送客，楓葉荻花秋瑟瑟。主人下馬客上（今按，《文苑英華》、朱金城《白居易集箋注》、謝思煒《白居易詩集校注》、《全唐詩》皆作「在」）船，舉酒欲飲無管絃。醉不成歡慘將別，別時茫茫江浸月。忽聞水上琵琶聲，主人忘歸客不發。尋聲暗問彈者誰，琵琶聲沉（今按，《文苑英華》諸本皆作「停」）欲語遲。移船相近邀相見，添酒攜（今按，《文苑英華》等本皆作「迴」）燈重開宴。千呼萬喚始出來，猶抱琵琶半遮面。轉軸撥絃三兩聲，未成曲調先有情。絃絃掩抑聲聲思，似訴平生不得志（今按，一作「意」）。低眉信手續續彈，説盡心中無限事。輕攏慢撚撥（今按，《文苑英華》諸本皆作「抹」）復挑，初爲霓裳後六么。大絃嘈嘈如急雨，小絃切切如私語。嘈嘈切切錯雜彈，大珠小珠落玉盤。間關鶯語花底滑，幽咽泉流水下灘。水泉冷澀絃凝絶，凝絶不通聲暫歇。別有憂（今按，《文苑英華》諸本皆作「幽」）愁暗恨生，此時無聲勝有聲。銀瓶乍破水漿迸，鐵騎突出刀鎗鳴。曲終抽（今按，《文苑英華》諸本皆作「收」）撥當絃（今按，《文苑英華》諸本皆作「心」）畫，四絃一聲如裂帛。東舟西舫悄無言，惟有（今按，《全唐詩》作「見」）江心秋月白。沉吟抽（今

按，《文苑英華》諸本皆作「放」）撥插絃中，整頓衣裳起斂容。自言本是京城女，家在蝦蟆陵下住。十三學得琵琶成，名屬教坊第一部。曲罷常（今按，《文苑英華》諸本皆作「曾」）教善才服（今按，《文苑英華》諸本作「伏」），粧成每被秋娘妬。五陵年少争纏頭，一曲紅綃不知數。鈿頭銀（今按，《文苑英華》諸本皆作「雲」）篦擊節碎，血色羅裙翻酒污。今年歡笑復明年，秋月春風等閑度。弟走從軍阿姨死，暮去朝來顔色故。門前冷落鞍馬稀，老大嫁作商人婦。商人重利輕别離，前月浮梁買茶去。去來江口守空船，繞船明月（今按，《文苑英華》諸本皆作「月明」）江水寒。夜深忽夢少年事，夢啼粧淚紅闌干。我聞琵琶已歎息，又聞此語重唧唧。同是天涯淪落人，相逢何必曾相識。我曾（今按，《文苑英華》諸本皆作「從」）去年辭帝京，謫居卧病潯陽城。潯陽地僻（今按，《全唐詩》作「小處」）無音樂，終歲不聞絲竹聲。住近湓池地底濕（今按，《文苑英華》諸本皆作「住近湓江地低濕」），黄蘆苦竹繞宅生。其間旦暮聞何物，杜鵑啼血猿哀鳴。（今按，據《文苑英華》、《全唐詩》，此處脱「春江花朝秋月夜，往往取酒還獨傾」兩句）豈無山歌與村笛，嘔啞啁（今按，《文苑英華》諸本皆作「嘲」）哳難爲聽。今夜聞君琵琶語，如聽仙樂耳暫明。莫辭更坐彈一曲，爲君翻作琵琶行。感我此言良久立，却坐促絃絃轉急。凄凄不似向前聲，滿座聞之（今按，《文苑英華》諸本皆作「重聞」）皆掩泣。就中泣下誰最多，江州司馬青衫濕。（宋祁本傳贊曰：居易在元和、長慶時，與元稹俱有名。最長於詩，它文未能稱是也，多至數千篇，唐以來所未有。其自敘言：「關美刺者，謂之諷諭；詠性情者，謂之

閑適；觸事而發，謂之感傷；其他雜律。」又議〔今按，據姚本、刻者不詳明本、《新唐書》卷一一九，當爲「譏」〕「世人所愛，惟雜律詩，彼所重，我所輕。至諷諭，意激而言質；閑適，思淡而辭迂；以質合迂，宜人之不愛也」。今視其文，信然。而杜牧謂：「纖艷不逞，非壯士雅人所爲。流傳人間，子父女母交口教授，淫言媟語，入人肌骨，不可去。」盖救所失，不得不云。）

五言絶句敘目（凡八卷）

第一卷

正始

玄宗皇帝（一）　許敬宗（一）　虞世南（一）　王　績（二）　李義府（二）　楊師道（一）　王勃（十一）　楊　炯（一）　盧照鄰（三）　駱賓王（四）　陳子昂（二）　沈佺期（一）　宋之問（三）　東方虬（二）　王　適（一）　韋承慶（三）　李　嶠（二）　郭　振（二）　薛　稷（一）　鄭　愔（一）　盧僎（三）　武平一（一）　崔　湜（一）　蘇　頲（三）　張　説（三）　張九齡（四）　孫　逖（一）　賀知章（一）　楊重玄（一）

五言絶句，作自古也。漢魏樂府古辭則有《白頭吟》、《出塞曲》、《桃葉歌》、《歡問歌》、《長干曲》、《團扇歌》等篇。下及六代，述作漸繁。唐初工之者衆，王、楊、盧、駱尤多，宋之問、韋承慶之流相與繼出，可謂盛矣。通得二十九人，共詩六十三首，列爲正始。

第二卷

正宗

李　白（二十三）　王　維（二十五）　崔國輔（十一）　孟浩然（九）

開元後，獨李白、王維尤勝諸人，次則崔國輔、孟浩然可以並駕。共詩六十八首，爲正宗。

第三卷

羽翼

儲光羲（十）　王昌齡（八）　裴　迪（九）　杜　甫（八）　崔　顥（二）　高　適（四）　岑　參（四）　王之渙（二）　祖　詠（一）　李適之（一）　李　頎（一）　沈如筠（一）　崔署（今按，一作「曙」）（一）　王　縉（一）　丘　爲（一）　沈千運（一）　蕭穎（今按，當爲「潁」）士（二）　元　結（三）

右十八人皆盛唐作者，若儲光羲、王昌齡、裴迪、崔顥、高適、岑參等數篇，詞簡而意味尤長，與前數公實相羽翼。故盡天寶諸賢，共詩六十一首，爲一卷。

第四卷

接武（上）

劉長卿（十八）　錢　起（三十一）　韋應物（十三）　皇甫冉（九）

第五卷

接武（中）

皇甫曾（二）　劉方平（二）　朱　放（二）　李嘉祐（二）　張　起（二）　郎士元（一）　韓翃（二）　耿　湋（四）　盧　綸（七）　李　端（六）　司空曙（六）　張　繼（一）　顧　況（一）

丘　丹（二）　戎　昱（一）　暢　當（三）　李　益（一）　戴叔倫（六）　柳　談（二）

劉　商（二）　雍裕之（一）　楊　衡（一）　張仲素（三）　令狐楚（九）　于　鵠（一）

第六卷

接武（下）

韓　愈（七）　柳宗元（六）　劉禹錫（八）　權德輿（七）　張　籍（七）　王　建（四）　武元衡（三）　元　稹（三）　白居易（四）　王　涯（四）　李德裕（二）　李　賀（二）　吕　温（二）　盧　仝（二）　孟　郊（六）　賈　島（二）　裴　度（一）　張　碧（一）　張　祐（今按，一作「張祜」）（七）　施肩吾（二）　文宗皇帝（一）

中唐雖聲律稍變，而作者接跡之盛，尤過於天寶諸賢。今分爲三卷，以劉長卿、錢起、韋應物、皇甫冉，共詩七十一首，爲上卷。又自皇甫曾以至大曆、貞元諸賢，得二十五人，共詩七十四首，爲中卷。又自韓愈以盡乎元和諸賢，通得二十一人，共詩八十一首，爲下卷。

第七卷

餘響

李商隱(四)　杜　牧(二)　許　渾(三)　温庭筠(三)　馬　戴(二)　雍　陶(一)　陳　陶(一)　項　斯(一)　于武陵(三)　李羣玉(二)　劉　駕(一)　聶夷中(一)　儲嗣宗(二)　于　濆(一)　陸龜蒙(三)　唐彦謙(一)　羅　鄴(一)　崔　魯(一)　司空圖(四)　崔道融(七)　韓　偓(三)　武　瓘(一)　曹　鄴(一)　薛　瑩(一)

元和以後，不可多得，故自李義山而下至唐末，通得二十四人，共詩五十首，爲餘響。

第八卷

旁流

有姓氏無字里世次可考者五人

荆　叔（一）　李　牧（一）　張元宗（一）　潘　佐（一）　張　顛（一）

無姓氏三人

樂　府（五）　西鄙人（一）　太上隱者（一）

羽士一人

吴　筠（二）

衲子五人

皎　然（四）　靈　澈（一）　貫　休（一）　脩　睦（一）　子　蘭（一）

宫閨八人

韓　氏（一）　七歲女子（一）　湘驛女子（一）　侯夫人（一）　郎大家（一）　劉采春（五）

崔氏女（一）　薛　濤（一）

右二十二人，共詩三十四首，爲旁流。

六言附(附)

李景伯(一)　張　説(一)　王　維(五)　劉長卿(四)　張　繼(一)　皇甫冉(三)　韓翃(三)　盧　綸(一)　顧　況(一)　王　建(二)　劉禹錫(一)　周　賀(一)

六言始自漢司農谷永，魏晉間，曹、陸間出，至唐初，李景伯有《回波樂府》，亦效此體。逮開元、大曆間，王維、劉長卿諸人相與繼述，而篇什稍屢見，然亦不過詩人賦詠之餘矣。今以唐世始終，通得十二人，共詩二十四首，附於五言絶句之後，以備一體。

五言絶句卷之一　唐詩品彙三十八

正始

玄宗皇帝

潼關口

河曲回千里，關門限二京。所嗟非恃德，設險到天平。

賀知章

題袁氏別業

主人不相識，偶坐爲林泉。莫謾愁沽酒，囊中自有錢。

楊重玄

正朝上左丞相張燕公

歲去愁終在，春還命不來。長吁問丞相，東閤幾時開。

許敬宗

江令於長安歸揚州九日賦

心逐南雲逝，身隨北鴈來。故鄉籬下菊，今日幾花開。

虞世南

蟬

垂緌飲清露，流響出疏桐。居高聲自遠，非是籍（今按，據姚本及《全唐詩》，當爲「藉」）秋風。

王　績

過酒家二首

洛陽無大宅，長安乏主人。黄金銷未盡，秪爲酒家貧。

其二

此日長昏飲，非關養性靈。眼看人盡醉，何忍獨爲醒。

李義府

詠烏（《唐書》云：義府初召見，太宗令詠烏，詩成，帝覽笑曰：「我當全林借汝。」）

日裏颺朝綵，琴中伴夜啼。上林多少樹，不借一枝棲。

賦美人

鏤月成歌扇，裁雲作舞衣。自憐回雪影，好取洛川歸。

楊師道

中書寓直詠雨（按，《文苑英華》有全篇，此特其首四句，誤入絶句。）

雲暗蒼龍闕，沉沉殊未開。牕臨鳳凰沼，颯颯雨聲來。（僧皎然云：静也。）

王　勃

江亭月夜送别二首

江送巴南水，山横塞北雲。津亭秋夜月，誰見泣離羣。

其二

亂煙籠碧砌，飛月向南端。寂寂離亭掩，江山此夜寒。

臨江二首

汎汎東流水，飛飛北上塵。歸驂將别棹，俱是倦遊人。

其二

去驂嘶别路，歸棹隱寒洲。江皋木葉下，應想故城秋。

山中

長江悲已滯，萬里念將歸。況屬高風晚，山山黄葉飛。

贈李十四

亂竹開三徑，飛花滿四鄰。從來楊子宅，别有尚玄人。

始平曉息

觀闕長安近，江山蜀路賒。客行朝復夕，無處是鄉家。

普安建陰題壁

江漢深無極，梁岷不可攀。山川雲霧裏，遊子幾時還。

他鄉敘興

綴葉歸煙晚，乘花落照春。邊城琴酒處，俱是越鄉人。

寒夜思友二首

雲間征思斷，月下歸愁切。鴻鴈西南飛，如何故人别。

其二

朝朝翠山下，夜夜蒼江曲。復此遥相思，清尊湛芳緑。

楊 炯

夜送趙縱

趙氏連城璧，由來天下傳。送君還舊府，明月滿前川。

盧照鄰

登玉清

絶頂横臨日，孤峰半向（今按，姚本、《全唐詩》作「倚」）天。徘徊拜真老，萬里見風煙。

曲池荷

浮香繞曲岸，圓影覆華池。常恐秋風早，飄零君不知。

浴浪鳥

獨舞依盤石，羣飛動輕浪。奮迅碧沙前，長懷白雲上。

駱賓王

在軍登城樓

城上風威冷，江中水氣寒。戎衣何日定，歌舞入長安。

易水送別

此地別燕丹，壯士髮衝冠。昔時人已没，今日水猶寒。

送別

寒更承夜永，涼夕向秋澄。離心何以贈，自有玉壺冰。

翫初月

忌滿光恒缺，乘昏影暫流。自能明似鏡，何用曲如鈎。

陳子昂

古意（題著作令壁。）

白雲蒼梧來，氛氳萬里色。聞君太平代（今按，《全唐詩》作「世」），棲泊靈臺側。

贈喬侍御

漢庭榮巧宦，雲閣薄邊功。可憐驄馬使，白首爲誰雄。

沈佺期

獄中燕（本集作《同獄者歎獄中無燕》，乃五言律詩。）

拾（今按，《全唐詩》作「食」）蕊嫌叢棘，銜泥怯死灰。不如黄雀語，能雪冶長猜。

宋之問

早發韶州（按，本集乃五言排律。）

緑樹秦京道，青雲洛水橋。故園長在目，魂去不須招。（僧皎然云：思也。）

别杜審言（按，本集乃五言律詩。）

卧病人事絶，嗟君萬里行。河橋不相送，江樹遠含情。

渡漢江

嶺外音書斷，經冬復歷春。近鄉情更怯，不敢問來人。

東方虬

昭君怨二首

漢道方全盛，朝廷足武臣。何須薄命妾，辛苦事和親。

其二

掩淚辭丹鳳，銜悲向白龍。單于浪驚喜，無復舊時容。

王　適

江濱梅

忽見寒梅樹，開花漢水濱。不知春色早，疑是弄珠人。

韋承慶

南行別弟二首

澹澹長江水，悠悠遠客情。落花相與恨，到地一無聲。

其二（《文苑英華》作《南中詠鴈詩》）

萬里人南去，三春鴈北飛。不知何歲月，得與爾同歸。

江樓

獨酌芳春酒，登樓已半曛。誰驚一行鴈，衝斷過江雲。

李　嶠

中秋月二首

盈缺青冥外，東風萬古吹。何人種丹桂，不長出輪枝。

其二

圓魄上寒空，皆言四海同。安知千里外，不有雨兼風。

郭　振（今按，《樂府詩集》卷四五作「郭元振」，《全唐詩》卷六六作「郭震」）

子夜春歌二首

陌頭楊柳枝，已被春風吹。妾心正斷絶，君懷那得知。

其二

青樓含日光，綠池起風色。贈子同心花，殷勤此何極。

薛稷

秋朝覽鏡

客心驚落木，夜坐聽秋風。朝日看容鬢，生涯在鏡中。

鄭愔

詠黃鶯兒

欲囀聲猶澀，將飛羽未調。高風不借便，何處得遷喬。

盧僎

題殿前桂葉

桂樹生南海，芳香隔遠山。今朝天上見，疑是月中攀。

南樓望

去國三巴遠，登樓萬里春。傷心江上客，不是故鄉人。

途中口號（《英華》作郭向詩。）

抱玉三朝楚，懷書十上秦。年年洛陽陌，花鳥弄歸人。

武平一

奉和元日賜羣臣柏葉

緑葉迎春緑，寒枝歷歲寒。願持柏葉壽，長奉萬年歡。

崔　湜

喜入長安

雲日能催曉，風光不借（今按，《全唐詩》作「惜」）年。賴逢征路盡，歸在落花前。

蘇頲

山鷓鴣詞二首

玉關征戍久，空閨人獨愁。寒露濕青苔，别來蓬鬢秋。

其二

人坐青樓晚，鶯語百花時。愁多人自老，腸斷君不知。

汾上驚秋

張説

北風吹白雲，萬里渡河汾。心緒逢摇落，秋聲不可聞。

蜀道後期

客心争日月，來往預期程。秋風不相待，先至洛陽城。

廣州江中作

去國年方晏，愁心獨不堪。離人共江水，終日向西南。

守歲

故歲今宵盡，新年明旦來。愁心隨斗柄，東北望春回。

張九齡

自君之出矣

自君之出矣，不復理殘機。思君如滿月，夜夜減清輝。

照鏡見白髮

宿昔青雲志，蹉跎白髮年。誰知明鏡裏，形影自相憐。

奉和聖製經函關作

函谷雖云險，黄河復已清。聖心無所隔，空此置關城。

答靳博士

上苑春先入，中園花盡開。唯餘幽徑草，尚待日光催。

孫　逖

同洛陽李少府觀永樂公主入蕃

邊地鶯花少，年來未覺新。美人天上落，龍塞始應春。

五言絶句卷之二　唐詩品彙三十九

正宗

李　白

静夜思

牀前看月光，疑是地上霜。舉頭望山月，低頭思故鄉。（劉須溪云：自是古意，不須言笑。）

相逢行

相逢紅塵内，高揖黄金鞭。萬户垂楊裏，君家阿那邊。

襄陽曲

且醉習家池，莫看墮淚碑。山公欲上馬，笑殺襄陽兒。

緑水曲（今按，題中及首句「緑」，《全唐詩》作「渌」）

緑水明秋月，南湖採白蘋。荷花嬌欲語，愁殺蕩舟人。

玉階怨

玉階生白露，夜久侵羅韈。却下水晶簾，玲瓏望秋月。（劉云：矜麗素浄可人，自愧前作。○蕭士斌［今按，當爲「贇」］云：此篇無一字言怨，而隱然幽怨之意見於言外。）

怨情

美人捲珠簾，深坐嚬蛾眉。但見淚痕濕，不知心恨誰。

秋浦歌

白髮三千丈，緣愁似箇長。不知明鏡裏，何處得秋霜。（劉云：後聯活活脱脱，真作家手段。）

觀放白鷹

八月邊風高，胡鷹白錦毛。孤飛一片雪，百里見秋毫。

初出金門尋王侍御不遇詠壁上鸚鵡

落羽辭金殿，孤鳴咤繡衣。能言終見棄，還向隴西飛。

憶東山

不向東山久，薔薇幾度花。白雲還自散，明月落誰家。

獨坐敬亭山

衆鳥高飛盡，孤雲獨去閑。相看兩不厭，只有敬亭山。

自遣

對酒不覺暝，落花盈我衣。醉起步溪月，鳥還人亦稀。

奔亡道中作

蘇武天山上，田橫海島邊。萬重關塞斷，何日是歸年。

杜陵

南登杜陵上，北望五陵間。秋水明落日，流光滅遠山。

夏日山中

懶摇白羽扇，裸體青林中。脱巾掛石壁，露頂灑松風。（劉云：後人以此語入畫，真復可愛，妙是結句。）

九日龍山飲

九日龍山飲，黄花笑逐臣。醉看風落帽，舞愛月留人。（劉云：同是棹歌，此與童謡等爾。）

陪侍郎叔遊洞庭醉後作二首

船上齊橈樂，湖心汎月歸。白鷗閑不去，争拂酒筵飛。

其二

剗却君山好，平鋪湘水流。巴陵無限酒，醉殺洞庭秋。

送陸判官往琵琶峽

水國秋風夜，殊非遠别時。長安如夢裏，何日是歸期。

别東林寺僧

東林送客處，月出白猿啼。笑别盧山遠，何煩過虎溪。

見京兆韋參軍量移東陽

潮水還歸海，流人却到吴。相逢問愁苦，淚盡日南珠。

青溪半夜聞笛

羌笛梅花引，吴溪隴水清。寒山秋浦月，腸斷玉關情。

對雪獻從兄虞城宰

昨夜梁園雪，弟寒兄不知。庭前看玉樹，腸斷憶連枝。（劉云：藹然、惻然，可以感動。）

王　維

臨高臺（送黎拾遺。）

相送臨高臺，川原杳何極。日暮飛鳥還，行人去不息。

息夫人

莫以今時寵，能忘舊日恩。看花滿眼淚，不共楚王言。（劉云：正爾憔悴得人。）

班婕妤二首

宫殿生秋草，君王恩幸疏。那堪聞鳳吹，門外度金輿。

其二

怪來粧閣閉，朝下不相迎。總向春園裏，花間語笑聲。（劉云：語皆不刻而近。）

雜詩三首

家住孟津河，門對孟津口。常有江南船，寄書家中否。

其二

君自故鄉來，應知故鄉事。來日綺牕前，寒梅着花未。

其三

已見寒梅發，復聞啼鳥聲。愁心（今按，姚本、刻者不詳明本、《全唐詩》作「心心」）視春草，畏向玉階生。

送別

山中相送罷，日暮掩柴扉。春草年年緑，王孫歸不歸。（劉云：古今斷腸，理不在多。）

別輞川

依遲動車馬，惆悵出松蘿。忍別青山去，其如緑水何。

崔九弟欲往南山馬上口號與別

城隅一分手，幾日還相見。山中有桂花，莫待花如霰。

留别崔興宗

駐馬欲分襟，清寒御溝上。前山景氣佳，獨往還惆悵。

山中寄諸弟妹

山中多法侣，禪誦自爲羣。城郭遥相望，唯應見白雲。

贈弟穆十八（今按，據《全唐詩》卷一二八，「弟」乃「韋」之訛）

與君青眼客，共有白雲心。不向東山去，日令春草深。（劉云：淡淡有情。）

哭孟浩然（時爲殿中侍御史，知南選，至襄陽有作。）

故人不可見，漢水日東流。借問襄陽老，江山空蔡州（今按，《全唐詩》卷一二八作「洲」）。

鳥鳴澗（係《雲溪雜詠》。）

人閑桂花落，夜静春山空。月出驚山鳥，時鳴春澗中。（劉云：皆非着意。）

上平田

朝耕上平田，暮耕上平田。借問問津者，寧知沮溺賢。（劉云：語調並高。）

孟城坳（係《輞川雜詠》。）

新家孟城口，古木餘衰柳。來者復爲誰，空悲昔人有。（劉云：復欲二語如此俯仰曠達，不可得。）

華子岡

飛鳥去不窮，連山復秋色。上下華子岡，惆悵情何極。（劉云：蕭然更欲無言。）

鹿柴（去聲。）

空山不見人，但聞人語響。返景入深林，復照青苔上。（劉云：無言而有畫意。）

南垞（音茶。）

輕舟南垞去，北垞淼難即。隔浦望人家，遥遥不相識。

欹湖

吹簫凌極浦，日暮送夫君。湖上一迴首，山青（今按，《全唐詩》作「青山」）卷白雲。

白石灘

清淺白石灘，緑蒲尚（今按，《全書詩》卷一二八作「向」）堪把。家住水東西，浣紗明月下。

竹里館

獨坐幽篁裏，彈琴復長嘯。深林人不知，明月來相照。

辛夷塢

木末芙蓉花，山中發紅萼。澗户寂無人，紛紛開且落。（劉云：其意不欲着一字，漸可語禪。）

漆園

古人非傲吏，自闕經世務。偶寄一微官，婆娑數枝（今按，《全唐詩》卷一二八作「株」）樹。（《朱子語録》云：摩詰輞川此詩，余深愛之，每以語人，輒無解余意者。○劉云：便［今按，姚本作「使」］在謝東山輩口，語皆成高韻。）

崔國輔

怨辭二首

妾有羅衣裳，秦王在時作。爲舞春風多，秋來不堪着。

其二

樓頭桃李疏，池上芙蓉落。織錦猶未成，蟲聲入羅幕。

古意

浄掃黄金階，飛霜皎如雪。下簾彈箜篌，不忍見秋月。

魏宫詞

朝日照紅粧，擬上銅雀臺。畫眉猶未了，魏帝使人催。

長信草

長信宫中草，年年愁處生。時侵珠履跡，不使玉階行。

少年行

遺却珊瑚鞭，白馬驕不行。章臺折楊柳，春日路傍情。

湖南曲

湖南送君去，湖北送君歸。湖裏鴦鴛鳥，雙雙他自飛。

流水曲

歸來日尚早，更欲向芳洲。渡口水流急，回船不自由。

王孫遊

（《楚辭·招隱士》曰：「王孫遊兮不歸，春草生兮萋萋。」《王孫遊》蓋出於此。）

自與王孫别，頻看黄鳥飛。應由春草誤，着處不成歸。

採蓮

玉溆花争發，金塘水亂流。相逢畏相失，並着採蓮舟。

渭水西别李崙

隴右長亭堠，山深古塞秋。不知嗚咽水，何事向西流。

孟浩然

宿建德江

移舟泊煙渚，日暮客愁新。野曠天低樹，江清月近人。

送朱大入秦

遊人五陵去，寶劍值千金。分手脱相贈，平生一片心。

送友之京

君登青雲去，余望青山歸。雲山從此别，淚濕薜蘿衣。（劉云：甚不多語，神情悄然，比之蘇州特怨甚。）

同儲十二洛陽道中作

珠彈繁華子，金羈遊俠人。酒酣白日暮，走馬入紅塵。

下浙江

八月觀濤罷，三江越海潯。迴瞻魏闕路，無限（今按，《全唐詩》作「空復」，四庫全書本《孟浩然集》卷四作「無復」）子牟心。

春曉

春眠不覺曉，處處聞啼鳥。夜來風雨聲，花落知多少。（劉云：風流閑美，正不在多。）

楊子津望京口

北固臨京口，夷山近海濱。江風白浪起，愁殺渡頭人。

洛陽訪袁拾遺不遇

洛陽訪才子，江嶺作流人。聞説梅花早，何如此地春。（劉云：便不着字，亦自深怨。）

尋菊花潭主人

行至菊花潭，村西日已斜。主人登高去，雞犬空在家。

五言絶句卷之三　唐詩品彙四十

羽翼

儲光羲

洛陽道四首（獻吕四郎中。）

洛水春冰開，洛城春樹緑。朝看大道上，落花亂馬足。

其二

大道直如髮，春日佳氣多。五陵貴公子，雙雙鳴玉珂。

其三

春風二月時，道傍柳堪把。上枝覆宫（今按，姚本、《全唐詩》卷一三九作「官」）閣，下枝拂車馬。

其四

洛水照千門，千門碧空裏。少年不得志，走馬遊新市。

長安道二首

西行一千里，暝色生寒樹。暗聞歌吹聲，知是長安路。

其二

鳴鞭過酒肆，袪（今按，據四庫本、《全唐詩》卷一三九、《儲光羲詩集》卷五、《萬首唐人絶句》卷八，當爲「袨」）服遊倡門。百萬一時盡，含情無片言。

江南曲二首

緑江深見底，高浪直翻空。慣是湖邊住，舟輕不畏風。

其二

日暮長江裏，相邀歸渡頭。落花如有意，來去逐船流。

關山月

一鴈過連營，繁霜覆古城。胡笳在何處，半夜起邊聲。

玉真公主山居

山北天泉苑，山西鳳女家。不言沁園好，獨隱武陵花。

王昌齡

題灞池

腰鐮欲何之，東園刈秋韭。世事不復論，悲歌和樵叟。

送李十五

怨別秦楚深，江中秋雲起。天長杳無隔，月影在寒水。

送張四

楓林已愁暮，楚水復堪悲。別後冷山月，清猿無斷時。

送郭司倉

映門淮水緑，留騎主人心。明月隨良椽（今按，據姚本、刻者不詳明本、四庫本及《全唐詩》卷一四三，當爲「掾」），春潮夜夜深。

送胡大

荆門不堪别，况乃瀟湘秋。何處遥望君，江邊明月樓。

答武陵田太守

仗劍行千里，微軀敢（今按，《全唐詩》卷一四三作「感」）一言。曾爲大梁客，不負信陵恩。

題僧房

棕櫚花滿院，苔蘚入閑房。彼此名言絶，空中聞異香。

擊磬老人

雙峰褐衣久，一磬白眉長。誰識野人意，徒看春草芳。

裴　迪

孟城坳（遊王維輞川别業同賦。）

結廬古城下，時登古城上。古城非疇昔，今人自來往。（劉云：未爲不佳，與維相去遠甚。）

鹿柴（去聲。）

日夕見寒山，便爲獨往客。不知松林事，但有麏麚跡。

木蘭柴

蒼蒼落日時，鳥聲亂溪水。緣溪路轉深，幽興何時已。

宮槐陌

門前宮槐陌，是向欹湖道。秋來風雨多，落葉無人掃。

臨湖亭

當軒彌滉漾，孤月正徘徊。谷口猿聲發，風傳入户來。

南垞

孤舟信風泊，南垞湖水岸。落日下崦嵫，清波殊淼漫。

欒家瀨

瀨聲喧極浦，沿涉向南津。汎汎鳧鷗渡，時時欲近人。

白石灘

跂石復臨水，弄波情未極。日下川上寒，浮雲澹無色。

竹里館

來過竹里館，日與道相親。出入惟山鳥，幽深無世人。

杜　甫

武侯廟

遺廟丹青落，空山草木長。猶聞辭後主，不復卧南陽。（劉云：語絶。又云：上句想望其風采猶在也，下句傷其已死。）

八陣圖

功蓋三分國，名成八陣圖。江流石不轉，遺恨失吞吴。

復愁

萬國尚戎馬，故園今若何。昔歸相識少，早已戰場多。（江天多云：先言今，而後言昔，無限憂疑之

意。〇劉云：今又可知。）

歸鴈

東來萬里客，亂定幾年歸。腸斷江城鴈，高高正北飛。

答鄭十七郎一絶

雨後過畦潤，花殘步屧遲。把文驚小陸，好客見當時。

絶句三首

江碧鳥逾白，山青花欲燃。今春看又過，何日是歸年。

其二

江邊踏青罷，迴首見旌旗。風起春城暮，高樓鼓角悲。

其三

江動月移石，溪虚雲傍花。鳥棲知故道，帆過宿誰家。

崔　顥

長干行二首

君家住何處（今按，《文苑英華》卷二〇一、《全唐詩》卷一三〇作「何處住」，《河岳英靈集》卷中作「定何處」），妾住在横塘。停船暫借問，或恐是同鄉。

其二

家臨九江水，來去九江側。同是長干人，生（今按，《全唐詩》卷三〇作「自」）小不相識。（劉云：只寫相問語，其情自見。）

江南曲

下渚多風浪，蓮船漸覺稀。那能不相待，獨自逆潮歸。（劉云：其詩皆不用思致，而流麗暢情，固宜太白之所愛敬。）

高適

詠史

尚有綈袍贈，應憐范叔寒。不知天下士，猶作布衣看。

送兵到薊北

積雪與天迥，屯軍連塞愁。誰知此行邁，不爲覓封侯。

田家春望

出門無所見，春色滿平蕪。可歎無知己，高陽一酒徒。

同羣公題張處士菜園

耕地桑柘間，地肥菜常熟。爲問葵藿資，何如廟堂肉。（《古今詩話》曰：覩物有感，則有興義。蓋興近乎訕［今按，《詩人玉屑》卷九引《古今詩話》此句作「自古工詩，未嘗無興也。覩物有感焉，則有興。今之作詩者，以興近乎訕也，故不敢作，而詩之一義廢矣」］。高適此詩，則近乎訕矣。作者知興、訕之異，始可言詩。）

岑參

行軍九日思長安故園（時未復長安。）

强欲登高去，無人送酒來。遥憐故園菊，應傍戰場開。（方虛谷云：悲感。）

題平陽郡汾橋邊柳樹（參曾居此郡八九年。）

此地曾居住，今年宛似歸。可憐汾上柳，相見也依依。

見渭水思秦川

渭水東流去，何時到雍州。憑添兩行淚，寄向故園流。

題三會寺倉頡造字臺

野寺荒臺晚，寒天古木悲。空階有鳥跡，猶似造書時。

王之涣

登鸛雀樓

白日依山盡，黄河入海流。欲窮千里目，更上一層樓。（《迂叟詩話》云：唐之中葉，文章特盛，其姓名湮没不傳於世者甚衆。如河中府鸛雀樓有王之涣、暢當二詩，皆當時名所不稱［今按，《苕溪漁隱叢話》前集卷二四引《迂叟詩話》，此句爲「二人者皆當時賢士所不數」］。嗚呼！後人以詩名者，豈能及之哉？）

送别

楊柳東風樹，青青夾御河。近來攀折苦，應爲别離多。

祖　詠

終南望餘雲（今按，據姚本、屠隆本、刻者不詳明本、《河岳英靈集》卷下、《唐詩紀事》卷二十，「雲」當爲「雪」）

終南陰嶺秀，積雪浮雲端。林表明霽色，城中增暮寒。

李適之

罷相作

避賢初罷相，樂聖且銜杯。爲問門前客，今朝幾箇來。

李　頎

奉送五叔入京兼寄綦毋三

陰雲帶殘日，悵别此何時。欲望黄山道，無由見所思。

沈如筠

閨怨

鴈盡書難寄，愁多夢不成。願隨孤月影，流照伏波營。

崔　署（今按，《河岳英靈集》作「署」，《國秀集》卷下、《唐詩紀事》、四庫本作「曙」）

對雨送人

別愁復兼（今按，《全唐詩》作「經」）雨，別淚還如霰。寄心海上雲，千里長相見。

王　縉

別輞川別業

山月曉仍在，林風涼不絶。殷勤如有情，惆悵令人別。（劉云：清灑頓挫，略不動容。）

丘　爲

左掖梨花

冷艷全欺雪，餘香乍入衣。春風且莫定，吹向玉階飛。

沈千運

古歌

北邙不種田，但種松與柏。松柏未生處，留待市朝客。

蕭頴（今按，當爲「穎」）士

元日陪元魯山登北城留别二首（今按，「元日」，據姚本、屠隆本、刻者不詳明本，當爲「九日」，《唐詩紀事》卷二一、《全唐詩》卷一五四作「重陽」）

綿連滍川迴，杳渺鴉路深。彭澤興不淺，臨風動歸心。

其二

漸聞鷩棲羽，坐歎清夜月。中歡愴有違，行子念明發。

元結

將牛何處去

將牛何處去，耕破（今按，《全唐詩》卷二四〇、《次山集》卷三作「彼」）故城東。相伴有田父，相歡唯牧童。

石宫夏詠

石宫夏水寒，寒水宜高林。遠風吹蘿蔓，野客熙清陰。

石宫冬詠

石宫冬日暖，暖日宜温泉。晨光静水霧，逸者猶安眠。

五言絶句卷之四　唐詩品彙四十一

接武（上）

劉長卿

平蕃曲二首

渺渺戍煙孤，茫茫塞草枯。隴頭那用閉，萬里不防胡。

其二

絶漠大軍還，平沙獨戍閑。空留一片石，萬古在燕山。

湘妃怨

帝子不可見，秋風來莫思。嬋娟江上月，千載空蛾眉。

春草宫懷古

君王不可見，芳草舊宫春。猶帶羅裙色，青青向楚人。

斑竹

蒼梧千載後，斑竹對湘沅。欲識湘妃怨，枝枝滿淚痕。

逢雪宿芙蓉山（今按，《全唐詩》卷一四七後有「主人」二字）

日暮蒼山遠，天寒白屋貧。柴門聞犬吠，風雪夜歸人。

送張起崔載華之閩中

朝無寒士達，家在舊山貧。相送天涯裏，憐君更遠人。

送張十八歸桐廬

歸人乘野艇，帶月過江村。正落寒潮水，相隨夜到門。

送方外上人

孤雲將野鶴，豈向人間住。莫買沃州山，時人已知處。

送靈澈上人

蒼蒼竹林寺，杳杳鐘聲晚。荷笠帶斜陽，青山獨歸遠。

瓜洲送李端公

片帆何處去，匹馬獨歸遲。惆悵江南北，青山欲暮時。

送子婿往揚州

鴈還空渚在，人去落潮翻。臨水獨回首（今按，《全唐詩》作「揮手」），殘陽歸掩門。

寄龍山道士許法陵（今按，《全唐詩》作「稜」）

悠悠白雲裏，獨住青山客。林下晝焚香，桂花同寂寂。

茱萸灣北答崔載華問

荒涼野店絶，迢遞人煙遠。蒼蒼古木中，多是隋家苑。

贈秦系徵君（秦系頃以家事獲謗，因出舊山，每荷觀察崔公見知，欲歸未遂。感其流寓，詩以贈之。）

初迷武陵路，復出孟嘗門。迴首江南岸，青山與舊恩。

又贈秦系

羣公誰讓位，五柳獨知貧。惆悵青山路，煙霞老此人。

江中對月

空洲夕煙斂，對月秋江裏。歷歷沙上人，月中孤渡水。

正朝覽鏡

憔悴逢新歲，芳菲見舊春。朝來明鏡裏，不忍白頭人。

錢　起

逢俠者

燕趙悲歌士，相逢劇孟家。寸心言不盡，前路日將斜。

赴章陵酬李卿贈別

一官叨下秩，九棘謝知音。芳草文園路，春愁滿別心。

送楊著作歸東海

楊柳出關色，東行千里期。酒酣暫輕別，路遠始相思。

過故李侍御宅

不見承明客，愁聞長樂鐘。馬卿何早世，漢主欲登封。

宿洞口館（一作耿湋詩。）

野竹通溪冷，秋泉入户鳴。亂來人不到，寒草上階生。

題崔逸人山亭

藥徑深紅蘚，山牕滿翠微。羡君花下醉，蝴蝶夢中飛。

石井（已下五首係《藍溪雜詠》。）（今按，《全唐詩》、《錢仲文集》「藍溪」作「藍田溪」）

片霞照仙井，泉底桃花紅。那知幽石下，不與武陵通。

古藤

引蔓出雲樹，垂綸覆巢鶴。幽人對酒時，苔上閑花落。

洞仙謡

幾轉到青山，數重渡（今按，姚本、《全唐詩》皆作「度」）流水。秦人入雲去，知向桃源裏。

竹間路

暗歸草堂静，半入花源去。有時載酒來，不與清風遇。

遠山鐘

風送出山鐘，雲霞度水淺。欲知聲盡處，鳥滅寥天遠。

江行無題（元一百首，今録二十首。）

傾酒向漣漪，乘流欲去時。寸心同尺璧，投此報馮夷。

其二

江曲全縈楚，雲飛半自秦。峴山回首望，如别故鄉人。

其三

行背青山郭，吟當白露秋。風流無屈宋，空詠古荆州。

其四

去指龍沙路，徒懸象闕心。夜涼無遠夢，不爲偶聞砧。

其五

翳日多喬木，維舟取束薪。静聽江叟語，俱是厭兵人。

其六

牽路沿江狹，沙崩岸不平。盡知行處險，誰肯載時輕。

其七

憔悴異靈均，非讒作逐臣。如遇漁父問，未是獨醒人。

其八

月下江流静，村荒人語稀。鷺鴛（今按，《全唐詩》卷二三九作「鷥」）雖有伴，仍共影雙飛。

其九

斗轉月未落，舟行夜已深。有村知不遠，風便數聲砧。

其十

岸草連荒色，村聲樂稔年。晚晴貪穫稻，閑却採菱船。

其十一

古來多思客，摇落恨江潭。今日秋風至，蕭疏過沔南。

其十二

兵火有餘燼，貧村纔數家。無人争曉渡，殘月下寒沙。

其十三

渚禽菱芡足，不向稻粱争。静宿深（今按，《全唐詩》作「涼」）灣月，應無失侣聲。

其十四

景夕（今按，《全唐詩》作「夕景」）殘霞落，秋寒細雨晴。短纓何用濯，舟在月中行。

其十五

静看秋江水，風微浪漸平。人間馳競處，塵土自波成。

其十六

咫尺愁風雨，匡廬不可登。秪疑雲霧窟，猶有六朝僧。

其十七

秋寒鷹隼健，逐雀下雲空。知是江湖客，無心擊塞鴻。

其十八

幽懷念煙水，長恨隔龍沙。今日滕王閣，分明見落霞。

其十九

江流何渺渺，懷古獨依依。漁父非賢者，蘆中但有磯。

其二十

遠謫歲時晏，暮江風雨寒。仍愁繫舟處，驚夢近長灘。

韋應物

秋夜寄丘二十二員外

懷君屬秋夜，散步詠涼天。山空松子落，幽人應未眠。

同德閣期元侍御不至

庭樹忽已暗，故人那不來。秪應厭煩暑，永日坐霜臺。

西郊期滌武不至書示

山高鳴過雨，澗樹落殘花。非關春不待，當由期自賒。（劉云：鍾情而語更達。）

寄盧陟

柳葉遍寒塘，曉霜凝高閣。累日此留連，别來成寂寞。（劉云：題寄盧陟如是，此種風氣亦復可誦。）

宿永陽寄璨律師

遥知郡齋夜，凍雪封松竹。時有山僧來，懸燈獨自宿。（劉云：蘇州用意常在此等，故精練特勝，觸處自然。）

懷瑯琊深標二釋子

白雲埋大壑，陰崖滴夜泉。應居西石室，月照山蒼然。

同褒子秋齋獨宿

山月皎如燭，霜風時動竹。夜半鳥驚棲，牕間人獨宿。

閶門懷古

獨鳥下高樹，遥知吴苑園。淒涼千古事，日暮倚閶門。

西樓

高閣一長望，故園何日歸。煙塵擁函谷，秋鴈過來稀。

登樓

兹樓日登眺，流歲暗蹉跎。坐厭淮南守，秋山紅樹多。

聞鴈

故園渺何處，歸思方悠哉。淮南秋雨夜，高齋聞鴈來。（劉云：更不須語言。）

詠聲

萬物自生聽，太空恒寂寥。還從静中起，却向静中消。（劉云：其姿近道，語此漸〔今按，陶敏《韋應物集校注》引明張習刻本《須溪先生校點韋蘇州集》作「輒」〕超。）

聽江笛送陸侍御

遠聽江上笛，臨觴一送君。還愁獨宿夜，更向郡齋聞。

皇甫冉

婕妤怨

花枝出建章，鳳管發昭陽。借問承恩者，雙蛾幾許長。

秋怨

長信多秋色（今按，《全唐詩》卷二四九作「氣」，注云：一作「草」），昭陽借月華。那看（今按，《全唐詩》作「堪」）閉永巷，聞道選良家。

同諸公有懷

舊國迷江樹，他鄉近海門。移家南渡久，童稚解方言。

山館

山館長寂寂，閑雲朝夕來。空庭復何有，落日照青苔。

送王翁信還剡中舊居

海岸耕殘雪，溪沙釣夕陽。家中何所有，春草漸看長。

賦長道一絶送陸邃潛夫（有序，不録。）

高山迥欲登，遠水深難渡。杳杳復漫漫，行人別家去。

賦得送客一絶送陸鴻漸赴越（有序，不録。）

行隨新樹深，夢隔重江遠。迢遞風日間，蒼茫洲渚晚。

和王給事維禁掖梨花詠（今按，《全唐詩》「掖」作「省」）

巧解迎人笑，偏能亂蝶飛。春風時入户，幾片落朝衣。

同李三月夜作

霜風驚渡（今按，《全唐詩》卷二五〇作「度」）鴈，月露皓疏林。處處砧聲發，星河秋夜深。

五言絶句卷之五　唐詩品彙四十二

接武（中）

皇甫曾

送王司直（今按，《文苑英華》卷二七二作皇甫冉詩。《全唐詩》卷二四九皇甫冉詩、卷二七四戴叔倫詩皆收録此作，皇甫冉詩下注云：一作劉長卿詩）

西塞雲山遠，東風道路長。人心勝潮水，相送過潯陽。

山下泉

漾漾帶山光，澄澄倒林影。那知石上喧，却憶山中静。

劉方平

採蓮曲

落日清江裏，荆歌艷楚腰。採蓮從小慣，十五即乘潮。

長信宫

夢裏君王近，宫中河漢高。秋風能再熱，團扇不辭勞。

朱　放

銅雀妓

恨唱歌聲咽，愁翻舞袖遲。西陵日欲暮，是妾斷腸時。

題竹林寺

歲月人間促，煙霞此地多。殷勤竹林寺，更得幾回過。

李嘉祐

春日歸家

自覺勞鄉夢，無人見客心。空餘庭草色，日日伴愁襟。

白鷺

江南緑水多，顧影逗輕波。終日秦雲裏，山高奈若何。

張　起

春情

畫閣餘寒在，新年舊燕歸。梅花猶帶雪，未得試春衣。

郎士元

山中即事

入谷多春興，乘舟棹碧潯。山雲昨夜雨，溪水曉來深。

韓翃

漢宫曲二首

駿馬繡障泥，紅塵撲四蹄。歸時何太晚，日照杏花西。

其二

繡幕珊瑚鈎，春關（今按，《全唐詩》卷二四五作「春開」，注云：一作「香閨」。四庫本作「春閨」）翡翠樓。深情不肯道，嬌倚鈿箜篌。

耿湋

長門怨

聞道昭陽燕，嚬蛾落葉中。清歌逐寒月，遥夜入深宫。

秋日

返照入閭巷，憂來誰共語。古道少人行，秋風動禾黍。

秋夜

高秋夜分後，遠客鴈來時。寂寂重門掩，無人問所思。

盧　綸

和張僕射塞下曲六首

鷲翎金僕姑，燕尾繡蝥弧。獨立揚新令，千營共一呼。

其二

林暗草驚風，將軍夜引弓。平明尋白羽，没在石稜中。

其三

月黑鴈飛高，單于遠（今按，《全唐詩》作「夜」）遁逃。欲將輕騎逐，大雪滿弓刀。

其四

野幕蔽瓊筵，羌戎賀勞旋。醉和金甲舞，雷鼓動山川。

其五

調箭又呼鷹，俱聞出世能。奔狐將迸雉，掃盡古丘陵。

其六

亭亭七葉貴，蕩蕩一隅清。他日題麟閣，唯應獨不名。

長門怨

空宫古廊殿，寒月落斜暉。臥聽未央曲，滿箱歌舞衣。

李　端

拜新月

聞簾見新月，即便下階拜。細語人不聞，北風吹裙帶。

蕪城懷古

風吹城上樹，草没城邊路。城裏月明時，精靈自來去。

送人下第

獻策未得意，馳車東出秦。暮年千里客，落日萬家春。

晦日遊曲江

晦日同攜手，臨流一望春。可憐楊柳陌，愁殺故鄉人。

溪竹逢雨與柳仲庸

日落衆山昏，蕭蕭暮雨繁。那堪兩處宿，共聽一聲猿。

鳴箏

鳴箏金粟柱，素手玉房前。欲得周郎顧，時時誤拂絃。

司空曙

金陵懷古

輦路江楓暗，宫庭野草春。傷心庾開府，老作北朝臣。

玩花與衛象同醉（《英華》作「衛長林」。）

衰鬢千莖雪，他鄉一樹花。今朝與君醉，忘却在長沙。

寒塘

曉髮梳臨水，寒塘坐見秋。鄉心正無限，一鴈渡南樓。

晚思

蛩吟牕下月，草濕階前露。晚景淒我衣，秋風入庭樹。

别張讚

今日山晴後，殘蟬菊發時。登樓見秋色，何處最相思。

别盧秦卿

知有前期在，難分此夜中。無將故人酒，不及石尤風。（《洪容齋五筆》云：「石尤風」，不知其義，意其爲打頭逆風也，唐人詩多好用之。陳子昂《入峽苦風》詩云：「故鄉今日友，歡會坐應同。寧知巴峽路，辛苦石尤風。」戴叔倫《送裴明府》云：「知君未得去，慙愧石尤風。」司空文明又云：「不及石尤風。」計南朝篇詠，必多用之，未暇億〔今按，據四庫本《容齋隨筆・五筆》卷三，當爲「憶」〕也。）

張　繼

長相思

遼陽望河縣，白首無由見。海上珊瑚枝，年年寄春燕。

顧　況

憶番陽舊遊（今按，《全唐詩》「番」作「鄱」）

悠悠南國思，夜向江南泊。楚客斷腸時，月明楓子落。

丘　丹

答韋蘇州

露滴梧葉鳴，秋風桂花發。中有學仙人，吹簫弄山月。

聽江笛送陸侍御

離尊聞夜笛，寥亮入寒城。月落車馬散，悽惻主人情。

戎昱

別離作（一作戴叔倫詩。）

手把杏花枝，未曾經別離。黄昏掩門後，寂寞心自知。

暢當

別盧綸

故交君獨在，又欲與君離。我有新愁淚，非關秋氣悲。

登鸛雀樓

天勢迴（今按，姚本、牛斗本、屠隆本、刻者不詳明本、《文苑英華》、《全唐詩》作「迥」，據姚本、四庫本、《全唐詩》，當爲「迥」）臨飛鳥上，高出人世（今按，《文苑英華》卷三一二作「世人」，《全唐詩》卷二八七作「世塵」）間。天勢圍（「圍」）平野，河流入斷山。

宿潭上

夜潭有仙舸，與月當水中。佳賓愛明月，遊子驚秋風。

李　益

鷓鴣詞

湘江斑竹枝，錦翅鷓鴣飛。處處湘雲合，郎從何處歸。

幽州

征戍在桑乾，年年薊水寒。殷勤驛西路，北去向長安。

代人乞花

繡户朝眠起，開簾滿地花。春風解人意，吹落妾西家。

感懷（《間氣集》作張繼詩。）

調與時人背，心將静者論。終年帝城裏，不識五侯門。

贈盧綸

世故中年别，餘生此會同。却將悲與病，獨對朗陵翁。

盧和詩

戚戚苦（今按，姚本、牛斗本、刻者不詳明本、四庫本、《文苑英華》卷二四三、《全唐詩》卷二七七皆作「一」，屠隆本無此詩）西東，十年今始同。可憐風雨（今按，《文苑英華》、《全唐詩》作「歌酒」）夜，相對兩衰翁。（《容齋隨筆》云：二詩讀之使人悽然，皆奇作也。）

戴叔倫

關山月

月出照關山，秋風人未還。清光無遠近，鄉淚半書間。

容州回一首送陸三（今按，《全唐詩》卷二七四「送」作「逢」，「陸三」後有「別」字）

西南積水遠，老病喜生歸。此地故人別，空餘淚滿衣。

三閭廟（一作儲光羲詩。）

沅湘流不盡，屈子怨何深。日暮秋風起，蕭蕭楓樹林。

遊道林寺

佳山路不遠，俗侶到常稀。及此煙霞暮，相看復欲歸。

贈李山人

（唐。）（今按，《文苑英華》卷二三二題作《贈李山人唐》，《全唐詩》卷二七四作《贈李唐山人》）

此意無所欲，閉門風景遲。柳條將白髮，相對共垂絲。

夏夜江樓會別

不作十日別，煩君此相留。雨餘江上月，好醉竹間樓。

柳　談

江行

繁陰乍隱舟，落葉初飛浦。蕭蕭楚客帆，日暮寒江雨。

楊子途中

楚塞望蒼然，寒林古戍邊。秋風人渡水，落日鴈飛天。

劉　商

古意

達曙寢衣冷，開門霜雪凝。風吹昨日淚，一片枕前冰。

登相國寺閣

晴日登臨好，春風各望家。垂楊夾城路，客思逐楊花。

雍裕之

自君之出矣

自君之出矣，寶鏡爲誰明。思君如隴水，長聞嗚咽聲。

楊　衡

題花樹

都無看花意，偶到樹邊來。（劉須溪云：來得慘淡。）可憐枝上色，一一爲愁開。

張仲素

宮中樂

月彩浮鸞殿，砧聲隔鳳樓。笙歌臨水檻，紅燭乍迎秋。

春江曲

摇漾越江春，相將採白蘋。歸時不覺夜，出浦月隨人。

春閨

裊裊城邊柳，青青陌上桑。提籠忘採葉，昨夜夢漁陽。

令狐楚

宮中樂三首

月上宮花静，煙含苑樹深。銀臺門已閉，仙漏夜沉沉。

其二

九重青瑣闥，百尺碧雲樓。明月秋風夜，珠簾上玉鈎。

其三

楚塞金陵靖，巴山玉壘空。萬方無一事，端拱大明宫。

從軍行二首

孤心眠夜雪，滿眼是胡（今按，姚本、刻者不詳明本、《全唐詩》卷三三四作「秋」）沙。萬里猶防塞，三年不見家。

其二

胡風千里驚，漢月五更明。縱有還家夢，猶聞出塞聲。

思君恩二首

小苑鶯歌歇，長門蝶舞多。眼看春又去，翠輦不曾過。

其二

紫禁香如霧，青天月似霜。雲韶何處奏，只是在昭陽。

長相思

幾度春眠覺，紗牕曉望迷。朦朦殘夢裏，猶自在遼西。

遊春詞

閶闔春風起，蓬萊雪水消。相將折楊柳，争取最長條。

于　鵠

古挽歌

陰風吹黄蒿，挽歌渡秋水。車馬却歸城，孤墳明月裏。

五言絶句卷之六　唐詩品彙四十三

接武（下）

韓　愈

青青水中蒲三首

青青水中蒲，下有一雙魚。君今上隴去，我在與誰居。

其二

青青水中蒲，長在水中居。寄語浮萍草，相隨我不如。

其三

青青水中蒲，葉短不出水。婦人不下堂，行子在萬里。

把酒

擾擾馳名者，誰能一日閑。我來無伴侶，把酒對南山。

贈同遊

喚起牕全曙，催歸日未西。無心花裏鳥，更與盡情啼。

北樓

郡樓乘曉上，盡日不能回。晚色將秋至，長風送月來。

花島

蜂蝶去紛紛，香風隔岸聞。欲知花島處，水上覓紅雲。

柳宗元

江雪

千山鳥飛絶，萬徑人蹤滅。孤舟蓑笠翁，獨釣寒江雪。（劉云：得天趣，獨由落句五字道盡矣。）

登柳州岷山（今按，《柳河東集》、《全唐詩》「岷」作「峨」）

荒山秋日午，獨上意悠悠。如何望鄉處，西北是融州。（劉云：漸近自然。）

零陵早春

問春從此去，幾日到秦原。憑寄還鄉夢，殷勤入故園。（劉云：皆自精切。）

長沙驛前南樓感舊（公自注云：昔與德公别於此。海鶴，指德公。）

海鶴一爲别，存亡三十秋。今來數行淚，獨上驛南樓。

入黄溪聞猿（在永州。）

溪路千里曲，哀猿何處鳴。孤臣淚已盡，虚作斷腸聲。

再上湘江

好在湘江水，今朝又上來。不知從此去，更遣幾年迴。

劉禹錫

古調

軒后初冠冕，前旒爲蔽明。安知從複道，然後見人情。

秋風引

何處秋風至，蕭蕭送鴈羣。朝來入庭樹，孤客最先聞。

視刀鐶歌

常恨言語淺，不如人意深。今朝兩相視，脈脈萬重心。

九日登高

世路山河險，君門煙霧深。年年上高處，未省不傷心。

甘棠館

公館似仙家，池清竹徑斜。山禽忽驚起，衝落半巖花。

别蘇州

流水閶門外，秋風吹柳條。從來送客處，今日自魂銷。

飲酒看牡丹

今日花前飲，甘心醉數杯。但愁花有語，不爲老人開。

經檀道濟故壘

萬里長城壞（今按，據四庫全書本《劉賓客文集》卷二一、洪邁《萬首唐人絶句》卷二、《全唐詩》卷三六四，當爲「壞」），荒營野草秋。秣陵多士女，猶唱白符鳩。（《南史》云：當時人歌曰：「可憐白符鳩，枉殺檀江州。」）

權德輿

玉臺體三首

秋風一夜至，吹盡後庭花。莫作經時别，西鄰是宋家。

其二

昨夜裙帶解，今朝蟢子飛。鉛華不可棄，莫是藁砧歸。

其三

萬里人行至，深閨夜未眠。雙眉燈下掃，不待鏡臺前。

嶺上逢久別者又別

十年曾一別，征旆此相逢。馬首向何處，夕陽千萬峰。

江行晚詠

古樹夕陽盡，空江暮靄收。寂寞扣舷坐，獨生千載愁。

江行夜詠

猿聲到枕上，愁夢紛難理。寂寂深夜寒，清霜落秋水。

曉

曉風摇五兩，殘月映石壁。稍稍曙光開，片帆在空碧。

張籍

野田

漠漠野田草，草中牛羊道。古墓無子孫，白楊不得老。（劉須溪云：頓挫。）

岸花

可憐岸邊樹，紅蕊發青條。東風吹渡水，衝着木蘭橈。（劉云：好，不覺有興。）

涇州塞

行到涇州塞，唯聞羌戍鼙。道邊雙古堠，猶記向安西。

寄西峯僧

松暗水涓涓，夜涼人未眠。西峯月猶在，遥憶草堂前。

題暉禪師影堂

早日欲參禪，竟無相識緣。道場今獨到，惆悵影堂前。

梅溪

自愛新梅好，行尋一徑斜。不教人掃石，恐損落來花。

宿雲亭

清淨當深處，虚明向遠開。捲簾無俗客，應只見雲來。

王　建

故行宫（一作元稹詩。）

寥落古行宫，宫花寂寞紅。白頭宫女在，閑坐説玄宗。

早發汾南

橋上車馬發，橋南煙樹開。青山斜不斷，迢遞故鄉來。

田家

啾啾雀滿樹，靄霧東陂雨。田家無夜（今按，《全唐詩》卷三〇一作「夜無」）食，水中摘禾黍。

新嫁娘

三日入廚下，洗手作羮湯。未諳姑食性，先遣小姑嘗。

武元衡

夏夜作

夜久喧暫息，池臺惟月明。無因駐清景，日出事還生。（劉云：此語有讖。）

途中即事

南征復北還，擾擾百年間。自笑紅塵裏，生涯不暫閑。

春日偶作

縱横桃李枝，澹蕩春風吹。美人歌白紵，萬恨在蛾眉。

元　稹（今按，「稹」原作「積」，據《全唐詩》卷三九九改）

感事

富貴年皆長，風塵舊轉稀。白頭方見絶，遥爲一沾衣。

夏陽亭臨望

望遠音書絶，臨行意緒長。殷勤眼前水，千里到河陽。

西還

悠悠洛陽夢，鬱鬱灞陵樹。落日正西歸，逢君又東去。

白居易

閨怨詞

珠箔籠寒月，紗牕背曉燈。夜來巾上淚，一半是春冰。

問淮水

所嗟名利客，擾擾在人間。何事長淮水，東流亦不閑。

出關路

山川函谷路，塵土遊子顔。蕭條去國意，秋風生故關。

江樓聞砧

江南授衣晚，十月始聞砧。一夕高樓上，故園千里心。

王　涯

閨人贈遠四首

遠戍功名薄，深閨年貌傷。粧成對春樹，不語淚千行。

其二

鶯啼緑樹深，燕語雕梁晚。不省出門行，沙場知近遠。

其三

形影一相别，煙波千里分。君看望君處，只是起行雲。

其四

花明綺陌春，柳拂御溝新。爲報遼陽客，流光不待人。

李德裕

題羅浮石

清景持芳菊，涼天倚茂松。名山何必去，此地有羣峰。

嶺外守歲

冬逐更籌盡，春隨斗柄回。寒暄一夜隔，客鬢兩年催。

李　賀

京城

驅馬出門意，牢落長安心。兩事向誰道，自作秋風吟。

代崔家送客

行蓋柳煙下，馬蹄白翩翩。恐隨行處盡，何忍重揚鞭。（劉云：有情語，好。）

呂　温

鞏路感懷

馬嘶白日暮，劍鳴秋氣來。我心渺無際，河上空徘徊。

衡州早春

病肺不飲酒，傷心不看花。唯驚望鄉處，猶自隔長沙。

盧　仝

寄外兄

何處堪惆悵，情親不得親。興寧樓上月，辜負酒家春。

新月

仙宫雲箔卷，露出玉簾鈎。清光無所贈，相憶鳳凰樓。

孟郊

歸信吟

淚墨灑爲書，將寄萬里親。書去魂亦去，兀然空一身。

古別離

欲别牽郎衣，郎今到何處。不恨歸來遲，莫向臨邛去。

古怨

試妾與君淚，兩處滴池水。看取芙蓉花，今年爲誰死。

閨怨

妾恨比斑竹，下盤煩冤根。有笋未出土，中已含淚痕。（劉云：悽近。）

送柳淳（今按，據《全唐詩》、《孟東野詩集》，「淳」當爲「淳」）

青山臨黄河，下有長安道。世上名利人，相逢不知老。

河上思歸（今按，《全唐詩》「河」作「渭」）

獨訪千里信，迴臨千里河。家在吴楚鄉，淚寄東南波。

賈　島

劍客（今按，《全唐詩》卷五七一注云：一作《述劍》）

十年磨一劍，霜刃未曾試。今日把似（今按，姚本作「事」；《全唐詩》作「似」，注云：一作「示」，一作「事」）君，誰有（今按，《全唐詩》作「爲」）不平事。

尋隱者不遇（《唐音》作孫華〔今按，《全唐詩》卷四七三作「孫革」，注云：一作「華」〕《訪羊尊師》。）

松下問童子，言師採藥去。只在此山中，雲深不知處。

裴　度

溪居

門徑俯清溪，茆簷古木齊。紅塵飛不到，時有水禽啼。

張　碧

幽思

金爐煙靄微，銀釭殘影滅。出户獨徘徊，落花滿明月。

張　祐（今按，「祐」，《全唐詩》卷五一一作「祜」）

昭君怨

萬里邊城遠，千山行路難。舉頭惟見日，何處是長安。

思歸樂

萬里春歸盡，三江鴈亦稀。連天漢水廣，孤客未言歸。

穆護砂

玉管朝朝弄，清歌日日新。折花當驛路，寄與隴頭人。

金殿樂

入夜秋砧動，千聲起四鄰。不緣樓上月，應爲隴頭人。

墻頭花

蟋蟀鳴洞房，梧桐落金井。爲君裁舞衣，天寒剪刀冷。

宮詞

故國三千里，深宮二十年。一聲河滿子，雙淚落君前。（《樂府解題》云：《河滿子》：開元中，滄洲歌者臨刑進此曲以贖死，竟不得免。）

夕次竟陵

南風吹五兩，日暮竟陵城。腸斷巴江月，夜蟬何處聲。

施肩吾

古曲

可憐江北女，慣唱江南曲。摇蕩木蘭舟，雙鳧不成浴。

幼女詞

幼女纔六歲，未知巧與拙。向夜在堂前，學人拜新月。

文宗皇帝

宮中題

（太和九年誅工［今按，據姚本，當爲「王」］涯、鄭注後，仇士良專權。上每登臨遊幸，往往獨語，左右莫敢進問，因賦此詩。）

輦路生秋（今按，《全唐詩》卷四作「春」）草，上林花滿枝（今按，《全唐詩》作「發時」）。憑高何限意，無復侍臣知。

五言絶句卷之七　唐詩品彙四十四

餘響

李商隱

登樂遊原

向晚意不適，驅車登古原。夕陽無限好，只是近黄昏。（楊誠齋云：此詩憂唐祚［今按，姚本、屠隆本、刻者不詳明本作「之」］將衰也。）

悼傷後赴東蜀辟至散關遇雪

劍外從軍遠，無家與寄衣。散關三尺雪，回夢舊鴛機。

滯雨

滯雨長安夜，殘燈獨客愁。故鄉雲水地，歸夢不宜秋。

早起

風露澹清晨，簾間獨起人。鳥啼花又笑，畢竟是誰春。

杜牧

長安秋望

樓倚霜樹外，鏡天無一毫。南山與秋色，氣勢兩相高。

歸家

稚子牽衣問，歸來何太遲。共誰争歲月，𣊀（今按，據四庫本、《全唐詩》，當爲「贏」）得鬢成絲。

許　渾

塞下曲

夜戰桑乾北，秦兵半不歸。朝來有鄉信，猶自寄征衣。

送客南歸

野寺薜蘿晚，宫渠楊柳春。歸心已無限，更送洞庭人。

長安早春懷江南

雲月有歸處，故山清洛南。如何一花發，春夢徧江潭。

温庭筠

碧澗驛曉思

香燈伴殘夢，楚國在天涯。月落子規歇，滿庭山杏花。

客愁

客愁看柳色，日日逐春深。蕩漾春風裏，誰知歷亂心。

桂州經佳人故居（一作李羣玉詩。）

桂水依舊緑，佳人今不還。秖應隨暮雨，飛入九疑山。

馬　戴

秋思

萬木秋霖後，孤山夕照餘。田園無歲計，寒近憶樵漁。

江中遇客

危石江中起，孤雲嶺上還。相逢皆得意，何處是鄉關。

雍　陶

春懷舊遊

吟想舊經過，花時奈遠何。別離長似見，春夢入關多。

陳　陶

續古

長沙采芳客，桂棹木蘭船。日晚欲有待，徘徊春風前。

項　斯

江村夜泊

日落江路黑，前村人語稀。幾家深樹裏，一火照船歸。

于武陵

高樓

遠天明月出，照此誰家樓。上有羅衣裳，涼風吹不休。

勸酒

勸君金屈巵，滿酌不須辭。花發多風雨，人生足別離。

長春宫

莫問古宫名，古宫空古城。唯應東去水，不改舊時聲。

李羣玉

古詞

一合相思淚，臨江灑素秋。碧波如會意，却與向西流。

寄韋秀才

荆臺蘭渚客，寥落共含情。空館相思夜，孤燈照雨聲。

劉　駕

牧童

牧童見客拜，山菓懷中落。晝日驅牛歸，前溪風雨惡。

聶夷中

烏夜啼

衆鳥各歸枝，烏烏爾不棲。還應知妾恨，故向緑牕啼。

儲嗣宗

垓城

百戰未言非，孤軍驚夜圍。山河意氣盡，淚濺美人衣。

登蕪城

昔人登此地，丘壠已前悲。今日又非昔，春風能幾時。

于　濆

青樓曲

青樓臨大道，一上一回老。所思終不來，極目傷春草。

陸龜蒙

洞房怨

玉桃朝插（今按，刻者不詳明本作「玉桃朝扶」，牛斗本、四庫本作「玉桃朝插」，姚本、屠隆本、四庫本《甫里集》卷七作「玉插朝扶」，《全唐詩》卷六二七作「玉鍤朝扶」，應以《全唐詩》爲是）鬟，金梯晚下臺。春衫將別淚，一夜兩難裁。

花成子

春風等君意，亦解欺桃李。寫得去時容（今按，《全唐詩》作「真」），歸來不相似。

東飛鳧

裁得尺錦書，欲寄東飛鳧。翅短脛亦短（今按，《全唐詩》作「脛短翅亦短」），雌雄戀菰蒲。

唐彦謙

小院

小院無人夜，煙斜月轉明。清宵易惆悵，不必有離情。

羅　鄴

秋别

别路悲楊柳，秋風凄管絃。青樓君去後，明月爲誰圓。

崔　魯（今按，《全唐詩》卷五六七作「櫓」，注云：一作「魯」）

三月晦日送客

野酌亂無巡，送君兼送春。明年春色至，莫作未歸人。

司空圖

古樂府

一葉隨西風，君行亦向東。知妾飛書意，無勞待早鴻。

樂府

寶馬跋塵光，雙馳照路傍。喧傳報戚里，明日幸長楊。

歲盡

莫話傷心事，投春滿鬢霜。殷勤共尊酒，今歲只殘陽。

牛頭寺

終南最佳處，禪誦出青霄。羣木澄幽寂，疏煙汎泬寥。

崔道融

班婕妤

寵極辭同輦，恩深棄後宫。自題秋扇後，不敢怨春風。

銅雀妓

歌咽新翻曲，香消舊賜衣。陵園風雨暗，不見六龍歸。

漢宮詞

獨詔胡衣出，天花落殿堂。他人不敢妒，垂淚向君王。

長門怨

長門春欲盡，明月照花枝。買得相如賦，君恩不可移。

春閨

寒食月明雨，落花香滿泥。佳人持錦字，無鴈寄遼西。

歸燕

海燕頻來去，西人獨滯留。天邊又相送，腸斷故園秋。

夜泊九江

夜泊江門外，歡聲月下樓。明朝歸去路，猶隔洞庭秋。

韓　偓

效崔國輔體三首

淡月照中庭，海棠花自落。獨立俯閑階，風動秋千索。

其二

羅幕生春寒，繡牕愁未眠。南湖夜來（今按，《全唐詩》作「南湖一夜」，注云：一作「夜半南湖」）雨，應濕採蓮船。

其三

雨後碧苔院，霜來紅葉樓。閑階上斜日，鸚鵡伴人愁。

武　瓘

唐末人，或云杜荀鶴同時人，爲益陽令。

感事

曹鄴

花開蝶滿枝，花謝蝶還稀。唯有舊巢燕，主人貧亦歸。

庭草

薛瑩

庭草根自淺，造化無遺功。低回一寸心，不敢怨春風。

秋日湖上

落日五湖遊，煙波處處愁。浮沉千古事，誰與問東流。

五言絶句卷之八　唐詩品彙四十五

旁流

有姓氏無字里世次可考者五人

荆　叔

題慈恩塔（《容齋五筆》云：慈恩塔有荆叔一絶，字極小而端勁，最爲感人。其詞旨意高遠，不知爲何時人，必唐世詩流所作也。）

漢國山河在，秦陵草樹深。暮雲千里色，無處不傷心。

李　牧（今按，《國秀集》作「收」）

幽情

幽人惜春暮，潭上折芳草。佳期何時還，欲寄千里道。

張元宗（元，一作「亢」。）

登景雲寺閣

胡馬飲河路（今按，據《文苑英華》卷三一四、《唐詩紀事》卷三九、《全唐詩》卷五一四，當爲「洛」），我家從此遷。今來獨垂淚，三十六峰前。

潘　佐

送人往宣城（今按，《全唐詩》卷七七〇作潘佐詩，卷七三八又作潘佑詩）

江畔送行人，千山生暮氛。謝安團扇上，爲畫敬亭雲。

張　顛

清溪汎舟

旅人倚征棹，薄暮起勞歌。笑攬清溪月，清輝不厭多。

無姓氏三人

樂府（《樂府集》云：蓋嘉運開元年中爲西京［今按，《全唐詩》卷二七作「凉」］節度使時進此詩。）

伊州歌二首（此又見沈佺期集中律詩。）（今按，「聞道」一首，姚本、牛斗本、屠隆本、刻者不詳明本題作「伊州歌第三」；《樂府詩集》卷七九、洪邁《萬首唐人絶句》卷二〇、楊士弘《唐音》卷六、《全唐詩》卷二七皆録在蓋嘉運名下；《全唐詩》卷九六作沈佺期詩，題作《古意》，爲五言律詩）

聞道黄花戍，頻年不解兵。可憐閨裏月，偏照漢家營。

其二（諸家選本以此篇作《伊州歌》。按，郭茂倩《樂府集》無此篇，未知孰是。）（今按，「其二」，姚本、牛斗本、屠隆本、刻者不詳明本作「又」）

打起黄鶯兒，莫教枝上啼。啼時驚妾夢，不得到遼西。（劉須溪云：恨恨無極。○《陵陽室中語》云：大概作詩從首至尾語輒聯屬，如有理詞狀。此四句可爲標準矣。）

陸州歌第三

香氣傳空滿，粧花映薄紅。歌聲天仗外，舞態御樓中。

排遍第一

樹發花如錦，鶯啼柳若絲。更逢歡燕地，愁見别離時。

第三

坐對銀釭曉，停流（今按，《全唐詩》卷二七作「留」）玉筯痕。君門常不見，無處謝前恩。

西鄙人

哥舒歌

北斗七星高，哥舒夜帶刀。至今窺牧馬，不敢過臨洮。

太上隱者

答人

偶來松樹下，高枕石頭眠。山中無曆日，寒盡不知年。

羽士一人

吴　筠

題華山人所居

故人住南郭，邀我對芳尊。歡暢日亦暮，不知城市喧。

别章叟

平昔同一里，經年不相思。今日成遠别，相對心淒其。

衲子五人

皎　然

待山月

夜夜憶故人，長教山月待。今宵故人至，山月知何在。

湖南蘭若

未到無爲岸，空憐不繫舟。東山白雲意，歲晚尚悠悠。

法華寺望高峰贈如獻上人

峰色秋天見，松聲静夜聞。影孤長不在，行道入深雲。

酬李紓補闕

不住東山寺，雲泉處處行。近臣那得識，禪客本無名。

靈　澈

遠公墓

古墓石稜稜，寒雲晚景凝。空悲虎溪月，不見鴈門僧。

貫　休

姓姜，字德遠，鍾陵人。蘭溪和安寺賜紫禪月大師。（今按，此稱貫休「蘭溪和安寺賜紫禪月大師」，不確。據《宋高僧傳》卷三十《梁成都府東禪院貫休》記載，貫休乃七歲於家鄉蘭溪縣和安寺出家，爲圓貞禪師童侍。後入蜀，受到王建的禮遇，賜「紫大沙門」、「禪月大師」等稱號。）

月夕

霜月夜徘徊，樓中羌管催。曉風吹不盡，江上落殘梅。

脩　睦

懷故園

故園歸未得，此日意何傷。獨坐水邊草，水流春日長。

子　蘭

城上吟

古塚密於草，新墳侵古道。城外無閑地，城中人又老。

宫闈

韓　氏

題紅葉（《詩話》云：盧偓［今按，《唐詩紀事》卷五九、《苕溪漁隱叢話》後集卷十六作「渥」］舍人應舉京師，偶臨御溝，見一紅葉，上有詩云云。盧得之，藏於中［今按，《唐詩紀事》、《苕溪漁隱叢話》作「巾」］篋。及宣宗有旨出宫人，許其從人，盧獲其人，覩紅葉，吁怨久之，曰：「當時偶題，君乃得之。」）

流水何太急，深宫盡日閑。殷勤謝紅葉，好去到人間。

七歲女子（武后時。）

送兄（《唐史遺事》云：如意中，有七歲女子能詩，天后令賦《别兄詩》，應聲而成云。）

别路雲初起，離亭葉正飛。所嗟人異鴈，不作一行歸。

湘驛女子

題玉泉溪

紅葉醉秋色，碧溪彈夜絃。佳期不可再，風雨杳如年。

侯夫人

自感

粧成多自恨，夢好却成悲。不及楊花意，春來到處飛。

郎大家

采桑

春來南鴈歸，日去西蠶遠。妾思紛何極，客遊殊未返。

劉采春

囉嗊曲五首

不喜秦淮水，生憎江上船。載兒夫壻去，經歲又經年。

其二

借問東園柳，枯來得幾年。自無枝葉分，莫怨太陽偏。

其三

莫作商人婦，金釵當卜錢。朝朝江口望，錯認幾人船。

其四

那年離别日，只道往桐廬。桐廬人不見，今得廣州書。

其五

昨日勝今日，今年老去年。黄河清有日，白髮黑無緣。

崔氏女

明月三五夜

待月西廂下，迎風户半開。拂墻花影動，疑是故（今按，《全唐詩》作「玉」）人來。

薛　濤

春望詞

花開不同賞，花落不同悲。欲問相思處，花開花落時。

六言(附)

李景伯

回波樂(郭茂倩《樂府》云：商調曲也，唐中宗時造，蓋出於曲[今按，姚本、刻者不詳明本作「回」]水引流汎觴也。○《本事詩話》云：中宗之世，嘗因內燕羣臣，皆歌《回波樂》，撰辭起舞。時沈佺期以罪流嶺表，恩還舊官而未復朱紱，佺期乃歌《回波樂》詞以見意。中宗即以緋魚賜之，自是多求遷擢。○《唐書》云：景龍中，中宗燕侍臣，酒酣，令各爲《回波樂》，衆皆爲諂佞之辭及白要榮位[今按，據姚本、牛斗本、屠隆本、刻者不詳明本及《樂府詩集》卷八十，「白」當爲「自」]。次至諫議大夫李景伯，乃歌此篇，甚有規諷，後爲舞曲。)

回波爾時酒卮，微臣職在箴規。侍燕既過三爵，諠譁竊恐非儀。

張　說

破陳樂（六言八句。○《樂苑》曰：商調曲也，唐太宗所造。玄宗又作《小破陳樂》，亦舞曲也。）

漢兵出頓金微，照日明光鐵衣。百里火幡焰焰，千行雲騎騑騑。蹙踏遼河自竭，鼓譟燕山可飛。正屬四方朝賀，端知萬舞皇威。

王　維

田園樂五首

採菱渡頭風急，策杖村西日斜。杏樹壇邊漁父，桃花源裏人家。

其二

萋萋芳草春緑，落落長松夏寒。牛羊自歸村巷，童稚不識衣冠。

其三

山下孤煙遠村，天邊獨樹高原。一瓢顔回陋巷，五柳先生對門。

其四

酌酒會臨泉水，抱琴好倚長松。南園露葵朝折，西舍黄粱夜舂。

其五

桃紅復含宿雨，柳緑更帶朝煙。花落家僮未掃，鳥啼山客猶眠。（苕溪云：每哦「桃紅柳緑」、「花落鳥啼」之句，令人坐想輞川之勝，此老傲睨閑適於其間。）

劉長卿

尋張逸人山居

危石纔通鳥道，空山更有人家。桃源定在深處，澗水浮來落花。

送陸灃還吴中

瓜步寒潮送客，楊柳暮雨霑衣。故山南望何處，秋草連天獨歸。

發越州赴潤州使院留别鮑侍御

對水看山别離，孤舟日暮行遲。江北江南春草，獨向金陵去時。

苕溪酬梁耿别後見寄（六言八句。）

清川永路何極，落日孤舟解攜。鳥向平蕪遠近，人隨流水東西。白雲千里萬里，明月前溪後溪。惆悵長沙謫去，江潭芳草萋萋。

張　繼

奉寄皇甫冉補闕

京口情人别久，揚州估客來疏。潮至潯陽回去，相思何處通書。

皇甫冉

送鄭二之茅山

水流絶澗終日，草長深山暮春。犬吠雞鳴幾處，條桑種杏何人。

小江懷靈一上人

江上年年春草，津頭日日人行。借問山陰遠近，猶聞薄暮鐘聲。

問李二司直所居雲山

門外水流何處，天邊樹繞誰家。山色東西多少，朝朝幾度雲遮。（《洪容齋三筆》云：皇甫冉集中所載張繼奉寄六言詩一首，冉酬之而序曰：「懿孫予之舊好，祗役武昌，有〔今按，《全唐詩》作「枉」〕六言詩見憶〔今按，《全唐詩》作「懷」〕，今以七言裁答。蓋拙於事者繁而費。」冉之意以六言難工，故衍爲七言答之，然自又有《小江懷靈一上人》等三篇，皆清絶可畫，非拙而不能也。予編唐人絶句，得七言七千五百首，五言二千五百首，合爲萬首，而六言不滿四十，信乎其難也。）

韓　翃

宿甑山

山中今夜何人，門下（今按，《全唐詩》作「闕下」，注云：一作「門外」）當年近臣。青鎖應須早去，白雲何用相親。

別甑山

一身趨侍丹墀，西路翩翩去時。惆悵青山緑水，何年更是來期。

送陳明府赴淮南（六言八句。）

年華近過清明，落日微風送行。黄鳥綿蠻芳樹，紫騮躞蹀東城。花間一杯促膝，煙外千里含情。應渡淮南信宿，諸侯擁旆相迎。

盧　綸

送萬臣（六言八句。）（今按，「臣」，據《文苑英華》卷二七三、《全唐詩》卷二七六，當爲「巨」。）

把酒留君聽琴，誰（今按，《文苑英華》、《全唐詩》作「難」）堪歲暮離心。霜葉無風自落，秋雲不雨空陰。人愁荒村路細，馬怯寒溪水深。望盡青山獨立，更知何處相尋。

顧　況

歸山

心事數莖白髮，生涯一片青山。空林有雪相待，古道無人獨還。

王　建

宮中三臺

池北池南草緑，殿前殿後花紅。天子千秋萬歲，未央明月清風。

江南三臺

青草湖邊草色，飛猿嶺上猿聲。萬里湘江客到，有風有雨人行。

劉禹錫

答樂天臨都驛見贈

北固山邊波浪，東都城裏風塵。世事不同心事，新人何似故人。

周賀

送李億東歸（六言八句。）

黄山遠隔秦樹，紫禁斜通渭城。别路青青柳發，前溪漠漠花生。和風澹蕩歸客，落日殷勤早鶯。灞上金罇未飲，讌歌已有餘聲。

七言絶句敘目（凡十卷）

第一卷

正始

許敬宗（一）　盧照鄰（二）　王　勃（二）　喬知之（一）　杜審言（二）　劉庭琦（二）　沈佺期（四）　宋之問（二）　李　嶠（二）　李　乂（二）　徐彦伯（二）　岑　羲（一）　劉　憲（一）　趙彦昭（一）　李　適（一）　徐　堅（一）　馬懷素（一）　武平一（二）　蘇　頲（二）　張　説（五）　賀知章（三）　王　翰（二）　玄宗皇帝（一）

七言絶句始自古樂府《挾瑟歌》、梁元帝《烏棲曲》、江總《怨詩行》等作，皆七言四句。至唐初，始穩順聲勢，定爲絶句，然而作者亦不多見。故自許敬宗而下至開元初，得二十三人，共詩四十二首，爲正始。

第二卷

正宗

李白（三十九） 王昌齡（四十二）

盛唐絶句，太白高於諸人，王少伯次之，二公篇什亦盛。今列爲正宗，共詩八十一首。

第三卷

羽翼

王維（二十） 賈至（十五） 岑參（二十） 儲光羲（八） 杜甫（七） 常建（八）

高適（五） 孟浩然（二） 李頎（二） 崔國輔（二） 張謂（二） 王之涣（二） 綦毋潛（二） 薛據（一） 蔡希寂（一） 沈頌（一） 張偁（一） 吴象之（一） 張潮（二）

元結（二） 嚴武（一） 李華（一） 獨孤及（二）

正宗之外，同鳴于時者，王維、賈至、岑參亦盛。又如儲光羲、常建、高適之流，雖不多見，其興象、聲律一致也。杜少陵所作雖多，理趣甚異，故略其頗同調者數首，以通天寶諸賢。得二十三人，共詩九十九首，爲羽翼。

第四卷

接武（上之一）

劉長卿（十八） 錢　起（十） 韋應物（十二） 皇甫冉（八） 韓　翃（十） 盧　綸（十）

第五卷

接武（上之二）

劉方平（四） 朱　放（一） 皇甫曾（二） 秦　系（二） 嚴　維（一） 李嘉祐（三） 郎士元（五） 司空曙（六） 李　端（四） 耿　湋（三） 崔　峒（一） 包　何（一） 張　繼（二） 顧　況（十） 戎　昱（六） 長孫翱（一） 衛　象（一） 柳　談（一） 宋　濟（一） 楊　憑（一） 長孫佐輔（三） 劉　商（九） 于　鵠（四） 戴叔倫（八） 德宗皇帝（一）

第六卷

接武（下之一）

李　益（十六）　劉禹錫（二十八）　張　籍（二十三）　王　建（十七）　王　涯（十四）

第七卷

接武（下之二）

武元衡（十四）　楊巨源（六）　張仲素（九）　權德輿（四）　李　涉（十二）　竇　鞏（七）　竇　牟（一）　竇　庠（一）　雍裕之（一）　李　約（一）　陸　暢（一）　劉言史（一）　呂温（二）　羊士諤（二）　令狐楚（二）　陳　羽（六）　柳宗元（三）　韓　愈（六）　歐陽詹（一）　元　稹（二）　白居易（四）　鮑　溶（三）　孟　郊（一）　李　賀（一）　盧　仝（二）　李紳（一）　顧非熊（一）　張　祐（今按，一作「祜」）（八）　朱慶餘（四）　徐　凝（一）　賈　島（二）　姚　合（一）　王　表（一）　裴夷直（一）

大曆以還，作者之盛，駢踵接跡而起。或自名一家，或與時唱和，如樂府、宫詞、竹枝、楊柳之類，先後述作，紛紜不絶，逮至元和末而聲律不失，足以繼開元、天寶之盛。今因時之先後、篇什之多寡，定立上下卷。卷分爲四，以劉長卿、錢起、韋應物、皇甫冉、韓翃、盧綸六人，共詩六十九首，爲上卷之一。又自劉方平而下，以盡乎大曆諸賢，凡二十五人，共詩八十一首，爲上卷之二。又自貞元以來，若李益、劉禹錫、張籍、王建、王涯五人，其格力各自成家，篇什亦盛，共詩九十八首，爲下卷之一。又自武元衡而下，以盡乎元和諸賢，凡三十四人，共詩一百一十三首，爲下卷之二。合詩三百六十一首，爲接武。

第八卷

正變

李商隱（二十一）　杜　牧（二十三）　許　渾（十四）　趙　嘏（十二）　温庭筠（十）

開成以來，作者互出，而體製始分。若李義山、杜牧之、許用晦、趙承祐、温飛卿五人，雖興象不同，而聲律之變一也。共詩八十首，爲正變。

第九卷

餘響

雍　陶（六）　劉得仁（三）　陳　陶（四）　馬　戴（一）　薛　逢（二）　薛　能（四）　孟　遲（四）　項　斯（一）　段成式（二）　李羣玉（二）　韓　琮（一）　司馬禮（三）　杜荀鶴（二）　李　頻（一）　劉　駕（一）　儲嗣宗（一）　陸龜蒙（二）　張　賁（一）　方　干（一）　唐彦謙（三）　張　喬（三）　司空圖（一）　高　駢（一）　羅　鄴（二）　李　拯（一）　崔　魯（三）　崔　塗（二）　章　碣（二）　鄭　谷（二）　高　蟾（二）　曹　松（二）　王　駕（二）　吴　融（一）　李　洞（二）　韋　莊（八）　韓　偓（一）　江　爲（一）　李建勳（一）　張　泌（一）　孫光憲（二）

晚唐絶句之盛，不下數千篇，雖興象不同，而聲律亦未遠。如韋莊後出，其贈别諸篇尚有盛時之餘韻，則其他從可知矣。今自會昌，下及五季，得四十人，共詩八十五首，爲餘響。

第十卷

旁流

古樂府六曲詩十六首

水調歌（五）　涼州歌（三）　大（今按，據姚本，當爲「太」）和（二）　伊州歌（四）　蓋羅歌（一）

水鼓子（一）

無姓氏七人詩九首

景龍館（今按，「詩人爵里詳節」作「景龍文館」）學士（一）　開元名公（一）　才調詩（二）　惆悵詩（二）　蘆中集（一）　君山父老（一）　胡笳曲（一）

有姓氏無字里世次者十六人詩二十首

王　烈（二）　張敬忠（一）　王　喬（一）　李　中（一）　劉昭屬（一）　楊　達（一）

張　謂（一）　樓　頴（今按，當爲「穎」）（一）　王　偃（一）　朱　晦（一）　宋　邕（今按，《全唐

詩》卷七七一作「宋雍」)(一)　裴交泰(一)　吴商浩(一)　盧　弼(今按，一作「盧汝弼」)(四)

杜　常(今按，杜常實爲北宋人)(一)　方　澤(一)(今按，方澤實爲北宋人)

衲子八人詩十八首

皎　然(八)　靈　一(二)　靈　澈(一)　清　江(一)　法　振(一)　無　本(二)　無

悶(一)　齊　己(二)

羽士一人

曹　唐(四)

女冠一人

魚玄機(二)

宫闈十三人詩十九首

上官昭容（一）　梅　妃（一）　關盼盼（二）　杜羔妻（二）　張窈窕（一）　劉　瑗（一）

裴羽仙（一）　廉　氏（一）　崔公達（一）　姚月華（二）　花蕊夫人（二）　薛　濤（三）　故

臺城妓（一）

右自唐初至唐末，凡無姓氏、有姓氏弗可考者，併樂府《水調》、《涼州》等歌，聲律之可採者，與乎方外、閨秀，通得五十二人，共詩八十八首，爲旁流。

七言絶句卷之一　唐詩品彙四十六

正始

許敬宗

奉和聖製餞來濟應詔（按，本集乃七言律詩。）

萬乘騰鑣警岐路，百壺供帳餞離宫。御溝分水聲難絶，廣宴留歌曲易終。

盧照鄰

登封大酺歌

日觀仙雲隨鳳輦，天門瑞雪照龍衣。繁絃綺席方終夜，妙舞清歌歡未歸。

九月九日旅眺（今按，《盧昇之集》卷三題作《九月九日登玄武山旅眺》）

九月九日眺山川，歸心歸望積風煙。他鄉共酌金花酒，萬里同悲鴻鴈天。

王　勃

秋江送別

早是他鄉值早秋，江亭明月帶江流。已覺逝川傷別念，復看津樹隱離舟。

蜀中九日

九月九日望鄉臺，他席他鄉送客杯。人情已厭南中苦，鴻鴈那從北地來。

喬知之

折楊柳

可憐濯濯春楊柳，攀折將來就纖手。妾容共此同盛衰，何必君恩獨能（今按，《文苑英華》卷二〇八、《全唐詩》卷八一作「能獨」）久。

杜審言

渡湘江

遲日園林悲昔遊，（今按，《文苑英華》卷二九〇、《萬首唐人絶句》卷四作「他日林亭非舊遊」）今春花鳥作邊愁。獨憐京國人南竄，不似湘江水北流。

贈蘇綰書記

知君書記本翩翩，爲許從戎赴朔邊。紅粉樓中應計日，燕支山下莫經年。

劉庭琦

銅雀臺

銅臺宮觀委灰塵，魏主園陵（今按，《全唐詩》卷一一〇作「林」）漳水濱。即今西望猶堪思，況復當時歌舞人。

沈佺期

夜宴安樂公主宅

濯龍門外主家親，鳴鳳樓中天上人。自有金杯迎甲夜，還將綺席代陽春。

奉和聖製幸韋嗣立莊應制

東山朝日翠屏開，北闕晴空綵仗來。喜遇天文七曜動，少微今夜入三台。

苑中遇雪應制

北闕彤雲掩曙霞，東風吹雪舞仙家。瓊章定少千人和，銀樹長芳六出花。

邙山

北邙山上列墳塋，萬古千秋對洛城。城中日夕歌鐘起，山上唯聞松柏聲。

宋之問

苑中遇雪應制

紫禁仙輿詰旦來，青旂遥倚望春臺。不知庭霰今朝落，疑是林花昨夜開。

送司馬道士遊天台

羽客笙歌此地違，離筵數處白雲飛。蓬萊闕下長相憶，桐柏山頭去不歸。

李　嶠

奉和聖製幸韋嗣立莊應制

萬騎千官擁帝車，八龍三馬訪仙家。鳳凰原上窺（今按，《全唐詩》卷六一作「開」）青壁，鸚鵡杯中弄紫霞。

遊苑遇雪

散漫祥雲逐聖迴，飄飖瑞雪繞天來。不能落後争飛絮，故欲迎前定（今按，《唐詩紀事》卷十、《全

唐詩》卷六一作「賽」，屠隆本、牛斗本、《文苑英華》卷一七三作「綻」）早梅。

李乂

夜宴安樂公主宅

牽牛南渡象昭回，學鳳樓成帝女來。平旦鵷鸞歌舞席，方宵鸚鵡獻酬杯。

奉和聖製幸韋嗣立莊應制

曲榭回廊繞澗幽，飛泉濆水（今按，《全唐詩》作「下」）溢池流。秖應感發明王夢，遂得邀迎聖主遊。

徐彥伯

上巳日祓禊渭濱應制

晴風麗日滿芳洲，柳色（今按，《唐詩紀事》卷九作「御幕」，《文苑英華》卷一七二作「御色」，《萬首唐人絶句》卷二六作「雲幕」）春筵祓錦流。皆言侍蹕（今按，《唐詩紀事》作「曲侍」）橫溪（今按，《唐詩紀事》、《文苑英華》作「璜溪」，四庫本、《全唐詩》卷七六作「橫汾」）燕，暫似乘槎（今按，《唐詩紀事》作「輕飛」）天漢遊。

餞唐永昌

金溪碧水玉潭沙，鳬舄翩翩弄日華。鬭鷄香陌行春倦，爲摘東園桃李花。

岑　羲

夜宴安樂公主宅

金牓重樓開夜扉，瓊筵愛客未言歸。銜歡不覺銀河曉，盡醉那知玉漏稀。

劉　憲

苑中遇雪應制

龍驂曉入（今按，《唐詩紀事》卷九作「日」）望春宫，正逢春雪舞東（今按，《唐詩紀事》作「春」）風。花光併灑（今按，《唐詩紀事》作「在」，《文苑英華》卷一七三作「載」）天文上，寒氣行消御酒中。

趙彦昭

奉和聖製幸韋嗣立莊應制

廊廟心存巖壑中，鑾輿矚在灞城東。逍遥自有蒙莊子，漢主徒言河上公。

李　適

餞唐永昌

聞道飛梟向洛陽，翩翩矯翮度文昌。因聲寄意三花樹，少室巖前幾過香。

徐　堅

餞唐永昌

郎官出宰赴伊瀍，征傳騑騑灞水前。此時悵望新豐道，握（今按，《唐詩紀事》卷十一作「攜」）手相看共黯然。

馬懷素

餞唐永昌

聞君出宰洛陽隅，賓友稱觴餞路衢。别後相思在何處，秖應闕下望仙鳧。

武平一

夜宴安樂公主宅

王孫帝女下仙臺，金榜珠簾入夜開。遽惜瓊筵歡正洽，唯愁銀箭曉相催。

奉和聖製幸韋嗣立莊應制

鳴鑾奕奕（今按，《全唐詩》卷一〇二作「赫奕」）下重樓，羽蓋逍遥向一丘。漢日唯聞白衣寵，唐年更覩赤松遊。

蘇　頲

夜宴安樂公主宅

車如流水馬如龍，仙史高臺十二重。天上初移衡漢四（今按，據姚本等及《唐詩紀事》卷十、《全唐詩》卷七四，當爲「匹」），可憐歌舞夜相從。

奉和聖製幸韋嗣立莊應制

樹色參差隱翠微，泉流百尺向空飛。傳聞此處投竿住，遂使茲辰扈蹕歸。

張　説

十五夜御前踏歌詞

華萼樓前雨露新，長安城裏太平人。龍銜火樹千燈艷（今按，《文苑英華》卷二四三作「重焰」，《萬首唐人絶句》卷七作「燈焰」），雞上（今按，《文苑英華》作「踏」）蓮花萬歲（今按，《文苑英華》作「壽」，《萬首唐人絶句》作「樹」）春。

上巳日祓禊渭濱應制

青郊上巳艷陽年，紫禁皇遊祓渭川。幸得歡娱承湛露，心同草樹樂春天。

奉和聖製同玉真公主遊大哥山池應制

池如明鏡月華開，山學香爐雲氣來。神藻飛爲鶺鴒賦，仙聲飏出鳳凰臺。

送梁六

巴陵一望洞庭秋，日見孤峰水上浮。聞道神仙不可接，心隨湖水共悠悠。

汎洞庭

平湖一望上連天，秋（今按，《全唐詩》卷八九作「林」）景千尋下洞泉。忽驚水上江（今按，《唐詩紀事》卷十七、《全唐詩》作「光」）華滿，疑是乘舟到日邊。

賀知章

採蓮曲

稽山罷（今按，《唐詩紀事》卷十七作「雲」）霧鬱嵯峨，鏡水無風也自波。莫言春度芳菲盡，別有中

流採芰荷。

回鄉偶書二首

少小離鄉老大回，鄉音無（今按，《全唐詩》卷一一二作「難」）改鬢毛衰。兒童相見不相識，笑（今按，《全唐詩》注云：一作「借」，一作「卻」）問客從何處來。（劉云：説透人情之的。）

其二

離別家鄉歲月多，近來人事半消磨。唯有門前鏡湖水，春風不改舊時波。

王　翰

涼州詞二首

蒲桃美酒夜光杯，欲飲琵琶馬上催。醉卧沙場君莫笑，古來征戰幾人回。

其二

秦中花鳥已應闌，塞外風沙猶自寒。夜聽胡笳折楊柳，教人氣盡（今按，《全唐詩》卷一五六作「意氣」）憶長安。

玄宗皇帝

過大哥山池

澄潭皎鏡石崔嵬，萬壑千巖暗緑苔。林亭自有幽真趣，況復秋深爽氣來。

七言絶句卷之二　唐詩品彙四十七

正宗

李　白

清平調詞三首

雲想衣裳花想容，春風拂檻露華濃。若非羣玉山頭見，會向瑶臺月下逢。

其二

一枝濃（今按，《唐詩紀事》卷十八、《樂府詩集》卷八〇作「紅」）艷露凝香，雲雨巫山枉斷腸。借問漢宫誰得似，可憐飛燕倚新粧。

其三

名花傾國兩相歡，長得君王帶笑看。解釋春風無限恨，沉香亭北倚闌干。

長門怨二首

天迴北斗掛西樓，金屋無人螢火流。月光欲到長門殿，别作深宫一段愁。

其二

桂殿長愁不記春，黄金四屋起秋塵。夜懸明鏡青天上，獨照長門宫裏人。

少年行

五陵年少金市東，銀鞍白馬度春風。落花踏盡遊何處，笑入胡姬酒肆中。（劉云：語氣凌厲快活，夢亦難忘。）

横江詞

横江館前津吏迎，向余東指海雲生。郎今欲渡緣何事，如此風波不可行。（范德機云：絶句一句一絶，乃其大本「今按，王琦注《李太白全集》卷七同此，姚本、牛斗本、屠隆本、刻者不詳明本作「本體」」。其次句「今按，牛斗本、屠隆本作「字」」少意多，極四詠「今按，姚本等及詹鍈本《李白全集》作「句」」而反覆議論。此篇氣格合「今按，詹鍈本《李白全集》引文作「含」」歌行之風，使人嗟歎，有無窮之思，此唐人所長也。諸家詩非不佳，然視李、杜氣格、音調特異，熟讀當見。）

客中行

蘭陵美酒鬱金香，玉碗盛來琥珀光。但使主人能醉客，不知何處是他鄉。

蛾眉山月歌（今按，「蛾」，《全唐詩》卷一六七作「峨」）

蛾眉山月半輪秋，影入平羌江水流。夜發清溪向三峽，思君不見下渝州。（劉須溪云：含情悽婉，有竹枝縹渺之音。）

永王東巡歌五首

永王正月東出師，天子遥分龍虎旗。樓船一舉風波静，江漢翻爲鴈鶩池。

其二

三川北虜亂如麻，四海南奔似永嘉。但用東山謝安石，爲君談笑静胡沙。

其三

丹陽北固是吴關，畫出樓臺雲水間。千巖烽火連滄海，兩岸旌旗繞碧山。

其四

帝寵賢王入楚關，掃清江漢始應還。初從雲夢開朱邸，更取金陵作小山。

其五

試借君王玉馬鞭，指揮戎虜坐瓊筵。南風一掃胡塵静，西入長安到日邊。

上皇西巡南京歌四首

誰道君王行路難，六龍西幸萬人歡。地轉錦江成渭水，天迴玉壘作長安。

其二

萬國同風共一時，錦江何謝曲江池。石鏡更明天上月，後宫親得照蛾眉。

其三

華陽春樹號新豐，行入新都若舊宫。柳色未饒秦地緑，花光不減上陽紅。

其四

劍閣重關蜀北門，上皇歸馬若雲屯。少帝長安開紫極，重懸日月照乾坤。

巴陵贈賈舍人

賈生西望憶京華，湘浦南遷莫怨嗟。聖主恩深漢文帝，憐君不遣到長沙。

贈汪倫

李白乘舟將欲行，忽聞岸上踏歌聲。桃花潭水深千尺，不及汪倫送我情。（范云：此非必其詩之佳，要見古人風致如此。）

聞王昌齡左遷龍標尉遥有此寄

楊花落盡子規啼，聞道龍標過五溪。我寄愁心與明月，隨風直到夜郎西。

黄鶴樓送孟浩然之廣陵

故人西辭黄鶴樓，煙花三月下楊（今按，詹鍈本《李白全集》、《全唐詩》本作「揚」）州。孤帆遠影碧空盡，唯見長江天際流。

山中問答

問余何事棲碧山，笑而不答心自閑。桃花流水杳然去，别有天地非人間。

東魯門汎舟

日落沙明天倒開，波摇石動水縈迴。輕舟汎月尋溪轉，疑是山陰雪後來。

陪族叔邢部侍郎曄及中書舍人賈至遊洞庭湖三首

洞庭西望楚江分，水盡南天不見雲。日落長沙秋色遠，不知何處弔湘君。（劉云：其所長在此，他人必不能及也。）

其二

南湖秋水夜無煙，耐可乘流直上天。且就洞庭賒月色，將船買酒白雲邊。

其三

洞庭湖西秋月輝，瀟湘江北早鴻飛。醉客滿船歌白紵，不知霜露濕秋衣。（劉云：自是悲壯。）

望廬山瀑布水

日照香爐生紫煙，遥看瀑布掛前川。飛流直下三千尺，疑是銀河落半（今按，繆曰芑本《李太白文集》作「九」，注云：一作「半」）天。（劉云：以爲銀河，猶未免俗耳。）

登廬山五老峰

廬山東南五老峰，青天削出金芙蓉。九江秀色可攬結，吾將此地巢雲松。

望天門山

天門中斷楚江開，碧水東流至北（今按，「至」，《全唐詩》作「直」；「北」，《方輿勝覽》作「此」）迴。兩岸青山相對出，孤帆一片日邊來。

早發白帝城

朝辭白帝綵雲間，千里江陵一日還。兩岸猿聲啼不住，輕舟已過萬重山。

秋下荆門

霜落荆門江樹空，布帆無恙掛秋風。此行不爲鱸魚鱠，自愛名山入剡中。

蘇臺覽古

舊苑荒臺楊柳新，菱歌清唱不勝春。只今惟有西江月，曾照吴王宫裏人。

越中覽古

越王勾踐破吴歸，義士還家盡錦衣。宫女如花滿春殿，只今唯有鷓鴣飛。

與史郎中欽聽黄鶴樓上吹笛

一爲遷客去長沙，西望長安不見家。黄鶴樓中吹玉笛，江城五月落梅花。

春夜洛城聞笛

誰家玉笛暗飛聲，散入春風滿洛城。此夜曲中聞折柳，何人不起故園情。

陌上贈美人

駿馬驕行踏落花，垂鞭直拂五雲車。美人一笑褰珠箔，遥指紅樓是妾家。

口號吴王美人半醉

風動荷花水殿香，姑蘇臺上見（今按，《全唐詩》作「宴」）吴王。西施醉舞嬌無力，笑倚東牕白玉牀。

南流夜郎寄内

夜郎天外怨離居，明月樓中音信疏。北鴈春歸看欲盡，南來不得豫章書。

王昌齡

春宫曲

昨夜風開露井桃，未央前殿月輪高。平陽歌舞新承寵，簾外春寒賜錦袍。

西宮春怨

西宮夜静百花香，欲捲珠簾春恨長。斜抱雲和深見月，朧朧（今按，《全唐詩》作「朦朧」）樹色隱昭陽。

西宮秋怨

芙蓉不及美人粧，水殿風來珠翠香。卻恨含情掩秋扇，空懸明月待君王。

長信秋詞三首

金井梧桐秋葉黄，珠簾不捲夜來霜。熏籠玉枕無顔色，卧聽南宮清漏長。

其二

奉箒平明金殿開，且將團扇暫徘徊。玉顔不及寒鴉色，猶帶昭陽日影來。（謝疊山云：此篇怨而不怒，有風人之義。）

其三

真成薄命久尋思，夢見君王覺後疑。火照西宮知夜飲，分明複道奉恩時。

青樓曲二首

白馬金鞍從武皇，旌旗十萬宿長楊。樓頭小婦鳴箏坐，遥見飛塵入建章。

其二

馳道楊花滿御溝，紅粧謾（今按，《樂府詩集》卷九一、《全唐詩》卷一四三作「縵」）綰上青樓。金章紫綬千餘騎，夫婿朝回初拜侯。

青樓怨

香幃風動花入樓，高調鳴箏緩夜愁。腸斷關山不解説，依依殘月下簾鈎。

閨怨

閨中少婦不知愁，春日凝粧上翠樓。忽見陌頭楊柳色，悔教夫婿覓封侯。（謝云：見蟲鳴螽躍而未見君子則憂，見采薇采蕨而未見君子則憂，草木之榮華，禽蟲之和樂，皆能動人傷悲之心。此詩謂閨中少婦初不識愁，春日登樓，見楊柳之青青，始知陽和發育，萬物皆春。吾與良人徒有功名之望，今日空閨獨處，良人辛苦戎事，曾不如草木羣生各得其樂，於是而悔望此功名，此亦才［今按，據姚本、牛斗本、屠隆本、四庫本，當爲「本」］人情而言也。）

采蓮曲二首

荷葉羅裙一色裁，芙蓉向臉兩邊開。亂入池中看不見，聞歌始覺有人來。

其二

吴姬越艷楚王妃，争弄蓮花（今按，《全唐詩》作「舟」）水濕衣。來時浦口花迎入，采罷江頭月送歸。

出塞行（今按，《全唐詩》題作《旅望》）

白花原頭望京師，黄河水流無盡時。秋天曠野行人絶，馬首東來知是誰。

從軍行五首

烽火城西百尺樓，黄昏獨坐海風秋。更吹羌笛關山月，無那金閨萬里愁。

其二

琵琶起舞换新聲，總是關山離别情。撩亂邊愁聽不盡，高高秋月照長城。

其三

青海長雲暗雪山，孤城遥望玉門關。黄沙百戰穿金甲，不破樓蘭終不還。

其四（今按，此首《全唐詩》卷一四三題作《出塞》二首其一）

秦時明月漢時關，萬里長征人未還。但使龍城飛將在，不教胡馬度陰山。

其五

大漠風塵日色昏，紅旗半捲出轅門。前軍夜戰洮河北，已報生擒吐谷渾。

甘泉歌

乘輿執玉已登壇，細草沾衣春殿寒。昨夜雲生初拜月，萬年甘露水精（今按，姚本、《全唐詩》皆作「晶」）盤。

蕭駙馬花燭（今按，《全唐詩》「馬」後有「宅」字）

青鸞飛入合歡宫，紫鳳銜花出禁中。可憐今夜千門裏，銀漢星回一道通。

觀獵

角鷹初下秋草稀，鐵驄抛鞚去如飛。少年獵得平原兔，馬上横鞘意氣歸。

梁苑

梁園秋竹古時煙，城外風悲欲暮天。萬乘旌旗何處在，平臺賓客有誰憐。

李倉曹宅夜飲

霜天留飲故情歡，銀燭金爐夜不寒。欲問吴江别來意，青山明月夢中看。

宴春源

源向春城花幾重，江明深翠引諸峰。與君醉入（今按，姚本及《全唐詩》皆作「失」）松溪路，山館寥寥傳瞑鐘。

龍標墅宴（今按，「墅」，據屠隆本，《全唐詩》卷一四三、洪邁《萬首唐人絶句》卷十七，當爲「野」；日本京都大學藏和刻本《增訂王昌齡詩集》［明許自昌校，日本皆川愿（淇园）增訂編集］作「夜」）

沅溪夏晚足涼風，春酒相攜就竹叢。莫道紘歌愁遠謫，青山明月不曾空。

寄穆侍御出幽州

一從恩譴度瀟湘，塞北江南萬里長。莫道薊門書信少，鴈飛猶得到衡陽。

送柴侍御

沅水通流接武岡，送君不覺有離傷。青山一道同雲雨，明月何曾是兩鄉。

送李五

玉盌金罍傾送君，江西日入起黃雲。扁舟乘月暫來去，誰道滄浪吳楚分。

送人歸江夏

寒江緑水楚雲深，莫道離憂遷遠心。曉夕雙帆歸鄂渚，愁將孤月夢中尋。

芙蓉樓送辛漸二首

寒雨連江夜入吳，平明送客楚山孤。洛陽親友如相問，一片冰心在玉壺。

其二

丹陽城南秋海陰，丹陽城北楚雲深。高樓送客不能醉，寂寂寒江明月心。

送薛大赴安陸

津頭雲雨暗湘山，遷客離憂楚地顔。遥送扁舟安陸郡，天邊何處穆陵關。

送別魏二（今按，《全唐詩》卷一四三無「別」字）

醉別江樓橘柚香，江風引雨入船涼。憶君遥在湘山月，愁聽清猿夢裏長。

別辛漸

別館蕭條風雨寒，扁舟月色渡江看。酒酣不識關西道，却望春江雲尚殘。

盧溪別人（今按，「別」，《全唐詩》作「主」）

武陵溪口駐扁舟，溪水隨君向北流。行到荆門上三峽，莫將孤月對猿愁。

重別李評事

莫道秋江離別難，舟船明日是長安。吴姬緩舞留君醉，隨意青楓白露寒。

別陶副使歸南海

南越歸人夢海樓，廣陵新月海亭秋。寶刀留贈長相憶，當取戈船萬户侯。

別李浦之京

故園今在灞陵西，江畔逢君醉不迷。小弟鄰莊尚漁獵，一封書寄數行啼。

題朱鍊師山房

叩齒焚香出世塵，齋壇鳴磬步虚人。百花仙醖能留客，一飯胡麻度幾春。

送朱越

遠別舟中蔣山莫（今按《全唐詩》卷一四三作「暮」，字通），君行舉首燕城路。薊門秋月隱黄雲，期向金陵醉江樹。

送姚司法歸吴

吴椽（今按，據姚本、四庫本及《全唐詩》，當爲「掾」）留觴楚郡心，洞庭秋雨海門陰。但令意遠扁舟送，不道滄江百丈深。

西江寄越弟

南浦逢君嶺外還，沅溪更遠洞庭山。堯時恩澤如春雨，夢裏相逢共入關。

七言絶句卷之三　唐詩品彙四十八

羽翼

王　維

少年行二首

新豐美酒斗十千，咸陽遊俠多少年。相逢意氣爲君飲，繫馬高樓垂柳邊。

其二

出身仕漢羽林郎，初隨驃騎戰漁陽。孰知不向邊庭苦，縱死猶聞俠骨香。

寄河上段十六

與君相見即相親，聞道君家在孟津。爲見行舟試借問，客中時有洛陽人。（劉云：容易盡情，舊未有此。）

九月九日憶山東兄弟

獨在異鄉爲異客，每逢佳節倍思親。遥知兄弟登高處，遍插茱萸少一人。

與盧員外象過崔處士興宗林亭

緑樹重陰蓋四鄰，青苔日厚自無塵。科頭箕踞長松下，白眼看他世上人。

送元二使安西

渭城朝雨裛輕塵，客舍青青柳色新。勸君更盡一杯酒，西出陽關無故人。（謝疊山云：唐人餞別必歌《陽關三疊》。此詩後兩句謂：勸君更盡此酒，出陽關之外必求今日故人飲酒之樂，不可得矣。○劉須溪云：更萬首絶句，亦無復近，古今第一矣。）

送别

送君南浦淚如絲，君向東州使我悲。爲報故人憔悴盡，如今不似洛陽時。

送韋評事

欲逐將軍取右賢，沙場走馬向居延。遥知漢使蕭關外，愁見孤城落日邊。

送沈子福之江東

楊柳渡頭行客稀，罟師盪槳（今按，《王右丞集箋注》、《全唐詩》本作「槳」）向臨圻。唯有相思似春色，江南江北送君歸。

寒食汜上作（今按，「汜」，據姚本等及《全唐詩》卷一二八，當爲「氾」）

廣武城邊逢暮春，汶陽歸客淚沾巾。落花寂寂啼山鳥，楊柳青青渡水人。

戲題盤石

可憐盤石臨泉水，復有垂楊拂酒杯。若道春風不解意，何因吹送落花來。（劉云：迭蕩，野興甚濃。）

私成口號誦示裴迪（維時爲給事中，賊陷京師，爲所擒。維吞藥佯瘖。禄山愛其才，逼至洛陽，供舊職，拘於菩提寺。裴迪來相看，説逆賊等宴凝碧池上，作音樂，梨園供奉等舉聲便一時淚下。維痛悼，賦此詩以示迪。詩後聞于行在。平賊後，授僞官者皆定罪，獨維得免。）

萬户傷心生野煙，百官何日更朝天。秋槐葉落空宫裏，凝碧池頭奏管絃。

賈　至

出塞曲

萬里平沙一聚塵，南飛羽檄北來人。傳道五原烽火急，單于昨夜寇新秦。

春思二首

草色青青柳色黄，桃花歷亂李花香。東風不爲吹愁去，春日偏能惹恨長。

其二

紅粉當壚弱柳垂，金花臘酒解酴醾。笙歌日暮能留客，醉殺長安輕薄兒。

勤政樓觀樂

銀河帝女下三清，紫禁笙歌出九城。爲報延州來聽樂，須知天下欲昇平。

西亭春望

日長風暖柳青青，北鴈歸飛入窅冥。岳陽城上聞吹笛，能使春心滿洞庭。

初至巴陵與李十二白同汎洞庭湖二首

江上相逢皆舊遊，湘山永望不堪愁。明月秋風洞庭水，孤鴻落葉一扁舟。

其二

楓岸紛紛落葉多，洞庭秋水晚來波。乘興輕舟無近遠，白雲明月弔湘娥。

答嚴大夫

今夕秦天一鴈來，梧桐墜葉擣衣催。思君獨步華庭（今按，《全唐詩》作「亭」）月，舊館秋陰生緑苔。

送南給事貶崖州

疇昔丹墀與鳳池，即今相見兩相悲。朱崖雲夢三千里，欲別俱爲慟哭時。

送李侍郎赴常州

雪晴雲散北風寒，楚水吴山道路難。今日送君須盡醉，明朝相憶路漫漫。（謝疊山云：今日送君而不盡醉，明朝兩地相望，欲如今日之歡不可得也。）

洞庭送李十二赴零陵

今日相逢落葉前，洞庭秋水遠連天。共説京華舊遊處，回看北斗欲潸然。

江南送李卿

雙鶴南飛度楚山，楚南相見憶秦關。願值回風吹羽翼，早隨陽鴈及春還。

送王道士還京

一片仙雲入帝鄉，數聲秋鴈至衡陽。借問清都舊花月，豈知遷客泣瀟湘。

巴陵夜別王八員外（今按，《全唐詩》卷二三五題下注云：「一作蕭静詩，題云《三湘有懷》」）

柳絮飛時別洛陽，梅花發後在三湘。世情已逐浮雲散，離恨空隨江水長。

岳陽樓重宴別王八員外貶長沙

江路東連千里潮，青雲北望紫微遥。莫道巴陵湖水闊，長沙南畔更蕭條。

岑參

封大夫破播仙凱歌四章（今按，《全唐詩》卷二〇一題前有「獻」字）

漢將承恩西破戎，捷書先奏未央宫。天子預開麟閣待，秖今誰數貳師功。

其二

官軍西出過樓蘭，營幕傍臨月窟寒。蒲海曉霜凝馬尾，葱山夜雪撲旌竿（今按，據姚本、四庫本及《全唐詩》，當爲「竿」）。

其三

鳴笳疊鼓擁回軍，破國平蕃昔未聞。大（今按，四庫本、《全唐詩》作「丈」）夫鵲印摇邊月，大將龍旂掣海雲。

其四

日落轅門鼓角鳴，千羣面縛出蕃城。洗兵魚海雲迎陣，秣馬龍堆月照營。

苜蓿峰寄家人（今按，《才調集》卷七、《全唐詩》卷二〇二「苜蓿峰」上有「題」字）

苜蓿峰邊逢立春，胡蘆河上淚沾巾。閨中只是空相憶，不見沙場愁殺人。

玉關寄長安主簿（今按，《才調集》、《全唐詩》「主簿」上有「李」字）

東去長安萬里餘，故人那惜一行書。玉關西望腸堪斷，況復明朝是歲除。

逢入京使

故園東望路漫漫，雙袖龍鍾淚不乾。馬上相逢無紙筆，憑君傳語報平安。（劉云：辭達。）

磧中作

走馬西來欲到天，辭家見月兩回圓。今夜不知何處宿，平沙萬里絶人煙。

虢州後亭送李判官使赴晉絳（得秋字。）

西原驛路掛城頭，客散江亭雨未休。君去試看汾水上，白雲猶似漢時秋。（謝疊山云：此詩爲去國者作。末句隱然富貴不足道，漢公卿往來汾陰，不知幾人在，唯白雲似漢時秋耳，所以開廣其襟胸鬱抑也。）

原頭送范侍御

百尺原頭酒色殷，路傍驄馬汗班班。別君只有相思夢，遮莫千山與萬山。

崔倉曹席上送殷寅充右相判官赴淮南

清淮無底緑江深，宿處津亭楓樹林。駟馬欲辭丞相府，一樽須盡故人心。

送李明府赴睦州覲太夫人

手把銅章望海雲，夫人堂上絳（今按，《全唐詩》作「江上泣」）羅裙。嚴灘一點舟中月，萬里煙波也勞君。（勞，一作「夢」。）

送人還京（今按，《全唐詩》題作《送崔子還京》）

匹馬西從天外歸，揚鞭只共鳥争飛。送君九月交河北，雪裏題詩淚滿衣。

草堂村尋人不遇（今按，「人」，《全唐詩》作「羅生」）

數株垂柳欲（今按，「垂柳欲」，《全唐詩》作「溪柳色」）依依，深巷斜陽暮鳥飛。門前雪滿無行跡，應是先生出未歸。

赴北庭度隴思家

西向輪臺萬里餘，也知鄉信日應疏。隴山鸚鵡能言語，爲報家人數寄書。

春夢

洞房昨夜春風起，遥憶美人湘江水。枕上片時春夢中，行盡江南數千里。

過燕支寄杜位

燕支山西酒泉道，北風吹沙卷白草。長安遥在日光邊，憶君不見令人老。

酒泉太守席上醉後作

酒泉太守能劍舞，高堂置酒夜擊鼓。胡笳一曲斷人腸，坐客（今按，《全唐詩》作「座上」）相看淚如雨。

送劉判官赴磧西（今按，《全唐詩》前有「武威」二字，後有「行軍」二字）

火山五月人行（今按，《全唐詩》卷二〇一作「行人」）少，看君馬去疾如鳥。都使（今按，《全唐詩》作「護」）行營太白西，角聲一動胡天曉。

山房春事

梁園日暮亂飛鴉，極目蕭條三兩家。庭樹不知人去盡，春來還發舊時花。

儲光羲

明妃詞三首

西行隴上泣胡天，南向雲中指渭川。毳幕夜來時宛轉，何由得似漢王邊。

其二

胡王知妾不勝悲，樂府皆傳漢國辭。朝來馬上箜篌引，稍似宫中閑夜時。

其三

日暮驚沙亂雪飛，傍人相勸易羅衣。强來前殿看歌舞，共待單于夜獵歸。

同金壇令武平一遊湖三首（今按，姚本等無「三首」二字）

朝來仙閣聽絃歌，暝入花亭見綺羅。池邊命酒憐風月，浦口回船惜芰荷。

其二

朦朧竹影蔽巖扉，淡蕩荷風飄舞衣。舟尋緑水宵將半，月隱青林人未歸。

其三

花潭竹嶼傍幽蹊，畫檝浮空入夜溪。芰荷覆水船難進，歌舞留人月易低。

題茅山華陽洞

華陽洞口片雲飛，細雨濛濛欲濕衣。玉簫遍滿仙壇上，應是茅家兄弟歸。

寄孫山人

新林二月孤舟還，水滿清江花滿山。借問故園隱君子，時時來往住人間。

杜　甫

漫興

懶漫（今按，宋本《杜工部集》作「慢」）無堪不出村，呼兒自（今按，宋本《杜工部集》作「日」）在掩柴門。蒼苔濁酒林中靜，碧水春風野外昏。（劉云：善自遣如此。）

贈花卿

錦城絲管日紛紛，半入江風半入雲。此曲秪應天上有，人間能得幾回聞。

贈鄭鍊赴襄陽

鄭子將行罷使臣，囊無一物獻尊親。江山路遠羈離日，裘馬誰爲感激人。

奉和嚴國公軍城早秋（今按，《杜詩詳注》「國」作「鄭」）

秋風嫋嫋動高旌，玉帳分弓射虜營。已收滴博雲間戍，更奪蓬婆雪外城。

解悶

一辭故國十經秋，每見秋瓜憶故丘。今日南湖采薇蕨，何人爲覓鄭瓜州。

宫池春鴈（今按，據姚本等及《錢注杜詩》、《杜詩詳注》，「宫」當爲「官」）

青春欲盡急還鄉，紫塞寧論尚有霜。翅在雲天終不遠，力微矰繳絶須防。

書堂飲既夜復邀李尚書下馬月下賦絶句

湖月（今按，宋本《杜工部集》作「水」）林風相與清，殘樽下馬復同傾。久拚（今按，《全唐詩》卷二三二作「判」）野鶴如雙（今按，宋本《杜工部集》、《杜詩詳注》同此，《錢注杜詩》作「霜」）鬢，遮莫鄰雞下五更。（《藝苑雌黄》云：「遮莫」蓋俚語，猶言儘教也。）

常　建

塞下曲四首

玉帛朝回望帝鄉，烏孫歸去不稱王。天涯静處無征戰，兵氣銷爲日月光。

其二

北海陰風動地來，明君祠上望龍堆。髑髏皆是長城卒，日暮沙場飛作灰。

其三

龍鬭雌雄勢已分，山崩鬼哭恨將軍。黄河直北千餘里，冤氣蒼茫成黑雲。

其四

因嫁單于怨在邊，蛾眉萬古葬胡天。漢家此去三千里，青塚嘗（今按，《全唐詩》作「常」，字通）無草木煙。

塞下

鐵馬胡裘出漢營，分麾百道救龍城。左賢未遁旌竿折，過在將軍不在兵。

送宇文六

花映垂楊漢水清，微風林裏一枝輕。即今江北還如此，愁殺江南離別情。

三日尋李九庄

雨歇楊林東渡頭，永和三日盪輕舟。故人家在桃花岸，直到門前溪水流。

嶺猿

裊裊淒淒清且切，鷓鴣飛處又斜陽。相思嶺上相思淚，不到三聲合斷腸。

高　適

營州歌

營州少年厭原野，皮裘蒙茸獵城下。虜酒千鍾不醉人，胡兒十歲能騎馬。（劉云：高古。）

九曲詞

鐵騎横行鐵嶺頭，西看邏沙取封侯。青海只今將飲馬，黄河不用更防秋。

除夜作

旅館寒燈獨不眠，客心何事轉悽然。故鄉今夜思千里，愁鬢明朝又一年。（謝疊山云：客中除夜，聞此詩者無不悽然。）

塞上聽吹笛

雪净胡天牧馬還，月明羌笛戍樓間。借問梅花何處落，風吹一夜滿關山。

別董大

十里黄雲白日曛，北風吹鴈雪紛紛。莫愁前路無知己，天下誰人不識君。

孟浩然

濟江問舟子（今按，《全唐詩》卷一六〇題作《渡浙江問同舟中人》，題下注云：一題作《濟江問同舟人》。此詩《河岳英靈集》卷中作崔國輔詩）

潮落江平未有風，輕（今按，《全唐詩》作「扁」）舟共濟與君同。時時引領望天末，何處青山是越中。

送杜十四之江南

荆吴相接水爲鄉，君去春江正淼茫。日暮孤舟（今按，《全唐詩》作「征帆」）何處泊，天涯一望斷人腸。

李　頎

遇劉五

洛陽一别梨花新，黄鳥飛飛逢故人。攜手當年共爲樂，無驚蕙草惜殘春。

寄韓鵬

爲政心閑物自閑，朝看飛鳥暮飛還。寄書河上神明宰，羨爾城頭姑射山。

崔國輔

白紵辭

洛陽梨花落如霰，河陽桃葉生復齊。坐恐玉樓春欲盡，紅綿粉絮裛粧啼。

九日

江邊楓落菊花黄，少長登高一望鄉。九日陶家雖載酒，三年楚客已沾裳。

張　謂

題長安主人壁

世人結交須黄金，黄金不多交不深。縱令然諾暫相許，終是悠悠行路心。

送人使河源（今按，「人」，《全唐詩》作「盧舉」）

故人行役向邊州，匹馬今朝不少留。長路關山何日盡，滿堂絲竹爲君愁。

王之涣

涼州詞

黄河遠上白雲間，一片孤城萬仞山。羌笛何須怨楊柳，春光（今按，《能改齋漫録》卷三、《詩林廣記》卷三作「風」）不度玉門關。（劉云：得誠齋評看更佳。）

九日送别

薊庭蕭瑟故人稀，何處登高且送歸。今日暫同芳菊酒，明朝應作斷蓬飛。

綦毋潛

過上人蘭若（今按，《全唐詩》卷一三五「上人」前有「融」字；題下注云：一作孟浩然詩）

山頭禪室掛僧衣，牕外無人溪鳥飛。黄昏半在山下（今按，《全唐詩》作「下山」）路，却聽鐘聲連翠微。

薛　據

落第後口號（一作綦毋潛詩。）

十五能文西入秦，三十無家作路人。時命不將明主合，布衣空惹洛陽塵。

蔡希寂

洛陽客舍逢祖詠留宴

綿綿鐘漏洛陽城，客舍貧居絶送迎。逢君貰酒因成醉，醉後焉知世上情。

沈頌

衛中作

衛風愉艷宜春色，淇水清泠增暮愁。縱（今按，《全唐詩》作「總」）使榴花能一醉，終須萱草暫忘憂。

張僱

辭房相公

秋風颯颯雨霏霏，愁殺棲遑一布衣。辭君且作隨陽鴈，海内無家何處歸。

吴象之

少年行

承恩借獵小平津，使氣常遊中貴人。一擲千金渾是膽，家無四壁不知貧。

張　潮

採蓮詞

朝出沙頭日正紅，晚來雲起半江中。賴逢鄰女曾相識，並著蓮舟不畏風。

江南行

茨菰葉爛別西灣，蓮子花開猶未還。妾夢不離江上水，人傳郎在鳳凰山。

元結

欸乃曲（大曆初，結爲道州刺史，以軍事詣都。使還州，逢春水，舟行不進，乃作此曲，令舟子唱之，以取適於道路云。宋黄山谷云：「欸乃」音媪靄，湘中節歌聲。《演繁露》云：柳子厚「欸乃一聲山水緑」，世固共傳，「欸乃」爲歌不知何調也。元次山《欸乃曲》五章，全是絶句，如「竹枝」之類，其謂「欸乃」者，殆舟人於歌聲之外别出一聲，以互相其歌也耶？「柳枝」、「竹枝」尚有存者，其語度與絶句無異，但於句末隨加「竹枝」或「柳枝」等語，遂即其語以名其歌，《欸乃》殆其例耳。）

千里楓林煙雨深，無朝無暮有猿吟。停橈静聽曲中意，好是雲山韶濩音。

其二

湘江三（今按，《樂府詩集》卷八二、《萬首唐人絶句》卷二、《全唐詩》卷二四一皆作「二」）月春水平，滿月和風宜夜行。唱橈欲過平陽戍，守吏相呼問姓名。

嚴武

軍城早秋

昨夜秋風入漢關，朔雲邊月滿西山。更催飛將追驕虜，莫遣沙場匹馬還。

李華

春行寄興

宜陽城下草萋萋，澗水東流復向西。芳樹無人花自落，春山一路鳥空啼。

獨孤及

和韋郎中尋楊駙馬不遇

金屋瓊臺蕭史家，暮春三月渭川（今按，《全唐詩》作「州」）花。到君仙洞不相見，謂已吹簫乘早霞。

海上憶洛中舊遊（今按，《全唐詩》「憶」作「懷」）

涼風臺上三峰月，不夜城邊萬里沙。離別莫言關塞遠，夢魂長在子陵（今按，《全唐詩》作「真」）家。

唐詩品彙

三

〔明〕高棅編選
葛景春　胡永傑　點校

中華書局

七言絶句卷之四　唐詩品彙四十九

接武（上之一）

劉長卿

昭陽曲

昨夜承恩宿未央，羅衣猶帶御爐（今按，《全唐詩》作「衣」）香。芙蓉帳小雲屏暗，楊柳風多水殿涼。

重送裴郎中貶吉州

猿啼客散暮江頭，人自傷心水自流。同作逐臣君更遠，青山萬里一孤舟。

七里灘送嚴維（今按，此詩《全唐詩》卷一五〇劉長卿詩、卷二六三嚴維詩皆收録，嚴維詩題作《重送新安劉員外》。《唐詩紀事》卷四七「嚴維」條中作劉長卿詩）

秋江渺渺水空波，越客孤舟欲傍（今按，《全唐詩》作「榜」）歌。手折衰楊悲老大，故人零落已無多。

送李判官之潤州行營

萬里辭家事鼓鼙，金陵驛路楚雲西。江春不肯留行客，草色青青送馬蹄。

送劉萱之道州謁崔大夫

沅水悠悠湘水春，臨岐一（今按，《全唐詩》作「南」）望一沾巾。信陵門下三千客，君到長沙見幾人。

瓜州驛重送梁郎中赴吉州

渺渺雲山去幾重，依依獨聽廣陵鐘。明朝借問南來客，五馬雙旌何處逢。

重送道標上人

衡陽千里去人稀，遥逐孤雲入翠微。春草青青新覆地，深山無路若爲歸。

寄許尊師

獨上雲梯入翠微，濛濛煙雨（今按，《全唐詩》作「雪」）映巖扉。世人知在中峰裏，遥禮青山恨不歸。

寄别朱拾遺

天書遠召滄浪客，幾度臨岐病未能。江海茫茫春欲遍，行人一騎發金陵。

贈秦系

向風長嘯戴紗巾，野鶴由來不可親。明日東歸變名姓，五湖煙水覓何人。

使還七里灘上逢薛承規赴江西貶（今按，《全唐詩》「灘」作「瀨」，「貶」後有「官」字）

遷客歸人醉晚寒，孤舟暫泊子陵灘。憐君更去三千里，落日青山江上看。

贈崔九

憐君一見一悲歌，歲歲無如老去何。白屋漸看秋草没，青雲莫道故人多。

酬李穆見寄

孤舟相訪至天涯，萬轉雲山路更賒。欲掃柴門迎遠客，青苔黄葉滿貧家。（《劉後村詩語》「今按，

當爲「話」」》云：魏野、林逋不能及也。）

過鄭山人所居

寂寂孤鶯啼杏園，寥寥一犬吠桃源。落花芳草無尋處，萬壑千峰獨閉門。

尋盛禪師蘭若

秋草黄花覆古阡，隔林何處起人煙。山僧獨在山中老，唯有寒松見少年。（劉云：淒婉。）

奉使鄂渚至烏江道中

滄洲不復戀漁竿，白髮那堪帶鐵冠。客路向南何處是，蘆花十里雪漫漫。

新息道中

蕭條獨向汝南行，客路多逢漢騎營。古木蒼蒼離亂後，幾家同住一孤城。

家園瓜熟是故蕭相公所遺瓜種悽然感舊因賦此詩

事去人亡跡自留，黄花緑蒂不勝愁。誰能更向青門外，秋草茫茫覓故侯。

錢起

校獵曲

長楊殺氣連雲飛，漢主秋畋正掩圍。重門日晏紅塵出，數騎胡人獵獸歸。

過故洛城

故城門前春日斜，故城門裏無人家。市朝欲認不知處，漠漠野田空草花。

歸鴈

瀟湘何事等閑回，水碧沙明兩岸苔。二十五絃彈夜月，不勝清怨却飛來。

訪李卿不遇

畫戟朱樓映晚霞，高門（今按，《全唐詩》作「梧」）寒柳度飛鴉。門前不見歸軒至，城上愁看落日斜。

暮春歸故山草堂

谷口春殘黄鳥稀，辛夷花盡杏花飛。始憐幽竹山牕下，不改清陰待我歸。（謝疊山云：春光欲

盡，鶯老花殘，獨山牕幽竹不改清陰，如待主人之歸。此與「歲寒然後知松柏之後凋」之意同。）

送歐陽子還江華郡

江華勝事接湘濱，千里湖山入興新。才子思歸催去棹，汀花且爲駐殘春。

送崔山人歸山

東山殘雨掛斜暉，野客巢由指翠微。別酒稍酣乘興去，知君不羨白雲歸。

秋夜送趙洌歸襄陽

斗酒忘言良夜深，紅萱露滴鶡鷩林。欲知別後思今夕，漢水東流是寸心。

題禮上人壁畫山水

連山畫出映禪扉，粉壁香筵滿翠微。坐來爐氣縈空散，共指晴雲向嶺歸。

晚過橫灞寄張藍田

亂水東流落照時，黃花滿徑客行遲。林端忽見南山色，馬上還吟陶令詩。

韋應物

登樓寄王卿

踏閣攀林恨不同，楚雲滄海思無窮。數家砧杵秋山下，一郡荆榛寒雨中。（劉云：高視城邑，真復如此開合，野興甚濃，正是絶意，復增兩聯即情味不復如此。）

登寶意寺上方舊遊

翠嶺香臺出半天，萬家煙樹滿晴川。諸僧近住不相識，坐聽微鐘記往年。（劉云：凡語言，天趣皆實歷，無趣者雖有味亦短。）

寒食寄京師諸弟

雨中禁火空齋冷，江上流鶯獨坐聽。把酒看花想諸弟，杜陵寒食草青青。

縣内閑居贈温公

滿郭春風嵐已昏，鴉棲吏散掩重門。雖居世網常清浄，夜對高僧無一言。

賦得沙際路送從叔象

獨樹沙邊人跡稀，欲行愁遠暮鐘時。野泉幾處侵應盡，不遇山僧知問誰。

九日

今朝把酒復惆悵，憶在杜陵田舍時。明年九日知何處，世難還家未有期。（劉云：可悲，隔世與余同患。）

答東林道士

紫閣西邊第幾峰，茅齋夜雪虎行蹤。遥看黛色知何處，欲出山門尋暮鐘。

閑居寄人

山明野寺曉鐘微，雪滿幽林人跡稀。閑居寥落生高興，無事風塵獨不歸。

春思

野花如雪繞江城，坐見年芳憶帝京。閶闔曉開凝碧樹，曾陪鴛鷺聽流鶯。

滁州西澗

獨憐幽草澗邊生，上有黄鸝深樹鳴。春潮帶雨晚來急，野渡無人舟自横。（歐陽子云：滁州城西乃是豐山，無西澗，獨城北有一澗，水極淺，不勝舟，又江潮不到。豈詩人務在佳句，而實無此景耶？〇謝疊山云：幽草、黄鸝，比君子在野，小人在位。「春潮帶雨晚來急」，乃季世危難多，如日之已晚，不復光明也。末句謂寬閑寂寞之

濱，必有賢人如孤舟之横渡者，特君不能用耳。此詩人感時多故而作，又何必滁之果如是也。○劉云：此語自好，但韋公體出數字〔今按，陶敏等《韋應物集校注》卷八引此語作「子」〕，神情〔今按，《唐音》卷七作「既新」〕又别，故貴知言，不然不免爲野人語矣。好詩必是拾得。此絶先得後半，起更難似，故知作者用心。）

子規啼

高林滴露夏夜清，南山子規啼一聲。鄰家孀婦抱兒泣，我獨展轉何爲情。

因省風俗訪道士姪不見題壁

去年澗水今亦流，去年杏花今又拆。山人歸來問是誰，還是去年行春客。

皇甫冉

送魏十六還蘇州

秋夜沉沉此送君，陰蟲切切不堪聞。歸舟明日毘陵道，回首姑蘇是白雲。

同李萬晚望南岳寺懷普門上人

釋子身心無垢紛，獨將衣鉢去人羣。相思晚望松林寺，唯有鐘聲出白雲。

曾山送别（今按，《全唐詩》卷二五〇「曾」作「魯」，題下注云：一作劉長卿詩）

淒淒遊子若飄蓬，明月清樽衹暫同。南望千山如黛色，愁君客路在其中。

送陸邃潛夫（得文字。）（今按，「文」，牛斗本、屠隆本作「分」，《全唐詩》卷二五〇作「雲」。此詩《全唐詩》卷二四二張繼詩、卷二五〇皇甫冉詩中皆收録）

何事千年遇聖君，坐令雙鬢老如雲。南行更入深山舊（今按，洪邁《萬首唐人絶句》卷七五、《全唐詩》二四二作「山深淺」），岐路悠悠水自分。

寄振上人無礙寺所居

戀親時見住（今按，《全唐詩》作「在」）人羣，多在青（今按，《全唐詩》作「東」，注云：一作「南」）山就白雲。獨坐焚香誦經處，深山古寺雪紛紛。

送陸灃郭鄖

纔見吴洲百草春，已聞燕鴈一聲新。秋風何處催年急，偏逐山行水宿人。

酬張繼

悵望南徐登北固，迢迢（今按，《全唐詩》作「迢遥」）西塞望東關。落日臨川問音信，寒潮唯帶夕

陽還。

赴李少府莊失路

君家南郭白雲連，正待情人弄石泉。月照煙花迷客路，蒼蒼何處是伊川。

韓　翃

漢宮曲二首

五柞宮中過臘看，萬年枝上雪花殘。綺牕夜閉玉堂静，素綆朝穿金井寒。

其二

漢室（今按，《全唐詩》卷二四五作「家在」）長陵小市中，珠簾繡户對春風。君王昨日移仙仗，玉輦將迎入漢宫。

江南曲

長樂花枝雨點銷，江城日暮好相邀。青（今按，姚本、《全唐詩》卷二四五、二八三作「春」）樓不閉葳蕤鎖，緑（今按，姚本作「淥」）水迴通宛轉橋。

看調馬

鴛鴦赭白齒新齊，晚日花中散碧蹄。玉勒斗迴初噴沫，金鞭欲下不成嘶。

寒食

春城無處不飛花，寒食東風御柳斜。日暮漢宮傳蠟燭，輕煙散入五侯家。（《唐史遺事》云：德宗時，制誥闕人，上批曰：「與韓翃。」時有同姓名者，中書再具二人同進上。書翃《寒食》詩，末批云：「與此韓翃。」）

送客知鄂州

江口千家帶楚雲，江花亂點雪紛紛。春風落日誰相見，青翰舟中有鄂君。

宿石巴山中（今按，據《全唐詩》卷二四五，「巴」當爲「邑」）

浮雲不共此山齊，山靄蒼蒼望轉迷。曉月暫飛千樹裏，秋河隔在數峰西。

贈張千牛

蓬萊闕下是天家，上路新迴白鼻騧。急管晝催平樂酒，春衣夜宿杜陵花。

題玉真觀李秘書院

白雲斜日影深松，玉宇瑤壇知幾重。把酒題詩人散後，華陽洞裏有疏鐘。

送客貶五溪

南過猿聲一逐臣，迴看秋草淚沾巾。寒天暮雨空山裏，幾處蠻家是主人。

送齊山人歸長白山

舊事山人（今按，「山人」，《全唐詩》卷二四五作「仙人」）白兔公，掉頭歸去又乘風。柴門流水依然在，一路寒山萬木中。

盧綸

宮中樂二首（一作《天長地久詞》。）

臺殿雲涼秋色微，君王初賜六宮衣。樓船汎罷歸猶早，行遣才人鬬射飛。

其二

雲日呈祥禮物殊，彤（今按，《樂府詩集》作「北」）庭生獻五單于。塞垣萬里無飛鳥，可是邊城用郅都。

曲江春望

菖蒲翻葉柳交枝，暗上蓮舟鳥不知。更到蘆（今按，《全唐詩》作「無」）花最深處，玉樓金殿影參差。

春日有懷（今按，《全唐詩》卷二七八題作「春日憶司空文明」）

桃李風多日欲陰，伯勞飛處落花深。貧居静久難逢信，知隔春山不可尋。

與從弟同下第出關言别二首（今按，《全唐詩》「從弟」後有「瑾」字，「下第」後有「後」字）

雜花飛盡柳陰陰，官路逶迤緑草深。對酒已成千里客，望山空寄兩鄉心。

其二

出關愁暮一沾裳，滿墅（今按，據《全唐詩》卷二七六，當爲「野」）蓬生古戰場。孤村樹色昏殘雨，遠寺鐘聲帶夕陽。

村南逢病叟

雙膝過頭頂在肩，四鄰知姓不知年。卧驅鳥雀惜禾黍，猶恐諸孫無社錢。

赴虢州留別故人（今按，此詩《全唐詩》卷二八三李益詩中亦收録）

世故相逢各未閑，百年多在别離間。昨夜秋風今夜雨，不知何處入空山。

山店

登登山路何（今按，《全唐詩》作「行」）時盡，決決溪流（今按，《全唐詩》作「泉」）到處聞。風動葉聲山犬吠，幾家松火隔秋雲。

别李紛

頭白乘驢懸布囊（今按，《全唐詩》作「囊」），一回言别淚千行。兒孫滿眼無歸處，惟到樽前是（今按，《全唐詩》作「似」）故鄉。

七言絶句卷之五　唐詩品彙五十

接武(上之二)

劉方平

烏棲曲

畫舸雙艚錦爲纜，芙蓉花發蓮葉暗。門前月色映横塘，感郎中夜度瀟湘。

春怨二首

紗牕日落漸黄昏，金屋無人見淚痕。寂寞空庭春欲晚，梨花滿地不開門。

其二(今按，《全唐詩》卷二五一題作「代春怨」)

朝日殘鶯伴妾啼，開簾只見草萋萋。庭前時有東風入，楊柳千條盡向西。

夜月

更深月色半人家，北斗闌干南斗斜。今夜偏知春氣暖，蟲聲新透緑牕紗。

朱　放

送温台

渺渺天涯君去時，浮雲流水自相隨。人生一世長如客，何必今朝是別離。

皇甫曾

蕚嶺四望（今按，《全唐詩》卷七三四又作許鼎詩，題中「蕚」作「粤」）

漢家仙仗在咸陽，洛水東流出建章。野老至今猶望幸，離宫秋樹獨蒼蒼。

韋使君宅海榴詠

淮陽卧理有清風，臘月榴花帶雪紅。閉閣寂寥常對此，江湖心在數枝中。

秦系

題明惠上人房

簷前朝暮雨添花，八十吴（今按，《全唐詩》作「真」）僧飯熟（今按，《全唐詩》作「一」）麻。入定幾時還出定，不知巢燕污袈裟。

山中贈耿湋拾遺

數片荷衣不滿（今按，《全唐詩》作「荷衣不蔽」）身，青山百（今按，《全唐詩》作「白」）鳥豈知貧。如今不是秦時世，更隱桃花亦笑人。

嚴維

丹陽送韋參軍

丹陽郭裏送行舟，一别心知兩地秋。日晚江南望江北，寒鴉飛盡水悠悠。

李嘉祐

夜宴南陵留別

雪滿前庭月色閑，主人留客未能還。預愁明日相思處，匹馬千山與萬山。

題前溪館

多（今按，《全唐詩》作「兩」）年謫宦在江西，舉目雲山要自迷。今日始知風土（今按，據姚本、四庫本及《全唐詩》，當爲「土」）異，潯陽南去鷓鴣啼。

過烏江公山寄錢外（今按，《全唐詩》無「江」字）

雨過青山猿叫時，愁人淚滴（今按，《全唐詩》作「點」）石榴枝。無端王事還相繫，腸斷蒹葭君不知。

郎士元

送麴司直

曙雪蒼蒼兼曙雲，朔風燕鴈不堪聞。貧交此別無他贈，惟有青山遠送君。

夜泊湘江

湘山木落洞庭波，湘水連雲秋鴈多。寂寞舟中人（今按，《全唐詩》作「誰」）借問，月明只是（今按，姚本、刻者不詳明本、屠隆本、牛斗本、《全唐詩》作「自」）聽漁歌。

聽鄰家吹笙

鳳吹聲如隔綵霞，不知墻外是誰家。重門深鎖無尋處，唯（今按，《全唐詩》作「疑」）有碧桃千樹花。（謝云：只是聽鄰家吹笙，聞其聲不見其人，求其人不得其所，一段風景極難形容。此詩情思、句律極其工巧。）

柏林寺南望

溪上遥聞精舍鐘，泊舟微徑度深松。青山霽後雲猶在，畫出東南四五峰。

送別

穆陵關上秋雲起，安陸城邊遠行子。薄暮寒蟬一一（今按，據姚本、四庫本及《全唐詩》，當爲「三」）兩聲，回望故鄉千萬里。

司空曙

送鄭錫（曙曾事此公季父。）

漢陽雲樹情（今按，《全唐詩》作「清」）無極，蜀國風煙思不堪。莫怪別君偏有淚，十年曾事晉征南。

江村即事

罷釣歸來不繫船，江村月落正堪眠。縱然一夜風吹去，只在蘆花淺水邊。

登峴亭

峴山迴首望秦關，南向荆州幾日還。今日登臨惟有淚，不知風景在何山。

峽口送友

峽口花飛欲盡春，天涯去住淚沾巾。來時萬里同爲客，今日翻成送故人。

送盧徹之太原謁馬尚書

榆落雕飛關塞秋，黄雲畫角見并州。翩翩羽騎雙旌後，上客親隨郭細侯。

發渝州却寄韋判官

紅燭津亭夜見君，繁絃急管兩紛紛。平明分手空江遠（今按，《全唐詩》作「轉」），惟有猿聲滿水雲。

李端

長信宫

金壺漏盡禁門開，飛燕昭陽侍寢迴。隨分獨眠秋殿裏，遥聞語笑自天來。

閨情

月落星稀天欲明，孤燈未滅夢難成。披衣更向門前望，不忿朝來鵲喜聲。

江上送客

故人南去漢江陰，秋雨瀟瀟夢澤（今按，《全唐詩》作「雲夢」）深。江上見人應下淚，由來遠客易傷心。

送劉侍郎

耿湋

幾人同入謝宣城，未及酬恩隔死生。唯有夜猿知客恨，嶧陽溪路第三聲。

古意

雖言千騎上頭居，一世生離恨有餘。葉下綺牕銀燭冷，含啼自草錦中書。

涼州詞

國使翩翩隨旆旌，隴西岐路足荒城。氊裘牧馬胡雛小，日暮蕃歌三兩聲。

路傍墓

石馬雙雙當古樹，不知何代公侯墓。墓前靡靡春草深，唯有行人看碑路。

崔峒

題蘭若

絶頂茅庵老此生，寒雲孤木伴（今按，《全唐詩》作「獨」）經行。世人那得知幽徑，遥向青峰禮

磬聲。

張繼

楓橋夜泊

月落烏啼霜滿天，江楓漁火對愁眠。姑蘇城外寒山寺，夜半鐘聲到客船。

閶門即事

耕夫召募逐樓船，春草青青萬頃田。試上吴門看郡郭，清明幾處有新煙。

顧況

桃花曲

魏帝宫人舞鳳樓，隋家天子汎龍舟。君王夜醉春眠晏，不覺桃花逐水流。

宫詞

玉樓天半起笙歌，風送宫嬪笑語和。月殿影開聞夜漏，水晶簾捲近秋河。

聽角思歸

故園黄葉滿青苔，夢後城頭曉角哀。此夜斷腸人不見，起行殘月影徘徊。

宿昭應

武帝祈靈太乙壇，新豐樹色繞千官。那知今夜長生殿，獨閉空山月影寒。

題葉道士山房

水邊楊柳赤欄橋，洞裏神仙（今按，《全唐詩》作「仙人」）碧玉簫。近得麻姑書信否，潯陽江上不通潮。

王郎中席歌妓

柳拂青樓花滿衣，能歌宛轉世應稀。空中幾處聞清響，欲繞行雲不遣飛。

湖中

青草湖邊日色低，黄茅嶂裏鷓鴣啼。丈夫飄蕩今如此，一曲長歌楚水西。

江上故居（今按，《全唐詩》卷二六七作「臨海所居」，《華陽集》作《横山故居》）

家在雙峰蘭若邊，一聲秋磬發孤煙。山連極浦鳥飛盡，月上青林人未眠。

江村亂後

江村日暮尋遺老，江水東流横浩浩。竹裏閑牕不見人，門前舊路生青草。

憶故園

惆悵多山人復稀，杜鵑啼處淚沾衣。故園此去千餘里，春夢猶能夜夜歸。

戎　昱

塞下曲

漢將歸來虜塞空，旌旂初下玉關東。高蹄戰馬三千匹，落日平原秋草中。

採蓮曲

涔陽女兒花滿頭，毵毵同汎木蘭舟。秋風日暮南湖裏，争唱菱歌不肯休。

旅次寄湖南張郎中

寒江近户漫流聲，竹影當（今按，《全唐詩》作「臨」）牕亂月明。歸夢不知湖水闊，夜來還到洛陽城。

移家别湖上亭

好是春風湖上亭，柳條藤蔓繫離情。黄鸝久住渾相識，欲别頻啼四五聲。

征人歸鄉

三月江城柳絮飛，五年留（今按，《全唐詩》作「遊」）客送人歸。故將别淚和鄉淚，今日闌干濕汝衣。

寄許鍊師

掃石焚香禮碧空，露華偏濕蕊珠宫。如何説得天壇上，萬里無雲月正中。

長孫翺

宫詞

一道甘泉接御溝，上皇行處不曾秋。誰言水是無情物，也到宫前咽不流。

衛　象

古詞

鵲血調弓濕未乾，鸊鵜新淬劍光寒。遼東老將鬢成雪，猶向旄頭夜夜看。

柳　談

涼州曲

關山萬里遠征人，一望關山淚滿巾。青海城（今按，《全唐詩》作「戍」）頭空有月，黄沙磧裏本無春。

宋　濟

東鄰美女歌（今按，《全唐詩》「女」作「人」）

花暖江城斜日陰，鶯啼繡户曉雲深。春風不道珠簾隔，傳得歌聲與客心。

楊　憑

雨中怨秋

辭家遠客暢（今按，《全唐詩》作「愴」）秋風，千里寒雲與斷蓬。日暮隔山投古寺，鐘聲何處雨濛濛。

長孫佐輔

別友人

愁多不忍醒時別，想極還尋静處行。誰遣同衾又分手，不如行路本無情。

詠河邊枯樹

野火燒枝水洗根，數圍枯枘（今按，屠隆本、刻者不詳明本、《唐百家詩選》卷十一、《萬首唐人絶句》卷三八作「枯樹」，《全唐詩》卷四六九作「孤樹」，《全唐詩》注云：一作「枯朽」）半心存，應是無機承雨露，却將春色寄苔痕。

尋山家（今按，此詩《唐詩紀事》作羊士諤詩，《全唐詩》卷三三二羊士諤、卷四六九長孫佐輔詩中皆有收録）

獨訪山家歇還涉，茅屋斜連隔松葉。主人聞語未開門，繞籬野菜飛黄蝶。（苕溪漁隱云：余嘗居林［今按，據屠隆本、四庫本《苕溪漁隱叢話·前集》卷二四，當爲「村」］落間，食飽，支［今按，《苕溪漁隱叢話》作「楮」］笻縱步，疑［今按，據姚本及《苕溪漁隱叢話》，當爲「欸」］鄰家之扉，小立待之。眼前景物，悉如詩中語，然後知其工也。）

劉　商

觀獵

日隱寒山獵未歸，鳴絃落羽雪霏霏。梁園射盡南飛鴈，淮楚人驚陽鳥稀。

白沙宿竇常宅觀妓

楊子澄江映晚霞，柳條垂岸一千家。主人留客江邊宿，十月繁霜見杏花。

題潘師房（《英華》作于鵠詩。）

渡水傍山尋絶（今按，《全唐詩》作「石」）壁，白雲飛處洞門開。仙人來往行無跡，石徑春風長

緑苔。

送王使君自楚移越（今按，《全唐詩》「王」作「元」）

露冕行春向若耶，野人懷惠欲移家。東風二月淮陰道（今按，《全唐詩》作「郡」），惟見棠梨一樹花。

送豆盧郎赴海陵（今按，洪邁編《萬首唐人絶句》卷四二同此，《全唐詩》卷三〇四「郎」下有「中」字）

煙波極目已沾襟，路出東塘水更深。看取海頭秋草色，恰如江上别離心。

合溪送王永歸東郭

君去春山誰共遊，鳥啼花落水空流。如今送别臨溪水，他日相思來水頭。

送清上人往湖南

閑出東林日影斜，稻苗深淺映袈裟。船到南湖風浪静，可憐秋水照蓮花。

醉後

春月秋風老此身，一瓢長醉任家貧。醒來還愛浮萍草，漂寄官河不屬人。

送別

于　鵠

灞岸青門有敝廬，昨來聞道半丘墟。陌頭空送長安使，舊里無人可寄書。

襄陽寒食寄宇文藉（今按，《萬首唐人絶句》卷三四、《全唐詩》卷二七一，「藉」作「籍」。本書卷五二竇鞏詩中亦録此詩）

煙水初銷見萬家，東風吹柳萬條斜。大堤欲上誰相伴，馬踏春泥半是花。

秋夕（今按，《全唐詩》卷二七一作竇鞏詩）

獲霜（今按，屠隆本、《全唐詩》作「護霜」，四庫本作「霜天」）雲映月朦朧，烏鵲争飛井上桐。夜半酒醒人不覺，滿池荷葉動秋風。

汎舟入後溪（一作羊士諤詩。）

雨餘芳草浄沙塵，水緑沙平一帶春。惟有啼鵑似留客，桃花深處更無人。

題美人

秦女窺人不解羞，攀花趁蝶出墻頭。胸前空帶宜男草，嫁得蕭郎愛遠遊。

戴叔倫

蘄州行營作

蘄水城西向北看，桃花落盡柳花殘。朱旆半卷山川小，白馬連嘶草樹寒。

湘南即事

盧橘花開楓葉衰，出門何處望京師。沅湘日夜東流去，不爲愁人住少時。

宿灌陽灘

十月江邊蘆葉飛，灌陽灘冷上舟遲。今朝未遇高風便，還與沙鷗宿水湄。

夜發袁江寄李潁川劉侍郎

半夜回舟入楚鄉，月明山水共蒼蒼。孤猿更叫秋風裏，不是愁人亦斷腸。

贈商亮（今按，《全唐詩》「商」作「殷」）

日日河邊見水流，傷春未已復悲秋。山中舊宅無人住，來往風塵共白頭。

對月答元明府（今按，《全唐詩》「元」作「袁」）

山下孤城月上遲，相留一醉本無期。明年此夕遊何處，縱有清光知對誰。

別張員外

木葉紛紛湘水濱，此中何事往頻頻。臨風自笑歸時晚，更送浮雲逐故人。

送呂少府

共醉流芳獨歸去，故園高士日相親。深山古路無楊柳，折取桐花寄遠人。

德宗皇帝

九日

禁苑秋來爽氣多，昆明風動起滄波。中流簫鼓誠堪賞，詎假橫汾發棹歌。

包何

寄楊侍御（今按，《全唐詩》卷二〇五又作包佶詩）

一官何幸得同時，十載無媒獨見遺。今日不論腰下組，請君看取鬢邊絲。

七言絶句卷之六　唐詩品彙五十一

接武（下之一）

李　益

宫怨

露濕晴花春殿香，月明歌吹在昭陽。似將海水添宫漏，共滴長門一夜長。

汴河曲

汴河東流無限春，隋家宫闕已成塵。行人莫上長堤望，風起楊花愁殺人。

早度破訥沙

破訥沙頭鴈正飛，鸊鵜泉上戰初歸。平明日出東南地，滿磧寒光生鐵衣。

赴渭北宿石泉驛南望黄堆（今按，據《全唐詩》，「黄堆」後脱「烽」字）

邊城已在虜塵中，烽火南飛入漢宫。漢庭議事先黄老，麟閣何人定戰功。

拂雲堆

漢將新從虜地來，旌旗半上拂雲堆。單于馬向沙場獵，南望陰山笑（今按，《全唐詩》作「哭」）始回。

聽曉角（又見王昌齡集。）

邊霜昨夜墮關榆，吹角當城片月孤。無限塞鴻飛不度，秋風吹入小單于。

夜上西城聽涼州曲（今按，「涼」，《全唐詩》作「梁」）

鴻鴈新從北地來，聞聲一半却飛回。金河戍客腸應斷，更在秋風百尺臺。

臨滹沱見蕃使列名

漠南春色到滹沱，邊柳青青塞馬多。萬里江（今按，《全唐詩》作「關」）山今不閉，漢家頻許郅支和。

上汝州郡樓

黄昏鼓角似邊州，三十年前上此樓。今日山川對垂淚，傷心不獨爲悲秋。

春夜聞笛

寒山吹笛唤春歸，遷客相看淚滿衣。洞庭一夜無窮鴈，不待天明盡北飛。

夜上受降城聞笛

回樂峰前沙似雪，受降城外月如霜。不知何處吹蘆管，一夜征人盡望鄉。

從軍北征

天山雪後海風寒，横笛偏吹行路難。磧裏征人三十萬，一時回首月中看。

柳楊送客

青楓江畔白蘋洲，楚客傷離不待秋。君見隋朝更何事，柳楊南渡水悠悠。

送客還幽州

惆悵秦城送獨歸，薊門雲樹遠依依。秋來莫射南飛鴈，從遣乘春更北飛。

揚州送客

南行直入鷓鴣羣，萬歲橋邊一送君。聞道望鄉聽不得，梅花暗落嶺頭雲。

隋宮燕

燕語如傷舊國春，宮花一落旋成塵。自從一閉風光後，幾度飛來不見人。

劉禹錫

嚴滄浪云：大曆後，劉夢得之絶句，張籍、王建之樂府，吾所深取耳。

阿嬌怨

望見葳蕤舉翠華，試開金屋掃庭花。須臾宮女傳來信，言幸平陽公主家。

踏歌詞二首

春江月出大堤平，隄上女郎連袂行。唱盡新詞歡不見，紅霞映樹鷓鴣鳴。（謝疊山云：女郎連袂，色必有可觀，聲必有可聽。唱盡新詞而歡愛之情不見，但見紅霞映樹，聞鷓鴣之聲，其思想當何如也？○按，古樂府《常林歡》解題云：江南人謂情人爲歡，故荆州有長林縣，蓋樂工誤以「長」爲「常」。謝説爲歡愛之情，非也。）

其二

桃蹊柳陌好經過，燈下粧成月下歌。爲是襄王故宫地，至今猶自細腰多。

堤上行二首

酒旗相望大堤頭，堤下連檣堤上樓。日暮行人争渡急，槳聲幽軋滿中流。（今按，此首《全唐詩》卷三六五劉禹錫、卷五六三李善夷詩中皆收録，李善夷詩題作《大隄曲》）

其二

江南江北望煙波，入夜行人相應歌。桃葉傳情竹枝怨，水流無限月明多。

竹枝詞五首（并序）

四方之歌，異音而同樂。歲正月，余來建安（今按，據《全唐詩》卷三六五，當爲「平」），里中兒聯歌《竹枝》，吹短笛，擊鼓以赴節，歌者揚袂雜舞，以曲多爲賢。聆其音，中黄鍾之羽，其卒章激昂（今按，據姚本、刻者不詳明本、《全唐詩》，當爲「訐」）如吴聲，雖傖儜不可分，而含思宛轉，有《淇澳》之艷音。昔屈子（今按，《全唐詩》作「屈原」）居沅湘間，其民迎神，詞多鄙陋，乃爲作《九歌》，到于今荆楚歌舞之。故余亦作《竹枝詞》九篇，俾善歌者颺之，附于末。後之聆巴渝，知變風之自焉。（黄山谷云：劉夢得《竹枝詞》辭意高妙，元和間誠可獨步。道風俗而不俚，追古昔而不愧，比之子美《夔州歌》，所謂同工而異

曲也。）

白帝城頭春草生，白鹽山下蜀江清。南人上來歌一曲，北人莫上動鄉情。

其二

日出三竿春霧銷，江頭蜀客駐蘭橈。憑寄狂夫書一紙，家住成都萬里橋。

其三

瞿唐嘈嘈十二灘，此中道路古來難。長恨人心不如水，等閑平地起波瀾。

其四

山上層層桃李花，雲間煙火是人家。銀釧金釵來負水，長刀短笠去燒畬。

其五

楊柳青青江水平，聞郎江上唱歌聲。東邊日出西邊雨，道是無晴還有晴（今按，此句兩「晴」字，姚本作「情」）。

楊柳枝詞二首

煬帝行宮汴水濱，數株殘柳不勝春。晚來風起花如雪，飛入宮墻不見人。

其二

城外春風吹酒旆，行人揮袂日西時。長安陌上無窮樹，惟有垂楊管别離。

傷愚溪

溪水悠悠春自來，草堂無主燕飛回。隔簾唯見中庭草，一樹山榴依舊開。

宿都亭有懷（元和甲午歲，詔書盡徵江湘逐客，予自武陵赴京，宿於都亭，有懷續來諸君子。）

雷雨湘江（今按，「湘江」，《全唐詩》作「江山」，注云：一作「江湘」，一作「江湖」）起卧龍，武陵樵客躡仙蹤。十年楚水楓林下，今夜初聞長樂鐘。

與歌者何戡

二十餘年别帝京，重聞天樂不勝情。舊人唯有何戡在，更與殷勤唱渭城。（謝云：劉初貶召還，又忤宰相，被黜十年。再召還，怨舊時之害己者今無一存，唯一妓獨在。「不勝情」三字極有味。）

聽舊宫人穆氏唱歌（今按，「宫人」，《全唐詩》作「宫中樂人」）

曾隨織女渡天河，記得雲間第一歌。休唱貞元供奉曲，當時朝士已無多。（謝云：前兩句言，宫中之樂如在九霄；後兩句謂，貞元諸賢立朝尚多君子，今日與貞元不侔矣。聞貞元之樂曲，思貞元之多士，寧無傷今懷

古之情乎?《詩》云:「云誰之思,西方美人。」此詩人之遺意也。)

洛陽春末送杜録事

罇前花下長相見,明日忽爲千里人。君過午橋回首望,洛陽猶自有殘春。(謝云:此詩謂世道衰,光景促,未至春光結局時也。末句勸其不忘君也。)

石頭城

(《金陵五題》劉目〔今按,據姚本等,當爲「自」〕序云:友人白樂天掉頭善〔今按,據姚本,《全唐詩》卷三六五、《劉賓客文集》卷二四,當爲「苦」〕吟,歎賞良久,且曰:「《石頭城》詩云:『潮打空城寂寞回』,吾知後之詩人不復措辭矣。」餘四詠雖不及此,亦不孤樂天之言爾。)

山圍故國周遭在,潮打空城寂寞回。淮水東邊舊時月,夜深還過女墻來。(謝云:山無異東晉之山,潮無異東晉之潮,月無異東晉之月也,求東晉之宗廟宫室、英雄豪傑,俱不可見矣。意在言外,寄有於無。)

烏衣巷

朱雀橋邊野草花,烏衣巷口夕陽斜。舊時王謝堂前燕,飛入尋常百姓家。(謝云:世異時殊,人更物换,高門甲第百無一存,惟朱雀橋、烏衣巷之花草、夕陽如舊。不言王、謝第宅之變,乃云舊時燕飛入尋常百姓之家,此風人之遺巧也。)

生公講堂

(在虎丘寺。)

生公説法鬼神聽,身後空堂夜不扃。高座寂寥塵漠漠,一方明月可中庭。(謝云:此詩笑〔今

按，姚本作「嘆」」生公生前佛法神通，身後空堂不扃，高坐寂寥，更無灑掃，唯有一方明月可以周遍中庭。生前聽法之人今安在哉？無有恭敬之心，是生公無靈也。）

臺城

臺城六代競豪華，結綺臨春事最奢。萬户千門成野草，只緣一曲後庭花。

春詞

新粧粉面下朱樓，深鎖春光一院愁。行到中庭數花朵，蜻蜓飛上玉搔頭。

浪淘沙詞

鸚鵡洲頭浪颭沙，青樓春望日將斜。銜泥燕子争歸舍，獨自狂夫不憶家。

傷愚溪

柳門竹巷依依在，野草青苔日日多。縱有鄰人解吹笛，山陽舊侶更誰過。

赴連州諸公置酒相送

謫在三湘最遠州，邊鴻不到水南流。如今暫寄罇前笑，明日辭君步步愁。

和令狐相公別牡丹

平章宅裏一闌花，臨到開時不在家。莫道兩京非遠別，春明門外即天涯。（謝云：此言人臣不可恃聖眷，朝承恩，暮嶺海，一去君側，寵辱轉移，特頃刻間耳。）

自朗州至京戲贈看花諸君子（禹錫坐王叔文黨，貶司馬，後召，出爲刺史。宰相憐其才，召至京師，見新貴滿朝，作此。時論以爲輕薄，又黜。）

紫陌紅塵拂面來，無人不道看花回。玄都觀裏桃千樹，盡是劉郎去後栽。

再遊玄都觀（《舊唐書》云：禹錫自朗州召還，遊玄都觀，道士種桃千樹，灼灼如紅霞，因賦看花詩譏諷，再黜。後十年，召還，重遊賦此。）

百畝庭中半是苔，桃花淨盡菜花開。種桃道士歸何處，前度劉郎今又來。

張　籍

楚妃怨

梧桐葉下黃金井，橫架轆轤牽素綆。美人初起天未明，手拂銀瓶秋水冷。

離宫怨

高堂別館連湘渚，長向春江開萬户。荆王去去不復來，宫中美人自歌舞。

成都曲

錦江近西煙水緑，新雨山頭荔枝熟。萬里橋邊多酒家，遊人愛向誰家宿。

寒塘曲

寒塘沉沉柳葉疏，水暗人語驚棲鳧。舟中少年醉不起，持燭照水射遊魚。

春别曲

長江春水緑堪染，蓮葉出水大如錢。江頭橘樹君自種，那不長繫木蘭船。

宫詞

新鷹初放兔猶肥，白日君王在内稀。薄暮千門臨欲鎖，紅粧飛騎向前歸。

涼州詞二首

邊城暮雨鴈飛低，蘆笋初生漸欲齊。無數鈴聲摇（今按，《樂府詩集》卷九七、《萬首唐人絶句》卷二三、《張司業集》卷七、《全唐詩》卷二七作「遥」）過磧，應馱白練到安西。

其二

鳳林關裏水東流，白草黃榆六十秋。邊將皆承主恩澤，無人解道取涼州。

華清宫

温泉流入漢離宫，宫樹行行浴殿空。武帝時人今欲盡。青山空閉御墻中。

玉山館（今按，「山」，《全唐詩》作「仙」）

長溪新雨色如泥，野水陰雲盡向西。楚客天南行漸遠，山山樹裏鷓鴣啼。

蠻中

銅柱南邊毒草春，行人幾日到金潾（今按，姚本、刻者不詳明本、屠隆本、牛斗本、《全唐詩》皆作「麟」）。玉環穿耳誰家女，自抱琵琶迎海神。

秋思

洛陽城裏見秋風，欲作家書意萬重。復恐匆匆説不盡，行人臨發又開封。

感春

遠客悠悠在（今按，據《萬首唐人絶句》卷二三、《張司業集》卷七、《全唐詩》卷三八六，當爲「任」）病身，誰（今按，

《全唐詩》作「謝」）家池上又逢春。明年各自東西去，此地看花是別人。

與賈島閑遊

水北原南草色新，雪消風暖不生塵。城中車馬應無數，能解閑行有幾人。

送元結（今按，姚本、屠隆本、牛斗本、刻者不詳明本、《張司業集》卷七作「紹」，《全唐詩》卷三八六作「結」，注云：一作「紹」）

昔日同遊漳水邊，如今重説恨綿綿。天涯相見還相（今按，《全唐詩》作「離」）別，客路秋風又幾年。

送蜀客

蜀客南行聽（今按，《全唐詩》作「祭」，注云：一作「際」）碧雞，木綿花發錦江西。山橋日晚行人少，時見猩猩樹上啼。

送元宗簡

貂帽垂肩窄皂裘，雪深騎馬向西州。暫時相見還相送，却閉閑門依舊愁。

别客

青山歷歷水悠悠，今日相逢明月（今按，《全唐詩》作「日」）秋。繫馬城邊楊柳樹，爲君沽酒暫淹留。

望平驛作

茫茫菰草平如地，渺渺長堤曲似城。日暮未知投宿處，逢人更問向前程。

秋山

秋山無雲復無風，溪頭看月出深松。草堂不閉石牀静，葉間墜露聲重重。

逢賈島

僧房逢着欵冬花，出寺行吟日已斜。十二街中春色（今按，《全唐詩》卷三八六作「雪」）徧，馬蹄今去入誰家。

寄李渤

五度溪頭躑躅紅，嵩陽寺裏講時鐘。春山處處行應好，一月看花到幾峰。

哭孟寂

曲江院裏題名處，十九人中最少年。今日春光君不見，杏花零落寺門前。

王　建

宫詞十二首（《歐陽詩話》云：王建《宫詞》一百首，多言唐禁中事，皆史傳、小説所不載者，往往見於其詩。）

其一

金殿當頭紫閣重，仙人掌上玉芙蓉。太平天子朝元日，五色雲中駕六龍。

其二

蓬萊正殿壓雲鼇，紅日初生碧海濤。開着五門遥北望，赭黄新帕御牀高。

其三

籠煙紫氣日曈曈，宣政門開玉殿風。五刻閣前卿相出，下簾聲在半天中。

其四

千牛仗下放朝初，玉案傍邊立起居。每日請來金鳳紙，殿頭無事不多書。

其五

秋殿清齋刻漏長，紫微宮女夜燒香。拜陵日到公卿發，鹵簿分頭出太常。

其六

避暑昭陽不擲盧，井邊含水噴鵶雛。内中數日無呼喚，榻（今按，據四庫本、《萬首唐人絶句》卷三一、《全唐詩》卷三〇二，當爲「搨」；《唐詩紀事》卷四四作「寫」）得滕王蛺蝶圖。

其七

金吾除夜進儺名，畫袴朱衣四隊行。院院燒燈如白日，沉香火底坐吹笙。

其八

太儀前日暖房來，囑向昭儀（今按，《全唐詩》作「朝陽」，「朝」下注云：一作「昭」）乞藥栽。敕賜一窠紅躑躅，謝恩未了奏花開。

其九

新秋白兔大於拳，紅耳霜毛趁草眠。天子不教人射殺，玉鞭遮到馬蹄前。

其十

魚藻宫中鎖翠蛾，先皇行處不曾過。如今池底休鋪錦，菱角雞頭積漸多。

其十一

春風院院落花堆，金鎖生衣掣不開。更築歌臺起粧殿，明朝先進畫圖來。

其十二

樹頭樹底覓殘紅，一片西飛一片東。自是桃花貪結子，錯教人恨五更風。（謝疊山云：説到落花，氣象便蕭索。獨此詩，從落花説歸結子，便有生意。）

華清宫

酒幔高樓一百家，宫前楊柳寺前花。内園分得温湯水，二月中旬已進瓜。

綺繡宫（今按，《全唐詩》卷三〇二「繡」作「岫」，題前有「過」字）

玉樓傾側粉墻空，重疊青山繞故宫。武帝去來紅（今按，《全唐詩》作「羅」）袖盡，野花黄蝶領春風。

夜看揚州市

夜市千燈照碧雲，高樓紅袖客紛紛。如今不似時平日，猶自笙歌徹曉聞。

十五夜望月（時會琴客。）

中庭地白樹棲鴉，冷露無聲濕桂花。今夜月明人盡望，不知秋思在誰家。

江陵使至汝州

回看巴路在雲間，寒食離家麥熟還。日暮數峰青似染，商人説是汝州山。

王　涯

宮詞七首

曈曈日出大明宮，天樂遥聞在碧空。禁樹無風正和暖，玉樓金殿曉光中。

其二

禁門煙起紫沉沉，樓閣當中複道深。長到（今按，《全唐詩》作「入」）暮天凝不散，掖庭宮裏動秋砧。

其三

碧繡簾前柳散垂，守門宫女欲攀時。曾經玉輦從容處，不敢臨風折一枝。

其四

春來新插翠雲釵，尚着雲頭踏殿鞋。欲得君王回一顧，争扶玉輦下金階。

其五

迎風殿裏罷雲和，起聽新蟬步淺莎。爲愛九天和露滴，萬年枝上最聲多。

其六

炎炎夏日滿天時，桐葉交加覆玉墀。向曉（今按，《全唐詩》作「晚」）移燈上銀簟，叢叢緑鬢坐彈棋。

其七

銀瓶瀉水欲朝粧，燭焰紅高粉壁光。共怪滿身珠翠冷，黄花瓦上有新霜。

獻壽詞

宫殿參差列九重，祥雲瑞氣捧堦濃。微臣欲獻唐堯壽，遥指南山對袞龍。

從軍詞

旄頭夜落捷書飛，來奏金門看（今按，《全唐詩》卷三四六、《樂府詩集》卷三三皆作「著」）賜衣。白馬將軍頻破敵，黄龍戍卒幾時歸。

塞下曲

年少辭家從冠軍，金裝（今按，《全唐詩》卷三四六作「妝」）寶劍去邀勳。不知馬骨傷寒水，唯見龍城起暮雲。

秋夜曲二首（今按，此二首，《唐詩紀事》卷四二皆作張仲素詩，《樂府詩集》卷七六皆作王維詩，《全唐詩》卷三四六録第二首於王涯名下，卷三六七録第一首於張仲素名下）

丁丁漏水夜何長，漫漫輕雲露月光。秋逼暗蟲通夕響，寒衣未寄莫飛霜。

其二

桂魄初生秋露微，輕羅已薄未更衣。銀箏夜久殷勤弄，心怯空房不忍歸。

秋思

網軒涼吹動秋（今按，《全唐詩》作「輕」）衣，夜聽更長玉漏稀。月渡天河光轉濕，鵲驚秋樹葉

頻飛。

閨人春思

愁見遊空百丈絲，春風挽斷更傷離。閑花落盡青苔地，盡日無人誰得知。

七言絶句卷之七　唐詩品彙五十二

接武（下之二）

武元衡

送盧起居

相如擁傳有光輝，何事闌干淚濕衣。舊府東山餘妓在，重將歌舞送君歸。

送張司録赴京

江南煙雨塞鴻飛，西府文章謝椽（今按，據四庫本、《萬首唐人絶句》卷三二、《全唐詩》，當爲「掾」）歸。相送汀洲蘭杜晚，菱歌一曲淚沾衣。

送張諫議

漢庭從事五人來，白首疆場獨未回。今日送君魂斷處，寒江寥落數枝梅。

送柳郎中（今按，《全唐詩》後有「裴起居」三字）

望鄉臺下（今按，《全唐詩》作「上」）秦人去，學射山中杜魄哀。落日河橋千騎别，春風寂寞旆旌回。

鄂渚送人

雲帆渺渺巴陵渡，煙樹蒼蒼故郢城。江上梅花無數發，送君南浦不勝情。

歲暮送舍人使京

邊城歲盡望鄉關，身逐戎旌未得還。欲别臨岐無限淚，故園花發寄君攀。

立秋華原南館别二客（今按，《全唐詩》作《立秋日與陆華原於縣界南館送鄒十八》）

風入泥陽池館秋，片雲孤鶴兩難留。明朝獨向青山郭，唯有蟬聲催白頭。

訪裴校書不遇

梨花落盡柳花時，庭樹流鶯日過遲。幾度相思不相見，春風何處有佳期。

題李將軍林亭

落英飄蕊雪紛紛，啼鳥如悲霍冠軍。逝水不回絃管絶，玉樓迢遞鎖浮雲。

登闔閭古城

登高遠望（今按，《全唐詩》作「望遠」）自傷情，柳發花開映古城。全盛已隨流水去，黄鸝空囀舊春聲。

春日偶作

飛花寂寂燕雙雙，南客衡門對楚江。惆悵管絃何處發，春風吹到讀書牕。

春興

楊柳陰陰細雨晴，殘花落盡見流鶯。春風一夜吹鄉夢，夢逐春風到洛城。

陌上暮春

青青南陌柳如絲，柳色鶯聲晚日遲。何處最傷遊客思，春風三月落花時。

汴州聞角（今按，《全唐詩》作「汴河聞笳」）

何處金笳月裏悲，悠悠遠（今按，《全唐詩》作「邊」）客夢先知。單于城上關山曲，今日中原總解吹。

楊巨源

贈崔駙馬

百尺梧桐畫閣齊，簫聲落處翠雲低。平陽不惜黄金將（今按，據屠隆本、四庫本、《全唐詩》卷三三三，當爲「埒」），細雨花驄踏作泥。

聽李憑彈箜篌

聽奏繁絃玉殿清，風傳曲度禁林明。君王聽樂梨園暖，翻到雲門第幾聲。

宿藏公院聽齊孝若彈琴

禪思何妨在玉琴，真僧不見聽時心。離聲怨調秋堂夕，雲向蒼梧湘水深。

觀妓人入道

荀令歌鐘北里亭，翠蛾紅粉敞雲屏。舞衣施盡餘香在，今日花前學誦經。

和練秀才楊柳（一作戴叔倫詩。）

水邊楊柳緑煙（今按，《全唐詩》作「麴塵」）絲，立馬煩君折一枝。唯有春風最相惜，殷勤更向手

中吹。（謝云：楊柳已折，生意何在；春風披拂，如有愛惜之心。此無情似有情也。仁人君子以天地生物爲心，興哀於無用之地，垂德於不報之所，與春風吹斷柳何異？）

題雲師山房

雲公蘭若深山裏，月明松殿微風起。試問空門清浄心，蓮花不省（今按，《全唐詩》作「著」）秋潭水。

張仲素

漢苑行二首

回鴈高飛太液池，新花低發上林枝。年光到處皆堪賞，春色人間總未知。

其二

春風淡淡影悠悠，鶯囀高枝燕入樓。千步回廊聞鳳吹，珠簾處處上銀鉤。

天馬詩二首

天馬初從渥水來，郊歌曾唱得龍媒。不知玉塞沙中路，苜蓿殘花幾處開。

其二

蹀躞宛駒齒未齊，摐金噴玉向風嘶。來時行盡金河道，獵獵輕風在碧蹄。

塞下曲三首

三戍漁陽再渡遼，騂弓在臂箭（今按，《全唐詩》作「劍」）横腰。匈奴似欲知名姓，休傍陰山更射鵰。

其二

獵馬千行鴈幾雙，燕然山下碧油幢。傳聲漠北單于破，火照旌旂夜受降。

其三

陰磧茫茫塞草腓，桔槔原（今按，《全唐詩》作「烽」）上暮煙飛。交河北望天連海，蘇武曾將漢節歸。

秋閨思二首

碧牕斜月藹深輝，愁聽寒螿淚濕衣。夢裏分明見關塞，不知何路向金微。

其二

秋天一夜静無雲，斷續鴻聲到曉聞。欲寄征人問消息，居延城外又移軍。

權德輿

舟行夜泊

蕭蕭落葉送殘秋，寂寞寒波急暝流。今夜不知何處泊，斷猿晴月引孤舟。

贈天竺靈隱二寺主

石路泉流兩寺分，尋常鐘磬隔山聞。山僧半在中峰住，共占清猿（今按，《全唐詩》作「青巒」）與白雲。

題柳郎中故居（今按，《全唐詩》「故居」前有「茅」二字）

下馬荒堦日欲曛，潺潺石溜静中聞。鳥啼花落人聲絶，寂寞山牕掩白雲。

朝元閣

繚垣複道上層霄，十月離宫萬國朝。胡馬忽來清蹕去，空餘臺殿照山椒。

李　涉

竹枝詞

十二峰頭月欲低，空濛灘上子規啼。孤舟一夜東歸客，泣向東風憶建溪。

過襄陽上于司空頔

方城漢水舊城池，陵谷依然世自移。歇馬獨來尋故事，逢人唯説峴山碑。（謝云：于公鎮襄陽，爲政苛刻，此詩以羊祜之仁、襄陽人思之無窮，勸于公當以羊祜爲法。詞婉而妙。）

從秦城回再題武關

遠別秦城萬里遊，亂山高下入（今按，《全唐詩》作「出」）商州。關門不鎖寒溪水，一夜潺湲送客愁。

送魏簡能東遊二首

燕市悲歌又送君，目隨征鴈過寒雲。郵（今按，《全唐詩》作「孤」）亭宿處時看劍，莫使塵埃蔽斗文。（謝云：此詩勉魏生堅志養氣，勿以窮困而銷沮也。如寶劍，當時時淬厲，思立功名，不可與塵埃俱汩没也。）

其二

獻賦論兵命未通，却乘羸馬出江（今按，《全唐詩》作「關」）東。灞陵道（今按，《全唐詩》作「原」）上重回首，十載長安似夢中。（謝云：此詩勸魏當知命待時，不必奔趨也。）

秋夜題夷陵水館

凝碧初高海氣秋，桂輪斜落到江樓。三更浦上巳（今按，據四庫本、《全唐詩》卷四七七，當爲「巴」）歌歇，山影沉沉水不流。

開元寺（今按，《全唐詩》作《開聖寺》）

宿雨初收草木濃，羣鴉飛散下堂鐘。長廊無事僧歸院，盡日門前獨看松。

題鶴林寺

終日昏昏醉夢間，忽聞春盡强登山。因過竹院逢僧話，又得浮生半日閑。

重過文上人院

南隨越鳥北燕鴻，松月三年別遠公。無限心中不平事，一宵清話又成空。

春晚遊鶴林寺

野寺尋花春已遲，背巖惟有兩三枝。明朝攜酒猶堪賞，爲報春風且莫吹。（謝云：此詩有愛惜人才之意。）

再遊頭陀寺

無因暫泊（今按，據四庫本、《全唐詩》卷四七七，當爲「泊」，屠隆本作「駐」）魯陽戈，白髮兼愁日日多。只恐雪晴花便盡，數來山寺亦無他。

山居送僧

失意因休便買山，白雲深處寄柴關。若逢城邑人相問，報道花時也不閑。

竇　鞏

洛中即事

高梧葉盡鳥巢空，洛水潺潺（今按，《全唐詩》作「潺湲」）夕照中。寂寂天橋車馬絶，寒鴉飛入上陽宮。

南遊感興

傷心欲問前朝事，惟見江流去不回。日暮東風春草緑，鷓鴣飛上越王臺。（謝云：此詩四句無限意思，非巧心妙手不能摹寫。）

寄南遊弟兄

書來未報幾時還，知在三湘五嶺間。獨立衡門秋水闊，寒鴉飛去（今按，《全唐詩》作「上」）日銜山。

襄陽寒食寄宇文籍（已見第五卷。）（今按，本書卷五十于鵠詩中亦録此詩）

煙水初銷見萬家，東風吹柳萬條斜。大堤欲上誰相伴，馬踏春泥半是花。

代鄰叟

年來七十罷耕桑，就暖支羸（今按，據姚本及《全唐詩》，當爲「羸」）强下牀。滿眼兒孫身外事，閑梳白髮向斜陽。

尋道者隱處不遇（一作于鵠詩。）

籬外涓涓澗水流，槿花半照（今按，《全唐詩》作「點」）夕陽收。欲題名字知相訪，又恐芭蕉不

耐秋。

宫人斜

離宫路繞（今按，據《唐詩紀事》卷三一、《唐百家詩選》卷十一、《全唐詩》卷二七一，當爲「遠」）北原斜，生死恩深不到家。雲雨今歸何處去，黄鸝飛上海（今按，《全唐詩》作「野」）棠花。（謝云：宫人承恩幸之時，朝雲暮雨，盡態極妍。而今不知在何處，但見墟墓之傍，聽黄鸝之聲，觀海棠之色，宫人之音容與草木禽鳥同一澌盡，亦可哀矣。）

竇　牟

奉成園笛（今按，據洪邁《萬首唐人絶句》卷三四、《全唐詩》卷二七一，當爲《奉誠園聞笛》）

曾絶朱纓吐錦茵，欲披芳（今按，據《萬首唐人絶句》、《全唐詩》，當爲「荒」）草訪遺塵。秋風忽灑西園淚，滿目山陽笛裏人。

竇　庠

上陽宫（今按，《全唐詩》作《陪留守韓僕射巡内至上陽宫感興》）

愁雲漠漠草離離，太乙勾（今按，《唐百家詩選》卷十一、《萬首唐人絶句》卷三四作「太液鈎」）陳處處疑。

日（今按，《全唐詩》作「薄」）暮毁垣春雨裏，殘花猶發萬年枝。

雍裕之

宫人斜

幾多紅粉委黄泥，野鳥如歌又似啼。應有春魂化爲燕，年年飛入未央棲。

李約

過華清宫

君王遊樂萬機輕，一曲霓裳四海兵。玉輦升天人已盡，故宫唯（今按，《全唐詩》卷三〇九作「猶」）有樹長生。（謝云：君王所重者游樂，所輕者萬機，此天下所以亂也。第二句妙絶，後兩句與少陵《哀江頭》一同悽愴。）

陸暢

成都送費冠卿

紅椒花落桂花開，萬里同遊俱未回。莫厭宫中頻送客，思鄉猶（今按，《全唐詩》作「獨」）上望

鄉臺。

劉言史

樂府雜詞

紫禁梨花飛雪毛，春風絲管翠樓高。城裏萬家聞不見，君王試舞鄭櫻桃。

呂温

感貞元舊節寄竇三盧七

同事先皇立玉墀，中和舊節又支離。今朝各自看花處，萬里遥知掩淚時。

道州郡齋卧疾寄東館諸賢

東池送客醉年華，聞道風流勝習家。獨卧郡齋寥落意，隔簾微雨濕梨花。

羊士諤

郡中即事

紅衣落盡暗香殘，葉上秋光白露寒。越女含情已無限，莫教長袖倚闌干。

登樓

槐柳蕭疏繞郡城，夜添山雨作江聲。秋風南陌無車馬，獨上高樓故國情。

令狐楚

少年行

家本清河住五城，須憑弓箭得功名。等閑飛鞚秋原上，獨向寒雲試射聲。

坐中聞思帝鄉有感

年年不見帝鄉春，白日尋思夜夢頻。上酒忽聞吹北曲，坐中惆悵更何人。

陳　羽

吴城覽古

吴王舊國水煙空，香徑無人蘭葉紅。春色似憐歌舞地，年年先發館娃宫。

小江驛送陸侍御

鶴唳天邊秋水空，荻花蘆葉起秋（今按，《全唐詩》作「西」）風。今夜渡江何處宿，會稽山在月明中。

九月十日即事

漢江天外東流去，巴塞連山萬里秋。節過重陽人病起，一枝殘菊不勝愁。

遊洞靈觀

初訪西城李（今按，《全唐詩》作「禮」）少君，獨行深入洞天雲。風吹青桂寒花落，香繞仙壇處處聞。

酬幽閑上人喜及第後見贈（今按，《全唐詩》「幽」後有「居」字）

九霄心在勞相問，四十人（今按，《全唐詩》作「年」）間豈足驚。風動自然雲出岫，高僧不用笑浮名（今按，《全唐詩》作「生」）。

洛下贈徹公

天竺沙門洛下逢，請爲同社笑相容。支頤忽望碧雲裏，心愛嵩山第幾峰（今按，《全唐詩》作「重」）。

柳宗元

酬曹侍御過象縣見寄

破額山前碧玉流，騷人遥駐木蘭舟。春風無限瀟湘思（今按，《全唐詩》作「意」，《柳河東集》作「憶」），欲采蘋花不自由。

柳州二月榕葉盡落偶題

宦情羈思共悽悽，春半如秋意轉迷。山城過雨百花盡，榕葉滿庭鶯亂啼。（劉云：其情景自不

可堪。）

浩初上人見貽絶句欲登仙人山因以酬之

珠樹玲瓏隔翠微，病來方外事多違。仙山不屬分符客，一任凌空錫杖飛。

韓　愈

題楚昭王廟

丘墳滿目衣冠盡，城闕連雲草樹荒。猶有國人懷舊德，一間茅屋祭昭王。（劉云：比「今按，錢仲聯《韓昌黎詩繫年集釋》引蔣之翹《輯注唐韓昌黎集》引此語，無「比」字」人評韓《曲江寄樂天》絶句勝白全集，此獨謂唱酬可爾。若韓絶句，正在《楚昭王廟》一首，盡壓晚唐。）

題廣昌館

白水龍飛已幾春，偶逢遺跡問耕人。丘墳發掘當官路，何處南陽有近親。

和李司勳過連昌宮

夾道疏槐出老根，高甍巨桷壓山原。宮前遺老來相問，今是開元幾葉孫。

晚次宣溪

潮（今按，據《文苑英華》卷一六六、《全唐詩》卷三四四，當爲「韶」；四庫全書本《别本韓文考異》卷十云：「韶」或作「朝」，非是）州南去接宣溪，雲水蒼茫日向西。客淚數行先自落，鷓鴣休傍耳邊啼。

湘中酬張十一功曹

休垂絶徼千行淚，共汎清湘一葉舟。今日嶺猿兼越鳥，可憐同聽不知愁。

榴花

五月榴花照眼明，枝間時見子初成。可憐此地無車馬，顛倒青苔落絳英。

歐陽詹

題延平劍潭

想像精靈欲見難，通津一去水漫漫。空餘千載（今按，《全唐詩》作「昔日」）凌霜色，長與澄潭白日寒。

元　稹

聞白樂天左降江州司馬

殘燈無焰影幢幢，此夕聞君謫九江。垂死病中驚坐起，暗風吹雨入寒牕。（白樂天云：此句他人尚不可聞，況僕哉！○洪容齋云：嬉笑之怒甚於裂眥，長歌之悲過於慟哭，此語誠然。）

憶事

夜深閑到戟門邊，却繞行廊又獨眠。明月滿庭池水緑，桐花垂在繡簾前。

白居易

後宫詞

淚盡羅巾夢不成，夜深前殿按歌聲。紅顔未老恩先斷，斜倚熏籠坐到明。

竹枝詞

瞿塘峽口冷煙低，白帝城頭月向西。唱到竹枝聲咽處，寒猿晴鳥一時啼。

宿西林寺

木落天晴山翠開，愛山騎馬入山來。心知不及柴桑泠（今按，據姚本、《全唐詩》，當爲「令」），一宿西林即便回（今按，「即便回」，《全唐詩》作「便却回」，注云：一作「便欲回」）。

春題華陽觀

帝子吹簫逐鳳凰，空留仙洞號華陽。落花何處堪惆悵，頭白宫人掃影堂。

鮑　溶

隋宫

柳塘風（今按，《全唐詩》作「煙」）起日西斜，竹浦風回鴈弄沙。煬帝春遊古城在，壞宫芳草滿人家。

贈楊鍊師

紫煙衣上繡春雲，清隱山書小篆文。明月在天將鳳管，夜深吹向玉宸君。

寄薛膺昆季

楚山清路（今按，《全唐詩》作「洛」）兩無期，夢裏春風玉樹枝。何況芙蓉樓上客，海門江月亦相思。

孟　郊

臨池曲

池上春蒲葉如帶，紫菱成角蓮子大。羅裙蟬鬢倚迎風，雙雙伯勞飛向東。

李　賀

蝴蝶舞

楊花撲帳春雲熱，龜甲屏風醉眼纈。東家蝴蝶西家飛，白騎少年今日歸。

盧仝

逢鄭三遊山

相逢之處花茸茸，峭壁攢峰千萬重。他日期君何處好，寒流石上一株松。

逢病軍人（今按，《全唐詩》卷三八七又作盧綸詩）

行多有病住無糧，萬里還鄉未到鄉。蓬鬢哀（今按，據姚本、刻者不詳明本、《唐百家詩選》卷八、《全唐詩》卷二七七、三八九，當爲「衰」）吟古城下，不堪秋氣入金瘡。

李紳

却到無錫望芙蓉湖

丹橘村邊獨火微，碧流明處鴈初飛。蕭條落葉垂楊岸，隔水寥寥聞擣衣。

顧非熊

瓜洲送朱萬言

渡頭風晚葉飛頻，君去還吴我入秦。雙淚别家猶未斷，不堪仍送故鄉人。

張　祐（今按，又作「張祜」）

胡渭州（《樂苑》曰：《胡渭州》，商調曲也。）

亭亭孤月照行舟，寂寂長江萬里流。鄉國不知何處是，雲山漫漫使人愁。

雨淋鈴（《明皇别録》〔今按，《太平御覽》卷五八四引此文作《明皇雜録》〕曰：帝幸蜀，南入斜谷，屬淋雨彌旬，於棧道中聞鈴聲與山相應。帝既悼貴妃，因採其聲爲《雨淋鈴》曲以寄恨焉。時獨梨園善觱篥樂工張徽從，至蜀都〔今按，姚本、刻者不詳明本、屠隆本、《樂府詩集》卷八〇「都」作「帝」〕以其曲授之。洎至德中，復幸華清宫，從宫〔今按，據姚本、刻者不詳明本、牛斗本、屠隆本、《樂府詩集》，當爲「官」〕嬪御皆非昔人，帝於望京樓令張徽奏此曲，不覺悽愴流涕。其曲後入法部。）

雨淋鈴夜却歸秦，猶是張徽一曲新。長説上皇垂淚教，月明南内更無人。

集靈臺（又見杜集，作《虢〔今按，「虢」後當脱「國」字〕夫人》。）

虢國夫人承主恩，平明騎馬入金門。却嫌脂粉污顔色，淡掃蛾眉朝至尊。

華清宫（今按，《文苑英華》卷三一一作温庭筠詩）

風樹離離月正（今按，《全唐詩》作「稍」）明，九天龍氣在華清。宫門深鎖無人覺，半夜雲中羯鼓聲。

宿湓浦逢崔昇

江流不動月西沉，南北行人萬里心。况是相逢鴈天夕，星河寥落水雲深。

瓜洲聞曉角

寒耿稀星照碧霄，月樓吹角夜江遥。五更人起煙霜静，一曲殘聲遍落潮。

題弋陽館

一葉飄然下弋陽，殘霞昏日樹蒼蒼。葛溪謾淬干將劍，卻是猿聲斷客腸。

郵亭殘花

雲暗山横日欲斜，郵亭下馬看殘花。自從身逐征西府，每到花時不在家。（謝云：此與張翰秋

風思鱸同意，有道者聞之，必不以山林之樂易鐘鼎之奉矣。）

朱慶餘

宫中詞

寂寂花時閉院門，美人相並立瓊軒。含情欲説宫中事，鸚鵡前頭不敢言。

閨意上張水部

洞房昨夜停紅燭，待曉堂前拜舅姑。粧罷低聲問夫婿，畫眉深淺入時無。

西亭晚宴（今按，《全唐詩》前有「劉補闕」三字）

蟲聲已盡菊花乾，五老松陰向晚寒。對酒看山俱惜去，不知殘日下闌干。

盧江途中遇雪

蘆葦聲多鴈滿陂，濕雲連野見山稀。遥知將吏相逢處，半是春城賀雪歸。

徐凝

洛城秋砧

三川水上秋砧發，五鳳樓前明月新。誰謂秋砧明月夜，洛陽城裏更愁人。

賈島

渡桑乾

客舍并州已十霜，歸心日夜憶咸陽。無端更渡桑乾水，却望并州是故鄉。（謝云：久客思鄉，人之常情，旅寓十年，交游歡愛與故鄉無異，一旦别去，豈能無情。渡桑乾而望并州反以爲故鄉也，非東西南北之人不能道此。）

期吕逸人不至

逸人期宿石牀中，遣我開扉對晚空。不知何處嘯秋月，閑却松門一夜風。

姚　合

邊將（今按，《才調集》題作「邊詞」，《全唐詩》、《姚少監詩集》作《窮邊詞》）

將軍作鎮古汧州，水膩山春節氣柔。清夜滿城絃管沸（今按，《才調集》、《全唐詩》、《姚少監詩集》皆作「絲管散」），行人不信是邊頭。（謝云：此詩頌邊城賢守有風人法度，與「雲黄知塞近，草白見邊秋」者異矣。）

王　表

成德樂

趙女乘春上畫樓，一聲歌發滿城秋。無端更唱關山曲，不是征人亦淚流。

裴夷直

憶家

天海相連無盡處，夢魂來往尚應難。誰言南海無霜雪，試向愁人兩鬢看。

七言絶句卷之八　唐詩品彙五十三

正變

李商隱

漢宫詞

青雀西飛竟未回，君王長在集靈臺。侍臣最有相如渴，不賜金莖露一杯。

宫詞

君恩如水向東流，得寵憂移失寵愁。莫向尊前奏花落，涼風只在殿西頭。

龍池

龍池賜酒敞雲屏，羯鼓聲高衆樂停。夜半宴歸宫漏永，薛王沉醉壽王醒。（《容齋續筆》云：唐岐、薛諸王俱薨於開元中，而太真以天寶三載方入宫。此篇與元稹《連昌詞》「百官隊仗避岐薛」俱失。）

瑶池

瑶池阿母綺牕開，黄竹歌聲動地哀。八駿日行三萬里，穆王何事不重來。

咸陽

咸陽宫闕鬱嵯峨，六國樓臺艷綺羅。自是當時天帝醉，不關秦地有山河。

過楚宫

巫峽迢迢舊楚宫，至今雲雨暗丹楓。浮（今按，《全唐詩》作「微」）生盡戀人間樂，只有襄王憶夢中。（謝云：高唐雲雨本是説夢，古今皆以爲實事。此詩譏襄王之愚，前人未道破。）

過華清内廐門

華清别館閉黄昏，碧草悠悠内廐門。自是明時不巡幸，至今青海有龍孫。

賈生

宣室求賢訪逐臣，賈生才調更無倫。可憐夜半虚前席，不問蒼生問鬼神。

夜雨寄北

君問歸期未有期，巴山夜雨漲秋池。何當共剪西牕燭，却話巴山夜雨時。

宿駱氏亭寄懷崔雍（今按，四庫本、《全唐詩》卷五三九後有「崔袞」二字）

竹塢無塵水檻清，相思迢遞隔重城。秋陰不散霜飛晚，留得枯荷聽雨聲。

訪隱者不遇

城郭休過識者稀，哀猿啼處有柴扉。滄江白石漁樵路，日暮歸來雨滿衣。

憶住一師

無事經年別遠公，帝城鐘曉憶西峰。爐煙銷盡寒燈暗（今按，《全唐詩》卷五四〇作「晦」），童子開門雪滿松。

寄令狐郎中

嵩雲秦樹久離居，雙鯉迢迢一紙書。休問梁園舊賓客，茂陵秋雨病相如。

昨夜

不辭鶗鴂妬年芳，但惜流塵暗洞（今按，《全唐詩》作「燭」）房。昨夜西池涼露滿，桂華吹斷月中香。

槿花

風露淒淒秋景繁，可憐榮落在朝昏。未央宮裏三千女，但保紅顏莫保恩。

夕陽樓

花明柳暗繞天愁，上盡重城更上樓。欲問孤鴻向何處，不知身世自悠悠。

東還

自是仙才自不知，十年長夢採華芝。秋風動地黄雲暮，歸去嵩陽尋舊師。

端居

遠書歸夢兩悠悠，只有空牀敵素秋。階下青苔與紅葉，雨中寥落月中愁。

遊靈伽寺

碧煙秋寺汎湖來，水打城根古堞摧。盡日傷心人不見，石榴花滿舊琴臺。

嫦娥

雲母屏風燭影深，長河漸落曉星沉。嫦娥應悔偷靈藥，碧海青天夜夜心。（謝云：意謂嫦娥有長生之福，無夫婦之樂，爲悔。前人未道破〔今按，姚本、刻者不詳明本、屠隆本無「破」字〕。）

絶句（一作《宫妓》。）

珠箔輕明拂玉墀，披香新殿鬥腰肢。不須看盡魚龍戲，終遣君王怒偃師。（《劉［今按，姚本、四庫本作「列」］子》云：偃師，周穆王時工人，獻能倡者，歌舞千變萬化。技將終，倡者瞬其目，招王之左右侍妾。王大怒，立欲誅偃師。偃師大懾，立剖能［今按，據楊伯峻《列子集釋》卷五，當爲「散」］倡者，以示王，皆傅繪草［今按，據《列子集釋》，當爲「革」］、木、膠、漆、黑、白、丹、青之所爲。王乃歎曰：「人之巧與造化同功乎？」○《楊文公談苑》云：余知制誥，日與余恕同考試，因出李義山詩共讀，酷愛此絶，擊節稱歎曰：古人措辭寓意如此之深妙，令人感慨不已。）

杜牧

宫怨

監宫引出暫開門，隨例雖（今按，姚本作「趨」，《全唐詩》作「須」）朝不是恩。銀鑰却收金鎖合，月明花落又黄昏。

秋夕

銀燭秋光冷畫屏，輕羅小扇撲流螢。天階夜色涼如水，卧看牽牛織女星。（《苕溪漁隱詩話》云：此詩斷句極佳，意在言外，其幽怨之情，不待明言而自見之也。）

泊秦淮

煙籠寒水月籠沙，夜泊秦淮近酒家。商女不知亡國恨，隔江猶唱後庭花。

登樂遊原

長空澹澹孤鳥没，萬古消魂（今按，《全唐詩》作「沉」）向此中。看取漢家何似（今按，《全唐詩》作「事」）業，五陵無樹起秋風。（謝云：漢家基業之廣大爲何如？今日登原一望，五陵變爲荒田埜［今按，據江蘇古籍出版社影印《宛委别藏》本謝枋得《注解滓泉澗泉二先生選唐詩》，當爲「野」］草，無樹木可以起秋風矣。盛衰無常，廢興有時，有天下者觀此，亦可以慄慄危懼。）

赤壁

折戟沉沙鐵未銷，自將磨洗認前朝。東風不與周郎便，銅雀春深鎖二喬。（《道山清話》云：此詩正佳，但頗費解説。）

華清宮

零葉翻紅萬樹霜，玉蓮閑（今按，《萬首唐人絶句》卷二六同此；四庫本、《全唐詩》卷五二四作「開」）蕊暖泉香。行雲不下朝元閣，一曲淋鈴淚萬（今按，《全唐詩》作「數」）行。

長安晴望

翠屏山對鳳城開，碧落摇光霽後來。回識六龍巡幸處，飛煙閑繞望春臺。

過勤政樓

千秋佳節名空在，承露絲囊世已無。唯有紫苔偏稱意，年年因雨上金鋪。

金谷園

繁華事散逐香塵，流水無情草自春。日暮東風怨啼鳥，落花猶似墮樓人。

青塚

青塚前頭隴水流，燕支山下（今按，《全唐詩》作「上」）暮雲秋。蛾眉一墜窮泉路，夜夜孤魂月下愁。

洛陽秋夕

冷冷（今按，據姚本、四庫本及《全唐詩》，當爲「泠泠」）寒水帶霜風，更在天橋夜景中。清禁漏閑煙樹寂，月輪移在上陽宫。

將赴吴興登樂遊原

清時有味是無能，閑愛孤雲静愛僧。欲把一麾江海去，樂遊原上望昭陵。（《石林詩話》云：牧之是不滿於當時，故末有「昭陵」之句。）

江南春

千里鶯啼緑映紅，水村山郭酒旗風。南朝四百八十寺，多少樓臺煙雨中。

漢江

溶溶漾漾白鷗飛，緑净春深好染衣。南去北來人自老，夕陽長送釣船歸。

宣州開元寺

松寺曾同一鶴棲，夜深臺殿月高低。何人爲倚東樓柱，正是千山雪漲溪。

長安雪後

秦陵漢苑參差雪，北闕南山次第雲（今按，《全唐詩》作「春」）。車馬滿城原上去，豈知惆悵有閑人。

山行

遠上寒山石徑斜，白雲生處有人家。停車坐愛楓林晚，霜葉紅於二月花。

聞角

曉樓煙檻出雲霄，景下林塘已寂寥。城角爲秋悲更遠，護霜雲破海天遥。

春盡途中

田園不事來遊宦，故國誰教爾别離。獨倚關亭還把酒，一年春盡送春時。

寄揚州韓綽判官

青山隱隱水迢迢，秋盡江南草木凋。二十四橋明月夜，玉人何處教吹簫。（劉云：韓之風致可想，書記薄幸自道耳。）

懷吴中馮秀才

長洲苑外草蕭蕭，却算遊程歲月遥。惟有别時今不忘，暮煙秋雨過楓橋。

送陸洿郎中棄官歸

少微星動照春雲，魏闕衡門路自分。倏去忽來應有意，世間塵土漫疑君。

送隱者

無媒徑路草蕭蕭，自古雲林遠市朝。公道世間唯白髮，貴人頭上不曾饒。

許　渾

楚宫怨二首

十二山晴花盡開，楚宫雙闕對陽臺。細腰争舞君王醉，白日秦兵江上來。

其二

獵騎秋來在内稀，渚宫雲雨濕龍衣。騰騰戰鼓動城闕，江畔射麋猶（今按，《全唐詩》作「殊」）未歸。

四皓廟二首

峨峨商嶺采芝人，雪頂霜髯虎豹茵。山酒一壺歌一曲，漢家天子忌功臣。

其二

避秦安漢出藍關，松桂花陰滿舊山。自是無人有歸意，白雲長在水潺潺。（謝云：此篇譏四老

一出而不復還舊隱也。）

鴻溝

相持未定各爲君，秦政山河此地分。力盡烏江千載後，古溝芳草起寒雲。

途經秦始皇墓

龍盤虎踞樹層層，勢入浮雲亦是崩。一種青山秋草裏，路人唯拜漢文陵。（謝云：霸陵與秦皇墓相近，秦極其機巧，漢極其樸略，千載之後衰草頹墳，氣消影滅，秦漢無異也。然行路之人知拜霸陵，而不拜秦皇墓，爲君仁與不仁之異，至是有定論矣。）

緱山廟

王子求仙月滿臺，玉簫清轉鶴徘徊。曲終飛去不知處，山下碧桃春自開。（謝云：此詩末句與錢起《湘靈鼓瑟》詩「曲終人不見，江上數峯青」意度相似。）

經故太尉段公廟

徒想追兵緩翠華，古碑荒廟閉松花。紀生不向滎（今按，據《全唐詩》，當爲「滎」）陽死，豈有山河屬漢家。

客有卜居不遂薄遊汧隴因題

海燕西飛白日斜，天門遥望五侯家。樓臺深鎖無人到，落盡東風第一花。（謝云：英雄以宇宙爲家，所到等是逆旅，何必以無家爲憂？彼五侯有樓臺而無人到，殆與寒士無家者等。此篇用解其卜居不遂之鬱鬱也。）

謝亭送別

勞歌一曲解行舟，紅葉青山水急流。日暮酒醒人已遠，滿天風雨下西樓。（謝云：醉中送別，見紅葉青山，景象可愛，必不瞻望涕泣矣。日暮酒醒，行人已遠，不能無惜别之懷，兼之滿天風雨，離思又當何如耶？）

送宋處士歸山

賣藥脩琴歸去遲，山風吹盡桂花時（今按，姚本、《全唐詩》卷五三八作「枝」，《全唐詩》注云：一作「時」）。世間甲子須臾事，逢着仙人莫看棋。

秋思

琪樹西風枕簟秋，楚雲湘水憶同遊。高歌一曲掩明鏡，昨日少年今白頭。

寄桐江隱者

潮去潮來洲渚春，山花如繡草如茵。嚴陵臺下桐江水，解釣鱸魚有幾人。

鷺鷥

西風澹澹水悠悠，雪點絲飄帶雨愁。何限歸心倚前閣，緑蒲紅蓼練塘秋。

趙　嘏

宮烏曲（今按，《全唐詩》題作《宮烏棲》）

宮烏棲處玉樓深，微月生簷夜夜心。香輦不回花自發，春來空帶（今按，《全唐詩》作「佩」）辟寒金。

寄遠

禁鐘聲盡見棲禽，關塞迢迢故國心。無限春愁莫相問，落花流水洞房深。

經汾楊舊宅（今按，據姚本、屠隆本及《全唐詩》，「楊」當爲「陽」）

門前不改舊山河，破虜曾輕馬伏波。今日獨經歌舞地，古槐疏冷夕陽多。

靈巖寺

館娃宮畔（今按，《全唐詩》作「伴」）千年寺，水闊雲多客到稀。聞説春來倍惆悵，百花深處一

僧歸。

題僧壁

曉傍疏林露滿巾，碧山秋寺屬閑人。溪頭盡日看紅葉，却笑高僧衣上塵。

江樓書感（今按，《全唐詩》卷五五〇「書」作「舊」；《才調集》卷七題作《感懷》，題下注：一刻《江樓舊感》）

獨上江樓思悄（今按，姚本、刻者不詳明本、屠隆本、《才調集》、《全唐詩》皆作「渺」）然，月光如水水連（今按，《才調集》、《全唐詩》作「如」）天。同來翫月人何在，風景依稀似去年。

發青山館

皁鷺聲暖野塘春，鞍馬風高驛路塵。一宿青山又須去，古來難得是閑人。

落第寄沈詢

穿楊力盡獨無功，華髮相期一夜中。別到江頭舊吟處，爲將雙淚問春風。

贈別

水邊秋草暮萋萋，欲駐殘陽恨馬蹄。曾是管絃同醉伴，一聲歌盡各東西。

淮南丞相座贈歌者虞姹

綺筵無處避梁塵，虞姹清歌白日（今按，《全唐詩》作「日日」）新。來值渚亭花欲盡，一聲留得滿城春。

東亭柳

拂水斜煙一萬條，幾隨春色醉河橋。不知別後誰攀折，猶自風流勝舞腰。

經王先生故居

晚波東去海茫茫，誰識蓬山不死鄉。弄玉已歸蕭史去，碧樓紅樹倚斜陽。

温庭筠

瑶瑟怨

冰簟銀牀夢不成，碧天如水夜雲輕。鴈聲遠過瀟湘去，十二樓中月自明。（謝云：無悲愴怨恨之詞，而枕冷衾寒，獨寤寐歎之意在其中矣。）

車駕西遊因而有作

宣曲長楊瑞氣凝，上林狐兔待秋鷹。誰將詞賦陪雕輦，寂寞相如卧茂陵。

贈少年

江海相逢客恨多，秋風葉下洞庭波。酒酣夜别淮陰市，月照高樓一曲歌。

贈彈箏者

天寶年中事玉皇，曾將新曲教寧王。鈿蟬金鴈皆零落，一曲伊州淚萬行。

渭上題二首

吕公榮達子陵歸，萬古煙波繞釣磯。橋上一通名利跡，至今江鳥背人飛。

其二

煙水何曾息世機，暫時相向亦依依。所嗟白首磻溪叟，一下漁舟更不歸。

題端正樹

路傍桂樹碧雲愁，曾侍金輿幸驛樓。草木榮枯似人事，緑陰寂莫（今按，姚本作「寞」）漢陵秋。

鄠杜郊居

槿籬芳樹（今按，姚本、刻者不詳明本作「楥」，《全唐詩》作「援」，注云：一作「杜」）近樵家，麥隴青青一徑斜。寂寞遊人寒食後，夜來風雨送梨花。

咸陽值雨

咸陽橋上雨如懸，萬點空濛隔釣船。還似洞庭春水色，晚雲將入岳陽天。

經故袁學士居

劍逐驚波玉委塵，謝安門下更何人。西州城外花千樹，盡是羊曇醉後春。

七言絶句卷之九　唐詩品彙五十四

餘響

雍　陶

天津橋春望

津橋春水浸紅霞，煙柳風絲拂岸斜。翠輦不來金殿閉，宫鶯銜出上陽花。

秋懷

古槐煙薄晚鴉愁，獨向黄昏立御溝。南國望中生遠思，一行新鴈過（今按，《全唐詩》作「去」）汀洲。

和孫明府懷舊山

五柳先生本在山，偶然爲客落人間。秋來見月多歸思，自起開籠放白鷴。

宿嘉陵驛樓

離思茫茫正值秋，每因風景却生愁。今宵難作刀州夢，月色江聲共一樓。

城西訪友人

澧（今按，姚本、刻者不詳明本、牛斗本、屠隆本、《全唐詩》卷五一八作「澧」）水橋邊小路斜，日高猶未到君家。村原（今按，《全唐詩》作「園」）門巷多相似，處處春風枳殼花。

哀蜀人爲南蠻所俘（今按，《全唐詩》題作《過大渡河蠻使許之泣望鄉國》，爲《哀蜀人爲南蠻俘虜五章》之二）

大渡河邊蠻亦愁，漢人將度（今按，《唐詩紀事》卷五六、《全唐詩》卷五一八皆作「渡」）盡回頭。此中剩寄相思（今按，《唐詩紀事》、《全唐詩》皆作「思鄉」）淚，南去應無水北流。

劉得仁

悲老宫人

白髮宫娃不解悲，滿頭猶自插花枝。曾緣玉貌君王寵，准擬人看似舊時。

村中閑步

閑共野人臨野水，新秋高樹掛清暉。不知塵裏無窮事，白鳥雙飛入翠微。

上巳日

未敢分明賞物華，十年如見夢中花。遊人過盡衡門掩，獨自憑欄到日斜。

陳　陶

朝元引

正殿雲開露冕旒，下方珠翠壓鰲頭。天雞唱罷南山曙，春色先歸十二樓。

隴西行二首

誓掃匈奴不顧身，五千貂錦喪胡塵。可憐無定河邊骨，猶是春閨夢裏人。

其二

隴樹（今按，本書《唐詩拾遺》卷四亦收此詩，「樹」作「戍」）三看塞草青，樓煩新替護羌兵。同來死者傷離別，一夜孤魂哭舊營。

閑居雜興

一顧成周力有餘，白雲閑釣五溪魚。中原莫道無麟鳳，自是皇家結網疏。（謝云：天下有非常之才，朝不能用，乃隱於漁釣，未可謂世無英雄也。）

馬　戴

易水懷古

荆卿西去不復返，易水東流無盡期。落日蕭條薊城北，黄沙白草任風吹。

薛　逢

題黄花驛

孤戍迢迢蜀路長，鳥鳴山館客思鄉。更看絶頂煙霞外，數樹巖花照夕陽。

定山寺

十里松蘿映碧苔，一川晴色鏡中開。遥聞上界翻經處，片片香雲出院來。

薛能

銅雀臺

魏帝當時銅雀臺，黄花深映棘叢開。人生富貴須迴首，此地豈無歌舞來。

友人邊遊回（一作馬戴詩。）

遊子新從絶塞迴，自言曾上李陵臺。尊前語盡北風起，秋色蕭條胡鴈來。

宋氏林亭

地濕莎青雨後天，桃花紅近竹林邊。行人本是農桑客，記得春深欲種田。

楊柳（今按，《全唐詩》作「折楊柳」）

華清高樹出離宫，南陌柔條帶晚（今按，《全唐詩》作「暖」）風。誰見輕陰是良夜，瀑泉聲畔月明中。

孟遲

長信宫（今按，《全唐詩》卷五五〇又作趙嘏詩）

君恩已盡欲何歸，猶有殘香在舞衣。自恨身輕不如燕，春來還繞御簾飛。

閨情

山上有山歸不得，湘江暮雨鷓鴣飛。蘼蕪亦是王孫草，莫送春香入客衣。

還淮却寄睢陽

梁王池苑已蒼然，滿樹斜陽極浦煙。盡日回頭看不見，兩行秋淚上南船。

宫人斜

雲慘煙愁苑路斜，路傍丘塚盡宫娃。茂陵不是同歸處，空寄香魂着野花。

項斯

涇州聽張處士琴（今按，《全唐詩》「琴」前有「彈」字）

邊州獨夜正思鄉，君又彈琴在客堂。髣髴不離燈影外，似聞流水到瀟湘。

段成式

折楊柳枝詞

枝枝交影鎖長門，嫩色曾霑雨露恩。鳳輦不來春欲盡，空留鶯語到黄昏。

送穆郎中赴闕

應念愁中恨索居，驪歌聲裏且踟躕。若逢金馬門前客，爲説虞卿久著書。

李羣玉

紫極宫齋後

紫府空歌碧落寒，晚（今按，《全唐詩》作「曉」）星寥亮月光殘。一羣白鶴高飛散，唯有松風掃（今按，《全唐詩》作「吹」）石壇。

南莊春望

草暖沙長望去舟，微茫煙浪向巴丘。沅湘寂寂春歸盡，水緑蘋香人自愁。

韓　琮

暮春滻水送別

緑暗紅稀出鳳城，暮雲宮闕古今情。行人莫聽宮前水，流盡年光是此聲。（謝云：人物有盡，流水無窮。自唐有宮闕以來，不知經幾年，過幾人，而宮前流水只此如故。）

司馬禮（今按，姚本、《全唐詩》卷五九六作「扎」，《萬首唐人絶句》卷三九、《直齋書録解題》卷一九作「札」）

宮怨

柳色參差掩畫樓，曉鶯啼送滿宮愁。年年花落無人見，空逐春泉出御溝。

觀郊禮

鐘鼓旌旗引六飛，玉皇初著畫龍衣。泰壇煙盡星河曉，萬國心隨綵仗歸。

秋日懷儲嗣宗

故人北遊久不回，霜（今按，《全唐詩》作「塞」）鴈南度聲何哀。相思聞鴈更惆悵，却向單于臺

下來。

杜荀鶴

題新鴈（今按，《全唐詩》卷六五四又作羅鄴詩）

暮天新鴈起汀洲，紅蓼花疏水國秋。想得故園今夜月，幾人相憶在江樓。

哭貝韜（今按，姚本、屠隆本、刻者不詳明本、杜荀鶴《唐風集》、《全唐詩》「貝」作「具」）

親（今按，《唐百家詩選》卷十九、《唐風集》卷三、《全唐詩》卷六九三作「交」）朋來哭我來歌，喜傍青山（今按，《唐百家詩選》、《全唐詩》作「山家」）葬薜蘿。四海十年人殺盡，似君埋少不埋多。

李頻

聞金吾妓唱梁州

聞君一曲古梁州，驚起黃雲塞上愁。秦女樹前花正發，北風吹落滿城秋。

劉　駕

長門怨（《文苑英華》作張喬詩。）

御泉長繞鳳凰樓，只是恩波別處流。閑揲舞衣歸未得，夜來砧杵六宫秋。

儲嗣宗

月夜

鴈池衰草露霑衣，河水東流萬事微。寂寞青陵臺上月，秋風滿樹鵲南飛。

陸龜蒙

懷宛陵舊遊

陵陽佳地昔年遊，謝朓青山李白樓。唯有日斜江（今按，《全唐詩》作「溪」）上思，酒旗風影落春流。

春夕櫻桃園燕

張　賁

佳人芳樹雜春蹊，花外煙濛月漸低。幾度艶歌清欲轉，流鶯驚起不成棲。

送人西歸

方　干

孤雲獨鳥本無依，江海重逢故舊稀。楊柳漸疏蘆葦白，可堪斜日送君歸。

東陽道中作

百花香氣傍行人，花底垂鞭日易曛。野火（今按，《文苑英華》卷二九四同此，《萬首唐人絶句》卷五九、《全唐詩》卷六五三作「父」）不知寒食節，穿林轉壑自燒雲。

唐彦謙

仲山（漢高祖兄劉仲葬此。）

千載遺蹤寄薜蘿，沛中鄉里漢山河。長陵亦是閑丘壠，異日誰知與仲多。（謝云：觀此詩，則貧富貴賤等皆空花，有道者不以累其靈臺。）

曲江春望

杏艷桃嬌奪晚霞，樂遊無廟有年華。漢朝冠蓋皆陵墓，十里宜春下（今按，《全唐詩》作「漢」）苑花。

長溪秋望

柳短莎長溪水流，雨餘（今按，《才調集》卷六、《萬首唐人絶句》卷五九、《全唐詩》卷六七二作「微」）煙暝立溪頭。寒鴉閃閃前山去，杜曲黄昏人（今按，《全唐詩》作「獨」）自愁。

張喬

宿洛都門

山川馬上度邊禽，一宿都門永夜吟。客路不歸秋又晚，西風吹下（今按，《全唐詩》作「動」）洛陽砧。

宴邊將

一曲涼州令不（今按，四庫本、《全唐詩》作「金石」，《文苑英華》卷三〇〇、《萬首唐人絶句》卷四九作「今不」）清，邊風蕭颯動江城。坐中有老沙場客，橫笛休吹塞上聲。

寄山僧

大道本來無所染，白雲那得有心期。遠公獨刻蓮花漏，猶向青山禮六時。

司空圖

漫書

長擬求閑未得閑，又勞行役出秦關。逢人漸覺鄉音異，卻恨鶯聲似故山。

高　駢

訪隱者不遇

落花流水認天台，半醉閑吟獨自來。惆悵仙翁何處去，滿庭紅杏碧桃開。

羅　鄴

公子行

雕鞍玉勒照花明，過後香風特地生。半醉五侯門裏出，月高猶在禁街行。

看花

花開只恐看來遲，及到愁如未看時。家在楚鄉身在蜀，一年春色負歸期。

李　拯

退朝望終南山

紫宸朝罷綴鵷鸞，丹鳳樓前駐馬看。唯有終南山色在，晴明依舊滿長安。（謝云：此詩復長安

後車駕還京，人物蕭條，感慨而作，唯終南依舊。）

崔　魯

華清宫三首

草遮回磴絶鳴鑾，雲樹深深碧殿寒。明月自來還自去，更無人倚玉闌干。（謝云：離宫荒廢之狀盡矣，參之少陵《玉華宫》，尤簡切。）

其二

障掩金雞蓄禍機，翠華西拂蜀雲飛。珠簾一閉朝元閣，不見人歸見燕歸。

其三

門横金鎖悄無人，落日秋聲渭水濱。紅葉下山寒寂寂，濕雲如夢雨如塵。

崔　塗

巫山旅别

五千里外三年客，十二峰前一望秋。無限别魂招不得，夕陽西下水東流。

感花

繡軛香韉夜不歸，少年争惜最紅枝。東風一陣黄昏雨，又是繁華夢覺時。

章　碣

焚書坑

竹帛煙銷帝業虚，關河空鎖祖龍居。坑灰未冷山東亂，劉項元來不讀書。

東都望幸

懶脩珠翠上高臺，眉月連娟恨不開。縱使東巡也無益，君王自領美人來。

鄭　谷

淮上别故人

揚子江頭楊柳春，楊花愁殺渡江人。數聲風笛離亭晚，君向瀟湘我向秦。

贈日本鑒禪師（今按，此詩《全唐詩》卷六三三司空圖、卷六七五鄭谷詩中皆收録；「日本」，《文苑英華》卷二二四、《萬首唐人絶句》、《全唐詩》皆作「日東」。）

故國無心渡海潮，老禪方丈倚中條。夜深雨絶松堂静，一點山螢照寂寥。

高　蟾

春風

明月斷魂清靄靄，平蕪歸思緑迢迢。人生莫遣頭如雪，縱得春風亦不消。

旅夕

風散古陂驚宿鴈，月臨荒戍起啼鴉。不堪吟斷無人見，時復寒燈落一花。

曹　松

己亥歲

澤國江山入戰圖，生民何計樂樵蘇。憑君莫話封侯事，一將功成萬骨枯。（謝云：仁人君子，聞

此詩者，必不以干戈立功名矣。）

送僧入蜀過夏

師言結夏入巴峰，雲水迴頭幾萬重。五月蛾（今按，《全唐詩》作「峨」）眉須近火，木皮顛重（今按，《全唐詩》卷七一七「顛」作「領」，注云：一作「嶺裏」）只如冬。

王　駕

社日（《詩府》作張蠙詩。）（今按，《全唐詩》卷六〇〇又作張演詩）

鵝湖山下稻粱肥，豚柵雞棲半掩扉。桑柘影斜春社散，家家扶得醉人歸。

晴景

雨前初見花間葉（今按，《唐百家詩選》卷十九、《全唐詩》卷六九〇作「蕊」），雨後兼無葉底（今按，《全唐詩》作「裏」）花。蛺蝶飛來過墻去，卻疑春色在鄰家。

吴　融

華清宫（今按，《全唐詩》卷五〇八又作李甘詩，題作《九成宫》）

中原無鹿海無波，鳳輦鸞旗出幸多。今日故宫歸寂寞，太平功業在山河。

李　洞

繡嶺宫詞

春日遲遲春草緑，野棠開盡飄香玉。繡嶺宫前鶴髪翁，猶唱開元太平曲。

贈僧

不羨王公與貴人，唯將雲鶴自相親。閑來石上觀流水，欲洗禪衣未有塵。

韋　莊

江上别李秀才二首

前年相送灞陵春，今日天涯各避秦。莫向尊前惜沉醉，與君俱是異鄉人。（謝云：客中送客最

易傷懷，唐人如「今日勸君須盡醉」、「勸君更盡一杯酒」，皆不若此之妙。）

其二（今按，此詩《全唐詩》卷六九八題作《衢州江上别李秀才》，卷六五三又作方干詩）

千山紅樹萬山雲，把酒相看日又曛。一曲離歌兩行淚，不知何地再逢君。

東陽酒家贈别

天涯方歎異鄉身，又向天涯别故人。明日五更孤店月，醉醒何處各沾巾。

送人遊并汾

風雨蕭蕭欲暮秋，獨攜孤劍塞垣遊。如今虜騎方南牧，莫過陰關第一州。

送人歸上國

送君江上日西斜，泣向江邊滿樹花。若見青雲舊相識，爲言流落在天涯。

春愁

自有春愁正斷魂，不堪芳草思王孫。落花寂寂黄昏雨，深院無人獨倚門。

殘花

江頭沉醉落殘暉（今按，《全唐詩》作「泥斜暉」），却向花前慟哭歸。惆悵一年春又去，碧雲芳草兩

依依。

金陵圖

江雨霏霏江草齊，六朝如夢鳥空啼。無情最是臺城柳，依舊煙籠十里堤。（謝云：國亡主滅，陵谷變遷，唯臺城柳必梁朝所種，草木無情，只如舊日。）

韓　偓

宮詞

繡屏斜立正銷魂，侍女移燈掩殿門。燕子不歸花着雨，春風應自怨黄昏。

江　爲

塞下曲

萬里黄雲凍不飛，磧煙烽火夜深微。胡兒移帳寒笳絶，雪路時聞探馬歸。

李建勳

宫詞

宫門常閉舞衣閑，略識君王鬢便班（今按，《全唐詩》作「斑」，字通）。却羨落花春不管，御溝流得到人間。

張　泌

寄人

别夢依依到謝家，小廊回合曲闌斜。多情只有春庭月，猶爲情（今按，《全唐詩》作「離」）人照落花。

孫光憲

竹枝詞

門前春水白蘋花，岸上無人小艇斜。商女經過江欲暮，散抛殘食飼神鴉。

楊柳枝詞

昌門風暖落花乾，飛徧江城雪不寒。獨有晚來臨水驛，閑人多憑赤欄干。

七言絶句卷之十　唐詩品彙五十五

旁流

古樂府

水調歌（《樂苑》曰：《水調》，商調曲。舊説隋煬帝幸江都所製，曲成奏之，聲韻怨切。王令言聞而謂其弟子曰：「但有去聲而無回韻，帝不返矣。」後竟如其言。按，唐曲凡十一疊，前五疊爲歌，後六疊爲入破。其歌，第五疊五言調，聲最爲怨切。今選其七言五首于下。）

第一疊

平沙落日大荒西，隴上明星高復低。孤山幾處看烽火，戰士連營候鼓鼙。

第三疊

王孫別上緑珠輪，不羨名公樂此身。户外碧潭春洗馬，樓前紅燭夜迎人。

入破第二疊（今按，此詩原爲杜甫《贈花卿》）

錦城絲管日紛紛，半入江風半入雲。此曲只應天上有，人間能得幾回聞。

第三疊

昨夜遥歡出建章，今朝綴賞度昭陽。傳聲莫閉黄金屋，爲報先開白玉堂。

第四疊

日晚笳聲咽戍樓，隴雲漫漫水東流。行人萬里向西去，滿目關山空恨愁。

涼州歌（《樂苑》曰：《涼州》，宫詞曲。開元中，西涼府都督郭知運所進也。○《樂府雜録》曰：《梁州曲》本在正宫調，中有大遍、小遍。至貞元初，康崑崙翻入琵琶王［今按，據姚本、屠隆本，當爲「玉」］宸宫調，初進曲在玉宸殿，故有此名。合諸樂，即黄鍾宫也。○張同［今按，當爲「固」］《幽閑鼓吹》曰：段和尚善琵琶，自制《西涼州》。後傳康崑崙，即《道調涼州》也，亦謂之《新涼州》云。郭茂倩所載前二疊爲歌，後三疊爲排遍。今録其三首。）

第一疊

漢家宫裏柳如絲，上苑桃花連碧池。聖壽已傳千歲酒，天文更賞百僚詩。

第二疊

朔風吹葉鴈門秋，萬里煙塵昏戍樓。征馬長思青海上（今按，《全唐詩》卷二七作「北」），胡笳夜聽隴山頭。

排遍第二疊

鴛鴦殿裏笙歌起，翡翠樓前出舞人。喚上紫微三五夕，聖明方壽一千春。

大和樂（《樂苑》曰：《大和》，羽調曲也。郭茂倩《樂府》載五徹，今録其二首。）（今按，「大」《全唐詩》作「太」）

第二徹

國鳥尚含天樂囀，寒風猶帶御衣香。爲報碧潭明月夜，會須留賞待君王。

第四徹

塞北江南共一家，何須淚落怨黄沙。春酒半酣千日醉，庭前還有落梅花。

伊州歌（《樂苑》曰：《伊州》，商調曲，西京節度蓋嘉運所進也。前五疊爲歌，後五疊爲入破。今録其四首。）

第一疊

秋風明月獨離居，蕩子從戎十載餘。征人去日殷勤囑，歸鴈來時數寄書。

入破第一疊

千門今夜曉初晴，萬里天河徹帝京。璨璨繁星駕秋色，稜稜霜氣韻鐘聲。

第二疊

長安二月柳依依，西出流沙路漸微。閼氏山上春色（今按《全唐詩》卷二七、《樂府詩集》卷七九作「光」）少，相府庭邊驛使稀。

第三疊

三秋大漠冷溪山，八月嚴霜變草顏。卷旆風行宵度磧，銜枚電掃曉應還。

蓋羅縫（《樂府》作近代曲，載《蓋羅縫》二首，前一首即王昌齡《從軍行》。）

第二曲（今按，此曲原爲王昌齡《春怨》詩）

音書杜絶白狼西，桃李無顔黄鳥啼。寒鴈（今按，《全唐詩》卷二七作「鳥」）春深歸去盡，出門腸斷草萋萋。

水鼓子（《樂府》作近代曲。）

第一曲

雕弓白羽獵初回，薄夜牛羊復下來。夢水河邊秋草合，黑山峰外陣雲開。

無名氏

景龍文館學士

長寧公主宅流杯

憑高瞰迥足怡心，菌閣桃源不暇尋。餘雪依林成玉樹，殘霙點岫即瑶琴（今按，《全唐詩》、《唐詩

紀事》作「岑」)。

開元名公

裴給事宅白牡丹(今按,《全唐詩》盧綸、裴潾名下皆收録此詩)

長安豪貴惜春殘,争賞新開紫牡丹。别有玉盤承露冷,無人起就月中看。

才調詩(見《才調集》,唐韋縠[今按,姚本、刻者不詳明本、屠隆本作「穀」,當爲「縠」]編。)

雜詩二首

無定河邊暮笛(今按,《全唐詩》卷七八五作「角」)聲,赫連臺畔旅人情。函關歸路千餘里,一夕秋風白髮生。

其二

花落長川草色青,暮山重疊雨冥冥。逢春漸覺飄蓬苦,今日分飛一涕零。

惆悵詩（今按，《全唐詩》卷六九〇作王涣詩）

第一

晨肇重來路已迷，碧桃花謝武陵溪。仙山日斷無尋處，流水潺湲日漸西。

第二

夢裏分明入漢宫，覺來燈背錦屏空。紫臺月落關山曉，腸斷君恩信畫工。

蘆中集

初過漢江（今按，《全唐詩》卷六七九作崔塗詩）

襄陽好向峴亭看，人物蕭條值歲闌。爲報習家多置酒，夜來風雪過江寒。

君山父老

閑吟（今按，《全唐詩》卷二三五作賈至詩，題作《君山》）

湘中老人讀黄老，手援紫藟坐碧草。春至不知湖水深，日暮忘却巴陵道。

胡笳曲（此篇見《唐音》，失名氏。）

月明星稀霜滿野，氊車夜宿陰山下。漢家自失李將軍，單于公然來牧馬。

有姓氏無字里世次可考者

王　烈

塞上曲二首

紅顔歲歲老金微，沙磧年年卧鐵衣。白草城中春不入，黄花戍上鴈長飛。

其二

孤城夕對戍樓閑，迴合青冥萬仞山。明鏡不須生白髮，風沙自解老紅顔。

張敬忠

邊詞

五原春色舊來遲，二月垂楊未掛絲。即今河畔冰開日，正是長安花落時。

王　喬

過故人宅

故人軒騎罷歸來，舊宅園林閉（今按，《國秀集》、《全唐詩》作「閑」）不開。唯餘挾瑟高堂（今按，《全唐詩》作「樓中」）婦，哭向平生歌舞臺。

李　中

贈別

行杯酌罷歌聲歇，不覺前汀月又生。自是離人魂易斷，落花芳草本無情。

劉昭屬（今按，「屬」，《唐詩紀事》卷四六、《全唐詩》卷七六二作「禹」）

送休公歸衡陽

草履初登南嶽船，銅瓶猶貯北山泉。衡陽舊寺春歸晚，門鎖寒潭幾樹蟬。

楊　達

明妃怨

漢國明妃去不還，馬駝（今按，《御覽詩》作「馱」）絃管向陰山。匣中縱有菱花鏡，羞對單于照舊顔。

張　諤

九日宴

秋葉風吹黄颯颯，晴雲日照白鱗鱗。歸來得問茱萸女，今日登高醉幾人。

樓　穎（今按，姚本作「潁」）

西施石

西施昔日浣紗津，石上青苔思殺人。一去姑蘇不復返，岸傍桃李爲誰春。

王　偃

夜夜曲

北斗星移銀漢低，班姬愁思鳳城西。青槐陌上行人絶，明月樓前烏夜啼。

朱　晦

秋日送别

荒郊古陌時時斷，野水浮雲處處秋。唯有河邊衰柳樹，蟬聲相送到揚州。

宋　邕（今按，《全唐詩》卷七七一作「宋雍」）

春日

輕花細葉滿林端，昨夜春風晚色寒。黄鳥不堪愁裏聽，緑楊宜向雨中看。

裴交泰（《文苑英華》作「文泰」。）

長門怨

自閉長門經幾秋，羅衣濕盡淚還流。一種蛾眉明月夜，南宫歌管北宫愁。

吴商浩

秋塘曉望

鐘盡疏桐散宿（今按，《全唐詩》作「曙」）鴉，故山煙樹隔天涯。西風一夜秋塘曉，零落幾多紅藕花。

盧　弼（今按，《舊唐書》卷一六六、《新唐書》卷一七七《盧簡辭傳》、《全唐詩》卷六八八皆作「盧汝弼」）

和李秀才邊庭四時怨

春

春衣昨夜到榆關，故國煙花想已殘。小婦不知歸未得，朝朝應上望夫山。

夏

盧龍塞外草初肥，燕（今按，姚本、刻者不詳明本、牛斗本、屠隆本、《全唐詩》皆作「鴈」）乳平蕪曉不飛。鄉國近來音信斷，至今猶自着寒衣。

秋

八月霜飛柳遍黄，蓬根吹斷鴈南翔。隴頭流水關山月，泣上龍堆望故鄉。

冬

朔風吹雪透刀瘢，飲馬長城窟更寒。半夜火來知有敵，一時齊保賀蘭山。

杜常

（今按，杜常《華清宫》詩《全唐詩》卷七三一收録，但杜常實爲北宋人，生平事跡見《宋史》卷三三〇、《宋詩紀事》卷二九。詳參《中國文學家大辭典·唐五代卷》「杜常」條）

華清宫

《西清詩話》云：杜常、方澤二人不以文藝名世，而詩語驚人如此，殆有不可知者。

行盡江南數十程，曉風殘月入華清。朝元閣上西風急，都入長楊作雨聲。

方澤

（今按，方澤《武昌阻風》詩《全唐詩》卷七七四收録，但方澤實爲北宋人。詳參《中國文學家大辭典·唐五代卷》「方澤」條）

武昌阻風

江上春風阻客舟，無窮歸思滿東流。與君盡日閑臨水，貪看飛花忘却愁。

衲子八人

皎然

長門怨

春風日日閉長門，摇蕩春心似夢魂。若遣花開只笑妾，不如桃李自無言。

銅雀妓

强開罇酒向陵看，憶得君王舊日歡。不覺餘歌悲自斷，非關艷曲轉聲難。

聽胡笳送人

一奏胡笳客未停，野僧還欲廢禪聽。難將此意臨江别，無限春風葭菼青。

送僧遊宣城

楚山千里一僧行，念爾初緣道未成。莫向舒姑泉口泊，此時（今按，《全唐詩》作「中」）嗚咽易

傷情。

送履上人還金陵（今按，《全唐詩》作《送履霜上人還金陵西山》）

攜錫西山步綠莎，禪心未了奈情何。湘宫水寺清秋夜，月落風悲松柏多。

送聽上人還廣陵（今按，《全唐詩》「聽」前有「辨」）

莫學休公學遠公，了心還與我心同。隨（今按，據姚本及《全唐詩》，當爲「隋」）家古柳數株在，看取人間萬事空。

晚秋破山寺（今按，《全唐詩》作《秋晚宿破山寺》）

秋風落葉滿空山，古殿殘燈石壁間。昔日經行人去盡，寒雲夜夜自飛還。

舟行懷閻士和

二月湖南春草遍，横山渡口花如霰。相思一夜在孤舟，空見歸雲三兩（今按，《全唐詩》作「兩三」）片。

靈一

僧院

虎溪閑月引相過，帶雪松枝掛薜蘿。無限青山行欲盡，白雲深處老僧多。

贈靈澈禪師

禪師來往翠微間，萬里千峰見剡山。何時共到天台裏，身與浮雲處處閑。

雨後欲往天目山問元駱二公溪路

昨夜雲生天井東，春山一雨幾迴風。林花併逐溪流下，欲上龍池通不通。

靈澈

答韋丹

年老心閑無外事，麻衣草座亦容身。相逢盡道休官去，林下何曾見一人。

清　江

送婆羅門生（今按，「生」，《全唐詩》卷八一二清江詩中無此字，《文苑英華》卷二二〇、《全唐詩》卷八二五作「僧」）

雪嶺金河獨向東，吴山楚澤意無窮。如今白首鄉心盡，萬里歸程在夢中。

法　振

逢友人上都（「逢」一作「送」，今從《弘秀集》。）（今按，《全唐詩》「友人」後有「之」字）

玉帛徵賢楚客稀，猿啼相送武陵歸。潮頭望入桃花去，一片春帆帶雨飛。

無　本（今按，無本即賈島，本書卷五十二已將賈島列入「接武」，此處又列「無本」入「旁流」，前後抵牾）

行次漢上

習家池沼草萋萋，嵐樹光中信馬蹄。漢主廟前湘水碧，一聲風角夕陽低。

冬夜送人

平明走馬上村橋，花落梅溪雪未消。日短天寒愁送客，楚山無限路迢迢。

無　悶

暮春送人

折柳亭邊手重攜，江煙澮澮草萋萋。杜鵑不顧離人意，更向落花枝上啼。

齊　己

貽九華上人

一法傳聞繼老能，九華閑卧最高層。秋鐘盡後殘陽暝，門掩松邊雨夜燈。

羽士一人

曾　唐（今按，「曾」當爲「曹」）

小遊仙

方士飛軒住（今按，《全唐詩》作「駐」）碧霞，酒寒風冷月初斜。不知誰唱春歸曲，落盡溪頭白葛花。

題武陵詞三首（今按，「詞」，《全唐詩》作「洞」，四庫本《曹祠部集附曹唐詩》作「祠」）

此生終使此身閑，不是秦時且要還。努力（今按，《全唐詩》作「寄語」）桃花與流水，莫辭相送到人間。

其二

桃花夾岸杳何之，花滿春山水去遲。三宿武陵溪上月，始知人世有秦時。

其三

溪口回舟日已昏，却聽雞犬隔前村。慇勤重與秦人别，莫使桃花閉洞門。

女冠一人

魚玄機

江陵愁望寄子安

楓葉千枝復萬枝，江橋掩映暮帆遲。憶君心似東流（今按，《全唐詩》作「西江」）水，日夜東流無歇時。

江行

大江横挹（今按，《全唐詩》作「抱」）武昌斜，鸚鵡洲前萬户家。畫舸春眠朝未穩（今按，《全唐詩》作「朝未足」，注云：一作「猶未穩」），夢爲蝴蝶也尋花。

宫閨（十三人）（今按，原無「十三人」三字，此據敘目補）

上官昭容

駕幸新豐温泉

鑾旂掣曳拂空回，羽騎驂驔躡景來。隱隱驪山雲外聳，迢迢御帳日邊開。

楊　妃（今按，據本書《七言絶句敘目》、屠隆本、四庫本及《全唐詩》，當爲「梅妃」）

謝賜珍珠（玄宗有《題梅妃畫真》，妃故有此謝。）

桂葉雙眉久不描，殘粧和淚污紅綃。長門盡日無梳洗，何必珍珠與（今按，四庫本、《全唐詩》卷五、《萬首唐人絶句》卷六九皆作「慰」）寂寥。

關盼盼

燕子樓詩二首（張建封節制徐州，納盼盼於燕子樓。張死，誓不他適，作《燕子樓詩》，集僅三百〔今按，「百」字當爲衍文〕首。）

樓上殘燈伴曉霜，獨眠人起合歡牀。相思一夜情多少，地角天涯未是長。

其二

北邙松柏鎖愁煙，燕子樓中思悄然。自埋劍履歌塵散，紅歇香銷一十年。

趙　氏

聞杜羔登第

長安此去無多地，鬱鬱葱葱佳氣浮。良人得意正年夢（今按，據姚本、《才調集》及《全唐詩》，當爲「少」），今夜醉眠何處樓。

代杜羔贈（今按，《才調集》、《唐詩紀事》、《全唐詩》皆作張窈窕詩，題作「寄故人」）

澹澹春風花落時，不堪愁望更相思。無金可買長門賦，有恨空吟團扇詩。

張窈窕

春思

門前梅柳爛春輝，閉妾深閨繡舞衣。雙燕不知腸欲斷，銜泥故故傍人飛。

劉瑗

長門怨

雨滴梧桐秋夜長，愁心和雨到昭陽。淚痕不與君恩斷，拭卻千行更萬行。

裴羽仙

邊將（夫征匈奴不歸。）

風卷平沙日欲曛，狼煙遥認犬羊羣。李陵一戰無歸日，望斷胡天哭塞雲。

廉氏

寄征人

淒淒北風吹鴛被，娟娟西月生蛾眉。誰知獨夜相思處，淚滴寒塘蕙草時。

崔公達（今按，《才調集》卷十、《全唐詩》卷八〇一作「遠」，《全唐詩》注云：一作「達」）

獨夜詞

晴天霜落寒風急，錦帳羅幃羞更入。秦箏不復續斷絃，迴身掩淚挑燈立。

姚月華

古怨二首

春水悠悠春草緑，對此思君淚相續。羞將離恨向東風，理盡秦箏不成曲。

其二

與君形影分胡（今按，《全唐詩》卷二〇同此，卷八〇〇作「吴」）越，玉枕終年對離別。登臺北望煙雨

深，迴身泣向寥天月。

花蕊夫人

宮詞二首

廚船進食簇時新，侍宴無非列近臣。日午殿頭宣索詔（今按，《成都文類》卷十五、《全唐詩》卷七九八作「鱠」），隔花催喚打魚人。

其二

梨園弟子簇池頭，小樂攜來候燕遊。試挾（今按，姚本、刻者不詳明本、牛斗本、屠隆本作「試夾」，《成都文類》卷十五、《全唐詩》卷七九八作「旋炙」）銀箏先按拍，海棠花下合梁州。

薛　濤

送友人

水國蒹葭夜有霜，月寒山色共蒼蒼。誰言千里自今夕，離夢杳如關塞長。

送盧員外

玉壘山前風雪夜，錦宫（今按，據四庫本、《全唐詩》卷八〇三，當爲作「官」）城外别離魂。信陵公子如相問，長向夷門感舊恩。

題竹郎廟

竹郎廟前多古木，夕陽沉沉山更緑。何處江村有笛聲，笛聲（今按，《全唐詩》作「聲聲」）盡是迎郎曲。

故臺城妓

耿將軍守塋青衣

獨持巾櫛掩玄關，小帳無人燭影殘。昔日羅衣今化盡，白楊風起隴頭寒。

五言律詩敘目（凡十五卷）

第一卷

正始（上）

太宗皇帝（一）　虞世南（三）　楊師道（一）　陳叔達（二）　李義府（一）　董思恭（二）
張文琮（一）　王　績（一）　蕭　翼（一）　楊　炯（十）　王　勃（十五）　盧照鄰（九）　駱
賓王（八）　劉庭芝（一）　蘇味道（三）　薛　曜（一）　魏元忠（一）　喬知之（三）　韋安
石（一）　韋承慶（一）　中宗皇帝（一）

第二卷

正始（下之一）

陳子昂（八）　杜審言（十五）　沈佺期（十八）　宋之問（十九）

第三卷

正始（下之二）

李　嶠（十三）　蘇　頲（九）　張　説（十六）　張九齡（十五）

第四卷

正始（下之三）

薛　稷（一）　李　適（二）　趙彦昭（四）　李　乂（六）　劉　憲（二）　馬懷素（一）　李迥（今按，當爲「迥」）秀（一）　樊　忱（一）　楊　庶（一）　王　景（一）　宗楚客（一）　崔　湜（八）　鄭　愔（一）　魏知古（一）　韋元旦（一）　王　翰（一）　崔　翹（一）　韋　述（一）　姚　崇（四）　韋　濟（一）　李林甫（一）　賀知章（一）　孫　逖（十一）　玄宗皇帝（五）

律體之興，雖自唐始，蓋由梁陳以來儷句之漸也。梁元帝五言八句，已近律體；庾肩吾《除夕》，律體工密；徐陵、庾信，對偶精切，律調尤近。唐初工之者衆，王、楊、盧、駱四

君子，以儷句相尚，美麗相矜，終未脱陳隋之氣習。神龍以後，陳、杜、沈、宋、蘇頲、李嶠、二張（説、九齡）之流，相與繼述。而此體始盛，亦時君之好尚矣。凡四時遊幸，諸文臣學士給翔麟馬以從，或在禁掖，或出離宫，或幸戚里，或遊蒲萄園、登慈恩塔，或渭水袚除、驪山賜浴，即有燕會，天子倡之，羣臣皆屬和。由是海内詞場翕然相習，故其聲調格律，易於同似，其得興象高遠者，亦寡矣。今分爲四卷，自貞觀至垂拱間，得二十一人，共詩六十五首，爲一卷。又以陳、杜、沈、宋共詩六十首，爲一卷。又以李、蘇、二張共詩五十三首，爲一卷。又自薛稷而下，至開元初，通得二十六人，共詩六十首，爲一卷。合而爲五言近體之始。

第五卷

正宗（上）

李　白（四十六）　孟浩然（三十九）

第六卷

正宗(下)

王　維(四十)　岑　參(三十)　高　適(二十三)

盛唐律句之妙者，李翰林氣象雄逸，孟襄陽興致清遠，王右丞詞意雅秀，岑嘉州造語奇峻，高常侍骨格渾厚，皆開元、天寶以來名家。今俱列之正宗，分爲二卷，以李、孟合詩八十五首，爲上卷；王維、高、岑合詩九十三首，爲下卷。

第七卷

大家

杜　甫(八十二)

杜公律法變化尤高，難以句摘，如「吴楚東南拆(今按，據宋本《杜工部集》，當爲「坼」)，乾坤日

夜浮」等句，世稱之舊矣。余之所選者，非舊選所常取，余於欲離欲近而取之矣，觀者詳焉。

第八卷

羽翼

王　灣（一）　盧　象（二）　崔　顥（七）　祖　詠（八）　儲光羲（七）　李　頎（八）　綦毋潛（五）　王昌齡（七）　張　謂（七）　賈　至（六）　崔　署（今按，一作「曙」）（三）　常　建（三）　裴　迪（二）　張子容（二）　寇　坦（一）　鄭德玄（一）　蔡希寂（一）　薛　據（二）　閻　防（二）　殷　遥（一）　丁仙芝（三）　張　巡（一）　張　均（一）　韋　迢（一）　顔真卿（一）　李　澄（一）　丘　爲（一）　張　軫（一）　徐　晶（今按，或作「徐晶」）（一）　閭丘曉（一）

右三十人，雖篇什不多見，其神秀、聲律與前數公實相羽翼，皆善鳴者也。通得詩八十六首，爲一卷。

第九卷

接武(上)

劉長卿(三十一)　錢　起(二十一)　韋應物(十三)　郎士元(十七)

第十卷

接武(中之一)

皇甫冉(十五)　皇甫曾(十六)　司空曙(十九)　盧　綸(十四)　李　端(十四)　耿　湋(十二)

第十一卷

接武(中之二)

李嘉祐(九)　嚴　維(九)　秦　系(一)　吴　鞏(一)　衛　葉(一)　崔子尚(今按，當爲「向」)(一)　劉方平(四)　竇叔向(四)　韓　翃(十二)　蔣　渙(一)　奚　賈(一)　朱　放(一)　崔　峒(七)　李　泌(一)　包　何(二)　包　佶(二)　張　繼(四)　杜

誦(一)　于良史(三)　張南史(六)　姚　係(二)　顧　況(一)　章八元(一)　鄭　常(三)

第十二卷

接武(下)

戎　昱(六)　李　益(六)　張衆父(二)　冷朝陽(一)　薛存誠(一)　于　鵠(五)

姚　倫(一)　朱　灣(一)　楊　憑(一)　戴叔倫(十七)　楊巨源(五)　令狐楚(一)　權德輿(一)　羊士諤(一)　韓　愈(一)　柳宗元(二)　陳　羽(一)　李　約(一)　呂　温(一)

劉禹錫(四)　張　籍(八)　王　建(二)　李德裕(四)　顧非熊(一)　白居易(一)

張　祐(今按,一作「祜」)(四)　鄭　丹(一)

中唐作者尤多,氣亦少下。若劉、錢、韋、郎數公,頗紹前諸家。次則皇甫、司空、盧、李、耿、韓,以盡乎大曆諸賢,聲律猶近。降及貞元以後,戎昱、李益、戴叔倫、張籍、張祐(今按,当作「祜」)之流,無足多得,其有合作者,遺韻尚在,猶可以繼述盛時。今自乾元,下至元和間諸賢之詩,分爲四卷。以劉長卿、錢起、韋應物、郎士元,共詩八十二首,爲上卷。又

以皇甫伯仲、司空曙、盧綸、李端、耿湋共詩九十首，爲中卷之一。又自李嘉祐以盡乎大曆諸賢，凡二十四人，共詩七十八首，爲中卷之二。又自戎昱而下至元和末，得二十七人，共詩八十五首，爲下卷。觀者以見乎近體之盛，雖唐之文章屢變，而未全衰也如此。

第十三卷

正變

賈　島（十九）　姚　合（七）　許　渾（二十三）　李商隱（六）　李　頻（十三）　馬　戴（十七）

元和以還，律體多變，賈島、姚合思致清苦，許渾、李商隱對偶精密，李頻、馬戴後來，興致超邁時人。之數子者，意義格律猶有取焉，故合其詩共八十五首，爲正變。

第十四卷

餘響

朱慶餘（一）　周　賀（二）　喻　鳬（四）　劉得仁（一）　杜　牧（一）　項　斯（二）　薛

能（三） 趙 嘏（三） 姚 鵠（一） 紀唐夫（一） 温庭筠（三） 于武陵（一） 雍 陶（三） 李羣玉（五） 儲嗣宗（一） 李 郢（一） 劉 滄（一） 司馬札（今按，一作「扎」，一作「禮」）（四） 杜荀鶴（二） 方 干（四） 周 朴（一） 李昌符（一） 周 繇（一） 許 棠（三） 張 喬（十二） 楊 夔（一） 唐彦謙（一） 司空圖（一） 鄭 谷（七） 崔 塗（四） 羅 隱（二） 曹 松（二） 韋 莊（三） 王貞白（九） 張 蠙（二） 翁承贊（一） 江 爲（一） 任 翻（一） 薛 瑩（一）

開成後，作者愈多，而聲律愈微。故自朱慶餘而下，以盡唐宋（今按，據居隆本、牛斗本、四庫本，當爲「末」），通得三十九人，擇其詩之□（今按，原文此處缺一字，姚本等作「純」）者，共一百八十二首，爲餘響。

第十五卷

旁流

有姓氏無字里世次可考者九人詩十一首

薛奇童（一）　張　謂（一）　郭良（二）　褚朝陽（一）　石　召（一）　顧在鎔（一）　潘咸（一）　楊　達（一）　孫　欣（一）

羽士二人詩七首

吴　筠（二）　韋渠牟（五）

衲子二十四人詩六十八首

辯　才（一）　靈　一（九）　皎　然（十七）　法　照（三）　護　國（三）　增（今按，據姚本等，當爲「僧」）泚（一）　清　江（六）　靈　澈（二）　法　振（四）　無　可（七）　棲　白（一）　處默（一）　歸　仁（一）　滄　浩（一）　虚　中（一）　齊　己（一）　貫　休（二）　脩睦（一）　尚　志（一）　懷　楚（一）　懷　浦（一）　澹　交（一）　清　尚（一）　玄寶（一）

女冠二人詩四首

李　治（三）　元　淳（一）
宫闈二人詩二首
徐賢妃（一）　上官昭儀（一）
右三十九人，共詩九十二首，爲旁流。

五言律詩卷之一　唐詩品彙五十六

正始（上）

太宗皇帝

秋日

爽氣澄蘭沼，秋香（今按，《文苑英華》卷一五八、《全唐詩》卷一作「風」）動桂林。露凝千片玉，菊散一叢金。日吐（今按，《文苑英華》、《全唐詩》作「岫」）高低影，雲垂（今按，《文苑英華》、《全唐詩》作「空」）點綴陰。蓬瀛不可望，泉石且娱心。

虞世南

侍宴賦韻得前字應制

芬芳禁林晚，容與桂舟前。横空一鳥度，照水百花然。緑野明斜日，青山澹晚煙。濫陪終

燕賞，握管類窺天。

侍宴歸鴈堂

歌堂面綠（今按，《全唐詩》作「淥」）水，舞館接金塘。竹開霜後翠，梅動雪前香。鳧歸初命侣，鴈起欲分行。刷羽同棲集，懷恩愧稻粱。

楊師道

初秋夜坐應詔

玉琯涼初應，金壺夜漸闌。滄池流稍潔，仙掌露方漙。鴈聲風處斷，樹影月中寒。爽氣長空凈，高吟覺思寬。

陳叔達

早春桂林殿應詔

金鋪照春色，玉律動年華。朱樓雲似蓋，丹桂雪如花。水岸銜階轉，風條出柳斜。輕輿臨太液，湛露酌流霞。

後渚置酒

大渚初驚夜，中流沸鼓鞞（今按，《全唐詩》作「鼙」）。寒沙滿曲浦，夕霧上耶溪。岸廣鳧飛急，雲深鴈度低。嚴關猶未遂，此夕待晨雞。

李義府

宣正殿芝草

明王敦孝感，寶殿秀靈芝。色帶朝陽浄，光涵雨露滋。且標宣德重，更引國恩施。聖祚今無限，微臣樂未移。

董思恭

昭君怨

琵琶馬上彈，行路曲中難。漢月正南遠，燕山直北寒。髻鬟風拂亂，眉黛雪沾殘。斟酌紅顏改，徒勞握鏡看。

張文琮

昭君怨

戎途飛萬里，迴首望三秦。忽見天山雪，還疑上苑春。玉痕垂粉淚，羅袂拂胡塵。爲得胡中曲，還悲遠嫁人。

王　績

野望

東皋薄暮望，徙倚欲何依。樹樹皆秋色，山山唯落暉。牧人驅犢返，獵馬帶禽歸。相顧無相識，長歌懷采薇。

蕭　翼

答僧辯才（今按，「辯」，《唐詩紀事》卷五「蕭翼」條同此，《全唐詩》卷三九作「辨」）

邂逅欵良宵，慇懃荷勝招。彌天俄若舊，初地豈成遥。酒蟻傾還泛，心猿躁似調。誰憐失

羣翼，長苦業風飄。

楊　炯

從軍行

烽火照西京，心中自不平。牙璋辭鳳闕，鐵騎繞龍城。雪暗凋旗畫，風多雜鼓聲。寧爲百夫長，勝作一書生。

劉生

卿家本六郡，年長入三秦。白璧酬知己，黄金謝主人。劍鋒生赤電，馬足起紅塵。日暮歌鐘發，喧喧動四隣。

送臨津房少府

岐路三秋别，江津萬里長。煙霞駐征蓋，絃奏促飛觴。階樹含斜日，池風泛早涼。贈言未終竟，流涕忽霑裳。

送豐城王少府

愁結亂如麻，長天照落霞。離亭隱喬木，溝水浸平沙。左尉才何屈，東關望漸賒。行看轉牛斗，持此報張華。

送鄭州周司空

漢國臨清渭，京城枕蜀（今按，據四庫本、《文苑英華》卷二六六、《全唐詩》卷五〇，當爲「濁」）河。居人下珠淚，賓御促驪歌。望極關山遠，秋深煙霧多。唯餘三五夕，明月暫經過。

驄馬

驄馬鐵連錢，長安俠少年。帝畿平若水，宮（今按，《盈川集》卷二、《全唐詩》卷五〇作「官」）路直如弦。夜玉粧車軸，秋金鑄馬鞭。風霜但自保，窮達任皇天。

出塞

塞外欲紛紜，雌雄猶未分。明堂占氣色，華蓋辨星文。二月河魁將，三千太乙軍。丈夫皆有志，會是立功勳。

有所思

賤妾留南楚，征夫向北燕。三秋方一日，少別比千年。不掩嚬紅縷，無論數緑錢。相思明月夜，迢遞白雲天。

梅花落

牕外一株梅，寒花五出開。影隨朝日遠，香逐便風來。泣對銅鈎障，愁看玉鏡臺。行人斷消息，春恨幾徘徊。

折楊柳

邊地迷無極，征人去不還。秋容凋翠羽，別淚損紅顔。望斷流星驛，心馳明月關。藁砧何處在，楊柳自堪攀。

王　勃

聖泉宴

披襟乘石磴，列籍俯春泉。蘭氣熏山酌，松聲韻野絃。影飄垂葉外，香度落花前。興洽林

塘晚，重巖起夕煙。

尋道觀

芝（今按，姚本、刻者不詳明本、牛斗本作「枝」）廛光分野，蓬闕盛規模。碧壇清桂閾，丹洞肅松樞。玉笈三山記，金箱五嶽圖。蒼虬不可得，空望白雲衢。

散關晨度

關山凌旦開，石路無塵埃。白馬高譚去，青牛真氣來。重門臨巨壑，連棟起崇隈。即今揚策度，非是棄繻回。

別薛華

送送多窮路，遑遑獨問津。悲涼千里道，悽斷百年身。心事同漂泊，生涯共苦辛。無論去與住，俱是夢中人。

重別薛華

明月沉珠浦，秋風濯錦川。樓臺臨絶岸，洲渚亘長天。旅泊成千里，棲遑共百年。窮途唯有淚，還望獨潸然。

遊梵宇三覺寺

杳閣披青磴，雕臺控紫岑。葉齊山路狹，花積野壇深。蘿幌棲禪影，松門聽梵音。遽忻陪妙躅，延賞滌煩襟。

麻平晚行

百年懷土望，千里倦遊情。高低尋戍道，遠近聽泉聲。澗葉纔分色，山花不辨名。羈心何處盡，風急暮猿清。

送盧主簿

窮途非所恨，虛室自相依。城闕居年滿，琴尊俗事稀。開襟方未已，分袂忽多違。東巖富松竹，歲暮幸同歸。

餞韋兵曹

征驂臨野次，別袂慘江垂。川霽浮煙斂，山明落照移。鷹風凋晚葉，蟬露泣秋枝。亭皐分遠望，延想間雲涯。

白下驛餞唐少府

下驛窮交日，昌亭旅食年。相知何用早，懷抱即依然。浦樓低晚照，鄉路隔風煙。去去如何道，長安在日邊。

杜少府之任蜀州

城闕輔三秦，風煙望五津。與君離別意，同是宦遊人。海内存知己，天涯若比隣。無爲在岐路，兒女共霑巾。

仲春郊外

東園垂柳徑，西堰落花津。物色連三月，風光絶四隣。鳥飛村覺曙，魚戲水知春。初晴山院裏，何處染囂塵。

郊興

空園歌獨酌，春日賦閑居。澤蘭侵小徑，河柳覆長渠。雨去花光濕，風歸葉影疏。山人不惜醉，唯畏淥尊虛。

郊園即事

煙霞春早賞，松竹故年心。斷山凝畫障，縣溜瀉鳴琴。草徧南亭合，花開北院深。閑居饒酒賦，隨興欲抽簪。

銅雀妓

金鳳隣銅雀，漳河望鄴城。君王無處所，臺榭若平生。舞席紛何就，歌梁儼未傾。西陵松槚冷，誰見綺羅情。

盧照隣

隴頭水

隴阪高無極，征人一望鄉。關河別去水，沙塞斷歸腸。馬繫千年樹，旌懸九月霜。從來共嗚咽，皆是爲勤王。

巫山高

巫山望不極，望望下朝氛。莫辨啼猿樹，徒看神女雲。驚濤亂水脈，驟雨暗峯文。霑裳即

此地，況復遠思君。

芳樹

芳樹本多奇，年華復在斯。結翠成新幄，開紅滿故枝。風歸花歷亂，日度影參差。容色朝朝落，思君君不知。

入秦川界

隴阪長無極，蒼山望不窮。石徑縈疑斷，回流映似空。花開緑野霧，鶯囀紫巖風。春芳勿遽盡，留賞故人同。

文翁講堂

錦里淹中館，岷山稷下亭。空梁無燕雀，古壁有丹青。槐落猶疑市，苔深不辨銘。良哉二千石，江漢表遺靈。

石鏡寺

古墓芙蓉塔，神銘松柏煙。鸞沉仙鏡底，花没梵輪前。銖衣千古佛，寶月兩重圓。隱隱香臺夜，鐘聲徹九天。

春晚山莊率題

田家無四隣，獨坐一園春。鶯啼非選樹，魚戲不驚綸。山水彈琴盡，風花酌酒頻。年華已可樂，高興復留人。

昭君怨

合殿恩中絶，交河使漸稀。肝腸隨玉輦，形影向金微。漢地草應緑，胡庭沙正飛。願逐三秋鴈，年年一度歸。

折楊柳

倡樓啓曙扉，楊柳正依依。鶯啼知歲隔，條變識春歸。露葉凝愁黛，風花落舞衣。攀折將安寄，軍中音信稀。

駱賓王

詠蟬

西陸蟬聲唱，南冠客思侵。那堪玄鬢影，來對白頭吟。露重飛難進，風多響易沉。無人信

高潔，誰爲表予心。

秋鴈

聯翩辭海曲，揺曳指江干。陣去金河冷，書歸玉塞寒。帶月凌空易，迷煙逗浦難。何當同顧影，刷羽泛清瀾。

秋日餞陸道士陳文林（得風字。）

青牛遊華岳，赤馬走吴宫。玉柱離鴻怨，金罍泛（今按，《全唐詩》作「浮」）蟻空。日霽崤陵雨，塵起洛陽風。唯當玄度月，千里與君同。

遊紫雲觀贈道士（今按，姚本、刻者不詳明本、牛斗本、屠隆本無「贈道士」三字）

碧落澄秋景，玄門啓曙關。人疑列禦至，客似令威還。羽蓋徒欣仰，雲車未可攀。秪應傾玉醴，時許寄頹顔。

遊靈公觀

靈峯標勝境，神府枕通川。玉殿斜臨（今按，《文苑英華》卷二二六、《全唐詩》卷七八作「連」）漢，金堂迥架煙。斷風疏晚竹，流水切寒（今按，《文苑英華》、《全唐詩》作「危」）絃。别有青門外，空懷玄圃仙。

玄上人林泉二首

林泉恣探歷，風景暫徘徊。客有遷鶯處，人無結駟來。聚花如薄雪，沸水若輕雷。今日徒招隱，終知異鑿坏。

其二

俗遠風塵隔，春還初服遲。林疑中散地，人似上皇時。芳杜湘君曲，幽蘭楚客詞。山中有春草，長似寄相思。

在兖州餞宋五之問

淮尼（今按，四庫本、《全唐詩》卷七八作「沂」）泗水地，梁甫汶陽東。别路青驪遠，離樽緑蟻空。柳寒凋密翠，棠晚落疏紅。别後相思曲，悽斷入琴風。

劉庭芝

入塞詩

將軍陷虜圍，邊務息戎機。霜雪交河盡，旌旗入塞飛。曉光隨馬度，春色伴人歸。課績朝

明主，臨軒拜武威。

蘇味道

單于川對雨

飛雨欲迎旬，浮雲已送春。還從濯枝後，來應洗兵辰。氣合龍祠外，聲過鯨海濱。伐邢知有屬，已見靜邊塵。

正月十五夜

火樹銀花合，星橋鐵鎖開。暗塵隨馬去，明月逐人來。遊妓皆穠李，行歌盡落梅。金吾不禁夜，玉漏莫相催。（方虛谷云：古今元宵詩，五言之妙，少有出此者。）

初春行宮侍宴應制（得天字。）

温液吐涓涓，跳波急應絃。簪裾承睿賞，花柳發韶年。聖酒千鍾洽，宸章七曜懸。微臣從此醉，還似夢鈞天。

薛　曜

正夜侍宴應詔

重關鐘漏通，夕敞鳳凰宮。雙闕祥煙裏，千門明月中。酒杯浮湛露，歌曲唱流風。侍臣咸醉止，恒愧遇恩崇。

魏元忠

侍宴銀潢宮應制

別殿秋雲上，離宮夏景移。寒風生玉樹，涼氣下瑶池。蹔花仍吐葉，巖木尚抽枝。願奉南山壽，千秋長若斯。

喬知之

銅雀妓

金閣惜分香，鉛華不重粧。空餘歌舞地，猶是爲君王。哀絃聲已絶，艷曲亦何長。共看西

陵暮，秋煙生白楊。

侍宴應制

紫禁宿晴氛，朱樓落曉雲。豫遊龍駕轉，天樂鳳簫聞。竹外仙亭出，花間輦路分。微臣一何幸，詞賦奉明君。

梨園亭子侍宴

年光陌上發，香輦禁中遊。草緑鴛鴦殿，花紅翡翠樓。天杯承露酌，仙管雜風流。今日陪歡豫，皇恩不可酬。

韋安石

侍宴旋師喜捷應制

蜂蟻屯夷落，熊羆逐漢飛。忘軀百戰後，屈指一年歸。厚眷紓天藻，深慈解御衣。興酣歌舞出，朝野歎炎輝。

韋承慶

凌朝浮江旅思（今按，《全唐詩》卷三九又作馬周詩）

天晴上初日，春水送孤舟。山遠疑無樹，潮平似不流。岸花開且落，江鳥没還浮。羈望傷千里，長歌遣四愁。

中宗皇帝

登驪山頂寓目

四郊秦漢國，八水帝王都。閰閻雄里閈，城闕壯規模。貫渭稱天邑，含岐實奥區。金門披玉館，因此識皇圖。

五言律詩卷之二　唐詩品彙五十七

正始（下之一）

陳子昂

方虚谷云：不但《感遇》爲古調之祖，其律詩亦近體之祖也。

晚次樂鄉縣

故鄉杳無際，日暮且孤征。川原迷舊國，道路入邊城。野戍荒煙斷，深山古木平。如何此時恨，噭噭夜猿鳴。

春日登九華觀（今按，《文苑英華》卷二二六、《陳拾遺集》卷二、《全唐詩》「九」作「金」）

白玉仙臺古，丹丘別望遥。山川亂雲日，樓榭入煙霄。鶴舞千（今按，據姚本等及《文苑英華》，當爲「千」）年樹，虹飛百尺橋。還逢赤松子，天路坐相邀。

暉上人獨坐亭（今按，《全唐詩》卷八四作《同王員外雨後登開元寺南樓因酬暉上人獨坐山亭有贈》）

鐘梵經行處（今按，《文苑英華》卷三一五、《全唐詩》作「罷」），香牀（今按，《文苑英華》、《全唐詩》作「林」）坐入禪。巖亭（今按，《文苑英華》、《全唐詩》作「庭」）交雜樹，石瀨瀉鳴泉。水月心方寂，雲霞思獨玄。寧知人代（今按，《全唐詩》作「世」）裏，疲病得（今按，《文苑英華》作「苦」）攀緣。

度荆門望楚

遥遥去巫峽，望望下章臺。巴國山川盡，荆門煙霧開。城分蒼野外，樹斷白雲隈。今日狂歌客，誰知入楚來。

春夜别友人

銀燭吐青煙，金樽對綺筵。離堂思琴瑟，别路繞山川。明月隱高樹，長河没曉天。悠悠洛陽去，此會在何年。

送魏大從軍

匈奴猶未滅，魏絳復從戎。悵别三河道，言追六郡雄。鴈山横代北，狐塞接雲中。勿使燕然上，唯留漢將功。（方虚谷云：盛唐律詩務渾雄，末句勉勵之辭也。）

送崔著作融東征

金天方肅殺，白露始專征。王師非樂戰，之子慎佳兵。海氣侵南部，邊風掃北平。莫賣盧龍塞，歸邀麟閣名。

送東萊王學士無競

寶劍千金買，平生未許人。懷君萬里別，持贈結交親。孤松宜晚歲，衆木愛芳春。已矣將何道（今按，姚本、刻者不詳明本、牛斗本、屠隆本作「適」），無令白髮新。

杜審言

蓬萊三殿侍宴奉敕詠終南山

北斗掛城邊，南山倚殿前。雲標金闕迥，樹杪玉堂懸。半嶺通佳氣，中峯繞瑞煙。小臣持獻壽，長此戴堯天。

宿羽亭侍宴應制

步輦千門出，離宮二月開。風光新柳報，燕賞落花催。碧水摇空閣，青山繞吹臺。聖情留

晚興，歌管送餘杯。

和韋承慶過義陽公主山池三首

徑轉孤（今按，《全唐詩》作「危」）峯逼，橋危（今按，《全唐詩》作「回」）缺岸妨。玉泉移酒味，石髓換粳香。緺霧青絲弱，牽風紫蔓長。猶言宴樂少，别向後池塘。

其二

野興城中發，朝英物外求。情懸朱紱望，契動赤泉遊。海燕巢書閣，山雞舞畫樓。雨餘清夏晚，共坐此（集作「北」。）巖幽。

其三

攢石當軒倚，懸泉渡牖飛。鹿麛銜妓席，鶴子曳童衣。園菓嘗難遍，池蓮摘未稀。捲簾唯（集作「先」）待月，應在醉中歸。

秋夜宴臨津鄭明府宅

行止皆無地，招尋獨有君。酒中堪累月，身外即浮雲。霜白宵鐘徹，風清曉漏聞。坐攜餘興往，還似未離羣。

夏日過鄭七山齋

共有尊中好，言尋谷口來。薜蘿山徑入，荷芰水亭開。日氣含殘雨，雲陰送晚雷。洛陽鐘鼓至，車馬繫遲迴。

和晉陵陸丞早春遊望

獨有宦遊人，偏驚物候新。（劉須溪云：起得悵恨。）雲霞出海曙，梅柳渡江春。（劉云：兩句復自浩然。）淑氣催黄鳥，晴光轉緑蘋。忽聞歌古調，歸思欲沾巾。

登襄陽城

旅客三秋至，層城四望開。楚山横地出，漢水接天回。冠蓋非新里，章華即舊臺。習池風景異，歸路滿塵埃。

都尉山亭

紫藤縈葛藟，緑刺罥薔薇。下釣看魚躍，探巢畏鳥飛。葉疏荷已晚，枝亞果新肥。勝跡都無限，只應伴月歸。

春日懷歸

心是傷歸望，春歸異往年。河山鑒魏闕，桑梓憶秦川。花雜芳園鳥，風和緑野煙。更懷歡賞地，車馬洛橋邊。

和康五望月有懷

明月高秋迥，愁人獨夜看。暫將弓並曲，翻與扇俱團。霧濯清輝苦，風飄素影寒。羅衣一此鑒，頓使別離難。

望春亭侍燕遊應詔

帝出明光殿，天臨太液池。堯樽隨步輦，舜樂繞行麾。萬壽禎祥獻，三春景物滋。小臣同酌海，歌頌答無爲。

送崔融

君王行出將，書記遠從征。祖帳連河闕，軍麾動洛城。旌旆朝朔氣，笳吹夜邊聲。坐覺煙塵掃，秋風古北平。

賦得妾薄命

草綠長門掩，苔青永巷幽。寵移新愛奪，淚落故情留。啼鳥驚殘夢，飛花攪獨愁。自憐春色罷，團扇復迎秋。

沈佺期

銅雀臺

昔年分鼎地，今日望陵臺。一旦雄圖盡，千秋遺令開。綺羅君不見，歌舞妾空來。恩共漳河水，東流無重回。

長門怨

月皎風泠泠，長門次掖庭。玉階聞墜葉，羅幌見飛螢。清露凝珠綴，流塵下翠屏。妾心君未察，愁歎劇繁星。

巫山高

巫山高不極，合沓狀奇新。暗谷疑風雨，陰崖若鬼神。月明三峽曉，潮滿九江春。爲問陽

臺客，應知入夢人。

被試出塞（今按，姚本、刻者不詳明本、牛斗本、屠隆本無「被試」二字）

十年通大漠，萬里出長平。寒日生戈劍，陰雲拂旆旌。饑烏啼舊壘，疲馬戀空城。辛苦皋蘭北，胡塵損漢兵。

幸白鹿觀應制

紫鳳真人劫（今按，《全唐詩》作「府」），班龍太上家。天流芝蓋下，山轉桂旗斜。聖藻垂寒露，仙杯落晚霞。唯應問王母，桃作幾時花。

九日侍宴應制（得長字。）

御氣幸金方，憑高薦羽觴。魏文頒菊蕊，漢武賜萸房。去鶴留笙吹，歸鴻識舞行。臣驩（今按，《全唐詩》作「年年」）重九慶，日月奉天長。

樂城白鶴寺

碧海開龍藏，青雲起鴈堂。潮聲迎法鼓，雨氣濕天香。樹接前山暗，溪承瀑水涼。無言誦（今按，《文苑英華》卷二三三同此，四庫本、《全唐詩》卷九六作「謫」）居遠，清静得空王。

遊少林寺

長歌遊寶地，徙倚對珠林。鴈塔風霜古，龍池歲月深。紺園澄夕霽，碧殿下秋陰。歸路煙霞晚，山蟬處處吟。

岳館

洞壑仙人館，孤峯玉女臺。空濛朝氣合，窈窕夕陽開。流澗含輕雨，虛巖應薄雷。正逢鸞與鶴，歌舞出天來。

早發平昌島

解纜春風後，鳴榔曉漲前。陽烏出海樹，雲鴈下江煙。積氣衝長島，浮光溢大川。不能懷魏闕，心賞獨泠然。

夜宿七盤嶺

獨遊千里外，高卧七盤西。山月臨窗近，天河入户低。芳春平仲緑，清夜子規啼。浮客空留聽，褒城聞曙雞。

嶺表寒食

嶺外逢寒食，春來不見餳。洛中新甲子，何日是清明。花柳争朝發，軒車滿路迎。帝鄉遥可念，腸斷報親情。（「春來不見餳」出《毛詩》鄭箋，説「吹簫」處云：即今賣餳人家物。雲卿時謫驩州，不作寒食，故有此詩，感慨悲痛。）

三日禁園侍宴（《初學記》作《梨園亭侍宴》。）

九重馳道出，三（今按，《文苑英華》卷一六九作「上」）巳禊堂開。畫鷁中川動，青龍上苑來。野花飄御座，河柳拂天杯。日晚迎祥處，笙鏞下帝臺。

仙萼亭初成侍宴應制

山中氣色和，宸賞第中過。輦路披仙掌，帷宫拂帝蘿。泉臨香澗落，峯入翠雲多。無異登玄圃，東南望白河。

隴頭水

隴山飛落葉，隴鴈度寒天。愁見三秋水，分爲兩地泉。西流入羌郡，東下向秦川。征客重回首，肝腸空自憐。

關山月

漢月生遼海，曈曨出半暉。合昏玄菟（今按，《樂府詩集》卷二三、《全唐詩》卷十九作「兔」）郡，中夜白登圍。暈落關山迥，光含霜霰微。將軍聽曉角，戰馬欲南歸。

折楊柳

玉牕朝日映，羅帳春風吹。拭淚攀楊柳，長條踠地垂。白花飛歷亂，黄鳥思參差。妾自肝腸斷，傍人那得知。

紫騮馬

青玉紫騮鞍，驕多影屢盤。荷君能剪拂，躞蹀噴桑乾。踠足追奔易，長鳴遇賞難。摐金一萬里，霜露不辭寒。

宋之問

僧皎然云：沈、宋爲有唐律詩之龜鑑也，情多興遠，語麗爲多，真射雕手。假使曹、劉降格而爲之，吾未知其孰勝也。

夏日仙萼亭應制

高嶺逼星河，乘輿此日過。野含時雨潤，山雜夏雲多。睿藻光巖穴，宸襟洽薜蘿。悠然小天下，歸路滿笙歌。

春日芙蓉園侍宴應制

芙蓉秦地沼，盧橘漢家園。谷轉斜盤徑，川迴曲抱源。風來花自舞，春入鳥能言。侍宴瑶池夕，歸途騎吹繁。

扈從登封途中作

帳殿鬱崔嵬，仙遊實壯哉。曉雲連幕捲，夜火雜星回。谷暗千旗出，山鳴萬乘來。扈從（今按，姚本、刻者不詳明本、牛斗本、屠隆本作「遊」）良可賦，終乏掞天才。

扈從登封告成頌

複道開行殿，鉤陳列禁兵。和風吹鼓角，佳氣動旗旌。後騎迴天苑，前山入御營。萬方俱下拜，相與樂昇平。

松山頌（今按，「松」，姚本作「嵩」。「頌」，據《文苑英華》、《全唐詩》，當爲「嶺」）

翼翼高旌轉，鏘鏘鳳輦飛。塵銷清蹕路，雲濕從臣衣。白羽摇丹壑，天營逼翠微。芳聲耀今古，四海警宸威。

麟趾殿侍宴應制

北闕層城峻，西宫複道懸。乘輿歷萬户，置酒望三（今按，四庫本作「山」）川。花柳含丹日，山河入綺筵。欲知陪賞處，空外有飛煙。

上陽宫侍宴應制（得林字。）

廣樂張前殿，重裘感聖心。砌蓂霜月盡，庭樹雪雲深。舊渥駿宸御，慈恩忝翰林。微臣一何幸，再得聽瑶琴。

登禪定寺閣

梵宇出三天，登臨望八川。開襟坐霄漢，揮手拂雲煙。函谷青山外，昆明（今按，《全唐詩》作「池」）落日邊。東京楊柳陌，少别已經年。

泛鏡湖南溪

乘興入幽棲，舟行日向低。巖花候冬發，谷鳥作春啼。沓嶂開天小，叢篁夾路迷。猶聞可憐處，更在若耶溪。

題大庾嶺北驛

陽月南飛鴈，傳聞至此迴。我行殊未已，何日復歸來。江静潮初落，林昏瘴不開。明朝望鄉處，應見隴頭梅。

陸渾山莊

歸來物外情，負杖閲巖耕。源水看花入，幽林採藥行。野人相問姓，山鳥自呼名。去去獨吾樂，無能愧此生。

途中寒食

馬上逢寒食，愁中屬暮春。可憐江浦望，不見洛陽人。北極懷明主，南溟作逐臣。故園腸斷處，日夜柳條新。

春日山家

今日遊何處，春泉洗藥歸。悠然紫芝曲，晝掩白雲扉。魚樂偏尋藻，人閑屢采薇。丘中無俗事，身世兩相違。

九月九日登慈恩寺浮圖應制

鳳刹侵雲半，虹旌倚日邊。散花多寶塔，張樂布金田。時菊芳仙醖，秋蘭動睿篇。香街稍欲晚，清蹕扈歸天。

奉和聖制閏九月九日登莊嚴總持二寺閣

閏月再重陽，仙輿歷寶坊。帝歌雲稍白，御酒菊猶黄。風鐸喧行漏，天花拂舞行。豫遊多景福，梵宇日生光。

奉和梁王宴龍泓應教（得微字。）

水府淪幽壑，星軺下紫微。鳥驚司僕馭，花落侍臣衣。芳樹摇春晚，晴雲繞座飛。淮王正留客，不醉莫言歸。

奉和聖製立春剪綵花應制

金閣粧仙杏，瓊筵弄綺梅。人間都未識，天上忽先開。蝶繞香絲住，蜂憐彩艷迴。今年春色早，應爲剪刀催。

春日宴宋主簿山亭（得寒字。）

公子正邀歡，林亭春未闌。攀巖踐苔易，迷路出花難。牕覆垂楊暖，階侵瀑水寒。帝城歸路直，留興接鵷鸞。

緱山廟

王子賓仙去，飄飖笙鶴飛。徒聞滄海變，不見白雲歸。天路何其遠，人間此會稀。空歌日云暮，霜月漸微微。

奉和九日侍宴應制（得歡字。）

令節三秋晚，重陽九日歡。仙杯還泛菊，寶饌且調蘭。御氣雲霄近，乘高宇宙寬。今朝萬壽别，宜向曲中彈。

奉和九日登慈恩寺浮圖應制

瑞塔千尋起，仙輿九日來。萸房陳寶席，菊蕊散花臺。御氣鵬霄近，升高鳳野開。天歌將梵樂，空裏共徘徊。

送沙門弘景道俊玄奘還荆州應制

三乘歸淨域，萬騎餞通莊。就日離亭近，彌天别路長。荆南旋杖鉢，渭北限津梁。何日紆真果，還來入帝鄉。

春日芙蓉園侍宴應制

年光竹裏遍，春色杏間遥。煙氣籠青閣，流文蕩畫橋。飛花隨蝶舞，艷曲伴鶯嬌。今日陪歡豫，還疑陟紫霄。

詠笛

羌笛寫龍聲，長吟入夜清。關山孤月下，來向隴頭鳴。逐吹梅花落，含春柳色驚。行觀向子賦，坐憶舊隣情。

詠鐘（今按，《全唐詩》卷五九又作李嶠詩）

既接南鄰磬，還隨北里笙。平陵通曙響，長樂警宵聲。秋至含霜動，春歸應律鳴。豈惟恒待扣，金簴有餘清。

五言律詩卷之三　唐詩品彙五十八

正始（下之二）

李　嶠

史稱：嶠富於才思，有所屬摋（今按，據屠隆本、四庫本、《新唐書》卷一二三本傳，當爲「綴」），人多傳諷。前與王、楊接踵，中與崔、蘇齊名，晚諸人没而爲文章宿老，學者法焉。

侍宴甘露殿（天寶三載，芮班［今按，據姚本、屠隆本，當爲「挺」］章編《國秀集》，以此篇爲第一。）

月宇臨丹地，雲牕網碧紗。御筵陳桂醑，天酒酌榴花。水向浮橋直，城連禁苑斜。承恩恣歡賞，歸路滿煙霞。

長寧公主東莊侍宴

別業臨青甸，鳴鑾降紫霄。長筵鵷鷺集，仙管鳳凰調。樹接南山近，煙含北渚遥。承恩咸

已醉，戀賞未還鑣。

奉和春日遊苑喜雨應制

仙蹕九成臺，香筵萬壽杯。一旬初降雨，二月早聞雷。葉向朝隮密，花含宿潤開。幸承天澤豫，無使日光催。

奉和七夕兩儀殿會宴應制

靈匹三秋會，仙期七夕過。槎來人泛海，橋渡鵲填河。帝縷升銀閣，天機罷玉梭。誰言七襄詠，重入五絃歌。

詠海

習坎疏丹壑，朝宗合紫微。三山巨鼇湧，萬里大鵬飛。樓寫青山（今按，《全唐詩》作「春雲」）色，珠含明月輝。會因添霧露，方逐衆川歸。

詠城

四塞稱天府，三河建洛都。飛雲靄層闕，白日麗南隅。獨下仙人鳳，羣驚御史烏。何辭一萬里，邊徼捍匈奴。

詠雪

瑞雪驚千里，從風下九霄。地疑明月夜，山似白雲朝。逐舞花光動，臨歌扇影飄。大周天闕路，今日海神朝。

蘇　頲

出塞（一作《邊秋薄暮》。）

海外秋鷹擊，霜前旅鴈歸。邊風思鞞鼓，落日慘旌麾。浦暗漁舟入，川長獵騎稀。客悲逢薄暮，況乃事戎機。

春日芙蓉園侍宴應制

御道虹旗出，芳園翠輦遊。繞花開水殿，架竹起山樓。荷芰輕薰幄，魚龍出負舟。寧如穆（今按，《全唐詩》作「如」「知」，《石倉歷代詩選》「穆」作「漢」）天子，空賦白雲秋。

奉和登驪山高頂應制

仙蹕御層氛，高高積翠分。巖聲中谷應，天語半空聞。豐樹連黄葉，函關入紫雲。聖圖恢

寓縣，歌賦少横汾。

奉和人日清暉閣燕羣臣遇雪應制

樓觀空煙裏，初年瑞雪過。苑花齊玉樹，池水作銀河。七日祥圖啓，千春御賞多。輕飛傳綵勝，天上奉薰歌。

奉和七夕燕兩儀殿應制

靈媛乘秋發，仙裝警夜催。月光窺欲渡，河色辨應來。機石天文寫，針樓御賞開。竊觀棲鳥至，疑向鵲橋迴。

奉和聖製九日侍宴應制（得時字。）

並數登高日，延齡命賞時。宸遊天上轉，秋物雨來滋。降鶴承仙馭，吹花入睿詞。微臣復何幸，長得奉恩私。

扈從温泉奉和姚令公喜雪

清道豐人望，乘時漢主遊。恩輝隨霰下，慶澤與雲浮。泉暖驚銀磧，花寒映玉樓。鼎臣今有問，河伯且應留。

奉和魏僕射秋日還鄉有懷之作

南宮夙拜罷，東道晝遊初。飲餞傾冠蓋，傳呼問里閭。樹悲懸劍所，溪想釣璜餘。明發輝光至，喧聞駟馬車。

曉發方騫驛

傳置遠山蹊，龍鍾蹴澗泥。片陰時（今按，《全唐詩》作「常」）作雨，微照已生霓。鬢髮愁氛換，心情險路迷。方知向蜀老（今按，《全唐詩》作「者」），偏識子規啼。

張説

嵩山蘘荷亭侍宴應制

回鑾青岳觀，帳殿紫煙峯。仙路迎三鳥，雲衢駐兩龍。園林看故塔，壇墠識餘封。山外傳簫管，還知天上逢。

恩敕麗正殿書院賜宴應制（得林字。）

東壁圖書府，西園翰墨林。誦詩聞國政，講易見天心。位竊和羹重，恩叨醉酒深。載歌春

興曲，情竭爲知音。

春和登驪山矚眺（今按，「春和」，四庫本作「春日」，據姚本、刻者不詳明本、牛斗本、屠隆本、《全唐詩》卷八七、《張燕公集》卷一，當爲「奉和」）

寒山上半空，臨眺畫圖中。是日巡遊處，晴光遠近同。川明分渭水，樹暗辨新豐。巖壑清音暮，天歌起大風。

奉和聖製過大哥山池

進酒忘憂觀，簫韶喜降臨。帝堯敦族禮，王季友兄心。竹苑（今按，姚本、《全唐詩》皆作「院」）龍鳴笛，梧宮鳳繞林。大風將小雅，一字重（今按，《全唐詩》作「盡」）千金。

奉和送金城公主入西蕃應制（今按，《全唐詩》「入」作「適」）

青海和親日，潢星出降時。戎王子婿禮（今按，《全唐詩》作「寵」，注云：一作「禮」），漢國舅家慈。春野開離宴，雲天起別詞。空彈馬上曲，詎減鳳樓思。

晦日承恩宴永穆公主亭子（得流字。）

堂邑山林美，朝恩晦日遊。園林（今按，《全唐詩》作「亭」）含淑氣，竹樹繞春流。舞席千花妓，歌

船五彩樓。羣歡與王澤，歲歲滿皇州。

奉和温泉言志應制

温谷媚新豐，驪山横半空。湯池薰水殿，翠木暖煙宫。起疾逾仙藥，無私合聖功。始知堯舜德，心與萬人同。

岳川燕别潭州王熊（今按，「川」，姚本、牛斗本、《全唐詩》作「州」）

縉雲通（今按，《全唐詩》作「連」）省閣，溝水遶西東。然諾心猶在，容華歲不同。孤城臨楚塞，遠樹入秦宫。誰念三千里，江潭一老翁。

湘州九日城北亭子

西楚茱萸節，淮南（今按，《全唐詩》作「南淮」）戲馬臺。寧知沅（今按，姚本、刻者不詳明本、《唐詩紀事》卷十七「陰行先」條作「洹」，屠隆本、牛斗本作「湘」）水上，復有菊花杯。亭帳憑高出，親朋自遠來。短歌將急景，同使興情催。

深渡驛

旅宿青山夜，荒庭白露秋。洞房懸月影，高枕聽江流。猿響寒巖樹，螢飛古驛樓。他鄉對

搖落，併覺起離憂。

還至端州驛前與高六別處

舊館分江口，淒然望落暉。相逢傳旅食，臨別換征衣。昔記山川是，今傷人代非。往來皆此路，生死不同歸。

盧巴驛聞張御史張判官欲到不得待留贈之

旅竄南方遠，傳聞北使來。舊庭知玉樹，同（今按，《張燕公集》卷七、《全唐詩》卷八七作「合」）浦識珠胎。白髮因愁變，丹心託夢迴。皇恩若可再，爲憶不然灰。

廣州蕭都督入朝過岳州宴餞（得冬字。）

孤城抱大江，節使往朝宗。果是臺中舊，依然水上逢。京華遥比（今按，姚本、刻者不詳明本、屠隆本、牛斗本作「此」）日，疲老颯如冬。竊羨能言鳥，銜恩向九重。

幽州夜飲

涼風吹夜雨，蕭瑟動寒林。正有高堂宴，能忘遲暮心。軍中宜劍舞，塞上重笳音。不作邊城將，誰知恩遇深。

鳳閣尋勝地

西掖持醇酒，東山就白雲。開軒緑池映，命席紫蘭芬。舞度花爲伴，鶯來管作羣。太平多樂事，春物共氛氲。

崔禮部園亭（得深字。）

窈窕留清館，虚徐步晚陰。水連伊闕近，雲（今按，《全唐詩》作「樹」）接夏陽深。柳蔓憐垂拂，藤花（今按，《全唐詩》作「梢」，注云：一作「苗」）愛上尋。訝君軒蓋偶（今按，《全唐詩》作「侶」），非復俗人心。

張九齡

奉和聖製途次陝州作

馳道當河陝，陳詩問國風。川原三晉别，襟帶兩京同。後殿函關盡，前旌闕塞通。行看洛陽陌，光景麗天中。

奉和聖製初出洛城

樂（今按，《全唐詩》作「東」）土淹龍駕，西人望翠華。山川祇詢物，宫觀豈爲家。十月回星斗，千官捧日車。洛陽無怨思，巡幸更非賒。

奉和聖製次瓊岳韻（今按，《文苑英華》卷一七二「韻」作「頓」）

山祇（今按，據《文苑英華》卷一七一、《全唐詩》卷四八，當爲「祇」）亦望幸，雲雨見靈心。岳館逢朝霽，關門解宿陰。咸京天上近，清渭日邊臨。我武因冬狩，何言是即禽。

奉和姚令公從幸温湯喜雪

萬乘飛黄馬，千金狐白裘。正逢銀霰積，如向玉京遊。瑞色鋪馳道，花文拂綵旒。還聞吉甫頌，不共郢歌儔。

三月三日申王園亭宴集

稽亭追往事，睢苑勝前聞。飛閣凌芳樹，華池落彩雲。藉草人留酌，銜花鳥赴羣。向來同賞處，惟恨碧林曛。

與王六履道廣州津亭曉望（今按，《文苑英華》卷三一五、《曲江集》卷四、《全唐詩》「履道」皆作「履震」）

明發臨前浦，寒來净遠空。水紋天上碧，日氣海邊紅。景物紛爲異，人情賴此同。乘槎自有適，非欲破長風。

湖口望廬山瀑布水（今按，《全唐詩》「水」作「泉」）

萬丈紅泉落，迢迢半紫氛。奔流（今按，《全唐詩》作「飛」）下雜樹，灑落出重雲。日照虹霓似，天清風雨聞。靈山多秀色，空水共氤氲。

望月懷遠

海上生明月，天涯共此時。情人怨遥夜，竟夕起相思。滅燭憐光滿，披衣覺露滋。不堪盈手贈，還寢夢佳期。

初秋憶金均兩弟

江渚秋風至，他鄉離别心。孤雲愁自遠，一葉感何深。憂喜嘗同域，飛鳴或異林。青山西北望，堪作白頭吟。

自豫章南還江上作

歸去南江水，磷磷見底清。轉逢空闊處，聊洗滯留情。浦樹遥如待，江鷗近若迎。津途別有趣，況乃濯吾纓。

旅宿淮陽亭口號

日暮荒亭上，悠悠旅思多。故鄉臨桂水，今夜眇星河。暗草霜華發，空亭鴈影過。興來誰與晤，勞者自爲歌。

耒陽溪夜行

乘夕棹歸舟，緣源路轉幽。月明看嶺樹，風静聽溪流。嵐氣船間入，霜華衣上浮。猿聲雖此夜，不是别家愁。

送廣州周判官

海郡雄蠻落，津亭壯越臺。城隅百雉映，水曲萬家開。里樹桄榔出，時禽翡翠來。觀風猶未盡，早晚使車迴。

送韋城李少府

送子南昌尉，離亭西候春。野花看欲盡，林鳥聽猶新。別酒青門路，歸軒白馬津。相知無遠近，萬里尚爲隣。

餞陳學士還江南(同用徵字。)

荷蓧旋江隩，銜杯餞灞陵。別前林鳥息，歸處海煙凝。風土鄉情接，雲山客念憑。聖朝巖穴選，應待鶴書徵。

五言律詩卷之四　唐詩品彙五十九

正始（下之三）

薛　稷

春日登樓野望

憑軒聊一望，春色幾芳菲。野外煙初合，樓前花正飛。嬌鶯哢新響，斜日散餘暉。誰忍孤遊客，言念獨依依。

李　適

奉和聖製九日侍宴應制（得高字。）

禁苑秋光入，宸遊霽色高。萸房頒綵笥，菊蕊薦香醪。後騎縈堤柳，前旌拂御桃。王枚俱

得從，淺淺愧飛毫。

陪幸臨渭亭賞雪

長樂喜春歸，拂香愛雪霏。花從銀閣度，絮繞玉牕飛。寫曜銜天藻，呈祥拂御衣。上林紛可望，無處不光輝。

趙彦昭

奉和人日清輝閣宴羣臣遇雪應制

出震乘東陸，憑高御北辰。祥雲應早歲，瑞雪候初旬。宮樹千花發，階蓂七葉新。幸承今日宴，長奉萬年春。

奉和七夕兩儀殿會宴應制

青女三秋節，黄姑七日期。星橋渡玉珮，雲閣掩羅帷。河氣通仙掖，天文入睿詞。今宵望靈漢，應得見蛾眉。

安樂公主新宅

雲物中京曉，天人外館開。飛橋像河漢，懸榜學蓬萊。北闕臨仙檻，南山送壽杯。一窺輪奐畢，慚惡棟梁材。

送金城公主和親（《英華》作崔日用詩。）

聖后經綸遠，謀臣計畫多。受降追漢策，築館許戎和。俗化烏孫壘，春生積石河。六龍今出餞，雙鶴願爲歌。

李乂

奉和登驪山頂寓目應制

崖巘萬尋懸，居高敞（今按，姚本、屠隆本、四庫本、《唐詩紀事》卷十、《全唐詩》卷九二作「敞」，字通）御筵。行戈疑駐日，步輦若升天。城闕霧中近，關河雲外連。謬陪登岱駕，忻奉濟汾篇。

幸白鹿觀應制

制蹕乘驪阜，回輿指鳳京。南山四皓謁，西嶽兩童迎。雲幄臨玄圃，霞杯薦赤城。神明近

茲地，何事往蓬瀛。

春日芙蓉園侍宴應制

水殿臨丹籞，山樓繞翠微。昔遊人託乘，今幸帝垂衣。澗篠緣峯合，巖花逗浦飛。朝回江曲地，無處不光輝。

奉和七夕宴兩儀殿應制

桂宮明月夜，蘭殿起秋風。雲漢彌年阻，星筵此夕同。倏來疑有處，旋去已成空。睿作鈞天響，魂飛在夢中。

奉和九日侍宴應制（得濃字。）

望幸紆千乘，登高自九重。臺疑臨戲馬，殿似接疏龍。捧篋萸香徧，稱觴菊氣濃。更看仙鶴舞，來此慶時雍。

送沙門弘景道俊玄奘還荆州應制

初日承歸旨，秋風起贈言。漢珠留道味，江璧返真源。地出南關遠，天迴北斗尊。寧知一柱觀，却起（今按，姚本、刻者不詳明本、屠隆本、牛斗本及《全唐詩》皆作「啓」）四禪門。

劉　憲

奉和送金城公主入西蕃應制

外館踰河右，行營指路岐。和親悲遠嫁，忍淚（今按，《全唐詩》作「愛」）泣將離。旌旆羌風引，軒車漢月隨。那堪馬上曲，時向管中吹。

奉和九月九日聖製登慈恩寺浮圖應制

飛塔雲霄半，清辰羽旆遊。登臨憑季月，寥廓見中州。御酒新寒退，天文瑞景留。辟邪將獻壽，茲日奉千秋。

馬懷素

奉和前聖製

季月重陽啓，金輿陟寶坊。御旂橫日道，仙塔儼雲莊。帝蹕千官從，乾詞七曜光。顧慚文墨職，無以頌時康。

李迥秀（今按，據刻者不詳明本、屠隆本、牛斗本，「迥」當爲「迥」。）

奉和前聖製

沙界人王塔，金繩梵帝遊。言從祇樹賞，行玩菊叢秋。御酒調甘露，天花拂綵旒。堯年持佛日，同此慶時休。

樊忱

奉和前聖製

浄境重陽節，仙遊萬乘來。插萸登鷲嶺，把菊坐蜂臺。十地祥雲合，三天瑞景開。秋風詞更遠，竊抃樂康哉。

楊庶（今按，當爲楊廉。《唐詩紀事》卷十二、《全唐詩》卷一〇四皆作「廉」，沈佺期亦有《酬楊給事中廉見贈臺中》詩）

奉和前聖製

萬乘臨真境，重陽眺遠空。慈雲浮鴈塔，定水映龍宮。寶驛含飆響，仙輪帶日紅。天文將

瑞色，輝焕滿寰中。

李　恒

奉和前聖製

寶地臨丹掖，香臺瞰碧雲。關河天外出，城闕樹中分。睿藻蘭英秀，仙杯菊蕊薰。願將今日樂，長奉聖明君。

王　景

奉和前聖製

玉輦移中禁，珠梯覽四禪。重階清漢接，飛竇紫霄懸。綴葉披天藻，吹花飲（今按，《唐詩紀事》卷十二、《全唐詩》卷一〇五作「散」）御筵。無因鑾蹕暇，俱舞鶴林前。

宗楚客

奉和人日清暉樓宴羣臣遇雪應制

窈窕神仙閣，參差雲漢間。九重中禁啓，七日早春還。太液天爲水，蓬萊雪作山。今朝上林樹，無處不堪攀。

崔　湜

班婕妤怨

不忿（今按，姚本、《文苑英華》卷二〇四作「分」）君恩斷，新粧視鏡中。容華尚春日，嬌愛已秋風。枕席臨窻曉，屏帷向月空。年年後庭樹，榮落在深宫。

折楊柳

二月風光半，三邊戍不還。年華妾自惜，楊柳爲君攀。落絮縈衫袖，垂條拂鬐鬟。那堪音信斷，流涕望陽關。

幸白鹿觀應制

御旗探紫籙，仙仗闢丹丘。捧藥芝童下，焚香桂女留。鸞歌無歲月，鶴語記春秋。臣朔真何幸，常陪漢武遊。

江樓夕望

試陟江樓望，悠悠去國情。楚山霞外斷，漢水月中平。公子留遺邑，夫人有舊城。蒼蒼煙霧裏，何處是咸京。

江樓有懷（今按，《全唐詩》卷五七作《襄城即事》，注云：一作《江樓有懷》）

子牟懷魏闕，元凱滯襄城。冠蓋仍爲里，池臺尚識名。山光晴後緑，江色晚來清。爲問東流水，何時到玉京。

寄天台司馬先生

聞有三元客，祈仙九轉成。人間白雲返，天上赤龍迎。尚惜金芝晚，仍攀琪樹榮。何年緱嶺上，一謝洛陽城。

邊愁

九月蓬根斷，三邊草葉腓。風塵馬變色，霜雪劍生衣。客思秋陰晚，邊書驛騎歸。殷勤鳳樓上，還袂及春暉。

唐都尉山池

曲渚颺輕舟，前溪釣晚流。鴈翻蒲葉起，魚撥荇花遊。金子懸湘柚，珠房拆（今按，《全唐詩》卷五四作「折」，《文苑英華》卷一六五作「坼」）海榴。幽尋惜未已，清月半西樓。

鄭愔

折楊柳

青柳映紅顔，黄雲蔽紫關。傳聞邊信（今按，《全唐詩》卷一〇六作「使」）出，枝葉爲君攀。舞態（今按，《唐詩紀事》卷十一、《文苑英華》卷二〇八、《全唐詩》作「腰」）愁將斷，春心望不還。風花亂成雪，羅綺淚斑斑。

魏知古

玄元觀尋李先生不遇

羽客今何在，空尋伊洛間。忽聞歸苦縣，復想入函關。未作千年别，猶應七日還。神仙不可見，寂寞返蓬山。

韋元旦

送金城公主和親

柔遠安夷俗，和親重漢年。軍容旌節送，國命錦車傳。琴曲悲千里，簫聲戀九天。唯應漢西（今按，《全唐詩》作「西海」）月，來就掌珠圓。

胡　皓

出峽

巴東三峽盡，曠望九江開。楚塞雲中出，荆門水上來。魚龍潛嘯雨，鳧鴈動成雷。南國秋

風晚，客思幾悠哉。

王　翰

子夜春歌

春氣滿林香，春遊不可忘。落花吹欲盡，垂柳折還長。桑女淮南曲，金鞍塞北裝。行行小垂手，日暮渭川陽。

崔　翹

送友人使夷陵

猿鳴三峽裏，行客舊霑裳。復道從兹去，思君不暫忘。開襟春葉短，分手夏條長。獨有幽庭桂，年年空自芳。

韋述

春日山莊

初歲開韶月，田家喜載陽。晚晴揺水態，遲景蕩山光。浦浄漁舟遠，花飛樵路香。自然成野趣，都使俗情忘。

姚崇

故洛陽城侍宴

遊豫停仙蹕，登臨對晚晴。川皃連倒影，巖鳥應虚聲。野奏風成曲，山居雲作纓。今朝丘壑上，高興小蓬瀛。

春日洛陽城侍宴

南山開寶曆，北渚對芳溪。的歷風梅度，參差露草低。堯樽臨上席，舜樂下前溪。任重由來醉，乘酣志轉迷。

夜渡江（一作柳仲庸詩。）

夜渚帶浮煙，蒼茫晦遠天。舟輕不覺動，纜急始知牽。聽草遥尋岸，聞香暗識蓮。唯看孤帆影，常恐客心懸。

秋夜望月

明月有餘鑒，羈人殊未安。桂含秋樹晚，影入夜池寒。灼灼雲枝浄，光光草露團。所思迷所在，長望獨長歎。

韋　濟

奉和次瓊岳應制

陸海披晴雪，千旗獵早陽。岳臨秦路險，河繞漢垣長。行漏通鳷鵲，離宫接建章。都門信宿近，歌舞從周王。

李林甫

奉和次瓊岳應制

東幸從人望，西巡順物迴。雲收二華出，天轉五星來。十月農初罷，三驅禮復開。更看瓊岳上，佳氣接神臺。

賀知章

送人之軍中

常經絶脈塞，復見斷腸流。送子成今別，令人起昔愁。隴雲晴半雨，邊草夏先秋。萬里長城寄，無貽漢國憂。

孫　逖

奉和四月三日上陽水牕賜宴應制

今日逢新（今按，《全唐詩》作「初」）夏，歡遊續舊旬。氣和先作雨，恩厚别成春。鳳管（今按，《全唐

詩》作「吹」）臨清洛，龍輿下紫宸。此中歌在藻，還見躍潛鱗。

奉和聖製登鸞鶱樓即目

玉輦下離宫，瓊樓上半空。方巡五年狩，更辟四門聰。井邑觀秦野，山河念禹功。停鑾留睿作，軒檻起南風。

宴越府陳法曹西亭

公府西巖下，紅亭間白雲。雪梅初度臘，煙竹稍迎曛。水木涵澄景，簾櫳引霽氛。江南歸思逼，春鴈不堪聞。

送李給事歸徐州覲省

位列（今按，據《文苑英華》卷二八四、《全唐詩》卷一一八，當爲「列位」）登青鎖，還鄉復綵衣。共言晨省日，便是晝遊歸。春水經梁宋，晴山入海沂。莫愁東路遠，四牡正騑騑。

宿雲門寺閣

香閣東山下，煙花象外幽。懸燈千嶂夕，卷幔五湖秋。畫壁餘鴻鴈，紗牕宿斗牛。更疑天路近，夢與白雲遊。

尋龍湍

仙穴尋遺跡，輕舟愛水鄉。溪流一曲盡，山路九峯長。漁父歌金洞，江妃舞翠房。遥憐葛仙宅，真氣共微茫。

同邢判官尋龍湍觀歸湖中（今按，姚本、刻者不詳明本、牛斗本、屠隆本「同」上有「五言」二字）

星使下天京，雲湖喜晝晴。更從深（今按，姚本、刻者不詳明本、牛斗本、屠隆本、《全唐詩》卷一一八作「探」）穴處，還作棹歌行。絲管荷風入，簾帷竹氣清。莫愁歸路遠，水月夜虚明。

楊子江樓

楊子何年邑，雄圖作楚（今按，四庫本、《全唐詩》卷一一八同此；《文苑英華》卷三一二「圖」作「雄」，缺「楚」字；姚本、刻者不詳明本缺「圖」「楚」二字，牛斗本在缺處補「圖」「楚」二字；屠隆本「圖」作「樓」，「楚」作「禁」）關。江連二妃渚，雲起八公山。驛道青楓外，人煙緑嶼間。晚來潮正滿，數處落帆還。

和韋尚書春日南亭宴兄弟（今按，姚本、刻者不詳明本、屠隆本、牛斗本、《文苑英華》卷二一四「韋尚書」作「韋和尚兄」）

臺閣升高位，園林隔舊鄉。忽聞歌棣萼，還比報瓊芳。門向宜春近，郊連御宿長。德星常

有會，相望在文昌。

送靳十五侍御使蜀

天使出霜臺，行人擇吏才。傳車春色送，離興夕陽催。驛繞巴江轉，關迎劍道開。西南一何幸，前後二龍來。

奉和進船泛洛水應制（一作薛奇感詩。）

禁園紆睿覽，仙棹叶時遊。洛北風花樹，江南綵畫舟。芳生蘭蕙草，春入鳳凰樓。興盡離宮暮，煙花（今按，姚本、《唐詩紀事》卷五「薛奇感」條、《文苑英華》卷一六四、《全唐詩》卷四五皆作「光」）起夕流。

玄宗皇帝

過大哥宅（探得歌字。）

魯衛情先重，親賢愛轉多。冕旒豐暇日，乘景暫經過。戚里申高宴，平臺奏雅歌。復尋爲善樂，方驗保山河。

同玉真公主過大哥山池

地有招賢處，人傳樂善名。鷟池尋九達，龍岫對層城。桂月先秋冷，蘋風向晚清。鳳樓遥可見，仿佛玉簫聲。

經魯祭孔子而歎之（今按，《全唐詩》「魯」前有「鄒」字）

夫子何爲者，棲棲一代中。地猶鄹氏邑，宅即魯王宫。歎鳳嗟身否，傷麟怨道窮。今看兩楹奠，當與夢時同。

幸蜀西至劍門

劍閣横雲峻，鑾輿出狩回。翠屏千仞合，丹嶂五丁開。灌木縈旗轉，仙雲拂馬來。乘時方在德，嗟爾勒銘才。

送賀知章（知章年八十六，乞爲道士還鄉，帝許之。捨宅爲觀，賜名千秋觀，仍賜鑑湖剡川一曲。詔令供帳東門，百僚祖餞，御製賜詩。）

遺榮期入道，辭老竟抽簪。豈不惜賢達，其如高尚心。寰中得秘要，方外散幽襟。獨有青門餞，羣僚悵别深。（《朱子語録》云：越州有石，刻唐朝臣送賀知章詩，只有明皇一首好。）

五言律詩卷之五　唐詩品彙六十

正宗（上）

李　白（今按，原作「太白」，據姚本、刻者不詳明本、牛斗本、屠隆本改）

宫中行樂詞六首

水緑南薰殿，花紅北闕樓。鶯歌聞太液，鳳吹繞瀛州。素女鳴珠珮，天人弄綵毬。今朝風日好，宜入未央遊。

其二

寒雪梅中盡，春風柳上歸。宫鶯嬌欲醉，簷燕語還飛。遲日明歌席，新花艷舞衣。晚來移彩杖，行樂泥光輝。

其三

繡户香風暖，紗牕曙色新。宮花争笑日，池草暗生春。緑樹聞歌鳥，青樓見舞人。昭陽桃李月，羅綺自相親。

其四

盧橘爲秦樹，蒲萄出漢宮。煙花宜落日，絲管醉春風。笛奏龍吟水，簫鳴鳳下空。君王多樂事，還與萬方同。

其五

柳色黄金嫩，梨花白雪香。玉樓巢翡翠，金殿鎖鴛鴦。選妓隨雕輦，徵歌出洞房。宮中誰第一，飛燕在昭陽。

其六

小小生金屋，盈盈在紫微。山花插寶髻，石竹繡羅衣。每出深宮裏，常隨步輦歸。只愁歌舞散，化作綵雲飛。

塞下曲三首

五月天山雪，無花只有寒。笛中聞折柳，春色未曾看。曉戰隨金鼓，宵眠抱玉鞍。願將腰下劍，直爲斬樓蘭。

其二

駿馬似風飆，鳴鞭出渭橋。彎弓辭漢月，插羽破天驕。陣解星芒盡，營空海霧消。功成畫麟閣，獨有霍嫖姚。

其三

塞虜乘秋下，天兵出漢家。將軍分虎竹，戰士卧龍沙。邊月隨弓影，胡霜拂劍花。玉關殊未入，少婦莫長嗟。

秋思

燕支黄葉落，妾望自（今按，宋蜀本《李太白文集》作「白」）登臺。海上碧雲斷，單于秋色來。胡兵沙塞合，漢使玉關回。征客無歸日，空悲蕙草摧。

金陵二首

六代興亡國，三杯爲爾歌。苑方秦地少，山似洛陽多。古殿吴花草，深宫晉綺羅。併隨人事滅，東逝與滄波。

其二

地擁金陵勢，城迴江水流。當時百萬户，夾道起朱樓。亡國生春草，王（今按，宋蜀本《李太白文集》、《全唐詩》作「離」）宫没古丘。空餘後湖月，波上對江州（今按，宋蜀本《李太白文集》作「瀛洲」）。

温泉侍從歸逢故人

漢帝長楊苑，誇胡羽獵歸。子雲叨侍從，獻賦有光輝。激賞搖天筆，承恩賜御衣。逢君奏明主，他日共飜飛。

侍從遊宿温泉宫作

羽林十二將，羅列應星文。霜仗懸秋月，霓旌卷夜雲。嚴更千户肅，清樂九天聞。日出瞻佳氣，葱葱繞聖君。

口號贈徵君盧鴻（公時被召。）

陶令辭彭澤，梁鴻入會稽。我尋高士傳，君與古人齊。雲卧留丹壑，天書降紫泥。不知楊伯起，早晚向關西。（范云：律詩必須守規矩，試看此等五言，何其嚴哉。今人虚實輕重且不審，惡乎律？）

贈崔秋浦

吾愛崔秋浦，宛然陶令風。門前五楊柳，井上二梧桐。山鳥下聽（今按，姚本、《全唐詩》卷一六九作「廳」，四庫本、詹鍈本《李白全集》卷九作「聽」）事，簷花落酒中。懷君未忍去，惆悵意無窮。

贈錢徵君少陽

白玉一杯酒，緑楊三月時。春風餘幾日，兩鬢各成絲。秉燭唯須飲，投竿也未遲。如逢渭川獵，猶可帝王師。

贈孟浩然

吾愛孟夫子，風流天下聞。紅顔棄軒冕，白首卧松雲。醉月頻中聖，迷花不事君。高山安可仰，徒此揖清芬。

寄淮南友人

紅顏悲舊國，青歲歇芳洲。不待金門詔，空持寶劍遊。海雲迷驛道，江月隱鄉樓。復作淮南客，因逢桂樹留。

三山望金陵寄殷淑

三山懷謝脁，水澹望長安。蕪没河陽縣，秋江正北看。盧龍霜氣冷，鳷鵲月光寒。耿耿憶瓊樹，天涯寄一歡。

寄王漢陽

南湖秋月白，王宰夜相邀。錦帳郎官醉，羅衣舞女嬌。笛聲喧沔鄂，歌曲上雲霄。别後空愁我，相思一水遥。

望漢陽柳色寄王宰

漢陽江上柳，望客引東枝。樹樹花如雪，紛紛亂若絲。春風傳我意，草木别前知。寄謝絃歌宰，西來定未遲。

留别龔處士

龔子棲閑地，都無人世喧。柳深陶令宅，竹暗辟疆園。我去黄牛峽，遥愁白帝猿。贈君卷葹草，心斷竟何言。

廣陵贈别

玉瓶沽美酒，數里送君還。繫馬垂楊下，銜杯大道間。天邊看緑水，海上見青山。興罷各分袂，何須别醉（今按，《全唐詩》卷一七四、詹鍈本《李白全集》作「醉别」）顔。

别儲邕之剡中

借問剡中道，東南指越鄉。舟從廣陵去，水入會稽長。竹色溪下緑，荷花境（今按，姚本、刻者不詳明本、牛斗本、屠隆本、《全唐詩》作「鏡」）裹香。辭君向天姥，拂石卧秋霜。

江夏别宋之悌

楚水清若空，遥將碧海通。人分千里外，興在一杯中。谷鳥迎晴日，江猿嘯晚風。平生不下淚，於此泣無窮。

渡荆門送别

渡遠荆門外，來從楚國遊。山隨平野盡，江入大荒流。月下飛天鏡，雲生結海樓。仍憐故鄉水，萬里送行舟。

南陽送客

斗酒勿爲薄，寸心貴不忘。坐惜故人去，偏令遊子傷。離顔怨芳草，春思結垂楊。揮手再三别，臨岐空斷腸。

送白利從金吾董將軍西征

西羌延國討，白起佐軍威。劍決浮雲氣，弓彎明月輝。馬行邊草緑，旌卷曙霜飛。抗手凛相顧，寒風生鐵衣。

送殷淑

白鷺洲前月，天明送客迴。青龍山後日，早出海雲來。流水無情去，征帆逐吹開。相看不忍别，更進手中杯。

送友人

青山横北郭，白水繞東城。此地一爲别，孤蓬萬里征。浮雲遊子意，落日故人情。揮手自兹去，蕭蕭班馬鳴。

送友人入蜀

見説蠶叢路，崎嶇不易行。山從人面起，雲傍馬頭生。芳樹籠秦棧，春流繞蜀城。升沉應已定，不必問君平。

送麴十少府

試發清秋興，因爲吴會吟。碧雲斂海色，流水折江心。我有延陵劍，君無陸賈金。艱難此爲别，惆悵一何深。

尋雍尊師隱居

羣峭碧摩天，逍遥不記年。撥雲尋古道，倚樹聽流泉。花暖青牛卧，松高白鶴眠。語來江色暮，獨自下寒煙。

訪戴天山道士不遇

犬吠水聲中，桃花帶雨濃。樹深時見鹿，溪午不聞鐘。野竹分青靄，飛泉掛碧峯。無人知所去，愁倚兩三松。

流夜郎至江夏陪長史叔及薛明府宴興德寺南閣

紺殿横江上，青山落鏡中。岸迴沙不盡，日映水成空。天樂流香閣，蓮舟颺晚風。恭陪竹林宴，留醉與陶公。

與夏十二登岳陽樓

樓觀岳陽盡，川迥洞庭開。鴈引愁心去，山銜好月來。雲間連下榻，天上接行杯。醉後涼風起，吹人舞袖迴。（劉須溪云：甚爲不俗。）

過崔八丈水亭

高閣横秀氣，清幽併在君。簷飛宛溪水，牕落敬亭雲。猿嘯風中斷，漁歌月裏聞。閑隨白鷗去，沙上自爲羣。

秋登宣城謝脁北樓

江城如畫裏，山曉望晴空。兩水夾明鏡，雙橋落彩虹。人煙寒橘柚，秋色老梧桐。誰念北樓上，臨風懷謝公。

謝公亭（蓋謝脁、范雲之所遊。）

謝公離別處，風景每生愁。客散青天月，山空碧水流。池花春映日，牕竹夜鳴秋。今古一相接，長歌懷舊遊。

太原早秋

歲落衆芳歇，時當大火流。霜威出塞早，雲色渡河秋。夢繞邊城月，心飛故國樓。思歸若汾水，無日不悠悠。

觀獵

太守耀清威，乘閑弄晚暉。江沙横獵騎，山火繞行圍。箭逐雲鴻落，鷹隨月兔飛。不知白日暮，歡賞夜方歸。

觀胡人吹笛

胡人吹玉笛，一半是秦聲。十月吴山曉，梅花落敬亭。愁聞出塞曲，淚滿逐臣纓。却望長安道，空懷戀主情。

宿巫山下

昨夜巫山下，猿聲夢裏長。桃花飛緑水，三月下瞿塘。雨色風吹去，南行拂楚王。高丘懷宋玉，訪古一霑裳。（嚴滄浪云：律詩有徹首尾不對者，皆文從字順，音韻鏗鏘。盛唐諸公有此體，今觀此下三詩是「今按，姚本、牛斗本「是」下有「也」字」。）

長信宫

月皎昭陽殿，霜清長信宫。天行乘玉輦，飛燕與君同。更有歡娱處（一作「别有留情處」），承恩樂未窮。誰憐團扇妾，獨坐怨秋風。

夜泊牛渚懷古

牛渚西江夜，青天無片雲。登舟望秋月，空憶謝將軍。余亦能高詠，斯人不可聞。明朝掛帆去，楓葉落紛紛。

孟浩然

臨洞庭

八月湖水平，（劉須溪云：便别。）涵虚混太清。氣蒸雲夢澤，波撼岳陽城。（《西清詩話》云：洞庭天下壯觀，騷人墨客題者衆矣，終未若此一語氣象。）欲濟無舟楫，端居耻聖明。坐觀垂釣者，徒有羨魚情。（劉云：託興可傷。又云：起得渾渾［今按，《唐音》卷四引此評作「渾然」］，稱題，而氣概横絶，樸不可易。「端居」，感興深厚。）

與諸子登峴山

人事有代謝，往來成古今。江山留勝跡，我輩復登臨。水落魚梁淺，天寒夢澤深。羊公碑尚在，讀罷淚沾襟。（劉云：不必苦思，自然好，苦思復不能及。又云：起得高古，略無粉色，而情境俱稱。悲慨勝於形容，真峴山詩也，復有能言，亦在下風。）

晚春

二月湖水清，家家春鳥鳴。（劉云：又别。）林花掃更落，徑草踏還生。酒伴來相命，開樽共解酲。當杯已入手，歌妓莫停聲。（劉云：亦自豪宕，結語情屬不淺。）

題義公禪房

義公習禪寂，結宇依空林。户外一峯秀，堦前衆壑深。夕陽連雨足，空翠落庭陰。看取蓮花浄，方知不染心。

題融公蘭若

精舍買金開，流泉繞砌迴。芰荷薰講席，松柏映香臺。法雨晴飛去，天花晝下來。談玄殊未已，歸騎夕陽催。

宿立公房

支遁初求道，深公笑買山。如何（今按，《全唐詩》作「何如」）石巖趣，自入户庭間。（劉云：亦自在有味。）苔澗春泉滿，蘿軒夜月閑。能令許玄度，吟卧不知還。

遊景光寺

龍象經行處，山腰度石關。屢迷青嶂合，時愛緑蘿閑。（劉云：山行路盡，乃知此語有趣。）宴息花林下，高談竹嶼間。寥寥隔塵事，疑是入雞山。

尋梅道士

彭澤先生柳，山陰道士鵞。我來從所好，停策夏陰多。重以觀魚樂，因之鼓枻歌。崔徐跡未朽，千載揖清波。

梅道士水亭

傲吏非凡吏，名流即道流。隱居不可見，高論莫能酬。水接仙源近，山藏鬼谷幽。再來尋處所，花下問漁舟。

宴梅道士房

林卧愁春盡，搴帷覽物華。忽逢青鳥使，邀入赤松家。金竈初開火，仙桃正發花。童顔若可駐，何惜醉流霞。

遊精思觀題山房

誤入花源裏，初憐竹徑深。方知仙子宅，未有世人尋。舞鶴過閑砌，飛猿嘯密林。漸通玄妙理，深得坐忘心。

浮舟過陳逸人別業

水亭涼氣多，閑棹晚來過。澗影見藤竹，潭香聞芰荷。野童扶醉舞，山鳥笑酣歌。幽賞未云徧，煙光奈夕何。

尋天台山

吾愛太乙子，飡霞卧赤城。欲尋華頂去，不憚惡溪名。歇馬憑雲宿，揚帆截海行。高高翠微裏，遥見石梁横。

武陵泛舟

武陵川路狹，前棹入花林。莫測幽源裏，仙家信幾深。水迴青嶂合，雲度緑溪陰。坐聽閑猿嘯，彌清塵外心。

歸終南山

北闕休上書，南山歸弊廬。不才明主棄，多病故人疏。白髮催年老，青陽逼歲除。永懷愁不寐，松月夜牕虚。《唐書》云：浩然與王維善，維稱其詩。嘗私邀入内署，俄而玄宗至，浩然匿牀下，維以實對。帝喜曰：「朕聞其人，而未見也。」詔浩然出。帝問其詩，浩然自誦「不才明主棄」之句。帝曰：「卿不求仕，朕未嘗棄卿

耳，奈何誣我。」因放還。○劉云：其亦最得意之詩，最失意之日，故爲明主誦之。）

尋張五迴夜園作

聞就龐公隱，移居近洞湖。興來林是竹，歸卧谷名愚。掛席樵風便，（劉云：楚楚一字不妄。）開軒琴月孤。歲寒何用賞，霜落故園蕪。

過故人莊

故人具鷄黍，邀我至田家。緑樹村邊合，青山郭外斜。開軒面場圃，把酒話桑麻。待到重陽日，還來就菊花。（劉云：每以自在相淩厲。）

裴司士見尋

府僚能枉駕，家醖復新開。落日池上酌，清風松下來。廚人具鷄黍，稚子摘楊梅。誰道山翁醉，猶能騎馬回。（劉云：大巧若拙。）

宴榮山人池亭

甲第開金穴，榮期樂自多。櫪嘶支遁馬，池養右軍鵞。竹引攜琴入，花邀載酒過。山翁來取醉，時唱接籬（今按，《全唐詩》作「羅」）歌。

和李侍御渡松滋江

南紀西江闊，皇華御史雄。截流寧假檝，掛席自生風。寮寀争攀鷁，魚龍亦避驄。（劉云：頌德語。）坐聽白雪唱，翻入棹歌中。

秦中寄遠上人

一丘常欲卧，三徑苦無資。北土非吾願，東林懷我師。黄金燃桂盡，壯志逐年衰。（劉云：非不經思，只是吐出。）日夕涼風至，聞蟬但益悲。

宿永嘉江寄崔少府

我行窮水國，君使入京華。相去日千里，孤帆天一涯。卧聞海潮至，起視江月斜。（劉云：不必思索皆有。）借問同舟客，何時到永嘉。

宿桐廬江寄廣陵舊遊

山暝聽猿愁，滄江急夜流。風鳴兩岸葉，月照一孤舟。（劉云：「一孤」似病，天趣自得。）建德非吾土，維揚憶舊遊。還將兩行淚，遥寄海西頭。

上巳洛中寄王九迥

卜洛成周地，浮杯上巳筵。鬥鷄寒食下，走馬射堂前。垂柳金堤合，平沙翠幕連。不知王逸少，何處會羣賢。

同盧明府餞張郎中除義王府司馬海園作

上國山河裂，賢王邸第開。故人分職去，潘令寵行來。冠蓋趨梁苑，江湘失楚材。豫愁軒騎動，賓客散池臺。（劉云：又極典刑，末意更濃。）

送友東歸

士有不得志，棲棲吴楚間。（劉云：起得雄〔今按，據姚本、刻者不詳明本、屠隆本、牛斗本，「雄」後脱「渾」字」。〕）廣陵相遇罷，彭蠡泛舟還。檣出江中樹，波連海上山。風帆明日遠，何處更追攀。（劉云：慨然如歎，句句好，句句别。）

送袁十三尋弟

早聞牛渚詠，今見鶺鴒心。羽翼嗟零落，悲鳴别故林。蒼梧白雲遠，空（今按，四庫全書本《孟浩然集》卷四、《全唐詩》卷一六〇作「煙」）水洞庭深。萬里獨飛去，南風遲爾音。

送子容進士舉

（今按，《文苑英華》、《全唐詩》作《送張子客進士赴舉》，《唐詩紀事》作《送張子容赴進士舉》）

夕曛山照滅，送客出柴門。惆悵野中別，殷勤醉後言。（劉云：寫得濃盡。）茂林余偃息，喬木爾飛翻。無使谷風誚，須令友道存。

留別王維

寂寂竟何待，朝朝空自歸。欲尋芳草去，惜與故人違。（劉云：箇中人，箇中語，看着便不同。）當路誰相假，知音世所稀。秖應守寂寞，還掩故園扉。（劉云：末意更悲。）

京還別新豐諸友

吾道昧所適，驅車還向東。主人開舊館，留客醉新豐。樹繞温泉緑，塵遮晚日紅。拂衣從此去，高步躡華嵩。

閑園懷蘇子

林園雖少事，幽獨自多違。向夕開簾坐，庭陰落葉（今按，四庫全書本《孟浩然集》卷三作「葉落」，《全唐詩》卷一六〇作「落景」）微。鳥從煙樹宿，螢傍水軒飛。感念同懷子，京華去不歸。（劉云：一種

情緒。）

早寒有懷

木落鴈南渡（今按，《全唐詩》作「度」），北風江上寒。我家襄水曲，遥隔楚雲端。鄉淚客中盡，孤帆天際看。迷津欲有問，平海夕漫漫。

途次望鄉

客行愁落日，鄉思重相催。况在他山外，天寒夕鳥來。雪深迷郢路，雨（今按，《全唐詩》作「雲」）暗失陽臺。可歎悽遑（今按，姚本、刻者不詳明本、屠隆本、牛斗本作「棲遲」）子，狂歌誰爲媒。

途中遇晴

已失巴（今按，《全唐詩》卷一六〇同此，姚本、刻者不詳明本、屠隆本、牛斗本作「五」）陵雨，猶逢蜀坂泥。天開斜景遍（今按，《唐百家詩選》卷一、《全唐詩》卷一六〇作「遍」），山出晚雲低。（劉云：不似着意，語好。）餘濕猶沾草，殘流尚入溪。今宵有明月，鄉思遠悽悽。

赴京途中遇雪

迢遞秦京道，蒼茫歲暮天。窮陰連晦朔，積雪遍山川。（劉云：決不爲小兒語求工者。）落鴈迷寒

渚，饑烏噪野田。客愁空佇立，不見有人煙。

夜渡湘水

客行貪利涉，夜裏渡湘川。露氣聞芳杜，歌聲識采蓮。榜人投岸火，漁子宿潭煙。行侶時相問，潯陽何處邊。

宿武陽川

川暗夕陽盡，孤舟泊岸初。嶺猿相叫嘯，潭影似空虛。就枕滅明燭，扣舷聞夜漁。雞鳴問何處，人物似（今按，《全唐詩》作「是」）秦餘。（劉云：唱出隨意，自無俗意。）

永嘉浦逢張子容

逆旅相逢處，江村日暮時。衆山遥對酒，孤嶼共題詩。（殷璠云：無論興象，兼復故實。）廨宇隣鮫室，人煙接島夷。鄉園萬餘里，失路一相悲。（劉云：衆山、孤嶼，且不犯時景，句句淘洗欲盡。）

舟中曉望

掛席東南望，青山水國遥。舳艫争利涉，來往任風潮。問我今何適，天台訪石橋。坐看霞色晚，疑是赤城標。

五言律詩卷之六　唐詩品彙六十一

正宗（下）

王　維

奉和聖製賜史供奉曲江宴應制

侍從有鄒枚，瓊筵向（今按，《全唐詩》作「就」）水開。言陪柏梁宴，新下建章來。對酒山河滿，移舟草樹迴。天文同麗日，駐景惜行杯。

從岐王過楊氏別業應教

楊子談經處，淮王載酒過。興闌啼鳥緩，坐久落花多。徑轉迴銀燭，林開散玉珂。嚴城時未啓，前路擁笙歌。

同崔員外秋宵寓直

建禮高秋夜，承明候曉過。九門寒漏徹，萬井曙鐘多。月迥藏珠斗，雲消出絳河。更慚衰朽質，南陌共鳴珂。

早朝

柳暗百花明，春深五鳳城。城烏睥睨曉，宫井轆轤聲。方朔金門侍，班姬玉輦迎。仍聞遣方士，東海訪蓬瀛。

和尹諫議史館山池

雲館接天居，霓裳侍玉除。春池百子外，芳樹萬年餘。洞有仙人籙，山藏太史書。君恩深漢帝，且莫上空虚。

酬比部楊員外暮宿琴臺朝躋書閣率爾見贈之作

舊簡拂塵看，鳴琴候月彈。桃源迷漢姓，松樹有秦官。空谷歸人少，青山背日寒。羨君棲隱處，遥望白雲端。

酬張少府

晚年惟好静，萬事不關心。自顧無長策，空知返舊林。松風吹解帶，山月照彈琴。君問窮通理，漁歌入浦深。

輞川閑居贈裴秀才迪

寒山轉蒼翠，秋水日潺湲。倚杖柴門外，臨風聽暮蟬。渡頭餘落日，墟里上孤煙。復值接輿醉，狂歌五柳前。（劉云：類以無情之景述無情之意，復非作者所有。）

山居秋暝

空山新雨後，天氣晚來秋。明月松間照，清泉石上流。竹喧歸浣女，蓮動下漁舟。隨意春芳歇，王孫自可留。（劉云：總無可點，自是好。）

歸嵩山作

清川帶長薄，車馬去閑閑。流水如有意，暮禽相與還。荒城臨古渡，落日滿秋山。（劉云：已近自然。）迢遞嵩高下，歸來且閉關。（方虚谷云：閑適之趣，淡薄之味，不求工而自工者，此也。）

山居即事

寂寞掩柴扉，蒼茫對夕暉。鶴巢松樹遍，人訪蓽門稀。嫩竹含新粉，紅蓮落故衣。渡頭燈火起，處處採菱歸。

輞川閑居

一從歸白社，不復到青門。時倚簷前樹，遠看原上村。青菰臨水映（今按，《全唐詩》作「拔」），白鳥向山翻。寂寞於陵子，桔槔方灌園。（方虚谷云：予於摩詰「山下孤煙遠村」、「天邊獨樹高原」未嘗不心醉，與［今按，「與」當爲「於」。四庫本、李慶甲《瀛奎律髓彙評》卷二三中語與此不盡相同。］其「時倚簷前樹，遠看原上村」，尤心醉也。）

終南山

太乙近天都，連山到海隅。白雲迴望合，青靄入看無。分野中峯變，陰晴衆壑殊。欲投人處宿，隔水問樵夫。（劉云：語不深僻，清奪衆妙。）

晚春嚴少尹與諸公見過

松菊荒三徑，圖書共五車。烹葵邀上客，看竹到貧家。雀乳先春草，鶯啼過落花。自憐黄髮暮，一倍惜年華。

過香積寺

不知香積寺，數里入雲峯。古木無人徑，深山何處鐘。泉聲咽危石，日色冷青松。薄暮空潭曲，安禪制毒龍。

登辨覺寺

竹徑從初地，蓮峯出化城。牕中三楚盡，林上九江平。軟（今按，姚本、刻者不詳明本、屠隆本、牛斗本作「嫩」）草承趺坐，長松響梵聲。空居法雲外，觀世得無生。

送李判官赴江東

聞道皇華使，方隨皂蓋臣。封章通左語，冠冕化文身。樹色分楊子，潮聲滿富春。遥知辨璧吏，恩到泣珠人。

送嚴秀才還蜀

寧親爲令子，似舅即賢甥。别路經花縣，還鄉入錦城。山臨青塞斷，江向白雲平。獻賦何時至，明君憶長卿。

送岐州源長史歸（源與余同在崔常侍幕，時崔已没。）

握手一相送，心悲安可論。秋風正蕭索，客散孟嘗門。故驛通槐里，長亭下槿原。征西舊旌節，從此向河源。

送張道士歸山

先生何處去，王屋訪茅君。别婦留丹訣，驅鷄入白雲。（劉云：兩語皆别。）人間若剩住，天上復離羣。（劉云：新意。）當作遼城鶴，仙歌使爾聞。

送平淡然判官

不識陽關路，新從定遠侯。黄雲斷春色，畫角起（或作「越」）邊愁。瀚海經年别，交河出塞流。須令外國使，知飲月支（今按，《全唐詩》作「氏」）頭。（「經年别」一作「經年到」）

送趙都督赴代州（得青字。）

天官動將星，漢地柳條青。萬里鳴刁斗，三軍出井陘。忘身辭鳳闕，報國取龍庭。豈學書生輩，牕間著（今按，《全唐詩》作「老」）一經。

送方城韋明府

遥思葭菼際，寥落楚人行。高鳥長淮水，平蕪故郢城。使車聽雉乳，縣鼓應鷄鳴。若見州從事，無嫌手板迎。（劉云：平平寫到盡。）

送梓州李使君

萬壑樹參天，千山響杜鵑。山中一夜雨，樹杪百重泉。漢女輸橦布，巴人訟芋田。文翁翻教授，不敢倚先賢。

送劉司直赴安西

絶域陽關道，胡沙與塞塵。三春時有鴈，萬里少行人。苜蓿隨天馬，葡萄逐漢臣。當令外國懼，不敢覓和親。（劉云：無意之意。）

送張五諲歸宣城

五湖千萬里，況復五湖西。漁浦南陵郭，人家春穀（今按，當爲「穀」）溪。欲歸江淼淼，未到草萋萋。（劉云：最是自得。）憶想蘭陵鎮，可宜猿更啼。

送友人南歸

萬里春應盡，三江鴈亦稀。連天漢水廣，孤客郢城歸。（劉云：盡謝點染，情思蕭然。）鄖國稻苗秀，楚人菰米肥。懸知倚門望，遥識老萊衣。

送賀遂員外外甥

南國有歸舟，荆門泝上流。蒼茫葭菼外，雲水與昭丘。檣帶城烏去，江連暮雨愁。猿聲不可聽，莫待楚山秋。

送楊長史赴果州

褒斜不容幰，之子去何之。鳥道一千里，猿聲十二時。官橋祭酒客，山木女郎祠。别後同明月，君應聽子規。

送邢桂州

鐃吹喧京口，風波下洞庭。赭圻將赤岸，擊汰復揚舲。日落江湖白，潮來天地青。明珠歸合浦，應逐使臣星。

送崔三往密州覲省

南陌去悠悠，東郊不少留。同懷扇枕戀，獨念倚門愁。路繞天山雪，家臨海樹秋。魯連功未報，且莫蹈滄洲。

送丘爲落第歸江東

憐君不得意，況復柳條春。爲客黄金盡，還家白髮新。五湖三畝宅，萬里一歸人。知爾不能薦，羞稱獻納臣。

送崔九興宗遊蜀

送君從此去，轉覺故人稀。徒御猶迴首，田園方掩扉。出門當旅食，中路授寒衣。江漢風流地，遊人何處歸。

漢江臨汎

楚塞三湘接，荆門九派通。江流天地外，山色有無中。郡邑浮前浦，波瀾動遠空。襄陽好風日，留醉與山翁。

登河北城樓作

井邑傅巖上，客亭雲霧間。高城眺落日，極浦映蒼山。岸火孤舟宿，漁家夕鳥還。寂寥天地暮，心與廣川閑。

被出濟州

微官易得罪，謫去濟川陰。執政方持法，明君無此心。閭閻河潤上，井邑海雲深。縱有歸來日，多愁年鬢侵。

使至塞上

單車欲問邊，屬國過居延。征蓬出漢塞，歸鴈入胡天。大漠孤煙直，長河落日圓。蕭關逢候吏，都護在燕然。

晚春閑思（今按：「閑」，《全唐詩》作「歸」，注云：一作「閨」）

新粧可憐色，落日卷羅帷。鑪氣清珍簟，墻陰上玉墀。春蟲飛網户，暮雀隱花枝。向晚多愁思，閑牕桃李時。（劉云：不俯仰刻畫，甚有意味。）

秋夜獨坐

獨坐悲雙鬢，空堂欲二更。雨中山果落，燈下草蟲鳴。白髮終難變，黄金不可成。欲知除老病，惟有學無生。

觀獵

風勁角弓鳴，（劉云：氣概。）將軍獵渭城。草枯鷹眼疾，雪盡馬蹄輕。忽過新豐市，還歸細柳營。回看射雕處，千里暮雲平。（劉云：極是盡意。）

岑　參

滻水東店送唐子歸嵩陽

野（今按，據屠隆本、《唐百家詩選》卷三、《全唐詩》卷二〇〇，當爲「野」）店臨官路，重城壓御堤。山開灞水北，雨過杜陵西。歸夢愁（今按，《唐百家詩選》、《全唐詩》作「秋」）能作，鄉書醉懶題。橋回忽不見，征馬尚聞嘶。

送張郎中赴隴右覲省卿公

中郎鳳一毛，世上獨賢豪。弱冠已銀印，出身惟寶刀。還家卿月迥，度隴將星高。幕下多相識，邊書醉懶操。

送鄭少府赴滏陽

子真河朔尉，邑里帶清漳。春草迎袍色，晴花拂綬香。青山入官舍，黄鳥度宫墻。若到銅臺上，應憐魏寢荒。

送張子尉南海

不擇南州尉，高堂有老親。樓臺重蜃氣，邑里雜鮫人。海暗三山雨，花明五嶺春。此鄉多寶玉，慎勿厭清貧。

送任郎中出守明州

罷起郎官草，初分（今按，《全唐詩》作「封」）刺史符。城邊樓枕海，郭裏樹侵湖。郡政傍連楚，朝恩獨借吴。觀濤秋正好，莫不上姑蘇。

趙少尹南亭送鄭侍御歸東臺

紅亭酒甕香，白面綉衣郎。砌冷蟲喧座，簾疏月到牀。鐘催離思急，絃逐醉歌長。關樹應先落，隨君滿路霜。

送四鎮薛侍御東歸

相送淚沾衣，天涯獨未歸。將軍初得罪，門客復何依。夢去湖山闊，書停隴鴈稀。園林幸接近，一爲到柴扉。

送張子東歸

白羽綠弓弦，年年只在邊。還家劍鋒盡，出塞馬蹄穿。逐虜西踰海，平胡北到天。封侯應不遠，燕頷豈徒然。

送張卿郎君赴硤石尉

卿家送愛子，愁見灞陵春。草羨青袍色，花隨黄綬新。縣西函谷路，城北大陽津。日暮征鞍去，東郊一片塵。

奉送李太保兼御史大夫充渭北節度使（即太尉光弼弟。）

詔出未央宫，登壇近總戎。上公周太保，副相漢司空。弓抱關西月，旗翻渭北風。弟兄皆許國，天地荷成功。

虢州送天平何丞入京市馬

關樹晚蒼蒼，長安近夕陽。回風醒别酒，細雨濕行裝。習戰邊塵黑，防秋塞草黄。知君市駿馬，不是學燕王。

送揚州王司馬

君家舊淮水，水上到揚州。海樹青官舍，江雲黑郡樓。東南隨去鳥，人吏待行舟。爲報吾兄道，如今已白頭。

送王七録事赴虢州

早歲即相知，嗟君最後時。青雲仍未達，白髮已成絲。小店關門樹，長河華岳祠。弘農民（今按，《全唐詩》作「人」）吏待，莫使馬行遲。

送懷州吳別駕

灞上柳枝黄，壚頭酒正香。春流飲去馬，暮雨濕行裝。驛路通函谷，州城接太行。覃懷人總喜，别駕得王祥。

武威暮春聞宇文判官西使還已到晉昌

片（今按，《全唐詩》作「岸」）雨過城頭，黄鸝上戍樓。塞花飄客淚，邊柳掛鄉愁。白髮悲明鏡，青春换弊裘。君從萬里使，聞已到瓜州。

寄左省杜拾遺

聯步趨丹陛，分曹限紫微。曉隨天仗入，暮惹御香歸。白髮悲花落，青雲羨鳥飛。聖朝無闕事，自覺諫書稀。

酬崔十三侍御登玉壘山思故園見寄

玉壘天晴望，諸峯盡覺低。故園江樹北，斜日嶺雲西。曠野看人小，長空共鳥齊。山高徒仰止，不得日攀躋。

登總持寺

高閣逼諸天，登臨近日邊。晴開萬井樹，愁看五陵煙。檻外低秦嶺，牕中小渭川。早知清淨理，常願奉金仙。

題金城臨河驛樓

古戍依重險，高樓見五涼。山根盤驛道，河水浸城墻。庭樹巢鸚鵡，園花隱麝香。忽如江浦上，憶作捕魚郎。

題永樂韋少府廳壁

大河南郭外，終日氣昏昏。白鳥下公府，青山當縣門。故人是邑尉，過客駐征軒。不憚煙波闊，思君一笑言。

宿岐州北郭嚴給事別業

郭外山色暝，主人林館秋。疏鐘入卧内，片月到牀頭。遥夜惜已半，清言殊未休。君雖在青瑣，心不忘滄洲。

奉陪封大夫九日登高（得雲字）

九日黄花酒，登高會昔聞。霜威逐亞相，殺氣傍中軍。横笛驚征鴈，嬌歌落塞雲。邊頭幸無事，醉舞荷吾君。

陪封大夫宴瀚海亭納凉（得時字）

細管雜清（今按，《全唐詩》作「青」）絲，千杯倒接䍦。軍中乘興出，海上納凉時。日没鳥飛急，山高雲過遲。吾從大夫後，歸路擁旌旗。

梁州陪趙行軍龍岡寺北庭泛舟宴王侍御

誰宴霜臺使，行軍粉署郎。唱歌江鳥没，吹笛岸花香。酒影摇新月，灘聲聒夕陽。江鐘聞已暮，歸棹緑川長。

晚發五渡

客厭巴南地，鄉隣劍北天。江村片雨外，野寺夕陽邊。芋葉藏山徑，蘆花間渚田。舟行未可住，乘月且須牽。

巴南舟中夜書事

渡口欲黄昏，歸人争渡喧。近鐘清野寺，遠火點江村。見鴈思鄉信，聞猿積淚痕。孤舟萬里夜，秋月不堪論。

巴南舟中思陸渾别業

瀘水南州遠，巴山北客稀。嶺雲撩亂起，溪鷺等閑飛。鏡裏愁衰鬢，舟中换旅衣。夢魂知憶處，無夜不先歸。

初至犍爲作

山色軒楹内，灘聲枕席間。草生公府静，花落訟庭閑。雲雨連三峽，風塵接百蠻。到來能幾日，不覺鬢毛斑。

故僕射裴公挽歌（歸絳郡葬。）

五府瞻高位，三台喪大賢。禮容還故絳，寵贈冠新田。氣歇汾陰鼎，魂歸京兆天（今按，《全唐詩》作「阡」）。先時劍已殁，壠樹久蒼然。

故河南尹岐國公贈工部尚書蘇公挽歌

白日扃泉户，青春掩夜臺。舊堂堦草長，空院砌花開。山晚銘旌去，郊寒騎吹迴。三川難可見，應惜庾公才。

高適

送劉評事充朔方判官賦得征馬嘶

征馬向邊州，蕭蕭嘶未休。思深應帶別，聲斷爲兼秋。岐路風將遠，關山月共愁。贈君從此去，何日大刀頭。

送魏八

更沽淇上酒，還泛驛前舟。爲惜故人去，復憐嘶馬愁。雲山行處合，風雨興中秋。此路無知己，明珠莫暗投。

河西送李十七

邊城多遠別，此去莫徒然。問禮知才子，登科及少年。出門看落日，驅馬向秋天。高價人

争重，行當早着鞭。

送白少府送兵之隴右

殘更登隴首，遠别指臨洮。爲問關中事，何如州縣勞。軍容隨赤羽，樹色引青袍。誰斷單于臂，今年太白高。

淇上送韋司倉往滑臺

飲酒莫辭醉，醉多適不愁。孰知非遠别，終念對窮秋。滑臺門外見，淇水眼前流。君去應回首，風波滿渡頭。

送鄭侍御謫閩中

謫去君無恨，閩中我舊過。大都秋鴈少，只是夜猿多。東路雲山合，南天瘴癘和。自當逢雨露，行矣慎風波。

送李侍御赴安西

行子對飛蓬，金鞭指鐵驄。功名萬里外，心事一杯中。虜障燕支北，秦城太白東。離魂莫惆悵，看取寶刀雄。

送蔡十二之海上

黯然何所爲，相對但悲酸。季弟念離别，賢兄救急難。河流冰處盡，海路雪中寒。尚有南飛鴈，知君不忍看。

别韋兵曹

離别長千里，相逢數十年。此心應不變，他事已徒然。惆悵春光裏，蹉跎柳色前。逢時當自取，有（今按，《全唐詩》卷二一四、四庫全書本《高常侍集》卷二作「看」）爾欲先鞭。

同衛八題陸少府書齋

知君薄州縣，好静無冬春。散帙至棲鳥，明燈留故人。深房臘酒熟，高院梅花新。若是周旋地，當令風義親。

同羣公登濮陽聖佛寺閣

落日登臨處，悠然意不窮。佛因初地識，人覺四天空。來鴈清霜後，孤帆遠樹中。徘徊傷寓目，蕭索對寒風。

使青夷軍入居庸二首

匹馬行將久（今按，姚本、刻者不詳明本、屠隆本、牛斗本作「夕」），征途去轉難。不知邊地別，祇訝客衣單。溪冷泉聲苦，山空木葉乾。莫言關塞極，雲雪尚漫漫。

其二

古鎮青山口，寒風落日時。巖巒鳥不過，冰雪馬堪遲。出塞應無策，還家賴有期。東山足松桂，歸去結茅茨。

自薊北歸

驅馬薊門北，北風邊馬哀。蒼茫遠山口，豁達胡天開。五將已深入，前軍止半迴。誰憐不得意，長劍獨歸來。

途中寄徐録事（比以王書見贈。）

落日風雨至，秋天鴻鴈初。離憂不堪比，旅館復何如。君又幾時去，我知音信疏。空多篋中贈，長見右軍書。

醉後贈張九旭

世上謾相識，此翁殊不然。興來書自聖，醉後語尤顛。白髮老閑事，青雲在目前。牀頭一壺酒，能更幾回眠。

别韋五

徒然酌杯酒，不覺散人愁。相識仍遠别，欲歸翻旅遊。夏雲滿郊甸，明月照河洲。莫恨征途遠，東看漳水流。

别馮判官

碣石遼西地，漁陽薊北天。關山唯一道，雨雪盡三邊。才子方爲客，將軍正渴賢。遥知幕府下，書記日翩翩。

别王八

征馬嘶長路，離人挹佩刀。客來東道遠，歸去北風高。時候何蕭索，鄉心正鬱陶。傳君遇知己，行日有綈袍。

送董判官

逢君説行邁，倚劍別交親。幕府爲才子，將軍作主人。近關多雨雪，出塞有風塵。長策須當用，男兒莫顧身。

送蹇秀才赴臨洮

悵望日千里，如何今二毛。猶思陽谷去，莫厭隴山高。倚馬見雄筆，隨身唯寶刀。料君終自至，勳業在臨洮。

送張瑶貶五溪尉

他日維貞幹，明時懸鏌鋣。江山遥去國，妻子獨還家。離別無嫌遠，沉浮勿强嗟。南登有詞賦，知爾弔長沙。

獨孤判官部送兵

餞君嗟遠別，爲客念周旋。征路今如此，前軍猶眇然。出關逢漢壁，登隴望胡天。亦是封侯地，期君早着鞭。

五言律詩卷之七　唐詩品彙六十二

大家

杜甫

登兖州城樓（開元二十四年後作。）

東郡趨庭日，南樓縱目初。浮雲連海岱，平野入青徐。（劉須溪云：俯仰感慨［今按，高楚芳《集千家注杜工部詩集》卷一作「涵蓋」］語，何地無之。）孤嶂秦碑在，荒城魯殿餘。從來多古意，臨眺獨躊躇。（方虛谷云：後聯感慨秦、魯俱亡，以「古意」二字結之，尤妙。）

房兵曹胡馬

胡馬大宛名，鋒稜瘦骨成。竹批雙耳峻，風入四蹄輕。所向無空闊，真堪託死生。（劉云：仿佛老成，亦無玄黄，亦無牝牡。）驍騰有如此，萬里可横行。

春日懷李白（天寶初作。）

白也詩無敵，飄然思不羣。清新庾開府，俊逸鮑參軍。渭北春天樹，江東日暮雲。何時一樽酒，重與細論文。

夜宴左氏莊

風林纖月落，（劉云：是起興。）衣露浄琴張。暗水流花徑，春星帶草堂。（劉云：景語，閑曠。）檢書燒燭短，看劍引杯長。詩罷聞吴詠，扁舟意不忘。（劉云：豪縱自然，結語蕭散。）

故武衛將軍挽詞（天寶九載作。）

嚴警當寒夜，前軍落大星。壯夫思敢決，哀詔惜精靈。（劉云：上下含蓄，有美有恨。）王者今無戰，書生已勒銘。封侯意疏闊，編簡爲誰青。

陪鄭廣文遊何將軍山林三首

不識南塘路，今知第五橋。（今按，姚本、刻者不詳明本、牛斗本、四庫本此處有注文「劉云：便自然動」，屠隆本作「便自然」，高楚芳《集千家注杜工部詩集》卷二作「便自流動」）名園依緑水，野竹上青霄。谷口舊相得，濠梁同見招。平生爲幽興，未惜馬蹄遥。

其二

牀上書連屋，階前樹拂雲。將軍不好武，稚子總能文。（今按，姚本等此處有注文「劉云：言外亦具世變」）醒酒微風入，聽詩静夜分。絺衣掛蘿薜，涼月白紛紛。

其三

幽意忽不愜，歸期無奈何。出門流水住，（劉云：水自無住，但出何氏林便覺景「今按，《集千家注杜工部詩集》卷二作「境」」別，如此最是妙意。）回首白雲多。自笑燈前舞，誰憐醉後歌。祇應與朋好，風雨亦來過。

夜月（今按，據姚本、刻者不詳明本、屠隆本、宋本《杜工部集》，當爲「月夜」）（天寶十五載，自鄜州及陷賊中所「今按，據姚本等，「所」下脱「作」字」。）

今夜鄜州月，閨中只獨看。遥憐小兒女，未解憶長安。（劉云：愈緩愈悲，俛仰具足。）香霧雲鬟濕，清輝玉臂寒。何時倚虚幌，雙照淚痕乾。

對雪

戰哭多新鬼，愁吟獨老翁。亂雲低薄暮，急雪舞回風。瓢棄樽無緑，爐存火似紅。數州消

息斷，愁坐正書空。

春望（至德二載在賊中作。）

國破山河在，城春草木深。感時花濺淚，恨別鳥驚心。（《涑水記聞》云：「山河在」、「草木深」，明無人、無物矣。花鳥，平時可娱之物，見之而泣，聞之而悲，則時可知矣。）烽火連三月，家書抵萬金。白頭搔更短，渾欲不勝簪。

喜達行在所三首（夏自賊中達行在所，拜左拾遺後所作。）

西憶岐陽信，無人遂却迴。眼穿當落日，心死著寒灰。霧樹行相引，蓮峯望或開。（今按，姚本、刻者不詳明本、牛斗本、屠隆本此處有注文「劉云：荒村歧路之間，望樹而往，並山曲折，或見其背，或見其面。非身歷顛沛，不知其言之工也」）所親驚老瘐（今按，據姚本、刻者不詳明本、屠隆本、宋本《杜工部集》，當爲「瘦」），辛苦賊中來。

其二

愁思胡笳夕，淒涼漢苑春。生還今日事，間道暫時人。（劉云：五字可傷，即旦暮人耳，暫時更警。）司隸章初覩，南陽氣已新。喜心翻倒極，嗚咽淚沾巾。（劉云：此豈隨人憂樂語？）

其三

死去憑誰報，歸來始自憐。（今按，姚本、刻者不詳明本、牛斗本、屠隆本此處有注文「劉云：獨行中路，間關憂患，累百言而不能訴者，一見垂淚」）猶瞻太白雪，喜遇武功天。影静千官裏，心蘇七校前。今朝漢社稷，新數中興年。

晚行口號（秋自鳳翔還鄜州作。）

三川不可到，歸路晚山稠。落鴈浮寒水，饑烏集戍樓。市朝今日異，喪亂幾時休。遠愧梁江總，還家尚黑頭。

月

天上秋期近，人間月影清。入河蟾不没，擣藥兔長生。只益丹心苦，能添白髮明。干戈知滿道，休照國西營。

收京

生意甘衰白，天涯正寂寥。忽聞哀痛詔，又下聖明朝。（劉云：沉痛敦厚，讀之墮淚。）羽翼懷商老，文思憶帝堯。叨陪罪己日，霑灑望青霄。

春宿左省（乾元元年春，在諫省所作。）

花隱掖垣暮，啾啾棲鳥過。星臨萬户動，月傍九霄多。不寢聽金鑰，因風想玉珂。明朝有封事，數問夜如何。

晚出左掖

晝（今按，據姚本、刻者不詳明本、屠隆本、宋本《杜工部集》，當爲「晝」）刻傳呼淺，春旗簇仗齊。退朝花底散，歸院柳邊迷。（劉云：濃麗可想。）樓雪融城濕，宮雲去殿低。避人焚諫草，騎馬欲鷄棲。（劉云：焚諫草者，不欲人知也，此事君當然之體。結語讀之數過，款款忠實。）

送賈閣老出汝州

西掖梧桐樹，空留一院陰。艱難歸故里，去住損春心。宮殿青門隔，雲山紫邏深。人生五馬貴，莫受二毛侵。

送翰林張司馬南海勒碑（相國制文。）

冠冕通南極，（劉云：大體。）文章落上台。詔從三殿去，碑到百蠻開。野館濃花發，春帆細雨來。（劉云：驛程旅館，又喜又悲。）不知滄海上，天遣幾時迴。（劉云：愛之，望之，祝之，願之。）

初月

光細弦欲上，影斜輪未安。微升古塞外，已隱暮雲端。（今按，姚本、刻者不詳明本、牛斗本、屠隆本此處有注文「劉云：凡詩未嘗無所託（屠隆本作「寄」）第不如注者之謬」）河漢不改色，關山空自寒。庭前有白露，暗滿菊花團。

月夜憶舍弟

戍鼓斷人行，邊秋一鴈聲。露從今夜白，月是故鄉明。有弟皆分散，無家問死生。寄書長不達，況乃未休兵。

秦州雜詩五首（乾元二年秋，棄官之秦州以後所作。）

滿目悲生事，因人作遠遊。遲迴度隴怯，浩蕩及關愁。（今按，姚本、刻者不詳明本、屠隆本、牛斗本此處有注文「劉云：只作（屠隆本作「在」）『及關』是」）水落魚龍夜，山空鳥鼠秋。西征問烽火，心折此淹留。

其二

秦州城北寺，傳是隗囂宮。苔蘚山門古，丹青野殿空。月明垂葉露，雲逐度溪風。清渭無

情極，愁時獨向東。（范德機云：渭水無情而知東向，爲臣子有人性而不知尊王之義，此子美愁時便有取於水也。）

其三

聞道尋源使，從天此路迴。牽牛去幾許，宛馬至今來。（今按，姚本、刻者不詳明本、牛斗本此處有注文「劉云：無緊要，有風刺。只是張騫，寫得好」）一望幽燕隔，何時郡國開。東征健兒盡，羌笛暮吹哀。

其四

未暇汎滄海，悠悠兵馬間。塞門風落木，客舍雨連山。（今按，姚本、刻者不詳明本、牛斗本此處有注文「劉云：對得渾」）阮籍行多興，龐公隱不還。東柯遂疏懶，休鑷鬢毛斑。

其五

鳳林戈未息，魚海路常難。候火雲峯峻，懸軍幕井乾。風連西極動，月過北庭寒。故老思飛將，何時議築壇。

望野（今按，據姚本、刻者不詳明本、宋本《杜工部集》，當爲「野望」）

清秋望不極，迢遞起層陰。遠水兼天浄，孤城隱霧深。葉稀風更落，山迥日初沉。獨鶴歸

何晚，昏鴉已滿林。

天河

常時任顯晦，秋至最分明。縱被微雲掩，終能永夜清。含星動雙闕，伴月落邊城。牛女年年度，何曾風浪生。

山寺

野寺殘僧少，山園細路高。麝香眠石竹，鸚鵡啄金桃。亂水通人過，懸崖置屋牢。上方重閣晚，百里見纖毫。

螢火

幸因腐草出，敢近太陽飛。未足臨書卷，時能點客衣。隨風隔幔小，帶雨傍林微。十月清霜重，飄零何處歸。（方虛谷云：説者謂此「腐草」、「太陽」以譏李輔國，凡評詩，正不當如此刻切拘泥。言之者無罪，聞之者足以戒。大丈夫耿耿者，不爲螢爝微光，於此自無相關。世之近「今按，李慶甲《瀛奎律髓彙評》作「僅」」明忽晦不常「今按，李慶甲《瀛奎律髓彙評》「不常」後有「者」字」，又豈止一輔國？則見此詩而自愧矣，學者觀大指可也。）

銅瓶

亂後碧井廢，時清瑶殿深。銅瓶未失水，百丈有哀音。側想美人意，應悲寒甃沉。蛟龍半

缺落，猶得折黄金。

促織

促織甚微細，哀音何動人。草根吟不穩，牀下夜相親。久客得無淚，故妻難及晨。悲絲與急管，感激異天真。（劉云：結得灑落，更自可悲。）

擣衣

亦知戍不返，秋至拭清砧。已近苦寒月，况經長别心。寧辭擣衣倦，一寄塞垣深。用盡閨中力，君聽空外音。

送遠

帶甲滿天地，胡爲君遠行。親朋盡一哭，鞍馬去孤城。（劉云：如畫出塞圖矣。）草木歲月晚，關河霜雪清。别離已昨日，因見古人情。（劉云：兩語兩意，别離則昨日矣。往往古人亦如我也，自怪其情之悲也。）

後遊（上元元年，在成都府所作。）

寺憶曾遊處，橋憐再渡時。江山如有待，花柳更無私。（劉云：必如此，可以言氣象矣。）野潤煙光

薄，沙喧日色遲。客愁全爲減，捨此復何之。

出郭

霜露晚淒淒，高天逐望低。遠煙鹽井上，斜景雪峯西。故國猶兵馬，他鄉亦鼓鼙。江城今夜客，還與舊烏啼。

村夜

風色蕭蕭暮，江頭人不行。村春雨外急，鄰火夜深明。（劉云：自然。）胡羯何多難，漁樵（今按，宋本《杜工部集》作「樵漁」）寄此生。中原有兄弟，萬里正含情。

春夜喜雨

好雨知時節，當春乃發生。隨風潛入夜，潤物細無聲。野徑雲俱黑，江船火獨明。曉看經（今按，姚本、四庫本、宋本《杜工部集》作「紅」）濕處，花重錦官城。

江亭

坦腹江亭暖，長吟野望時。水流心不競，雲在意俱遲。（張子韶云：其意與物初無間斷，比之陶淵明「雲無心而出岫，鳥倦飛而知還」，氣更混淪也。）寂寂春將晚，欣欣物自私。故林歸未得，排悶强裁詩。

和裴迪登新津寺寄王侍郎（王縉也。）

何限倚山木，吟詩秋葉黄。蟬聲集古寺，（劉云：自然。）鳥影度寒塘。風物悲遊子，登臨憶侍郎。老夫貪佛日，隨意宿僧房。

贈别何邕（寶應元年，在成都府所作。）

生死論交地，何由見一人。悲君隨燕雀，薄宦走風塵。綿谷元通漢，沱江不向秦。五陵花滿眼，傳語故鄉春。

客亭

秋牕猶曙色，木落（今按，宋本《杜工部集》作「落木」）更天風。日出寒山外，江流宿霧中。聖朝無棄物，老病已成翁。多少殘生事，飄零任轉蓬。

題玄武禪師屋壁

何年顧虎頭，滿壁畫滄洲。赤日石林氣，青天江海流。錫飛常近鶴，杯渡不驚鷗。似得廬山路，真隨惠遠遊。

翫月呈漢中王

夜深露氣清，江月滿江城。浮客轉危坐，歸舟應獨行。關山同一點（今按，姚本、刻者不詳明本、牛斗本、宋本《杜工部集》作「照」；《九家集注杜詩》卷二三載趙次公注云：「照」字舊一本作「點」，非也），烏鵲自多驚。欲得淮王術，風吹暈已生。

登牛頭山亭作（廣德元年，在梓州所作。）（今按，《全唐詩》、《杜詩詳注》皆作「登牛頭山亭子」）

路出雙林外，亭窺萬井中。江城孤照日，山谷遠含風。兵革身將老，關河信不通。猶殘數行淚，忍對百花叢。

章梓州水亭（時漢「今按，據宋本《杜工部集》卷十二，「漢」下當脫「中」字」王兼道士席謙在會，同用荷字韻。）

城晚通雲霧，亭深到芰荷。吏人橋外少，秋水席邊多。近屬淮王至，高門薊子過。荊州愛山簡，吾醉亦長歌。

數陪李梓州泛江有女樂在諸舫戲爲艷曲

上客迴空騎，佳人滿近船。江清歌扇底，野曠舞衣前。玉袖凌風並，金壺隱浪偏。競將明

媚色，偷眼艷陽天。

送元二適江左（元結也。）

亂後今相見，秋深復遠行。風塵爲客日，江海送君情。（劉云：淵淵乎其不可極。）晉室丹陽尹，公孫白帝城。（劉云：事語自別，丹陽係晉室，語其忠；公孫白帝城，則僭僞也。）經過自愛惜，取次莫論兵。（劉云：感［今按，姚本、刻者不詳明本作「或」，四庫本作「惑」，據高楚芳《集千家注杜工部詩集》卷九，當爲「戒」］其經過諭兵，豈非藩鎮節度使有難言者乎？能如此讀，方有少進。○此等結語，熟味最是深厚。）

有感二首

幽薊餘蛇豕，乾坤尚虎狼。諸侯春不貢，使者日相望。慎勿吞青海，無勞問越裳。大君先息戰，歸馬華山陽。

其二

丹桂風霜急，青楓日夜凋。由來强榦地，未有不臣朝。受鉞親賢往，卑宮制詔遥。終依古封建，豈獨聽簫韶。

愁坐

高齋常見野，愁坐更臨門。十月山寒重，孤城水氣昏。葭萌氐種迥，左擔犬戎屯。終日憂

奔走，歸期未敢論。

江亭王閬州筵餞蕭逐州（今按，據宋本《杜工部集》，「逐」當爲「遂」）（廣德二年，在閬州及成都所作。）

離亭非舊國，春色是他鄉。老畏歌聲短，愁聞（今按，宋本《杜工部集》作「從」，《杜詩詳注》作「隨」）舞曲長。二天開寵餞，五馬爛生光。川路風塵接，俱宜下鳳凰。

滕王亭子

寂寞春山路，君王不復行。古墻猶竹色，虚閣自松聲。（《石林詩話》云：「猶」、「自」二字皆工妙至到，人力不可及。）鳥雀荒村暮，雲霞過客情。尚思歌吹入，千騎把霓旌。

玉臺觀（滕王造。）

浩劫因王造，平臺訪古遊。綵雲蕭史駐，文字魯恭留。（劉云：又極典重。）宫闕通羣帝，乾坤到十洲。人傳有笙鶴，時過北（今按，宋本《杜工部集》作「此」）山頭。

暮寒

霧隱平郊樹，風含廣岸波。沉沉春色静，慘慘暮寒多。戍鼓猶長擊，林鶯遂不歌。忽思高

宴會，朱袖拂雲和。

别房太尉墓

他鄉復行役，駐馬别孤墳。近淚無乾土，低空有斷雲。（劉云：鍾情苦語著「低」、「近」二字，惟孟東野有之。）對碁陪謝傅，把劍覓徐君。（方虛谷云：生前之知，死後之感，足見少陵於房琯交誼不薄也。）惟見林花落，鶯啼送客聞。（劉云：好景，淒絶。）

觀李固請司馬題山水圖（廣德三［今按，據刻者不詳明本、《黄氏補注杜詩》卷二六，當爲「二」］年成都所作。）

方丈渾連水，天台總映雲。人間常（今按，姚本、刻者不詳明本、牛斗本、宋本《杜工部集》、《杜詩詳注》作「長」）見畫，老去恨空聞。（劉云：自傷足力之不繼也。）范蠡舟偏（今按，據姚本、刻者不詳明本、牛斗本、宋本《杜工部集》，當爲「偏」；「舟偏」，《杜詩詳注》卷十四注云：一作「偏舟」）小，王喬鶴不羣。此生隨萬物，何處出塵氛。

禹廟（永泰元年成都所作。）

禹廟空山裏，秋風落日斜。荒庭垂橘柚，古屋畫龍蛇。（孫萃［今按，當爲「莘」］老云：橘柚錫貢，驅龍蛇，皆禹之事，公因見此有感也。○劉云：皆本色語暗用。）雲氣生虛壁，江聲走白沙。早知乘四載，疏鑿

控三巴。（劉芷堂光庭云：嘗侍須溪先生，論及《禹廟》詩，至結語，先生云：「此言禹功，疏鑿自三巴而始。禹廟在上流，故控持也，言三巴皆控持於此。」「早知」，言其氣力之盛壯也。）

哭嚴僕射歸櫬

素幔隨流水，歸舟返舊京。老親如宿昔，部曲異平生。風送蛟龍雨，（劉云：謂其化爲蛟龍，而風雨之情境慘然與天地意稱。）天長驃騎營。一哀三峽暮，遺後見君情。

旅夜書懷

細草微風岸，危檣獨夜舟。星隨（今按，宋本《杜工部集》卷十四作「垂」）平野闊，月湧大江流。（劉云：等閑星月，着一「湧」字，夐覺不同。）名豈文章著，官因老病休。飄飄何所似，天地一沙鷗。

長江

浩浩終不息，乃知東極臨。衆流歸海意，萬國奉君心。色借瀟湘闊，聲驅灩澦深。未辭添霧雨，接上遇衣襟。（劉云：接上，不可曉。）

承聞故房相公靈櫬自閬州啓殯歸葬東都有作

遠聞房太守，歸葬陸渾山。一德興亡（今按，據宋本《杜工部集》、《杜詩詳注》，當爲「王」）後，（劉云：豈玄

齡後耶？）孤魂久客間。孔明多故事，安石竟崇班。他日嘉陵淚，仍沾楚水還。

船下夔州郭宿雨濕不得上岸别王十二判官（大曆元年夔州所作。）

依沙宿舸船，石瀨月娟娟。風起春燈亂，江鳴夜雨懸。（劉云：精章［今按，刻者不詳明本、牛斗本、明玉几山人本《集千家注杜工部詩集》卷十四同此，姚本作「萃」］不刻［今按，四庫本作「刊」］。）晨鐘雲外濕，勝地石堂偏。柔櫓輕鷗外，含悽覺汝賢。

憶鄭南玭（玭，音泚，玉色也，言石似玉。公憶之而賦。）

鄭南伏毒寺，瀟灑到江心。石影銜珠閣，泉聲帶玉琴。風杉曾曙倚，雲嶠憶春臨。萬里蒼茫水，龍蛇只自深。

宿江邊閣

暝色延山徑，高齋次水門。薄雲巖際宿，孤月浪中翻。鸛鶴追飛盡，豺狼得食喧。不眠憂戰伐，無力正乾坤。

洞房（趙次公云：此詩思長安而懷帝闕也。）

洞房環珮冷，玉殿起秋風。秦地應新月，龍池滿舊宮。繫舟今夜遠，清漏往時同。（劉云：何

限言外。）萬里黄山北，園林（今按，姚本、牛斗本、刻者不詳明本、宋本《杜工部集》、《杜詩詳注》作「陵」）白露中。（劉云：語不迫切，而意獨至。悲慨滿目，然不低黯，故自可望。［今按，《集千家注杜工部詩集》卷十五同此，刻者不詳明本「黯」字爲墨丁，無「望」字，牛斗本「黯」「望」二字皆塗去，屠隆本缺此頁；姚本「黯」作「回」，「望」作「傷」。］）

宿昔

宿昔青門裏，蓬萊仗數移。花嬌迎雜樹，龍喜出平池。落日留王母，微風倚少兒。宫中行樂秘，少有外人知。（劉云：猥褻不凡，風刺俱有。）

驪山

驪山絶望幸，花萼罷登臨。地下無朝燭，人間有賜金。（劉云：使人不忍言好。）鼎湖龍去遠，銀海鴈飛深。萬歲蓬萊日，長懸舊羽林。

吾宗（公自注云：衛倉曹崇簡也。）

吾宗老孫子，質樸古人風。耕鑿安時論，衣冠與世同。在家常早起，憂國願年豐。（劉云：山林塵士，婉有餘情。）語及君臣際，經書滿腹中。

中宵

西閣百尋餘，中宵步綺疏。飛星過水白，落月動沙虚。（劉云：語無詭時［今按，據高楚芳《集千家注

杜工部詩集》卷十六，當爲「特」」，寫景入微。）擇木知幽鳥，潛波想巨魚。親朋滿天地，兵甲少來書。

草閣（大曆二年夔州所作。）

草閣臨無地，柴扉永不關。魚龍迴夜水，星月動秋山。久露晴初濕，高雲薄未還。泛舟慙小婦，飄泊損紅顔。

十七夜對月

秋月仍圓夜，江村獨老身。捲簾還照客，倚杖復隨人。（劉云：自是不經人道，誰不了此？）光射潛虬動，明翻宿鳥頻。茅齋依橘柚，清切露華新。

日暮

牛羊下來久，各已閉柴門。風月自清夜，江山非故園。（劉云：人人能言，人人不能言，與「可惜歡娱地」同耳。）石泉流暗壁，草露滴秋原。頭白明燈裏，何須花燼繁。

曉望

白帝更聲盡，陽臺曙色分。高峯寒上日，疊嶺宿霾雲。地坼江帆隱，天清木葉聞。（劉云：語至不可解，則妙耳。）荆扉對麋鹿，應共爾爲羣。

中夜

中夜江山静，危樓望北辰。長爲萬里客，有愧百年身。故國風雲氣，高堂戰伐塵。胡雛負恩澤，嗟爾太平人。

夜

絶岸風威動，寒房燭影微。嶺猿霜外宿，江鳥夜深飛。獨坐親雄劍，哀歌歎短衣。煙塵繞閶闔，白首壯心違。

刈稻了詠懷

稻穫空雲水，川平對石門。寒風疏草木，旭日散雞豚。野哭初聞戰，樵歌稍出村。無家問消息，作客信乾坤。（劉云：初聞其戰，後見野哭而已，五字悲甚。「稍」字尤蕭索可憐。結意沉著，非託之悠悠者。）

公安縣懷古（大曆三年公安縣作。）

野曠吕蒙營，江深劉備城。寒天催日短，風浪與雲平。灑落君臣契，飛騰戰伐名。維舟倚前浦，長嘯一含情。

登岳陽樓（下岳陽所作。）

昔聞洞庭水，今上岳陽樓。吴楚東南坼，乾坤日夜浮。（劉云：氣壓百代，爲五言雄渾之絶。）親朋無一字，老病有孤舟。戎馬關山北，憑軒涕泗流。（《唐子西語録》云：子美《岳陽樓》詩，氣象宏放，涵蓄深遠，殆與洞庭爭雄。）

祠南夕望

百丈牽江色，孤舟泛日斜。興來猶杖屨，目斷更雲沙。山鬼迷春竹，湘娥倚暮花。湖南清絶地，萬古一長嗟。

五言律詩卷之八　唐詩品彙六十三

羽翼

王　灣

次北固山下

（《河岳英靈集》作《江南意》，起結四句不同。）

客路青山外，行舟緑水前。潮平兩岸闊，風正一帆懸。海日生殘夜，江春入舊年。（殷璠云：詩人已來，少有此句。張燕公手題進士堂［今按，據《唐人選唐詩十種》本《河岳英靈集》，當爲「政事堂」］，每示能文，今［今按，據姚本、《唐人選唐詩十種》本《河岳英靈集》，當爲「令」］爲楷式。）鄉書何處達，歸鴈洛陽邊。

盧　象

雜詩

家居五原上，征戰是平生。獨負山西勇，誰當塞上名。死生遼海戰，雨雪薊門行。諸將封

侯盡，論功獨不成。（劉須溪云：十字纔有沉着之意。○方虚谷云：感慨有餘［今按，李慶甲《瀛奎律髓彙評》卷三〇作「味」］，但五原、山西、遼海、薊門，四處相遥遠，詩寓意言辛苦，以譏夫偶然而成名者未必皆辛苦也。）

峽中作

高唐幾百里，樹色接陽臺。晚見江山霽，宵聞風雨來。雲從三峽起，天向數峯開。靈境信難見，輕舟那可回。

崔　灝（今按，當爲「顥」）

長門怨

君王寵初歇，棄妾長門宫。紫殿蒼苔滿，高樓明月空。夜愁生枕席，春意罷簾櫳。泣盡無人問，容華落鏡中。

贈梁州張都督

聞君爲漢將，虜騎不南侵。出塞清沙漠，還家拜羽林。風霜臣節苦，歲月主恩深。爲語西河使，知予報國心。

送單于裴都護赴西河

征馬去翩翩，城秋月正圓。單于莫近塞，都護欲臨邊。漢驛通煙火，胡沙乏井泉。功成須獻捷，未必去經年。

寄盧象

客從巴水度（今按，《全唐詩》作「渡」），傳爾泝行舟。是日風波霽，高唐雨半收。青山滿蜀道，緑水向荆州。不作書相問，誰能慰别愁。

題潼關樓

客行逢雨霽，歇馬上津樓。山勢雄三户（今按，《全唐詩》作「輔」），關門扼九州。川從陝路去，河繞華陰流。向晚登臨處，風煙萬里愁。

題沈隱侯八詠樓

梁日東陽守，爲樓望越中。緑䆫明月在，青史古人空。江静聞山狖，川長數塞鴻。登臨白雲晚，流恨此遺風。

晚入汴水

昨晚南行楚，今朝北泝河。客愁能幾日，鄉路漸無多。晴景摇津樹，春風起棹歌。長淮亦已盡，寧復畏潮波。

祖詠

江南旅情

楚山不可極，歸路但蕭條。海色晴看雨，江聲夜聽潮。劍留南斗近，書寄北風遥。爲報空潭橘，無媒寄洛橋。

泊揚子岸（今按，《全唐詩》卷一三一作「揚子津」）

纔入維揚郡，鄉關此路遥。林藏初霽雨，風退欲歸潮。江火明沙岸，雲帆礙浦橋。客衣今日薄，寒氣近來饒。

泗上馮使君南樓作

井邑連淮泗，南樓向晚過。望灘沙鷺起，尋岸浴僮歌。近海雲偏出，兼秋雨更多。明晨擬

回棹，歸思恨風波。

留別盧象

朝來已握手，宿別更傷心。灞水行人渡，商山驛路深。故情君且足，謫宦我難任。直道皆如此，誰能淚滿襟。

題韓少府水亭

梅福幽棲處，佳期不忘還。鳥啼當户竹，花繞傍池山。水氣侵堦冷，藤陰覆座閑。寧知武陵趣，宛在市朝間。

蘇武別業（今按，據姚本、刻者不詳明本、《河岳英靈集》卷下、《極玄集》卷上、《全唐詩》卷一三一，「蘇武」當爲「蘇氏」；《國秀集》卷下作「蘇門別業」）

別業居幽處，到來生隱心。南山當户牖，灃水映園林。竹覆經冬雪，庭昏未夕陰。寥寥人境外，閑坐聽春禽。

宿陳留李少府宅

相知有叔卿，訟簡夜彌清。旅泊倦愁卧，空堂聞曙更。風簾摇燭影，秋雨帶蟲聲。歸思那

堪說，悠悠恨洛城。

扈從御宿池

君王既巡狩，輦路入秦京。遠樹低搶（今按，《全唐詩》作「槍」）壘，孤山入幔城。寒疏清禁漏，夜警羽林兵。誰念迷方客，長懷魏闕情。

儲光羲

漢陽即事

楚國千里遠，孰知方寸違。春遊歡有客，夕寢賦無衣。江水帶冰緑，桃花隨雨飛。九歌有深意，捐佩乃言歸。（《詩》云：「豈曰無衣，與子同仇。」儲時以禄山僞官而貶，故末句復有「捐佩」之語。）

臨江亭

古木嘯寒禽，層城帶夕陰。梁園多緑樹，楚岸盡楓林。山際豈爲險，江流長自深。平生何以恨，天地本無心。

渭橋

停車渭橋暮，望望入秦京。不見鵷鸞道，如聞歌吹聲。鄉魂涉江水，客路指蒲城。獨有故樓月，今來亭上明。

寒夜江口泊舟

寒潮信未起，出浦纜孤舟。一夜苦風浪，自然增旅愁。吴山遲海月，楚火照江流。欲有知音者，異鄉誰可求。

苑外至龍興院作

朝遊天苑外，忽見法筵開。山勢當空出，雲陰滿地來。疏鐘清月殿，幽梵静花臺。日暮香林下，飄飖仙步迴。

題虬上人房

禪宫分兩地，傳（今按，《全唐詩》卷一三九、四庫全書本《儲光羲詩集》卷五作「釋」）子一爲心。入道無來去，清言見古今。江寒池水緑，山暝竹園深。别有中天月，遥遥散夕陰。

詠山泉

山中有流水，借問不知名。映地爲天色，飛空作雨聲。轉來深澗滿，分出小池平。恬澹無人見，年年長自清。

李　頎

望秦川

秦川朝望迥，日出正東峯。遠近山河浄，逶迤城闕重。秋聲萬户竹，寒色五陵松。客有歸歟歎，淒其霜露濃。

宴陳十六樓（樓枕金谷。）

西樓對金谷，此地古人心。白日落庭内，黄花生澗陰。四隣見疏木，萬井度寒砧。石上題詩處，千年留至今。

晚歸東園

荆扉帶郊郭，稼穡滿東菑。倚杖寒山暮，鳴梭秋葉時。回雲覆陰谷，返景照霜梨。澹泊真

吾事，清風別自兹。

送錢子入京

夜夢還京北，鄉心恨擣衣。朝逢入秦使，走馬喚君歸。驛路清霜下，關門黃葉稀。還家應信宿，看子速如飛。

送人尉閩中

可歎芳菲日，分爲萬里情。閶門折垂柳，御苑聽殘鶯。海戍通閩邑，江航過楚城。客心君莫問，春草是王程。

送盧逸人

洛陽爲此別，攜手更何時。不復人間見，祇應海上期。清溪入雲木，白首卧茅茨。共惜盧敖去，天邊望所思。

送竇參軍

城南送歸客，舉酒對林巒。暄鳥迎風囀，春衣度雨寒。桃花開翠幕，柳色拂金鞍。公子何時至，無令芳草闌。

送人歸沔南

梅花今正發，失路復何如。舊國雲山在，新年風景餘。春饒漢陽夢，日寄武陵書。可即明時老，臨川莫羨魚。

綦毋潛

題靈隱寺山頂院

招提此山頂，下界不相聞。塔影掛清漢，鐘聲和白雲。觀空静室掩，行道衆香焚。且駐西來駕，人天日未曛。

宿龍興寺

香刹夜忘歸，松清古殿扉。燈明方丈室，珠繫比丘衣。白日傳心浄，青蓮喻法微。天花落不盡，處處鳥銜飛。

若耶溪逢孔九

相逢此溪曲，勝託在煙霞。潭影竹間動，巖陰簷外斜。人言上皇代，犬吠武陵家。借問淹

留日，春風滿若耶。

題沈東美員外山池

仙郎偏好道，鑿沼象瀛洲。魚樂隨情性，舟行（今按，姚本、刻者不詳明本、牛斗本［屠隆本缺此頁］作「行舟」，《全唐詩》作「船行」）任去留。秦人辨雞犬，堯日識巢由。歸客衡門外，仍憐返景幽。

送章彝下第

長安渭橋路，行客別時心。獻賦温泉畢，無媒魏闕深。黄鶯啼就馬，白日暗歸林。三十名未立，君還惜寸陰。

王昌齡

胡笳曲

城南虜已合，一夜幾重圍。自有金笳引，能令出塞飛。聽臨關月苦，清入海風微。三奏高樓曉，胡人掩淚歸。

和振上人秋夜懷士會

白露傷草木，山風吹夜寒。遥林夢親友，高興發雲端。郭外秋聲急，城邊月色殘。瑶琴多遠思，更爲客中彈。

客廣陵

樓頭廣陵近，九月在南徐。秋色明海縣，寒煙生里閭。夜帆歸楚客，昨日渡江書。爲問易名叟，垂綸不見魚。

駕幸河東二首（今按，第一首《全唐詩》題作《駕出長安》）

聖德超千古，皇風扇九圍。天回萬象出，駕動六龍飛。淑氣來黄道，祥雲覆紫微。太平多扈從，文物有光輝。

其二

晉水千廬合，汾橋萬國從。開唐天業盛，入沛聖恩濃。下輦回三象，題碑任六龍。睿明懸日月，千載此時逢。

少年行

走馬遠相尋，西樓下夕陰。結交期一劍，留意贈千金。高閣歌聲遠，重門柳色深。夜闌（今按，《全唐詩》卷一四〇同此，姚本、刻者不詳明本、牛斗本［屠隆本缺此頁］、《全唐詩》卷二一四、四庫本《樂府詩集》卷六六作「閑」）須盡飲，莫負百年心。

塞上曲

邊頭何慘慘，已葬霍將軍。部曲皆相弔，燕南代北聞。功勳多被黜，兵馬亦尋分。更遣黄龍戍，唯當哭塞雲。

張　謂

送裴侍御歸上都

楚地勞行役，秦城罷鼓鼙。舟移洞庭岸，路入武陵溪。江月隨人影，山花趁馬蹄。離魂將別夢，先已到關西。

送青龍一公

事佛輕金印，勤王度玉關。不知從樹下，還肯到人間。楚水青蓮浄，吴門白日閑。聖朝須

助理，絶莫愛東山。

寄李侍御

柱下聞周史，書中慰越吟。近看三歲字，遥見百年心。價以吹嘘長，恩從顧盼深。不栽桃李樹，何日得成陰。

寄崔灃州

共祼臺郎被，俱褰郡守帷。罰金殊往日，鳴玉幸同時。五馬來何晚，雙魚贈已遲。江頭望鄉月，無夜不相思。

郡南亭子宴

亭子春城外，朱門向緑林。柳枝經雨重，松色帶煙深。漉酒迎山客，穿池集水禽。白雲常在眼，聊足慰人心。

同王徵君湘中有懷（此詩又見嚴維集。）

八月洞庭秋，瀟湘水北流。還家萬里夢，爲客五更愁。不用開書帙，偏宜上酒樓。故人京洛滿，何日復同遊。

揚州雨中張十七宅觀妓

夜色帶寒煙，燈花拂更燃。殘粧添石黛，艷舞落金鈿。掩笑須歆扇，迎歌乍弄絃。不知巫峽雨，何事海西邊。

賈　至

長門怨

獨坐思千里，春庭曉景長。鶯喧翡翠幕，柳暗鬱金堂。舞蝶縈愁緒，繁花對靚粧。深情託瑶瑟，絃斷不成章。

銅雀臺

日暮銅臺静，西陵烏雀歸。撫絃心斷絶，聽管淚霏微。靈几臨朝奠，空牀卷夜衣。蒼蒼川上月，應照妾魂飛。

侍宴曲

雲陛褰珠扆，天墀覆緑楊。隔簾粧隱映，向席舞低昂。鳴珮長廊静，開冰廣殿涼。歡餘劍

履散，同輦入昭陽。

對酒曲

梅發柳依依，黄鸝歷亂飛。當歌憐酒色，對酒惜芳菲。曲水浮花氣，流風散舞衣。通宵留暮雨，上客莫言歸。

南州有贈二首（今按，第一首《全唐詩》題作《岳陽樓宴王員外貶長沙》）

極浦三春草，高樓萬里心。楚山晴靄碧，湘水暮流深。忽與朝中舊，同爲澤畔吟。停杯試北望，還欲淚沾襟。

其二（今按，《全唐詩》作《送陸協律赴端州》）

越井人南去，湘川水北流。江邊數杯酒，海内一孤舟。嶺嶠同仙客，京華即舊遊。春心將别恨，萬里共悠悠。

崔　署（今按，「署」，四庫本作「曙」）

途中曉發

曉霽長風裏，勞歌赴遠期。雲輕歸海疾，月滿下山遲。旅望因高盡，鄉心遇物悲。故林遥

不見，況在落花時。

緱山廟

遺廟宿陰陰，孤峯映緑林。步隨仙路遠，意入道門深。澗水流年月，山雲變古今。祇聞風竹裏，猶有鳳笙音。

同諸公謁啓母祠

閟宫凌紫微，芳草閉閑扉。帝子復何在，王孫遊不歸。春風鳴玉珮，暮雨拂靈衣。豈但湘江口，能令懷二妃。

常　建

破山寺後禪院

清晨入古寺，初日照高林。曲徑通幽處，禪房花木深。山光悦鳥性，潭影空人心。萬籟此俱寂，惟聞鐘磬音。

泊舟盱眙

泊舟淮水次，霜降夕流清。夜久潮侵岸，天寒月近城。平沙依鴈宿，候館聽雞鳴。鄉國雲霄外，誰堪羈旅情。

江行

平湖四無際，此夜泛孤舟。明月異方意，吴歌令客愁。鄉園碧雲外，兄弟緑（今按，《全唐詩》卷一四四作「淥」）江頭。萬里無歸信，傷心看斗牛。

裴　迪

過感配寺曇興上人山院（今按，「感配寺」，《全唐詩》卷一二九、《王右丞集箋注》卷七王維詩及所附裴迪此詩皆作「感化寺」）

不遠灞陵邊，安居向十年。入門穿竹徑，留客聽山泉。鳥轉（今按，據《全唐詩》，當爲「囀」）深林裏，心閑落照前。浮名竟何益，從此願棲禪。

夏日過青龍寺謁操禪師

安禪一室内，左右竹亭幽。有法如不染，無言誰敢酬。鳥飛争向夕，蟬噪已先秋。煩暑自茲退，清涼何處求。

張子容

雲陽驛陪崔使君邵道士夜宴

一尉東南遠，誰知此夜歡。諸侯傾皂蓋，仙客整黄冠。染翰燈花滿，飛觴雲氣寒。欣承國士遇，更借美人看。

除夜樂城逢孟浩然

遠客襄陽郡，來過海畔（今按，《全唐詩》卷一一六作「岸」）家。樽開柏葉酒，燈發九枝花。妙曲逢盧女，高才得孟嘉。東山行樂意，非是競繁華。

寇坦

同皇甫兵曹天宫寺浴室新成招友人賞會

温室歡初就，蘭交托勝因。共聽無漏法，兼濯有爲塵。水潔三空性，香沾四大身。清心多善友，頌德慰同人。

鄭德玄

晚至鄉亭

長亭日已暮，駐馬暫盤桓。山川杳不極，徒侣默相看。雲夕荆臺暗，風秋郢路寒。客心一如此，誰復采芳蘭。

蔡希寂

陝中作

西別秦關近，東行陝服長。川原餘讓畔，歌吹憶遺棠。河水流城下，山雲起路傍。更憐棲

泊處，池館繞林篁。

薛　據

題丹陽陶司馬廳

高鑒清洞徹，儒風人進難。詔書增寵命，才子益能官。門帶山光晚，城臨江水寒。唯余（今按，傅璇琮校點《河岳英靈集》卷下同此，《全唐詩》卷二五三作「餘」）好文客，時得詠幽蘭。

閻　防

與永樂諸公泛黄河作

煙深載酒入，但覺暮川虚。映水見山火，鳴榔聞夜漁。愛兹山水趣，忽與世人疏。無暇燃官燭，中流有望舒。

殷　遥

友人山亭

故人從（今按，《全唐詩》作「雖」）薄宦，往往涉清溪。鑿牖對山月，褰裳拂澗霓。遊魚逆水上，宿

鳥向風棲。一見桃花發，能令秦漢迷。

丁仙芝

剡溪館聞笛

夜久聞羌笛，寥寥虚客堂。山空響不散，溪静曲宜長。草木生邊氣，城池泛夕涼。虚然異風出，髣髴宿平陽。

渡楊子江

桂檝中流望，空波兩畔明。林開楊子驛，山出潤州城。海盡邊陰静，江寒朔吹生。更聞楓葉下，淅瀝度秋聲。

長寧公主舊山池

平陽舊池館，寂寞使人愁。座卷琉黄簟，簾垂白玉鉤。庭閑花自落，門閉水空流。追想吹簫處，應隨仙騎遊。

張　巡

聞笛（此篇守睢陽而作也。睢陽忠節之士，其表見於世者，非以文墨，而詩可見者，使人誦之加敬。）

岧嶤試一臨，虜騎附城陰。不辨風塵色，安知天地心。門開邊月近，戰苦陣雲深。旦夕更樓上，遥聞横笛音。

張　均

岳陽晚景

晚景寒鴉集，秋風旅鴈歸。水光浮日出，霞彩映江飛。洲白蘆花吐，園紅柿葉稀。長沙卑濕地，九月未成衣。

韋　迢

早發湘潭寄杜員外院長

北風昨夜雨，江上早來涼。楚岫千峯翠，湘潭一葉黄。故人湖外客，白首尚爲郎。相憶無

南鴈，何時有報章。

顔真卿

登平望橋下作

登臨試長望，望極與天平。際海蒹葭色，終朝鳧鴈聲。近山全髣髴，遠水忽微明。更覽諸公作，知高題柱名。

李　憕

和户部楊員外伯成寓直（按，《韋韜傳》有户部郎中楊伯成。）

落日彌綸地，公才畫省郎。詞驚起草筆，坐引護衣香。雙闕天河近，千門夕漏長。遥知臺上宿，不獨有文强。

丘　爲

尋廬山崔徵君

日高雞犬静，門掩向寒塘。夜竹深茆宇，秋庭（今按，《全唐詩》作「亭」）冷石牀。住山年已遠，服

藥壽偏長。虚棄浮生者，相逢益自傷。

張　軫

舟行旦發

夜帆時未發，同侶暗相催。山曉月初下，江鳴潮自（今按，《全唐詩》作「欲」）來。稍分楊子岸，不辨越王臺。自客水鄉裏，舟行知幾迴。

徐　晶（今按，《搜玉小集》、中華書局本《全唐詩》卷七五、四庫本作「晶」；姚本等及《文苑英華》卷三一五作「畾」）

同蔡孚五亭詠

獨（今按，《全唐詩》作「章」）奏丹墀罷，雲泉別業歸。拂琴鋪野席，牽柳掛朝衣。翡翠巢書幌，鴛鴦立釣磯。幽棲可憐處，春事滿林扉。

閭丘曉

夜渡淮（今按，《全唐詩》作「江」）

舟人自相報，落日下芳潭。夜火連河（今按，《全唐詩》作「淮」）市，春風滿客帆。水窮滄海畔，路盡小山南。且喜鄉園近，言榮意未甘。

五言律詩卷之九　唐詩品彙六十四

接武（上）

劉長卿

穆陵關北逢人歸漁陽

逢君穆陵路，匹馬向桑乾。楚國蒼山古，幽州白日寒。城池百戰後，耆舊幾家殘。處處蓬蒿徧，歸人掩淚看。

逢郴州使因寄嚴協律（今按，《全唐詩》「嚴」作「鄭」）

相思楚天外，夢寐楚猿吟。更落淮南葉，難爲江上心。衡陽問人遠，湘水向君深。欲逐孤帆去，茫茫何處尋。

岳陽館中望洞庭湖

萬古巴丘戍，平湖此望長。問人何淼淼，愁暮更蒼蒼。疊浪浮元氣，中流没太陽。孤舟有歸客，早晚達瀟湘。

北歸次秋浦界清溪館

萬嶺猿啼斷，孤村客暫依。鴈過彭蠡暮，人向宛陵稀。舊路青山在，餘生白首歸。漸知行近北，不見鷓鴣飛。

使還至菱陂驛渡淛水作

清川已再涉，疲馬共西還。何事行人倦，終年流水閑。孤煙飛廣澤，一鳥向空山。愁入雲峰裏，蒼蒼閉古關。

松江獨宿

洞庭初下葉，孤客不勝愁。明月天涯夜，青山江上秋。一官成白首，萬里寄滄洲。久被浮名繫，能無愧海鷗。

餘干旅舍

搖落暮天迥，青楓霜葉稀。孤城向水閉，獨鳥背人飛。渡口月初上，鄰家漁未歸。鄉心正欲絶，何處擣寒衣。

秋日登吴公臺上寺遠眺（寺即陳時吴明徹戰場。）

古臺摇落後，秋入望鄉心。野寺來人少，雲峰隔水深。夕陽依舊壘，寒磬滿空林。惆悵南朝事，長江獨至今。

經漂母墓

昔賢懷一飯，兹事已千秋。古墓樵人識，前朝楚水流。渚蘋行客薦，山木杜鵑愁。春草茫茫緑，王孫舊此遊。（方虚谷云：長卿意深不露，蓋謂楚漢興亡，唯有流水耳，一老母之墓，樵人猶能識之，亦以其有一飯之德於一時也。）

長沙桓王墓下書事别張南史

長沙千載後，春草獨萋萋。流水朝還暮，行人東復西。碑苔幾字滅，山木萬株齊。唯有年芳在，相看惜解攜。

赴新安别梁侍郎

新安君莫問，此路水雲深。江海無行跡，孤舟何處尋。青山空向淚，白月豈知心。縱有餘生在，終傷老病侵。

送李中丞歸漢陽别業

流落征南將，曾驅十萬師。罷歸復舊業，老去戀明時。獨立三邊静，輕生一劍知。茫茫江漢上，日暮欲何之。

送使君貶連州（今按，據《全唐詩》、《劉隨州集》，「使君」前當脱「李」字，四庫本作「劉」）

獨過長沙去，誰堪此路愁。秋風散千騎，寒雨泊孤舟。賈誼辭明主，蕭何識故侯。漢庭當自召，湘水但空流。

送舍弟之鄱陽居

鄱陽寄家處，自别掩柴扉。故里何人（今按，《全唐詩》作「人何」）在，滄波孤客歸。湖山春草遍，雲木夕陽微。南去逢回鴈，應憐相背飛。

送王端公入秦赴上都（今按，據《全唐詩》卷一四七、四庫本《劉隨州集》卷二，「秦」當爲「奏」）

舊國無家訪，臨岐亦羨歸。途經百戰後，客過二陵稀。秋草通征騎，寒城背落暉。行當蒙顧問，吴楚歲頻饑。

送李二十四移家之江州

煙塵猶滿目，岐路亦沾衣。遷客多南渡，征鴻自北飛。九江春草緑，千里暮潮歸。別後誰相訪，全家隱釣磯。

送張繼司直適越（今按，《中興間氣集》卷下同此，《全唐詩》卷一四八作《送行軍張司馬罷使回》，注云：一作《送張扈司直歸越中》）

時危身適越，事往任浮沉。萬里三江（今按，《中興間氣集》作「江山」）去，孤舟（今按，《全唐詩》作「當時」，注云：一作「孤城」）百戰心。春風吴渚（今按，《全唐詩》作「苑」，注云：一作「草」）緑，古木剡溪（今按，《中興間氣集》卷下、《全唐詩》作「山」）深。明月（今按，四庫本《中興間氣集》卷下作「日」）滄洲路，歸雲不可尋。

餞別王十一南遊

望君煙水闊，揮手淚沾巾。飛鳥没何處，青山空向人。長江一帆遠，落日五湖春。誰見汀洲上，相思愁白蘋。

過蕭尚書故居見李花感而成詠

手植已芳菲，傷心（今按，《全唐詩》作「心傷」）故徑微。往年啼鳥至，今日主人非。滿地誰當掃，隨風豈復歸。空憐舊陰在，門客淚（今按，《全唐詩》作「共」）沾衣。

雨中過袁稷巴陵山居贈别（今按，《文苑英華》卷二八七、《劉隨州集》卷二、《全唐詩》卷一四七「袁」皆作「員」）

憐君洞庭上，白髮向人垂。積雨悲幽獨，長江對别離。牛羊歸故道，鳥雀聚寒枝。明發遥相望，雲山不可知。

尋南溪常道士

一路經行處，莓苔見屐（今按，《全唐詩》作「履」）痕。白雲依静渚，芳草閉閑門。過雨看松色，隨山到水源。溪花與禪意，相對亦忘言。

碧潤別墅喜皇甫侍御相訪

荒村帶晚（今按，《全唐詩》作「返」）照，落葉亂紛紛。古路無行客，空（今按，《全唐詩》作「寒」）山獨見君。野橋經雨斷，澗水向田分。不爲憐同病，何人到曰（今按，據姚本、四庫本，當爲「白」）雲。（方虚谷云：此詩句句明潤。）

過湖南羊處士別業

杜門成白首，湖上寄生涯。秋草蕪（今按，姚本、屠隆本、牛斗本、刻者不詳明本、《文苑英華》作「無」）三徑，寒塘獨一家。鳥歸村落静（今按，《全唐詩》作「盡」），水向縣城斜。愛子醒還醉，東籬菊正花。

送道標上人歸南嶽

悠然倚孤棹，卻憶卧中林。江草將歸遠，湘山獨往深。白雲留不住，緑水去無心。衡嶽千峰亂，禪房何處尋。

送勤照和尚往睢陽赴太守請

燃燈傳七祖，杖錫爲諸侯。去住雲無意，東西水自流。青山春滿目，白月夜隨舟。知到梁園下，蒼生賴此遊。

秋夜肅公房喜普門上人自陽羡山至

山棲久不見，林下偶同遊。早晚來香積，何人住沃洲。寒禽驚後夜，古木帶高秋。却入千峰去，孤雲不可留。

重陽岳城樓送屈突司直（今按，「岳」，《文苑英華》卷三一二、《劉隨州集》卷二、《全唐詩》卷一四七皆作「鄂」）

登高復送遠，惆悵洞庭秋。風景同千古，雲山滿上遊。蒼蒼來暮雨，淼淼逐寒流。今日關中事，蕭何共爾憂。

晚行次苦竹館却憶于越舊遊（今按，「于」，據屠隆本、刻者不詳明本、《文苑英華》卷二九八、《全唐詩》卷一四七，當爲「干」）

匹馬風塵色，千峰旦暮時。遥看落日盡，獨向遠山遲。故驛花臨道，荒村竹映籬。誰憐却迴首，步步戀南枝。

秋夜雨中過靈光寺所居

晤語青蓮舍，重門閉夕陰。向人寒燭静，帶雨夜鐘深。流水從他事，孤雲任此心。不能捐

斗粟，終日愧瑤琴。

海鹽官舍早春

小邑滄洲吏，新年白首翁。一官如遠客，萬事極飄蓬。柳色孤城裏，鶯聲細雨中。羈心早已亂，何事更春風。

新年作

鄉心新歲切，天畔獨潸然。老至居人下，春歸在客先。嶺猿同旦暮，江柳共風煙。已似長沙傳（今按，據姚本，當爲「傅」），從今又幾年。

錢　起

和萬年成少府寓直

赤縣新秋夜，文人藻思催。鐘聲自仙掖，月色近霜臺。一葉兼螢度，孤雲帶鴈來。明朝紫書下，應問長卿才。

登復州南樓

孤樹延春日，他山卷曙霞。客心湖上鴈，歸思日邊花。行李迷方久，歸期涉歲賒。故人雲路隔，何處寄瑶華。

晚次宿豫館

鄉心不可問，秋氣又相逢。飄泊方千里，離悲復幾重。迴雲隨去鴈，寒露滴鳴蛩。延頸遥天末，如聞故國鐘。

贈鄰居齊六司倉

沉冥衆所遺，咫尺絶佳期。始覺衡門下，翛然太古時（今按，姚本、刻者不詳明本、屠隆本、牛斗本作「姿」）。雞聲共林（今按，《全唐詩》卷二三七、《錢仲文集》卷四作「鄰」，《全唐詩》注云：一作「村」）巷，燭影隔茅茨。坐惜牛羊徑，芳蓀白露滋。

宴鬱林觀張道士房

滅跡人間世，忘歸象外情。竹壇秋月冷，山殿夜鐘清。仙侶披雲集，霞杯達曙傾。同歡不可再，朝暮赤龍迎。

裴迪南門秋夜對月

夜來詩酒興，月滿謝公樓。影閉重門静，寒生獨樹秋。鵲驚隨葉散，螢遠入煙流。今夕遥天末，清光幾處愁。

秋夜寄袁中丞王員外

一夕盈千念，方知别者勞。衰榮難會面，魂夢暫同袍。片月臨堦早，晴河度鴈高。應憐蔣生徑，秋露滿蓬蒿。

送少微師西行

隨緣忽西去，何日返東林。世路無期别，空門不住心。人煙一飯少，山雪獨行深。天外猿啼處，誰聞清梵音。

送虞説擢第東遊

湖山不可厭，東望有餘情。片玉登科後，孤舟任興行。月中嚴子瀨，花際楚王城。歲暮雲皋鶴，聞天更一鳴。

送楊暤擢第遊江南

行人臨去水，新詠復新悲。萬里高秋月，孤山遠別時。掛帆嚴子瀨，酬酒敬亭祠。歲晏無芳杜，如何寄所思。

送宋徵君讓官還山

至人無滯跡，謁帝復思玄。魏闕辭花綬，春山有杏田。紫霞開別酌，黄鶴舞離絃。今夜思君夢，遥遥入洞天。

送彈琴李長史赴洪州

抱琴爲傲吏，孤棹復南行。幾處秋江水，皆添白雪聲。佳期來客夢，幽思緩王程。佐牧無勞問，心和政自平。

送衛功曹歸荆南（今按，《全唐詩》「歸」作「赴」）

漢家仍用武，才子晚成名。惆悵江陵去，誰知魏闕情。碧雲愁楚水，春酒醉宜城。定想褰帷政，還聞坐嘯聲。

送陸郎中

事邊仍戀主，舉酒復悲歌。粉署含香別，轅門載筆過。鶯聲出漢苑，柳色過漳河。相憶情難盡，離居春草多。

送僧歸日本

上國隨緣住，來途若夢行。浮天滄海遠，去世法舟輕。水月通禪寂（今按，《全唐詩》作「觀」），魚龍聽梵聲。惟憐一燈影，萬里眼中明。

送張管書記

邊事多勞役，儒衣逐鼓鼙。日寒關樹外，峰盡塞雲西。河廣蓬難度，天遥鴈漸低。班超封定遠，之子去思齊。

賦得綿綿思遠道送岑判官入嶺

極目煙霞外，孤舟一使星。興中尋白雪，夢裏過滄溟。夜月松江戍，秋風竹塢亭。不知行遠近，芳草日青青。

別張起居（時多故。）

有別時留恨，銷魂況在今。風濤初振海，鵷鷺遠（今按，《全唐詩》作「各」）辭林。舊國關河絶，新秋草露深。陸機嬰世網，應負故山心。

谷口書齋寄楊補闕

泉壑帶茅茨，雲霞生薜帷。竹憐新雨後，山愛夕陽時。閑鷺棲常早，秋花落更遲。家僮掃蘿徑，昨與故人期。

哭空寂寺玄上人

悽然雙樹下，垂淚遠公房。燈續生前火，爐添殁後香。古松韻舊榻，（一作「陰堦明片雪」。）寒竹響空廊。寂滅應爲樂，塵心徒自傷。

貞懿皇后挽詞

淑麗詩傳美，徽章禮飾哀。有恩加象服，無日祀高禖。曉月孤秋殿，寒山出夜臺。通靈深眷想，青鳥獨飛來。

韋應物

奉送從兄宰晉陵

東郊春草歇，千里夏雲生。立馬愁將夕，（劉須溪云：妙。）看山獨送行。依微吴苑樹，迢遞晉陵城。慰此斷行别，邑人多頌聲。

送汾城王主簿

少年初帶印，汾上又經過。芳草歸時徧，（劉云：閑情婉約可愛。）情人故郡多。禁鐘春雨細，宫樹野煙和。（劉云：妙。）相望東橋别，微風起夕波。（劉云：極濃麗而不脂粉，情理入微。）

送别覃孝廉

思親當自（今按，《全唐詩》卷一八九作「自當」）去，不第未蹉跎。家住青山下，門前芳草多。（劉云：類以爲幽致，不覺可笑，誰家門前無此？）秭歸通遠徼，（劉云：却自渾渾。）巫峽注驚波。州舉年年事，還期復幾何。

送榆次林明府

無嗟千里遠，亦是宰王畿。策馬雨中去，逢人關外稀。（劉云：此等亦味外味。）邑傳榆石在，路繞晉山微。（劉云：無一句不合此句，尤極清潤，作者可仰。）別思方蕭索，秋風（今按，《全唐詩》作「新秋」）一葉飛。

送元倉曹歸廣陵

官閑得去住，告別戀音徽。舊國應無業，（劉云：可悲。）他鄉到是歸。（劉云：他人幾許造次能通。）楚山明月滿，淮甸夜鐘微。何處孤舟泊，遥遥心曲違。

送澠池崔主簿

邑帶洛陽道，年年應此行。當時匹馬客，（劉云：如此世態，尚可。）今日縣人迎。暮雨投關郡，春風別帝城。東西殊不遠，朝夕待佳聲。

送五經趙隨登科授廣德尉

明經有清秩，當在石渠中。獨往宣城郡，高齋謁謝公。寒原正蕪没，夕鳥自西東。秋日不堪別，淒淒多朔風。

李五席送李主簿歸西臺

請告嚴程盡，西歸道路寒。欲陪鷹隼集，猶戀鶺鴒歡（今按，《全唐詩》作「單」）。洛邑人全少，嵩高雪尚殘。滿臺誰不故，想（今按，《全唐詩》作「報」）我在微官。

賦得暮雨送李曹（今按，據《全唐詩》、《韋蘇州集》，「曹」當爲「胄」）

楚江微雨裏，建業暮鐘時。漠漠帆來重，冥冥鳥去遲。海門深不見，浦樹遠含滋。相送情無限，沾襟比散絲。

贈蕭河南

厭劇辭京縣，褒賢待詔書。鄭侯方繼業，潘令且閑居。霽後三川冷，秋深萬木疏。對琴無一事，新興復何如。

期盧嵩枉書稱日暮無車馬不赴以詩答

佳期不可失，終願枉衡門。南陌人猶度，西林日未昏。庭前空倚杖，花裏獨留樽。莫道無來駕，知君有短轅。

淮上喜會梁州故人（今按，《全唐詩》卷一八六「州」作「川」）

江漢曾爲客，相逢每醉還。浮雲一別後，流水十年間。歡笑情如舊，蕭疏鬢已斑。何因不歸去，淮上有秋山。

賦得鼎門送盧耿赴任

名因定鼎地，門對鑿龍山。水北樓臺近，城南車馬還。曉開春野（今按，《全唐詩》作「稍開芳野」）静，暮掩寺鐘（今按，《全唐詩》作「欲掩暮鐘」）閑。此去無嗟屈，前賢尚抱關。

郎士元

劉須溪云：士元諸詩殊洗鍊有味，雖自濃景，别有淡意。

送李將軍赴鄧州（今按，《才調集》題作《送彭將軍》，注云：集作《送李將軍赴定州》；「鄧州」，《文苑英華》卷三〇〇、《唐百家詩選》卷七、《全唐詩》卷二四八皆作「定州」）

雙旌漢飛將，萬里獨横戈。春色臨關盡，黄雲出塞多。鼓鼙悲絶漠，烽戍隔長河。想到陰山北，天驕已請和。

送楊中丞和蕃

錦車登隴日，邊草正萋萋。舊好隨君長，新愁聽鼓鼙。河源飛鳥外，雪嶺大荒西。漢壘今猶在，遥知路不迷。

送錢大

暮蟬不可聽，落葉豈堪聞。（高仲武云：古謂謝脁工於發端，比之於今，有慚沮矣。）共是悲秋客，那知此路分。荒城背流水，遠鴈入寒雲。陶令東籬菊，餘花可贈君。

送奚賈歸吴

東南富春渚，曾是謝公遊。今日奚生去，新安江正秋。水容清過客，楓葉落行舟。遥想赤亭下，聞猿應夜愁。

送裴補闕入河東幕

皎然青瑣客，何事動行軒。苦節酬知己，清吟去掖垣。秋城臨海嶠，寒月上營門。鄒魯詩書地，應無鼙鼓喧。

送長沙韋明府之縣

秋入長沙縣，蕭條旅宦心。煙波連桂水，官舍映楓林。雲日楚山暮，沙汀白鷺深。遥知訟堂裏，佳政在鳴琴。

送韋湛判官

高閣清河（今按，《全唐詩》作「晴江」）上，重陽古戍閑。聊因送歸客，更此望鄉關。惜别心能醉，經秋鬢自斑。臨流興不盡，惆悵水雲間。

送元詵還丹陽舊業（今按，《全唐詩》作「别業」）

已知成傲吏，復見改（今按，屠隆本、《全唐詩》作「解」）朝衣。應向丹陽郭，秋山獨掩扉。草堂連古寺，江日動晴暉。一别滄洲遠，蘭橈幾歲歸。

長安逢故人

數年音信斷，不意在長安。馬上相逢久，人中欲認難。（劉云：情至。）一官今懶道，雙鬢竟羞看。莫問生涯事，只應持釣竿。

春日宴張舍人宅

懶尋芳草徑，來接侍臣筵。山色知殘雨，墻陰覺暮天。鶯歸漢宫柳，花隱杜陵煙。地與東鄰接，春光醉目前。

冬夕寄青龍寺源公

斂屨入寒竹，安禪過漏聲。高杉殘子落，深井凍痕生。罷磬風枝動，懸燈雪屋明。何當招我宿，乘興上方行。

雙林傅大士（今按，屠隆本、《全唐詩》作《雙林寺謁傅大士》）

草徑經前代，津梁及後人。此方今示滅，何國更分身。月色空知夜，松陰不記春。猶憐下生日，應在一微塵。

送大德講時河東徐明府招

遠近作人天，王城指日邊。宰君迎説法，童子伴隨緣。到處花爲雨，行時杖出泉。今宵松下月，開閣想安禪。

赴無錫別靈一上人

高僧本姓竺，開士舊名林。一入春山裏，千峰不可尋。新年芳草遍，度日白雲深。欲問微官去，懸知訝此心。

送洪州李別駕之任

南去秋江遠，孤舟興自多。能將流水引，更入洞庭波。夏口帆初上，潯陽鴈正過。知音在霄漢，佐郡豈蹉跎。

石城館酬王將軍

誰能繡衣客，肯住（今按，《全唐詩》作「駐」）木蘭舟。連鴈沙邊至，孤城江上秋。歸帆背南浦，楚鴈（今按，屠隆本、《全唐詩》作「塞」）入西樓。何處看離思，滄浪日夜流。

贈張五諲歸濠州別業

常知罷官意，果與世人疏。復此涼風起，仍聞濠上居。故山期採菊，秋水憶觀魚。一去蓬蒿徑，羨君閑有餘。

五言律詩卷之十　唐詩品彙六十五

接武（中之一）

皇甫冉

巫山高

巫山（今按，姚本、屠隆本、刻者不詳明本、《全唐詩》卷二四九作「峽」）見巴東，迢迢出半空。雲藏神女館，雨到楚王宫。朝暮泉聲落，寒暄樹色同。清猿不可聽，偏在九秋中。（高仲武云：終篇奇麗。）

秋夜宿嚴維宅

昔聞玄度宅，門向會稽峯。君住東湖下，清風繼舊蹤。秋深臨水月，夜半隔山鐘。世故多離别，良宵詎可逢。

謝盧十一過宿

乞還方未遂，日夕望雲林。況復經春草，何妨問此心。閉門公務散，柱策故情深。遥夜他鄉酒，同君梁甫吟。

逢莊訥因贈（今按，《文苑英華》卷二一八、《全唐詩》卷二五〇「訥」作「納」）

世故還相見，天涯共向東。春歸江海上，人老別離中。郡吏名何晚，沙鷗道自同。甘泉須早獻，且莫歎飄蓬。

長安路

長安九城路，戚里五侯家。結束趨平樂，翩聯抵狹斜。高樓臨遠水，複道出繁花。唯見相如宅，蓬門度歲華。

送韓司直

遊吴還適越，來往任風波。復送王孫去，其如芳草何。岸明殘雪在，潮滿夕陽多。季子留遺廟，停舟試一過。

送康判官往新安

不向新安去，那知江路長。猿聲近廬霍，水色勝瀟湘。驛路收殘雨，漁家帶夕陽。何須愁旅泊，使者有輝光。

送鄭判官赴徐州

從軍非隴頭，師在古徐州。氣勁三河卒，功多萬里侯。元戎閫外令，才子幄中籌。莫聽關山曲，還生出塞愁。

途中送權三兄弟（今按，姚本、《極玄集》作《途中送權曙二兄》）

淮海風濤起，江關幽思長。同悲鵲繞樹，獨作鴈隨陽。山晚雲和雪，汀寒月映霜。由來濯纓處，漁父愛滄浪。

送盧山人歸林慮山

無論行遠近，歸向舊煙林。寥落人家少，青冥鳥道深。白雲長滿目，芳草自知心。山色連東海，相思何處尋。

奉和王相公早春登徐州城

落日憑危堞，春風似故鄉。川流通楚塞，山色繞徐方。壁壘依寒草，旌旗動夕陽。元戎資上策，南畝起耕桑。

歸渡洛水

暝色赴春愁，歸人南渡頭。渚煙空翠合，灘月碎光流。澧浦饒芳草，滄浪有釣舟。誰知放歌客，此意正悠悠。

秋夜寄所思

寂寞坐遥夜，清風何處來。天高散騎省，月冷建章臺。鄰笛哀聲急，城砧朔氣催。芙蓉已委絶，誰復可爲媒。

福先寺尋湛然寺主不見

寂然空佇立，往往報疏鐘。高館誰留客，東南二室峰。川原通霽色，田野變春容。惆悵層城暮，猶言歸路逢。

題昭上人房

沃洲傳教後，百衲老空林。慮盡朝昏磬，禪隨坐卧心。鶴飛湖草迥，門掩海雲深。地與天台接，中峰早晚尋。

皇甫曾

送李中丞歸本道

上將宜分閫，雙旌復出秦。關河三晉路，賓從五原人。孤戍雲通海，平沙雪度春。酬恩看玉劍，何處有煙塵。

送人往荆州（一作李嘉祐詩。）（今按，《御覽詩》作李端詩，題作《送客赴洪州》）

草色隨驄馬，悠悠同出秦。水傳雲夢曉，山接洞庭春。帆影連三峽，猿聲近四鄰。青門一分手，難見杜陵人。

送韋判官赴閩中

孤棹閩中客，雙旌海上軍。路人從北少，海水向南分。野鶴傷秋别，林猿恐（今按，《全唐詩》作

「忌」）夜聞。漢家崇亞相，知子遠邀勳。

送孔徵士

谷口爲幽（今按，《全唐詩》卷二一〇作「山多」，注云：一作「多山」，一作「多幽」）處，君歸不可尋。家貧青史在，身老白雲深。掃雪開松徑，疏泉過竹林。余生負丘壑，相送亦何心。

送陸鴻漸山人採茶

千峰待逋客，香茗復叢生。採摘知深處，煙霞羨獨行。幽期山寺遠，野飯石泉清。寂寂燃燈夜，相思一磬聲。

送少微上人東南遊

石梁人不到，獨往更迢迢。乞食山家少，尋鐘野寺遥。松門風自掃，瀑布雪難消。秋夜聞清梵，餘音逐海潮。

送雲門邕上人

春山唯一室，獨坐草萋萋。身寂心成道，花開（今按，姚本、屠隆本、牛斗本、刻者不詳明本、《中興間氣集》卷下作「閑」）鳥自啼。細泉松徑裏，返景竹林西。晚與門人別，依依出虎溪。

烏程水樓留别

悠悠千里去，惜此一樽同。客散高樓上，帆飛細雨中。川程隨遠水，楚思望青楓。共説前期易，滄波處處通。

秋興

流螢與落葉，秋晚共紛紛。返照城中盡，寒砧雨外聞。離人見衰鬢，獨鶴暮何羣。楚客在千里，相思看碧雲。

晚至華陰

臘盡促歸心，行人及華陰。雲霞仙掌出，松柏古祠深。野渡冰生岸，寒川燒隔林。温泉看漸近，宫樹晚沉沉。

和謝舍人雪夜寓直

禁省夜沉沉，春風滿舊林（今按，姚本、屠隆本及《全唐詩》作「雪滿林」）。滄洲歸客夢，青瑣近臣心。揮翰宣鳴玉，承恩在賜金。建章寒漏起，更助掖垣深。

傷陸處士

從此無期見，柴門對雪開。二毛逢世難，萬恨掩泉臺。返照空堂夕，孤城弔客迴。漢家偏訪道，猶畏鶴書來。

送著公歸越

誰能愁此別，到越會相逢。長憶雲門寺，門前千萬峰。石牀埋積雪，山路倒枯松。莫學白衣士，無人知去蹤。

西陵寄一公

西陵遇風處，自古是通津。終日空江上，雲山若待人。汀洲寒事早，魚鳥興情新。西望稽山路（今按，《全唐詩》卷二四九皇甫冉詩作「回望山陰路」），吾心（今按，《全唐詩》作「心中」，注云：一作「中心」，一作「吾心」）有所親。

同杜相公對山僧（此篇又見《皇甫冉集》。）

吏散重門掩，僧來閉閣閑。遠心馳北闕，春興寄東山。草長風光裏，鶯啼靜默間。芳晨不可住，惆悵暮禽還。

送元侍御充使湖南

雲夢南行盡，三湘萬里流。山川重分手，徒御亦悲秋。白簡勞王事，清猿助客愁。離羣復多病，歲晚憶滄洲。

司空曙

題鮮于秋園林

雨後園林好，幽行迴野通。遠山芳草外，流水落花中。客醉悠悠慣，鶯啼處處同。傷春自一望，日暮杜陵東。

贈李端

共憶南浮日，登高望若何。楚田湖草遠，江寺海榴多。載酒尋山宿，思人帶雪過。東西幾回别，此會各蹉跎。

過谷口道士

一見林中客，閑知州縣勞。白雲秋色遠，蒼嶺夕陽高。自説名因石，誰逢手種桃。丹經倘

相授，何事戀青袍。

深上人見訪憶李端

鴈稀秋色盡，落日對寒山。避事多稱疾，留僧獨閉關。心歸塵俗外，高勝有無間。仍憶東林友，相期久不還。

送沉上人還荆州因寄衛侍御像（今按，《全唐詩》作「象」）

惠持游蜀久，策杖欲西還。共别此宵月，獨歸何處山。對鷗沙草畔，洗足野雲間。知有玄暉會，齋心受八關。

雲陽館與韓紳宿别

故人江海别，幾度隔山川。乍見翻疑夢，相悲各問年。孤燈寒照雨，深竹暗浮煙。更有明朝恨，離杯惜共傳。

喜外弟盧綸見宿

静夜四無鄰，荒居舊業貧。雨中黄葉樹，燈下白頭人。以我獨沉久，愧君相見頻。平生自有分，况是霍（今按，《全唐詩》作「蔡」）家親。

冬夜耿拾遺王秀才就宿因傷故人

舊時聞笛淚，此夜重沾衣。方恨同人少，何堪相見稀。竹煙凝澗壑，林雪似芳菲。多謝勞車馬，應憐獨掩扉。（劉云：語意閑到。）

送菊潭王明府

業成洙泗客，皓髮着儒衣。一與遊人別，仍聞帶印歸。林多宛地古，雲盡漢山稀。莫愛潯陽隱，嫌官計亦非。

賊平後送人北歸

世亂同南去，時清獨北還。他鄉生白髮，舊國見青山。曉月過殘壘，繁星宿故關。寒禽與衰草，處處伴愁顏。

送王先生歸南山

儒中年最老，獨有濟南生。愛子方傳業，無官自耦耕。竹通山舍遠，雲接雪田平。願作門人去，相隨隱姓名。

送王潤（今按，「潤」，《才調集》卷一耿湋詩同此，《極玄集》卷上、《全唐詩》卷二九三、《唐詩紀事》卷三〇作「閏」）

相送臨寒水，蒼茫望故關。江蕪連夢澤，楚雪入商山。話我他年舊，看君此日還。因將自悲淚，一灑別離顔。

送吉校書東歸

少年芸閣吏，罷直暫歸休。獨與親知別，行逢江海秋。聽猿看楚岫，隨鴈過吴州（今按，四庫本、《全唐詩》卷二九二作「洲」）。處處園林好，何人待子猷。

送鄭明府貶嶺南

青楓江色晚，楚客獨傷春。共對一樽酒，相看萬里人。猜嫌成謫宦，正直不妨身。莫畏炎方久，年年雨露新。

送史澤之長沙

謝脁懷西府，單車觸火雲。墅（今按，屠隆本、《文苑英華》卷二七五、《全唐詩》卷二九三作「野」）蕉依戍客，廟竹映湘君。夢渚巴山斷，長沙楚路分。一杯從别後，風月不相聞。

春日野望寄錢員外起（又見耿湋集中，三字不同。）（今按，《文苑英華》卷二五四作耿湋詩，題作《寄錢起》，《唐詩品彙》本卷耿湋詩中亦有選録）

草長花滿（今按，《全唐詩》卷二九二、二六九作「落」）樹，羸病强尋春。無復少年意，空餘白髮身（今按，《全唐詩》作「華髮新」）。青原晴見水，白社静逢人。寄謝南宫客，軒車不可親。

題江陵臨沙驛樓

江天清更愁，風柳入江樓。鴈惜楚山晚，蟬知秦樹秋。凄涼多獨醉，零落半同遊。豈復平生意，蒼然蘭杜洲。

經廢寶慶寺（今按，四庫本《極玄集》同此，《全唐詩》卷二九二司空曙詩題作《過慶寶寺》，卷二六八又作耿湋詩，題作《廢慶寶寺》）

黄葉前朝寺，無僧寒殿開。池晴龜出曝，松暝鶴飛回。古砌碑横草，陰廊畫雜苔。禪宫亦銷歇，塵世轉堪哀。（劉云：起結皆好。）

賦得的的帆向浦

向浦參差去，隨風遠近還。初移芳草裏，正在夕陽間。隱映回孤驛，微明出亂山。向空看

不盡，歸思滿江關。

盧　綸

送李端（今按，《全唐詩》卷二八〇題作《李端公》，題下注云：一作嚴維詩，題作《送李端》）

故關衰草徧（今按，據姚本等，當爲「徧」），離別正堪悲。路出寒雲外，人歸暮雪時。少孤爲客早，多難識君遲。掩泣空相向，風塵何所期。

春日灞亭同苗員外寄庾侍郎

坐見春雲暮，無因報所思。川平人去遠，日暖鴈飛遲。對酒山長在，看花鬢自衰。誰堪登灞岸，還作異鄉悲。

送恒操上人歸江外覲省

依佛不違親，高堂與寺鄰。問安雙樹曉，求膳一僧貧。持咒過龍廟，翻經化海人。還同惠休去，儒者亦沾巾。

送少微上人入蜀（今按，「入」，《全唐詩》作「遊」）

瓶鉢繞禪衣，連宵宿翠微。樹開巴水遠，山曉蜀星稀。遍識中朝貴，多諳外學非。何當一傳付，道侶願知歸。

送從叔呈歸西川幕（今按，「呈」，《全唐詩》作「程」）

千山冰雪晴，山静錦花明。羣鶴棲蓮府，諸戎拜柳營。浪依巴字息，風入蜀關清。豈念在貧巷，竹林啼（今按，《全唐詩》作「鳴」）鳥聲。

江行次武昌縣

家寄五湖間，扁舟往復還。年年生白髮，處處上青山。去國空知遠，安身竟不閑。更悲江畔柳，長是北人攀。

皇帝感詞

天香五鳳彩，御馬六龍文。雨露清馳道，風雷翊上軍。高旌花外轉，行漏樂前聞。時見金鞭舉，空中指瑞雲。

送都尉歸邊（今按，《全唐詩》作《送韓都護還邊》）

好勇知名早，爭雄上將間。戰多春入塞，獵慣夜燒山。合陣龍蛇動，移軍草木閑。今來部曲盡，白首過蕭關。（方虚谷云：響亮整齊。）

送黎燧尉陽翟

玉貌承嚴訓，金聲稱上才。列筵芳草偃，驟馬緑楊開。潘縣花添發，梅家鶴暫來。誰知望恩者，空逐路人迴。

送唯上人歸江南（今按，「唯」，《全唐詩》卷二七六作「惟良」，《文苑英華》卷二二〇作「郢」）

落日映危檣，歸僧問岳陽。注瓶寒浪静，讀律夜船香。苦霧沉山影，陰霾發海光。羣生一何負，多病禮醫王。

夜中得循州趙司馬侍郎書因寄回使

瘴海寄雙魚，中宵達我居。兩行燈下淚，一紙嶺南書。地説炎蒸極，人稱老病餘。殷勤報賈誼（今按，《全唐詩》作「傅」），莫共酒杯疏。

同薛存誠登棲巖寺

衰蹇步難前，上山如上天。塵埃來自晚，猿鳥到何先。萬壑應孤磬，百花通一泉。蒼蒼此明月，下界正沉眠。

泊楊子岸（今按，《文苑英華》卷一六四作《泊楊子津》，《全唐詩》卷二七九作《泊楊子江岸》）

山映南徐暮，千帆入古津。魚驚出浦火，月照渡江人。清鏡悲雙鬢，滄浪寄一身。空憐芳草色，長接故園春。

落第後歸終南別業

久爲名所誤，春盡始歸山。落羽羞言命，逢人强破顔。交疏貧病裏，身老是非間。（劉云：怨極自然。）不及東溪月，漁翁夜往還。

李　端

過宋州

睢陽陷虜日，外絶救兵來。世亂忠臣死，時清明主哀。芳（今按，《全唐詩》作「荒」）郊春草徧，故

壘野花開。欲爲將軍哭，東流水不迴。

茂陵山行陪韋金部（今按，《全唐詩》卷二八五題下注云：一作《招金部韋員外》）

宿雨朝來歇，空山秋氣清。盤雲雙鶴下，隔水一蟬鳴。古道黄花落，平蕪赤燒生。茂陵雖有病，猶得伴君行。

江上逢司空曙（今按，《全唐詩》卷二八五題下注云：一作《岳陽逢司空文明得關中書》）

共爾髻年故，相逢萬里餘。新春兩行淚，故國一封書。夏口帆初泊，潯陽鴈已疏。唯當執杯酒，暫食漢江魚。

逢王泌自東京至

逢君自鄉至，雪涕問田園。幾處生喬木，誰家在舊村。山峰横二室，水色映千門。愁見遊從處，如今花正繁。

酬大理寺評事張芬（今按，《全唐詩》「大」前有「前」字）

君家舊林壑，寄在亂峰西。近日春雲滿，相思路亦迷。聞鐘投野寺，待月過前溪。悵望成幽夢，依依識故蹊。

雲際中峰（《英華》作祖詠詩。）

自得中峰住，深林亦閉關。經秋無客到，入夜有僧還。暗澗泉聲小，荒岡樹影閑。高牕不可望，星月滿空山。

賦得山泉送房造

泉水山邊去，高人月下看。潤松秋色浄，落澗夜聲寒。委曲穿深竹，潺湲過遠灘。聖朝無隱者，早晚罷漁竿。

宿興善寺後堂池

草堂高樹下，月向後池生。野客如僧静，新荷共水平。錦鱗沉不食，繡羽亂相鳴。即事思江海，誰能萬里行。

憶皎然上人

未得從師去，人間萬事勞。雲門不可見，山木已應高。向日開柴户，驚秋問弊袍。何由宿峰頂，牕裏望波濤。

贈衡岳隱禪師

舊住衡州寺，隨緣偶北來。夜禪山雪下，朝汲竹門開。半偈傳初盡，羣生意未迴。唯當與樵者，杖錫入天台。

雲陽觀寄袁稠

花洞晚陰陰，仙壇隔杏林。漱泉春谷冷，擣藥夜牕深。石上開仙酌，松間對玉琴。戴家溪北住，雪後去相尋。

晚遊東田寄司空曙

暮來思遠客，獨立在東田。片雨無妨景，殘虹不映天。别愁逢夏果，歸興入秋蟬。莫作隳官意，陶公未必賢。

題崔端公園林

上士愛清輝，開門向翠微。抱琴看鶴去，枕石待雲歸。野坐苔生席，高眠竹掛衣。舊山東望遠，惆悵暮花飛。

度關山

鴈塞日初晴，狐關雪復平。危樓緣廣漠，古竇傍長城。拂劍金星出，彎弧玉羽鳴。誰知係虜者，賈誼是書生。

耿湋

隴西行

雪下陽關路，人稀隴戍頭。封狐猶未剪，邊將豈無羞。白草二冬色，黃雲萬里愁。因思李都尉，畢竟不封侯。

早朝

鐘鼓餘聲裏，千官向紫微。冒寒人語少，乘月燭來稀。清漏聞馳道，輕霞映鎖（今按，姚本、刻者不詳明本、屠隆本、《極玄集》卷上、《全唐詩》二六八作「瑣」）闈。猶看嘶馬處，未啓掖垣扉。

題李廉書房（今按，「李廉」，《全唐詩》卷二六八作「李孝廉」，《文苑英華》卷三一七作「孝廉」）

商瞿長（今按，《全唐詩》注作「傳」）易教，一室向青山。業就三編絶，心通萬象閑。鶯啼春木上，

草遍夕陽間。莫道符繻在，來時棄故關。

寄錢起（一見前司空曙集中。）（今按，本卷前文司空曙下亦選録此詩，題作《春日野望寄錢員外起》）

草長花落樹，羸病彊尋春。無復少年意，空餘華髮新。青原高見水，白社静逢人。寄謝南宫客，軒車不見親。

贈田家翁

老人迎客處，籬落稻畦間。蠶屋朝寒閉，田家晝雨閑。門閭新薙草，樵采舊諳山。自道誰相友，邀人（今按，屠隆本、《全唐詩》作「予」）試往還。

贈隱上人

世間無遠近，定裏遍曾過。東海經長在，南朝寺最多。暮年休化俗，初地却摧魔。今日忘塵慮，看心義若何。

贈張將軍

寥落軍城暮，重行（今按，《全唐詩》作「門」）返照間。鼓鼙經雨暗，士馬過秋閑。慣守臨邊郡，曾營近海山。關西舊業在，夜夜夢中還。

贈嚴維

許詢清論重，寂寞住山陰。野客投寒寺，閑門傍古林。海田秋熟早，湖水夜漁深。世上窮通理，誰能奈此心。

贈朗公（今按，《全唐詩》作《贈海明上人》）

來自西天竺，持經奉紫微。年深梵語變，行苦俗流歸。月上安禪久，苔生出院稀。梁間有馴鴿，不去爲忘機。

題贈韋山人

失意成逋客，終年獨掩扉。忘機狎鷗慣，多病見人稀。流水知行藥，孤雲伴采薇。空齋莫（今按，《全唐詩》作「暮」，字通）還坐，心事與時違。

郃州留別

終歲山川路，生涯總若何。艱難爲客慣，貧賤受恩多。暮角飄長韻，寒流起夕（今按，《文苑英華》卷二八七、《唐百家詩選》卷九作「細」）波。懸愁茂陵宅，春色又相過。

沙上鴈

衡陽多道里，弱羽覆（今按，屠隆本、《極玄集》卷上、《文苑英華》卷三二八、《全唐詩》卷二六八皆作「復」）哀音。還塞欲何處（今按，姚本、屠隆本、《極玄集》、《文苑英華》、《全唐詩》皆作「知何日」），驚絃亂此心。夜陰前侶遠，秋冷後湖深。獨立沙汀意，寧知霜霰侵。

五言律詩卷之十一　唐詩品彙六十六

接武（中之二）

李嘉祐

高仲武云：嘉祐中興高流，與錢、郎别爲一體。往往涉於齊梁，綺靡婉麗，吴均、何遜之敵也。

和張舍人中書寓直（今按，「寓」，《全唐詩》卷二〇六作「宿」）

漢主留才子，春城直紫微。對花閶闔静，過竹吏人稀。裁詔催添燭，將朝欲更衣。玉堂宜歲久，且莫厭彤闈。

和都官苗員外秋夜省直對雨簡諸知己

多雨南宫夜，仙郎寓直時。漏長丹鳳闕，秋冷白雲司。螢影侵堦亂，鴻聲出苑遲。蕭條人

吏散，小謝有新詩。

留别毗陵諸公

久作涔陽令，丹墀忽再還。淒涼辭澤國，離亂到鄉山。北固灘聲滿，南徐草色閑。知心從此别，相憶鬢毛斑。

送韋邕少府歸鍾山

祈門官罷後，負笈向桃源。萬卷長開帙，千峰不閉門。緑楊垂野渡，黄鳥傍山村。念爾能高枕，丹墀會一論。

送岳州司馬第之任（今按，據屠隆本、刻者不詳明本、《全唐詩》卷二〇六，「第」當爲「弟」）

岳陽天水外，念爾一帆過。野墅人煙迥，山城鴈影多。有時巫峽色，終日洞庭波。丞相今爲郡，應無勞者歌。

送上官侍御赴黔中

莫向黔中路，令人到欲迷。水聲巫峽裏，山色夜郎西。樹隔朝雲合，猿窺曉月啼。南方饒翠羽，知爾飲清溪。

至七里灘作

遷客投于（今按，據屠隆本、牛斗本、刻者不詳明本、中華書局影印《文苑英華》卷二九二，當爲「干」）越，臨江淚滿衣。獨隨流水去（今按，《全唐詩》作「遠」），轉覺故人稀。萬木迎秋序，千峰駐晚暉。行舟猶未已，惆悵暮潮歸。

仲夏江陰官舍寄裴明府

萬室邊江次，孤城對海安。朝霞晴作雨，濕氣晚生寒。苔色侵衣桁，潮痕上井欄。題詩招茂宰，思爾欲辭官。

奉陪韋潤州過鶴林寺（今按，《全唐詩》「過」作「游」）

野寺江城近，雙旌五馬過。禪心超忍辱，梵語問多羅。松竹閑僧老，雲煙晚日和。寒塘歸路轉，清磬隔微波。

嚴　維

酬劉員外見寄

蘇耽佐郡時，近出白雲司。藥補清羸疾，牕吟絶妙詞。柳塘春水漫，花塢夕陽遲。（《歐陽詩

話》〔今按，即歐陽修《六一詩話》〕云：天容時態，融和駘蕩，如在目前。）欲識懷君意，明朝訪檝師。

酬王侍御西陵渡見寄

前年萬里别，昨日一封書。郢曲西陵渡，秦官使者車。柳塘薰晝日，花水溢春渠。若不嫌雞黍，先令掃弊廬。

酬普選二上人期相會見寄

本意宿東林，因聽子賤琴。遥知大小朗，已斷去來心。夜静溪聲近，庭寒月色深。寧知塵外意，定後更（今按，《全唐詩》作「便」）成吟。

送少微上人東南遊

舊遊多不見，師在翟公門。瘴海空山熱，雷州白日昏。片心應爲法，萬里獨無言。人盡酬恩去，平生未感恩。

宿法華寺

一夕雨沉沉，哀猿萬木吟（今按，《文苑英華》卷二三六、《全唐詩》卷二六三作「陰」，《全唐詩》注云：一作「吟」）。陰天龍護法（今按，《文苑英華》、《全唐詩》作「天龍來護法」），長老密看心。魚梵空山静，紗燈

古殿深。無生久已學，白髮浪相侵。

同韓員外宿雲門寺

小嶺路雖近，仙郎此夕過。潭空觀月定，澗静見雲多。竹翠煙深色（今按，《文苑英華》卷二一七同此，四庫本、《全唐詩》卷二六三作「鎖」），松聲雨點和。萬緣俱不有，對境自垂蘿。

奉和皇甫大夫夏日遊華嚴寺（時大夫昆季同行。）

初地華嚴會，王家少長行。到宫龍節駐，禮塔鴈行成。蓮界千峰静，梅天一雨清。禪庭未可戀，聖主寄蒼生。

九日陪崔郎中北山燕

上客南臺至，重陽此會文。菊芳寒露洗，杯翠夕陽曛。務簡人同醉，溪閑鳥自羣。府中官最小，唯有孟參軍。

荆溪館呈丘義興

失路荆溪上，依仁（今按，《全唐詩》卷二六三作「人」）忽暝投。長橋今夜月，陽羡古時州。野燒明山郭，寒更出縣樓。先生能館我，無事五湖遊。

秦系

山中贈張正則評事

終年常避喧，師事五千言。流水閑過院，春風與閉門。（苕溪云：閑遠有味。）山容（今按，《全唐詩》作「茶」）邀上客，桂實落華（今按，《全唐詩》作「前」）軒。莫強教余起，微官不足論。

吴鞏

白雲溪

山徑入脩篁，深林蔽日光。夏雲生嶂遠，瀑水引溪長。秀跡逢皆勝，清芬坐轉涼。且（今按，《全唐詩》作「回」）看玉樽夕，歸路賞前忘。

衛葉

晚投南村

客行逢日暮，原野散秋暉。南陌人初斷，西林鳥盡歸。暗蓬沙上轉，寒葉月中飛。村落無

多在，聲聲近擣衣。

崔子向

送惟詳律師自越歸義興

陽羨諸峰頂，何曾異剡山。雨晴秋（今按，《全唐詩》作「人」）到寺，木落夜開關。縫衲紗燈亮，看心杖錫（今按，《全唐詩》作「錫杖」）閑。西方知有社，未得與師還。

劉方平

銅雀妓

遺令奉君王，顰蛾强一粧。歲移陵樹色，恩在舞衣香。玉座生秋氣，銅臺下夕陽。淚痕沾井幹，歌（今按，《全唐詩》作「舞」）袖爲誰長。

梅花落

新歲芳梅樹，繁花四面同。春風吹漸落，一夜幾枝空。少婦今如此，長城恨不窮。莫將遼海雪，來比後庭中。

淮上秋夜

旅夢何時盡，征途望每賒。晚秋淮水上，新月楚人家。猨嘯空山近，鴻飛極浦斜。明朝南岸去，定折桂枝花。

秋夜汎舟

林塘夜汎（今按，《全唐詩》作「發」）舟，蟲響荻颼颼。萬影皆因月，千聲各爲秋。歲華空復晚，鄉思不堪愁。西北浮雲外，伊川何處流。

竇叔向

春日早朝應制

紫殿俯千官，春松應合歡。御爐香焰暖，馳道玉聲寒。乳燕翻珠綴，祥烏集露盤。宫花一萬樹，不敢舉頭看。

賦得秋砧送包大夫（今按，姚本、刻者不詳明本、屠隆本、牛斗本、《全唐詩》無「賦得」二字）

斷續長門夜，清冷（今按，姚本、四庫本及《全唐詩》卷二七一作「泠」）逆旅秋。征夫應待信，寒女不勝

愁。帶月飛城上，因風散陌頭。離居偏（今按，據姚本等及《全唐詩》，當爲「偏」）入聽，況復送行舟。

過檐石湖（今按，《文苑英華》卷二九三、《全唐詩》卷二七一「檐」作「擔」）

曉發漁門戍，晴看檐（今按，《全唐詩》作「擔」）石湖。日銜高浪出，天入四空無。咫尺分洲島，纖毫辨舳艫。渺然從此去，誰念客帆孤。

貞懿皇后挽歌

後庭攀畫柳，上陌咽清笳。命婦羞蘋葉，都人插柰花。壽宮星月異，仙路往來賒。縱有迎神術，終悲隔絳紗。（《洪容齋四筆》云：《竇氏連珠序》云：「五竇之父叔向，當代宗朝，善五言詩，名冠流輩。時屬貞懿皇后山陵，上注意哀挽，叔向即時進三章，內考言（今按，四庫本《容齋隨筆·四筆》卷六作「首」）出，傳諸人口。有「命婦羞蘋葉，都人插柰花」，「禁兵環素帘「今按，四庫本《容齋隨筆·四筆》及《聯珠集敘》作「帟」」，宮女哭寒雲」之句，可謂佳倡「今按，據四庫本《容齋隨筆·四筆》，當爲「唱」」，而略無一存者。余嘗得故吴良嗣家所抄唐詩，僅有叔向六篇，皆奇作，念其不傳，悉録之。」即此三篇，並哀挽二首，及《夏夜表兄宅話舊》七言律者是也。）

韓　翃

高仲武云：韓詩匠意近於史（今按，「匠意近於史」，《唐詩紀事》卷三十引高仲武此語作「意放經史」），

興致繁富，一篇一詠，朝士傳（今按，《唐人選唐詩十種》本《中興間氣集》卷上作「珍」）之。其比興深於劉員外，筋力成（今按，「成」，四庫全書本《中興間氣集》及《唐詩紀事》卷三十引高仲武此語作「減」）於皇甫冉也。

酬程近秋夜即事見贈（今按，《文苑英華》卷二四三、《全唐詩》卷二四四「近」作「延」）

長簟迎風早，空城澹月華。星河秋一鴈，砧杵夜千家。節候看應晚，心期卧已（今按，《全唐詩》作「亦」，《文苑英華》作「正」）賒。向來吟秀句，不覺已鳴鴉。

送元詵還江東

過江秋色在，詩興與歸心。客路隨楓岸，人家（今按，《文苑英華》卷二七二作「家人」）掃橘林。潮聲當晝起，山翠近南深。幾日華陽洞，寒花引獨尋。

送壽川陳録事（今按，姚本、屠隆本、刻者不詳明本、《全唐詩》卷二四四「川」作「州」）

壽陽南渡口，斂笏見諸侯。片雨楚雲暮，千家淮水秋。開簾對芳草，送客上春洲。請問山中桂，王孫幾度遊。

送崔遇歸淄青幕府

平陵車馬客，海上見旌旗。舊驛千山下，殘花一路時。春衣過水冷，暮雨出關遲。莫道青州客，迢迢在夢思。

題蘇許公林亭

平津東閣在，别是竹林期。萬葉秋聲裏，千山落照時。門隨深巷静，牕過遠鐘遲。客舍苔生處，依依又賦詩。

題慈恩寺振上人房

披衣聞客至，關鎖此時開。鳴磬夕陽盡，捲簾秋色來。名香連竹徑，清梵出花臺。身在心無住，他方到幾回。

題薦福寺衡陽岳師房

（今按，「陽」當爲衍文。《中興間氣集》卷上題作《題薦福寺衡嶽禪師房》；《極玄集》卷下、《唐詩紀事》卷三十作《題薦福衡岳禪師房》；《文苑英華》卷二三五作《題薦福寺衡岳煉師房》；《全唐詩》卷二四四同《文苑英華》，「煉」作「暕」）

春城乞食還，高論此中閑。僧臘堦前樹，禪心江上山。疏簾看雪捲，深户映花關。晚送門

人去，鐘聲杳靄間。

華州夜宴庾侍御宅

世故他年別，心期此夜同。千峰孤竹外，片雨一更中。酒客逢山簡，詩人得謝公。自憐驅匹馬，拂曙向關東。

送趙六司兵歸使幕

客路青蕪遍，關城白日低。身趨雙節近，名共五侯（今按，姚本、牛斗本缺此字，屠隆本、刻者不詳明本、《全唐詩》卷二四四作「雲」）齊。遠水公田上，春山郡舍西。無因得攜手，東望轉悽悽。

送李秀才歸江南

過淮芳草歇，千里又東歸。野水吴山出，家林越鳥飛。荷香隨去棹，梅雨濕行衣。無數滄江客，如君達者稀。

送客遊江南

南使孤帆遠，東風任意吹。楚雲殊不斷，江鳥暫相隨。月淨鴛鴦水，春生荳蔻枝。賞稱佳麗地，君去莫應知。

送故人歸魯

魯客多歸興，居人悵别情。雨餘衫袖冷，風急馬蹄輕。秋草靈光殿，寒雲曲阜城。知君拜親後，少婦下機迎。

蔣　涣

和徐侍郎中書叢篠韻

（今按，此詩《唐百家詩選》卷一盧象、卷六蔣涣詩中皆收録；《全唐詩》卷一二二盧象、卷二五八蔣涣詩中亦並收。《唐百家詩選》盧象詩題作《和徐侍郎叢篠詠》，蔣涣詩題作《和徐侍郎中書叢篠詠》）

中禁夕沉沉，幽篁别作林。色連雞樹近，影落鳳池深。爲重凌霜節，能虚應物心。年年承雨露，長對紫庭陰。

奚　賈

尋許山人亭子

桃源若遠近，漁子棹輕舟。川路行難盡，人家到漸幽。山禽拂席起，溪水入庭流。君是何

年隱，如今成白頭。

朱　放

經故賀賓客鏡湖道士觀

已得歸鄉里，逍遥一外臣。那隨逝水去，不待鏡湖春。雪裏登山屐，林間漉酒巾。空留道士觀，誰是學仙人。

崔　峒

高仲武云：崔拾遺文彩炳然，意思方雅，如「清磬度山翠，閑雲來竹房」，又「流水聲中視公事，寒山影裏見人家」。斯亦披沙鍊（今按，屠隆本、《唐人選唐詩十種》本《中興間氣集》作「揀」）金，往往見寶。

題崇福寺禪師院（今按，《全唐詩》無「師」字）

僧家竟何事，掃地與焚香。清磬度山翠，閑雲來竹房。身心塵外遠，歲月坐中忘（今按，《全唐詩》作「長」）。向晚禪堂掩，無人空夕陽。

送真上人歸山

得道雲林下，年深暫一歸。出山逢世亂，乞食覺人稀。半偈初傳法，中峰又掩扉。愛離應不染，塵俗自依依。

送陸明府之盱眙

陶令之官去，離（今按，《全唐詩》作「窮」）愁慘别魂。白煙連海戍，紅葉近淮村。遠（今按，《全唐詩》作「澹」）浪摇山郭，平蕪到縣門。政成堪吏隱，免負府公恩。

送薛良友往越州謁從叔（今按，《中興間氣集》卷下同此；《文苑英華》卷二七四、《全唐詩》卷二九四「薛良友」作「薛良史」）

辭家日已久，與子分仍深。易得思鄉淚，難爲送别心。孤雲隨浦口，幾日到山陰。遥想蘭亭下，清風滿竹林。

潤州送師弟自江夏往台州

遠客乘流去，孤帆向夜開。春風江上使，前日漢陽來。别路猶千里，離心重一杯。剡溪木未落，羨爾過天台。

登潤州芙蓉樓

上古人何在，東流水不歸。往來潮有信，朝暮事成非。煙樹臨沙静，雲帆入海稀。郡樓多逸興，良牧謝玄暉。

楊州選蒙相公賞判雪後呈上

自得山公許，休耕海上田。漸看長史傳，欲棄釣魚船。窮巷殷憂日，蕪城雨雪天。此時瞻相府，心事比旌懸。

李　泌

禁中送住山人（今按，據《文苑英華》卷二三二、《唐詩紀事》卷四八、《全唐詩》卷四七二，「住」當爲「任」）

子去非長遠，君恩取大還。補天留采石，縮地入青山。獻壽千秋外，來朝數月間。莫抛殘藥物，竊欲駐童顔。

包何

和苗員外寓直中書

朝列稱多士，君家有二難。貞爲臺裏柏，芳作省中蘭。夜直分曹間（今按，《全唐詩》作「闊」），晨趨接武歡。每憐雙闕下，鴈序入鴛鸞。

江上田家

近海川原薄，人家本自稀。黍苗期臘酒，霜葉是寒衣。市井誰相識，漁樵夜始歸。不須騎馬問，恐畏狎鷗飛。

包佶

發襄陽後却寄公安人

揮涕送迴人，將書報所親。晚年多病疾（今按，《全唐詩》作「疾病」），中路有風塵。王粲頻徵楚，君恩許入秦。還同星火去，馬上別江春。

雙山逢信公所居

遥禮前朝塔，微聞後夜鐘。人間第四祖，雲裏一雙峰。積雪封苔徑，多年亞石松。傳心不傳法，誰可繼高踪。

張繼

高仲武云：員外累代詞伯，積習弓裘，其於爲文，不雕自飾。及爾登第，秀發當時。詩體清迥，有道者風。

初出徽安門（今按，《全唐詩》題作《洛陽作》）

洛陽天子縣，金谷石家鄉。草色侵官道，花枝出苑墻。書成休逐客，賦罷遂爲郎。貧賤非吾事，西遊當自强。

曉次淮陽

微涼風葉下，楚俗轉清閑。候館臨秋水，郊扉掩暮山。月明潮漸滿，露濕鴈初還。浮客了無定，萍流淮海間。

會稽秋晚奉呈于太守

寂寂訟庭幽，森森戟户秋。山光隱危堞，湖色上高樓。禹穴探書罷，天台作賦遊。浮雲將越客，歲晚共淹留。

春夜皇甫冉宅對酒

流落時相見，悲歡共此情。興因樽酒洽，愁爲故人輕。亂影花侵席（今按，《全唐詩》作「暗滴花徑露」），斜暉月過城。那知横吹笛，江外作邊聲。

杜　誦

高仲武云：杜君詩調不失，如「流水生涯盡，浮雲世事空」，得生人始終之理。故編之。

哭長孫侍御（今按，「侍御」，《全唐詩》作「侍郎」）

道爲詩書重，名因雅頌雄。禮闈曾擢桂，憲府舊（今按，四庫本《中興間氣集》卷上作「屢」，《全唐詩》作「既」，注云：一作「近」）乘驄。流水生涯盡，浮雲世事空。唯餘舊臺柏，蕭颯九原中。

于良史

高仲武云：侍御詩清雅，工於形似。如「風兼殘雪起，河帶斷水（今按，據姚本、刻者不詳明本、牛斗本、《中興間氣集》卷上，當爲「冰」）流，吟之未終，皎然在目。

冬日野望

地際朝陽滿，天邊宿霧收。風兼殘雪起，河帶斷冰流。北闕馳心極，南圖尚旅遊。登臨思不已，何處可銷憂（今按，《全唐詩》作「得銷愁」）。

宿藍田山口奉寄沈員外

山暝飛羣鳥，川長汎四鄰。煙歸河畔草，月照渡頭人。朋友懷東道，鄉關戀北辰。去留無所適，岐路獨迷津。

閑居寄薛華

隱几讀黄老，閑居（今按，《中興間氣集》作「齋」）耳目清。僻居人事少，多病道心生。雨洗山木濕，鴉鳴池館晴。晚來因廢卷，行藥至西城。

張南史

富陽南樓望浙江風起

南樓渚風起，樹杪見滄波。稍覺征帆上，蕭蕭暮雨多。沙洲殊未極，雲水更相和。欲問任公子，垂綸意若何。

宣城雪後還望郡中寄孟侍御（今按，《全唐詩》卷二九六注云：一作《立春後開元觀送强文學還京》）

臘後年華變，關西驛騎遥。塞鴻連暮雪，江柳動寒條。山水還鄣郡，圖書入漢朝。高樓非別處，故使百憂消。

送朱文北遊（今按，《中興間氣集》卷下同此，《唐詩紀事》卷四一作《送朱大北遊》，《文苑英華》卷二七一、《全唐詩》卷二九六作《送朱大遊塞》）

歲暮欲爲別，江湖聊自寬。且無人事戀，誰謂客行難。郢曲憐公子，吴州憶伯鸞。蒼蒼遠山際，松柏獨宜寒。

送司空十四遊宋州

九拒危城下，蕭條送爾歸。寒風聞（今按，《全唐詩》作「吹」）畫角，暮雪犯征衣。道里猶成間，親朋重與違。白雲愁欲斷，看入大梁飛。

奉酬李舍人秋日寓直見寄

秋日金華直，遥知玉珮清。九重門更肅，五色詔初成。槐落宫中影，鴻高苑外聲。翻從魏闕下，江海寄幽情。

同韓侍御秋朝使院（今按，《全唐詩》「御」作「郎」）

重門啓曙關，一葉報秋還。露井桐柯濕，風庭鶴翅閑。忘情簪白筆，假夢入青山。惆悵祗應此，難裁語默間。

姚　係

古别離

涼風已嫋嫋，露重木蘭枝。獨上高樓望，行人遠不知。輕寒入洞户，明月滿秋池。燕去鴻

方至，年年是別離。

野居池上看月

悠然雲間月，復此照池塘。泫露蒼茫濕，沉波澹灩光。應門當未曙，歌吹滿昭陽。遠近徒傷目，清輝靄自長。

顧　況

洛陽早春

何地避春愁，終年憶舊遊。一家千里外，百舌五更頭。客路偏逢雨，鄉山不入樓。故園桃李月，伊水向東流。

章八元

寄都官劉員外

舊宅平津邸，槐陰接漢宮。鳴騶馳道上，寒日直廬中。白雪歌偏麗，青雲官（今按，據四庫本、《文苑英華》卷二四、《唐詩紀事》卷二六、《全唐詩》卷二八一，當爲「宦」）早通。悠然一縫掖，千里限清風。

鄭　常

寄邢逸人

羨君無外事，日與世情違。地僻人難到，溪深鳥自飛。儒衣荷葉老，野飯藥苗肥。若問湖邊意，而今憶共歸。（高仲武云：有丘園之趣。）

送頭陀赴廬山寺

僧家無住著，早晚出東林。得道非真相，頭陀是苦心。持齋山果熟，倚錫野雲深。溪事（今按，姚本、刻者不詳明本、牛斗本、《文苑英華》卷二二一、《唐詩紀事》卷三一、《全唐詩》卷三一一作「寺」）誰相待，香花與梵音。

謫居漢陽白沙口阻雨因題驛亭

漢陽無遠近，見説過湓城。雲雨經春客，江山幾日程。終隨鷗鳥去，秖待海潮生。前路逢漁父，多愁（今按，《全唐詩》作「慚」）問姓名。

五言律詩卷之十二　唐詩品彙六十七

接武（下）

戎　昱

採蓮曲

雖聽採蓮曲，詎識採蓮心。漾檝愛花遠，回船愁浪深。煙生極浦色，日落半江陰。同侣憐波静，看粧墮玉簪。

雲夢故城秋望

故國遺墟在，登臨想舊遊。一朝人事變，千載水空流。夢渚鴻聲晚，荆門樹色秋。片雲凝不散，遥想（今按，《全唐詩》作「掛」）望鄉愁。

桂州臘夜

坐到三更盡，歸仍萬里賒。雪聲偏傍竹，寒夢不離家。曉角分殘漏，孤燈落碎花。二年隨驃騎，辛苦向天涯。

題招提寺

招提精舍好，石壁向江開。山影水中盡，鳥聲天上來。一燈傳歲月，深院長莓苔。日暮雙林磬，泠泠送客回。

秋夜梁十三廳事

今來秋已暮，還恐未成歸。夢裏家仍遠，愁中葉又飛。竹聲風度急，燈影月來微。得見梁夫子，心源有所依。

聞笛

入夜思歸切，笛聲寒更哀。愁人不願聽，自到枕邊來。風起塞雲斷，夜深關月開。平明獨惆悵，落（今按，《全唐詩》作「飛」）盡一庭梅。

李　益

春行

侍臣朝謁罷，戚里自相過。落日青絲騎，春風白紵歌。恩從三殿近，獵向五陵多。歸路南橋望，垂楊拂細波。

送同落第東歸（今按，據《全唐詩》卷二八三，「落第」後當脱「者」字）

東門有行客，落日滿前山。聖代誰知者，滄洲今獨還。片雲歸海暮，流水背城閑。余亦依嵩潁（今按，據四庫本、《全唐詩》，當爲「潁」），松花深閉關。

喜見外弟又言别

十年離亂後，長大一相逢。問姓驚初見，稱名憶舊容。别來滄海事，語罷暮天鐘。明日巴陵道，秋山又幾重。

同蕭鍊師宿太乙廟

微月空山曙，春祠謁少君。落花壇上拂，流水洞中聞。酒引芝童奠，香餘桂子焚。鶴飛將

羽節，遥向赤城分。

尋紀道士偶會諸叟

山陰尋道士，映竹羽衣新。侍坐雙童子，陪遊五老人。水花松下静，壇草雪中春。見説桃源洞，如今猶避秦。

洛陽河亭奉酬留守羣公追送

離亭餞落暉，臘酒減征衣。歲晚煙霞重，川寒雲樹微。戎裝千里至，舊路十年歸。還似汀洲鴈，相逢又背飛。

張衆父（今按，《全唐詩》作「甫」）

高仲武云：衆父詩婉媚綺錯，巧用文字，工於興喻，文流佳士也。

送李司直使吴（得「家花斜沙」字，依次用。）

使君方擁傳，王事遠辭家。震澤逢殘雪，新豐遇落花。水萍千葉散，風柳萬條斜。何處看離恨，春江無限沙。

送李觀之宣州謁袁中丞賦得三洲渡（今按，《全唐詩》「洲」作「州」）

古渡大江濱，西南距要津。自當舟檝路，應濟往來人。翻浪驚飛鳥，回風起緑蘋。君看波上客，歲晚獨垂綸。

寄興園池鶴上劉相公（今按，《中興間氣集》卷上同此，《文苑英華》卷三二八、《全唐詩》卷二七五「園」作「國」）

馴狎經時久，襹褷短翮存。不隨淮海變，空愧稻粱恩。獨立秋天静，單棲夕露繁。欲飛還斂翼，詎敢望乘軒。

冷朝陽

送遠上人歸京

夏臘歲方深，思歸徹曙吟。未離銷雪院，已有過雲心。寒磬清函谷，孤鐘宿華陰。别京遊舊寺，月色似雙林。

薛存誠

暮春日南臺承再除給事中（仍是本廳，几榻杖履如舊。）（今按，據屠隆本、《全唐詩》四六六，「日」當爲「自」，「承」當爲「丞」）

再入青瑣闈，忝官誠自非。拂塵驚物在，開户待（今按，《全唐詩》作「似」）僧歸。積草漸無徑，殘花猶灑衣。禁庭（今按，《全唐詩》作「垣」）偏日近，行坐是恩輝。

于鵠

出塞二首

葱嶺秋塵起，全軍取月支。山川引行陣，蕃漢列旌旗。轉戰疲兵少，孤城外救遲。邊人聖明（今按，《全唐詩》作「逢聖」）代，不見偃戈時。

其二

單于驕愛獵，放火到軍城。待月調新馬，防秋置遠營。空山朱戟影，寒磧鐵衣聲。逢著降胡説，沙陰有伏兵。

宿太守李公宅

郡齋常夜掃，不卧獨吟詩。把燭迎幽客，升堂戴接䍦（今按，《全唐詩》作「羅」）。微風吹凍葉，殘雪落寒枝。明日逢山伴，須令隱者知。

宿王尊師居（今按，《全唐詩》卷三一〇「居」上有「隱」字）

夜愛雲林好，寒天月裏行。青牛眠樹影，白犬吠猿聲。一磬山院静，千燈溪路明。從來此峰客，幾箇得長生。

送客臨邊（《英華》作《送張司直往單于》。）

若到并州去，誰人不憶家。塞深無伴侣，路盡只（今按，《全唐詩》作「有」）平沙。磧冷唯逢鴈，天春不見花。莫隨征將意，垂老事輕車。

姚　倫

高仲武云：姚子詩，雖未弘深，去凡已遠，屬辭比事，不失文流。如「亂聲千葉下，寒影一巢孤」，篇什之秀也。

感秋林（今按，《全唐詩》無「林」字）

試向東（今按，《全唐詩》作「疏」）林望，方悲（今按，《全唐詩》作「知」）節候殊。亂聲千葉下，寒影一巢孤。不蔽秋天鴈，驚飛夜月烏。霜風與春日，幾度遺榮枯。

朱　灣

九日登青山

昔人惆悵地，繫馬又登臨。舊處（今按，《全唐詩》作「地」）煙霞在，多時草木深。水將天一（今按，《全唐詩》作「空合」）色，雲與我無心。想見龍山會，良辰亦似今。

楊　憑

晚宿江戍（今按，「宿」，《全唐詩》作「泊」）

旅棹依遥戍，清湘急晚流。若爲南浦宿，逢此北風秋。雲月孤鴻晚，關山幾路愁。年年不得意，零落對滄洲。

戴叔倫

除夜宿石頭驛

旅館誰相問，寒燈獨可親。一年將盡夜，萬里未歸人。寥落悲前事，支離笑此身。愁顔與衰鬢，明日又逢春。

客舍秋懷呈駱正字士則

無言堪自喻，偶坐更相悲。木落驚年長，門閑惜草衰。買山猶未得，諫獵又非時。（劉須溪云：五字甚怨而不傷。）設被浮名繫，歸休慚欲遲。

秋夜（今按，《全唐詩》作《新秋夜寄江右友人》）

遥夜獨不寐，寂寥庭户中。河明五陵上，月滿九門東。萬里交親散，故園江海空。懷歸正南望，此日起秋風。

潘處士宅會别

相邀寒景晚，惜别故山空。鄰里疏林在，池塘野水通。十年多難後，一醉幾人同。復此悲

行子，蕭蕭逐轉蓬。

別董校書

擾擾倦行役，相逢陳蔡間。如何百年内，不見一人閑。對酒惜餘景，問程愁亂山。秋風萬里道，又出穆陵關。

送友人東歸（《英華》作《逢許評事》。）

萬里楊柳色，出關送故人。輕煙拂流水，落日照行塵。積夢江湖遠，憶家兄弟貧。徘徊灞亭上，不語自傷春。

江鄉故人偶集客舍（今按，《全唐詩》作《客夜與故人偶集》）

天秋月又滿，城闕夜千重。還作江南會，翻疑夢裏逢。風枝驚暗鵲，露草覆寒蟲（今按，《全唐詩》作「蛩」）。羈旅長堪醉，相留畏曉鐘。

漢南遇方評事

移家住漢陰，不復問華簪。貰酒宜城近，燒田夢澤深。暮山逢鳥入，寒水見魚沉。與物皆無累，終年愜本心。

京口逢皇甫司馬副端

潮水忽復至，雲帆儼欲飛。故園雙闕下，佐宦十年歸。晚景照華髮，涼風吹別衣。淹留更一醉，老去莫相違。

逢友生言懷

安親非避地，羈旅十餘年。道長時流許，家貧故舊憐。相逢今歲暮，遠别一方偏。去住俱難說，江湖正渺然。

長沙北亭送梁副端歸京

奏書歸闕下，祖帳出湘東。滿座他鄉别，何年此會同。藉芳憐岸草，聞笛怨江風。且莫乘流去，心期在醉中。

廣陵送趙主簿自蜀歸

將歸汾水上，遠省錦城來。已汎西江盡，仍隨北鴈迴。暮雲征馬速，曉月故關開。漸向庭闈近，留君醉一杯。

贈韋評事儹

與道共浮沉，人間歲月深。是非園吏夢，憂喜塞翁心。細草誰開徑，芳條自結陰。由來居物外，無事可抽簪。

過柳州

地盡江南戍，山分桂北林。火雲三月合，石路九疑深。暗谷隨風過，危橋共鳥尋。羈魂已愁絕，不復待猿吟。

過申州

萬人曾戰死，幾處見休兵。井邑初安堵，兒童未長成。涼風吹古木，野火入殘營。牢落千餘里，山空水復清。

次下牢韻

獨立荒庭（今按，《全唐詩》作「亭」）上，蕭蕭對晚風。天高吴塞闊，日落楚山空。猿叫三聲斷，江流一水通。前程千萬里，一夕宿巴東。

早行寄朱山人放

山曉旅人去，天高秋氣悲。明河川上没，芳草露中衰。此别又萬里，少年能幾時。心知剡溪路，聊且寄前期。

楊巨源

從太和公主和蕃（「從」，疑作「送」。）（今按，《唐百家詩選》卷十二、《全唐詩》卷三三三「從」作「送」）

北路古來難，年光獨認寒。朔雲侵鬢起，邊月向眉殘。蘆井尋沙到，花門度磧看。薰風一萬里，來處是長安。

送供奉定法師歸安南

故鄉南越外，萬里碧（今按，《全唐詩》作「白」）雲峰。經論辭天去，香花入海逢。鷺濤清梵徹，蜃閣化城重。心到長安陌，交州後夜鐘。

登寧州城樓

宋玉本悲秋，今朝更上樓。清波城下去，此意重悠悠。晚菊臨杯思，寒山滿郡愁。故關非

内地，一爲漢家羞。

長城聞笛

孤城笛滿林，斷續共霜砧。夜月降羌淚，秋風老將心。静過寒壘遍，暗入故園深。惆悵梅花落，山川不可尋。

秋日韋少府廳池上詠石

主人得幽石，日覺公堂清。一片池上色，孤峰雲物（今按，《全唐詩》作「外」）情。舊溪紅蘚在，秋水緑痕生。何必澄湖徹，移來有令名。

令狐楚

秋懷寄錢侍郎

晚歲俱爲郡，新秋各異鄉。燕鴻一驚叫，郢樹盡青蒼。山露侵衣潤，江風捲簟凉。相思如漢水，日夜向潯陽。

權德輿

送王鍊師赴王屋洞

稔歲在芝田，歸程入洞天。白雲辭上國，青鳥會羣仙。自有（今按，姚本、刻者不詳明本、屠隆本、牛斗本、《文苑英華》卷二二八、《全唐詩》卷三二三作「以」）棋消日，寧資藥駐年。相看話離別，風馭忽泠然。

羊士諤

林塘臘候

南國冰霜冷，年華已暗歸。閑招別館客，遠念故山薇。墅艇虛還過（今按，「墅」，據屠隆本、《全唐詩》卷三三二，當爲「野」。「過」，《全唐詩》作「觸」），歸（今按，《全唐詩》作「籠」）禽倦更飛。忘言亦何事，酣賞步清輝。

韓　愈

祖席（得秋字）

淮南悲木落，而我亦傷秋。況與故人別，那堪羈宦愁。榮華今異路，風雨苦（今按，《全唐詩》作「昔」）同憂。莫以宜春遠，江山多勝遊。

柳宗元

酬徐二中丞普寧郡内池館即事見寄

鵷鴻念舊行，虚館對荒塘。落日明朱檻，繁花照羽觴。泉歸滄海近，樹入楚山長。榮賤俱爲累，相期在故鄉。

梅雨

梅實迎時雨，蒼茫值晚春。愁深楚猿夜，夢斷越雞晨。海霧連南極，江雲暗北津。素衣今盡化，非爲帝京塵。

陳羽

湘妃怨

舜欲省蠻陬，南巡非逸遊。九山沉白日，二女泣滄洲。目極楚雲斷，恨深（今按，《全唐詩》作「連」）湘水流。至今聞鼓瑟，咽絶不勝愁。

李約

從軍行

候火起雕城，塵沙擁戰聲。遊軍藏漢幟，降虜説番情。霜落滮池淺，秋深太白明。嫖姚方虎視，不學（今按，《文苑英華》卷一九九、《唐詩紀事》卷三一、《全唐詩》卷三〇九作「覺」）請添兵。

吕温

道州秋夜南樓（今按，《全唐詩》後有「即事」二字）

誰憐獨坐愁，此夜更南樓。雲去舜祠閉，月明湘水流。猿聲何處曉，楓葉滿山秋。不照匣

中鏡，少年看白頭。

劉禹錫

松江送處州奚使君

吴越古今路，滄波朝夕流。從來離別地，能使管絃愁。江草帶煙暮，海雲含雨秋。知君五陵客，不樂石門遊。

令狐相公頻示新什早春南望遥想漢中因杼短章以寄誠素（今按，據姚本、刻者不詳明本、《全唐詩》卷三五八，「杼」當爲「抒」）

軍城臨漢水，旌旆起春風。遠思見江草，歸心看塞鴻。野花沿古道，新葉映行宫。唯有詩兼酒，朝朝兩不同。

秋日過鴻舉法師寺送歸江陵

看盡長廊畫（今按，《全唐詩》作「看畫長廊遍」），尋僧一徑幽。小池兼鶴淨，古木帶蟬秋。客至茶煙起，禽歸講席收。浮杯明日去，相望水悠悠。

鶴歎

（白樂天於吴郡得雙鶴雛以歸，與余相遇楊子津，閱玩終日。今年，樂天爲秘監，不以鶴隨，置之洛陽第。一旦，余入其門，鶴軒然來睨，如記相識，乃作《鶴歎》以贈樂天。）

寂寞一雙鶴，主人在西京。故巢吴苑樹，深院洛陽城。徐引竹間步，遠含雲外情。誰憐好風月，鄰舍夜吹笙。

張　籍

望行人

秋風牕下起，旅鴈向南飛。日日出門望，家家行客歸。無因見邊使，空待寄寒衣。獨倚青樓暮，煙深鳥雀稀。

薊北旅思

日日望鄉國，空歌白紵詞。長因送人處，憶得別家時。（劉須溪云：晚唐更千首，不及兩語，無緊無要，自是沉著。）失意還獨語，多愁秪自知。客亭門外柳，折盡向南枝。（方虚谷云：此司業集中第一首詩，三、四真佳句。）

思遠人

野橋春水清，橋上送君行。去去人應老，年年草自生。出門看遠道，無信向邊城。楊柳別離處，秋蟬今復鳴。

襄陽別友（今按，《才調集》卷三作《襄國別人》，《文苑英華》卷二八八作《襄州別友》，《全唐詩》卷三八四作《襄國別友》）

曉夜（今按，《全唐詩》作「色」）荒城下，相看秋草時。獨遊無定計，不欲道來期。別處去家遠，愁中驅馬遲。歸人渡煙水，遥映野棠枝。

送戴從玄往蘇州（今按，《全唐詩》作《送從弟戴玄往蘇州》）

楊柳閶門路，悠悠水岸斜。乘舟向山寺，着屐到漁家。夜月紅柑樹，秋風白藕花。江天詩景好，回日莫令賒。

宿江店

野店臨江浦，門前有橘花。停燈待賈客，賣酒與漁家。夜静江水白，路迴山月斜。（劉云：自然好。）閑尋泊舟處，潮落見平沙。

夜到漁家

漁家在江口，潮水入柴扉。行客欲投宿，主人猶未歸。（劉云：難得，語意自在如此。）竹深村路遠，月出釣船稀。遥見尋沙岸，春風動草衣。

宿臨江驛

楚驛南渡口，夜深來客稀。月明見潮上，江静覺鷗飛。（劉云：五字寂寥。）旅宿今已遠，此行殊未歸。離家久無信，又聽擣寒衣

王　建

邊上送故人（今按，《全唐詩》作《塞上逢故人》）

百戰一身在，相逢白髮生。何時得家（今按，《全唐詩》作「鄉」）信，每日算歸程。走馬登寒壠，驅羊入廢城。羌歌三兩曲，人醉海西營。

汴路即事

千里河煙直，青楓夾岸長。天涯同此路，人語各殊方。草市迎江貨，津橋税海商。回看故

宮柳，憔悴不成行。

李德裕

望伊川

（《春暮思平泉莊新詠》之作，元二十首，今存四首。［今按，「新詠」，《全唐詩》卷四七五作「雜詠」。《春暮思平泉莊雜詠》二十首俱存，此云「今存四首」，姚本、屠隆本、牛斗本作「今有四首」，不確；「存」或「有」疑爲「録」或「選」字之誤］）

遠村寒食後，細雨度川來。芳草連溪合，梨花映野開。槿籬懸落照，松徑長新苔。向夕亭皋望，遊禽幾處回。

書樓晴望

幽居人世外，久厭市朝喧。蒼翠連雙闕，微茫辨（今按，《全唐詩》作「認」）九原。殘紅映巭樹，斜日照轘轅。薄暮柴扉掩，誰知仲蔚園。

瀑泉

（今按，《全唐詩》後有「亭」字）

向老多悲恨，悽然念一丘。巖泉終古在，風月幾年遊。菌閣饒佳樹，菱潭有釣舟。不如羊叔子，名與峴山留。

東溪

近蓄東溪水，悠悠起白（今按，《全唐詩》作「渌」）波。緑鴛流不散（今按，《全唐詩》作「彩鴛留不去」），芳草日應多。夾岸生奇篠，緣巖覆女蘿。蘭橈思無限，爲感濯纓歌。

顧非熊

桃巖憶賈島（《英華》作《姚巖寺路懷友》，「路向桃巖去」作「姚巖寺」。）

路向桃巖去，多行洞壑間。鶴聲兼野静，溪色帶村閑。疏葦秋前渚，斜陽雨後山。憐君不得見，詩思最相關。

白居易

草（《詩語》云：居易初應舉，名未報，以詩投顧顧［今按，據姚本、屠隆本、牛斗本、四庫本當爲「顧況」］，況戲之曰：「長安物貴，居大不易。」及讀「離離原上草」一詩，即云：「有句如此，居亦何難？老夫前言戲之耳。」）

離離原上草，一歲一枯榮。野火燒不盡，春風吹又生。遠芳侵古道，晴翠接荒城。又送王

孫去，萋萋滿别情。

張　祐（今按，一作「祜」）

金山寺

一宿金山寺，微茫水國分（今按，《全唐詩》作「超然離世群」）。僧歸夜船月，龍出曉堂雲。樹影中流見，鐘聲兩岸聞。因悲在城市（今按，《全唐詩》作「翻思在朝市」），終日醉醺醺。

題萬道人禪房

何處聞（今按，姚本、屠隆本作「開」，《全唐詩》卷五一〇作「鑿」）禪壁，西南江上峰。殘陽過遠水，落葉滿疏鐘。世事静中去，道心塵外逢。欲知情不動，牀下虎留蹤。

寄靈徹上人

老僧何處寺，秋夢繞江濱。獨樹月中鶴，孤舟雲外人。榮華長指幻，衰病久觀身。應笑無成者，滄洲垂一綸。

贈志凝上人

悟色身無染，觀空事不生。道心長日笑，覺路幾年行。片月山房静，孤雲海棹輕。願爲塵外契，一就智珠明。

溪行寄道侣

白日長多事，清溪偶獨尋。雲歸秋水闊，月出夜山深。坐想天涯去，行悲澤畔吟。東郊故人在，應笑未抽簪。

題松汀驛（今按，「汀」，屠隆本、牛斗本作「江」）

山色遠含空，蒼茫驛（今按，《全唐詩》作「澤」）國東。海明先見日，江白迥聞風。鳥道高原去，人煙小徑通。那知舊遺逸，不在五湖中。

題樟亭

曉霽憑虛檻，雲山四望通。地盤江岸絶，天映海門空。樹色連秋靄，潮聲入夜風。年年此光景，催盡白頭翁。

晚夏歸別業

古岸扁舟晚，荒園一徑微。鳥啼新果熟，花落故人稀。宿潤侵苔甃，斜陽照竹扉。相逢盡鄉老，無復話時機。

鄭 丹

肅宗挽歌（共二十首，止録其一。）

國以重明受，天從諒闇移。諸侯方北面，白日忽西馳。龍影當泉落，鴻名向廟垂。永言青史上，還是載無爲。

五言律詩卷之十三　唐詩品彙六十八

正變

賈　島

憶江上吴處士

閩國揚帆去，蟾蜍缺（今按，《全唐詩》作「虧」）復團。秋風吹（今按，《全唐詩》作「生」）渭水，落葉滿長安。（《唐音摭言》［今按，「音」，屠隆本、牛斗本作「晉」，當皆爲「書」之訛，或爲衍文］云：島嘗騎驢天衢，時秋風正厲，黄葉可掃，島忽吟曰：「落葉滿長安。」卒求一聯未得，因唐突京尹劉棲楚，被繫一夕而釋。此與韓愈推敲事又別，未深考。）此地聚會夕，當時雷雨寒。蘭橈殊未返，消息海雲端。（方虚谷云：此變體也，「聚會」、「雷雨」，對更有力。）

旅遊

此心非一事，書札若爲傳。舊國别多日，故人無少年。（劉須溪云：短語不可復道。）空巢霜葉落，疏牖水螢穿。留得林僧宿，中宵坐默然。（方云：三、四語奇，五、六言蕭索之味。）

送朱可久歸越中

石頭城下泊，北固暝鐘初。汀鷺銜潮起，船牕過月虚。（方云：善言泊舟之趣。）吴山侵越衆，隋柳入唐疏。日欲躬調膳，辟來何府書。

題李凝幽居

閑居少鄰竝，草徑入荒園。鳥宿池邊（一作「中」。）（今按，姚本、刻者不詳明本、屠隆本、牛斗本作「中」）樹，僧敲月下門。過橋分野色，移石動雲根。暫去還來此，幽期不負言。（劉云：「敲」，意妙絶，「下」，意更好，結又老成。）

暮過山村

數里聞寒水，山家少四鄰。怪禽啼曠野，落日恐行人。（《歐陽詩話》云：道路辛苦，羈愁旅思，豈不見於言外者乎？）初月未終夕，邊烽不過秦。蕭條桑柘外，煙火漸相親。

宿山寺

衆岫聳寒色，精廬向此分。流星透疏木，走月逆行雲。絶頂人來少，高松鶴不羣。一僧年八十，世事未曾聞。

山中道士

頭髮梳千下，休糧帶瘦容。養雛成大鶴，種子作高松。（劉云：又癡又嫩，癡可笑，嫩可惜。）白石通宵煮，寒泉盡日舂。不曾離隱處，那得世人逢。

答王秘書

人皆聞蟋蟀，我獨恨蹉跎。白髮無心鑷，青山去意多。信來樟（今按，姚本、刻者不詳明本、屠隆本、牛斗本及《全唐詩》皆作「漳」）浦岸，期負洞庭波。時掃高槐影，朝回忽恐過。

宿孤館

落日投村戍，愁生爲客途。春山晴後緑，江月夜深孤。橘樹千株在，漁家一半無。自知風水静，舟繫岸邊蘆。

思遊邊友人

凝愁對孤燭，昨日飲離杯。葉下故人去，天中新鴈來。連沙秋草薄，帶雪暮山開。苑北紅塵道，何時見遠回。

秋暮寄友人

寥落關河暮，霜風樹葉低。遠天垂地外，寒日下山西。有志煙霞切，無家歲月迷。清宵話白閣，已負數年棲。

送僧歸天台

辭秦經越過，歸寺海西峰。石澗雙流水，山門九里松。曾聞清禁漏，却憶（今按，《全唐詩》作「聽」）赤城鐘。妙字（今按，《全唐詩》作「宇」）研磨講，應齊智者蹤。

送知興上人

久住巴興寺，如今始拂衣。欲臨秋水別，不向故山歸。錫掛天涯樹，房閑（今按，《全唐詩》卷五七二作「開」）嶽頂扉。下看萬里曉，霜海日生微。

憶吴處士

半夜長安雨，燈前越客吟。孤舟行一月，萬水與千岑。島嶼夏雲起，汀洲芳草深。何當折松葉，拂石剡溪陰。

宿姚少府北齋

石溪同夜汎，復此北齋期。鳥絶吏歸後，蛩鳴客卧時。鎖城涼雨細，開印曙鐘遲。憶此漳川岸，如今是别離。

泥陽館

客愁何併起，暮送故人迴。廢館秋螢出，空城寒雨來。夕陽飄白露，樹影掃青苔。（方云：詩思甚幽。）獨坐離容慘，孤燈照不開。

送惟一遊清涼寺

去有巡臺侣，荒溪衆樹分。瓶殘秦地水，錫入晉山雲。秋月離喧見，寒泉出定聞。人間臨欲别，旬日雨紛紛。

宿慈恩寺郁公房

病身來寄宿，自掃一牀閑。返照臨江磬，新秋過雨山。竹陰移冷月，荷氣帶禪關。獨往天台意，方從内請還。

石門陂留醉從叔譽

（今按，「石」，姚本、屠隆本、牛斗本、《唐百家詩選》卷十五作「百」；《唐百家詩選》、賈島《長江集》卷五、《全唐詩》卷五七二「醉」作「辭」，「譽」作「謩」）

幽鳥飛不遠，我行千里間。寒衝陂水路（今按，《全唐詩》作「霧」），醉下菊花山。有耻長爲客，無成又入關。何時臨潤柳，吾黨共來攀。

姚　合

春日早朝寄劉起居

九衢寒霧斂，雙闕曙光分。彩仗迎春日，香煙接瑞雲。珮聲清漏間，天語侍臣聞。（劉須溪云：自在。）莫笑馮唐老，還來謁聖君。

寄友人

日暮掩重扉，抽簪復解衣。漏聲林下静，螢色月中微。秋霽露華結，夜凉（今按，《全唐詩》作「深」）人語稀。殷勤故山路，誰與我同歸。

郡中西園

西園春欲盡，芳草徑難分。静語唯幽鳥，閑眠獨使君。密林生雨意（今按，《全唐詩》作「氣」），（劉云：好。）古石帶苔文。雖去清秋遠，朝朝見白雲。

武功縣中作

日出方能起，庭前看種莎。吏來山鳥散，酒熟野人過。岐路荒城少，煙霞遠縣（今按，《唐詩紀事》卷四九、《全唐詩》卷四九八作「岫」）多。同官數相見（今按，《唐詩紀事》、《全唐詩》作「引」），下馬上西坡。

過靈泉寺

偶尋靈跡去，幽徑入□（今按，原文爲墨丁，屠隆本作「層」，四庫本作「氤」，《全唐詩》作「氲」）氛。轉壑驚飛鳥，穿山踏亂雲。水從巖上（今按，《全唐詩》作「下」）落，溪向寺前分。釋子遊何處，空堂日

漸曛。

喜馬戴冬夜見過期無可上人不至

内殿臣相命，開樽話舊時。夜鐘催鳥絶，積雪阻僧期。林静寒聲遠，天陰曙色遲。今宵復何夕，鳴珮坐難（今按，《全唐詩》作「相」）隨。

秋夜月中登天壇

秋蟾流異彩，齋潔上壇行。天近星辰大，山深世界清。仙飆石上起，海日夜中明。何計長來此，閑眠過一生。

許　渾

劉後村云：杜牧、許渾同時，然各爲體。牧於律中常遇（今按，據四庫本《後村詩話》卷一，當爲「寓」）少拗峭，以矯時弊。渾則不然，而（今按，據《後村詩話》，「而」當爲衍文）律切麗密或過杜牧，而抑揚頓挫不及也。

秋日赴闕題潼關驛樓（今按，《全唐詩》卷五二九題下注云：一作《行次潼關逢魏扶東歸》）

紅葉晚蕭蕭，長亭酒一瓢。殘雲歸太華，疏雨過中條。樹色隨關迥，河聲入海遥。帝鄉明日到，猶自夢漁樵。

泊松江渡

漠漠故宫地，月涼風露幽。雞鳴荒戍曉，鴈過古城秋。楊柳北歸路，蒹葭南渡舟。去鄉今已遠，更上望京樓。

南樓春望

南樓春一望，雲水共昏昏。野店歸山路，危橋帶郭村。晴煙和草色，夜雨長溪痕。下岸誰家住，殘陽半掩門。

嚴陵釣臺泊貽行宫（今按，《全唐詩》卷五二九、《丁卯集》卷下「釣臺」後無「泊」字；「宫」當爲「侣」）

故人天下定，歸（今按，《全唐詩》作「垂」）釣碧巖幽。舊跡隨苔（今按，《全唐詩》作「臺」）古，高名寄水

流。鳥喧羣木晚，蟬急衆山秋。更待新安月，憑君暫駐舟。

送南陵李少府

高人亦未閑，來往楚雲間。劍在心應壯，書窮鬢已斑。落帆秋水寺，驅馬夕陽山。明日南昌尉，空齋又掩關。

晚泊七里灘

天晚日沉沉，孤舟繫柳陰。江村平見寺，山郭遠聞砧。樹密猿聲響，波澄鴈影深。榮華暫時事，誰識子陵心。

長安旅夜

久客怨長夜，西風吹鴈聲。雲移河漢淺，月汎露華清。掩瑟獨凝思，緩歌空寄情。門前有歸路，迢遞洛陽城。

孤鴈

昔年雙頡頏，池上靄春暉。霄漢力猶怯，稻粱心已違。蘆洲寒獨宿，榆塞夜孤飛。不及營巢燕，西風相伴歸。

寄契盈上人

何處是西林，疏鐘復遠砧。鴈來秋水闊，鴉盡夕陽沉。婚嫁乖前志，功名異夙心。湯師不可問，江上碧雲深。

洛中秋日

故國無歸處，官閑憶遠遊。吴僧秣陵寺，楚客洞庭舟。久病先知雨，長貧早覺秋。壯心能幾許，伊水更東流。

送段覺歸杜曲閑居

書劍南歸去，山扉别幾年。苔侵巖下路，果落洞中泉。紅葉高齋雨，青蘿曲檻煙。寧知遠遊客，羸馬太行前。

早秋

遥夜汎清瑟，西風生翠蘿。殘螢棲玉露，早鴈拂金河。高樹曉還密，遠山晴更多。淮南一葉下，自覺洞庭（今按，《全唐詩》作「老煙」）波。

晚發天井關寄李師晦

山在水滔滔，流年欲二毛。湘潭歸夢遠，燕趙客程勞。露曉紅蘭重，雲晴碧樹高。逢秋正多感，萬里别同袍。

將赴京師蒜山津送客還荆渚

樽前萬里愁，楚塞與皇州。雲識瀟湘雨，風知鄠杜秋。潮平猶倚棹，月上更登樓。他日滄浪水，漁歌對白鷗。

潼關蘭若

來往幾經過，前軒枕大河。遠帆春水闊，高寺夕陽多。蝶影下紅藥，鳥聲喧緑蘿。故山歸未得，徒詠采芝歌。

陪越中使院諸公鏡波館餞明台裴鄭二使君

傾幕來華館，淹留二使君。舞移清夜月，歌斷碧空雲。海郡樓臺接，江船劍戟分。明時自騫翥，無復歎離羣。

題岫上人院

病客與僧閑，頻來不掩關。高牕雲外樹，疏磬雨中山。離索秋蟲響，登臨夕鳥還。心知落帆處，明月浙河灣。

秋晚登城

城高不可下，永日一登臨。曲檻涼飇急，空樓返照深。葦花迷夕棹，梧葉散秋砧。謾作歸田賦，蹉跎歲欲陰。

送客歸蘭溪

花下送歸客，路長應過秋。暮隨江鳥宿，寒共嶺猿愁。衆水喧嚴瀨，羣峰抱沈樓。因君幾南望，曾向此中遊。

送僧歸金山寺

老歸江上寺，不忘舊師恩。駐錫逢山色，停杯見浪痕。秋濤吞楚驛，曉月上荆門。爲訪題詩處，莓苔幾字存。

憶長洲

香徑小船通，菱歌繞故宫。魚沉秋水静，鳥宿暮山空。荷葉橋邊雨，蘆花海上風。歸心無處託，高枕畫屏中。

松江懷古

故國今何在，扁舟竟不歸。雲移山漠漠，江闊樹依依。晚色千帆落，秋聲一鴈飛。此時兼送客，憑檻欲沾衣。

征西舊卒

少年乘勇氣，百戰過烏孫。力盡邊城難，功加上將恩。曉風聽戍角，殘月倚營門。自説輕生處，金瘡有舊痕。

李商隱

河清與趙氏昆季燕集

勝概殊江右，佳名逼渭川。虹收青嶂雨，鳥没夕陽天。客鬢行如此，滄江坐渺然。此中真

得地，漂蕩釣魚船。

少將

族亞齊安睦（今按，據《全唐詩》卷五三九，當爲「陸」），風高漢武威。煙波別墅醉，花月後門歸。青海聞傳箭，天山報合圍。一朝攜劍起，馬上疾如飛。

寒食行次冷泉驛

歸（今按，《全唐詩》作「驛」）途仍近節，旅宿倍思家。獨夜三更月，空庭一樹花。介山當驛秀，汾水繞關斜。自怯春寒苦，那堪禁火賒。

陳後主（今按，《文苑英華》卷三一一、《全唐詩》卷五四〇作《陳後宮》）

玄武開新苑，龍舟燕幸頻。渚蓮參法駕，沙鳥犯鈎（今按，《全唐詩》作「句」）陳。壽獻金莖露，歌翻玉樹塵。夜來江令醉，別詔宿臨春。

迎寄韓魯州詹同年（今按，劉學鍇、余恕誠《李商隱詩歌集解》校云：「瞻」原一作「詹」，非）

積雨晚騷騷，相思正鬱陶。不知人萬里，時有燕雙高。寇盜纏三輔，莓苔滑百牢。聖朝推衛霍，歸日動仙曹。

獻寄舊府開封公

幕府三年遠，春秋一字褒。書論秦逐客，賦續楚離騷。地里南溟闊，天文北極高。酬恩撫身世，未覺勝鴻毛。

李　頻

送人遊吴

楚田開霽（今按，《全唐詩》作「雪」）後，草色與君看。積水浮春氣，深山滯雨寒。毗陵孤月出，建業一鐘殘。爲把鄉書去，因收别淚難。

送徐處士歸江南

行行野雲（今按，《全唐詩》作「雪」）薄，寒氣日通春。故國入（今按，《全唐詩》作「又」）芳草，滄江終白身。遊歸花落滿，睡起鳥啼新。莫惜閑書札，西來問旅人。

漢上送人西歸

幾作西歸夢，因爲惜（今按，姚本、刻者不詳明本、《全唐詩》作「愴」）别心。野銜天去盡，山夾漢來深。疊浪翻殘照，高帆引片陰。空留相贈句，畢我白頭吟。

送許渾侍御歸潤州

家山近石頭，遂意恣東遊。祖席離烏府，歸帆轉蜃樓。陰氛出海散，落月向潮流。別有爲霖日，孤雲未自由。

送王侍御赴湖南（今按，「王侍御」，《全唐詩》作「裴御史」；牛斗本作「侍御」，姚本、屠隆本作「裴侍御」，前無「送」字）

闕（今按，姚本、刻者不詳明本、牛斗本、屠隆本作「開」）門烏道中，飛傳復乘驄。暮雪離秦甸，春雲入楚宫。平蕪天共闊，積水地多空。使府懸帆去，能消幾日風。

送友人遊蜀

東堂雖不捷，西去復何愁。蜀馬知歸路，巴山似舊遊。星臨劍閣動，花落錦江流。鼓吹青林下，時聞祭武侯。

春日南遊寄浙東許同年

孤帆處處宿，不問是誰家。南國平蕪遠，東風細雨斜。旅懷多寄酒，寒意欲留花。更想前途去，茫茫滄海涯。

陜下懷歸

故園何處在，零落五湖東。日暮無來客，天寒有去鴻。大河冰徹塞，高嶽雪連空。獨夜懸歸思，迢迢永漏中。

秦原早望

一忝鄉書薦，長安未得回。年光逐渭水，春色上秦臺。燕掠平蕪去，人衝細雨來。東風生故里，又過幾花開。（方虚谷云：其思優游而不深怨，可取。）

八月峽口作

萬里西南水，秋來滿峽流。亂山無陸路，行客在孤舟。洶洶灘聲惡，冥冥樹色秋。免爲三不弔，終白一生頭。

黔中罷職汎江東

黔中初罷職，薄俸亦無殘。舉目鄉關遠，攜家旅食難。野梅將雪競，江月與沙寒。兩鬢愁應白，何勞把鏡看。

送人往塞北

上馬問雲中，長川逆北風。日西身獨去，山轉路無窮。樹隔高關斷，沙連大漠空。君看河外將，早晚合平戎。

送清上人歸上林（今按，《全唐詩》作《峽州送清徹上人歸浙西》，注云：一作《送清江上人歸東林》）

風濤幾千里，歸路半乘舟。此地難相別，何人更共留。坐經嵩頂夏，行值洛陽秋。到寺安禪夕，江雲過石樓。

馬　戴

嚴滄浪云：馬戴詩在晚唐諸人之上。

關山曲

火發龍山北，中宵易左賢。勒兵臨漢水，驚鴈散胡天。木落防河急，軍孤受敵偏。猶聞漢皇怒，按劍待開邊。

夜入湘中（今按，「入」，《全唐詩》作「下」）

洞庭人夜到，孤棹入（今按，《全唐詩》作「下」）湘中。露洗寒山遍，波摇楚月空。密林飛暗狖，廣澤發鳴鴻。行抵揚帆者，江分又不同。

落日悵望

孤雲與歸鳥，千里片時間。念我何留（今按，《全唐詩》作「一何」）滯，辭家久未還。微陽下喬木，遠色隱秋山（一作「遠燒入秋山」。）。臨水不敢照，恐驚平昔顔。

早發故園

語别在中夜，登車離故鄉。曙鐘寒出岳，殘月迥凝霜。風柳條多折，沙雲氣轉（今按，《全唐詩》作「盡」）黄。行逢海西鴈，零落不成行。

送人遊蜀

别離楊柳陌，迢遞蜀門行。若聽清猿後，應多白髮生。虹霓侵棧道，雨雪雜江聲。過盡愁人處，煙花是錦城。

送客南遊

擬卜何山隱，高秋指岳陽。葦乾雲夢色，橘熟洞庭香。疏雨殘虹影，回雲背鳥行。靈均如可問，一爲哭清湘。

送僧歸金山寺

金陵江色裏，蟬急向秋分。迴寺横洲島，歸僧渡水雲。夕陽依岸盡，清磬隔潮聞。遥想禪林下，鑪香對月焚。

寄終南真空禪師

閑想白雲外，了然清淨僧。松門山半寺，雨夜（今按，《全唐詩》作「夜雨」）佛前燈。此境可長住，浮生自不能。一從林下别，瀑布幾成冰。

題静住寺欽用上人房

寺近朝天路，多聞玉珮音。鑒人開慧眼，歸鳥息禪心。磬接星河曙，牕連夏木深。此中能宴坐，何必在雲林。

宿陽臺觀

玉洞仙何在，鑪香客自焚。醮壇圍古木，石磬響寒雲。曙月孤霞映，懸流峭壁分。心知人世隔，坐與鶴爲羣。

灞上秋居

灞原風雨定，晚見鴈行頻。落葉他鄉樹，寒燈獨夜人。空園白露滴，孤壁野僧鄰。寄卧郊扉久，何年致此身。

尋賈島原東居

寒鴈過原急，渚邊秋色深。煙霞向海島，風雨宿園林。俱住明時願，同懷故國心。（集作「共許貧交久，猶嫌外事侵」。）未能先隱跡，聊此一相尋。

洛陽寒夜姚侍御宅憶賈島（今按，「憶」，《全唐詩》作「懷」）

夜樹動寒色，洛陽城闕深。如何異鄉思，更抱故人心。殘月闗山遠，閑堦霜霧侵。誰知石門路，待子與相（今按，《全唐詩》作「與子同」）尋。

宿崔邵池陽別墅

楊柳色已故（今按，《全唐詩》卷五五五作「改」），郊原日復低。煙生寒渚上，霞散遠（今按，《全唐詩》作「亂」）山西。待月人相對，驚風鴈不齊。此心君莫問，舊國去將迷。

答鄘時友人同宿見示

爲客自堪悲，風塵日滿衣。承明無計入，舊隱但懷歸。雪積孤城暗，燈殘曉角微。相逢喜同宿，此地故人稀。

江行（今按，《全唐詩》後有「留別」二字）

吴楚半秋色，渡江逢葦花。雲侵帆影落，風逼鴈行斜。返照開嵐翠，寒潮漾浦沙。自（今按，《全唐詩》作「余」）將何所往，海嶠欲營家。

早發故山作

雲門夾硝（今按，《全唐詩》作「峭」）石，石路蔭長松。谷響猿相應，山深水復重。湌霞人不見，采藥客猶逢。獨宿靈潭側，時聞岳頂鐘。

五言律詩卷之十四　唐詩品彙六十九

餘響

朱慶餘

送僧遊廬山

客行皆有求（集作「爲」。），師去是閑遊。野望攜金策，禪棲寄石樓。山深松翠冷，潭静菊花秋。幾處題青壁，袈裟濺瀑流。

送淮陰丁明府

之官未及（今按，《全唐詩》作「入」）境，已有愛人心。遣吏回中路，停船對遠林。鳥聲淮浪静，雨色稻苗深。暇日公門掩，唯聞（今按，《全唐詩》作「應」）伴客吟。

周　賀

長安送人

京國多離别，年年渭水濱。空將未歸意，説向欲行人。鴈度池塘月，山連井邑春。臨分惜攜手（今按，《全唐詩》作「臨歧惜分手」），日暮一沾巾。

酬吴之問

已當聽鴈夜，多事不同居。故疾離城晚，秋霖見月疏。趁鐘（今按，《全唐詩》作「趁風」，注云：一作「聽鐘」）關静户，帶葉卷殘書。蕩槳期南去，荒園久廢鋤。

喻　鳧

岫禪師南溪蘭若

錫影散林（今按，《全唐詩》作「配瓶」）光，孤溪照草堂。水懸青石磴，鐘動白雲牀。樹色含殘雨，河流帶夕陽。唯應無月夜，瞑目見他方。

發浙江（今按，《文苑英華》卷二九五、《全唐詩》卷七一三皆作喻坦之詩）

島嶼遍含煙，煙中濟大川。山城猶轉漏，沙浦已摇船。海曙霞浮日，江遥水合天。此時空闊思，飄想涉窮邊。

晚泊盱眙（今按，《文苑英華》卷二九五、《全唐詩》卷七一三作喻坦之詩）

廣葦夾深流，蕭蕭到海秋。宿船横月浦，驚鳥繞霜洲。雲濕淮南樹，笳清泗上（今按，《全唐詩》作「水」）樓。徒懸向（今按，《全唐詩》作「鄉」）國思，羈跡尚東遊。

商於逢友人（今按，《文苑英華》卷二一八、《全唐詩》卷七一三作喻坦之詩）

行役何時了，年年骨肉分。春風乘（今按，《全唐詩》作「來」）漢棹，雪路入商雲。水險溪難定，林寒鳥異羣。相逢聊坐石，啼狖語中聞。

劉得仁

送僧歸玉泉寺

玉泉歸故里（集作「寺」。）（今按，《全唐詩》作「刹」），便老是心（今按，《全唐詩》作「僧」）期。亂木孤蟬

後，寒山絶鳥時。若尋流水去，轉出白雲遲。見説千峰路，溪深復頂危。

回中夜訪獨孤從事

滿庭霜月白（今按，姚本、刻者不詳明本、屠隆本、牛斗本、《文苑英華》卷二一七、《全唐詩》卷五四四作「魄」），風静絶纖聞。邊境時無事（一作「寇」。），州城夜訪君。擁裘聽塞角，酌瓴（一作「醴」。）話湘雲。贊佐元戎美，恩齊十萬軍。

杜　牧

禪智寺

雨過一蟬噪，飄蕭松桂秋。青苔滿階砌，白鳥故遲留。暮靄生深樹，斜陽下小樓。誰知竹西路，歌吹是揚州。

項　斯

楊敬之雅愛其詩，所至稱之，嘗贈詩云：「幾度見詩詩總好，及觀標格勝（今按，《全唐詩》作「過」）於詩。平生不解藏人善，到處逢人説項斯。

寄石橋僧

逢師入山日，道在石橋邊。别後何人見，秋來幾處禪。溪中雲隔寺，夜半雪添泉。生有天台約，知無却出緣。

送歐陽衮歸閩中

秦城幾歲住，猶着故鄉衣。失意時相識，成名後獨歸。海秋蠻樹黑，嶺夜瘴雲飛。爲學心難滿，知君更掩扉。

薛　能

《劉後村詩話》云：薛能詩格不甚高，而自譽太過。

麟中寓居寄蒲陰友人（今按，「蒲陰」，《全唐詩》作「蒲中」）

蕭條秋雨地，獨院阻同羣。一夜驚爲客，多年不見君。邊心生落日，鄉思羡歸雲。更在相思處，子規燈下聞。

贈禪者（今按，「禪」，《全唐詩》作「隱」）

門前雖有徑，絶向世間行。薙草因逢藥，移花更得鶯。甘貧元是道，苦學不爲名。莫怪蒼鬢晚，無機在此情（今按，《全唐詩》作「任世情」）。

送友人出塞

榆關到不可，何況出榆關。春草臨岐斷，邊樓到（今按，姚本、屠隆本、牛斗本、刻者不詳明本、《全唐詩》作「帶」）日閑。人歸穹帳外，鳥（今按，《全唐詩》作「鳥」）發（今按，《全唐詩》作「亂」，注云：一作「度」）廢營間。此地秋堪（集作「堪愁」。）想，霜前作意還。

趙　嘏

靈巖寺（今按，《全唐詩》前有「宿」字）

明月溪頭寺，蟲聲滿橘洲。倚船（今按，《全唐詩》作「欄」）香徑晚，移石太湖秋。樹老雲歸盡，臺荒水更流。無人見惆悵，獨上最高樓。

長洲

扁舟殊不繫，浩蕩路纔分。范蠡湖中樹，吴王苑外雲。悲心人望月，獨夜鴈離羣。明發還驅馬，關城見日曛。

經無錫縣醉後吟

客過無名姓，扁舟繫柳陰。窮秋南國淚，殘日故鄉心。京洛衣塵在，江湖酒病深。何須覓陶令，乘醉自横琴。

姚鵠

曉發

旅行宜早發，況復是南歸。月影緣山盡，鐘聲隔水微。殘星螢共失，落葉鳥俱（今按，《全唐詩》作「和」）飛。去去關河曉，村中人出稀。

紀唐夫

送友人歸宜春

落花兼柳絮，無處不紛紛。遠道空歸去，流鶯獨自聞。墅橋喧碓水，山郭入樓雲。故里南陔曲，秋期欲送君。

温庭筠

送人東遊

荒戍落黄葉，浩然離故關。高風漢陽渡，初日郢門山。江上幾人在，天涯孤棹還。何當重相見，樽酒慰離顔。

西遊書懷

渭川通野戍，有路上桑乾。獨鳥青天暮，驚麏赤燒殘。高秋辭故國，昨日夢長安。客意自如此，非關行路難。

商山早行

晨起動征鐸，客行悲故鄉。雞聲茅店月，人跡板橋霜。（《三山老人語録》云：六一居士甚喜此語，有「鳥聲茅店雨，野色柳橋春」以效之。）槲葉滿山路，枳花明驛墻。因思杜陵夢，鳧鴈滿迴塘。

于武陵

長信宫

一失輦前恩，羅衣生暗塵。唯應清夜月，獨伴向愁人。長信翠蛾老，昭陽紅粉（今按，據姚本、屠隆本、牛斗本、刻者不詳明本、《全唐詩》卷五九五，當爲「粉」）新。君心似秋節，不使草長春。

客中

楚人歌竹枝，遊子淚沾衣。異國久爲客，寒宵頻夢歸。一封書未返，千樹葉皆飛。南過洞庭水，更應消息稀。（方虚谷云：久客夢家，人情之常，愈遠而逾難得家書也。）

友人南遊不回

相思春樹緑，千里各依依。鄠杜月頻滿，瀟湘人未歸。桂花風半落，煙草蝶雙飛。一别無

消息，水南車跡稀。

南遊有感

杜陵無厚業，不得駐車輪。重到曾遊處，多非舊主人。東風千里樹，西日一洲蘋。又渡湘江水（今按，《全唐詩》作「去」），湘江水復春。

宿友生林尻因懷賈區（今按，「尻」當爲訛字，《文苑英華》卷二一七、《全唐詩》卷五九五作「居」，四庫本作「屋」）

繞屋樹森森，多棲紫閣禽。暫過當永夜，微得話前心。入楚行應遠，經湘恨必深。那堪對寒燭，更賦別離吟。

西歸

不繫與舟閑，悠悠吴楚間。羞將新白髮，却到舊青山。一葉忽離樹，幾人同入關。長安有家住（今按，《全唐詩》作「家尚在」），秋至又西還。

早春山行

江草暖初緑，鴈行皆北飛。異鄉那久客，野鳥尚思歸。十載過如夢，衷（今按，《全唐詩》作「素」）

心應已違。行行家漸遠，更苦得書稀。

夜泊湘江

北風吹楚樹，此地獨先秋。何事屈原恨，不隨湘水流。涼天生片月，竟夕伴孤舟。一作南行客，無成空白頭。

王將軍宅夜聽歌

朱檻滿明月，美人歌落梅。忽驚塵起處，疑是（今按，《全唐詩》作「有」）鳳飛來。一曲聽初徹，幾年愁漸（今按，《全唐詩》作「暫」）開。東南正雲雨，不得見陽臺。

夜尋僧（僧游山未歸。）

數歇渡煙水，漸非塵俗間。泉聲入秋寺，月色遍寒山。石路幾迴雪，竹房猶閉關。不知雙樹客，何處與雲閑。

贈王隱人（今按，《全唐詩》作《贈王隱者山居》，注云：一作《贈隱者》）

石室掃無塵，人寰與此分。飛來南浦樹，半是華山雲。浮世幾多事，先生應不聞。寒川滿斜（今按，《全唐詩》作「西」）日，空照鴈來（今按，《全唐詩》作「成」）羣。

雍陶

送裴璋還蜀

家（今按，《全唐詩》作「客」）在劍門外，新年音信稀。自爲千里別，已送幾人歸。陌上日初落，馬前花正飛。離言殊未盡，春雨滿行衣。

塞上宿野寺

塞上蕃僧老，天寒疾上關。遠煙平似水，高樹暗如山。去馬朝常急，行人夜始閑。更深聽刁斗，時到磬聲間。

寄宗静上人（今按，「寄」，《全唐詩》作「贈」）

世上方傳法，山中未得歸。閑花飄講席，馴鴿污禪衣。積雨誰過寺，殘鐘自掩扉。寒來垂頂帽，白髮剃應稀。（《雲溪友議》〔下稱原本〕云：陶爲簡州牧，自比謝宣城、柳吴興，賓至則挫辱，投贄者少得見之。有馮道明者請謁，詒閽者曰：「與太守故舊。」及見，阿〔今按，據原本、姚本、牛斗本、屠隆本、四庫本當爲「呵」〕責曰：「與公昧平生，何故舊之有？」道明曰：「誦公詩，得相見，何隔〔今按，原本作「昧」〕平生？」遂吟雍詩云：「江聲秋入峽〔今按，原本作「寺」〕，雨氣夜侵樓」，「立當青草人先見，行傍〔今按，原本作「近」〕白蓮魚未知」，「閑〔今按，原本作

「閉」」門客「今按，原本作「賓」」到常疑「今按，原本作「推」」病，滿院花開不似貧」。雍由是厚之，遂如曩昔之交。）

李羣玉

湖闊（《英華》作《湖閣》。）

楚色籠青草，秋風洗洞庭。夕霏生水寺，初月盡虚（今按，姚本、屠隆本、牛斗本、刻者不詳明本、《全唐詩》作「雲」）汀。棹響來空闊，漁歌發杳冥。欲浮闌下艇，一到斗牛星。

廣江驛餞筵留别

别筵欲盡秋，一醉海西樓。夜雨寒潮水，孤燈萬里舟。酒飛鸚鵡重，歌送鷓鴣愁。惆悵三年客，難期此處遊。

雲安

灘惡黄牛吼，城孤白帝秋。水寒巴字急，歌向（今按，姚本、屠隆本、牛斗本、刻者不詳明本、《全唐詩》作「迴」）竹枝愁。樹倚荆王館，雲昏蜀客舟。瑶姬不可見，行雨在高丘。

送秦鍊師

紫府静沉沉，松軒思别吟（今按，《全唐詩》作「琴」）。水流寧有意，雲汎本無心。錦洞桃花遠，青

山竹葉深。不因時賣藥，何路更相尋。

遊玉芝觀

尋仙向玉清，獨倚雪初晴。木落寒郊迥，煙開疊嶂明。片雲盤鶴影，孤磬雜松聲。且共探玄理，歸途月未生。

儲嗣宗

秋墅

欲暮候樵者，望山空翠微。虹隨殘（今按，《全唐詩》作「餘」）雨散，鴉帶夕陽歸。窮巷長秋草，孤村時擣衣。誰知多病客，寂寞掩柴扉。

李郢

遊天柱觀

聽鐘到靈觀，仙子喜相尋。茅洞幾千載，水聲寒至今。讀碑丹井上，坐石澗亭陰。清興未云盡，煙霞生夕林。

劉滄

秋月旅途即事（今按，「月」，《全唐詩》卷五八六作「日」）

驅羸多自感，煙草遠郊平。鄉路幾時盡，旅人終日行。渡邊寒水驛，山下夕陽城。蕭索更何有，秋風兩鬢生。

司馬禮（今按，姚本、《全唐詩》卷五九六作「扎」，《直齋書録解題》卷一九作「札」）

東門晚望

青門聊極望，何事久離羣。芳草失歸路，故鄉空暮雲。信回陵樹老，夢斷灞流分。兄弟正南北，鴻聲堪獨聞。

送歸客

多才與命違，末路憶柴扉。白髮何人問，青山匹馬（今按，《全唐詩》作「一劍」）歸。晴煙獨鳥没，野渡亂花飛。寂寞長亭外，依然空落暉。

題清上人房

古院閉松色，入門人自閑。罷經來宿鳥，支策對秋山。客念蓬梗外，禪心煙霧間。空憐濯纓處，階下水潺潺。

登河中鸛雀樓

樓中見千里，樓影入通津。煙樹遥分陝，山河曲向秦。興亡留白日，今古共紅塵。鸛雀飛何處，城隅草自春。

杜荀鶴

春宫怨

早被嬋娟誤，欲粧臨鏡慵。承恩不在貌，教妾若爲容。風暖鳥聲碎，日高花影重。年年越溪女，相憶采芙蓉。（《幕府燕閑録》云：荀鶴詩多近俗，此篇爲勝。）

與友人對酒吟

憑君滿酌酒，聽我醉中吟。客路如天遠，侯門似海深。新墳侵古道，白髮戀黃金。共有人

問事，須懷濟物心。

方干

君不來

閑花未零落，心緒已紛紛。久客無人問，新禽何處聞。舟隨一水遠，路出萬山分。夜月生愁望，孤光必照君。（《韻語陽秋》云：方干詩清潤小巧，蓋未升曹劉之堂者。）

寄李頻

衆木已（今按，《全唐詩》作「又」）摇落，望君猶未還。軒車在何處，雨雪滿前山。思苦文星動，鄉遥釣渚閑。明年見名姓，惟我獨何顔。

清明日送鄧芮還鄉

鐘鼓喧離室，車徒促夜裝。曉厨新變火，輕柳暗翻（今按，《全唐詩》作「飛」）霜。轉鏡看華髮，傳杯語（今按，《全唐詩》作「話」）故鄉。每嫌兒女淚，今日自沾裳。

送郭太祝歸江東

鄉人去欲盡，北鴈又南飛。京洛風塵久，江淮音信稀。舊山知獨往，一醉莫相違。未得解羈旅，無勞問是非。

周　朴

寄方干

桐廬江水閑，終日對柴關。因想別離處，不知多少山。釣舟春岸泊，庭樹晚煙還。莫使求棲隱，桂枝堪恨顏。

李昌符

旅遊傷春

酒醒鄉關遠，迢迢聽漏終。曙分林影外，春盡雨聲中。鳥倦江村路，花殘野岸風。十年成底事，羸馬厭西東。

周　繇

海望（今按，《文苑英華》卷一六二、《全唐詩》卷六三五作《望海》）

蒼茫空汎日，四顧絶人煙。半浸中華岸，傍（今按，《全唐詩》作「旁」，字通）通異域船。島間知（今按，《全唐詩》作「應」）有國，波外恐無天。欲作乘槎客，翻然（今按，《文苑英華》、《全唐詩》作「愁」）去隔年。

許　棠

汴上暮秋

獨立長堤上，西風滿客衣。日臨秋草廣，山接遠天微。岸葉隨波盡，沙雲與鳥飛。秦城（今按，《全唐詩》作「人」）寧有素，志（今按，《全唐詩》作「去」）意自知歸。

登渭南縣樓

近甸名偏著，登樓景又寬。半空分太華，極目是長安。雪助河流急，人耕燒色殘。閑來時甚少，欲下重憑欄。

東歸次采石江

東下經牛渚，依然是故關。客程臨岸盡，鄉思入鷗閑。雨漲巴天浪，雲遮（今按，《全唐詩》作「增」）楚國山。漁翁知未達，相顧不開顔。

張　喬

曲江春

尋春與送春，多繞曲江濱。一片鳧鷖水，千秋輦轂塵。岸涼隨衆木，浪影逐遊人。自是遊人老，年年管吹新。

吴江旅次

行人愁落日，去鳥倦遥林。曠野鳴流水，空山響暮砧。旅途歸計晚，鄉樹别年深。寂寞逢村酒，漁家一醉吟。

宿昭應

夜憶開元事（今按，《全唐詩》作「寺」），淒涼里巷間。薄煙通魏闕，明月照驪山。半壁空宫閉，連

天白道閑。清晨更迴首，猶向灞陵還。

送金夷魚奉使歸本國

渡海登仙籍，還家備漢儀。孤舟無岸泊，萬里有星隨。積水浮魂夢，流年半別離。東風未迴日，音信杳難期。

書邊事

調角斷清秋，征人倚戍樓。春風對青塚，白日落梁州。大漢無兵阻，窮邊有客遊。蕃情如此水，長願向南流。

尋桃源

武陵春草齊，花影隔澄溪。路遠無人去，山空有鳥啼。水垂青靄斷，松偃緑蘿低。世上迷途客，經兹盡不迷。

贈初上人

竹色覆禪棲，幽禽繞院啼。空門無去住，行客自東西。井氣春來歇，庭枝雪後低。相看念山水，盡日話曹溪。

聞仰山禪師歸曹溪因贈（今按，「歸」，《全唐詩》作「往」）

曹溪松下路，猿鳥重相親。四海求玄理，千峰繞定身。異花天上墮，靈草雪中春。自惜經行處，焚香禮舊真。

送河西從事

結束佐戎旃，河西住幾年。隴頭隨日去，磧裏寄星眠。水近沙連帳，程遥馬入天。聖朝思上策，重待奏開邊。

登慈恩寺塔

牕户響層風，清涼碧靄（今按，《全唐詩》作「落」）中。世人來往别，煙景古今同。列嶂横秦斷，長河極塞空。斜陽越鄉思，天末見歸鴻。

江南逢洛下故人（今按，「故人」，《全唐詩》作「友人」）

洛下吟詩友（今按，《全唐詩》作「侶」），南遊只有君。波濤歸路見，蟋蟀在船聞。曉月江城出，晴霞島樹分。無窮懷古意，豈獨繞湘雲。

再題敬亭清越上人山房

重來訪惠休，已是十年遊。向水千松老，空山一磬秋。石牕清吹入，河漢夜光流。久别多新詠（今按，《全唐詩》作「作」），長吟洗俗愁。

楊　夔

送日東僧遊天台

一瓶離日外，行指赤城中。去自重雲下，來從積水東。攀蘿躋石徑，掛錫憩松風。迴首雞林道，唯應夢想通。

唐彦謙

《楊文公談苑》云：鹿門先生唐彦謙，爲詩學李商隱，得其清峭感愴，蓋聖人之（今按，「蓋聖人之」，上海古籍出版社排印本《唐詩紀事》卷五三《李商隱》作「蓋其」）一體也。

詠月

陰盛此宵中，多爲雨與風。坐無風雨至，看與雪霜同。抱濕離遥海，傾寒向遠空。年年不

可（今按，《全唐詩》作「相」）值，還似道難通。

司空圖

江行二首

地闊分吴塞，楓高映楚天。迴塘春盡雨，方響夜深船。行紀添新夢，羈愁甚往年。何時京洛路，馬上見人煙。

其二

初程風信好，迴望失津樓。日帶潮聲晚，煙含楚色秋。戍旗當遠客，島樹轉驚鷗。此去非名利，孤帆任白頭。

鄭谷

終南白鶴觀

步步景通真，門前衆水分。樫蘿諸洞合，鐘磬上清聞。古木千尋雪，寒山萬丈雲。終期掃壇級，來事紫陽君。

江行

漂泊病難任，逢人淚滿襟。關東多事日，天末未歸心。夜雨荆江漲，春雲郢樹深。殷勤聽漁唱，漸次入吴春。

送人之九江謁郡侯苗員外

澤國尋知己，南浮不偶遊。湓城分楚塞，廬嶽對江州。曉飯臨孤嶼，春帆入亂流。雙旌相望處，月白庾公樓。

送人遊邊

春亦怯邊遊，此行風正秋。别離聞夜雨，道路向雲州。磧樹藏城遠（今按，《全唐詩》作「近」），沙河漾日流。將軍方破虜，莫惜獻良籌。

别同志

所立共寒苦，平生同與遊。相看臨遠水，獨自上孤舟。天澹滄浪晚，風悲蘭杜秋。前程吟此景，爲子上高樓。

登杭州城

漠漠江天外，登臨返照間。潮來無別浦，木落見他山。沙鳥晴飛遠，漁人夜唱閑。歲窮歸未得，心逐片帆還。

長樂夜坐寄懷湖外稽處士（今按，「長樂」，《文苑英華》卷二三一、鄭谷《云臺編》卷上、《全唐詩》卷六七四皆作「長安」）

萬里念江海，浩然天地秋。風高羣木落，夜久數星流。鐘絶分宮漏，螢微隔御樓。遥知洞庭上，宵（今按，《全唐詩》作「葦」）露滿漁舟。（《歐陽公詩話》云：鄭谷詩名盛於唐末，號《雲臺編》。其詩極有意思，亦多佳句，但其格不同「今按，據四庫本《六一詩話》，當爲「高」」。）

崔　塗

除夜有感

迢遞三巴路，羈危萬里身。亂山殘雪夜，孤燭異鄉人（今按，《全唐詩》作「春」）。漸與骨肉遠，轉於奴（今按，《全唐詩》作「僮」）僕親。（劉云：句句親切。）那堪正飄泊，明日歲華新。（劉云：平生客中，除夕誦此，不復更作。）

夕次洛陽道中

秋風吹故城，城下獨吟行。高樹鳥已息，古原人尚耕。流年川暗度，往事月空明。不復歎岐路，馬頭（今按，《全唐詩》作「前」）塵夜生。

巴南道中

久客厭岐路，出門吟且悲。平生未到處，落日獨行時。芳草不長緑，故人難重期。那堪更南渡，鄉國是天涯。

孤鴈

幾行歸塞盡，念爾獨何之。暮雨相呼失，寒塘欲下遲。渚雲低暗度，關月冷相隨。未必逢矰繳，孤飛自可疑。

羅隱

秋浦（今按，《全唐詩》卷六六四作《狄浦》）

晴川倚落暉，極目思依依。野色寒來淺，人家亂後稀。久遊身不達，多病意長違。還有漁

舟在，時時夢裏歸。

曹　松

秋日送方干遊上元

天高淮泗白，料子趣（今按，《全唐詩》作「趨」）脩程。汲水疑山動，揚帆覺岸行。雲離京口樹，鴈入石頭城。後夜分遥念，諸峰霧露生。

送左協律京西從事

辟書來幾日，遂喜就佳招。猶向風沙淺，非於甸服遥。時平無探騎，秋静見盤鵰。若遣關中使，煩君問寂寥。

韋　莊

婺州水館重陽日作

異國逢佳節，憑高獨苦吟。一杯今日酒（今按，《全唐詩》作「醉」），萬里故鄉（今按，《全唐詩》作「園」）心。水館紅蘭合，山城紫菊深。白衣雖不至，鷗鳥自相尋。

章臺夜思

清瑟怨遥夜，繞絃風雨哀。孤燈聞楚角，殘月下章臺。芳草已云暮，故人殊未來。鄉書不可寄，秋鴈又南迴。

哭麻處士

却到歌吟地，閑門草色中。百年流水盡，萬事落花空。繐帳寒秋月，詩樓冷（今按，《全唐詩》作「鎖」）夜蟲。少微何處墮，留恨白楊風。

王貞白

曉發蕭關

早發長風裏，邊城曙色間。數鴻寒背磧，片月落臨關。隴上明星没，沙中夜探還。歸程不可問，幾日到家山。

九日長安作

無酒汎金菊，登高但憶秋。歸心隨旅鴈，萬里在滄洲。殘照明天闕，孤砧隔御溝。誰能思

落帽，兩鬢已添愁。

終南山

終南異五嶽，列翠滿長安。地去搜揚近，人謀隱遁難。水通諸苑過，雪照一城寒。爲問紅塵裏，誰同駐馬看。

御溝水

一派（今按，《全唐詩》作「帶」）御溝水，緑槐相蔭清。此中涵帝澤，無處濯塵纓。鳥道來雖險，龍池到自平。朝宗心本（今按，《全唐詩》作「本心」）切，願向急流傾。（《郡閣雅言》云：貞白《御溝詩》「此中」初作「此波」，以示貫休，貫休曰：「改一字。」貞白揚袂而去。貫休曰：「此公思敏。」書一「中」字於掌。頃，貞白回，曰：「此中涵帝澤。」休以掌示之。）

曉泊漢陽渡

落月臨古渡，武昌城未開。殘燈明市井，曉色辨樓臺。雲自蒼梧去，水從嶓冢來。芳洲號鸚鵡，用記禰生才。

遊仙

我家三島上，洞户枕（今按，《全唐詩》作「眺」）波濤。醉背雲屏卧，誰知海日高。露香紅玉樹，風

綻碧蟠桃。悔與神仙（今按，《全唐詩》作「仙子」）别，思歸夢釣鼇。

胡笳曲

隴底悲笳動，隴頭鳴北風。一輪霜月落，萬里塞天空。戍卒淚應盡，胡兒語未終。争教班定遠，不念玉關中。

悔從軍行（今按，姚本、刻者不詳明本、牛斗本、屠隆本及《全唐詩》前皆有「古」字）

憶昔仗孤劍，十年從建（今按，《全唐詩》作「武」）威。論兵親玉帳，逐虜過金微。隴水秋先凍，關雲寒不飛。辛勤功業在，麟閣志多（今按，《全唐詩》作「猶」）違。

長門怨

葉落長門静，苔生永巷幽。相思對明月，獨坐向空樓。鑾駕迷終轉，蛾眉老自愁。昭陽歌舞伴，此夕未知秋。

張　蠙

别後寄山友（今按，「山友」，《全唐詩》作「友生」）

上馬如飛鳥，飄然隔去塵。共看今夜月，獨作異鄉人。就養江田（今按，《全唐詩》作「南」）熟，移

居井賦新。襄陽堪（今按，《全唐詩》作「曾」）卜隱，應與孟家鄰。

過山家

避暑得深（今按，《全唐詩》作「探」）幽，忘言遂久留。花陰（今按，《全唐詩》作「雲深」）臆失曙，松合徑先秋。響谷傳人語，鳴泉洗客愁。家山不在此，至此可歸休。

翁承贊

晨興

晨起竹軒外，逍遥清興多。早涼生户牖，孤月照關河。旅食甘藜藿，歸心憶薜蘿。一樽如有地，放意且狂歌。

江　爲

《藝苑雌黄》云：爲工於詩，少遊江南，有詩云：「吟登蕭寺旃檀閣，醉倚王家玳瑁筵。」南唐後主見之曰：「此人大是富貴家。」而劉衣生、夏江成等並傳句法。（今按，四庫全書本、今人廖德明校點本《苕溪漁隱從話後集》卷十八引此語，「劉衣生」作「劉夜坐」；「並」前無「等」字，後有「就」字）今

建陽縣西七里有靖安寺，即爲之故居，留題者甚衆。

登潤州城

天末江城晚，登臨客望迷。春潮平島嶼，殘雨隔虹霓。鳥與孤帆遠，煙和獨樹低。鄉山何處是，目斷廣陵西。

任　翻

晴詩（今按，《全唐詩》作《春晴》）

楚國多春雨，柴門喜晚晴。幽人臨水坐，好鳥隔花鳴。野色連（今按，《全唐詩》作「臨」）空闊，江流接海平。門前向（今按，《全唐詩》作「到」）溪路，今夜月分明。

薛　瑩

秋晚同友人閑步

藉草與行沙，相看日未斜。斷崖分鳥道，疏樹見人家。望遠臨孤石，吟餘落片霞。野情看不足，歸路思猶賒。

宿仙都觀陰王二君修道處

十載别仙峰，峰前千古蹤。陰王修道處，雲雪滿高松。洞口風雷異，池心星漢重。明朝下山去，片月落殘鐘。

宿東巖寺曉起

野寺寒塘曉，遊人一夢分。鐘殘數樹月，僧起半巖雲。宿鳥驚初見，幽泉落不聞。吟餘憑前檻，紅葉下紛紛。

五言律詩卷之十五　唐詩品彙七十

旁流

有姓氏無字里世次可考者九人

薛奇童

楚調（今按，《全唐詩》卷二〇作《怨詩》，卷二〇二作《楚宫詞》）

禁苑春風起，流鶯繞合歡。玉牕通日氣，珠箔卷輕寒。楊葉垂陰砌，梨花入井闌。君王好長袖，新作舞衣寬。

張　諤

東封山下宴羣官（今按，「官」，《全唐詩》作「臣」）

萬國（今按，《全唐詩》作「里」）扈封巒，羣公遇此歡。幔城連夜静，霜仗滿空寒。輦路宵煙合，旌門曉月殘。明朝陪聖主，山下禮圓壇。

郭　良

早行

早行星尚在，數里未天明。不辨雲林色，空聞風水聲。月從山上落，河入斗間横。漸至重門外，依稀見洛城。

題李將軍山亭

鳳轄將軍位，龍門司隸家。衣冠爲隱逸，山水作繁華。徑出重林草，池摇兩岸花。誰知貴公子，亭院有煙霞。

褚朝陽

登少室山寺

（《英華》作《登聖善寺閣》。）（今按，《國秀集》卷下題同此，中華書局影宋配明本《文苑英華》卷二三五作《題少室山寺》，《全唐詩》卷二五四作《登聖善寺閣》，《唐詩紀事》卷三〇冷朝陽詩中作《登靈善寺塔》）

飛閣青雲（今按，《全唐詩》作「霞」）裏，先秋獨早涼。天花映牕近，月桂拂簷香。華嶽三峰小，黄河一帶長。空間指歸路，煙處（今按，《全唐詩》作「際」）有垂楊。

石召

送人歸山

相逢惟道在，誰不共知貧。歸路分殘雨，停舟別故人。霜明松道（今按，《全唐詩》作「嶺」）曉，花暗竹房春。亦有棲閑意，何年可寄身。

顧在鎔

題玉芝雙奉院

入門如洞府，花木與時稀。夜坐山當户，秋吟葉滿衣。犬隨童子出，鳥避俗人飛。至藥應將熟，年年火氣微。

宿麻平驛

及到怡情處，暫忘登陟勞。青山看不厭，明月坐來高。犬爲孤村吠，猿因冷木號。微吟還獨酌，多興憶同袍。

潘咸

登明戍堡

來經古城上，極目思無窮。寇盡煙蘿外，人歸蔓草中。峰巒當闕古，堞壘對雲空。不見昔名將，徒稱有戰功。

楊達

塞下（《英華》作李宣達［今按，據中華書局影印本《文苑英華》卷二九三及《才調集》卷七、《御覽詩》、《唐詩紀事》卷四一、《全唐詩》卷四六六，當爲「遠」］詩《并州路作》。）

秋日并州路，黄榆落故關。孤城吹角罷，數騎射雕還。帳幕遥臨水，牛羊自下山。行人正垂淚，烽火起雲間。

孫欣

冷井

仙闈初鑿井（今按，《全唐詩》作「井初鑿」），雲（今按，《全唐詩》作「靈」）液沁成泉。色湛青苔裏，寒凝紫綆邊。銅瓶向影落，玉甃抱虚圓。永賴（今按，《全唐詩》作「愿」）調神像（今按，《全唐詩》作「鼎」），堯時奉（今按，《全唐詩》作「泰」）萬年。

羽士二人

吴　筠

步虚詞二首（郭茂倩《樂府》作韋渠牟詩。）

紫府與玄洲，誰來物外遊。無煩騎白鹿，不用駕青牛。金化顏應駐，雲飛鬢不秋。仍聞碧海上，更用玉爲樓。

其二

玉樹雜金花，天河織女家。月邊（今按，《樂府詩集》卷七八、《全唐詩》卷三一四作「邀」）丹鳳舄，風送紫鸞車。霧縠籠綃帶，雲屏列錦霞。瑶臺千萬里，不覺往來賒。

韋渠牟

步虛詞五首

玉簡真人降，金書道籙通。煙霞方蔽日，雲雨已生風。四極威儀異，三天使命同。那將人世戀，不去上清宮。

其二

上帝求仙使，真符取玉郎。三才閑布象，二景鬱生光。騎吏排龍虎，笙歌走鳳凰。天高人不見，暗入白雲鄉。

其三

鸞鶴共徘徊，仙官使者催。香花三洞啓，風雨百神來。鳳篆文初定，龍泥印已開。何須生羽翼，始得上瑶臺。

其四

西海辭金母，東方拜木公。雲行疑帶雨，星步欲凌風。羽袖揮丹鳳，霞巾曳彩虹。飄飖九

霄外，下視望仙宮。

其五

幾度遊三洞，何方召百神。風雲皆守一，龍虎亦全真。執節仙童小，燒香玉女春。應須絶巖内，委曲問皇人。

衲子二十四人

辯　才

設缸面酒款蕭翼（探得來字。）

初醖一缸開，新知萬里來。披雲同落莫，步月共徘徊。夜久孤琴思，風長旅鴈哀。非君有秘術，誰照不燃灰。

靈一

高仲武云：靈一之詩，刻意精妙，與劉長卿、皇甫冉諸人倡和。如「泉湧堦前地，雲生户外峰」，皆佳句也。

静林寺

（静林寺，即梁帝〔今按，四庫本作「武」〕未遇之時隱居之所。今因之爲寺，寺中有鐘磬，皆古物，時時有聲焉。）

静林溪路遠，蕭帝有遺蹤。水擊羅浮磬，山鳴于闐鐘。燈傳二（今按，據姚本、四庫本、《中興間氣集》卷下、《文苑英華》卷一六六、《唐詩紀事》卷七二、《全唐詩》卷八〇九，當爲「三」）際（集作「世」）火，樹老萬株松。無數煙霞色（《文苑英華》作「無復雲霞色」。），空聞昔卧龍。

酬皇甫冉

（時冉赴無錫，於雲門寺贈詩別。）

湖南通古寺，來往意無涯。欲識雲門路，千峰到若耶。春山子猷（今按，《全唐詩》卷八〇九作「子敬」，注云：一作「子猷」）宅，古木謝敷家。自可長偕隱，那云相去賒。

送王法師之西川

旅遊無遠近（今按，《全唐詩》作「近遠」），要自別魂消。官柳鄉愁亂，春山客路遥。伴行芳草遠，

隨輿墅（今按，據《文苑英華》卷二二〇、《全唐詩》卷八〇九，當爲「野」）花飄。計日功成後，還將輔聖朝。

送範律師往果州

終南千古後，獨爾繼卿名。離障非今日，修因是幾生。亂峰寒影暮，深澗墅（今按，據《全唐詩》，當爲「野」）流清。遠客歸心苦，難爲此別情。

秋題劉逸人林亭

涼飈亂黄葉，遲客橘陰清。蘿徑封行跡，雲門閉野情。零林秋露響，穿竹暮煙輕。莫戀幽棲地，懷居（今按，《全唐詩》作「安」）却敗名。

宜豐新泉

泉源新涌出，洞徹（今按，姚本及《全唐詩》皆作「澈」，字通）映纖雲。稍落芙蓉沼，初淹苔蘚文。了將空色浄，素與衆流分。每到清宵月，泠泠夢裏聞。

酬皇甫冉西陵見寄

西陵潮信滿，島嶼没中流。越客依風水，相思南渡頭。寒光生極浦，落日映滄洲。何事揚帆去，空驚海上鷗。

宿靈洞觀（今按，《全唐詩》作《宿天柱觀》）

石室因投宿，仙翁幸見容。花源隔水見，洞府過山逢。泉湧堦前地，雲生户外峰。中宵自入定，非是欲降龍。

同使君宿大梁驛（今按，「使」，姚本、刻者不詳明本、屠隆本、牛斗本作「史」）

旌旗江上出，花外捲簾空。夜色臨城月，春寒度水風。雖然行李別，且喜語音同。若問匡廬事，終身愧遠公。

皎　然

送賛上人還京（得微字。）

久遊春草盡，還寄北船歸。沙鳥窺中食，江雲入（《英華》作「滿」。）浄衣。秦原山色近，楚寺磬聲微。見説翻經館，多聞似者稀。

賦得啼猿送客

萬里巴江外，三聲月峽深。何年有此路，幾客共沾襟。斷壁分垂影，流泉入苦吟。淒涼離

別後，聞此更傷心。

題沈少府書齋

不下南昌縣，書齋每日閑。野花當砌落，溪鳥逐人還。有興常臨水，無時不見山。千峰數可盡，不出小牕間。

尋陸鴻漸不遇

移家雖帶郭，野徑入桑麻。近種籬邊菊，秋來未著花。扣門無犬吠，欲去問西家。報道山中去，歸來每日斜。

自義亭驛送李縱夜泊臨平東湖

長亭賓馭散，岐路起悲風。千里勤王事，驅車明月中。寒生洞庭水，夜度塞門鴻。處處堪傷別，歸來山又空。

送重鈞上人遊天台

漸看華頂出，幽賞意隨生。十里行松色，千重過水聲。海容雲正盡，山色雨初晴。事事將心證，知君道可成。

送清會上人遊京

佳遊限衰疾，一笑向西風。思見青門外，曾臨素滻東。峰明雲際寺，日出露寒宫。行道禪長在，看（今按，《全唐詩》作「香」）塵不染空。

送關小師還金陵

如何有歸思，愛别欲忘難。白鷺沙洲晚，青龍水寺寒。蕉花鋪浄地，桂子落空壇。持此心爲鏡，應堪月夜看。

送沙彌大智遊五臺

童年隨法侣，家世本儒流。章句三生學，清涼萬里遊。雲歸龍沼暗，木落鴈門秋。長老憶相待，傳予向祖洲。

送棲上人之建州覲使君舅（今按，《全唐詩》「棲」前有「簡」字）

亂峰江上色，羨爾及秋行。釋氏推真子，郗家許貴甥。氈花新雨静，帆葉好風輕。千里依元舅，迴橈（今按，《全唐詩》作「潮」）亦有情。

題湖上蘭若示清會上人

峰心惠忍寺，嵊頂謝公山。何似南遊（今按，《全唐詩》作「湖」）近，芳洲一畝間。意中雲木秀，事外水堂閑。永日無人到，時看獨鶴還。

宿支硎寺上房

上方精舍遠，共宿白雲端。寂寞千峰夜，蕭條萬木寒。山光露下見，松色月中看。卻與西林別，歸心即欲闌。

晚秋宿李軍道所居

清溪路不遥，都尉每相招。落日休戎馬，秋風罷射雕。木（今按，據姚本、刻者不詳明本、屠隆本、牛斗本、《全唐詩》卷八一六，當爲「朮」）花生野徑，柏實滿寒條。永夜依山府，禪心共寂寥。

題沈道士新亭

何處好攀躋，新亭俯舊溪。座中千里近，簷下四山低。小浦依林曲，回塘繞郭西。桃花春滿地，歸路莫相迷。

若溪春興（今按，「若溪」，《全唐詩》作「若邪」）

春生若溪（今按，《全唐詩》作「若邪」）水，雨後漫流通。芳草行無盡，春源去不窮。野煙迷極浦，斜日起微風。數處乘流望，依稀似剡中。

冬至日陪裴端公使君清水堂集

亞歲崇佳宴，華軒照綠（今按，《全唐詩》作「淥」）波。渚芳迎氣早，山翠向晴多。推往知時訓，書祥辨政和。從公惜日短，留賞夜如何。

仙女臺

寂寞舊桑田，誰家女得仙。應無雞犬在，空有子孫傳。古木花猶發，荒臺月尚懸。片雲低不散，疑是却歸年。

法　照

送清江上人

越人僧體古，清慮洗塵勞。一國詩名遠，多生律行高。見山援葛藟，避世著方袍。早晚雲

門去，□（今按，屠隆本、牛斗本、刻者不詳明本、四庫本作「還」；《唐僧弘秀集》卷五、《全唐詩》卷八一〇作「儂」；《文苑英華》卷二二〇作「偎」）應逐爾曹。

送無著禪師歸新羅國

萬里歸鄉路，隨緣不算程。尋山百衲弊，過海一杯輕。夜宿依雲色，晨齋就水聲。何年持貝葉，却到漢家城。

寄錢郎中

閉門深樹裏，閑足鳥來過。五馬不復貴，一僧誰奈何。藥苗家自有，香飯乞時多。寄語嬋娟客，將心向薜蘿。

護國

訪雲母山僧

森然古崖壁（今按，《全唐詩》作「巖裏」），净行一高僧。松下瀘（今按，《全唐詩》作「濾」）寒水，佛前挑夜燈。蓮花國土異，貝葉梵書能。想對空山所（今按，《文苑英華》卷二二〇作「相對空王所」，《全唐詩》卷八一一作「想對空王境」），無心戀愛憎。

山中寄王員外

爲問幽蘭桂，空山復若何。芬芳終有分，採折更誰過。望在軒墀近，恩沾雨露多。移居儻得地，長願接瓊柯。

題王班水亭

湖上見秋色，曠然如爾懷。豈惟歡壠畝，兼亦外形骸。待月歸山寺，彈琴坐暝齋。布衣閑自貴，何用謁天階。

僧　泚

北原别業

野外車騎絶，古原松（今按，《全唐詩》作「村桑」）柘陰。流鶯出谷静，春草閉門深。學稼農爲業，忘情道作心。因知上皇日，鑿井在雲（今按，《全唐詩》作「靈」）林。

清江

送贊律師歸嵩山

禪客歸山意，山深定易安。清貧修道苦，孝友别家難。雲（今按，《全唐詩》作「雪」）路尋（今按，《全唐詩》作「侵」）溪轉，花宫映嶽看。到時松（今按，《全唐詩》卷八一二作「瞻」，卷八一四無可詩作「孤」）塔暮，松月向人寒。

送堅上人歸杭州天竺寺

十年勞負笈，經論化中朝。流水知鄉近，和風惜别遥。雲山零夜雨，花岸上春潮。歸卧南天竺，禪心更寂寥。

夕次襄邑

何處成吾道，經年遠路中。客心猶向北，河水自歸東。古戍鳴寒角，疏林振夕風。輕舟唯載月，那與故人同。

喜皇甫大夫同宿大梁驛（前見靈一詩，中十字不同。）（今按，姚本、刻者不詳明本、牛斗本、屠隆本無小字注文）

江頭旌旆去，花外捲簾空。夜色臨城月，春聲渡水風。也知行李別，暫喜話言同。若問廬山事，終身愧遠公。

宿嚴維宅簡章八元

佳期曾不遠，甲第即南鄰。惠愛偏相及，經過豈厭頻。秋光林葉動，夕霽月華新。莫話羈棲事，平原是主人。

長安卧疾（今按，「疾」，《全唐詩》作「病」）

身世足堪戀（今按，姚本、刻者不詳明本、屠隆本、牛斗本、四庫本、《全唐詩》作「悲」），空房卧疾時。捲簾花雨滴，掃石竹陰移。已覺生如夢，堪嗟壽不知。未能通法性，詎可見支離。

靈　澈

九日和于使君

清晨有高會，賓從出東方。楚俗風煙古，汀洲水木涼。山情來遠思，菊意在重陽。心憶華

池上，從容鵷鷺行。

送道虔上人遊方

律儀通外學，詩思入玄關。煙景隨緣到，風姿與道閑。貫花留淨室，咒水度空山。誰識浮雲意，悠悠天地間。

法　振

送人遊閩越

不須行借問，爲爾話閩中。海島陰還雨（今按，屠隆本、《極玄集》、《唐詩紀事》卷七三作「春寒雨」，《文苑英華》卷二七四作「春冬雨」，《全唐詩》卷八一一作「陰晴日」），江帆來去風。道遊玄度宅，身寄朗陵公。此別何傷遠，如今關塞通。

越中贈程先生

紗帽度殘春，虛舟寄一身。溪邊逢越女，花裏問秦人。古塞連山静，陰霞落海新。有時城郭去，暗與酒家親。

題萬山許鍊師

道成人不識，流水響空山。花暗軒牕外，雲隨坐卧間。驗圖名已久，絶粒事長閑。更欲崑崙去，羞看絳節還。

程評事西園之作

誰向春鶯道，名園已共知。簷前迴水影，城下（今按，《全唐詩》作「上」）出花枝。摇拂煙雲動，登臨翰墨隨。相招能不厭，山舍爲君移。

無可

林下對雪送僧歸草堂寺（今按，《全唐詩》作《金州冬月陪太守遊池》）

殘臘雪紛紛，林間起送君。苦吟行迴野，投跡向寒雲。絶頂晴多出，遥泉凍未聞。唯應草堂寺，高枕脱人羣。

秋夜寄龍池寺貞空二上人

夜來思道侣，木葉向人飄。精舍池邊古，秋山月下遥。磬寒通數（今按，《全唐詩》作「徹幾」）里，

雲白已終（今按，《全唐詩》作「經」）宵。未得同居止，偹然自寂寥。

晚秋寄賈島

暗蛩生（今按，《全唐詩》作「蟲喧」）暮色，默思坐西林。聽雨寒更盡，開門落葉深。昔因京邑病，併起洞庭心。亦是吾兄事，遲回直至今。

寄厲玄先輩

楊柳起秋色，故人猶未還。别離俱自老，少壯豈能閑。夜雨吟殘燭，秋城憶故（今按，《全唐詩》作「遠」）山。何當一相見，語默此林間。

同劉升宿

浮雲流水心，只是愛山林。共惜（今按，《全唐詩》作「恨」）多年别，相逢一夜吟。既能持苦節，勿謂少知音。憶就西池宿，月圓松竹深。

送吕郎中赴海州（今按，《全唐詩》卷八一三作「滄州」）

出守滄洲上（今按，《全唐詩》作「去」），西風送旆旌。路遥過幾郡，地盡到孤城。拜廟千山緑，開樓遍海清（今按，姚本、刻者不詳明本、屠隆本、牛斗本、《文苑英華》卷二七九作「晴」）。何人共東望，月向積

濤生。

送林山人歸日本（今按，「林」，《文苑英華》卷二三二、《全唐詩》卷八一三作「朴」）

海際晚帆開，應無鄉信催。水從荒外積，人指日邊回。望國乘風久，浮天絶島來。儻因華夏使，書札轉悠哉。

棲　白

送圓仁三藏歸本國

家山臨晚日，海路信歸橈。樹滅渾無岸，風生只有潮。歲窮程未盡，天末國仍遥。已入閩王夢，香花境外邀。

處　默

聖果寺

路自中峰上，盤回出薜蘿。到江吴地盡，隔岸越山多。古木叢青靄，遥天浸白波。下方城郭近，鐘磬雜笙歌。（《吴越紀事》云：僧處默賦詩有奇句，常云：「到江吴地盡，隔岸越山多。」羅隱見曰：「此我

句，失之久矣，乃爲吾師得焉。」識者鄙其儇薄太甚。）

歸仁

題賈島吟詩臺

此臺如可廢，此恨有誰平。縱使迷青草，終難没舊名。天悲朝雨色，嶽哭夜猿聲。不是心偏苦，應關自古情。

滄浩

别嘉興知己（今按，《全唐詩》題作《懷舊山》）

一坐西林下（今按，屠隆本、《全唐詩》作「寺」），從來不别（今按，屠隆本、《全唐詩》作「未下」）山。不因尋長者，何（今按，《全唐詩》作「無」）事到人間。宿雨愁爲客，寒禽散未還。空懷舊山月，童子誦經閑。

虚中

庾樓

郡樓名甚遠，幾换見樓人。庾亮魂應在，清風到白蘋。晴軒分楚漢，夜酒揖星辰。何必匡山上，獨言無世塵。

齊己

早梅

萬木凍欲折，孤根暖獨回。前村深雪裏，昨夜一枝開。風遞幽香出，禽窺素艷來。明年如應律，先發望春臺。（《五代補史》云：鄭谷在袁州，齊己攜詩詣之，有《早梅》詩云云。谷曰：「數枝」非早也，未若□［今按，原文此字缺，四庫本《五代史補》卷三及姚本等作「一」］枝」。遂改「數枝開」爲「一枝開」。齊己不覺下拜，自是士林以谷爲一字師云。）

貫休

登鄱陽寺閣

寺樓閑縱望，不可（今按，《全唐詩》作「覺」）到斜暉。故國在何處，多年未得歸。寒江平楚外，細雨一鴻飛。終學於陵子，吴中有緑薇。

春日山行

重疊太古色，濛濛花雨時。好山行恐盡，流水語相隨。黑壤生紅朮，黄猿領白兒。因思石橋日（今按，《全唐詩》作「月」），曾與道（今按，《全唐詩》作「故」）人期。

脩睦

秋臺作

獨上高樓上，客情何物同。孤雲無定處，長日信秋風。兄弟多年别，關河此夕中。到頭歸去是，免使歎濛洪（今按，《全唐詩》作「洪濛」）。

尚志

江上秋志（今按，《全唐詩》卷八四八又作尚顔詩）

到來江上久，誰念旅遊心。故國無秋信，鄰家有暮砧。坐遥翻不睡，愁極却成吟。即恐髭連鬢，還爲白所侵。

懷楚

謝友人見訪留詩

軒車誰肯到，泉石日（今按，《全唐詩》作「自」）相親。暮雨凋殘寺，秋風悵望人。庭新一片葉，衣故十年塵。賴有瑶華贈，清吟愈病身。

懷浦

初冬旅懷

枕上角聲微，離情未息機。夢回三楚寺，寒入五更衣。月没棲禽動，霜晴凍葉飛。自慚行

役早，深與道相違。

澹　交

望樊川

萬樹葉初紅，人家樹色中。疏鐘摇雨足（今按，《全唐詩》作「腳」），積（今按，《全唐詩》作「秋」）水浸雲容。雪磧回寒鴈，村燈促夜舂。舊山歸未得，生計欲何從。

清　尚

哭僧

道力自超然，身亡同坐禪。水流原在海，月落不離天。溪白葬時雪，風香焚處煙。世人頻下淚，不見我師玄。

玄　寶

路詩

南北東西去，茫茫萬古塵。關河無盡處，風雪有行人。險極山通蜀，平多地入秦。營營名利者，來往豈辭頻。

女冠二人

李　冶

寄校書七兄

無事烏程縣，蹉跎歲月餘。不知芸閣吏，寂寞竟何如。遠水浮仙棹，寒星伴使車。（高武仲云：五言之佳境也。）因過大雷澤（今按，《全唐詩》作「岸」），莫忘幾（今按，《中興間氣集》卷下同此，《文苑英華》卷二五六、《全唐詩》卷八〇五作「八」）行書。

送韓揆之西江（《詩府》作《送閻伯均》。）（今按，「均」，《全唐詩》卷八〇五作「鈞」）

相看指楊柳，別恨轉依依。萬里西江水，孤舟何處歸。湓城潮不到，夏口信應稀。唯有衡陽鴈，年年來去飛。

送閻二十六赴剡縣

流水閶門外，孤舟日復西。離情遍芳草，無處不萋萋。妾夢經吴苑，君行到剡溪。歸來重相訪，莫學阮郎迷。

元　淳

寄洛中諸妹

舊國經年別，關河萬里思。題書憑鴈翼，望月想蛾眉。白髮愁偏覺，歸心夢獨知。誰堪離亂處，掩淚向南枝。

宫闈二人

徐賢妃

秋風函谷關應詔（今按，《文苑英華》卷一七〇、《唐詩紀事》卷三、《全唐詩》卷五無「關」字）

秋風起函谷，朔氣動河山。偃松千嶺上，雜雨二陵間。低雲愁廣隰，落日慘重關。此時飄紫氣，應驗真人還。

上官昭容

遊長寧公主林亭應制

暫爾遊山第，淹留惜未歸。霞牕明月滿，澗户白雲飛。書引藤爲架，人將薜作衣。此真攀桂（今按，《全唐詩》作「玩」）所，臨睨賞光輝。

五言排律敍目（凡十一首〔今按，當爲「卷」〕）

第一卷

正始（上）

第二卷

正始（中）

第三卷

正始（下）

李　義（今按，當爲「乂」）（六）　鄭　愔（六）　崔　湜（三）　韋元旦（一）　徐彦伯（一）　郭　汭（一）　席豫（一）　趙彦昭（二）　崔　沔（一）　胡　皓（一）　王　翰（一）　崔　尚（一）　王　丘（一）　袁　暉（一）　崔　翹（一）　王光庭（一）　宋　璟（一）　張嘉貞（一）　盧從願（一）徐知仁（一）　賀知章（一）　徐安貞（一）　宇文融（一）　韓　休（一）　裴　漼（一）　韋　述（一）　源乾曜（一）　韋　抗（一）　程行諶（一）　陸　堅（一）　蕭　嵩（一）　褚　琇（一）　武平一（一）　苗晉卿（一）　孫　逖（七）　玄宗皇帝（十一）

排律之作，其源自顔、謝諸人。古詩之變，首尾排句聯對精密；，梁陳以還，儷句尤切；，唐興，始專此體，與古詩差别。貞觀初，作者尤未備。永徽以下，王、楊、盧、駱倡之於前，陳、杜、沈、宋極之於後，蘇頲、二張又從而申之。其文辭之美，篇什之盛，蓋由四海晏安，萬幾多暇，君臣遊豫，賡歌而得之者。故其文體精麗，風容色澤，以詞氣相高而止矣。

今分爲三卷。自太宗而下以及乎垂拱諸賢，通得二十四人，共詩五十首，爲上卷。又以陳、杜、沈、宋、蘇頲、二張，共詩七十三首，爲中卷。又自景龍以至開元初君臣倡和等作，凡三十六人，共詩六十八首，爲下卷。合爲五言排律之始。

第四卷

正宗

王　維（十五）　李　白（十二）　孟浩然（九）　高　適（七）

開元後，作者之盛，聲律之備，獨主（今按，據姚本、四庫本，當爲「王」）右丞、李翰林爲多。得非王季（今按，據四庫本，當爲「李」）爲獨得，而孟襄陽、高渤海輩實相與並鳴？今合四家共詩四十三首，爲正宗。

第五卷

大家

杜　甫（二十五）

排律之盛，至少陵極矣，諸家皆不及。諸家得其一概，少陵獨得其兼善者。如《上韋左相》、《贈哥舒翰》、《謁先主廟》等篇，其出入始終，排比聲韻，發斂抑揚，疾徐縱横，無所施而不可也。今採其二十五首，爲大家。

第六卷

羽翼

李　頎（六）　岑　參（六）　盧　象（四）　崔　顥（三）　王昌齡（二）　王　縉（二）　儲光羲（二）　崔國輔（二）　祖　詠（二）　陶　翰（二）　劉慎虚（一）　鄭　審（一）　王　灣（一）　宋　昱（一）　庫狄履温（今按，「庫」當爲「厙」）（一）　寇　坦（一）　張子容（二）　沈東美（一）　楊　浚（一）　胡　衡（一）　張　謂（一）　梁　鍠（一）　蕭　頴（今按，當爲「穎」）士（二）　嚴　武（一）　張　巡（一）　王季友（一）

右二十六人，皆盛唐名家之外者，共得詩四十九首，爲羽翼。

第七卷

接武（上）

錢　起（二十六）　劉長卿（二十）

第八卷

接武（中）

皇甫冉（十）　皇甫曾（十）　嚴　維（二）　李嘉祐（一）　韋應物（一）　韓　翃（二）　盧　綸（十五）　常　衮（一）　司空曙（四）　耿　湋（四）　吉中孚（一）　李　益（一）　陳　季（二）　莊若納（今按，《全唐詩》作「訥」）（一）　包　佶（一）　劉方平（一）　李　端（一）　崔　同（一）　張　繼（一）　令狐峘（一）　滕　珦（一）　張　濯（一）

第九卷

接武(下)

德宗皇帝(一)　顧　況(一)　暢　當(一)　徐　凝(一)　叔孫玄觀(一)　戴叔倫(一)冷朝陽(一)　戎　昱(二)　李　益(一)　羊士諤(二)　楊巨源(十)　張仲素(二)　陸贄(二)　張　濛(一)　張季略(一)　張　昔(一)　裴　達(一)　丁　位(一)　周　存(一)常　沂(一)　令狐楚(二)　盧景亮(一)　鄭　絪(一)　吕　牧(一)　竇　常(二)王表(一)　權德輿(二)　武元衡(四)

中唐來，作者亦多，而錢、劉二子尤盛。他若皇甫冉、盧綸諸人，不過所録者是。貞元後，楊巨源有《聖壽詞》等作，聲律亦相紹。今分爲三卷，以錢起、劉長卿，合詩四十六首，爲上卷。又自皇甫冉而下，以盡大曆諸賢，凡二十二人，共詩五十六首，爲中卷。又自德宗而下，以盡元和諸賢，得二十八人，共詩四十九首，爲下卷。合而題曰接武。

第十卷

餘響

柳宗元(二) 韓 愈(二) 劉禹錫(一) 李吉甫(一) 裴 度(一) 李 觀(一) 馮宿(一) 王良士(一) 韋 紓(一) 宋 迪(一) 吕 温(一) 鮑 溶(一) 趙 蕃(一) 夏方慶(一) 范傳正(一) 李君房(一) 許堯佐(一) 陳通方(一) 張 籍(三) 沈亞之(二) 張嗣初(一) 滕 邁(一) 王 涯(一) 吴武陵(一) 李紳(一) 白行簡(三) 焦 郁(一) 殷堯藩(一) 朱餘慶(今按,《全唐詩》卷五一五作「朱慶餘」)(一) 賈 島(三) 李 程(一) 鄭 蕢(一) 喬 弁(一) 姚 合(三) 厲 玄(一) 鍾 輅(一) 許 渾(二) 李商隱(二) 姚鵠(一) 馬 戴(二) 李 頻(三) 杜荀鶴(一) 張 喬(一) 公乘億(一) 鄭 谷(四) 陸 扆(一)

元和以還,柳宗元、劉禹錫、韓愈、張籍,與夫姚合、李頻、鄭谷諸人,所作亦不少,然格律無足多取者。故自柳州而下至唐末,通得四十六人,共詩六十六首,爲餘響。

第十一卷

旁流

有姓氏無字里世次可考者三十二人詩三十三首

朱延齡（一）　張叔良（一）　崔　琮（一）　李　疏（一）　史　延（一）　王　濯（一）　韓濬（一）　成　崿（一）　張少博（一）　周　澈（今按，據本書卷八一，當爲「徹」）（一）　李子卿（一）　徐元弼（一）　張良器（一）　王　綽（一）　敬　括（一）　紫　宿（一）　張　隨（二）　王　質（一）　張公義（今按，《全唐詩》卷七八二作「乂」）（一）　周弘亮（二）　陳　翥（一）　嚴巨川（一）　莫宣卿（一）　孫昌胤（一）　王若嵒（一）　孫　頠（一）　徐　敞（一）　顔　粲（一）　陳　佑（今按，當爲「祐」）（一）　湯　洙（一）　童翰卿（一）　熊孺登（一）

無姓氏詩九首

衲子四人詩九首

釋皎然（四）　清　江（三）　廣　宣（一）　理　瑩（一）

宫閨四人詩四首

上官昭容（一）　宋若昭（一）　宋若憲（一）　鮑文姬（一）

右四十人，詩五十五首，爲旁流。

長篇

杜審言（一）　杜　甫（三）　高　適（二）　張　籍（一）　楊巨源（一）

長篇排律，唐初作者絶少。開元後，杜少陵獨步當世，渾涵汪洋，千彙萬狀，至百韻千言力（今按，四庫本作「氣」）不少衰。及觀杜審言《和李大夫嗣真》之作，乃知少陵出自其祖，益以信「詩是吾家事」矣。次則高達夫數首可法。元和後，張籍、楊巨源各一首，格律亦可取。今俱收入，凡五人，共詩八首，爲一卷，以爲學者之助。若韓、柳輩，雖肆才縱力，工巧相矜，往往不愜人意，皆置而不録。

五言排律卷之一　唐詩品彙七十一

正始（上）

太宗皇帝

宴山中

驅馬出遼陽，萬里轉旍常。對敵六奇舉，臨戎八陣張。斬鯨澄碧海，卷霧掃扶桑。昔去蘭縈翠，今來桂染芳。雲枝浮碎葉，冰鏡上朝光。回首長安道，方歡宴柏梁。

韓王元嘉

奉和同太子監守違戀

乾象開層構，離明啓少陽。卜征從獻吉，守器屬元良。遜矣淩周誦，遥哉掩漢莊。地分丹

鷰（今按，《全唐詩》卷六作「鷲」）嶺，途間白雲鄉。（今按，《全唐詩》「地分」兩句在「好士」兩句之後）好士傾南路（今按，《全唐詩》作「洛」），多才盛北場。儲誠虔曉夕，宸愛積炎涼。珠璧連霄漢，萬物仰重光。

薛元超

奉和同太子監守違戀

儲禁銅扉啓，宸行玉輅遥。空懷壽街吏，尚隔寢門朝。地（今按，《全唐詩》作「北」）首瞻龍戟，空中想鳳（今按，《全唐詩》作「鸞」）鑣。飛文映仙榜，瀝思叶神飈。帝念紆蒼璧，乾文焕紫霄。歸塘横筆海，平圃振詞條。欲應重輪曲，鏘洋韻九韶。（平圃，見《山海經》：槐江之陽，寔唯帝之平圃。）

王績

贈學仙者

採藥層城遠，尋師海路賒。玉壺横日月，金闕斷煙霞。仙人何處在，道士未還家。誰知彭澤意，更覓步兵邪（今按，《文苑英華》卷二二七作「家」）。春釀煎松葉，秋杯浸菊花。相逢寧可醉，

定不學丹砂。

褚遂良

安德山池宴集

伏櫪丹霞外，遮園焕景舒。行雲汎層阜，蔽月下清渠。亭中奏趙瑟，席上舞燕裾。花落春鶯晚，風光夏葉初。良朋比蘭蕙，雕藻邁瓊琚。獨有狂歌客，來承歡宴餘。

高宗皇帝

過温湯（《文苑英華》作太宗詩。）

温渚停仙蹕，豐郊駐曉旌。路曲迴輪影，巖虚傳漏聲。暖溜驚湍駛，寒空碧霧輕。林黄疏葉下，野白曙霜明。眺聽良無已，煙霞斷續生。

王德貞

奉和聖製過温湯

握圖開萬寓，屬聖啓千年。驪阜疏緹騎，驚鴻映綵旂。玉霜明鳳野，金陣藻龍川。祥煙聚危岫，德水溢飛泉。停輿興睿覽，還舉大風篇。

楊思玄

奉和聖製過温湯

豐城觀漢跡，温谷幸秦餘。地接幽王壘，塗分鄭國渠。風威肅文衛，日彩鏡雕輿。遠岫凝氛重，寒叢對影疏。迴瞻漢章闕，佳氣滿宸居。

鄭義真

奉和聖製過温湯

洛川方駐蹕，豐野暫停鑾。湯泉恒獨涌，温谷豈知寒。漏鼓依巖畔，霜風出樹端。嶺煙遥

聚草，山月迴臨鞍。日用誠多幸，天文遂仰觀。

王　勃

泥溪

弭棹凌奔壑，低鞭躡峻岐。江濤出岸險，峰磴入雲危。溜急船文亂，巖斜騎影移。水煙籠翠渚，山照落丹厓。風生蘋浦葉，露泣竹潭枝。汎水雖云美，勞歌誰復知。

三月曲水宴（得煙字）

彭澤官初去，河陽賦始傳。田園歸舊國，詩酒間長筵。列室窺丹洞，分樓瞰紫煙。縈迴亘津渡，出没空（今按，《全唐詩》作「控」）郊鄽。鳳琴調上客，龍轡儼羣仙。松石偏宜古，藤蘿不記年。重簷交密樹，複磴擁危泉。抗石晞南嶺，乘沙眇北川。傅巖來築處，磻溪入釣前。日斜真趣遠，幽楚思（今按，《全唐詩》作「思夢」）涼蟬。

楊炯

送劉校書從軍

天將下三宮，星門召五戎。坐謀資廟略，飛檄佇文雄。赤土流星劍，烏號明月弓。秋陰生蜀道，殺氣繞湟中。風雨何年別，琴尊此日同。離亭不可望，溝水自西東。

遊廢觀

青幛倚丹田，荒涼數百年。猶知小山桂，尚識大羅天。藥敗金爐火，苔昏玉女泉。歲時無壁畫，朝夕有階煙。花柳三春節，江山四望懸。悠然出塵網，從此狎神仙。

和騫右丞省中暮望

故事閑臺閣，仙門藹已深。舊章窺複道，雲幌肅重陰。玄律葭灰變，青陽斗柄臨。年光摇樹色，春氣繞蘭心。風響高牕度，流痕曲岸侵。天明（今按，《全唐詩》作「門」，注云：一作「民」）總樞轄，人鏡辨衣簪。日暮南宮静，摇華振雅音。

和劉侍郎入隆唐觀

福地陰陽合，仙都日月開。山川陵四險，城樹隱三臺。伏檻排雲出，飛軒繞澗回。參差陵倒影，瀟灑軼浮埃。百菓珠爲實，羣峰錦作苔。懸蘿暗疑霧，瀑布響成雷。方士燒丹液，真人汎玉杯。還如問桃水，更似得蓬萊。漢帝求仙日，相如作賦才。自然金石奏，何必上天台。

和輔先入昊天觀

遁甲爰皇里，星占太乙宫。天門開奕奕，佳氣鬱蔥蔥。碧落三乾外，黄圖四海中。邑居環若水，城闕抵新豐。玉檻崑崙側，金樞地軸東。上真朝北斗，元始詠南風。漢君祠五帝，淮王禮八公。道書藏竹簡，靈藥灌梧桐。草茂瓊堦緑，花繁寶樹紅。石樓紛似畫，地鏡淼如空。桑海年應積，桃源路不窮。黄軒若有問，三月住崆峒。

盧照鄰

西使兼送孟學士南遊

地道巴陵北，天山弱水東。相看萬餘里，共倚一征蓬。零雨悲王粲，清尊别孔融。徘徊聞

夜鶴，悵望待秋鴻。骨肉胡秦外，風塵關塞中。唯餘劍鋒在，耿耿氣成虹。

送鄭司倉入蜀

離人丹水北，遊客錦城東。別意還無已，離憂自不窮。隴雲朝結陣，江月夜臨空。關塞疲征馬，霜氛落早鴻。潘年三十外，蜀道五千中。送君秋水曲，酌酒對秋風。

綿州官池贈別

輶軒遵上國，仙氣（今按，《全唐詩》作「佩」）下靈關。尊酒妨（今按，《全唐詩》作「方」）無地，聯綣喜暫攀。離言欲贈策，高辯正連環。野徑遊雲斷，荒池春草班（今按，《全唐詩》作「斑」，字通）。殘花落古樹，度鳥入澄灣。欲敘他鄉別，幽谷有綿蠻。

還赴蜀中貽示京邑遊好

簴宿花初滿，章臺柳尚飛。如何正此日，還望昔多違。悵別風期阻，將乖雲會稀。斂袵辭丹闕，懸旗陟翠微。野禽喧戍鼓，春草變征衣。回顧長安道，關山起夕霏。

和夏日幽莊

聞有高蹤客，耿介坐幽莊。林壑人事少，風煙鳥路長。瀑水含秋氣，垂藤引夏涼。苗深全

覆隴，荷上半侵塘。釣渚青鳧没，村田白鷺翔。知君振奇藻，還嗣海隅芳。

山莊休沐

蘭署乘閑日，蓬扉狎遁棲。龍柯疏玉井，鳳葉下金堤。川光摇水箭，山氣上雲梯。亭幽聞淚（今按，據姚本，刻者不詳明本、牛斗本、屠隆本，當爲「唳」）鶴，牕曉聽鳴雞。玉軫臨風奏，瓊漿映月攜。田家自有樂，誰肯謝青溪。

山林休日田家

歸休乘暇日，饁稼返秋場。徑草疏王篲，巖枝落帝桑。耕田虞訟寢，鑿井漢機忘。戎葵朝委露，齊棗夜含霜。南澗泉初洌，東籬菊正芳。還思北牕下，高卧偃羲皇。

駱賓王

棹歌行

寫月圖（今按，《全唐詩》作「塗」）黄罷，凌波拾翠通。鏡花摇芰日，衣麝入荷風。葉落（今按，《全唐詩》作「密」）舟難蕩，蓮疏浦易空。鳳媒羞自託，鴛翼恨難窮。秋帳澄光翠，倡樓粉色紅。相思無别曲，併在棹歌中。

晚泊蒲類

一（今按，據姚本、《文苑英華》卷二八九、《全唐詩》卷七九，當爲「二」）庭歸望斷，萬里客心愁。山路猶南屬，河源自北流。晚風連朔氣，新月照邊秋。竈火通軍壁，烽煙上戍樓。龍庭但苦戰，燕頷會封侯。莫作蘭山下，空令漢國羞。

早秋出塞寄東臺祥政學士（今按，「祥」，據《文苑英華》卷二四九、《全唐詩》卷七九，當爲「詳」）

促駕逾三水，長驅望五原。天街分斗極，地理接樓煩。溪月明關隴，胡雲聚塞垣。山川殊物候，風壤異涼温。戍古秋塵合，沙寒宿霧繁。昔余迷學步，投跡忝詞源。

遠使海曲春夜多懷

長嘯三春晚，端居百慮盈。未安蝴蝶夢，遽切魯禽情。別島連寰海，離魂斷戍城。流星疑伴使，低月似依營。懷禄寧期達，牽時匪徇名。艱虞行已遠，昧跡自相驚。

在軍贈先還知己

蓬轄（今按，據屠隆本、《文苑英華》卷二四九、《全唐詩》卷七九，當爲「轉」）俱行役，瓜時獨未還。魂迷金闕路，望斷玉門關。獻凱多慚霍，論功幾謝班。風塵催白首，歲月損紅顏。落鴈低秋塞，驚

皀起暝灣。胡霜如劍鍔，漢月似刀環。别後庭邊（今按，《全唐詩》作「邊庭」，《文苑英華》作「邊亭」）樹，相思幾度攀。（方虚谷云：字字入律，工不可言。）

靈隱寺

鷲嶺鬱岧嶤，龍宫鎖寂寥。樓觀滄海日，門對浙江潮。桂子月中落，天香雲外飄。（劉云：好。）捫蘿登塔遠，刳木取泉遥。霜薄花更發，冰輕葉互（按，《全唐詩》卷五三作「未」。）凋。（劉云：「互凋」，語警。）夙齡尚遐異，搜對滌煩囂。待入天台路，看余度石橋。（詩話云：舊説徐敬業敗，與賓王俱不死，皆去爲浮屠以免，賓王居杭州靈隱寺。後宋之問遊寺，夜吟云：「鷲嶺鬱岧嶤，龍宫鎖寂寥。」久不能續，有老僧云：「何不道『樓觀滄海日，門對浙江潮』云云。」遲明，僧不見，人以爲賓王也。今此詩乃見賓王集，集乃見古本，非後人所裒次。則此詩已自録於集中，賓王之不死亦一證也。）

邊城落日

紫塞流沙北，黄圖灞水東。一朝辭俎豆，萬里逐沙蓬。候月恒持滿，尋源屢鑿空。野昏邊氣合，烽迥戍煙通。膂力風塵倦，疆場歲月窮。河流控積石，山路遠崆峒。壯志凌蒼兕，精誠貫白虹。君恩如可報，龍劍有雌雄。

宿温城望軍營

虜地寒膠折，邊城夜柝聞。兵符關帝闕，天策動將軍。塞静胡笳徹，沙明楚練分。風旆翻翼影，霜劍轉龍文。白羽摇如月，青山斷若雲。煙疏疑卷幔，塵滅似銷氛。投筆懷班業，臨戎想顧勳。還應雪漢耻，持此報明君。

劉庭芝

故園置酒

酒熟人須飲，春還鬢已秋。願逢千日醉，得緩百年憂。舊里多青草，新知盡白頭。風前燈易滅，川上月難留。卒卒周姬旦，棲棲魯孔丘。平生能幾日，不及且遨遊。

晚憩南陽旅館

旅館何年廢，征夫此日過。途窮人自哭，春至鳥還歌。行路新知少，荒田古徑多。池篁覆丹谷，墳樹繞清波。日照蓬陰轉，風微墅（今按，據姚本、屠隆本，當爲「野」）氣和。傷心不可去，回首怨如何。

喬知之

和蘇員外寓直

自昔重爲郎，伊人練國章。三旬登建禮，五夜直明光。墨草尚書奏，衣飄侍御香。開軒竹氣静，拂簟蕙風涼。曉漏離閶闔，鳴鐘出未央。從來宿臺上，天子貴文强。

宗楚客

奉和幸上陽宫侍宴應制

紫庭金鳳闕，丹禁玉雞川。似立蓬瀛上，疑遊崑閬前。鳥將歌合轉，花共錦争鮮。湛露飛堯酒，薰風入舜絃。水光摇落日，樹色帶晴煙。向夕迴瑚輦，佳氣滿巖泉。

蘇味道

奉和受圖温洛

緑綺膺河檢，青壇俯洛濱。天旋俄制蹕，孝享屬嚴禋。陟配光三祖，懷柔洎百神。霧開中

道日，雪斂屬車塵。預奉咸英奏，長歌億萬春。

在廣聞崔馬二御史並登相臺（今按，「在廣」，《文苑英華》卷二四八作「在廣州」，《全唐詩》卷六五作「使嶺南」；「相臺」，《文苑英華》、《全唐詩》皆作「臺郎」）

振鷺纔飛日，遷鶯遠聽聞。明光共待漏，清覽各披雲。喜得廊廟舉，嗟爲臺閣分。故林懷柏悦，新渥（按，《全唐詩》作「幄」，注云：一作「握」）阻蘭薰。冠去神羊影，車迎瑞雉羣。遠從南斗外，遥仰列星文。（方云：唐人自御史除省郎，以爲至榮［今按，《瀛奎律髓》卷二作「至以爲榮」］，此詩曲盡休［今按，據姚本、屠隆本等及《瀛奎律髓》，當爲「體」］貼。）

十五夜遊（一作沈佺期詩。）

今夕重門啓，遊春得夜芳。月華連晝色，燈影雜星光。南陌青絲騎，東鄰紅粉粧。管絃遥辨曲，羅綺暗聞香。人擁行歌路，車攢鬥舞場。經過猶未已，鐘鼓出長楊。（俞孟宣曰：元夕者，太平之所宜有而亂離多，富貴之所宜有而寂寞多。讀此詩，欲逢此辰不可得也。）

崔　融

和梁王衆傳張光禄是王子晉後身

聞有沖天客，披雲下帝畿。三年上賓去，千載忽來歸。昔偶浮丘伯，今同丁令威。中郎才

貌是，柱史姓名非。祇召趨龍闕，承恩拜虎闈。丹成金鼎獻，酒至玉杯揮。天仗分旄節，朝容間羽衣。舊壇空（今按，《全唐詩》作「何」）處所，新廟坐光輝。漢主存仙要，淮南愛道機。朝朝緱氏鶴，長向洛城飛。

牛鳳及

奉和受圖温洛

八神承玉輦，六羽警瑶溪。戒道伊川北，通津澗水西。御圖開洛匱，刻石與天齊。瑞日波中上，仙禽霧裏低。微臣矯弱翮，抃舞接鸞鷖。

武三思

春日遊龍門應制

鳳駕臨香地，龍輿上翠微。星宫含雨氣，月殿抱春輝。碧澗長虹下，雕梁早燕歸。雲疑浮寶蓋，石似拂天衣。露草侵堦長，風花繞席飛。日斜宸賞洽，清吹入重闈。

李　嶠

奉和拜洛應制

七萃鑾輿動，千年瑞檢開。文如龜負出，圖似鳳銜來。殷薦三神享，明禋萬國陪。周旗黄鳥集，漢幄紫雲迴。日暮鈎陳轉，清歌上帝臺。

奉和幸薦福寺應制

鴈沼開香域，鶯林降綵旃。還窺圖鳳宇，更坐濯（今按，《全唐詩》作「躍」）龍川。桂輦朝羣辟，蘭宫列四禪。半空銀閣斷，分砌寶繩連。甘雨樵蘇（今按，《全唐詩》作「蘇樵」）澤，慈雲動沛篇。獨慚賢作礪，空喜福成田。

王屋山第之側雜構小亭暇日與羣公同遊

桂亭依絶巘，蘭榭俯回溪。綺楝魚鱗出，雕甍鳳羽棲。引泉聊漲沼，鑿磴且通蹊。席上山花落，簾前野樹低。弋林開曙景，釣渚發晴霓。狎水驚梁鴈，臨風聽楚雞。復看題柳葉，彌喜蔭桐圭。

軍師凱旋自邕州順流舟中

鳴鞞入嶂口，汎舸歷川湄。尚想江陵陣，猶疑下瀨師。岸迴帆影疾，風逆鼓聲遲。萍葉沾蘭槳，林花拂桂旗。弓鳴蒼隼落，劍動白猿悲。芳樹吟羌管，幽篁入楚詞。全軍多勝策，無戰在明時。寄謝山東妙，長纓徒自欺。

奉和幸韋嗣立山莊應制

南洛師臣契，東君（今按，據屠隆本、《文苑英華》卷一七五、《全唐詩》卷六一，當爲「巖」）王佐居。幽情遺紱冕，宸眷矚（今按，《全唐詩》作「屬」）樵漁。制下峒山蹕，恩回灞水輿。松門駐旌早（今按，「早」，姚本作「皁」，屠隆本作「罕」，以「皁」爲是；《文苑英華》、《全唐詩》作「蓋」），薜幄引簪裾。石磴平黄陸，煙樓半紫虚。雲霞仙路近，琴酒俗塵疏。喬木千齡外，懸泉百丈餘。崖深經鍊藥，穴古舊藏書。樹宿摶（今按，姚本、牛斗本、《文苑英華》、《全唐詩》作「搏」）風鳥，池潛縱壑魚。寧知天子貴，尚憶武侯廬。

盧　僎

上幸皇太子新院應制

佳氣曉葱葱，乾行入震宫。前星迎北極，少海被南風。視膳銅樓下，吹笙玉座中。訓深家以政（今按，《全唐詩》作「正」），義舉俗爲公。父子成釗合，君臣禹啓同。仰天歌聖道，猶愧乏雕蟲。

韋嗣立

偶遊龍門北溪忽懷驪山别業因以言志示弟淑奉呈諸大寮

幽谷杜陵邊，風煙别幾年。偶來伊水曲，溪嶂覺依然。傍浦憐芳樹，尋崖愛緑泉。嶺雲隨馬足，山鳥向人前。地合心俱静，言因理自玄。短才叨重寄，尸禄愧妨賢。每挹掛冠侶，思從初服旋。稻粱仍欲報，歲月坐空捐。助嶽無纖塊，輸溟謝末涓。還悟北轅失，方永南澗田。

魏知古

奉和春日途中喜雨（和天后也。）

皇輿向洛城，時雨應天行。麗日登巖送，陰雲出墅（今按，據屠隆本、《全唐詩》卷九一，當爲「野」）迎。濯枝林杏發，潤葉渚蒲生。絲入綸言喜，花依錦字明。微臣忝東觀，載筆佇西成。

奉酬韋祭酒偶遊龍門北溪忽懷驪山别業因以言志示弟淑奉呈諸大寮之作（今按，《唐詩紀事》卷十四、《文苑英華》卷一六六、《全唐詩》卷九一皆作魏奉古詩）

有美朝爲貴，幽尋地自偏。踐臨伊水汭，想望灞池邊。是遇皆新賞，兹遊若舊年。藤蘿隱路接，楊柳御溝聯。道愜神情王，機忘俗理捐。遂初誠已重，兼濟實爲賢。跡是東山戀，心仍北闕懸。顧慙輕（今按，《全唐詩》作「經」）拾紫，多謝賦思玄。未躧中林步，空承華（今按，《全唐詩》作「麗」）藻傳。陽春和已寡，扣寂（陸機《文賦》：扣寂寞而求音。）意（今按，《全唐詩》作「竟」）徒然。

李行言

秋晚度廢關

秦郊平舊險，周德眷遺黎。始聞清夜柝，俄見落風（今按，《唐詩紀事》卷十一、《全唐詩》卷一〇一作「封」）泥。物色來無限，津途去不迷。空亭誰問馬，閑戍但鳴雞。山月寒彌静（今按，《全唐詩》作「浄」），河風曉更淒。贈言楊伯起，非復是關西。（按，《唐史》：宣宗大中八年，有李行言者，自縣令升海州刺史。未知孰是，然此詩音律似初唐，故列於此。）

五言排律卷之二　唐詩品彙七十二

正始（中）

陳子昂

白帝懷古（今按，《全唐詩》卷八四「白帝」後有「城」字）

日落滄江晚，停橈問土風。城臨巴子國，臺没漢王宮。荒服仍周甸，深山尚禹功。巖懸青壁斷，地險碧流通。古木生雲際，歸（今按，《全唐詩》作「孤」）帆出霧中。川途去無限，客思坐何窮。（方虚谷云：此篇唐人詩「今按，據李慶甲《瀛奎律髓匯評》卷三，「詩」前脱「律」字」之祖也。）

峴山懷古

秣馬臨荒甸，登高覽舊都。猶悲墮淚碣，尚想卧龍圖。城邑遥分楚，山川半入吴。丘陵徒自出，賢聖幾凋枯。野樹蒼煙斷，津樓晚氣孤。誰知萬里客，懷古正踟躕。（方云：此老杜以前

律詩，悲壯感慨，即無纖巧砌湊〔今按，《瀛奎律髓彙評》卷三作「甃」〕。）

和陸明府贈將軍重出塞

忽聞天上將，關塞重橫行。始返樓蘭國，還向朔方城。黄金裝戰馬，白羽集神兵。星月開天陣，山川列地營。晚風吹畫角，春色耀飛旌。寧知班定遠，猶是一書生。（方云：盛唐詩渾成，「晚風吹畫角」猶「池塘生春草」，自然。末句亦是別用一意。）

干長史山池三日曲水（今按，據姚本等及《全唐詩》卷八四，「干」當爲「于」；《全唐詩》「水」後有「宴」字）

摘蘭藉芳日，祓宴坐迴汀。汎灩清流滿，葳蕤白芷生。金絃揮趙瑟，玉柱（今按，《全唐詩》作「指」）弄秦箏。巖榭風光媚，郊園春樹平。煙花飛御道，羅綺照昆明。日落紅塵合，車馬亂縱橫。

江山暫別蕭四劉三旋欣接遇（今按，「江山」，據《文苑英華》卷二一八、《全唐詩》卷八四，當爲「江上」）

昨夜滄江別，言乘天漢遊。寧期此相遇，尚接武陵洲。結綬還逢育，銜杯且對劉。波潭一瀰瀰，臨望幾悠悠。山水丹青雜，煙雲紫翠浮。終愧神仙友，來接野人舟。

過荆州崔兵曹使（今按，「過」，《文苑英華》卷二一八作「遇」）

輶軒鳳凰使，林藪鶡鷄冠。江湖一相許，雲霧坐交歡。興盡崔亭伯，言忘釋道安。秋光稍欲暮，歲物已將闌。古樹蒼煙斷，虛庭（今按，《全唐詩》作「亭」）白露寒。琴中山水曲，今日爲君彈。

宿驤河驛浦（今按，「驤」，《全唐詩》作「襄」）

沿流辭北渚，結纜宿南洲。合岸昏初夕，迴塘暗不流。行（今按，《全唐詩》作「卧」）聞塞鴻斷，坐聽峽猿愁。沙浦明如月，汀葭晦若秋。未（今按，《全唐詩》作「不」）及能鳴鴈，徒思海上鷗。天河殊未曉，滄海信悠悠。

入峭峽安居溪伐木（溪源幽邃，林嶺相映，有奇致焉。）

肅徒歌伐木，鶩艫漾輕舟。靡迤隨迴水，潺湲泝淺流。煙沙分兩岸，露島夾雙洲。古樹連雲密，交峰入浪浮。巖潭相映媚，溪谷屢環周。路迴光踰逼，山深興轉幽。麢鼯寒思晚，猿鳥暮聲秋。誓息蘭臺策，將從桂樹遊。因書謝親愛，千歲覓蓬丘。

入東陽峽與李明府船前後不相及

東巖初解纜，南浦遂離羣。出没同洲島，沿洄異渚濆。風煙猶可望，歌笑浩難聞。路轉青山合，峰迴白日曛。奔濤上漫漫，積浪下沄沄。倏忽猶疑及，差池復兩分。離離間遠樹，藹藹没遥氛。地入（今按，《全唐詩》作「上」）巴陵道，星連牛斗文。孤狖啼寒月，哀鴻叫斷雲。仙舟不可見，摇思坐氛氲。

杜審言

春日江津遊望

旅客摇邊思，春江弄晚晴。煙銷垂柳弱，霧卷落花輕。飛棹乘空下，回流向日平。鳥啼移幾處，蝶舞亂相迎。勿歎人皆濁，隄防水至清。谷王恒（今按，《全唐詩》作「常」）不讓，何可戒沖（今按，《國秀集》卷上、《全唐詩》卷六二作「中」）盈。

汎舟送鄭卿入京

帝坐蓬萊殿，恩追社稷臣。長安遥向日，宗伯正乘春。相宅開基地，傾都送別人。行舟縈緑（今按，《全唐詩》作「渌」）水，列帳（今按，《全唐詩》作「戟」）滿紅塵。酒助歡娱洽，風催景氣新。此

時光乃命，誰爲惜無津。

贈蘇味道

北地寒應苦，南城戍不（今按，《全唐詩》作「未」）歸。邊聲亂羌笛，朔氣捲戎衣。雨雪關山暗，風霜草木稀。胡兵戰欲盡，漢卒尚重圍。雲净妖星落，秋高塞馬肥。據鞍雄劍動，摇筆羽書飛。（劉云：語壯。）輿駕還京邑，朋遊滿帝畿。方期來獻凱，歌舞共春暉。

扈從出長安

分墅（今按，據屠隆本、《全唐詩》，當爲「野」）都畿列，時逢六御均。京師舊西幸，洛道此東巡。文物驅三統，聲明（今按，屠隆本、《全唐詩》作「名」）走百神。龍媒（今按，《全唐詩》作「旗」）縈漏夕，鳳輦拂勾（今按，《全唐詩》作「鉤」）陳。撫跡地靈古，遊情皇鑒新。山追散馬日，水憶釣魚人。禹食傳中使，堯尊徧下臣。省方稱國阜，問道識風淳。歲晚天行吉，年豐景從親。歡娱包歷代，宇宙忽疑春。

度石門山

石門千仞斷，迸水落遥空。道束懸厓北（今按，《文苑英華》卷二九〇作「巖半」，《全唐詩》卷六二作「崖半」），橋欹絶澗中。仰攀人屢息，直下騎纔通。泥擁奔蛇徑，雲埋伏獸叢。星躔牛斗北，地

脈象牙東。闕（今按，據《文苑英華》卷二九〇、《全唐詩》卷六二，當爲「開」）塞隨行變，高深觸望同。江聲連驟雨，日氣抱殘虹。未改朱明律，先含白露風。堅貞忻（今按，《全唐詩》作「深」，《文苑英華》作「所」）不憚，險澀諒難窮。有異登臨賞，徒爲造化功。

沈佺期

酬蘇員外味玄夏晚寓直省中見贈（今按，據屠隆本、《全唐詩》，「味玄」當爲「味道」）

並命登仙閣，通宵（今按，《全唐詩》作「分曹」）直禮闈。大官供宿膳，侍史護朝衣。卷幔天河入，開牕月露微。小池殘暑退，高樹早涼歸。冠劍無時釋，軒車待漏飛。明朝題漢柱，三署有光輝。

同韋舍人早朝（今按，「同」，《全唐詩》作「和」）

閶闔連雲起，巖廊拂霧開。玉珂龍影度，珠履鴈行來。長樂宵鐘盡，明光曉奏催。一經傳舊德，五字擢英材（今按，《全唐詩》作「才」）。儼若神仙去，紛從霄漢回。千春奉休曆，分禁喜趨陪。

白蓮花亭侍宴應制

九日陪天仗，三秋幸禁林。霜威變緑樹，雲氣落青岑。水殿黄花合，山亭絳葉深。朱旗夾小徑，寶馬駐青潯。苑吏收寒果，饔人膳野禽。承歡不覺暝，遥響素秋砧。

仙蕚池亭侍宴應制

步輦尋丹嶂，行宫在翠微。川長看鳥滅，谷轉聽猿稀。天磴扶階迥，雲泉透户飛。閑花開石竹，幽葉吐薔薇。徑狹難留騎，亭寒欲進衣。白龜來獻壽，仙吹返彤闈。

奉和晦日幸昆明池

法駕乘春轉，神池象漢迴。雙星遺（今按，《全唐詩》作「移」）舊石，孤月隱殘灰。戰鷁逢時去，恩魚望幸來。山花緹騎繞，堤柳幔城開。思逸横汾唱，歌流（今按，《全唐詩》作「歡留」）宴鎬杯。微臣雕朽質，羞覩豫章材。

奉和聖製幸禮部尚書竇希玠宅

北闕垂旒暇，南宫聽禮（今按，《全唐詩》作「履」）迴。天臨祥（今按，《全唐詩》作「翔」）鳳轉，恩向濯（今按，《全唐詩》作「躍」）龍開。蘭氣熏仙帳，榴花引御杯。水從金穴吐，雲是玉衣來。池影摇歌

席，林香散舞臺。不知行漏晚，清蹕尚徘徊。

夏日都門送司馬員外逸客孫員外佺共北征（今按，《全唐詩》「孫員外佺」後無「共」字）

二庭追虜騎，六月動周師。廟略天人授，軍麾相國持。復言徵二妙，才命重當時。畫省連征槀，横門共别詞。雲迎出塞馬，風卷渡河旗。計日方夷寇，旋聞杕杜詩。

奉和幸韋嗣立山莊侍宴應制（今按，《文苑英華》卷一七五、《全唐詩》皆作徐彦伯詩）

鼎臣休澣隙，方外結遐心。别業青霞境，孤潭碧樹林。每還（今按，《全唐詩》作「馳」）東墅策，遥弄北溪琴。帝幸行時豫，台園賞歲陰。移鑾明月沼，張組白雲岑。御陌（今按，《全唐詩》作「酒」）瑶觴落，仙壇竹徑深。三光懸聖藻，五等冠朝簪。自愧承恩盛，咸言獨在今。

昆明池侍宴應制

武帝伐昆明，穿池習五兵。水同河漢在，館有豫章名。我后光天德，垂衣文教成。黷兵非帝念，勞物豈皇情。春仗過鯨沼，雲旗出鳳城。靈魚銜寶躍，仙女廢機迎。柳拂旌門暗，蘭依帳殿生。還如流水曲，日晚棹歌聲。

望瀛洲南樓寄遠（今按，「望」，《全唐詩》作「登」）

層城記（今按，屠隆本、《全唐詩》作「起」）麗譙，憑覽出重霄。兹地多形勝，中天宛寂寥。四榮摩鶴，百栱（今按，姚本及《全唐詩》皆作「拱」）厲風飈。北際燕王館，東連秦帝橋。晴光七郡滿，春色兩河遥。傲睨非吾土，躊躇適遠囂。離居欲有贈，春草寄長謡。

塞北

胡騎犯邊埃，風從丑上來。五原烽火急，六郡羽書催。冰壯飛狐冷，霜濃候鴈哀。將軍朝授鉞，戰士夜銜枚。紫塞金河裏，葱山鐵勒隈。蓮花秋劍發，桂葉曉旗開。秘略三軍動，妖氛百戰摧。何言投筆去，終作勒銘回。

自考功員外授給事中

南省推丹地，東曹拜瑣闈。惠移雙管筆，恩降五時衣。出入宜真選，遭逢每濫飛。器慙公理拙，才謝子雲微。按牘遺常禮，朋僚隔等威。上台行揖讓，中禁動光輝。旭日千門啓，初春八舍歸。贈蘭聞宿昔，談樹隱芳菲。何幸鹽梅處，唯憂對問機。省躬知任重，寧止冒榮非。

宋之問

奉和幸三會寺應制

六飛迴玉輦，雙樹謁金仙。瑞鳥呈書字，神龍吐浴泉。淨心遥証果，睿想獨超禪。塔湧香花地，山圍日月天。梵音迎漏徹，空樂倚雲懸。今日登仁壽，長看法鏡圓。

奉和幸神臯亭應制

清蹕喧黄道，乘輿降紫宸。霜戈凝曉日，雲管發陽春。臺古全疑漢，林餘半識秦。宴酣詩布澤，節改令行仁。昔恃山河險，今依道德淳。多慚獻嘉頌，空累屬車塵。

奉和幸長安故城未央宫應制

漢皇未息戰，蕭相乃營宫。壯麗一朝盡，威靈千載空。皇明悵前跡，置酒宴羣公。寒輕綵仗外，春發幔城中。樂思迴斜日，歌詞繼大風。今朝天子貴，不假叔孫通。

奉和晦日幸昆明池應制

春豫靈池會，滄波帳殿開。舟凌石鯨度，槎拂斗牛迴。節晦蓂全落，春遲柳暗催。象溟看

浴景，燒劫辨沉灰。（僧皎然云：此詩家射雕之手，假使曹劉降格，未知孰勝。）鎬飲周文樂，汾歌漢武才。不愁明月盡，自有夜珠來。（僧皎然云：意也，閑也。○方云：用「春」、「豫」字便好。「節晦蓂全落」，要見得是正月晦［今按，「晦」，李慶甲《瀛奎律髓彙評》卷十六作「三十日」］，急看［今按，據姚本及李慶甲《瀛奎律髓彙評》，當爲「着」］偶句，以足其意。池象溟海而觀浴日，既已壯麗，又引胡僧劫灰事爲偶，則尤精切，可謂極天下之工矣。晦日無月，池中自有大蚌之珠，甚妙。）

使過襄陽登鳳林寺山閣

香閣臨清漢，丹梯隱翠微。林篁天際密，人世谷中違。苔石銜仙洞，蓮舟泊釣磯。山雲浮棟起，江雨入庭飛。信美雖南國，嚴程限北歸。幽尋不可再，留步惜芳菲。

登粤王臺

江上粤王臺，登高望幾回。南溟天外合，北户日邊開。地濕煙常起，山晴雨半來。冬花採盧橘，夏菓摘楊梅。跡類虞翻枉，人非賈誼才。歸心不可見，白髮重相催。

春日鄭協律山亭陪宴餞鄭卿（同用樓字。）

潘園枕郊郭，愛客坐相求。尊酒東城外，驂騑南陌頭。池平分洛水，林缺見嵩丘。暗竹侵山徑，垂楊拂妓樓。綵雲歌處斷，遲日舞前留。此地何年别，蘭芳空自幽。

扈從登封告成頌應制

御路迴中嶽，天營接下都。百靈無後至，萬國競前驅。文衛嚴清蹕，幽仙讀寶符。貝花明漢果，芝草入堯廚。濟濟衣冠會，喧喧夷夏俱。宗禋仰神理，刊木望山（今按，據《文苑英華》卷一六七，當爲「仙」，《全唐詩》作「川」）途。撫己貧非病，時來本不愚。願陪丹鳳輦，率舞白雲衢。

奉和幸韋嗣立山莊侍宴應制

樞掖調梅暇，林園藝槿初。入朝榮劍履，退食偶琴書。地隱東巖室，天回北斗車。旌門臨窈窕，輦道屬扶疏。雲罕明丹壑，霜笳徹紫虛。水疑投石處，溪似釣璜餘。帝澤頒卮酒，人歡頌里閭。一承黃竹詠，長奉白茆居。

和姚給事寓直之作

清論滿朝陽，高才拜夕郎。還從避馬路，來接珥貂行。寵就黃扉日，威迴白簡霜。柏臺遷烏茂，蘭署得人芳。禁静鐘初徹，更疏漏更（今按，《全唐詩》作「漸」）長。曉河低武庫，流火度文昌。寓直光輝重，乘秋藻翰揚。暗投空欲報，下調不成章。

早發始興江口至虛氏村作

候曉踰閩嶂（今按，《全唐詩》作「嶠」），乘春望越臺。宿雲鵬際落，殘月蚌中開。薜荔摇青氣，桄榔翳碧苔。桂香多露裛，石響細泉回。抱葉玄猿嘯，銜花翡翠來。南中雖可悦，北思日悠哉。鬒髮俄成素，丹心已作灰。何當首歸路，行剪故園萊。

遊雲門寺

維舟深（今按，《全唐詩》作「探」）静域，作禮事尊經。投跡一蕭散，爲心自杳冥。龕交（今按，《全唐詩》作「依」）大禹穴，樓倚少微星。沓嶂圍蘭若，迴溪抱竹庭。覺花塗砌白，甘露洗山青。鴈塔騫金地，虹橋轉翠屏。人天宵合（今按，《全唐詩》作「現」）景，神鬼晝潛形。理勝常虛寂，緣空自感靈。入禪從鴿繞，説法有龍聽。劫累終期滅，塵躬且未寧。摇摇不安寐，待月詠巖扃。

發藤州

朝夕苦遄征，孤魂長自驚。汎舟依鴈渚，投館聽猿鳴。石髮緣溪蔓，林衣掃地輕。雲峰刻不似，苔蘚晝難成。露裛千花氣，泉和萬籟聲。攀幽紅處歇，躋險緑中行。戀切芝蘭砌，悲纏松柏塋。丹心江北死，白髮嶺南生。魑魅天邊國，窮愁海上城。勞歌意無限，今日爲

誰明。

蘇　頲

奉和晦日幸昆明池

炎曆事邊陲，昆明始鑿池。豫遊光後聖，征戰罷前規。霽色清珍宇，年華（今按，《全唐詩》作「芳」）入錦陂。御杯蘭薦葉，仙仗柳交枝。二石分河瀉，雙珠代月移。微臣比翔沐（今按，姚本、刻者不詳明本、屠隆本、《全唐詩》皆作「泳」），恩廣自無涯。

奉和聖製幸禮部尚書竇希玠宅

尚書列侯第，外戚近臣家。飛棟臨青綺，回輿轉翠華。日交當户樹，泉漾滿池花。圓頂圖嵩石，方流擁魏沙。豫遊今聽履，侍從昔鳴笳。自有天文降，無勞訪海槎。

奉和聖製答張説扈從南出雀鼠谷

雨施巡方罷，雲從訓俗迴。密塗汾水衛，清蹕晉郊陪。寒着山邊盡，春當日下來。御祠玄鳥應，仙仗緑楊開。作頌音傳雅，觀文色動台。更知西鄉（今按，《全唐詩》作「向」）樂，宸藻賁鹽梅。

奉和聖製經河上公廟

河流無日夜，河上有神仙。輦路常（今按，《全唐詩》作「曾」）經此，壇場即宛然。下疑成洞穴，高若在空煙。善物遺方外，和光繞道邊。事因周史得，言向漢皇（今按，《全唐詩》作「王」）傳。喜屬膺期在（今按，《全唐詩》作「聖」），邦家業又玄。

奉和聖製幸望春宫送朔方大總管張亶（今按，「張亶」，據《文苑英華》卷一七七、《全唐詩》及《蘇廷碩集》卷下，當爲「張仁亶」）

北風吹早鴈，日夕渡河飛。氣冷葭應折，霜明草正腓。老臣帷幄算，元宰廟堂機。餞飲迴仙蹕，臨戎解御衣。軍裝乘曉發，師律候春歸。方佇勳庸盛，天辭（今按，《全唐詩》作「詞」）降紫微。

同餞陽將軍兼源州都督御史中丞

右地接龜沙，中朝任虎牙。然明方改俗，去病不爲家。將禮登壇盛，軍容出塞華。朔風揺漢鼓，邊月思胡笳。旗合無邀正，冠危有觸邪。當看勞旋日，及此御溝花。

奉和聖製早登太行山中言志

北山東入海，馳道上連天。順動三光注，登臨萬象懸。俛觀河内邑，平指洛陽川。按蹕夷關險，張旗亘井泉。曉嚴中警柝，春事下蒐田。德重周王問，歌輕漢后傳。宸遊鋪令典，睿思起芳年。願以封書奏，迴鑾禪肅然。

奉和幸韋嗣立山莊應制

摐金寒墅（今按，據屠隆本、《文苑英華》卷一七五、《全唐詩》卷七四，當爲「野」）霽，步玉曉山幽。帝幄期松子，巨（今按，姚本作「匡」，據四庫本、《文苑英華》、《全唐詩》，當爲「臣」）廬訪葛侯。百工徵往夢，七聖扈來游。斗柄乘時轉，台階捧日留。樹重巖瀨合，泉迸水光浮。石徑喧朝履，璜溪擁釣舟。恩如犯星夜，歡擬濟河秋。不學堯年隱，空令傲許由。

奉和聖製途次舊居

潞國臨淄邸，天王別駕輿。出潛離隱際，小往大來初。東陸行春典，南陽即舊居。約川星罕駐，扶道日旂舒。雲覆連行在，風回助掃除。木行城邑望，皐落土田疏。昔試邦興后，今過俗徯予。示威寧校獵，崇讓不陳漁。府吏趨宸扆，鄉耆捧帝車。帳傾三飲處，閑整六飛餘。盛業銘汾鼎，昌期應洛書。願陪歌賦末，留比蜀相如。

張　說

奉和聖製途經華嶽

西嶽鎮皇京，中峰入太清。玉鑾重嶺應，緹騎薄雲迎。白（今按，《全唐詩》作「霽」）日懸高掌，寒空類（一作「映」）削成。軒遊會神處，漢幸望仙情。舊廟青林古，新碑綠字生。羣臣願封岱，迴駕勒鴻名。

奉和聖製經河上公廟

河上無名老，知非漢代人。先探道德要，留待聖明辰。玄妙爲天下，清虛用谷神。化將和氣一，風與太初鄰。靈廟觀遺像，仙歌入至真。皇心齊萬物，何處不同塵。

扈從南雀鼠谷（今按，據屠隆本、《全唐詩》，「南」後當脱「出」字）

豫動三靈贊，時巡四海威。硤關凌曙出，平路半春歸。霍鎮迎雲罕，汾河送羽旂。山南柳半密，嶺（今按，《全唐詩》作「谷」）北草全稀。遲日宜華蓋，和風入綵衣。上林千里近，應見百花飛。

三月二十日承恩樂遊園宴（得風字）

樂遊形勝地，表裏望郊宫。北闕連雲頂，南山對掌中。皇情（今按，《全唐詩》作「恩」）貸芳月，旬宴美成功。魚戲芙蓉水，鶯啼楊柳風。春華（今按，《全唐詩》作「光」）看欲暮，天澤戀無窮。長袖招斜日，留光待曲終。

奉和聖製送赴集賢院（得輝字）

侍帝金華講，千齡道固稀。位將賢士設，書共學徒歸。首命深燕隗，通經淺漢韋。列筵榮賜食，送客愧儒衣。賀燕窺簷下，遷鶯入殿飛。欲知朝野慶，文教日光輝。

對酒行時謫巴陵作

留侯封萬户，園令壽千金。本爲成王業，初田（今按，據姚本及《全唐詩》，當爲「由」）賦上林。繁華（今按，《全唐詩》作「榮」）安足恃，霜露遞相尋。鳥哭楚山外，猿啼湘水陰。夢中城闕近，天畔海雲深。空對忘憂酒（今按，《全唐詩》作「酌」），離憂不去心。

遊洞庭湖

平湖曉望分，仙嶠氣氛氳。鼓枻乘清渚，尋峰弄白雲。江寒天一色，日静水重文。樹坐參

猿嘯，沙行入鷺羣。緣源班（今按，《全唐詩》作「斑」，字通）篠密，罥徑緑蘿紛。洞穴傳虚應，遥（今按，《全唐詩》作「楓」）林覺自薰。雙童有靈藥，願取獻明君。

别滬湖

念别滬湖去，浮舟更一臨。千峯出浪險，萬木抱煙深。南郡延恩渥，東山戀宿心。露花香欲醉，時鳥囀餘陰（今按，《全唐詩》作「音」）。涉趣皆留賞，無奇不遍尋。莫言山水間，幽意在鳴琴。

岳州宴姚紹之

杞梓滯江濱，光華白日新。難兄金作友，媚子玉爲人。山水含秋興，池亭借善鄰。簷松風送静，院竹鳥來馴。翠斝傕黄菊，琱盤鱠紫鱗。緩歌將醉舞，宜（今按，《全唐詩》作「爲」）拂繡衣塵。

與右相璟太子少傅乾曜同日上官宴都堂聖上賜詩臣説奉和

大塊鎔羣品，經生偶聖時。俱（今按，《全唐詩》作「猥」）承三事命，虚忝百寮師。右揆謀華碩，前星傅重資。連蹇求舊禮，濫玷樂賢詩。賜釜同榮拜，擬金宴宰司。菊花吹御酒，蘭葉捧天辭（今按，《全唐詩》作「詞」）。寶曆休明盛，頹年晷漏衰。少留青史筆，未敢赤松期。

將赴朔方軍應制

禮樂逢明主，韜鈐（今按，據姚本及《全唐詩》，當爲「鈐」）用老臣。恭憑神武策，遠静鬼方人。供帳恩榮餞，山川喜詔巡。天文日月送（今按，《全唐詩》作「麗」），朝賦管絃新。幼志傳三略，衰材謝六鈞。膽猶（今按，《全唐詩》作「由」）忠作屏（今按，《全唐詩》作「伴」），心故（今按，《全唐詩》作「固」）道爲鄰。漢保河南地，胡清塞北塵。連年大軍後，不日小康辰。劍舞輕離別，酣歌（今按，《全唐詩》作「歌酣」）忘苦辛。從來思博望，許國不謀身。

奉和聖製餞王晙巡邊

六月歌周雅，三邊論（今按，《全唐詩》作「遣」，注云：一作「諗」）夏卿。欲知攻戰法，先作簡稽行。禮樂知謀帥，春秋識用兵。一勞堪定國，萬里即長城。策有和戎利，威傳破虜名。軍前雨灑道，樓上月臨營。别藻瑶華降，同衣錦袍榮。關山由義近，戈甲（今按，《全唐詩》作「戎馬」，注云：一作「戎甲」）爲恩輕。絲竹路傍散，風雲馬上生。朝廷謂吉甫，邦國望君平。

奉和聖製與諸王遊興慶宫之作

漢武横汾日，周王宴鎬年。何如造區夏，復此睦親賢。巢鳳新成閣，飛龍舊躍泉。棣華歌尚在，桐葉戲仍傳。禁籞氛埃隔，樓（今按，《全唐詩》作「平」）臺景物連。聖慈良有裕，王道固無

偏。間（今按，據姚本等及《文苑英華》卷一七四、《全唐詩》，當爲「問」）俗羣黎（今按，《文苑英華》、《全唐詩》作「兆人」）阜，觀風五教宣。獻圖開益地，張樂奏鈞天。侍酌衢尊滿，詢蒭（今按，《全唐詩》作「芻」）諫鼓懸。詠言形友愛，萬國共周旋。

張九齡

郡内閑齋（五韻。）

郡閣晝常掩，庭蕪日復滋。簷風落鳥毳，牕葉掛蟲絲。拙病宦情少，羈閑秋氣悲。理人無異績，爲郡但經時。唯有江湖意，沉冥空在兹。（劉云：高爽沉着，而句句婉美，韋蘇州可得此風味。）

與弟遊家園

定省榮君賜，來歸是晝遊。林烏飛舊里，園菓讓先（今按，《全唐詩》作「新」）秋。枝長南庭樹，池虛（今按，《全唐詩》作「臨」，注云：一作「連」）北澗流。星霜屢爾别，蘭杜（今按，《全唐詩》作「麝」）爲誰幽。善積家方慶，恩深國未酬。棲棲將義動，安得久情留。

登總持寺閣

香閣起崔嵬，高高紗（今按，《全唐詩》作「沙」）版開。攀躋千仞上，紛詭萬形來。草間商君陌，雲

重漢后臺。山從函谷斷，川向斗城迴。林裏春容變，天邊客思催。登臨信爲美，懷遠獨悠哉。

晚憩王少府東閣

披軒肆流覽，雲壑見深重。空水秋彌淨，林煙晚更濃。坐隅分洞府，簷際列羣峰。窈窕生幽意，參差多異容。還慙大隱跡，空想列仙蹤。賴此昇攀處，蕭條得所從。

奉和聖製早度蒲關（今按，據《文苑英華》卷一七〇、《全唐詩》卷四九，「蒲關」當爲「蒲津關」）

魏武中流處，軒皇問道迴。長堤春樹發，高掌曙雲開。龍負王舟渡，人占仙氣來。河津會日月，仙（今按，《全唐詩》作「天」）仗役風雷。東顧重關盡，西馳萬國陪。還聞股肱郡，元首詠康哉。

奉和聖製答張説扈從南出雀鼠谷

設險諸侯地，承平聖主巡。東君朝二月，南旆擁三辰。寒出重關盡，年隨行漏新。瑞雲叢奉日，芳樹曲迎春。舞詠先馳道，恩華及從臣。汾川花鳥意，併奉屬車塵。

奉和聖製早登太行山率爾言志

孟月攝提貞，乘時我后征。晨嚴九折度，暮戒六軍行。日御馳中道，風師卷太清。戈鋋林表出，組練雪間明。順動（今按，《全唐詩》作「動植」）希皇豫，高深奉睿情。陪遊七聖列，望幸百神迎。氣色煙猶喜，風（今按，《全唐詩》作「恩」）光草尚榮。之罘稱萬歲，今此復同聲。

和許給事直夜簡諸公

未央鐘漏晚，仙宇藹沉沉。武衛千廬合，嚴扃萬户深。左掖知天近，南牕見月臨。樹摇金掌露，庭接（今按，《全唐詩》作「徙」）玉樓陰。他日聞更直，中宵屬所欽。聲華大國寶，夙夜近臣心。逸興乘高閣，雄飛在禁林。寧思竊抃者，情發爲知音。

酬趙二侍御使西軍贈兩省舊寮之作

石室先鳴者，金門待制同。操刀常願割，持斧竟稱雄。應敵兵初起，緣邊虜欲空。使車經隴月，征旆繞河風。忽枉兼金訊，非徒秣馬功。氣清蒲海曲，聲滿柏臺中。顧己塵華省，欣君震遠戎。明時獨匪報，嘗欲退微躬。

候使石頭驛樓

山檻憑高（今按，《全唐詩》作「南」）望，川途眇北流。遠林天翠合，前浦日華浮。萬井緣津渚，千艘咽渡頭。漁商多末事，耕稼少良疇。自守陳蕃榻，常登王粲樓。徒然騁目處，豈是獲心遊。向跡雖愚谷，求名亦（今按，屠隆本、《全唐詩》作「異」）盜丘。自（今按，屠隆本、《全唐詩》作「息」）陰芳木所，空復越鄉憂。

奉和聖製送尚書燕國公説赴朔方軍

宗臣事有征，廟算在休兵。天與三台座，人當萬里城。朔南方偃革，河内（今按，《全唐詩》卷四九作「右」，注云：一作「北」）暫揚旌。寵錫從仙禁，光華出漢京。山川勤遠略，原隰軫皇情。爲奏薰琴倡（今按，姚本、《全唐詩》作「唱」），仍題瑶（今按，據姚本、屠隆本、牛斗本、刻者不詳明本、《全唐詩》，當作「寶」）劍名。聞風六郡勇（今按，《全唐詩》作「伏」），計日五戎平。山甫歸應疾，留侯功復成。歌鐘旋可望，枕（今按，《全唐詩》作「衽」）席豈難行。四牡何時入，吾君聽（今按，《全唐詩》作「憶」）履聲。

陪王司馬登薛公逍遥臺

常聞薛公淚，非直雍門琴。竄逐留餘（今按，《全唐詩》作「遺」）跡，悲涼見此心。府中因暇豫，江

上幸招尋。人事已成古，風流獨至今。閑情多感歎，清景暫登臨。無復甘棠在，空餘蔓草深。晴光送遠目，勝氣入幽襟。水去朝滄海，春來换碧林。賦懷湘浦弔，碑想漢川沉。曾是陪遊日，徒爲梁甫吟。

五言排律卷之三　唐詩品彙七十三

正始（下）

李乂

奉和幸長安故城未央宮應制

鳳輦乘春陌，龍山訪故臺。北宮纔盡處，南斗獨昭回。肆覽飛宸札，稱觴引御杯。已觀蓬海變，誰厭柏梁災。代挹孫通禮，朝稱賈誼才。忝儕文雅地，先後各時來。

奉和聖製幸禮部尚書竇希玠宅

家住千門側，亭臨二水傍。貴遊開北第，宸眷幸西鄉。曳履迎中谷，鳴絲出後堂。浦疑觀萬象，峰似駐三光。草向瓊筵樂，花承繡扆香。聖情思舊里（今按，《全唐詩》作「重」），留飲賦雕章。

奉和幸望春宫送朔方大總管張亶（今按，據《全唐詩》卷九二，「張亶」當爲「張仁亶」）

邊郊草具腓，河塞有兵機。上宰調梅寄，元戎細柳威。虎貔東道出，鷹隼北庭飛。玉匣謀中野，金輿下太微。投醪銜酌餞（今按，《全唐詩》作「餞酌」），緝衮事征衣。勿謂公孫老，行聞獻凱歸。

奉和幸三會寺應制

睿德總無邊，神皋擇勝緣。二儀齊法駕，三會禮香筵。漢闕中黄近，秦山太白連。臺疑觀鳥日，池似刻鯨年。滿月臨真鏡，秋風入御絃。小臣叨下列，持管謬窺天。

夏日都門送司馬員外逸客孫員外佺北征（時相王爲元帥，魏大夫元忠爲副。）

日逐滋南寇，天威撫北垂。析珪行杖節，持印且分麾。羽檄雙鳧去，兵車駟馬馳。虎旗懸氣色，龍劍抱雄雌。候月期戡剪，經時念別離。坐聞關隴外，無復引弓兒。

奉和幸韋嗣立山莊侍宴應制（今按，《唐詩紀事》卷十一、《文苑英華》卷一百七十五、《全唐詩》卷九七皆作沈佺期詩）

台階好赤松，別業對青峰。茅室承三顧，花源接九重。龍旂縈秀木，鳳輦拂疏筇。徑狹千

官擁，溪長萬騎容。水堂開禹膳，山閣獻堯鐘。皇覽（今按，《全唐詩》作「鑑」）清居遠，天文睿奬濃。巖泉他日夢，魚釣往年逢。共榮丞相府，偏降逸人封。

鄭愔

塞外三首

塞外蕭條望，征人此路賒。邊聲亂朔馬，秋引動（今按，《全唐詩》作「秋色引」，注云：一作「秋色動」）胡笳。遥障侵歸日，長城帶晚霞。斷蓬飛古戍，連鴈聚寒沙。海暗雲無葉，山春雪作花。丈夫期報主，萬里獨歸家。

其二

荒壘三秋夕，窮郊萬里平。海陰凝獨樹，日氣下連營。戎旆霜疑重，邊裘夜更輕。將軍獨（今按，《全唐詩》作「猶」）轉戰，都尉不成名。折柳悲春曲，吹笳斷夜聲。明年塞使返，須築受降城。

其三

陽鳥南飛夜，陰山北地寒。漢家征戍客，年歲在樓蘭。玉塞朔風起，金河秋月團。邊聲入

鼓吹，霜氣下旌竿。海外歸書斷，天涯旅鬢殘。子卿猶奉使，恒（今按，《全唐詩》作「常」）向節旄看。

同韋舍人早朝

瑞闕龍車（今按，《全唐詩》作「居」）峻，宸庭鳳掖深。才良寄天綍，趨拜侶朝簪。飛鴈看成（今按，《全唐詩》作「來」）影，喧車識駐音。重軒輕霧入，洞户落花侵。聞有題新翰，依然想舊林。同聲慚下玉，謬此（今按，屠隆本、《唐詩紀事》卷十一作「比」）托韋金。

奉和幸三會寺應制

鳥籀遺新閣，龍旂訪古臺。造書臣頡往，觀跡帝羲來。法界山川匝，宸心宇宙該。梵音隨駐輦，天步接乘杯。舊苑經寒露，殘池問劫灰。散花將捧日，俱喜聖詞（今按，《全唐詩》作「慈」）開。

貶降至汝州廣城驛

近郊憑汝海，遐服指江干。尚憶趨朝貴，方知失路難。曙宮平樂遠，秋澤廣城寒。岸葦新花白，山梨晚葉丹。鄉關千里暮，歲序四時闌。函塞雲間別，旋門霧裏看。夙年追騄驥，暮節仰鵷鸞。疲駕勞垂耳，騫騰遽（今按，《全唐詩》作「詎」）矯翰。將調梅鉉實，不正李園冠。

荆玉終無玷，隋珠忽已彈。曉裝違鞏洛，夕夢在長安。北上頻傷阮，西征未學潘。傾車無共轍，同派有殊瀾。去去懷知己，何由報一飡。

崔　湜

春閨同李員外賦

落日啼連夜，孤燈坐徹明。捲簾雙燕入，披幌百花驚。隴上寒應晚，閨中織未成。管絃愁不記，梳洗懶無情。去歲聞西伐，今年送北征。容顔離别盡，流恨滿長城。

早春邊城懷歸

天（今按，據屠隆本、《文苑英華》卷二九九、《全唐詩》卷五四，當爲「大」）漠羽書飛，長城未解圍。山川凌玉障，旌節下金微。路向南庭遠，書因北鴈稀。鄉關揺别思，風雪故（今按，屠隆本作「敝」，《全唐詩》作「散」）戎衣。歲盡仍爲客，春還尚未歸。明年征騎返，歌舞及芳菲。

登總持寺閣

宿雨清龍界，晨暉滿鳳城。昇攀重閣迥，憑覽四郊明。井邑周秦地，山河今古情。紆餘二（今按，《全唐詩》作「一」）水合，寥落五陵平。處處風煙起，欣欣草木榮。故人不可見，冠蓋滿

東京。

韋元旦

早朝

震維方月季，宸極衆星尊。珮玉朝三陛，鳴珂度九門。挈壺分早漏，伏檻耀初暾。北倚蒼龍闕，西臨紫鳳垣。詞庭草欲奏，温室樹無言。鮮翰空爲忝，長懷聖主恩。

徐彦伯

送特進李嶠入都祔廟

特進三公下，台臣百揆先。孝圖開寢石，祠坐（今按，屠隆本、刻者不詳明本、《全唐詩》作「主」）卜牲筵。恩急（今按，《全唐詩》作「級」）青綸賜，徂裝紫橐懸。綢繆金鼎席，宴餞玉横（今按，據屠隆本，當爲「璜」，《全唐詩》作「潢」）川。北斗分征路，東山起贈篇。樂池歌緑藻，梁苑籍（今按，《文苑英華》卷三二一〇同此，《全唐詩》作「藉」）紅筌。騎轉商巖日，旌摇闕塞煙。廟堂須鯁議，錦節佇來旋。

郭　汭

同崔員外温泉即事（今按，據《全唐詩》，「温泉」後當脱「宮」字）

輦輅移雙闕，宸遊整六師。天迴紫微坐，日轉羽林旗。霜氣寒戈戟，軍容壯武貔。弓鳴射鴈處，泉暖躍龍時。惠化成觀俗，謳謡入賦詩。同歡王道盛，相與詠雍熙。

席　豫

奉和聖製荅張説扈從南出雀鼠谷（今按，據《唐詩紀事》卷一四、《文苑英華》卷一七一、《全唐詩》卷一二四，此詩乃崔翹之作，席豫另有同題之作，首句云：「鳴鑾初幸代。」見《全唐詩》卷一一一）

硤路繞河汾，晴光拂曙氛。笳吟中嶺樹，仗入半峰雲。頓覺山原盡，平看邑里分。早行芳草迴，晚憩好風薰。嘉頌推英宰，春遊扈聖君。共忻承睿渥，日月照天文。

王光庭（疑作「裴光庭」。）

奉和聖製答張説扈從南出雀鼠谷

省俗恩將徧，巡方路稍迴。寒隨汾谷盡，春逐晉郊來。雲騎傳行漏，煙旄引從臺。惠風初應律，和氣正調梅。雅頌通宸詠，天文接曙台。灞陵桃李色，應待日華開。

宋　璟

奉和御製璟與張説源乾曜同日上官命宴都堂賜詩一首應制

丞相邦之重，非賢諒不居。老臣庸且憊，何得（今按，《全唐詩》作「德」）以當諸。厚秩先爲忝，崇班復此除。太常陳禮樂，中掖降簪裾。聖酒江（今按，《全唐詩》作「山」）河潤，仙文象緯舒。冒恩懷寵錫，陳力省空虛。郭隗慙無駿，馮諼愧有魚。不知周勃者，榮幸定何如。

奉和聖製送張説巡邊

帝道薄存兵，王師尚有征。是關司馬法，爰命總戎行。晝（今按，據姚本、屠隆本及《全唐詩》，當爲「晝」）閫崇威信，分麾盛寵榮。聚觀方結轍，出祖遂傾城。聖酒江河潤，天詞象緯明。德風

邊地（今按，《全唐詩》作「草」）偃，聖（今按，《全唐詩》作「勝」）氣朔雲平。宰國摧（今按，據姚本、牛斗本、《文苑英華》卷一七七、《唐詩紀事》卷十四、《全唐詩》卷六四，當爲「推」）良器，爲軍挹壯聲。至和常得體，不戰即忘精。以智泉寧竭，其徐海自清。遲還廟堂坐，贈别故人情。

蒲津迎駕

回鑾下蒲阪，飛旆指秦京。洛上黄雲送，關中紫氣迎。霞朝看馬色，月曉聽雞鳴。防拒連山險，長橋壓水平。省方知化洽，察俗覺時清。天下長無事，空餘襟帶名。

奉和聖製送張説赴朔方軍（今按，《全唐詩》卷一一一作席豫詩）

聖主重兵權，分麾屬大賢。中軍仍執節，丞相復巡邊。翕習戎裝動，張皇廟略宣。朝榮承睿禮（今按，姚本、屠隆本、《全唐詩》作「札」），野餞轉行旃。亭障東緣海，沙場北際天。春冬見巖雪，朝夕候烽煙。已勒封山記，猶聞遣戍篇。五營將月合，八陣與雲連。經略圖方遠，懷柔道更全。歸來畫麟閣，後代（今按，《全唐詩》作「藹藹」）武功傳。

趙彦昭

奉和幸大薦福寺（寺乃中宗舊宅。）

瑶地龍飛後，金身佛現時。千花開國界，萬善累皇基。北闕承行幸，西園屬住持。天衣拂舊石，王舍起新祠。刹鳳迎雕輦，幡虹駐綵旗。同沾小雨潤，竊仰大風詩。

奉和幸韋嗣立山莊應制

賢族唯題里，儒門但署鄉。如何（今按，《全唐詩》作「何如」）表巖洞，宸翰發輝光。地在兹山曲，家鄰郃水陽。六龍駐旌罕，四牡耀旂常。北斗臨台坐（今按，《全唐詩》作「座」），東山入廟堂。天高羽翼近，主聖股肱良。野竹池亭氣，村花澗谷香。縱然懷豹隱，空愧躡鴛行。

崔　沔

奉和聖製同二相已下羣官樂遊園宴

五日酺緾畢，千年樂未央。復承天所錫，終燕國之陽。地勝春逾好，思（今按，據屠隆本、牛斗本、《文苑英華》卷一七五、《唐詩紀事》卷十四、《全唐詩》卷一〇八，當爲「恩」）深樂更張。落花飛廣坐（今按，《全

唐詩》作「座」），垂柳拂行觴。庶尹陪三史，諸侯具萬方。酒酣同抃躍，歌舞詠時康。

胡　皓

奉和聖製同二相已下羣官樂遊園宴

五醽終宴集，二（今按，屠隆本、《唐詩紀事》卷二〇、《全唐詩》作「三」）錫又歡娱。仙阜崇高異，神州覽眺殊。南山臨皓雪，北闕對明珠。宰（今按，《全唐詩》作「廣」）坐鵷鴻滿，倡（今按，《全唐詩》作「昌」）庭駟馬趨。綺羅含草樹，絲竹吐郊衢。銜杯不能罷，歌舞恣（今按，《全唐詩》作「樂」）唐虞。

王　翰

奉和聖製同二相已下羣官樂遊園宴

未極人心暢，何知帝道明。仍嫌醽宴促，復寵樂遊行。陸海披珍藏，天河望斗城。四關青靄合，數處白雲生。鼎餗調元氣，歌鐘溢雅聲。空慚堯舜日，至德杳難名。

崔尚

奉和聖製同二相已下羣官樂遊園宴（今按，「官」，《全唐詩》作「臣」）

春日照長安，皇恩寵庶官。合錢承罷飲（今按，《全唐詩》作「宴」），宴帛賜（今按，《全唐詩》作「賜帛復」）追歡。供帳憑高列，城池入迥寬。花催相國醉，鳥和樂人彈。北闕雲中見，南山樹杪看。樂遊宜締賞，舞詠惜將闌。

王丘

奉和聖製答張說扈從南出雀鼠谷（今按，姚本、屠隆本、牛斗本、刻者不詳明本後有「之作」二字）

襟帶三秦接，旂常萬乘過。陽源淑氣早，陰谷沍寒多。花縟前郊（今按，《全唐詩》作「茅」）仗，霜嚴後殿戈。戍雲開晉嶺，江鴈入汾河。北土分堯俗，南風動舜歌。一聞天樂唱，共（今按，《全唐詩》作「恭」）逐萬人和。

袁暉

奉和聖製答張説扈從南出雀鼠谷之作

魏國山河險，周王警蹕迴。九旗雲際出，萬騎谷中來。石岸行將盡，煙郊望忽開。賞矜垂柳拂（今按，《全唐詩》作「報」），春畏落花催。興逸横汾體，恩褒作頌才。小臣瞻日月，延首詠康哉。

崔翹

奉和聖製答張説扈從南出雀鼠谷（今按，據《唐詩紀事》卷一四、《文苑英華》卷一七一、《全唐詩》卷一一一，此詩乃席豫之作，崔翹另有同題之作，首句云：「硤路繞河汾。」見《全唐詩》卷一二四）

鳴鑾初幸伐（今按，據屠隆本、刻者不詳明本、《唐詩紀事》、《文苑英華》、《全唐詩》，當爲「代」），旋蓋欲横汾。嶺盡千旗出，郊平五校分。前林已暄景，後壑尚寒氛。風送簫韶曲，花迎黼黻文。鹽梅推上宰，禮樂統中軍。獻賦紆天札，飄飄飛白雲。

張嘉貞

奉和聖製答張説扈從南出雀鼠谷

天錫我宗盟，元戎付夏卿。多材（今按，《全唐詩》作「才」）兼將相，必勇獨横行。經緯稱人傑，文章作代英。山川看是陣，草木想爲兵。不待河冰合，猶防塞月明。有謀當繫醜，無戰且綏氓。閫外專三略，雲中冀一平。感恩同義激，悵别屢魂驚。直視前旌掣，遥聞後騎鳴。還期方定日，復此出郊迎。

盧從願

奉和聖製答張説扈從南出雀鼠谷（今按，據《文苑英華》卷一七七、《全唐詩》卷一一一，當爲《奉和聖制製送張説巡邊》）

上將發文昌，中軍静朔方。占星引旌節，擇日拜壇場。禮樂臨軒送，威聲出塞揚。安邊俟帷幄，制勝在巖廊。作鼓將軍氣，投醪壯士觴。戒途遵六月，離贈動三光。槐路清梅暑，蘅皋起麥涼。時文仰雄伯，耀武鎮遐方（今按，《全唐詩》作「荒」）。衽席知無戰，兵戈示不忘。

佇聞歌杕杜，凱入繫名王。

徐知仁

奉和聖製答張説扈從南出雀鼠谷（今按，據《唐詩紀事》卷十四、《文苑英華》卷一七七及《全唐詩》，當爲《奉和御製送張尚書巡邊》或《奉和聖制送張説巡邊》）

聖德膺三統，皇威（今按，《全唐詩》作「恩」）被八埏。大明均照物，小醜未寧邊。國相台衡重，元戎廟略宣。紫泥方受命，黄石乃推賢。問罪陰山下，安人屬國前。度關行照月，乘障坐消煙。北闕紆黄（今按，屠隆本、《全唐詩》作「宸」）藻，南橋列祖筵。耀威當夏日，殺氣指秋天。鞞鼓黿鼉振，旌旗鳥獸懸。由來詞翰手，今見勒燕然。

賀知章

奉和聖製答張説扈從南出雀鼠谷（今按，據《唐詩紀事》卷十七、《文苑英華》卷一七七及《全唐詩》卷一一二，當爲《送張説巡朔方應制》或《奉和聖製送張説巡邊》）

荒憬盡懷忠，梯航已自通。九功雖不戰，五月尚持戎。遣戍徵周牒，恢邊重漢功。撰（今按，

屠隆本、《全唐詩》作「選」）車命元宰，校（今按，刻者不詳明本、牛斗本作「祓」，《全唐詩》作「授」）律取文雄。胃（今按，據《全唐詩》及姚本、屠隆本等，當爲「胄」）出天弧上，謀成帝幄中。詔旂分夏物，專土錫唐弓。帳宿伊川右，鉦傳晉苑東。饔人藉蕢（今按，《全唐詩》作「蕡」）實，樂士（今按，據屠隆本、《文苑英華》卷一七七、《全唐詩》卷一一二，當爲「正」）理絲桐。岐陌涵餘雨，離川照晚虹。恭聞詠方叔，千載舞皇風。

徐安貞

奉和聖製早度蒲關（今按，「蒲關」，據《全唐詩》，當爲「蒲津關」）

仙掌臨秦甸，虹橋闢晉關。兩都分地險，一曲渡河灣。路得津門要，時稱古戍閑。城花春正發，岸柳曙堪攀。後乘猶臨水，前旌欲換山。長安迴望日，宸御六龍還。

宇文融

奉和聖製左丞相說右丞相璟太子少傅乾曜同日上官命宴都堂賜詩一首

申甫生周日，宣慈舉舜年。何如偶昌運，比德邁前賢。寵護元良密，榮瞻端揆遷。職優三

事老，位極百僚先。北極迴宸渥，南宫飾御筵。飛文瑶札降，賜酒玉杯傳。謬列台衡重，俱承雨露偏。誓將同竭力，相與效塵涓。

韓　休

奉和御製平胡

南牧正紛紛，長河起塞氛。玉兵徵選士，金鉞拜將軍。疊鼓摇邊吹，連旌暗朔雲。祆星乘夜落，吉氣入朝分。始見幽烽警，俄看烈火焚。功成奏愷（今按，據姚本及《全唐詩》，當爲「凱」）樂，戰罷策歸勳。盛德陳清廟，神謨屬大君。叨榮逢偃羽，率舞詠詩（今按，據《搜玉小集》、《文苑英華》卷二九九、《全唐詩》卷一一一，當爲「時」）文。

裴　漼

奉和御製平胡

玄漠聖恩通，由來書軌同。忽聞窺月滿，相聚寇雲中。廟略占黄氣，神兵出絳宫。將軍行逐虜，使者亦和戎。一舉轒輼滅，再麾沙朔（今按，《全唐詩》作「漠」）空。直將威禁暴，非用武爲

雄。飲至明軍禮，疇勳錫武功。干戈還載戢，文德在唐風。

韋　述

奉和聖製送張說上集賢學士賜燕（得華字）

修文中禁啓，改字令名加。台座徵人傑，書坊應國華。賦詩開廣宴，賜酒酌流霞。雲散明金闕，池開照玉沙。掖垣留宿鳥，温樹落餘花。謬此天光及，銜恩醉日斜。

源乾曜

奉和聖製送張說上集賢學士賜燕（得迎字）

盛業光書府，徵（今按，據屠隆本、《文苑英華》卷一六八、《全唐詩》卷一〇七，當爲「徵」）人盡國英。司綸賢得相，羣俊學爲名。寵命垂天錫，崇恩發睿情。薰風清禁籞，文殿述皇明。日霽庭陰出，池曛水氣生。歡娛此無限，詩酒自相迎。

韓抗

奉和聖製送張説上集賢學士賜燕（得西字）

廣庭臨碧沼，多士侍金閨。英宰文儒叶，明君日月齊。集賢光首拜，改殿發新題。早夏初移律，餘花尚拂蹊。壺觴接雲上，經術引關西。聖德鴻名遠，將陪玉檢泥。

程行諶

奉和聖製送張説上集賢學士賜燕（得迴字）

聖主崇文化，鏘鏘得盛才。相因歸夢立，殿以集賢開。象繫微言闡，詩書至道該。堯樽承帝澤，禹膳自天來。禮洽歡逾長，風恬暑更迴。國朝將舜頌，同是一康哉。

陸堅

奉和聖製送張説上集賢學士賜燕（得今字）

聖主崇文教，層霄降德音。尊賢澤既厚，式宴寵逾深。復有夔龍相，良哉簡帝心。得人惟

邁昔，多士諒推今。書殿榮光滿，儒門喜氣臨。顧惟誠濫次（今按，屠隆本、《全唐詩》作「吹」），徒此接衣簪。

蕭　嵩

奉和聖製送張説上集賢學士賜燕（得登字）

帝曰簡才能，旌賢在股肱。文章體一變，禮樂道逾弘。芸閣英華入，賓門鴛鷺登。恩筵過所望，聖澤實超恒。夏葉開紅藥，餘花發紫藤。微臣亦何幸，叨此預文明。

褚　琇

奉和聖製送張説上集賢學士賜燕（得風字）

講習延東觀，趨陪盛北宮。惟師恢帝則，敷教叶天工。宣室恩嘗異，金華禮更崇。洞門清永日，華綬接徽風。蓮降堯廚翠，榴看舜酒紅。文思光萬宇，高議待升中。

武平一

奉和幸新豐温泉宫應制

秦王登碣石，周后襲崑崙。何必在遐遠，方稱萬寓尊。我皇順時豫，星駕動軒轅。雄戟交馳道，清笳度國門。迴輿長樂觀，校獵上林園。行漏移三象，連營總八屯。旌摇鸚鵡谷，騎轉鳳凰原。絶壁蒼苔古，靈泉碧溜温。參差開水殿，窈窕敞（今按，據姚本、屠隆本、《全唐詩》，當爲「敞」）巖軒。豐邑模猶在，驪宫跡尚存。煙松銜翠幄，雪徑繞花源。侍從推玄草，文章召武賁。深仁浹夷夏，大（今按，《全唐詩》作「洪」）造溢乾坤。謬忝王枚列，多慚雨露恩。

苗晉卿

奉和聖製早登太行山中言志

金吾戒道清，羽騎動天聲。砥路方南紀，重巖始北征。闗樓前望遠，河邑下觀平。喜氣迴輿合，祥風入施（今按，據姚本等及《全唐詩》，當爲「旆」）輕。祝堯三老至，會禹百神迎。月令農先急，春蒐禮後行。仍親后土祭，更理晉陽兵。不以（今按，《全唐詩》作「似」）勞車徹，空留八

駿名。

孫　逖

江行有懷

秋水明川路，輕舟轉石圻。霜多山橘熟，寒至浦禽稀。飛席乘風勢，迴流蕩日暉。晝行疑海若，夕夢識江妃。野霽看吴盡，天長望洛非。不知何歲月，一似暮潮歸。

登越州城

越嶂繞層城，登臨萬象清。封圻滄海合，鄽市碧湖明。曉日漁歌滿，芳春棹唱行。山風吹美箭，田雨潤香粳。代閱英靈盡，人閑吏隱并。贈言王逸少，已見曲池平。

送新羅法師還國

異域今無外，高僧世（今按，《全唐詩》作「代」）所稀。苦心窮（今按，《全唐詩》作「歸」）寂滅，宴坐得精微。持鉢何年至，傳燈是日歸。上卿揮別藻，中禁下禪衣。海闊杯還度，雲遥錫更飛。此行迷處所，何以慰虔祈。

送趙都護赴安西

外域分都護，中臺命職方。欲傳清廟略，爲取劇曹郎。已佩登壇印，猶懷仗（今按，據屠隆本、《全唐詩》，當爲「伏」）奏章。百壺開祖餞，駟牡結戎裝。青海連西夏（今按，《全唐詩》作「掖」，注云：一作「極」），黄河帶北涼。關山瞻漢月，戈劍宿胡霜。體國才先著，論兵策復長。果持文武術，還繼杜當陽。

立秋日題安昌寺北山亭

樓觀倚長霄，登攀及霽朝。高如石門頂，勝擬赤城標。天路雲虹近，人寰氣象遥。山圍伯禹廟，江落五胥潮。徂暑迎秋薄，涼風是日飄。菓林惟（今按，《全唐詩》作「餘」）苦李，萍水覆甘蕉。覽古嗟夷漫，陸（今按，據《文苑英華》卷三一五、姚本、屠隆本、刻者不詳明本、牛斗本，當爲「陵」，四庫本、《全唐詩》作「凌」。）空愛泬寥。更聞金刹下，鐘梵晚蕭蕭。

奉和李右相中書壁畫山水

廟堂多暇日，山水契真情。欲寫高深趣，還因藻繪成。九江臨户牖，三峽繞簷楹。花柳窮年發，煙雲逐意生。能令萬里近，不覺四時行。氣染荀香馥，光含樂鏡清。詠歌齊出處，圖畫表沖盈。自保千年遇，何論八載榮。

和崔司馬登稱心山寺

郡府乘休日，王城訪道初。覺花迎步履，香草籍行車。倚閣觀無際，尋山盡太虛。巖空迷禹跡，海静望秦餘。翡翠巢珠網，鵾雞間綺疏。地靈資浄土，水若護真如。寶樹誰攀折，禪雲自卷舒。晴分五湖勢，煙合九夷居。生滅紛無象，窺臨已得魚。常聞寶刀贈，今日奉璚琚。

玄宗皇帝

早度蒲關

（王荆公《百家選》以此篇爲開卷第一。）（今按，「蒲關」，據《全唐詩》，當爲「蒲津關」）

鐘鼓嚴更曙，山河野望通。鳴鑾下蒲坂，飛旆入秦中。地險關逾壯，天平鎮尚雄。春來津樹合，月落戍樓空。馬色分朝景，雞聲逐曉風。所希常道泰，非復棄（今按，姚本、刻者不詳明本、牛斗本、《唐百家詩選》卷一、《唐詩紀事》卷二作「俟」，《全唐詩》作「候」）繻同。（《朱子語録》云：明皇資禀英邁，只看他做詩出來是什麽氣魄，如「飛蓋入秦中」，多少飄逸，便有帝王氣焰。）

集賢書院成送張説上集賢學士賜燕

廣學開書院，崇儒引席珍。集賢招衮職，論道命台臣。禮樂沿今古，文章革舊新。獻酬尊

俎列，賓主位班陳。節變雲初夏，時移氣尚春。所希光史册，千載仰兹辰。

春晚宴兩相及禮官於麗正殿（探得風字。）

乾道運無窮，恒將人代工。陰陽調曆象，禮樂報玄穹。介胃（今按，據姚本等及《全唐詩》，當爲「胄」）清荒外，衣冠佐域中。言談延國輔，詞賦引文雄。野霽伊川緑，郊明鞏樹紅。冕旒多暇景，詩酒會春風。

首夏花蕚樓觀羣臣宴寧王山亭迴樓下又申之以賞樂賦詩

今年通閏月，入夏展春輝。樓下風光晚，城隅宴賞歸。九歌揚政要，六舞散朝衣。天喜時相合，人和事不違。禮中推意厚，樂處感心微。别賞陽臺樂，前旬暮雨飛。

同二相已下羣官樂遊園宴

撰（今按，姚本、屠隆本、《文苑英華》卷一七五作「巽」）日巖廊暇，需雲宴樂初。萬方朝玉帛，千品會簪裾。地入南山近，城分北斗餘。池塘垂柳暗（今按，《全唐詩》作「密」），原野雜（今按，《全唐詩》作「隰野」）花疏。帟幕看逾暗，歌鐘聽自虛。興闌歸騎轉，還奏弼違書。

南出雀鼠谷答張説

雷出應乾象，風行順國人。川塗猶在晉，車馬漸歸秦。背硤關山險，橫汾鼓吹震。草依陽谷變，花待北巖春。聞有鴛鸞客，清詞雅調新。求音思欲報，心跡竟難陳。

賜崔日知往潞州

潞國開新府，壺關寵舊林。妙旌循吏德，特（今按，《全唐詩》作「持」）悦庶氓心。禮樂中朝貴，仁（今按，《全唐詩》作「神」）明列郡欽。揚風非贈扇，易俗是張琴。藩鎮謳謡滿，行宫雨露深。會書丞相策，先賜潁川金。

左丞相張説右丞相宋璟太子少傅乾曜同日上官命宴都堂賜詩一首

赤帝收三傑，黄軒舉二臣。由來丞相重，分掌國之均。我有握中璧，雙飛席上珍。子房推道要，仲子訝風神。復輟台衡老，將爲調護人。鴛鸞同拜日，車騎擁行塵。樂聚南宫宴，觴連北斗醇。俾予成百揆，垂拱問彝倫。

早登太行山中言志

清蹕度河陽，凝笳上太行。火龍明鳥道，鐵騎繞羊腸。白霧埋陰壑，丹霞助曉光。澗泉含

宿凍，山木帶餘霜。野老茅爲室，樵人薜作裳。宣風問耆艾，敦俗勸耕桑。涼德慚先哲，徽猷慕昔皇。不因今展義，何以冒垂堂。

送張說巡邊

端拱復垂裳，長懷御遠方。股肱申教義，戈劍静要荒。命將綏邊服，雄圖出廟堂。三台入武帳，八座起文昌。瑶胃（今按，據姚本等及《全唐詩》，當爲「胄」）匡韓主，華宗輔漢王。茂先慚博物，平子謝文章。盡節恢時佐，輸誠禦寇場。三軍臨朔野，駟馬即戎行。鼓吹威夷狄，旌軒溢洛陽。雲臺先著美，今日更貽芳。

餞王晙巡邊（今按，據姚本、層隆本及《全唐詩》，「晙」當爲「晙」）

振武威荒服，揚文肅遠墟。金壇申將禮，玉節受軍符。免胄（今按，據姚本等及《全唐詩》，當爲「胄」）三方外，銜刀萬里餘。昔時吴會静，今日虜庭虚。分閫仍推轂，援桴且訓車。風揚旌旆遠，雨洗甲兵初。坐見分（今按，《全唐詩》作「台」）階謐，行聞祓禊除。檄來雖插羽，箭去亦飛書。舟楫功須著，鹽梅望匪疏。不應陳七德，欲使化先敷。

五言排律卷之四　唐詩品彙七十四

正宗

王　維

奉和聖製上巳於望春亭觀禊飲應制

長樂青門外，宜春小苑東。樓開萬户上，輦過百花中。畫鷁移仙仗，金貂列上公。清歌邀落日，妙舞向春風。渭水明秦甸，黄山入漢宫。君王來祓禊，灞滻亦朝宗。

奉和聖製與太子諸王三月三日龍池春禊應制

故事修春禊，新宫展豫遊。明君移鳳輦，太子出龍樓。賦掩陳王作，杯如洛水流。金人來捧劍，畫鷁去迴舟。花（今按，屠隆本、《全唐詩》卷一二七作「苑」）樹浮宫闕，天池照冕旒。宸章在雲漢，垂象滿皇州。

三月三日勤政樓侍燕應制

綵仗連宵合，瓊樓拂曙通。年光三月裏，宫殿百花中。不數秦王日，誰將洛水同。酒筵嫌落絮，舞袖怯春風。天保無爲德，人歡不戰功。仍臨九衢宴，更達四門聰。

三月三日曲江侍宴應制

萬乘親齊（今按，據牛斗本、四庫本、《文苑英華》卷一七二、《全唐詩》卷一二七，當爲「齋」）祭，千官喜豫遊。奉迎從上苑，祓禊向中流。草樹連容衛，山河對冕旒。晝旂摇浦溆，春服滿汀洲。仙樂龍媒下，神皋鳳蹕留。從今億萬歲，天寶紀春秋。

奉和聖製暮春送朝集使歸郡應制

萬國仰宗周，衣冠拜冕旒。玉乘迎大客，金節送諸侯。祖席傾三省，褰帷向九州。楊花飛上路，槐色蔭通溝。來預鈞天樂，歸分漢主憂。宸章類河漢，垂象滿中州。

春日直門下省早朝

騎省直明光，雞鳴謁建章。遥聞侍中珮，暗識令公香。玉漏隨銅史，天書拜夕郎。旌旗映閶闔，歌吹滿昭陽。官舍梅初紫，宫門柳欲黄。願將遲日意，同與聖恩長。

送李太守赴上洛

商山包楚鄧，積翠藹沉沉。驛路飛泉灑，關門落照深。野華開古戍，行客響空林。板屋春多雨，山城晝欲陰。丹泉通虢略，白羽抵荆岑。若見西山爽，應知黄綺心。

曉行巴峽

際曉投巴峽，餘春憶帝京。晴江一女浣，朝日衆禽鳴。水國舟中市，山橋樹杪行。登高萬井出，眺迥二流明。人作殊方語，鶯爲舊國聲。賴多山水趣，稍解别離情。

奉秘書晁監還日本（姚合《極玄集》以此篇壓卷。）（今按，《全唐詩》「奉」作「送」，「日本」後有「國」字）

積水不可極，安知滄海東。九州何處遠，（劉云：「九州」用騶忌［今按，據《史記·孟子荀卿列傳》記載，「騶忌」當爲「鄒衍」］語。）萬里若乘空。向國唯看日，歸帆但信風。鰲身映天黑，魚眼射波紅。鄉樹扶桑外，主人孤島中。别離方異域，音信若爲通。

贈焦道士

海上遊三島，淮南預八公。坐知千里外，眺（今按，《文苑英華》卷二二七、《全唐詩》卷二二七、趙殿成《王

右丞集箋注》卷十一皆作「跳」）向一壺中。（劉云：每作清素可貴。）縮地朝珠闕，行天使玉童。飲人聊割酒，送客乍分風。（劉云：奇。）天老能行氣，吾師不養空。謝君徒雀躍，無可問鴻濛。

和陳監四郎秋雨中思從弟據

嫋嫋秋風動，萋萋（今按，《全唐詩》作「淒淒」）煙雨繁。聲連鳷鵲觀，色暗鳳凰原。細柳疏高閣，輕槐落洞門。九衢行欲斷，萬井寂無喧。忽有愁霖唱，更陳多露言。平原思令弟，康樂謝賢昆。逸興方三接，衰顔强七奔。相如今老病，歸守茂陵園。

過沈居士山居哭沈居士（今按，「哭沈居士」，《全唐詩》卷一二七、《王右丞集箋注》卷十二皆作「哭之」）

楊朱來此哭，桑扈返於真。獨自成千古，依然舊四鄰。閑簷喧鳥雀，故榻滿埃塵。曙月孤鶯囀，空山五柳春。野花愁對客，泉水咽迎人。善卷明時隱，黔婁在日貧。逝川嗟爾命，丘井歎吾身。前後徒言隔，相悲詎歲（今按，《全唐詩》、趙殿成《王右丞集箋注》皆作「幾」）晨。

和僕射晉公扈從温湯（時爲右補闕。）

天子幸新豐，旌旆渭水東。寒山天仗裏，温谷幔城中。奠玉羣仙座，焚香太乙（今按，姚本、屠隆本、牛斗本作「一」）宫。出遊逢牧馬，罷獵有非熊。上宰無爲化，明時太古同。靈芝三秀紫，

陳粟萬箱紅。王禮尊儒教，天兵小戰功。謀猷（今按，《全唐詩》作「猶」）歸哲匠，辭賦屬文宗。司諫方無闕，陳詩且未工。長吟吉甫頌，朝夕仰清風。

遊感化寺（今按，《王右丞集箋注》卷十二同此；《文苑英華》卷二三四、《全唐詩》卷一二七皆作《遊化感寺》）

翡翠香煙合，琉璃寶殿平。龍宮連棟宇，虎穴傍簷楹。谷靜唯松響，山深無鳥聲。瓊峰當户拆，金澗透林明。郢路雲端迥，秦川雨外晴。鴈王銜果獻，鹿女踏花行。抖擻辭貧里，歸依宿化城。繞籬生野蕨，空館發山櫻。香飯青菰米，嘉蔬緑筍羹。誓陪清梵末，端坐學無生。

奉和聖製幸玉霄公主山莊因題石壁十韻之作應制（今按，「玉霄公主」，《全唐詩》卷一二七、《王右丞集箋注》卷十一作「玉真公主」，《王右丞集箋注》注云：「真」，劉本、顧可久本、《唐詩品彙》俱作「霄」，非）

碧落風煙外，瑶臺道路賒。如何連帝苑，别自有仙家。此地迴鑾駕，緣溪轉翠華。洞中開日月，牕裏發雲霞。庭養衝天鶴，溪留上漢槎。種田生白玉，泥竈化丹砂。谷靜泉逾響，山深日易斜。御羹和石髓，香飯進胡麻。大道今無外，長生詎有涯。還瞻九霄上，

來往五雲車。

李　白

送儲邕之武昌

黄鶴西樓月，長江萬里情。春風三十度，空憶武昌城。送爾難爲别，銜杯惜未傾。湖連張樂地，山逐汎舟行。諾謂楚人重，詩傳謝脁清。滄浪吾有曲，寄入棹歌聲。

送友人尋越中山水

聞道稽山去，偏宜謝客才。千巖泉灑落，萬壑樹縈迴。東海横秦望，西陵繞越臺。湖清霜鏡曉，濤白雪山來。八月枚乘筆，三吴張翰杯。此中多逸興，早□（今按，原文泐損，姚本、屠隆本、牛斗本、刻者不詳明本、四庫本、《文苑英華》卷二六九、《全唐詩》卷一七五作「晚」）向天台。

送梁公昌從信安北征（今按，宋蜀本《李太白文集》卷十四「信安」後有「王」字）

入幕推英選，捐書事遠戎。高談百戰術，鬱作萬夫雄。起舞蓮花劍，行歌明月宫。將飛天地陣，兵出塞垣通。祖席留丹景，征麾拂彩虹。旋應獻凱入，麟閣佇深功。

送紀秀才遊越

海水下滿眼，觀濤難稱心。即知蓬萊石，却是巨鰲簪。送爾遊華頂，令余發舄吟。仙人居射的，道士住山陰。禹穴尋溪入，雲門隔嶺深。緑蘿秋月夜，相憶在鳴琴。

秋日與張少府楚城韋公藏書高齋作

日下空亭暮，城荒古跡餘。地形連海盡，天影落江虚。舊賞人雖隔，新知樂未疏。彩雲思作賦，丹壁間藏書。（間，一作「滿」。）查擁隨流葉，萍開出水魚。夕來秋興滿，回首意何如。

宣州九日聞崔侍御與宇文太守遊敬亭余時登響山不同此賞醉後寄崔

九卿天上落，五馬道傍來。列戟朱門曉，褰帷碧帳開。登高望遠海，召客得英才。紫綬歡情洽，黄花逸興催。山從圖上見，溪即鏡中迴。遥羨重陽作，應過戲馬臺。

贈易秀才

少年解長劍，投贈即分離。何不斷犀象，精光暗往時。蹉跎君自惜，竄逐我因誰。地遠虞翻老，秋深宋玉悲。空摧芳桂色，不屈古松姿。感激平生意，勞歌寄此辭。

江夏使君叔席上贈史郎中

鳳凰丹禁裏，銜出紫泥書。昔放三湘去，今還萬死餘。仙郎久爲別，客舍問何如。涸轍思流水，浮雲失舊居。多慙華省貴，不以逐臣疏。復似（今按，《全唐詩》作「如」）竹林下，叨陪芳宴初。希君生羽翼，一化北溟魚。

春日歸山寄孟浩然

朱紱遺塵境，青山謁梵筵。金繩開覺路，寶筏度迷川。嶺樹攢飛拱（今按，據厝隆本、詹鍈本《李白全集》，當爲「栱」），巖花覆谷泉。塔形標海月，樓勢出江煙。香氣三天下，鐘聲萬壑連。荷秋珠已滿，松密蓋初圓。鳥聚疑聞法，龍參若護禪。愧非流水韻，叨入伯牙絃。

過四皓墓

我行至商洛，幽獨訪神仙。園綺復安在，雲蘿尚宛然。荒凉千古跡，蕪没四墳連。伊昔鍊金鼎，何年閉玉泉。隴寒惟有月，松古漸無煙。木魅風號去，山精雨嘯旋。紫芝高詠罷，青史舊名傳。今日併如此，哀哉信可憐。

秋日登揚州西靈塔

寶塔凌蒼蒼，登攀覽四荒。頂高元氣合，標出海雲長。萬象分空界，三天接畫梁。水摇金刹影，日動火珠光。鳥拂瓊簾度，霞連繡栱張。目隨征路斷，心逐去帆揚。露浩梧楸白，霜催橘柚黄。玉毫如可見，於此照迷方。（范德機云：登塔詩，亦悠然而不淫者。）

中丞宋公以吴兵赴河南軍次尋陽脱余之囚參謀幕府因贈之

獨坐清天下，專征出海隅。（范云：真長律起辭也，雄渾而嚴。）九江皆渡虎，三郡盡還珠。組練明秋浦，樓船入郢都。風高初選將，月滿欲平胡。殺氣横千里，軍聲動九區。白猿慙劍術，黄石借兵符。戎虜行當剪，鯨鯢立可誅。自憐非劇孟，何以佐良圖。（劉云：句句壯，末韻更佳。）

孟浩然

登總持寺塔

半空躋寶塔，晴望盡京華。竹繞渭川徧，山連上苑斜。四門開帝宅，阡陌俯人家。累劫從初地，爲童憶聚沙。坐覺諸天近（今按，《全唐詩》「坐覺」句前有「一窺功德見，彌益道心加」一聯），空香送

落花。（劉云：盛麗高曠，佛地幻語無不具。）

泊宣城界

西塞沿江島，南陵問驛樓。湖平津濟闊，風止客帆收。去去懷前浦，茫茫汎夕流。石逢羅刹礙，山泊敬亭幽。火熾梅根治（今按，屠隆本作「浦」），煙迷楊葉洲。離家復水宿，相伴賴沙鷗。

西山尋辛諤

漾舟尋水便，因訪故人居。落日清川裹，誰言獨羨魚。石潭窺洞徹，沙岸歷紆餘（今按，《全唐詩》作「徐」）。竹嶼見垂釣，茅齋聞讀書。款言忘景夕，清興屬涼初。回也一瓢飲，賢哉常晏如。（劉云：自言其趣，亦頗簡淡。）

送朱去非遊巴東（今按，「朱」，《全唐詩》作「張」）

硯山南郭外，送別每登臨。沙岸江村近，松門野（今按，《全唐詩》作「山」）寺深。一言余有贈，三峽爾相尋。祖席宜城酒，征途雲夢林。蹉跎遊子意，眷戀故人心。去矣勿淹滯，巴東猿夜吟。

陪張丞相自松滋江東泊渚宫

放溜下松滋，登舟命楫師。詎忘經濟日，不憚沍寒時。洗幘豈猶古，濯纓良在兹。政成人自理，機息鳥無疑。雲物吟孤嶼，江山辨四維。晚來風稍緊，冬至日行遲。獵響驚雲夢，漁歌激楚辭。渚宫何處是，川暝欲安之。（劉云：工處渾然，不似深思者。）

送蕭員外之荆州（時在峴山作。）

峴山江岸曲，郢水郭門前。自古登臨地，非今獨黯然。（劉云：寫入中對，自曠自癡。）高（今按，《全唐詩》卷一六〇作「亭」）樓明落照，井邑秀通州（今按，姚本等及《全唐詩》、《孟浩然集》卷二皆作「川」）。澗竹生幽興，林風入管絃。再飛鵬激水，一舉鶴沖天。佇立王（今按，據《全唐詩》、姚本、四庫本，當爲「三」）荆使，看君駟馬旋。

來闍梨新亭作（今按，「來」，姚本、屠隆本作「東」，《孟浩然集》卷二作「本」；「梨」，《全唐詩》卷一六〇、姚本皆作「黎」）

八解禪林秀，三（今按，「三」，原漫漶爲「二」，據姚本等及《全唐詩》改）明給苑才。地偏香界遠，心净水亭開。傍險山查立，尋幽石徑迴。瑞花長自下，靈藥豈須栽。碧網交紅樹，清泉盡綠苔。（劉云：「交」與「盡」字，亦有模寫，第不雕飾。）戲魚聞法聚，閑鳥誦經來。棄象玄應悟，忘言理必該。

静中何所得，吟詠也徒哉。

九日峴山宴

宇宙誰開闢，江山此鬱盤。登臨千（今按，《全唐詩》作「今」）古用，風俗歲時觀。地理荆州分，天涯楚塞寬。百城今刺史，華省舊郎官。共美重陽節，俱懷落帽歡。酒邀彭澤載，琴輟（今按，《全唐詩》、姚本、屠隆本、牛斗本等皆作「輟」）武城彈。獻壽光（今按，屠隆本、《全唐詩》作「先」）浮菊，尋幽或籍（今按，《全唐詩》、姚本作「藉」，字通；《全唐詩》注云：一作「坐」）蘭。煙虹鋪藻翰，松竹掛衣冠。叔子神如玉（今按，《全唐詩》作「在」），山公興欲（今按，《全唐詩》作「未」）闌。傳聞車馬醉，還向習池看。

過吴張二子檀溪别業

卜築依自然，（劉云：一句欲盡，甚得妙意。）檀溪不更穿。園林（今按，《全唐詩》卷一六〇作「廬」）二（今按，《文苑英華》卷三一八、《全唐詩》作「二」）友接，水竹數家連。（劉云：成村「今按，屠隆本，明萬曆乙酉令玉堂手寫，彭成、元鼎校正刊行本《須溪先生批點孟浩然集》卷上作「林」」，可畫。）直取南山對，非關選地偏。草堂時偃曝，蘭枻日周旋。外事情都遠，中流性所便。閑垂太公釣，興發子猷船。予亦幽棲者，經過竊暮焉。梅花殘臘日，柳色半春天。鳥泊隨陽鴈，魚藏縮項鯿。停杯問山簡（今按，

據姚本、四庫本、《文苑英華》、《全唐詩》，當爲「簡」），何似習池邊。

高適

送柴司户充劉卿判官之嶺外

嶺外資雄鎮，朝端寵節旄。月卿臨幕府，星使出詞曹。海對羊城闊，山連象郡高。風霜驅瘴癘，忠信涉波濤。别恨隨流水，交情脱寶刀。有才無不適，行矣莫徒勞。

陪竇侍御汎靈雲池

白露先時降，清川思不窮。江湖仍塞上，舟楫在軍中。舞换臨津樹，歌饒向晚風。夕陽連積水，邊色滿秋空。乘興宜投轄，邀歡莫避驄。誰憐持弱羽，猶欲伴鵷鴻。

同熊少府題盧主簿茅齋（盧兼有人倫。）

虚院野情在，茅齋秋興存。孝廉趨下位，才子出高門。乃繼幽人静，能令學者尊。江山歸謝客，神鬼下劉琨（今按，《全唐詩》作「根」）。階樹時攀折，牕書任討論。自堪成獨往，何必武陵源。

陪竇侍御靈雲南亭宴詩并序（得雷字）

涼州近胡，高下其池亭，蓋以耀蕃落也。幕府董師（今按，據屠隆本、《高常侍集》卷二、《全唐詩》卷二一四，當爲「帥」）雄勇，徑踐戎庭，自陽關而西，猶枕席矣。軍中無事，君子飲食宴樂，宜哉！白簡在邊，清秋多興，沈（今按，據姚本、牛斗本、屠隆本、四庫本及《全唐詩》卷二一四，當爲「況」）水具舟楫，山兼亭臺，始臨泛而寫煩，俄登陟以寄傲。絲桐徐奏，林木更爽，觴蒲桃以遞歡，指蘭茝而可掇。湖（今按，《高常侍集》、《全唐詩》作「胡」）天一望，雲物蒼然，雨蕭蕭而牧馬聲斷，風嫋嫋而邊歌幾處。（今按，《全唐詩》此處有「又足悲矣」一句）員外李公曰：七日者何？牛女之夕也。夫賢者何得謹其時？請賦南亭詩，列之於後。

人幽宜眺聽，目極喜亭臺。風景知愁在，關山憶夢迴。祇言殊語默，何意忝遊陪。連唱波瀾動，冥搜物象開。新秋歸遠樹，殘雨擁輕雷。簷外長天盡，尊前獨鳥來。常吟塞下曲，多謝幕中才。河漢徒相望，嘉期安在哉。

同李員外賀哥舒大夫破九曲之作

遥傳副丞相，昨日破西蕃。作氣羣山動，揚軍大旆飜。奇兵邀轉戰，連弩絶歸奔。泉噴諸戎血，風驅死虜魂。頭飛攢萬戟，面縛聚轅門。鬼哭黄埃暮，天愁白日昏。石城與巖險，

鐵騎若雲屯。長策一言決，高蹤百代存。威稜懾沙漠，忠義感乾坤。老將黯無色，儒生安敢論。解圍憑廟算，止殺報君恩。唯有關河渺，蒼茫空樹墩。

古樂府飛龍曲留上陳左相

德以精靈降，時膺夢寐求。蒼生謝安石，天子富人（今按，《文苑英華》卷二五〇、《高常侍集》卷五同此，《全唐詩》作「平」）侯。尊俎資高論，巖廊挹（今按，《文苑英華》作「揖」，《全唐詩》作「挹」）大猷。相門連户牖，卿族嗣弓裘。豁達雲開霽，清明月映秋。能爲吉甫頌，善用子房籌。階砌思攀陟，門闌尚阻脩。高山不易仰，大匠本難投。跡與松喬合，心緣啓沃留。公才山吏部，書癖杜荆州。幸沐千年聖，何辭一尉休。折腰知寵辱，迴首見沉浮。天地莊生馬，江湖范蠡舟。逍遥堪自樂，浩蕩信無憂。去此從黄綬，歸歟任白頭。風塵與霄漢，瞻望日悠悠。

留上李右相

風俗登淳古，君臣挹大庭。深沉謀九德，密勿契千齡。獨立調元氣，清心豁窅冥。本枝連帝系，長策冠生靈。傅説明殷道，蕭何律漢刑。鈞衡持國柄，杜（今按，據姚本等及《全唐詩》卷二一四，當爲「柱」）石總賢經。隱軫江山藻，氛氲鼎鼐銘。興中皆白雪，身外即丹青。江海呼窮鳥，詩書問聚螢。吹嘘成羽翼，提握動芳馨。倚伏悲還笑，棲遲醉復醒。恩榮初就列，含

育忝宵形。有竊丘山惠，無時枕席寧。壯心膽（今按，據姚本、屠隆本、四庫本及《全唐詩》，當爲「瞻」）落景，生事感浮萍。莫以才難用，終期善易聽。未爲門下客，徒謝少微星。

五言排律卷之五　唐詩品彙七十五

大家

杜　甫

千秋節有感二首

（按，《唐紀》：玄宗八月五日生，宴百官於花萼樓下，百官因表請以每年八月五日爲中〔今按，據屠隆本、《資治通鑑·開元十七年八月》，當爲「千」〕秋節，王公以下獻鏡及承露囊。此詩大曆四年秋潭州作。）

自罷千秋節，頻傷八月來。先朝常宴會，壯觀已塵埃。鳳紀編生日，龍池塹劫灰。湘川新涕淚，秦樹遠樓臺。寶鏡羣臣得，金吾萬國迴。衢尊不重飲，白首獨餘哀。

其二

御氣雲樓敞，含風綵仗高。仙人張内樂，王母獻宫桃。羅襪紅蕖艷，金羈白雪毛。舞階銜

壽酒，走索背秋毫。聖主他年貴，邊心此日勞。桂江流向北，滿眼送波濤。

九日

故里樊川菊，登高素滻源。他時一笑後，今日幾人存。巫峽蟠江路，終南對國門。繫舟身萬里，伏枕淚雙痕。爲客裁烏帽，從兒具緑尊。佳辰對羣盜，愁絶更堪論。

重經昭陵

草昧英雄起，謳歌曆數歸。風塵三尺劍，社稷一戎衣。翼亮貞文德，丕承戢武威。聖圖天廣大，宗祀日光輝。陵寢盤空曲，熊羆守翠微。再窺松柏路，還見五雲飛。

王閬州筵奉酬十一舅惜别之作

萬壑樹聲滿，千崖秋氣高。浮舟出郡郭，别酒寄江濤。良會不復久，此生何太勞。窮愁但有骨，羣盜尚如毛。吾舅惜分手，使君寒贈袍。沙頭暮黄鶴，失侶亦哀號。

春歸

苔徑臨江竹，茅簷覆地花。别來頻甲子，歸到忽春華。倚杖看孤石，傾壺就淺沙。遠鷗浮水静，輕燕受風斜。（劉云：有態。）世路雖多梗，吾生亦有涯。此身醒復醉，乘興即爲家。

江陵望幸

雄都元壯麗，望幸歘威神。地利西通蜀，天文北照秦。風煙含越鳥，舟楫控吴人。（且悲且喜，倉卒有𤆄。）未枉周王駕，終期漢武巡。甲兵分聖旨，居守付宗臣。早發雲臺仗，恩波起涸鱗。

太歲日

楚岸行將老，巫山坐復春。病多猶是客，謀拙竟何人。閶闔開黄道，衣冠拜紫宸。（劉云：等［今按，四庫本作「尋」］常大體。）榮光懸日月，賜予（今按，宋本《杜工部集》作「與」）出金銀。愁寂鴛行斷，參差虎穴鄰。西江元下蜀，北斗故臨秦。散地逾高枕，生涯脱要津。天邊梅柳樹，相見幾回新。

夏夜李尚書筵送宇文石首赴縣聯句

（李尚書，名之芳；宇文，名彧，尚書之甥也。石首，屬江陵縣［今按，據高楚芳編《集千家注杜工部詩集》卷十八，當爲「縣屬江陵」］。）

愛客尚書重（今按，《全唐詩》作「貴」），之官宅相賢。（甫）酒香傾坐側，帆影駐江邊。（之芳）翟表郎官貴（今按，《全唐詩》作「瑞」），凫看令宰仙。（彧）雨稀雲葉斷，夜久燭花偏。（甫）數語欹紗帽，高文擲綵箋。（之芳）興饒行處樂，離惜醉中眠。（彧）單父長多暇，河陽實少年。（甫）客居逢自出，爲别幾淒然。（之芳）

立秋日雨院中有作

山雲行絶塞，大火復西流。飛雨動華屋，蕭蕭梁棟秋。窮途愧知己，暮齒借前籌。已費清晨謁，那成長者謀。解衣開北户，高枕對南樓。樹濕風涼進，江喧水炁浮。禮寬心有適，節爽病微瘳。主將歸調鼎，吾還訪舊丘。

奉和嚴中丞西城晚眺

汲黯匡君切，廉頗出將頻。直詞才不世，雄略動如神。政簡移風速，詩清立意新。層城臨媚景，絶域望餘春。旗尾蛟龍會，樓頭燕雀馴。地平江動蜀，天闊樹浮秦。（劉云：「浮」、「動」二字最佳，「動」字爲勝。）帝念深分閫，軍須遠算緡。花羅封蛺蝶，瑞錦送麒麟。辭第輸高義，觀圖憶古人。征南多興緒，事業暗相親。（劉云：「暗相親」者，深欲倚以成功業也，惜哉！）

送嚴侍郎到綿州同登杜使君江樓燕（得心字）

野興每難盡，江樓延賞心。歸朝送使節，落景惜登臨。稍稍煙集渚，微微風動襟。重船依淺瀨，輕鳥度層陰。檻峻背幽谷，牕虚交茂林。燈光散遠近，月彩静高深。城擁朝來客，天横醉後參。（劉云：落落有氣。）窮途衰謝意，苦調短長吟。此會共能幾，諸孫賢至今。不勞朱户閉，自待白河沉。

奉觀嚴鄭公廳事岷山沲江圖（得忘字）

沲水臨中座，岷山赴此（今按，屠隆本、牛斗本、四庫本、《杜詩詳注》卷十四作「北」，《杜詩詳注》注云：一作「此」）堂。白波吹粉壁，青嶂插雕梁。（《楊誠齋詩話》云：此以畫爲真也。）直訝杉松冷，兼疑菱荇香。雪雲虚點綴，沙草得微茫。嶺鴈隨毫末，川霓飲練光。霏紅洲蕊亂，拂黛石蘿長。暗谷非關雨，丹楓不爲霜。秋城玄圃外，景物洞庭傍。繪事功殊絶，幽襟興激昂。從來謝太傅，丘壑道難忘。（劉云：此篇句句看畫，意正似未離本處。謂義盡，分明兒童之見也。）

陪鄭公秋晚北池臨眺

北池雲水闊，華館闢秋風。獨鶴先依渚，衰荷且映空。採菱寒刺上，踏藕野泥中。素楫分曹往，金盤小徑通。萋萋露草碧，片片晚旗紅。杯酒沾津吏，衣裳與釣翁。異鄉初艷菊，故里亦高桐。摇落關山思，淹留戰伐功。嚴城殊未掩，清燕已知終。何補參軍乏，歡娱到薄躬。

哭李尚書

漳濱與蒿里，逝水竟同年。欲掛留徐劍，猶回憶戴船。相知成白首，此别間黄泉。風雨嗟何及，江湖涕泫然。脩文將管輅，奉使失張騫。史閣行人在，詩家秀句傳。客亭鞍馬絶，

旅櫬網蟲懸。復魄昭丘遠，歸魂素滻偏。樵蘇封葬地，喉舌罷朝天。秋色凋春草，王孫若箇邊。

臨邑舍弟書至苦雨黄河汎溢隄防之患簿領所憂因寄此詩用寬其意

二儀積風雨，百谷漏波濤。（劉云：大家數語。）聞道黄（今按，屠隆本、宋本《杜工部集》作「洪」）河拆（今按，據宋本《杜工部集》，當爲「坼」），遥連滄海高。職司憂悄悄，郡國訴嗷嗷。舍弟卑棲邑，防川領簿曹。尺書前日至，版築不時操。難假黿鼉力，空瞻烏鵲毛。燕南吹畎畝，濟上没蓬蒿。螺蚌滿近郭，蛟螭乘九皋。徐關深水府，碣石小秋毫。白屋留孤樹，青天失萬艘。（劉云：隨事有氣，無不可寫。）吾衰同汎梗，利涉想蟠桃。賴倚天涯釣，猶能掣巨鼇。

行次昭陵（太宗，在醴泉縣。）

舊俗疲庸主，羣雄問獨夫。（劉云：有典有則。）讖歸龍鳳質，威定虎狼都。天屬尊堯典，神功協禹謨。風雲隨絶足，日月繼高衢。（劉云：狀他父子間意。）文物多師古，朝廷半老儒。直詞寧戮辱，賢路不崎嶇。往者災猶降，蒼生喘未蘇。指揮（今按，宋本《杜工部集》作「麾」）安率土，蕩滌撫洪鑪。壯士悲陵邑，幽人拜鼎湖。玉衣晨自舉，鐵馬汗常趨（今按，宋本《杜工部集》作「馳」）。（劉云：上句寂寥，下句清爽，皆玄意入冥矣。）松柏瞻虚殿，塵沙立暝途。寂寥開國日，流恨滿山隅。

送楊六判官使西蕃

送遠秋風落，西征海氣寒。帝京氛祲滿，人世別離難。絶域遥懷怒，和親願結歡。敕書憐贊普，（劉云：吐蕃君長名。）兵甲望長安。宣命前程急，惟良待士寬。子雲清自守，今日起爲官。垂淚方投筆，傷時即據鞍。儒衣山鳥怪，漢節野童看。邊酒排金盌，夷歌捧玉盤。草肥蕃馬健，雪重拂廬（吐蕃聯毳帳以爲居，號大小拂廬也。）乾。慎爾參籌畫，從兹正羽翰。歸來權可取，九萬一朝搏（今按，據姚本、屠隆本、宋本《杜工部集》卷十、《杜詩詳注》卷五、《全唐詩》，當爲「摶」）。

冬日洛城北謁玄元皇帝廟

配極玄都閟，憑高禁籞（今按，《杜詩詳注》卷二作「籞」，注云：一作「禦」）長。守祧嚴具禮，掌節鎮非常。碧瓦初寒外，金莖一氣傍。山河扶繡户，日月近雕梁。仙李盤根大，猗蘭奕葉光。世家遺舊史，道德付今王。畫手看前輩，吴生遠擅場。森羅移地軸，妙絶動宫墻。五聖聯龍衮，千官列鴈行。冕旒俱秀發，旌旆盡飛揚。翠柏深留景，紅梨迥得霜。風筝吹玉柱，露井凍銀牀。身退卑周室，經傳拱漢皇。（劉云：在周時爲柱史，卑矣，然能使後代拱而師事之，此詩意也。）谷神如不死，養拙更何鄉。

謁先主廟

慘憺風雲會，乘時各有人。力侔分社稷，志屈偃經綸。（劉云：來得渾渾，有無限可感。開基季世，君臣心事不分遠近，不立賓主，老人口、老人耳，仿佛盡之矣。）復漢留長策，中原仗老臣。雜耕心未已，嘔血事酸辛。霸氣西南歇，雄圖曆數屯。（劉云：寂寞語壯浪。）錦江元過楚，劍閣復通秦。（劉云：分之未幾而復合乎〔今按，明玉几山人本《集千家注杜工部詩集》作「于」〕彼，傷感無如此兩句，舊解誤甚。）舊俗存祠廟，空山泣鬼神。虛檐交鳥道，枯木半龍鱗。（劉云：寂寞語奇麗。）竹送清溪月，苔移玉座春。閭閻兒女換，歌舞歲時新。絶域歸舟遠，荒城繫馬頻。如何對揺落，況乃久風塵。（劉云：十字歸〔今按，明玉几山人本、四庫全書本《集千家注杜工部詩集》卷十四皆作「開」〕合古今。）孰與關張並，功臨耿鄧親。應天才不小，（劉云：使其果因天運，元德之才亦豈小哉？〔今按，明玉几山人本、四庫本《集千家注杜工部詩集》「因」皆作「應」，「元德」作「玄德」〕）得士契無鄰。（劉云：謂武侯相得無此〔今按，據姚本、牛斗本、明玉几山人本、四庫本《集千家注杜工部詩集》，當爲「比」〕，即此便不可及。）遲莫堪帷幄，飄零且釣緡。（劉云：其自負如此。）向來憂國淚，寂寞灑衣巾。（劉云：首尾曲折，句句典實有味，真大手〔今按，據四庫本《集千家注杜工部詩集》，「手」後脱「筆」字〕，真《蜀先主廟》，《詩評》意皆合。）

贈特進汝陽王二十韻

特進羣公表，天人夙德升。霜蹄千里駿，風翮九霄鵬。服禮求毫髮，推忠忘寢興。聖情常有眷，朝退若無憑。（劉云：言其不藉貴勢，語獨精嫩。）仙醴來浮蟻，奇毛或賜鷹。清關塵不雜，中使日相乘。晚節嬉遊簡，平居孝義稱。自多親棣萼，誰敢問山陵。（劉云：山陵指祖宗。最有體，味長。）學業醇儒富，辭華哲匠能。筆飛鸞聳立，章罷鳳騫騰。精理通談笑，忘形向友朋。寸腸堪繾綣，一諾豈驕矜。已忝歸曹植，何知對李膺。招要恩屢至，崇重力難勝。披霧初歡夕，高秋爽氣澄。樽罍臨極浦，鳧鴈宿張燈。花月窮遊燕，炎天避鬱蒸。硯寒金井水，簷凍（今按，宋本《杜工部集》、《杜詩詳注》皆作「動」）玉壺冰。瓢飲唯三徑，巖棲在百層。謬持蠡測海，況挹酒如澠。鴻寶寧全秘，丹梯庶可凌。淮王門有客，終不愧孫登。

投贈哥舒開府翰二十韻

今代麒麟閣，何人第一功。君王自神武，駕馭必英雄。（劉云：頌贊有［今按，明玉几山人本、四庫本《集千家注杜工部詩集》卷二皆作「存」］體，得故事外意。）開府當朝傑，論兵邁古風。先鋒百勝在，略地兩隅空。青海無傳箭，天山早掛弓。廉頗仍走敵，魏絳已和戎。每惜河湟棄，新兼節制通。智謀垂睿想，出入冠諸公。日月低秦樹，乾坤繞漢宮。（劉云：此語在投贈中，有氣，若鋪寫宮

闕，則俗矣。作者目［今按，據明玉几山人本、四庫本《集千家注杜工部詩集》、姚本、四庫本，當爲「自」］知之。）胡人愁逐北，宛馬又從東。受命邊沙遠，歸來御席同。軒墀曾寵鶴，（劉云：寵鶴，衛懿公事。此語甚［今按，明玉几山人本、四庫本《集千家注杜工部詩集》皆作「深」］愧士大夫。）畋獵舊非熊。（劉云：謂得之微賤。詩中開合無限，類年［今按，據明玉几山人本、四庫本《集千家注杜工部詩集》，當爲「亦」；姚本、刻者不詳明本、屠隆本、牛斗本作「爾」，四庫本作「耳」］略舉其似。）茅土加名數，山河誓始終。策行遺戰伐，契合動昭融。勳業青冥上，交親氣概中。未爲珠履客，已見白頭翁。壯節初題柱，生涯獨轉蓬。幾年春草歇，今日暮途窮。軍事留孫楚，行間識吕蒙。防身一長劍，將欲倚崆峒。（劉云：歸倚，語不儉相。）

上韋左相

鳳曆軒轅紀，龍飛四十春。八荒開壽域，一氣轉洪鈞。（劉云：頌相業多矣，未有如此軒豁快意者。）霖雨思賢佐，丹青憶老臣。應圖求駿馬，驚代得麒麟。沙汰江河濁，調和鼎鼐新。韋賢初相漢，范叔已歸秦。盛業今如此，傳經固絶倫。豫章（今按，宋本《杜工部集》、《杜詩詳注》作「樟」）深出地，滄海闊無津。北斗司喉舌，東方領縉紳。持衡留藻鑒，聽履上星辰。獨步才超古，餘波德照鄰。聰明過管輅，尺牘倒陳遵。豈是池中物，由來席上珍。廟堂知至理，風俗盡

還淳。才傑俱登用，愚蒙但隱淪。長卿多病久，子夏索居貧（今按，宋本《杜工部集》、《杜詩詳注》作「頻」）。回首驅流俗，生涯似衆人。巫咸不可問，鄒魯莫容身。感激時將晚，蒼茫興有神。爲君（今按，宋本《杜工部集》、《杜詩詳注》作「公」）歌此曲，涕淚在衣巾。

寄李白（《古今詩話》云：少陵《贈李白二十韻》備敘白事，盡得其故跡。）

昔年有狂客，號爾謫仙人。筆落驚風雨，詩成泣鬼神。（劉云：彼此各稱。自喻適意，太白足以當之。）聲名從此大，汩没一朝伸。文彩承殊渥，流傳必絕倫。龍舟移棹晚，獸錦奪袍新。白日來深殿，青雲滿後塵。乞歸優詔許，遇我宿心親。未負幽棲志，兼全寵辱身。劇談憐野逸，嗜酒見天真。醉舞梁園夜，行歌泗水春。才高心不展，道屈善無鄰。處士彌（今按，據姚本、屠隆本、牛斗本、刻者不詳明本、宋本《杜工部集》、《杜詩詳注》，當爲「禰」）衡俊，諸生原憲貧。稻粱求未足，薏苡謗何頻。五嶺炎蒸地，三危放逐臣。幾年遭鵩鳥，獨泣向麒麟。蘇武先（今按，《杜詩詳注》作「元」）還漢，黄公豈事秦。楚筵辭醴日，梁獄上書辰。已用當時法，誰將此義陳。老吟秋月下，病起暮江濱。莫怪恩波隔，乘槎與問津。

喜聞官軍已臨賊境

胡虜潛京縣，官軍擁賊壕。鼎魚猶假息，穴蟻欲何逃。帳殿羅玄冕，轅門照白袍。秦山當

警蹕，漢苑入旌旄。路失羊腸險，雲横雉尾高。五原空壁壘，八水散風濤。今日看天意，遊魂貸爾曹。乞降那更得，尚詐莫徒勞。元帥歸龍種，司空握豹韜。前軍蘇武節，左將吕虔刀。兵氣回飛鳥，威聲没巨鼇。戈鋋開雪色，弓矢向秋毫。天步艱方盡，時和運更遭。誰云遺毒螫，已是沃腥臊。睿想丹墀近，神行羽衛牢。花門騰絶漠，拓羯渡臨洮。此輩感恩至，羸俘何足操。鋒先衣染血，騎突劍吹毛。喜覺都城動，悲連子女號。家家賣釵釧，準擬（今按，宋本《杜工部集》作「只待」）獻香醪。（范德機云：形容人心望治之極，只如此，筆力有餘，故雖極處，語輒從容耳。）

五言排律卷之六　唐詩品彙七十六

羽翼

李　頎

宿香山寺石樓

夜宿翠微半，高樓聞暗泉。漁舟帶遠火，山磬發孤煙。衣拂雲松外，門清河漢邊。峰巒依（今按，《全唐詩》作「低」）枕席，世界接人天。靄靄花出霧，輝輝星映川。東林曙鶯滿，惆悵欲言還（今按，《全唐詩》作「旋」）。

題少府監李丞山池

能向府亭内，置茲山與林。他人驌驦馬，而我薜蘿心。雨止禁門肅，鶯啼官柳深。長廊閟軍器，積水背城陰。牕外王孫草，牀頭中散琴。清風多仰慕，吾亦爾知音。

聖善閣送裴迪入京

雪華滿高閣，苔色上枸（今按，《全唐詩》作「鉤」）闌。藥草空堦静，梧桐返照寒。清吟可愈疾，攜手暫同歡。墜葉和金磬，饑烏鳴露盤。伊流惜東别，灞水向西看。舊託含香署，雲霄何足難。

送劉主簿歸金壇

與子十年舊，其如難（今按，據屠隆本、《文苑英華》卷三七〇、《全唐詩》卷一三四，當爲「離」）别何。宦遊憐（今按，姚本、牛斗本、《全唐詩》作「鄰」）故國，歸夢是滄波。京口青山遠，金陵芳草多。雲帆曉容裔，江日晝清和。縣郭舟人飲，津亭漁者歌。茅山有仙洞，羨爾再經過。

送猗叔遊潁川兼謁淮陽太守（今按，「潁」當爲「潁」）

罷吏今何適，辭家方獨行。嵩陽入歸夢，潁水半前程。聞道淮陽守，東南卧理清。郡齋觀政日，人馬望鄉情。疊嶺雪初霽，寒砧霜後鳴。臨行嗟拜手，寂寞事躬耕。

送盧少府赴延陵

問君從宦所，何日府中趨。遥指金陵縣，青山天一隅。行人懷寸禄，小吏獻新圖。北固波

濤險，南天（今按，四庫本作「山」，《全唐詩》卷一三四注云：一作「川」）風俗殊。春江連橘柚，晚景媚菰蒲。漠漠花生渚，亭亭雲過湖。灘沙映村火，水霧斂檣烏（今按，據《全唐詩》，當爲「烏」）。回首東門路，鄉書不可無。

岑參

早秋與諸子登虢州西亭觀眺（得低字）

亭高出鳥外，客到與雲齊。樹點千家小，天圍萬嶺低。殘虹掛陝北，急雨過關西。酒榼緣青壁，瓜田傍緑溪。微官何足道，愛客且相攜。唯有鄉園處，依依望不迷。

六月十三日水亭送華陰王少府還縣

亭晚人將別，池涼酒未酣。關門勞夕夢，仙掌引歸驂。荷葉藏魚艇，藤花罥客簪。殘雲收夏暑，新雨帶秋嵐。失路情無適，離懷思不堪。賴兹庭户裏，别有小江潭。

送盧郎中除杭州之任（今按，「之」，《全唐詩》作「赴」）

罷起郎官草，初分刺史符。海雲迎過楚，江月引歸吴。城底濤聲震，樓頭（今按，《全唐詩》作「端」）蜃氣孤。千家窺驛舫，五馬飲春湖。柳色供詩用，鶯聲送酒須。知君望鄉處，枉道上

姑蘇。

奉送李賓客荆南迎親

迎親辭望苑，恩詔下儲闈。昨見雙魚去，今看駟馬歸。驛帆湘水闊，客舍楚山稀。手把黄香扇，身披萊子衣。鵲隨金印喜，烏傍板輿飛。勝作東征賦，還家滿路輝。

送郭僕射節制劍南

鐵馬擐紅纓，幡旂出禁城。明王親授鉞，丞相欲專征。玉饌天廚送，金杯御酒傾。劍門乘險過，閣道踏空行。山鳥驚吹笛，江猿看洗兵。曉雲隨去陣，夜月逐行營。南仲今時往，西戎計日平。將心感知己，萬里寄旗旌。

送嚴黄門拜御史大夫再鎮蜀川兼覲省

授鉞辭金殿，乘恩戀玉墀。登壇漢主用，講德蜀人思。副相韓安國，黄門向子期。刀州重入夢，劍閣再題詞。春草連青綬，晴花間赤旗。山鶯朝送酒，江月夜供詩。許國分憂日，榮親色養時。蒼生望已久，來去不應遲。

盧象

送祖詠

田家宜伏臘，歲晏子言歸。石路雪初下，荒村雞共飛。東原多煙火，北澗隱寒輝。滿酌野人酒，倦聞鄰女機。胡爲困樵采，幾日罷朝衣。

趙都護燕别

下客候旌麾，元戎復在斯。門開都護府，兵動羽林兒。黠虜多翻覆，謀臣有别離。智同天所授，恩共日相隨。漢史（今按，據屠隆本、《全唐詩》，當爲「使」）開賓幕，胡笳送酒卮。風霜迎馬首，雨雪事魚麗。在策應無戰，深情屬載馳。不應行萬里，明主寄安危。

贈張均員外

公門世業昌，才子冠裴王。出自平津邸，還爲吏部郎。神仙餘氣色，列宿動輝光。（劉云：其形容人物如此，不見其俗，彌見其高。）夜直南宫静，朝趨北禁長。時人窺水鏡，明主賜衣裳。翰苑飛鸚鵡，天池待鳳凰。永欣疇日顧，未記後時傷。去去圖南遠，微才幸不忘。

送涼歷下古城西北此地有清泉喬木（今按，據姚本、屠隆本、牛斗本、刻者不詳明本、四庫本、《河岳英靈集》卷下、《全唐詩》，「送」當爲「追」；「西北」後當脱「隅」字）

謝脁出華省，王祥貽佩刀。前賢真可慕，衰疾意空勞。貞悔不自卜，遊隨共爾曹。未能齊得喪，時復誦離騷。閑蔭七賢地，醉餐二（今按，據屠隆本、《全唐詩》，當爲「三」）士桃。蒼苔虞舜井，喬木古城壕。漁父偏和（今按，《河岳英靈集》、《全唐詩》作「相」）狎，堯年不可逃。蟬鳴秋雨霽，雲白曉山高。咫尺傳雙鯉，吹噓忽（今按，《河岳英靈集》、《全唐詩》作「借」，《全唐詩》注云：一作「落」）一毛。故人皆得路，誰肯念同袍。

崔　顥

相逢行

妾年初二八，家住洛陽（今按，《全唐詩》作「橋」）頭。玉户臨馳道，朱門近御溝。使君何暇問，夫壻大長秋。女弟新承寵，諸兄近拜侯。春生百子殿，花發五城樓。出入千門裏，年年樂未休。

遼西作

燕郊方歲晚，殘雪凍邊城。四月青草合，遼陽春水生。胡人正牧馬，漢將日徵兵。露重寶刀濕，沙虛金鼓鳴。寒衣着已盡，春服與誰成。寄語洛陽使，爲傳邊塞情。

奉和許給事夜直簡諸公

西掖黃樞近，東曹紫禁連。地因公子拜，人用省郎遷。夜直千門静，河明萬象縣。建章宵漏急，閶闔曉鐘傳。寵列貂蟬位，恩深侍從年。九重初起草，五夜即成篇。顧己無官次，循厓但自憐。遠陪蘭渚（今按，《全唐詩》作「署」）作，空此仰神仙。

王昌齡

同王維集青龍寺曇壁上人兄院詩五韻

本來清浄所，竹樹引幽陰。簷外含山翠，人間出世心。圓通無有象，聖境不能侵。真是吾兄法，何妨友弟深。天香自然會，靈異識鐘音。

夏日華萼樓酺宴應制（今按，《文苑英華》卷一六八、《全唐詩》卷一四二「日」作「月」）

土德三元正，堯心萬國同。汾陽備冬禮，長樂應和風。賜慶垂天澤，留（今按，《全唐詩》作「流」）歡舊渚宮。樓臺生海上，簫鼓出天中。霧曉筵初接，宵長曲未終。雨隨行（今按，《全唐詩》作「青」）幕合，日照舞羅空。玉陛分朝列，文章發聖聰。愚臣忝書賦，歌詠誦（今按，《全唐詩》作「頌」）絲桐。

王　縉

同王昌齡裴迪諸人遊青龍寺曇壁上人兄院集兄維（今按，據《全唐詩》，「院集」後當脱「和」字）

林中空寂舍，階下終南山。高卧一牀上，迴看六合間。浮雲幾處滅，飛鳥何時還。問義天人接，無心世界閑。誰知大隱者，兄弟自追攀。（劉云：好。）

遊悟真寺（今按，《（全唐詩》卷一二七作王維詩）

聞道黄金地，仍開白玉田。擲山移巨石，咒嶺出飛泉。猛虎同三徑，愁猿學四禪。買香燃緑桂，乞火踏（今按，《全唐詩》作「蹈」）紅蓮。草色摇霞起（今按，屠隆本、《全唐詩》作「上」），松聲汎月

邊。山河窮百二，世界接三千。梵宇聊憑視，王城遂渺然。灞陵纔出樹，渭水欲連天。遠縣分諸郭，孤村起白煙。望雲思聖主，披霧憶羣賢。薄宦慚尸素，終身擬尚玄。誰知草庵客，曾和柏梁篇。

儲光羲

大酺（得長字韻，時任安宜尉。）

大道啓元命，時人居太康。中朝發玄澤，下國被天光。明詔始端午，初筵當履霜。鼓鼙迎爽氣，羽籥映新陽。太守即玄（今按，《全唐詩》作「懸」）圃，淮夷成葆疆。小臣慚下位，拜手頌靈長。

和蕭兵曹

公府傳休沐，私庭效陸沉。方知從大隱，非復在幽林。闕下忠貞志，人間孝友心。既將冠蓋雅，仍與薜蘿深。寒變中園柳，春歸上苑禽。池涵青草色，山帶白雲陰。潘岳閑居賦，鍾期流水琴。一經當自足，何用遺黄金。

崔國輔

奉和上巳祓禊應制

元巳秦中節，吾君灞上遊。鳴鑾通禁苑，別館繞芳洲。鵷鷺千官列，魚龍百戲浮。桃花春欲盡，穀雨夜來收。慶向堯尊祝，歡從楚棹謳。逸詩何足對，睿作掩東周。

九日宴

運偶千年聖，時傳九日神。堯樽列鐘鼓，漢闕闢鈎陳。金籙三清降，瓊筵五老巡。始驚蘭佩出，復詠柏梁新。雲鴈樓前晚，霜花酒裏春。歡娛無限極，書劍太平人。

祖詠

清明宴司勳劉郎中別業

田家復近臣，行樂不違親。霽日園林好，清明煙火新。以文常（今按，《全唐詩》作「長」）會友，唯德自成鄰。池照牕陰晚，杯香藥味春。欄（今按，《全唐詩》作「簷」）前花覆地，竹外鳥窺人。何必桃源裏，深居作隱淪。

家園夜坐寄郭微

前墀微雨歇，開户散窺林。月出夜方淺，水涼地更深。餘風生竹樹，清露薄衣襟。遇物遂遥歎，懷人滋遠心。依稀成夢想，影響絶徽音。誰念窮居者，明時嗟陸沉。

陶　翰

送金卿歸新羅

奉義朝中國，殊恩及遠臣。鄉心遥渡海，客路再經春。落日誰同望，孤舟獨可親。拂波銜木鳥，偶宿泣珠人。禮樂夷風變，衣冠漢制新。青雲已干吕，知汝重來賓。

柳陌聽流鶯（今按，「流鶯」，姚本、屠隆本、牛斗本、刻者不詳明本、《文苑英華》卷一八五、《全唐詩》皆作「早鶯」）

忽來枝上囀，還似谷中聲。乍使香閨静，偏傷遠客情。間關難辨處，斷續若頻驚。玉勒留將久，青樓夢不成。千門候曉發，萬井報春生。徒有知音賞，慙非皋鶴鳴。

劉慎虚

積雪爲小山

飛雪伴春還，春庭曉自閑。虚心應任道，遇賞遂成山。峰小形全秀，巖虚勢莫攀。以幽能皎潔，謂近可循環。孤影臨冰鏡，寒光對玉顔。不隨遲日盡，留顧歲華間。

鄭　審

奉使巡檢兩京路種果樹事畢入秦因詠歌（今按，《全唐詩》無「歌」字）

聖德周天壤，韶華滿帝畿。九重承涣汗，千里樹芳菲。陝塞餘陰薄，關河舊色微。發生和氣動，封植衆心歸。春露條應弱，秋霜果定肥。影移行子蓋，香撲使臣衣。入徑迷馳道，分行接禁闈。何當扈仙蹕，攀折奉恩輝。

王　灣

殷璠云：灣詞翰早著，爲天下所稱最者不過一二。遊吴中作，如《擣衣篇》云：「月華

照杵空隨妾，風響傳砧不到君。」所有衆製，咸類若斯。非張、蔡之未見，覺顔、謝之彌遠乎？

哭亡友綦毋補闕

明代資多士，儒林得異才。書從金殿出，人向玉墀來。詞學張平子，風儀褚彦回。崇儀希上德，近侍接元台。曩契心期密（今按，《全唐詩》作「早」），今遊宴賞陪。屢遷君擢桂，分尉我從梅。忽遇乘軺客，云傾構厦材。泣爲洹水化，歎作泰山頹。冀善初將慰，尋言半始猜。位聯情易感，交密痛難裁。遠日寒旌暗，長風古挽哀。寰中無舊業，行處有新苔。反哭魂猶寄，終喪子尚孩。葬田門吏給，墳木路人栽。遽洩悲成往，俄傳寵令迴。玄經貽石室，朱紱耀泉臺。地古春長閉，天明夜不開。登山一臨哭，揮淚滿蒿萊。

宋　昱

題石窟寺（魏孝文所置。）

梵宇開金地，香龕鑿鐵圍。影中羣象動，空裏衆靈飛。簾牖籠朱旭，房廊挹翠微。瑞蓮生佛步，瑶樹掛天衣。邀福功雖在，興兵（今按，《全唐詩》作「王」）代久非。誰知雲朔外，更覩化

胡歸。

庫狄履温

夏晚初霽南省寓直（時兼尚書郎、節度判官。）

薄宦因時忝（今按，《文苑英華》卷一九一同此，《全唐詩》卷一二〇作「黍」），涼宵寓直初。沉沉仙閣閉，的的暗更徐。霽色連空上，炎氛入夜除。星迴南斗落，月度北牕虚。待漏殘燈照，舍（今按，據姚本、屠隆本、牛斗本、刻者不詳明本、四庫本、《文苑英華》、《全唐詩》，當爲「含」）芳襲氣餘。寐來冠不解，奏罷草成書。幕府慙良策，明曹媿散樗。命輕徒有報，義重更難疏。燕厦欣成託，鵷行濫所如。晨趨當及早，復此戒朝車。

寇　坦

同張少府和庫狄員外夏晚初霽南省寓直時兼充節度判官之作

黄綬歸休日，仙郎復奏餘。宴居當夏晚，寓直會晴初。露散星文發，雲披水鏡虚。高才推獨唱，嘉會喜連茹。月色摇春闥，香煙靄暝廬。千門傳夜警，萬象照階除。少孺嘉能賦，

文强閲賜書。兼曹謀未展，入幕志方攄。爲奉靈臺帛，恭先待漏車。貞標不可仰，空此樂樵漁。

張子容

壁池望秋月（今按，「壁」，四庫本、《文苑英華》、《全唐詩》皆作「璧」）

涼夜窺清沼，池空水月秋。滿輪沉玉鏡，半魄落銀鈎。蟾影摇輕浪，菱花渡淺流。漏移光漸㶑，雲欠（今按，據姚本、《文苑英華》卷一八一及《全唐詩》，當爲「斂」）色偏浮。似璧悲三獻，疑珠怯再投。能將（今按，屠隆本、牛斗本、《全唐詩》作「持」）千里意，來照楚鄉愁。

長安早春

開國移東井，城池對北辰。咸歌太平日，共樂建寅春。雪盡黄山樹，冰開黑水津。草迎金埒馬，花醉玉樓人。鴻漸看無數，鶯遷（今按，《全唐詩》作「歌」，注云：一作「聲」）聽欲頻。何當桂枝濯（今按，牛斗本、《全唐詩》作「擢」），還及柳條新。

沈東美

奉和苑舍人宿直曉翫新池寄南省友

傳聞閶闔裏，寓直有神仙。吏（今按，據《文苑英華》卷一六五、《全唐詩》卷二五五，當爲「史」）爲三墳博，郎因五字遷。晨臨翔鳳沼，春注躍龍泉。去似登天上，來如看鏡前。影摇宸翰發，波浄列星懸。既濟仍懷友，流謙欲進賢。禪冠（疑作「單冠」［今按，據牛斗本、刻者不詳明本，「單」當爲「彈」之訛］。）（今按，屠隆本、《文苑英華》、《全唐詩》「禪冠」作「彈冠」）聲實貴，覆被渥恩偏。温室言雖阻，文場契獨全。玉珂光赫奕，朱紱氣蟬聯。興逸潘仁賦，名高謝朓篇。青雲仰不逮，白雪和難牽。苒苒胡爲此，甘心老歲年。

楊　浚

贈李郎中

仙郎早朝退，直省卧南軒。院竹自成賞，階庭寂不喧。焚香開後閣，起草閉前門。禮樂風流美，光華星位尊。榮兼朱紱貴，交乃布衣存。是日登龍客，無忘君子恩。

胡　衡（今按，《文苑英華》卷二九六同此，《全唐詩》卷七三二作「朝衡」，題作「銜命還國作」，「胡」當爲「朝」字之訛。朝衡，又作「晁衡」）

銜命使本國

銜命將辭國，非才忝侍臣。天中戀明主，海外憶慈親。伏奏違金闕，騑驂去玉津。蓬萊鄉路遠，若木故園鄰。西望懷恩日，東歸感義辰。平生一寶劍，留贈結交人。

張　謂

同諸公遊雲公禪寺

共許尋雞足，誰能惜馬蹄。長空凈雲雨，斜日半虹霓。簷下千峰轉，牕前萬木低。看花尋徑遠，聽鳥入林迷。地與喧聞隔，人將物我齊。不知樵客意，何事武陵溪。

梁　鍾（今按，據前文《敘目》及《全唐詩》卷二〇二，當爲「鍠」）

方進士恒春草（今按，《全唐詩》卷二〇二題作《省試方士進恒春草》，此處「方進士」當爲「方士進」）

東吴有靈草，生彼剡溪傍。既亂莓苔色，仍連菡萏香。掇之稱遠士，持以奉明王。北闕顔彌駐，南山壽更長。金膏徒騁妙，石髓莫矜良。儻使霑涓滴，還遊不死方。

蕭穎士（今按，「穎」當爲「潁」）

越江秋曙

扁舟東路遠，曉月下江濆。瀲灔信潮上，蒼茫孤嶼分。林聲寒動葉，水氣曙連雲。暾（今按，據《全唐詩》，當爲「暾」）日浪中出，榜歌天際聞。伯鸞常去國，安道惜離羣。延首剡溪近，詠言懷數君。

山莊月夜作

獻書嗟棄置，疲拙歸田園。且事計然策，將符公冶言。桑榆清晨（今按，《全唐詩》作「暮」）景，雞

犬應遥村。蠶罷里閭晏，麥秋田野喧。澗聲連枕簟，峰勢入堦軒。未奏東山妓，先傾北海樽。隴瓜香早熟，庭果落初繁。更愜野人意，農談朝竟昏。

嚴　武

酬别杜二

獨逢堯典日，再覩漢官時。未效風霜勁，空慙雨露私。夜鐘清萬户，曙漏拂千旂。並向殊庭謁，俱承别館追。斗城憐舊路，鍋（今按，據《全唐詩》，當爲「渦」）水惜歸期。峰樹還相伴，江雲更對垂。試回滄海棹，莫妬敬亭詩。秖是書應寄，無忘酒共持。但令心事在，未肯鬢毛衰。最悵巴山裏，清猿惱夢思。

張　巡

守睢陽詩

接戰春來苦，孤城日漸危。合圍侔月暈，分守若魚麗。屢厭黄塵起，時將白羽撝。裹瘡猶出陣，飲血更登陴。忠信應難敵，堅貞諒不移。無人報天子，心計欲何施。

王季友

玉壺冰

玉壺知素結，止水復中澄。堅白能虚受，清寒得自凝。分形同曉鏡，照物掩宵燈。壁（今按，《文苑英華》卷一八六作「璧」）映圓光出，人驚爽氣凌。金罍何足貴，瑶席幾迴升。正值求珪瓚，提攜共飲冰。

五言排律卷之七　唐詩品彙七十七

接武（上）

錢　起

省試湘靈鼓瑟

善鼓雲和瑟，常聞帝子靈。馮夷空自舞，楚客不堪聽。苦調淒金石，清音入杳冥。蒼梧來怨慕，白芷動芳馨。流水傳湘浦，悲風過洞庭。曲終人不見，江上數峰青。

觀法駕自鳳翔迴

攙搶（今按，《全唐詩》作「欃槍」）一掃滅，閶闔九重開。海晏鯨鯢盡，天旋日月來。聖情蘇品物，龍御闢雲雷。曉漏移仙仗，朝陽出帝臺。周慚散馬出，禹讓濬川迴。欲識豐（今按，《全唐詩》作「封」）人願，南山舉酒杯。

題玉山村叟壁

谷口好泉石，居人能陸沉。牛羊下山小，煙火隔雲深。一徑入溪色，數家連竹陰。藏虹辭晚雨，驚隼落殘禽。涉趣皆流目，將歸羨在林。却思黄綬事，辜負紫芝心。

送王諫議任東郡居守

車徒鳳掖東，去去洛陽宫。暫以青蒲隔，還看紫禁同。經過乘雨露，瀟灑出鴛鴻。官署名臺下，雲山舊苑中。暮天雙闕静，秋月九重空。且喜成周地，詩人播國風。

送鄭書記

決勝無遺策，辭天便請纓。出身唯殉死，報國且能兵。受命麒麟殿，參謀驃騎營。短簫催别酒，斜日駐前旌。義勇千夫敵，風沙萬里行。幾年丹闕下，侯印賜書生。

送族姪赴任

林下不成興，仲容微禄牽。客程千里遠，别念一帆懸。欲歎卑棲去，其如興（今按，《全唐詩》作「勝」）趣偏。雲山深郡郭，花木淨潮田。坐嘯帷應下，離居月復圓。此時知小阮，相意緑罇前。

送鮑中丞赴太原軍營

年壯才仍美，時來道易行。寵兼三獨任，威肅二師營。將略過南仲，天心寄北京。雲旂臨塞色，龍笛出關聲。漢月隨霜去，邊塵計日清。漸知王事好，文武用書生。

送李秀才落第遊荆楚

翠羽雖成夢，遷鶯尚後羣。名逃郄詵策，興發謝玄文。旮旦扁舟去，江山幾路分。上潮吞海日，歸鴈出湖雲。詩思應須苦，猿聲莫厭聞。離居見新月，那得不思君。

送李九歸河北

文武資人望，謀猷簡聖情。南州初卧鼓，東土復維城。寄重分符去，威仍出閫行。斗牛移八座，日月送雙旌。别戀瞻天起，仁風應物生。佇聞收組練，鏘玉會承明。

送王使君赴大原行營（今按，「大」當爲「太」）

太白明無象，皇威未戢戈。諸侯持節鉞，千里控山河。漢驛雙旌度，胡沙七騎過。驚蓬連鴈起，牧馬入雲多。不賣盧龍塞，能消瀚海波。須傳出師頌，莫奏式微歌。

奉和宣城張太守南亭秋夕懷友

池館蟪蛄聲，梧桐秋露晴。月臨朱戟静，河近畫樓明。捲幔浮涼入，聞鐘永夜清。片雲懸曙斗，數鴈過秋城。羽扇揚風暇，瑶琴悵别情。江山飛麗藻，謝朓讓詩（今按，《全唐詩》作「前」）名。

陪南省諸公宴殿中李監宅

將門高勝霍，相子寵過韋。宦貴攀龍後，心傾待士時。壺觴開雅宴，鴛鷺眷相隨。舞退燕姬曲，歌徽謝朓詩。晚鐘過竹静，醉客出花遲。莫惜留餘興，良辰不可追。

春夜燕任六昆季宅

際晚緑煙起，入門芳樹深。不才叨下客，喜宴齒諸簪。夜月仍攜妓，清風更在林。彩毫揮露色，銀燭動花陰。自接通家好，因知待士心。向隅逢故識，兹夕願披襟。

宿畢侍御宅

交情頻更好，子有古人風。晤語清霜裏，平生苦節同。心唯二仲合，室乃一瓢空。落葉寄秋菊，愁雲低夜鴻。薄寒燈影外，殘漏雨聲中。明發南昌去，迴看御史驄。

過楊駙馬亭子

衣冠在漢庭，臺榭接天城。彩鳳翻簫曲，祥鱣入館名。歌鐘芳月曙，林嶂碧雲生。亂水歸潭浄，高花映竹明。退朝追燕樂，開閤醉簪纓。長袖留嘉客，棲烏下禁城。

過山人所居因寄諸遺補

空谷春雲滿，愚公晦跡深。一隨玄豹隱，幾换緑蘿陰。絶徑人稀到，芳蓀我獨尋。廚煙住峭壁，酒氣出重林。蝴蝶晴還舞，黄鸝晚暫吟。所思青瑣客，瑶草寄幽心。

春暮過石龜谷題温處士林園

隱機（今按，據居隆本、四庫本、《文苑英華》卷二三二注語、《全唐詩》卷二三八，當爲「几」）無名老，何年此陸沉。丘園自得性，婚嫁不嬰心。歲計因山薄，霞棲在谷深。設罝連草色，曬藥背松陰。觸興雲生岫，隨耕鳥下林。耆（今按，據《文苑英華》、《全唐詩》，當爲「搘」）頤笑來客，頭上有朝簪。

哭常徵君

萬化一朝盡，窮泉悲此君。如何丹竈術，能誤紫芝焚。不遂蒼生望，空留封禪丈（今按，據姚本、四庫本及《全唐詩》卷二三八，當爲「文」）。遠年隨逝水，真氣盡浮雲。山閉龍蛇蟄，林寒麇鹿羣。

傷心載酒地，仙菊爲誰熏。

送嚴士良侍奉詹事南遊

疏傅獨知止，曾參善愛親。江山侍行邁，長幼出囂塵。握手想千古，此心能幾人。風光滿長陌，草色傍征輪。日夕望荆楚，鶯鳴芳杜新。漁煙月下淺，花嶼水中春。點翰遥相憶，含情向白蘋。

過王舍人宅

入門花柳暗，知是近臣居。大隱心何遠，高風物自疏。翛然静者事，宛得上皇餘。雞犬偷仙藥，兒童受道書。清吟送客後，微月上城初。綵筆有新詠，文章垂太虚。承恩金殿宿，應薦馬相如。

奉和聖製登朝元閣

六合紆玄覽，重軒啓上清。石林飛棟出，霞頂太（今按，《全唐詩》作「泰」，字通）階平。拂曙鑾輿上，晞陽瑞雪晴。翠微回日馭，丹巘駐天行。御氣升銀漢，垂衣俯錦城。山通玉苑迴，河抱紫關明。感物乾文動，凝神道化成。周王陟喬嶽，列辟讓英聲。

陪郭常侍令中公東亭宴集（今按，據《全唐詩》，「中」當爲衍文）

盛業山河列，重名劍履榮。珥貂爲相子，開閤引時英。美景池臺色，佳期宴賞情。詞人載筆至，仙妓出花迎。暗竹朱輪轉，回塘玉佩鳴。舞杉（今按，據刻者不詳明本、屠隆本、牛斗本、四庫本、《全唐詩》，當爲「衫」）招戲蝶，歌扇隔啼鶯。飲德心皆醉，披雲興轉清。不愁歡樂盡，積慶在和羹。

夕遊覆釜山道士觀因登玄元廟

冥搜過物表，洞府次溪傍。已入瀛洲遠，誰言仙路長。孤煙出深竹，道侶正焚香。鳴磬愛山静，步虚宜夜涼。仍同象帝廟，更上紫霞崗。霽月懸琪樹，明星映碧堂。傾思丹竈術，願采玉芝芳。儻挹（今按，姚本、屠隆本、牛斗本、刻者不詳明本、《錢仲文集》卷八、《全唐詩》卷二三八皆作「把」）浮丘袂，乘雲别舊鄉。

送張中丞赴桂州

出守求人瘼，推賢動聖情。紫臺初下詔，皂蓋始專城。寵借飛霜簡，威加却月營。雲衢降五馬，林水（今按，《全唐詩》作「林木」，注云：一作「桂水」，一作「秋水」）引雙旌。夙仰敦詩禮，常聞偃甲兵。戍樓雲外静，訟閣竹間清。化佇還珠美，心將片玉貞。寇恂朝望重，計日謁承明。

送王相公赴范陽

翊聖銜恩重，頻年按節行。安危皆報國，文武不緣名。受脤仍調鼎，爲霖更洗兵。幕開丞相閣，旗總貳師營。料敵知無戰，安邊自有征。代雲横馬首，燕鴈拂笳聲。去鎮關河静，歸看日月明。欲知瞻戀切，遲暮一書生。

奉送户部李郎中充晉國副節度出塞

德佐調梅用，忠輸擊虜年。子房推廟略，漢主記（今按，《全唐詩》卷一三八作「託」）兵權。受命榮中禁，分麾鎮左賢。風生黑山道，星下紫微天。始願文經國，俄看武定邊。鬼方堯日遠，幕府代雲連。汗馬將行矣，盧龍已肅然。關防驅使節，花月眷離筵。自忝知音遇，而令（今按，《錢仲文集》卷八、《全唐詩》作「今」）感義偏。淚聞横吹落，心逐去旌懸。帝念夔能政，時須説濟川。勞還應即爾，朝暮玉墀前。

劉長卿

棲霞寺東峰尋南齊明徵君故居

山人今不見，山鳥自相從。長笑思齊主（今按，《全唐詩》作「長嘯辭明主」），終身卧此峰。泉源通

石徑，澗户掩塵容。古墓依寒草，前朝寄老松。片雲生半（今按，《全唐詩》作「斷」）壁，萬壑徧疏鐘。惆悵長空去（今按，《全唐詩》作「空歸去」），猶疑林下還（今按，據姚本、屠隆本、牛斗本、刻者不詳明本、四庫本、《劉隨州集》卷四、《全唐詩》卷一四八，當爲「逢」）。

九日蔡國公主樓（今按，《全唐詩》「九日」後有「題」字）

主第人何在，重陽客暫尋。水餘龍鏡色，雲罷鳳簫音。暗牖藏昏曉，蒼苔換古今。晴山捲幔出，秋草閉門深。籬菊仍新吐，庭槐尚舊陰。年年畫梁燕，來去豈無心。

自道林寺西入石路至麓山寺過法崇師故居

山僧候谷口，石路拂莓苔。深入泉源去，遥從樹杪回。香隨青靄散，鐘過白雲來。野雪空齋掩，山風古殿開。桂寒知自發，松老問誰栽。惆悵湘江水，何人更渡林（今按，據姚本、屠隆本、牛斗本、刻者不詳明本、四庫本及《全唐詩》，當爲「杯」）。

行營酬吕侍御（時尚書問罪襄陽，軍次漢東境上。侍御以舟「今按，據《全唐詩》，當爲「州」」鄰賊境「今按，《全唐詩》作「寇賊」」，復有水火，迫於徵稅，詩以見喻。）

不敢淮南卧，來趨漢將營。受辭瞻左鉞，扶疾拜（今按，《全唐詩》作「往」）前旌。井税鶉衣樂，壺

漿鶴髮迎。水歸餘斷岸，烽至掩孤城。晚日當（今按，《全唐詩》作「歸」）千騎，秋風合五兵。孔璋才素重（今按，姚本、《全唐詩》作「健」），早晚檄書成。

長沙早春雪後臨湘水呈同遊諸子

汀洲暖漸緑（今按，《全唐詩》作「渌」），煙水（今按，《全唐詩》作「景」）淡相和。舉目方如此，歸心豈奈何。日花（今按，《全唐詩》作「華」）浮野雪，春色染湘波。北渚生芳草，東風變舊柯。江山古思遠，猿鳥暮情多。君問漁人意，滄浪自有歌。

送鄭十二歸廬山

潯陽數畝宅，歸卧掩柴關。谷口何人在（今按，《全唐詩》作「待」），門前秋草閑。忘機賣藥罷，不（今按，《全唐詩》作「無」）語杖藜還。舊笋成寒竹，空齋向暮山。水流過舍下，雲去到人間。桂樹花應發，因行寄一攀。

送鄭說之歙州謁薛侍郎

漂泊來千里，謳歌（今按，《全唐詩》作「謠」）滿百城。漢家尊太守，魯國重諸生。俗變人難理，江傳水至清。船經危石住（今按，《全唐詩》卷一四八注云：一作「往」），路入亂山行。老得滄洲趣，春傷白首情。嘗聞馬南郡，門下有康成。

送首八過山陰舊縣兼寄剡諸官（今按，據姚本及《全唐詩》，「首」當爲「荀」；《全唐詩》「剡」後有「中」字）

訪舊山陰縣，扁舟到海涯。故林嗟滿歲，春草憶佳期。晚景千峰亂，晴江一鳥遲。桂香留客處，楓暗泊舟時。舊石曹娥篆，空山夏禹祠。剡溪多吏隱（今按，《全唐詩》作「隱吏」），君去道相思。

毘陵送鄒結先赴河南判官（今按，《全唐詩》「判官」前有「充」字，「結」字下注云：一作「紹」）

王事相逢少，雲山奈別何。芳年臨水怨，瓜步上湖過。客路方驚（今按，《全唐詩》作「經」）楚，鄉心共渡河。凋殘春草在，離亂故城多。罷戰逢時泰，輕徭佇俗和。東西此分手，惆悵恨煙波。

無錫東郭送友人遊越

客路風霜曉，郊原春興餘。平蕪不可望，遊子去何如。煙水乘湖闊，雲山逼（今按，《全唐詩》作「適」）越初。舊都懷作賦，古穴覓藏書。碑缺曹娥宅，林荒逸少居。江湖無限意，非獨羡（今按，《全唐詩》作「爲」）樵漁。

奉陪鄭中丞自宣州解印與諸姪宴餘干後溪

跡遠親魚鳥，功成厭鼓鼙。林中阮氏集，池上謝公題。户牖垂藤合，藩籬插槿齊。夕陽山向背，春草水東西。看竹誰家好，看花幾路迷。（今按，屠隆本、四庫本、《文苑英華》卷一六六作「看竹誰家好，尋花幾路迷」，《全唐詩》作「度雨諸峯出，看花幾路迷」，注云：一作「看竹誰家好，高原幾處迷」）何勞問秦漢，更入武陵溪。

奉和趙給事留贈李舍人兼謝舍人

便道訪情親，東方千騎塵。禁深分宜地，夜遠獨行春。（今按，《全唐詩》作「禁深分直夜，地遠獨行春」）絳闕辭明主，滄洲識近臣。雲山隨候吏，雞犬逐歸人。庭顧婆娑老，邦傳蔽芾新。玄輝（今按，屠隆本、《全唐詩》作「暉」）翻佐理，聞到郡齋頻。

至饒州尋陶十七不在寄贈

謫宦投東道，逢君已北轅。孤蓬向何處，五柳不開門。去國空回首，懷賢欲訴冤。梅枝看（今按，《全唐詩》作「横」）嶺嶠，竹路過湘源。月下高秋鴈，天南獨夜猿。離心與流水，萬里共朝昏。

贈元容州

擁旌臨合浦，上印卧長沙。海徼長無戍，湘山獨種畬。政傳通歲貢，才惜過年華。萬里依孤劍，千峰寄一家。累徵期旦暮，未起戀煙霞。避世歌芝草，休官醉菊花。舊遊如夢裏，此別是天涯。何事滄波上，漂漂逐海查。（今按，《劉隨州集》卷五、《全唐詩》卷一四九作「槎」，字通）

題裴式微餘干東齊亭（今按，《全唐詩》無「亭」字）

世事終成夢，生涯半欲（今按，《全唐詩》作「欲半」）過。白雲心已矣，滄海意如何。藜杖全吾道，榴花養太和。春風騎馬醉，江月釣魚歌。散帙看蟲蠹，開門見雀羅。遠山終日在，芳草傍人多。吏體莊生傲，方言楚俗訛。屈平君莫弔，腸斷洞庭波。

留題李明府霅溪書堂（今按，「書」《全唐詩》作「水」）

寥寥此堂上，幽意獨（今按，《全唐詩》作「復」）難論。落日無王事，青山在縣門。雲峰向高枕，漁釣入前軒。竹動（今按，《全唐詩》作「晚竹」）疏簾影，苔生（今按，《全唐詩》作「春苔」）雙履痕。荷香隨坐卧，湖色映晨昏。虚牖閑生白，鳴琴静對言。暮禽飛上下，春草（今按，《全唐詩》作「水」）帶清渾。遠岸誰家柳，孤煙何處村。謫居投瘴癘，離思過湘沅。從此扁舟去，誰堪江浦猿。

謫居干越亭作（今按，《唐人選唐詩十種》本《中興間氣集》卷下作《謫至干越亭作》，中華書局本《文苑英華》卷三一五題作《題干越亭》，《全唐詩》卷一四九、四庫全書本《劉隨州集》卷六作《負謫後登干越亭作》）

天南愁望絶，亭上柳條新。落日獨歸鳥，孤舟何處人。生涯投越徼，世業陷胡塵。杳杳鍾陵暮，攸攸鄱水春。秦臺悲白首，楚澤怨青蘋。草色迷征路，鶯聲傍逐臣。獨醒翻引笑（今按，《全唐詩》作「空取笑」，注云：一作「翻取笑」），直道不容身。得罪風霜苦，全生天地仁。（高仲武云：可謂傷而不怨，亦足以發揮風雅矣。）青山數行淚，滄海一窮鱗。牢落機心盡，唯憐鷗鳥親。（《楊文公説苑》云：咸平初，罷處州「今按，姚本、刻者不詳明本作「虔州」」赴闕，道經餘干，登干越亭。前瞰琵琶州「今按，據李裕民輯校《楊文公談苑》「干越亭詩」條，當爲「洲」」，後枕思禪寺，林麓森鬱，天下之絶境。古今留題者百餘篇，而劉此篇絶唱也。）

覆按後赴睦州贈苗侍郎（今按，「覆按」，《全唐詩》作「按覆」）

地遠心難達，天高謗易成。羊腸留覆轍，虎口脱餘生。直氏偷金柱，于家決獄平（今按，《全唐詩》卷一四九作「明」）。一言知己重，片議殺身輕。日下人誰憶，天涯客獨行。年光銷蹇步，秋氣入衰情。建德知何在，長江問去程。孤舟百口淚（今按，《全唐詩》作「渡」），萬里一猿聲。落

日開鄉路，空山向郡城。豈令冤氣積，千里（今按，《全唐詩》作「古」）在長平。

初貶至巴南至鄱易題李嘉祐江亭（今按，據《文苑英華》卷三一五、《全唐詩》卷一四九，當爲《初貶南巴至鄱陽題李嘉祐江亭》）

南出巴人徼，（今按，《全唐詩》首句作「巴嶠南行遠」；「徼」一作「嶠」）長江萬里隨。不才甘謫去，流水亦何之。地遠明君棄，天高酷吏欺。青山獨往路，芳草未歸時。流落還相見，悲歡話所思。猜讒（今按，《全唐詩》作「嫌」）傷薏苡，愁慕向江籬（今按，《全唐詩》同此，姚本、四庫本、《文苑英華》皆作「蘺」）。淚盡看長劍，心閑倚釣絲。水雲初起重，暮鳥遠來遲。稚子能吴語，新文怨楚辭。（今按，「淚盡」至「新文」六句，《全唐詩》作「柳色迎高塢，荷衣照下帷。水雲初起重，暮鳥遠來遲。白首看長劍，滄洲寄釣絲。沙鷗驚小吏，湖月上高枝。稚子能吴語，新文怨楚辭」）憐君不得意，客鬢老南枝。

禪智寺上方懷演和上人（寺郎［今按，據姚本、屠隆本、四庫本、《文苑英華》卷二一九、《全唐詩》卷一四九，當爲「即」］和尚所創。）（今按，據《文苑英華》、《全唐詩》，「演和上人」當爲「演和尚」，或「演上人」）

絶巘東林寺，高僧惠遠公。買園隨（今按，《文苑英華》、《全唐詩》作「隋」）苑下，持鉢楚城中。斗極

千燈近，煙波萬井通。遠山低月殿，寒木露花宫。紺宇焚香静（今按，《全唐詩》作「净」），滄洲罷（集作「擺」。）霧空。鴈來秋色裏，曙起早潮東。飛錫今何在，蒼生待發蒙。白雲翻送客，黄葉自辭風。捨筏追開士，回舟狎釣翁。平生江海意，唯共白鷗同。

五言排律卷之八　唐詩品彙七十八

接武（中）

皇甫冉

冬夜集賦得寒漏

清冬洛陽客，寒漏建章臺。出禁因風徹，縈牕共月來。偏將寒籟（今按，《全唐詩》作「瀨」）雜，乍與遠鴻哀。遥夜重城警，流年滴水催。閑齋堪坐起（今按，刻者不詳明本、《全唐詩》作「聽」），況有故人杯。

送歸中丞使新羅

詔使殊方遠，朝儀舊典行。浮天無盡處，望日計前程。暫喜孤山出，長愁積水縈（今按，姚本、《全唐詩》作「平」）。野風飄疊鼓，海雨濕危旌。異俗知文教，通儒有令名。還將大戴禮，方外

授諸生。

河南鄭少尹城南亭送鄭判官還河東

使臣懷餞席，亞尹有前溪。客是仙舟裏，塗從御苑西。泉聲喧暗竹，草色引長堤。故絳青山在，新田緑樹齊。天秋聞別鶴，關曉候（今按，《全唐詩》作「待」）鳴鷄。應歎沉冥者，年年津路迷。

宿嚴維宅送包七

江湖同避地，分手自依依。盡室今爲客，經秋空念歸。歲儲無別墅，寒服羨鄰機。草色村橋晚，蟬聲江樹稀。夜涼宜共醉，時難惜相違。何事隨陽侶，汀洲忽背飛。

酬張二仲彝

吴洲見芳草，楚客動歸心。屈宋鄉山古，荆衡煙雨深。艱難十載別，羈旅四愁侵。澧月通沅水，湘雲入桂林。已看生白髮，當爲乏黄金。江海時相見，唯聞梁甫吟。

登玄元廟

古廟川原迴，重門禁籞（今按，屠隆本、《全唐詩》卷二四九作「籞」）連。海童紛翠蓋，羽客事瓊筵。御

路分疏柳，離宫出苑田。興新無向背，望久辨山月（今按，據姚本、四庫本及《全唐詩》，當爲「川」）。物外將遺老，區中誓絶緣。函關若遠近，紫氣獨依然。

和袁郎中破賊後經剡中山水

武庫分帷幄，儒衣事鼓鼙。兵連越徼外，寇盡海門西。節比全疏勒，功當雪會稽。旌旗回剡嶺，士馬濯靈溪。受律梅初發，班師草未齊。行看佩金印，豈得訪丹梯。

送從弟豫貶遠州（今按，一作劉長卿詩，題作《送從弟貶袁州》）

何事成遷客，思歸不見鄉。遊吴經萬里，弔屈過三湘。水與荆巫接，山通鄢郢長。名嗟黄綬繫，身自白眉良。獨結南枝恨，應思北鴈行。憂來沽楚酒，玄鬢莫凝霜。

閑居作

多病辭官罷，閑居作賦成。圖書唯藥録，飲食止藜羹。學謝淹中術，詩無鄴下名。不堪趨建禮，詎是厭承明。已輟金門步，方從石路行。遠山期道士，高柳覓先生。性懶尤因疾，家貧自省營。種苗雖尚短，穀價幸全輕。篇詠投康樂，壺觴就步兵。何人肯相訪，開户一逢迎。

奉和獨孤中丞遊法華寺

謝君臨郡府，越國舊山川。訪道三千界，當仁五百年。巖空騶馭響，樹密旆旌連。閣影凌空壁，松聲助亂泉。開門得初地，伏檻接諸天。向背春光滿，樓臺古製全。羣峰争綵翠，百谷會風煙。香象隨僧久，祥烏報客先。清心乘暇日，稽首慕良緣。法證無生偈，詩成大雅篇。蒼生望已久，迴駕獨依然。

皇甫曾

送和蕃使（今按，《全唐詩》「蕃」前有「西」字）

白簡初分命，黄金已在腰。恩華通外國，徒御發中朝。雨雪從邊起，旌旗上隴遥。暮天沙漠漠，空磧馬蕭蕭。寒路隨河水，關城見柳條。和戎先罷戰，知勝霍嫖姚。

送王相公赴幽州

台衮兼戎律，勤憂秉化元。鳳池東掖寵，龍御（今按，屠隆本、《全唐詩》作「節」）北方尊。長路山河轉，前驅鼓角喧。人安布時令，地遠答君恩。暮日平沙迥，秋風大旆翻。漁陽在天末，戀別信陵門。

贈鑒上人

律儀傳教誘，僧臘老煙霄。樹色依禪誦，泉聲入寂寥。寶龕經末劫，畫壁見南朝。深竹風開合，寒潭月動摇。息心歸静理，愛道坐中宵。更欲尋空（今按，姚本、《全唐詩》作「真」）去，乘船過海潮。

嚴維

剡中贈張卿侍御

辟彊（今按，據刻者不詳明本、四庫本、《文苑英華》卷二五五、《全唐詩》卷二六三，當爲「疆」）年正少，公子貴初還。早列月卿位，新參柱史班。千夫馳驛道，駟馬入家山。深巷烏衣盛，高門畫戟閑。逶迤天樂下，照耀剡溪間。自賤遊章句，空爲衰草顔。

奉和劉祭酒傷白馬（此馬新賜寧王，轉贈祭酒。）

沛艾如龍馬，來從上苑中。棣華恩見賜，伯舅禮仍崇。鏡點黄金眼，花開白雪驄。性柔君子德，足逸大王風。色點（今按，姚本、屠隆本、《文苑英華》卷三三〇、《全唐詩》卷二六三作「照」）鳴珂浄，聲連噴玉雄。食場恩未盡，過隙命旋終。練影依雲没，銀鞍向月空。仍聞樂府唱，猶念代

勞功。

李嘉祐

和袁郎中破賊後經剡中山水

授律仙郎貴，長驅下會稽。鳴笳山月曉，摇旆野雲低。剪寇人皆賀，回軍馬自嘶。地閑春草緑，城静夜烏啼。破竹清閩嶺，看花入剡溪。元戎催獻捷，莫道事攀躋。

韋應物

送崔押衙赴相州（頃任内黄令。）

禮樂儒家子，英豪燕趙風。驅雞嘗理邑，走馬却從戎。白刃千夫闢，黄金四海同。（劉云：甚有氣味。）嫖姚恩顧下，諸將指揮中。别路憐芳草，歸心伴塞鴻。鄴城新騎滿，魏帝舊臺空。望闕應懷戀，遭時貴立功。萬方如已静，何處欲輸忠。（劉云：贈人語如此，有味。）

韓翃（今按，當爲「翃」）

奉送王相公赴幽州

黄閣開帷幄，丹墀侍冕旒。位高湯左相，權總漢諸侯。不改周南化，仍分趙北憂。雙旌過易水，千騎入幽州。塞草連天暮，邊聲動地秋。無因隨遠道，結束佩吴鈎。

送李中丞赴商州

五馬渭橋東，連嘶逐曉風。當年紫髯將，他日黑頭公。不異金吾寵，兼齊玉帳雄。閉營春雪下，吹角暮山空。香麝松陰裏，寒猿黛色中。郡齋多賞事，好與故人同。

盧綸

從軍行（今按，《全唐詩》卷二八六又作李端詩，題作《塞上》）

二十在邊城，軍中得勇名。卷旗收敗馬，占磧擁殘兵。覆陣烏鳶起，燒山草木鳴。塞閑思遠獵，師老厭分營。雪嶺無人跡，冰河有（今按，《全唐詩》作「足」）鴈聲。李陵甘此没，惆悵漢公卿。

送鮑中丞赴太原

分路引鳴騶，喧喧似隴頭。暫移西掖望，全解北門憂。專幕臨都護，分曹制督郵。積兵（今按，《全唐詩》作「冰」）營不下，盛雪獵方休。白草連胡帳，黄金（今按，《全唐詩》作「雲」）擁戍樓。（劉須溪云：倒用黄金事，好。）今朝送旌旆，一減魯儒羞。

晚到盩厔耆老家

老翁曾舊識，相引到柴門。欲話别時事，因尋溪上村。數年何處客，近日幾家存。冒雨看禾黍，逢人憶子孫。亂藤穿井口，流水到籬根。惆悵不堪住，空山月又昏。

過李尊師院

城闕望煙霞，常悲仙路賒。寧知樵子徑，得到葛洪家。犬吠松間月，人行洞裏花。留詩千載鶴，送客五雲車。訪世山空在，觀棋日未斜。不知塵俗士，誰解種胡麻。

奉陪侍中春日過武安君廟

長裙（今按，《全唐詩》作「裾」）間貔虎，遺廟盛攀登。白羽三千騎，紅林一萬層。元臣達幽契，祝史告明徵。撫坐悲今古，瞻容感廢興。迴風捲叢陌，驟雨濕諸陵。倏忽煙花霽，當營看

月昇。

雪謗後書事上皇甫大夫

盛德總羣英，高標仰國禎（今按，刻者不詳明本、《全唐詩》卷二七八作「楨」）。獨安巡狩日，曾掩趙張名。業就難辭寵，朝迴更授兵。曉川分牧馬，夜雪覆連營。長策威殊重（今按，《全唐詩》作「俗」），嘉謀翊聖明。畫圖窺陣勢，夢筆紀山行。綬拂池中影，珂摇竹外聲。賜歡徵妓樂，陪醉問（今按，據《全唐詩》，當爲「問」）公卿。却憶經前事，翻疑得此生。分深存殁感，恩在子孫營（今按，據姚本、四庫本、《全唐詩》，當爲「榮」）。覽鏡愁將老，捫心喜復驚。（今按，《全唐詩》此處有「豈言沈族重，但覺殺身輕。有淚沾墳典，無家集弟兄」四句）東西遭世難，流浪識交情。閲古宗文舉，推才慕正平。應憐守貧賤，又欲事躬耕。

和常舍人晚秋集賢院即事十二韻寄贈江南徐薛二侍郎

綸閣九華前，森沉綵仗連。洞門開旭日，清禁肅秋天。霜滿朝容備，鐘餘曉漏（今按，《全唐詩》作「漏唱」，注云：一作「曉唱」）傳。摇璫陪羽扇，端弁入爐煙。麟筆删金篆，龍綃薦玉編。汲書旬勘定，漢史蔡邕專。御竹潛通笥，宫池暗瀉泉。亂叢榮弱蕙，墜葉灑枯蓮。列署齊遊日，重江並謫年。登封思議草，侍講憶同筵。滄海風濤廣，黔山瘴雨偏。唯應緘上寶，贈

遠一呈妍。

常　衮

晚秋集賢院即事寄徐薛二侍郎

穆穆上清居，沉沉中秘書。金鋪深内殿，石甃浄寒渠。花樹臺斜倚，空煙閣半虚。縹囊披錦繡，翠軸卷瓊琚。墨潤冰文繭，香銷蠹字魚。翻黄桐葉老，吐白桂花初。舊德雙遊處，聯芳十載餘。北朝榮庾薛，西漢盛嚴徐。侍講親華扆，徵吟步綺疏。綴簾金翡翠，賜硯玉蟾蜍。序帙東南遠，離憂歲月除。承明期重入，江海意何如。

奉和聖製麟德殿燕百寮應制

雲闢御筵張，山呼聖壽長。玉闌豐瑞草，金陛立神羊。台鼎資庖膳，天星奉酒漿。蠻夷陪作位，犀象舞成行。網已祛三面，歌因守四方。千秋不可極，花發滿宫香。

登棲霞寺（今按，《全唐詩》卷二七九又作盧綸詩，題作《奉和李益遊棲巖寺》）

林香雨氣新，山寺緑無塵。遂結雲外侶，共遊天上春。鶴鳴金閣麗，僧語竹房鄰。待月水流急，惜花風起頻。何方非壞境，此地有歸人。迴首空門外，皤然一幻身。

逢南中使寄嶺外故人

見説南來處，蒼梧指桂林。過秋天更暖，邊海日長陰。巴路緣雲出，蠻鄉入洞深。信回人自老，夢到月應沉。碧水通春色，青山寄遠心。炎方難久客，爲爾一沾襟。

代員將軍罷戰後歸故里

結髮事疆埸，全生俱到鄉。連雲防鐵嶺，同日破漁陽。牧馬胡天晚，移軍磧路長。枕戈眠古戍，吹角立繁霜。歸老勳仍在，酬恩虜未忘。獨行過邑里，多病對農桑。雄劍依塵橐，兵符寄藥囊。空餘麾下將，猶逐羽林郎。

題金吾郭將軍石伏茅堂（今按，「伏」，《全唐詩》作「洑」）

雲戟曙沉沉，軒墀清且深。家傳成棟美，堯寵結茅心。玉佩多依石，油幢亦在林。鑪香諸洞暖，殿影衆山陰。草奏風生筆，開筵雪滿琴。客從龍闕至，僧自虎溪尋。瀟灑延清賞，周流會素襟。終朝惜塵步，一醉見華簪。

詠冬瑰花（奉和中書李舍人昆季詠寄徐郎中之作。）

獨鶴寄煙霜，雙鸞思晚芳。舊陰依謝宅，新艷出蕭墻。蝶散摇輕露，鶯銜入夕陽。雨朝勝

濯錦，風夜劇焚香。麗日千層艷，孤霞一片光。密來驚葉少，動處覺枝長。布影期高賞，留春爲遠方。嘗聞贈瓊玖，叨和愧升堂。

和考功員外杪秋憶終南舊宅之作（今按，《全唐詩》卷二七六又作盧綸詩，「員外」前有「王」字）

静憶溪邊宅，知君許謝公。曉霜凝耒耜，初日照梧桐。澗鼠喧藤蔓，山禽竄石叢。白雲當嶺雨，黄葉繞階風。野菓垂橋上，高泉落水中。歡榮來自間，羸（今按，據姚本、《文苑英華》卷二四三、《全唐詩》卷二五四，當爲「羸」）賤賞曾通。月滿珠藏海，天晴鶴在籠。餘音（今按，《全唐詩》作「陰」）如可寄，願得隱橋（今按，《全唐詩》作「墻」）東。

早秋望華清宫樹因以成詠

可憐雲木叢，滿禁碧濛濛。色潤靈泉近，陰清輦路通。玉壇標八桂，金井識雙桐。交映凝寒露，相和起夜風。數枝盤石上，幾葉落雲中。燕拂宜秋霽，蟬鳴覺晝空。翠屏更隱見，珠綴共玲瓏。雷雨生成早，樵蘇禁令雄。野藤高助緑，仙果迥呈紅。惆悵繚垣暮，兹山閩暗蟲（今按，姚本、屠隆本、牛斗本、刻者不詳明本及《文苑英華》卷三一一、《全唐詩》卷二七九盧綸詩作「蛩」）。

司空曙

題玉真公主山池院（蕭士贇云：按，《唐史》：大〔今按，當爲「太」〕極元年，玉真公主與金仙公主爲道士，始封崇昌縣主，俄進號「上清玄都大洞三景法師」。天寶三載，上言曰：「先帝許妾捨家，今仍叨主第，食租賦。願去公主號，罷巴〔今按，據姚本、屠隆本、刻者不詳明本、《新唐書》卷八三《玉真公主傳》，當爲「邑」〕司，歸之王府。」玄宗不許。又言：「妾高宗之孫，睿宗之女，於天下不爲賤，何必名繫主號、資湯沐然後爲貴？請入數百家之產，延千〔今按，《新唐書》本傳作「十」〕年之命。」帝知至〔今按，《新唐書·玉真公主傳》作「主」〕意，乃許之。薨寶應時。）

香殿留遺影，春朝玉户開。羽衣重素几，珠網儼輕埃。石自蓬山得，泉經太掖（今按，《全唐詩》作「液」）來。柳絲遮緑浪，花粉落青苔。鏡掩鸞空在，霞消鳳不回。唯餘碧（今按，《全唐詩》作「古」）桃樹，傳是上仙栽。

晦日益州北地陪宴（今按，「地」，據姚本、《唐詩紀事》卷三十、《全唐詩》卷二九二，當爲「池」）

臨汎從公日，仙舟翠幕張。七橋通碧沼，雙樹接花塘。玉燭收寒氣，金波隱夕光。野聞歌管思，水静綺羅香。遊騎縈林遠，飛橈截岸長。郊源懷灞滻，陂溠寫江潢。常侍傳花詔，

偏裨問羽觴。豈令南峴首，千載播餘芳。

和王卿立秋即事

秋宜何處看，試問白雲官。暗入蟬鳴樹，微侵蝶繞蘭。向風涼稍動，近日暑猶殘。九陌浮埃減，千峰爽氣攢。换衣防竹暮，沉果訝泉寒。宫響傳花杵，天清出露盤。高禽當側弃（今按，據姚本、四庫本、《全唐詩》卷二九二，當爲「弁」），遊鮪對憑闌。一奏招商曲，空令繼唱難。

奉和常舍人晚秋集賢院即事寄徐薛二侍郎

藹藹鳳凰宫，蘭臺玉署通。夜霜凝樹羽，朝日照相風。官附三台貴，儒開百代（今按，《全唐詩》作「氏」）宗。司言陳禹命，侍講發堯聰。香卷青編内，鉛分緑字中。綴籤從太史，鏘珮揖羣公。池接天泉碧，林交御果紅。寒龜登故葉，秋蝶戀疏叢。顏謝徵文並，鍾裴議事同。離羣驚海鶴，屬思怨江楓。地遠姑蘇外，天（今按，《全唐詩》作「山」）長越絶東。慚當哲匠後，下曲本難工。

耿　湋

入塞曲

將軍帶十圍，重錦製戎衣。猿臂銷弓力，虬鬚長劍威。首登平樂宴，新破大宛歸。樓上姝姬笑，門前問客稀。暮烽玄兔急，秋草紫騮肥。未奉君王詔，高槐晝掩扉。（方虚谷云：將帥而有富貴如此者，少矣。）

仙山行

深溪人不到，杖策獨緣源。花落尋無徑，雞鳴覺近村。數翁皆藉草，對奕（今按，明活字本《唐五十家詩集》、《全唐詩》皆作「奕」，與「弈」通）復臨樽。看畢初圍局，歸逢幾世孫。雲迷入洞處，水引出山門。惆悵歸城郭，樵柯跡尚存。

奉送崔侍御和蕃

萬里華戎隔，風沙道路秋。新恩明主啓，舊好使臣脩。旌節隨邊草，關山見戍樓。俗殊人左袵，地遠水西流。日暮冰先合，春深雪未休。無論善長對，博望自封侯。

送歸中丞使新羅册立弔祭

遠國通王化，儒林得使臣。立君成（集作「六軍承」）典册，行弔（集作「萬里」）奉絲綸。雲水連孤棹，恩思（今按，據屠隆本、刻者不詳明本、明活字本《唐五十家詩集》、《全唐詩》，當爲「私」）在一身。悠悠龍節去，渺渺蜃樓新。望裏山仍暮，波中歲又春。昏明看日色（今按，刻者不詳明本、明活字本《唐五十家詩集》、《全唐詩》作「御」），靈怪問舟人。城邑分華夏，衣裳擬縉紳。他時禮命畢，歸路不迷津。

吉中孚

送歸中丞使新羅册立弔祭

官稱漢獨坐，身是魯諸生。絶域通王制，窮天問水程。島中分萬象，日處轉雙旌。氣積魚龍窟，濤翻水浪聲。路長經歲去，海盡向山行。復道殊方禮，人膽（今按，據姚本及《全唐詩》，當爲「瞻」）漢使榮。

李益

送歸中丞使新羅册立弔祭（今按，《全唐詩》卷二八六又作李端詩）

東望扶桑日，何年是到時。片帆通雨露，積水隔華夷。浩渺風來遠，虚明鳥去遲。長波静雲月，孤島宿旌旗。别業（今按，據姚本、屠隆本、牛斗本、刻者不詳明本、《文苑英華》卷二九七、《全唐詩》卷二八三，當爲「葉」）傳秋意，迴潮動客思。滄溟無舊路，何處問前期。

陳季

鶴警露

南國商飇動，東皋野鶴鳴。溪松寒暫宿，露草滴還驚。欲有高飛意，空聞召侣情。風間傳藻質，月下引清聲。未假摶扶勢，焉知羽翼輕。吾君開太液，願得應皇明。

湘靈鼓瑟

神女汎瑶琴（今按，姚本、《全唐詩》作「瑟」），古祠儼野亭。楚雲來泱漭，湘水助清泠。妙指微幽契，繁聲入杳冥。一彈新月白，數曲暮山青。調苦荆人怨，時遥帝子靈。遺音如可賞，試

奏爲君聽。

莊若訥

湘靈鼓瑟

帝子鳴金瑟，餘聲自抑揚。悲風絲上斷，流水曲中長。出没遊魚聽，逶迤彩鳳翔。微音時扣徵，雅韻乍含商。神理誠難測，幽情詎可忘（今按，《全唐詩》作「量」）。至今聞古調，應恨滯三湘。

包佶

送日本國聘賀使晁巨卿東歸

上才生下國，東海是西鄰。九譯蕃君使，千年聖主臣。野情偏得禮，水（今按，明活字本《唐五十家詩集》、《全唐詩》作「木」）性本含仁（今按，明活字本《唐五十家詩集》、《全唐詩》作「真」）。錦帆乘風轉，金裝照地新。孤城開蜃閣，曉日上車輪。早議（今按，明活字本《唐五十家詩集》、《全唐詩》作「識」）來朝歲，塗山玉帛均。

劉方平

寄隴右嚴判官

副相西征重（今按，《全唐詩》卷二五一注云：一作「日」），蒼生屬望辰。還同周薄伐，不取漢和親。虜陣摧枯易，王師決勝頻。高旗臨鼓角，太白静風塵。赤狄争歸化，青羌已請臣。遥傳閫外美，盛選幕中賓。玉劍光初發，冰壺色自真。忠貞期報主，章服豈榮身。邊草含風緑，征鴻過月新。胡笳長出塞，隴水半歸秦。絶幕多來往，連年厭苦辛。路經西漢雪，家擲後園春。誰念煙雲裏，深居汝潁濱。一叢黄菊地，九日白衣人。松葉疏開嶺，桃花密應（今按，據姚本、屠隆本、牛斗本、刻者不詳明本及《全唐詩》，當爲「映」）津。縑書若有寄，爲訪許由鄰。

李　端

遊終南山寄蘇奉禮（今按，《石倉歷代詩選》後有「王尊師苗員外」六字）

半嶺逢仙駕，清晨獨採芝。壺中開白日，霧裏卷朱旂。猿鳥知歸路，松蘿見會時。雞聲傳洞遠，鶴語報家遲。童子閑驅石，樵夫樂看棋。依稀醉後拜，恍惚夢中辭。海上終難接，

人間益自疑。風塵甘獨老，山水但相思。願得燒丹訣，流沙永待師。

崔峒

寄上禮部李侍郎

吴楚相逢處，江湖共汎時。任風舟去遠，待月酒行遲。白髮常同歎，青雲本要（今按，屠隆本、《唐詩紀事》卷三〇作「異」）期。貴來君却少，秋至老堪悲。玉佩明朝盛，蒼苔陋巷滋。追尋恨無路，唯有夢相思。

張繼

送判官往陳留（今按，《全唐詩》「判官」前有「鄒」字）

齊宋分巡地，頻年此用兵。女停襄邑杼，農廢汶陽畊。（高仲武云：可謂事理雙切。）使者（今按，《全唐詩》作「國使」）乘軺去，諸藩（今按，《全唐詩》作「諸侯」）擁節迎。深仁佐君子，薄賦恤黎甿。火燎原猶熱，風（今按，《全唐詩》作「波」）摇海未平。（比興深矣。［今按，此乃高仲武《中興間氣集》中評語］）應將否泰理，一問魯諸生。

令狐峘

釋奠日國學觀禮聞雅頌

肅肅先師廟，依依胄（今按，據姚本及《全唐詩》，當爲「冑」）子羣。滿庭陳舊禮，開户拜清芬。萬舞當華燭，簫韶入翠雲。頌歌清曉聽，雅吹度風聞。澹泊調元氣，中和美聖君。唯餘東魯客，蹈舞向南薰。

滕珦

釋奠日國學觀禮聞雅頌

太學時觀禮，東方曉色分。威儀何棣棣，環珮又紛紛。古樂從空盡，清歌幾處聞。六和成遠吹，九奏動行雲。聖上尊儒樂（今按，《全唐詩》作「學」），春秋奠茂勳。幸因陪齒列，聊以頌斯文。

張 濯

迎春東郊

顓頊時初謝，勾芒令復陳。飛灰將應節，賓日已知春。考曆明三統，迎祥授（今按，《全唐詩》作「受」）萬人。衣冠宵執玉，壇墠曉清塵。肅穆來東道，回環拱北辰。仗前花待發，旂處柳凝（今按，《全唐詩》作「疑」）新。雲斂黄山際，冰開素滻濱。聖朝多慶賞，希爲薦沉淪。

〔明〕高 棅 編選
葛景春 胡永傑 點校

唐詩品彙

四

中華書局

五言排律卷之九　唐詩品彙七十九

接武（下）

德宗皇帝

麟德殿宴百寮

憂勤承聖緒，開泰喜時康。恭己臨羣后，垂衣御八荒。務閑春向暮，朝罷日猶長。紫殿初筵列，彤庭廣樂張。成功歸輔弼，致理賴忠良。共此歡娛事，千秋樂未央。

顧　況

樂府

暖谷春光至，宸遊近甸榮。雲隨天仗轉，風入御簾輕。翠蓋浮佳氣，朱樓倚太清。朝臣冠

劍退，宮女管絃迎。細草承雕輦，繁花入幔城。文房開聖藻，武衛宿天營。玉醴隨觴至，銅壺逐漏行。五星舍（今按，據姚本、四庫本、《全唐詩》，當爲「含」）土德，萬姓徹中聲。親祀先崇典，躬推示勸耕。國風新正樂，農器近消兵。道德關河固，刑章日月明。野人同鳥獸，率舞感昇平。

寄江南鶴林寺石冰上人

山川重復出，心地闇相逢。忽憶秋江月，如聞古寺鐘。湖平南北岸，雲抱兩三峯。定力超香象，真言攝毒龍。風中何處鶴，石上幾年松。爲報煙霞道，人間共不容。

暢　當

春日過□□園（今按，「過」後兩字，原文爲墨丁，四庫本作「玉林」，《全唐詩》作「奉誠」，注云：一作「曲江」，一作「玉林園」）

帝里陽和日，遊人到御園。暖催新景氣，春認舊蘭蓀。詠德先臣没，成蹊大樹存。見桐猶近井，看柳尚依門。獻地非更宅，遺忠永奉恩。又期攀桂後，來賞百花繁。

徐　嶷

送日本使還（今按，《文苑英華》卷二九七作徐嶷詩，《全唐詩》卷四七四作徐凝詩）

絶國將無外，扶桑更有東。來朝逢聖日，歸去及秋風。夜汎潮迴際，晨征莽蒼中。鯨波騰水府，蜃氣狀（今按，《文苑英華》、《全唐詩》作「壯」）仙宫。天眷何期遠，王文久已同。相望杳不見，離恨托飛鴻。

叔孫玄觀

洛出書

清洛含温溜，玄龜薦寶書。波開緑字出，瑞應紫宸居。物著羣靈首，文成列卦初。美珍翔閣鳳，慶邁躍舟魚。俾姒惟何遠，休皇復在諸。東都主人意，歌頌望乘輿。

戴叔倫

曉聞長樂鐘聲

漢苑鐘聲早，秦郊曙色分。霜凌萬户徹，風散一城聞。已啓蓬萊殿，初朝鴛鷺羣。虚心方應物，大扣欲干雲。近雜雞人唱，新傳鳬氏文。能令翰苑客，流聽思氛氲。

冷朝陽

嚴滄浪云：朝陽在大曆才子中爲最下。

立春

玉律傳佳節，春（今按，《全唐詩》作「青」）陽應此辰。土牛呈歲稔，采燕表年春。臘盡星迴次，寒餘月建寅。風光行處好，雲物望中新。流水初消凍，潛魚欲振鱗。梅花將柳色，偏照越鄉人。

戎昱

觀衛尚書九日對中使射破的

盛燕傾黄菊，殊私降紫泥。月營開射圃，霜旆拂晴霓。出將三朝貴，彎弓五善齊。腕迴金鏃滿，的破緑絃（今按，《全唐詩》作「弦」）低。勇氣干牛斗，歡聲振（今按，《文苑英華》卷一五八、《全唐詩》作「震」）鼓鼙。忠臣思報國，更欲取關西。

涇州觀元戎出師

寒日征西將，蕭蕭萬馬叢。吹笳覆樓雪，祝纛滿旗風。遮虜黄雲斷，燒羌白草空。金鐃肅天外，玉帳盡（今按，《全唐詩》作「静」）霜中。朔野長城閉，河源舊路通。衛青師自老，魏絳賞何功。槍壘依沙迴，轅門壓塞雄。燕然如可勒，萬里願從公。

李益

再赴渭北使府留别

結髮逐鳴鼙，連兵追谷蠡。山川搜伏虜，鎧甲被重犀。故府旌旗在，新軍羽校齊。報恩身

未死，識路馬還嘶。列嶂高烽舉，當營太白低。平戎七尺劍，封檢一丸泥。截海收蒲類，飑（今按，《全唐詩》作「跑」）泉飲鸊鵜。漢庭中選重，更事五原西。

羊士諤

題郡南山光福寺

傳聞黄閣守，兹地賦長沙。少壯稱時傑，功名惜歲華。巖廊初見（今按，《全唐詩》作「建」）刹，賓從亟鳴笳。玉帳空巖道，甘棠見野花。碑殘猶墮淚，城古自啼（今按，《全唐詩》作「歸」）鴉。寂寂（今按，《全唐詩》作「籍籍」）清風在，懷人諒不遐。

題東山石壁（并序）（今按，《全唐詩》以序爲題）

乾元初，嚴黄門自京兆少尹貶秩牧巴郡，以長才英氣，固多暇日，每遊郡之東山。山側精舍有盤石細泉，疏爲流（今按，《全唐詩》作「浮」）杯之勝，苔深樹老，蒼然遺躅。士諤謬因出守，得繼兹賞，乃詩刻而石壁（今按，此句屠隆本、刻者不詳明本、《全唐詩》作「乃賦詩十四韻刻於石壁」，姚本作「乃詩刻於石壁」。此處「詩」前當脱「賦」字，並訛「於」爲「而」）。

石座雙峰古，雲泉九曲深。寂寥疏鑿意，蕪没歲時侵。繞席流還壅，浮杯咽復吟（今按，《全唐

詩》作「沉」)。追懷王謝侶，更似會稽岑。誰爲(今按，《全唐詩》作「謂」)大池翼，相期澤畔吟。光輝輕尺璧，然諾重黄(今按，姚本作「千」)金。幾醉東山妓，長懸北闕心。蕙蘭留雜珮，桃李想華簪。閑閤余何事，鳴騶亦屢尋。軒裳遵往轍，風景憩中林。横吹多淒調，高(今按，《全唐詩》作「安」)歌送好音。初筵方側耳(今按，《全唐詩》作「弁」)，故老忽沾襟。盛列(今按，刻者不詳明本、《全唐詩》作「世」)當弘濟，平生諒所欽。無能愧陳力，惆悵拂瑶琴。

楊巨源

春日奉酬聖壽無疆詞十首(今按，「酬」，《全唐詩》作「獻」)

代是文明晝，春當燕喜時。鑪煙添柳重，宫漏出花遲。漢典方寬律，周官正采詩。碧霄傳鳳吹，紅旭在龍旂。造化膺神器(今按，《全唐詩》作「契」)，陽和沃聖慈。無因隨百獸，率舞在(今按，《全唐詩》作「奉」)丹墀。

其二

文物京華盛，謳歌國步康。瑶池供壽酒，銀漢麗宸章。雨露含雙闕，雷霆肅萬方。代推仙祚遠，春共聖恩長。鳳扆臨花暖，龍鑪傍日香。遥知千萬歲，天意奉君王。

其三

日上蒼龍闕，香含紫禁林。晴光五雲疊，春色九重深。賞協元和德，文垂雅頌音。景雲隨御輦，顥氣在宸襟。永保無疆壽，長懷不戰心。聖明多慶澤（今按，《全唐詩》作「賜」），瓊樹粉墻陰。

其四

雲陛臨黄道，天門在碧虛。大明含睿藻，元氣抱宸居。戈偃征苗後，詩傳燕鎬初。年華富仙苑，時哲滿公車。化入氤氲大，恩垂泮涣（今按，《全唐詩》作「涣汗」）餘。悠然萬方静，風俗揖華胥。

其五

玉漏飄青瑣，金鋪麗紫宸。雲山九門曙，天地一家春。瑞靄方呈賞，暄風本配仁。巖廊開鳳翼，水殿壓鰲身。文雅逢明代，歡娱及賤臣。年年未央闕，恩共物華新。

其六

鴛鷺彤庭際，軒車綺陌前。九城多好色，萬井半祥煙。人醉逢堯酒，鶯歌答舜絃。花明御

溝水，香暖禁城天。錫宴文逾盛，徵歡物更妍。無窮艷陽月，長照太平年。

其七

垂拱乾坤正，歡心品類同。紫煙含北極，玄澤付東風。珠綴留晴景，金莖直曉空。發生資盛德，交泰讓全功。間氣登三事，祥光啓四聰。遐荒似川水，天外亦朝宗。

其八

睿德符玄化，芳情翊太和。日輪皇鑒遠，天仗聖朝多。曙色含金牓，晴光轉玉珂。中宫陳廣樂，元老進賡歌。蓮葉看龜上，桐花識鳳過。小臣空繫（今按，據姚本、屠隆本、四庫本、《文苑英華》卷一六七、《全唐詩》，當爲「擊」）壤，滄海是恩波。

其九

物象朝高殿，簪裾溢上京。春當九衢好，天向萬方明。樂報簫韶發，杯看沆瀣生。芙蓉丹闕暖，楊柳玉樓晴。閶闔開中禁，衣裳儼太清。南山同聖壽，長對鳳凰城。

其十

化洽生成遂，功宣動植知。瑞凝三秀草，春入萬年枝。鳳掖嘉言進，鴛行喜氣隨。仗臨丹

地近，衣對碧山垂。渥澤方柔遠，聰明本聽卑。願同東觀士，長覩漢威儀。

張仲素

上元日聽太清宮步虚

仙客開金籙，元宸會玉京。靈歌賓紫府，雅韻出層城。磬雜音徐徹，風飄響更清。紆餘空外盡，斷續聽中生。舞鶴紛將集，流雲駐（今按，《全唐詩》作「住」）未行。誰知九陌上，塵俗仰遺聲。

緱山鶴

羽客驂仙鶴，將飛駐碧山。映松殘雪在，度嶺片雲還。清唳因風遠，高姿對水閑。笙歌憶天上，城郭歎人間。幾變霜毛潔，方殊藻質班（今按，《全唐詩》作「斑」，字通）。蓬瀛如可到，逸翮詎能攀。

陸贄

禁中春松

陰陰青（今按，《全唐詩》作「清」）禁裏，蒼翠滿春松。雨露恩偏近，陽和色更濃。高枝分曉日，靈

韻雜宵鐘。香助爐煙遠，形疑蓋影重。願符千歲壽，不羨五株封。長得迴天眷，全勝老碧峰。

曉過南宮聞太常清樂

張　濛

南宮聞古樂，拂曙聽初驚。煙靄遥迷處，絲桐暗辨名。節隨新律改，聲帶緒風輕。合雅將移俗，同和自感情。遠音兼曉漏，餘響過春城。九奏明初日，寥寥天地清。

曉過南宮聞太常清樂

玉珂經禮寺，金奏過南宮。雅調乘清曉，飛聲向遠空。慢隨飄去雪，輕逐度來風。迴出重城裏，傍聞九陌中。應將肆夏比，更與五英同。一聽南薰曲，因知大舜功。

張季略

小苑春望宫池柳色

韶光歸漢苑，柳色發秦（今按，《全唐詩》作「春」）城。半見離宫出，纔分遠水明。青葱當淑景，隱

映媚新晴。積翠煙初合，微黄葉未生。迎春看尚嫩，照日見先榮。儻得辭幽谷，高枝寄一鳴（今按，《全唐詩》作「名」）。

張　昔

小苑春望宫池柳色

小苑春初至，皇衢日更清。遥分萬條柳，迥出九重城。隱映龍池潤，參差鳳闕明。影宜宫雪曙，色帶禁煙晴。深淺殘陽變，高低曉吹輕。年光正堪折，欲寄一枝榮。

裴　達

小苑春望宫池柳色

勝遊經小苑，閑望上春城。御路韶光發，宫池柳色輕。乍濃含雨潤，微澹帶雲晴。羃歷殘煙斂，摇揚落照明。幾條垂廣殿，數樹影高旌。獨有風塵客，思同雨露榮。

丁位

小苑春望宫池柳色

小苑宜春望，宫池柳色輕。低昂含曉景，榮（今按，據牛斗本、四庫本、《文苑英華》卷一八八、《全唐詩》，當爲「縈」）轉帶新晴。似蓋芳初合，如絲蔭漸成。依依連水暗，嫋嫋出墻明。雖以陽和發，能令旅思生。他時花滿路，從此接遷鶯。

周存

白雲向空盡（今按，《文苑英華》卷一八二作周存詩，注云：「《類詩》作焦郁」；《唐詩紀事》卷三五、《全唐詩》卷五〇九作焦郁詩）

白雲生遠岫，摇曳入晴空。乘化隨舒卷，無心任始終。欲銷仍向（今按，《全唐詩》作「帶」）日，將斷或（今按，《全唐詩》作「更」）因風。勢薄飛難定，天高色易窮。影收元氣表，光滅太虚中。儻若從龍出，還施潤物功。

禁中春松

幾歲含貞節，青青紫禁中。日華留偃蓋，雉尾轉春風。不爲繁霜改，那將衆木同。千枝（今按，《全唐詩》作「條」）攢翠色，百尺澹晴空。影密金莖近，花明鳳沼通。安知幽澗側，獨與散樗叢。

常沂

禁中春松

映殿松偏好，森森列禁中。攢柯雲聖澤，疏蓋引皇風。晚色連秦苑，春香落漢宮。操將貞（今按，《全唐詩》作「金」）石固，材與直臣同。翠影宜青瑣，蒼枝秀碧空。還知沐天眷，千載更葱蘢。

令狐楚

南宮夜直宿見李給事封題其日所下制敕知奏直在東省因以詩寄

番直同遥夜，嚴扃限幾重。青編書白雀（其日敕：鄜州奏白雀，宜付史館。），黄紙降蒼龍。北極絲

綸句，東垣翰墨蹤。尚垂玄露點，猶濕紫泥封。炫眼凝仙燭，馳心裹禁鐘。定應形夢寐，暫似接音容。玉樹春枝動，金樽臘釀醲。在朝君最舊，休澣許過從。

省中直夜對雪寄李師素侍御（今按，「侍御」，《文苑英華》、《全唐詩》皆作「侍郎」）

密雪紛初降，重城杳未開。雜花飛爛熳，連蝶舞徘徊。灑散千株葉，銷凝九陌埃。素華凝粉署，清氣繞霜臺。明覺侵牕積，寒知度塞來。謝家爭擬絮，越嶺誤驚梅。暗魄微茫照，嚴飈次第催。稍封黃竹亞，先集紫蘭摧。孫室臨書幌，梁園汎酒杯。静懷瓊樹倚，醉憶玉山頽。翠陌饑烏噪，蒼雲遠鴈哀。此時方夜直，相望意悠哉。

盧景亮

寒夜聞霜鐘

洪鐘發長夜，清響出層岑。暗入繁霜切，遥傳古木深。何城亂遠漏，幾度（今按，《全唐詩》作「處」）雜疏砧。已警離人夢，仍知（今按，《全唐詩》作「沾」）旅客襟。待時當命侶，抱器本無心。倘若無知者，誰能設此音。

鄭絪

寒夜聞霜鐘

霜鐘初應律，寂寂出重林。拂水宜清聽，凌空散迥音。春（今按，據屠隆本、刻者不詳明本、《文苑英華》卷一八四、《全唐詩》卷三一八，當爲「春」）容時未歇，揺曳夜方深。月下和虚籟，風前間遠砧。静（今按，《全唐詩》作「浄」）兼寒漏徹，閑畏曙更侵。遥想千山外，泠泠何處尋。

吕牧

涇渭揚清濁

涇渭横秦野，逶迤近帝城。二渠通作潤，萬户映皆清。明晦看殊色，潺湲聽一聲。岸虚深草掩，波動曉煙輕。御獵思投釣，漁歌好濯纓。合流知禹力，同共到滄瀛。

竇常

求自試

仙禁祥雲合，高梧彩鳳遊。沉冥求自試，通鑒果蒙收。文墨悲無位，詩書誤白頭。陳王抗表日，毛遂請行秋。雙劍會理（今按，據姚本、四庫本、《文苑英華》卷一八九、《全唐詩》卷二七一，當爲「曾埋」）獄，司空問斗牛。希垂拂拭惠，感激願相投。

花發上林

上苑曉沉沉，花枝亂綴陰。色浮雙闕近，春入九門深。向暖風初扇，餘寒雪尚侵。艷迴秦女目，愁劇越人心。繞繞時縈蝶，關關乍引禽。寧知幽谷羽，一舉欲依林。

王表

花發上林

上苑春何早，繁花已滿林。笑迎明主仗，香拂美人簪。地接樓臺近，天垂雨露深。晴光來戲蝶，夕影動棲禽。欲托凌雲勢，先開捧日心。當知桃李樹，從此必成陰。

權德輿

送工部張曹長大夫奉使西蕃

殊鄰覆露同，奉使小司空。西候車徒出，南臺節印雄。弔祠將渥命，導譯（今按，《全唐詩》作「驛」）暢皇風。故地山河在，新恩玉帛通。塞雲凝廢壘，關月照驚蓬。青史書歸日，翫輕五利功。

晚秋陪崔閣老張秘監閣老苗考功同遊昊天觀時楊閣老新直未滿以詩見寄斐然酬和有愧蕪音

方駕遊何許，仙源去似歸。縈迴留勝賞，瀟灑出塵機。汎菊賢人至，燒丹姹女飛。步虛清曉籟，隱機（今按，據屠隆本、四庫本、《文苑英華》卷一九一、《全唐詩》，當爲「几」）吸晨輝。竹徑琅玕合，芝田沆瀣希（今按，《全唐詩》作「晞」）。銀鈎三洞字，瑶笥六銖衣。麗句翫紅藥，佳期限紫微。徒然一相望，郢曲和應稀。

武元衡

奉酬中書相公至日圓丘攝事合於中書後閣宿齋移止於集賢院敘懷見寄之作（今按，《全唐詩》「攝」作「行」，「懷」作「情」，「作」作「什」）

郊廟祗嚴祀，齋莊覲上玄。別開金虎觀，不離紫微天。樹古長楊接，地深（今按，據姚本、屠隆本、牛斗本、刻者不詳明本、《文苑英華》卷二二〇，當爲「池深」，《全唐詩》作「池清」，注云：一作「池深」）太掖（今按，《文苑英華》、《全唐詩》作「液」）連。仲山方補衮，文舉自傷年。風澀銅壺漏，香凝綺閣煙。仍聞白雪唱，流詠滿鵾絃。

途次近蜀驛蒙恩賜寶刀及飛龍廐馬使還因寄李鄭二中書（今按，《全唐詩》「因」作「奉」）

草草事行役，遲遲入（《詩選》作「出」。）（今按，《全唐詩》作「違」）故關。碧幢遥隱霧，紅旆漸依山。感激慙（《集》作「酬」。）恩淚，風（今按，《全唐詩》作「星」）霜去國顔。捧刀金錫字，歸馬玉連環。威鳳翔雙闕，征夫護（今按，《全唐詩》作「縱」）百蠻。（《詩選》作「龍鳳辭三署，干戈護八蠻」。）應憐宣室召，温樹不同攀。

夏日陪諸寮遊昊天觀因覽舊題詩寄呈楊華州中丞

三伏草木變，九城車馬煩。碧霄迴騎吹，丹洞入桃源。臺殿雲浮棟，綏纓鶴在軒。莫將真破妄，聊用静持喧。石甃古苔冷，冰（今按，《全唐詩》作「水」）筠涼簟翻。黄公壚下歎，旌斾國東門。

和楊二舍人晚秋與崔二舍人張秘監苗考功同遊昊天觀時中書寓直不得陪隨因追往年曾與舊僚聯遊此觀紀題在壁已有淪亡書事感懷輒以呈寄兼呈東省三給事之作楊公見徵鄙詞因以繼和

（今按，《全唐詩》「楊二」作「楊三」）

瑶圃高秋會，金街（今按，《全唐詩》作「閨」）奉詔辰。朱綸（今按，《全唐詩》作「輪」）天上客，白石洞中人。珮響泉聲雜，朝衣羽服親。九重青瑣秘，三秀紫芝新。化藥秦方士，偷桃漢侍臣。玉笙王子駕，遼鶴令威身。歎逝頹波遠，緘詞麗曲春。重將悽恨意，苔壁問遺塵。

五言排律卷之十　唐詩品彙八十

餘響

柳宗元

酬婁秀才寓居開元寺早秋月夜病中見寄

客有故園思，瀟湘生夜愁。病依居士室，夢繞羽人丘。味道憐知止，遺名得自求。壁空殘月曙，門掩候蟲秋。（張文潛云：此聯爲集中第一。）謬委雙金重，難徵雜佩酬。碧霄無枉路，徒此助離憂。

韋使君黃溪祈雨見召從行至祠下口號

驕陽愆歲事，良牧念菑畬。列騎低殘月，鳴笳度碧虛。稍窮樵客路，遥駐野人居。谷口寒流浄，叢祠古木疏。焚香秋霧濕，奠玉曉光初。肸蠁巫言報，精誠禮物餘。惠風仍偃草，

靈雨會隨車。俟罪非真吏，翻慚奉簡書。

韓　愈

送李尚書赴襄陽

帝憂南國切，改命付忠良。壞畫星摇動，旗分獸簸揚。五營兵轉肅，千里地還方。控帶荆門遠，飄浮漢水長。賜書寛屬郡，戰馬隔鄰疆。縱獵雷霆迅，觀棋玉石忙。風流峴首客，花艷大堤娼。富貴由身致，誰教不自强。

和席八夔（元和十一年，夔與公同掌制誥，故有「倚而」〔今按，據詩文，「而」當爲「市」〕、「吹竽」之句）

絳闕銀河曙，東風右掖春。官隨名共美，花與思俱新。綺陌朝遊間，綾衾夜直頻。横門開日月，高閣切星辰。庭變寒前草，天銷霽後塵。溝聲通苑急，柳色壓城匀。綸綍謀猷盛，丹青步武親。芳菲含黼藻，光景暢形神。傍砌看紅藥，巡池詠白蘋。多情懷酒伴，餘事作詩人。倚市（今按，《全唐詩》作「玉」）難藏拙，吹竽久混真。坐慚空自老，江海未寧身。

劉禹錫

元和癸巳歲仲秋詔發江陵偏師問罪蠻徼後命宣慰釋兵歸降凱旋之辰率爾成詠寄荆南嚴司空

蠻水阻朝宗，兵符下渚宫。前籌得上策，無戰已成功。漢使星飛入，夷心草偃同。觀（今按，據姚本、屠隆本、牛斗本、刻者不詳明本、《文苑英華》卷二五八，當爲「歡」）謡開竹棧，拜舞擲桑弓。就日知兵（今按，《文苑英華》、《全唐詩》卷三六二作「冰」）釋，投人念鳥窮。綱羅三面解，章奏九門通。卉服聯操袂，雕題盡鞠躬。降幡秋練白，驛騎晝塵紅。火號休傳警，機橋罷直（今按，《文苑英華》、《全唐詩》作「亘」）空。登山不見虜，振旆自生風。江遠煙波静，軍迴氣色雄。佇看聞喜後，金石賜元戎。

李吉甫

癸巳歲吉甫園丘攝事合於中書後閣宿齋常負忝媿移止於集賢院會門下相公以七言垂寄亦有所酬短章絶韻不足抒意因敘所懷奉寄相公兼呈集賢諸學士

淮海同三入，樞衡過六年。廟齋兢永夕，書府會羣仙。粉壁連霜曙，冰池對月圓。歲時憂裏換，鐘漏静中傳。蓬髪顔空老，松心契獨全。贈言因傅説，垂訓在三篇。

裴度

奉酬中書相公至日圓丘攝事合於中書後閣宿齋移止於集賢院敘懷見寄之作

翼亮登三命，謨猷本一心。致齋移秘府，祗事見沖襟。皓月當延閣，祥風自禁林。相庭方積玉，王度已如金。運偶唐虞盛，情同丙魏深。幽蘭與白雪，何處寄庸音。

李　觀

御溝新柳

御溝迴廣陌，芳柳對行人。翠色枝枝滿，年光樹樹新。畏逢攀折客，愁見別離辰。近映章臺騎，遥分禁苑春。嫩陰初覆水，高影漸離塵。莫入胡兒笛，還令淚濕巾。

馮　宿

御溝新柳

夾道天渠遠，垂絲御柳新。千條宜向日，萬户共迎春。輕翠含煙發，微音逐吹頻。静看思渡口，迴望憶江濱。裊裊分遊騎，依依駐旅人。陽和如可及，攀折在兹辰。

王良士

南至日隔仗望含元殿爐煙

（今按，《全唐詩》卷三一九又作車紘詩，《唐詩紀事》卷四三作韋紓詩，「車紘」當爲「韋紓」之訛）

抗殿疏龍（今按，《唐詩紀事》作「元」）首，高高接上玄。節當南至日，星是北辰天。寶戟羅仙仗，

金壚（今按，刻者不詳明本、《唐詩紀事》作「爐」）引御煙。霏微雙闕麗，容曳九門連。拂曙祥光滿，分晴瑞色鮮。一陽今在曆，生植仰（今按，《唐詩紀事》作「願」）陶甄。

韋紓

風動萬年枝

嘉名標萬祀，擢秀出深宫。嫩葉含煙靄，芳柯振惠風。參差摇翠色，綺靡舞晴空。氣禀禎祥異，榮霑雨露同。天年方未極，聖壽比應崇。幸列華林裏，知殊衆木中。

宋迪

龍池春草

鳳闕韶光遍，龍池草色匀。煙波全讓緑，堤柳不争新。翻葉迎紅日，飄香借白蘋。幽姿偏占暮，芳意欲留春。已勝生金埒，長思籍（今按，《全唐詩》作「藉」）玉輪。翠華如見幸，正好及兹辰。

吕温

和李使君三郎早秋城北亭宴崔司士因寄關中張評事

黄花古城路，上盡見青山。桑柘晴川口，牛羊落照間。野情隨卷幔，軍（今按，《全唐詩》作「塵」）事隔重關。道合偏多（今按，《全唐詩》作「重」）賞，官微獨不閑。鶴分琴久罷，書到鴈應還。爲謝登龍（今按，《全唐詩》作「臨」）客，瓊枝寄一攀。

終南精舍月中聞磬

月峰禪室掩，幽磬浄昏氛。思入空門妙，聲從覺路聞。泠泠流衆壑（今按，《全唐詩》作「滿虚壑」），杳杳出重雲。天籟疑難辨，霜鐘詎（今按，《全唐詩》作「誰」）可分。偶來遊法界，便欲謝人羣。竟夕聽真響，塵心自解紛。

鮑溶

薦冰

西陸宜先啓，春寒寢廟清。曆官分氣候，天子薦精誠。已辨瑶池色，如和玉佩鳴。禮餘神

轉肅，曙後月殘明。雅合冰（今按，《全唐詩》作「霜」）容潔，非同雪體輕。空憐一掬水，珍重此時情。

趙蕃

薦冰

仲月開凌室，齋心感聖情。寒姿分玉座，皓彩發丹楹。積素因風壯，虚空向日明。遥涵牕户冷，近映冕旒清。在掌光逾徹（今按，姚本、屠隆本、牛斗本、刻者不詳明本、《全唐詩》作「澈」，字通），當軒質自輕。良辰方可致，由此表精誠。

夏方慶

謝真人仙駕過舊山（今按，《全唐詩》「過」作「還」）

何年成道去，綽約化童顏。天上辭真（今按，《全唐詩》作「仙」）侣，人間憶舊山。桑田今已變，蘿徑尚堪攀。雲覆瑶壇浄，苔生丹竈閑。逍遥看（今按，《全唐詩》作「堪」）白石，寂寞閉玄關。應是悲塵累（今按，《全唐詩》作「世」），思將羽駕還。

范傳正

謝真人仙駕過舊山（今按，《全唐詩》「過」作「還」）

麾蓋從仙府，笙歌入舊山。水流丹竈缺，風（今按，《全唐詩》作「雲」）起草堂關。白鹿行爲衛，青鸞舞自閑。種松鱗未老，移石蘚仍斑。望路煙霄外，迴輿嶺岫間。豈惟遼海鶴，空歎令威還。

李君房（今按，《全唐詩》注云：一作「芳」）

石季倫金谷故園

梓澤風流地，淒涼跡尚存。殘芳迷妓女，衰草憶王孫。舞態隨人謝，歌聲寄鳥言。池平森灌木，月落弔空園。流水悲難駐，浮雲影自翻。賓堦餘蘚石，車馬詎喧喧。

許堯佐

石季倫金谷故園

石氏遺文在，淒涼見故園。輕風思奏樂，衰草憶行軒。舞榭荒苔掩，歌臺墜（今按，《全唐詩》作

「落」）葉繁。斷雲歸舊壑，流水咽清源。曲渚殘虹斂（今按，《全唐詩》作「曲沼殘煙斂」），叢篁宿鳥喧。空（今按，《全唐詩》作「唯」）餘林上月，長（今按，《全唐詩》作「猶」）似對金罇。

陳通方

春風扇微和

習習和風扇，悠悠淑氣微。陽升知候改，律應喜春歸。池柳晴初折，林鶯暖欲飛。川源浮彩翠，臺館動光輝。汎艷摇丹闕，揚芳入粉闈。發生當有分，枯朽幸因依。

張　籍

送鄭尚書出鎮南海

遠鎮承新命，王程不暇（今按，據《文苑英華》卷二七七、《全唐詩》卷三八四，當爲「假」）催。班行争路送，恩賜併時來。牙旆從城展，兵符到府開。蠻流（今按，《全唐詩》作「聲」）喧夜市，海色潤南臺（今按，《全唐詩》作「侵潮臺」，注云：一作「潤朝臺」）。畫角天邊月，寒門（今按，《全唐詩》作「關」）嶺上梅。去（今按，《全唐詩》作「共」）知公望重，多是隔春（今按，《全唐詩》作「年」）迴。

和盧常侍寄華山隱者鄭氏

猶坐三峰下，年深學煉丹。一間松葉屋，數片石花冠。酒待山中飲，琴將洞裏彈。開門移遠竹，剪草出幽蘭。荒壁通泉架，晴崖曬藥壇。寄知騎省客，長向白雲看（今按，《全唐詩》作「閑」）。

新成甲仗樓（今按，「成」，《全唐詩》作「城」）

謝氏起高樓，西臨城上頭。圖功百尺麗，藏器五兵脩。結構檪甍固，虛明户檻幽。魚龍卷旗幟，霜雪積戈矛。暑雨敲（今按，據姚本、屠隆本、四庫本，當爲「歊」，《全唐詩》作「熇」）蒸隔，涼風宴位留。地高形遠出，山静氣清優。睥睨斜光徹，闌干宿霧浮。芊芊秔稻色，脈脈苑溪流。郡化王（今按，《全唐詩》作「黄」）丞相，詩成沈隱侯。居兹良得景，殊勝峴山遊。

沈亞之

勤政樓下觀百官獻壽

御氣黄花節，臨軒紫陌頭。早陽生彩仗，霽色入仙樓。獻壽皆鴛鷺，瞻天在冕旒。菊尊開九日，鳳曆啓千秋。樂関祥煙起，杯酣瑞影收。年年歌舞夕，此地慶皇休。

春色滿皇州

何處春歸好，偏宜在雍州。花明夾城道，柳暗曲江頭。風軟遊絲重，光融瑞氣浮。鬭雞憐短草，乳燕傍高樓。繡轂盈香陌，新泉溢御溝。行看日欲暮，迴騎似川流。

張嗣初

春色滿皇州

何處年華好，皇州淑氣勻。韶陽潛應律，草木暗迎春。柳變金堤畔，蘭柚（今按，據姚本、四庫本、《文苑英華》卷一八一、《全唐詩》，當爲「抽」）曲水濱。輕黃垂輦道，微緑映天津。麗景浮丹闕，晴光擁紫宸。不知幽遠地，今日幾枝新。

滕邁

春色滿皇州（今按，一作薛能詩）

藹藹復悠悠，春歸十二樓。最明雲裏闕，先滿日邊洲（今按，姚本、《全唐詩》作「州」）。色媚青門外，光摇紫陌頭。上林榮舊樹，太掖（今按，《全唐詩》作「液」）汎新流。暖帶祥煙起，晴添瑞景

浮。陽和如啓蟄，從此事芳遊。

王涯

望禁門松雪

宿雲開霽景，佳氣此時濃。瑞雪凝清禁，祥煙幕（今按，《全唐詩》作「冪」）小松。依稀鴛瓦出，隱映鳳樓重。金闕晴光照，瓊枝瑞色封。葉鋪全類玉，柯偃乍疑龍。詎北（今按，據屠隆本、四庫本、《文苑英華》卷一八二及《全唐詩》，當爲「比」）寒山上，風霜老昔容。

吴武陵

小松（貢院樓北新栽。）

拂檻愛貞容，移根自遠峰。已曾經草没，終不任苔封。葉少初陵雪，鱗生欲化龍。乘春濯雨露，得地近垣墉。逐吹香微動，含煙色漸濃。時迴日月照，爲謝小山松。

李紳

山出雲

杳靄祥雲起，飄颻翠嶺新。瑩（今按，《全唐詩》作「縈」）峰開石秀，吐葉間松春。林静翻空少，山明度嶺頻。迴崖時掩鶴，幽澗或隨人。姑射朝凝雪，陽臺晚伴神。悠悠九霄上，應坐玉京賓。

白行簡

春從何處來

欲識春生處，先從木德來。入門潛報柳，度嶺暗驚梅。透雪寒光散，消冰水鏡開。曉迎郊騎發，夜逐斗杓迴。淑氣空中變，新聲雨後催。偏宜資律吕，應是候陽臺。

夫子鼓琴得其人

宣父窮玄奥，師襄授素琴。稍殊流水引，全辨聖人心。慕德聲逾感，懷人意自深。泠泠傳妙手，摵摵振空林。促調清風至，操絃白日沉。曲終情不盡，千古仰知音。

李太尉重陽日得蘇屬國書（今按，「太尉」，《文苑英華》卷一八九同此，《全唐詩》卷四六六作「都尉」，以「都尉」爲是）

降虜意何如，窮荒九月初。三秋異鄉節，一紙故人書。對酒情無極，開緘思有餘。感時空寂寞，懷舊幾躊躇。鴈盡平沙迥，煙銷大漠虚。登臺南望處，掩淚對雙魚。

焦　郁

春雲（今按，「雲」，《文苑英華》卷一八二同此，《全唐詩》卷五〇五作「雪」）

漫漫（今按，《全唐詩》作「散漫」）天涯色，乘春四望平。不分殘照影，何處斷魂聲。繚繞先經塞，霏微近過城。因風低未斂，帶雨重還輕。干吕知時泰，如膏候歲成。小儒同品物，無以答皇明。

殷堯藩

中元日觀諸道士步虚（今按，《文苑英華》卷一八九、二二九，《全唐詩》卷四七二、四九二分别作殷堯恭、殷堯藩詩）

玄都開秘籙，白石禮先生。上界秋光浄，中元夜景清。星辰朝帝處，鸞鶴步虚聲。玉樹花

雖老，珠宫月最明。掃壇天地肅，投簡鬼神驚。儻賜刀圭藥，還留不死名。

朱餘慶

晦日同至昆明池汎舟（今按，「同至」，據《文苑英華》卷一八九，當爲「同志」，《全唐詩》卷五五題作《省試晦日與同志昆明池泛舟》）

故人同汎處，遠色望中明。静見砂痕露，微思月魄生。周迴餘雪在，浩渺暮雲平。戲鳥隨蘭棹，空波盪石鯨。劫灰難問理，島樹偶知名。自省曾追賞，無如此日情。

賈　島

别徐明府

抱琴非本意，生事偶相縈。口尚袁安節，身無子賤名。地寒春雪盛，山淺夕風輕。百戰餘荒野，千夫漸偶耕。一杯宜獨夜，孤客戀交情。明日疲驂去，蕭條過古城。

寄賀蘭朋吉

往往東林下，花香似火焚。故園從小别，夜雨近秋聞。野菜連寒木（今按，《文苑英華》卷二五九、

鄭　蕡

春臺晴望

追賞層臺迥，登臨四望頻。熙熙山雨霽，濯濯（今按，《全唐詩》作「處處」）柳條新。草長秦城夕，花明漢苑春。晴林飜去鳥，紫陌度遊人（今按，《全唐詩》作「閱行人」）。旅客風塵厭，山家夢寐親。遷鶯思出谷，騫翥待芳辰。

高　弁（今按，《全唐詩》卷三六八同此，「高」下注云「一作喬」，姚本、屠隆本、牛斗本、刻者不詳明本，《文苑英華》卷一八四作「喬弁」）

春臺晴望

層臺聊一望，遍賞帝城春。風暖聞啼鳥，冰開見躍鱗。晴山煙外翠，香蕊日邊新。已變青門柳，初銷紫陌塵。金湯千里國，車騎萬方人。此處雲霄近，憑高願致身。

鄭　蕡

春臺晴望

追賞層臺迥，登臨四望頻。熙熙山雨霽，濯濯（今按，《全唐詩》作「處處」）柳條新。草長秦城夕，花明漢苑春。晴林翫去鳥，紫陌度遊人（今按，《全唐詩》作「閱行人」）。旅客風塵厭，山家夢寐親。遷鶯思出谷，翥翥待芳辰。

高　弁（今按，《全唐詩》卷三六八同此，「高」下注云「一作喬」，姚本、屠隆本、牛斗本、刻者不詳明本，《文苑英華》卷一八四作「喬弁」）

春臺晴望

層臺聊一望，遍賞帝城春。風暖聞啼鳥，冰開見躍鱗。晴山煙外翠，香蕊日邊新。已變青門柳，初銷紫陌塵。金湯千里國，車騎萬方人。此處雲霄近，憑高願致身。

《唐詩紀事》卷五八、《全唐詩》卷五七二作「水」），枯株簇古墳。汎舟同遠客，尋寺入幽雲。斜日閑門（今按，《全唐詩》作「扉多」）掩，荒田細徑（今按，《全唐詩》作「徑細」）分。相思蟬幾處，偶坐蝶成羣。（劉須溪云：是謂流麗。）會宿曾論道，登高省議文。苦吟遥可想，邊葉向紛紛。

落第東歸逢僧伯陽

相逢須語笑，人世别離頻。曉去長侵月，思鄉動隔春。見僧心暫静，從俗事多迍。宇宙詩名小，山河客路新。翠桐猶入爨，清鏡未辭塵。逸足思奔驥，隨羣且退鱗。宴乖紅杏寺，愁在緑楊津。老病難爲樂，開眉賴故人。

李　程

春臺晴望

曲臺送春目，景物麗新晴。靄靄煙收翠，忻忻木向榮。静看遲日上，閑愛野雲平。風慢遊絲轉，天開遠水明。登高塵慮息，觀徼道心清。更有遷喬意，翩翩出谷鶯。

雖老，珠宫月最明。掃壇天地肅，投簡鬼神驚。儻賜刀圭藥，還留不死名。

朱餘慶

晦日同至昆明池汎舟（今按，「同至」，據《文苑英華》卷一八九，當爲「同志」，《全唐詩》卷五五題作《省試晦日與同志昆明池泛舟》）

故人同汎處，遠色望中明。静見砂痕露，微思月魄生。周迴餘雪在，浩渺暮雲平。戲鳥隨蘭棹，空波盪石鯨。劫灰難問理，島樹偶知名。自省曾追賞，無如此日情。

賈　島

别徐明府

抱琴非本意，生事偶相縈。口尚袁安節，身無子賤名。地寒春雪盛，山淺夕風輕。百戰餘荒野，千夫漸偶耕。一杯宜獨夜，孤客戀交情。明日疲驂去，蕭條過古城。

寄賀蘭朋吉

往往東林下，花香似火焚。故園從小别，夜雨近秋聞。野菜連寒木（今按，《文苑英華》卷二五九、

李太尉重陽日得蘇屬國書（今按，「太尉」，《文苑英華》卷一八九同此，《全唐詩》卷四六六作「都尉」，以「都尉」爲是）

降虜意何如，窮荒九月初。三秋異鄉節，一紙故人書。對酒情無極，開緘思有餘。感時空寂寞，懷舊幾躊躇。鴈盡平沙迥，煙銷大漠虛。登臺南望處，掩淚對雙魚。

焦郁

春雲（今按，「雲」，《文苑英華》卷一八二同此，《全唐詩》卷五〇五作「雪」）

漫漫（今按，《全唐詩》作「散漫」）天涯色，乘春四望平。不分殘照影，何處斷魂聲。繚繞先經塞，霏微近過城。因風低未斂，帶雨重還輕。干呂知時泰，如膏候歲成。小儒同品物，無以答皇明。

殷堯藩

中元日觀諸道士步虛（今按，《文苑英華》卷一八九、二二九，《全唐詩》卷四七二、四九二分别作殷堯恭、殷堯藩詩）

玄都開秘籙，白石禮先生。上界秋光净，中元夜景清。星辰朝帝處，鸞鶴步虛聲。玉樹花

姚合

送楊尚書祭西岳

報功嚴祀典，寵詔下明庭。酒氣飄林嶺，香煙入杳冥。樂清三奏備，辭直百神聽。衣拂雲霞濕，詩通水石靈。何因逐騶騎，暫得到巖扃。

送家兄赴任昭儀（今按，「昭儀」，《姚少監詩集》卷一作「昭義」，《全唐詩》卷四九一作「招義」；《舊唐書》卷四〇《地理志三》載淮南道濠州有招義縣，詩云「之官濠上城」，則以「招義」爲是）

早得白眉名，之官濠上城。別離浮世事，迢遞長年情。廣陌垂花影，遥林起雨聲。出關春草長，過汴夏雲生。黠吏先潛去，疲人相次迎。宴餘和酒拜，魂夢共東行。

冬夜宴韓卿宅送崔玄亮赴果州

蘭燭照重茵，飛杯復幾分。主人寒不寢（今按，《全唐詩》作「寐」），上客曉離羣。騎吏緣青壁，旌旗度白雲。劍銘生蘚色，巴字疊冰文。華省思仙侶，疲民愛使君。泠泠唯自適，郡邸有誰聞。

厲　玄

緱山月夜聞王子晉吹笙

緱山明月夜，岑寂隔塵氛。紫府參差曲，清宵次第聞。韻流多入洞，聲度半和雲。拂竹鸞驚侶，經松鶴舞羣。蟾光聽處合，仙路望中分。坐惜千壘（今按，姚本、屠隆本、《文苑英華》卷一八四、《全唐詩》作「巖」）曙，遺音過汝濆（今按，《全唐詩》作「墳」）。

鍾　輅

緱山月夜聞王子晉吹笙

月滿緱山夜，風傳子晉笙。初聞盈谷遠，漸聽入雲清。杳異人間曲，遥分鶴上情。孤鸞驚欲舞，萬籟寂無聲。此夕留煙駕，何時返玉京。唯愁音響絶，曉色出都城。

許渾

蒜山津觀發軍（今按，《全唐詩》無「津」字，「蒜山」前有「登」字）

羽檄徵兵急，轅門選將雄。犬羊憂破竹，貔虎極飛蓬。定縶猖狂虜，何煩矍鑠翁。更探黄石略，重振黑山公（今按，《丁卯詩集》卷下、《全唐詩》卷五三七作「功」）。别馬嘶營柳，驚烏散井桐。低星連寶劍，殘日（今按，《全唐詩》作「月」）；讓琱弓。浪曉戈鋋裏，山晴鼓角中。甲開魚照水，旗颭虎拏風。去想金河遠，行聞（今按，《全唐詩》作「知」）玉塞空。漢庭應有問，師律在元戎。

送從兄别駕歸蜀川（并序）（今按，《全唐詩》無「川」字）

從兄彦昭與桂陽令韋伯達，貞元中俱爲千牛。伯達官至王府長史，長慶中，非罪受譴。前年，會赦，復故秩，詔未及而已歿。從兄自蜀而南發旅櫬，歸葬途（今按，據羅時進《丁卯集箋證》卷十，當爲「灞」）上。既而西還（今按，《全唐詩》作「旋」），因成十韻贈别。

聞與湘南令，童年侍玉墀。家留秦塞曲，官謫障江（今按，《全唐詩》作「瘴溪」）湄。道直奸臣屏，冤深聖主知。逝川東去疾，霈澤北來遲。清漢龍髯絶，蒼岑馬鬛移。風淒聞笛處，月冷（今按，《全唐詩》作「慘」）罷琴時。客路黄公廟，鄉關白帝祠。已稱鸚鵡賦，寧誦鶺鴒詩。遠道書

難達，長亭酒莫持。當憑蜀江水，萬里寄相思。

李商隱

武侯廟古柏

蜀相階前柏，龍蛇捧閟宫。陰成外江畔，老向惠陵東。大樹思馮異，甘棠憶邵公。葉凋湘燕雨，枝折海鵬風。玉壘經綸遠，金刀曆數終。誰將出師表，一爲報（今按，《全唐詩》作「問」）昭融。

戲贈張書記

别館君孤枕，空庭我閉關。池光不受月，野氣欲沉山。星漢秋方會，關河夢幾還。危絃傷遠道，明鏡惜紅顔。古木含風久，平蕪盡日閑。心知兩愁絶，不斷若連（今按，《全唐詩》卷五四一作「尋」）環。（王荆公云：唐人學老杜而得其藩籬，唯李義山一人而已，至如「池光不受月，野氣欲沉山」之類，雖少陵無以過也。義山合處有過人，若用事深僻，自是其短。）

姚鵠

送僧歸新羅

渺渺萬餘里，扁舟發落暉。滄溟何歲別，白首此時歸。寒暑途中變，人煙嶺外稀。驚天巨鰲起，蔽日大鵬飛。雪入行沙履，雲生坐石衣。漢風深習得，休恨本心違。

馬戴

送册東陵干使

越海傳金册，華夷禮命行。片帆秋色動，萬里信潮生。日映孤舟出，沙連絶鳥（今按，據姚本、四庫本、《文苑英華》卷二九七及《全唐詩》，當爲「島」）明。翳空翻大鳥，飛雪噴長鯨。舊鬢迴應改，遐荒夢易驚。何當理風檝，天外問來程。

岐陽逢曲陽故人話舊

異地還相見，平生分可知。壯年俱欲暮，往事盡堪悲。道路頻艱阻，親朋久别離。解兵逃白刃，謁帝直明時。淹疾生涯故，因官世業移。鷄鳴關月落，鴈度朔風吹。客淚翻岐下，

鄉心落海湄。積愁何計遣，滿酌浣相思。

李　頻

陜州題河上亭

岸擁洪流急，亭開清興長。當軒沙草晚，入坐水風涼。獨鳥驚來客，孤雲觸去檣。秋聲和遠雨，暮色帶微陽。浪静澄牕影，沙明發簟光。逍遥每盡日，誰識愛滄浪。

送太學吴康仁及第南歸

因爲太學選，志業徹春闈。首領諸生出，先登上第歸。一榮猶未已，具慶且應稀。縱馬行青草，臨岐脱白衣。家遥楚國寄，帆對漢山飛。知己盈華省，看君再發機。

府賦觀蘭亭圖（今按，「賦」，《全唐詩》作「試」）

往會人何處，遺蹤事可觀。林亭今日在，草木古春殘。筆想吟中駐，杯疑飲後乾。向青穿峻嶺，當白認回湍。月影牕間夜，湖光枕上寒。不知詩酒客，誰更慕前歡。

杜荀鶴

御溝柳

律到九重（今按，《全唐詩》作「御溝」）春，溝連（今按，姚本、《全唐詩》皆作「邊」）柳色新。細籠穿禁水，輕拂入朝人。日近韶光早，天低聖澤匀。谷鶯棲未穩，宫女畫難真。楚國空摇浪，隨堤暗惹塵。何如帝城裏，先得覆龍津。

張　喬

華州試月中桂

與月轉鴻濛，扶疏萬古同。根非生下土，葉不墮（今按，《全唐詩》作「墜」）秋風。每向圓時足，還隨缺處空。影高羣木外，香滿一輪中。未種丹霄日，應虚白兔宫。何當因羽化，細得問玄功。

公乘億（今按，據本書「詩人爵里詳節」及四庫本、《文苑英華》卷一八三、當爲「億」）

春風扇微和（今按，《唐詩紀事》卷四一作蔣防詩，《文苑英華》作公乘億詩，《全唐詩》卷五〇七蔣防、卷六〇〇公乘億詩中皆收録）

麗日催遲景，和風扇早春。暖浮丹鳳闕，韶媚黑龍津。澹蕩迎仙仗，霏微送畫輪。緑摇宫柳散，紅待禁花新。舞席潛迴雪，歌筵暗起塵。幸當陽候日（今按，《全唐詩》卷六〇〇作「陽候律」，卷五〇七作「陽律候」），一顧及佳辰。

鄭谷

奉詔試漲曲江池（乾符丙申春。）（今按，《全唐詩》作《乾符丙申歲奉試春漲曲江池》）

王澤尚通津，恩波此日新。深疑一夜雨，遠（今按，《全唐詩》作「宛」）似五湖春。汎灔翹振鷺，澄清躍紫鱗。翠低孤嶼柳，香失半汀蘋。鳳輦尋佳境，龍舟命近臣。桂華如入手，願作從遊人。

遠遊

江湖猶足事，食宿戍鼙喧。久客秋風起，孤舟夜浪翻。鄉音離楚水，廟貌入湘源。岸對（今按，《全唐詩》作「闊」）覓鷺小，林垂橘柚繁。津官來有意，漁者笑無言。早晚酬僧約，中條有藥園。

入閣

秘殿臨軒日，和鑾返正年。兩班文武盛，百辟羽儀全。霜漏清中禁，風旗拂曙天。門嚴新契勘，仗入邇承宣。玉機（今按，《文苑英華》卷一九〇作「璣」，屠隆本、《全唐詩》卷六七五作「几」）當紅旭，金爐縱碧煙。對敭（今按，《全唐詩》作「揚」）稱法吏，贊引出宮鈿。言動揮毫疾，威（今按，《全唐詩》作「雍」）容執簿專。壽山晴靉靆，顥氣暖連延。禮有鴛鸞集，恩無雨露偏。小臣叨備位，歌詠泰階前。

華山

峭仞聳巍巍，晴嵐染近畿。孤高不可狀，圖寫盡應非。絶頂神仙會，半空鸞鶴飛（今按，《全唐詩》作「歸」）。雲臺分遠靄，樹谷隱斜暉。墜石連村響，狂雷發廟威。氣中寒渭闊，影外白樓微。雲對蓮花落，泉横露掌飛。乳懸危磴滑，樵徹上方稀。澮泞（今按，《全唐詩》作「泊」）生真

趣，逍遥息世機。野花明澗路，春蘚澀松圍。遠洞時聞磬，羣僧晝（今按，據姚本及《全唐詩》，當爲「晝」）掩扉。他年洗塵骨，香火願相依。

陸　扆

禁林聞曉鶯

曙色分層漢，鶯聲繞上林。報花開瑞錦，催柳綻黄金。斷續隨風遠，間關送月沉。語當温樹近，飛覺禁園深。繡户驚殘夢，瑶池囀好音。願將棲息意，從此沃天心。

五言排律卷之十一　唐詩品彙八十一

旁流

有姓氏無字里世次可考者三十二人

朱延齡

秋山極天浄

雨洗高秋浄，天臨大野閑。蔥蘢清萬象，繚繞出層山。日落千峰上，雲銷萬壑間。緑蘿霜後翠，紅葉雨來殷。散彩輝吴甸，分形壓楚關。欲尋霄漢路，延首願登攀。

張叔良

長至日上公獻壽

鳳闕晴鐘動，雞人曉漏長。九重初啓鑰，三事正稱觴。日至龍顔近，天旋聖曆昌。休光連雪净，瑞氣雜爐香。化被君臣洽，恩沾士庶康。不因稽舊典，誰得紀朝章。

崔琮

長至日上公獻壽

應曆（今按，《全唐詩》作「律」）三陽首，朝天萬國同。斗邊看子月，臺上候祥風。五夜鐘初動，千門日正融。玉階文物盛，仙仗武（今按，《文苑英華》卷一八〇作「虎」）貔雄。率舞皆羣獸（今按，《全唐詩》作「辟」），稱觴即上公。南山爲聖壽，長對未央宫。

李　竦

長至日上公獻壽

候曉金門闢，乘時寶曆長。羽儀瞻上帝（今按，《全唐詩》作「宰」），雲物麗初暘（今按，《文苑英華》卷一八〇、《唐詩紀事》卷三二、《全唐詩》卷二八一作「陽」）。漢禮方傳佩，堯年正奉（今按，《全唐詩》作「捧」）觴。日行臨觀闕，帝錫洽珪璋。盛美超（今按，屠隆本、刻者不詳明本、《文苑英華》、《全唐詩》作「超」）三代，洪休降百祥。自憐朝玉（今按，《全唐詩》作「末」）座，宴（今按，《全唐詩》作「空」）此詠無疆。

史　延

清明日賜百官新火（今按，「官」，《全唐詩》作「僚」）

上苑連侯第，清明及暮春。九天初改火，萬井屬良辰。頒賜恩逾洽，承時慶亦驚（今按，《文苑英華》卷一八〇、《唐詩紀事》卷三四、《全唐詩》卷二八一作「均」）。翠煙和柳嫩，紅焰出花新。寵命尊三老，祥光燭萬人。太平當此日，空腹賀陶鈞（今按，《全唐詩》作「空復荷陶甄」）。

王　濯

清明日賜百官新火（今按，「官」，《全唐詩》作「僚」）

御火傳香殿，華光及侍臣。星流中使馬，燭照（今按，《全唐詩》作「耀」）九衢人。轉景連金屋，分輝麗錦茵。焰迎紅蕊發，煙染玉（今按，《全唐詩》作「緑」）條春。助律和風早，添爐暖氣新。誰憐一寒女（今按，《全唐詩》作「士」），猶望照東鄰。

韓　濬

清明日賜百官新火（今按，「官」，《全唐詩》作「僚」）

朱騎傳紅燭，天廚賜近臣。火隨黄道現（今按，《全唐詩》作「見」，字通），煙繞白榆新。榮耀分他室，恩光共此辰。更調金鼎味（今按，《全唐詩》作「膳」），還暖玉堂人。灼灼千門曉，輝輝萬井春。應憐聚螢者，瞻望獨無隣。

成　崿

登聖善寺閣望龍門

高閣聊登望，遥分禹鑿門。刹連多寶塔，樹滿給孤園。香境超三界，清流振陸渾。報慈弘孝理，道行（今按，《全唐詩》作「行道」）得真源。空浄祥煙霽，時明愛（今按，《全唐詩》作「光受」）日温。願從初地起，長奉下生尊。

張少博

尚書郎上直聞春漏（今按，《文苑英華》卷一八四同此，《唐詩紀事》卷十五、《全唐詩》卷七八〇作王岳靈詩，題作《聞漏》）

建禮含香處，重城待漏辰。徐聲傳鳳闕，曉唱辨雞人。銀箭聽將盡，銅壺滴更新。催籌當五夜，移刻及三春。杳杳從天遠，泠泠出禁頻。直廬殘響曙，肅穆對鈎陳。

周　徹

尚書郎上直聞春漏

建禮通華省，含香直紫宸。静聞銅史漏，暗識桂宫春。滴瀝疑將絶，清泠發更新。寒聲臨鴈沼，疏韻應雞人。迥入千門徹，行催五夜頻。高臺閑自聽，非是駐征輪。

李子卿

望終南春雪

山勢抱西秦，初年瑞雪頻。色摇鶉野霽，影落鳳城春。晶耀瓊（今按，《全唐詩》作「銀」）峰逼，晶明玉樹親。尚寒由氣動（今按，《全唐詩》作「勁」），不夜爲光新。荆岫全疑近，崑丘宛合鄰。餘輝倘可惜（今按，據姚本、屠隆本、《文苑英華》卷一八二及《全唐詩》，當爲「借」），迴照讀書人。

徐元弼（今按，《文苑英華》卷一八四同此，《全唐詩》卷七八一作徐元鼎。周祖譔主編《中國文學家大辭典·唐五代卷》「徐元弼」條以爲徐元鼎誤）

太常寺觀舞聖壽樂

舞字傳新慶，人文邁舊章。沖融和氣洽，悠遠聖功長。盛德流無外，明時樂未央。日華增顧盼，風物助低昂。翥鳳方齊首，高鴻忽斷行。雲門與兹曲，同是奉陶唐。

張良器

河出榮光

引派崑山峻，朝宗海路長。千齡逢聖主，五色瑞榮光。隱映浮中國，晶明助太陽。坤維連浩漫，天漢接微茫。丹闕清氛裏，函關紫氣旁。位尊常守伯，道泰每呈祥。習坎靈逾久，居卑德有常。龍門如可涉，忠信是舟梁。

王　綽

迎春東郊

玉管潛移律，東郊始報春。鑾輿膺寶運，天仗出佳辰。睿澤光時輩，恩輝及物新。虬螭動旌旆，煙景入城闉。御柳初含色，龍池漸啓津。誰憐在陰者，得與蟄蟲伸。

敬　括

賦得七月流火

前庭一葉下，言念忽悲秋。變節金初至，分空（一作「寒」。）火正流。氣含涼夜早，光拂夏雲收。助月微明散，沿河麗景浮。禮標時令爽，詩興國風幽。自此觀邦正（一作「邪正」。），深知玉葉（一作「玉業」。）休。

柴　宿

初日照華清宫

靈山初煦（今按，《全唐詩》作「初照」，注云：一作「煦照」）澤，遠近見離宫。影動參差裏，光分縹緲中。鮮飈收晚翠，佳氣滿晴空。林潤温泉入，樓深複道通。璇題生炯晃，珠綴引膧朧。鳳輦何時幸，朝朝此望同。

張　隨

早春送郎官出宰（今按，《全唐詩》卷七八一作袁求賢詩）

仙郎今出宰，聖主下憂民。紫陌軒車送，丹墀雨露新。趨程猶犯雪，行縣正逢春。粉署時迴首，銅章已在身。鳴琴化欲展，起草戀空頻。今日都門外，悠悠別漢臣。

河中獻捷

叛將忘恩久，王師不戰通。凱歌千里内，喜氣二儀中。寇盡條山下，兵迴漢苑東。將軍初執訊，明主欲論功。落日煙塵静，寒郊壁壘空。蒼生幸無事，自此樂堯風。

王　質

金谷園花發懷古

寂寥金谷澗，花發舊時園。人事空懷古，煙霞此獨存。管絃非上客，歌舞少王孫。繁蕊風驚散，輕紅鳥乍翻。山川終不改，桃李自無言。今日經塵路，淒涼詎可論。

張公乂

金谷園花發懷古

今日春風至，花開石氏園。未全紅艷折，半與素光翻。點綴疏林徧，微明古徑繁。窺臨鶯欲語，寂寞李無言。谷變迷鋪錦，臺餘認樹萱。川流人事共，千載竟誰論。

周弘亮

曲江亭望慈恩寺杏園花發

江亭閑望處，遠近見秦源。古寺遲春景，新花發杏園。萼中輕蕊密，枝上素姿繁。拂雨雲

初起，含風雪欲翻。容輝明十地，香氣遍千門。願莫隨桃李，芳菲不爲言。

陳　翥

曲江亭望慈恩寺杏園花發

曲池（今按，《全唐詩》作「江」）晴望好，近接梵王家。十畝開金地，千林發杏花。映雲猶誤雪，照日欲成霞。紫陌傳香遠，紅泉落影斜。園中春尚早，亭上路非賒。芳景堪遊處，其如惜物華。

嚴巨川

太清宫聞滴漏

玉漏移中禁，齊車入太清。漸知催辨色，復聽續餘聲。乍逐微風轉，時因雜佩輕。青樓人罷夢，紫陌騎將行。殘魄棲初盡，餘寒滴更生。蹔非朝謁客，空有振衣情。

莫宣卿

百官乘月早朝聽殘漏

建禮儼朝冠，重門耿夜闌。碧空蟾魄度，清禁漏聲殘。候曉車輿合，凌霜劍佩寒。星河猶皎皎，銀箭尚珊珊。杳靄祥光起，霏微瑞氣攢。忻逢聖明代，長願接鵷鸞。

孫昌胤

越裳獻白翟（今按，《全唐詩》卷一九六題下注云：「一作丁仙芝詩」）

聖哲符休運，伊臯列上台。覃恩丹徼遠，入貢素翬來。北闕欣初見，南枝顧未迴。斂空（今按，《全唐詩》作「容」）殘雪浄，矯翼片雲開。馴擾將無懼，翻飛幸莫猜。甘從上苑裏，飲啄自徘徊。

王若嵒

越裳獻白翟（今按，《全唐詩》作《試越裳貢白雉》）

素翟宛昭彰，遥遥自越裳。冰晴（今按，姚本、刻者不詳明本、四庫本、四庫全書本《全唐詩》作「晴」）朝映

日，玉羽夜含霜。歲月三年遠，山川九譯（今按，《文苑英華》卷一八五同此，《全唐詩》卷七八二作「澤」）長。來從碧海路，入見白雲鄉。作瑞興周后，登歌美漢皇。朝天資孝理，惠化且無疆。

送薛大夫和蕃

孫　頠（今按，據姚本、《全唐詩》、「詩人爵里詳節」，當爲「頠」）

亞相獨推賢，乘軺向遠邊。一心傾漢日，萬里望胡天。忠信皇恩重，要荒聖德傳。戎人方屈膝，塞月復嬋娟。別思流鶯晚，歸朝候鴈先。當書外垣傳，迴奏赤墀前。

白露爲霜

徐　敞

早寒青女至，零露結爲霜。入夜飛清景，陵（今按，《全唐詩》作「淩」）晨積素光。駟星初晢晢，葭菼復蒼蒼。色冒沙灘白，威加木葉黃。鮮輝襲紈扇，殺氣掩千（今按，據居隆本、牛斗本、四庫本、《文苑英華》卷一八二、《全唐詩》，當爲「干」）將。葛屨那堪履，從令君子傷。

顔　粲

白露爲霜

悲秋將歲晚，繁露已成霜。遍渚蘆先白，霑籬菊自黄。應鐘鳴遠寺，擁鴈度三湘。氣逼儒（今按，據姚本、屠隆本、牛斗本、《文苑英華》卷一八二、《全唐詩》卷三一九，當爲「襦」）衣薄，寒侵宵夢長。滿庭添月色，拂水斂荷香。獨念蓬門下，窮年在一方。

陳　祐

風光草際浮

秀發王孫草，春生君子風。光摇低偃處，影散艷陽中。稍稍移蘋末，微微轉蕙叢。浮煙傾緑野，遠色澹晴空。汎彩池塘媚，含芳景氣融。清暉誰不挹，幾許賞心同。

湯　洙

登雲梯

謝客常遊處，層巒枕碧溪。經過殊俗境，登陟象雲梯。步步勞山屐，行行躡澗霓。迴（今按，《文苑英華》卷一八七、四庫本、《全唐詩》作「迴」）臨大路廣，俯眺夕陽低。賞詠情彌愜，風塵事已暌。前修如可慕，投足固思齊。

童翰卿

織女石（今按，《全唐詩》卷六〇七題下注云：一作司馬復詩）

一片昆明石，千秋織女名。見人虚脈脈，臨水更盈盈。苔作輕衣色，波爲促杼聲。岸雲連鬢濕，沙月對眉主（今按，據姚本、四庫本、《文苑英華》卷一六一、《唐詩紀事》卷五六及《全唐詩》，當爲「生」）。有臉蓮同笑，無心鳥不驚。還如明（今按，《唐詩紀事》同此，《文苑英華》、《全唐詩》作「朝」）鏡裏，形影兩分明。

熊孺登

日暮天無雲

杳杳復蒼然，無雲日暮天。象分青氣外，景盡赤霄前。漸吐星河色，遥生水木煙。從容難附麗，顧步欲澄鮮。但見收三素，何能測上玄。應非暫呈瑞，不許出山川。

無名氏

晦日同志昆明池汎舟

靈沼疑河漢，蕭條見斗牛。煙生知岸近，水浄覺天秋。落月低前樹，清輝滿去舟。興因孤嶼起，心爲白蘋留。曉吹兼漁笛，閑雲伴客愁。龍津如可上，長嘯且乘流。

金谷園花發懷古

春風生梓澤，遲景映花林。欲問當時事，因傷此日心。繁華人已歿，桃李意何深。澗咽歌聲在，雲歸蓋影沉。地形同萬古，笑價失千金。遺跡因（今按，《全唐詩》作「應」）無限，芳菲不可尋。

日暮山河清

天高爽氣晶，遲（今按，《全唐詩》作「馳」）景忽西傾。山列千重静，河流一帶明。想同金鏡徹（今按，《全唐詩》作「澈」，字通），寧讓玉壺清。纖翳無由出，浮埃不復生。縈紆分漢苑，表裏見秦城。逸興終難繫，抽毫仰此情。

華山慶雲見

聖主祠名嶽，高風發慶雲。金柯初繚繞，玉葉漸氛氲。氣色含珠日，光明吐翠雰。依稀來鶴態，髣髴列仙羣。萬樹流光影，千潭瀉（今按，姚本、屠隆本、牛斗本、刻者不詳明本、《文苑英華》卷一八二、《全唐詩》作「寫」）錦文。蒼生忻有望，祥瑞在吾君。

空水共澄鮮

悠然四望通，渺渺水無窮。海鶴飛天際，煙林出禁（今按，《全唐詩》作「鏡」）中。雲消澄遍碧，霞起澹微紅。落日浮光滿，遥山翠色同。樵聲喧竹嶼，棹唱入蓮叢。遠客舟中興，煩襟暫一空。

郊壇聽雅樂

泰壇恭祀事，彩仗下寒坰。展禮陳嘉樂，齊（今按，刻者不詳明本、《全唐詩》作「齋」）心動衆靈。韻長飄更遠，曲度静宜聽。汎響何清越，隨風散杳冥。微懸和氣聚，旋退曉山青。本自鈞天降，還疑列洞庭。

霜隼下晴皋

九皋霜氣勁，翔隼下初晴。風動閑雲卷，星馳白草平。稜稜方厲疾，肅肅自縱横。掠地秋毫迴，投身逸翮輕。高墉全失影，逐雀乍飛聲。薄暮寒郊外，悠悠萬里情。

河出榮光（今按，《全唐詩》卷五八四作段成式詩）

符命自陶唐，吾君應會昌。千年清德水，九折滿榮光。極岸浮佳氣，微波照夕陽。澄輝明貝闕，散彩入龍堂。近帶關雲紫，遥連日道黄。馮夷矜海若，漢武貴宣房。漸没孤槎影，仍呈一葦杭。撫躬悲未濟，作頌喜時康。

送史司馬赴崔相公幕

（《文苑英華》：失姓氏。○嚴滄浪云：此或太白之逸詩也，不然亦是盛唐人之作。）（今按，中華書局影印本《文苑英華》卷二六九作李白詩；《全唐詩》卷一八五李白詩、卷二〇一岑參詩中皆收録。岑參詩題下注云：一作無名氏詩，一作李白詩，一本題上有「賦得鶴」三字）

峥嶸丞相府，清切鳳凰池。羨爾瑶臺鶴，高棲瓊樹枝。歸飛晴日好，吟弄惠風吹。正有乘軒樂，初當學舞時。珍禽在羅網，微命若遊絲。願託周周（今按，《全唐詩》卷二〇一作「周南」）羽，相銜漢水湄。

衲子四人

皎　然

奉陪顔使君修韻海畢東溪汎舟餞諸文士

諸侯崇魯學，羔鴈日成羣。外史刊新韻，中郎定古文。（魯公著書，依《切韻》，起東字，字「今按，《全唐

詩》無後一「字」字」脚皆例古篆。）菁華兼百代，雅（今按，《全唐詩》作「維」）素備三墳。國語思開物，王言欲致君。研精業已就，歡宴惜應分。獨望西山去，將身寄白雲。

冬日遥和盧使君幼平綦毋居士遊法華寺高頂臨湖亭

仁芳（今按，《全唐詩》作「坊」，注云：一作「祠」）標絶境，廉守躡高蹤。天見（今按，《全唐詩》作「曉」）纔分刹，風傳欲盡鐘。（今按，《全唐詩》注云一作「欲到心涼地，初聞斷續鐘」）城中歸路遠，湖上碧山重。水照千花界，雲開七葉峰。寒空（今按，《全唐詩》作「芳」）艾綬滿，晴（今按，《全唐詩》作「空」）翠白綸濃。逸韻知難繼，佳遊恨不逢。仍聞撫禪石，爲我久從容。

陪顔使君餞宣諭蕭常侍

江淮凋瘵後，遠使發天都。昏墊宸心及，哀矜詔命敷。恤民驅急傳，訪舊枉飛（今按，《全唐詩》作「征」）艫。外鎮藩條最，中朝顧問殊。文皆正風俗，名共溢寰區。已事方懷闕，歸期早戒途。繁笳咽水閣，高蓋擁雲衢。暮色生千嶂，秋聲入五湖。離歌猶宛轉，歸馭已踟躕。今夕庾公意，西樓月亦孤。

春日酬祭嶽瀆使大理盧卿自會稽迴經年將赴朝寄故林十二韻（今按，《全唐詩》題作《同諸公奉侍祭嶽瀆使大理盧幼平自會稽回經平望將赴於朝廷期過故林不至》）

望祀崇周典，皇華出漢庭。紫泥頒會計，玄酒薦芳馨。聖慮祈多祐（今按，《全唐詩》作「多虔肅」），齋心合至靈。占祥形（今按，《全唐詩》作「刊」）史竹，筮日數堯蓂。禮秩新加命，朝章舊（今按，《全唐詩》作「篤」，注云：一作「重」）理刑。敷誠依（今按，《全唐詩》作「通」）北（今按，《全唐詩》注云一作「九」）闕，遺愛在西（今按，《全唐詩》作「南」）亭。五袴歌仍詠，三碑石重銘。躊躇問存没，委曲向郊坰。（今按，《全唐詩》無「五袴」四句）苕水曾同（今按，《全唐詩》作「思曾」）汎，稽山昔共（今按，《全唐詩》作「磯山憶重」）經。清風門客仰，佳頌國人聽。奉使朝行月，飛文夜動星。征途回四牡，遥戀故林青。（今按，「奉使」四句《全唐詩》作「攀桂留卿月，徵文待使星。春郊迴駟牡，遥識故林青」）

清江

早發陝州途中贈嚴秘書

此身雖不繫，憂道亦勞生。萬里江湖夢，千山雨雪行。人家依舊壘，關路閉層城。未滅（今

按，《全唐詩》作「盡」，注云：一作「絶」）交河虜，猶屯細柳兵。艱難嗟遠道（今按，《全唐詩》作「客」），棲託賴深情。貧病吾將（今按，《全唐詩》注云：一作「何」）有，精修許（今按，《全唐詩》注云：一作「謝」）少卿。

早春書情寄河南崔少府

日（今按，《全唐詩》作「春」）日東風至，陽和似不均。病身空蓋（今按，據姚本、四庫本、《文苑英華》卷二五六及《全唐詩》，當爲「益」）老，愁鬢不知春。宇宙成遺物，光陰促幻身。客遊傷末路，心事向行人。道薄猶懷土，時難欲厭貧。微才如可寄，赤縣有鄉親。

春遊司直城西鸕鷀溪别業

别墅軍城下，閑喧未可齊。春深花蝶夢，曉隔柳煙鞞。韶景浮寒水，疏楊映緑堤。沿洄看竹色，來往聽鶯啼。久慢持生術，多親種藥畦。家貧知素行，心苦見清溪。越客初投分，南枝得寄棲。禪機空寂寞，雅趣賴招攜。本寺重江外，遊方二室西。徘徊戀知己，日夕草萋萋。

廣宣

皇太子頒賜存問并索和新詩因有陳謝（今按，《文苑英華》卷一七九、《全唐詩》卷八二二「和」上有「唱」字）

望苑招迎（今按，《全唐詩》作「延」，注云：一作「賢」）後，禪扉訪問（今按，《文苑英華》、《全唐詩》作「道」）餘。祇（今按，姚本、《全唐詩》作「祇」，《文苑英華》作「秖」，字通）言俟文雅，何意入庸虚。率性多非學，緣情偶自書。清風聞寺響，白日見心初。重道逢軒后，崇儒過魏儲。青宫列梗梓，玄圃積瓊琚。鄭鼠寧容者，齊竽久捨（今按，《文苑英華》、《全唐詩》作「舍」）諸。空懷受恩感，含思幾躊躇。

理瑩

送戴三徵君還谷口舊居

巖穴多遺秀，弓車屢遠招。周王尊渭叟，潁客傲唐堯。出處天波合（今按，《全唐詩》作「洽」），關河地勢遥。瞻星吴郡夜，作霧華山朝。清論虚重席，閑居掛一瓢。漁歌思坐酌，宸渥寵行軺。春爲荷裳暖，霜因葛履消。層崖懸瀑溜，萬壑振清飈。谷鳥猶遷木，場駒正食苗。謝

安何日起，台鼎佇君調。

宫闈三人

上官昭容

奉和幸三會寺應制

釋子談經處，軒臣刻字留。故臺遺老識，殘簡聖君（今按，《全唐詩》作「皇」）求。駐蹕懷千古，開襟望九州。四山緣壁（今按，據姚本、《唐詩紀事》卷三、《文苑英華》卷一七八及《全唐詩》，當爲「塞」）合，二水夾城流。宸翰陪瞻仰，天杯接獻酬。太平詞藻盛，長願紀鴻休。

宋若昭

奉和御製麟德殿燕百僚

垂衣臨八極，肅穆四門通。自是無爲化，非關輔相（今按，《全唐詩》作「弼」）功。修文招隱伏，尚武殄妖凶。德立（今按，《全唐詩》作「炳」）韶光熾（今按，《文苑英華》作「被」），恩沾雨露濃。衣冠陪御

燕，禮樂盛朝宗。萬壽稱觴日（今按，《全唐詩》作「舉」），千年（今按，《唐詩紀事》作「官」）信一同。

宋若憲

奉和御製麟德殿燕百僚

端拱承休命，時清和（今按，據姚本、屠隆本、牛斗本、《唐詩紀事》卷七九、《全唐詩》卷七，當爲「荷」）聖皇。四聰聞受諫，五服遠朝王。景媚暄初轉（今按，《全唐詩》作「鶯初囀」），春殘日正長。御筵多濟濟，盛樂復鏘鏘。宴鎬誰能敵，横汾未可方。願齊山嶽壽，福祉永無疆。

鮑文姬

（今按，鮑文姬此詩，原書因刊刻遺漏而置於本卷末，此移置於「宫闈」之末）

奉和御製麟德殿燕百僚

（本在排律旁流類，遺書在此。）

睿澤光寰海，功成展武韶。戈鋋清外壘，文物盛中朝。聖祚山河固，宸章日月昭。玉筵鸞鵠集，仙管鳳凰調。御柳新低緑，宫鶯作轉（今按，姚本、四庫本作「乍轉」，《全唐詩》作「乍囀」，當從《全唐詩》）嬌。願承（今按，《全唐詩》作「將」）億兆慶，千祀奉神堯。

長篇

杜審言

和李大夫嗣真奉使存撫河東四十韻

六位乾坤動，三微歷（今按，《文苑英華》卷二九六、《全唐詩》卷六二作「曆」）數遷。謳歌移火德，圖讖在金天。子月開階統，房星受命年。禎符龍馬出，寶籙鳳凰傳。地即交風雨，都仍卜澗瀍。明堂唯御極，清廟乃尊先。不宰神功運，無爲大象懸。八荒平物土，四海接人煙。已屬群生泰，猶言至道偏。璽書傍問俗，旌節近推賢。秩比司空位，官臨御史員。推辭（今按，據四庫本、《唐詩紀事》卷六、《文苑英華》卷二九六及《全唐詩》卷六二，當爲「雄詞」）執刀筆，直諫罷樓船。國有大臣器，朝加小會筵。將行備禮樂，送別仰神仙。城闕周京轉，關河陝服連。稍觀汾水曲，俄指絳臺前。姑射聊長望，平陽遂宛然。舜耕餘草木，禹鑿舊山川。昔出諸侯静（今按，屠隆本、《文苑英華》作「争」，《全唐詩》作「上」），無何霸業全。中軍掃（今按，《文苑英華》、《全唐詩》作「歸」，《唐詩

紀事》作「掃」）戰敵，外府絶兵權。隱隱帝鄉至（今按，姚本、屠隆本、刻者不詳明本、《文苑英華》、《唐詩紀事》、《全唐詩》作「遠」），瞻瞻肅祀（今按，刻者不詳明本、《文苑英華》、《唐詩紀事》、《全唐詩》作「命」）虔。西河偃風俗，東壁掛星躔。井邑枌榆社，陵園松柏田。榮光晴掩代，佳景晚（今按，屠隆本、《文苑英華》、《唐詩紀事》、《全唐詩》作「氣曉」）侵燕。雨霈鴻私滌，風行睿旨宣。惇釐（今按，屠隆本、《文苑英華》、《唐詩紀事》作「惇嫠」，《全唐詩》作「煢嫠」）訪疾苦，屠釣采貞堅。人樂逢刑措，時康洽賞延。賜逾秦氏級，恩倍漢家錢。擁傳咸翹首，稱觴竟（今按，據姚本、《文苑英華》、《唐詩紀事》及《全唐詩》，當爲「競」）比肩。拜迎迷（今按，屠隆本、刻者不詳明本、《全唐詩》作「彌」）道路，詠舞（今按，《全唐詩》作「舞詠」）溢郊鄽。殺氣西衝（今按，屠隆本、《全唐詩》作「衡」）白，窮陰北陸（今按，《全唐詩》作「暝」，注云：一作「土」）玄。飛霜遥渡海，殘月迥臨邊。（僧皎然云：遠［今按，屠隆本作「達」］也。）緬邈朝廷問，周流朔塞旋。興來貪（今按，刻者不詳明本、《文苑英華》、《全唐詩》作「探」）馬策，俊發抱龍泉。學總八千卷，文傾三百篇。澄清得使者，作頌有人焉。莫以崇班列（今按，屠隆本、《文苑英華》、《全唐詩》作「閟」），而云勝托捐。偉材何磊落，陋質幾翩翾。江海寧爲讓，巴渝轉自牽。一聞歌聖道，助曲荷陶甄。

杜　甫

奉送郭中丞兼太僕卿充隴右節度使

詔發西山將，秋屯隴右兵。淒涼餘部曲，燀赫舊家聲。雕鶚乘時去，驊騮顧主鳴。艱難須上策，容易即前程。斜日當軒蓋，高風卷旆旌。松悲天水冷，沙亂雪山清。和虜猶懷惠，防邊詎敢驚。（劉云：上句有風，下句傷時。）古來於異域，鎮静示專征。燕薊奔封豕，周秦觸駭鯨。中原何慘黷，餘孽尚縱横。箭入昭陽殿，笳吟細柳營。内人紅袖泣，王子白衣行。宸極祅星動，園林（今按，一作「陵」）殺氣平。空餘金椀出，無復繐帷輕。（劉云：如「箭入昭陽」至「繐帷」、「金椀」，愈甚矣，非所忍言。）毁廟天飛雨，焚宫火徹明。罘罳朝共落，椳桷（今按，據姚本、屠隆本、宋本《杜工部集》卷十，當爲「桷」）夜同傾。三月師逾整，群胡勢就烹。瘡痍親接戰，勇決冠垂成。妙譽期元宰，殊恩且列卿。幾時回節鉞，戮力掃欃搶。圭竇三千士，雲梯七十城。耻非齊説客，甘似魯諸生。通籍微班忝，周行獨坐榮。隨肩趨漏刻，短髮寄簪纓。徑欲依劉表，還疑厭禰衡。漸衰那此别，忍淚獨含情。廢邑狐狸語，空村虎豹争。人頻墜塗炭，公豈忘精誠。元帥調新律，前軍壓舊京。安邊仍扈從，莫作後功名。

寄彭州高三十五使君適虢州岑二十七長史參三十韻

故人何寂寞，今我獨淒涼。老去才難盡，秋來興甚長。物情尤可見，詞客未能忘。（劉云：物情往往見棄，惟詞客未忘耳。）海内知名士，雲端各異方。高岑殊緩步，沈鮑得同行。意愜關飛動，篇終接混茫。（劉云：即子美自道，可爲悟人。）舉天悲富駱，近代惜盧王。似爾官仍貴，前賢命可傷。諸侯非棄擲，半刺已翺翔。詩好幾時見，書成無使將。男兒行處是，客子鬭身强。羈旅推賢聖，沉綿抵咎殃。三年猶瘧疾，一鬼不銷亡。隔日搜脂髓，增寒抱雪霜。徒然潛隙地，有靦（今按，刻者不詳明本、宋本《杜工部集》卷十作「靦」）屢鮮粧。何大（今按，據姚本及宋本《杜工部集》，當爲「太」）龍鍾極，于今出處妨。無錢居帝里，盡室在邊疆。劉表雖遺恨，龐公至死藏。心微傍魚鳥，肉瘦怯豺狼。隴草蕭蕭白，洮雲片片黄。彭門劍閣外，虢略鼎湖傍。荆玉簪頭冷，巴牋染翰光。烏麻蒸續曬，丹橘露應嘗。豈異神仙宅，俱兼山水鄉。竹齋燒藥竈，花嶼讀書牀。更得清新否，遥知對屬忙。舊宫（今按，據姚本及宋本《杜工部集》，當爲「官」）寧改漢，淳俗本歸唐。濟世宜公等，安貧亦士常。蚩尤終戮辱，胡羯漫倡狂。會待祆氛静，論文暫裹糧。

寄岳州賈司馬六文巴州嚴八使君兩閣老五十韻（今按，據姚本、屠隆本、宋本《杜工部集》卷十，「文」當爲「丈」）

衡岳啼猿裏，巴州鳥道邊。故人俱不利，謫宦兩悠然。開闢乾坤正，榮枯雨露偏。長沙才子遠，釣瀨客星懸。憶昨趨行殿，殷憂捧御筵。討胡愁李廣，奉使待張騫。無復雲臺仗，虚脩水戰船。蒼茫城七十，流落劍三千。畫角吹秦晉，旄頭俯澗瀍。小儒輕董卓，有識笑苻堅。浪作禽嶺（今按，據姚本及宋本《杜工部集》，當爲「填」）海，那將血射天。萬方思助順，一鼓氣無前。陰散陳蒼（今按，據姚本及宋本《杜工部集》，當爲「倉」）北，晴熏太白巔。亂麻屍積衛，破竹勢臨燕。法駕還雙闕，王師下八川。此時沾奉引，佳氣拂周旋。（劉云：亂來讀此十字，哀痛殊生。）貔虎閑（今按，據姚本及宋本《杜工部集》，當爲「開」；《全唐詩》卷二二五注云「一作間」，「閑」抑或爲「間」之訛）金甲，麒麟受玉鞭。侍臣諳入仗，廄馬解登仙。（劉云：淺事不俗，俗意不俚。）花動朱樓雪，城疑（今按，據宋本《杜工部集》，當爲「凝」）碧樹煙。衣冠心慘愴，故老淚潺湲。哭廟悲風急，朝正霽景鮮。月分梁漢米，春得水衡錢。内蕊繁於纈，宫花（今按，姚本、宋本《杜工部集》作「莎」，後者注云：一作「花」）軟勝綿。恩榮同拜手，出入最隨肩。晚著華堂醉，寒重繡被眠。轡齊兼秉燭，書枉滿懷牋。（劉云：纔復京，便有此樂，是此時殘破，巡幸尚自庶幾。）每覺升元輔，深期列大賢。秉鈞方咫

尺，鎩翮再聯翩。禁掖朋從改，微班性命全。青蒲甘受戮，白髮竟誰憐。弟子貧原憲，諸生老伏虔。師資謙未達，鄉黨敬何及（今按，據姚本及宋本《杜工部集》，當爲「先」）。舊好腸堪斷，新愁眼欲穿。翠乾危棧竹，紅膩小湖連（今按，「湖」一作「池」，「連」，據姚本及宋本《杜工部集》，當爲「蓮」）。賈筆論孤憤，嚴君（今按，據姚本及宋本《杜工部集》，當爲「詩」）賦幾篇。定知深意苦，莫使衆人傳。貝錦無停織，朱絲有斷絃。浦鷗防碎首，霜鶻不空拳。地僻昏炎瘴，山稠隘石泉。且將棋度日，應用酒爲年。（劉云：甚言避禍之道，可念。）典郡終微眇，治中實棄捐。安排求傲吏，比興展歸田。去去才難得，蒼蒼理又玄。古人稱逝矣，吾道卜終焉。隴外翻投跡，漁陽復控弦。笑爲妻子累，甘與歲時遷。親故行稀少，兵戈動接聯。他鄉饒夢寐，失侶自屯邅。多病加淹泊，長吟阻静便。如公盡雄俊，志在必騰騫。（劉云：結語如此，使人意盡。○永嘉薛韶云：老杜近體律詩，精深妥帖，雖多至百韻，而首尾相應，如常山之蛇，無間斷齟齬處矣。）

高適

信安王幕府詩并序三十韻

開元二十年，國家有事林胡，詔禮部尚書信安王總戎大舉。時考功郎中王公、司勳郎中劉公、

主客郎中魏公、侍御史李公、監察御史崔公咸在幕府。詩以頌美數公，見於詞云。

雲紀軒皇代，星高太白年。廟堂諮上策，幕府制中權。磐石藩維固，昇壇禮樂先。國章榮印綬，公服貴貂蟬。樂善旌深德，輸忠格上玄。剪桐光寵錫，題劍美貞堅。聖祚雄圖廣，師貞武德虔。雷霆七校發，旌旆五營連。華省徵群乂，霜臺舉二賢。豈伊公望遠，曾是茂才遷。並秉韜鈐（今按，據姚本、四庫本及《全唐詩》卷二一四，當爲「鈐」）術，兼該翰墨筵。帝思麟閣像，臣獻柏梁篇。振玉登遼甸，摐金歷薊壖。度河飛羽檄，横海汎樓船。北伐聲逾邁，東征務以專。講戎喧涿野，料敵静居延。軍勢持三略，兵戎自九天。朝瞻授鉞去，時聽偃戈旋。大漠風沙裏，長城雨雪邊。雲端臨碣石，波際隱朝鮮。夜壁衡（今按，刻者不詳明本作「衝」，四庫全書本《高常侍集》卷六、《全唐詩》作「沖」）高斗，寒空駐綵旃。倚弓玄兔月，飲馬白狼川。（今按，姚本、《全唐詩》「飲馬白狼川」句後有「庶物隨交泰，蒼生解倒懸。四郊增氣象，萬里絶風煙」四句）關塞鴻勳著，京華甲第全。落梅横吹後，春色凱歌前。直道常兼濟，微才獨棄捐。曳裾誠已矣，投筆尚悽然。作賦同元淑，能詩匪仲宣。雲霄不可望，空欲仰神仙。

奉酬睢陽李太守

公族稱王佐，朝經允帝求。本枝彊我李，磐石冠諸劉。禮樂光輝盛，山河氣象幽。系高周

柱史，名重晉陽秋。華省應（今按，據《高常侍集》卷六、《全唐詩》卷二一四，當爲「膺」）推擇，青雲寵宴遊。握蘭多具美，前席有嘉謀。賦得黄金賜，言皆白璧酬。着鞭驅駟馬，操刃解全牛。出鎮兼方伯，承家復列侯。朝瞻孔北海，時用杜荆州。廣固纔登陟，毘陵忽阻脩。三台冀入夢，四嶽向（今按，《高常侍集》、《全唐詩》作「尚」）分憂。郡邑連京口，山川望石頭。海門當建節，江路引鳴騶。俗見中興理，人逢至道休。先移白額横，更息赭衣偷。梁國歌來晚，徐方怨不留。豈伊齊政術，將以變澆浮。訟簡知能吏，刑寬察要囚。坐堂風偃草，行縣雨隨輈。地是蒙莊宅，城遺閼伯丘。孝王餘井徑，微子故田疇。冬至招摇轉，天寒蝃蝀收。猿巖飛雨雪，兔苑落梧楸。列戟霜侵户，褰幃月在鈎。好賢常解榻，乘興每登樓。逸足横千里，高談注九流。詩題青玉案，衣贈黑貂裘。窮巷軒車静，閑齋耳目愁。未能方管樂，翻欲慕巢由。講德良難敵，觀風豈易儔。寸心仍有適，江海一扁舟。

張籍

贈殷山人三十韻

鬱鬱山中客，知名四十年。恓惶身獨隱，寂寞性應便。世業公侯籍，生涯黍稷田。藤懸讀

書帳，竹繫網魚船。已種千頭橘，新開數脈泉。閑遊攜酒遠，出（今按，四庫全書本《張司業集》卷四、《全唐詩》卷三八四作「幽」）語向僧偏。入洞題松過，看花選石眠。避喧長汩没，逢勝即留連。自古多高跡，如君少並肩（今按，《全唐詩》作「比肩」）。耕耘此辛苦，章句已流傳。昔日交遊盛，當時省閣賢。同袍還共弊，連轡每推先。講序居重席，羣儒願執鞭。滿堂虚左待，衆目望喬遷。木（今按，據姚本、《張司業集》、《全唐詩》，當爲「才」）異時難用，情高道自全。畏人頻（今按，《全唐詩》作「顔」）慘憺，疏物勢連（今按，《全唐詩》作「迍」）邅。達者聞知命，吾生復禮玄。深藏報恩劍，久降（今按，《全唐詩》作「緝」）養生篇。憔悴衆夫笑，經過郡守憐。夕陽悲病鶴，霜氣動饑鷴。處士誰能薦，窮途世所捐。伯鸞甘寄食，元淑苦無錢。策蹇秋塵裏，吟詩黄葉前。故囊（今按，《全唐詩》作「裘」）餘白領，廢瑟斷朱絃。志氣終猶在，逍遥任自然。家貧念婚嫁，身老戀雲煙。放逸棲巖鹿，清虚飲露蟬。鄭逃秦谷口，嚴愛越溪邊。霄漢予猶阻，榮枯子不牽。山城一相遇，感激意難宣。

楊巨源

上劉侍中

命代生申甫，承家翊禹湯。廟謨膺間氣，師律動清霜。鐘鼎勳庸大，山河誡誓長。英姿凌

虎視，逸步壓龍驤。道協陶鈞力，恩迴日月光。一言弘社稷，九命備珪璋。政洽軍逾肅，仁敷物已康。朱門重棨戟，丹詔半縑緗。位總興（今按，《全唐詩》作「雲」）龍野，師臨涿鹿鄉。射雕天更碧，吹角塞仍黄。深入平夷落，横行闢漢疆。功垂貞石遠，名映色絲香。斷（今按，一作「度」）磧瞻貔武，臨池識鳳凰。舞腰凝綺榭，歌響拂雕梁。杯浄傳鸚鵡，裘鮮照鷫鸘。吟詩白羽扇，校獵緑沉槍。風景佳人地，煙沙壯士場。幕中邀謝鑒，麾下得周郎。珠影含空徹，瓊枝映座芳。王渾知武子，陳寔獎元方。富貴春無限，歡娱夜未央。管絃隨玉帳，樽俎奉金章。俗理寧因勸，邊城詎假防。軍容雄朔漠，公望冠巖廊。分野鄰孤島，京坻溢萬箱（今按，《文苑英華》、《全唐詩》作「廂」）。曙華分碣石，秋色入漁陽（今按，《文苑英華》、《全唐詩》作「衡陽」）。城遠迷玄兔，川明辨白狼。忠賢多感激，今古共蒼茫。堤擁紅蕖艷，橋分翠柳行。軒車紛自至，亭館鬱相當。珍簟迴煩暑，曾（今按，姚本、刻者不詳明本、《文苑英華》、《全唐詩》作「層」，字通）軒引早涼。聽琴知思静，説劍覺神揚。佳景燕臺上，清輝鄭驛傍。鼓鼙喧北里，珪玉映東牀。敢衒由之瑟，甘循賜也墻。官微思假路，戰勝忝升堂。欲奮三年翼，頻回一夕腸。消憂期酒聖，乘興任詩狂。海内栽桃李，天涯荷稻粱。升沉門下意，誰道在蒼蒼。

七言律詩敘目（凡九卷）

第一卷

正始

杜審言（三）　沈佺期（十二）　宋之問（二〔今按，當爲「二」〕）　蘇　瓌（一）　韋元旦（二）　宗楚客（一）　盧藏用（二〔今按，當爲「二」〕）　李　嶠（二）　趙彦昭（三）　李　適（三）　劉　憲（一）　岑　羲（一）　徐彦伯（一）　馬懷素（二）　鄭　愔（二）　蘇　頲（八）　張　説（五）　賈　曾（一）　武平一（一）　李　邕（一）　蔡希周（一）　張九齡（一）　孫　逖（一）

七言律詩，又五言八句之變也。在唐以前，沈君攸七言儷句已近（今按，屠隆本作「肇」，牛斗本作「似」）律體；唐初始專此體，沈、宋等精巧相尚；開元初，蘇、張之流盛矣，然而亦多君臣遊倖倡和之什。通得二十三人，共詩五十七首，爲七言近體之始。

第二卷

正宗

崔　顥(二)　李　白(六)　賈　至(六〔今按,當爲「一」〕)　王　維(十三)　李　憕(一)
李　頎(七)祖　詠(一)　崔　署(今按,一作「曙」)(一)　孟浩然(二)　萬　楚(一)　張
謂(一〔今按,當爲「二」〕)　高適(四)　岑　參(八)　王昌齡(一)

盛唐作者雖不多,而聲調最遠,品格最高。若崔顥,律非雅純,太白首推其《黄鶴》之作,後至《鳳凰》而仿佛焉。又如賈至、王維、岑參早朝倡和之什,當時各極其妙。王之衆作尤勝諸人,至於李頎、高適,當與並驅,未論先後。是皆足爲萬世程法。通得十四人,共詩五十二首,爲正宗。

第三卷

大家

杜　甫（三十七）

少陵七言律，法獨異諸家，而篇什亦盛。如《秋興》等作，前輩謂其大體渾雄富麗，小家數不可髣髴耳。今擇其三十七首，爲大家。

第四卷

羽翼

錢　起（十九）　劉長卿（二十）

天寶以還，錢起、劉長卿並鳴于時，與前諸家實相羽翼，品格亦近似。至其賦詠之多，自得之妙，或有過焉。今合二家詩三十九首，爲羽翼。

第五卷

接武（上）

韋應物（四）　皇甫冉（九）　皇甫曾（四）　李嘉祐（九）　劉方平（二）　郎士元（五）　韓翃（九）　盧　綸（五）　司空曙（七）　李　端（三）　秦　系（二）　竇叔向（一）　張志和（一）　嚴　維（一）　崔　峒（四）　耿　湋（三）　張　繼（一）　張南史（一）　于　鵠（二）

第六卷

接武（下）

李　益（三）　朱　灣（二）　權德輿（四）　戴叔倫（三）　張　濯（一）　楊巨源（九）　武元衡（二）　劉禹錫（四）　柳宗元（二）　韓　愈（三）　陳　羽（二［今按，當爲「一」］）　張　籍（二）　王　建（二）　白居易（二）　元　稹（二）　殷堯藩（一）　賈　島（三）　姚　合（一［今按，當爲「五」］）　王　初（一）　李　紳（四）　周　賀（二）

中唐來，作者漸多。如韋應物、皇甫伯仲以及乎大曆才子，諸人相與接跡而起者，篇什雖盛，而氣或不逮。貞元後，李益、權德輿、楊巨源、戴叔倫、劉禹錫之流，憲章祖述，再盛於元和間，尚可以繼盛時諸家。賈島、姚合後出，格力猶有一二可取。今分爲二卷，以

韋應物、皇甫伯仲與乎大曆諸賢，凡十九人，共詩七十三首，爲上卷。又自李益而下，以盡乎元和諸人，得二十一人，共詩五十九首，爲下卷。

第七卷

正變

李商隱（十三） 許渾（十七） 劉滄（十九）

元和後，律體屢變，其間有卓然成家者，皆自鳴所長。若李商隱之長於詠史，許渾、劉滄之長於懷古，此其著也。今觀義山之《隨（今按，當爲「隋」）宫》、《馬嵬》、《籌筆驛》、《錦瑟》等篇，其造意幽深，律切精密，有出常情之外者。用晦之《凌敲（今按，當爲「歊」）臺》、《洛陽城》、《驪山》、《金陵》諸篇，與乎藴靈之《長洲》、《咸陽》、《鄴都》等作，其今古廢興，山河陳跡，凄涼感慨之意，讀之可爲一唱而三歎矣。三子者，雖不足以鳴乎大雅之音，亦變風之得其正者矣。今合其詩，凡四十九首，爲正變。

第八卷

餘響（一）

杜　牧（五）薛　逢（一）趙　嘏（九）李　遠（一）劉得仁（一）姚　鵠（二）項斯（一）温庭筠（八）雍　陶（一）司馬禮（今按，又作「札」或「扎」）（一）李　頻（三）杜荀鶴（一）李　郢（五）李羣玉（二）陸龜蒙（一）崔　珏（一）李山甫（二）張　喬（一）唐彦謙（三）羅　隱（三）羅　鄴（三）高　駢（一）方　干（三）來　鵬（一）

第九卷

餘響（二）

崔　魯（一）崔　塗（一）鄭　谷（一［今按，當爲「三」］）韓　偓（二）胡　曾（一）曹　松（三）吴　融（五）韋　莊（七）張　泌（四）廖匡圖（一）

旁流（附）

有姓氏無字里世次可考者七人

盧宗回（一）　許　玫（一）　蘇廣文（一）　陳　標（二）　譚用之（一）　胡　宿（四）　韓喜（一）

姓氏疑誤者二人

僧　處一（一）　郎士元（一）

羽士一人

曹　唐（十一）

衲子七人

皎　然（六）　靈　一（二）　靈　澈（一）　清　江（三）　法　振（一）　廣　宣（一）

曇域（一）

閨秀一人

鮑君徽（一）

排律（附）

崔　融（一）　僧清江（一）　王　建（一）　温庭筠（一）

唐末作者雖衆，而格力無足取焉。故自太（今按，當爲「大」）和至于五代，通得三十四人，略其詩之精者，共八十八首，爲餘響。並係旁流及排律等詩，凡二十一人，詩四十五首，通前離爲兩卷。

七言律詩卷之一　唐詩品彙八十二

正始

杜審言

大酺

毘陵震澤九州通，士女歡娱萬國同。伐鼓撞鐘驚海上，新粧袨服照江東。梅花落處疑殘雪，柳葉開時任好風。火德雲官逢道泰，天長地久屬年豐。

守歲侍燕應制

季冬除夜接新年，帝子王臣捧御筵。宫闕星河低拂樹，殿庭燈燭上薰天。彈絃奏節梅風入，對局探鈎柏酒傳。欲向正元歌萬壽，暫留歡賞寄春前。

春日京中有懷

今年遊寓獨遊身（今按，《全唐詩》作「秦」），愁思看春不當春。上林苑裏花徒發，細柳營前葉漫新。公子南橋應盡興，將軍西地（今按，《全唐詩》作「第」）幾留賓。寄語洛城風日道，明年春色倍還人。

沈佺期

古意（《樂府》作《獨不見》。）

盧家少婦鬱金堂（一作「香」。）（今按，屠隆本、牛斗本、刻者不詳明本「堂」作「香」，下無注文），海燕雙棲玳瑁梁。九月寒砧催木葉，十年征戍憶遼陽。白狼河北音書斷，丹鳳城南秋夜長。誰爲（今按，《全唐詩》作「謂」）含愁獨不見，更教明月照流黄。

龍池篇

龍池躍龍龍已飛，龍德先（今按，《全唐詩》注云：一作「光」）天天不違。池開天漢分黄道，龍向天門入紫微。邸第樓臺多氣色，君王鳧鴈有光輝。爲報寰中百川水，來朝此地莫東歸。

興慶池侍宴應制

碧水澄潭映遠空，紫雲香駕御微風。漢家城闕疑天上，秦地山川似鏡中。向浦迴舟萍已緑，分林蔽殿槿初紅。古來徒羨横汾賞，今日宸遊聖藻雄。

侍宴安樂公主新宅應制

皇家貴主好神仙，別業初開雲漢邊。山出盡如鳴鳳嶺，池成不讓飲龍川。粧樓翠幌教春住，舞閣金鋪借日懸。敬從乘輿來此地，稱觴獻壽樂鈞天。

奉和春初幸太平公主南莊應制

主家山第早春歸，御輦春遊繞翠微。買地鋪金曾作埒，尋河取石舊支機。雲間樹色千花滿，竹裏泉聲百道飛。自有神仙鳴鳳曲，併將歌舞報恩暉。

奉和春日幸望春宮應制

芳郊緑樹（今按，《全唐詩》作「野」）散春晴，複道離宫煙霧生。楊柳千條花欲綻，蒲萄百丈蔓初縈。林香酒氣元相入，鳥囀歌聲各自成。定是風光牽宿醉，來晨復得幸昆明。

奉和立春游苑迎春

東郊暫轉迎春仗，上苑初飛行慶杯。風射蛟冰千片斷，氣衝魚鑰九關開。林中覓草纔生蕙，殿裏争花併是梅。歌吹銜恩歸路晚，棲烏半下鳳城來。

從幸香山寺應制

南山奕奕通丹禁，北闕峨峨連翠雲。嶺上樓臺千地起，城中鐘鼓四天聞。梅檀曉閣金輿度，鸚鵡晴林采眊分。願以醍醐參聖酒，還將祇（今按，乃「衹」之訛）苑當秋汾。

紅樓院應制（今按，《文苑英華》卷一七八作僧廣宣詩；《全唐詩》卷九六、卷八二二

沈佺期、廣宣詩中皆收）

紅樓疑見白毫光，寺逼宸居福盛唐。支遁愛山情漫切，曇摩泛海路空長。經聲夜息聞天語，爐氣晨飄接御香。誰謂此中難可到，自憐深院得徊翔。

再入道場紀事應制（今按，《文苑英華》卷一七八作僧廣宣詩；《全唐詩》卷九六、卷八二二

沈佺期、廣宣詩中皆收）

南方歸去再生天，内殿今年異昔年。見闢乾坤新定位，看題日月更高懸。行隨香輦登仙

路，坐近爐煙講法筵。自喜恩深陪侍從，兩朝長在聖人前。

嵩山石淙侍宴應制

金輿旦下綠雲衢，綵殿晴臨碧澗隅。溪水泠泠逐（今按，《全唐詩》作「雜」）行漏，山煙片片引（今按，《全唐詩》作「繞」）香爐。仙人六膳調神鼎，玉女三漿捧帝壺。自惜汾陽紆道駕，無如太室覽真圖。

遥同杜員外審言過嶺

天長地闊嶺頭分，去國離家見白雲。洛浦風光何所似，崇山瘴癘不堪聞。南浮漲海人何處，北望衡陽雁幾羣。兩地江山萬餘里，何時重謁聖明君。

宋之問

奉和春初幸太平公主南莊應制

青門路接鳳凰臺，素滻宸遊龍騎來。澗草自迎香輦合，巖花應待御筵開。文移北斗成天象，酒近（今按，《全唐詩》作「遞」）南山作壽杯。此日侍臣將石去，共歡明主賜金迴。

三陽宫石淙侍宴應制（今按，屠隆本、牛斗本、刻者不詳明本下有「得幽字」三字）

離宫秘苑勝瀛洲，别有仙人洞壑幽。巖邊樹色含風冷（今按，牛斗本、張恂本同此，姚本、屠隆本、刻者不詳明本、四庫本、《文苑英華》卷一六九、《全唐詩》作「泠」），石上泉聲帶雨秋。鳥向歌筵來度曲，雲依帳殿結爲樓。微臣昔忝方明（《莊子》作「方明」。）御，今日還陪八駿遊。

蘇　瓌

興慶池侍宴應制

金闕平明宿霧收，瑶池式宴俯清流。瑞鳳飛來隨帝輦，祥魚出戲躍王舟。帷齊緑樹當筵密，蓋轉緗荷接岸浮。如臨竊比微臣懼，若濟叨陪聖主遊。

韋元旦

興慶池侍宴應制

滄池漭沆帝城邊，殊勝昆明鑿漢年。夾岸旌旂疏輦道，中流簫鼓振樓船。雲峰四起迎宸幄，水樹千重入御筵。宴樂已深魚藻詠，承恩更欲奏甘泉。

幸安樂公主山莊應制

銀河南渚帝城隅，帝輦平明出九衢。刻鳳蟠螭凌桂邸，穿池疊石寫蓬壺。璚（今按，《唐詩紀事》作「瓊」）簫暫下鈞天樂，綺綴長懸明月珠。仙榜承恩争既醉，方知朝野更歡娱。

宗楚客

奉和幸安樂公主山莊應制

玉樓銀牓枕嚴城，翠蓋紅旂列禁營。日映層巖圖畫色，風摇雜樹管絃聲。水邊重閣含飛動，雲裏孤峯類削成。幸覩八龍遊閬苑，無勞萬里訪蓬瀛。

盧藏用

奉和立春遊苑迎春

天遊龍輦駐城闉，上苑遲光晚更新。瑶臺半入黄山路，玉檻傍臨玄灞津。梅香欲待歌前落，蘭氣先過酒上春。幸預柏臺稱獻壽，願陪千畞及農辰。

奉和幸安樂公主山莊應制

皇女瑀臺天漢潯，星橋月宇創（今按，《全唐詩》作「構」）山林。飛蘿半拂銀題影，瀑布環流玉砌陰。菊浦香隨鸚鵡泛，簫樓韻遂鳳凰吟。瑶池駐蹕恩方久，璧月無文（今按，《全唐詩》注云：一作「雲」）興轉深。

李　嶠

奉和初春幸太平公主南莊應制

主家山第接雲開，天子春遊動地來。羽騎參差花外轉，霓旌摇曳日邊迴。還將石溜調琴曲，更取峯霞入酒杯。鸞輅已辭烏鵲渚，簫聲猶繞鳳凰臺。

太平公主山亭侍燕應制

黄金瑞牓絳河隈，白玉仙輿紫禁來。碧樹青岑雲外聳，朱樓畫壁水中開。龍舟下瞰鮫人室，羽節高臨鳳女臺。遽惜歡娱歌吹晚，揮戈更却曜靈回。

趙彦昭

侍燕安樂公主新宅應制（今按，《全唐詩》卷一〇三作《奉和幸安樂公主山莊應制》）

六龍齊軫御朝曦，雙鷁維舟下緑池。飛觀仰看雲外聳，浮橋直見海中移。靈泉巧鑿天孫渚，孝筍能抽帝女枝。幸願一生同草樹，年年歲歲樂於斯。

人日侍燕大明宫應制

寶契無爲屬聖人，琱輿出幸玩芳辰。平樓半入南山霧，飛閣旁臨東墅（今按，屠隆本、張恂本、四庫本、《文苑英華》卷一七二、《唐詩紀事》卷十作「野」）春。夾路穠花千樹發，垂軒弱柳萬條新。處處風光今日好，年年願奉屬車塵。

奉和初春幸太平公主南莊應制

主第巖扃架鵲橋，天門閶闔降鑾鑣。歷亂旌旗轉雲樹，參差臺榭入煙霄。林間花雜平陽舞，谷裏鶯和弄玉簫。已陪泌水追歡日，行奉茅山訪道朝。

李　適

中宗皇帝幸興慶池戲競渡應制（今按，「中宗皇帝」，《全唐詩》作「帝」）

拂露金輿丹旆轉，淩晨黼帳碧池開。南山倒影從雲落，北澗摇光寫浪迴。急舸争標排荇度，輕帆截浦觸荷來。横汾燕鎬歡無極，歌舞年年聖壽杯。

奉和立春遊苑迎春

金輿玉（今按，姚本、屠隆本、刻者不詳明本、《全唐詩》作「翠」）輦迎嘉節，御苑仙宫待獻春。淑氣初銜梅色淺，條風半拂柳墻新。天杯慶壽齊南岳，聖藻光輝動北辰。稍覺披香歌吹近，龍驂薄暮（今按，《全唐詩》作「日暮」）下城闉。

奉和人日燕大明宫恩賜綵縷人勝應制

朱城待鳳韶年至，碧殿疏（今按，屠隆本作「乘」，《全唐詩》注云：一作「蟠」，一作「乘」）龍淑氣來。寶帳金屏人已帖，圖花學鳥勝初裁。林香近接宜春苑，山翠遥添獻壽杯。向夕憑高風景麗，天文垂耀象昭回。

劉　憲

和立春日内出綵花樹（今按，《全唐詩》「和」前有「奉」字，注云：一作《人日大明宫應制》）

禁苑韶年此日歸，東郊道上轉青旂。柳色梅芳何處所，風前雪裏覓芳菲。開冰池内魚新躍，剪綵花間燕始飛。欲識王遊布陽氣，爲觀天藻競春輝。

岑　羲

和立春日内出綵花樹（今按，《全唐詩》作《奉和春日幸望春宫應制》）

和風助律應韶年，清蹕乘高入望仙。花笑鶯歌迎帝輦，雲披日霽俯皇川。南山近壓仙樓上，北斗平臨魏闕前。一奉恩榮同鎬燕，空如（今按，屠隆本、《文苑英華》卷一七四、《唐詩紀事》卷九、《全唐詩》卷九三作「知」）率舞聽薰絃。

徐彦伯

奉和中宗皇帝幸興慶池戲競渡應制

夾道傳呼翊翠虬，天迴地（今按，《全唐詩》作「日」）轉御芳洲。青潭曉靄籠仙蹕，紅嶼晴花隔綵旒。香溢金環盈（今按，《全唐詩》作「金杯環」）廣坐，聲傳妓舸匝中流。羣臣相慶嘉魚樂，共哂橫汾歌吹秋。

馬懷素

奉和幸安樂公主山莊應制

主家臺沼勝平陽，帝幸歡娱樂未央。掩映瑀牕交極浦，參差綉户繞迴塘。泉聲百處傳歌曲，樹影千重對舞行。聖酒一霑何以報，唯忻頌德奉時康。

奉和立春遊苑迎春

玄籥飛灰出洞房，青郊迎氣肇初陽。仙輿暫下宜春苑，御醴行開薦壽觴。映水輕苔猶隱

緑，緣堤弱柳未舒黄。唯有裁花飾簪鬢，恒隨聖藻狎年光。

鄭愔

奉和春日幸望春宫

晨蹕凌高轉翠旌，春樓望遠背朱城。忽排花上游天苑，却坐雲邊看帝京。百草香心初罥蝶，千林嫩葉始藏鶯。幸同葵藿傾陽早，願比盤根應候（今按，姚本、屠隆本、牛斗本、刻者不詳明本、《文苑英華》卷一七四作「帝」）榮。

人日侍燕大明宫（今按，《全唐詩》作《人日重宴大明宫恩賜彩縷人勝應制》）

瓊殿含光映早輪，玉鑾嚴蹕望初晨。池開凍水仙宫麗，樹發寒花禁苑新。佳氣徘徊籠細網，殘霙淅瀝染輕塵。良時荷澤皆迎勝，窮谷晞陽猶未春。

蘇頲

侍燕安樂公主新宅應制

騄騄羽騎歷城池，帝女樓臺向晚披。露（今按，《全唐詩》作「霧」）灑旌旗雲外出，風迴巖岫雨中

移。當軒半落天河水，繞徑全低月樹枝。簫鼓宸遊陪燕日，和鳴雙鳳喜來儀。

奉和春日幸望春宫應制

東望望春春可憐，更逢晴日柳含煙。宫中下見南山盡，城上平臨北斗懸。（劉云：句壯。）細草偏承迴輦處，飛花故落舞觴前（今按，此句《全唐詩》作「輕花微落奉觴前」）。宸遊對此歡無極，鳥哢歌聲雜管絃（今按，此句《全唐詩》作「鳥哢聲聲入管絃」）。

廣達樓下夜侍酺燕應制

東岳封迴燕洛京，西墉通晚會公卿。樓臺絶勝宜春苑，燈火還同不夜城。正觀人間朝市樂，忽聞天上管絃聲。酺來萬舞羣臣醉，喜戴千年聖主明。

扈從鄠杜間奉呈刑部尚書舅崔黄門馬常侍

翠輦紅旗出帝京，長楊鄠杜昔知名。雲山一一看皆美，竹樹蕭蕭畫不成。羽騎將過持袂拂，香車欲度捲簾行。漢家曾草巡遊賦，何似今來應聖明。

人日燕大明宫賜綵縷人勝應制

疏龍磴道切昭回，建鳳旗門繞帝臺。七葉仙蓂承（今按，《全唐詩》作「依」）月吐，千株御柳拂煙

開。初年競帖宜春勝，長命先添（今按，《全唐詩》作「浮」）獻壽杯。是日最（今按，《全唐詩》作「皇」）靈知竊幸，羣心能（今按，《全唐詩》作「就」）捧大明來。

興慶池侍燕應制

降鶴池前迴步輦，棲鸞樹杪出行宫。山光積翠遥疑逼，水態含青近若空。直視天河垂象外，俯窺京室畫圖中。皇情未使恩波極，日暮樓船更起風。

奉和初春幸太平公主南莊應制

主第山門起灞川，宸遊風景入初年。鳳凰樓下交天仗，烏鵲橋頭敞御筵。往往花間逢綵石，時時竹裏見紅泉。今朝扈蹕平陽館，不羡乘槎雲漢邊。

春晚紫微省直寄内

直省清華接建章，向來無事日猶長。花間燕子棲鳷鵲，竹下鵷鶵繞鳳凰。内史通宵承紫誥，中人落晚愛紅妝。别離不慣無窮憶，莫誤卿卿學太常。

張説

三月三日承恩遊宴定昆池官莊（得筵字。）

鳳凰樓下帶（今按，《全唐詩》作「對」）天泉，鸚鵡洲中雜（今按，《全唐詩》作「匝」）管絃。舊試（今按，《全唐詩》作「識」）平陽佳麗地，今逢上巳盛明年。舟將水動千尋日，幕共林横兩岸煙。不降王（今按，刻者不詳明本、四庫全書本《張燕公集》卷五、中華書局本《全唐詩》作「玉」）人觀禊飲，誰令醉舞拂賓筵。

奉和春日幸望春宫

别館芳菲上苑東，飛花淡蕩御筵紅。城臨渭水天河静，闕對南山雨露通。繞殿流鶯凡幾樹，當蹊亂蝶許多叢。春園既醉心和樂，共識皇恩造化同。

幽州新歲作

去歲荆南梅似雪，今年薊北雪如梅。共知人事何嘗定，且喜年華去復來。邊鎮戍歌連日動，京城燎火徹明開。遥遥西向長安日，願上南山壽一杯。

滊湖山寺

空山寂歷道心生，虛谷迢遥野鳥聲。禪室從來雲（今按，《全唐詩》作「塵」）外賞，香臺豈是世中情。雲間東嶺千重（今按，《全唐詩》作「尋」）出，樹裏南湖一片明。若使巢由同此意，不將蘿薜易簪纓。

遥同蔡起居偃松篇

清都衆木總榮芬，傳道孤松最出羣。名接天庭多景色，氣連宫闕借氛氲。懸池的的停華露，偃蓋重重拂瑞雲。不惜（今按，四庫本《張燕公集》卷七、《全唐詩》卷八六作「借」）流膏助仙鼎，願將楨榦捧明君。（今按，《全唐詩》後尚有「莫比冥靈楚南樹，朽老江邊代不聞」兩句）

賈　曾

奉和春日出苑矚目應令

銅龍（今按，《唐詩紀事》卷十三作「彤闈」）曉闢問安迴，金輅春遊博望開。渭水（今按，《全唐詩》作「渭北」）晴光摇草樹，終南佳氣入樓臺。招賢已從（今按，《全唐詩》作「得」）商山老，托乘還徵鄴下才。臣在東周獨留滯，忻逢睿藻日邊來。

武平一

奉和立春日内出綵花樹

鑾輅青旂下帝臺，東郊上苑望春來。黄鶯未解林間囀，紅蕊先從殿裏開。畫閣條風初變柳，銀塘曲水半含苔。欣逢睿藻光韶律，更促霞觴畏景催。

李　邕

奉和初春幸太平公主南莊應制

傳聞銀漢支機石，復見金輿出紫微。織女橋邊烏（今按，姚本、屠隆本、刻者不詳明本、張恂本、四庫本、《文苑英華》卷一七六、《全唐詩》作「烏」）鵲起，仙人樓上鳳凰飛。流風入座飄歌扇，瀑水當（今按，《全唐詩》作「侵」）階濺舞衣。今日還同犯牛斗，乘槎共泛（今按，《全唐詩》作「逐」）海潮歸。

蔡希周

奉和扈從温泉宫承恩賜浴

天行雲從指驪宫，浴日餘波錫詔同。綵殿氤氲擁香溜，紗牕宛轉閉和風。來將蘭氣衝皇澤，去引星文捧碧空。自憐遇坎便能止，凡（今按，四庫本作「幾」，《全唐詩》作「願」）託仙槎路未通。

張九齡

奉和聖製早發三卿山行（今按，據《文苑英華》卷七一、《全唐詩》卷四八，「卿」當爲「鄉」）

羽衛森森西向秦，山川歷歷在清晨。晴雲稍卷寒巖樹，宿雨能（今按，《全唐詩》作「微」）消御路塵。聖德由來合天道，靈符即此應時巡。遺賢一一皆羈致，猶欲高深訪隱淪。

孫　逖

和左司張員外自洛使入京中路先赴長安逢立春日贈韋侍御及諸公

忽覩雲間數鴈迴，更逢山上一（今按，《全唐詩》作「正」）花開。河邊淑氣迎芳草，林下輕風待落

梅。秋憲府中高唱入，春卿署裏和歌來。共言東閣招賢地，自有西征作賦（今按，《全唐詩》作「謝傅」）才。

七言律詩卷之二　唐詩品彙八十三

正宗

崔　顥

黄鶴樓（嚴滄浪云：唐人七言律詩，當以崔顥《黄鶴樓》爲第一。）

昔人已乘白雲去，此地空餘黄鶴樓。黄鶴一去不復返，白雲千載空悠悠。晴川歷歷漢陽樹，芳草萋萋鸚鵡洲。日暮鄉關何處是，煙波江上使人愁。（劉後村云：古人服善，李白登黄鶴樓有「眼前有景道不得，崔顥題詩在上頭」之句，至金陵乃作《鳳凰臺》以擬之。今觀二詩，真敵手碁也。○劉須溪云：但以滔滔莽莽，有疏岩［今按，據姚本、屠隆本，當爲「宕」］之氣，故勝巧思。）

行經華陰（今按，《全唐詩》卷一三〇注云：一作「山」）

岧嶤太華俯咸京，天外三峯削不成。武帝祠前雲欲散，仙人掌上雨初晴。河山北枕秦關

險，驛路（今按，姚本、《文苑英華》卷二九二、《全唐詩》作「樹」）西連漢畤平。借問路傍名利客，無如此處學長生。

李白

登金陵鳳凰臺（范德機云：登臨詩，首尾好，結更悲壯，七言律之可法者也。）

鳳凰臺上鳳凰遊，鳳去臺空江自流。吴宫花草埋幽徑，晉代衣冠成古丘。三山半落青天外，二水中分白鷺洲。總爲浮雲能蔽日，長安不見使人愁。（劉須溪云：其開口雄偉、脱落雕飾俱不論，若無後兩句，亦不必作。出於崔顥而時勝之以此云。）

送賀監歸四明應制

久辭榮禄遂初衣，曾向長生説息機。真訣自從茅氏得，恩波應許洞庭歸。瑶臺含霧星辰滿，仙嶠浮雲（今按，詹鍈本《李白全集》作「空」）島嶼微。借問欲棲珠樹鶴，何年却向帝城飛。

别中都兄明府

吾兄詩酒繼陶君，試宰中都天下聞。東樓喜奉連枝會，南陌愁爲落葉分。城隅緑（今按，《全唐詩》、詹鍈本《李白全集》皆作「渌」）水明秋日，海上青山隔暮雲。取醉不辭留夜月，鴈行中斷惜

離羣。

題東溪公幽居

杜陵賢人清且廉，東溪卜築歲將淹。宅近青山同謝朓，門垂碧柳似陶潛。好鳥迎春歌後院，飛花送酒舞前簷。客到但知留一醉，盤中秪有水精鹽。（劉須溪云：律穩麗，意濃。）

鸚鵡洲

鸚鵡來過吴江水，江上洲傳鸚鵡名。鸚鵡西飛隴山去，芳洲之樹何青青。煙開蘭葉香風起（今按，姚本、詹鍈本《李白全集》作「暖」），岸夾桃花錦浪生。遷客此時徒極目，長洲孤月向誰明。（劉須溪云：猶是《鳳臺》餘韻，情景覺［今按，四庫本作「雖」］稱，終［今按，屠隆本作「更」］覺豪勝，此以正平弔正平者。）

題雍丘崔明府丹竈

美人爲政本忘機，服藥求仙事不違。葉縣已泥丹竈畢，瀛洲當伴赤松歸。先師有訣神將助，大聖無心火自飛。九轉但能生羽翼，雙鳧忽去定何依。

賈　至

早朝大明宫呈兩省僚友

銀燭朝（今按，《全唐詩》作「薰」）天紫陌長，禁城春色曉蒼蒼。千條弱柳垂青鎖，百囀流鶯繞建章。劍珮聲隨玉墀步，衣冠身惹御爐香。共沐恩波鳳池上，朝朝染翰侍君王。

王　維

和賈至舍人早朝大明宫之作

絳幘雞人報曉籌，尚衣方進翠雲裘。九天閶闔開宫殿，萬國衣冠拜冕旒。（劉須溪云：帖子語，頗不癡重。）日色纔臨仙掌動，香煙欲傍衮龍浮。朝罷須裁五色詔，珮聲歸到鳳池頭。

和太常韋主簿五郎温泉寓目（今按，《全唐詩》「泉」作「湯」）

漢主離宫接露臺，秦川一半夕陽開。青山盡是朱旗繞，碧澗翻從玉殿來。新豐樹裏行人度，小苑城邊獵騎回。聞道甘泉能獻賦，懸知獨有子雲才。

大同殿生玉芝龍池上有慶雲百官共覩聖恩便賜燕樂敢書即事

飲（今按，據姚本、張恂本、四庫本及《全唐詩》，當爲「欲」）笑周文歌燕鎬，還輕漢武樂横汾。豈知玉殿生三秀，詎有銅池出五雲。陌上堯尊傾北斗，樓前舜樂動南薰。共歡天意同人意，萬歲千秋奉聖君。

奉和聖製從蓬萊向興慶閣道中留春雨中春望之作應制

渭水自縈秦塞曲，黄山舊繞漢宫斜。鑾輿迥出千門柳，閣道迴看上苑花。雲裏帝城雙鳳闕，雨中春樹萬人家。爲乘陽氣行時令，不是宸遊玩物華。

敕賜百官櫻桃（時爲文部郎中。）

芙蓉闕下會千官，紫禁朱櫻出上闌。總是寢園春薦後，非關御苑鳥銜殘。歸鞍競帶青絲籠，中使頻傾赤玉盤。飽食不須愁内熱，大官還有蔗漿寒。

敕借岐王九成宫避暑應制

帝子遠辭丹鳳闕，天書遥借翠微宫。隔牕雲霧生衣上，卷幔山泉入鏡中。林下水聲喧笑語，巖前（今按，《全唐詩》作「間」）樹色隱房櫳。仙家未必能勝此，何事吹簫向碧空。

酌酒與裴迪

酌酒與君君自寬，人情反（今按，《全唐詩》作「翻」）覆似波瀾。白首相知猶按劍，朱門先達笑彈冠。草色全經細雨濕，花枝欲動春風寒。世事浮雲何足問，不如高卧且加餐。

出塞作

居延城外獵天驕，白草連天（今按，《全唐詩》作「山」）野火燒。暮雲空磧時驅馬，秋日平原好射雕。護羌校尉朝乘障，破虜將軍夜渡遼。玉靶角弓珠勒馬，漢家將賜霍嫖姚。

酬郭給事

洞門高閣靄餘暉，桃李陰陰柳絮飛。禁裏疏鐘官舍晚，省中啼鳥吏人稀。晨摇玉佩趨金殿，夕奉天書拜瑣闈。强欲從君無那老，將因卧病解朝衣。

積雨輞川莊作

積雨空林煙火遲，蒸藜炊黍餉東菑。漠漠水田飛白鷺，陰陰夏木囀黄鸝。（劉須溪云：寫景自然，造意又極辛苦。）山中習静觀朝槿，松下清齋折露葵。野老與人争席罷，海鷗何事更相疑。

春日與裴迪過新昌里訪吕逸人不遇

桃源面面（今按，《全唐詩》作「一向」，注云：一作「四面」）絶風塵，柳市南頭訪隱淪。到門不敢題凡鳥，看竹何須問主人。城外（今按，《全唐詩》作「上」）青山如屋裏，東家流水入西隣。閉户著書多歲月，種松皆作老（今按，《全唐詩》作「老作」）龍鱗。（劉須溪云：青山流水，自在。）

過乘如禪師蕭居士嵩丘蘭若

無着天親弟與兄，嵩丘蘭若一峯晴。食隨鳴磬巢烏下，行踏空林落葉聲。迸水定侵香案濕，雨花應共石牀平。深洞長松何所有，儼然天竺古先生。

送楊少府貶郴州

明到衡山與洞庭，若爲秋月聽猿聲。愁看北渚三湘遠，惡説南風五兩輕。青草瘴時過夏口，白頭浪裏出湓城。長沙不久留才子，賈誼何須弔屈平。

李　憕（今按，李憕此詩原在王維《奉和聖製從蓬萊向興慶閣道中留春雨中春望之作應制》之後，雜於王維詩之間，今移置於此）

奉和聖製從蓬萊向興慶閣道中留春雨中春望之作應制

別館春還淑氣催，三宫路轉鳳凰臺。雲飛北闕輕陰散，雨歇南山積翠來。御柳遥隨天仗發，林花不待曉風開。已知聖澤深無限，更喜年芳入睿才。

李　頎

送魏萬之京

朝聞遊子唱離歌，昨夜微霜初渡河。鴻鴈不堪愁裏聽，雲山況是客中過。關城曙（今按，《全唐詩》作「樹」）色催寒近，御苑砧聲向晚多。莫是（今按，《全唐詩》作「見」）長安行樂處，空令歲月易蹉蛇。

送司勳盧員外

流澌臘月下河陽，草色新年發建章。秦地立春傳太史，漢宫題柱憶仙郎。歸鴻欲度千門

雪，侍女新添五夜香。早晚薦雄文似者，故人今已賦長楊。

題璿公山池（今按，璿，屠隆本、牛斗本、《唐百家詩選》卷五、《全唐詩》卷一三四同此，姚本、刻者不詳明本、四庫全書本《唐詩紀事》卷二〇作「濬」，四庫本作「睿」）

遠公遁跡廬山岑，開山（今按，《全唐詩》作「士」）幽居祇（今按，當爲「祇」）樹林。片石孤峯窺色相，清池皓月照禪心。指揮如意天花落，坐卧閑房春草深。此外俗塵都不染，惟餘玄度得相尋。

寄綦毋三

新加大邑綬仍黄，遊（今按，《石倉歷代詩選》卷四一同此，姚本、屠隆本、刻者不詳明本、張恂本、四庫本、《全唐詩》作「近」）與單車去洛陽。顧盼一過丞相府，風流三接令公香。南川粳稻花侵縣，西嶺雲霞色滿堂。共道進賢蒙上賞，看君幾歲作臺郎。

送李回

知君官屬大司農，詔幸驪山職事雄。歲發金錢供御府，晝看仙液注離宫。千巖曙雪旌門上，十月寒花輦路中。不覩聲明（今按，張恂本作「名」）與文物，自傷留滯去關東。

宿瑩公禪房聞梵

花宫仙梵遠微微，月隱高城鐘漏稀。夜動霜林驚落葉，曉聞天籟發清機。蕭條已入寒空静，颯沓仍隨秋雨飛。始覺浮生無住著，頓令心地欲皈依。

題盧五舊居

物在人亡無見期，閑庭繫馬不勝悲。牕前緑竹生空地，門外青山似（今按，《全唐詩》作「如」）舊時。悵望青（今按，《全唐詩》作「秋」）天鳴墜葉，巑岏枯柳宿寒鴟。憶君淚落東流水，歲歲花開知爲誰。

祖　詠

望薊門

燕臺一去（今按，《全唐詩》作「望」）客心驚，笙（今按，《全唐詩》作「簫」）鼓喧喧漢將營。萬里寒光生積雪，三邊曙色動危旌。沙場烽火侵胡月，海畔雲山擁薊城。少小雖非投筆吏，論功還欲請長纓。

崔　署（今按，四庫本作「曙」）

九日登仙臺呈劉明府（今按，《國秀集》卷下、《全唐詩》卷一五五「仙臺」上有「望」字）

漢文皇帝有高臺，此日登臨曙色開。三晉雲山皆北向，二陵風雨自東來。關門令尹誰能識，河上仙翁去不回。且欲近尋彭澤宰，陶然共醉菊花杯。

孟浩然

登安陽城樓

縣城南面漢江流，江嶂（今按，《全唐詩》作「漲」）開成南雍州。才子乘春來騁望，羣公暇日坐銷憂。樓臺晚映青山郭，羅綺晴嬌（今按，《全唐詩》作「驕」）緑水洲。向夕波摇明月動，更疑神女弄珠遊。

登萬歲樓

萬歲樓頭望故鄉，獨令鄉思更茫茫。天寒鴈度堪垂淚，月（今按，《全唐詩》作「日」）落猿啼欲斷腸。曲引古堤臨凍浦，斜分遠岸近枯楊。今朝偶見同袍友，卻喜家書寄八行。

萬　楚

五日觀妓

西施謾道浣春紗，碧玉今時鬭麗華。眉黛奪將萱草色，紅裙妬殺石榴花。新歌一曲令人艷，醉舞雙眸斂鬢斜。誰道五絲能續命，却令今日死君家。

張　謂

别韋郎中

星軺計日赴岷峨，雲樹連天阻笑歌。南入洞庭隨鴈去，西過巫峽聽猿多。峥嶸洲上飛黄蝶，灔澦堆邊起白波。不醉郎中桑落酒，教人無奈别離何。

杜侍御送貢物戲贈

銅柱朱崖道路難，伏波横海舊登壇。越人自貢珊瑚樹，漢使何勞獬豸冠。疲馬山中愁日晚，孤舟江上畏春寒。由來此貨稱難得，多恐君王不忍看。

高適

送前衛縣李寀少府

黄鳥翩翩楊柳垂，春風送客使人悲。怨別自驚千里外，論交却憶十年時。雲開汶水孤帆遠，路繞梁山匹馬遲。此地從來可乘興，留君不住益淒其。

送李少府貶峽中王少府貶長沙

嗟君此別意何如，駐馬銜杯問謫居。巫峽啼猿數行淚，衡陽歸鴈幾封書。青楓江上秋天遠，白帝城邊古木疏。聖代即今多雨露，暫時分手莫躊躇。

同陳留崔司户早春宴蓬池

同官載酒出郊圻，晴口東馳鴈北飛。隔岸春雲邀翰墨，傍簷垂柳報芳菲。池邊轉覺虚無盡，臺上偏宜酩酊歸。州縣徒勞那可度，後時連騎莫相違。

夜别韋司士（得成字）

高館張燈酒復清，夜鐘殘月鴈歸聲。只言啼鳥堪求侣，無那春風欲送行。黄河曲裏沙爲岸，白馬津邊柳向城。莫怨他鄉暫離别，知君到處有逢迎。

岑參

和賈至舍人早朝大明宫之作

鷄鳴紫陌曙光寒，鶯囀皇州春色闌。金闕曉鐘開萬户，玉階仙仗擁千宫（今按，據姚本、張恂本及《全唐詩》，當爲「官」）。花迎劍珮星初落，柳拂旌旂露未乾。獨有鳳凰池上客，陽春一曲和皆難。

和祠郡王員外雪後早朝即事（今按，據姚本、四庫本及《全唐詩》，「郡」當爲「部」）

長安雪後似春歸，積素凝華連曙輝。色借玉珂迷曉騎，光添銀燭晃朝衣。西山落月臨天仗，北闕晴雲捧禁闈。聞道仙郎歌白雪，由來此曲和人稀。

西掖省即事

西掖重雲開曙暉，北山疏雨點朝衣。千門柳色連青瑣，三殿花香入紫微。平明端笏陪鴛列，薄暮垂鞭信馬歸。官拙自悲頭白盡，不如巖下偃荆扉。

奉和杜相公發益州（今按，《全唐詩》無「杜」字，「益州」作「益昌」，當爲「益昌」）

相國臨戎别帝京，擁旄持節遠横行。朝登劍閣雲隨馬，夜渡巴江雨洗兵。山花萬朵迎征蓋，川柳千條拂去旌。暫到蜀城應計日，須知明主待持衡。

九日使君席奉餞衛中丞赴長水

節使横行西出師，鳴弓擐甲羽林兒。臺上霜威（今按，《全唐詩》作「風」）凌草木，軍中殺氣傍旌旗。預知漢將宣威日，正是胡塵欲滅時。爲報使君多泛菊，更將絃管醉東籬。

使君席夜送嚴河南赴長水

嬌歌急管雜青絲，銀燭金杯映翠眉。使君地主能相送，河尹天明坐莫辭。春城月出人皆醉，野戍花深馬去遲。寄聲報爾山翁道，今日河南勝昔時。

赴嘉州過城固縣尋永安超禪師房

滿樹（今按，屠隆本、牛斗本、刻者不詳明本、《全唐詩》作「寺」）枇杷冬着花，老僧相見具袈裟。漢王城北雪初霽，韓信壇（今按，《全唐詩》作「臺」）西日欲斜。門外不須催五馬，林中且聽演三車。豈料巴川多勝事，爲君書此報京華。

首春渭西郊行呈藍田張二主簿

回風度雨渭城西，細草新花踏作泥。秦女峯頭雪未盡，胡公陂上日初低。愁窺白髮羞微禄，悔别青山憶舊溪。聞道輞川多勝事，玉壺春酒正堪携。

秋夕讀書幽興獻兵部李侍郎

年紀蹉跎四十强，自憐頭白始爲郎。雨滋苔蘚侵堦緑，秋颯梧桐覆井黄。驚蟬也解求高樹，旅鴈還應厭後行。覽卷試穿鄰舍壁，明燈何惜借餘光。

暮春號州東亭送李司馬歸扶風别廬

柳嚲鶯嬌花復殷，紅亭緑酒送君還。到來函谷愁中月，歸去磻溪夢裏山。簾前春色應須惜，世上浮名好是閑。西望鄉關腸欲斷，對君衫袖淚痕斑。

王昌齡

萬歲樓

江上巍巍萬歲樓，不知經歷幾千秋。年年喜見山長在，日日悲看水獨流。猿狖何曾離莫（今按，屠隆本、《全唐詩》作「暮」，字通）嶺，鸕鷀空自泛寒洲。誰堪登望雲煙裏，向晚茫茫發旅愁。

七言律詩卷之三　唐詩品彙八十四

大家

杜　甫

題張氏隱居（開元二十四年後，遊東都作。）

春山無伴獨相求，伐木丁丁山更幽。澗道餘寒歷冰雪，石門斜日到林丘。不貪夜識金銀氣，遠害朝看麋鹿遊。乘興杳然迷出處，對君疑是泛虛舟。

城西陂泛舟（天寶十三年作。）

青蛾皓齒在樓船，橫笛短簫悲遠天。春風自信牙檣動，（劉須溪云：佳處。）遲日徐看錦纜牽。魚吹細浪摇歌扇，燕蹴飛花落舞筵。不有小舟能盪槳，百壺那送酒如泉。

奉和賈至舍人早朝大明宮（乾元元年已後作。）

五夜漏聲催曉箭，九重春色醉仙桃。旌旗日暖龍蛇動，宮殿風微燕雀高。（劉云：壯麗自是，若非「微」字清灑，不免癡肥矣。謾發此義。）朝罷香煙携滿袖，詩成珠玉在揮毫。欲知世掌絲綸美，池上于今有鳳毛。

宣政殿退朝晚出左掖

天門日射黄金榜，春殿晴曛赤羽旗。宮草菲菲（今按，宋本《杜工部集》作「微微」，注云：一云「霏霏」）承委佩，爐煙細細駐游絲。雲近蓬萊常五（今按，宋本《杜工部集》作「好」，注云：一云「五」）色，雪殘鳷鵲亦多時。（劉云：佳處自在可想。）侍臣緩步歸青瑣，退食從容出每遲。

紫宸殿退朝口號

户外昭容紫袖垂，雙瞻御座引朝儀。香飄合殿春風轉，花覆千官淑景移。（劉云：從「今按，姚本、玉几山人本《集千家注杜工部詩集》卷四作「春」」容富麗。）晝漏稀聞高閣報，天顏有喜近臣知。（劉云：意外意。）宮中每出歸東省，會送夔龍集鳳池。

曲江

一片花飛減却春，風飄萬點正愁人。且看欲盡花經眼，莫厭傷多酒入脣。（劉云：小縱繩墨，最是傾倒，律詩不甚縛律者。）江上小堂巢翡翠，苑（今按，宋本《杜工部集》作「花」，注云：一云「苑」）邊高塚卧麒麟。（警策之至，可以動悟，不特麗句而已。［今按，據玉几山人本《集千家注杜工部詩集》卷四，此亦劉辰翁評語］）細推物理須行樂，何用浮名絆此身。（方虚谷云：起二句絶妙，一片花飛且不可，而況於萬點乎？五六離亂。［今按，「五六離亂」句，李慶甲《瀛奎律髓彙評》卷十作：「小堂巢翡翠，足見已更離亂；高冢卧麒麟，悲死者也。」］）

曲江對酒

苑外江頭坐不歸，水精宫殿轉霏微。桃花細逐楊花落，黄鳥時兼白鳥飛。（劉云：四句亦自恣肆。）縱飲久判人共棄，懶朝真與世相違。吏情更覺滄洲遠，老大徒悲未拂衣。

曲江值雨（今按，「值雨」，宋本《杜工部集》作「對雨」）

城上春雲覆苑墻，江亭晚色静年芳。林花着雨臙脂落，水荇牽風翠帶長。龍武新軍深駐輦，芙蓉别殿謾焚香。何時詔此金錢會，暫醉佳人錦瑟傍。

九日藍田崔氏莊

老去悲秋强自寬，興來今日盡君歡。羞將短髮還吹帽，笑倩傍人爲整（今按，姚本、宋本《杜工部

集》卷九作「正」）冠。藍水遠從千澗落，玉山高並兩峯寒。（《楊誠齋詩話》云：詩人至此，筆力多衰，今方且雄傑挺拔，喚起一篇精神，非筆力［今按，據四庫本《誠齋詩話》，此處脱「拔山」二字］不至於此。）明年此會知誰健，醉把茱萸仔細看。（《陳後山詩話》云：孟嘉落帽，前世以爲勝絶，子美《九日》詩云：「羞將短髮還吹帽，笑倩傍人爲正冠。」其文雅曠達不減昔人。故謂詩非力學可致，正須胸中度世耳。）

恨別（乾元年［今按，姚本「年」前有「二」字］作。）

洛陽一別四千里，胡騎長驅五六年。草木變衰行劍外，兵戈阻絶老江邊。思家步月清宵立，憶弟看雲白日眠。聞道河陽近乘勝，司徒急爲破幽燕。

蜀相（上元元年成都府作。）

丞相祠堂何處尋，錦宮（今按，據姚本、屠隆本，當爲「官」）城外柏森森。映階碧草自春色，隔葉黄鸝空好音。三顧頻繁天下計，兩朝開濟老臣心。出師未捷身先死，長使英雄淚滿襟。（劉云：全首如此，一字一淚矣。又云：寫得使人不忍讀，故以爲至。又云：千年遺下此語，使人意傷。）

野老

野老籬前江岸迴，柴門不正逐江開。漁人網集澄潭下，賈客舟（今按，《杜詩詳注》卷九作「船」）隨返照來。（劉云：句句洗削。）長路關心悲劍閣，片雲何意傍琴臺。（劉云：此等亦與人意無異也。）王

師未報收東郡，城闕秋生畫角哀。（公自注云：得稱城闕。［今按，宋本《杜工部集》卷十一此注作「南京同兩都，得云城闕也」］）

和裴迪登蜀州東亭送客逢早梅相憶見寄

東閣官梅動詩興，還如何遜在揚州。此時對雪遥相憶，送客逢春可自由。幸不折來傷歲暮，若爲看去亂鄉愁。（劉云：亦宛要沉着。［今按，據玉几山人本《集千家注杜工部詩集》卷四，「要」當爲「變」］）江邊一樹垂垂發，朝夕催人自白頭。

送韓十四江東省親（上元二年作。）（今按，宋本《杜工部集》卷十一「省親」作「覲省」）

兵戈不見老萊衣，歎息人間萬事非。我已無家尋弟妹，君今何處訪庭闈。黄牛峽静灘聲轉，白馬江寒樹影稀。此别應須各努力，故鄉猶恐未同歸。（劉云：子美自謂，深悲極怨者。）

野望（實應元年成都府作。）

西山白雪三城戍，南浦清江萬里橋。海内風塵諸弟隔，天涯涕淚一身遥。唯將遲暮供多病，未有涓埃答聖朝。跨馬出郊時極目，不堪人事日蕭條。

涪城縣香積寺官閣（廣德元年梓州作。）

寺下春江深不流，山腰官閣迥添愁。含風翠壁孤雲細，背日丹楓萬木稠。小院迴廊春寂

寂，浴鳧飛鷺晚悠悠。諸天合在藤蘿外，昏黑應須到上頭。

玉臺觀（滕王造。廣德二年閬州作。）

中天積翠玉臺遥，上帝高居絳節朝。遂有馮夷來擊鼓，始知嬴女善吹簫。江光隱見黿鼉窟，石勢參差烏鵲橋。（劉云：雖是江境，語有神寓［今按，據張恂本、高楚芳《集千家注杜工部詩集》卷十，當爲「雋」］。）更有紅顔生羽翰，便應黄髮老漁樵。

登樓（廣德二年成都作。）

花近高樓傷客心，萬方多難此登臨。錦江春色來天地，玉壘浮雲變古今。（《石林詩話》云：七言難於氣象雄渾。句中有力，而紆餘不失言外之意者，自老杜「錦江」、「玉壘」之後，［今按，《石林詩話》卷下所列詩句還有「五更鼓角聲悲壯，三峽星河影動摇」兩句］常恨無復繼者。）北極朝廷終不改，西山寇盗莫相侵。可憐後主還祠廟，日暮聊爲梁甫吟。（劉云：先主廟中乃亦有後主，此亡國者，何足祠？徒使人思諸葛「梁父」之恨而已。《梁甫吟》亦興廢之感也，武侯以之。）

院中晚晴懷西郭茅舍（廣德二年成都作。）

幕府秋風日夜清，淡雲疏雨過高城。葉心朱實堪（今按，宋本《杜工部集》作「看」，《錢注杜詩》注云：一作「堪」）時落，階面青苔先自生。復有樓臺銜暮景，不勞鐘鼓報新晴。浣花溪裏花饒笑，肯

信吾兼吏隱名。

宿府

清秋幕府井梧寒，獨宿江城臘（今按，據姚本、屠隆本等，當爲「蠟」）炬殘。永夜角聲悲自語，中天月色好誰看。（劉云：上下沉著。）風塵荏苒音書絶，關塞蕭條行路難。已忍伶俜十年事，强移棲息一枝安。

秋興八首（大曆元年秋夔州作。○劉云：八詩大體沉雄富麗，哀傷無限，盡在言外，故自不厭確實〔今按，確實，屠隆本、高楚芳《集千家注杜工部詩集》卷十五無此二字，牛斗本、刻者不詳明本則塗去此二字〕，小家數不可仿佛耳。）

玉露凋傷楓樹林，巫山巫峽氣蕭森。江間波浪兼天湧，塞上風雲接地陰。叢菊兩開他日淚，（劉云：此七字出〔今按，姚本作「拙」〕。）孤舟一繫故園心。寒衣處處催刀尺，白帝城高急暮砧。

其二

夔府孤城落日斜，每依南（今按，姚本、宋二蔡本、仇注本俱作「北」）斗望京華。聽猿實下三聲淚，（劉云：語苦。）奉使虚隨八月槎。畫省香爐違伏枕，山樓粉堞隱悲笳。請看石上藤蘿月，已映洲前蘆荻花。

其三

千家山郭静朝暉，日日江樓坐翠微。信宿漁人還汎汎，（劉云：汎汎，無所得也。）清秋燕子故飛飛。匡衡抗疏功名薄，劉向傳經心事違。（劉云：既前後不相涉，只用二人名，亦莫知其意之所在。落落自可。）同學少年多不賤，五陵衣馬自輕肥。

其四

聞道長安似奕（今按，據宋本《杜工部集》，當爲「弈」）碁，百年世事不勝悲。王侯第宅皆新主，文武衣冠異昔時。直北關山金鼓振，征西車馬羽書遲。魚龍寂寞秋江泠（今按，據宋本《杜工部集》，當爲「冷」），故國平居有所思。

其五

蓬萊宫闕對南山，承露金莖霄漢間。西望瑶池降王母，東來紫氣滿函關。（劉云：律句有此，自覺雄渾。）雲移雉尾開宫扇，日繞龍鱗識聖顔。一卧滄江驚歲晚，幾回青瑣點朝班。

其六（今按，據宋本《杜工部集》，此處六、七兩首位置顛倒）

昆明池水漢時功，武帝旌旗在眼中。織女機絲虚夜月，石鯨鱗甲動秋風。波漂菰米沉雲

黑，露泠（今按，據屠隆本、牛斗本、四庫本、宋本《杜工部集》，當爲「泠」）蓮房墜粉紅。關塞極天唯鳥道，江湖滿地一漁翁。

其七

瞿塘峽口曲江頭，萬里風煙接素秋。花萼夾城通御氣，芙蓉小苑入邊愁。（劉云：兩句寫幸蜀之怨，懷故京之思，不分遠近，如將見其實［今按，玉几山人本《集千家注杜工部詩集》卷十五無「其實」兩字］焉。）珠（今按，宋本《杜工部集》作「朱」）簾綉柱圍黄鵠（今按，宋本《杜工部集》、《錢注杜詩》作「鶴」，錢注云：通作「鵠」），錦纜牙檣起白鷗。（劉云：對句耳，不足爲雅麗。［今按，玉几山人本《杜工部詩集》卷十五無「雅」字］）迴首可憐歌舞地，秦中自古帝王州。

其八

昆吾御宿自逶迤，紫閣峯陰入渼陂。香稻啄餘鸚鵡粒，碧梧棲老鳳凰枝。（劉云：語有悲慨，可念。）佳人拾翠春相問，仙侶同舟晚更移。（劉云：甚有風韻，「春」字又勝。）綵筆昔曾干氣象，白頭吟望苦低垂。

吹笛

吹笛秋山風月清，誰家巧作斷腸聲。風飄律吕相和切，月傍關山幾處明。胡騎中宵堪北

走，武陵一曲想南征。故園楊柳今摇落，何得愁中却盡生。（方虚谷云：慷慨悲怨，自是一種風味。）

夜

露下天高秋冰（今按，當爲「水」。屠隆本、牛斗本、刻者不詳明本、張恂本、宋本《杜工部集》卷十六作「水」，姚本、四庫本、《錢注杜詩》卷十五作「氣」）清，空山獨夜旅魂驚。疏燈自照孤帆宿，新月猶懸雙杵鳴。南菊再逢人卧病，北書不至鴈無情。步檐倚杖看牛斗，銀漢遥應接鳳城。

詠懷古跡二首

羣山萬壑赴荆門，生長明妃尚有村。（劉云：起得磊落。）一去紫臺連朔漠，獨留青塚向黄昏。畫圖省識春風面，環珮空歸月夜魂。千載琵琶作胡語，分明怨恨曲中論。

其二

諸葛大名垂宇宙，宗臣遺像肅清高。三分割據紆籌策，萬古雲霄一羽毛。伯仲之間見伊吕，指揮若定失蕭曹。（劉云：兩語氣概别，足掩上句之劣。知己語，贊孔明者不能復出此也。）運移漢祚終難復，志決身殲軍務勞。

閣夜（大曆元年冬夔州作。）

歲暮陰陽催短景，天涯霜雪霽寒宵。五更鼓角聲悲壯，三峽星河影動摇。野哭千家聞戰伐，夷歌幾處起漁樵。卧龍躍馬終黄土，人事音書謾寂寥。（劉云：第三、四句對看，自是無窮俯仰之悲。）

返照（大曆二年夏夔州作。）

楚王宫北正黄昏，白帝城西過雨痕。返照入江翻石壁，歸雲擁樹失山村。衰年肺病唯高枕，絶塞愁時早閉門。不可久留豺虎亂，南方實有未招魂。（劉云：語不輕易，感恨更多。）

九日登高（大曆二年秋夔州作。）

風急天高猿嘯哀，渚清沙白鳥飛迴。無邊落木蕭蕭下，不盡長江滚滚來。（劉云：句自雄暢。）萬里悲秋常作客，百年多病獨登臺。艱難苦恨繁霜鬢，潦倒新停濁酒杯。（劉云：結復鄭重。）

送李秘書赴杜相公幕

青簾白舫益州來，巫峽秋濤天地迴。石出倒聽楓葉下，櫓摇背指菊花開。（劉云：兩句皆目擊，自然而險易天出，極舟行之妙也。）貪趨相府今晨發，恐失佳期後命催。南極一星朝北斗，五雲多

處是三台。

小寒食舟中作（大曆五年潭州作。）

佳晨（今按，宋本《杜工部集》卷十八、《錢注杜詩》卷十八作「辰」）强飲食猶寒，隱几蕭條戴鶡冠。春水船如天上坐，老年花似霧中看。（劉云：意雖索寞，語不寒儉。）娟娟戲蝶過閑幔，片片輕鷗下急湍。雲白山青萬餘里，愁看直北是長安。（范元實《詩眼》云：沈佺期詩：「雲白山青千萬里，幾時重謁聖明君。」杜云：「雲白山青萬餘里，愁看直北是長安。」沈云：「人如天上坐，魚似鏡中遊。」杜云：「春水船如天上坐，老年花似霧中看。」皆不免蹈襲。然亦未易優劣也。○山谷云：「船如天上坐，人似鏡中行」，「人如天上坐，魚似鏡中懸」，沈雲卿之詩也。雲卿得意於此，故屢用之。老杜「春水船如天上坐」，沈佺期「今按，姚本、屠隆本、刻者不詳明本作「祖佺期」」之語也，繼之以「老年花似霧中看」，蓋觸類而長之。○《邵氏聞見録》云：或以沈雲卿論少陵之妙，予謂少陵所以獨立乎千載之上者，不但有所本也。三百篇之中「今按，劉德權、李劍雄點校本《邵氏聞見後録》卷十七作「作」」，果何本哉？）

七言律詩卷之四　唐詩品彙八十五

羽翼

錢　起

和李員外扈駕幸温泉宫

未央月曉度疏鐘，鳳輦時巡出九重。雪霽山門迎瑞日，雲開水殿候飛龍。輕寒不入宫中樹，佳氣長浮（今按，姚本、屠隆本、刻者不詳明本作「常浮」，《全唐詩》作「常薰」）仗外峯。遥羡枚皋扈仙蹕，偏承霄漢渥恩濃。

贈闕下裴舍人

二月黄鸝（今按，《全唐詩》作「鶯」）飛上林，春城紫禁（今按，《全唐詩》注云：「一作陌」）曉陰陰。（今按，《全唐詩》注云：「一本二句倒用」）長樂鐘聲花外盡，龍池柳色雨中深。陽和不散窮途恨，霄漢常

懸(今按,《全唐詩》作「長懷」)捧日心。獻賦十年猶未遇,羞將白髮對華簪。(劉云:有情,有味,有體,色[今按,疑「色」前脱「有」字]深可觀。)

漢武出獵

漢家無事樂時雍,羽獵年年出九重。玉帛不朝金闕路,旌旗長繞綵霞峯。且貪原獸輕黄屋,寧畏漁人犯白龍。薄暮方歸長樂觀,垂楊幾處緑煙濃。

和王員外晴雪早朝(今按,「晴雪」,《全唐詩》作「雪晴」)

紫微晴雪帶恩光,繞仗偏隨鴛鷺行。長信月留寧避曉,宜春花滿不飛香。獨看積素凝清禁,已覺輕寒讓太陽。題柱盛名兼絶唱,風流誰繼漢田郎。

宴曹王宅

賢王駟馬退朝初,小苑三春帶雨餘。林沼蔥蘢多貴氣,樓臺隱映接天居。仙鷄引敵穿紅藥,宫燕銜泥落綺疏。自歎平生相識願,何如今日厠應徐。

登劉賓客高齋(時公初退相。)(今按,《全唐詩》卷二三九注云:一作《春題劉相公山齋》)

能以功成疏寵位,不將心賞負雲霞。林間客散孫弘閣,城上山宜綺季家。蝴蝶晴連(今按,

日陪鯉也趨文《全唐詩》注云：一作「憐」）池岸草，黄鸝晚（今按，《全唐詩》注云：一作「曉」）出柳園花。日陪鯉也趨文苑，誰道門生隔絳紗。

樂遊原晴望上中書李侍郎

爽氣朝來萬里清，憑高一望九愁（今按，《全唐詩》作「秋」）輕。不知鳳沼霖初霽，但覺堯天日轉明。四野山河通遠色，千家砧杵動秋聲。遥想青雲丞相府，何時開閤引書生。

長信怨

長信螢來一葉秋，蛾眉淚盡九重幽。鳷鵲觀前明月度，芙蓉闕下絳河流。鴛衾久別難爲夢，鳳管遥聞更起愁。誰忿（今按，屠隆本、刻者不詳明本、張恂本、《全唐詩》作「分」，注云：一作「念」）昭陽夜歌舞，君王玉輦正淹留。

送張員外出牧岳州

鳳凰銜詔與何人，善政多才寵寇恂。臺下（今按，《全唐詩》作「上」）鴛鴦争送遠，岳陽雲樹待行春。自憐黄閣知音在，不厭彤襜（今按，《全唐詩》作「幨」）出守頻。應笑馮唐衰且拙，世情相見白頭新。

送裴頔侍御使蜀（今按，「頔」，《全唐詩》注云：「一作迪」）

杜史纔年四十强，髭（今按，《全唐詩》作「鬚」）髯玄髮美清揚。朝天繡服乘（今按，《錢仲文集》卷九作「承」）恩貴，出使星軺滿路光。錦水繁花添麗藻，蛾眉（今按，《錢仲文集》作「峨眉」，《全唐詩》作「峨嵋」）明月引飛觴。多才自有雲霄望，計日應追鴛鷺行。

送李評事赴潭州使幕

湖南遠去有餘情，蘋葉初齊白芷生。漫説簡書催物役，遥知心賞緩王程。興過山寺先雲到，笑（今按，《全唐詩》卷二三九作「嘯」）引江帆帶月行。幕下由來貴無事，佇聞談笑静黎甿。

送興平王少府遊梁

舊識相逢情更親，扳（今按，《全唐詩》卷二三九作「攀」）歡甚少愴離頻。黄綬罷來多遠客，青山何處不愁人。日斜宫（今按，刻者不詳明本、《全唐詩》作「官」）樹聞蟬滿（今按《全唐詩》注云：一作「晚」），雨過關城見月新。梁國遺風重詞賦，諸侯應念馬卿貧。

送嚴維尉河南

蕙葉青青花亂開，少年趨府下蓬萊。甘泉未猒（今按，《全唐詩》作「獻」）楊雄賦，吏道何勞賈誼

才。征陌獨愁飛蓋遠，離筵只惜暝鐘催。欲知别後相思處，願植璚枝向柏臺。

送韋信愛子歸覲

離舟解纜到斜暉，春水東流鴈（今按，《全唐詩》作「燕」）北飛。才子學詩趨露冕，棠花含笑侍斑衣。稍聞江樹啼猿近，轉覺山林過客稀。借問還珠盈合浦，何如鯉也入庭闈。

贈張南史

紫泥何日到滄洲，歎（今按，《全唐詩》作「笑」）向東陽沈隱侯。黛色晴峰雲外出，縠紋江水縣前流。使臣自欲論公道，才子非關厭薄遊。溪畔秋蘭雖可佩，知君不得少停舟。

山中酬楊補闕見過

日暖風恬種藥時，紅泉翠壁薜蘿垂。幽溪鹿過苔還静，深樹雲來鳥不知。青瑣同心多逸興，春山載酒遠相隨。卻慚身外牽纓冕，未勝尊前倒接羅。

七盤路阻寇聞李端公先到南楚（今按，「路」，《全唐詩》作「嶺」）

日莫窮途淚滿襟，雲天南望羨飛禽。阮腸暗與孤魂斷，江水遥連别恨深。明月既能通憶夢，青山何用隔同心。秦楚眼看成絶國，相思一寄白頭吟。

夜宿靈臺寺寄郎士元

西日横山含碧空，東方吐月滿禪宫。朝瞻雙頂青冥上，夜宿諸天色界中。石潭倒影（今按，姚本、屠隆本、牛斗本、刻者不詳明本作「映」，《全唐詩》作「獻」，注云：一作「洑」，一作「映」）蓮花水，塔院空聞松柏風。萬里故人能尚爾，知君視聽我心同。

題嵩陽焦道士石壁

三峯花畔（今按，姚本、屠隆本、牛斗本、刻者不詳明本作「半」）碧堂懸，錦里真人此得仙。玉體（今按，屠隆本、張恂本、四庫本作「醴」）纔飛西蜀雨，霓裳欲向大羅天。綵雲不散燒丹竈，白鹿時藏種玉田。幸入桃源因去世，方期丹訣一延年。

劉長卿

上陽宫望幸

玉輦西巡久未還，春光又（今按，《全唐詩》卷一五一作「猶」）入上陽間。萬木長承新雨露，千門空對舊河山。深花寂寂宫城閉，細草青青御路閑。獨見綵雲飛不盡，只應來去候龍顔。

過賈誼宅（今按，《全唐詩》前有「長沙」二字）

三年謫宦此棲遲，萬里（今按，《全唐詩》卷一五一作「古」）惟留楚客悲。秋草獨尋人去後，寒林空見日斜時。漢文有道恩猶薄，湘水無情弔豈知。（劉云：怨甚。）寂寂江山摇落處，憐君何事到天涯。

登餘干古城（今按，《全唐詩》「城」前有「縣」字）

孤城上與白雲齊，萬古蕭條（今按，《全唐詩》作「荒凉」）楚水西。官舍已空秋草没（今按，《全唐詩》作「緑」），女墻猶在夜烏啼。平沙渺渺迷（今按，《全唐詩》「沙」作「江」，「迷」作「來」）人遠，落日亭亭向客低。飛（今按，《全唐詩》作「沙」）鳥不知陵谷變，朝來（今按，《全唐詩》作「飛」，注云：一作「還」）暮去（今按，《全唐詩》注云：一作「往」）弋陽溪。

獻淮寧軍節度李相公

建牙吹角不聞喧，三十登壇衆所尊。家散萬金酬士死，身留一劍答君恩。（劉云：國爾忘家。）漁陽老將多回席，魯國諸生半在門。白馬翩翩春草緑（今按，《全唐詩》作「細」），邵陵（今按，《全唐詩》作「郊原」，注云：一作「少陵」，一作「邵陵」）西去獵平原。

送李將軍迎故使中丞旅櫬赴京（今按，《全唐詩》作《送李將軍》，注云：一作《送開府侄隨故李使君旅櫬卻赴上都》）

征西諸將不（今按，《全唐詩》作「一」，注云：一作「莫」）如君，報德誰能不顧勳。身逐塞鴻來萬里，手披荒草看孤墳。擒生絶漠經胡雪，懷舊長沙哭楚雲。歸去蕭條灞陵上，幾人看葬李將軍。

使次安陸寄友人

新年草色遠萋萋，久客將歸問（今按，《全唐詩》作「失」）路蹊。暮雨不知涓口處，春風只到穆陵西。孤城盡日空花落，三户無人自鳥啼。君在江南相憶否，門前五柳幾枝低。

自夏口至鸚鵡洲望岳陽寄阮中丞（今按，《全唐詩》「望」前有「夕」字；「阮」作「源」，注云：一作「元」）

汀洲無浪復無煙，楚客相思益渺然。漢口夕陽斜度鳥，洞庭秋水遠連天。孤城背嶺寒吹角，獨戍臨江夜泊船。賈誼上書憂漢室，長沙謫去古今憐。

江州重别薛六柳八二員外

生涯豈料承優詔，世事空知學醉歌。江上月明胡鴈過，淮南木落楚山多。寄身且喜滄洲近，顧影無如白髮何。今日龍鍾人共棄，媿君猶遺慎風波。

贈别嚴士元（今按，《中興間氣集》卷下作劉長卿詩，題作《送郎士元》；《才調集》卷八作李嘉祐詩，題作《别嚴員外》）

春風倚棹闔閭城，水國春（今按，《全唐詩》卷一五一注云：一作「猶」）寒陰復晴（今按，《全唐詩》注云：一作「水閣天寒暗復晴」，一作「水國春深陰復晴」）。細雨濕衣看不見，閑花落地聽無聲。日斜江上孤帆影，草緑湖南萬里情。東道若逢相識問，青袍今已（今按，《全唐詩》作「日」）誤儒生。

送耿拾遺歸上都

若爲天畔獨歸秦，對水看山欲暮春。窮海别離無限路，隔河征戰幾歸人。長安萬里傳雙淚，建德千峯寄一身。想到郵亭愁駐馬，不堪西望見風塵。

送常十九歸嵩少故林

迢迢此恨杳無涯，楚澤嵩丘萬（今按，《全唐詩》作「千」）里賒。岐路别時驚一葉，雲林歸處憶三

花。秋天蒼翠寒飛鴈，古堞蕭條晚噪鴉。他日山中逢勝事，桃源洞裏幾人家。

送陸灃倉曹西上

長安此去欲何依，先達誰當薦陸機。日下鳳翔雙闕迥，雪中人去二陵稀。舟從故里難移棹，家在（今按，《全唐詩》作「住」）寒塘獨掩扉。臨水自傷流落久，贈君空有淚霑衣。

送柳使君赴袁州

宜陽出守新恩至，京口因家始願違。五柳閉門高士去，三苗按節遠人歸。月明江路聞猿斷，花暗山城見吏稀。唯有郡齋牕裏岫，朝朝空對謝玄暉。

青溪口送人歸岳州

洞庭何處鴈南飛，江菼蒼蒼客去稀。帆帶夕陽千里没，天連秋水一人歸。黄花裛露開沙岸，白鳥銜魚上釣磯。岐路相逢無可贈，老年空有淚霑衣。

送馬秀才落第歸江南

南客懷歸鄉夢頻，東門悵别柳條新。殷勤斗酒城陰暮，蕩漾孤舟楚水春。湘竹舊斑思帝子，江蘺（今按，據姚本及《全唐詩》，當爲「蘺」）初緑怨騷人。憐君此去未得意，陌上愁看淚滿巾。

送李録事兄歸襄陽（今按，「陽」，《全唐詩》作「鄧」）

十年多難與君同，幾處移家逐轉蓬。白首相逢征戰後，青春已過亂離中。行人杳杳看西月，歸馬蕭蕭向北風。漢水楚雲千萬里，天涯此別恨無窮。

送皇甫曾赴工部（今按，「工部」，《全唐詩》卷一五一作「上都」）

東遊久與故人違，西去荒涼舊路微。秋草不生三徑處，行人獨向五陵歸。離心日遠如流水，回首川長共落暉。楚客豈勞傷此別，滄江欲暮自沾衣。

送惠法師游天台因懷支大師故居（今按，「支」，《文苑英華》卷二一九、四庫本《劉隨州集》卷九作「知」，《全唐詩》卷一五一作「智」）

翠屏瀑水知何在，鳥道猿啼過幾重。落日獨摇金策去，深山誰向石橋逢。定攀巖下（今按，《全唐詩》注云：一作「上」）叢生桂，欲買雲中若箇峯。想憶（今按，刻者不詳明本作「相憶」，《全唐詩》作「憶想」）東林禪誦處，寂寥唯聽舊時鐘。

送靈徹上人還越（今按，《全唐詩》卷一五一「徹」作「澈」，「越」下有「中」字）

禪客無心杖錫還，沃洲深處草堂閑。身隨敝履（今按，《全唐詩》作「屨」）經殘雪，手綻寒衣入舊

山。獨向青溪依樹下，空留白日在人間。那堪別後長相憶，雲木蒼蒼但閉關。

將赴嶺外留題蕭寺遠公院

竹房遥閉上方幽，苔徑蒼蒼訪昔遊。内史舊山空日暮，南朝古木向人秋。天香月色同（今按，《全唐詩》注云：一作「空」）僧室，葉（今按，《全唐詩》注云：一作「月」）落猿啼傍客舟。此去播遷明主意，白雲何事欲相留。

題靈祐和尚故居

歎逝翻悲有此身，禪房寂寞見流塵。六（今按，《全唐詩》作「多」）時行徑空秋草，幾日浮生哭故人。風竹自吟遥入磬，雨花隨淚共沾巾。殘經牕下依然在，憶得山中（今按，《全唐詩》注云：一作「陰」）問許詢。

七言律詩卷之五　唐詩品彙八十六

接武（上）

韋應物

燕李録事

與君十五侍皇闈，曉拂爐香（今按，姚本、屠隆本、刻者不詳明本、《全唐詩》作「煙」）上赤墀。花開漢苑經過處，雪下驪山沐浴時。近臣零落今猶在，仙駕飄颻不可期。此日相逢（今按，《全唐詩》注云：一作「逢君」）思（今按，《全唐詩》注云：一作「非」）舊日，一杯成喜又（今按，《全唐詩》作「亦」）成悲。

自鞏洛舟行入黄河即事寄府縣僚友

緑（今按，姚本、刻者不詳明本、《全唐詩》作「夾」）水蒼山路向東，東南山豁大河通。寒樹依微遠天外，夕陽明滅亂流中。孤村幾歲臨伊岸，一鴈初晴下朔風。爲報洛橋遊宦侣，扁舟不繫與

心同。

寓居澧上精舍寄于張二舍人

萬木叢雲出香閣，西連碧澗竹林園。高齋獨（今按，《全唐詩》作「猶」）宿遠山曙，微霰下庭寒雀喧。道心淡泊對流水，生事蕭條空掩門。（劉云：寂寞，有沉着意。）時憶故交那得見，曉排閶闔奉明恩。

寄李儋元錫

去年花裏逢君别，今日花開又一年（今按，姚本、刻者不詳明本作「已半年」，《全唐詩》卷一八八作「已一年」）。世事茫茫難自料，春愁黯黯獨成眠。身多疾病思田里，邑有流亡愧俸錢。（苕溪云：士君子當以此切切存心，彼一意供租斂、事土木、視民如仇者，得無愧此？）聞道欲來相問訊，西樓望月幾回圓。

皇甫冉

同温丹徒登萬歲樓（今按，此詩《全唐詩》卷一五一、二五〇劉長卿、皇甫冉詩中皆收録；「丹徒」，《文苑英華》卷三一二作「司徒」）

高樓獨上（今按，《全唐詩》作「立」）思依依，極浦遥山含（今按，姚本、屠隆本、牛斗本、《全唐詩》作「合」，《文

苑英華》作「涵」）翠微。江客不堪頻北望（今按，《全唐詩》作「顧」），塞鴻何事又南飛。丹陽古渡寒煙積，瓜步空洲遠樹稀。聞道王師猶轉戰，誰能談笑解重圍。

宿淮陰南樓酬常伯能

淮陰日落上南樓，喬木荒城古渡頭。浦外野風初入户，牕中海月早知秋。滄波一望通千里，畫角三聲起百憂。佇立分宵絶來客，煩君步履忽相求。

秋日東郊作

閑看秋水心無事，坐（今按，《全唐詩》作「卧」）對寒松手自裁（今按，據姚本、屠隆本、四庫本、《中興間氣集》卷上，《文苑英華》卷三一九、《全唐詩》卷二四九，當爲「栽」）。廬岳高僧留偈别，茆山道士寄書來。燕知社日辭巢去，菊爲重陽冒雨開。淺薄將何稱獻納，臨岐終日獨徘回（今按，姚本、屠隆本、牛斗本、刻者不詳明本、《中興間氣集》作「獨遲回」，《全唐詩》作「自遲回」）。

三月三日義興李明府後亭泛舟（今按，此詩《全唐詩》卷一五一劉長卿詩、卷二四九皇甫冉詩中並録）

江南煙景復如何，聞道新亭更可過。處處執（今按，據四庫本、《唐百家詩選》卷九、《全唐詩》，當爲「藝」）蘭春浦緑，萋萋藉草遠山多。壺觴須就陶彭澤，風（今按，《全唐詩》作「時」）俗猶傳晉永和。更

使輕橈徐轉去，微風落日水增波。

送李録事赴饒州

北人南去雪紛紛，鴈叫汀洲不可聞。積水長天隨遠客，荒城極浦足寒雲。山從建業千峯出，江至潯陽九派分。借問督郵纔弱冠，府中年少不如君。

送錢塘路少府赴制舉

公車待詔赴長安，客裏新正阻舊歡。遲日未能銷野雪，晴花偏自犯江寒。東溟道路通秦塞，北闕威儀擁（今按，《全唐詩》作「識」）漢官。共許郄生工射策，恩榮請向一枝看。

酬李補闕

十年歸客但心傷，三徑無人已自荒。夕宿靈臺伴煙月，晨趨建禮逐衣裳。偶因麋鹿隨豐草，謬荷鵷鸞借末行。縱有諫書猶未獻，春風拂地日空長。

使往壽州淮路寄劉長卿（今按，「往」，《文苑英華》卷二五三作「至」）

榛草荒涼村落空，驅馳卒歲亦何功。蒹葭曙色蒼蒼遠，蟋蟀秋聲處處同。鄉路遥知淮浦外，故人多在楚雲東。日夕煙霜那可道，壽陽西去水無窮。

秋夜有懷高三十五兼呈空和尚（今按，《文苑英華》卷二一九作張南史詩；《全唐詩》卷二四九皇甫冉、卷二九六張南史詩中並録）

晚節聞君趨道深，結茅栽樹近東林。大師幾度曾摩頂，高士何年遂發心。北渚三更聞過鴈，西城萬里動寒砧。不見支公與玄度，相思擁膝坐長吟。

皇甫曾

早朝日寄所知

長安雪後（今按，《全唐詩》作「夜」）見歸鴻，紫禁朝天拜舞同。曙色漸分雙闕下，漏聲遥在百花中。（劉云：清麗。）爐煙乍起開仙仗，玉珮成行（今按，《全唐詩》作「纔成」）引上公。共荷發生同雨露，不應黄葉久從風。

奉寄中書王舍人

腰金載筆謁承明，至（今按，《全唐詩》卷二一〇注云一作「志」）道安禪得此生。西掖幾年綸綍貴，東山遥夜薜蘿情。風傳刻漏星河曙，月上梧桐雨露清。聖主好文誰爲薦，閉門空賦子虛成。

張芬見訪郊居作（今按，「芬」，《唐詩紀事》卷二七作「芳」）

林中雨散早涼生，已有迎秋促織聲。三徑荒蕪羞對客，十年衰老愧稱兄。愁心自惜江籬（今按，姚本、牛斗本、張恂本、刻者不詳明本、《全唐詩》作「蘺」）晚，世事方看木槿榮。君若罷官攜手去，尋山莫計白雲程。

秋夕寄懷契上人

已見槿花朝委露，獨悲孤鶴在人羣。真僧出世心無事，靜夜名香手自焚。牕臨絶澗聞流水，客至孤峯掃白雲。更想清晨誦經處，獨看松上雪紛紛。

李嘉祐

同皇甫冉登重玄閣

高閣朱闌不厭遊，蒹葭白水繞長洲。孤雲獨鳥川光暮，萬井千山海氣（今按，《全唐詩》作「色」）秋。清梵林中人轉静，夕陽城上角偏愁。誰堪（今按，《全唐詩》作「憐」）遠作秦吴别，離恨歸心雙淚流。

宋州東登望題武陵驛

梁宋人稀鳥自啼，登艫一望倍含悽。白骨半隨河水去，黄雲猶傍郡城低。平陂戰地花空落，舊苑春田草未齊。明主頻移虎符去（今按，《全唐詩》作「守」），幾時行縣向黔黎。

早秋京口旅泊贈張侍御（今按，《文苑英華》卷二九二、《全唐詩》卷二〇七皆作《早秋京口旅泊章侍御寄書相問因以贈之時七夕》）

移家避寇逐行舟，厭見南徐江水流。吴地征徭非舊日，秣陵凋弊不勝秋。千家閉户無砧杵，七夕何人望斗牛。只有同時驄馬客，偏題尺牘問窮愁。

蘇臺至望亭驛人家盡空悵然有作寄從弟紆（今按，《全唐詩》前有「自」字，「悵然」後有「春物增思」四字，「紆」作「紓」）

南浦菰蒲（今按，《全唐詩》作「蔣」）覆白蘋，東吴黎庶逐黄巾。野棠自發空流（今按，《全唐詩》作「臨」）水，江燕初歸不見人。遠樹（今按，《全唐詩》作「岫」）依依如送客，平田渺渺獨傷春。那堪回首長洲苑，烽火年年報虜塵。

暮春宜陽郡齋愁坐忽枉劉七侍御詩因以酬答

子規夜夜題儲（今按，據姚本、屠隆本、牛斗本、刻者不詳明本、《文苑英華》卷二五三，「題」當爲「啼」，「儲」當爲「櫧」）葉，遠道逢春半是愁。芳草伴人還易老，落花隨水亦東流。山當（今按，《文苑英華》、《全唐詩》作「臨」）埤堄常（今按，《文苑英華》、《全唐詩》作「恒」）多雨，地近瀟湘畏及秋。唯羨君爲周柱史，手持黄紙到滄洲。

送皇甫冉往安宜

江皋盡日唯煙水，君向白田何日歸。楚地蒹葭連海迴，隋朝楊柳映堤稀。津樓故市生荒草（今按，《全唐詩》作「無行客」），山館空城閉落暉。若問行人與征戰，使君雙淚定沾衣。

送宋中舍遊江東（今按，「宋」，《全唐詩》作「朱」）

孤城郭外送王孫，越水吴洲共爾論。野寺山邊斜有徑，漁家竹裏半開門。青楓獨映摇前浦，白鷺閑飛過遠村。若到西陵征戰處，不看秋草自傷魂。

晚發咸陽寄同院遺補

征戰初休草又衰，咸陽晚眺淚堪垂。去路全無千里客，秋田不見五陵兒。秦家故事隨流

水，漢代高墳對石碑。迴首青山獨不語，羨君談笑萬年枝。

題遊仙閣息（一作「白」。）公廟

仙冠輕舉竟何之，薜荔緣堦竹映祠。甲子不知風御日，朝昏唯見雨來時。霓旌翠蓋終難遇，流水青山空所思。逐客自憐雙鬢改，焚香多負白雲期。

劉方平

寄嚴八判官

洛陽新月動秋砧，瀚海沙場天半陰。出塞能全仲叔策，安親更切老萊心。漢家宮裏風雲晚（今按，《全唐詩》作「曉」），羌笛聲中雨雪深。懷袖未傳三歲字，相思空作隴頭吟。

秋夜寄皇甫冉鄭豐

洛陽清夜白雲歸，城裏長河列宿稀。秋後見飛千里鴈，月中聞擣萬家衣。長憐西雍青門道，久別東吴黄鶴磯。借問客書何所寄，中心不啻兩鄉違。

郎士元

春日燕王起城東别業（今按，「王起」，《全唐詩》作「王補闕」）

柳陌乍隨洲勢轉，花源忽傍竹陰開。能令（今按，《全唐詩》作「將」）瀑水清人境，直取流鶯送酒杯。山下古松當綺席，簷前片雨滴春苔。地主同聲復同舍，留連不畏夕陽催。

酬王季友題半日村别業兼呈李明府

村映寒原日已斜，煙生密竹早歸鴉。長溪南路當羣岫，半景東隣照數家。門通小徑連芳草，馬飲春泉踏淺沙。欲待主人林上月，還思潘令（今按，《全唐詩》作「岳」）縣中花。

寄韋司直（今按，《文苑英華》卷二五三作皇甫冉詩）

聞君感歎二毛初，舊友相依萬里餘。烽戍（今按，《全唐詩》作「火」）有時驚暫定，甲兵何處可安居。客來吴地星霜久，家在平陵音信疏。昨夜東風還入户，登山臨水復何如。

贈錢起秋夜宿靈臺寺見寄（今按，《全唐詩》作《題精舍寺》，《文苑英華》卷二三五一作《酬王季友秋夜宿靈臺寺見寄》）

石林精舍虎（今按，姚本、屠隆本、牛斗本、刻者不詳明本作「武」）溪東，夜扣禪扉（今按，《全唐詩》作「關」）謁遠公。月在上方諸品静，心（今按，《全唐詩》作「僧」）持半偈萬緣空。蒼苔古道行應遍，（今按，《全唐詩》作「秋山竟日聞猿嘯」）落木寒泉聽不窮。更憶（今按，《全唐詩》作「惟有」）雙峯最高頂，此心期與故人同。

送粲上人兼寄梁鎮員外

季月還鄉獨未能，林行溪宿厭層冰。尺素欲傳三署客，雪山愁送五溪（今按，《全唐詩》作「天」）僧。連雲朔氣横秦苑，滿目寒煙（今按，《全唐詩》作「雲」）隔灞陵。借問從來香積寺，何時携手更同登。

韓　翃

同題仙遊觀

仙臺初見五城樓，風物淒淒宿雨收。山色遠（今按，姚本、屠隆本、《文苑英華》卷二二六、《全唐詩》卷二

四五作「遥」）連秦樹晚，碪聲近報漢宫秋。疏松影落空壇静，細草春香小洞幽。何用别尋方外去，人間亦自有丹丘。

送劉評事赴廣東使幕（今按，「廣東」，《全唐詩》作「廣州」）

征南官屬似君稀，才子當今劉孝威。鸞府參軍趨傳舍，交州刺史拜行衣。前臨漲海無人過，却望衡陽少鴈飛。爲報蒼梧雲影道，明年早送客帆歸。

送冷朝陽還上元

青絲纜（今按，《文苑英華》卷二一七二、《全唐詩》卷二四五作「綷」）引木蘭船，名遂身歸拜慶年。落日澄江烏榜外，秋風疏柳白門前。橋通小市家林近，山帶平湖野寺連。别後依依寒食（今按，《文苑英華》作「夢」）裏，共君携手在東田。

送王光輔歸青州兼寄儲侍御

幾回奏事建章宫，聖主偏知漢將功。身着紫衣趨闕下，口銜丹詔出關東。蟬聲驛路秋山裏，草色河橋落照中。遠憶故人滄海别，當年好躍五花驄。

送李少府入蜀

行行獨出故關遲，南望千山無盡期。見舞巴童應暫笑，聞歌蜀道又堪悲。孤城晚閉清江上，匹馬寒嘶白露時。别後此心君自見，山中何事不相思。

送田明府歸終南别業

故園此日多心賞，牕下流泉竹外雲。近館應逢沈道士，北（今按，《全唐詩》卷二四五作「比」）隣自識卞田君。離宫樹影登山見，上苑鐘聲過雪聞。相勸早移（今按，《全唐詩》注云：一作「趨」）丹鳳闕，不須長戀白鷗羣。

送高别駕歸汴州

信陵門下識君顔（今按，《全唐詩》卷二四五作「偏」），駿馬輕裘正少年。寒雨送歸千里外，東風沉醉百花前。身隨玉帳心應愜，官佐銅（今按，《全唐詩》作「龍」）符勢又全。久客未知何計是，參差去惜（今按，據《文苑英華》卷二七二、《全唐詩》，當爲「借」）汶陽田。

寄徐州鄭使君

江城五馬楚雲邊，不羨雍容畫省年。才子舊稱何水部，使君還繼謝臨川。射堂草遍收殘

雨，官路人稀對夕天。雖卧郡齋千里隔，與君同見月初圓。

送故人赴江陵尋庾牧

主人持節拜荆州，走馬應從一路遊。班竹岡連山雨暗，枇杷門向楚天秋。佳期笑把齋中酒，遠意閑登城上樓。文體此時看又別，吾知小庾甚風流。

盧　綸

長安春望

東風吹雨過青山，卻望千門草色閑。家在夢中何日到，（劉云：自在。）春來江上幾人還。川原繚繞浮雲外，宫闕參差落照間。誰念爲儒逢世難（今按，《唐詩紀事》卷三十作「多失意」），獨將衰鬢客秦關。（方云：能言久客之意。）

晚次鄂州

雲開遠見漢陽城，猶是孤帆一日程。佑（今按，據姚本、刻者不詳明本、《文苑英華》卷二九三、《全唐詩》卷二七九，當爲「估」，《才調集》卷二作「賈」）客晝眠知浪静，舟人夜語覺潮生。三湘愁鬢逢秋色，萬里歸心對月明。舊業已隨征戰盡，更堪江上鼓鼙聲。

至德中途中書事寄李僴

亂離無處不傷情，況復看碑到（今按，《文苑英華》卷二九三、《唐百家詩選》卷八、《全唐詩》卷三八〇作「對」）古城。路繞寒山人獨去，月臨秋水鴈空驚。顔衰重喜歸鄉國，身賤多慚問姓名。今日主人還共醉，應憐世故一儒生。

酬暢當嵩山尋麻道士見寄

聞逐樵夫閑看碁，忽逢人世是秦時。開雲種玉嫌山淺，渡海傳書怪鶴遲。陰洞石幢（今按，《全唐詩》卷二七六作「牀」）微有字，（劉云：好。）古壇松樹半無枝。煩君遠示青囊録（今按，《文苑英華》卷二二八、《全唐詩》卷二七六作「籙」），願得相從一問師。

酬李端野寺病居見寄（今按，「李端」，《全唐詩》作「李端公」，注云：一本無端字）

野寺昏鐘（今按，《全唐詩》作「鐘昏」）山色（今按，《全唐詩》作「正」）陰，亂藤高竹水聲深。農夫就餉還依草，野雉驚飛不過林。齋沐暫思同靜室，清羸（今按，據姚本及《全唐詩》，當爲「羸」）已覺助禪心。寂寞日長誰問疾，料君唯取古方尋。

司空曙

長安曉望寄程補闕（今按，《全唐詩》卷二〇八又作包何詩）

迢遞山河擁帝京，參差宮殿接雲平。風吹曉漏經長樂，柳帶晴煙出禁城。天浄笙歌臨路發，日高車馬隔塵行。獨有淺才甘未達，多慚名在魯諸生。

南原望漢宮（今按，「原」，《文苑英華》卷三一一同此，卷三〇九作「浦」）

荒原空有漢宮名，衰草茫茫雉堞平。連鴈下時秋水在，行人過盡莫煙生。西陵歌吹何年別（今按，《文苑英華》卷三〇九、三一一、《全唐詩》卷二九二作「絶」），南陌登臨此日情。故事悠悠不可問，寒禽野水自縱横。

秋日趨府上張大夫

重城洞啓肅秋煙，共説羊公在鎮年。鼙鼓暗驚林葉落，旌旗遥拂鴈行偏。石過橋下書曾受，星降人間夢已傳。謫吏何能沐風化，空將歌頌拜車前。

酬李端校書見贈

緑槐垂穗乳烏飛，忽憶山中獨未歸。青鏡流年看髮變，白雲芳草與心違。乍逢酒客春遊慣，久别林僧夜坐稀。昨日聞君到城闕，莫將簪弁勝荷衣。

題暕上人院

閉門不出自焚香，擁褐看山歲月長。雨後緑苔生石井，秋來黄葉徧繩牀。身閑何處無真性，年老曾言隱故鄉。更説本師同學在，幾時携手見（今按，《全唐詩》卷二九二注云：一作「向」）衡陽。

贈衡岳隱禪師

擁褐安居南陌頭，白雲高寺見衡州。石牕湖水摇寒月，楓樹猿聲報夜秋。講席舊逢山鳥至，梵經初向竺僧求。自知身老將傳法，目（今按，據屠隆本、張恂本、《文苑英華》卷二二〇、《全唐詩》，當爲「因」）下人間遂北（今按，《文苑英華》作「逐此」）遊。

送王尊師南歸（今按，「南歸」，《全唐詩》作「歸湖州」）

煙蕪滿洞青山繞，幢節飄空紫鳳飛。金闕乍看迎日麗，玉簫遥聽隔花微。多開石髓供調

膳，時御霓裳奉易衣。莫學遼東華表上，千年始欲一回歸。

李　端

宿淮浦憶司空文明

愁心一倍長離憂，夜思千重戀舊游。秦地故人成遠夢，楚天涼雨在孤舟。諸溪近海潮皆應，獨樹邊淮葉盡流。别恨轉深何處寫，前程唯有一登樓。

送濮陽録事赴忠州

成名不遂（今按，姚本、屠隆本作「逐」）雙旌遠，空（今按，《全唐詩》卷二八六作「主」）印還爲一郡雄。赤葉黄花隨野岸，青山白水映江楓。巴人夜語孤舟裏，越鳥春啼萬壑中。聞説古書多未校，肯令才子久西東。

夜投豐德寺謁液上人（今按，《全唐詩》卷二七九又作盧綸詩。「液上人」，《全唐詩》作「海上人」，僧皎然亦有送海上人之作，見《全唐詩》卷八一九）

半夜中峰有磬聲，偶逢樵者問山名。上方月曉聞僧語，下界林疏見客行。野鶴巢邊松最老，毒龍潛處水偏清。愿得遠公知姓字，焚香洗鉢過餘生。

秦系

題茅山李尊師山居

天師百歲少如童，不到山中竟不逢。洗藥每臨新瀑水，步虚時上最高峰。籬間五月留殘雪，石上千年蔭怪（今按，《全唐詩》作「老」）松。此去人寰今遠近，回看雲壑一重重。

獻薛僕射

（系家于剡，向盈一紀。大曆五年，人以文聞鄰守薛公，無何，奏系爲古〔今按，據張恂本、《全唐詩》卷二六〇，當爲「右」〕衛率府倉曹參軍，意所不欲，自〔今按，據姚本，当为「因」〕獻斯文〔今按，「文」，《全唐詩》作「詩」〕。）

由來那敢議輕肥，散髮行歌自采薇。逋客未能忘野興，辟書翻遺脱荷衣。家中匹婦空相笑，池上羣鷗盡欲飛。更乞大賢容小隱，益看愚谷有光輝。

竇叔向

夏夜宿表兄宅話舊

夜合花開香滿庭，夜深微雨醉初醒。遠書珍重何曾達，舊事淒涼不可聽。去日兒童皆老

（今按，《全唐詩》作「長」）大，昔年親友半凋零。明朝又是孤舟別，愁見河橋酒幔青。

張志和

漁父

八月九月蘆花飛，南溪老人垂釣歸。秋山入簾翠滴滴，野艇倚檻雲依依。却把魚竿尋小徑，閑梳鶴髮對斜暉。翻嫌四皓曾多事，出爲儲皇定是非。

嚴　維

送崔同使往睦州兼寄薛司户（今按，「崔同」，屠隆本、《全唐詩》卷二六三作「崔峒」）

如今相府用英髦，獨往南州肯告勞。冰水近開漁浦出，雪雲初卷定山高。木奴花映桐廬縣，青雀舟隨白鷺（今按，姚本、屠隆本、牛斗本、刻者不詳明本、《全唐詩》作「露」）濤。使者應須訪廉吏，府中唯有范功曹。

崔峒

題同官李明府書舍（今按，《中興間氣集》卷下、《全唐詩》卷二九四題作《題桐廬李明府官舍》）

松（今按，張悔本、四庫本、《唐詩紀事》卷三〇同此，姚本、屠隆本、牛斗本、刻者不詳明本、《中興間氣集》卷下、《文苑英華》卷二五六、《全唐詩》作「訟」）堂寂寂對煙霞，五柳門前聚晚（今按，《全唐詩》作「曉」）鴉。流水聲中視公事，寒山影裏見人家。觀風共美新爲政，計日還應更觸邪。可惜陶潛無限興（今按，《中興間氣集》、《文苑英華》、《全唐詩》皆作「酒」），不逢籬菊正開花。

送韋八少府判官歸東京

玄成世業紫真官，文似相如貌勝潘。鴻鴈南飛人獨去，雲山一別歲將闌。清淮水急桑林晚，古驛霜多柿葉寒。瓊樹相思何日到（今按，《全唐詩》作「見」），銀鈎數字莫爲難。

寄上韋蘇州兼呈吴縣李明府

數年湖上謝浮名，竹杖紗巾遂稱情。雲外有時逢寺宿，日西無事傍江行。陶潛縣裏看花發，庾亮樓中對月明。誰念獻書來萬里，君王深在九重城。

贈竇十九（時公車待詔長安。）

靈臺暮宿意多違，木落花開羨客歸。江海幾時傳錦字，風塵不覺化緇衣。山陽會裏同人少，灞曲農時故老稀。幸得漢皇容直諫，憐君未遇覺人非。

耿湋

塞上曲

慣習干戈事鞍馬，初從少小在邊城。身微久屬千夫長，家遠多親五郡兄（今按，《全唐詩》作「兵」）。懶説疆埸曾大獲，且悲年鬢老長征。塞鴻過盡殘陽裏，樓上嗚嗚（今按，《全唐詩》作「淒淒」）暮角聲。

上裴行軍中丞（今按，《全唐詩》作《上將行》）

胡塵已滅天山外，（今按，《全唐詩》作「蕭關掃定犬羊群」）閉閤陰陰日復（今按，《全唐詩》作「層城白日」）曛。櫪上驊騮嘶鼓角，門前老將識風雲。旌旗四面高秋見（今按，《全唐詩》作「寒山映」），絲竹（今按，《全唐詩》作「管」）千家靜夜聞。莫（今按，《全唐詩》作「誰」）道古來多計策（今按，《全唐詩》作「簡册」），功成（今按，《全唐詩》作「臣」）唯有李（今按，《全唐詩》作「衛」）將軍。（今按，尾聯一作「更想他時看竹

帛，功成不獨霍將軍」）

送友人歸南海（今按，「歸南海」，《全唐詩》作「遊江南」）

遠别悠悠白髮新，江潭何處是通津。潮聲偏懼初來客，海味唯甘久住人。漠漠煙光前浦晚，青青草色定山春。汀洲更有南回鴈，亂起聯翩北向秦。

張　繼

會稽郡樓雪霽（今按，「雪霽」，《全唐詩》作「望雪」）

江城昨夜雪如花，郢客登樓望霽華。夏禹壇前仍聚玉，西施浦上更飛沙。簾櫳向晚寒風度，睥睨初晴落景斜。數處微明銷不盡，湖山青映越人家。

張南史

陸勝宅秋雨中探韻同前（今按，「勝」，《全唐詩》卷二九六注云：一作「瑛」；《全唐詩》「秋」後有「暮」字；「前」，據《中興間氣集》卷下、《全唐詩》，當爲「作」）

同人永日自相將，深竹閑園偶辟疆。已被秋風教憶鱠，更聞寒雨動（今按，屠隆本、張恂本、《全唐

詩》作「勸」）飛觴。（物理俱美，情致兼深。［今按，姚本、屠隆本、刻者不詳明本此評之上有「高仲武云」四字］）歸心莫問三江水，旅服從霑九日霜。醉裹欲尋騎馬路，蕭條是（今按，《全唐詩》作「幾」）處有垂楊。

于　鵠

醉後寄山中友人

昨日山家春酒濃，野人相勸久從容。獨憶卸冠眠細草，不知誰送出深松。都忘醉後逢廉度，不省歸時見魯恭。知己尚嫌身酩酊，路人應恐笑龍鍾。

送宫人入道

十五（今按，《才調集》卷九作「載」，《全唐詩》卷三一〇作「歲」）吹簫入漢宫，看修水殿種芙蓉。自傷白髮辭金屋，許着黄冠（今按，《全唐詩》「冠」作「衣」。「許着」，《才調集》作「喜著」）向雪（今按，《才調集》作「玉」）峰。解語老猿開曉户，學飛鸚鶴落高松。定知别後宫中伴，遥聽緱山半夜鐘。

七言律詩卷之六　唐詩品彙八十七

接武（下）

李　益

送賈校書東歸寄振上人（今按，《全唐詩》題下注云：一作《振上人院喜見賈弇兼酬別》）

北風吹鴈數聲悲，況指前林是別時。秋草不堪頻送遠，白雲何處更相期。山隨匹馬行看暮，路入寒城獨去遲。爲向東州故人道，江淹已擬惠休詩。

鹽州過胡兒飲馬泉（今按，《御覽詩》、《文苑英華》卷二九九作《過五原至飲馬泉》）

緑楊着水草如煙，舊是胡兒飲馬泉。幾處吹笳明月夜，何人倚劍白雲天。從來凍合關山路，今日分流漢使前。莫道（今按，據屠隆本、張恂本、《全唐詩》，當爲「遣」）行人照容鬢，恐驚憔悴入新年。

鸛雀樓（今按，《全唐詩》作《同崔邠［一作「頌」］登鸛雀樓》）

鸛雀樓西百尺檣，汀洲雲樹共茫茫。漢家簫鼓空流水，魏國山河半夕陽。事去千年猶恨速，愁來一日即爲長。風煙竝起思鄉望，遠目非春亦自傷。

朱　灣

過宣上人湖上蘭若

十年湖上結幽期，偏向東林遇遠師。未道姓名童子識，不酬言語上人知。閑花落地滋苔徑，細雨和煙着柳枝。問我別來何所得，解將無事當無爲。

同達奚宰遊竇子明仙壇（今按，《文苑英華》卷二二六作《同張明府遊仙臺》）

松檜陰深一徑微，中峰石室到人稀。仙官不住青山在，故老相傳白日飛。華表問栽何歲木，片雲留着去時衣。今朝茂宰尋真處，暫駐雙鳧且莫歸。

平陵寓居再逢寒食

幾迴江上泣途窮，每遇良辰歎轉蓬。火燧知從新節變，灰心還與故人同。莫聽黄鳥愁啼

處，自有花開久客中。貧病固應無撓事，但將懷抱醉春風。

權德輿

和司門殷員外早秋省中直夜寄荆南衛端公

共嗟王粲滯荆州，才子爲郎憶舊遊。涼夜偏宜粉署直，清言遠待玉人酬。風生北渚煙波闊，露下南宫星漢秋。早晚得爲同舍旅（今按，《全唐詩》作「侣」），知君兩地結離憂。

送張閣老中丞持節弔回鶻（今按，《全唐詩》「弔」前有「册」字）

旌旆翩翩擁漢官，君行當得遠人歡。分職南臺知禮重，校書東觀見才難。金章玉節鳴驄遠，白草黄雲出塞寒。欲散别愁唯有酒，暫煩賓從駐征鞍。

田家即事

閑卧藜牀對落暉，翛然便覺世情非。漠漠稻花資旅食，青青荷葉製儒衣。山僧相勸（今按，《全唐詩》作「訪」）期中飯，漁父同遊或夜歸。待學尚平婚嫁畢，渚煙溪月共忘機。

待漏假寐夢歸江東舊居因寄惠闍梨茅處士（時德輿秉政，未果會故也。）（今按，四庫本「梨」作「藜」）

十年江浦卧郊園，閑夜分明結夢魂。舍下煙蘿通古寺，湖中雲雨到前軒。南宗長老知心法，東郭先生識化源。覺後忽聞清漏曉，又隨簪珮入君門。

戴叔倫

贈司空拾遺

侍臣何事辭雲陛，江上彈冠見雪花。望闕未承丹鳳詔，開門空對楚（今按，《文苑英華》卷二五五、《唐詩紀事》卷七六僧太易詩作「野」）人家。陳琳草奏才還在，王粲登樓興不賒。高館更容塵外客，仍令歸去待瓊華。

越溪村居

年來橈（今按，屠隆本、張恂本作「爲」，《文苑英華》卷一六六作「晚」）客寄禪扉，多話貧居在翠微。黄雀數聲催柳變，清溪一路踏花歸。空林野寺經過少，落日深山伴侣稀。負米到家春未盡，風蘿閑掃釣魚磯。

贈韓道士（《鼓吹》作張泌詩。）

日莫秋風吹野花，上清歸客意無涯。桃源寂寂煙霞閉，天路悠悠星漢斜。還似世人生白髮，定知仙骨變黄芽。東城南陌頻相見，應是壺中别有家。

張　濯

題舜廟

古都遺廟出河汾（今按，《全唐詩》作「濆」），萬代千秋仰聖君。蒲坂城邊長逝水，蒼梧野外不歸雲。寥寥蘼（今按，《全唐詩》作「象」）設魂應在，寂寂虞篇德已聞。向晚風吹庭下柏，猶疑琴曲詠（今按，《全唐詩》作「韻」）南薰。

楊巨源

送定法師歸蜀法師即紅樓院供奉廣宣上人兄弟

鳳城初日照紅樓，禁寺公卿識惠休。詩引棣華沾一雨，經分貝葉向雙流。孤猿學定前山夕，遠鴈傷離幾地秋。空性碧雲無處所，約公曾許剡溪遊。

贈史開封

天低芳草誓師壇，鄧艾心知戰地寬。鼓角迴臨霜野曙，旌旗高對雪峰寒。五營向水紅塵起，一劍當風白日看。曾從伏波征絶域，磧西蕃部怯金鞍。

奉寄通州元九侍御

大明宫殿鬱蒼蒼，紫禁龍鍾（今按，《全唐詩》作「樓」）直署香。九陌華軒争道路，一枝寒玉任煙霜。須聽瑞雪傳心語，莫被啼猿續淚行。共説聖明容直氣，期君新歲奉恩光。

早朝

鐘傳清禁纔應徹，漏報仙闈儼已開。雙闕薄煙籠菡萏，九成初日照蓬萊。朝時但向丹墀拜，仗下方從碧殿迴。聖道逍遥更何事，願將巴曲贊康哉。

元日含元殿下立仗上門下相公（今按，《全唐詩》作《元日含元殿下立仗丹鳳樓門下宣赦相公稱賀》）

臨軒啓扇似雲收，率土朝天極（今按，《全唐詩》作「劇」）水流。瑞色含春當正殿，香煙捧日在高樓。三朝氣早迎恩澤，萬歲聲長繞冕旒。請問漢家功第一，麒麟閣上識酇侯。

酬于駙馬

芳時碧落心應斷，今日清詞事不同。瑶草秋殘仙圃在，彩雲天遠鳳樓空。晴花暖送金羈影，涼葉寒生玉殿風。長得聞詩歡自足，會看春露濕蘭叢。（郝新齋曰：春露濕蘭叢，爲公主先逝而有子也，六義中爲興也。）

贈張將軍

關西諸將揖容光，獨立營門劍有霜。知愛魯連歸海上，肯令王翦在頻陽。天晴紅幟當山滿，日暮清笳入塞長。年少功高人最美（今按，《全唐詩》作「羨」），漢家壇樹月蒼蒼。（郝新齋曰：言漢將之壇已爲陳跡，不若將軍年少功高，抑彼揚此之意也。）

和侯大夫秋原山觀征人回

兩河戰罷萬方清，原上軍回識舊營。立馬望雲秋塞静，射雕臨水晚天晴。戍閑部伍分岐路，地遠家鄉寄旆旌。聖代止戈資廟略，諸侯不復更長征。

送澹公歸嵩山龍潭寺葬本師

野煙秋水蒼茫遠，禪境真機去住閑。雙樹爲家思舊壑，千花成塔禮寒山。洞宫曾向龍邊宿，雲徑應從鳥外還。莫戀本師金骨地，空門無處復無關。

武元衡

荆帥（今按，《全唐詩》作《酬嚴司空荆南見寄》）

金貂再入三公府，錦（今按，《全唐詩》作「玉」）帳連封萬户侯。簾捲青山巫峽曉，雲凝碧樹渚宫秋。劉琨坐笑（今按，《全唐詩》作「嘯」）風生苑，謝朓裁詩月滿樓。白雪調高歌不得，美人南國翠蛾愁。

春題龍門香山寺（今按，此詩《全唐詩》卷三一七武元衡詩、卷三三三楊巨源詩中並録；楊巨源詩「春」後有「日」字）

眾香天上梵仙宫，鐘磬寥寥半碧空。清景乍開松嶺月，亂流長響石樓風。山河杳映春雲外，城闕參差曉樹中。欲盡出尋那可得，三千世界本無窮。

劉禹錫

金陵懷古（今按，《全唐詩》卷三五九作《西塞山懷古》）

王濬樓船下益州，金陵王氣黯然收。千尋鐵鎖沉江底，一片降旗（今按，《全唐詩》作「幡」）出石

頭。人世幾回傷往事，山形依舊枕寒流。今逢四海爲家日，故壘蕭蕭蘆荻秋。（元微之、韋楚客與錫會于白樂天之居，各賦《金陵懷古》，劉無遲［今按，姚本、屠隆本、刻者不詳明本作「遜」］意，滿引一揮而成。白公曰：四子探驪龍，吾子先得其珠，其餘鱗魚［今按，屠隆本作「角」，四庫本、《鑒誡録》卷七《四公會》皆作「甲」；《唐詩紀事》卷三九作「爪」］何爲？三公於是罷吟。）

荊門道懷古（今按，「門」，四庫全書本《劉賓客文集》卷二四作「州」）

南國山川舊帝畿，宋臺梁館尚依稀。馬嘶古樹（今按，《全唐詩》作「道」）行人歇，麥秀空城野雉飛。風吹落葉填宫井，火入荒陵化寶衣。徒使詞臣庾開府，咸陽終日苦思歸。

松滋渡望峽中

渡頭輕雨灑寒梅，雲際溶溶雪水來。夢渚草長迷楚望，夷陵土黑有秦灰。巴人淚應猿聲落，蜀客船從鳥道迴。十二碧峯何處所，永安宫外有荒臺。

同樂天送河南馮尹學士之任

可憐五馬風流地，暫綴金貂侍從才。閣上掩書劉向去，門前修刺孔融來。（方虚谷云：馮自館閣出爲河南尹，用事甚精。）崤陵路静寒無雨，洛水橋長晝起雷。却（今按，《全唐詩》作「共」）羡府中棠棣好，先於城外百花開。

柳宗元

登柳州城樓寄漳汀封連四州刺史

城上高樓接大荒，海天愁思正茫茫。驚風亂颭芙蓉水，密雨斜侵薜荔墻。嶺樹重遮千里目，（今按，《全唐詩》作「雲駕去如千里馬」）江流曲似九迴腸。共來百越文身地，猶自音書滯一鄉。

別舍弟宗一

零落殘魂（今按，《全唐詩》作「紅」）倍黯然，雙垂別淚越江邊。一身去國六千里，萬死投荒十二年。桂嶺瘴來雲似墨，洞庭春盡水如天。欲知此後相思夢，長在荆門郢樹煙。

韓　愈

奉和庫部盧四兄曹長元日朝迴（盧汀也。）

天仗宵嚴建羽旄，春雲送色曉雞號。金爐香動螭頭暗，玉珮聲來雉尾高。戎服上趨承北極，儒冠列侍映東曹。太平時節難身遇，郎署何須笑（今按，《全唐詩》作「歎」）二毛。

和水部張員外宣政殿賜百官櫻桃詩

漢家舊種光明(今按，據姚本、《文苑英華》卷三二六、《全唐詩》卷三四四，當爲「明光」)殿，炎帝還書本草經。豈似滿朝承雨露，共看傳賜出青冥。香隨翠籠擎初到，色映銀盤寫未停。食罷自知無所報，空然愧(今按，姚本、屠隆本、刻者不詳明本、《全唐詩》作「慚」)汗仰皇扃。

晉公破賊回重拜台司以詩示幕中賓客愈奉和

南伐旋師太華東，天書夜到册元功。將軍舊壓三司貴，相國新兼五等崇。鴛鷺欲歸仙仗裏，熊羆還入禁營中。長慚典午非材賦，得就閑官即至公。

陳　羽

長安卧病秋夜言懷(《唐音》作盧綸詩。)

九重門鎖禁城秋，月過南宫漸映樓。紫陌夜深槐露滴，碧空雲浄(今按，《全唐詩》作「盡」)火星流。清風刻漏傳三殿，甲第歌鐘樂五侯。楚客病來鄉思苦，寂寥燈下不勝愁。

送友人下第東歸（今按，「下第東歸」，《唐詩紀事》卷三五、《文苑英華》卷二七六、《全唐詩》皆作「及第歸江東」）

五陵春色泛花枝，心醉花前遠別離。落第（今按，《文苑英華》、《全唐詩》作「羽」）恥爲關右客，成名空羨里中兒。都門雨歇愁分處，山店燈殘夢到時。家住洞庭多釣伴，因來相賀語相思。

張　籍

寒食内宴

城闕沉沉向曉寒，恩當冷（今按，《全唐詩》作「令」）節賜餘歡。瑞煙入（今按，《全唐詩》作「深」）處開三殿，香（今按，《全唐詩》作「春」）雨微時引百官。寶樹樓前分繡幕，綵花廊下映朱（今按，《全唐詩》作「華」）闌。宮筵戲樂年年別，已得三回對御看。

寄蘇州白二十一使君（今按，據姚本、《文苑英華》卷二五九、《全唐詩》，「二十一」當爲「二十二」）

三朝出入紫微臣，頭白金章未在身。登第早年同座主，題書今日異（今按，《全唐詩》作「是」）州人。閶門柳色煙中遠，茂苑鶯聲雨後新。此處吟詩向山寺，知君忘却曲江春。

王　建

早春午門西望

（今按，「早春午」，姚本、屠隆本、牛斗本、刻者不詳明本、《唐百家詩選》卷十三作「早春五」，《全唐詩》作「春日五」）

百官朝下午（今按，姚本、屠隆本、牛斗本、刻者不詳明本、《唐百家詩選》卷十三、《全唐詩》作「五」）門西，塵起春風滿御堤。黄帕蓋鞍呈過（今按，《全唐詩》作「了」）馬，紅羅纏項鬥回雞。館松枝重墻頭出，渠柳條長水面齊。惟有教坊南草色，古城陰處泠（今按，據姚本、四庫本、《唐百家詩選》卷十三、《全唐詩》，當爲「冷」）淒淒。

獻王樞密

先（今按，《全唐詩》作「三」）朝行坐鎮相隨，今上春宫見長時。脱下御衣親賜着，進來龍馬每教騎。長承密旨歸家少，獨奏邊機出殿遲。不是大家頻向説，（今按，《全唐詩》作「自是同姓親向説」，注云：一作「不是當家頻向説」，一作「不爲姓同偏向説」）九重争得外人知。（建初爲渭南尉，與宦者王守澄有宗人之分，因過飲以相戲。守澄深恨（今按，姚本、屠隆本、刻者不詳明本、《唐詩紀事》卷四四作「憾」）曰：吾弟所作《宫詞》，禁掖深邃，何以知？將劾奏，建因賦此篇以解之，其事遂寢。）

白居易

尋郭道士不遇

郡中乞假來相訪，洞裏朝元去不逢。看院只留雙白鶴，入門唯見一青松。藥爐有火丹應伏，雲碓無人水自舂。欲問參同契中事，未知何日得相從。

與劉夢得偶同到敦詩宅感而題壁

山東纔副蒼生望（今按，《全唐詩》作「愿」），川上俄驚逝水波。履道淒涼新第宅，宣城流落舊笙歌。園荒惟有薪堪採，門冷兼無雀可羅。今日相隨（今按，《全唐詩》作「逢」）偶同到，傷心不是故經過。

元　稹

和樂天早春見寄

雨香雲淡覺微和，誰送春聲入棹歌。萱近北堂穿土早，柳偏東面受風多。湖添水色消殘雪，江送潮頭湧漫波。同受新年不同賞，無由縮地欲如何。

殷堯藩

和趙相公登鸛雀樓

危樓高架泬寥天，上相閑登立綵旃。樹色到京三百里，河流歸漢幾千年。晴峯聳日當周道，秋穀垂花滿舜田。雲路何人見高志，最看西面赤闌前。

賈　島

早秋寄題天竺靈隱寺

峰前峰後寺新秋，絶頂高牕見沃州。人在定中聞蟋蟀，鶴曾棲處掛獼猴。山鐘夜度（今按，《全唐詩》作「渡」）空江水，汀月寒生古石樓。心憶懸帆身未遂，謝公此地昔曾（今按，《全唐詩》作「年」）遊。

送羅少府歸牛渚

作尉長安始三日，忽思牛渚夢天台。楚山遠色獨歸去，灞水空流相送回。霜覆鶴身松子落，月分螢影石房開。白雲多處應頻到，寒澗泠泠漱古苔。

題虢州吴郎中三堂（今按，《全唐詩》作《題虢州三堂寄吴郎中》）

無窮草樹昔誰栽，新起臨湖白石臺。半岸沙泥孤鶴立，三堂風雨四門開。荷翻團露驚秋近，柳轉斜陽過水來。昨夜北樓堪朗詠，虢城初鎖月徘徊。

姚　合

和高諫議蒙兼賓客時入翰苑

兼秩恩歸第一流，時尋仙路向瀛洲。鐘聲迢遞銀河曉，林色葱蘢玉露秋。紫殿講筵隣御座，青宫賓榻入龍樓。從來共結歸仙侣，今日多應獨自休。

和劉禹錫主客冬初拜表懷上都故人

九陌喧喧騎吏催，百官拜表禁城開。林疏曉日明紅葉，塵静寒霜覆緑苔。玉珮聲微班始定，金函光動按初來。此時共想朝天客，謝食方從閣裏迴。

送源中丞使新羅（今按，《全唐詩》卷二九二又作殷堯藩詩）

丹墀召對（今按，《文苑英華》卷二七八、《全唐詩》卷二九六作「赤墀賜對」）使殊方，官重霜臺紫綬光。玉

節在船清海怪，金函開詔拜夷王。雲晴漸覺山川異，風便那知道路長。誰得似君將雨露，海東萬里灑扶桑。

送劉禹錫郎中赴蘇州

三十年來天下名，銜恩東守闔閭城。初經函谷眠山驛，漸入梁園問水程。霽日滿江寒浪静，春風繞郭白蘋生。虎丘野寺吴中少，誰伴吟詩月裏行。

送貞實上人歸杭州天竺寺

石橋寺裏最清涼，聞説茅庵寄上方。林外猿聲連院磬，月中湖（今按，《全唐詩》作「潮」）色到禪牀。他生念我身何在，此世唯師性亦忘。九陌相逢千里别，青山重疊樹蒼蒼。

王　初

送葉秀才

快騎璁瓏刻玉羈，河梁返照上征衣。層冰春近蟠龍起，九澤雲閑獨鶴飛。行想北山清夢斷，重游西洛故人稀。漢廷狗監深知己，有日前驅負弩歸。

李紳

憶夜直金鑾奉詔

月當銀漢玉繩低，深聽簫韶碧落齊。門壓紫垣高綺樹，閣連青瑣近丹梯。墨宣外渥催飛詔，草定新恩（今按，《全唐詩》作「草布深恩」）促換題。明日獨歸花路遠，可堪人世隔雲霓。

過鍾陵長慶三年余除江西觀察使奉詔不之任而作（今按，《全唐詩》以「過鍾陵」爲詩題，「長慶三年」云云，爲作者注語）

龍沙江尾抱鍾陵，水郭津橋晚景澄。江對楚山千里月，郭連漁浦萬家燈。省抛雙旆辭榮寵，遽落丹霄起愛憎。惆悵舊遊同草露，却思恩顧一沾膺。

江南暮春寄家

洛陽城見梅迎雪，魚口橋逢雪送梅。劍水寺前芳草合，鏡湖亭上野花開。江鴻斷續翻雲去，海燕差池拂水回。想得心知寒食近，潛聽喜鵲望歸來。

入泗口

洪河一派清淮接，堤草蘆花萬里秋。煙樹蒼茫（今按，《全唐詩》作「寂寥」）分楚澤，海雲明滅見（今按，《全唐詩》作「滿」）揚州。望深江漢連天遠，思起鄉關（今按，《全唐詩》作「閭」）滿眼愁。惆悵路岐真此處，夕陽西没水東流。

周　賀

贈厲玄侍御

山松徑與瀑泉通，巾舄行吟想越中。塞鴈去經華表（今按，《全唐詩》作「頂」）末，鄉僧來自海濤東。關分河漢秋鐘絶，露滴獮猴夜嶽空。抱疾因尋周柱史，杜陵寒葉落無窮。

泗上逢韓司徒歸北（今按，《全唐詩》題作《寄韓司兵》）

多病十年無舊識，滄洲亂後只逢君。已知罷秩辭瀧水，相勸移家住岳雲。泗上旅帆侵疊浪，雪中歸路踏荒墳。更爲此别愁應老，書札何由到北軍。

七言律詩卷之七　唐詩品彙八十八

正變

李商隱

隋宫

紫泉宫殿鎖煙霞，欲取蕪城作帝家。玉璽不緣歸日角，錦帆應是到天涯。于今腐草無螢火，終古垂楊有暮鴉。地下若逢陳後主，豈宜重問後庭花。

籌筆驛

魚（今按，《全唐詩》作「猿」）鳥猶疑畏簡書，風雲長爲護儲胥。徒令上將揮神筆，終見降王走傳車。管樂有才終不忝，關張無命復（今按，《全唐詩》作「欲」）何如。他年錦里經祠廟，梁甫吟成恨有餘。（《詩眼》云：首言其號令嚴明，千百年後，魚鳥猶畏之。次言忠義貫神明，風雲猶護其藩籬壁壘。至於三

聯，屬清切，又有意，［今按，此兩句《苕溪漁隱叢話前集》卷二二引《詩眼》作「屬對親切，又自有議論」］，他人不能及。）

九成宫

十二層城閬苑西，平時避暑拂虹霓。雲隨夏后雙龍尾，風逐周王八駿蹄。吴岳曉光連翠巘，甘泉晚景上丹梯。荔枝盧橘沾恩澤，鸞鵲天書濕紫泥。

馬嵬

海外徒聞更九州，他生未卜此生休。空聞虎旅鳴（今按，《全唐詩》作「傳」）宵柝（今按，據姚本等及《全唐詩》，當爲「柝」），無復鷄人報曉籌。此日六軍同駐馬，當時七夕笑牽牛。如何四紀爲天子，不及盧家有莫愁。（《詩眼》云：首聯語清［今按，《苕溪漁隱叢話前集》卷二二引《詩眼》作「親」］切高雅，故不用愁怨、墮淚等語，而聞者爲之深悲。次聯如親扈明皇，寫出當時意味［今按，《苕溪漁隱叢話前集》「意味」前有「物色」二字］。三聯語益奇。世人但稱巧麗，不識其高情遠韻，可歎也。）

茂陵

漢家天馬出蒲梢，苜蓿榴花遍近郊。内苑只知銜（今按，《全唐詩》作「含」）鳳觜，屬車無復插鷄翹。玉桃偷得憐方朔，金屋粧（今按，《全唐詩》作「修」）成貯阿嬌。誰料蘇卿老歸國，茂陵松柏雨瀟瀟。

碧城

碧城十二曲闌干，犀辟塵埃玉辟寒。閬苑有書多附鶴，女墻（今按，《全唐詩》作「牀」）無樹不棲鸞。星沉海底當牕見，雨過河源隔坐看。若是曉珠明又定，一生長對水晶盤。

富平少侯

七國三邊未到憂，十三身襲富平侯。不收金彈拋林外，却惜銀床在井頭。綵樹轉燈珠錯落，繡檀回枕玉雕鎪。當關莫報侵晨客，新得佳人字莫愁。

少年

外戚平羌第一功，生年二十有重封。直登宣室螭頭上，横過甘泉豹尾中。别館覺來雲雨夢，後門歸去蕙蘭叢。灞陵夜獵遊田竇，不識寒郊自轉蓬。

促漏（此篇擬深宫怨女而作。）

促漏遥鐘動静聞，報章重疊杳難分。舞鸞鏡匣收殘黛，睡鴨香爐換夕熏。歸去豈（今按，《全唐詩》作「定」）知還向月，夢來何處更爲雲。南塘漸暖蒲堪結，兩兩鴛鴦護水紋。（郝新齋云：恨不如姮娥入月，神女爲雲，又不如禽鳥之有匹也。又「今按，據姚本、屠隆本、牛斗本，刻者不詳明本，當爲「有」」感之

辭也。）

聞歌

斂笑凝眸意欲歌，高雲不動碧嵯峨。銅臺罷望歸何處，玉輦忘來（今按，《全唐詩》作「還」）事幾多。青塚路邊南鴈盡，細腰宮裏北人過。此聲腸斷非今日，香炧燈光柰爾何。

錦瑟

錦瑟無端五十絃，一絃一柱思華年。莊生曉夢迷蝴蝶，望帝春心託杜鵑。滄海月明珠有淚，藍田日暖玉生煙。此情可待成追憶，秪是當時已惘然。（《緗素雜記》云：李義山此詩，山谷讀之，殊不曉其意，以問東坡。答曰：《古今樂志》云：「錦瑟，其絃五十，柱亦如之，其聲也，適、怨、清、和。」按，李詩中四句，曲盡其意，《唐史》稱其瓌邁奇古，信焉。）

寫意

燕鴈迢迢隔上林，高秋望斷正長吟。人間路有潼江險，天外山惟玉壘深。殘日（今按，《全唐詩》作「日向」）花間留返照，片雲（今按，《全唐詩》作「雲從」）城上結層陰。三年已制思鄉淚，更入新年恐不禁。

哭劉蕡

上帝深居（今按，《全唐詩》作「宫」）閉九閽，巫咸不下問銜冤。廣陵别後春濤隔，湓浦書來秋雨翻。只有安仁能作誄，何曾宋玉解招魂。平生風義兼師友，不敢同君哭寢門。

許渾

秋日早朝（今按，《全唐詩》卷五三三注云：一作《秋日候扇》）

宵衣應待絶更籌，環珮鏘鏘月下樓。井轉轆轤千樹曉，鎖開閶闔萬山秋。龍旂盡引（今按，《全唐詩》作「列」）趨金殿，雉扇纔分拜（今按，《全唐詩》作「見」）玉旒。虚戴鐵冠無事日（今按，《全唐詩》作「無一事」），滄江歸去老漁舟。

凌敲臺（今按，據姚本及《全唐詩》，「敲」當爲「歊」）

宋祖凌敲（今按，據姚本及《全唐詩》，當爲「歊」）樂未回，三千歌舞宿層臺。湘潭雲盡暮煙（一作「山」。）出，巴蜀雪消春水來。行殿有基荒薺合，寢園無主野棠開。百年便作萬年計，巖畔古碑空緑苔。

咸陽城東樓（今按，《全唐詩》卷五三三題下注云：一作《咸陽城西樓晚眺》，一作「西門」）

一上（今按，《全唐詩》作「一」）高城萬里愁，蒹葭楊柳似汀洲。溪雲初起日沉閣，山雨欲來風滿樓。鳥下緑蕪秦苑夕，蟬鳴黄葉漢宫秋。行人莫問當年事，故國東來渭水流（今按，《全唐詩》注云：一作「渭水寒聲晝夜流」，「聲」一作「光」）。

登故洛陽城（今按，《全唐詩》卷五三三作《故洛城》）

禾黍離離半野蒿，昔人城此豈知勞。水聲東去市朝變，山勢北來宫殿高。鴉噪暮雲歸古堞，鴈迷寒雨下空壕。可憐緱嶺登仙子，猶（今按，《全唐詩》注云：一作「獨」）自吹笙醉碧桃。

金陵懷古

玉樹歌殘王氣終，景陽兵合戍樓空。楸梧遠近千官塚，禾黍高低六代宫。石燕拂雲晴亦雨，江豚吹浪夜還風。英雄一去豪華盡，唯有青山似洛中。

姑蘇懷古

宫館餘基倚（今按，《全唐詩》作「輟」）棹過，黍苗無限獨悲歌。荒臺麋鹿争新草，空苑鳧鷖占淺莎。吴岫雨來虚檻冷，楚江風急遠帆多。可憐國破忠臣死，日日東流生白波。

驪山（今按，《全唐詩》卷五三三題下注云：一作《途徑驪山》，一作《望華清宮感事》）

聞説先皇醉碧桃，日華浮動鬱金袍。風隨玉輦笙歌迴，雲捲珠簾劍佩高。鳳駕北歸山寂寂，龍輿西幸水滔滔。蛾眉（今按，《全唐詩》作「貴妃」）没後巡遊少，瓦落空墻見野蒿。

題衛將軍廟

序云：將軍名逖，陽羨人。高祖始建義旗，逖以勇藝，進備行列。泊（今按，據張怞本、《全唐詩》卷五三四，當爲「洎」）禽竇建德，逖特（今按，據《唐百家詩選》卷十六，當爲「持」，四庫全書本《丁卯詩集》卷上、《全唐詩》作「時」）挾鎗劍，前後突翼，太宗奇之。天下定，録其功，拜將軍宿衛，以母老，乞歸侍（今按，《全唐詩》「侍」後有「殘年」二字），許之。及卒，邑人懷其賢，廣（今按，據姚本、張怞本及《全唐詩》，當爲「廟」）于荆溪，以平生弓甲懸廟下，歲時祠祭。而國史闕書其人，因題詩于廟。（今按，此序文較《全唐詩》爲簡，當爲節録原序而成）

武牢關上（今按，姚本、屠隆本、牛斗本、刻者不詳明本、《全唐詩》作「下」）護龍旗，挾槊彎弓馬上飛。漢業未興王霸在，秦軍纔散魯連歸。墳穿大澤埋金劍，廟枕長溪掛鐵衣。欲奠忠魂何處問，葦花楓葉雨霏霏。

祇命南海廬陵逢表兄軍倅奉使淮海别後卻寄是詩（今按，《全唐詩》題作《别表兄軍倅》，「祇命南海」云云爲序文）

廬橘花香拂釣磯，美（今按，《全唐詩》作「佳」）人猶舞越羅衣。三洲水淺魚來少，五嶺山高鴈到稀。客路晚依紅樹宿，鄉關朝望白雲歸。交親不念征南吏，昨夜風帆去似飛。

潁川從事西湖亭燕餞（今按，「潁川」，《文苑英華》卷二一六同此，姚本、屠隆本、牛斗本、刻者不詳明本、《才調集》卷七、《全唐詩》卷五三五作「潁州」）

西湖清讌不知回，一曲離歌酒一杯。城帶夕陽聞鼓角，寺臨秋水見樓臺。蘭堂客散蟬猶噪，桂檝人稀鳥自來。獨想征車過鞏洛，此中霜菊繞潭開。

瓜州留别李詡

泣玉三年一見君，白衣顦顇更離群。楊（今按，《全唐詩》作「柳」）堤惜别春潮晚（今按，《全唐詩》作「落」），花榭留歡夜漏分。孤館宿時風帶雨，遠帆歸處水連雲。悲歌曲盡莫重奏，心繞關河不忍聞。

寓居開元精舍酬薛秀才見貽

知己蕭條信陸沉，茂陵扶疾卧西林。芰荷風起客堂静，松桂月高僧院深。清露下時傷旅鬢，白雲歸處寄鄉心。勞（今按，《全唐詩》作「憐」）君詩思（今按，《全唐詩》作「句」）猶相憶，題在空齋夜夜吟。

乘月棹舟送大曆寺靈聰上人不及

萬峰秋盡百泉清，舊鎖禪扉在赤城。楓浦客來煙未散，竹窻僧去月猶明。杯浮野渡魚龍遠，錫響空山虎豹驚。一字不留何足訝，白雲無路水無情。

晚自朝臺至韋隱君郊園（今按，《全唐詩》「朝臺」後有「津」字）

秋來鳧鴈下方塘，繫馬朝臺步夕陽。村徑繞山松葉暗，柴門臨水稻花香。雲連海氣琴書潤，風帶潮聲枕簟涼。西去皤溪猶萬里，可能垂白待文王。

村舍

尚平多累自歸難，一日身閑一日安。山徑晚（今按，《全唐詩》作「曉」，注云：一作「有」）雲收獵網，水門涼月掛魚竿。花聞（今按，據居隆本、張恂本、四庫本、《全唐詩》，當爲「間」）酒氣春風遠（今按，《全唐

詩》作「暖」），竹裏棋聲夜（今按，《全唐詩》作「暮」）雨寒。三頃水田秋更熟，北牕誰拂舊塵冠。

卧疾（今按，《全唐詩》作《卧病》）

寒牕燈盡月斜輝，珮馬朝天獨掩扉。清露已凋秦塞柳，白雲空長越山薇。病中送客難爲别，夢裏還家不當歸。唯有寄書書未得，卧聞燕鴈向南飛。

晨起白雲樓寄龍興江淮上人兼呈竇秀才

兹樓今是望鄉臺，鄉信全稀曉鴈哀。山翠萬重當檻出，水光（今按，《全唐詩》作「華」）千里抱城來。東巖月在僧初定，南浦花殘客未回。欲弔靈均能賦否，秋風還有木蘭開。

劉滄

咸陽懷古

經過此地無窮事，一望淒然感廢興。渭水故都秦二世，咸陽（今按，張恂本、四庫本、《唐詩紀事》卷五八同此，姚本、屠隆本、牛斗本、刻者不詳明本、《唐百家詩選》卷十九、《全唐詩》卷五八六作「原」）秋草漢諸陵。天空絶塞聞邊鴈，葉盡孤村見夜燈。風景蒼蒼多少恨，寒山半出白雲層。

鄴都懷古

昔時霸業何蕭索，古木唯多鳥雀聲。芳草自生宮殿處，牧童誰識帝王城。殘春楊柳長川迥，落日蒹葭遠水平。一望青山便惆悵，西陵無主月空明。

長洲懷古

野燒空原（今按，《全唐詩》作「原空」）盡荻灰，吴王此地有樓臺。千年事往人何在，半夜月明潮自來。白鳥影從江樹没，清猿聲入楚雲哀。停車日晚薦蘋藻，風静寒塘花正開。

浙江晚渡懷古

蟬噪秋風滿古堤，荻花寒渡思淒淒（今按，《全唐詩》作「萋萋」）。潮聲歸海鳥初下，草色連江人自迷。碧落晴分平楚外，青山晚出穆陵西。此來一見垂綸者，却憶舊居明月溪。

經麻姑山

麻姑此地煉神丹，寂寞煙霞古竈殘。一自仙娥歸碧落，幾年春雨洗紅蘭。帆飛震澤秋江遠，雨過陵陽晚樹寒。山頂白雲千萬片，時聞鸞鶴下仙壇。

江行書事

遠渚蒹葭覆緑苔，姑蘇南望思徘徊。空江獨樹楚山背，暮雨孤（今按，《全唐詩》作「一」）舟吴苑來。人度深秋風葉落，鳥飛殘照水煙開。寒潮欲上泛蘋藻，寄薦三閭情自哀。

題龍門僧房

静室遥臨伊水東，寂寥誰與此身同。禹門山色度寒磬，蕭寺竹聲來晚風。僧宿石龕殘雪在，鴈歸沙渚夕陽空。偶將心地問高士，坐指浮生一夢中。

宿天壇觀（今按，《全唐詩》「宿」後有「題」字）

沐髮清齋宿洞宫，桂花松韻滿巖風。紫霞曉色秋山霽，碧落寒光夜（今按，《全唐詩》卷五八六作「霜」）月空。華表鶴聲天外迥，蓬萊仙界海門通。冥心一悮（今按，據屠隆本、張恂本、四庫本、《全唐詩》，當爲「悟」）虚無理，寂寞玄珠象罔中。

入關留别主人

此來多愧食魚心，東閣將辭更（今按，《全唐詩》作「强」）一吟。匹（今按，《全唐詩》作「羸」）馬客程秋草合，萬（今按，《全唐詩》作「晚」）蟬關樹古槐深。風生古（今按，《全唐詩》作「野」）渡河聲急，鴈過寒

原岳勢侵。對酒相看自無語，幾多離思入瑶琴。

題馬太尉華山莊

別開池館背山陰，近得幽奇物外心。竹色拂雲連岳寺，泉聲帶雨出溪林。一庭楊柳春光莫（今按，《全唐詩》作「暖」），三徑煙蘿晚翠深。自是功成閑劍履，西齋長卧對瑶琴。

題王校書山齋

猿鳥無聲晝掩扉，寒原隔水到人稀。雲晴古木月初上，雪滿空庭鶴未歸。藥圃（今按，《全唐詩》作「囿」）地連山色近，樵家路入樹煙微。棲遲慣得滄浪思，雲閣還應夢釣磯。

秋日山齋即事（今按，「日」，姚本、屠隆本、刻者不詳明本、《全唐詩》作「夕」）

衡門無事閉蒼苔，籬下蕭疏野菊開。半夜秋風江色動，滿山寒葉雨聲來。鴈飛關塞霜初落，書寄鄉山客（今按，《全唐詩》作「閶人」）未迴。獨坐高牕此時節，一彈瑶瑟自成哀。

寓居寄友人

雨餘虚館竹陰清，獨坐書牕軫旅情。芳草衡門無馬跡，古槐深巷有蟬聲。夕陽雲盡嵩峯出，遠岸煙銷洛水平。入（今按，《全唐詩》作「今」）夜南原賞佳景，月高風定苦吟生。

秋日山寺懷友人

蕭寺樓臺對夕陰，淡煙疏磬散空林。風生寒渚白蘋動，霜落秋山黄葉深。雲盡獨看晴塞鴈，月明遥聽遠村碪。相思不見又經歲，坐向松牕彈玉琴。

送李休秀才歸嶺中

南泛孤舟景自饒，蒹葭汀浦晚蕭蕭。秋風漢水旅愁起，寒木楚山歸思遥。獨夜猿聲和落葉，空（今按，《全唐詩》作「晴」）江月色帶回潮。故園新過重陽節，黄菊滿籬應未凋。

送元敘上人歸上黨（時罷兵。）

太行關路戰塵收，白日思鄉别沃州。薄暮焚香臨野燒，清晨漱齒涉寒流。溪邊殘壘空雲木，山上孤城對驛樓。此去寂寥尋舊跡，蒼苔滿徑竹齋秋。

和友人憶洞庭舊居

客舍經時益苦吟，洞庭猶憶在前林。青山殘月有歸夢，碧落片雲生遠心。溪路煙開江月出，草堂門掩海濤深。因君話舊起愁思，隔水數聲何處碪。

留别崔幹秀才昆仲（今按，「幹」《全唐詩》作「澣」）

汶陽離思水無窮，去住情深夢寐中。歲晚蟲鳴寒草露，日斜（今按，《全唐詩》作「西」）蟬噪古槐風。川分遠岳秋光静，雲盡遥天霽色空。對酒不能傷此别，赤（今按，據《全唐詩》，當爲「尺」）書憑鴈往來通。

寄遠

西園楊柳暗驚秋，寶瑟朱絃結遠愁。霜落鴈聲來紫塞，月明人夢在青樓。蕙心迢遞湘雲暮，蘭思縈迴楚水流。錦字織成添别恨，關河萬里路悠悠。

七言律詩卷之八　唐詩品彙八十九

餘響（今按，前文七律敘目中，卷九「餘響」下有小字「二」字，則此處應有小字「一」）

杜　牧

九日齊山登高（今按，「齊山」，《全唐詩》卷五二二作「齊安」）

江涵秋影鴈初飛，與客携壺上翠微。塵世難逢開口笑，菊花須插滿頭歸。但將酩酊酬佳節，不用登臨怨落暉。古往今來只如此，牛山何必淚沾衣。

寄題甘泉寺北軒（潤州。）（今按，「甘泉寺」，《全唐詩》作「甘露寺」）

曾上（今按，《全唐詩》作「向」）蓬萊宮裏行，北軒闌檻最留情。孤高堪弄桓伊笛，縹渺宜聞子晉笙。天接海門秋水色，煙籠隋（今按，《文苑英華》卷二三八一作「鹿」）苑暮鐘聲。他年會着荷衣去，不向山僧道（今按，《全唐詩》作「説」）姓名。

題宣州開元寺水閣（閣下苑溪，夾居人。〔今按，據《才調集》卷四、《全唐詩》，「苑」當爲「宛」；「夾」後脱「溪」字〕）

六朝文物草連空，天澹雲閑今古同。鳥去鳥來山色裏，人歌人哭水聲中。深秋簾幕千家雨，落日樓臺一笛風。惆悵無因見范蠡，參差煙樹五湖東。

題青雲館（屬商於。）

虯蟠千仞劇羊腸，天府由來百二强。四皓有芝輕漢祖，張儀無地與懷王。帳連雲影（今按，《全唐詩》作「雲連帳影」）蘿陰合，枕繞泉聲客夢涼。深處會容高尚者，水苗三頃百株桑。

早鴈

金河秋半虜弦開，雲際（今按，《全唐詩》作「外」）驚飛四散哀。仙掌月明孤影過，長門燈暗數聲來。須知胡騎紛紛在，豈逐秋風一一回。莫厭瀟湘少人處，水多菰米岸莓苔。

薛　逢

送靈州田尚書

陰風獵獵滿旌竿，白草颼颼劍戟攢。九姓羌渾隨漢節，六州蕃落從戎鞍。霜中入塞琱弓

響（今按，《全唐詩》卷五四八作「硬」），月下翻營玉帳寒。今日路旁誰不指，穰苴門户慣登壇。

趙　嘏

長安晚秋（今按，《全唐詩》卷五四九題下注云：一作《長安秋望》，一作《長安秋夕》）

雲物淒涼（今按，《全唐詩》注云：一作「清」）拂曙流，漢家宫闕動高秋。殘星幾點鴈横塞，長笛一聲人倚樓。（杜紫微賞詠不已，稱爲「趙倚樓」。）紫艷半開籬菊静，紅衣落盡渚蓮愁。鱸魚正美不歸去，空戴南冠學楚囚。

齊安早秋

流年堪惜又堪驚，砧杵風來滿郡城。高鳥過時秋色動，征帆落處暮雲平。思家正歎江南景，聽角仍含塞北情。此日沾襟念歧路，不知何處是前程。

東望（今按，《全唐詩》注云：一作《草堂》）

楚江（今按，《全唐詩》注云：一作「練江」）横在草堂前，楊柳洲邊載酒船。兩見梨花歸不得，每逢寒食一潸然。斜陽映閣山當寺，微緑含風樹滿天（今按，刻者不詳明本、《才調集》卷七作「樹滿川」，《全唐詩》作「月滿川」）。同郡故人攀桂盡，把詩吟向泬寥天。

長安月夜與友人話故山（今按，「故山」，《全唐詩》注云：一作「舊山」，一作「故人」）

宅邊秋月浸苔磯，日日持竿去不歸。楊柳風多潮未落，蒹葭霜冷鴈初飛。重嘶匹馬吟紅葉，却聽疏鐘憶翠微。今夜秦城滿樓月，故人相見一沾衣。

題橫水驛雙峯院松

故園溪上雪中別，野館門前雲外逢。白髮漸多何事苦，清陰長在好相容。迎風幾拂朝天騎，帶月猶含度嶺鐘。更憶葛洪丹井畔，數株臨水欲成龍。

發剡中（武德中置嵊州。）

正懷何謝俯長流，更覽餘封識嵊州。樹色老依官舍晚，溪聲涼傍客衣秋。南巖氣爽橫郛郭，天姥雲晴拂寺樓。日暮不堪還上馬，蓼花風起路悠悠。

登安陸西樓

樓上華筵日日開，眼前人事秖堪哀。征車自入紅塵去，遠水長穿綠樹來。雲雨暗更歌舞伴，山川不盡別離杯。無由併寫春風恨，欲下郎城首重回。

九日陪越州元相燕龜山寺

佳晨何處泛花游，丞相筵開水上頭。雙影旆摇山雨霽，一聲歌動寺雲秋。林光静帶高城晚，湖色寒分半檻流。共賀萬家逢此節，可憐風物似荆州。

經漢武泉

芙蓉苑裏起清秋，漢武泉聲落御溝。他日江山映蓬鬢，二年楊柳别漁舟。竹間駐馬題詩去，物外何人識醉游。盡把歸心付紅葉，晚來隨水向東流。

李　遠

聽話叢臺

有客新從趙地回，自言曾上古叢臺。雲遮襄國天邊去，樹繞漳河地裏來。絃管變成山鳥哢，綺羅留作野花開。金輿王（今按，據姚本、張恂本、四庫本及《全唐詩》卷五一九，當爲「玉」）輦無行跡，風雨惟知長緑苔。

劉得仁

奉和翰林丁侍郎禁署早春晴望（今按，《全唐詩》無「奉和翰林丁侍郎」七字）

御林聞有早鶯聲，玉檻春香九陌晴。寒著霽雲歸紫閣，暖浮佳氣動皇（今按，《全唐詩》作「芳」）城。宫池日到冰初解，輦路風吹草欲生。鴛侶此時皆賦詠，商山雪在思尤清。

姚　鵠

送友人出塞

帝城春色著寒梅，去恨離懷醉不開。相（今按，《全唐詩》作「作」）別欲將何計免，此行應又隔年回。入河殘日雕西盡，卷雪驚蓬馬上來。有志（今按，《全唐詩》作「思」）莫忘清塞學，衆傳君負佐王才。

送貴鍊師供奉赴上都（今按，「貴」，據《文苑英華》卷二二九、《全唐詩》卷五五三，當爲「費」）

縮地周游不計程，古今應只有先生。已同化鶴臨華表，又見驂龍向玉清。蘿磴静攀雲共

過，雪壇當醮月孤明。無因相逐朝天帝，空羡煙霞得送迎。

項　斯

送宫人入道

願隨仙女董雙成，王母前頭結伴行。初戴玉冠多誤拜，欲辭金殿别稱名。將敲碧落新齋磬，卻進昭陽舊賜箏。旦暮焚香繞壇上，步虚猶作按歌聲。

温庭筠

蘇武廟

蘇武魂銷漢史（今按，《唐詩紀事》卷五四、《全唐詩》卷五八二作「使」）前，古祠高樹兩茫然。雲邊鴈斷胡天月，壠（今按，《全唐詩》作「隴」）上羊歸塞草煙。迴日樓臺非甲帳，去時冠劍是丁年。茂陵不見封侯印，空向秋波哭逝川。

過馬嵬驛

穆滿曾爲物外遊，六龍經此暫淹留。返魂無驗青煙滅，埋血空成（今按，《全唐詩》作「生」）碧草

愁。香輦却歸長樂殿，曉鐘還下景陽樓。甘泉不復重相見，誰道文成是故侯。

回中作

莽莽雲（今按，《全唐詩》作「蒼莽寒」）空遠色愁，嗚嗚戍角上高樓。吴姬怨思吹雙管，燕客悲歌動五侯。千里關山邊草暮，一星烽火朔雲秋。夜來霜重西風起，壠水無聲噎（一作「東」。［今按，據屠隆本、《文苑英華》卷二九九、《全唐詩》卷五七八，當爲「凍」］）不流。

休澣日謁西掖所知因成長句

赤墀高閣自從容，玉女牕扉報曙鐘。日麗九華（今按，《全唐詩》作「門」）青瑣闥，雨晴雙闕翠微峯。毫端蕙露滋仙草，琴上薰風入禁松。荀令鳳池春婉娩，好將餘潤變魚龍。

河中陪節度遊河亭（今按，《文苑英華》卷三一六題作《陪河中節度使遊河亭》，《全唐詩》作《河中陪帥遊亭》）

倚闌愁立獨徘徊，欲賦慙非宋玉才。滿座山光摇劍戟，繞城波色動樓臺。鳥飛天外斜陽盡，人過橋邊（今按，《全唐詩》作「心」）倒影來。添得五湖多少恨，柳花飄蕩似寒梅。

寄清涼寺僧（今按，「涼」，《全唐詩》作「源」）

石路無塵竹徑開，昔年曾伴戴顒來。牕間半偈聞鐘後，松下殘棋送客回。簾向玉峰藏夜雪，砌因藍水長秋苔。白蓮社裏如相問，爲説游人是姓雷。

開聖寺

路分磎石夾煙叢，十里蕭蕭古樹風。出寺馬嘶秋色裏，向陵鴉亂夕陽中。竹間泉落山廚静，塔下僧歸殿影空。猶有南朝舊碑在，耻（今按《文苑英華》卷二三八作「敢」）將興廢問休公（今按《文苑英華》作「漁翁」）。

過陳琳墓

曾於青史見遺文，今日飄零（今按，《全唐詩》作「蓬」）過古墳。詞客有靈應識我，霸才無主始憐君。石麟埋没藏秋（今按，《全唐詩》作「春」）草，銅雀荒涼對暮雲。莫怪臨風倍惆悵，欲將書劍學從軍。

雍陶

晴詩（今按，《全唐詩》注云：一作《塞路初晴》）

晚虹斜日塞天昏，一半山川帶雨痕。新水亂侵青草路，殘煙猶傍緑楊村。胡人羊馬休南牧，漢將旌旗在北門。行子喜聞無戰伐，閑看遊騎獵秋原。

司馬禮（今按，姚本、《全唐詩》卷五九六作「扎」，《直齋書録解題》卷一九作「札」）

送孔恂入洛

洛陽古城秋色多，送君此去心如何。青山欲暮惜別淚（今按，《全唐詩》作「酒」），碧草未盡復（今按，《全唐詩》作「傷」）離歌。前朝冠帶掩金谷，舊遊花月經銅駝。行人正苦柰分手，日落遠水生微波。

李頻

樂遊原春望

五陵佳氣晚氤氳，霸業雄圖勢自分。秦地山河連紫（一作「楚」。）塞，漢家宮殿入青雲。未央

樹色春中見，長樂鐘聲月下聞。無那楊花起愁思，滿天飄落雪紛紛。

湘中送友人

（今按，「湘中」，《唐百家詩選》卷十六、《全唐詩》卷五八七作「湘口」，《才調集》卷七、《唐詩紀事》卷六〇作「湖口」）

中流欲暮見湘煙，岸葦無窮接楚天。去鴈遠衝雲夢雪，離人獨上洞庭船。風波盡日依山轉，星漢通宵向水縣（一作「連」。）。零落梅花過殘臘，（今按，《全唐詩》注云：一作「回首羨君偏有我」）故園歸去又（今按，《全唐詩》作「醉及」，注云：一作「去醉」）新年。

送邊將

防秋戎馬恐來奔，詔發將軍出鴈門。遥領短兵登隴首，獨横長劍向河源。旌旗（今按，《全唐詩》作「悠揚」）落日黄雲動，鼓角（今按，《全唐詩》作「蒼莽」）陰風白草翻。若使（今按，《全唐詩》作「縱」）干戈更深入，應聞收得到昆崙。

杜荀鶴

舟行即事

年少髭鬚雪欲侵，別家三日幾多（今按，《全唐詩》作「般」）心。朝隨賈客憂風色，夜逐漁翁宿葦

林。秋水鷺飛紅蓼晚，暮山猿叫白雲深。重陽酒熟茱萸紫，却向江頭倚棹吟。

李郢

贈羽林將軍（今按，《才調集》卷七作《江上逢王將軍》）

虯鬢憔悴羽林郎，曾入甘泉侍武皇。雕没夜雲知御苑，馬隨仙仗識天香。五湖歸去孤舟月，六國平來兩鬢霜。唯有桓伊江上笛，卧吹三弄送殘陽。

送人之嶺南

關山迢遞古交州，歲晏憐君走馬遊。謝氏海邊逢素女，越王潭上見青牛。嵩臺月照啼猿曙，石室煙含古桂秋。迴望長安五千里，刺桐花下莫淹留。

晚泊松江驛

片帆孤客晚夷猶，紅蓼花前水驛秋。歲月方驚離别盡，煙波仍駐古今愁。雲陰故國山川暮，潮落空江網罟收。還有吴娃舊歌曲，棹聲遥散采菱舟。

江亭春霽

江蘺漠漠荇田田，江上雲亭霽景鮮。蜀客帆檣背歸燕，楚山花木怨啼鵑。春風掩映千門柳，曉色淒涼萬井煙。金磬泠泠水南寺，上方僧室翠微連。

早秋書懷

高梧一葉墜涼天，宋玉悲秋淚灑然。霜拂楚山頻見菊，雨零溪樹忽無蟬。虚村暮角催殘日，近寺歸僧寄野泉。青鬢已緣多病鑷，可堪風景促流年。

李羣玉

黄陵廟

小姑洲北浦雲邊，二女明粧共儼然。野廟向江春寂寂，古碑無字草芊芊。東風近墓吹芳芷，落日深山哭杜鵑。猶似含嚬望巡狩，九疑如黛隔湘川。

送秦鍊師歸岑公山（今按，《全唐詩》前有「奉和張舍人」五字；「岑」，據姚本、屠隆本及《全唐詩》，當爲「岺」）

仙翁歸卧翠微岺，一葉（今按，《全唐詩》作「夜」）西飛月峽深。松徑定知芳草合，玉書應念素塵侵。閒雲不繫東西影，野鶴寧悲（今按，《全唐詩》作「知」，注云：一作「傷」）去住心。蘭渚蒼蒼春欲暮，落花流水怨離琴。

陸龜蒙

同皮襲美訪寂上人

月樓風殿静沉沉，披拂霜華訪道林。鳥在寒枝棲影動，人依古堞坐禪深。明時尚阻青雲步，半夜猶追白石吟。自是海邊鷗伴侣，不勞金偈更降心。

崔珏

鴛鴦（今按，《全唐詩》作《和友人鴛鴦之什》）

翠鬣紅衣舞夕暉，水禽情似此禽稀。暫分煙島猶回首，只度（今按，《全唐詩》作「渡」）寒塘亦共

（今按，《全唐詩》注云：一作「並」）飛。映霧盡迷朱殿瓦，逐梭齊上玉人機。采蓮無限蘭橈女，笑指中流羨爾歸。

李山甫

送職方王郎中吏部劉員外自太原鄭相公幕繼奉徵書歸省署

雙鳳銜書次第飛，玉皇催促列仙歸。雲開日月臨青瑣，風卷煙霞上紫微。蓮影一時空儉府，蘭香同處撲堯衣。此生長掃朱門者，每向人間夢粉闈。

賀邢州盧員外

紫泥飛詔下金鑾，列象分明世仰觀。北省諫書藏舊草，南宮郎署握新蘭。春歸鳳詔恩波暖，曉入鴛行瑞氣寒。偏是此生棲息者，滿衣零淚一時乾。

張　喬

河中鸛雀樓（今按，《全唐詩》前有「題」字）

高樓懷古動悲歌，鸛雀今無野雀（今按，《全唐詩》作「燕」）過。樹隔五陵秋色早，水連三晉夕陽

多。漁人遺火成寒燒，牧笛吹風起夜波。十載重來值搖落，天涯歸計欲如何。

唐彦謙

長陵

長陵高闕此安劉，附（今按，《文苑英華》卷三〇六同此，據姚本、屠隆本、刻者不詳明本、《全唐詩》卷六七一，當爲「祔」）葬纍纍盡列侯。豐上舊居無故里，沛中原廟對荒丘。耳聞明主提三尺，眼見愚民盗一坏（今按，據張恂本、四庫全書本《文苑英華》卷三〇六，當爲「抔」）。千載腐儒騎瘦馬，渭城斜日重回頭。

蒲津河亭

宿雨清秋霽景澄，廣亭高樹向晨興。煙横博望乘槎水，日上文王避雨陵。孤棹夷猶期獨往，曲闌愁絶每長憑。思鄉懷古多傷别，况此哀吟意不勝。

秋霽豐德寺與玄貞師詠月

露冷風輕霽魄圓，高樓更在碧山巔。四溟水合疑無地，八月槎通好上天。黯黯星辰環紫極，喧喧朝市匝蒼（今按，《全唐詩》作「青」）煙。夜深獨與巖僧語，羣動消聲舉世眠。

羅隱

送鄭嚴員外（今按，據《全唐詩》，「鄭」後脱「州」字）

欲將刀筆潤王猷，東去先分聖主憂。滿扇好風摇（今按，《全唐詩》作「吹」）鄭圃，一車甘雨别皇州。尚書磧冷鴻聲晚，僕射陂寒樹影秋。從此文星在何處，武牢關外庾公樓。

春日憶湖南舊遊寄盧校書

旅榜前年過洞庭，曾提刀筆事甘寧。玳筵離隔將軍幕，珠（今按，《全唐詩》作「朱」）履頻窺處士星。恩重匣中孤劍在，夢餘江上（今按，《全唐詩》作「畔」）數峰青。金貂見鵬（今按，《全唐詩》作「服」）嘉賓散，回首昭丘一淚（今按，《全唐詩》作「涕」）零。

金陵夜泊

冷煙輕靄（今按，《全唐詩》作「澹」，注云：一作「靄」，一作「雨」）傍衰叢，此日（今按，《全唐詩》作「夕」）秦淮駐斷篷（今按，據姚本及《全唐詩》，當爲「蓬」）。棲鳥（今按，《全唐詩》作「鴈」）遠驚行夜（今按，《全唐詩》作「沽酒」）火，乳鴉高避落帆風。地消王氣波聲急，山帶秋陰樹影空。六代精靈人不見，懷思應在月明中。

羅鄴

秋日懷江上友人

行子寧知煙水勞，西風獨自泛征艘。酒醒孤館秋簾卷，月滿寒江夜笛高。黄葉夢餘歸朔塞，青山家在極波濤。去年今日逢君處，鴈下蘆花猿正號。

征人

青樓一别戍金微，力盡秋來破虜圍。錦字莫辭連夜織，塞鴻長是到春歸。正憐漢月當空照，不奈胡沙滿眼飛。唯有夢魂南去日，故鄉山水路依稀。

秋日留别義初上人

塞寺窮秋别遠師，西風一鴈倍傷悲。每嗟塵世長多事，重到禪齋是幾時。霜嶺自添紅葉恨，月溪休和碧雲詞。關河迴首便千里，飛錫南歸詎可知。

高駢

和王昭符進士贈洞庭趙先生

爲愛君山景最靈，角冠秋禮一壇星。藥將雞犬雲間試，琴許魚龍月下聽。自要乘風隨羽客，誰同種玉驗仙經。煙霞寂寞（今按，《全唐詩》作「澹泊」）無人到，唯有漁翁過洞庭。

方干

題睦州吕郎中郡内環溪亭（今按，《全唐詩》卷六五〇無「題」字，「内」作「中」，「睦州」下注云：一作「題陸州」）

爲是仙才登望處，風光便似武陵春。閑花半落猶迷蝶，白鳥雙飛不避人。樹影興餘侵枕簟，荷香坐久着衣巾。暫來此地非多日，明主那容借寇恂。

旅次洋州寓居郝氏林亭（今按，「洋」，《全唐詩》注云：一作「揚」）

舉目縱然非我有，思量似在故山時。鶴盤遠勢投孤嶼，蟬曳殘聲過別枝。涼月照牕（今按，《全唐詩》注云：一作「牀」）欹枕倦，澄泉繞石泛觴遲。青雲未得平行去，夢到江頭（今按，《全唐詩》

作「南」）身旅羈（今按，《全唐詩》注云：一作「夢到江頭身在兹」）。

龍泉寺絶頂（今按，《全唐詩》前有「題」字）

未明先見海底日，良久遠雞才（今按，姚本、《全唐詩》作「方」）報晨。古樹含風常帶雨，寒巖四月始知春。中天氣爽星河近，下界時豐雷雨均（今按，《全唐詩》作「勻」）。前後登臨思無盡，年年改换往（今按，《全唐詩》作「去」）來人。

來　鵬（今按，《全唐詩》卷六四二作來鵠，注云：一作「鵬」；《唐詩紀事》卷五六有來鵬，又有來鵠）

寒食（今按，《全唐詩》作《寒食山館書情》）

獨把一杯山館中，每驚（今按，《全唐詩》作「經」）時節恨飄蓬。侵堦草色連朝雨，滿地梨花昨夜風。蜀魄啼來春寂寞，楚魂吟去（今按，《全唐詩》作「後」）月朦朧。分明記得還家夢，徐孺宅前湖水東。

七言律詩卷之九　唐詩品彙九十

餘響（今按，前文七律敘目中「餘響」下有小字「二」字）

崔　魯（今按，《唐詩紀事》卷五八、《全唐詩》卷五六七作「崔櫓」）

春晚岳陽言懷

煙花零落過清明，異國光陰老客情。雲夢夕陽愁裏色，洞庭春浪坐來聲。天涯（今按，《全唐詩》作「邊」）一與舊山別，江上幾看芳草生。獨倚闌干意難寫，暮笳嗚咽起孤城。

崔　塗

過繡嶺宫（在驪山。）

古殿春殘緑野陰，上皇曾此駐泥金。三城帳屬昇平夢，一曲鈴關悵望心。苑路暗迷香輦

絶，繚垣秋斷草煙深。前朝舊物東流在，猶爲年年下翠岑。

鄭谷

鷓鴣（谷以此詩得名，時號爲「鄭鷓鴣」。）

暖戲煙蕪錦翼齊，品流應得近山雞。雨昏青草湖邊過，花落黄陵廟裏啼。遊子乍聞征袖濕，佳人纔唱翠眉低。相呼相喚（今按，《全唐詩》作「應」）湘江曲（今按，《全唐詩》作「闊」，注云：一作「遠」，又作「曲」），苦竹叢深春日西。

少華甘露寺

石門蘿徑與天隣，雨檜風篁遠近聞。飲澗鹿喧雙派水，上樓僧踏一梯雲。孤煙薄暮關城没，遠色初晴渭曲分。長欲燃燈（今按，《全唐詩》作「香」）來此宿，北林猿鶴舊同羣。

渚宫亂後作

鄉人來話亂離情，淚滿殘陽問楚荆。白社已應無故老，清江依舊繞孤（今按，《全唐詩》作「空」）城。高秋軍旅齊山樹，昔日漁家盡（今按，《全唐詩》作「是」）野營。牢落故園征戰（今按，《全唐詩》作「故居灰燼」）後，黄花綠（今按，《全唐詩》作「紫」）蔓上墻生。

韓　偓

避地寒食

避地淹留已自悲，況逢寒食欲沾衣。殘（今按，《全唐詩》作「濃」）春孤館人愁坐，斜日空園花亂飛。路遠漸憂知己少，時危又與賞心違。一名所繫無窮事，争敢當年便息機。

春盡

惜春連日醉昏昏，醒後衣裳見酒痕。細水浮花歸别澗，斷雲含雨入孤村。人閑易得（今按，《全唐詩》作「有」）芳時恨，地迥（今按，《全唐詩》作「勝」）難招自古魂。慚愧流鶯相厚意，清晨猶爲到西園。

胡　曾

交河塞下曲

交河冰薄日遲遲，漢將思家感別離。塞北草生蘇武泣，隴西雲起李陵悲。曉侵堞埤（今按，《全唐詩》作「雉堞」）烏先覺，春入關山鴈獨知。何處疲兵心最苦，夕陽樓上笛聲時。

曹　松

南海旅次

憶歸休上越王臺，歸思臨高不易裁。爲客正當無鴈處，故園誰道有書來。城頭早角吹霜盡，郭外（今按，《全唐詩》作「裏」）殘潮帶（今按，《全唐詩》作「蕩」）月迴。心似百花開未得，年年争發被春催。

陪湖南李中丞璋宴隱溪

竹林啼鳥不知休，羅列飛橋水亂流。觸散柳絲迴玉勒，約開蓮葉上蘭舟。酒邊舊侶真何遜，雲裏新聲是莫愁。若值主人嫌晝短，應陪秉燭夜深遊。

江西逢僧省文

高僧不負雪峰期，却伴青霞入翠微。七葉（集作「百葉」）巖前霜欲降，九枝松上鶴初歸。風生碧澗魚龍躍，威振金樓燕雀飛。想得白蓮花上月，滿山猶帶舊（今按，四庫本作「自帶」）光輝。

吴　融

太保中書令軍前新樓

十二闌干壓錦城，半空人語落灘聲。風流近接平津閣，氣色高含細柳營。盡日卷簾江草緑，有時欹枕雪峰晴。不知奉（今按，《全唐詩》作「捧」）詔朝天後，誰此登臨看月明。

秋日經別墅

別墅蕭條海上村，偶期蘭菊與琴尊。檐横碧嶂秋光近，樹帶寒（今按，《全唐詩》作「閑」）潮晚色昏。幸有白雲眠楚客，不勞芳草思王孫。北山移去前文在，無復教人歎曉猿。

金橋感事（洛陽。）

太行和雪疊晴空，二月郊原尚朔風。飲馬早聞臨渭北，射雕今欲過關東。百年徒有伊川歎，五利寧無魏絳功。日暮長亭正愁絶，悲笳一曲戍煙中。

彭門用兵後經汴路（即徐州也。咸通末，龐勛反，徐州爲康承訓所破。）

長亭一望一徘徊，千里關河百戰來。細柳舊營猶鎖月，祁連新塚已封苔。霜飛（今按，《全唐

詩》作「凋」）緑野愁無際，燒接黄雲慘不開。若比江南更牢落，子山詞賦莫興哀。

廢宅

風飄碧瓦雨摧垣，却有鄰人爲（今按，《全唐詩》作「與」）鎖門。幾樹好花閑白晝，滿庭芳草易（今按，《全唐詩》作「自」）黄昏。放魚池涸蛙争鬧（今按，《全唐詩》作「聚」），棲燕梁空雀自喧。不獨淒涼眼前事，咸陽一火便成原。

韋　莊

北原閑眺

春城回首樹重重，立馬平原夕照中。五鳳灰殘金翠滅，六龍游去市朝空。千年王氣浮清洛，萬古坤靈鎮碧嵩。欲問向來陵谷寺（今按，張恂本、韋莊《浣花集》卷三、《全唐詩》作「事」），野桃無語笑東風（今按，《全唐詩》作「淚花紅」）。

寄從兄遵

江上秋風正鈞鱸，九重天子夢翘車。不將高卧邀劉圭（今按，據姚本、張恂本及《全唐詩》，當爲「主」），自吐清談護漢儲。滄海十年龍影斷，碧雲千里鴈行疏。相逢莫語歸山計，明日東封

待直廬。

贈邊將

昔因征遠向金微，馬出榆關一鳥飛。萬里只攜孤劍去，十年空逐塞鴻歸。手招都護新降虜，身著文皇舊賜衣。只待煙塵報天子，滿頭霜雪爲兵機（今按，《全唐詩》卷六九六注云：一作「壯心無事別無機」）。

新正日商南道中作寄李明府

相看又見歲華新，依舊楊朱拭淚巾。踏雪偶因尋戴客，論文還比聚星人。嵩山不改千年色，洛水（今按，《全唐詩》作「邑」）長生一路塵。今日與君同避世，却憐無事是家貧。

柳谷道中作却寄

馬前紅葉正紛紛，馬上離情欲斷（今按，《全唐詩》作「斷殺」）魂。曉發獨辭殘月店，暮程遥宿隔雲村。心如岳色留秦地，夢逐河聲出禹門。莫怪苦吟鞭拂地，有誰傾蓋待王孫。

婺女屏居蒙右省王拾遺枉車降訪病中延欵不得因成寄謝（今按，據《全唐詩》卷六九七、四庫本《浣花集》卷五，「婺女」當爲「婺州」；「欵」，《全唐詩》作「候」）

三年流落卧漳濱，王粲思家拭淚頻。寒（今按，《全唐詩》作「畫」）角莫吹殘月夜，病心方憶故園

春。自爲江上樵蘇客，不識天邊侍從臣。怪得白鷗驚去盡，緑蘿門外有朱輪。

憶昔

昔年曾向五陵遊，午夜清歌（今按，《全唐詩》作「子夜歌清」）月滿樓。銀燭樹前長似畫，露桃花下（今按，《全唐詩》作「華裏」）不知秋。西園公子名無忌，南國佳人字莫愁。今日亂離俱是夢，夕陽唯見水東流。

張　泌

題華嚴寺木塔

六街晴色動秋光，雨霽憑高只自（今按，《全唐詩》作「易」）傷。一曲晚煙浮渭水，半橋斜日照咸陽。休將世路悲塵事，莫指雲山認故鄉。回首漢宫樓閣暮，數聲鐘鼓自微茫。

邊上

戍樓吹角起征鴻，獵獵寒旌背晚風。千里暮煙愁不盡，一川秋草思（今按，《全唐詩》作「恨」）無窮。山河慘淡關城閉，人物蕭條市井空。只此旅魂招不（今按，《全唐詩》作「未」）得，更堪回首夕陽中。

晚次湘源縣

煙郭遥聞向晚雞，水平舟静浪聲齊。高林帶雨楊梅熟，曲岸籠雲謝豹啼。二女廟荒汀（今按，《全唐詩》注云：一作「宫」）樹老，九疑山碧楚天低。湘南自古多離怨，莫動哀吟易慘悽。

晚秋過洞庭（今按，「晚秋」，《全唐詩》作「秋晚」）

征帆高（今按，《全唐詩》作「初」）掛酒初酣，暮景離情兩不堪。千里晚霞雲夢北，一州（今按，《全唐詩》作「洲」）霜橘洞庭南。溪風送雨過秋寺，澗石驚泉（今按，《全唐詩》作「龍」）落夜潭。莫把覊魂弔湘魄，九疑愁絶鎖煙嵐。

廖匡圖

九日陪董内召登高

祝融峰下逢嘉節，相對那能不愴神。煙裏共尋幽澗菊，樽前俱是異鄉人。遥山帶日應連越，孤鴈來時想別秦。自古登高盡惆悵，茱萸休笑淚盈巾。

旁流（附）（今按，「附」字原無，據前文七律敘目補）

有姓氏無字里世次可考者六人

盧宗回

登長安慈恩寺塔

東方曉日上翔鸞，西轉蒼龍拂露盤。渭水寒光摇藻井，玉峰晴色上朱闌。九重宫闕參差見，百二山河表裏觀。暫輟去蓬悲不定，一凭金界望長安。

許玫

題鴈塔

寶輪金地壓人寰，獨坐蒼冥啓玉關。北嶺風煙開魏闕，南軒氣象鎖秦（今按，《全唐詩》作「鎮

商」）山。灞陵車馬垂楊裏，京國城池落照間。暫放塵心遊物外，六街鐘鼓又催還。

蘇廣文

夜歸華山因寄幕府（今按，「華山」，《唐詩鼓吹》卷八同此，《唐詩紀事》卷二三、《全唐詩》卷七八三作「華川」）

山村寥落野人稀，竹裏衡門掩翠微。溪渡（今按，《全唐詩》作「路」）夜隨明月入，亭皋春伴白雲飛（一作「歸」。）。嵇康懶慢仍耽酒，范蠡逋逃又拂衣。汀畔數鷗閑不起，只應知我已忘機。

陳　標

飲馬長城窟

日日風吹虜騎塵，年年飲馬漢宮（今按，《全唐詩》作「營」）人。千堆戰骨那知主，萬里枯沙不辨春。浴谷氣寒愁墜指，斷崖冰滑恐傷神。金鞍玉勒無顏色，淚滿征衣怨暴秦。

秦王卷衣

秦家漢闕（今按，《全唐詩》作「秦王宮闕」）靄春煙，珠樹瓊枝近碧天。御氣馨香蘇合啓，簾光浮動

水精懸。霏微羅縠隨芳袖，宛轉鮫綃逐寶筵。從此咸陽一回首，暮雲愁色已千年。

譚用之（今按，厲鶚《宋詩紀事》卷二云譚用之爲五代末人入宋，並録其《秋宿湘江遇雨》詩）

秋宿湘江遇雨

江上陰雲鎖夢魂，江邊深夜舞劉琨。秋風萬里芙蓉國，暮雨千家薜荔村。鄉思不堪悲橘柚，旅遊誰肯重王孫。漁人相見不相問，長笛一聲歸島門。

胡　宿（今按，《全唐詩》卷七三二「胡宿」名下注云：以下四人或云宋人，諸本並附唐末，今仍舊。胡宿乃北宋詩人，此處爲誤收。）

津亭

津亭欲闋（門開貌。）戒棠舟，五兩風來不暫留。西北浮雲連魏闕，東南初日滿秦樓。層城渺渺人傷別，芳草萋萋客倦游。平樂舊歡收不得，更憑飛夢到瀛洲。

古别

長道何年祖軷休，風帆不斷岳陽樓。倅人挾瑟漳河曉，壯士悲歌易水秋。九帳清（今按，據四庫全書本《唐詩鼓吹》卷八，中華書局簡體橫排本《全唐詩》卷七三一，當爲「青」）油徒自負（今按，《全唐詩》注云：一作「貴」），百壺芳醑豈消憂。至今長樂坡前水，不啻秦人怨隴頭。

塞上

漢家神箭定天山，煙火相望萬里間。契利請盟金七（今按，據張恂本、四庫本、《全唐詩》卷七三一，當爲「匕」）酒，將軍歸卧玉門關。雲沉老上（單于名。）妖氛斷，雪照回中（地名。）探騎閑。五飾（今按，姚本、屠隆本、刻者不詳明本、四庫本、《全唐詩》作「餌」）已行王道勝，絶無刁斗至闤顔。

寄昭潭王中立

高絃一弄武陵深，六幕天空萬里心。吴苑歌驪成久别，楚峰回鴈好歸音。十千美酒花期隔，三百枯棋奕（今按，中華書局本《全唐詩》卷七三一作「弈」，字通）思沉（《博奕論》：枯棋三百。）。莫上孤城頻送目，浮雲西北是家林。

韓　喜（今按，《文苑英華》卷三二三、三二四「韓喜」下注云：《類詩》作「溉」。《全唐詩》無韓喜，卷七六八有「韓溉」；《全唐詩》卷六七一唐彦謙詩中有《逢韓喜》，但此詩又見元人戴表元《剡源文集》卷二九，題作《逢翁舜咨》）

水（今按，《全唐詩》卷七六八作韓溉詩，注云：一作韓喜詩）

方圓不定性空求（今按，《全唐詩》注云：一作「柔」），東注滄溟早晚休。高截碧塘長耿耿，遠飛青嶂更悠悠。瀟湘月浸千年色，夢澤煙含萬古愁。別有隴（今按，《全唐詩》作「嶺」）頭嗚咽處，爲君分作斷腸流。

姓氏疑誤者二人

僧處一

題黄公陶翰别業

（《文苑英華》作處一詩，元遺山《鼓吹集》作蘇廣文《自商山宿陶令隱居》詩。）（今按，《全唐詩》卷八〇九又作靈一詩）

聞説花園（今按，《全唐詩》卷八〇九作「源」）堪避秦，幽尋數月不逢人。煙霞洞裏無雞犬，風雨林

間有鬼神。黄公石上三芝秀，陶令門前五柳春。醉卧白雲閑入夢，不知何物是吾身。

郎士元

馮翊西樓（或作郎士元詩。按，《文苑英華》無名氏。）（今按，《全唐詩》卷二四八作郎士元詩，卷二四二又作張繼詩）

城上西樓倚暮天，樓中歸望正凄然。近郭亂山横古渡，野莊喬木帶新煙。北風吹鴈聲能苦，遠客辭家月再圓。陶令好文常對酒，相招一和白雲篇（今按，《全唐詩》張繼詩中作「相招那惜醉爲眠」）。

羽士一人

曹唐

三年冬大禮（今按，原作爲五首）

皇帝齋心潔素誠，自朝真祖報升平。華山秋草多歸馬，滄海寒波絶洗兵。銀箭水殘河影

（今按，《全唐詩》作「勢」）斷，玉爐煙盡月（今按，《全唐詩》作「日」）華生。千官整肅三天夜，劍珮初聞入太清。

其二

海日西飛渡禁林，大（今按，姚本、《全唐詩》皆作「太」）清宫殿月沉沉。不聞北斗傾堯酒，空覺南薰（今按，《全唐詩》作「風」）入舜琴。歌壓鈞天閑夢盡，詔歸秋水道情深。雪風更起古杉葉，時送步虚清磬音。

其三

太乙（今按，《全唐詩》作「一」）天壇降大（今按，《全唐詩》作「紫」）君，屬車龍鶴夜成群。春浮玉藻寒初落，露拂金莖曙欲分。三代樂回風入律，四溟歌駐水成文。千官不動旌旗下，日照南山萬樹雲。

其四

山擁飛雲海水清，天壇未夕仗先成。千官不起金縢議，萬國空瞻玉藻聲。禁火曙然香（今按，《全唐詩》作「煙」）焰裊，宫衣寒拂雪花輕。側聞左右皆周呂，看取從容致太平。

漢武帝時候西王母下降（今按，據姚本、屠隆本、《文苑英華》卷二二五、《全唐詩》，「時」當爲「將」）

崑崙凝想最高峰，王母來尋（今按，《全唐詩》作「乘」）五色龍。歌聽紫鸞猶縹緲，語來青鳥許從容。風迴水落三清月，漏苦霜傳五夜鐘。樹影悠悠花悄悄，若聞簫管是行蹤。

漢武帝於宫中燕西王母

鰲岫雲低太乙（今按，《全唐詩》作「一」）壇，武皇齋潔不勝歡。長生碧字期親署，延壽丹泉許細看。劍佩有聲宫樹静，星河無影禁花寒。秋風裊裊月朗朗，玉女清歌一夜闌。

漢武帝思李夫人

惆悵朱顔不復歸，晚秋黄葉滿天飛。迎風細荇傳香粉，隔水殘霞見畫衣。白玉帳寒鴛夢絶，紫陽宫遠鴈書稀。夜深池上蘭橈歇，斷續歌聲接（今按，《全唐詩》作「徹」）太微。

仙子洞中有懷劉阮

不將清瑟理霓裳，塵夢那知鶴夢長。洞裏有天春寂寂，人間無路月茫茫。玉沙瑶草連溪碧，流水桃花滿澗香。曉露風燈易零落，此生無處問（今按，《全唐詩》作「訪」）劉郎。

劉阮再到天台不復見仙子

再到天台訪玉真，青苔白石已成塵。笙歌寂（今按，《全唐詩》作「冥」）寞閑深洞，雲鶴蕭條絶舊鄰。草樹總非前度色，煙霞不似往（今按，《全唐詩》作「昔」）年春。桃花流水依然在，不見當時勸酒人。

蕚緑華將歸九疑留别許真人

九點秋煙黛色空，緑華歸思頗無窮。每悲馭鶴身難住（今按，《全唐詩》作「任」），長恨臨霞語未終。河影暗吹雲夢月，花聲閑落洞庭風。藍絲重勒金條脱，留與人間許侍中。

送劉尊師祗詔闕庭

海風葉葉駕霓旌，天路悠悠接上清。錦誥凄涼遺去恨，玉簫哀絶醉離情。五湖夜月幡幢濕，雙闕清風劍珮輕。莫道（今按，《全唐詩》作「從此」）暫辭華表柱，便應千載是歸程。

衲子七人

皎　然

送皇甫侍御曾還丹陽别業

雲陽夜别（今按，《全唐詩》作「别夜」。）憶春畊，花發菱湖問去程。積水悠揚何處夢，亂山稠疊此時情。將離有月教絃斷，贈送無蘭覺意輕。朝右要君持漢典，明年北墅可須營。

題周諫别業（皎然與周生所居，俱臨苕水。〔今按，「皎然」，姚本、刻者不詳明本作「有寺」，《杼山集》卷三、《全唐詩》卷八一七作「予寺」。〕）

隱身苕上欲如何，不著青袍愛緑蘿。柳巷任疏容馬入，水籬從破許船過。昂藏獨鶴閑心遠，寂歷秋花野意多。若訪禪齋遥可見，竹牕書幌共煙波。

白蘋洲送洛陽李丞使還

蘋洲北望楚山重，千里迴軺止一封。臨水情來還共載，看花醉去更相從。罷官風渚何時

別，寄隱雲陽幾處逢。後會那應似疇昔，年年覺老雪山容。

春日杼山寄贈李員外（今按，《全唐詩》後有「縱」字）

南山唯與北山鄰，一閉禪關老此身（今按，《全唐詩》作「古樹連拳伴我身」，注云：一作「一閉禪門老此身」）。黄鶴有心多不住，白雲何事獨相親。閑持竹錫行看水，懶繫麻衣出見人。無限幽芳徒欲寄，（今按，《全唐詩》作「欲掇幽芳聊贈遠」）郎官那賞石門春。

山居示靈徹上人（今按，「徹」，《全唐詩》作「澈」）

晴明路出山初暖，行踏春蕪看茗歸。乍削柳枝聊待札，時窺雲影學裁衣。身閑始覺隳名是，心了方知苦行非。物外寂中誰似我，松聲草色共忘機。

晚春尋桃源觀

武陵何處訪仙鄉，古觀雲根路已荒。細草擁壇人跡絶，落花沉澗水流香。山深有雨寒猶在，松老無風韻亦長。全覺此身離俗境，玄機亦可照迷方。

靈一

題東蘭若

上人禪室路徘徊，萬木清陰向日開。寒竹影侵行道石，天花香散（今按，《文苑英華》卷二三六作「秋風煙入」，《全唐詩》卷八〇九作「秋風聲入」）誦經臺。閑雲不繫從舒卷，狎鳥無機任往來。更惜片陽談妙理，歸時莫待暝鐘催。

送明素上人歸楚覲省

能將疏懶背時人，不厭孤萍任此身。江上昔年同出處，天涯今日共風塵。平湖舊隱（今按，《全唐詩》注云：一作「徑」）應殘雪，芳草歸心未隔春。前路倍憐多勝事，到家知慶綵衣新。

江行寄張舍人

客程終日風塵苦，蓬轉還家未有期。林色曉分殘雪後，角聲寒奏落帆時。月高星使東看遠，雲破霜鴻北（今按，「鴻北」，姚本、屠隆本、牛斗本、刻者不詳明本作「鴻欲」，《文苑英華》卷二五七作「蓬欲」）度遲。流蕩此心難共說，千峰澄霽隔墳枝。

靈澈

冬送鑒供奉歸蜀寧親（今按，《全唐詩》無「冬」字）

林間出定戀庭闈，聖主恩深暫許歸。雙樹欲辭金錫冷，四花猶向玉堦飛。梁山拂漢分清境，蜀雪和煙戀（今按，《全唐詩》作「惹」）翠微。此去不須求綵服，紫衣全勝老萊衣。

清江

喜嚴侍御蜀還贈嚴秘書

往年分首（今按，《全唐詩》注云：一作「手」）出咸秦，木落花開秋又春。江客不曾知蜀路，旅魂何處訪情人。當時望月思文友，今日迎驄見近臣。多羨二龍同漢代，綉衣芸閣共榮親。

贈淮西賈兵馬使

破虜功成百戰場，天書新拜漢中郎。映門旌旆春風起，對客絃歌白日長。堦下鬥雞花乍發，營南試馬柳初黃。由來吴楚多同調，感激逢君共異鄉。

登樓望月寄鳳翔李少尹（今按，此詩《文苑英華》卷一五二、二五六，《全唐詩》卷二七三、八一二分别作戴叔倫、釋清江詩）

陌上涼風槐葉凋，夕陽清露濕寒條。登樓望月楚山上，月到樓南山獨遥。心送秦人超（今按，當爲「趨」。《文苑英華》戴叔倫詩作「趨」，釋清江詩作「超」；《全唐詩》兩詩皆作「趨」）鳳闕，自（今按，據姚本、屠隆本、刻者不詳明本、《文苑英華》卷一五二、二五六、四庫全書本《唐僧弘秀集》卷五，當爲「目」，《全唐詩》清江詩作「月」。）隨陽鴈極煙霄。軒車不重無名客，此地誰能訪寂寥。

法　振

張舍人南溪别業

新田繞屋半春耕，藜杖閑門引客行。山翠自成微雨色，溪花不隱亂泉聲。漁家遺（今按，《全唐詩》卷八一一作「遠」）到堪留興，公府懸知欲厭名。入夜更宜明月滿，雙童喚出解吹笙。

廣宣

聖恩顧問獨遊月鐙閣直書應制(今按，屠隆本、《全唐詩》卷八二二「鐙」作「蹬」，《文苑英華》卷一七五作「燈」；《文苑英華》、《全唐詩》「直書」後有「其事」二字)

禪居河畔無多地，來往尋春物正華。磴道上盤千畝竹，闌干低數(今按，《全唐詩》作「壓」)萬人家。簷前施食來飛鳥，林下行香踏落花。自解刹那知佛性，不勞更喻幾塵沙。

曇域

懷齊己上人

鬢髯秋景兩蒼蒼，静對芳(今按，《唐詩紀事》卷七七、《全唐詩》卷八四九作「茅」)齋一炷香。病後身心俱寂寞(今按，《唐詩紀事》作「澹薄」，《全唐詩》作「澹泊」)，老來親(今按，《唐詩紀事》、《全唐詩》作「朋」)友半凋傷。峨(今按，《唐詩紀事》、《全唐詩》作「峨」)眉山色侵雲直，巫峽灘聲入夢(今按，《唐詩紀事》、《全唐詩》作「夜」)長。猶喜深交有支遁，時時音信到松房。

閨秀一人

鮑君徽

東亭茶燕

閑朝向曉出簾櫳，茗燕東亭四望通。遠眺城池山色裏，俯聆絃管水聲中。幽篁引沼新抽翠，芳槿低簷欲吐紅。坐久此中無限興，更憐團扇起清風。

排律（今按，前文七律敘目中「排律」下有小字「附」字）

七言排律，唐人不多見，如太白《别山僧》、高適《宿田家》等作，雖聯對精密，而律調未純，終是古詩體段。獨此四篇，言從字順，音響沖和，故録之附于卷末，以備一體。

崔　融

從軍行

穹廬雜種亂金方，武將神兵下玉堂。天子旌旂過細柳，匈奴運數盡枯楊。關頭落月橫西嶺（今按，姚本作「裔」，刻者不詳明本作「衣」，《文苑英華》卷一九九作「夜」），塞下凝雲斷北荒。漠漠邊塵飛衆鳥，昏昏朔氣聚群羊。依稀蜀杖迷新竹，髣髴胡牀識故桑。臨海舊來聞驃騎，尋河本自有中郎。坐看戰壁爲平土，近待軍營作破羌。

僧清江

月夜有懷王端公兼簡朱孫二判官（今按，「王」，《全唐詩》作「黄」）

月照疏林驚鵲飛，羈人此夜共無依。青門旅寓身空老，白首頭陀力漸微。屢向曲池陪逸少，幾迴戎幕接玄暉。四科弟子稱文學，五馬諸侯是綉衣。江鴈往來曾不定，野雲摇曳本無機。修行未盡身將盡，欲向東山掩舊扉。

王　建

送裴相公上大原（今按，據姚本、《全唐詩》，「大」當爲「太」）

還携堂印向并州，將相兼權是武侯。時難獨當天下事，功成却進手中籌。再三陳乞爐煙裏，前後分張（今按，《全唐詩》卷三〇〇、四庫全書本《王司馬集》卷六作「封章」；四庫全書本《唐百家詩選》卷十三作「分章」）玉案頭。朱架早朝排立戟（今按，《全唐詩》作「立劍戟」，《王司馬集》作「排劍戟」），緑槐殘雨看張油。遥知鴈塞（今按，《全唐詩》作「塞鴈」）從今好，直到（今按，《全唐詩》注云：一作「花裏」）漁陽以北愁。邊鋪恐（今按，《全唐詩》作「警」）巡旂盡换，山城欲過館（今按，《全唐詩》作「得」）重修。千羣白刃兵迎節，十對紅妝妓打毬。聖主分明教暫去，不須高起見京樓。

温庭筠

秘書省有賀監知章草題詩筆力遒健風尚高遠拂塵尋玩因有此作

（今按，《全唐詩》卷五七八注云：一作《過賀監舊宅》）

越溪漁客賀知章，任達憐才愛酒狂。鸂鶒葦花隨釣艇，蛤蜊菰葉（今按，《全唐詩》作「菜」）夢

橫塘。幾年涼月拘華省，一宿秋風憶故鄉。榮路脱身終自得，福庭回首莫相忘。出籠（今按，《文苑英華》卷三〇七作「群」）鸞鶴歸遼海，落筆龍蛇滿壞墻。李白死來無醉客，可憐神彩弔殘陽。

唐詩拾遺

唐詩拾遺序

予既愛唐詩，喜編録，初採衆作，裒爲一集，曰《唐詩品彙》。凡得唐諸家六百二十人，共詩五千七百六十九首，分爲九十卷。自洪武甲子迨于癸酉方脱稿，其用心亦勤矣。切慮見知之所不及，選擇之所忽怠，猶有以没古人之善者，於是再取諸書，深加攟括。或舊未聞而新得，或前見置而後録，掇其漏，搜其逸，又自癸酉迄戊寅，是編始就。復增作者姓氏六十有一，詩九百五十四首，爲十卷，題曰《唐詩拾遺》。附于《品彙》之後，足爲百卷，以成集。

或曰：「唐詩於此盡矣。」吁！尚何能盡之哉？蓋唐世以詩取士，士之生斯世也，孰不以詩鳴？其精深閎博，窮極興致，而瓌奇雅麗者，往往震發，散落天地間，篇什之多，莫可限量。矧余之窮山獨處，力勢孤微，無以博觀天儲四庫之盛，徒貽坐井之譏耳。然嗜好之篤，夙志未平，冀待將來之歲月，得以窮探遠討，續録别抄，庶見唐詩之集大成者，此予之素願也。聊誌斯語，抑有望於同志者爲余增廣耳目焉。

洪武戊寅秋，新寧高棅謹誌。

唐詩拾遺總目（凡十卷）

七言絶句　詩一百四首

第五卷

五言律詩　詩一百五首

第六卷

五言律詩　詩一百三十九首

第七卷

五言律詩　詩一百一首

第八卷

五言排律　詩五十六首

第九卷

五言排律　詩六十九首

第十卷

七言律詩　詩一百五首

已上諸體，共詩九百五十四首。

唐詩拾遺目録

第一卷　五言古詩（上）

唐詩拾遺卷之一

五言古詩（上）

太宗皇帝

帝京篇三首

落日雙闕昏，迴輿九重暮。長煙散初碧，皎月澄輕素。褰幌翫琴書，開軒引雲霧。斜漢耿層閣，清風摇玉樹。

其二

鳴笳臨樂館，眺聽歡芳節。急管韻朱絃，清歌凝白雪。綵鳳肅來儀，玄鶴紛成列。去兹鄭衛聲，雅音方可悦。

其三

飛蓋去芳園，蘭橈遊翠渚。萍間日彩亂，荷處香風舉。桂楫滿中川，絃歌振長嶼。豈獨（今按，《全唐詩》作「必」）汾河曲，方爲歡宴所。

元日

高軒暖春色，邃閣媚朝光。彤庭飛彩旌（今按，《全唐詩》作「旆」），翠幌曜明璫。恭己臨四極，垂衣馭八荒。霜戟列丹陛，絲竹韻長廊。穆矣薰風茂，康哉帝道昌。繼文遵後軌，循古鑒前王。草秀故春色，梅艷昔年粧。巨川思欲濟，終以寄舟航。

重幸武功

代馬依朔吹，驚禽愁昔蘩。況兹承睿（今按，《全唐詩》作「眷」）德，懷舊感深衷。積善欣餘慶，暢武悦成（今按，《全唐詩》注云：一作「閲神」）功。垂衣天下治，端拱車書同。白水巡前跡，丹陵幸舊宫。列筵歡故老，高宴聚新豐。駐蹕撫田畯，迴輿訪牧童。瑞氣縈丹闕，祥煙散碧空。孤嶼含霜白，遥山帶日紅。於焉歡擊筑，聊以詠南風。

許敬宗

奉和元日應制

天正開初節，日觀上重輪。百靈滋景祚，萬土（今按，《全唐詩》作「玉」）慶惟新。待旦敷玄造，韜旒御紫宸。武帳臨光宅，文衛象鈎陳。廣廷揚九奏，大帛麗三辰。發生同化育，播物體陶鈞。霜空澄曉氣，霞景瑩（今按，《全唐詩》注云：一作「榮」）芳春。德輝覃率土，相賀奉還淳。

虞世南

從軍行

烽火發金微，連營出武威。孤城寒雲起，絶陣虜塵飛。俠客吸龍劍，惡少縵胡衣。朝摩骨都壘，夜解谷蠡圍。蕭關遠無極，蒲海廣難依。沙磴離旌斷，晴川候馬歸。交河梁已畢，燕山旆欲飛（今按，《全唐詩》作「欲揮」，注云：一作「正飛」）。方知萬里相，侯服有（今按，《全唐詩》作「見」）光輝。

魏徵

奉和正日臨朝

百靈侍軒后，萬國會塗山。豈如今睿哲，邁古獨光前。聲教溢四海，朝宗引百川。鏘洋鳴玉珮，灼爍耀金蟬。淑景輝雕輦，高旌揚翠煙。庭實超王會，廣樂盛鈞天。既欣東日户（今按，《全唐詩》注云：一作「既傾東户日」），復詠南風篇。願奉光華慶，從斯萬億（今按，《全唐詩》作「億萬」）年。

李百藥

登葉縣故城謁沈諸梁廟

總轡臨秋原，登城望寒日。煙霞共掩映，林野俱蕭瑟。楚塞鬱不窮，吴山高漸出。客行殊未已，沐澡期終吉。椒桂奠芳樽，風雲下虚室。館宇肅而静，神心康且逸。伊我非真龍，勿驚疲朽質。

于志寧

冬日宴羣公于宅（得杯字）（今按，「于」，屠隆本作「予」，《全唐詩》卷三三作「於」，因所宴之地爲于志寧宅，作「於」或「予」爲宜。「得杯字」，姚本、屠隆本、牛斗本、刻者不詳明本上有「賦」字，並刻作大字，《全唐詩》作「各賦一字得杯」）

陋巷朱軒擁，衡門緹綺（今按，姚本、屠隆本等及《文苑英華》卷二一四、《全唐詩》作「騎」）來。俱裁七步詠，同傾三雅杯。色動迎春柳，花發犯寒梅。賓筵未半醉，驪歌不用催。

令狐德棻

冬日宴羣公于宅（得趣字）

高門聊命賞，羣英於此遇。放曠山水情，留連文酒趣。夕煙起林藺，霜枝殞庭樹。落景雖已傾，歸軒幸能駐。

杜正倫

冬日宴羣公于宅（得節字）

李門余妄進，徐榻君恒設。清論暢玄言，雅琴飛白雪。寒雲曖落景，朔風妻（今按，據姚本、四庫本及《全唐詩》，當爲「淒」）暮節。方欣投轄情，且駐當歸别。

陳子良

夏晚尋于政世置酒賦韻

聊從嘉遁所，酌醴共抽簪。以兹山水地，留連風月心。長榆落照盡，高柳暮蟬吟。一反桃源路，别後難追尋。

任希古

和七月七日臨昆明池

秋風始摇落，秋水正澄鮮。飛眺牽牛渚，激賞鏤鯨川。岸珠淪曉魄，池灰斂曙煙。汎查分

瀉（今按，《全唐詩》作「寫」）漢，儀星別構天。雲光波處動，日影浪中懸。驚鴻結（今按，《全唐詩》作「絓」）蒲弋，遊鯉入罾筌。萍葉疑江上，菱花似鏡前。長林代輕幄，細草即芳筵。文華開翠潋，筆海控清漣。不挹蘭樽聖，空仰柱舟仙。

劉孝孫

早發成皐望河

清晨發巖邑，車馬走轘轅。迴瞰黄河上，惝怳屢飛魂。鴻流導（今按，《全唐詩》作「遵」）積石，驚浪下龍門。仙槎不辨處，沉璧想猶存。遠近洲渚出，颯沓鳧鴈喧。懷古空延佇，歎逝將何言。

王易從

臨高臺

漢主事祁連，良人在高闕。空臺寂已暮，愁坐變容髮。汎艷春幌風，徘徊秋户月。可憐軍書斷，空使流芳歇。

盧照鄰

赤谷安禪師塔

獨坐巖之曲，悠然無俗紛。酌酒呈丹桂，思詩贈白雲。煙霞朝晚聚，猿鳥歲時聞。水華競秋色，山翠含夕曛。高談十二部，細覈五千文。如如數冥昧，生生理氛氳。古人有糟粕，輪扁情未分。且當事芝木（今按，據姚本、四庫本及《全唐詩》，當爲「朮」），從吾所好云。

贈益府裴録事

忽忽歲云暮，相望限風煙。長歌欲對酒，危坐遂停絃。停絃變霜露，對酒懷朋故。朝看桂蟾晚，夜聞鴻鴈度。鴻度何時還，桂晚不同攀。浮雲映丹壑，明月滿青山。青山雲路深，丹壑月華臨。耿耿離憂積，空令星鬢侵。

贈益府羣官

一鳥自北燕，飛來向西蜀。單棲劍門上，獨舞岷山足。昂藏多古貌，哀怨有新曲。羣鳳從之遊，問之何所欲。答言寒鄉子，飄颻萬餘里。不息惡木枝，不飲盜泉水。常思稻粱遇，願棲梧桐樹。智者不我邀，愚夫余不顧。所以成獨坐（今按，《全唐詩》作「立」），耿耿歲云暮。

日夕苦風霜，思歸赴洛陽。羽翮毛衣短，關山道路長。明月流客思，白雲迷故鄉。誰能借風使（今按，據姚本、四庫本、《文苑英華》卷二四九及《全唐詩》，當爲「便」），一舉凌蒼蒼。

劉庭芝

巫山懷古

巫山幽陰地，神女艷陽年。襄王伺容色，落日望悠然。歸來高堂夜，金釭焰青煙。頹想卧瑶席，夢魂何翩翩。摇落殊未已，榮華倏徂遷。愁思瀟湘浦，悲凉雲夢田。猿啼秋風夜，鴈飛明月天。巳（今按，據屠隆本、《文苑英華》卷三〇八、《全唐詩》，當爲「巴」）歌不可聽，聽此益潺湲。

沈佺期

辛丑歲十月上幸長安時扈從出西嶽作

西鎮何穹崇，壯哉信靈造。諸嶺皆峻秀，中峰特美好。傍見巨掌存，勢如拓（今按，屠隆本、四庫本、《全唐詩》作「石」）東倒。頗聞首陽去，開拆（今按，《全唐詩》作「坼」）此河道。磅礴壓洪源，巍峨壯清昊。雲泉紛亂瀑，天磴屹（今按，姚本、四庫本、《全唐詩》作「屹」，《文苑英華》卷一五九作「矻」）宏

（今按，四庫本、《文苑英華》、《全唐詩》作「横」）抱。子先呼其巔，宫女世不老。下有府君廟，歷載傳灑掃。星（今按，《文苑英華》、《全唐詩》作「皇」）明應天遊，十月戒豐鎬。微末忝閑從，兼得事蘋藻。宿心愛此（今按，四庫本、《文苑英華》、《全唐詩》作「兹」）山，意欲拾靈草。陰壑已冰閉（今按，《文苑英華》作「承閉」，四庫本、《全唐詩》作「永閟」），雲竇絶探討。芳月期來過，迴策思方浩。

同工部李侍郎送司馬白雲歸天台（今按，《全唐詩》作《同工部李侍郎適訪司馬子微》）

紫微降天仙，丹地投雲藻。上言華頂事，中問長生道。華頂居最高，大壑朝陽早。長生術何妙，童顔後天老。清晨朝鳳京，夜静（今按，《全唐詩》作「静夜」）思鴻寶。憑崖飲蕙氣，過澗摘靈草。人非家已荒，海變田應燥。昔常遊北（今按，《全唐詩》作「此」）郡，三霜弄溟島。緒言霞上開，機事塵外掃。頃來拋（今按，屠隆本、《全唐詩》作「迫」）世務，清曠未云保。崎嶇待漏恩，怵惕司言造。軒皇重齋拜，漢武愛祈禱。順風懷崆峒，承露在豐鎬。泠然委輕馭，復得快（今按，《全唐詩》作「散」）幽抱。闕（今按，《全唐詩》作「柱」）下留伯陽，儲閒（今按，四庫本、《全唐詩》作「闈」）登四皓。昔有參同訣（今按，《全唐詩》作「契」），何時一探討。

宋之問

洞庭湖

地盡天水合，朝及洞庭湖。初日當中涌，莫辨東西隅。晶耀目何在，瀅熒心欲無。靈光晏海若，游氣耿天吴。張樂軒皇至，征苗夏禹徂。楚臣悲落葉，堯女泣蒼梧。野積九江潤，山通五嶽圖。風恬魚自躍，雲夕鴈相呼。獨此臨汎漾，浩將人代殊。永言洗氛濁，卒歲爲清娱。要使功成退，徒勞越大夫。

景龍四年春祠海

肅事祠春溟，宵齋洗蒙慮。雞鳴見日出，鷺下觀濤驚。地闊八荒近，天迴百川澍。筵端接空曲，日外唯雰霧。暖氣物象來，周遊晦明互。致腥匪玄亨（今按，「腥」，屠隆本、《文苑英華》卷一六二、《全唐詩》作「牲」；「亨」，據屠隆本、四庫本、《文苑英華》、《全唐詩》，當爲「享」），禋滌期靈煦。的的波際禽，沄沄島間樹。安期今何在，方丈蔑尋路。仙事與世隔，冥搜徒已屢。四明北（今按，四庫本、《文苑英華》、《全唐詩》作「背」）羣山，遺老莫辨處。撫中良自慨，弱齡忝恩遇。三入文史林，兩拜神仙署。雖歎出關遠，始知臨海趣。賞來空自多，理勝孰能喻。留楫竟何待，徙倚忽

云暮。

陳子昂

贈趙貞固二首

回中烽火入，塞上追兵起。此時邊朔寒，登隴思君子。東顧望漢京，南山雲霧裏。

其二

赤螭媚其綵，婉孌蒼梧泉。昔者琅琊子，躬耕亦愷（今按，《全唐詩》作「慨」）然。美人豈遐曠，之子乃前賢。良辰在何許，白日屢頹遷。道心固微密，神用無留連。舒可瀰（今按，屠隆本、《全唐詩》作「彌」）宇宙，攬之不盈拳。蓬茅（今按，《全唐詩》作「萊」，注云：一作「茅」，又作「蒿」）久蕪没，金石徒精堅。良寶委短褐，閑琴獨嬋娟。

喬知之

擬古贈陳子昂

惸惸孤形影，悄悄獨遊心。以此從王事，常與子同衾。别離三河間，征戰二庭深。胡天夜

南雨霜，胡鴈晨南翔。節物感離别（今按，《全唐詩》作「居」），同衾還（今按，《全唐詩》作「違」）故鄉。歸日將遠，北方尚蓬飄。孟秋七月時，相送出外郊。海風吹涼木，邊聲暗稍稍（今按，姚本、屠隆本、牛斗本、刻者不詳明本、《全唐詩》作「梢梢」）。勤役千萬里，將臨五十年。心事爲誰道，抽琴歌坐筵。一彈再三歎，賓御涕潺湲。送君竟此曲，從兹長絶絃。

李　嶠

奉教追赴九成宫途中口號

委質承仙翰，祇命端（今按，四庫本、《文苑英華》卷一七九、《全唐詩》作「遥」）策。事偶從梁遊，人非背淮客。長驅歷川阜，迴眺窮原澤。鬱鬱桑柘繁，油油禾黍積。雨餘林氣静，日下山光夕。未攀蘽桂巖，猶倦飄蓬陌。行當奉麾蓋，慰此勞行役。

李義府

招諭有懷贈同行人（今按，此詩見《全唐詩》卷三五李義府詩中，又見卷九二李乂詩中）

遠遊冒艱阻，深入勞存諭。春去辭國門，秋還在邊戍。軒車行未返，節序催難駐。陌上悲

轉蓬，園中想芳樹。蜀山自紛糾，岷水恒奔注。臨汎多苦懷，登攀寡歡趣。永夕飛淫雨，崇朝蒸毒霧。不求綏嶺桃，寧美卭鄉蒟。白狼（今按，《文苑英華》卷二四九、《全唐詩》卷九二李乂詩中作「浪」）行欲静，驄馬何常驅（《唐韻》：區遇切。刻集者未知此音，或改爲「駐」，而不知前已押「催難駐」，誤矣。）。願接軺旆塵，聯翩東北騖。

徐彦伯

贈劉舍人古意

女牀閟（今按，《文苑英華》卷二四九「閟」作「聞」）靈鳥，文章世所稀。巢君碧梧樹，舞君青瑣闈。或言鳳池樂，撫翼更西飛。鳳池環禁林，仙閣藹沉沉。璇題激流日，珠網（今按，《全唐詩》作「綴」）綿清陰。郁穆帝（今按，《全唐詩》作「絲」）言重，熒煌台座深。風張丹戺翮，月弄紫庭音。衆綵結不散，孤英跂（今按，據屠隆本、四庫本、《文苑英華》卷二四九、《唐詩紀事》卷九、《全唐詩》，當爲「跂」）莫尋。浩歌向蘭渚，婉孌故儔心。（今按，《全唐詩》作「浩歌在西省，經傳恣潛心」）

張說

夕宴房主簿舍

歲晏關雍空，風急河渭冰。薄遊羈物役，微尚愜遠憑。旅館月宿永，閉扃雲思興。伊人美脩夜，朋酒惠來稱。交談既清雅，琴吹亦淒凝。不逢君騫（今按，屠隆本、《全唐詩》卷八六作「蹇」）涸，幽意長鬱蒸。

奉酬韋祭酒自湯還都經龍門北溪莊見貽之作

聞君湯井至，瀟灑戲（今按，《全唐詩》作「憩」）郊林。拂曙攜清賞，披雲親（今按，《全唐詩》作「覯」）緑岑。歡然遊覽意，款曲望歸心。是日期佳客，同山忽異尋。桃花遷（今按，《全唐詩》作「迁」，注云：一作「緣」）路轉，楊柳間門深。汎舟伊水漲，繫馬香樹陰。繁絃弄水族，嬌吹狎沙禽。春滿汀色媚，景斜嵐氣深（今按，《全唐詩》作「侵」）。懷仁殊未遠，重德匪輕（今按，《全唐詩》作「專」）臨。來藻敷幽思，連詞報所欽。

登九思臺（是楚樊姬墓。）

楚國所以霸，樊姬有力焉。不懷沈尹禄，誰進（今按，《全唐詩》作「諳」）叔敖賢。萬化茫無在，孤

墳獨巋然。北分陽臺陌，南識郢城阡。漠漠渚宫樹，蒼蒼雲夢田。登高形勝出，訪古令名傳。自我來符守，因君樹蕙荃。詩書將變俗，絺纊忽彌年。志闌（今按，《全唐詩》作「闌」）三折後，愁值二毛前。佇立帝京路，摇（今按，《全唐詩》作「遥」）心寄此篇。

贈崔公

我聞西漢日，四老南山幽。長歌紫芝秀，高卧白雲浮。朝市（今按，《全唐詩》作「野」）光塵絶，榛蕪年貌秋。一朝驅駟馬，連袂（今按，《全唐詩》作「轡」）入龍樓。昔遁高皇去，今從太子遊。行藏唯聖節，禍福在人謀。卒能匡惠帝，豈不賴留侯。事隨年代遠，名與圖籍留。平生欽厚（今按，《全唐詩》作「淳」）德，慷慨景前脩。蚌蛤想（今按，《全唐詩》作「伺」）陰兔，蛟龍望斗牛。無嗟異飛伏，同氣幸相求。

蘇　頲

和杜主簿春日有所思

朝上高樓上，俯見洛陽陌。摇蕩吹花風，落英紛已積。美人不共此，芳好空所惜。攬鏡塵網滋，當牕苔蘚碧。緬懷在雲漢，良願睽枕席。翻似無見時，如何久爲客。

奉和聖製過晉陽宅應制（今按，據《全唐詩》，「宅」當爲「宫」）

隋運與天絶，生靈厭氛昏。聖期在寧亂，士馬興太原。立極萬邦推，登庸四海尊。慶膺神武帝，業付皇曾孫。緬慕封唐道，追惟歸沛魂。詔書感先義，典禮巡舊藩。高殿綵雲合，春旗祥風翻。率西昃汾水，奔北空塞垣。款曲童兒佐，依遲故老言。里頒慈惠賞，家受復除恩。下輦崇三教（又作「觀」。），建碑當九門。孝思敦至美，億載奉開元。

源乾曜

奉和聖製送張尚書巡邊

匈奴邇河朔，漢地須戎旅。天子擇英才，朝端出監撫。流星下閶闔，寶鉞專公輔。禮物生光輝，宸章備恩詡。有征視矛戟，制勝唯樽俎。彼美何壯哉，桓桓擅斯舉。聲華振臺閣，功德標文武。奉國知命輕，忘家以身許。安人在勤恤，保大殫襟腑。此外無異言，同情報明主。

徐仁友

古意贈孫翌（今按，「孫翌」，《文苑英華》卷二五〇同此，《全唐詩》卷一一三作「孫翊」，《唐詩紀事》卷二二有「孫翊」條）

南望緱氏嶺，山居共澗陰。東西十數里，緬邈方寸心。雲日落廣厦，鶯花對孤琴。琴中多苦調，悽切誰復尋。

王　翰

贈唐祖二子

鴻飛遵枉渚，鹿鳴思故羣。物情尚勞愛，況乃予別君。別時花始發，別後蘭再熏。瑶觴滋白露，寶瑟凝涼氛。徘徊北林月，悵望南山雲。雲月渺千里，音徽（今按，屠隆本、《文苑英華》卷二五〇、《全唐詩》作「徽」）不可聞。

李林甫

秋夜望月憶韓席諸侍郎因以投贈（今按，《全唐詩》「諸」前有「等」字）

秋天碧雲夜，明月懸東方。皓皓庭際色，稍稍林下光。桂華澄遠近，壁影散池塘。鴻鴈飛難度，關山曲易長。揆予秉孤直，虛薄忝文昌。握鏡慙先照，持衡愧後行。多才衆君子，載筆久詞場。作賦推潘岳，題詩許謝康。常（今按，《全唐詩》作「當」）時陪宴語，今夕恨相望。願欲接高論，清晨朝建章。

權　澈（今按，《全唐詩》卷七七七作「徹」）

題沈黎城

蘇子卧北海，馬翁渡南洲（今按，《文苑英華》卷三〇九作「州」）。跡恨事乃立，功達名遂休。夜聞羽書至，召募此邊州。鐵騎耀楚甲，玉匣横吴鉤。雪厚羣山凍，蓬飛荒塞秋。久戍曷辭苦，數戰期封侯。不學豎儒輩，一（今按，《全唐詩》作「談」）經垂白頭。

張九齡

折楊柳

纖纖折楊柳，持取（今按，《全唐詩》作「此」）寄情人。一枝何足貴，憐是故園春。遲景那能久，流芳不及新。更愁征戍客，容鬢老邊塵。

登城樓望西山作

城樓枕南浦，日夕顧西山。宛宛鸞鶴處，高高煙霧間。仙井今猶在，洪崖久不還。金編莫我授，羽駕亦誰攀。簷際千峯出，雲中一鳥閑。縱觀窮水國，遊思遍人寰。勿復塵埃事，歸來且閉關。

秋晚登樓望南江入始興郡路

潦收沙衍出，霜降天宇晶。伏檻一長眺，津途多遠情。思來江山外，望盡雲煙（今按，《文苑英華》卷三一二、《全唐詩》卷四七作「煙雲」）生。滔滔不自辨，役役且何成。我來颯衰鬢，孰云飄華纓。櫪馬苦踡跼，籠禽念遐征。歲陰況婉娩（今按，屠隆本作「況晼晚」，《全唐詩》作「向晼晚」，《文苑英華》卷三一二作「生晼晚」），日夕空弄（今按，姚本、屠隆本、牛斗本、刻者不詳明本、四庫本、《文苑英華》、《全唐詩》

皆作「屏」）營。物生貴得性，身累由近名。内顧覺今是，追歡何時平。

嘗與大理丞袁公府丞田公偶詣一所林沼尤勝因並坐其次相得甚歡遂賦詩焉以詠其事（今按，《全唐詩》「府」前有「太」字）

方駕與吾友，同懷不異尋。偶逢池竹處，便會江湖心。夏近林方密，春餘水更深。清華兩輝映，閑步一窺臨。蘋藻復嘉（今按，《全唐詩》作「佳」）色，鳧鷖亦好音。韶芳媚洲渚，蕙氣襲衣襟。蕭散皆爲樂，徘徊從所欽。謂予成夙志，歲晚共抽簪。

冬中至玉泉山寺屬窮陰冰閉崖谷無色及仲春行縣復往焉故有此作

靈境信幽絶，芳時春（今按，《全唐詩》作「重」）暄妍。再來及兹勝，一遇非無緣。萬木柔可結，千花敷欲然。松間鳴好鳥，竹下流清泉。石壁開精舍，金光照法筵。真空本自寂，假有聊相宣。從此灰心者，仍追巢頂禪。簡書雖有畏，身世亦俱（今按，《全唐詩》作「相」）捐。

登郡城南樓作

閉閤幸無事，登樓聊永日。雲霞千里開，洲渚萬形出。澹澹澄江漫，飛飛度鳥疾。邑人半艫艦，津樹多楓橘。感別時已屢，憑眺情非一。遠懷不我同，孤興與誰悉。平生本單緒，解后（今按，屠隆本、《全唐詩》作「邂逅」，義同）承復（今按，據屠隆本、《文苑英華》卷三一二、《全唐詩》卷四七，當爲

秩。謬忝爲邦寄，多慚理人術。駑鈍（今按，《文苑英華》卷三一二、《全唐詩》作「鉛」，《曲江集》作「優」）雖自勉，倉廩素非實。陳力倘無效，謝病從芝术。

題畫山水障

心累猶不盡，果爲物外牽。偶因耳目好，復假丹青妍。嘗抱野間意，而迫區中緑（今按，據姚本、四庫本及《全唐詩》，當爲「緣」）。塵事固已矣，秉意終不遷。良工適我願，妙墨揮巖泉。變化合羣有，高深侔自然。置陳北堂上，倣像南山前。静無户庭出，行已兹地偏。萱草憂可樹，合歡忿亦蠲。所因本微物，況乃憑幽筌。言象會自泯，意色聊相（今按，《全唐詩》作「自」）宣。對翫有佳趣，使我心眇（今按，《全唐詩》作「渺」）綿。

已上係初唐之詩。

蔡希寂

登福先寺上方然公禪室

名都標佛刹，萬（今按，《全唐詩》作「梵」）構臨河干。舉目上方峻，森森青翠攢。步登諸劫盡，忽

造浮雲端。當暑扁闥邃（今按，《文苑英華》卷二三四、《全唐詩》作「敞扃闥」，《文苑英華》注云：一作「扃闥邃」「扁」當爲「扃」之訛），却嫌絺綌寒。禪房最高頂，静者殊閑安。疏雨向空城，數峰簾外盤。午鐘振衣坐，招我同一餐。真味雜飴露，衆香唯苡（今按，姚本、屠隆本、《全唐詩》作「茝」，牛斗本、刻者不詳明本作「苢」；「苢」乃「苡」之異體字，「苢」當爲「茝」之訛，後又改作「苡」）蘭。晚來恣偃俛，茶果仍留歡。

蔡文恭

奉和夏日遊山應制

首夏林壑清，薄暮煙霞上。連巖聳百仞，絶澗（今按，《全唐詩》作「壑」）臨千丈。照灼晚花鮮，潺湲夕流響。悠然動睿思，息駕尋真賞。揆彼渦川作，懷兹洛濱想。竊吹等齊竽，何用承恩獎。

宋務光

海上作

曠哉朝夕（今按，屠隆本、《全唐詩》作「潮汐」）池，大矣乾坤力。浩浩去無際，沄沄深不測。崩騰歘

（今按，《全唐詩》作「翕」）衆流，泱漭環中國。鱗介錯殊品，氛霞饒詭色。天波混莫分，島樹遥相（今按，《全唐詩》作「難」）識。漢主探靈怪，秦皇（今按，《全唐詩》作「王」）恣遊陟。搜奇大壑東，竦望成山北。方術徒相誤，蓬萊安可得。吾君略仙道，至化孚淳默。驚浪按（今按，《文苑英華》卷一六二、《全唐詩》作「晏」）窮溟，飛航通絶域。馬韓底厥貢，龍伯脩其職。粤我遘休明，匪躬期正直。敢輸鷹隼鷙（今按，《文苑英華》作「摯」，「鷙」與「摯」通，《全唐詩》作「執」），以間豺狼忒。海路行已殫，輶軒未遑息。勞君（今按，《全唐詩》作「歌」）玄月暮，旅涕滄浪極。魏闕渺雲端，馳心負（今按，《全唐詩》作「附」）歸翼。

張光朝

荻塘西莊贈房元垂

門在荻塘西，塘高何聯聯。往昔分地利，遠近無閑田。水國信汙下，霖霪即成川。苗稼盡湮没，兹鄉獨豐年。家肥侍親懿，人樂思管絃。日晏始能起，盥漱看廚煙。醖酒寒正熟，養魚長食鮮。黄昏鐘未鳴，偃息早已眠。何意久城市，寂寥丘中緣。俛仰在顔色，區區人事間。憶昔炎漢時，乃知綺季賢。静默不能仕，養老終南山。

包融

答國子張主簿

湖岸纜初解，鶯啼別離處。遥見舟中人，時時一迴顧。坐悲芳歲晚，花落青軒樹。春夢隨我心，摇（今按，《全唐詩》作「悠」）揚逐君去。

酬忠公林亭

江外有真隱，寂居歲已侵。結廬近西術，種樹久成陰。人跡乍及户，車聲遥隔林。自言解塵事，咫尺能韜沉（今按，《全唐詩》作「韜塵」）。爲道豈廬霍，會静由吾心。方秋院木落，仰望日蕭森。持我興來趣，採菊行相尋。塵念到門盡，遠情對君深。一談入理窟，再索破幽襟。安得山中信，致書移尚禽。（後漢《逸民傳》：尚長，字子平，與北海禽慶，字子夏，二人相善。）

陶翰

秋山夕興

山月松篠下，月明山景鮮。聊爲高秋酌，復此清夜絃。晤語方獲志，棲心亦彌年。尚言興

未逸，更理逍遥篇。

劉眘虚

越中問海客

風雨滄洲暮，一帆今始歸。自云發南海，萬里速如飛。初謂落何處，永將無所依。冥茫漸西見，山色越中微。誰念去時遠，人經此路稀。泊舟悲且泣，使我亦沾衣。浮海焉用説，憶鄉難久違。縱爲魯連子，山路有柴扉。

儲光羲

題辨覺精舍

朝隨秋雲陰，乃至青松林。花閣空中遠，方池巖下深。竹風亂天語，溪響成龍吟。試問真君子，遊山非世心。

題慎言法師故房

精廬不住子，自有無生鄉。過客知何道，徘徊鴈子堂。浮雲歸故嶺，落月還西方。日夕虚

空裏，時時聞異香。

石甕寺

遥山起真宇，西向盡花林。下見宫殿小，上看廊廡深。苑花落池水，天語聞松音。真（今按，四庫本、《全唐詩》作「君」）子又知我，焚香期化心。

題崔山人别業

南陽隱居者，築室丹溪源。溪冷懼秋晏，室寒欣景暾。山雞鳴菌閣，水霧入衡門。東嶺或舒嘯，北牕時討論。封君渭川（今按，《全唐詩》作「陽」）竹，逸士漢陽（今按，《全唐詩》作「陰」）園。何必空同（今按，《全唐詩》作「崆峒」）上，獨爲堯所尊。

行次田家澳梁作（今按，「澳」，《文苑英華》卷二九二作「溴」）

田家俯長道，邀我避炎氛。當暑日方晝，高天無片雲。桑間禾黍氣，柳下牛羊羣。野雀棲空屋，晨風（今按，《全唐詩》作「昏」）不復聞。前登溴（今按，《文苑英華》同此，姚本、刻者不詳明本、《全唐詩》作「澳」）梁坂，極望温泉分。逆旅方三舍，西山猶未曛。

昭聖觀

主家隱溪口，微路入花源。數日朝青閣，彩雲猶在門。雙樓夾一殿，玉女侍玄元。扶檫盡蟠木，步櫚多畫幡。新松引天闕（今按，《全唐詩》作「籟」），小柏繞山樊。坐弄竹陰遠，行隨溪水喧。石池辨春色，林獸知人言。未逐鳳凰去，真宫在此原。

題辛道士房

全神不言命，所尚道家流。迨此遠商（今按，《全唐詩》作「南」，「商」當爲「南」之訛）楚，遂令思北遊。先生秀衡嶽，玉立居玄丘。門帶江山静，房隨瑶草幽。逍遥三花發，罔象五雲浮。自有太清絶（今按，《全唐詩》作「紀」），曾垂草（今按，《全唐詩》作「華」）髮憂。大年方稾籥，小智即蜉蝣。七日赤龍至，莫令余獨留。

登秦嶺作時陷（今按，據姚本、《全唐詩》，「陷」後脱「賊歸國」三字）

朝出猛獸林，躨跜登高峰。僮僕履雲霧，隨我行太空。羲和舒靈暉，倏忽西極通。迴首望涇渭，隱隱如長虹。九逵合蒼蕪，五陵遥曈曚。鹿遊大明殿，露濕華清宫。網羅蟣蠓時，顧齒熊羆鋒。失途走江漢，不能有其功。氣逐招摇星，魂隨閶闔風。唯言宇宙清，復使車書同。秋（今按，《全唐詩》作「林」）木被繁霜，合沓連山紅。鷴（今按，《全唐詩》作「鵬」）鶚勵羽翼，俯

視荆棘叢。誓將食鶬鶊，然後歸崆峒。

李　頎

古塞下曲

行人朝走馬，直指薊城旁。薊城通漢（今按，《全唐詩》作「漠」）北，萬里别吾鄉。海上千烽火，沙中百戰場。軍書發上郡，春色渡河陽。裊裊漢宫柳，青青胡地桑。琵琶出塞曲，横笛斷君腸。

贈别穆元林

貳職久辭滿，藏名三十年。丹墀策頻獻，白首官不遷。明主日徵士，吏曹何忽賢。空懷濟世業，欲棹滄浪船。舉酒洛門外，送君春海邊。彼鄉有令弟，小邑試烹鮮。轉浦雲壑媚，涉江花鳥（今按，《文苑英華》卷二七〇、《全唐詩》作「島」，「鳥」當爲「島」之訛）連。緑芳暗楚水，白鳥飛吴煙。贈贐亦奚貴，亂流期復（今按，《全唐詩》作「早」）旋。金閨會通籍，生事豈徒然。

送綦毋三謁房給事

夫子大名下，家無鍾石儲。惜哉湖海上，曾校蓬萊書。外物非本意，此生空淡如。所思但

乘輿，遠適維（今按，《全唐詩》卷一三二作「唯」）單車。高道時坎坷，故交願吹噓。徒言青瑣闥，不愛承明廬。百里人户滿，片言諍訟疏。手持蓮花經，目送飛鳥餘。晚景南路別，炎雲中伏初。此行儻不遂，歸食蘆洲魚。

常　建

太公哀晚遇

日出渭流白，文王畋獵時。釣翁在蘆葦，川澤無熊羆。詔書起遺賢，匹馬令致辭。因稱江海人，臣老筋力衰。遲遲詣天車，快快（今按，《全唐詩》作「怏怏」）悟靈龜。兵馬更不獵，君臣皆共怡。同車至咸陽，心影無磷緇。四牡玉墀下，一言爲帝師。王侯擁朱門，軒蓋耀長逵。古來榮華人，遭遇誰如之。落日懸桑榆，光景有頓虧。倏悲（今按，《全唐詩》作「忽」）天地人，雖貴將何爲。

空靈山應田叟

湖南無村落，山舍多黄茆。淳樸如太古，其人居鳥巢。牧童唱巴歌，野老亦獻嘲。泊舟問溪口，言語皆啞咬。士（今按，據屠隆本、《全唐詩》，當爲「土」）俗不尚農，豈暇論肥墝。莫徭射禽

獸，浮客烹魚鮫。余亦興（今按，屠隆本、四庫本、《全唐詩》作「罘」）罝人，獲麋今尚苞。敬君中國來，願以充其庖。日入聞虎鬭，空山滿哮哮（今按，屠隆本、刻者不詳明本、《全唐詩》作「咆哮」）。懷人雖共安，異域終難交。白水可洗心，采薇可爲殽（今按，《全唐詩》作「肴」，字通）。曳策背落日，江風鳴稍稍（今按，《全唐詩》作「梢梢」）。

贈三侍御（今按，「三」，《全唐詩》同此，姚本、屠隆本、牛斗本、刻者不詳明本作「二」，四庫本題作《贈王侍郎》）

高山臨大澤，正月蘆花乾。陽色熏兩崖，不改青松寒。士賢守孤貞，古來皆共難。明君惜其（今按，《全唐詩》作「錯甚」）才，臺上飛二（今按，姚本、屠隆本、牛斗本、刻者不詳明本、《全唐詩》作「三」）鸞。操與霜雪明，量與江海寬。束身視天涯，安能共（今按，《全唐詩》作「窮」）波瀾。孤鶴在枳棘，一枝非所安。逸翮望絕霄，見欲凌雲端。層臺何其高，山石流洪湍。固知非天池，鳴躍同所歡。誰念獨枯槁，四十長江干。貴（今按，據姚本、屠隆本、牛斗本、刻者不詳明本、《全唐詩》，當爲「責」）躬貴知己，效拙從一官。折翮悲高風，苦飢候朝湌。湖月映大海，天空何漫漫。托身未知所，謀道庶不刊。吟彼喬木詩，一夕常三歎。

吴　筠

步虚詞三首

禀化凝正氣，鍊形爲真仙。忘心符元宗，返本叶自然。帝乙（今按，《全唐詩》作「一」）集絳宫，流光出丹玄。元英與桃君，朗詠長生篇。六符（今按，牛斗本同此，四庫本、《全唐詩》作「府」，姚本、屠隆本、刻者不詳明本作「符」）焕明霞，百闕（今按，《全唐詩》作「關」）羅紫煙。飈車涉寥廓，靡靡乘景遷。不覺雲路遠，斯須遊萬天。

其二

灼灼青華林，靈風振瓊柯。三光無冬春，一氣清且和。迴首邇結靈，傾眸親曜羅。豁落制六天，流鈴威百魔。緜緜慶不極，誰謂椿齡多。

其三

爰從太微上，四（今按，《全唐詩》作「肆」）覲虚皇尊。騰我八景輿，威遅入天門。既登玉晨（今按，《全唐詩》作「宸」）庭，肅肅仰紫軒。敢問龍漢末，如何闢乾坤。怡然輟雲璈，告我希夷言。幸聞至精理，方見造化源。

同劉主簿承介建昌江汎舟作

吾友從吏隱，和光心杳然。鳴琴正多暇，嘯侶浮清川。風霽遠登（今按，《全唐詩》卷八五三作「澄」）映，昭昭涵洞天。坐驚衆峰轉，乃覺孤舟遷。崖嶼非一狀，差池過目前。徘徊白日暮，月色江中鮮。真興殊未已，滔滔且泝沿。時歌滄浪曲，或誦逍遥篇。酣暢迷夜久，遲遲方告旋。此時無相與，其旨在忘筌。

緱山廟

朝吾自嵩山，驅駕遵洛汭。逶遲轘轅側，仰望緱山際。王子謝時人，笙歌此賓帝。仙材夙所稟，寶位焉足繫。爲迫丹霄期，闕流蒼生惠。高蹤邈千載，遺廟今一詣。肅肅生風雲，森森列松桂。大君弘至道，層構何壯麗。稽首環金壇，焚香陟瑶砌。伊予超浮俗，塵慮久已閉。況復清肅（今按，《全唐詩》作「夙」）心，蕭然叶真契。

孟雲卿

悲哉行

孤兒去慈親，遠客喪主人。莫吟苦辛曲，此曲誰忍聞。可聞不可説，去去無期别。行人念

前程，不待參辰没。朝亦恒（今按，《全唐詩》作「常」）苦饑，暮亦恒（今按，《全唐詩》作「常」）苦饑。飄飄萬餘里，貧賤多是非。少年莫遠遊，遠遊多不歸。

行行且遊獵篇

少年多武力，勇氣冠幽州。何以縱心賞，馬蹄春草頭。遲遲平原上，狐兔奔林丘。猛火（今按，《全唐詩》作「虎」）忽前逝，俊鷹連下韝。俯身逐南北，輕捷固難儔。所發無不中，失之如我讐。豈唯務馳騁，猗爾暴田疇。殘殺非不痛，古來良有由。

古挽歌

草草閭巷喧，塗車儼成佐（今按，姚本、屠隆本、牛斗本、刻者不詳明本、四庫本、《全唐詩》皆作「位」）。冥冥何所須，盡我生人意。北邙路非遠，此别終天地。臨穴頻撫棺，至哀反無淚。爾形未衰老，爾息纔童稚。骨肉安可離，皇天若（今按，《全唐詩》注云：一作「苦」）容易。房帷即靈帳，庭宇爲哀次。薤露歌若斯，人生盡如寄。

田園觀雨兼晴後作

貧賤少情欲，借荒種南陂。我非老農圃，安得良土宜。秋成不廉儉，歲餘多餒饑。顧視食

廩間，有糧不成炊。晨登南園上，暮歇清蟬悲。早苗既芃芃，晚田尚離離。五行孰堪廢，萬物當及時。賢哉數夫子，開翅（今按，《全唐詩》作「翅」，字通）慎勿遲。

丁仙芝

和薦福寺英公新構禪室

上人久棄世，中道自忘筌。寂照出羣有，了心清衆緣。所以於此地，築館開青蓮。果藥羅砌下，煙虹垂户前。呪中灑甘露，指處流香泉。神遠日（今按，《全唐詩》作「目」）無事，體清宵不眠。枳聞廬山法，松入漢陽禪。一枕四（今按，《文苑英華》卷二三四同此，屠隆本、牛斗本、《全唐詩》作「西」）山外，虛舟常浩然。

劉　復

送王倫（今按，「王」，《全唐詩》注云：一作「汪」）

春江日未曛，楚客酣送君。翩翩孤黄鶴，萬里滄洲雲。四方各有志，豈得常顧羣。山連巴

湘遠，水與荆吴分。清光日脩阻，尺素安可論。相思寄夢寐，瑶草空氛氲。

已上係盛唐之詩。

唐詩拾遺目録

第二卷　五言古詩（下）

唐詩拾遺卷之二

五言古詩（下）

劉長卿

寄李侍御

舊國人未歸，芳洲草還碧。年年湖上春，悵望江南客。驄馬西入關，白雲獨何適。相思煙水外，惟有心不隔。

横龍渡

空傳古岸下，曾見蛟龍去。秋水晚沉沉，猶疑在深處。亂聲沙上石，倒影雲中樹。獨見一扁舟，樵人往來渡。

送裴四判官赴河西軍試

吏道豈易愜，如君誰與儔。逢時將騁驥，臨事無全牛。鮑叔幸相知，田蘇頗同遊。英姿挺孤秀，清論含九流（今按，《全唐詩》作「古流」，注云：一作「風流」，又作「九流」）。出塞佐持簡，辭家擁鳴騶。憲臺貴公舉，幕府資良籌。武士佇明試，皇華難久留。陽關望天盡，洮水令人愁。萬里看一鳥，曠然煙霞收。晚花對古戍，春雪寒（今按，《全唐詩》作「含」）邊州。道路雖暫隔，音塵仍（今按，《全唐詩》作「那」）可求。他時相望處，明月西南樓。

奉使新安自桐廬縣嚴陵釣臺宿七里灘下寄使院諸公

悠然釣臺下，懷古時一望。江水自潺湲，行人獨惆悵。新安從此始，桂楫方蕩漾。迴轉百里間，青山千萬狀。連崖去不斷，對嶺遥相向。夾岸黛色秋（今按，《全唐詩》作「愁」），沉沉緑波上。夕陽留古木，水鳥拂寒浪。月下扣舷聲，煙中採菱唱。猶憐負羈束，未暇依清曠。牽役徒自勞，近名非所向（今按，《文苑英華》卷二九六作「尚」）。何時故山裏，卻醉松花釀。迴首唯白雲，孤舟復誰訪。

早春贈别趙居士還江左時長卿下第歸嵩陽舊居

見君風塵裏，意出風庭（今按，據屠隆本、姚本及《全唐詩》，當爲「塵」）外。自有滄洲期，含情十餘載。

深居鳳城北（今按，《全唐詩》作「曲」），日預龍華會。果得僧家緣，能遺俗人態。一身今已適，萬物如何愛。悟法電已空，看心水無礙。且將窮妙理，兼欲尋勝概。何獨謝客遊，當爲遠公輩。放舟馳楚郭，負杖辭秦塞。目送南飛雲，令人想吴會。遥思舊遊處，髣髴疑相對。夜火金陵城，春煙石頭瀨。滄波極天木，萬里明如帶。一片孤客帆，飄然向青靄。楚天含（今按，《全唐詩》作「合」）江氣，雲色常靉靆。隱見湖中山，相連數州内。君行意可得，全與時人背。歸路隨楓林，還鄉念蓴菜。顧予尚羈束，何幸承眄睞。素願徒自勤，清機本難逮。累年（今按，《全唐詩》作「幸」）忝賓薦，末路逢沙汰。濩落名不成，徘徊意空大。逢時難（今按，《全唐詩》作「雖」）貴達，守道甘易退。逆旅鄉夢頻，春風客心碎。別君日已遠，離念無明晦。子（今按，姚本、屠隆本、牛斗本、刻者不詳明本、《全唐詩》作「予」）亦返紫（今按，姚本、四庫本、《全唐詩》作「柴」）荆，山田事耕耒。

錢　起

雨中望海上懷鬱林觀中道侶

山觀海頭雨，懸森（今按，四庫本、《全唐詩》，作「沫」）動煙樹。只疑蒼茫裏，鬱鳥（今按，《全唐詩》作

「島」）欲飛去。大塊怒天吴，驚潮蕩雲路。羣真儼盈想，一葦不可渡。惆悵赤城期，願假輕鴻馭。

廣德初鑾駕出關後登高愁望

長安不可望，望處邊愁起。輂轂混戎夷，山河空表裏。黄雲壓城闕，斜照移烽壘。漢幟遠成霞，胡馬來如蟻。不知涿鹿戰，早晚蚩尤死。渴日候河清，沉憂催暮齒。

海畔秋思

匡濟難道合，去留隨興牽。偶爲謝客事，不願平子田。魏闕蕒翹楚，此身長棄捐。箕裘空在念，拙訥（今按，《全唐詩》作「咄咄」）誰推賢。無用即明代，養痾仍壯年。日夕望佳期，帝鄉路幾千。秋風晨夜起，零落愁芳荃。

過沈氏山居

雞鳴孤煙起，静者能卜築。喬木出雲心，閑門掩山腹。貧交喜相見，把臂歡不足。空林留宴言，永日清耳目。泉聲泠樽俎，荷氣香童僕。往往仙犬鳴，樵人度深竹。酒酣出谷口，世網何羈束。始願今不從，區區折腰禄。

羅章陵令山居過中峰道者（今按，據《全唐詩》，「羅」當爲「罷」）

丘壑趣如此，暮年始棲隱（今按，《全唐詩》作「偃」）。賴遇無心雲，不笑歸來晚。鳴鳩拂紅枝，初服傍清畎。昨日山僧來，猶嫌嘉遁淺。託君紫陽家，路滅心更遠。梯雲創其居，抱犢上絶巘。杏田溪一曲，霞徑（今按，《全唐詩》作「境」）峰幾轉。跂（今按，刻者不詳明本作「岐」，《全唐詩》作「路」）石揖（今按，《全唐詩》作「掛」）飛泉，謝公應在眼。願言攜手去，採藥長不返。

皇甫冉

屏風上各賦一物得攜琴客

不是向空林，應當就磐石。白雲知隱處，芳草迷行跡。如何祇（今按，據姚本、屠隆本、牛斗本、《全唐詩》，當爲「祇」）役心，見你（今按，據姚本及《全唐詩》，當爲「爾」）攜琴客。

寄高雲

南徐風日好，悵望毘陵道。毘陵有故人，一見恨無因。獨戀青山久，唯令白髮新。每嫌持手板，時見着頭巾。煙景臨寒食，農桑接仲春。家貧仍嗜酒，生事今何有。芳草遍江南，勞心憶攜手。

雜題

與張補闕、王錬師自徐方清路同舟而（今按，姚本、屠隆本、牛斗本、刻者不詳明本、《全唐詩》無「而」字，後文「臺頭寺」前《全唐詩》有「於」字）南下，臺頭寺留別趙員外、裴補闕同賦。

朝朝春事晚，汎汎行舟遠。淮海思無窮，悠揚煙景中。幸將仙子去，復與故人同。高枕隨流水，輕帆任遠風。鐘聲野寺迴，草色故城空。送別高臺上，徘徊共惆悵。懸知白日斜，定是猶相望。

曾東遊以詩寄之

出郭離言多，迴車始知遠。寂然曾（今按，屠隆本、《全唐詩》作「層」，字通）城暮，更念前山轉。總轡越城（今按，屠隆本、《全唐詩》作「成」）皋，浮舟背梁苑。朝朝勞延首，往往若在眼。落日孤雲還，邊愁迷楚關。如何椒（今按，《全唐詩》作「淑」）花發，復對遊子顔。古寺杉栝裏，連檣洲渚間。煙生海西岸，雲見吴南山。驚風掃蘆荻，翻浪連天白。正是揚帆時，偏逢江上客。由來許佳句，況乃愜所適。嵯峨天姥峰，翠色春更碧。氣棲（今按，屠隆本、《全唐詩》作「淒」）湖上雨，月净剡中夕。釣艇或相逢，江蘺又堪摘。迢迢始寧野，蕪没謝公宅。朱槿列摧墉，蒼苔徧幽石。顧予任疏懶，期爾振羽翮。滄洲未可行，須售金門策。

韓翃

送李明府赴滑州

渭城寒食罷，送客歸烏（今按，《全唐詩》作「遠」）道。烏帽背斜暉，青驪踏春草。酒醒孤燭夜，衣冷千山早。去事沈尚書，應憐詞賦好。

送客遊江南

桂水隨去遠，賞心知有餘。衣香楚山橘，手膾湘波魚。方（今按，據姚本、屠隆本、牛斗本、刻者不詳明本、《全唐詩》，當爲「芳」）芷不共把，浮雲悵離居。遥想汨羅上，弔屈秋風初。

送李司直赴江西使幕

斂板辭漢庭，進帆歸楚幕。五（今按，《全唐詩》作「三」）江城上轉，九里人家泊。好酒近宜城，能詩謝康樂。雨晴西山樹，日出南昌郭。竹露點衣巾，湖煙濕扃鑰。主人蒼玉珮，後騎黄金絲（今按，據姚本及《全唐詩》，當爲「絡」）。高枕領八州，相期同一鶴（今按，姚本、屠隆本、牛斗本、刻者不詳明本、《全唐詩》作「鶚」）。行當報己知（今按，據《全唐詩》，當爲「知己」），從此飛寥廓。

盧綸

同吉孚夢桃源（今按，據四庫本、《文苑英華》卷二二五、《全唐詩》，「吉」後脱「中」字。）

夜静春夢長，夢逐仙山客。林園（今按，《全唐詩》作「園林」）滿芝术，雞犬傍籬栅。幾處花下人，看余笑頭白。

送道士郄彝素歸内道場

病老正相仍，忽逢張道陵。羽衣風淅淅，仙貌玉稜稜。叱我問中壽，教人祈上昇。樓居五雲裏，幾唤（今按，《全唐詩》作「與」）武皇登。

姚係

秋夕會友

倦客易相失，歡遊無良辰。忽然一夕間，稍慰闔家貧。白露下庭梧，孤琴始悲辛。迴風入幽草，蟲響滿四鄰。會遇更何時，持杯重殷勤。

楊參軍莊送宇文邈

秋雲冒原隰，野鳥滿林聲。愛此田舍事，稽君車馬程。離堂慘不喧，脈脈復盈盈。蘭葉一經露（今按，《全唐詩》作「霜」），香消爲贈輕。燈光耿方寂，蟲思隱逾（今按，《全唐詩》作「餘」）清。相望忽無際，如含江水清（今按，《全唐詩》作「海情」）。

陳　存

送劉秀才南歸（今按，《全唐詩》卷三〇五又作劉復詩）

爲別（今按，《全唐詩》卷三〇五、三一一作「鳥啼」）楊柳垂，此別千萬里。古路入南（今按，《全唐詩》作「商」）山，春風生（今按，《全唐詩》卷三一一作「去」）灞水。停車落日在，罷酒離人起。蓬户寄龍沙，送歸情詎已。

嚴　維

送丘爲下第歸蘇州

滄江一身客，獻賦空十年。明主豈能好，今日誰舉賢。國門税征駕，旅食謀歸旋。皦日媚

春水，緑蘋香客船。無媒既不達，余亦思歸田。

僧皎然

奉陪陸使君長源裴端公樞春遊虎丘寺（今按，「遊虎丘寺」，《全唐詩》作「遊東西武丘寺」）

雲水夾雙刹，遥疑涌平陂。入門見藏山，元化何由窺。曳組探詭怪，停驂（今按，《全唐詩》作「驄」）訪幽奇。情高氣爲爽，德暖春亦隨。瑶草自的皪，蕙樓争蔽虧。金精發（今按，《全唐詩》作「落」）壞陵，劍彩沉靈（今按，《全唐詩》作「古」）池。一覽匝天界，中峰步未移。應喜（今按，《全唐詩》作「嘉」）生公石，列坐援松枝。

李　端

折楊柳

東城攀柳葉，柳葉低着草。少壯莫輕年，輕年有人（今按，《全唐詩》作「衰」）老。柳發遍川岡，登高堪斷腸。雨煙輕漠漠，何樹近君鄉。贈君折楊柳，顔色豈能久。上客莫沾巾，佳人正回

首。新柳送君行，古柳傷君情。突兀臨荒渡，婆娑出舊營。隋家兩岸盡，陶宅五株平（今按，《全唐詩》卷十八同此，卷二八四作「榮」）。日暮偏愁望，春山有鳥聲。

顧　況

謝王郎中見贈琴鶴

此琴等焦尾，此鶴方胎生。赴節何徘徊，理感物自并。獨立江海上，一彈天地清。朱絃動瑶華，白羽飄玉京。因想羨門輩，眇然四體輕。子喬翔鄧林，王母遊層城。忽如啓靈署，鸞鳳相呼（今按，《全唐詩》作「和」）鳴。何由玉女牀，去食琅玕英。

長安竇明府後亭

君爲長安令，我美長安政。五日一朝天，南山對明鏡。鳥飛青苔院，水木相輝映。客至南薰鄉（今按，《文苑英華》卷三一五、《全唐詩》卷二六四作「雲鄉」，屠隆本、刻者不詳明本作「薰微」），絲桐展歌詠。吏人何肅肅（今按，《全唐詩》作「蕭蕭」），終歲無喧競。欲識明府賢，邑中多百姓。

和翰林吴舍人兄弟西齋

君家誠易知，易知復難同。新裁一尺（今按，《全唐詩》作「尺一」）詔，早入明光宫。西齋何其高，

上與星漢通。永懷洞庭石，青（今按，姚本、屠隆本、牛斗本、刻者不詳明本、《全唐詩》皆作「春」）色相玲瓏。又（今按，《全唐詩》作「久」）懷巴峽泉，夜落君絲桐。信是怡神所，迢迢蔑華嵩。鳥飛晴雲滅，疊嶂盤虛空。君家誠易知，易知意難窮。

從江西至彭蠡入浙西淮南界道中寄齊相公

大賢舊丞相，作鎮江上（今按，《全唐詩》作「山」）雄。自鎮江上（今按，《全唐詩》作「山」）來，何人得如公。處士待徐孺，仙人期葛洪。一身控上遊，八郡趨下風。比屋除畏溺，林塘曳煙虹。生人罷虔劉，井稅均以（今按，《全唐詩》作「且」）充。大府肅無事，歡言（今按，《全唐詩》作「然」）接悲翁。心清百丈泉，目送孤飛鴻。數年鄱陽掾，抱責棲微躬。首陽及汨羅，無乃偏（今按，《全唐詩》作「褊」）其衷。楊朱并阮籍，未免哀途窮。四賢雖得仁，此怨何忽忽（今按，據姚本及《全唐詩》，當爲「怱怱」）。老氏齊寵辱，於陵一窮通。本師留度門，平等冤親同。能依二諦法，了達三輪空。真境靡方所，出則（今按，《全唐詩》作「離」）内外中。無邊盡未來，定惠雙脩功。蹇步慙寸進，飾裝隨轉蓬。朝行楚水陰，夕宿吴洲東。吴洲覆（今按，《全唐詩》作「復」）白雲，楚水飄丹楓。晚霞燒迴潮，千里光曈曈。蓂開海上影，桂吐淮南叢。何當翼明庭，草木生春融。

李　益

賦得早燕送别

碧草漫（今按，《全唐詩》作「縵」）如線，去來雙飛燕。長門未有春，先入班姬殿。梁空繞復（今按，《全唐詩》作「不」）息，簷寒窺欲遍。今至隨紅蕊（今按，《全唐詩》作「萼」，屠隆本、牛斗本作「葉」），昔還悲素扇。一别與秋鴻，差池詎相見。

蓮塘驛

五月渡淮水，南行繞山陂。江村遠雞應，竹裏聞繰絲。楚水（今按，據屠隆本、《全唐詩》卷二八二，當爲「女」）肌髮美，蓮塘煙露滋。菱花覆碧渚，黄鳥雙飛時。渺渺泝洄遠，憑風託微詞。斜光動流睇，此意難自持。女歌本輕豔，客行多怨思。女蘿蒙幽蔓，擬上青桐枝。

入華山訪隱者經仙人壇

三考西（今按，《全唐詩》作「四」）嶽下，官曹少休沐。久負青山諾，今還獲所欲。常聞玉清洞，金簡受玄籙。夙駕升天行，雲霞恣遊宿（今按，《全唐詩》作「雲遊恣霞宿」）。平明矯輕策，捫石入空曲。征人古石壇，苔繞青瑶局。陽桂凌煙紫，陰蘿冒水緑。隔山（今按，《全唐詩》作「世」）聞丹

經，懸泉注明玉。前驚羽人會，白日天居肅。問我將致辭，笑之自相目。竦身雲遂起，仰見雙白鵠。墮其一紙書，文字類鳥足。視之了不識，三返又三復。歸來問方士，舉世莫能（今按，《全唐詩》作「解」）讀。何必若蜉蝣，然後爲跼促。鄙哉宦遊子，身志俱降辱。再往不及期，勞歌叩山木。

朱　灣

七賢廟

常慕晉高士，放心日沉冥。湛然對一壺，土木爲我形。下馬訪陳跡，披榛詣荒庭。相看兩不言，猶謂醉未醒。長嘯或可擬，幽琴難再聽。同心不共世，空見蘚門青。

暢　當

宿報恩寺精舍

鐘梵送沉景，星多露漸光。風中蘭靡靡，月下樹蒼蒼。夜殿如山横，深松如澗涼。羸（今按，《全唐詩》作「羸」）然虎溪子，遲我一虚牀。杳杳空寂舍，濛濛蓮桂香。擁褐依西壁，紗燈靄

中央。

楊衡

宿陟岵寺雲律師院

象宇鬱參差，竇林疏復密。中有彌天子，燃燈坐虛室。心澄紅蓮喻，跡羈青眼律。玉鑪揚翠煙，金經開縹帙。肆陳堅固學，破我夢幻質。碧水灑塵纓，涼風（今按，《全唐詩》作「扇」）當夏日。宿禽詎相保，迸火煙欲失。願迴戚促勞，趨隅事休逸。

于鵠

寄盧儼員外秋衣詞

寄遠空以心，心誠亦難知。篋中有秋帛，裁作遠客衣。縫製雖女工（今按，《全唐詩》作「功」），尺度手自持。容貌常目中，長短不復疑。斜縫密且堅，遊客多塵緇。意欲都無言，澣濯耐歲時。殷勤託行人，傳語慎勿遺。別來已年老，亦聞鬢成絲。縱然更相逢，握手唯是悲。所寄莫復棄，願見長相思。

德宗皇帝

三日書懷因示百僚

佳節上元巳，芳時屬暮春。流觴想蘭亭，捧劍傳金人。風輕水初緑，日晴花更新。天文信昭回，皇道頗敷陳。恭己每從儉，清心常保真。戒兹遊衍樂，書以示羣臣。

已上係中唐之詩。

權德輿

竹徑偶然作

退朝此休沐，閉户無塵氛。支策入幽徑，清風隨此君。琴觴恣偃傲，蘭蕙相芬萾（今按，《全唐詩》作「氛氲」）。幽賞方自適，林西煙景曛。

初秋月夜中書宿直因呈楊閣老

欹枕直廬暇，風蟬迎早秋。沉沉玉堂夕，皎皎金波流。對掌喜新命，分曹諧舊遊。相思翫

華彩，因感庾公樓。

奉和聖製仲春麟德殿會百僚觀新樂

仲月（今按，《全唐詩》作「春」）藹芳景，内庭宴羣臣。森森列干戚，濟濟趨鈞（今按，據姚本、屠隆本及《全唐詩》，當爲「鈞」）陳。大樂本天地，中和序人倫。正聲邁咸濩，易象合（今按，《全唐詩》作「含」）羲文。玉俎映朝服，金鈿明舞裀（今按，《全唐詩》作「茵」）。韶光雪初霽，聖藻風自薰。時泰恩澤溥，功成行綴新。賡歌仰昭回，竊比華封人。

武元衡

奉和聖製豐年多慶九日示懷

令節寰宇泰，神都佳氣濃。賡歌禹功盛，擊壤堯年豐。九奏碧霄裏，千官皇澤中。南山澹疑（今按，牛斗本、刻者不詳明本、四庫本、《文苑英華》卷一七三作「澹凝」，《全唐詩》卷三一七作「澄凝」）黛，曲水清涵空。金玉美王度，歡康謡國風。睿文垂日月，永與天無窮。

奉和聖製重陽日即事六韻

玉燭降寒露，我皇歌人（今按，《全唐詩》作「古」）風。重陽德澤振（今按，《全唐詩》作「展」），萬國歡娱

同。綺陌擁行騎，香塵凝曉空。神都自藹藹，佳氣助蔥蔥。律呂金石（今按，《全唐詩》作「陰陽」）暢，景光天地通。徒然被鴻霈，無以報玄功。

奉酬李十二尚書大使西亭暇日書懷見寄十二韻之作（今按，《文苑英華》卷二四二、《全唐詩》「十二」作「十一」，《全唐詩》無「奉」字及「大使」二字）

鼎鉉昔云忝，西南分主憂。煙塵開僰道，旌節護蠻陬。任重功不（今按，《全唐詩》作「無」）立，力微恩未酬。據鞍慙齒髮，責帥懼春秋。高德聞鄭履，儉居稱晏裘。三刀君入夢，九折我迴輈。時景屢遷易，兹焉（今按，《全唐詩》作「言」）期退休。方追故山事，豈謂台階留。遐揖（今按，《全唐詩》作「抱」，注云：一作「挹」）清静理，眷言蘭杜幽。一緘瓊玖贈，萬里別離愁。巴嶺雲外没，蜀江天際流。懷賢耿遥思，相望鳳池頭。

李夷簡

西亭暇日書懷十二韻獻上武元衡相公

勝賞不在遠，無（今按，《文苑英華》卷二四三同此，據《全唐詩》，當爲「憮」）然念冥搜。兹亭有殊致，經始富人侯。澄澹分沼沚，縈迴間林丘。荷香奪芳麝，石溜當鳴球。撫俗來康濟，經邦去咨

謀。寬明洽時論，惠愛聞毘（今按，據姚本、《全唐詩》，當爲「甿」）謳。代斲豈容易，守成獲優游。文翁舊學校，子産昔田疇。琬琰富佳什，池臺想舊遊。誰言矜改作，曾是日增脩。憲省忝陪屬，岷峨嗣徽猷。提攜當有路，勿使滯刀州。

劉禹錫

華清宫詞

日出驪山東，徘徊照温泉。樓臺相（今按，《全唐詩》作「影」）玲瓏，稍稍開白煙。言昔太上皇，常居此祈年。風中聞清樂，往往來列仙。翠華入五雲，紫氣歸上玄。哀哀生人淚，泣盡弓劍前。聖道本自我，凡情徒顒然。小臣感玄化，一望青冥天。

送華陰尉張茗赴邕府使幕（張即燕公之孫，頃坐事除名。）（今按，據《文苑英華》卷二七七、《全唐詩》卷三五四，「張茗」當爲「張茖」）

昔忝南宫郎，往來東觀頻。嘗披燕文（今按，據屠隆本、《全唐詩》，當爲「公」）傳，聳若窺三辰。翊聖崇國本，保（今按，《全唐詩》作「像」）賢正朝倫。高視緬今古，清風夐無鄰。蘭錡（今按，《文苑英華》作「綺」）照通衢，一家十朱輪。酇國嗣侯絶，爲卿（今按，《文苑英華》作「蔿鄉」，《全唐詩》作「韋卿」，屠隆

本、牛斗本作「馬卿」）貴業貧。夫子承大名，少年振芳塵。青袍仙掌下，矯首陵（今按，《全唐詩》作「凌」）煙旻。公冶本非罪，潘郎一爲民。風霜苦摇落，堅白無緇磷。一旦逢良時，天光燭幽淪。重爲長裾客，佐彼觀風臣。分野窮禹畫，人煙過虞巡。不言此行遠，所樂相知新。雨起巫山陽，鳥鳴湘水濱。離筵出蒼莽，别曲多悲辛。今朝一杯酒，明日千里人。從此孤舟去，悠悠天海春。

送湖陽熊判官孺登府罷歸鍾陵因寄呈江西裴中丞二十三兄（今按，「湖陽」，

據姚本、屠隆本、牛斗本、刻者不詳明本、《文苑英華》卷二七七、《唐詩紀事》卷四三「熊孺登」、《全唐詩》卷三五四，當爲「湘陽」）

射策志未就，從事府云除。篋留馬卿賦，袖有劉弘書。忽見夏木深，悵然憶吾廬。復持州民刺，歸謁專城居。君家誠易知，勝絶傾里閭。人言北郭生，門有卿相輿。鍾陵藹（今按，《全唐詩》作「靄」）千里，帶郭西江水。朱檻照河宫，旗亭緑雲裏。前年初缺守，慎簡由宸扆。臨軒奏（今按，《文苑英華》、《全唐詩》作「弄」）郡章，得人方付此。是時左馮翊，天下第一理。貴臣持牙璋，優詔發青紙。迎風奸吏免，先令疲人喜。何武劾腐儒，陳蕃禮高士。昔昇君子堂，腰下綬猶黄。（中丞時爲萬年尉。）汾陰有寶氣，赤堇多奇鋩。束簡下曲臺，佩韡來歷陽。綺

筵陪一笑，蘭室襲餘芳。風水忽異勢，江湖遂相忘。因君儻借問（一作「倘有問」。），爲話老滄浪。

李正封

夏遊招隱寺暴雨晚晴

竹柏風雨過，蕭疏臺殿涼。石渠瀉奔溜，金刹照頹陽。鶴飛巖煙碧，鹿鳴澗草香。山僧引清梵，幡蓋繞回廊。

張　籍

野居詩

貧賤易爲適，荒郊亦安居。端坐無餘思，彌樂古人書。秋田多良苗，野水多遊魚。我無耒與網，安得充廩廚。寒天白日短，簷下暖我軀。四支漸寬柔，中腸鬱不舒。多病減志氣，爲客足憂虞。況復苦時節，覽景獨踟躕。

西州詩

羌胡據西州，近甸無邊城。山東收税租，養我防塞兵。胡騎來無時，居人常震驚。嗟我五陵間，農者罷耘耕。邊頭多煞（今按，《全唐詩》作「殺」，字通）傷，士卒難全形。郡縣發丁役，丈夫各征行。生男不能養，懼身有姓名。良馬不念秣，烈士不苟營。所願除國難，再逢天下平。

王　建

汎水曲

載酒入煙浦，方舟汎緑波。子酌我復飲，子飲我復（今按，《全唐詩》作「還」）歌。蓮深微路通，峰曲幽氣多。閱芳無留瞬，弄桂不停柯。水上秋月鮮，西山碧峨峨。茲歡良可貴，誰復更來過。

吕　温

衡州送李兵曹赴湘東

慷慨視别劍，淒清汎離琴。前程楚塞斷，此别（今按，《全唐詩》作「此恨」，注云：一作「别恨」）洞庭

期君深。丈（今按，據姚本及《全唐詩》，當爲「文」）字久已（今按，《全唐詩》作「已久」）廢，循良非所任。碧雲上，千里一揚音。

孟　郊

夢澤中行

楚山争蔽虧，白日無全輝。楚路多（今按，《全唐詩》作「饒」）迴惑，旅人有迷歸。騏驥思北首，鷓鴣願南飛。我懷京洛遊，未厭風塵衣。

送清遠上人歸楚山舊寺（今按，《全唐詩》注云：一作《國清上人遊蘇》，一作《送溪上人》）

波中出吴境，霞際登楚岑。水寺一别來，雲蘿三改陰。詩誇碧雲句，道證青蓮心。應憐（今按，《全唐詩》作「笑」，注云：一作「憐」）萍汎（今按，《全唐詩》作「汎萍」）者，不如松隱深。

夜集汝州郡齋聽陸僧辨彈琴（今按，「辨」，《全唐詩》作「辯」）

康樂寵詞客，清宵意無窮。徽文北牕（今按，《全唐詩》作「山」）外，借月南樓中。千里愁併盡，一樽歡暫同。胡爲戛楚瑟（今按，《全唐詩》作「琴」），淅瀝起寒風。

贈裴樞端公（今按，《全唐詩》作《投贈張端公》）

君子量不極，胸吞百川流。嫉邪霜氣直，問客春辭柔。日户書暉静，月杯宵（今按，《全唐詩》作「夜」）景幽。詠鷲芙蓉發，嘯激風飈秋。鸞步獨無侶，鶴音清寡儔。幸霑分寸顧，散此千萬憂。

聽琴

颯颯微雨收，翻翻桐（今按，《全唐詩》作「橡」）葉鳴。月沉亂峰西，寥落三四星。前溪忽調琴，隔水（今按，《全唐詩》作「林」）寒琤琤。聞彈正弄聲，不敢枕上聽。迴燭整頭簪，漱泉立中庭。定步屐齒深，久貌禪目冥（今按，屠隆本、牛斗本作「久視禪目冥」，《文苑英華》卷二一二作「久彈月冥冥」，《孟東野詩集》卷九、《全唐詩》作「貌禪目冥冥」）。微風吹衣襟，猶（今按，《全唐詩》作「亦」）認宫徵聲。學道三十年，未免憂死生。聞彈一夜中，會盡天地情。

歐陽詹

春日途中寄故園所親

客來（今按，《全唐詩》作「路」）度年華，故園未云返。悠悠去源水，日日只有遠。始歎秋葉零，又

看春草晚。寄書南飛鴻，相憶劇鄉縣。

白居易

立秋夕涼風忽至炎暑稍消即事詠懷寄汴州節度使李二十尚書

嫋嫋簷樹動，好風西南來。紅釭霏微滅，碧幌飄颻開。披襟有餘涼，拂簟無纖埃。但喜煩暑退，不惜光陰催。河秋稍清淺，月午方徘徊。或行或坐臥，體適心悠哉。美人在浚都，旌旗繞樓臺。雖非滄溟阻，難見如蓬萊。蟬迎節又換，鴈送書未迴。君位日寵重，我年日摧頹。無因風月下，一共平生（今按，《全唐詩》作「舉平生」，注云：一作「與共持」）杯。

元　稹

分流水

古時愁別淚，滴作分流水。日夜東西流，分流幾千里。通塞兩不見，波瀾各自起。與君相背飛，去去心如此。

清都夜境

夜久連觀静，斜月何晶熒。寥天如碧玉，歷歷細（今按，《全唐詩》作「綴」）華星。樓榭自陰映，雲牖深冥冥。纖埃悄不起，玉砌寒光清。棲鶴露微影，枯松多怪形。南廂儼容衛，音響如可聆。啓聖發空洞，朝真趨廣庭。閑開蕊珠殿，暗閱金字經。屏氣動方息，凝神心自靈。悠悠車馬上，浩思安得寧。

四皓廟

巢由昔避世，堯舜不得臣。伊吕雖急病，湯武乃可君。四賢無（今按，《唐文粹》卷十七上、《元氏長慶集》卷一、《全唐詩》卷三九六作「胡」）爲者，千載名氛氳。顯晦有遺跡，前後疑不倫。秦政虐天下，黷武窮生民。諸侯戰必死，壯士眉亦嚬。張良韓孺子，椎碎屬車輪。遂人（今按，據姚本及《全唐詩》，當爲「令」）英雄意，日夜思報秦。先生相將去，不復嬰世塵。雲卷在孤岫，龍潛爲小鱗。秦皇（今按，《全唐詩》作「王」）轉無道，諫者鼎鑊親。茅焦脱衣諫，先生無一言。趙高殺二世，先生如不聞。劉項争天下，先生遊白雲。海内八年戰，先生全一身。漢業日已定，先生名亦振。不得爲濟世，宜哉爲隱淪。如何一朝起，屈作儲貳賓。安存孝惠帝，摧頽戚夫人。捨大以謀細，虬蟠（今按，《全唐詩》作「盤」）而蠖伸。惠帝竟不嗣，吕氏禍有因。雖懷安劉

志，未若周與陳。皆落子房術，先生道何屯。此（今按，《全唐詩》作「出」）處貴明白，故吾今有云。

鮑　溶

塞上（今按，「上」，《全唐詩》注云：一作「下」）

朔（今按，《全唐詩》作「北」）風號薊門，殺氣日夜興。咸陽三千里，鐵（今按，《全唐詩》作「驛」）馬如饑鷹。行子久去鄉，見（今按，《全唐詩》作「逢」）山不敢登。寒日慘大野，虜雲若飛鵬。西北防秋軍，氅幢宿層冰（今按，《全唐詩》作「層層」）。匈奴天未喪，戰鼓長騰騰（今按，《全唐詩》作「登登」）。漢卒馬上老，樊（今按，《全唐詩》作「繁」）纓空絲繩。誠知天所驕，欲罷又不能。

姚　合

架上藤（今按，「上」，《全唐詩》作「水」）

濛濛紫花藤，下覆清溪水。若遺隨波流，不如風飄起。風飄或近人（今按，《全唐詩》作「堤」），隨波千萬里。

陳　陶

遊了吟（今按，據姚本及《全唐詩》卷七四五，「了」當爲「子」）

棲鳥（今按，《全唐詩》作「烏」）喜林曙，驚蓬傷歲闌。關河三尺雪，何處是天山。朔風無重衣，僕馬飢且寒。慘慽别妻子，遲迴出門難。男兒值休明，豈是長泥蟠。何者爲木偶，何人侍金鑾。鬱悒守貧賤，悠悠亦無端。進不圖功名，退不處巖巒。窮通在何日，光景如跳丸。富貴苦不早，令人摧心肝。誓期春之陽，一振摩霄翰。

送沈次魯南遊（今按，《全唐詩》注云：一作《盧堠石送沈次魯》）

高臺贈君别，滿握軒轅風。落日一揮手，金鵝雲雨空。鼇洲石梁外，劍浦羅浮東。玆興不可接，翛翛煙際鴻。

温庭筠

鄠郊别墅寄所知

持頤望平緑，萬景集所思。南塘遇新雨，百草生容姿。幽鳥不相識，美人如何期。徒然委

搖蕩，悵惘春風時。

和沈參軍招友生觀芙蓉池

桂棟坐清曉，瑶琴商鳳絲。況聞楚澤香，適與秋風期。遂從棹萍客，静嘯煙草湄。倒影迴澹蕩，愁紅媚漣漪。湘莖久鮮澀，宿雨增離披。而我江海意，楚遊勤夢思。北渚水雲蔓（今按，《全唐詩》作「葉」，注云：一作「蘩」，一作「蔓」），南塘煙露（今按，《全唐詩》作「霧」）枝。豈亡（今按，四庫本作「無」）臺榭芳，獨與鷗鳥知。珠墜魚迸淺，影多鳧汎遲。落英不可搴，返照昏澄陂。

劉　駕

釣臺懷古

澄流可濯纓，嚴子但垂綸。孤坐九層石，遠笑清渭濱。潛龍飛上天，四海豈無雲。清氣不零雨，安使澆埃塵（今按，《全唐詩》作「洗塵氛」）。我來吟高風，仿佛見斯人。江月尚皎皎，江石亦磷磷。如何臺下路，明日又迷津。

陸龜蒙

別離曲

丈夫非無淚，不灑別離間。仗劍對樽酒，恥爲遊子顔。蝮蛇一螫手，壯士疾（今按，《全唐詩》作「即」）解腕。所思（今按，《全唐詩》作「志」）在功名，離別何足歎。

任　翻

洛陽道

憧憧洛陽道，塵下生春秋。行者豈無家，無人在家老。雞鳴前結束，争去恐不早。百年路傍盡，白日車中曉。求富江海狹，取貴山嶽小。二端立在途，奔走無由了。

已上係晚唐之詩。

唐詩拾遺目録

第三卷　七言古詩

唐詩拾遺卷之三

七言古詩

長孫無忌

新曲

家住朝歌下（今按，《全唐詩》句前有「阿儂」二字），早傳名。結伴來遊淇水上，舊□（今按，原文爲墨丁，《樂府詩集》卷九〇、《全唐詩》作「長」）情。玉珮金鈿隨步動（今按，《全唐詩》作「遠」），雲羅霧縠逐風輕。轉目機心懸自許，何須更待聽琴聲。

李康成

採蓮

採蓮去，月没春江曙。翠鈿紅袖水中央，青荷蓮子雜衣香，雲起風生歸路長。歸路長，那得久。各迴船，兩摇手。

玉華仙子歌

紫陽仙子名玉華，珠盤承露餌丹砂。轉態凝情五雲裏，嬌顔千歲芙蓉花。紫陽綵女矜無數，遥見玉華皆掩嫭。高堂初日不成妍，洛渚流風徒自憐。璇堦霓綺閣，碧題霜羅幕。仙娥桂樹長自春，王母桃花未嘗落。上元夫人賓上清，深宫寂歷厭層城。解佩空憐鄭交甫，吹簫不逐許飛瓊。溶溶紫庭步，渺渺嬴（今按，《全唐詩》作「瀛」）臺路。蘭陵貴士謝相逢，濟北書生尚回顧。滄洲傲吏愛金丹，清心回望雲之端。羽蓋霓裳一相識，傳情寫念長無極。長無極，永相隨。攀霄歷金闕，弄影下瑶池。夕宿紫府雲母帳，朝湌玄圃崑崙芝。不學蘭香中道絶，却教青鳥報相思。

盧照鄰

懷仙引

若有人兮山之曲，駕青虬兮乘白鹿，往從之遂（今按，據姚本及《全唐詩》，當爲「遊」）願心足。披澗户，訪巖軒。石瀨潺湲横石徑，松蘿冪䍥掩松門。下空濛而無鳥，上巉巖而有猿。懷飛閣，度飛梁。休余馬於幽谷，掛余冠於夕陽。曲復曲兮煙莊邃，行復行兮天路長。脩途杳其未半，飛雨忽以茫茫。山坱軋，磴連褰。攀石（今按，《全唐詩》作「舊」）壁而無據，泝泥溪而不前。何（今按，牛斗本、刻者不詳明本、《全唐詩》作「向」）無情之白日，竊有恨於皇天。迴行遵故道，通川遍流潦。回首望羣峰，白雲正溶溶。珠爲闕兮玉爲樓，青雲蓋兮紫霜裘。天長地久時相憶，千齡萬代一來遊。

行路難

君不見長安城北渭橋邊，枯木横槎卧古田。昔日含紅復含紫，常時留霧亦留煙。春景春風花似雪，香車玉輿恒闐咽。若箇遊人不競攀，若箇娼家不來折。娼家寶抹（今按，刻者不詳明本作「珠」，《全唐詩》作「袜」）蛟龍帔，公子銀鞍千萬騎。黄鶯一一向花嬌，青鳥雙雙將子戲。

千尺長條萬（今按，《全唐詩》作「百」）尺枝，月桂星榆相蔽虧。珊瑚葉上鴛鴦鳥，鳳凰巢裏雛鵷兒。巢空枝折飛鳳去（今按，《全唐詩》作「巢傾枝折鳳歸去」，注云：一作「巢傾折，鳳歸去」），條枯葉落任風吹。一朝顛頟（今按，《全唐詩》作「零落」）無人問，萬古摧殘君詎知。人生貴賤無終始，倏忽須臾難久恃。誰家能駐西山日，誰家能堰東流水。漢家陵樹滿秦川，行來行去盡哀憐。自昔公卿二千石，咸擬榮華一萬年。不見朱唇將玉（今按，《全唐詩》作「白」）貌，唯聞青（今按，《全唐詩》作「素」）棘與黄泉。金貂有時須换酒（今按，《全唐詩》作「换美酒」，注云：一作「便换酒」），玉麈恒摇莫計錢。寄言坐客神仙署，一生一死交情處。蒼龍闕下君不留（今按，《全唐詩》作「來」），白鶴山頭（今按，《全唐詩》作「前」）我應去。雲間海上邈難期，赤心會合在何時。但願堯年一百萬，長作巢由也不辭。

薛　曜

舞馬篇

星精龍種競騰驤，雙眼黄金紫艷光。一朝逢遇升平代，仗（今按，姚本、屠隆本、牛斗本、刻者不詳明本、四庫本、《全唐詩》皆作「伏」）皂銜圖事帝王。我皇盛德苞六羽（今按，《全唐詩》作「宇」），俗泰時和

虞石拊。昔聞九代有餘名，（《山海經》：夏后啓舞九代馬。）今日百獸先來舞。鈞（今按，姚本、屠隆本、四庫本、《全唐詩》作「鈞」。）陳周衛儼旌旄，鐘鎛陶匏聲殷地。承雲嘈囋駭日靈，調露鏗鉉（今按，姚本、屠隆本、牛斗本、刻者不詳明本、《全唐詩》作「鉉」，四庫本作「鋗」。）動天駟。□□□□（今按，原文爲墨丁，《全唐詩》作「奔塵飛箭」。）若麟螭，躡景追風忽見知。咀銜拉鐵並權奇，被服雕章何陸離。紫玉鳴珂臨寶鐙，青絲綵絡帶金羈。隨歌鼓而電驚，逐丸劍而飆馳。態聚蹀（並無切，馬蹀跌〔今按，姚本、屠隆本、牛斗本、刻者不詳明本、《文苑英華》卷三四四作「跡」，四庫本作「蹬」〕。）還急，驕凝驟不移。光敵白日下，氣擁緑煙垂。婉轉盤跚殊未已，懸空步驟紅塵起。驚凫翔鷺不堪儔，矯鳳迴鸞那足擬。蘅垂桂裛香氛氲，長鳴汗（今按，據姚本及《全唐詩》，當爲「汗」。）血盡浮雲。不辭辛苦來東道，祇爲簫韶朝夕聞。（今按，《全唐詩》此後尚有「閶闔間，玉臺側，承恩煦兮生光色。鸞鏘鏘，車翼翼，備國容兮爲戎飾。充雲翹兮天子庭，荷日用兮情無極。吉良乘兮一千歲，神是得兮天地期。大易占云南山壽，趍趩共樂聖明時」一段）

司馬逸客

雅琴篇

亭亭嶧陽樹，落落千萬尋。獨抱出雲節，孤生不作林。影摇緑波水，彩絢丹霞岑。直幹思

有託，雅志期所任。匠者果留盼，雕斲爲雅琴。文以楚山玉，錯以昆吾金。虬鳳吐奇狀，商徵含清音。雅調（今按，《全唐詩》「雅調」前有「清音」二字）感君子，一撫一弄懷知己。不見（今按，《全唐詩》作「知」）鍾期百年餘，還憶朝朝幾千里。馬卿臺上應蕪没，阮籍帷前空已矣。山情水意君不知，拂匣調絃爲誰理。調絃拂匣倍含情，況復空山秋月明。隴水悲風已嗚咽，離鵾別鶴更淒清。將軍塞外多奇操，中散林間有正聲。正聲諧風雅，欲竟此曲誰知者。自言幽隱乏先容，不道人物知音寡。誰能一奏和天地，誰能再撫歡朝野。朝野歡娱樂未央，車馬駢闐盛綵章。歲歲汾川事簫鼓，朝朝伊水聽笙簧。窈窕樓臺臨上路，妖嬈歌舞出平陽。彈絃本自稱仁祖，吹管由來許季長。猶憐雅歌淡無味，淥水白雲誰相貴。還將逸調（今按，《全唐詩》作「詞」）賞幽心，不覺繁聲論遠意。傳聞帝樂奏鈞天，儻冀微身（今按，《全唐詩》作「躬」）備王（今按，據姚本及《全唐詩》，當爲「五」）絃。願持東武宫商韻，長奉南薰億萬年。

喬知之

羸駿篇

噴玉長鳴西北來，自言當代是龍媒。萬里鐵關行入貢，九重金闕爲君開。蹀躞朝騎（今按，

姚本、屠隆本、牛斗本、刻者不詳明本、《全唐詩》作「馳」）過上苑，趁趕暝走發章臺。玉勒金鞍何（今按，《全唐詩》作「荷」）裝飾，路傍觀者無窮極。小山桂樹比權奇，上林桃花況顔色。忽聞天將出龍沙，漢主持將駕鼓車。去去山川勞日夜，遥遥關塞斷煙霞。山川關塞十年征，汗血流離赴月營。肌膚銷遠道，膂力盡長城。長城日夕苦風霜，中有連年百戰場。摇珂嚙（今按，《全唐詩》作「噛」）勒金羈盡，争鋒足頓鐵菱傷。垂耳罷輕賫，棄置在寒溪。大宛蒲海北，滇壑舊巖（今按，《全唐詩》作「雋崖」）西。沙平留緩步，路遠闇頻嘶。從來力盡君須棄，何必尋途我已迷。歲歲年年奔遠道，朝朝暮暮催疲老。扣冰晨飲黄河源，拂雪夜食天山草。楚水澶溪征戰事，吴塞烏江辛苦地。持來報主不辭勞，宿昔立功非重利。丹心素節本無求，長鳴向君君不留。秖應漫漫（今按，《全唐詩》作「澶漫」）歸田裏，萬里低昂任生死。君王倘若不見遺，白骨千（今按，《全唐詩》作「黄」）金猶可市。

宋之問

冬宵引

河有冰兮山有雪，北户墐兮行人絶。獨坐山中兮對松月，懷美人兮屢盈缺。明月的的寒

潭中，青松幽幽吟徑（今按，《全唐詩》作「勁」）風。此情不向俗人説，愛而不見恨無窮。

放白鷴篇

故人贈我緑綺琴，兼致白鷴鳥。琴是嶧山桐，鳥出吴溪中。我心松石清霞裏，弄此幽絃不能已。我心河海白雲垂，憐此珍禽空自知。著書晚下麒麟閣，幼稚驕癡候門樂。乃言物性不可違，白鷴愁慕刷毛衣。玉徽閉匣留爲念，六翮開籠任爾飛。

武三思

仙鶴篇

白鶴乘空何處飛，青田紫蓋本相依。緱山七月雖長去，遼水千年會一（今按，刻者不詳明本作「忘却」，《文苑英華》卷三四五、《全唐詩》作「會憶」）歸。緱山杳杳翔寥廓，遼水纍纍歎城郭。徑（今按，《全唐詩》作「經」）隨羽客步丹丘，曾逐仙人游碧落。迢迢碧落斷氛埃，霞堂雲閣幾重開。欲尋東海黄金竈，仍向西山白玉臺。九皋獨唳方清切，五里驚羣俄斷絶。月下分行侶（今按，據姚本、刻者不詳明本、《全唐詩》，當爲「侣」，乃「似」之異體字）度雲，風前颺影疑迴雪。風前月下路漫漫，水宿雲翔去幾般。宛轉能傾吴國市，徘徊巧拂漢皇壇。琴中作曲從來易，鼓裏傳聲有甚難。

夜夜恒飛銀漢曲，朝朝常飲玉池瀾。別有聞簫出紫煙，還如化履上青天。霜毛忽控三神下，玉羽俄看二客旋。燕雀終迷横海志，蜉蝣豈識在陰年。莫言一舉須（今按，《全唐詩》作「輕」）千里，爲與三山送九仙。

張東之（今按，「東」，據前《目録》及姚本、屠隆本、《全唐詩》卷九九，當爲「柬」）

東飛伯勞歌

青田白鶴丹山鳳，婺女嫦娥兩相送。誰家絶世綺帳前，艷粉紅脂映寶鈿。窈窕玉堂褰翠幕，參差繡户懸珠箔。絶世三五愛紅粧，冶袖長裾（今按，《全唐詩》作「裙」）蘭麝香。春去花枝俄易改，可歎年光不相待。

王　諲

後庭怨

君不見紅閨少女端正時，夭夭桃李仙容姿。幸得君王憐巧笑，披香殿裏薦蛾眉。蛾眉雙雙人共進，常恐妾身從此擯。甄妃爲妬出層宫，班女因猜下長信。長信宫門閉不開，昭陽

歌吹風送來。夢中魂魄猶言是，覺後精神尚未迴。念君嬌愛無終始，使妾長啼後庭裏。獨立每看斜日盡，孤眠直至殘燈死。秋日聞蟲翡翠簾，春晴照面鴛鴦水。紅顔舊來花不勝，白髮如今雪相似。傳聞紈扇恩未歇，預想蛾眉上初月。如君貴僞不貴真，還同棄妾逐新人。借問南山松葉意，何如砌北（今按，《全唐詩》作「北砌」）槿花新。

張　說

奉和入秦路逢寒食應制（今按，《全唐詩》「奉和」後有「聖制初」三字）

上陽柳色喚春歸，臨渭桃花拂水飛。總爲朝廷巡幸去，頓教京洛少光暉。昨從分陝山南口，馳道依依滿（今按，《全唐詩》作「漸」）花柳。入關正投寒食前，還京遂落清明後。路上天心重豫游，御前恩賜特風流。便幕那能鏤雞子，行宫善巧帖毛毬。渭橋南渡花如撲，麥隴青青斷人目。漢家行樹直新豐，秦地驪山抱温谷。温谷香池春溜平（今按，《全唐詩》作「香池春溜水初平」），預歡浴日照京城。今歲隨宜過寒食，明年倍（今按，《全唐詩》作「陪」）宴作清明。

許景先

柳

春色東來渡渭橋，青門垂柳百千條。長陽西連建章路，漢家林苑紛無數。縈花始遍合歡宮（今按，《全唐詩》作「枝」），遊絲半罥相思樹。春樓初日照南隅，柔條垂緑掃金鋪。寶釵新梳倭墮髻，錦帶交垂連理襦。自憐柳塞淹戎幕，銀燭長啼愁夢着。芳樹朝催玉管新，春風夜染羅衣薄。城頭楊柳已如絲，今年花落去年時。折芳遠寄相思曲，爲惜容華難再持。

王　翰

飛燕篇

孝成皇帝爲（今按，《全唐詩》作「本」）嬌奢，行幸平陽公主家。可憐女兒三五許，丰茸惜是一園花。歌舞白（今按，屠降本、牛斗本作「由」，刻者不詳明本、《全唐詩》作「向」）來時不貴（今按，此句《文苑英華》卷三四六作「歌舞來時由不貴」，《全唐詩》注云：一作「歌舞來時由不歸」），一旦逢君感君意。君心見賞不見忘，姊妹雙飛入紫房。紫房綵女不得見，專榮固寵昭陽殿。紅粧寶鏡珊瑚臺，青瑣銀簧

雲母扇。日夕風傳歌舞聲，只擾長信憂人情。長信憂人氣欲絶，君王歌吹終不歇。朝弄瓊簫下綵雲，夜踏金梯上明月。月下薄蝕陽精昏，嬌妬傾人惑至尊。已見白虹横紫極，復聞飛燕啄皇孫。皇孫不死燕喙（今按，姚本、屠隆本、牛斗本、刻者不詳明本、《文苑英華》、《全唐詩》作「啄」）折，女弟一朝如火絶。明明天子咸戒之，赫赫宗周褒姒滅。古來賢聖歎狐裘，一國荒淫萬國羞。安得尚方斷馬劍，斬取木（今按，《文苑英華》同此，刻者不詳明本、《全唐詩》作「朱」）門公子頭。

王泠然

題河邊枯柳（今按，《全唐詩》作《汴堤柳》）

隋家天子憶揚州，厭坐深宫傍海遊。穿地鑿山開御路，鳴笳疊鼓汎春（今按，《全唐詩》作「清」）流。流從鞏北河汾（今按，據《搜玉小集》、《文苑英華》卷三二三，當爲「河分」，《全唐詩》作「分河」）口，直到淮南種官柳。功成力盡人旋亡，運（今按，《全唐詩》作「代」）謝年移樹空有。當時綵女侍君王，帳殿（今按，《全唐詩》作「繡帳」）旌門對柳行。青葉交垂連幔色，白花飛散染衣香。今日摧殘何用道，數里曾無一株（今按，《全唐詩》作「枝」）好。驛騎江（今按，《全唐詩》作「征」）帆損更多，山精野魅藏應老。涼秋九月（今按，《全唐詩》作「涼風八月」）露爲霜，日夜孤舟入帝鄉。河畔時時聞落

木（今按，《全唐詩》作「木落」，注云：一作「落葉」），客中無箇不沾裳（今按，《全唐詩》作「無不淚沾裳」）。

賀知章

望人家桃李花

山源夜雨度仙家，朝發東園桃李花。桃花紅，李花白，（今按，此兩句《全唐詩》作「桃花紅兮李花白」）照灼城隅復南陌。南陌青樓十二重，春風桃李誰爲（今按，《全唐詩》作「爲誰」）容。棄置千金輕不顧，踟蹰五馬謝相逢。徒言南國容華晚，遂歎西家飄落遠。的皪長奉明光殿，氛氲半入披香苑。苑中珍木元自奇，黄金作葉白銀枝。千年萬歲不凋落，還將桃李更相宜。桃李從來露井傍，成蹊結影矜艷陽。莫道春光（今按，《全唐詩》作「花」）不可樹，會持仙實薦君王。

孫逖

雜言丹陽行

丹陽古郡洞庭陰，落日扁舟此路尋。傳是東南舊都處，金陵中斷碧江深。在昔風塵起，京都亂如燬。雙闕戎虜間，千門戰場裏。傳聞一馬化爲龍，南渡衣冠亦願從。石頭横帝里，

京口拒戎鋒。青楓林下迴天蹕，杜若洲前轉國容。都門不見河陽樹，輦道唯聞建鄴鐘。中原悠悠幾千里，欲掃攙搶（今按，《全唐詩》作「欃槍」）未云已。英雄傾奪何紛然，□（今按，原文缺此字，姚本、《全唐詩》作「一」）盛一衰如逝川。可憐宮觀重江裏，金鏡相傳三百年。自從龍見聖人出，六合車馬（今按，姚本、屠隆本、牛斗本、刻者不詳明本、《文苑英華》卷三〇九、《全唐詩》皆作「書」）混爲一。昔年王氣今何在，併向長安就堯日。荆榛古木閉荒阡，共道繁華不復全。赤縣唯餘江樹月，黄圖半入海人煙。暮來山水登臨遍，覽古愁吟淚如霰。唯有空城多白雲，春風淡蕩無人見。

萬齊融

三日緑潭篇

春潭滉漾接隋宫，宫闕連延潭水東。蘋苔嫩色含波緑，桃李新花照底紅。垂菱布藻如粧鏡，麗日晴天相照映。素影沉沉對蝶飛，金沙礫礫窺魚泳。佳人祓禊賞韶年，傾國傾城併可憐。拾翠總來芳樹下，踏青争近緑潭邊。公子王孫恣遊翫，沙場水曲情無厭。禽浮似楫（今按，姚本、牛斗本、刻者不詳明本作「揖」，《唐詩紀事》卷二二、《全唐詩》卷一一七作「挹」）羽觴杯，鱗躍疑

投水心劍。金鞍玉勒騁輕肥，落絮紅塵擁路飛。緑水殘霞催席散，畫樓初月待人歸。

蔡　孚

打毬篇（并序）

臣謹按，打毬者，往之蹴踘古戲也。黄帝所作兵勢，以練武士，知有材也。竊美其事，謹奏《打毬篇》一章，凡七言九韻。

德陽宫北苑東頭，雲作高臺月作樓。金鎚玉鑾（今按，屠隆本、牛斗本作「鑿」）千金地，寶杖琱文七寶毬。竇融一家三尚主，梁冀頻封萬户侯。容色由來荷恩顧，意氣平生事俠遊。共道用兵如斷蔗，俱能走馬入長楸。紅鬣錦鬃（今按，《全唐詩》作「鬃」）風騄驥，黄駱（今按，《全唐詩》作「絡」）青絲電紫騮。奔星亂下花場裏，初月飛來畫仗頭。自有長鳴須決勝，能馳迅足（今按，《全唐詩》作「走」）滿先籌。暮薄漢宫愉樂罷，還歸堯室曉垂旒。

已上係初唐之詩。

韋應物

五絃行

美人爲我彈五絃，塵埃忽静心悄然。古刀幽磬初相觸，千珠貫斷落寒玉。中曲又不喧，徘徊夜長月當軒。如伴流風縈艷雪，更逐落花飄御園。獨鳳寥寥有時隱，碧霄來下聽還近。燕姬有恨楚客愁，言之不盡聲能盡。未（今按，據姚本及《全唐詩》，當爲「未」）曲感我情，解憂釋結和樂生。壯士有仇未得報，拔劍欲去忿已平。忿已平（今按，《全唐詩》無此三字），夜寒酒多愁遽明。

驪山行

君不見開元至化垂衣裳，厭坐明堂朝萬方。訪道靈山降聖祖，沐浴華池集百祥。千乘萬騎被原野，雲霞草木相輝光。禁仗圍山曉霜勁（今按，《全唐詩》作「切」），離宫積翠夜漏長。玉階寂歷朝無事，碧樹萋蕤寒更芳。三清小鳥傳仙語，九華真人奉瓊漿。下元昧爽漏恒秩，登山朝禮玄元室。翠華稍隱天半雲，丹閣先（今按，《全唐詩》作「光」）明海中日。羽旗旄節憩瑶臺，清絲妙管從空來。萬井九衢皆仰望，彩雲白鶴方徘徊。憑高覽古嗟寰宇，造化茫茫思

悠哉。秦川入（今按，據屠隆本、《全唐詩》，當爲「八」）水長繚繞，漢氏五陵空崔嵬。乃言聖祖奉丹經，以年爲日億萬齡。蒼生咸壽陰陽泰，高謝前王出塵外。英豪共理天下晏，戎夷讋伏兵無戰。時豐賦斂未告勞，海闊珍奇亦來獻。干戈一起文武乖，歡虞（今按，《全唐詩》作「娱」，字通）已極人事變。聖皇弓劍墜幽泉，古木蒼山閉宫殿。纘承鴻業聖明君，威震六合驅妖氛。太平遊幸今可待，湯泉嵐嶺還氛氲。

劉長卿

登吴故城歌（今按，「故」，《全唐詩》作「古」）

登古城兮思古人，感覽（今按，據屠隆本、《全唐詩》，當爲「賢」）達兮同埃塵。望平原兮寄遠目，歎姑蘇兮聚麋鹿。黄池高會事未然（今按，《全唐詩》作「終」），滄海横流人蕩覆。伍員殺身誰不冤，竟看墓樹如所言。越王嘗膽安可敵，遠取石田何所益。一朝空謝會稽人，萬古猶傷甬東客。黍離離兮城坡埯，牛羊踐兮牧豎歌。野無人兮秋草緑，園爲墟兮古木多。白楊蕭蕭兮悲故柯，黄雀啾啾兮争晚禾。荒阡斷兮誰重過，孤舟逝兮愁若何。天寒日暮江楓落，葉去辭風水自波。

小鳥篇上裴尹

藩籬小鳥何甚微，翩翩日夕空此飛。只緣六翮不自致，長似孤雲無所依。西城黯黯斜暉落，衆鳥紛紛皆有託。獨立雖輕燕雀羣，孤飛還懼鷹鸇搏。自憐天上青雲路，弔影徘徊獨愁暮。銜環（今按，《全唐詩》作「花」）縱有報恩時，擇木誰容託身處。歲月蹉跎飛不進，羽毛顦悴何人問。繞樹空隨烏鵲驚，巢林只有鷦鷯分。主人庭中蔭喬木，愛此清陰欲棲宿。少年挾彈遥相猜，遂使驚飛往復迴。不辭奮翼向君去，唯怕金丸隨後來。

馮　著

行路難

男兒轗軻徒搔首，入市脱衣且沽酒。行路難，權門慎勿干，平人争路相摧殘。春秋四氣更迴换，人事何須再三歎。君不見雀爲鴿，鷹爲鳩，東海成田谷爲岸。負薪客，歸去來。龜反顧，鶴徘徊，黄河岸上起塵埃。（今按，《全唐詩》注云：一本作「負薪起塵埃」，無「客歸去」至「岸上」十四字）相逢未相識，何用强相猜。行路難，故山應不改，茅舍漢中在。白酒杯中聊一歌，蒼蠅蒼蠅奈爾何。

錢　起

雜言山中寄時校書

蓬萊紫氣温如玉，唯予知爾陽春曲，别來幾日芳蓀緑。百花滿眼（今按，《全唐詩》作「酒滿」）不見君，青山一望心斷續。

李嘉祐

夜聞江南人家賽神因題即事

南方淫祀古風俗，楚媪解唱迎神曲。鎗鎗銅鼓蘆葉深，寂寂瓊筵江水渌。雨過風清洲渚閑，椒漿醉盡神欲（今按，《全唐詩》作「迎神」）還。帝女凌空下湘岸，番君隔浦向堯山。月隱回塘猶自舞，一門依倚神之祜。韓康靈藥不復求，扁鵲醫方曾莫覩。逐客臨江空自悲，月明流水無已時。聽此迎神送神曲，攜觴欲弔屈原祠。

釋皎然

花石長枕歌答章居士（今按，《全唐詩》後有「贈」字）

楚山有石郢人琢，琢成長枕知是玉。全疑冰片睡（今按，《全唐詩》作「坐」）恐銷，間發花叢驚不足。贈予比之金琅玕，瓊花爛爛（今按，《全唐詩》作「爛熳」）浮席端。吾師遺吾不執寶，今日感君因執看。試叩鏗然應清律，纖塵不留蠅敢拂。萬物皆因造化資，如何獨負清貞質。南山有雲鵠在空，長松爲我生涼風，高支（今按，《文苑英華》卷三四七同此，《全唐詩》作「友」，注云：一作「文」）飽（今按，《文苑英華》作「抱」，《全唐詩》作「朗」）詠樂其中。行住四儀皆道意，不覺小乘西竺（今按，《全唐詩》作「一曲」）士。唯將此物安坐（今按，《全唐詩》作「座」）隅，取次閑眠有禪味。

李　端

瘦馬行

城傍牧馬驅未過，一馬徘徊起還卧。眼中有淚皮有瘡，骨毛焦瘦令人傷。朝朝放在兒童手，誰覺舉頭看故鄉。往時漢地相馳逐，如雨如風過平陸。豈意今朝驅不前，蚊蚋滿身泥

上腹。路人識是名馬兒，疇昔三軍不得騎。玉勒金鞍既已遠，追奔獲獸有誰知。終身櫪上食君草，遂與駑駘一時老。儻借長鳴隴上風，猶期一戰安西道。

樵歌呈鄭錫司空文明（今按，「樵」，《全唐詩》作「雜」）

昨宵夢到亡何鄉，忽見一人山之陽。高冠長劍立石堂，鬢眉颯爽瞳子方。胡麻作飯瓊（今按，《全唐詩》作「瓊」）作漿，素書一帙在柏牀。啖我還丹拍我背，令我延年在人代。乃書數字與我持，小兒歸去須讀之。覺來知是虛無事，山中雪平雲覆地。東嶺啼猿三四聲，捲簾一望心堪碎。蓬萊有梯不可躡，向海回頭仍淚睫（今按，《全唐詩》作「淚盈睫」）。且聞童子是蒼蠅，誰謂莊生異蝴蝶。學仙去來辭古人，長安道路多風塵。

雜歌

漢水至清泥則濁，松枝至堅蘿則弱。十二女子（今按，《全唐詩》作「十三女兒」）事他家，顔色如花終索寞。蘭生當門燕巢幕，蘭芽未吐燕泥落。爲姑偏忌諸嫂良，作婦翻嫌婿家惡。人生照鏡須自知，無鹽何用妬西施。秦庭野鹿忽爲馬，巧僞亂真君試思。伯奇掇蜂賢父逐，曾參殺人慈母疑。酒沽千日人不醉，琴弄一絃心已悲。常聞善交無爾汝，讒口甚甘良藥苦。山雞錦翼豈鳳凰，隴鳥人言止鸚鵡。向栩非才徒隱竈，田文有命那關户。滹（今按，《全唐詩》

作「犀」）燭江行見鬼神，木人登席呈歌舞。欒生東去終居趙，陽虎北轅翻適楚。世間反覆不易陳，緘此貽君淚如雨。

顧　況

劉禪奴彈琵琶歌（感杞〔今按，據姚本及《全唐詩》，當爲「相」〕國韓公夢。）

樂府只傳横吹好，琵琶寫出關山道。羈鴻出塞繞黄雲，邊馬仰天嘶白草。明妃怨中漢使迴，蔡琰愁處胡笳哀。鬼神知妙欲收響，陰風切切四面來。李陵寄書别蘇武，自有生人無此苦。當時若值霍驃姚，滅盡烏孫奪公主。

李　益

促促曲（今按，《全唐詩》作《效古促促曲爲河上思婦作》）

促促何促促，黄河九回曲。嫁與棹船郎，空牀將影宿。不道君心不如石，那教妾貌長如玉。

塞下曲

蕃州部落能結束，朝暮馳獵黄河曲。燕聲一斷（今按，《全唐詩》作「燕歌未斷」）塞鴻飛，牧馬羣嘶邊草緑。秦築長城城已摧，漢武北上單于臺。古來征戰虜不盡，今日還復天兵來。黄河東流流九折，沙場埋恨何時絶。蔡琰没去造胡笳，蘇武歸來持漢節。爲報如今都護雄，匈奴且莫下雲中。請書塞北陰山石，願比燕然車騎功。（今按，《全唐詩》分作四首七言絶句）

登天壇夜見海（今按，《文苑英華》卷一五二「海」下有「日」字）

朝遊碧峰三十六，夜上天壇月邊宿。仙人攜我搴玉英，壇上夜半東方明。仙鐘撞撞近海日，海中離離三山出。霞梯赤城遥可分，霓旌絳節倚彤雲。八鸞五龍（今按，《全唐詩》作「鳳」）紛在御，王母欲上朝元君。羣仙指此爲我説，幾見塵飛滄海竭。竦身别我期丹宫，空山處處遺清風。九州下視杳未旦，一半浮生皆夢中。始知武皇求不死，去逐瀛洲羨門子。

張建封

酬韓校書愈打毬歌

僕本修文持筆者，今來帥領紅旌下。不能無事習蚍矛，閑就平場學使馬。軍中伎癢驍智

材，競馳駿逸隨我來。護軍對引相向去，風呼月旋朋先開。俯身仰擊復傍擊，難於古人左右射。齊觀百步透短門，誰羨養由遥破的。儒生疑我新發狂，武夫愛我生雄光。杖移鬃底拂尾後，星從月下流中場。人不約，心自一。馬不鞭，蹄自疾。凡情莫辨捷中能，拙目翻驚巧時失。韓生訝我爲斯藝，勸我徐驅作安計。不知戎事竟何成，且愧吾人言一（今按，《全唐詩》作「一言」）惠。

楊巨源

楊花落

北斗南迴春物老，紅英落盡緑尚早。韶風澹蕩無所依，偏惜（今按，據《全唐詩》卷三三三、六三九，當爲「惜」）垂楊作春好。此時可憐楊柳花，縈（今按，《全唐詩》作「縈」，注云：一作「縈」）盈艷曳滿人家。人家女兒出羅幕，静掃玉庭待花落。寶環纖手捧更飛，翠羽輕裾承不着。歷歷垂瑟舞瑶陳（今按，《才調集》卷九、《全唐詩》卷六三九作「瑶琴舞袖陳」，《文苑英華》卷三二三、《全唐詩》卷三三三作「瑶琴舞金陣」），菲紅拂黛憐玉人。東園桃李芳已歇，獨有楊花嬌暮春。

已上係中唐之詩。

劉禹錫

採菱女（今按，《全唐詩》注云：一作《採芰女》）

白馬湖平秋日光，紫菱如錦綵鸞（今按，《全唐詩》作「鴛」）翔。盪舟遊女滿中央，採菱不顧馬上郎。争多逐勝紛相向，時轉蘭橈破輕浪。長鬟弱袂動參差，釵影釧文浮蕩漾。笑語哇咬顧晚暉，蓼花緑（今按，《全唐詩》作「緣」）岸扣舷歸。歸來共到市橋步，野蔓繫船萍滿衣。家家竹樓臨廣陌，下有連檣多估客。攜觴薦芰夜經過，醉榻（今按，《全唐詩》作「踏」）大堤相應歌。屈平祠下沅江水，月照寒波白煙起。一曲南音此地聞，長安北望三千里。

百舌吟

曉星寥落春雲低，初聞百舌間關啼。花枝（今按，《全唐詩》作「樹」）滿空迷處所，摇動繁英墜紅雨。笙簧百囀音韻多，黄鸝吞聲燕無語。東方朝日遲遲升，迎風弄影如自矜。數聲不盡又飛去，何許相逢緑楊路。綿蠻宛轉似娱人，一心百舌何紛紜。酡顔俠少停歌聽，墮（今按，《全唐詩》作「墜」）珥妖姬和睡聞。可憐光景何時盡，誰能低迴避鷹隼。廷尉張羅自不關，潘

郎挾彈無情損。天生羽族爾何微，舌端萬變乘春暉。南方朱鳥一朝見，索寞（今按，《全唐詩》作「漠」）無言蒿下飛。

泰娘歌（并序）（今按，「序」，《全唐詩》作「引」）

泰娘本韋尚書家主謳者。初，尚書爲吴郡，得之，命樂工誨之琵琶，使之歌且舞，無幾何，盡得其術。居一二歲，攜之以歸京師。京師多新聲善工，於是又捐去故技，以新聲度曲教之，又盡其妙。而泰娘名字，往往見稱於貴遊之間。元和初，尚書薨於東京，泰娘出居民間，久之，爲蘄州刺史張遜所得。其後，遜坐事謫武陵郡，遜卒，泰娘無所歸，地荒且遠，無有能知其容與藝者，故日抱樂器而哭，其音焦殺以悲。雒（今按，《全唐詩》無「雒」字）客聞之，爲歌其事，以足（今按，《全唐詩》作「續」）于樂府云。

泰娘家本閶門西，門前緑水環金堤。有時粧成好天氣，走上河（今按，《全唐詩》作「皋」，注云：一作「高」）橋折花戲。風流太守韋尚書，路傍忽見停隼旟。斗量明珠鳥傳意，紺幰（今按，《全唐詩》作「幰」）迎入專城居。長鬟如雲衣似霧，錦茵羅薦承輕步。舞學驚鴻水榭春，歌傳上客蘭堂暮。從郎西入帝城中，貴遊簪組香簾櫳。低鬟緩視抱明月，纖指破撥生胡風。繁華一旦有消歇，題劍無光履聲絶。洛陽舊宅生草萊，杜陵蕭蕭松柏哀。粧奩蟲網厚如繭，博

山爐側傾寒灰。蘄州刺史張公子，白馬新到銅駝里。自言買笑輕黄金，月墜（今按，《全唐詩》作「墮」）雲中從此始。安知鵬鳥座隅飛，寂寞旅魂招不歸。秦家（今按，《全唐詩》作「嘉」）鏡有前時結，韓壽香銷故篋衣。山城少人江水碧，斷鴈哀猿風雨夕。朱絃已絶爲知音，雲鬢未秋私自惜。舉目風煙非舊時，夢尋歸路多參差。如何將此千行淚，更灑湘江斑竹枝。

孟　郊

巫山高（今按，《全唐詩》作《巫山曲》）

巴江上峽重復重，陽臺峭壁（今按，《全唐詩》作「碧峭」）十二峰。荆玉（今按，據姚本及《全唐詩》，當爲「王」）獵時逢春（今按，《全唐詩》作「暮」）雨，夜卧高丘夢神女。輕紅流煙濕艷姿，行雲飛去明星稀。目極魂斷望不見，猿啼三聲淚沾衣。

李　紳

閭里謡

鄉里兒，桑麻鬱（今按，「鬱」，《全唐詩》作「鬱鬱」），禾黍肥，冬有襤褵夏有絺。兄鉏弟耨妻在機，

夜犬不吠開蓬扉。鄉里兒，醉還飽，濁醪初熟勸翁媼。鳴鳩拂羽知年好，齊和楊花踏青草。勸少年，樂耕桑。使君爲我剪荆棘，使君爲我驅豺狼。林中無虎山有鹿，水底無蛟魚有魴。父子獵歸白日暮（今按，《全唐詩》作「父漁子獵日歸暮」），明月處處春黄糧。鄉里兒，東家父老爲爾言，鼓腹那知生育恩。莫令太守馳朱轓，懸鼓一鳴鼙（今按，《全唐詩》作「盧」）鵲喧。惡聲主吏噪爾門，唧唧力力烹雞豚。鄉里兒，莫悲咤。上有明王頒詔下，重選賢良恤孤寡。春日遲遲驅五馬，留犢投錢以爲謝。鄉里兒，終爾詞。我無却（今按，《全唐詩》作「工」）巧惠（今按，《全唐詩》作「唯」）無私，舉手一揮臨路岐。

白居易

古挽歌（今按，《全唐詩》作《挽歌詞》）

丹旐何飛揚，素驂亦悲鳴。晨光照閭巷，輀車儼欲行。蕭條九月天，挽出洛陽（今按，《全唐詩》作「哀挽出重」，注云：一作「晚出洛陽」）城。借問送者誰，妻子與弟兄。蒼蒼古原上（今按，《全唐詩》作「上古原」），峨峨開新塋。含酸一悲（今按，《全唐詩》作「慟」）哭，異口同哀聲。舊隴轉蕪絶，新墳日羅列。春風秋草（今按，《全唐詩》作「草緑」）北邙山，此地年年生死别。

縣西郊秋寄贈馬造（今按，《全唐詩》注云：一作「達」）

紫閣峰西清渭東，野煙深處夕陽中。風荷老葉蕭條緑，水蓼殘花寂寞紅。我厭宦遊君失意，可憐秋思兩心同。

真娘墓（其墓前乃虎丘寺也。）

真娘墓，虎丘道。不識真娘鏡中面，唯見真娘墓頭草。霜摧桃李風折蓮，真娘死時猶少年。脂膚荑手不牢固，世間尤物難留連。難留連，易銷歇。塞北花，江南雪。

陳　陶

關山月

昔年嫖姚護羌月，今照嫖姚雙鬢雪。青塚曾無尺寸歸，錦書多寄窮荒骨。百戰金鎗（今按，《全唐詩》作「瘡」）體沙磧，鄉心一片懸秋碧。漢地（今按，《全唐詩》作「城」，注云：一作「帝」）應啼（今按，《全唐詩》作「期」）破鏡時，胡塵萬里嬋娟隔。度磧衝雲朔風起，邊笳欲曉（今按，《全唐詩》作「晚」）生青珥。隴上横吹霜色刀，何年斷得匈奴臂。

謫仙詞

牧龍丈人病高秋，羣童擊節星漢愁。瑶堂（今按，《全唐詩》作「臺」）鳳輦不勝恨，太古一聲龍白頭。玉氣蘭光久摧折，上清雞犬音書絶。蜺旌失手遠於天，三島空雲對秋月。人間磊磊浮漚客，鷺鷥蜻蜓飛自隔。不應冠蓋逐黄埃，長夢真君舊恩澤。

温庭筠

謝公墅歌

朱雀航南繞香陌，謝郎東墅連春碧。鳩眠高柳日方融，綺榭飄飖紫庭客。文楸方罫花參差，心陣未成星滿池。四座無喧梧竹静，金蟬玉柄俱持頤。對局含頻（今按，據姚本、屠隆本作「嚬」，字通，《全唐詩》作「情」）見千里，都城已得長蛇尾。江南王氣繫疏襟，未許符（今按，屠隆本、《全唐詩》作「苻」，字通）堅過淮水。

李羣玉

人日梅花病中作

去年今日湘西（今按，《全唐詩》作「南」）寺，獨把寒梅愁斷腸。今年此日江邊宅，卧見瓊枝低壓墻。半落半開臨野岸，團情團思醉韶光。玉鱗寂寂飛斜月，素手亭亭對夕陽。已被兒童苦攀折，更遭風雪損馨香。洛陽桃李漸撩亂，迴首行宫春景長。

陸龜蒙

放牛歌

江草秋窮似秋半，十角吴牛放江岸。鄰肩抵尾乍依猥，横去斜奔忽分散。荒陂斷塹無端人，背上時時孤鳥立。日暮相將帶雨歸，田家煙火微茫濕。

已上係晚唐之詩。

唐詩拾遺目録

第四卷　五言絶句

陳叔達（一）　郭　振（三）　孟浩然（一）　裴　迪（一）　崔　顥（一）　王昌齡（一）　崔國輔（三）　高　適（二）　岑　參（四）　錢　起（五「今按，當爲「十五」」）　韋應物（七）　皇甫冉（三）　李　端（一）　戴叔倫（一）　張仲素（六）　令狐楚（二）　李　賀（五）　張　籍（一）　劉禹錫（一）　楊巨源（一）　白居易（二）　張　祐（今按，一作「祜」）（一）　陸龜蒙（一）　李　暇（一）　薛維翰（二）　山中客（一）　樂　府（四）

七言絶句

崔敏重（今按，當爲「童」）（一）　崔　惠（今按，當爲「崔惠童」）（一）　杜審言（一）　沈佺期（一）

韋嗣立（一）　蘇　頲（一）　李　乂（一）　宋之問（一）　武平一（一）　孟浩然（一）　張子容（一）　裴　迪（一）　王　維（二）　王昌齡（三）　高　適（二）　錢　起（三）　韋應物（三）　劉長卿（一）　秦　係（一）　皇甫曾（一）　李嘉祐（一）　釋皎然（二）　釋靈一（一）　包　佶（一）　司空曙（一）　韓　翃（二）　顧　況（三）　徐　凝（一）　李正封（一）　李益（一）　劉　商（一）　武元衡（一）　張仲素（二）　令狐楚（一）　韓　愈（二）　李　涉（三）　劉禹錫（三）　張　籍（八）　楊巨源（一）　吕　温（一）　李　賀（二）　劉言史（二）　陳　羽（一）　歐陽詹（一）　沈亞之（一）　杜　牧（一）　許　渾（六）　趙　嘏（二）　陳陶（六）　温庭筠（一〔今按，當爲「三」〕）　周　朴（一）　吴　融（一）　王　駕（一）　韋　莊（一）　王貞白（一）　江　爲（一）　樂　府（七）　盧　貞（一）　王　周（一）

唐詩拾遺卷之四

五言絶句

陳叔達

初年

和風起天路，嚴氣消冰井。索索枝未柔，厭厭漏猶永。

郭　振（今按，《全唐詩》卷六六作「郭震」）

昭君怨（今按，《全唐詩》作《王昭君》）

聞有南河信（今按，《全唐詩》注云：一作「聞道河南使」），傳言殺畫師。始知君念重，復遺畫（今按，《搜玉小集》、《全唐詩》作「更肯惜」，《文苑英華》卷二〇四作「更復惜」，《全唐詩》注云「肯惜」一作「復畫」）蛾眉。

子夜秋歌

邀歡空佇立，望美頻迴顧。何時復採菱，江中密相遇。

子夜冬歌

北極嚴氣昇，南至温風謝。調絲競短歌，拂枕憐長夜。

已上初唐之詩。

孟浩然

醉後贈高四（今按，「高」，屠隆本、《全唐詩》作「馬」）

四海重然諾，吾嘗聞白眉。秦城遊俠客，相待（今按，屠隆本、《全唐詩》作「得」）半酣時。

裴　迪

輞口遇雨憶終南山因獻絶句（今按，《全唐詩》作「因獻王維」）

積雨晦空曲，平沙滅浮彩。輞冰（今按，據姚本、屠隆本、牛斗本及《全唐詩》，當爲「水」，刻者不詳明本作

「口」）去悠悠，南山復何□（今按，原文此字闕，姚本、《全唐詩》等皆作「在」）。

崔　顥

長干曲

三江潮水急，五湖風浪涌。由來花性輕，莫畏蓮舟重。

王昌齡

題灞池

開門望長川，薄暮見漁者。借問白頭翁，垂綸幾年也。

崔國輔

襄陽曲二首

蕙草嬌紅萼，時光舞碧雞。城中美年少，相見白銅鞮。

其二

少年襄陽地，來往襄陽城。城中輕薄子，知妾解秦筝。

子夜冬歌

寂寥抱冬心，裁羅文（今按，《全唐詩》作「又」）褧褧。夜久頻挑燈，霜寒剪刀冷。

高　適

閑居

柳色驚心事，春風厭索居。方知一杯酒，猶勝百家書。

封丘作

州縣才難適，雲山道欲窮。揣摩慙黠吏，棲隱謝愚公。

岑　參

尚書念舊垂賜袍衣率題絶句獻上申謝

富貴情還在，相逢豈間然。綈袍更有贈，猶荷故人憐。

題井陘雙溪李道士所居

五粒松花酒，雙溪道士家。唯求縮却地，鄉路莫教賒。

題雲際南峰眼上人讀經堂（眼公不下此堂十五年矣。）

結宇題三藏，焚香老一峰。雲間獨坐卧，秖是對杉（今按，《全唐詩》作「山」）松。

經隴頭分水

隴水何年有，潺潺逼路傍。東西流不歇，曾斷幾人腸。

已上係盛唐之詩。

錢　起

江行無題十三首（今按，《全唐詩》卷七一二又作錢珝詩）

自念平生意，曾期一郡符。可（今按，《全唐詩》卷二三九作「豈」）知因謫宦，斑鬢入江湖。

其二

睡穩葉舟輕，風微浪不驚。任君蘆葦岸，終夜動秋聲。

其三

見底高秋水，開懷萬里天。旅吟還有伴，沙柳數枝蟬。

其四

土曠深耕少，江平遠釣多。生平皆棄本，金革竟何如（今按，姚本、《全唐詩》等皆作「如何」）。

其五

白帝朝驚浪，陽臺（今按，《全唐詩》卷七一二同此，卷二三九作「潯陽」）暮映雲。等閑生險易，世路秪如君。

其六

近戍離金落，孤岑望火門。唯將知命意，瀟灑向乾坤。

其七

江草何多思，冬青尚滿洲。誰能驚鵩鳥，作賦爲沙鷗。

其八

幸有煙波興，寧辭筆硯勞。緣情無怨刺，却似反離騷。

其九

沙上獨行時，吟高（今按，《全唐詩》作「高吟」，注云：一作「吟情」）到楚祠。難將垂岸蓼，盈把當江蘺。

其十

柳拂斜陽（今按，《全唐詩》作「開」）路，籬邊數户村。可能還有意，不揜向江門。

其十一

不識相如（今按，《全唐詩》作「桓公」）渴，徒吟子美詩。江清唯獨看，心外更誰知。

其十二

佳節雖逢菊，浮生正似萍。故山何處望，荒岸小長亭。

其十三

夜江清未曉，徒惜月光沉。不是因行樂，堪傷老大心。

石上苔

淨與溪色連，幽宜松雨滴。誰知古石上，不染世人跡。

東坡（一作《憶皇子陂》。）

永日興難忘，掇芳春陂曲。新晴花枝下，愛此苔水緑。

韋應物

答李澣三首

孤客逢春暮，緘情寄舊遊。海隅人使遠，書到洛陽秋。

其二

馬卿猶有璧（今按，屠隆本、牛斗本、《全唐詩》作「壁」），漁父自無家。想子念何處，扁舟隱荻花。

其三

林中觀易罷，溪上對鷗閑。楚俗饒辭客，何人最往還。

答王卿送别

去馬嘶春草，歸人立夕陽。元知數口别，要使兩情傷。

詠春雪

徘徊輕雪意，似惜艷陽時。不悟風花冷，飜令梅柳遲。

詠水晶

映物隨顏色，含空無表裏。持來向明月，的皪愁成水。

詠夜

明從何處去，暗從何處來。但覺年年老，半是此中催。

皇甫冉

春草（今按，《全唐詩》作「早」）

草遍潁陽山，花開武陵水。春色既已同，人心亦相似。

酬李判官度梨嶺見寄

隴首怨西征，嶺南鴈北顧。行人與流水，共向閩中去。

病中對石竹花

散點空堦下，閑凝細雨中。那能久相伴，嗟爾殢秋風。

李　端

觀鄰老栽松

雖過老人宅，不解老人心。何事殘陽裏，栽松欲待陰。

戴叔倫

勸陸三

寒郊好天氣，勸酒莫辭頻。擾擾鍾陵市，無窮不醉人。

張仲素

宫中樂

江果瑶池實，金盤露井冰。甘泉將避暑，臺殿曉光凝。

春遊曲三首

煙柳飛輕絮，風榆落小錢。濛濛百花裏，羅綺競秋千。

其二

騁望登香閣，争高下砌臺。林間踏青去，席上意錢（今按，《全唐詩》作「寄牋」）來。

其三

行樂三春節，林林（今按，《唐詩紀事》卷四二、《樂府詩集》卷七七、《全唐詩》卷三六七作「林花」）百和香。當年重意氣，先占鬥雞場。

春江曲二首

家寄征江（今按，《全唐詩》作「河」）岸，征人幾歲遊。不知潮水信，每日到沙頭。

其二

乘曉南湖上（今按，《全唐詩》作「去」），參差疊浪横。前洲在何處，霧（今按，《唐詩紀事》卷四二「王涯」條作「露」，《全唐詩》作「霜」）裏鴈嚶嚶。

令狐楚

遠别離二首

楊柳黄金穗，梧桐碧玉枝。春來消息斷，早晚是歸時。

其二

玳織鴛鴦履，金裝翡翠篸。畏人相問著，不擬到城南。

已上係中唐之詩。

李　賀

莫種樹

園中莫種樹，種樹四時愁。獨睡南牀月，今秋似去秋。

馬四首

大漠沙如雪，燕山月似鈎。何當金絡腦，快走踏清秋。

其二

香襆赭羅新，盤龍蹙鐙鱗。迴看南陌上，誰道不逢春。

其三

忽憶周天子，驅車上玉山。鳴騶辭鳳苑，赤驥最承恩。

其四

催榜渡江東（今按，《全唐詩》作「烏江」），神騅泣向風。君王今解劍，何處逐英雄。

張　籍

禪師（今按，《全唐詩》注云：一作《西峰頂》）

獨在西峰頂，年年閉石房。定中無弟子，人到爲焚香。

劉禹錫

淮陰行

今日轉船頭，金烏指西北。煙波與春草，千里同一色。

楊巨源

題范陽金臺驛

六國唯求客，千金遂築臺。若令逢聖代，憔悴郭生回。

白居易

庾樓歲旦

歲時銷旅貌，風景觸鄉愁。牢落江湖意，新年上庾樓。

微之敦詩晦步相次淪逝巋然自傷（今按，據《全唐詩》，「晦步」當爲「晦叔」，「晦叔」乃崔玄亮之字；「淪逝」，《全唐詩》作「長逝」；「自傷」下有「因成二絶」四字，此爲第二首）

長夜君先去，殘年我幾何。秋風滿衫淚，泉下故人多。

讀曲歌

張　祐（今按，一作「張祜」）

不見心相許，徒云脚漫勤。摘荷空摘葉，是底採蓮人。

子夜秋歌

陸龜蒙

涼漢清泬寥，哀林怨風雨。愁聽絡緯吟（今按，《全唐詩》作「唱」），似與羈魂語。

李　暇

楚調曲（今按，《全唐詩》作《怨詩》）

何處期郎遊，小苑花臺間。相憶不可見，且復乘月還。

薛維翰（今按，《唐詩紀事》卷二〇、《樂府詩集》卷八六、《全唐詩》二九同此，《全唐詩》卷一四五作「蔣維翰」）

古歌二首

美人怨何深，含情倚金閣。不嚬復不語，紅淚雙雙落。

其二

美人閉紅燭，獨坐裁新錦。頻放剪刀聲，夜寒知未寢。

已上係晚唐之詩。

山中客（今按，《萬首唐人絶句》卷二三同此。《全唐詩》卷八六二作「木客」，注云：「鄱陽山中有木客，秦時造阿房宫者。食木實，得不死。時下山，就民間取酒。爲詩云。」詩無題）

别酒主人

酒盡君莫沽，壺乾（今按，《全唐詩》作「傾」）我當發。城市多囂塵，還山弄明月。

樂　府

甘州

欲使傳消息，空書意不任。寄君明月鏡，偏照故人心。

祓禊曲三首

昨見春條緑，那知秋葉黄。蟬聲猶未斷，塞鴈已成行。

其二

金谷園中柳，春來自（今按，《全唐詩》作「已」，注云：一作「自」，一作「學」）舞腰。那看好風景，獨上洛陽橋。

其三

何處堪愁思，花間長樂宫。君王不重客，泣淚向東（今按，《全唐詩》作「春」）風。

已上詩，無名氏、世次可考。

七言絶句

崔敏重（今按，中華書局影印本《文苑英華》卷二一五同此，四庫本《文苑英華》、《唐詩紀事》卷二五、《全唐詩》卷二五八作「崔敏童」。下詩作者「崔惠」，《文苑英華》卷二一五作「崔惠」，《萬首唐人絶句》卷三八作「崔思」，《唐詩紀事》卷二五、《全唐詩》卷二五八作「崔惠童」。記載頗有歧異。按，《新唐書》卷八三記載，玄宗女晉國公主下嫁崔惠童。《文苑英華》卷三九六載有孫逖《授崔惠童衛尉卿等制》。《舊唐書》卷一〇四《哥舒翰傳》載：「上使内侍高力士及中貴人於京城東駙馬崔惠童池亭宴會。」則「崔惠」實爲「崔惠童」之脱誤。《唐詩紀事》卷二五云「敏童、惠童，昆季也」，則「崔敏重」應作「崔敏童」爲是）

宴城東莊

一年又過（今按，《唐詩紀事》、《全唐詩》作「始有」，《文苑英華》卷二一五作「過又」）一年春，百歲曾無百歲人。能向花中（今按，《全唐詩》作「前」）幾回醉，十千沽酒莫辭貧（一作「頻」。）。

崔　惠（今按，當爲「崔惠童」，參看上詩作者下校考）

奉和宴城東莊（今按，《唐詩紀事》、《全唐詩》無「奉和」二字）

一月主人（今按，《全唐詩》同此，《唐詩紀事》卷二五作「人生」，《文苑英華》卷二一五作「生人」）笑幾回，相逢相值（今按，《唐詩紀事》、《全唐詩》作「識」）且銜杯。眼看春色如流水，今日殘花昨日開。

杜審言

戲贈趙使君美人

紅粉青娥映楚雲，桃花馬上石榴裙。羅敷獨向東方去，謾學他家作使君。

沈佺期

上巳日祓禊渭濱

寶馬香車清渭濱，紅桃緑（今按，《全唐詩》作「碧」）柳禊堂春。皇情尚憶垂竿佐，天祚先呈捧劍人。

韋嗣立

奉和上巳日祓禊渭濱

乘春祓禊逐風光，扈蹕陪鑾渭渚傍。還笑當時水濱老，衰年八十待文王。

蘇頲

侍宴桃花園詠桃花應制

桃夭（今按，《全唐詩》作「花」）灼灼有光輝，無數成蹊點更飛。爲見芳林含笑侍，遂同温樹不言歸。

李乂

奉和侍宴桃花園詠桃花應制

綺萼成蹊遍籞芳，紅英撲地滿筵香。莫將秋宴傳王母，來比春華壽聖皇。

宋之問

傷曹娘

前溪妙舞今應盡，子夜新歌遂不傳。無復綺羅嬌白日，直將珠玉閉黄泉。

武平一

餞唐永昌

聞君墨綬出丹墀，雙舄飛來佇有期。寄謝銅街攀柳日，無忘粉署握蘭時。

已上係初唐之詩。

孟浩然

送張少府歸秦（今按，《全唐詩》作《送新安張少府歸秦中》，注云：一作《越中送人歸秦中》）

試登秦嶺望秦川，遥憶青門春可憐。仲月送君從此去，他（今按，《全唐詩》作「瓜」）時須及邵平田。

張子容

巫山

巫嶺岧嶤天際重，佳期宿昔願相從。朝雲暮雨連天暗，神女知來第幾峰。

裴　迪

與盧員外象過崔處士興宗林亭

喬柯門裏自成陰，散髮空牕曾不簪。逍遥且喜從吾事，榮寵從來非我心。

王維

少年行

一身能擘兩雕弧，虜騎千重只似無。偏坐金鞍調白羽，紛紛射殺五單于。

歎白髮

宿昔朱顔成暮齒，須臾白髮變垂髫。一生幾許傷心事，不向空門何處銷。

王昌齡

長信秋詞

高殿秋砧響夜闌，霜深猶憶御衣寒。銀燈青瑣裁縫歇，還向金城明主看。

從軍行（今按，《全唐詩》爲《從軍行七首》其三）

關城榆葉早疏黄，日暮雲沙古戰場。表請迴軍掩塵骨，莫教兵士哭龍荒。

别皇甫五

高　適

漵浦潭陽隔楚山，離樽不用起愁顔。明祠靈響期昭應，天澤俱從此路還。

九曲詞二首

許國從來徹廟堂，連年不爲在壇（今按，《全唐詩》作「疆」）場。將軍天上封侯印，御史臺中異姓王。

其二

萬騎争歌楊柳春，千場對舞繡麒麟。到處盡逢歡洽事，相看總是太平人。

已上係盛唐之詩。

錢　起

同王員外隴城絶句

三軍版築脱金刀，黎庶黐塹將士勞。不憶新城連嶂起，唯驚畫角入雲高。

晚歸嚴明府題門

降士林霑蕙草寒，弦（今按，《全唐詩》注云：一作「空」）驚翰苑失鴛鸞。秋中迴首君門阻，馬上應歌行路難。

故王維右丞堂前芍藥花開悽然感懷

芍藥花開出舊欄，春衫掩淚再來看。主人不在花長在，更勝青松守歲寒。

韋應物

酬柳郎中春日歸揚州南國見別之作（今按，「國」，《全唐詩》作「郭」）

廣陵三月花正開，花裏逢君醉一迴。南北相過殊不遠，暮潮歸（今按，《全唐詩》作「從」）去早潮來。

閑居寄諸弟

秋草生庭白露時，故園諸弟憶（今按，姚本、屠隆本、牛斗本、刻者不詳明本、《全唐詩》作「益」）相思。盡日高齋無一事，芭蕉葉上自題詩。

與村老對飲

鬢眉雪色猶嗜酒，言辭淳樸古人風。鄉村年少生離亂，見話先朝如夢中。

劉長卿

春日宴魏萬成湘水亭

何年家住此江濱，幾度門前北渚春。白髮亂生相顧老，黄鶯自語豈知人。

秦　系

即事奉呈韋郎中使君（時系試秘書省校書郎。）（今按，「韋郎中使君」，《全唐詩》作「郎中韋使君」）

久卧雲間已息機，青袍忽着狎鷗飛。詩興到來無一事，郡中今有謝玄暉。

皇甫曾

酬竇拾遺秋日見呈（時此公自江陰令除諫官。）

孤城永巷時相見，衰柳閑門日半斜。欲送近臣朝魏闕，猶憐殘菊在陶家。

李嘉祐

題道虔上人竹居

詩思禪心共竹閑，任他流水到（今按，《全唐詩》作「向」）人間。手持如意高窻裏，斜日江邊（今按，《全唐詩》作「沿江」）千萬山。

釋皎然

塞下曲二首

寒塞無因見落梅，胡人吹入笛聲來。勞勞亭上春應度，夜夜城南戰未回。

其二

都護今年破武威，胡沙萬里鳥空飛。旄干（今按，《全唐詩》卷八二〇作「竿」）瀚海掃雲出，氈騎入（今按，據姚本、屠隆本、牛斗本、刻者不詳明本、《全唐詩》，當爲「天」）山踏雪歸。

釋靈一

宿静林寺

山寺門前多古松，溪行欲到已聞鐘。中宵引領尋高頂，月照雲峰凡幾重。

包　佶

再過金陵

玉樹歌終王氣收，鴈行高送石城秋。江山不管興亡事，一任斜陽伴客愁。

司空曙

送鄭佶歸洛陽

蒼蒼楚色水雲間，一醉春風送爾還。何處鄉心是（今按，《文苑英華》卷二一七五、《全唐詩》作「最」）堪羡，汝南初見洛陽山。

韓　翃

少年行

千點斑斕（今按，《全唐詩》作「斕斒」）玉勒驄，青絲結尾繡纏鬃。揮（今按，《全唐詩》作「鳴」）鞭曉出章臺路，葉葉春衣楊柳風。

寄裴鄆州

烏紗靈壽對秋風，悵望浮雲濟水東。官樹陰陰鈴閣暮，州人轉憶白頭翁。

顧　況

竹枝辭（今按，《全唐詩》作「曲」）

帝子蒼梧不復歸，洞庭葉下楚（今按，《全唐詩》作「荆」）雲飛。巴人夜唱竹枝後，腸斷曉猿聲漸稀。

貽朱放（今按，「貽」，《全唐詩》作「贈」）

野客歸時無四隣，黔婁別久道（今按，姚本、《全唐詩》作「案」）常貧。漁樵舊路不堪入，何處空山猶有人。

送柳宜城葬

鳴笳已逐春風咽，匹馬猶依舊路嘶。遥望柳家門外樹，恐聞黄鳥向人啼。

徐　凝

宿列上人房（今按，《文苑英華》卷二二三六作徐凝詩，《唐詩紀事》卷五二、《全唐詩》卷四七四作徐凝詩。「列」，據姚本、屠隆本、《全唐詩》等，當爲「冽」）

浮生不定若蓬飄，林下真僧偶見招。覺後始知身是夢，更聞寒雨滴芭蕉。

李正封

禪門寺暮鐘（今按，一作劉復詩）

簨簴高懸于闐鐘，黄昏發地殷龍宫。遊人憶到嵩山夜，疊閣連樓滿太空。

李　益

上黄堆峰（集作「峰堆」。）（今按，題中「峰」字，《全唐詩》作「烽」。注中「峰」字，《文苑英華》卷二九九、屠隆本、牛斗本作「烽」）

心期紫閣山中月，身過黄堆峰（集作「峰堆」。）（今按，詩文中「峰」，《全唐詩》作「烽」。注文中「峰」，《文苑英

華》作「烽」）上雲。年髮已從書劍老，戎衣更逐霍將軍。

劉　商

滑州送人先歸

河水冰消鴈北飛，寒衣未足又春衣。自憐漂蕩經年客，送別千迴獨未歸。

武元衡

嘉陵驛（今按，《全唐詩》前有「題」字）

悠悠風旆繞山川，山驛空狹（今按，姚本、屠隆本、《文苑英華》卷二九八、《全唐詩》作「濛」，牛斗本作「淚」，刻者不詳明本作「懷」）雨作（今按，《全唐詩》作「似」）煙。路半嘉陵頭已白，蜀門西更上（今按，《全唐詩》作「上更」）青天。

張仲素

塞下曲二首

朔雪飄飄開鴈門，乖沙壓亂（今按，姚本、《唐詩紀事》卷四二「王涯」條、《樂府詩集》、《全唐詩》作「平沙歷亂」，

屠隆本作「塵沙歷亂」，牛斗本作「□沙壓亂」，刻者不詳明本作「塵沙壓亂」，四庫本作「垂沙壓石」）卷蓬根。功名恥計擒生數，直斬樓蘭報國恩。

其二

隴水潺湲隴樹秋，征人到此淚雙流。鄉關萬里無因見，西戍河源早晚休。

令狐楚

塞下曲

邊草蕭條塞鴈飛，征人南望盡（今按，《全唐詩》作「淚」）沾衣。黄塵滿面長須戰，白髮生頭未得歸。

韓　愈

湘中（此詩謂屈原也。）

猿愁魚湧（今按，《全唐詩》作「踴」，注云：一作「躍」）水翻波，自古流傳是汨羅。蘋藻滿盤無處奠，空聞漁父扣舷歌。

題西林寺故蕭郎中舊堂公有女爲尼在江州（今按，《全唐詩》作《遊西林寺蕭二兄郎中舊堂》，自注云：蕭兄有女出家。）

中郎有女能傳業，伯道無兒可保家。俾（今按，據姚本及《全唐詩》，當爲「偶」）到匡（今按，《全唐詩》注云：一作「廬」）山曾住處，幾行衰淚落煙霞。（今按，《唐詩紀事》卷二一「蕭穎士」條作「今日匡山過舊隱，空將衰淚對煙霞。」）

已上係中唐之詩。

李　涉

竹枝歌三首

荆門灘急水潺潺，兩岸猿啼煙滿山。渡頭年少（今按，《全唐詩》作「少年」）應宫（今按，據姚本及《全唐詩》，當爲「官」）去，月落西陵望不還。

其二

巫峽雲開神女祠，緑潭紅樹影參差。下牢（今按，《才調集》卷六、《全唐詩》卷四七七作「不勞」）戍口初

相問，無義灘頭剩别離。

其三

石壁千重樹萬重，白雲斜掩碧芙蓉。昭君溪上年年月，獨自（今按，《全唐詩》作「偏照」）嬋娟色最濃。

劉禹錫

竹枝歌三首（今按，「歌」，《全唐詩》作「詞」）

江上朱樓新雨晴，瀼西春水縠文生。橋東橋西好楊柳，人來人去唱歌行。

其二

巫峽蒼蒼煙雨時，清猿啼在最高枝。箇裏愁人腸自斷，由來不是此聲悲。

其三

城西門前灧澦堆，年年波浪不能摧。懊惱人心不如石，少時東去復西來。

張　籍

春日早朝

曉陌春寒朝騎來，瑞雲深處見樓臺。夜來新雨沙堤（今按，《全唐詩》作「堤」）濕，東上閣門應未開。

寄宋景

詔發官兵取亂臣，將軍弓箭不離身。君今獨在征東府，莫遣功名屬別人。

使行望悟真寺

採玉峰連佛寺幽，高高斜對驛門樓。無端來去騎官馬，寸步教身不得遊。

重陽日至峽道

無限青山行已盡，迴看忽覺遠離家。逢高欲飲重陽酒，山菊今朝未有花。

別客

青山歷歷水悠悠，今日相逢明日秋。繫馬城邊楊柳樹，爲君沽酒暫淹留。

法雄寺東樓

汾河（今按，《全唐詩》作「陽」）舊宅今爲寺，猶有當時歌舞樓。四十年來車馬客（今按，《全唐詩》作「絶」），古槐深巷暮禪愁。

鄰婦哭征夫

雙鬟（今按，《全唐詩》作「鬢」）初合便分離，萬里征夫不得隨。今日軍迴身獨没（今按，《全唐詩》作「歿」），去時鞍馬別人騎。

贈李司議

漢庭誰問投荒客，十歲（今按，《全唐詩》作「載」）天南着白衣。秋草茫茫惡溪路，嶺頭遥送北人歸（今按，《全唐詩》作「稀」）。

楊巨源

賦得灞岸柳留辭鄭員外

楊柳含煙灞岸春，年年攀折爲行人。好風儻借低枝便，莫遣青絲掃路塵。

吕　温

道州送載簡處士賀州謁楊侍郎（今按，據牛斗本、《全唐詩》，「載」當爲「戴」；《全唐詩》「賀州」前有「往」字）

羸馬孤童鳥道微，三千客散獨南歸。山公念舊偏知我，今日因君淚滿衣。

李　賀

酬答

雍州二月海（今按，《全唐詩》作「梅」）池春，御水鵁鶄暖白蘋。試問酒旗歌板地，今朝誰是拗花人。

劉言史

樂府二首

花頜紅鬉一向（今按，《全唐詩》作「何」）偏，緑槐香陌欲朝天。仍嫌衆裏嬌行疾，傍鐙深藏白

玉鞭。

其二

噴沫（今按，姚本、屠隆本、四庫本、《唐詩紀事》卷四六、《全唐詩》卷四六八作「噴沫」，《樂府詩集》卷七七、《全唐詩》卷二六作「噴珠」，《萬首唐人絶句》卷二八作「珠噴」）團香小桂條，玉鞭兼賜霍嫖姚。弄影便從天禁出，碧蹄聲碎五門橋。

陳　羽

襄陽過浩然舊居（今按，《全唐詩》「浩然」前有「孟」字）

襄陽城郭春風起，漢水東流去不還。孟子死來江樹老，煙霞猶在鹿門山。

歐陽詹

塞上行

聞説胡兵欲利秋，昨來投筆到營州。驍雄已許將軍用，邊塞無勞天子憂。

沈亞之

題候仙亭

新創仙亭覆石壇，雕梁峻宇入雲端。嶺北嘯猿高枕聽，湖南山色捲簾看。

杜　牧

重到襄陽哭亡友章壽朋（今按，「章」，《全唐詩》卷四七七、五二三作「韋」）

故人墳樹五（今按，《全唐詩》作「立」）秋風，伯道無兒跡更空。重到笙歌分散地，隔江吹笛月明中。

許　渾

學仙

心期仙訣意無窮，綵畫雲車起壽宮。聞有三山米（今按，據姚本及《全唐詩》，當爲「未」）知處，茂陵松柏滿西風。

旌儒廟

寒谷（今按，《全唐詩》作「陌」，注云：一作「谷」，一作「柏」）陰風萬古悲，儒冠相枕死秦時。廟前亦有商山路，不學老翁歌紫芝。

夜泊永樂有懷

蓮渚愁紅蕩碧波，吴娃齊唱採蓮歌。横塘一别千餘（今按，《全唐詩》作「已千」）里，蘆葦蕭蕭風雨多。

題楞伽寺（今按，「題」，《全唐詩》作「遊」；「楞」，《全唐詩》注云：一作「曼」）

碧煙秋寺汎湖來，水浸城根古堞摧。盡日傷心人不見，石榴花滿舊歌臺。

酬江西盧端公藍口阻風見寄之什

又攜刀筆從（今按，《全唐詩》作「汎」）膺舟，藍口風高桂楫留。還似郢中歌一曲，夜來春雪照西樓。

重别曾主簿（時諸妓同餞。）

淚沿紅粉濕羅巾，重繫蘭舟勸酒頻。留却一枝河畔柳，明朝猶有遠行人。

趙　嘏

漢陰亭樹（今按，《全唐詩》作《宛陵館冬青樹》）

碧樹如煙覆晚波，清秋欲盡客重過。故園亦有如煙樹，鴻鴈不來風雨多。

聽蟬

噪蟬聲亂日初曛，絃管樓中永不聞。争（今按，《全唐詩》作「獨」）奈愁人數莖鬢（今按，《全唐詩》作「髮」），故園秋隔五湖雲。

陳　陶

隴西行二首

漢主東封報太平，無人金闕議邊兵。縱饒奪得林胡塞，磧地桑麻種不生。

其二（今按，此首與卷五四《隴西行二首》其二重出）

隴戍三看塞草青，樓煩新替護羌兵。同來死者傷離别，一夜孤魂哭舊營。

泉州刺桐花詠兼呈趙使君三首

海曲春深滿郡霞，越人多種刺桐花。可憐虎竹西樓色，錦帳三千阿母家。

其二

不勝攀折悵年華，紅樹南看見海涯。故國春風歸去盡，何人堪寄一枝花。

其三

赤帝常聞海上遊，三千幢蓋擁炎州。今來樹似離宫色，紅翠斜欹十二樓。

雙桂詠

青冥結根易傾倒，沃州山中雙樹好。琉璃宫殿無斧聲，石上蕭蕭伴僧老。

温庭筠

楊柳枝（今按，《全唐詩》卷五八三作《楊柳》）

館娃宫外鄴城西，遠映征帆近拂堤。繫得王孫歸意切，不關春草緑萋萋。

重題端正樹

路傍佳樹碧雲愁，曾侍金輿幸驛樓。草木榮枯似人事，緑陰寂寞漢陵秋。

傷温德彝（今按，《全唐詩》注云：一作《傷邊將》）

昔年戎虜犯榆關，一破（今按，《全唐詩》作「敗」）龍城匹馬還。侯印不聞封李廣，他人丘隴似天山。

周　朴

塞下曲

石國胡兒向磧東，愛吹横笛引秋風。夜來雲雨皆飛盡，月照平沙萬里空。

吴　融

水調

鑿河（今按，屠隆本、牛斗本作「池」）千里走黄沙，浮（今按，《全唐詩》卷六八五作「沙」）殿西來動日華。可

道新聲是亡國，且看（今按，吴融《唐英歌詩》卷中、《樂府詩集》卷七七、《全唐詩》作「貪」）惆悵後庭花。

王　駕

古意（今按，《全唐詩》卷七九九又作陳玉蘭詩，題作《寄夫》）

夫戍蕭關妾在吴，西風吹妾妾憂夫。一行書信千行淚，寒到君邊衣到無。

韋　莊

古别離（今按，《全唐詩》卷六九五注云：一作《多情》）

晴煙漠漠柳毵毵，不那離情酒半酣。更把玉鞭雲外指，斷腸春色在江南。

王貞白

折楊柳（今按，一作段成式詩）

水殿年年占早芳，柔條風裏御爐香。如今萬乘多巡狩，輦路無陰緑草長。

江　爲

塞上（今按，《全唐詩》卷七四一作《塞下曲》）

萬里黄雲凍不飛，磧煙烽火夜深微。胡兒移帳寒笳絶，雪路時聞探馬歸。

已上係晚唐之詩。

樂府

水調歌第二疊

猛將關西意氣多，能騎駿馬弄琱戈。金鞍寶鉸精神出，倚笛（今按，《全唐詩》卷二七作「笛倚」）新翻水調歌。

第四疊

隴頭一段氣長秋，舉目蕭條總是愁。秖爲征人多下淚，年年添作斷腸流。

入破第一疊

細草河邊一鴈飛，黄龍關裏掛戎衣。爲受明王恩寵甚，從事經年不復歸。

第五疊

千年一遇聖明朝，願對君王舞細腰。乍可當熊任生死，誰能伴鳳上雲霄。

太和第三曲

庭前鵲繞相思樹，井上鶯歌争刺桐。含情少婦悲春草，多是良人學轉蓬。

破陣樂（今按，《全唐詩》卷五一一作張祜詩）

秋風四面足風沙，塞外征人暫别家。千里不辭行路遠，時光早晚到天涯。

童謡（乾符六年。）

八月無霜塞草青，將軍騎馬步空城。漢家天子西巡狩，猶向江東更索兵。

盧　貞

楊柳枝（今按，《全唐詩》卷二八收入「雜曲歌辭」中，題作《楊柳枝》，卷四六三盧貞詩中題作《和白尚書賦永豐柳》）

一樹依依在永豐，兩枝飛去杳無蹤。玉皇曾采人間曲，應逐歌聲入九重。

王　周（今按，王周及其詩，《宋詩紀事》卷四收録，引胡震亨考云：「殆五代人而入宋者。」）

宿疏陂驛

秋染棠梨葉半紅，荆州東望草平空。誰知孤宦天涯意，微雨蕭蕭古驛中。

已上樂府等詩，無名氏、世次。

唐詩拾遺目録

第五卷　五言律詩（上）

楊　烱（一）　王　勃（一）　陳子昂（一）　盧照鄰（二）　駱賓王（三）　宋之問（六）　劉友賢（一）　李　嶠（四）　鄭　愔（四）　沈佺期（二）　魏元忠（一）　周利用（一）　張易之（一）　蕭至忠（二）　武平一（二）　閻朝隱（一）　于經野（一）　薛　稷（一）　徐彦伯（一）　崔　湜（一）　馬懷素（一）　李　適（二）　李　乂（一）　劉　憲（一）　蘇　頲（一）　張説（六）　張九齡（二）　孫　逖（四）　王　灣（一）　崔　顥（二）　孟浩然（九）　王　維（十）　岑　參（十一）　高　適（五）　賈　至（三）　王昌齡（二）　祖　詠（一）　綦毋潛（二）　李　頎（一）　張　均（一）　賈彦璋（一）　嚴公貺（一）（今按，「目録」作者次序與正文不符）

增入（原係摘句，今全載。）

太宗皇帝（一）　孟浩然（一）　王　維（二）

唐詩拾遺卷之五

五言律詩（上）

王　勃

山居晚眺贈王道士

金壇疏俗宇，玉洞似（今按，據《文苑英華》卷二二七、《全唐詩》卷五六、《王子安集》，當爲「侶」）仙羣。花枝棲晚露，峰葉度晴雲。斜照移山影，迴沙擁籀（今按，《全唐詩》作「籀」）文。琴尊方待興，竹樹已迎曛。

楊　炯

紫騮馬

俠客重周遊，金鞭控紫騮。蛇弓白羽箭，鶴轡赤茸鞦。發跡來南海，長鳴向北州。匈奴今

未滅，畫地取封侯。

盧照鄰

梅花落

梅嶺花初發，天山雲（今按，《文苑英華》卷二〇八、《樂府詩集》卷二四、《盧昇之集》卷二、《全唐詩》作「雪」）未開。雪處疑花滿，花邊似雪迴。因風入舞袖，雜粉向粧臺。匈奴幾萬里，春至不知來。

辛司法宅觀妓（今按，此詩《全唐詩》卷三七王績詩、卷四二盧照鄰詩中皆收録，卷七六九又收在王勳名下。「司法」，《全唐詩》卷四二作「法司」）

南國佳人至，北堂羅薦開。長裙隨鳳管，促柱送鸞杯。雲光身後落，雪態掌中回。到愁金谷晚，不怪玉山頽。

李　嶠

和周記室從駕曉發合壁宫（今按，「壁」，《文苑英華》卷一七一、《全唐詩》五八作「璧」）

濯龍春苑曙，翠鳳曉旗舒。野色開煙後，山光澹月餘。風長笳響咽，川迴騎行疏。珠履陪

仙駕，金聲動屬車。

晚景悵然簡二三子

楚客秋悲動，梁臺夕望賒。梧桐稍下葉，山桂欲開花。氣影（今按，姚本、屠隆本、牛斗本、《全唐詩》作「引」）迎寒露，光收向晚霞。長歌白水曲，空對緑池華。

和杜學士江南初霽羈懷

大江開宿雨，征棹下春流。霧卷晴山出，風恬晚浪收。岸花明水樹，川鳥亂沙洲。羇眺傷千里，勞歌動四愁。（此篇與韋承慶《浮江旅思》詩後四句同而少異矣。）（今按，《全唐詩》卷五八李嶠此詩後注云：「此篇與馬周《浮江旅思》詩後四句同而少異。」《凌朝浮江旅思》詩《全唐詩》卷三九馬周詩、卷四六韋承慶詩中皆收録，故此處稱「韋承慶《浮江旅思》」，而《全唐詩》卷五八稱「馬周《浮江旅思》」）

詠桂

未植銀宮裏，寧移玉殿幽。枝生無限月，花滿自然秋。俠客條爲馬，仙人葉作舟。願君期道術，攀折可淹留。

劉友賢

奉和晦日高文學置酒林亭（今按，《全唐詩》卷七二作《晦日宴高氏林亭》）

春來日漸賒，琴酒逐年華。欲向文通徑，先遊武子家。池碧新流滿，巖紅落照斜。興闌情未盡，步步惜風花。

駱賓王

同張二詠鴈

唼藻滄江遠，銜蘆紫塞長。霧深迷曉景，風急斷秋行。陣照通宵月，書封幾夜霜。無復能鳴分，空知愧稻粱。

樂大夫挽歌二首

蒿里誰家地，松門何代丘。百年三萬日，一別幾千秋。反（今按，《全唐詩》作「返」，字通）照寒無影，窮泉凍不流。居然同物化，何處欲藏舟。

其二

一旦先朝菌，千秋掩夜臺。青烏新兆去，白馬故人來。草露當春泣，松風向夕哀。寧知荒壠外，弔鶴自徘徊。

陳子昂

晦日高文學置酒林亭（今按，《全唐詩》卷八四作《晦日宴高氏林亭》）

尋春遊上路，追宴入山家。主第簪纓滿，皇州景望華。玉池初吐溜，珠樹始開花。歡娱方未極，林閣散餘霞。

宋之問

幸少林寺應制學置酒林（今按，「學置酒林」，姚本、屠隆本、牛斗本、《全唐詩》皆無此四字，乃衍文）

紺宇横天室，迴鑾指帝休。曙陰迎日盡，春氣抱巖流。空樂繁行漏，香煙薄綵遊。玉膏從此汎，仙馭接浮丘。

宿清遠峽山寺

香岫懸金刹，飛泉界（今按，《全唐詩》作「屆」）石門。空山唯習静，中夜寂無喧。説法初聞鳥，看心欲定猿。寥寥隔塵事（今按，《全唐詩》作「市」），何異武陵源。

遊韶州廣果寺

景殿臨丹壑，香臺隱翠霞。巢飛含（今按，姚本、《全唐詩》卷五二作「銜」）象鳥，砌蹋雨空花。寶鐸摇初霽，金池映晚沙。莫愁歸路遠，門外有三車。

使往天兵軍約與陳子昂新鄉爲期及還而不相遇（今按，「天兵軍」，屠隆本、四庫本、《全唐詩》卷五二作「天平軍」；《全唐詩》「約」前有「馬」字）

入衛期之子，于嗟不少留。情人去何處，淇水日悠悠。恒碣青雲斷，衡漳白露秋。知君心許國，不是愛封侯。

寄天台司馬道士

卧來生白髮，覽鏡忽成絲。遠愧飡霞子，童顔且自持。舊遊惜疏曠，微尚日磷緇。不寄西山藥，何由東海期。

送田道士使蜀投龍

風馭忽冷（今按，據姚本及《全唐詩》，當爲「泠」）然，雲臺路幾千。蜀門峰勢斷，巴字水形連。人隔壺中地，龍遊洞裏天。贈言回馭日，圖畫彼山川。

沈佺期

奉和送金城公主適西蕃應制

金牓扶丹掖，銀河屬紫閽。那堪將鳳女，還似（今按，《唐詩紀事》、《全唐詩》作「以」）嫁烏孫。玉就歌中怨，珠辭掌上恩。西戎非我匹，明主至公存。

答寧愛州書（今按，「愛」，《文苑英華》卷二四一同此，屠隆本、《全唐詩》卷九六作「處」）

書報天中赦，人從海上聞。九泉開白日，六翮起青雲。質幸恩先貸，情孤枉未分。自憐涇渭別，誰與奏明君。

魏元忠

侍宴梁王宅應制（今按，《全唐詩》作《修書院學士奉敕宴梁王宅》）

大君敦宴賞，萬乘下梁園。酒助閒平樂，人霑雨露恩。榮光開帳殿，佳氣滿旌門。願陪南嶽壽，長奉北宸尊。

鄭愔

陪幸昭容院獻詩三首（今按，《全唐詩》卷一〇六作《奉和幸上官昭容院獻詩四首》，此乃選其三首）

地軸樓居遠，天台闕路賒。何如遊帝宅，即此對仙家。座拂金壺電，池摇玉酒霞。無雲（今按，據屠隆本、《唐詩紀事》卷十一、《全唐詩》卷一〇六，當爲「云」，《文苑英華》卷一七五作「勞」）秦漢隔，別訪武陵花。

其二

宮掖賢才重，山林高士（今按，《全唐詩》作「尚」）難。不言辭輦地，更有結廬歡。池棟清温燠，巖

臨起沍寒。幽亭有仙桂，聖主萬春（今按，《全唐詩》作「年」）看。

其三

槎流天上轉，茅宇禁中開。河鵲填橋至，山熊避檻來。庭花採蕙蓐，巖石步莓苔。願奉蘿（今按，《全唐詩》作「輿」）圖泰，長聞（今按，《全唐詩》作「開」）錦翰裁。

奉和送金城公主適西蕃應制

下嫁戎庭遠，和親漢禮優。笳聲出虜塞，簫曲背秦樓。貴主悲黄鶴，征人怨紫騮。皇情眷億兆，割念俯懷柔。

張易之

侍從過公主尚宅侍宴探得風字應制（今按，據《全唐詩》卷八〇，「尚」當爲「南」）

逐賞平陽第，鳴笳上苑東。鳥鳴千户竹，蝶舞萬花叢。時攀小山桂，共挹（今按，《文苑英華》卷一六九作「揖」）大王風。坐客無勞起，秦簫曲未終。

蕭至忠

九日侍宴應制（今按，《全唐詩》作《奉和九日幸臨渭亭登高應制得餘字》）

望幸三秋暮，登高九日初。朱旗巡漢苑，翠帟俯秦墟。寵極萸房遍，恩深菊酎餘。承歡何以答，萬億奉宸居。

奉和九月九日登慈恩寺浮圖應制

天蹕三乘啓，星輿六轡行。登高凌寶塔，目極徧王城。神衛空中繞，仙歌雲外清。重陽千萬壽，率舞頌昇平。

周利用

奉和九月九日登慈恩寺浮圖應制

出豫乘金節，飛文煥日宫。萸房開聖酒，榛（今按，屠隆本、刻者不詳明本作「闐」，《全唐詩》作「杏」，注云：一作「菊」，一作「柰」）苑被玄功。塔向三天迥，池（今按，《全唐詩》作「禪」）收（今按，《全唐詩》注云：一作「將」）八解空。叨恩奉蘭籍（今按，《全唐詩》作「藉」，字通），終愧洽薰風。

閻朝隱

九日侍宴應制（得筵字。）（今按，《全唐詩》作《奉和九日幸臨渭亭登高應制得筵字》）

九九待神仙，高高坐半天。文章二曜動，氣色五星連。簪紱趨皇極，笙歌接御筵。願因吹（今按，據刻者不詳明本、《全唐詩》，當爲「茱」）菊酒，相守百千年。

于經野

奉和九日侍宴應制（得樽字。）（今按，《全唐詩》卷一〇四作《奉和九日幸臨渭亭登高應制得樽字》）

御氣三秋節，登高九曲門。桂筵羅玉俎，菊醴溢芳樽。遵渚歸鴻度，承雲舞鶴騫。微臣濫陪賞，空荷聖明恩。

武平一

侍宴安樂□王新宅應制（今按，原文「安樂」後缺一字，據姚本、《全唐詩》卷一〇二，「□王」當爲「公主」）

紫漢秦樓敞，黄山魯館開。簪裾分上席，歌舞列平臺。馬既如龍至，人疑學鳳來。幸忻（今按，《全唐詩》作「玆」）聯棣萼，何以接鄒枚。

奉和金城公主適西番應制

廣化三邊静，通姻四海安。還捊（今按，據姚本、屠隆本、牛斗本、刻者不詳明本、四庫本、《唐詩紀事》卷十一、《全唐詩》，當爲「將」）膝下愛，持副域中歡。聖念飛玄藻，仙儀下白蘭。日斜征蓋没，歸騎動鳴鑾。

徐彦伯

奉和金城公主適西番應制（今按，《全唐詩》「金城公主」前有「送」字）

鳳扆憐簫曲，鸞閨念掌珍。虜（今按，《全唐詩》作「羌」）庭遥築館，漢策重和親。星轉銀河夕，花

移玉樹春。聖心悽送遠，留蹕望征塵。

崔 湜

奉和金城公主適西番應制（今按，《全唐詩》「金城公主」前有「送」字）

懷戎前册備，降女舊姻脩。簫鼓辭家怨，旌旃出塞愁。尚孩中念切，方遠御慈流（今按，《全唐詩》作「留」）。顧乏謀臣用，仍勞聖主憂。

薛 稷

奉和金城公主適西番應制（今按，《全唐詩》「金城公主」前有「送」字）

天道能（今按，《全唐詩》作「寧」）殊俗，深仁（今按，《全唐詩》作「慈仁」，注云：一作「深恩」）乃戢兵。懷荒寄赤子，忍愛鞠蒼生。月下瓊娥去，星分寶婺行。關山馬上曲，相送不勝情。

馬懷素

奉和金城公主適西番應制（今按，《全唐詩》「金城公主」前有「送」字）

帝子今何去，重姻適異方。離情愴宸掖，別路繞關梁。望絶園中柳，悲纏陌上桑。空餘願黄鶴，東顧意迴翔。（《西域傳》［今按，即《漢書·西域傳》］：公主歌曰：願爲黄鶴［今按，屠隆本、牛斗本、《漢書》卷九六下《西域傳下》作「鵠」，字通］兮歸故鄉。）

李　適

奉和九月九日登慈恩寺浮圖應制（今按，《全唐詩》無「九月」二字）

鳳輦乘朝霽，鶯林對晚秋。天文貝葉寫，聖澤菊花浮。塔似神功遍（今按，《唐詩紀事》卷九、《全唐詩》作「造」），龕疑佛影留。幸陪清漢蹕，欣奉浄居遊。

侍宴長陵公主東莊應制（今按，「陵」，據《文苑英華》卷一七六、《全唐詩》，當爲「寧」）

鳳樓紆睿華（今按，據屠隆本、牛斗本、四庫本、《文苑英華》卷一七六、《全唐詩》，當爲「幸」），龍舸暢宸襟。歌舞平陽第，園亭沁水林。山花添聖酒，澗竹繞薰琴。願奉瑶池駕，千春侍德音。

李乂

和人日清暉閣宴羣臣（今按，《全唐詩》卷九四作《奉和人日清暉閣宴羣臣遇雪應制》）

上月（今按，《唐詩紀事》卷十、《全唐詩》作「日」）燈臺（今按，《唐詩紀事》作「登臺」，《文苑英華》卷一七三、《全唐詩》作「登樓」）賞，中天御輦飛。後庭聯舞唱，前席仰恩輝。睿作風雲起，農祥雨雪霏。幸陪人勝節，長願奉垂衣。

劉憲

七夕（今按，《全唐詩》卷七一作《奉和七夕宴兩儀殿應制》）

秋吹過雙闕，星仙動二靈。更深移月鏡，河淺度雲軿。殿上徵（今按，《全唐詩》作「呼」）方朔，人間失武丁。天文茲夜裏，光映紫微庭。

蘇　頲

題壽安王主簿池館

洛邑通馳道，韓郊在屬城。館將花雨映，潭與竹聲清。賢俊鸞棲棘，賓遊馬佩蘅。願言隨狎鳥，從此濯吾纓。

張　説

皇帝降誕日集賢殿賜燕

仲秋金帝起，五日土行標（今按，《全唐詩》卷八七作「昭」）。瑞表壬寅露，光傳甲子宵。陰風吹大澤，夢日照昌朝。不獨華封老，千年喜祝堯。

奉和同玉真公主過大哥山池應制

緑竹初成苑，丹砂欲化金。乘龍與驂鳳，歌吹滿山林。爽氣凝波（今按，《全唐詩》作「情」）迥，寒光映浦深。忘憂題此觀，爲樂賞同心。

過庾信宅

蘭成（今按，屠隆本、四庫本、《文苑英華》卷三〇七作「蘭城」，刻者不詳明本作「悲秋」）追宋玉，舊宅偶辭（今按，《全唐詩》作「詞」）人。筆湧江山氣，文驕雲雨神。包胥非救楚，隨會返留秦。獨有東陽守，來嗟古樹春。

和魏僕射還鄉

富貴還鄉國，光輝（今按，《全唐詩》作「華」）滿舊林。秋風樹不浄（今按，據姚本、屠隆本、牛斗本、刻者不詳明本、《文苑英華》卷二四一、《全唐詩》，當爲「静」），君子歎何深。故老空懸劍，鄰交日散金。衆芳摇落盡，獨有歲寒心。

和使（今按，《全唐詩》、四庫全書本《張燕公集》卷七皆作《和朱使欣二首》，屠隆本、《文苑英華》卷二四一作《和朱使》）

江勢連山遠，天涯此夜愁。霜空極天静，寒月帶江流。思起南征棹，文高北望樓。自憐如墜葉，汎汎侶仙舟。

南中贈高六戩

北極辭明代，南溟宅放臣。丹誠由義盡，白髮帶愁新。鳥墮（今按，《全唐詩》作「墜」）炎洲氣，花飛洛水春。平生歌舞席，誰憶不歸人。

已上係初唐之詩。

張九齡

春江晚景

江林皆（今按，《全唐詩》作「多」）秀發，雲日復相鮮。征路那逢此，春心益渺然。興來只自得，佳處莫能傳。薄暮津亭下，餘花落客船。

送楊道士往天台

鬼谷還成道，天台去學仙。行應松子化，留與世人傳。此地煙波遠，何時羽駕旋。當須一把袂，城郭共依然。

孫　逖

和常州崔使君詠後庭梅二首

聞唱梅花落，江南春意深。更傳千里外，來入越人吟。弱榦紅粧倚，繁香翠羽尋。庭中自公日，歌舞向芳陰。

其二

梅院重門掩，遥遥歌吹邊。庭深人不見，春至曲能傳。花落彈棋處，香來薦枕前。使君停五馬，行樂此中偏。

酬萬八賀九雲門寺歸溪中作（今按，「寺」，《全唐詩》作「下」）

晚從靈境出，林壑曙雲飛。稍覺清溪盡，迴瞻畫刹微。獨園餘興在，孤棹宿心違。更憶登攀處，天香滿袖歸。

奉和崔司馬遊雲門寺

繫馬清溪樹，禪門春氣濃。香臺花下出，講座竹間逢。覺路山童引，經行谷鳥從。更言窮

寂滅，迴策上南峯。

王 灣

奉同賀監林月清酌

華月當秋滿，朝軒（今按，《全唐詩》作「英」）假興同。浄林新霽入，窺（今按，《全唐詩》作「規」）院小涼通。碎影行筵裏，摇花落酒中。清宵照愁（今按，屠隆本、刻者不詳明本、傅璇琮校點本《河岳英靈集》卷下作「照人」，傅璇琮校云叢刊本「人」作「然」，《唐詩紀事》卷十五、《全唐詩》作「凝爽」）意，併此助文雄。

崔 顥

王家少婦（一作《古意》。）

十五嫁王昌，盈盈入畫堂。自矜年最少，復倚壻爲郎。舞愛前溪緑，歌憐子夜長。閑來門百草，度日不成粧。

岐王席觀妓

二月春來半，王家（今按，《全唐詩》作「宫中」）日正（今按，《全唐詩》作「漸」）長。柳垂金屋暖，花發玉

樓香。拂匣先臨鏡，調笙更炙簧。還將歌舞態，只擬奉君王。

孟浩然

江上寄崔少府（今按，《全唐詩》卷一六〇作《江上寄山陰崔少府國輔》）

春堤楊柳發，憶與故人期。草木本無意，榮枯自有時。山陰定遠近，江上日相思。不及蘭亭事（今按，《全唐詩》作「會」），空吟祓禊詩。

寄弟（今按，《全唐詩》作《送洗然弟進士舉》）

獻策金門去，承歡綵服違。以吾一日長，念爾聚星稀。昏定須温席，寒多未授衣。桂枝如已擢，早逐鴈南飛。

題惠上人房（今按，《全唐詩》前有「陪姚使君」四字）

帶雪梅初暖，含煙柳尚青。未窺童子偈，得聽法王經。會理知無我，觀空厭有形。迷心應覺悟，客思不（今按，《全唐詩》作「未」）遑寧。

次蔡陽館（今按，《全唐詩》「次」前有「夕」字）

日暮馬行疾，城荒人住稀。聽歌疑（今按，《全唐詩》作「知」）近楚，投館忽如歸。魯堰田疇廣，章陵氣色微。明朝拜嘉慶，須着老萊衣。

泊牛渚趁薛八不及（今按，《全唐詩》「泊」前有「夜」字，「薛八」後有「船」字）

星羅牛渚夕，風退鷁舟遲。浦溆常（今按，《全唐詩》作「嘗」，字通）同宿，煙波忽間之。榜歌空裏失，船火望中疑。明發汎滄（今按，《全唐詩》作「潮」，注云：一作「湖」）海，茫茫何處期。

送蘇六從軍（今按，《全唐詩》作《送吴宣從事》）

才有幕中畫（今按，《全唐詩》作「士」），而（今按，《全唐詩》作「寧」）無塞上勳。漢兵將滅虜，王粲始從軍。旌旆邊庭去，山川地脈分。平生一匕首，感激贈夫君。

送辛大（今按，《全唐詩》作《都下送辛大之鄂》）

南國辛居士，言歸舊竹林。未逢調鼎用，徒有濟川心。予亦忘機者，田園在漢陰。因君故鄉去，還（今按，《全唐詩》作「遙」）寄式微吟。

美人分香

艷色本傾城，分香更有情。髻鬟垂欲解，眉黛拂能輕。舞學平陽態，歌翻子夜聲。春風狹斜道，含笑待逢迎。

賦得盈盈樓上女

夫婿久別離（今按，《全唐詩》作「離別」），青樓空望歸。粧成卷簾坐，愁思懶縫衣。燕子家家入，楊花處處飛。空牀難獨守，誰爲解金徽。

王　維

歸輞川作

谷口疏鐘動，漁樵稍欲稀。悠然遠山暮，獨向白雲歸。菱蔓弱難定，楊花輕易飛。東皋春草色，惆悵掩柴扉。

送張判官赴河西

單車曾出塞，報國敢邀勳。見逐張征虜，今思霍冠軍。沙平連白雪，蓬卷入黄雲。慷慨倚

長劍，高歌一送君。

送丘爲往唐州

宛洛有風塵，君行多苦辛。四愁連漢水，百口寄隨人。槐色陰清晝，楊花惹暮春。朝端肯相送，天子繡衣臣。

送崔興宗

已恨親皆遠，誰憐友復稀。君王未西顧，遊宦盡東歸。塞闊（今按，《全唐詩》卷一二六作「迥」）山河净，天長雲樹微。方同菊花節，相待洛陽扉。

送孫秀才（今按，《唐詩紀事》卷一六作王縉詩，《文苑英華》卷二六八作王維詩，《全唐詩》卷一二六王維詩、卷一二九王縉詩中皆收録）

帝城風月（今按，《唐詩紀事》、《全唐詩》作「風日」，《文苑英華》卷二六八作「春日」）好，況復建平家。玉枕雙文簟，金盤五色瓜。山中無魯酒，松下飯胡麻。莫厭田家苦，歸期遠復賒。

送孫二

郊外誰相送，夫君道術親。書生鄒魯客，才子洛陽人。祖席依寒草，行車起暮塵。山川何

寂寞，長望淚沾巾。

遊李山人所居因題屋壁

世上皆如夢，狂來或（今按，《全唐詩》作「止」）自歌。問年松樹老，有地竹林多。藥倩韓康賣，門容向（今按，《文苑英華》卷二三二、《全唐詩》作「尚」）子過。翻嫌枕席上，無那白雲何。

待儲光羲不至

重門朝已啓，起坐聽車聲。要欲聞清佩，方將出户迎。晚鐘鳴上苑，疏雨過春城。了自不相顧，臨堂空復情。

恭懿太子挽歌二首

蘭殿新恩切，椒宫夕臨幽。白雲隨鳳管，明月在龍樓。人向青山哭，天臨渭水愁。雞鳴常問膳，今恨玉京留。

其二

西望昆池闊，東瞻下杜平。山朝豫章館，樹轉鳳凰城。五校連旗色，千門疊鼓聲。金環如有驗，還向畫堂生。

岑參

送韋侍御先歸京（得寬字）

聞欲朝龍闕，應須拂豸冠。風霜隨馬去，炎暑爲君寒。客淚題書落，鄉愁對酒寬。先憑報親友，後月到長安。

送崔員外入奏因訪故園（今按，「奏」，《全唐詩》作「秦」）

欲謁明光殿，先趨建禮門。仙郎去得意，亞相正承恩。竹裏巴山道，華（今按，《全唐詩》作「花」，字通）間漢水源。憑將兩行淚，爲訪邵平園。

送襄州任別駕

別乘向襄州，蕭條楚地秋。江聲官舍裏，山色郡城頭。莫羨黄公蓋，須乘彦伯舟。高陽諸醉客，唯見古時丘。

陜州月城樓送辛判官入京（今按，《全唐詩》作「奏」）

送客飛鳥外，城頭樓最高。尊前遇風雨，牕裏動波濤。謁帝向金殿，隨身唯寶刀。相思灞

陵月，只有夢偏（今按，據姚本、屠隆本、牛斗本、刻者不詳明本、四庫本及《全唐詩》，當爲「偏」）勞。

祁四再赴江南别詩

萬里來又去，三湘東復西。别多人换鬢，行遠馬穿蹄。山驛秋雲冷，江帆暮雨低。憐君不解説，相憶在書題。

稠桑驛喜逢嚴河南中丞便别（得時字）

駟馬映花枝，人人夾路窺。離心且莫問，春草自應知。不謂青雲客，猶思紫禁時。（參忝西掖，曾聯接。）别君能幾日，看取鬢成絲。

送王録事却歸華陰王録事自華陰尉受虢州録事參軍旬日却復舊官（今按，《全唐詩》「王録事自華陰尉」等二十字爲注語）

相送欲狂歌，其如此别何。攀轅人共惜，解印日無多。仙掌雲重見，關河（今按，《全唐詩》作「門」）路再過。雙魚莫不寄，縣外是黄河。

送宇文舍人出宰元城（得陽字）

雙鳬出未央，千里過河陽。馬帶新行色，衣聞舊御香。縣花迎墨綬，關柳拂銅章。别後能

爲政，相思淇水長。

送王伯倫應制授正字歸

當年最稱意，數子不如君。戰勝時偏許，名高人共聞。半天城北雨，斜日灞西雲。科斗皆成字，無令錯古文。

發臨洮將赴北庭留别（得飛字）

聞説輪臺路，連年見雪飛。春風不曾（今按，《全唐詩》作「曾不」，「曾」下注云：一作「長」）到，漢使亦應稀。白草通疏勒，青山過武威。勤王敢道遠，（今按，《全唐詩》注云：一作「不敢道，遠思」）私向夢中歸。

輪臺即事

輪臺風物異，地是古單于。三月無青草，千家盡白榆。番書文字别，胡俗語音殊。愁見流沙北，天西海一隅。

高　適

宋中別司功叔各賦一物（得商丘）

商丘試一望，隱隱帶秋天。地與星辰在，城將大路遷。干戈悲昔事，墟落對窮年。即此傷離緒，淒淒賦酒筵。

同崔員外綦毋拾遺九日宴京兆府李士曹

今日好相見，羣賢仍廢曹。晚晴催翰墨，秋興引風騷。絳葉擁虛砌，黃花隨濁醪。閉門無不可，何事更登高。

送崔功曹赴越

傳有東南別，題詩報客居。江山知不厭，州縣復何如。莫恨吴歈曲，當（今按，《全唐詩》作「嘗」）看越絶書。今朝欲乘興，隨爾食鱸魚。

別孫訢

離人去復留，白馬黑貂裘。屈指論前事，停鞭惜舊遊。帝鄉那可忘（今按，四庫本作「望」），旅館

日堪愁。誰念無知己，年年睢水流。

送裴别將之安西

絶域渺難躋，悠然信馬蹄。風塵驚跋涉，摇落怨睽攜。地出流沙外，天長甲子西。少年無不可，行矣莫悽悽。

賈　至

送王員外赴長沙

攜手登臨處，巴陵天一隅。春生雲夢澤，水溢洞庭湖。共歎虞翻枉，同悲阮籍途。長沙舊卑濕，今古不應殊。

送夏侯參軍赴廣州

聞道衡陽外，由來鴈北飛。送君從此去，書信定應稀。雲海南溟遠，煙波北渚微。勉哉孫楚吏，綵服正光輝。

長沙别李六侍御

月明湘水白，霜落洞庭乾。放逐長沙外，相逢路正難。雲歸帝鄉遠，鴈報朔方寒。此别盈襟淚，雍門不假彈。

李　頎

覺公院施鳥石臺

石臺置香飯，齋後施諸禽。童子亦知善，衆生無懼心。苔痕蒼曉露，盤勢出香林。錫杖或圍繞，吾師一念深。

祖　詠

過鄭曲

路向滎川夕（今按，屠隆本、刻者不詳明本作「西川杳」，《全唐詩》「夕」作「谷」），晴來望盡通。細煙生水上，圓月在舟中。岸勢迷行客，秋聲亂草蟲。旅懷勞自慰，淅淅有涼風。

綦毋潛

茅山洞口

華陽仙洞口，半嶺拂雲看。窈窕穿苔壁，差池對石壇。方隨地脈轉，稍覺水晶寒。未果變金骨，歸來兹路難。

過方尊師院

羽客北山尋，草堂松徑深。養神宗示（集作「爾」。）法，得道不知心。洞户逢雙履，寥天有一琴（一作「禽」。）。更登玄圃上，仍種杏成林。

王昌齡

素上人影塔

物化同枯木，希夷明月珠。本來生滅盡，何者是虚無。一坐看如故，千齡獨向隅。至人非别有，方外不應殊。

沙苑南渡頭

秋霧連雲白，歸心浦溆懸。津人空守纜，村館復臨川。篷隔蒼茫雨，波通（今按，《全唐詩》作「連」）演漾田。孤舟未得濟，入夢在何年。

張　均

江上逢春

離憂耿未和，春慮忽蹉跎。擇木猿知去，尋泥燕獨過。鶯花翻霽日，垂柳拂煙波。激意屢怡賞，無如鄉念何。

賈彦璋

晚霽登汝南大雲閣

禪宫新雨歇（今按，《全唐詩》作「歇雨」），香閣晚登臨。邑樹晴光起，川苗佳氣深。水包城下岸，雲細郢中岑。自歎牽卑日，聊開望遠心。

嚴公貺

題房公琯漢州西湖

鳳池才未（今按，《全唐詩》作「難」）盡，餘思鑿西湖。珍木羅脩岸，冰光映坐隅。琴臺今寂寞，竹島尚縈紆。猶藴濟川志，芳名終不渝。

已上係盛唐之詩。

太宗皇帝

桃花（今按，《全唐詩》卷一注云：一作董思恭詩）

禁苑春暉麗，花蹊綺樹裝（今按，《全唐詩》作「妝」）。綴條深淺色，點露參差光。向日分千笑，迎風共一香。如何仙嶺側，獨秀隱遥芳。

孟浩然

登樟亭樓（今按，《全唐詩》作《與杭州薛司户登樟亭樓作》；「樟」，注云：一作「梓」）

水樓登一望（今按，姚本、《文苑英華》卷三一二、《全唐詩》作「一登眺」），半出青林高。帟幕英寮敞，芳筵下客叨。山藏伯禹穴，城壓伍胥濤。今日觀溟漲，垂綸欲釣鼇。

王　維

與盧象集朱家

主人能愛客，終日有逢迎。貰得新豐酒，復聞秦女箏。柳條疏客舍，槐葉下秋城。語笑且爲樂，吾將達此生。

同崔興宗送瑗公（今按，屠隆本、牛斗本、刻者不詳明本所録爲《送崔興宗》「已恨親皆遠」首，姚本僅録《送崔興宗》詩題，乃與本卷前文重複）

言從石菌閣，新下穆陵關。獨向池陽下，白雲留故山。綻衣秋日裏，洗鉢古松間。一施傳

心法，惟將戒定還。

已上係增入，原是摘句。

唐詩拾遺目録

第六卷　五言律詩(中)

唐詩拾遺卷之六

五言律詩（中）

錢起

歲初歸舊山酬寄皇甫侍御

欲知愚谷好，久别與春還。鶯暖初歸樹，雲晴却戀山。石田耕種少，野客性情閑。求仲應難見，殘陽且掩關。

送屈突司馬充安西書記

制勝三軍勁，澄清萬里餘。星飛龐統驥，箭發魯連書。海月低雲旆，江霞入錦車。遥知太阿劍，計日斬鯨魚。

送時遲避難適荆南

三歎把離袂，七哀深我情。雲天愁遠別，豺虎擁前程。駐馬戀攜手，隔河聞哭聲。相思昏若夢，淚眼幾時明。

送陳供奉恩敕放歸覲省

得意今如此，清光不可攀。臣心堯日下，鄉思楚雲間。楊柳深歸棹，芙蓉棲舊山。采蘭兼衣錦，何似買臣還。

送上官侍御

執簡朝方下，乘軺去不賒。感恩輕遠道，入幕比還家。碣石春雲色，邯鄲古樹花。飛書報明主，烽戍（今按，《全唐詩》作「火」）静天涯。

送柳道士

去世能成道，遊仙不定家。歸期千巖（今按，據姚本、屠隆本、牛斗本、刻者不詳明本、四庫本、《全唐詩》，當爲「歲」）鶴，行邁五雲車。海上春應盡，壺中日未斜。不知相憶處，琪樹幾枝花。

送李判官赴桂州幕

欲知儒道貴，縫掖見諸侯。且感千金諾，寧辭萬里遊。鴈飛（今按，《全唐詩》作「峰」）侵瘴遠，桂水出雲流。坐惜離居晚，相思緑蕙秋。

歲暇題茅茨

谷口逃名處（今按，《全唐詩》作「客」），歸來遂野心。薄田供歲酒，喬木待新禽。溪路春雲重，山廚夜火深。桃源應漸好，仙客許相尋。

詠門上畫松上元王杜三相公（今按，一作崔峒詩）

昔聞生澗底，今見起毫端。衆草此時没，何人知歲寒。豈能裨棟宇，且欲出門闌。只在丹青筆，凌雲也不難。

衡門春後（今按，《全唐詩》作「夜」）

不厭晴林下，微風處（今按，《全唐詩》作「度」）葛巾。寧唯北牕客（今按，《全唐詩》作「月」），自謂上皇人。叢篠輕新暑，孤花占晚春。寄言莊叟蝶，與你（今按，據姚本及《全唐詩》，當爲「爾」）得天真。

題吴通微主人

食貧無盡日（今按，《全唐詩》注云：一作「不知青雲器」），有（今按，《全唐詩》注云：一作「良」）願幾時諧。長嘯秋光晚，誰知志士懷。朝煙不起竈，寒葉欲連階。飲水仍留我，孤燈點（今按，《全唐詩》注云：一作「吟詩靜」）夜齋。

九日閑居寄登高數子

初服棲窮巷，重陽憶舊遊。門閑謝病日，心醉授衣秋。酒盡寒花笑，庭空暝雀愁。今朝落帽客，幾處管絃留。

劉長卿

長門怨

何事長門閉，珠簾只自垂。月移深殿早，春向後宫遲。蕙草生閑地，梨花發舊枝。芳菲似恩幸，看却（今按，《全唐詩》作「著」）被風吹。

湘妃廟

荒祠古木暗，寂寂北（今按，《全唐詩》卷 四七作「此」）江濆。未作湘南雨，知爲何處雲。苔痕斷珠履，草色帶羅裙。莫唱迎仙曲，羇臣（今按，《全唐詩》作「空山」）不可聞。

過桃花夫人廟（即息夫人。）

寂寞應千載，桃花想一枝。路人看古木，江月向空祠。雲雨飛何處，山川是舊時。獨憐春草色，猶似憶佳期。

移使鄂州次峴陽館懷舊居

多慚恩未報，敢問路何長。萬里通秋鴈，千峰共夕陽。舊遊成遠道，此去更迷（今按，《全唐詩》作「違」）鄉。草露空（今按，《全唐詩》作「深」）山裏，朝朝滿（今按，《全唐詩》作「落」）客裳。

鄂渚聽杜別駕彈胡琴

文姬留此曲，千載一知音。不解胡兒語，空愁（今按，《全唐詩》作「留」）楚客心。聲隨邊草動，意入隴雲深。何事長江上，蕭蕭出塞吟。

登思禪寺上方經脩竹茂林（今按，「經」，《全唐詩》作「題」）

上方幽且暮，臺殿隱朦朧。遠磬秋山裏，清猿古木中。衆溪連竹路，諸嶺共風松（今按，姚本、《文苑英華》卷三二六、《全唐詩》作「松風」）。儻許棲林下，甘成白首翁。

過隱空和尚故居

自從飛錫去，人到沃州稀。林下期何在，山中春獨歸。踏花尋舊徑，映竹掩空扉。寥落東峰上，猶堪静者依。

秋夜北山精舍觀禮如師梵（今按，「禮」，《文苑英華》卷二三五、《全唐詩》卷一四七作「體」）

焚香奏仙唄，向夕遍空山。清切兼秋遠，威儀對月閑。静分巖響答，散逐海潮還。幸得風吹去，隨人到世間。

宿北山於禪寺（今按，《全唐詩》卷一四七作《宿北山禪寺蘭若》）

上方鳴夕磬，林下一僧還。密行傳人少，禪心對虎閑。青松臨古路，白日（今按，《全唐詩》作「月」）滿寒山。舊識窻前桂，經霜更待攀。

集梁耿開元寺所居院

到君幽卧處，爲我掃莓苔。花雨無時（今按，《全唐詩》卷一四七作「晴天」）落，松風終日來。路經深竹過，門向遠山開。豈得長高枕，中朝正用才。

韋應物

月夜會徐十一草堂

空齋無一事，岸幘故人期。暫輟觀書夜，還題翫月詩。遠鐘高枕後，清露捲簾時。暗覺新秋近，殘河欲曙遲。

移府候曉呈兩縣僚友（今按，「移」，《全唐詩》卷一八七作「趨」）

趨府不遑安，中宵出户看。滿天星尚在，近壁燭仍殘。立馬頻驚曙，垂簾卻避寒。可憐同宦者，應悟下流難。

送宣城路録事

江上宣城郡，孤舟遠到時。雲林謝家宅，山水敬亭祠。綱紀多閑日，觀遊得賦詩。都門且

盡醉，此別數年期。

送李二歸楚州（時李季弟牧楚州，被訟赴急。）

情人南楚別，復詠在原詩。忽此嗟岐路，還令泣素絲。風波朝夕遠，音信往來遲。好去扁舟客，青雲何處期。

送張侍御秘書江左覲省

莫歎都門路，歸無駟馬車。繡衣猶在篋，芸閣已觀書。沃野收紅稻，長江釣白魚。晨飡亦可薦，名利欲何如。

送顏司議使蜀訪圖書

軺駕一封急，蜀門千嶺曛。詎分江轉字，但見路緣雲。山館夜聽雨，秋猿獨叫羣。無爲久留滯，聖主待遺文。

任洛陽丞答前長安田少府問

相逢且對酒，相問欲何如。數歲猶卑吏，家人笑著書。告歸今（今按，《全唐詩》卷一九〇作「應」）未得，榮宦又知疏。日日生春草，空令憶舊居。

淮上遇洛陽李主簿

結茅臨古渡，卧見長淮流。牕裏人將老，門前樹已秋。寒山獨過鴈，暮雨遠來舟。日夕逢歸客，那能忘舊遊。

皇甫冉

温湯即事（今按，「湯」，《全唐詩》卷二五〇作「泉」）

天仗星辰轉，霜冬景氣和。樹含温液潤，山入繚垣多。丞相金錢賜，平陽玉輦過。魯儒求一謁，無路獨何如（今按，《全唐詩》注云：一作「接輿來自楚，朝夕值行歌」）。

送滎別駕赴華州

直到三（今按，《全唐詩》作「群」）峰下，應無累日程。高車入郡舍，流水出關城。草色田家迴，槐陰府吏迎。還將海沂詠，籍甚漢公卿。

送常大夫加散騎常侍赴朔方

故壘煙霞（今按，《全唐詩》作「塵」）後，新軍河塞間。金貂寵漢將，玉節度蕭關。澶漫沙平（今按，

姚本、屠隆本、牛斗本、刻者不詳明本、《全唐詩》作「中」）雪，依稀漢口山。人知竇車騎，計日勒銘還。

送柳八員外赴江西

岐路多無（今按，《唐百家詩選》卷十作「無窮」，《全唐詩》卷二五〇作「窮無」）極，長江九派分。行人隨旅鴈，楚樹入湘雲。久在征南役，何殊薊北勳。離心不可問，歲暮雪紛紛。

送蕭獻士（今按，「獻」，《唐百家詩選》卷十作「處」）

惆悵煙郊晚，依然此送君。長河隔旅夢，浮客伴孤雲。淇上春山直，黎陽大道分。西陵儻一弔，應有士衡文。

同李司直諸公暑夜館南餘（今按，姚本、《全唐詩》卷二四九作「南餘館」，《全唐詩》「餘」下注云：一作「徐」）

何處多明月，津庭暑夜深。煙霞不可望，雲樹更沉沉。好是吴中隱，仍爲洛下吟。微官朝復夕，牽强亦何心。

贈普門上人（今按，一作劉長卿詩）

支公身欲老，長在沃州（今按，《全唐詩》作「洲」。）多。慧力堪傳教，禪功久伏魔。山雲隨坐處（今

按，屠隆本、《全唐詩》卷二四九、一四八作「夏」），江草伴頭陀。借問迴心後，賢愚去幾何。

同樊潤州遊郡東山

北固多陳跡，東山復盛遊。鐃（今按，據姚本、屠隆本、牛斗本、刻者不詳明本、四庫本及《全唐詩》卷二五〇，當爲「鐃」）聲發大道，草色引行騶。此地何時有，長江自古流。頻隨公府步，南客寄徐州。

皇甫曾

送普門上人還陽羨（今按，一作皇甫冉詩）

花宫難久別，道者憶千燈。殘雪入林路，暮山歸寺僧。日光依嫩草，泉響滴春冰。何用求方便，看心是一乘。

寄張衆甫（今按，「衆」，《全唐詩》卷二一〇作「仲」）

悲風生舊浦，雲嶺隔東田。伏臘同雞黍，柴門閉雪天。孤村明夜火，稚子候歸船。静者心相憶，離居畏度年。

送歸中丞使新羅

南憲（今按，《全唐詩》作「𢡟」）銜恩去，東夷汎海行。天遥辭上國，水盡到孤城。已變炎涼氣，仍愁浩淼程。雲濤不可極，來往見雙旌。

釋皎然

隴頭吟（今按，《全唐詩》卷八二〇作《隴頭水》）

秦嶺隴（今按，《全唐詩》作「隴逼」）氏羌，征人去未央。如何幽咽水，併欲斷君腸。西注悲窮漠，東分憶故鄉。旅魂聲攪亂，無夢到遼（今按，《全唐詩》卷八二〇作「咸」）陽。

春日陪顔使君真卿皇甫曾西亭重會韻海諸生

爲重南臺客，朝朝會魯儒。暄風衆木變，清影片雲孤（今按，《全唐詩》卷八一七作「無」）。峰翠飄簷下，溪光照座隅。不將簪艾隔，知與道情俱。

夏日集裴録事北亭避暑

前林夏雨歇，爲我生涼風。一室煩暑外，衆山清影中。忘歸親野水，適性許雲鴻。蕭散都

曹吏，還將静者同。

遊溪待月

溪色思汎月，沿洄欲未歸。殘燈逢水店，疏磬憶山扉。夜浦魚驚少，空林鵲繞稀。可中纔望見，掩（今按，四庫本、《文苑英華》卷一六六、《杼山集》卷三、《全唐詩》卷八一七作「撩」，中華書局影印本《文苑英華》似「掩」又似「撩」，「掩」當爲「撩」之訛）亂擣寒衣。

經仙人渚即沈山下古人沈羲白日昇仙處（今按，「羲」，《全唐詩》卷八一七作「義」）

日月人間短，何時此得仙。古山春已盡，遺渚事空傳。不見騰雲駕，徒聞（今按，《全唐詩》作「臨」）洗藥泉。如今成逝水，翻使恨流年。

題鄭容江畔桐齋（今按，「容」，《文苑英華》卷三一七同此，屠隆本、姚本、《杼山集》卷三、《全唐詩》卷八一七作「谷」）

客齋開別住，坐占緑江濆。流水非外物，閑雲長屬君。浮榮未可累，曠達若爲羣。風起高桐下，清絃日日聞。

秋宵書事寄吴憑處士

真性在方丈，寂寥無四鄰。秋天月色正，清夜道心真。大夢觀前事，浮名誤（今按，《全唐詩》卷八一六作「悟」）此身。不知庭樹意，榮落感何人。

送沈居士還太原

辭鄉（今按，《全唐詩》卷八一八作「官」）因世難，家族盛南朝。名重郊居賦，才高獨酌謡。浪花飄一葉，峯色向三條。高逸雖成性，弓旌肯忘招。

宿吴匡山破寺

雙峰百戰後，真界滿塵埃。蔓草緣空壁，悲風起故臺。野花閑（今按，《全唐詩》卷八一五作「寒」）更發，山月暝還來。何事池中水，東流獨不回。

寒食日集報德事解公房（今按，「事」，據姚本、屠隆本、牛斗本、刻者不詳明本、《文苑英華》卷二三六，當爲「寺」。《全唐詩》卷八一七作《寒食日同陸處士行報德寺宿解公房》）

欲問章陵寺（今按，《全唐詩》作「古寺章陵下」），支（今按，《全唐詩》作「潛」）公住幾年。亂山春靄裏，微徑古松邊。（今按，《全唐詩》作「安心生軟草，灌頂引春泉」）寂寂傳燈地，寥寥禁火天。世人（今按，《全

唐詩》作「間」）多暗室，白日爲誰懸。

奉同盧使君幼平遊精舍寺

影刹西方在，虚空翠色分。人天霽後見，猿鳥定中聞。真界隱清壁，春山凌白雲。今朝石門會，千古仰斯文。

題報德寺清幽上人西峯寺即陳文帝故鄉（今按，《全唐詩》卷八一七「寺即」七字爲注語）

陳世凋亡後，仁祠識舊山。帝鄉喬木在，空見白雲還。雙塔寒林外，三陵暮雨間。此中雖（今按，《全唐詩》作「難」）戰勝，君獨起禪關。

遥和塵外上人與陸灃夜集山寺問涅槃義兼賞陸生文卷（上人自號「北山子」。）

共是竹林賢，（孫綽《僧史》以七人配德嵇、阮，號「竹林七賢」。）心從貝葉傳。説經看月喻，開卷愛珠連。清淨遥城外，蕭條（今按，《全唐詩》卷八一六作「疏」）古塔邊（今按，《全唐詩》作「前」）。應随北山子，高頂枕雲眠。

送劉司法之越州（今按，《全唐詩》卷八一八無「州」字。）

蕭蕭鳴夜角，驅馬背城濠。雨後寒流急，秋來朔吹高。三山期望海，八月欲觀濤。幾日西陵路，應逢謝法曹。

送嚴明府入關謁黎京兆

春日異秋風，何爲怨別同。潮迴芳渚没，花落晝山空。旅候聞嘶馬，殘陽望斷鴻。應思京（今按，《全唐詩》卷八一九作「右」）内史，相見直城中。

送陸判官歸杭州

芳草潛州路，乘軺憶再旋。餘花故林下，殘月舊池邊。峰色雲端寺，潮聲海上天。明朝富春渚，應見謝公船。

峴山送裴秀才赴舉

漢家招秀士，峴上送君行。萬里見秋色，兩河傷別（今按，《全唐詩》卷八一八作「遠」）情。王師出西鎬，虜寇避東平。天府登名後，迴看楚水清。

釋靈一

酬陳明府舟中見贈

長溪通夜静，素舸與人閑。月影沉秋水，風聲落暮山。稻花千頃外，蓮葉兩河間。陶令多真意，相思一解顔。

再還宜豐寺

再尋招隱地，重會宿（今按，《全唐詩》卷八〇九作「息」）心期。樵客問歸日，山僧記别時。野雲陰遠甸，秋水（今按，《全唐詩》作「雨」）漲前池（今按，《全唐詩》作「陂」）。勿謂探形勝，吾今不好奇。

自大林與韓明府歸郭中精舍作（今按，《全唐詩》卷八〇九無「作」字）

野客同舟楫，相攜復一歸。孤雲（今按，《全唐詩》作「煙」）生暮景，遠岫帶春暉。不道還山是，誰云向郭非。禪門有通隱，喧寂共忘機。

釋法振

送常大夫赴朔方

關山今不掩，軍候鳥先知。大漢嫖姚入，烏孫部曲随。高旌天外駐，寒角月中吹。歸到長安第，花應再滿枝。

嚴維

贈萬經

萬公長慢世，昨日又隳官。縱酒真彭澤，論詩得建安。家山伯禹穴，別墅小長干。輙有時人至，牕前白眼看。

秋夜船行

扁舟時屬暝，月上有餘輝。海燕秋還去，漁人夜不歸。中流何寂寂，孤棹也依依。一點前村火，誰家未掩扉。

耿湋

出塞（今按，《全唐詩》卷二六八作《送王將軍出塞》）

漢家邊事重，竇憲出臨戎。絶漠秋山在，陽關舊路通。列營依茂草，吹角向高風。更就燕然石，看銘破虜功（今按，《全唐詩》卷二六八作「行看奏虜功」）。

遊鍾山紫芝觀

繫舟仙宅下，清磬落春風。雨過（今按，《全唐詩》卷二六八作「數」）芝田長，雲深藥徑（今按，《全唐詩》作「雲開石路」）重。古房青磴接，虛（今按，《全唐詩》作「深」）殿紫煙濃。鶴駕何時去，遊人自不逢。

詣順公問道

此身知是妄，遠遠詣支公。何法住持後，能逃生死中。秋苔經古徑，籜葉滿疏叢。方便如開誘，南宗與北宗。

新蟬（今按，一作司空曙詩）

今朝蟬忽鳴，遷客若爲情。便覺一年謝，能令萬感生。微風方滿樹，落日稍沉城。爲問同

懷者，淒涼聽幾聲。

雨中宿義興寺

遥夜宿東林，蟲聲階草深。高風初落葉，多雨未歸心。家國身猶負，星霜鬢已侵。滄洲縱不去，何處有知音。

送王秘書歸江東

迴首望知音，逶遲桑柘林。人歸海郡遠，路入雨天深。萬木經秋葉，孤舟向暮心。唯餘江畔草，應見白頭吟。

送胡校書秩滿歸河中

古樹汾陰道，悠悠東去長。位卑仍解印，身老又還鄉。河水平秋岸，關門向夕陽。音書須數寄（今按，《全唐詩》卷二六八作「附」），莫學晉嵇康。

璿公房懷舊（今按，「璿」，《全唐詩》卷二六八作「濬」）

遠公傳教畢，身没向他方。弔客來何見，門人閉影堂。紗燈臨古砌，塵機（今按，《文苑英華》卷三〇五作「杌」，四庫本及《全唐詩》作「札」，姚本、屠隆本等刻作「机」）在空林（今按，據姚本、屠隆本等及《文苑英

華》、《全唐詩》，當爲「牀」〕。寂寞疏鐘後，秋天有夕陽。

李　端

題從叔沆林園（今按，《文苑英華》卷三一七作吕温詩）

阮宅閑園暮，牕中見樹陰。樵歌依遠草，僧語過長林。鳥哢花間曲，人彈竹裏琴。自嫌身未老，已有住山心。

送少微上人入蜀

削髮本求道，何方不是歸。松風開法席，江月濯禪衣。飛閣蟬鳴早，漫天客過稀。戴顒常執筆，不覺此身非。

雨後輞川

驟雨歸山盡，頽陽入輞川。看虹登晚墅，踏石過春泉。紫葛藏仙井，黄花出野田。自知無去路，迴步就人煙。

同皇甫侍御題惟一上人房

焚香居一室，盡日見空林。得道輕年暮，安禪愛夜深。東西皆是夢，存没豈關心。唯羡諸童子，持經在竹陰。

同裴員外宿薦福寺僧舍（今按，「裴」，《全唐詩》卷二八五作「苗」）

潘安秋興動，涼夜宿僧房。倚杖雲離月，垂簾竹有霜。迴風生遠徑，落葉颯長廊。一與交親會，空貽別後傷。

送客往湘江

識君年已老，孤棹向瀟湘。素髪臨高鏡，清晨入遠鄉。三山分夏口，五兩映涔陽。更逐巴東客，南行淚幾行。

送友人遊蜀

嘉陵天氣好，百里見雙流。帆影緣巴寺（今按，《全唐詩》卷二八五作「字」），鐘聲出漢州。緑原春草晚，青木暮猿愁。正（今按，《全唐詩》作「本」）是風流地，遊人易白頭。

送友人遊江東

江上花開盡，南行少見（今按，《全唐詩》卷二八五作「見杪」）春。鳥聲悲古木，雲影入通津。返景斜連草，迴潮暗動蘋。謝公今在郡，應喜得詩人。

送樂平苗明府（今按，《全唐詩》卷二八五後有「得家字」三字）

本自求彭澤，誰云道里賒。山從古（今按，《全唐詩》作「石」）壁斷，江向弋陽斜。暮色隨楓樹，陰雲暗荻花。諸侯舊調鼎，應重宰臣家。

韓翃

送張僧水路歸北海

千里東歸客，孤心憶舊遊。片帆依白水，高枕卧青州。柏寢寒蕪變，梧臺宿雨收。知君心興遠，每上海邊樓。

送李侍御起徐州行營（今按，「起」，據《文苑英華》卷二七二、《全唐詩》卷二四四，當爲「赴」）

少年兼柱史，東至舊徐州。遠屬平津閣，前驅博望侯。向營淮月（今按，《全唐詩》卷二四四作

「水」）滿，吹角楚天秋。客夢依依處，寒山對白樓。

李中丞宅夜宴送丘侍御赴江東便往辰州

積雪臨堦夜，重裘對酒時。中丞違沈約，才子送丘遲。一路三江上，孤舟萬里期。辰州佳興在，他日寄新詩。

送李侍御歸宣州使幕

春草東江外，翩翩北路歸。官齊魏公子，身逐謝玄暉。山色随行騎，鶯聲傍客衣。主人池上酌，攜手暮花飛。

送田倉曹汴州覲親

拜慶承天寵，朝來辭漢宫。玉杯分湛露，金勒借追風。古驛秋山下，平蕪暮雨中。翩翩魏公子，人看度關東。

奉和元相公家園即事寄王相公

共列中台貴，能齊物外心。迴車青閤晚，解帶碧茸（今按，《文苑英華》卷三一七作「芳」）深。寒水分畦入，晴花度竹尋。題詩更相應（今按，《全唐詩》卷二四四作「憶」），一字重千金。

盧綸

題雲際寺上方

松高蘿蔓輕，中有石牀平。下界水長急，上方燈自明。空門不易啓，初地本無程。迴步忽山盡，萬緣從此生。

同崔峒慈恩寺避暑（今按，《全唐詩》卷二七九「崔峒」下有「補闕」二字）

寺涼高樹合，卧石緑雲（今按，《全唐詩》卷二七九作「陰」）中。伴鶴暫仙侣，依僧學老翁。魚沉荷葉露，鳥散竹林風。始悟塵居者，應將火宅同。

春陪李庶子遵善寺東院曉望

映竹水田分，當山起鴈羣。陽峰高對寺，陰井下通雲。雪盡（今按，《全唐詩》卷二七九作「晝」）唯逢鶴，花時此見君。由來禪誦地，多有謝公文。

寄司空曙（今按，《全唐詩》作《春日書情贈別司空曙》）

壯志隨年盡，謀身獨（今按，《全唐詩》卷二七八作「意」，注云：一作「獨」，一作「覺」，一作「竟」）未安。艱危

交契絶（今按，《全唐詩》作「風塵交契闊」），老大别離難。臘近晴多暖，春遲夜却寒。誰憐（今按，《全唐詩》作「堪」）少兄弟，五十未爲官（今按，《全唐詩》作「三十又無官」）。

送顔推官遊銀夏謁韓大夫

叢篁叫寒笛，滿眼寒（今按，據眉隆本、牛斗本、《文苑英華》卷二七三、《全唐詩》卷二八〇，當爲「塞」）山青。才子樽前畫，將軍石上銘。獵聲雲外響，戰血雨中腥。苦樂從來事，因君一涕零。

送元昱尉義興

欲成雲海别，一夜夢天涯。白浪緣江雨，青山繞縣花。風標當劇部，冠帶稱儒家。去矣謝親愛，知余（今按，《全唐詩》卷二八〇作「予」）髮已華。

送永陽崔明府

鶴唳蒹葭曉，中流見楚城。浪清風乍息，山白月猶明。廢路開荒木，歸人種古營。懸聞正訛俗，邴曼最（今按，《全唐詩》卷二八〇作「更」）知名。

送寧國夏侯丞

楚國青蕪上，秋雲似白波。五湖長路少，九派斷山多。謝守通詩宴，陶公許醉過。憮然餞

離阻，年鬢兩蹉跎。

崔峒

宿禪智寺上方演大師院

石林高幾許，金刹在中峰。白日空山梵，清霜後夜鐘。竹牕迴翠壁，苔徑入寒松。幸接無生法，疑心怯所從。

題空上人石室（今按，「上」，《文苑英華》卷二三六、《全唐詩》卷二九四作「山」）

早晚悟無生，頭陁不到城。雲山知夏臘，猿鳥見脩行。地僻無溪路，人尋逐水聲。年年深谷裏，誰識遠公名。

登蔣山開善寺（今按，《全唐詩》卷二〇六又作李嘉祐詩）

山殿秋雲裏，香煙出翠微。客尋朝磬至，僧背夕陽歸。下界千門見，前朝（今按，《文苑英華》卷二三六作「期」）萬事非。看心兼送目，葭菼暮依依。

送李道士歸山

秋城臨古路，城上望君還。曠野入寒草，獨行隨遠山。授人鴻寶内，將犬白雲間。早晚燒丹罷，遥知冰雪顔。

郎士元

送彭偃房由赴朝因寄錢大郎中季十七舍人（今按，「季」，《文苑英華》卷二七二、《全唐詩》卷二四八作「李」）

衰病已經年，西峰望楚天。風光欺鬢髮，秋色换山川。寂寞浮雲外，支離漢水邊。平生故人遠，君去話潸然。

送李遂之越

未習風波事，初爲東越遊。露霑湖草晚，月照海山秋。梅市門何處，蘭亭水尚（今按，《全唐詩》卷二四八作「向」）流。西興待潮信，落日滿孤舟。

送錢拾遺歸兼寄劉校書

墟落歲陰暮，桑榆煙景昏。蟬聲静空館，雨色隔秋原。歸客不可望，悠然林外村。終當報芸閣，携手醉柴門。

司空曙

望水

高原（今按，《全唐詩》卷二九三作「樓」）晴見水，楚色藹相和。野極空如雪（今按，《全唐詩》作「練」），天遥不辨波。永無人跡到，獨有鳥聲過（今按，《全唐詩》作「時有鳥行過」）。況在（今按，《全唐詩》作「是」）蒼茫外，殘陽照更（今按，《全唐詩》作「最」）多。

宿青龍寺故曇上人院

年深宫院在，舊客自相逢。閉户臨寒竹，無人有夜鐘。降龍今已去，巢鶴竟何從。坐見繁星曉，淒涼識舊峰。

苗　發

送司空曙之蘇州

盤門吴舊地，蟬盡早秋時。歸國人皆久，移家君獨遲。廣陵經水宿，建業有僧期。若到棲霞寺，應看江總碑。

蔣　涣

登棲霞寺（今按，《全唐詩》卷二五八「寺」後有「塔」字）

三休尋磴道，九折步雲霓。瀍澗臨江北，郊原極海西。沙平瓜步出，樹遠緑楊低。南指晴天外，青峰是會稽。

途次惟楊望京口寄白下諸公（今按，「惟楊」，姚本、屠隆本、刻者不詳明本及《全唐詩》卷二五八作「維揚」）

北望情何限，南行路轉深。晚帆低荻葉，寒日下楓林。雲白蘭陵渚，煙青建業岑。江天秋向盡，無處不傷心。

包何

和孟虔州閑齋即事

古郡鄰江嶺，公庭半薜蘿。府寮閑不入，山鳥静偏過。睥睨臨花柳，闌干枕芰荷。麥秋今已（今按，《全唐詩》卷二〇八作「欲」）至，君聽兩岐歌。

包佶

同李吏部伏日口號呈元庶子路中丞

火炎逢六月，金伏過三庚。幾度衣裳澣（今按，《全唐詩》卷二〇五作「汗」，注云：一作「澣」），誰家枕簟清。頒冰無下位，裁扇有高名。吏部還開甕，殷勤二客情。

林玥

送安養閻主簿還竹寺（今按，「竹寺」，《文苑英華》卷二七四作「竹林」，「竹」下校云：一作「故」）

分手怨河梁，南征歷漢陽。江山追宋玉，雲雨夢襄王。醉裏宜城近，歌中郢路長。更尋棲

枳處，猶是念仇香。

張萬頃

送裴明府（今按，「明」，姚本、屠隆本、牛斗本、刻者不詳明本、《文苑英華》卷二七三、《全唐詩》卷二〇二皆作「少」）

夕膳望東周，晨裝不少留。酒中同樂事，關外起（今按，《全唐詩》作「越」）離憂。座濕秦山雨，庭寒渭水秋。何當鷹隼擊，來拂古（今按，《文苑英華》、《全唐詩》作「故」）林遊。

魏兼恕

送張兵曹赴營田

河曲今無戰，王師每務農。選才當重委，足食乃深功。草色孤城外，雲山絶漠中。蕭關休歎别，歸望在乘驄。

周　瑀

送潘三入京

故人嗟此別，相送出煙桐（今按，據姚本、屠隆本、四庫本、《全唐詩》卷一一四，當爲「坰」）。柳色分官路，荷香入水亭。離歌未盡曲，酌酒共忘形。把手河橋上，孤山日暮青。

王　烈

酬崔峒

徇世甘長往，逢時忝一官。欲朝青瑣去，羞向白雲看。榮寵無心易，艱危抗節難。思君寫懷抱，非敢和幽蘭。

顧　況

鄱陽大雲寺一公房

盡日陪游處，斜暉（今按，《全唐詩》卷二六六作「陽」）竹院清。定中觀有漏，言下（今按，《全唐詩》作

「外」）證無生。色界聊傳法，空門不用情。欲知相去近，鐘鼓兩聞聲。

戎　昱

塞下曲

北風凋白草，胡馬日騣騣。夜後戍樓月，秋來邊將心。鐵衣霜雪（今按，《全唐詩》卷二七〇作「露」）重，戰馬歲年深。自有盧龍塞，煙塵飛至今。

送嚴十五之長安（今按，《全唐詩》卷二七〇「十五」後有「郎」字）

送客身爲客，思家愴别家。暫收雙眼淚，遥想五陵花。路遠征車迥，山迴劍閣斜。長安君到日，春色未應賒。

成都送嚴十五之江東

江都（今按，《全唐詩》卷二七〇作「東」）萬里外，别後幾悽悽。峽路花應發，津亭柳正齊。酒傾遲日暮，川闊遠天低。心繫征帆上，随君到剡溪。

張南史

殷卿宅夜宴

日暗城烏（今按，屠隆本、牛斗本、《文苑英華》卷二一五、《全唐詩》卷二九六作「烏」）宿，天寒櫪馬嘶。詞人留上客，妓女出中閨。積雪連燈照，回廊映竹迷。太常今夜宴，誰不醉如泥。

送鄭録事赴太原

歎息不相見，紅顏今白頭。重爲西候别，方起北風愁。六月胡天冷，雙城汾水流。盧諶即故吏，還復向并州。

送李侍御入茅山採藥

苦縣家風在，茅山道籙傳。聊停（今按，《文苑英華》卷二七一、《全唐詩》卷二九六作「聽」）驄馬使，却就紫陽仙。江海生岐路，雲霞入洞天。莫令千歲鶴，飛到草堂前。

朱　灣

假攝池州留別東溪隱居

一官仍是假，豈願數離羣。愁鬢看如雪，浮名認是雲。暫辭南國隱，莫勒北山文。今夜（今按，《全唐詩》卷三〇七作「後」）松溪月，還應夢見君。

冷朝陽

同張深秀才遊華巖寺

同遊雲外寺，渡水入禪關。立掃牕前石，坐看池上山。有僧飛錫到，留客話松間。不是緣名利，好來長伴閑。

宿柏巖寺

幽寺在巖中，行唯一徑通。客吟孤嶠月，蟬噪數枝風。秋色生苔砌，泉聲入梵宮。吾師脩道處，不與世間同。

于　鵠

題宇文裔山寺讀書院

讀書林下寺，不出動經年。草閣連僧院，山厨共石泉。雪庭無履跡，龕壁有燈煙。年少今頭白，刪詩到幾篇。

温泉僧房

雲裏前朝寺，脩行獨幾年。山村無施食，盥漱亦安禪。古塔巢溪鳥，深房閉谷泉。自言僧人（今按，據姚本、屠隆本、牛斗本、刻者不詳明本、四庫本、《文苑英華》卷二三六，當爲「僧入」，《全唐詩》卷三一〇作「曾入」）室，知處梵王大。

陳　潤

賦得池塘生春草（今按，一作陳陶詩）

謝公遺詠處，池水夾通津。古往人何在，年來草自春。色宜波際緑，香愛雨中新。今日青青意，空悲行路人。

登西靈塔

塔廟出招提，登臨碧海西。不知人意遠，漸覺鳥飛低。稍與雲霞近，如將日月齊。遷喬未得意，徒欲躡雲梯。

楊　衡

題山寺

千峰白露後，雲壁掛殘燈。曙色海邊日，經聲松下僧。意閑門不閉，年去水空澄。稽首如何問，森羅盡一乘。

劉　商

題山寺（今按，《文苑英華》卷二三七作《題悟空寺》）

扁舟水淼淼，曲岸復長塘。古寺春山上，登樓憶故鄉。雲煙横極浦，花木擁迴廊。更有思歸意，晴明陟上方。

題廢禪居寺（今按，《全唐詩》卷三〇三作《題禪居廢寺》）

凋殘精舍在，連步訪緇衣。古殿門空掩，楊花雪亂飛。鶴巢松影薄，僧少磬聲稀。青眼能留客，疏鐘逼夜歸。

送林衮侍御東歸秩滿赴上都（今按，「歸」，據《文苑英華》卷二七八、《全唐詩》卷三〇三，當爲「陽」）

幾年烏府内，何處逐凫歸。闗吏迷驄馬，銅章累繡衣。野人山草緑，客路柳花飛。况復長安遠，音書從此稀。

送李元規昆季赴舉

見誦甘泉賦，心期折桂歸。鳳雛皆五色，鴻漸又雙飛。别思看衰柳，秋風動客衣。明朝問禮處，暫覺鴈行稀。

戴叔倫

長門怨

自憶專房寵，曾居第　流。移恩向何處（今按，《全唐詩》卷二七三作「向他處」，注云：一作「何處去」，一

作「向何處」），暫妬不容收。夜静管絃絶，月明宫殿秋。空將舊時意，長望鳳凰樓。

潭州使院書情寄江夏賀蘭副端

雲雨一蕭散，悠悠關復河。俱從汎舟役，近隔洞庭波。春（今按，《全唐詩》卷二七三作「楚」）水去不盡，秋風今又過。無因得相見，却恨寄書多。

留别宋處士

留歡方繼燭，此會豈他人。鄉里遊從舊，兒童内外親。夜深愁不醉，老去别何頻。莫折園中柳，相看惜暮春。

送李審之桂州謁中丞叔

知音不可遇，才子向天涯。遠水下山急，孤舟上路賖。亂雲收暮雨，雜樹落秋（今按，《全唐詩》卷二七三作「疏」）花。到日應文會，風流勝阮家。

送李明府之任

身爲百里長，家寵五諸侯。含笑聽猿狖，摇鞭望斗牛。梅花堪比雪，芳草不知愁（今按，《全唐詩》卷二七三作「秋」）。别後南風起，相思夢嶺頭。

送崔拾遺峒江淮訪圖書

九重辭諫諍，（今按，《全唐詩》卷二七三作「九門思諫議」）萬里採風謠。關外逢秋月，天涯過晚潮。鴈來雲杳杳，木落浦蕭蕭。空怨他鄉别，迴舟暮寂寥。

已上係中唐之詩。

劉長卿

送南特進赴歸行營

聞道軍書至，揚鞭不問家。虜雲連白草，漢月到黄沙。汗馬河源飲，燒羌隴坻遮。翩翩新結束，去逐李輕車。

錢　起

送夏侯審校書東歸

楚鄉飛鳥没，獨與碧雲還。破鏡催歸客，殘陽見舊山。詩成流水上，夢盡落花間。儻寄相

思字，愁人定解顔。

秋夕與梁鍠文宴（今按，姚本、屠隆本、牛斗本、刻者不詳明本所録非此詩，乃《送楊皞擢第遊江南》「行人臨去水」，與卷六四重複）

客到衡門下，林香蕙芓（今按，《全唐詩》卷二三七作「草」）時。好風能自至，明月不須期。秋葉（今按，《全唐詩》作「日」，注云：一作「水」，又作「月」）翻荷影，晴光脆柳枝。留歡美清夜，寧覺曉鐘遲。

李　端

送新城戴叔倫（今按，《全唐詩》卷二八五後有「明府」二字）

遥想隋堤路，春天楚國晴（今按，《全唐詩》作「情」）。白雲當海斷，青草隔淮生。鴈起斜還直，潮回遠復平。萊蕪不可到，一醉送君行。

耿　湋

逢故人（今按，《文苑英華》卷二一八、《全唐詩》卷二八六作《巴陵逢洛陽鄰舍》，《極玄集》卷上作《書情逢故人》）

因君知此（今按，《全唐詩》作「北」，注云：一作「世」）事，流浪已忘機。久客（今按，《全唐詩》作「客久」）多

人識，高年（今按，《全唐詩》作「年高」）衆病歸。連雲湖色遠，度雪鴈聲稀。又説家林盡，悽傷淚滿衣。

李嘉祐

九日

惆悵重陽日，空山野菊新。兼葭百戰地，江海十年人。歎老看衰柳，傷秋對白蘋。孤樓聞夕磬，塘路向城闉。

送王牧（今按，屠隆本、《文苑英華》卷二七一、《全唐詩》卷二〇六作《送王牧往吉州謁王使君叔》）

細草緑汀洲，王孫耐（今按，《全唐詩》注云：一作「奈」）薄遊。年華初冠帶，文采（今按，《全唐詩》作「體」）舊弓裘。野渡花争發，春塘水亂流。使君憐小阮，應念倚門愁。

韓翃

送郭贊府（今按，《全唐詩》卷二四四後有「歸淮南」三字）

駿馬淮南客，歸時引望新。江聲六合暮，楚色萬家春。白紵歌西曲，黄苞寄北人。不知心

賞夜（今按，姚本、屠隆本、牛斗本、《文苑英華》卷二七二、《全唐詩》作「後」），早晚見行塵。

已上係增入，原是摘句。

唐詩拾遺目録

第七卷　五言律詩（下）

唐詩拾遺卷之七

五言律詩（下）

權德輿

送謝孝廉移家越州

家承晉太傅，身慕魯諸生。又見一帆去，共愁千里程。沙平煙（今按，《全唐詩》卷三二四作「古」）樹迥，潮滿曉江晴。從此幽深去，無妨隱姓名。

送鄭秀才貢舉

西笑意如何，知隨貢士（今按，《全唐詩》卷三二四作「舉」）科。吟詩向月露，驅馬出煙蘿。晚色寒（今按，《全唐詩》作「平」）蕪遠，秋聲候鴈多。自憐歸未得，相送一勞歌。

周平西墓

英威今寂寞，陳跡對崇丘。壯志清風在，荒墳白日愁。窮泉那復曉，喬木不知秋。歲歲寒塘側，無人水自流。

蘇小小墓

萬木（今按，《全唐詩》卷三二六作「古」）荒墳在，悠然我獨尋。寂寥紅粉盡，冥漠（今按，《全唐詩》作「寞」）黄泉深。蔓草映寒水，空郊暖夕陰。風流有佳句，吟眺一傷心。

武元衡

西川使宅有韋太尉時孔雀存焉暇日因與諸公同翫座中兼故府賓御興歎者久之因賦是詩用廣其意

荀令昔居此，故巢留越禽。動摇金翠尾，飛舞玉墀（今按，《全唐詩》作「碧梧」，注云：一作「玉池」，又作「墀」，又作「堦」）陰。上客撤瑶瑟，美人傷蕙心。會因南國使，歸（今按，《全唐詩》作「得」）放海雲深。

送太常十二兄罷册南詔却赴上都（今按，《全唐詩》卷三一六作《酬太常從兄留别》）

鄉路自兹始，征軒行復留。張騫隨漢節，王濬守刀州。澤國煙花度，銅梁霧雨愁。别離無可奈，萬恨錦江流。

送李正字歸蜀（今按，「歸」，《全唐詩》卷三一六作「之」）

已獻甘泉賦，仍登片玉科。漢官新組綬，蜀國舊煙蘿。劍壁秋雲斷，巴江夜月多。無窮别離思，遥寄竹枝歌。

楊巨源

題廢禪居寺（今按，《全唐詩》卷三三三作《和鄭少師相公題慈恩寺禪院》）

舊寺長桐孫，朝天是聖恩。謝公詩更老，蕭傅道方尊。白法知深得，蒼生更重論。若爲將此望，心地向空門。

春日與劉評事過故澄上人院（今按，「澄」，《全唐詩》卷三三三作「證」）

曾共劉諮議，同時事道林。與君方掩淚，來客是知心。堦雪凌春積，鐘煙向夕深。依然舊

童子，相送出花陰。

池上竹

一叢嬋娟色，四面清泠（今按，屠隆本、牛斗本、刻者不詳明本、四庫本、《文苑英華》卷三二五、《全唐詩》卷三三三作「冷」）波。氣潤曉煙重，光閑秋露多。翠筠入疏柳，清影拂圓荷。歲晏琅玕實，心期有鳳過。

和權相公南園閑步寄廣宣上人（今按，「步」，《文苑英華》卷二二一、《全唐詩》卷三三三作「涉」）

浩氣抱天和，閑園載酒過。步因秋景曠，心向晚雲多。翠玉思迴鳳，玄珠肯在鵝。問師登幾地，空性奈詩何。

釋廣宣

早秋降誕日獻壽應制

秋萱開七（今按，《全唐詩》卷八二二作「六」）葉，元聖誕千年。繞殿祥風起，當空瑞日懸。道光中國主，人識大羅仙。敢贊無疆壽，香花上法筵。

駕幸天長寺應制

天界宜春賞，禪門不掩關。宸遊雙闕外，僧引百花間。車馬喧長路，煙雲静（今按，《文苑英華》卷一七八、《全唐詩》卷八二二作「淨」）遠山。觀空復觀俗，皇鑒此中閑。

劉禹錫

奉送家兄歸王屋山隱（王屋山，一名「陽洛山」。）（今按，《全唐詩》卷三五七「隱」後有「居」字，注云：據道書，王屋山一名「洛陽山」，一作「陽落山」）

陽洛（今按，《全唐詩》作「洛陽」）天壇上，依稀似玉京。夜分先見日，月静忽（今按，《全唐詩》作「遠」）聞笙。雲路將雞犬，丹臺有姓名。古來成道者，兄弟亦同行。

送趙中丞自司金郎轉官參山南令狐僕射幕府（趙氏兄弟皆僕射門客。）

緑樹滿褒斜，西南蜀道（今按，《全唐詩》卷三五七作「路」）賒。驛門臨白草，縣道入黄花。相府開油幕，門生逐絳紗。行看布政後，還從入京華。

韓　愈

送李員外院長分司東都

去年秋露下，羈旅逐東征。今歲春光動，驅馳別上京。飲中相顧色，送後獨歸情。兩地無千里，因風數寄聲。

大行皇太后挽歌詞

一紀尊名正，三時孝養榮。高居朝聖主，厚德載羣生。武帳虚中禁，玄堂掩太平。秋天笳鼓歇，松柏徧山鳴。

張　籍

霅溪西亭晚望

霅水碧悠悠，西亭柳岸頭。夕陰生遠岫，斜照逐迴流。此地動歸思，逢人方倦遊。吴興耆舊盡，空見白蘋洲。

登咸陽北寺樓（今按，《全唐詩》卷三八四注云：一作《登感化寺樓》）

高秋原上寺，下馬一登臨。渭水西來直，秦山南向深。舊宫人不見（今按，《全唐詩》作「住」），荒碣路難尋。日暮涼風起，蕭條多遠心。

李　賀

追賦畫江潭苑

十騎簇芙蓉，宫衣小隊紅。練香熏宋鵲，尋箭踏盧龍。旗濕金鈴重，霜乾玉鐙空。今朝畫眉早，不待景陽鐘。

答贈

本作（今按，《全唐詩》三九二作「是」）張公子，曾名萼緑華。沉香熏小像，楊柳伴啼鴉。露重金泥冷，杯闌玉樹斜。琴堂沽酒客，新買後園花。

王良士

奉陪相公西亭夜宴陸郎中（今按，《全唐詩》卷三一八「相公」前有「武」字）

芳氣襲猗蘭，青雲展舊歡。仙來紅燭下，花發綵毫端。海嶽期方遠，松筠歲正寒。仍聞贈言（今按，《全唐詩》作「言贈」）處，一字重琅玕。

吕　温

送文暢上人東遊

隨緣聊振錫，高步出東城。水止無恒地，雲行不計程。到時爲彼岸，過處即前生。今日臨岐別，吾徒自有情。

白居易

江樓望歸時避難越中（今按，《全唐詩》卷四三六「時避難越中」爲注語，「越中」前有「在」字）

滿眼雲水色，月明樓上人。旅愁春入越，鄉夢夜歸秦。道路通荒服，田園隔虜塵。悠悠滄

海畔，十載避黄巾。

顧非熊

送僧歸洞庭

江山萬萬重，歸去指何峯。未入連雲寺，先齋越浪鐘。島馨（今按，刻者不詳明本、《文苑英華》卷二二三、《全唐詩》卷五〇九作「香」，屠隆本作「聲」。）迴棧柏，秋蔭出庵松。若救吴（今按，《文苑英華》作「吾」）人病，須降震澤龍。

張　祐（今按，《全唐詩》卷五一〇作「張祜」）

送徐彦夫南遷

萬里客南遷，孤城漲海邊。瘴雲秋不斷，陰火夜長然。月上行墟市，風迴望舶船。知君還自潔，更爲酌貪泉。

洞房燕

清曉洞房開，佳人喜燕來。乍疑釵上動，輕似掌中回。暗語臨牕户，深窺傍鏡臺。粧成（今

按，《全唐詩》卷五一〇作「新妝」）正含思，莫拂畫梁間（今按，據姚本、屠隆本、牛斗本、刻者不詳明本、《文苑英華》卷三二九、《全唐詩》，當爲「埃」）。

真娘墓（在虎丘西寺内。）

佛地葬羅衣，孤雲（今按，《文苑英華》卷三〇六、《全唐詩》卷五一〇作「魂」）此是歸。舞爲蝴蝶夢，歌謝伯勞飛。翠髮朝雲斷（今按，《全唐詩》作「在」），青蛾夜月微。傷心一花落，無復戀春暉。

題蘇小小墓

漠漠窮塵地，蕭蕭古樹林。臉濃花自發，眉恨柳長深。夜月人何待，春風鳥爲（今按，《全唐詩》卷五一〇注云：一作「自」）吟。不知誰共穴，徒願結同心。

朱慶餘

送僧還太原謁李司空（今按，「還」，《全唐詩》卷五一四作「往」）

已共鄰房別，應無更住心。中時過野店，後夜宿寒林。寺去人煙遠，城連塞雪深。禪餘得新句，堪對上公吟。

送韋校書赴靈州幕（今按，「赴」，《全唐詩》卷五一四作「佐」）

共知行處樂，猶惜此時分。職已爲書記，官曾校典墳。寒城初落葉，高樹（今按，《全唐詩》卷五一四作「戍」）遠生雲。邊事何須問，深謀祇在君。

賈　島

寄宋州田中丞

古郡近南徐，關河萬里餘。相思深夜後，未答去秋書。自別知音少，難忘識面初。舊山期已久，門掩數畦蔬。

送李騎曹

歸騎雙旌遠，懽生此別中。蕭關分磧路，嘶馬背寒鴻。朔色晴天北，河源落日東。賀蘭山頂草，時動卷帆風。

送耿處士

一瓶離別酒，未盡即言行。萬里（今按，《全唐詩》卷五七二作「水」）千山路，孤舟幾日（今按，《全唐詩》

作「月」）程。川原秋色静，蘆葦晚風鳴。迢遞不歸客，人傳虚隱名。

周　賀

送僧歸靈夏（今按，「送僧」，《全唐詩》卷五〇三作「送分定」）

南遊多老病，見説講經稀。塞寺幾僧在，邊（今按，《全唐詩》作「關」）城空月（今按，《全唐詩》作「自」）歸。帶河衰草斷，映月早（今按，《全唐詩》作「日旱」）沙飛。却到禪齋後，邊軍識衲衣。

送淮陰縣令（今按，此詩《全唐詩》僅見卷五八二温庭筠詩中，題爲《送淮陰孫令之官》，《文苑英華》卷二七九亦作温庭筠詩；清康熙時編《御定全唐詩録》〔四庫全書本〕卷七一周賀詩、卷七九温庭筠詩皆收録）

隨堤楊柳煙，孤棹正悠然。蕭寺通淮戍，蕪城枕楚田（今按，《全唐詩》作「壖」）。魚鹽橋上市，燈火雨中船。故老青葭岸，先知宓子賢。

釋無可

送人罷舉東遊

東堂今已負，復（今按，《全唐詩》卷八一三作「況」）此遠行難。兼雨風聲過，連天草色乾。鴻嘶荒壘閉，兵燒廣川寒。若向龍門宿，懸知拭淚看。

送沅江宋明府（即開府璟之孫。）

初聞從事日，鄂渚動芳菲。一遂鈞衡薦，今爲長吏歸。人臨沅水望，鴈映楚山飛。唯有傳聲政，家風重發揮。

送宜春裴明府（是將軍旻之子〔今按，《文苑英華》卷二七九、《全唐詩》卷八一三作「孫」〕。）

垂白方爲縣，從（今按，《文苑英華》、《全唐詩》卷八一三作「徒」）知大父雄。山春南去棹，楚夜北飛鴻。疊嶂和雲滅，孤城與嶺通。誰知持惠化，一境動清風。

夏日送崔秀才（今按，《全唐詩》卷八一三後有「遊南」二字）

南方山水地，念子爲貧遊。縱是逢佳境（今按，《全唐詩》作「景」），那能緩旅愁。夕陽行遠道，煩

暑在孤舟。莫向巴江過，猿聲但（今按，《全唐詩》作「促」，注云：一作「蹙」，一作「感」）淚流。

冬夜寄僧（今按，《全唐詩》卷八一三作《寄青龍寺原〔一作「源」〕上人》，注云：一作《冬夜寄僧友》。《唐百家詩選》卷七、《全唐詩》卷二四八又作郎士元詩）

斂屨入寒竹，安禪過漏聲。高杉殘子落，深井凍痕生。罷磬風枝動，懸燈雪屋明。何當招我宿，乘月上方行。

送顥法師還大原兼謁李司空（今按，《全唐詩》卷八一三作《送顥法師往太原講兼呈李司徒》，「大」當爲「太」）

近臘辭精舍，并州謁上（今按，《全唐詩》作「尚」）公。路長山忽盡，塞廣雪無窮。講席開晴壘，禪衣涉遠風。聞經諸弟子，應滿北（今按，《全唐詩》作「此」）門中。

送覺法師往中條舊隱（今按，《全唐詩》卷八一三作《送僧歸中條》）

夜葉動飄飄，寒來話數宵。卷經歸物（今按，《全唐詩》作「鳥」）外，轉雪下（今按，《全唐詩》作「過」）山椒。舊坐（今按，《全唐詩》作「長」）杉松大，難行水石遥。元戎宗内學，應就白雲招。

許渾

示弟

自爾出門去，淚痕長滿衣。家貧爲客早，路遠得書稀。文字何人賞（今按，《全唐詩》卷五二八注云：一作「誰人重」），煙波幾日歸。秋風正摇落，孤鴈又南飛。

送李定言南遊

酒酣輕别恨，酒醒復離憂。遠水應移棹，高峰更上樓。簟涼清露夜，琴響碧天秋。重惜芳樽宴，滿城無舊遊。

行次潼關題驛後軒

飛閣極層臺，終童（今按，《全唐詩》卷五二八作「南」）此路回。山形朝闕去，河勢抱關來。鴈過秋風急，蟬鳴宿霧開。平生無限意，驅馬任塵埃。

汎溪

疑與武陵通，青溪碧嶂中。水寒深見石，松晚静聞風。遯跡驅雞吏，冥心失馬翁。纔應婚

嫁畢（今按，《全唐詩卷五二九作「畢婚嫁」），從（今按，《全唐詩》作「還」）此息微躬。

旅懷

征車何軋軋，南北極天涯。孤枕易爲客，遠書難到家。鄉連雲外寺（今按，《全唐詩》卷五二九作「樹」），城閉月中花。猶有扁舟思，前年別若耶。

送客歸湘楚

無辭一杯酒，昔日與君深。秋色换歸鬢，曙光生別心。桂花山廟冷，楓樹水樓陰。此路千餘里，應勞楚客吟。

送韓校書

恨與前歡隔，愁因此會同。跡高芸閣吏，名散雪樓翁。城閉三秋雨，帆飛一夜風。酒醒鱸鱖（今按，《全唐詩》卷五三〇作「鱠」）美，應在竟陵東。

贈高處士

宅前雲水滿，高興一書生。垂釣有深意，望山多遠情。夜棊留客宿，春酒勸僧傾。未作干時計，何人問姓名。

天街曉望

明星低未央，蓮闕迥蒼蒼。疊鼓催殘月，疏鐘迎早霜。關防浮瑞氣，宮館耀神光。再拜爲君壽，南山高且長。

王秀才自越見訪不遇題詩而回因以酬寄（今按，「訪」，《全唐詩》卷五三一作「尋」）

南齋知數宿，半爲木蘭開。晴閣留詩遍，春帆載酒向（今按，據姚本、屠隆本、牛斗本、刻者不詳明本、四庫本及《全唐詩》卷五三一，當爲「回」）。煙深楊子宅，雲斷越王臺。自有孤舟興，無（今按，《全唐詩》作「何」）妨更一來。

贈遷客（今按，《全唐詩》卷五二六又作杜牧詩）

無機還得罪，直道不傷情。微雨昏山色，疏籠閉鶴聲。閑居多野客，高枕見江城。門外長溪水，憐君又濯纓。

旅中別姪暐

相見又南北，中宵淚滿襟（今按，四庫本作「巾」）。旅遊知世薄，貧別覺情深。歌管一樽酒，山川萬里心。此身多在路，休誦異鄉吟。

李商隱

崔處士

真人塞其内，夫子入於機。未肯投竿起，惟歡負米歸。雪中東郭履，堂上老萊衣。讀遍先賢傳，如君事者稀。

夜飲

卜夜容衰鬢，開筵屬異方。燭分歌扇淚，雨送酒船香。江海三年客，乾坤百戰場。誰能辭酩酊，淹卧劇清漳。

馬　戴

楚江懷古二首

露氣寒光集，微陽下楚丘。猿啼洞庭樹，人在木蘭舟。廣澤生明月，蒼山夾岸（今按，《全唐詩》卷五五五作「亂」）流。雲中君不降，竟夕自悲秋。

其二

野風吹蕙帶，驟雨滴蘭橈。屈宋魂冥寞，江山思寂寥。陰霓侵晚景，海樹入迴潮。欲折寒芳薦，明神詎可招。

宿翠微寺

處處松生（今按，《全唐詩》卷五五五作「陰」）滿，樵間（今按，《文苑英華》卷二三九、《全唐詩》作「開」）一徑通。鳥歸霜磬盡（今按，《全唐詩》作「雲壑静」），僧語石樓空。積翠含微月，遥泉韻細風。經行心不厭，似（今按，《全唐詩》作「憶」）在故山中。

宿無可上人房

稀逢息心侣，細話遠山期。河漢秋生（今按，《全唐詩》卷五五五作「深」）夜，杉梧露滴時。風傳林磬久（今按，《全唐詩》作「響」），月掩草堂遲。坐卧禪心在，浮生皆不知。

巴江夜猿

日飲巴江水，還啼巴岸邊。秋聲巫峽斷，夜影楚雲連。雪滴青楓樹，山空明月天。誰知泊帆（今按，《全唐詩》卷五五五作「船」）者，聽此不能眠。

遠水（今按，《全唐詩》卷三八四又作張籍詩）

蕩漾空沙際，虛明入遠天。秋光照不極，鳥色（今按，《全唐詩》卷三八四同此，卷五五五作「影」）去無邊。勢引長雲闊（今按，《全唐詩》卷三八四同此，卷五五五作「斷」），波凝（今按，《全唐詩》作「輕」）片雪（今按，屠隆本、刻者不詳明本作「靄」）連。汀洲杳難到，萬古覆蒼煙。

劉得仁

宣義池上

脩篁夾緑池，幽鳥（今按，《全唐詩》卷五四四作「絮」）此中飛。何必青山遠，仍將白髮歸。當時（今按，《全唐詩》作「鳥啼」）亦有恨，是日（今按，《全唐詩》作「鷗習」）總無機。樹起秋風細，西林磬入微。

趙　嘏

虎丘寺贈魚處士

蘭若雲深處，前年客重過。巖空秋色動，水闊夕陽多。早負江湖志，今如鬢髮何。唯君閑勝我，釣艇在煙波。

送韋處士歸省朔方

映柳見行色，故山當落暉。青雲知已没，白首一身歸。滿袖蕭關雨，連沙塞鴈飛。到家翻有喜，借取（今按，四庫本作「得」）老萊衣。

項　斯

遠水

渺渺浸天色，一邊生晚涼（今按，《全唐詩》卷五五四作「光」）。闊含（今按，《全唐詩》作「浮」）萍勢（今按，《全唐詩》作「思」）遠，寒入鴈愁長。北極連平地，南（今按，《全唐詩》作「東」）流接（今按，《全唐詩》作「即」）故鄉。扁舟當（今按，《全唐詩》作「來」）宿處，仿佛似瀟湘。

温庭筠

登盧氏臺

勝地當通邑，前山有故居。臺高秋盡出，林斷野無餘。白露鳴蛩急，晴天度鴈疏。由來放懷地，非獨在吾廬。

宿秦生山齋（今按，「生」，《全唐詩》卷五八三注云：一作「僧」）

衡巫路不同，結室在東峰。歲晚得支遁，夜寒逢戴顒。龕燈落葉寺，山雪隔林鐘。行李（今按，《全唐詩》作「解」，注云：一作「李」，一作「戒行」）無由發，曹溪欲施春。

和友人磐石寺逢舊（今按，《全唐詩》卷五八二「舊」後有「友」字）

楚寺上方宿，滿堂皆舊遊。月溪逢遠客，煙浪有孤（今按，《全唐詩》作「歸」）舟。江館白蘋夜，水關紅葉秋。西風吹暮雨，汀草更堪愁。

月中雲居寺上方（今按，《全唐詩》卷五八三「雲居寺」前有「宿」字）

虛閣披衣坐，空堦踏葉行。衆星中夜少，圓月上方明。靄盡無林色，喧餘有澗聲。只應愁恨事，還逐曉光生。

和段少常柯古

稱觴慙座客，懷刺即門人。素尚（今按，《全唐詩》卷五八一作「向」）寧知貴，清談不厭貧。野梅江上晚，堤柳雨中春。未報淮南詔，何勞問白蘋。

李　頻

送元遂上人（今按，《全唐詩》卷五八七後有「歸錢唐」三字）

白衣遊帝鄉，已得事空王。却返湖山寺，高禪水月房。雨中過嶽（今按，《全唐詩》注云：一作「月」）黑，秋後宿船涼。迴顧秦人語，他生會上方。

送僧之天台（今按，「之」，《全唐詩》卷五八八作「入」）

一錫隨緣起，天台又去登。長亭舊别路，落日獨行僧。夜燒山何處，秋帆浪幾層。他時授巾拂，莫道（今按，《全唐詩》作「爲」，注云：一作「説」，一作「道」）老無能。

送胡處士歸湘南（今按，《文苑英華》卷二三一同此，姚本、屠隆本、牛斗本、刻者不詳明本作《送胡處士》，《全唐詩》卷五八八「胡」後有「休」字，「南」作「江」）

見話荆湘（今按，《全唐詩》作「説湘江」）切，長懷（今按，《全唐詩》作「愁」）有去時。江湖秋涉遠，風（今按，《全唐詩》作「雷」）雨夜眠遲。舊業多歸興，空山盡老期。天寒一瓢酒，落日擬（今按，《全唐詩》作「醉」）留誰。

秋宿慈恩寺遂上人院（今按，《全唐詩》卷五八八注云：一作《送宋震先輩赴青州》）

滿閣終南色，清秋（今按，《全唐詩》作「宵」）獨倚欄。風高斜漢動，葉下曲江寒。帝里求名老，空門見性難。吾師無一事，不似在長安。

暮秋宿清源上人院

野客愁來日，山房木落中。微風生夜半，積雨向秋終。證道方離法，安禪不住空。迷途將覺路，語默見西東。

劉　滄

早行

旅途乘早景，策馬獨悽悽。殘影郡樓月，一聲關樹雞。聽鐘煙柳外，問渡水雲西。當自勉行役，終期功業齊。

皮日休

遊棲霞寺

不見明居士，空山但寂寥。白蓮吟次缺，香（今按，《文苑英華》卷二三九、《全唐詩》卷六一二作「青」）靄坐來銷。泉冷無三伏，松枯有六朝。何時石上月，相對論逍遥。

方干

早發洞庭

長天接廣澤，二氣共含秋。舉目無平地，何心戀直鈎。孤鐘鳴大岸，片月落中流。却憶鴟夷子，當時此汎舟。

送姚合員外赴金州

受詔從華省，開旗發帝州。野煙新驛曙，殘照古山秋。樹勢連巴没，江聲入楚流。唯應化行後，吟句上雲（今按，《全唐詩》卷六四九作「閑」）樓。

送人之日本（今按，《全唐詩》卷六四九作《送人遊日本國》）

蒼茫大荒外，風教即難知。連夜揚帆去，經年到岸遲。波濤吞（今按，《全唐詩》作「含」）左界，星斗正東夷（今按，《全唐詩》作「定東維」，注云：一作「證東夷」）。或有歸風便，當爲相見期。

李昌符

邊行書事（今按，《全唐詩》卷六〇一作《書邊事》，注云：一作《邊行書事》，一作《塞上行》）

朔野煙塵起，天軍又舉戈。陰風向晚急，殺氣入秋多。（今按，《全唐詩》注云：一作「莽蒼蘆關北，孤城帳幕多。客軍甘入陣，老將望迴戈」）樹盡禽棲草，冰堅路在河。汾陽無繼者，羌虜肯先和。

周朴

塞上行（今按，《全唐詩》卷六七三作《秋深》）

柳色正（今按，《全唐詩》作「尚」）沉沉，風吹秋更深。山河空遠道，鄉國自鳴砧。巷有千家月，人無萬里心。長城哭崩後，寂寞（今按，《全唐詩》作「絶」）至如今。

張喬

經宣城元員外山居

無人襲仙隱，石室閉空山。避燒猿猶到，隨雲鶴不還。澗荒巖影在，橋斷樹陰閑。但有黄河賦，長留在世間。

經九華山費徵君故居

草堂蕪没後，來往問樵翁。斷石荒林外，孤墳晚照中。數溪分大野，九子立寒空。煙壁曾行處，青雲路不通。

題山僧院

溪路曾來日，年多與舊同。地寒松影裏，僧老磬聲中。遠水清風落，閑雲别院通。心源若無礙，何必更論空。

遊靈山寺（今按，「遊」，《全唐詩》卷六三八作「題」）

樹涼青（今按，《全唐詩》作「清」）島寺，虚閣敞禪扉。四面閑雲入，中流獨鳥啼（今按，《文苑英華》卷

二三九、《全唐詩》作「歸」）。湖平幽徑近，船泊夜香（今按，《全唐詩》作「燈」）微。□（今按，原文缺此字，《文苑英華》、《全唐詩》、姚本、屠隆本、牛斗本、刻者不詳明本、四庫本皆作「一」）宿秋風裏，煙波隔擣衣。

遊歙州興唐寺

山橋通絶境，到此憶天台。竹裏尋幽徑，雲邊上古臺。鳥歸殘照出，鏡斷細泉來。爲愛澄溪月，因成隔宿迴。

金山寺空上人院

已老金山頂，無心上石橋。講移三楚遍，梵譯五天遥。板閣禪秋月，銅瓶汲夜潮。自慙昏醉客，來坐亦通宵。

遊少華山甘露寺（今按，《全唐詩》卷六三八作《遊華山雲際寺》）

少華中峯寺，高秋衆景歸。地連秦塞起，河隔晉山微。晚木禪（今按，《文苑英華》卷二三九、《全唐詩》作「蟬」）相應，涼天鴈並飛。殷勤記巖石，只恐再來稀。

羅　隱

韋曲杜處士新居

翠斂王孫草，荒誅宋玉茅。寇餘無故物，時薄少深交。迸筍侵（今按，《全唐詩》卷六六一作「穿」）行徑，飢烏（今按，《全唐詩》作「雛」）出壞巢。小園吾亦有，多病近來拋。

曹　松

送胡中丞使日東（今按，「胡」，《文苑英華》卷二九七作「王」。「日東」，姚本、屠隆本、四庫本作「日本」）

辭天理玉簪，指日使雞林。猶有中華戀，方同積水（今按，《文苑英華》、《全唐詩》卷七一六作「浪」）深。張帆度鯨口，銜命見臣心。渥澤遐宣後，歸期抵萬金。

送德光禪師（重禮石霜長老〔今按，《全唐詩》作「者」〕。）（今按，「光」，《全唐詩》卷七一六注云：一作「輝」）

天涯緣事了，又造石霜微。不以千峰嶮，唯將獨影歸。有爲嫌假佛，無境是真機。到後流沙錫，何時更有飛。

與胡汾坐月期貫休上人不至

掃庭秋漏滴，接話貴忘眠。静夜人相語，低枝鳥暗遷。星圍南極定，月照斷河連。後會花宫子，應開石上禪。

喜友人歸上元别業

一檣千里外，隱者興宜孤。落日長邊海，秋風滿故都。掩關苔色老，盤徑葉聲枯。匡嶽來時過，遲迴絶頂無。

鄭谷

宿澄泉蘭若

山半古招提，空林雪月迷。亂流分石上，斜漢在松西。雲集寒庵宿，猿先曉磬啼。此心如了了，秖（今按，《全唐詩》卷六七六作「即」，注云：一作「到」）此是曹溪。

題莊嚴寺休公院

秋深庭色好，紅葉間青松。病客殊無著，吾師甚見容。疏鐘和細溜，孤（今按，《全唐詩》卷六七

六作「高」）塔等遥峰。未省求名侣，頻於此地逢。

李　洞

冬日題覺公蘭若（今按，《全唐詩》卷七二二「蘭若」前有「牛頭」二字）

天寒高木静，一磬隔川聞。鼎水看山陷（今按，《全唐詩》作「汲」），臺香拂（今按，《全唐詩》作「埽」）雪焚。鶴歸遥（今按，《全唐詩》作「惟」）認刹，僧步不離雲。石室開禪後，輪珠謝聖君。

張　蠙

野泉

遠出白雲中，長年聽不窮（今按，《全唐詩》卷七〇二作「同」）。細（今按，《全唐詩》作「清」）聲縈石亂（今按，《全唐詩》作「亂石」），寒色入潭（今按，《全唐詩》作「長」）空。掛壁聊成雨，穿林别起風。温泉非爾類（今按，《全唐詩》作「數」），源發在深宫。

韋　莊

建昌渡暝吟

月照臨官渡，鄉情獨浩然。鳥棲彭蠡樹，月上建昌船。市散漁翁醉，樓深賈客眠。隔江何處笛，吹斷緑楊煙。

已上係晚唐之詩。

許　渾

送李別駕（今按，《全唐詩》卷五二九「送」後有「樓煩」二字）

琴清詩思勞，更欲學龍韜。王粲暫停筆，吕虔初佩刀。夜吟關月静，秋望塞雲高。去去從軍樂，雕飛代馬豪。

送韋明府（今按，《全唐詩》卷五二九作《送前緱氏韋明府南游》）

酒闌横劍歌，日暮望關河。道直去官早，家貧爲客多。山昏函谷雨，木落洞庭波。莫盡遠

遊興，故園荒薜蘿。

霅上燕別

山斷水茫茫，洛人（今按，「人」《丁卯詩集》卷下、《全唐詩》注「一作濱」）西路長。笙歌留遠棹，風雨寄華堂。紅壁耿秋燭，翠簾凝曉香。誰堪從此去，雲樹滿陵陽。

送從兄（今按，《全唐詩》卷五二八後有「歸隱藍溪」四字）

名高猶素衣，窮巷掩荆扉。漸老故人少，久貧豪客稀。塞雲横劍望，山月抱琴歸。幾日藍溪醉，藤花拂釣磯。

恩德寺

樓臺横復重，猶有半巖空。蘿洞淺深水，竹廊高下風。晴山疏雨後，秋樹斷雲中。未盡平生意，孤帆又向東。

別脩然上人（今按，《全唐詩》卷五三〇「別」前有「晨」字）

吴僧誦經罷，敗衲倚蒲團。鐘韻花猶斂，樓陰月向殘。晴山開殿翠（今按，《全唐詩》作「響」），秋水卷簾寒。獨恨孤舟去，千灘復萬灘。

原上居（今按，《全唐詩》卷五三一作《新卜原上居寄袁校書》）

貧居樂遊北，江海思迢迢。雪夜書千卷，花時酒一瓢。獨愁秦樹老，孤夢楚山遥。有路應相念，風塵滿黑貂。

登樟亭（今按，《全唐詩》卷五二九作《九日登樟亭驛樓》）

鱸鱠與蓴羹，西風片席輕。潮回孤島晚，雲斂衆山晴。丹羽下高閣，黄花垂古城。因秋倍多感，鄉樹接咸京。

李　頻

和范鄴先輩話襄陽遊（今按，《全唐詩》卷五八八作《和范秘書襄陽舊遊》，注云：一作《和范鄴先輩話襄陽舊遊》；姚本、屠隆本、牛斗本、刻者不詳明本無此詩，而收録《送宋震先輩歸青州》，乃與本卷前文重複）

聽説（今按，《全唐詩》作「話」）揚帆曲（今按，《文苑英華》卷二四六同此，《全唐詩》作「興」），初從峴首還。高吟入白浪，遥坐出（今按，《全唐詩》作「坐看」，注云：一作「看出」）青山。古木（今按，《全唐詩》作「枯木」，注云：一作「古樹」）猿啼爽，空汀鶴立（今按，《全唐詩》作「步」）閑。秋來南（今按，《全唐詩》作「關」）去夢，

幾夜過商關（今按，《全唐詩》作「度商顔」）。

淮南送人歸滄州

風色忽西轉，坐爲千里分。高帆背楚落，寒日逆淮曛。斷燒緣喬木，盤雕隱片雲。鄉關百戰地，歸去始休軍。

送劉山人歸洞庭

却共歸（今按，《全唐詩》卷八八四作「孤」）雲去，高眠最上峰。半湖乘早月，中路入疏鐘。秋盡草蟲（今按，《全唐詩》作「蟲聲」）急，夜深山雨重。平生心未已，不得更相從。（今按，《全唐詩》作「當時同隱者，分得幾株松」）

已上係增入，原是摘句。

唐詩拾遺目録

第八卷　五言排律（上）

唐詩拾遺卷之八

五言排律(上)

劉禕之

九成宫秋初應詔

帝圃疏金闕，仙臺駐玉鑾。野分鳴鸑岫，路接寶雞壇。林樹千霜積，山宫四序寒。蟬急知秋早，鸎疏覺夏闌。怡神紫氣外，凝睇白雲端。舜海詞波發，空驚遊聖難。

褚亮

和御史韋大夫喜霽之作

晴天度旅鴈，斜影照殘虹。野浄餘煙盡，山明遠色同。沙平寒水落，葉脆晚枝空。白簡光

朝幰，彤騶出禁中。息駕遊蘭坂，雕文折桂叢。無因輕羽扇，徒自仰仁風。

孔德紹

王澤嶺遭洪水

地籟風聲急，天津雲色愁。悠然萬頃滿，俄爾百川浮。還似金堤溢，翻如碧海流。驚濤遥起鷺，迴岸不分牛。木梗誠無記（今按，據《文苑英華》卷一六三、《全唐詩》卷七三三，當爲「託」），蘆灰豈暇求。徒知懷趙景，終是倦陽侯。（今按，《全唐詩》「木梗」兩句在「徒知」兩句之後）思得乘槎便，蕭然河漢遊。

楊　炯

和酬號州李司法

脣齒標形勝，關河壯邑居。寒山抵方伯，秋水面鴻臚。君子從遊宦，忘情任卷舒。風霜下刀筆，軒蓋擁門閭。平野芸黄遍，長洲鴻鴈初。菊花宜汎酒，蒲葉好裁書。昔我芝蘭契，悠然雲雨疏。非君重千里，誰肯惠雙魚。

和旻上人傷果禪師（今按，「果」，《文苑英華》卷三〇五作「杲」）

浄業初中日，浮生大小年。無人本無我，非後亦非前。簫鼓旁喧地，龍蛇直映天。法門摧棟宇，覺海破舟船。書鎮秦王餉，經文宋國傳。聲華周百億，風烈破（今按，《全唐詩》卷五〇作「被」）三千。蕪没青園寺，荒涼紫陌田。德音殊未遠，拱木已生煙。

盧照鄰

宴梓州南亭（得池字。）

二條開勝跡，大隱叶沖規。亭閣分危岫，樓臺繞曲池。長薄秋煙起，飛梁古蔓垂。水鳥翻荷葉，山蟲交（今按，《全唐詩》卷四二作「咬」）桂枝。遊人惜將晚，公子愛忘疲。願得迴三合（今按，《全唐詩》作「舍」，「合」當爲「舍」之訛），琴尊長若斯。

沈佺期

扈從出長安

漢宅規模壯，周都景命隆。西賓讓東主，法駕幸天中。太史占星應，春官奏日同。旌門起

長樂，帳殿出新豐。翕習黄山下，紆餘清渭東。金麾張畫月，珠幰戴相（今按，姚本、屠隆本、《全唐詩》卷九七作「松」）風。是節嚴陰始，寒郊散野蓬。薄霜沾上路，殘雪繞離宫。賜帛矜耆老，褰旒問小童。復除恩載洽，望秩禮新崇。臣忝承明召，多慚獻賦雄。

宋之問

宴安樂公主宅（得空字）

英藩築外館，愛主出公（今按，《全唐詩》卷五三作「王」）宫。賓至星槎落，仙來月宇空。玳梁翻賀燕，金埒倚長（今按，屠隆本、《全唐詩》作「晴」）虹。簫奏秦臺裏，書開魯壁中。短歌能駐日，艷舞欲嬌風。聞有淹留處，山河（今按，姚本、屠隆本、《文苑英華》卷一七六、《全唐詩》作「阿」）滿桂叢。

奉和幸大薦福寺（寺即中宗舊宅。）

香刹中天起，宸遊滿路輝。乘龍太子去，駕象法王歸。殿飾金人影，牕摇玉女扉。稍迷新草木，遍識舊庭闈。水入禪心定，雲從寶思飛。欲知皇劫遠，初拂六銖衣。

遊稱心寺

釋事懷三隱，清襟謁四禪。江鳴潮未落，林曉日初懸。寶葉交香雨，金沙吐細泉。望諧舟

客趣，思發海人煙。顧櫪仍留馬，乘杯久棄船。未遊（今按，《文苑英華》卷二三三同此，屠隆本、《全唐詩》卷五三作「憂」）龜負嶽，且識鳥芸田。理契都無象，心冥不寄筌。安期庶可揖，天地得齊年。

遊法華寺

高岫擬耆闍，真乘引妙車。空中結樓殿，意表出雲霞。後果傳（今按，《全唐詩》卷五三作「纏」）三足，前因感六牙。宴林薰寶樹，水溜滴金沙。寒谷梅猶淺，温庭橘未華。臺香紅藥亂，塔影緑篁遮。果漸輪王族，緣超梵帝家。晨行踏忍草，夜誦得靈花。江郡將何匹，天都亦未加。朝來沿汎所，應是逐仙槎。

蘇味道

九江口南濟北接蘄春南與潯陽岸

江路一悠哉，滔滔九派來。遠潭昏似霧，前浦沸成雷。鱗介多潛育，漁商幾泝洄。風摇蜀柿下，日照楚萍開。近瀨溢城曲，斜吹鰲澤隈。錫龜猶入貢，浮獸罷爲災。渾（今按，《全唐詩》卷六五作「津」）吏揮橈疾，郵童整傳催。歸心詎可問，爲是（今按，《全唐詩》作「視」）落潮迴。

和武三思於天中寺尋復禮上人之作

藩戚三雍暇（今按，四庫本作「下」），禪居二室隈。忽聞從桂苑，移步踐花臺。敏學推多藝，高談屬辨（今按，《全唐詩》卷六五作「辯」，字通）才。是非寧滯著，空有掠嫌猜。五行幽機暢，三番妙鍵開。味同甘露灑，香似逆風來。砌古留方石，池清辨燒灰。人尋鶴州（今按，《全唐詩》作「洲」）返，月逐虎溪迴。連（今按，《全唐詩》作「企」）躅瞻飛蓋，攀遊想玉（今按，《全唐詩》作「渡」）杯。願陪爲善樂，從此去塵埃。

李　喬（今按，據姚本、屠隆本等，當爲「嶠」）

奉和幸長安故城未央宮應制

舊宮賢相築，新苑聖君來。運改城隍變，年深棟宇摧。後池無復水，前殿久成灰。莫辨析（今按，中華書局影印本《文苑英華》卷一七四同此，據姚本、屠隆本、刻者不詳明本、四庫本及《全唐詩》卷六一，當爲「祈」）風觀，空傳承露杯。宸心千載合，眷（今按，屠隆本、牛斗本作「春」，據刻者不詳明本、四庫本、《文苑英華》、《全唐詩》，當爲「睿」）律九韶開。今日聯章處，猶疑上柏臺。

劉侍讀見和山邸十篇重申此贈

神嶽瑶池圃，仙宫玉樹林。乘時警天御，清暑滌宸襟。梁駕陪玄賞，淄庭掩翠岑。對巖龍岫出，分壑鴈池深。簷迴松蘿映，牕高石鏡臨。落泉奔澗響，驚吹助猿吟。野氣迷凉燠，山花雜古今。英藩盛賓侶，勝境（今按，《全唐詩》作「景」）想招尋。踐徑披蘭葉，攀崖引桂陰。穆生時汎醴，鄒子或調琴。雉翳分場合，魚釣向浦沉。朝遊極斜景，夕宴待横參。顧己慙鉛鍔，叨名齒瑇簪。暫依朱邸館，還暢白雲心。丘壑信多美，煙霞得所欽。寓言攄宿志，竊吹簡知音。奬價踰珍石，酬丈（今按，據姚本及《全唐詩》，當爲「文」）重振金。方從仁智所，携手濯清潯。

武三思

奉和過王三宅即日應制（今按，據《全唐詩》，「王三宅即日」當爲「梁王宅即目」）

巖居多水石，野宅滿風煙。本爲（今按，據姚本、屠隆本、牛斗本、刻者不詳明本及《全唐詩》卷八〇，當爲「謂」）開三徑，俄欣降几天。穿林移步輦，拂岸轉行旃。鳳竹初垂籜，龜荷未吐蓮。願持山作壽，恒用劫爲年。

武平一

奉和幸韋嗣立山莊侍宴應制

三光迴斗極，萬騎肅鈎陳。地若遊汾水，畋疑歷渭濱。圓塘冰寫鏡，遥樹露成春。絃奏魚聽曲，機忘鳥狎人。築巖思感夢，磻石想垂綸。落景摇紅壁，曾陰結翠筠。素風紛可尚，玄澤藹無垠。薄暮清笳動，天文焕紫宸。

崔湜

奉和幸韋嗣立山莊侍宴應制

丞相登前府，尚書啓舊林。式閭明主意（今按，《全唐詩》卷五四作「睿」），榮族聖嬪心。川狹旌門抵，巖高蔽帳臨。閑牕凴柳暗，小徑入松深。雲卷千峰色，泉和萬籟吟。蘭迎天女珮，竹礙侍臣簪。宸翰三光燭，朝榮四海欽。還嗟絶機叟，白首漢川陰。

張嘉貞

賜宴昆明池應制（同用堯字）

靈沼初開漢，神池舊浴堯。昔人徒習武，明代此聞韶。地脈山川勝，天恩雨露饒。時光牽利舸，春淑覆柔條。芳醞酲千日，華殘落九霄。幸承歡賚重，不覺醉歸遥。

趙彦昭

奉和幸長安故城未央宫應制

夙駕移天蹕，憑軒覽漢都。寒煙收紫禁，春色繞黄圖。舊史遺陳跡，前王失霸符。山河寸土盡，宫觀尺椽無。崇高惟在德，壯麗豈爲謨。茨室留皇覽（今按，《全唐詩》卷一〇三作「鑒」），賡歌盛有虞。

蘇　頲

恩制尚書省寮宴昆明池（同用堯字）

露渥灑雲霄，天官次斗杓。昆明四十里，空水極晴潮（今按，據姚本、屠隆本、牛斗本、刻者不詳明本、《文苑英華》卷一七六、《全唐詩》卷七四，當爲「朝」）。鴈似銜紅葉，鯨疑噴海潮。翠山來徹底，白日去迴標。泳廣漁杈溢，浮深妓舫摇。飽恩皆醉止，合舞共歌堯。

閑園即事寄贈韋侍御（今按，《全唐詩》卷七四無「贈」字，「御」作「郎」）

結廬東城下，直望江南山。青靄遠相接，白雲來復還。拂筵紅蘚上，開幔緑條間。物應春偏好，情忘趣轉閑。憲臣饒美政（今按，《文苑英華》卷二五〇同此，《全唐詩》作「度」），聯事惜徂顔。有酒空盈酌，高車不可攀。

奉和魏僕射秋日還鄉有懷之作（題誤。）（今按，此處詩題同《文苑英華》卷二四一，皆誤，《全唐詩》卷七三另有此題之作；此詩應從《全唐詩》卷七四，題作《奉和馬常侍寺中之作》，屠隆本作《奉和馬常侍寺中》）

怨暑時云謝，徭陽澤暫偏。鼎陳從祀日，鑰動問刑年。絳服龍雩寢，玄冠馬使旋。作霖期

傳説，爲旱聽周宣。河嶽陰符啓，星辰暗檄傳。浮涼吹景氣，飛棟灑空煙。颯颯捋秋近，沉沉與暝連。分湍涇水石，合潁（今按，四庫本、《全唐詩》作「潁」，《文苑英華》、姚本、屠隆本等作「潁」；「潁」可爲「潁」、「潁」兩者的異體字，從文意看，以「潁」爲是）雍州田。德施超三五，文雄賦十千。及私（今按，《全唐詩》作「斯」）何以樂，明主敬人天。

慈恩寺二月半寓言

二月詔春半，三空霽景初。獻來應有受，滅盡竟無餘。化跡傳官寺，歸誠謁梵居。殿堂花覆席，觀閣柳垂疏。共命枝間鳥，長生水上魚。問津窺彼岸，迷路得真車。行密幽關静，談精俗態祛。稻麻欣所遇，蓬籊愴焉如。不駐秦京陌，還題蜀郡輿。愛離方自此，迴望獨躊躕。

奉和同崔尚書贈大理陸卿鴻臚劉卿見示之什

（今按，《全唐詩》卷七四無「同」字）

戲藻嘉魚樂，棲梧高鳳飛。類從皆有召，聲應乃無違。美價逢時出，奇才選衆稀。避堂貽後政，掃地（今按，《全唐詩》作「第」）發前幾。出曳仙人履，還薰侍女衣。省中何赫奕，庭際滿芳菲。吏部端清鑒，丞郎肅紫機。會心歌詠是，迴跡宴言非。北寺鄰玄闕，南城寫翠微。參

差交隱見，髣髴接光輝。賓序嘗柔德，刑乎已霽威。巨源林下契，不息（今按，屠隆本、《文苑英華》卷二四一、《全唐詩》作「速」）自同歸。

張　説

宿直温泉宮羽林獻詩

冬狩美秦正，親（今按，《全唐詩》卷八八作「新」）豐樂漢行。星陳玄武閣，月對羽林營。寒木羅霜仗，空山響夜更。恩承（今按，《全唐詩》作「深」）靈液暖，節效（今按，《全唐詩》作「勁」）古松貞。文武皆王事，輸心不爲名。

清遠江峽山寺

流落經荒外，逍遥此梵宫。雲峰吐日月（今按，《全唐詩》卷八八作「月白」），石壁淡煙虹（今按，《全唐詩》作「紅」）。寶塔靈仙湧，懸龕造化功。天香涵竹氣，虚唄引松風。簷牖飛花入，房廊激水通。猿鳴知谷静，魚戲辨江空。静默將何貴，唯應心境同。

王　翰

奉和聖製送張尚書巡邊

紫盭（今按，《全唐詩》卷一五六作「綬」）尚書印，朱軿丞相車。登朝身許國，出閫將辭家。不憚炎蒸苦，親嘗走集賒。選徒軍有令（今按，《全唐詩》作「政」），誓卒爾無譁。帝樂風初起，王城日半斜。寵行流聖作，寅餞照台華。騎歷河南樹，旌摇天北沙。榮懷應盡服，嚴殺已先加。業峻靈祇（今按，據屠隆本、牛斗本、刻者不詳明本、四庫本、《全唐詩》，當爲「祇」）保，功成道路嗟。寧如鑿空使，遠致石榴花。

許景先

奉和聖製送張尚書巡邊

文武承邦式，風雲感國禎。王師親賦政，廟略久論兵。漢主知三傑，周官統六卿。四方分閫受，千里坐謀成。介胄辭前殿，壺觴宿左營。賞延頒賜重，宸贈出車榮。龍武三軍氣，魚鈴五校名。郊雲駐旌羽，邊吹引金鉦。酬（今按，據姚本等及《全唐詩》，當爲「訓」）旅方稱德，安

人更克貞。佇看銘石罷，同聽凱歌聲。

韓　休

奉和聖製送張尚書巡邊

一德光台象，三軍掌夏卿。來威伸（今按，《文苑英華》卷一七七、《唐詩紀事》卷十四、《全唐詩》作「申」，字通，屠隆本、牛斗本作「神」）廟略，出總叶師貞。受鉞辭金殿，憑軒出（今按，《全唐詩》卷一一一作「去」）鼎城。曙光摇組甲，疏（今按，「疏」，《張燕公集》卷四作「晚」）吹繞雲旌。左律方先凱，中鼙即訓兵。定功彰武事，陳頌紀天聲。祖宴初留賞，宸章更寵行。車徒零雨送，林野夕陰生。路極河流遠，川長朔氣平。南（今按，《全唐詩》作「東」）轅遲返旆，歸奏謁承明。

袁　暉

奉和聖製送張尚書巡邊

出師宣九命，分閫用三台。始應幕中畫，吉（今按，據屠隆本、四庫本、《文苑英華》卷一七七、《全唐詩》卷一一一，當爲「言」）從天上來。丹青不獨任，韜略遂雙該。坐見威稜洽，彌彰事業恢。旌旗曉

雲送，鞞鼓朔風催。虜氣銷殘月，邊聲韻落梅。羽書雄北地，龍漢寢南垓。寵戰黄金盡，輸誠白日迴。離章宸翰發，祖讌國門開。欲識恩華盛，平生文武材。

已上係初唐之詩。

張九齡

同綦毋學士月夜聞鴈

棲宿豈無意，飛飛更遠尋。長途未及半，中夜有遺音。月思關山笛，風號流水琴。空聲兩相應，幽感一何深。避繳歸南浦，離羣叫北林。聯翩俱不定，憐爾越鄉心。

武司功有幽庭春暄見貽夏首獲見以詩報焉（今按，《全唐詩》「有」前有「初」字）

芳月盡離居，幽懷重起予。雖言春事晚，尚想物華初。遲日曒（今按，《全唐詩》卷四九作「皦」）方照，高齋澹復虚。笋成林向密，花落樹應疏。贈鯉情無間，求鶯思有餘。暄妍不相待，含歎欲焉如。

孫　逖

奉和李右相賞會昌林亭

賢相初陪蹕，靈山本降神。作京雄近縣，開閣寵平津。地勝林亭好，時清宴賞頻。百泉縈草木，萬井布郊畛。德與春和盛，功將造化鄰。□（今按，原文缺此字，《全唐詩》卷一一八、姚本、屠隆本等作「還」）嗤渭濱叟，歲晚獨垂綸。

和詠廨署有櫻桃

上林天禁裏，芳樹有紅櫻。江國今來見，君門春意生。香從花綬轉，色繞佩珠明。海鳥銜初實，吴姬掃落英。切將稀取貴，差（今按，《文苑英華》卷三二六、《全唐詩》卷一一八作「羞」）與衆同榮。爲此堪攀折，芳蹊處處成。

長洲苑（吴黄武中，此地校獵。）

吴王初鼎峙，羽獵騁雄才。輦道閶門出，軍容茂苑來。山從列嶂轉，江自繞林迴。劍騎緣汀入，旌門隔嶼開。合離分（今按，《文苑英華》卷三一一、《全唐詩》卷一一八作「紛」）若電，馳逐溢成雷。勝地虞人守，歸舟漢女陪。可憐夷漫處，猶在洞庭隈。山静吟猿父，城空應雉媒。戎

行委喬木，馬跡盡黄埃。攬涕問遺老，繁華安在哉。

孟浩然

同王九題就師山房

晚憩支公室，故人逢右軍。軒牕避炎暑，翰墨動新文。竹蔽簷前日，雨隨堦下雲。同（今按，《全唐詩》卷一六〇作「周」）遊清蔭徧，吟卧夕陽曛。江静棹歌歇，溪深樵語聞。歸途未忍去，攜手戀清芬。

宴張記室（今按，據姚本、屠隆本及《全唐詩》，「室」後當脱「宅」字）

甲第金張館，門庭車騎多（今按，《文苑英華》卷二一四作「過」）。家封漢陽郡，文會楚才多（今按，《文苑英華》同此，姚本及《全唐詩》、佟培基箋注《孟浩然集箋注》卷下作「過」）。曲島浮觴酌，前山入詠歌。妓堂花映發，書閣柳逶迤。玉指調筝柱，金泥飾舞羅。寧知書劍者，年歲獨蹉跎。

臘月八日於剡縣石城寺禮拜

石壁開金像，香山繞（今按，《全唐詩》卷一六〇作「倚」）鐵圍。下生彌勒見，迴向一心歸。松竹（今按，《全唐詩》作「竹柏」）禪庭古，樓臺世界稀。夕嵐增氣色，餘照發光輝。講席邀談柄，泉堂施

浴衣。願承功德水，從此濯塵機。

張子容

贈司勳蕭郎中

作相開黄閣，爲郎奏赤墀。君臣道合體，父子貴同時。國以推賢答，家無内舉疑。鳳池真水鏡，蘭省得華滋。未覩風流日，先聞所（今按，《全唐詩》卷一一六作「新」）賦詩。江山清謝朓，花木媚丘遲。吏部來何暮，王言念在兹。丹青無不可，霖雨亦相期。昔我投荒處，孤煙望島夷。羣鷗終日狎，落葉數年悲。漁父留歌詠，江妃入興詞。今將獻知己，相感勿吾欺。

張光朝

天門街西觀榮王聘妃

仙媛來朱邸，名王出紫微。三周初展義，百兩遂言歸。鄭國通梁苑，天津接帝畿。橋成烏雀助，蓋轉鳳凰飛。霜仗迎秋色，星釭滿夜輝。從兹磐石固，應爲得賢妃。

宋　鼎

酬故人還山

舉棹乘春水，歸山撫歲華。碧潭宵見月，紅樹晚開花。肅穆輕風度，依微隱徑斜。危亭暗松石，幽澗落雲霞。思鳥鳴高樹，遊魚戲淺沙。安知餘興盡，相望紫煙賒。

盧　象

奉和張使君宴列加朝散（今按，《全唐詩》卷一二二無「列」字）

佐理星辰貴，分榮涣汗深。言從大夫後，用答聖人心。騎擁軒裳客，鸞驚翰墨林。停杯歌麥秀，秉燭醉棠陰。爽氣凌秋笛，輕寒散暝砧。秖應將四子，講德謝知音。

祖　詠

酬汴州李別駕見贈

秋風多客思，行旅厭艱辛。自洛非才子，遊梁得主人。文章參末議，榮賤豈同倫。歎逝逢

三演（今按，《文苑英華》卷二四二作「世同王演」，《全唐詩》卷一三一注云：一作「世同王衍」），懷賢憶法（今按，屠隆本、《全唐詩》作「四」）真。情因恩舊好，契託死生親。所愧能投贈，清言益潤身。

李頎

奉送漪叔遊潁川兼謁淮陽太守（今按，卷七六已選此詩，此處重出）

罷吏今何適，辭家方獨行。嵩陽入歸夢，潁水半前程。聞道淮陽守，東南卧理清。郡齋觀政日，人馬望鄉情。疊嶺雪初霽，寒砧霜後鳴。臨行（今按，《全唐詩》卷一三四作「川」）嗟拜手，寂寞事躬耕。

贈别張兵曹

漢家蕭相國，功蓋五諸侯。勳業山河（今按，《全唐詩》卷一三四作「河山」）重，丹青錫命優。君爲禁臠婿，争看玉人遊。茍令焚香日，潘郎振藻秋。新成鸚鵡賦，能衣鷫鸘裘。不憚軒車遠，仍尋薜荔幽。苑梨飛絳葉，伊水浄寒流。雪滿故關道，雲遮祥鳳樓。一身輕寸禄，萬物任虚舟。别後如相問，滄波雙白鷗。

王　維

山中示弟等（今按，《全唐詩》卷一二七無「等」字）

山林吾喪我，冠帶爾成人。莫學嵇康懶，且安原憲貧。山陰多比（今按，據《全唐詩》，當爲「北」）户，泉水在東鄰。緣合妄相有，性空無所親。安知廣成子，不是老夫身。

送徐郎中（今按，「徐」，《全唐詩》卷一二七作「禰」）

東郊春草色，驅馬去悠悠。況復鄉山外，猿啼湘水流。島夷傳露版，江館候鳴騶。卉服爲諸吏，珠官拜本州。孤鶯吟遠墅，野杏發山郵。早晚方歸奏，南中絶（今按，《全唐詩》作「纔」）忌秋。

哭褚司馬

妄識皆心累，浮生定死媒。誰言老龍吉，未免伯牛災。故有求仙藥，仍餘遁俗杯。山川秋樹苦，牕户夜泉哀。尚憶青騾去，寧知白馬來。漢臣脩史記，莫蔽褚生才。

過盧員外宅看飯僧共題（今按，《全唐詩》卷一二一七「盧」後有「四」字）

三賢異七聖（今按，《全唐詩》作「賢」），青眼慕青蓮。乞飯從香積，裁衣學水田。上人飛錫杖，檀越施金錢。趺坐簷前日，焚香竹下煙。寒空法雲地，秋色浄居天。身逐因緣法，心過次第禪。不須愁日暮，自有一燈燃。

高　適

同郭十題楊主簿新廳

華館曙沉沉，惟良正在今。用材兼柱石，開物象高深。更得芝蘭地，兼榮（今按，《全唐詩》卷二一四作「營」）枳棘林。向風扃戟户，當曙（今按，據姚本、屠隆本、牛斗本、刻者不詳明本、《全唐詩》，當爲「署」）近棠陰。勿改安卑節，聊閑理劇心。多君有知己，一和郢中吟。

送蔡少府赴登州推事

膠東連即墨，萊水入滄溟。國小常多事，人訛屢抵刑。公才徵郡邑，詔使出郊坰。標格誰當犯，風謡信可聽。峥嶸大峴口，邐迤汶陽亭。地迥雲偏白，天秋山更青。祖筵方卜日（今按，《全唐詩》作「晝」），王事急侵星。勸爾將爲德，斯言蓋有聽。

岑參

和刑部成員外秋寓直寄臺省知己（今按，據《全唐詩》，「秋」後當脱「夜」字）

列宿光三署，仙郎直五宵。時衣天子賜，廚膳太（今按，《全唐詩》卷二〇一作「大」）官調。長樂鐘應近，明光漏不遥。黄門持被覆，侍女捧香燒。筆爲題詩點，燈緣起草挑。竹喧交砌葉，柳彈拂牕條。粉署榮新命，霜臺憶舊僚。名香播蘭蕙，價重（今按，《全唐詩》作「重價」）藴瓊瑶。擊水翻蒼海，搏（今按，中華書局本《全唐詩》校改爲「摶」）風透赤霄。微才喜同舍，何幸忽聞韶。

王昌齡

與蘇盧二員外期遊方丈寺而蘇不至因有此作（此篇又作王維詩。）（今按，此詩《全唐詩》録在卷一二七王維詩中，王昌齡詩中未録；《文苑英華》卷二三四作王昌齡詩）

共仰頭陁行，能忘世諦情。迴看雙鳳闕，相去一牛鳴。法向空林説，心隨寶地平。手巾花氎浄，香帔稻畦成。問道邀同舍，相期宿化城。安知不來往，翻得似無生。

張　謂

哭護國上人

昔喜三身净，今悲萬劫長。不應歸北斗，多是向西方。舍利衆生聚，袈沙弟子將。鼠行殘藥碗，蟲網舊繩牀。别起千花塔，空留一草堂。文（今按，據屠隆本、《全唐詩》，當爲「支」）公何處在，神理竟茫茫。

陳希烈

奉和聖製三日（今按，《全唐詩》卷一一一「三日」前有「三月」二字）

上巳遷（今按，中華書局影印本《文苑英華》卷一七二同此，《全唐詩》作「迁」）龍駕，中流汎羽觴。酒因朝太子，詩爲樂賢王。錦纜方舟渡，瓊筵大樂張。風摇垂柳色，花發異林香。野老歌無事，朝臣飲歲芳。皇情被羣物，中外洽恩光。

已上係盛唐之詩。

唐詩拾遺目録

第九卷　五言排律（下）

錢　起（十）　劉長卿（四）　耿　湋（四）　釋皎然（四）　釋法振（一）　皇甫冉（三）　皇甫曾（一）　包　佶（一）　嚴　維（一）　李嘉祐（一）　盧　綸（一）　司空曙（一）　顧　況（一）　張　繼（一）　張南史（一）　戴叔倫（一）　權德輿（一）　李吉甫（一）　武元衡（一）　殷　寅（一）　李　岑（一）　釋廣宣（一）　劉禹錫（一）　韓　愈（一）　釋無可（二）　許渾（二）　劉得仁（一）　馬　戴（二）　姚　鵠（一）　張　莒（一）　鄭　畋（一）　葉元良（一）　薛有誠（一）　王　邕（一）　庾敬休（一）　盧　征（一）　李敬方（一）　錢可復（一）　黄　頗（一）　左　牢（一）　張　隨（一）　張少博（一）　石殷士（一）　盧　肇（一）　亡名氏（一［今按，當爲「二」］）

唐詩拾遺卷之九

五言排律（下）

錢　起

温泉宫（今按，《全唐詩》卷二三八後有「禮見」二字）

新豐佳氣滿，聖主在温泉。雲暖（今按，《全唐詩》作「曖」）龍行處，山明日馭前。順風求至道，側席問遺賢。靈雪瑶墀降，晨霞綵仗懸。滄溟不讓水，疪（今按，刻者不詳明本、《全唐詩》作「疵」）賤也朝天。

送集賢崔八叔承恩括圖書

雨露滿儒服，天心知子虚。還勞五經笥，更訪百家書。贈别傾文苑，光華北（今按，四庫本、《全唐詩》卷二三八作「比」）使車。曉（今按，《全唐詩》作「晚」）雲隨客散，寒樹出關疏。相見應朝夕，歸

期在玉除。

憶山中寄舊友

數歲白雲裏，與君同採薇。樹深煙不散，溪静鷺忘飛。更憶東巖趣，殘陽破翠微。脱巾花下醉，洗藥月前歸。風景今還好，如何與世違。

長安落第作

始願今如此，前途復若何。無媒獻詞賦，生事日蹉跎。不遇張華識，空卑（今按，姚本、屠隆本、《全唐詩》卷二三八作「悲」）甯戚歌。故山歸夢遠，新歲客愁多。刷羽思喬木，登龍恨失波。散才非世用，迴首謝雲蘿。

藥堂秋暮

隱來未得道，歲去愧雲松。茅屋空山暮，荷衣白露濃。唯憐石苔色，不染世人蹤。潭静宜孤鶴，山深絶遠鐘。有時丹竈上，數點綵霞重。勉事壺公術，仙期待赤龍。

寇中送張司歸洛（今按，據四庫本及《全唐詩》卷二三八，「司」後脱「馬」字）

戎狄寇周日，衣冠適洛年。客亭新驛騎，關（今按，《全唐詩》作「歸」）路舊人煙。吾道將東矣，秋

風更颯然。雲愁百戰地，樹隔兩鄉天。旅思蓬飄陌，驚魂鴈祛（今按，據姚本及《全唐詩》，當爲「怯」）弦。今朝一樽酒，莫惜醉離筵。

李四勸爲尉氏尉李七勉爲開封尉（惟伯與仲有令譽，因美之。）

美政惟兄弟，時人數俊賢。皇枝雙玉樹，吏道二梅仙。自理堯唐俗，唯將禮讓傳。采蘭花萼聚，就日鴈行聯。黄綬俄三載，青雲未九遷。廟堂爲宰制，幾日試龍泉。

送外甥懷素上人歸鄉侍奉

釋子吾家寶，神清惠（今按，《全唐詩》卷二三八作「慧」）有餘。能翻梵王字，妙盡伯英書。遠鶴無前侶，孤雲寄太虚。狂來輕世界，醉裏得真如。飛錫離鄉久，寧親喜臘初。故池殘雪滿，寒柳霽煙疏。壽酒還嘗藥，晨飡不薦魚。遥知禪誦外，健筆賦閑居。

罷官後酬元校書見贈

心期悵已阻，交道復何如。自我辭丹闕，唯君到弊（今按，《全唐詩》卷二三八作「故」）廬。忘機貧負米，憶戴出無車。（一本作「未忘金馬詔，猶「今按，「猶」後脱一字，四庫本、《全唐詩》作「負」，姚本、屠隆本作「上」」茂陵書。」）鄰犬吠初服，家人愁斗儲。秋堂入閑夜，雲月思離居。窮巷聞砧冷，荒枝應（今按，《全唐詩》注云：一作「映」）鵲疏。宦名隨落葉，生事感枯魚。流（今按，《全唐詩》作「臨」）水仍

揮手，知音未棄余。

同鄠戴關中旅寓

文士皆求遇，今人誰至公。靈臺一寄宿，楊柳再春風。更惜忘形友，頻年失志同。羽毛齊燕雀，心事阻鴛鴻。留滯慙歸養，飛烏（今按，據姚本、屠隆本、《唐詩紀事》卷二七、《全唐詩》卷二三八，當爲「鳴」）恨觸籠。橘懷鄉夢裏，書去客愁中。殘雪迷歸鴈，韶光棄斷蓬。吞悲問唐舉，何路出屯蒙。

劉長卿

題獨孤常州湖上林亭（今按，《全唐詩》卷一四八「常州」作「使君」；「林」，注云：一作「新」）

出樹倚朱欄，吹鐃引上官。老農持鐘（今按，據姚本、屠隆本、四庫本及《全唐詩》，當爲「鍤」）拜，時稼捲簾看。水對登龍凈，山當建隼寒。夕陽湖草動，秋色渚田寬。渤海人無事，荆州客獨安。謝公何足比，來往石門難。

奉和杜相公新移長興宅呈元相公

間氣生真（今按，《全唐詩》卷一四九作「世生賢」）宰，同心奉至尊。功高開北第，機静灌中園。入並

蟬冠影，歸分騎士喧。牕聞漢宮漏，家識杜陵原。獻替常焚稿，清閑獨樹萱。花香逐荀令，草色對王孫。有地先開閣，何人不掃門。江湖難自退，明主託元元。

同郭參謀題崔令公廳前竹（今按，《全唐詩》卷一四九作《同郭參謀詠崔仆射淮南節度使廳前竹》，注云：一作《和郭參謀題崔令公廳前竹》）

不學媚清瀾，能依上將壇。（今按，《全唐詩》作「昔種梁王園，今移漢將壇。」）蒙籠低冕過，青翠捲簾看。得地移根遠，經霜抱節難。閑（今按，《全唐詩》作「開」）花成鳳實，嫩筍長漁竿。肅肅軍容静，蕭蕭郡宇寬。細音和角暮，疏影上門寒。阮巷何人在，梁園幾處殘。空餘軒屏側，歲晚伴任安。

賈侍御自會稽使迴篇付盈卷兼蒙見寄一首與余有掛冠之期因書數事率成十韻（今按，「御」，《全唐詩》卷一四九作「郎」；「付」，據屠隆本、四庫本、《文苑英華》卷二九六、《全唐詩》，當爲「什」）

江上逢星使，南來自會稽。驚年一葉落，按俗五花嘶。上國悲蕪梗，中原動鼓鼙。報恩看鐵劍，銜命出金閨。風物摧歸緒，雲峰發詠題。天長百越外，湖（今按，《全唐詩》作「潮」）上小江西。鳥道通閩嶺，山光落剡溪。暮帆千里思，秋夜一猿啼。柏署榮新寵（今按，《全唐詩》「署」作

「樹」，「寵」作「壠」），桃源憶故溪。若爲能去此（今按，《全唐詩》作「若爲能休去」），行復草萋萋。

耿湋

奉送蔣尚書兼御史大夫東都留守

副國（今按，《全唐詩》卷二六九作「相」）威名重，春卿禮樂崇。賜珪仍拜下，分命遂居東。高旆翻秋日，清鐃引細風。蟬稀金谷樹，草徧德陽宫。教用儒門儉，兵依武庫雄。誰云千載後，周召獨爲公。

題清源寺王右丞宅

儒墨兼宗道，雲泉舊結（今按，《全唐詩》卷二六九作「隱舊」）廬。孟城今寂寞，輞水自紆餘。内學銷多累，西園（今按，《全唐詩》作「林」）易故居。深房春竹老，細雨夜鐘疏。塵（今按，《全唐詩》作「陳」）跡留金地，遺文在石渠。不知登座客，誰得蔡邕書。

春日書情寄元校書伯和相國元子

數歲平津邸，諸生門出（今按，刻者不詳明本、四庫本作「問出」，《全唐詩》卷二六九作「出門」）時。羈孤力行早，疏賤託身遲。芳草看無厭，青山到未期。貧居悲老大，春日向（今按，《全唐詩》作「上」）茅

茨。衛玠瓊瑶色，玄成鼎鼐資。友朋漢相府，兄弟謝家詩。律合聲雖應，勞歌調自悲。流年不可駐（今按，《全唐詩》作「住」），惆悵鏡中絲。

酬張少尹秋日鳳翔西郊見寄

鼎氣孕河汾，英英濟舊勳。劉生曾任俠，張率自能文。官佐征西府，名齊將上軍。秋山遥出浦，野鶴暮離群。遠恨邊笳起，勞歌騎吏聞。廢關人不到，荒戍日空曛。草木涼初變，陰晴景半分。疊蟬臨積水，亂燕入高（今按，《全唐詩》卷二六九作「過」）雲。麗藻終思我，哀髯亦爲君。閑吟寡和曲，庭葉漸紛紛。

釋皎然

秋日遥和盧使君遊柯山寺宿歇上人上方論涅槃經大義（今按，《全唐詩》卷八一五作《秋日遥和盧使君遊何山寺宿歇上人房論涅槃經義》）

江郡當秋景，期將道者同。跡高憐竹寺，夜静賞蓮宫。古磬清霜下，寒山曉月中。詩情緣境發，法性寄筌空。翻譯推南本，何人繼謝公。

奉送陸中丞長源詔徵入朝

詔下鄭侯幕，徵賢寵大（今按，《全唐詩》卷八一八作「上」）勳。才當持漢典，道可致堯君。藩牧今榮餞，詩流此盛文。水從吴渚别，樹到楚門分。宿寺期佳月，看山識故雲。歸心復何託（今按，《全唐詩》作「奈」），惆悵在江濆。

同盧使君幼平郊外送閻侍御歸臺

留餞飛旌駐，離亭草色間。柏臺今上客，竹使舊朝班。日落東西水，天寒遠近山。古江分楚望，殘柳入隋關。戀闕心常積，迴軒日不閑。芳辰倚門望，猶得及春還。

奉和盧使君幼平遊朝陽山寺臨大湖

（時在郭，不得往。）（今按，「大」，《文苑英華》卷二二三六作「太」。又按，四庫本、《全唐詩》卷八一五題作《冬日遥和盧使君幼平綦毋居士遊法華寺高頂臨湖亭》；《文苑英華》卷二二三六題作《奉和盧使君幼平遊朝陽山寺臨太湖》；卷三一五重出，題作《冬日遥和盧使君幼平綦毋居士遊法華寺高頂同登臨湖亭》）

仁祠當（今按，《全唐詩》作「坊標」）絶境，明牧躡靈（今按，《全唐詩》作「廉守躡高」）蹤。欲到清涼地，初聞斷續鐘。（今按，《全唐詩》作「天曉才分刹，風傳欲盡鐘。」）城中歸路在（今按，《全唐詩》作「遠」），湖上碧

山重。水映（今按，《全唐詩》作「照」）千花界，雲開七葉峰。寒芳艾綬滿，空翠白綸濃。逸韻知難斷，佳遊恨不逢。仍聞撫禪石，爲我久從容。

釋法振

送褚先生海上尋封鍊師

潮落風初定，吴天（今按，《全唐詩》卷八一一作「天吴」）避客舟。近承三殿旨，欲向五湖遊。不厭烏皮几，新縫鶴氅裘。明珠漂斷岸，陰火映中流。華蓋芝童引，神丹桂女收。懸知居縹緲，因爲識浮丘。

皇甫冉

送李萬州赴饒州覲省（得西字。）

前程觀拜慶，舊館惜招攜。荀氏風流日（今按，《全唐詩》卷二五〇作「遠」），胡家清白齊。川迴吴岫失，塞闕（今按，姚本、《全唐詩》皆作「闊」）楚雲低。舉目親魚鳥，驚心怯鼓鼙。人稀漁浦外，灘淺定山西。無限青青草，王孫去不迷。

和鄭少尹祭中嶽寺北訪蕭居士越上方

肅事（今按，《全唐詩》卷二四九作「寺」）祠靈境，尋真到隱居。寅（今按，據屠隆本、《全唐詩》，當爲「夤」）緣幽谷遠，蕭散白雲餘。晚節持僧律，他年著道書。海邊曾狎鳥，濠上正觀魚。寂靜求無相，淳和覩太初。一峰綿歲月，萬姓（今按，《全唐詩》作「性」）任盈虛。籬隔溪（今按，《全唐詩》注云：一作「門掩林」）鐘度，空（今按，屠隆本、《全唐詩》作「窗」）臨澗木疏。謝公懷舊壑，迴駕復何如。

太常魏博士遠出賊庭江外相逢因敘其事

烽火驚戎塞，豺狼犯帝畿。川源無稼穡，日月翳光輝。里社枌榆毀，宮城騎吏非。羣生被慘毒，雜虜耀輕肥。多士從芳餌，唯君識禍機。心同合浦葉，命寄首陽薇。耻作纖鱗煦，方隨高鳥飛。山經商嶺出，水泛漢池歸。離别霜凝鬢，逢迎淚迸衣。京華長路絶，江海故人稀。秉節身常苦，求仁志不違。祇應窮野外，耕種且相依。

皇甫曾

送湯中丞和番（今按，姚本、《全唐詩》卷二一〇作「蕃」，字通）

繼好中司出，天心外國知。已傳堯雨露，更説漢威儀。隴上應迴首，河源復載馳。孤峰問

徒御，空磧見旄麾。春草鄉愁起，邊城旅夢移。莫嗟行地遠，此去答恩私。

包佶

酬子侍郎湖南見寄十四韻（今按，「子」，據姚本及《全唐詩》卷二〇五等，當爲「于」）

桂嶺千崖斷，湘流一派通。長沙今賈傅，東海舊于公。章甫經殊俗，離騷繼雅風。金閨文作字，玉匣氣成虹。翰墨時無（今按，《全唐詩》作「招」）侶，丹青夙在工（今按，《文苑英華》卷二四三同此，屠隆本、《全唐詩》作「公」）。主恩留左掖，人望積南宮。巧拙循名異，浮沉顧位同。九遷歸上略，三已契愚衷。責謫庭中吏（《詩選》作「禮」。），悲寬塞上翁。楚材欣有適，燕石愧無功。山曉重嵐外，林春苦霧中。雪花翻海鶴，波影倒江楓。去札頻逢信，迴帆早掛空。避賢方有日，非敢愛微躬。

嚴維

奉和獨孤中丞遊雲門寺作（今按，《全唐詩》卷二六三無「作」字）

絶壑開花界，耶溪極上源。光輝三石（今按，《全唐詩》作「獨」）座，登陟五雲門。深木鳴騶馭，晴

山曜武賁。亂泉親（今按，《全唐詩》作「觀」）坐卧，疏磬發朝昏。蒼翠新秋色，莓苔積雨痕。上方看度鳥，後夜聽吟猿。異跡焚香對，新詩酌茗論。歸來還捨（今按，《全唐詩》作「撫」）俗，諸老莫攀轅。

李嘉祐

奉和杜相公長興新宅即事呈元相公

意有空門樂，居無甲第奢。經過容法侶，雕飾讓侯家。隱樹重簷肅，開園一徑斜。據梧聽好鳥，行藥寄名花。夢蝶留清簟，垂貂坐絳紗。當山不掩户，映日自傾才（今按，據姚本等及《全唐詩》卷二〇七，當爲「茶」）。雅望歸安石，深知在叔牙。還成吉甫頌，贈答比瑶華。

盧綸

虢州逢侯劉同尋羅南觀因贈別時綸停務（今按，中華書局影印本《文苑英華》卷二二六同此，唯脱「居務」二字，據四庫本《文苑英華》、《全唐詩》卷二七六，「劉」當爲「釗」；「時綸停務」，四庫本《文苑英華》作「時停居務」，《全唐詩》作「時居停務」）

相見翻悵惆，應憐責廢官。過深慙禄在，識淺賴刑寬。獨失耕桑（今按，《全唐詩》卷二七六作

「農」)業,同思弟姪歡。衰貧羞客過,卑束會君難。放鶴歸(今按,《全唐詩》作「登」)雲壁,澆花繞石壇。興還江海上,跡在事非端。林密風聲結(今按,《全唐詩》作「細」),山高雨勢(今按,《全唐詩》作「色」,注云:一作「氣」)寒。悠然此中别,賓僕亦闌干(今按,「干」,《文苑英華》卷二三六下注云:「一作珊」)。

司空曙

逢江客問南中故人因以詩寄

南客何時去,相逢問故人。望鄉空淚落,嗜酒轉家貧。疏懶辭微禄,東西任老身。上樓多看月,臨水共傷春。五柳終期隱,雙鷗自可親。應憐折腰吏,冉冉在風塵。

顧況

送從兄使新羅

六氣銅渾轉,三光玉律調。河宫清奉賮,海嶽晏來朝。地絶提封入,天平錫貢饒。揚威輕破虜,柔服耻征遼。曙色黄金闕,寒聲白鷺潮。樓船非習戰,驄馬是嘉招。帝女飛銜石,

鮫人賣淚綃。管寧雖不偶，徐市儻相邀。獨島緣空翠，孤霞上泬寥。蟾蜍同漢月，螮蝀異秦橋。水豹橫吹浪，花鷹迥拂霄。晨裝凌莽渺，夜泊記招搖。幾路通員嶠（今按，《全唐詩》作「嶠」），何山是沃焦。颶風晴汨（今按，當爲「汩」，屠隆本作「自」）起，陰火暝潛燒。鬢（今按，《全唐詩》作「鬢」）髮成新髻，人參長舊苗。扶桑銜日近，折（今按，屠隆本、四庫本、《文苑英華》卷二九七、《全唐詩》作「析」）木帶津遥。夢向愁中積，魂當别處銷。臨川思結網，見彈欲求鴞（今按，據姚本、屠隆本、《文苑英華》及《全唐詩》，當爲「鴞」）。共散羲和曆，誰差甲子朝。滄波伏（今按，屠隆本、《文苑英華》作「仗」）忠信，譯語辨謳謡。疊鼓鯨鱗隱，陰帆鷁首飄。南溟垂大翼，西海飲文鰩。（《文選·吴都賦》注：文鰩常行西海，而遊東海。）指景尋靈草，排雲聽洞簫。封侯萬里外，未肯後班超。

張　繼

酬李書記校書越城秋夜見贈

東越秋城夜，西人白髮年。寒城警刁斗，孤憤抱龍泉。鳳輦棲岐下，鯨波鬬洛川。量空海陵粟，賜汎水衡錢。投閣嗤楊子，飛書代魯連。蒼蒼不可問，余亦賦思玄。

張南史

獨孤常侍北亭（今按，「侍」，《文苑英華》卷三一五同此，《全唐詩》卷二九六作「州」）

背（今按，《全唐詩》作「北」）洫敞高明，憑軒見野情。□（今按，原文和姚本此字皆缺，四庫本、《文苑英華》、《全唐詩》作「朝」，屠隆本、刻者不詳明本作「轍」）回五馬跡，更勝百花名。海樹凝煙遠，湖田見鶴清。雲光侵素壁，水影蕩閑杯（今按，據姚本、屠隆本、刻者不詳明本、四庫本、《文苑英華》及《全唐詩》，當爲「榼」）。俗賴褰帷問（今按，《文苑英華》、《全唐詩》作「謁」），人歡倒屣迎。始能□（今按，原文和姚本、《文苑英華》此字皆缺，屠隆本、刻者不詳明本、四庫本作「成」，牛斗本亦作「成」，但塗去，《全唐詩》作「崇」）結構，獨有謝宣城。

戴叔倫

和河南羅主簿送校書兄歸江南（今按，《全唐詩》卷三二九又作權德輿詩）

兄弟泣殊方，天涯指故鄉。斷雲無定處，歸鴈不成行。草莽人煙少，風波水驛長。上虞親渤澥，東楚隔瀟湘。古戍陰傳火，寒蕪曉帶霜。海門潮灎灎，沙岸荻蒼蒼。京輦辭芸閣，

衡芳（今按，姚本、屠隆本、牛斗本、刻者不詳明本、《文苑英華》卷二四四、《全唐詩》卷三二九作「方」）憶草堂。知君始寧隱，還緝舊荷裳。

權德輿

與沈十九拾遺同遊棲霞寺上方夜於亮上人院會宿

偶來人境外，心賞幸隨君。古殿煙霞夕，深山松桂薰。巖花點寒溜，石磴掃春雲。清净諸天近，諠塵下界分。名僧康寶月，上客沈休文。共宿東林夜，清猿徹曙聞。

李吉甫

夏夜北園即事寄門下武相公

結構非華宇，登臨似古原。僻殊蕭相宅，蕪勝邵平園。避暑依南廡，追涼在北軒。煙霞霄外静，草露月中繁。鵲繞驚還止，蟲吟思不喧。懷君欲有贈，宿昔貴忘言。

武元衡

甲午歲相國李公有北園寄贈之作吟翫歷時屢促酬答機務不暇未及報章今古遽分電波增感留墓劍於心許偶鄰笛而意傷寓哀冥漠以廣遺韻云（今按，「偶」，《全唐詩》卷三一七作「感」）

機事勞西掖，幽懷寄北園。鶴巢深更静，蟬噪斷猶喧。仙醖百花馥，艷歌雙袖翻。碧雲詩變雅，皇澤葉流根。未報雕龍贈，俄傷淚劍痕。佳城閟（今按，據姚本、四庫本，當爲「閟」，《全唐詩》作「關」，《文苑英華》卷二四三作「開」）白日，哀挽向青門。禮命公台重，煙霜壠樹繁。天高不可問，空使輔星昏。

殷寅

玄元皇帝應見賀聖祚無疆

應曆生周日，脩祠表漢年。復兹秦嶺上，更似霍山前。昔贊神功啓，今符聖祚延。已題金簡字，仍訪玉堂仙。睿祖光元始，曾孫體又玄。言因六夢接，慶叶九齡傳。北闕心超矣，

南山壽固然。無由同拜慶，竊抃（今按，據姚本、屠隆本、刻者不詳明本及《全唐詩》，當爲「抃」）賀陶甄。

李　岑

奉和玄元皇帝應見賀聖祚無疆

皇綱歸有道，帝系祖玄元。運表南山祚，神通北極尊。大同齊日月，興發（今按，據《文苑英華》卷一八〇、《全唐詩》卷二五八，當爲「廢」）應乾坤。聖后趨庭禮，宗臣稽首言。千官欣肆覲（今按，《文苑英華》作「錫覲」），萬國賀深恩。錫宴雲天接，飛聲雷地喧。祥雲（今按，《全唐詩》作「光」）浮紫閣，喜氣繞皇軒。未預承天命，空勤望帝門。

釋廣宣

降誕日内庭獻壽應制

慶壽千齡遠，敷仁萬國通。登霄欣有路，捧日愧無功。仙駕三山上，龍生二月中。脩齋長樂殿，講道大明宫。此地人難到，諸天事不同。法筵花散後，空界滿香風。

已上係中唐之詩。

劉禹錫

奉送裴司徒令公自東都留守再命太原（本封晉國公，兩任相去十六年。）

星使出關東，兵符賜上公。山河歸舊國，管籥換離宫。行色旌旗動，軍聲鼓角雄。愛棠餘故吏，騎竹見新童。漢壘三秋盡（今按，《文苑英華》卷二七七、《全唐詩》卷三六二作「静」），胡沙萬里空。其如天下望，旦夕詠清風。

韓愈

早春雪中聞鶯

朝鶯雪裏新，雪樹眼前春。帶澀先迎氣，侵寒已報人。共矜初聽早，誰貴後聞頻。暫轉（今按，據姚本及《全唐詩》卷三四三，當爲「囀」）那成曲，孤鳴豈及辰。風霜徒自保，桃李詎相親。寄謝幽棲友，辛勤不爲身。

釋無可

送姚明府赴招義縣

濠梁古縣城，結束赴王程。道路攜家去，波濤隔月行。車臨芳草下，吏踏落花迎。暮郭山遥在（今按，《全唐詩》卷八一四作「見」），春洲鳥不驚。風煙譙國遠，桑柘楚田平。何以書能化，長淮澈（今按，《全唐詩》作「徹」，字通）海清。

送杜司馬遊蜀中（今按，《全唐詩》卷八一四「遊」前有「再」字）

爲客應非願，愁成欲别時。還遊蜀國去，不惜杜陵期。劍水啼猿在，關林轉棧遲。日光低峽口，雨勢出峨眉。山迴逢殘角，雲開識遠夷。勿令雙鬢髮，併向錦城衰。

許　渾

陪少師李相國崔賓客宴居守狄僕射池亭

池色似瀟湘，仙舟日正（今按，《全唐詩》卷五三七作「正日」）長。燕飛驚蛺蝶，魚戲（今按，《全唐詩》作「躍」）動鴛鴦。雲聚歌初轉，風回舞欲翔。暖醅松葉嫩，寒粥杏花香。羅綺留春色，笙竽送

晚光。何須明月夜，紅燭在華堂。

金陵阻風登延祚閣

極目皆陳跡，披圖問遠公。戈鋋三國後，冠蓋六朝中。葛蔓交殘壘，芒花没廢（今按，《全唐詩》卷五三七作「後」）宫。水流簫鼓絶，山在綺羅空。極浦千艘聚，高臺一徑通。雲移吴岫雨，潮轉楚江風。登閣慚漂梗，停舟憶斷蓬。歸期與歸路，松（今按，《全唐詩》作「杉」）桂海門東。

劉得仁

題從伯舍人道正里南園

帝里餘新第，朱門面碧岑。曙堂增爽氣，喬木動清陰。直去親瑶陛，朝迴在竹林。風流才子調，好尚古人心。薜荔遮牕暗，莓苔近井深。禮無青瑣（今按，《全唐詩》卷五四五作「草」）隔，詩有白衣吟。軒静留孤鶴，庭虚到遠砧。掩關裁鳳詔，開鏡理瓊簪。種植今如此，塵埃永不侵。雲奔投刺者，日日待爲霖。

馬　戴

題石甕寺

僧室並皇宫，雲門輦路通。渭分雙闕北，山迴五陵東。脩綆懸林表，深泉汲洞中。人煙窺垤蟻，鴛瓦拂冥鴻。薜壁松生峭，龕燈月照空。稀逢息心侶，獨禮竺乾公。

酬太原從事楊郎中贈别之作（今按，《全唐詩》卷五五六作《答太原從軍楊員外送别》）

君將（集作「若」。）（今按，《文苑英華》卷二四六校云「集作若枉」，《全唐詩》「將」下注云「一作枉」）海月佩，贈之光我行。見知言不淺，懷報意非輕。反照臨岐思，中年未達情。河梁人送别，秋漢鴈相鳴。衰柳摇邊吹，寒雲冒古城。西遊還獻賦，應許託平生。

姚　鵠

奉和秘監從翁夏日陜州河亭晚望

洪河何處望，一境在孤煙。極野如藍日，長波似鏡年。卷簾花影裏，倚檻鶴巢邊。霞焰侵旌旆，灘聲雜管絃。鐘微來疊岫，帆遠落遥天。過客多相指，應疑會水仙。

張　莒

元日望含元殿御扇開合

萬國來初（今按，《全唐詩》卷二八一作「朝」）歲，千年覩（今按，《全唐詩》作「覲」）聖君。輦迎仙仗出，扇匝御香焚。俯對朝元（今按，《全唐詩》作「谷」）近，先知曙色分。冕旒開處見，鐘磬合時聞。影動承朝日，花攢似慶雲。蒲葵那可比，徒用隔炎氛。

鄭　畋

緱山廟（今按，《全唐詩》卷五五七作《題緱山王子晉廟》）

有昔靈王子，吹笙遡泬寥。六宮攀不住，五馬互（今按，《全唐詩》作「三島去」）相招。亡國原陵古，賓天歲月遥。無蹊窺海曲，有廟訪山椒。石帳龍蛇拱，雲龍（今按，四庫本、《全唐詩》作「櫳」）彩翠銷。露壇裝琬琰，直（今按，據姚本等及《全唐詩》，當爲「真」）像寫松喬。珠館青童宴，琳宫阿母朝。氣輿仙女侍，天馬吏兵調。湘妓紅絲瑟，秦郎白管簫。西城要婥（今按，屠隆本、《全唐詩》作「綽」）約，南嶽命嬌嬈。句曲觴金洞，天台嘯石橋。晚花珠弄蕊，春茹玉生苗。一景神

光秘，三光（今按，《唐百家詩選》卷十八、《唐詩紀事》卷五六、《全唐詩》作「元」）寶籙饒。霧垂鴉翅髮，冰束虎章腰。鶴馭争銜箭，龍妃合獻綃。衣從星渚浣，舟就日宫燒。物外花常滿，人間葉自凋。望臺悲漢戾，閲水笑梁昭。古殿香殘地（今按，《全唐詩》作「灺」，上海古籍出版社點校本《唐詩紀事》卷五六校云：「灺」原作「地」，據汲古閣本及《全唐詩》改），荒堦柳長條。幾曾期七日，無復降重霄。嵩嶺連江（今按，據《唐百家詩選》、《唐詩紀事》、《全唐詩》，當爲「天」）漢，伊瀾入海潮。何由得真訣，使我佩環飄。

已上係晚唐之詩。

葉元良

御製段太尉碑

多難全高節，時清軫聖君。園塋標石篆，雨露降天文。義激忠貞没，詞傷蘭蕙焚。國人皆墮淚，王府已銘勳。揭出臨新陌，長留對古墳。睿情幽感處，應使九泉聞。

薛有誠

奉和御製段太尉碑（今按，《全唐詩》卷四六六作薛存誠詩，注云：一作薛有誠詩）

葬儀從儉禮，刊石荷堯君。露跡垂繁字，天哀灑麗文。詔深榮嗣子，海變起（今按，《文苑英華》卷一八〇、《全唐詩》卷四六六作「記」）孤墳。寶思皆涵象，皇心永念勳。雅詞黄絹妙，渥澤紫泥分。青史應同久，芳聲（今按，《全唐詩》作「名」）萬古聞。

王邕

嵩山望幸（今按，《全唐詩》卷二〇四作王邕詩，卷四六六又作薛存誠詩；《文苑英華》卷一八〇作薛存誠詩）

峻極位何崇，方知造化功。降靈逢聖主，望幸表維嵩。隱映連青壁，嵯峨向碧空。象車因叶瑞，龍駕願升中。萬歲聲長在，千巖氣轉雄。東都歌盛事，西笑佇皇風。

庾敬休

春雪映早梅

清晨凝雪彩，新候變庭梅。樹愛春榮徧，牕驚曙色催。寒光添粉壁，積潤履青苔。分明六出瑞，隱映幾枝開。聞笛花疑落，揮琴興轉來。曲成非寡和，長使思悠哉。

盧　征

天驥呈材

異産應堯年，龍媒順制牽。權奇初得地，躞蹀欲行天。詎假調金埒，寧須動玉鞭。嘶風深有戀，逐日定無前。周滿誇常馭，燕昭恨不傳。應知流赭汗，來自海西偏。

李敬方

太和公主還宫

二紀煙塵外，淒涼轉戰歸。胡笳悲蔡琰，漢使泣明妃。金殿更戎幄，青袪换毳衣。登車隨

伴仗，謁廟入中闈。湯沐疏封在，關山故夢非。笑看鴻北向，休詠鵲南飛。宫髻憐新樣，庭阿（今按，四庫本、《全唐詩》卷五〇八作「柯」）想舊園。生還侍兒少，熟識内家稀。鳳去樓扃夜，鸞孤匣掩輝。應憐禁園柳，相見倍依依。

錢可復

鶯出谷

玉律陽和變，時禽羽翮新。載飛初出谷，一囀已驚人。拂柳宜煙暖，銜花覺路春。搏（今按，據屠隆本、牛斗本、《文苑英華》卷一八五、《全唐詩》卷五四六，當爲「搏」）風翻翰疾，向日弄聲（今按，《文苑英華》、《全唐詩》作「吭」）頻。求友心何切，遷喬幸有因。華林高玉樹，棲託及芳辰。

黄頗

風不鳴條（今按，《文苑英華》卷一八三校云：《類詩》作舒元輿詩）

五緯起祥飈，無聲瑞聖朝。稍開含露蕊，纔轉惹煙條。密葉應潛變，低枝幾暗摇。林間鶯

欲囀，花下蝶微飄。初滿沿堤草，因生逐水苗。太平無一事，天外奏雲（今按，《全唐詩》作「虞」）韶。

左　牢（今按，「左」，《文苑英華》卷一八三同此，《全唐詩》卷五五二作「戈」）

奉和風不鳴條（今按，《全唐詩》卷五〇六又作章孝標詩）

旭日懸清景，微風在緑條。入松聲不發，度柳影空摇。長養應潛變，扶疏每暗飄。有林時嫋嫋，無樹漸蕭蕭。慢逐青煙散，輕和瑞氣饒。豐年知有待，歌詠美唐堯。

張　隨

敕賜三相馬

上苑驊騮出，中宫詔命傳。九天班錫禮，三相代勞年。顧主聲猶發，追風力正全。鳴珂龍闕下，噴玉鳳池前。四足疑雲滅，雙瞳比鏡懸。爲因能致遠，今日表求賢。

張少博

雪後觀象闕待漏

殘雪初晴後，鳴珂奉闕庭。九門傳曉漏，五夜候晨扃。北斗横斜漢，東方落曙星。煙氛初動色，簪佩未分形。雪重猶垂白，山遥不辨青。雞人更唱處，偏入此時聽。

石殷士

日華川上動

曙霞攢旭日，浮景弄晴川。杲（今按，《全唐詩》卷七七九作「晃」）曜層潭上，悠揚極浦前。岸高時擁媚，波遠漸澄鮮。萍實空隨浪，珠胎不照淵。早喧依曲渚，微動觸輕漣。孰假咸池望，幽情得古偏（今按，據《文苑英華》卷一八一、《全唐詩》，當爲「篇」）。

盧　肇

題甘露寺

北固巖端寺，佳名自上台。地從京口斷，山到海門迴。曙色煙中滅，潮聲日下來。一隅通雉堞，千仞聳樓臺。林暗疑降虎，江空想度杯。福庭增氣象，仙磬落昭回。覺路花非染，流年景謾催。隋宫凋緑草，晉室散黄埃。西蜀波湍盡，東溟日月開。如登最高處，應得見蓬萊。

亡名氏

送薛大夫和蕃

戎王歸漢命，魏絳諭皇恩。旌旆辭雙闕，風沙上五原。往途遵塞道，出祖耀都門。策令天文盛，宣威使者尊。澄波看四海，入貢佇諸番（今按，《全唐詩》卷七八七作「蕃」，字通）。秋杪迎迴驛（今按，《全唐詩》作「騎」），無勞枉夢魂。

秋日懸清光（今按，此詩《全唐詩》卷一二七王維詩中和卷七八七無名氏詩中皆有收録）

寥廓涼天静，晶明白日秋。圓光含萬象，碎影入閑流。迥與青冥合，遥同江甸浮。晝陰殊衆木，斜影下危樓。宋玉登高怨，張衡望遠愁。餘輝如可記（今按，《全唐詩》、《文苑英華》卷一八一皆作「託」），雲路豈悠悠。

已上係無字里世次之詩。

唐詩拾遺目録

第十卷　七言律詩

（一）　韋　莊（一）　翁　綬（一）　韓　喜（一）

增入（原係摘句，今全載）

閻朝隱（一）　王　維（一）　錢　起（一）　劉長卿（一）　李嘉祐（一）　韓　翃（三）　盧綸（一）　司空曙（二）　耿　湋（一）　賈　島（一）　許　渾（十三）　杜　牧（二）　趙　嘏（一）　李　頻（一）　韋　莊（二）　張　泌（一）　譚用之（二）　杜　甫（十二）

唐詩拾遺卷之十

七言律詩

李義府（今按，當爲李乂，本卷李義府名下五首詩《文苑英華》、《唐詩紀事》卷十、《全唐詩》卷九二皆作李乂之詩）

奉和春日幸望春宫

東城結宇瞰（今按，《全唐詩》卷九二作「敞」）千尋，北闕迴輿具四臨。麗日祥煙承罕畢，輕荑弱草藉衣簪。秦商重沓雲巖近，河渭縈紆霧壑深。謬接鵷鸞陪賞樂，還欣魚鳥遂飛沉。

人日重燕大明宫恩賜綵縷人勝應制

詰旦行春上苑中，憑高却下大明宫。千年執象寰瀛泰，七日爲人慶賞隆。鐵鳳曾騫摇瑞雪，銅烏細轉入祥風。此時朝野歡無算，此歲雲天樂未窮。

興慶池侍宴應制

神池汎灩水盈科，仙蹕紆餘步輦過。縱棹洄沿萍溜合，開軒眺賞麥風和。潭魚在藻欣遊泳（今按，《全唐詩》卷九二作「供遊詠」），谷鳥含櫻入賦歌。寄謝（今按，《全唐詩》作「語」）乘槎溟海客，匝（今按，《文苑英華》卷一七六同此，校云：「疑。」《全唐詩》、《唐詩紀事》卷十皆作「回」）頭來此問天河。

侍宴安樂公主山莊應制

金輿玉輦背三條，水閣山樓望九霄。野外初迷七聖道，河邊忽覩二靈橋。懸冰滴滴依虬箭，清吹泠泠雜鳳簫。向晚平陽歌舞合，前溪更轉木蘭橈。

奉和春初幸太平公主南莊應制（今按，「春初」，《全唐詩》卷九二作「初春」）

平陽館外有仙家，沁水園中好物華。地出東郊迴日御，城臨南斗度雲車。風泉韻繞幽林竹，雨霰光摇雜樹花。已慶時來千億壽，還言日暮九重賒。

邵昇

奉和春初幸太平公主南莊應制（附）（今按，「春初」，《全唐詩》卷六九作「初春」）

沁園佳麗奪蓬瀛，翠壁紅泉繞上京。二聖忽從鸞殿幸，雙仙正下鳳樓迎。花含步輦空間出，樹雜帷宮畫裏成（今按，《全唐詩》作「行」）。無路乘槎窺漢渚，徒知訪卜就君平。

韋元旦

奉和立春遊苑迎春

灞涘長安恒近日，殷正臘月早迎新。池魚戲葉仍含凍，宮女裁花已作春。向苑雲疑承翠幄，入林風若起青蘋。年年斗柄東無限，願挹瓊觴壽北辰。

奉和春日幸望春宮

九重樓閣半山斜（今按，姚本、屠隆本、牛斗本、刻者不詳明本、中華書局影印本《文苑英華》卷一七四作「河」，《唐詩紀事》卷十一、四庫本《文苑英華》、《全唐詩》卷六九作「霞」），四望韶陽春未賒。侍蹕妍（今按，屠隆本、牛斗本作「妙」）歌臨灞涘，留觴艷（今按，《唐詩紀事》作「罷」）舞出京華。危竿（今按，《文苑英華》、屠隆本、刻

者不詳明本作「萍」）競捧中衡（今按，中華書局影印本《文苑英華》同此，《唐詩紀事》、四庫本《文苑英華》、《全唐詩》作「街」）日，戲馬争銜上苑花。景色歡娱長若此，承恩不醉不還家。

崔　湜

奉和春日幸望春宫（今按，《唐詩紀事》卷九作《立春内出綵花應制》，《文苑英華》卷一七四注云：集作《望春宫迎春内出綵花樹應制》）

澹蕩春光滿曉空，逍遥御輦入離宫。山河降（今按，中華書局影印本《文苑英華》同此，屠隆本、牛斗本、四庫本、《全唐詩》作「眺」）望雲天外，臺榭參差煙霧中。庭際花飛錦繡合，枝間鳥囀管絃同。即此歡娱齊鎬宴，唯應率舞樂薰風。

薛　稷

奉和春日幸望春宫（附）

九春風景足林泉，四面雲霞敞御筵。花鏤黄山繡作苑，草圖玄灞錦爲川。飛觴競醉心迴日，走馬争看（今按，《全唐詩》卷九三作「先」）眼着鞭。喜奉仙遊歸路遠，直論（今按，《全唐詩》作「言」）

行樂不言旋。

李　適

奉和春日幸望春宫

玉輦金輿天上來，花園四望錦屏開。輕絲半拂朱門柳，細纈全披畫閣梅。舞蝶飛行飄御席，鶯歌度曲繞仙杯。聖詞今日光輝滿，漢主秋風莫道才。

侍宴安樂公主山莊應制

平陽金牓鳳凰樓，沁水銀河鸚鵡洲。綵仗遥尋（今按，《全唐詩》卷七〇作「臨」）丹壑裏，仙輿暫幸緑亭幽。前池錦石蓮花艷，後嶺香爐桂蕊秋。貴主稱觴萬年壽，還輕漢武濟汾遊。

崔日用

奉和春日幸望春宫

東郊芳（今按，《全唐詩》卷四六作「風」，注云：一作「草」）物正薰馨，素滻鳬鷖戲緑汀。鳳閣斜通平樂觀，龍旂直逼望春亭。光風摇動蘭英紫，淑氣依遲柳色青。渭浦明晨脩禊事，羣公傾賀水

心銘。

人日燕大明宫恩賜綵縷人勝應制（今按，《全唐詩》卷四六「燕」前有「重」字；注云：一作《正月七日宴大明殿》）

新年宴樂正東朝，鐘鼓鏗鍠大樂調。金屋瑶筐開寶勝，花牋綵筆頌春椒。曲池苔色冰前液，上苑梅香雪裏飄（今按，《文苑英華》卷一七二、《全唐詩》作「嬌」）。宸極此時飛聖藻，微臣竊抃預聞韶。

馬懷素

春日幸望春宫

綵旄（今按，屠隆本作「旆」，《文苑英華》卷一七四作「旄」，《全唐詩》卷九三作「仗」）瑪輿俯碧潯，行春御氣發皇心。摇風細柳縈馳道，映日輕花出禁林。通（今按，《全唐詩》作「遍」）野園亭開帟幕，連堤草樹狎衣簪。謬參西掖霑堯酒，願沐南薰解舜琴。

人日燕大明宫恩賜綵縷人勝

萬（今按，《全唐詩》卷九三作「日」）宇千門平旦開，天容辰（今按，《全唐詩》作「萬」）象列昭回。三陽候

節金爲勝，百福迎祥玉作杯。就暖風光偏着柳，辭寒雪影半藏梅。何幸得參詞賦職，自憐終乏馬卿才。

武平一

興慶池侍宴應制

鑾輿羽駕直城隈，帳殿旌門此地開。皎潔靈潭圖日月，參差畫舸結樓臺。波摇岸影隨橈轉，風送荷香入（今按，《全唐詩》卷一〇二作「逐」）酒來。願奉聖情歡不極，長遊雲漢幾昭回。

張　說

侍宴隆慶池應制

靈池月滿直城隈，黼帳天臨御路開。東沼初陽疑吐出，南山曉翠若浮來。魚龍百戲紛容與，鳧鷁雙舟較泝洄。願似金堤青草馥，長承瑶水白雲杯。

奉和春日出苑遊矚應令（今按，《全唐詩》卷八七作《奉和聖製春日出苑應制》；注云：一作「矚目應令」，一作明皇詩）

蘇　頲

禁林艷裔發青陽，春望逍遥出畫堂。雨洗亭皋千畝緑，風吹梅李一園香。鶴飛不去隨清管，魚躍翻來入綵航。睿賞歡承天保定，遒文更覩日重光。

贈彭州權别駕

萬　楚

雙流脈脈錦城開，追餞年年往復迴。祇道歌謡迎半刺，徒聞禮數揖中台。黄鶯急囀春風盡，班（今按，《文苑英華》卷二五〇、《全唐詩》卷七三作「斑」，字通）馬長嘶落景催。莫愴分飛岐路别，還當奏最掖垣來。

驄馬

金絡青驄白玉鞍，長鞭紫陌野遊盤。朝驅東道塵恒滅，暮到河源日未闌。汗血每隨邊地

苦，蹄傷不憚隴陰寒。君能一飲長城窟，爲盡（今按，《全唐詩》卷一四五作「報」）天山行路難。

張　謂

西亭子言懷

數叢芳草在堂陰，幾處閑花映竹林。樹上（今按，《文苑英華》卷三一五、《全唐詩》卷一九七作「攀樹」）玄猿呼郡吏，沙邊（今按，《全唐詩》作「傍溪」）白鳥應家禽。青山看景知高下，流水聞聲覺淺深。官屬不令拘禮數，時時緩步一相尋。

春園家宴

南園春色正相宜，少（今按，據四庫本、《全唐詩》卷一九七，當爲「大」，《文苑英華》卷二一五作「老」）婦同行少婦隨。竹裏登樓人不見，花間覓路鳥先知。櫻桃解結垂簷子，楊柳能低入户枝。山簡醉來歌一曲，參差笑殺郢中兒。

已上係初唐、盛唐之詩。

劉長卿

觀校獵上淮西相公

龍驤校獵邵陵東（今按，據姚本等及《全唐詩》卷一五一，當爲「東」），野火初燒楚澤空。師事黄公千載後，身騎白馬萬人中。笳隨晚吹迎（今按，《文苑英華》卷二五二作「曉吹經」，「經」下校云「集作迎」，《全唐詩》作「晚吹吟」，注云：一作「曉月吹」）邊草，箭没寒雲落塞鴻。三十擁旄誰不羨，周郎少小立奇功。

漢陽獻李相公

退身高卧楚城幽，獨掩閑門漢水頭。春草雨中行徑没，暮山江上捲簾愁。幾人猶憶孫弘閣，百口同乘范蠡舟。早晚却還丞相印，十年空被白雲留。

北歸入至德州界偶逢洛陽鄰家李光宰

生涯心事已蹉跎，舊路依然此重過。近北始知黄葉落，向南空見白雲多。炎州日日人將老，寒渚年年水自波。華髮相逢俱若是，故園秋草復如何。

温湯客舍

冬狩温泉歲欲闌，宫城佳氣晚宜看。湯熏仗裏千旗暖，雪照山邊萬井寒。君門獻賦誰相達，客舍無錢輙自安。且喜禮闈秦鏡在，還將妍醜赴（今按，《全唐詩》卷一五一作「付」）春官。

登松江驛樓北望故園

淚盡江樓望北（今按，《文苑英華》卷二九八、《全唐詩》卷一五一作「北望」）歸，田園已陷百重圍。平蕪萬里何（今按，《全唐詩》作「無」）人去，落日千山空鳥飛。孤舟漾漾寒潮小，極浦蒼蒼遠樹微。白鷗漁父徒相待，未掃欃搶（今按，《全唐詩》作「欃槍」）懶息機。

上巳日越中與鮑侍御汎舟若耶溪（今按，「御」，《全唐詩》卷一五一作「郎」）

蘭橈萬（今按，《全唐詩》作「縵」）轉望（今按，《全唐詩》作「傍」）汀沙，應接雲峰到若耶。舊浦遠（今按，《全唐詩》作「滿」）來移渡口，垂楊深處有人家。永和春色千年在，曲水鄉心萬里賒。君見漁船時借問，前洲幾路入煙花。

鮑　防

人日陪宣州范中丞傳正與范侍御傳真宴東峰亭（今按，《全唐詩》卷四八六又作鮑溶詩）

人日春風綻早梅，謝家兄弟看花來。吴姬對酒歌千曲，秦女留人酒百杯。絲柳向空輕婉轉，玉山看日漸徘徊。流光易去歡辨（今按，據姚本等及《全唐詩》，當爲「難」）得，莫厭頻頻上此臺。

顧　況

送大理張卿（今按，《全唐詩》卷二六六注云：一題作《送張衛尉》）

春色依依傷（今按，《全唐詩》作「惜」）解攜，月卿今夜泊隋堤。白沙洲上江蘺長，緑樹村邊謝豹啼。遷客本（今按，《全唐詩》作「比」，注云：一作「此」，又作「本」）來無倚仗，故人相去隔雲泥。越禽唯有南枝分，目送歸（今按，《全唐詩》作「孤」）鴻飛向西。

李嘉祐

招隱寺送閻判官還江州（今按，《文苑英華》卷二三五、《全唐詩》卷二五〇作皇甫冉詩）

離别那逢秋氣悲，東林更作上方期。共知客路浮雲外，暫愛僧房墜葉時。長江九派人歸少，寒嶺千重鴈度遲。借問潯陽在何處，每看潮落一相思。

郎士元

送柳縣裴明府之任兼充宣慰（今按，據姚本、《文苑英華》卷二七二、《全唐詩》卷二四八，「柳」當爲「郴」）

白蘋楚水三湘晚（今按，《文苑英華》、《全唐詩》作「遠」），芳草秦城二月初。連鴈北飛看欲盡，孤舟南去意何如。渡江野老思求瘼，候館郴人憶下車。别後天涯何所寄，故交惟有袖中書。

送李敖湖南書記

憐君才與阮家同，掌記能資亞相雄。入楚豈忘看淚竹，泊舟應自愛江楓。誠知客夢煙波裏，肯厭猿鳴夜雨中。莫信衡湘書不到，年年秋鴈過巴東。

奉送杜相公益昌路作（今按，「送」，《文苑英華》卷二四三、《全唐詩》卷二四八作「和」）

春半梁山正落花，台衡受律向天涯。南去猿聲傍雙節，西來江色繞千家。風吹畫角孤城曉，林映蛾眉片月斜。已見廟謀（今按，《全唐詩》作「謨」）能喻蜀，新文更喜報金（今按，《全唐詩》注云：「一作京」）華。

包何

和程員外春日東郊即事

郎官休浣憐遲日，野老歡娛爲有年。幾處折花驚蝶夢，數家留葉待蠶眠。藤垂宛（今按，《文苑英華》卷二四三作「委」）地縈珠履，泉長（今按，《全唐詩》作「迸」）侵堦浸緑錢。直到開關（今按，姚本、屠隆本、刻者不詳明本、《文苑英華》作「閉關」，四庫本作「關開」）朝謁去，鶯聲不散柳含煙。

同閻伯均宿道觀有述（今按，《全唐詩》卷二〇八「道」後有「士」字）

南國佳人去不回，洛湯才子更須媒。綺琴白雪無情棄，羅幌清風到曉開。冉冉脩篁依户牖，迢迢列宿映樓臺。縱令奔月成仙去，且作行雲入夢來。

盧　綸

宿定陵寺

古塔荒臺出禁墻，磬聲初盡漏聲長。雲生紫殿幡花濕，月照青山松柏香。禪室夜聞風過竹，奠筵朝啓露沾裳。誰悟威靈同寂滅，更堪砧杵發昭陽。

酬金部王郎中省中春日見寄

南宫樹色曉森森，雖有春光未有陰。鶴侶正宜芳景引，玉人那爲簿書沉。山含瑞氣偏當日，鶯逐輕風不在林。更有阮郎迷路處，萬株紅樹一溪深。

和王員外冬夜寓直

高步長裾錦帳郎，居然自是漢賢良。潘岳敘年因鬢髮，楊雄託諫在文章。九天韶樂飄寒月，萬户香塵裛夜（今按，《全唐詩》卷二七七作「曉」）霜。坐見重門儼朝騎，可憐雲路好（今按，《全唐詩》作「獨」）翱翔。

奉和太常王卿酬李舍人中書寓直春夜對月見寄

露如輕雨月如霜，不見星河見鴈行。虚暈入池波自汎，滿輪當苑桂偏（今按，《全唐詩》卷二八〇作「多」）香。春臺幾望黄龍闕，雲路寧分白玉郎（今按，《文苑英華》卷一九一作「廊」）。是夜巴歌應金石，豈殊螢影對清光。

洛陽早春憶吉中孚校書司空曙主簿因寄清江上人

值迴逢高駐馬頻，雪晴閑看洛陽春。鶯聲報遠同芳信，柳色邀歡似故人。酒貌昔將花共艷，鬢毛今與草争新。年來百事皆無緒，唯與湯師結浄因。

司空曙

閑園即事寄暕公

欲就東林寄一身，尚憐兒姪（今按，《全唐詩》卷二九二作「女」）未成人。柴門客去殘陽在，藥圃蟲喧秋雨頻。近水方同梅市隱，曝衣多笑阮家貧。深山蘭若何時到，羡與閑雲作四隣。

耿　湋

同李端春望

二毛羈旅尚迷津，萬井鶯花雨後春。宫闕參差當晚日，山河迤遞（今按，《全唐詩》卷二六九作「邐」）静纖塵。和風醉裹承恩客，芳草歸時失意人。南北東西各自去，年年依舊物華新。

李　端

送馬尊師（今按，《全唐詩》卷二八六注云：一作《送侯道士》）

南入商山松路深，石牀溪水晝陰陰。雲中採藥隨旄（今按，《全唐詩》作「青」）節，洞裏耕田映緑林。直上煙霞空舉手，迴經丘壠自傷心。武陵花木應長在，願與門（今按，《全唐詩》作「漁」）人更一尋。

崔　峒

處州見鄭表新詩因以寄贈（今按，「處」，《全唐詩》卷二九四作「虔」）

梅花嶺裹見新詩，感激情深過楚詞。平子四愁今莫比，休文八詠自同時。萍鄉露冕真堪

惜，鳳沼鳴珂已訝遲。才子風流難定（今按，四庫本、《文苑英華》卷二五六、《全唐詩》作「定難」）見，湖南春草但相思。

贈元秘書

舊書稍稍出風塵，孤客逢秋感此身。秦地謬爲門下客，淮陰徒笑市中人。也聞阮籍尋常醉，見説陳平不久貧。幸有故人茅屋在，更將心事問情人（今按，《文苑英華》卷二七四、《全唐詩》卷二九四作「親」）。

送馮八將軍奏事畢歸滑臺幕府

王門別後到滄洲，帝里相逢俱白頭。自歎馬卿常帶疾，還嗟李廣不封侯。棠梨宮裏瞻龍衮，細柳營中着虎裘。想到滑臺桑葉落，黄河東注杏園秋。

苗　發

送孫諭德罷官往黔州（孫公先牧此州，因寄家在彼。［今按，《文苑英華》卷二七四同此，《唐詩紀事》卷三〇、《全唐詩》卷二九五作「孫父曾牧此州，因寄家也」。］）

中歲分符典石城，兩朝趨陛謁承明。闕下昨陳歸老疏，天南今切去鄉情。親知握手三回

（今按，《唐詩紀事》、《全唐詩》作「秋」）別，几杖扶身萬里行。伯道暮年無嗣子，欲將家事托門生。

釋靈一

送王頴悟佐歸州（集作「歸左緜」。）

客意天南興已闌，不堪言別向仙官。夢摇玉珮隨旄節，心到金華憶杏壇。荒郊極望歸雲盡，瘦馬長（今按，《文苑英華》卷二七四、《全唐詩》作「空」）嘶落日殘。想得故山青靄裏，泉聲入夜獨潺潺。

哭衛尚書

畫戟重門楚水陰，天涯欲暮共傷心。南荆雙履（今按，《全唐詩》卷八〇九作「戟」）痕猶在，北斗孤魂望已深。蓮花幕下悲風起，細柳營邊曉月臨。前路茫茫向誰問，感恩（今按，《全唐詩》作「君」）空有淚沾襟。

項王廟

緬想咸陽事可嗟，楚歌哀怨思無涯。八千子弟歸何處，萬里鴻溝屬漢家。弓斷陣前争日月，血流垓下定龍蛇。拔山力盡烏江水，今古（今按，《全唐詩》卷八〇九作「日」）悠悠空浪花。

釋護國

傷蔡處士（今按，《全唐詩》卷八八三又作楊衡詩）

篋中遺草是琅玕，對此空令灑淚看。三徑尚餘行跡在，數螢猶是映書殘。晨光不借泉門曉，暝色唯添壠樹寒。欲問皇天天更遠，有才無命説應難。

釋清江

送車參軍江陵（一作「韋參軍」。）（今按，《全唐詩》卷二七三又作戴叔倫詩）

槐花落盡柳陰清，蕭索涼天楚客情。海上舊山無的信，東門歸路不堪行。身隨幻境勞多事，跡學禪心厭有名。公子道存知不棄，欲依劉表住南荆。

釋法震（今按，《文苑英華》卷二七四同此，據刻者不詳明本及本書「詩人爵里詳節」、本卷目録，當爲「法振」。《全唐詩》卷八一一注云：一作「震」，一作「貞」）

送韓侍御自使幕巡海北

微雨過（今按，《全唐詩》卷八一一作「空」）山夜洗兵，繡衣遥（今按，《全唐詩》作「朝」）拂海風清。幕中

上，今日宸居紫氣西。關吏不勞重借問，棄繻生擬入耶溪。

張喬

書邊事

萬里沙西寇已平，犬羊羣外築空城。分營夜火燒雲遠，校獵秋雕掠草輕。秦將力隨胡馬竭，蕃河流入漢家清。羌戎不識干戈老，須賀明（今按，《全唐詩》作「當」，注云：一作「今」）時聖主明。

題宣州開元寺閣（今按，《全唐詩》卷六三九無「閣」字）

誰家煙徑長莓苔，金碧虛欄竹上開。流水遠分山色斷，清猿時帶角聲來。六朝明月惟詩在，三楚空山有鴈迴。達理始應盡（今按，《文苑英華》卷三一四「應盡」下校云：疑）惆悵，僧閑應得話天台。

李中

經古觀有感

古觀寥寥枕碧溪，□（今按，原文此字殘缺，姚本、屠隆本、牛斗本、刻者不詳明本、四庫本、《全唐詩》卷七四八皆作

「偶」)思前事立殘暉。漆園化蝶名空在，柱史猶龍去不歸。丹井泉枯苔鎖合，醮壇松老鶴來稀。回頭因歎浮生事，夢裹光陰疾若飛。

羅　隱

東歸途中作

松橘蒼黄覆釣磯，早年生計近年違。老知風月終堪恨，貧覺家山不易歸。别岸客帆和鴈落，晚程霜葉向人飛。買臣嚴助精靈在，應笑無成一布衣。

湘中見進士喬詡

吴中(今按，《全唐詩》卷六五八作「公」)臺下别經秋，破虜城邊暫駐留。一笑有時堪解夢，數年無故不同遊。雲牽楚思横魚艇，柳送鄉心入酒樓。且酌松醪依舊醉，誰能相見向春愁。

燕昭王墓

戰國蒼茫難重尋，此中蹤跡想知音。强停别騎山花晚，欲弔遺魂野草深。浮世近來輕駿骨，高臺何處有黄金。因思郭隗平生事，不殉昭王若負心。

周　朴

哭李端（此詩疑非周村［今按，當爲「朴」］之作。）

三年剪拂感知音，哭向青山永夜心。竹在曉煙孤鳳去，劍荒秋水一龍沉。新墳日落松聲小，舊宅春殘草色深。不及此時親執紼，石門遥想淚沾襟。

唐彦謙

新豐

沛中歌舞百餘人，帝業功成里巷新。半夜素靈先哭楚，一星遺火下燒秦。貔貅掃盡無三户，雞犬歸來識四鄰。惆悵故園前事遠，曉風長路起埃塵。

韋　莊

悼亡姬

鳳去鸞歸不可尋，十洲仙路彩雲深。若無少女花應老，爲有嫦（今按，姚本、屠隆本、牛斗本、刻者不

詳明本、《文苑英華》卷三〇五、《全唐詩》卷七〇〇作「姮」）娥月易沉。竹葉豈能銷積恨，丁香空解結同心。湘江水闊蒼梧遠，何處相思弄舜琴。

翁綬

折楊柳

紫陌金堤映綺羅，遊人處處動離歌。陰移古戍迷芳草，花帶殘陽落遠波。臺上少年吹白雪，樓中思婦斂青蛾。殷勤攀折贈行客（今按，他本皆作「客」，唯四庫本作「路」），此去關山雨雪多。

韓喜（今按，《文苑英華》卷三二三、三二四「韓喜」下注云：「《類詩》作『溉』」；《全唐詩》無韓喜，卷七六八有「韓溉」，但卷六七一唐彦謙詩中有《逢韓喜》）

松

倚空高樹（今按，《文苑英華》卷三二四、《全唐詩》卷七六八作「檻」）冷無塵，往事閑徵夢欲分。翠色本宜霜後見，寒聲偏向月中聞。啼猿想帶蒼山雨，歸鶴應和紫府雲。莫向東園競桃李，春光

權德輿

哭張十八校書

芸閣爲郎一命初，桐州寄傲十年餘。魂隨逝水歸何處，名在新詩衆不如。蹉跎江浦生華髮，牢落寒原會素車。更憶八行前日到，含悽爲報秣陵書。

劉禹錫

贈日本僧智藏

浮杯萬里過滄溟，遍禮名山適舊扃（今按，《全唐詩》卷三五九作「性靈」）。深夜降龍潭水黑，新秋放鶴野田青。身無彼我那懷土，心會真如不讀經。爲問中華學道者，幾人雄猛得寧馨。

送義丹師却還黔南（今按，「丹」，據姚本等及《文苑英華》二二二、《全唐詩》卷三五九，當爲「舟」）

黔江秋水浸雲霓，獨汎慈航路不迷。猿狖窺齋林葉動，蛟龍聞咒浪花低。如蓮半偈心常悟，問（今按，《文苑英華》卷二二二作「閔」，校云：集作「問」，非）菊新詩手自攜。常説摩圍似靈鷲，却將

山屐上丹梯。

奉送浙西李僕射赴鎮（今按，《文苑英華》卷二七七「浙西」作「浙江」，《全唐詩》卷三五九「僕射」後有「相公」二字）

建節東行是舊遊，歡聲喜氣滿吴州。郡人重得黄丞相，童子争迎郭細侯。詔下初辭温室樹，夢中先到景陽樓。自憐不識平津客，遥望旌旗汝水頭。

送李尚書鎮滑州（自浙西觀察徵［今按，「徵」字底本漫漶不清，此從屠隆本、牛斗本、刻者不詳明本、《全唐詩》卷三五九、姚本、《文苑英華》卷二七七作「使」］拜兵部侍郎，月餘有此拜也。）

南徐報政入文昌，東郡須才别建章。視草名高同蜀客，擁旄年少勝荀郎。黄河一曲當城下，緹騎千重照路傍。自古相門還出相，如今人望在巖廊。

送李庚先輩赴選

一家何啻十朱輪，諸父雙飛秉大鈞。曾脱素衣參幕客，却爲精舍讀書人。離筵洛水侵杯色，征路函關向晚塵。今日山公舊賓主（今按，《全唐詩》卷三五九注云：一作「居賓主話」），知君不負帝城春。

楊巨源

長安春遊

鳳城春報曲江頭，上客年年是勝遊。日暖雲山當廣陌，天清絲管在高樓。蘢葱樹色分仙閣，縹緲花香汎御溝。桂壁朱門新邸第，漢家恩澤問鄰侯。

王　建

上陽宫

上陽花木不曾秋，洛水穿宫處處流。畫閣紅樓宫女笑，玉簫金管路人愁。幔城入澗橙花發，王（今按，據姚本、四庫本及《文苑英華》卷三一一、《全唐詩》卷三〇〇，當爲「玉」）輦登山桂葉稠。曾讀列仙王母傳，九天未勝此中遊。

釋廣宣

駕幸普濟寺應制

南方寶界幾由旬，八郡同瞻一佛身。寺壓山河天宇静，樓懸日月鏡光新。重城柳暗東風

暖（今按，《全唐詩》作「曙」），複道花明上苑春。向晚鸞輿歸鳳闕，曲江池上動青蘋。

安國寺隨駕幸興唐觀應制

東鄰何獻（今按，《文苑英華》卷一七八作「東林何獻」，四庫本、《全唐詩》卷八二二作「東林何殿」）是西隣，禪客垣墻接羽人。萬乘遊仙宗有道，三車引路本無塵。初傳寶訣長生術，已證金剛不壞身。兩地同（今按，《全唐詩》作「盡」）脩天上事，共瞻鸞鶴重來巡。

聖容院應制（今按，姚本、屠隆本、牛斗本、刻者不詳明本有《紅樓院應制》「紅樓疑見白毫光」，而無此詩）

大唐國裏千年聖，王舍城中百億身。却指容顔非我相，自言空色是吾真。深殿處身（今按，《全唐詩》卷八二二作「虔心」）隨寶輦，廣庭徐步引金輪。古來貴重緣親近，狂客時（今按，四庫本、《全唐詩》作「慚」）爲侍從臣。

再入道場紀事應制（又見沈佺期集中。）

南方歸去再生天，内殿今年異昔年。見闢乾坤新定位，看歸（今按，《文苑英華》卷一七八、《全唐詩》卷八二二作「題」）日月更高懸。行隨香（今按，《文苑英華》、《全唐詩》作「車」）輦登仙路，坐近爐煙講法

筵。自喜恩深陪侍從，兩朝長在聖人前。

已上係中唐之詩。

朱慶餘

送饒州張使君

白頭爲郡清秋別，山水南行豈覺賒。楚老已（今按，《全唐詩》卷五一五作「只」）應思入境，吴門（今按，《全唐詩》作「兒」）從此去移家。館依高嶺分樟葉，路出重江見葦花。務退惟當吟詠苦，留心曾不在天涯。

送浙東周判官

久宜（今按，《全唐詩》卷五一五、《文苑英華》卷二七八皆作「聞」）從事滄江外，誰謂無官已白頭。來備戎裝嘶數騎，去持丹詔入孤舟。蟬鳴驛道（今按，《全唐詩》作「遠驛」，《文苑英華》作「驛樹」）殘陽樹，鷺起湘（今按，《全唐詩》作「湖」，姚本、屠隆本、牛斗本、刻者不詳明本、《文苑英華》作「潮」）田片（今按，《全唐詩》注云：一作「夕」）雨秋。到日重陪丞相宴，鏡湖新目（今按，據姚本、屠隆本、《文苑英華》、《全唐詩》，當爲

「月」）在城樓。

白居易

夜宿江浦聞元九改官因寄此什

君遊丹陛已三遷，我汎滄浪欲二年。劍佩曉趨雙鳳闕，煙波夜宿一漁船。交親盡在青雲上，鄉國遥抛白日邊。若報生涯應笑殺，結茅栽芋種禽（今按，據姚本、屠隆本、牛斗本及《全唐詩》，當爲「畬」）田。

李紳

初出淝口入淮

東風五日（今按，《全唐詩》卷四八〇作「百里」）雪初晴，淝口冰開好濯纓。野老擁途知意重，病夫抛郡喜身輕。人心莫厭如弦直，淮水長憐似鏡清。回首夕嵐山翠遠，楚郊煙樹隱蓑（今按，中華書局影印本《文苑英華》卷二九四同此，四庫本《文苑英華》、《全唐詩》作「隱襄」，其注云：一作「憶層」）城。

賈　島

送胡道士

短褐身披漬野（今按，《全唐詩》卷五七四作「滿漬」，「漬」下注云：一作「野」，一作「翠」；《文苑英華》卷二二九作「滿幘」，校云：集作「清野」）苔，靈溪深處觀門開。却從城裹攜琴去，許到山中寄藥來。臨水古壇秋醮罷，宿杉幽鳥夜飛回。丹梯願逐真人上（今按，《文苑英華》作「未遊彼地空勞想」），日夕歸心白髮催（今按，《文苑英華》作「師往如雲不可陪」）。

張　祐（今按，一作張祜）

揚州法雲寺雙檜

謝家雙植本圖榮，樹老人因（今按，《全唐詩》卷五一一同此，姚本、屠隆本、牛斗本、刻者不詳明本、《文苑英華》卷三二四作「亡」）地變更。朱頂鶴知深蓋偃，白眉僧見小枝生。高臨月殿秋雲影，静入風簷夜雨聲。縱使百年爲上壽，緑陰終借暫時行。

薛　逢

醉中聞甘州

老聽笙歌亦解愁，醉中因遣合甘州。行追赤嶺千山外，坐想黄河一曲流。日暮豈堪征婦怨，路傍能結旅人愁。左綿刺史心先死，淚滿朱絃催白頭。

温庭筠

利州南渡

澹然空水帶（今按，《全唐詩》卷五七八作「對」）斜暉，曲島蒼茫接翠微。波上馬嘶看棹去，柳邊人歇待船歸。數叢沙草羣鷗散，萬頃江田一鷺飛。誰解乘舟尋范蠡，五湖煙水獨忘機。

過五丈原

鐵馬雲鵰（今按，姚本、屠隆本、牛斗本、刻者不詳明本作「騅」，《文苑英華》卷二九四、《全唐詩》卷五七八作「雕」，注云：集作「騅」）久絶塵，柳陰高壓漢營春。天清殺氣屯關右，夜半妖星照渭濱。下國卧龍空寤主，中原逐鹿不由人。象牀寶帳無言語，從此譙周是舊臣。

法雲寺雙檜

晉朝名輩此離羣，想對濃陰去住分。題處尚尋王内史，畫時應是顧將軍。長廊夜静聲疑雨，古殿秋深影似（今按，《全唐詩》卷五七八作「勝」）雲。一下南臺到人世，晚（今按，《全唐詩》作「曉」）泉清籟更誰（今按，《全唐詩》作「難」）聞。

宿松門寺

白石青崖世界分，卷簾孤坐獨（今按，《全唐詩》卷五八二作「對」）氛氲。林間禪室春深雪，潭上龍堂夜半雲。落日（今按，《全唐詩》作「月」）蒼涼登閣在，曉鐘摇漾隔江聞。西山舊是經行地，願漱寒瓶逐領軍。

趙　嘏

送僧歸盧山

禪棲忽憶五峰遊，去着方袍謝列侯。經啓樓臺千葉曙，錫含風雨一枝秋。題詩片石侵雲在，洗鉢香泉覆菊流。却憶前年别師處，馬嘶殘月虎溪頭。

贈天卿寺神亮上人（師不下寺已五年。）

五看春盡此江濆，花自零風日自曛。空有慈悲隨物念，已無蹤跡在人羣。迎秋日色簷前見，入夜鐘聲竹外聞。笑指白蓮心自得，世間煩惱是浮雲。

降虜

廣武溪頭降虜稀，一聲寒角怨金微。河湟不在春風地，歌舞空裁雪夜衣。鐵馬半嘶邊草去，狼煙高映塞鴻飛。楊雄尚白相如吃，今日何人從獵歸。

平戎（時諫官諭北虜未回，天德軍師「今按，據四庫本、《全唐詩》卷五四九，當爲「帥」」請脩城備之。）

邊聲一夜殷秋鼙，牙帳連烽擁萬蹄。武帝未能忘塞北，董生纔足使膠西。冰横曉渡胡兵合，雪滿窮沙漢騎迷。自古平戎有良策，將軍不用倚雲梯。

宿楚國寺有懷

風動衰荷寂寞香，斷煙殘月共蒼蒼。寒生晚寺波摇碧（今按，《全唐詩》卷五四九作「壁」），紅墮疏林葉滿牀。起鴈似驚南浦棹，陰雲欲護北樓霜。江邊松菊荒應盡，八月長安夜正長。

早發剡中石城寺

暫息勞生樹色間，平明機慮又相關。吟辭宿處煙霞去（今按，《全唐詩》卷五四九注云：一作「古」），心負秋來水石閑。竹户半開鐘未絶，松枝静霽鶴初還。明朝一倍堪惆悵，迴首塵中見此山。

陳陶

旅泊塗江

煙雨南江一葉微，松潭漁父夜相依。斷沙鴈起金精出，孤嶺猿愁木客歸。楚國柑橙勞夢想，丹陵霞鶴間音徽。無因得似滄溟叟，始憶離巢已倦飛。

紀唐夫

驄馬（今按，《全唐詩》卷五四二後有「曲」字）

連錢出塞蹋沙蓬，豈比當時御史驄。逐北自諳深磧路，連嘶誰念静邊功。登山每與青雲合，弄影應知碧草同。今日虜平將换妾，不如羅袖舞春風。

李羣玉

玉真觀

高情帝女慕乘鸞，紺髮初簪玉葉冠。秋月無雲生碧落，素蕖含（今按，《全唐詩》卷五六九作「寒」）露出清瀾。層城煙霧將歸遠，浮世塵埃久住難。一自簫聲飛去後，洞宮深掩碧瑶壇。

司馬禮（今按，姚本、《全唐詩》卷五九六作「扎」，《直齋書録解題》卷一九作「札」）

曉過伊水寄龍門僧

龍門樹色暗蒼蒼，伊水東流客恨長。病馬獨嘶殘夜月，行人欲渡滿船霜。幾家煙火依村步，何處漁歌似故鄉。山下禪庵老師在，願將形役問空王。

皮日休

題潼關蘭若

潼津罷警有招提，近百年無戰馬嘶。壯士不言三尺劍，謀臣休道一丸泥。昔時馳道洪波

還是不容君。

已上係晚唐之詩。

閻朝隱

奉和春日幸望春宫（今按，《全唐詩》作《奉和聖製春日幸望春宫應制》，《文苑英華》卷一七二作《人日重宴大明宫恩賜綵縷人［勝］應制》，《唐詩紀事》卷十一作《人日大明宫應制》）

勾（今按，《全唐詩》卷六九作「句」，字通）芒人面乘兩龍，道是春神衛九重。綵勝年年逢七日，酴醿歲歲滿千鍾。宫梅間雪祥光遍，城柳含煙淑御（今按，姚本、屠隆本、牛斗本、刻者不詳明本、四庫本作「御」；《唐詩紀事》卷十一、《文苑英華》卷一七二作「瑞」；《全唐詩》作「淑」，注云：一作「瑞」）氣濃。醉到（今按，據《唐詩紀事》、《文苑英華》、《全唐詩》，當爲「倒」）君前情未盡，願因歌舞自爲容。

王　維

早秋山中作（今按，姚本、屠隆本、牛斗本、刻者不詳明本無此詩，有岑參《送李司馬》，乃與卷二九重複）

無才不敢累明時，思向東溪守故籬。豈厭尚平婚嫁早，却嫌陶令去官遲。草間蛩（今按，《全

唐詩》卷一二八作「蛩」）響臨秋急，山裏蟬聲薄暮悲。寂寞柴門人不到，空林獨與白雲期。

錢起

送孫十（今按，《全唐詩》卷二三九作《送孫十尉温縣》）

飛花落絮滿河橋，千里鄉（今按，《全唐詩》作「傷」）心送客遥。不惜芸香染黄綬，惟憐鴻羽下青霄。雲衢有志終驤首，吏道無媒且折腰。急管繁絃催一醉，頹陽不駐引征鑣。

半日村（今按，《全唐詩》卷二三九作《題郎士元半日吴村別業兼呈李長官》）

半日吴村帶晚霞，閑門高柳亂飛鵶。横雲嶺外千重樹，流水聲中一兩家。愁人昨夜相思苦，閏月今年春意賒。自歎梅生頭似雪，却憐潘令縣如花。

劉長卿

賦得（今按，《御覽詩》、《全唐詩》卷二五〇又作皇甫冉詩，題作《春思》）

鶯啼燕語報新年，馬走龍飛（今按，《全唐詩》卷一五一、二五〇作「馬邑龍堆」）路幾千。家住層城臨漢苑，心隨明月到胡天。機中錦字論長恨，樓上花枝笑獨眠。爲問元戎竇車騎，何時返旆勒

燕然。

李嘉祐

送從弟永（今按，《全唐詩》卷二〇七後有「任饒州録事參軍」七字）

一官萬里向千溪，水宿山行漁浦西。日晚長煙高岸近，天寒積雪遠峰低。蘆花渚裏鴻相叫，苦竹叢邊猿暗啼。聞道慈親倚門待，到時蘭葉正萋萋。

韓　翃

送客歸江州

東歸復得來（今按，屠隆本、牛斗本、四庫本、《全唐詩》卷二四五作「采」）真遊，江水迎君日夜流。客舍不離青雀舫，人家舊在白鷗洲。風吹山帶遥知雨，露濕荷裳已報秋。聞道泉明居止近，藍（今按，屠隆本、牛斗本、《全唐詩》作「籃」）輿相訪會淹留。

送人歸南陽（今按，《全唐詩》卷二四五作《送襄垣王君歸南陽别墅》）

都門霽後不飛塵，草色凄凄（今按，《全唐詩》作「萋萋」）滿路春。雙兔坡東千室吏，三鴉水上一

歸人。愁眠客舍衣香滿，走渡河橋馬汗新。少婦北（今按，據牛斗本、《全唐詩》，當爲「比」）來多遠望，應知蟢子上羅巾。

送鄭員外

風流不減杜陵詩，五十爲郎未是遲。孺子亦知名下士，樂人争唱卷中詩。身齊吏部還多醉，心顧尚書自有期。要路眼看知己在，不應窮巷久低眉。

盧　綸

早春歸盩屋舊居寄耿湋李端

（今按，據四庫本、《才調集》卷二、《全唐詩》卷二七八，「屋」當爲「厔」。又按，姚本、屠隆本、牛斗本、刻者不詳明本無此詩，有盧綸《酬金部王郎中省中春日見寄》，乃與本卷前文重複）

野日初晴麥隴（今按，《全唐詩》作「壠」，字通）分，竹園村巷（今按，《全唐詩》作「相接」）鹿成羣。萬秋（今按，《才調集》、《唐百家詩選》卷八作「萬家」，《文苑英華》卷二五五作「百家」，《全唐詩》作「幾家」）廢井生秋（今按，《才調集》、《唐百家詩選》作「新」，《文苑英華》作「春」，《全唐詩》作「青」，注云：一作「秋」，一作「新」）草，一樹繁花對（今按，《文苑英華》、《全唐詩》作「傍」）古墳。引水忽驚冰滿澗，向田空見石和雲。可憐荒歲

青山下，惟有松枝可贈（今按，《才調集》、《唐百家詩選》、《全唐詩》作「好寄」，《文苑英華》作「寄與」）君。

司空曙

靈雲寺（今按，《文苑英華》卷二三五作《題靈雲寺》，《唐百家詩選》卷八作《題陵雲寺》，《全唐詩》卷二九二作《題凌雲寺》）

春山古寺繞滄波，石磴盤空鳥道過。百丈金身開翠壁（今按，《文苑英華》作「殿」），萬龕燈焰隔煙蘿。雲生客到侵衣濕，花落僧禪覆地多。不與方袍同結社，下歸塵世竟如何。

九日登高（今按，《全唐詩》卷二六三作嚴維詩，卷二三九錢起詩中亦録）

詩家九日憐芳菊，逐（今按，《全唐詩》作「遲」）客高齋瞰浙江。漁（今按，《全唐詩》作「漢」）浦浪花摇素壁，西陵樹色入秋窻。木奴向熟懸金實，桑落新開瀉玉缸。四子醉時争講德，笑論黄霸屈爲邦。

耿湋

許州書情（今按，《全唐詩》作《許下書情寄張韓二舍人》）

謫宦軍城老更悲，近來頻夜夢丹墀。銀杯乍滅中心（今按，《文苑英華》卷二五四同此，《全唐詩》卷二

六九作「心中」）火，金鑷唯多兩鬢絲。（今按，《全唐詩》注云：一作「乍然乍滅心中火，漸鑷漸多鬢上絲。」）繞履（今按，《全唐詩》作「院」，注云：一作「履」，一作「徑」）緑苔聞鴈處，滿庭黄葉閉門時。故人高步雲衢上，肯念前程杳未期。

賈　島

寄韓愈（今按，《全唐詩》卷五七四「韓」後有「潮州」二字）

此心曾與木蘭舟，直到天南潮水頭。隔嶺篇章來華獄，出關書信過瀧流。峰懸驛路殘雲斷，海浸城根老樹秋。一夕瘴煙風卷盡，月明初上浪西樓。

許　渾

贈茆山高拾遺

諫獵歸來綺季歌，大茆峰影滿秋波。山齋留客掃紅葉，野艇送僧披緑莎。長覆舊圖棋勢盡，遍添新品藥名多。雲中黄鵠日千里，自宿自飛無網羅。

南康阻陟（今按，《全唐詩》卷五三三題作《南海府罷南康阻淺行侶稍稍登陸而邁主人燕餞至頻暮宿東溪》，四庫本《丁卯詩集》卷上無「而邁」二字）

晴（今按，《全唐詩》作「暗」）灘水落漲虛沙，灘去秦吴萬里賖。馬上折殘江北柳，舟中開盡嶺南花。離歌不斷如留客，歸夢初驚似到家。山鳥一聲人未起，半牀春月在天涯。

早發天台（今按，《全唐詩》卷五三三作《早發天台中巖寺度關嶺次天姥岑》）

來往天台天姥間，欲求真訣駐衰顔。星河半落巖前寺，雲霧初開嶺上關。丹壑樹多風浩浩，碧溪苔淺水潺潺。可知劉阮逢人處，行盡深山又是山。

別劉秀才（今按，《文苑英華》卷二八八作《留別裴秀才》）

三獻無功玉有瑕，更攜書劍客天涯。孤帆夜別瀟湘雨，廣陌春期鄠杜花。燈照水螢千點滅，棹驚灘鴈一行斜。關河萬里秋風急，望見鄉山不到家。

靈山寺（今按，《全唐詩》卷五三四作《題靈山寺行堅師院》）

西巖一徑不通樵，八十持杯未覺遥。龍卧（今按，《全唐詩》作「在」）石潭聞夜雨，鴈移沙渚見秋潮。經函露濕文多暗，香印風吹字半銷。應笑東歸又南去，越山無路水迢迢。

李韶州移改郴州

詔移丞相木蘭舟，桂木（今按，據姚本、屠隆本、四庫本及《全唐詩》，當爲「水」）潺湲嶺北流。青漢夢歸雙闕曙，白雲吟過五湖秋。恩迴玉扆人先喜，道在金縢世不憂。聞説公卿盡南望，甘棠花暖鳳池頭。

飛泉觀（今按，《全唐詩》卷五三四作《重遊飛泉觀題故梁道士宿龍池》）

西巖泉落水容寬，靈物蜿蜒黑處蟠。松葉正秋琴韻響，菱花初曉鏡光寒。雲開星月浮山殿，雨過風雷繞石壇。仙客不歸龍亦去，稻畦長滿此池乾。

朝臺送客（今按，《全唐詩》卷五三四後有「有懷」二字）

趙佗西拜已登壇，馬援南征土宇寬。越國舊無唐印綬，蠻鄉今有漢衣冠。江雲帶日秋偏熱，海雨隨風夏亦寒。嶺北歸人莫回首，蓼花楓葉萬重灘。

酬錢汝州

白雪多隨漢水流，謾勞旌旆晚悠悠。笙歌暗寫終年恨，臺榭潛消盡日憂。鳥散落花人自醉，馬嘶芳草客先愁。怪來雅韻清無敵，三十六峰當庾樓。

元正（今按，《全唐詩》卷五三五作《正元》，注云：一作《元日》，一作《元正》）

高揭雞竿闢帝閽，祥風微暖瑞雲屯。千官共削姦臣跡，萬國初銜聖主恩。宮殿雪華齊紫閣，關河春色到青門。華夷一軌人方泰，莫學論兵誤至尊。

贈鄭處士

道傍年少莫矜誇，心在重霄鬢未華。楊子可曾過此（今按，據姚本、屠隆本、刻者不詳明本、四庫本、《全唐詩》卷五三五，當爲「北」）里，魯人何必敬東家。寒雲曉散千峰雪，暖雨晴開一徑花。且賣湖田釀春酒，與君書劍是生涯。

贈房明府（今按，《全唐詩》卷五三六作《贈桐廬房明府先輩》）

帝城春榜謫靈仙，四海聲華二十年。闕下書功無後輩，卷中文字掩前賢。宮（今按，據姚本、屠隆本、牛斗本、刻者不詳明本及《全唐詩》，當爲「官」）閑每喜江山靜，道在寧憂雨露偏。自笑小儒非一鶚，亦趨門屏冀相憐。

京口閑寄（今按，《全唐詩》卷五三三作《京口閑居寄京洛友人》；「京洛友人」下注云：一作「兩都親友」）

吴門煙月昔同遊，楓葉蘆花並客舟。聚散有期雲北去，浮沉無計水東流。一尊酒盡青山暮，千里書來（今按，《文苑英華》卷二六一作「帆回」，《全唐詩》作「書回」）碧樹秋。何處相思不相見，鳳城宫（今按，《全唐詩》作「龍」）闕楚江樓（今按，《文苑英華》、《全唐詩》作「頭」）。

杜　牧

西江懷古

上吞巴漢控瀟湘，怒（今按，據屠隆本、牛斗本、《全唐詩》卷五二二、《文苑英華》卷三〇八，當爲「怒」；四庫本作「樹」）似連山浄鏡光。魏帝縫囊真戲劇，苻堅投箠更荒唐。千秋釣舸（今按，《全唐詩》作「艇」）歌明月，萬里沙鷗弄夕陽。范蠡清塵何寂寞，好風唯屬往來商。

齊安郡晚秋

柳岸風來影漸疏，使君家似野人居。雲容水態還堪賞，嘯志歌懷亦自如。雨暗殘燈棋散後，酒醒孤館鴈來初。可憐赤壁争雄渡，唯有簑翁坐釣魚。

趙　嘏

寒食遣懷

折柳城邊起暮愁，可憐春色獨懷憂。傷心正歎人間事，回首更慙江上鷗。鶗鴂聲中寒食雨，芙蓉花外夕陽樓。憑高滿眼送清渭，去傍故山山下流。

李　頻

下第北遊（今按，《全唐詩》卷五八七作《和友人下第北遊感懷》）

聖代爲儒可致身，誰知又别五陵春。青門獨出空歸鳥，紫陌相逢盡醉人。江島去尋垂釣遠，塞山來見舉頭頻。且須共漉邊城酒，何必陶家有白綸。

韋　莊

咸陽懷古

城邊人倚夕陽樓，城上雲凝萬古愁。山色不知秦苑廢，水聲空傍漢宫流。李斯不向倉中

悟，徐福應無物外遊。莫怪楚吟偏斷骨，野煙蹤跡似東周。

汧易縣閣（今按，「易」，據牛斗本，當爲「昜」，同「陽」，姚本、屠隆本、四庫本及《全唐詩》作「陽」）

汧水悠悠去似絣，遠山如畫翠眉横。僧尋野渡歸吴嶽，鴈帶殘（今按，《全唐詩》卷六九九作「斜」）陽入渭城。邊静不收蕃帳馬，地貧惟賣隴山鸚。牧童何處吹羌笛，一曲梅花出塞聲。

張　泌

長安道中早行

客離孤館一燈殘，牢落星河欲曙天。雞唱未沉函谷月，鴈聲新度灞陵煙。浮生已悟莊周夢（今按，《全唐詩》卷七四二作「蝶」），壯志仍輸祖逖鞭。何事悠悠策羸（今按，據姚本、牛斗本、刻者不詳明本、四庫本及《全唐詩》，當爲「羸」）馬，此中辛苦過流年。

譚用之（今按，《宋詩紀事》卷二收録譚用之，云爲「五代末人入宋」）

别洛下知己（今按，《全唐詩》卷七六四「知己」前有「一二」二字）

金鼎光輝照雪袍，洛陽春夢憶波濤。塵埃滿眼人情異，風雨前程馬足勞。接塞峨眉通蜀

險，過山仙掌倚秦高。别來無限幽求子，應笑區區味六韜。

杜　甫

感懷（今按，《全唐詩》卷七六四作《感懷呈所知》）

十年流落賦歸鴻，誰傍昏衢駕燭龍。竹屋亂煙思梓澤，酒家疏雨夢臨邛。千年别恨調琴懶，一片年光覽鏡慵。早晚休歌白石爛，放教歸去卧羣峰。

曲江

朝回日日典春衣，每日江頭盡醉歸。酒債尋常行處有，人生七十古來稀。穿花蛺蝶深深見，點小（今按，據姚本等及宋本《杜工部集》卷十，當爲「水」）蜻蜓款款飛。傳語風光共流轉，暫時相賞莫相違。

曲江陪鄭八丈南史飲

雀啄江頭楊柳花，鵁鶄鸂鶒滿晴沙。自知白髮非春事，且盡芳尊戀物華。近侍只（今按，姚本及宋本《杜工部集》卷十、《杜詩詳注》卷六作「即」）今難浪跡，此身那得更無家。丈人才力猶强健，豈傍青門學種瓜。

題省中壁

掖垣竹埤梧十尋，洞門對雪常陰陰。落花遊絲白日靜，鳴鳩乳燕青春深。腐儒衰晚謬通籍，退食遲回違寸心。衮職曾無一字補，許身愧比雙南金。

南鄰

錦里先生烏角巾，園收芋栗未全貧。慣看賓客兒童喜，得食堦除鳥雀馴。秋水纔添（今按，屠隆本、宋本《杜工部集》卷十一、《杜詩詳注》卷九作「深」，《杜詩詳注》注云：一作「添」）四五尺，野航恰受兩三人。白沙翠竹江村暮，相送柴門月色新。

客至

舍南舍北皆春水，但見羣鷗日日來。花徑不曾緣客掃，蓬門今始爲君開。盤飧市遠無兼味，尊酒家貧只舊醅。肯與鄰翁相對飲，隔籬呼取盡餘杯。

嚴公仲夏枉駕草堂兼攜酒饌（得寒字。）

竹裏行廚洗玉盤，花邊立馬簇金鞍。非關使者徵求急，自識將軍禮數寬。百年地僻柴門迴，五月江深草閣寒。看弄漁舟移白日，老農何有罄交歡。

送辛員外（今按，杜甫在梓州惠義寺有兩首送辛員外之作，宋本《杜工部集》卷一二其一題作《惠義寺園送辛員外》，其二題作《又送》，此首爲其二）

雙峰寂寂對春臺，萬竹青青照客杯。細草留連侵坐軟，殘花悵望近人開。同舟昨日何由得，並馬今朝未擬回。直到綿州始分手（今按，宋本《杜工部集》卷一二、《杜詩詳注》卷一二作「首」，《杜詩詳注》注云：一作「手」），江頭樹裏共誰來。

滕王亭子

君王臺榭枕巴山，萬丈丹梯尚可攀。春日鶯啼脩竹裏，仙家犬吠白雲間。清江碧石傷心麗，嫩蕊濃花滿目斑。人到于今歌出牧，來遊此地不知還。

白帝

白帝城中雲出門，白帝城下雨翻盆。高江急峽雷霆鬥，古（今按，宋本《杜工部集》卷一五、《杜詩詳注》卷一五作「翠」，《杜詩詳注》注云：一作「古」）木蒼藤日月昏。戎馬不如歸馬逸，千家今有百家存。哀哀寡婦誅求盡，慟哭秋原何處村。

詠懷古跡

支離東北風塵際，漂泊西南天地間。三峽樓臺淹日月，五溪衣服共雲山。羯胡事主終無賴，詞客哀時且未還。庾信平生最蕭瑟，暮年詞（今按，姚本、宋本《杜工部集》卷一五、《杜詩詳注》卷一七作「詩」。）賦動江關。

江陵節度使陽城郡王新樓成王請嚴侍御判官同作（今按，宋本《杜工部集》卷一七、《杜詩詳注》卷二一「判官」後有「賦七字句」四字。此題共二首，此爲其二，題作《又作此奉衛王》）

西北樓成雄楚都，遠開山嶽散江湖。二儀清濁還高下，三伏炎蒸定有無。推轂幾年惟鎮靜，曳裾終日盛文儒。白頭受簡焉能賦，愧似相如爲大夫。

將赴荆南寄别李劍州弟（今按，《九家集注杜詩》卷二五同此「此處非原刻，乃後人補刻」，宋本《杜工部集》無「弟」字）

使君高誼（今按，宋本《杜工部集》卷一三作「義」）驅今古，寥落三年坐劍州。但見文翁能化蜀（今按，宋本《杜工部集》卷一三、《杜詩詳注》卷一三皆作「俗」，宋本《杜工部集》、《杜詩詳注》皆注云：一作「蜀」），焉知李

廣不（今按，宋本《杜工部集》作「未」）封侯。路經灔澦雙蓬鬢，天入滄浪一釣舟。戎馬相逢更何日，春風回首仲宣樓。

已上係增入，原是摘句。

附録 《唐詩品彙》後世序跋

陳煒跋（録自南京圖書館藏張璁原刊、嘉靖十七年康河重刻本卷後）

詩盛於唐，尚矣。第選者得彼遺此，學者鮮獲觀其大全，識者慨焉。此吾閩高廷禮先生所編者也，體别其類，類分其品，格製明而音節審。選唐詩而精且富若此，殆無遺憾矣。吾近得之，不敢私儲篋笥，因命工鋟梓以傳焉。於戲！吾國家正氣日隆，正音日盛，作者日衆，遠非有唐可及。乃今獲此大全之觀，助其淳雅之業，其亦弗偶也夫。刻成，僭識諸末簡。時成化十二年丁酉（今按，成化十二年乃丙申年，十三年爲丁酉年，「十二」乃「十三」之訛）春正月望，江西提刑按察使三山陳煒書。

桑悦跋（録自《明文海》卷二一二，中華書局一九八七年影印涵芬樓藏鈔本，第二一二七頁）

（今按，桑悦，生於正統十二年，卒於弘治十六年，成化元年舉人）

跋《唐詩品彙》

唐人好吟咏，傳凡三百餘家，真有盛中晚之殊，唐業隨之可考也。楊仲弘等所選俱得

其柔熟之一體，唐人詩技要不止此。國朝閩人高廷禮有《唐詩品彙》五千餘首，雖分編定目，有正始、正宗、大家、名家、羽翼、接武、正變、餘響、旁流之殊，要其見亦仲弘之見。是詩盛行，學者終身鑽研，吐語相協，不過得唐人之一支耳。欲爲全唐者，當於三百家全集觀之。

張璁跋（録自南京圖書館藏張璁原刊、嘉靖十七年康河重刻本卷後，並核以國圖藏明牛斗校刻本卷後所附此跋）

跋《唐詩》後

右《唐詩品彙》九十卷，《拾遺》十卷，總百卷。其傳世蓋已遠矣。刻在南昌者，初寄旌陽鐵柱宫，弘治戊申，不幸有祝融氏之厄，所謂傳世百卷，煨燼無餘。言之可爲太息。明年己酉，予訪太史張東白先生於南昌，辱示此編，寔元刻本也。因請得以裹璧。歸贛，謀諸郡守周君鳳，用載壽梓，以續其傳。庶捭前賢嘉惠後學之澤，既渚而復流；先生公天下之心，愈廓大（今按，牛斗本所附作「太」）而愈無限量矣。一簣之助，則璁豈敢多讓？

弘治癸丑夏五月初吉，賜進士第、中憲大夫、贊治尹、江西等處提刑按察司副使、分巡

嶺北道奉敕整飭兵備、前刑部郎中滇南張璁謹跋。

陳講序（録自姚芹泉校刊本卷首）

新刻《唐詩品彙》序

國初漫士高廷禮氏選唐詩爲《品彙》九十卷，《拾遺》十卷，布傳藝林，百六十年矣。舊本多舛缺，讀不可句，學者病焉。予舊藏有江西本，頗善，河南佐使芹泉姚子覽而愛之，遂校寫入梓，與學唐詩者共之，屬予敘所以品彙之義。予謂詩之教，其來遡矣。原于《風》《雅》，變于《騷》《選》，靡于六朝，至于唐而工。蓋太宗以哲辟開天，首倡聲律，育才選士，咸取詠吟。海内俊茂，白首專門，鍛鍊繩尺，兼裁衆體。然時有升降，詩亦因之。貞觀、永徽之間，力追雅韻，刊落隋聲，土鼓山罍，寖研古意。開元、天寶，風格雄渾，冠冕瓊琚，氣象光大。大曆、貞元，佐者益衆，龍翔虎蔚，神采盡揚。元和載降，迄于開成，士競雕繢，氣漸萎薾，侈穠華之觀，乏淵雅之致，風斯下矣。夫時代有始終，聲律有正變，神而明之，存乎其人。廷禮氏遠覽窮搜，分門裒輯，首初唐，次盛唐，又次中唐、晚唐，因時以別體，因體以析類，因類以闡言。如五色萃而成文，八音集而成樂。然原其品彙之意，寔以盛唐爲

準。瑜瑕並列，取舍在人，上乘之正宗，顧學者之超悟也。姚合之集，能測玄而未廣；士弘之編，能審音而未盡，孰若《品彙》克兼之乎？昔者古詩三千篇，孔子病其譌亂，删爲三百篇，而後善惡明，勸戒著。然則廷禮不亦有功後世之詩教哉？或云三百篇根蘊性靈，標顯色相，如天地噫氣，觸物斯聲，故自然之音也，曷嘗先意構結，據往摹擬，如《品彙》之工詩法邪？曰：不然。天生烝民，有物有則，《詩》正而葩；區分六藝經緯之殊裁，正變之異感，被簧絃而協宫徵，孰云無法度哉？唐人之矩矱固有所從來者矣。故曰今之樂由古之樂也。究而言之，《風》《雅》猶室也，《騷》《選》猶堂也，《品彙》猶門户也。天下豈有造堂室而不由門户哉？予於是有取于《品彙》云。

嘉靖十有六年孟冬之吉，河南右布政使蜀中川陳講序。

牛斗跋（録自國圖藏明牛斗校刻本卷後）

重刻《唐詩品彙》跋

余不敏，有志學詩而未能。嘗取《唐音》而閲之，曰：「選矣，而未精也。」既取《正聲》而閲之，曰：「精矣，而未博也。」後得《品彙》，誦之數過，作而嘆曰：「博哉選乎！吾不圖

爲詩之至於斯也。」洒朝夕把玩，不忍釋手。顧乏善本，且多訛闕，每欲校刻而未暇。今叨禄食，殊愧素餐，不敢隱君之賜，用廣作者之資，躬自校正，刻置邑齋。越多哲匠，價廉工省，不兩月而告成功，迺直紀其顛末如右。若夫詩法之源流，選取之精當，則後先之敘述備矣，何敢贅？

嘉靖己亥冬十月望，山陽後學楚坡牛斗謹識。

許自昌序（陸允中刊本，轉録自申東城《唐詩品彙研究》，黄山書社二〇〇九年，第一一五頁；標點酌情修改）

重刻《唐詩品彙》序

類編唐詩者，無慮數十百家，而惟新寧高棅氏《品彙》爲最優，亦盛行。無論其旁收博採，兼存並著，上自后王尹公，下至黄童白叟，山林方外，幽閨奴隸，神鬼夷狄，罔不羅置方册，粲然成一代姱茂盛典，其用心良亦勤矣。蓋唐以詩賦取士，惟至我朝黜而不用，而流風餘韻，操觚之士尚私習爲之，故《品彙》一書流布頗廣，良矣。類編者或取近而略遠，或務□而遺幽，或重小而忘大，或繁前而簡後，或務奇而忽近，選者口失其旨，覽者亦倦其

目。高氏則不然，人以代别，作以類從，代分初盛中晚，體列古律絶雜，又有正始、正宗、大家、名家、羽翼、接武、正變、餘響、旁流之殊。星昭珠爛，河潤岳俊，書掩諸家，迥稱獨步。至嘉惠詩家學者，功不多乎？第簡帙重大，吴楚具有模刻，而吴刻亦漫漶糜爛。余友陸禹功頗事吟詠，家藏善本，一日捐此，命繕工雕□，恍還舊觀，是高氏之忠臣也。余與禹功家同里閈，少有校讎之役，竣工之後，禹功請余書其事。余素不知詩，豈敢品隙往哲類編優劣？惟禹功嘉惠後學盛心，不滅泯泯，僭書一生（今按，疑「一生」爲「於」之誤）首，風雅之士，幸勿引薦。萬曆乙巳冬日吴門許自昌書。

張恂序（録自天津圖書館藏張恂重訂本殘本卷首）

重訂《唐詩品彙》序

涇陽張恂譔（今按，清雍正十三年《陝西通志》卷六三《人物志九》載張恂爲崇禎癸未進士）

自梁《昭明文選》行於世，世之以選政進退古今之作者，不可勝數，然選古人之作與選今人之作，難易固殊。選今人之作，多拘於聲氣所必收，取腴探珠，猶其易也；選古人之作，多病於見聞之不廣，遂稽博採，蓋其難也。他文不具論，即唐一代之詩，由唐迄今，選

者不下數十百家，或有初盛而無中晚，或詳中晚而略初盛，其有能兼之者，又各以一己之性情，略取唐人之聲調。甚矣，選事之難也。是以今之學者無不奉高廷禮先生《品彙》一書爲繩尺。是書始自成化間陳公煒所刻，時公觀察西江，意者校讎未得其人，故亥豕魯魚，流傳相襲。在高氏，費極苦辛，在學者，鮮獲善本，本人之所以有遺憾也。余不揣疏愚，謬肆研究，以原書校之，正其譌者，十之六七；補其缺者，十之三四；尚有疑者，仍從闕文，以俟後之君子補正者，十蓋一二焉；至於篇章次第，不敢於原本妄有移易。未可云有功文苑，亦可曰盡力高氏矣。嗚呼！作者選者，或千年或數百年，豈知後世疏謬之夫，寢食可捐，精深不懈，勤勤懇懇於是書也哉。作者不易，選者更難，余於是書能無感乎！若夫唐詩之盛衰美惡，則高氏之論備矣，又何敢贅一辭？

四庫全書《唐詩品彙》提要（録自中華書局一九六五年影印浙江杭州本《四庫全書總目》卷一八九）

《唐詩品彙》九十卷《拾遺》十卷（編修鄭際唐家藏本）

明高棅編。棅有《嘯臺集》，已著録。宋之末年，「江西」一派與「四靈」一派併合而爲

「江湖派」，猥雜細碎，如出一轍，詩以大弊。元人欲以新艷奇麗矯之，迨其末流，飛卿、長吉一派與盧仝、馬異、劉叉一派併合而爲纖體，妖冶俶詭，如出一轍，詩又大弊。百餘年中，能自拔於風氣外者，落落數十人耳。明初，閩人林鴻，始以規仿盛唐立論，而棅實左右之，是集其職志也。所録凡六百二十家，得詩五千七百六十九首。分體編次，爲五言古詩二十四卷，七言古詩十三卷，長短句附焉；五言絶句八卷，六言附焉；七言絶句十卷，五言律詩十五卷，五言排律十一卷，七言律詩九卷，排律附焉。始於洪武甲子，成於癸酉；至戊寅，又搜補作者六十一人，詩九百五十四首，爲《拾遺》十卷，附於後。考《玉臺新詠》有古絶句四首，棅以絶句居律詩前，蓋有所考。至排律之名，古所未有。楊仲弘（今按，當爲「士弘」，「仲弘」乃楊載字）撰《唐音》，始别爲一目。棅祖其説，遂至今沿用。二馮批點《才調集》，以堆砌板滯、雜亂無章之病歸咎於「排」之一字，詆棅爲作俑。然詩家不善隸事，即二韻、四韻未嘗不堆砌板滯，雜亂無章，是亦不必盡以「排」字爲誤矣。諸體之中，各分正始、正宗、大家、名家、羽翼、接武、正變、餘響、旁流九格，其凡例謂：大略以初唐爲正始；盛唐爲正宗，爲大家，爲名家，爲羽翼；中唐爲接武；晚唐爲正變，爲餘響；方外、異人等詩爲旁流。間有一二成家，特立自異者，則不以世次拘之，如以陳子昂與李白列在正宗，劉

長卿、錢起、韋應物、柳宗元與高適、岑參同在名家是也。其分初、盛、中、晚，蓋宋嚴羽已有是説。二馮嘗以劉長卿亦盛亦中之類，力攻其謬，然限斷之例，亦論大概耳，寒温相代，必有半冬半春之一日，遂可謂四時無别哉？《明史·文苑傳》謂：「終明之世，館閣以此書爲宗。」厥後李夢陽、何景明等摹擬盛唐，名爲崛起，其胚胎實兆於此。平心而論，唐音之流爲膚廓者，此書實啟其弊；唐音之不絶於後世者，亦此書實衍其傳。功過並存，不能互掩，後來過毁過譽，皆門户之見，非公論也。至於章懷太子《黄臺瓜詞》、沈佺期《古意》之類，或點竄舊文；康寶月、劉令嫻之類，或泛收六代；杜常、胡宿之類，或誤採宋人；小小瑕疵，尤所未免。卷帙既富，核檢爲難，第觀其大體可矣。